剑桥美国文学史

第二卷

〔美〕萨克文·伯科维奇／主编
史志康 等／译

THE CAMBRIDGE HISTORY OF
AMERICAN
LITERATURE

散文作品
1820年—1865年

主　编：萨克文·伯科维奇
　　　　（哈佛大学）

副主编：塞洛斯·R. K. 帕泰尔
　　　　（纽约大学）

翻　译：史志康
　　　　孙　黎　刘继华　刘劲飞　吴　刚
　　　　李庆涛　陈沛芹　李建波　吴　赟
　　　　赵　伐　顾韶阳

校　对：史志康　吴　刚　李庆涛

卷帙浩瀚的《剑桥美国文学史》的问世，标志着美国文学研究的一个新纪元。它体现了整整一代美国主义者不断拓宽文学领域的疆界、重新定义其发展历程的努力。整个文学领域迅速而不寻常的发展一直在呼吁一种更为宏阔也更加灵活的治学方式，这部文学史终于做到了这一点。所有之前的美国文学史要么极端绝对，只对一种观点不乏武断地扫描一遍，要么就像百科全书一样，对什么都来一个简单扼要的概述，其结果似乎也一样片面，完全忽略了叙述声音的发展。而在这里，美国的文学历史通过一种复调式的宏大叙述在读者眼前徐徐展开。每一种叙述都有着广阔的视野和丰富的细节，如此才能对各种旗帜鲜明的观点（包括其前提、论据及分析）予以详细阐述；每一种叙述都提出了令人信服的论证，体现了其本身的权威性；每一种叙述之间又都彼此相关，体现了共同的主题与人文关注。

《剑桥美国文学史》在遴选作者时，主要考虑到这些学者在学术上的卓越成就，以及作为其研究素材的文学评论团体的重要性。所有作者通过其首屈一指的研究工作，展示了过去30年来美国主义文学评论的巨大成就。他们为各卷本所撰写的史论代表了每一代学人之间的传承与割裂，展示了涉猎广泛的文学史料，所有这些史料在今天都被冠以这样一个标题："美国文学和文化"。

本卷是迄今所有文学史中对"美国文艺复兴"所做的最全面、最丰富的论述。这些叙述提供了看待文学的四重视角：社会的、文化的、思想的和审美的。迈克尔·达维特·贝尔（Michael Davitt Bell）论述了文学职业的社会条件，这些条件促成了职业文学在美国的发展。埃里克·J.桑德奎斯特（Eric J. Sundquist）则利用了广义的文化模式：他对于探险、拓荒者以及反奴隶制作品的论述将各种不同的声音、视界和传统揉合交织为一体。芭芭拉·L.派克（Barbara L. Packer）的素材大部分来自于思想史，即为超验主义铺设道路的各种神学和哲学论战。而乔纳森·艾阿克（Jonathan Arac）的论述则基本上属于形式主义范畴：他将南北战争前虚构类文学的发展看做是各种散文体裁的一种辩证，即不同民族、地域和个人形式的冲击碰撞逐渐形成了一种新的文学形式。这四种叙述从根本上对1820到1865年期间的美国散文作品进行了重新评价——这样一项伟大成就不仅在我们的时代将始终具有其权威性，还将为未来的美国文学研究确定新的方向。

目录 CONTENTS

中文版序 ·· 1
致　谢 ·· 4
序　言 ·· 1

文学职业化的背景 ·· 9
迈克尔·达维特·贝尔

1　文学职业化的开端 ··· 11
2　女性小说和19世纪50年代的文学市场 ·············· 74

扩张与种族的文学 ·· 123
艾里克·J.桑德奎斯特

1　探索与帝国的建立 ·· 125
2　边疆与美洲印第安人 ·· 175
3　蓄奴制文学与非裔美国人文化 ··························· 240

超验主义 ·· 331
芭芭拉·L.派克

1　唯一理教（Unitarian）的开端 ·························· 333
2　抨击洛克 ·· 352
3　卡莱尔与美国超验主义的发端 ··························· 364
4　"奇迹之年" ·· 378
5　成规与运动 ·· 392
6　文学与社会改革目标 ·· 422
7　希冀改革 ·· 457

目 录 CONTENTS

8 各奔前程 …………………………………………… 492
9 反奴岁月 …………………………………………… 540

叙述形式 ……………………………………………… 253
乔纳森·艾阿克

1 民族叙事文学的确立 ……………………………… 595
2 地方叙事文学 ……………………………………… 615
3 个人叙事文学 ……………………………………… 646
4 叙述文学 …………………………………………… 675
5 文学叙述形式的危机与民族叙述文学形式的巩固 ………… 715

大事年表 …………………………………………………… 757
参考书目 …………………………………………………… 811
索 引 …………………………………………………… 821

中文版序

能够把这部美国文学史介绍给中国读者是莫大的荣幸——这种荣幸标志着两种文化富于戏剧性的会合。美国文学传说也许是世界上最年轻的，而中国文学传说则是非常古老的。但是美国文学在一个方面却比较年长：它是现代世界所诞生的第一个国家的产物。当然，在欧洲定居者到达以前，美国印第安人（或称土著美国人）已经在今天叫做美国的这片领土上居住了数千年之久，但是他们拥有的是口头文学而不是书面文学。按照我们现在的理解，美国文学传统基本是使用英语的作家们的产物。它始于16世纪末17世纪初，最初是由英国殖民者撰写的，它是这些新兴资本主义生活方式的先驱们创作的记叙文、布道文、日记和诗歌。19世纪，它随着工业资本主义在大西洋两岸的胜利而繁荣兴旺；在我们这个时代，它作为自由主义、自由经营和市场开放的西方主要国家的文学依然经久不衰。

美国文学发展的结果是形成了一个比历史悠久、方面众多、异彩纷呈的中国文学统一得多的作品主体；在对现代性的种种状况进行表述方面，它也是世界上年代最长久、内容最复杂的民族文学。它是一种富于个人主义和冒险精神的文学，一种扩张和探索的文学，一种蕴涵种族冲突和帝国征服的文学，一种折射大规模移民和种族关系紧张的文学，一种反映资产阶级家庭生活和个人自由与社会限制不断斗争的文学。这些文学作品从探讨自然和"自然人"方面的问题转向探讨异化、歧视、城市化和地区及种族暴力方面的问题。它们受到一种民主美学的启迪（与人们所理解的那种欧洲"旧世界"的精英统治论针锋相对）——这是一种"普通人"和"寻常事"的美学；不同凡响的是它们对建立在奴隶制、土地的剥夺和资本主义的贪婪等基础上的文化犯下的种种暴行进行了持续的批评（这种批评往往成为激烈的谴责）。最后，这是一种始终由于有关身份的双重焦点而著称的文学：一方面它把这个国家奉为未来的土地，"明天之国"，试图制造一种关于"美国"的救世神话；另一方面它又进行自我折磨，对于身为"美国人"意味着什么怀着一种极其痛苦的焦虑。对于中国作家来说，中国的概念是一个关于悠久历史的问题——关于绵延数千年之久的各种神话、传说和事件的问题。而美国作家所

○中文版序

一心追求的是重新创造自己身份这个含义深刻的现代主义问题。

自19世纪初以来已有几部美国文学史问世，但是其中鸿篇巨制之作只有三部。这三部文学史实际上记录了美国的成长历程。第一部出版于第一次世界大战期间的1917年，当时美国在国际舞台上初露锋芒；第二部面世于第二次世界大战结束后不久的1948年，当时美国充分展现了其经济和军事大国的实力。我们这部文学史是20世纪末叶全球化的产物，此时民族主义的含义本身已经受到质疑，在美国，对文化内聚力的一些基本说法有了一种新的、**批判**的意识。

这种新的意识表现为两种形式，即历史的形式和知识的形式。在过去30年间，学者们揭露了这个国家历史上受到压抑或者被人忽视的各个方面。我们已经认识到妇女和少数民族作品的重要性，非裔美国文化中心地位的重要性以及"地域"作家们诸多贡献的重要性。我们也已经认识到某些包罗万象的概念（包括"美国人"和"文学经典"之类概念）与其说是揭示了美国的生成过程，毋宁说是掩盖了这一过程。在知识方面，我所说的新意识与文学批评中心权威的崩溃密切相关。过去的30年是众多激烈竞争的理论和批评流派繁荣兴盛的年代：解构主义、女权主义、"同性恋"理论、新马克思主义、读者反应理论、新历史主义、多元文化主义等等。这部八卷本美国文学史是第一部着力展示一个意见分歧的时代而不是特意表述一种正统观念的巨著。我们无意一劳永逸地为千秋万代提供一篇关于美国文学的故事；我们无意佯称发现了我们国家文学传统发展**独一无二**的真正关键。恰恰相反，这部文学史代表了一代美国学者的独特观点（一种多元主义，有时互相矛盾，常常变化无常的观点），一种已经从本质上对这个领域的边界加以拓展和重新确定的观点。

因此这部文学史采用了与以前几部文学史不同的格式。我在本书的序言里比较详细地讨论了这种差别。为了适合这篇序言的目的，我要强调两点，第一点是关于分歧的问题。此前几部文学史不是基于有关文学、历史及其二者之间关系的一些共同的基本假定（即所有撰稿人一致赞同的文学—历史共识），就是基于权威"文学史名家"的某种宏论。而这两种选择对我们来说都是行不通的。如上所述，我们这部文学史反映了多种多样的评论方法和途径，其中不乏互相矛盾之处，但是每一种方法和途径都代表着当前文学研究领域的一个重要组成部分。

我要强调的第二点有关我们这部文学史每一部分（专论）不同寻常的篇幅。以前所有合作编写的文学史都要求专家就有关主题撰写较短的文稿：例如用15页篇幅论述南方小说家威廉·福克纳，用5页篇幅论述清教徒诗人安

中文版序

娜·布拉兹特里特，用 30 页篇幅论述 18 世纪启蒙主义散文。然后编辑们再将这一切组合起来，形成一个和谐的整体。我们的情况恰恰相反。每一位撰稿人都可以要求用足够的篇幅对他或她所采取的特殊途径进行解释。仅仅"充分地论述这个题目"（涵盖各种文本、运动和体裁等等）是不够的；我们必须考虑到不同见解的形成，其中每一种见解都是专家的声音，然而对于声称代表最终的权威又都持怀疑态度。所以，我们在每卷里提供的都不是一系列权威性的宣言，而是一组各不相同而又相互关联的叙述；它们一起构成了两种这个时期具有连贯性的对话式记叙文——一种没有确定答案的记叙文，其中的各个部分多彩多姿，有助于增进全书的深度和广度。

这是至今撰述得最为全面的美国文学史。它也是最具有挑战性的著作。读者将会发现他们自己在和各具特色的美国文学史专家对话，而与此同时，这些专家将就书中讨论的不同专题为他们提供内容最为丰富的论述。我们希望从这两个方面来看，中国学生不仅可以从阅读中获益，而且可以从中受到激励，用新的方式对美国文学进行思考，并且从总体上对文学研究进行思考。

萨克文·伯科维奇

致　谢

主编寄语

　　我要感谢哈佛大学惠赐一笔款项，它使本书全体撰稿人得以汇聚一堂，进行了为期三天的讨论与构思。剑桥大学出版社的安德鲁·布朗（Andrew Brown）、朱莉·格林布拉特（Julie Greenblatt）和 T. 苏珊·张（T. Susan Chang）给予了慷慨的帮助；丹尼尔·阿伦（Daniel Aaron）、艾顿·伯科维奇（Eytan Bercovitch）和苏珊·L. 米兹卢奇（Susan L. Mizruchi）给予了不懈的支持和实在的建议；南希·本特利（Nancy Bentley）、迈克尔·伯特胡德（Michael Berthold）、兰纳·法布（Lianna Farber）和杰西卡·里斯金（Jessica Riskin）以学生的身份给予了我必要的帮助，在此，我一并表示谢意。我还特别感谢玛格里特·里德（Margaret Reid），是她在本书形成的每个阶段都给予了帮助。

萨克文·伯科维奇（Sacvan Bercovitch）

副主编寄语

　　乔纳森·艾阿克（Jonathan Arac）和戴维·S. 希尔德（David S. Shields）在编撰第一卷和第二卷的大事年表时给予了特别的帮助；帕姆拉·布鲁顿（Pamela Bruton）和苏珊·格林伯格（Susan Greenberg）对稿件进行了一丝不苟的修改；凯撒利塔·拉马扎（Katharita Lamoza）对成书过程进行了耐心而又在行的监督；朱莉·格林布拉特与 T. 苏珊·张在这个项目各个不同阶段都给予了无法估量的宝贵帮助；伊莉莎白·法欧勒（Elizabeth Fowler）也不吝给予道义上的支持和有价值的建议。在此，我谨对他们表示感谢。

塞洛斯·R. K. 帕泰尔（Cyrus R. K. Patell）

文学职业化的背景

我要感谢"国家人文学科捐赠基金"所给予的1986年夏季薪俸,以及威廉斯学院那年秋季给予的学术休假。他们的支持确保我有关键的时间来研究和完成我在该卷中所撰写的大部分内容。同时,我也感谢威廉斯学院图书馆的全体成员,他们迅速地为我办理了跨馆借阅手续。我还想向其他一些学者表示感谢,他们为我撰写的部分以及由我负责的该卷的文献目录提供了帮助。我要特别感谢佩里·米勒(Perry Miller),是他最先向我介绍了很多我要讨论的书籍和作者,以及威廉·查瓦特(William Charvat)的作品,特别是那些在他去世后以《美国的著作职业——从1800年到1870年》(*The Profession of Authorship in America*,1800—1870)编辑出版的完成和未完成的论文。

迈克尔·达维特·贝尔(Michael Davitt Bell)

扩张与种族的文学

在此我谨向加州大学伯克利分校人文研究会以及班克罗夫特图书馆所提供的帮助表示感谢。萨克文·伯科维奇对全书的整体设计提出了不少有益的建议,我深为感激。我也感谢保拉·古恩·爱伦(Paula Gunn Allen)、理查德·布里奇曼(Richard Bridgeman)、诺曼·格拉博(Norman Grabo)和凯尼斯·林肯(Kenneth Lincoln)对书稿的各个部分所提的意见。此外,我还想感谢安德鲁·布朗、塞洛斯·帕泰尔、朱莉·格林布拉特和T.苏珊·张的宝贵帮助。

本书得益于很多二手资料,我要在下面列出部分书目:

亨利·纳什·史密斯:《处女地:作为象征和神话的美国西部》,马萨诸塞,坎布里奇:哈佛大学出版社,1950;

罗伊·哈维·皮尔斯:《野蛮主义和文明:印第安人和美国思想研究》(修订版),巴尔的摩:约翰·霍普金斯大学出版社,1965;

威廉·H.戈兹曼:《探险与帝国:征服美国西部过程中的探险家和科学家》,纽约:诺顿,1966;

理查德·斯洛特金:《暴力中的新生:1600—1860年的美国边疆神话》,康涅狄格州,米德尔顿:威斯莱昂大学出版社,1973;

尤金·D.热诺维斯:《摇摆吧,乔丹,摇摆吧,奴隶创造的世界》,纽约:潘泰翁,1974;

雷吉诺·豪斯曼：《种族及命定扩张说：美国种族盎格鲁—萨克逊主义起源》，马萨诸塞，坎布里奇：哈佛大学出版社，1981。

本书有关非裔美国人蓄奴制度的材料部分来自1983年的一篇文章。此文先在英语研究院宣读，后以《蓄奴制、革命与美国文艺复兴》为题收入瓦尔特·本恩·迈克尔斯和唐纳德·皮斯主编的《美国文艺复兴新探》（巴尔的摩：约翰·霍普金斯大学出版社，1985，1—33页），其中一些段落还糅进了拙著《唤醒众民族：美国文学形成中的种族》（马萨诸塞，坎布里奇：哈佛大学出版社，1993）。关于美国印第安人那一章的部分内容曾以《印第安长廊：南北战争前期的文学以及对美国印第安人的抑制》为题收入比弗利·沃洛欣主编的《美国文学、文化和意识形态：亨利·纳什·史密斯纪念文集》（纽约：彼得·朗，1990，37—64页）。

扩张文学部分开头所引马扎诺·巴列霍的《上加利福尼亚历史和人物的回忆》中的文字取自班克洛夫特图书馆所藏的厄尔·R. 海威特的译本，而《格雷高里奥·科特斯之歌》则取自阿美里科·帕雷德斯的《枪在手中：一首边疆歌谣及其主人公》（奥斯丁：德克萨斯大学出版社，1958）。美国印第安人口述传统及演讲术部分所引材料则受惠于一些二手资料。其中一些引文有不同译本，见于下述著作及文中所引的南北战争前期著作中。文中所述的现代文集大抵是19世纪或20世纪初一些材料的重印或调整。"红外套"和"花斑蛇"的演讲见于萨姆尔·G. 德雷克所著《北美印第安人史传》（波士顿：B. B. 穆塞，1851）；怀特·安特洛普的抒情歌谣的记述见于乔治·伯德·格林纳尔所著《战斗的沙伊安人》（初版于1915年，重印于诺曼：俄克拉荷马大学出版社，1956）；波尼人创世故事见于纳塔利·科蒂斯·博林所著《印第安人的书籍》（纽约：哈珀兄弟出版社，1923）；首先见于普利尼·厄勒·哥达德的《纳瓦霍文本：美国博物学博物馆人类学文献》（卷34，纽约，1933）的《黑熊之歌》，首先见于弗朗西斯·拉夫莱西的《奥塞奇部落：守夜仪式》（美国民族学局第39份年度报告，华盛顿，1925）的《玉蜀黍之歌》，以及首先见于普利尼·厄勒·哥达德的《格塔尔：一种梅斯卡勒罗阿帕奇人仪式》（纽约：斯泰切特，1909）的该部落发育成长歌，都收入玛格特·奥斯特洛夫所编《羽蛇》（纽约：约翰·戴伊，1946；1962年由卡普里科恩书屋重印，改名为《美国印第安人散文与诗歌》，1992年又以《羽蛇：美国印第安人散文与诗歌》为名由毕根出版社重印）；《十只熊》、彼特莱沙罗、欹马顿·亚拉奇特以及《小乌鸦》的演讲见于W. C. 万德沃斯编著《印第安演讲术》（诺曼：俄克拉荷马大学出版社，1971）；西塞尔（西雅图）的演说及"红鸟"的死亡之歌收在托马斯·E. 桑德斯和威廉·E. 皮克主编的《美国印第安人文学》(纽约:格伦科,1973);切诺基人和罗伊塞诺人创世故事以及纳瓦霍人的夜歌则见于格罗里娅·莱维塔斯、弗兰克·维维罗和雅克琳·维维罗主编的《美国印第安人散文与诗歌:我们在黑暗中等待》(纽约:G.P. 普南特之子出版社,1974)。

艾里克·J. 桑德奎斯特(Eric J. Sundquist)

超验主义

我谨在此向加州大学洛杉矶分校学术理事会的研究委员会对本项目提供的资金支持表示感谢。斯坦福大学行为科学高级研究中心提供的一年研究经费使我有时间开始这项工作,而加州大学洛杉矶分校提供的学术年假则使我能完成本项目。感谢迪恩·格罗德增(Dean Grodzins)、加里·霍尔(Gary Hall)和罗伯特·佩林(Robert Perrin)允许我阅读他们未发表的西奥多·帕克、爱默生和丹尼尔·韦伯斯特研究手稿。迈克尔·科拉科西奥(Michael Colacurcio)和迪恩·格罗德增还阅读了本书稿的一部分并提出了有益的建议。几位很有才华的研究助手——西比尔·布拉布纳(Sybil Brabner)、迪埃尼·伦丁(Deanne Lundin)和玛丽·弗洛里(Mary Flory)——在本章写作过程中给予我不少帮助。这里我还要特别感谢三个人:我的先生保罗·谢兹(Paul Sheats)在本章写作的漫长过程中一直给我鼓励和支持;同事丹尼尔·卡尔德(Daniel Calder)在这个项目的启动上给了我极为宝贵的帮助;剑桥大学出版社编辑T. 苏珊·张给予我远远超出一般编辑所给的帮助和支持。最后,我要感谢萨克文·伯科维奇邀请我参与这个项目并在我的写作中一直给我宝贵的建议,还有塞洛斯·帕泰尔,他给我提供了研究基金、通讯及参考文献上的帮助。

在记述超验主义写作的过程中,我受惠于许多著作,在此无法一一致谢。下列书目主要是为了帮助读者了解我所使用或受其影响的许多引文、史实和解释的来源。不少著作,特别是那些超验主义者个人传记的内容,不止出现在一章里,但一般只是在第一次引述时提到它们的名字。

"唯一理教的开端"借鉴了学者们对19世纪前几十年里震撼新英格兰地区的宗教和哲学论战以及那些开始改变文本权威性的国外古代文学及《圣经》文本批评的发展的研究成果。这些成果简列如下:

刘易斯·P. 辛普森:《联邦文学思想:1803—1811年的"每月文选及波士顿评论"选集》,巴顿·路热:路易斯安那州立大学出版社,1962;

 ○ 致 谢

詹姆斯·金·摩尔斯：《吉德迪亚·摩尔斯：新英格兰正统信仰的捍卫者》，纽约：哥伦比亚大学出版社，1939；

康拉德·赖特：《亨利·威尔的选举：两种当代叙述》附评论，《哈佛文学公报》第17期，1969，245—278页；

安德鲁·德尔科班：《威廉·埃勒里·钱宁：论美国的自由精神》，马萨诸塞，坎布里奇：哈佛大学出版社，1981；

康拉德·赖特：《美国唯一理教的起源》，波士顿：斯塔尔·金出版社，1955；

《宗教自由主义的三位先知：钱宁、帕克与爱默生》，康拉德·赖特作序；波士顿：毕根，1961；

莉莉安·韩德林：《毁灭巴比伦——年轻的安德鲁斯·诺顿》，见康拉德·赖特所编《1805—1865年的美国唯一理教》，波士顿：马萨诸塞历史学会及东北大学出版社，1989；

约瑟夫·亨利·爱伦：《我们在神学方面的自由运动》，波士顿：罗伯兹兄弟出版社，1882；

约翰·洛克：《论人类知性》，亚历山大·坎贝尔·弗雷泽主编，2卷，1894；重印于纽约：多佛，1959；

约翰·洛克：《基督教的合理性，并附奇迹论及论宽容的第三封信一部分》，I. T. 拉姆塞编辑、剪辑并作序；加州，斯坦福：斯坦福大学出版社，1958；

保罗·里维尔·弗罗森汉姆：《演说家、政治家爱德华·艾弗里特》，波士顿：霍夫顿，密夫林，1925；

丹尼尔·沃克·豪：《唯一理教的良知：1805—1861年的哈佛道德哲学》，修订第二版，有新序；康涅狄格州，米德尔顿：威斯莱昂大学出版社，1988；

丹尼尔·沃克·豪：《老英格兰和新英格兰的剑桥柏拉图主义者》，见赖特所编《美国的唯一理教》；

麦莱尔·戴维斯：《爱默生的"理性"与苏格兰哲学家》，《新英格兰季刊》第17期，1944，209—228页；

大卫·发特·诺顿：《大卫·休谟：常识道德论者、怀疑主义玄学家》，普林斯顿：普林斯顿大学出版社，1982；

埃吉利·伍德曼·托德：《1817—1837年哈佛神学院的哲学思想》，《新英格兰季刊》第16期，1943，63—90页；

琳达·克伯：《持异议的联邦党人：杰斐逊时代美国的意象与意识形态》，

纽约州，依撒卡：康奈尔大学出版社，1970；

卡尔·迪埃尔：《1770—1870 年的美国人与德国学术》，纽黑文：耶鲁大学出版社，1978；

F. A. 沃尔夫：《荷马绪论》（1795），由安东尼·格拉夫顿、格莱恩·W. 莫斯顿、詹姆斯·E. G. 泽兹尔翻译、作序及注释；普林斯顿：普林斯顿大学出版社，1985；

劳伦斯·博埃尔：《约瑟夫·史蒂文斯·巴克明斯特：一个新英格兰圣徒的成长》，《加拿大美国研究评论》第 10 期，1979，1—29 页；

杰里·威恩·布朗：《1800—1870 年间美国〈圣经〉批评的兴起》，康涅狄格州，米德尔顿：威斯莱昂大学出版社，1969；

伊丽莎白·赫思：《播下"颠覆"的种子：哈佛早期哥廷根学生》，见《美国文艺复兴研究》，1992，91—105 页；

詹姆斯·弗里曼·克拉克：《自传、日记与通信》，爱德华·艾弗里特·黑尔编；波士顿和纽约：霍夫顿、密夫林，1891。

"抨击洛克"考察了美国对经验哲学传统的不满以及康德及后康德哲学的消息传到美国的各种路径。这部分的资料包括：

弗雷德里克·鲁道尔夫：《必修课程：1636 年以来的美国大学本科课程史》，旧金山：乔西—巴思，1989；

罗纳尔德·瓦尔·威尔斯：《三位基督教超验主义者》，纽约：哥伦比亚大学出版社，1943；

J. 克里斯托弗·赫罗德：《时代的女主人：斯塔尔夫人传》，纽约：哈姆尼书屋，1979；

约翰·J. 杜斐编：《柯勒律治的美国信徒：詹姆斯·马什通信选》，阿姆赫斯特：马塞诸塞大学出版社，1973；

约瑟夫·托利编：《神学博士雷夫·詹姆斯·马什遗作——附其生活回忆录》，波士顿：克洛克和布鲁斯特，1843；

约翰·J. 杜斐：《出版柯勒律治的问题：詹姆斯·马什的美国第一版〈沉思之助〉》，《新英格兰季刊》第 43 期，1970，193—208 页；

约翰·克里夫：《苏格兰评论家：1802—1815 年的"爱丁堡评论"》，马萨诸塞，坎布里奇：哈佛大学出版社，1957；

约瑟夫·亨利·爱伦：《"我们的自由运动"余波》，波士顿：罗伯兹兄弟出版社，1897；

劳伦斯·博埃尔：《文学超验主义：美国文艺复兴中的风格与想象》，纽约州，依撒卡：康奈尔大学出版社，1973；

致 谢

康拉德·赖特:《18世纪的美国理性宗教》,见《自由基督教徒:美国唯一理教史文集》,波士顿:毕根,1970;

拉尔夫·L. 拉斯克:《拉尔夫·沃尔多·爱默生传》,纽约:哥伦比亚大学出版社,1949;

盖伊·威尔逊·爱伦:《沃尔多·爱默生:一种传记》,纽约:海盗出版社,1981。

"卡莱尔与美国超验主义的发端"分析了卡莱尔对波士顿学人的影响。这些年轻人热忱阅读卡莱尔19世纪20年代及30年代初在英国报刊上匿名发表但极易辨认的文章。这部分的资料包括:

雷纳·韦勒克的两篇文章:《卡莱尔与德国浪漫主义》及《次要的超验主义者与德国哲学》,收入《碰撞:19世纪德国、英国和美国学术和文学关系研究》,普林斯顿:普林斯顿大学出版社,1965;

威廉·西拉斯·万斯:《卡莱尔在〈重新修补的裁缝〉前的美国》,《美国文学》第7期,1936,363—375页;

约瑟夫·斯拉特:《乔治·里普利与托马斯·卡莱尔》,《美国现代语言学协会会刊》第67期,1952,341—349页;

詹姆斯·弗里曼·克拉克:《詹姆斯·弗里曼·克拉克致玛格里特·富勒的信件》,约翰·魏斯里·托马斯编,汉堡:克兰姆,德格鲁伊特,1957;

玛丽·C. 特尔皮:《爱默生对圣餐所作布道的贵格教根源》,《新英格兰季刊》第17期,1944,95—101页;

卡伦·里恩·卡林纳维奇:《拉尔夫·沃尔多·爱默生之兄威廉·爱默生书信》(博士论文),田纳西大学,1982;

约瑟夫·斯拉特编:《爱默生和卡莱尔的通信》,纽约:哥伦比亚大学出版社,1964;

小亚瑟·S. 博尔斯特:《詹姆斯·弗里曼·克拉克:推进真理的信徒》,波士顿:毕根,1954。

"奇迹之年"分析了超验主义者声势变大那年涌现出来的书籍、演讲和小册子。这部分借鉴了以下材料:

佩里·米勒:《超验主义者文选》马萨诸塞,坎布里奇:哈佛大学出版社,1950;

屋大维·布鲁克斯·弗罗森汉姆:《1820—1850年间波士顿的唯一理教》,纽约:普特南出版社,1890;

乔尔·米尔森:《康沃斯·弗兰西斯与爱默生》,《美国文学》第50期,1978,17—36页;

乔尔·米尔森：《超验主义俱乐部史》，《爱默生学会季刊》第23期，1977，27—35页；

乔尔·米尔森：《超验主义俱乐部会议日志》，《美国文学》第44期，1972，197—207页；

史蒂芬·维切尔：《自由与命运：拉尔夫·沃尔多·爱默生的内心生活》，费城：宾夕法尼亚大学出版社，1953；

谢尔曼·保罗：《爱默生的视角》，马萨诸塞，坎布里奇：哈佛大学出版社，1952；

小默顿·M. 谢尔兹：《自然的组成》，见于默顿·M. 谢尔兹和阿尔弗雷德·R. 弗格森主编：《爱默生的自然：其起源、形成及含义》，第二版扩版，卡本达尔：南伊利诺伊大学出版社，1979；

弗雷德里克·C. 达尔斯特兰德：《阿莫斯·布朗森·阿尔科特：一位学者的传记》，新泽西州，东布伦斯维克：法尔雷·狄金森大学出版社，1982；

小亚瑟·M. 施勒欣格：《天国历程：奥立斯蒂斯·A. 布朗森》，波士顿：里特尔，布朗，1966；

查尔斯·克罗：《乔治·里普利：超验主义者和乌托邦社会主义者》，雅典：佐治亚大学出版社，1967；

威廉·哈切森：《超验主义牧师：新英格兰文艺复兴中的教堂改革》，纽黑文：耶鲁大学出版社，1959；

尼娜·拜姆：《安姐妹：伊丽莎白·皮博迪的千禧历史观》，《美国文学史》第3期，1991，27—45页；

约瑟芬·E. 罗伯兹：《伊丽莎白·皮博迪与圣堂学校》，《新英格兰季刊》第15期，1942，497—508页；

《伊丽莎白·帕尔默·皮博迪的信件：美国文艺复兴中的妇女》，布鲁斯·A. 隆达编辑并作序，康涅狄格州，米德尔顿：威斯赖昂大学出版社，1984。

"成规与运动"追溯了唯一理教保守派与超验主义者之间的激烈论战。超验主义者对因经济危机而力量削弱的社会宗教和政治改革的步伐缓慢日益感到不满。这部分的材料包括：

威廉·查瓦特：《美国浪漫主义与1837年的经济危机》，《科学与社会》第2期，1937，67—82页；

哈里叶特·马蒂诺：《西游回顾》（2卷本），伦敦：桑德斯和奥特利，1838；

约翰·杰伊·查普曼：《威廉·劳埃德·加里森》（1913），第二版修订版，波士顿：大西洋月刊出版社，1921；

埃德文·吉陶曼：《琼斯·威利：1833—1840 的有效岁月》，纽约：哥伦比亚大学出版社，1967；

海伦·R. 迪斯：《皮博迪家族与琼斯·威利的"疯狂"：玛丽·皮博迪的两封书信》，《哈佛文学公报》第 35 期，1987，218—229 页；

康拉德·赖特：《爱默生、巴齐莱·弗罗斯特及〈神学院讲话〉》，见《自由基督教徒》；

加里·霍尔：《爱默生与〈圣经〉：作为〈圣经〉的阐释和修正的超验主义》（博士论文），加州大学洛杉矶分校，1989；

迈克尔·科拉科西奥：《爱默生的"致辞"的清晰争斗》，ESQ 第 37 期，1991，141—212 页；

罗伯特·哈毕奇：《爱默生的不情愿的敌手：安德鲁斯·诺顿与超验主义的争论》，《新英格兰季刊》第 65 期，1992，208—237 页；

亨利·斯蒂尔·考玛吉：《阿伯纳·尼兰德的渎神行为》，《新英格兰季刊》第 8 期，1935，29—41 页；

罗德里克·S. 弗兰奇：《波士顿从人和神的束缚下解放出来：1830—1839 年间阿伯纳·尼兰德的自由思想运动》，《美国季刊》第 32 期，1980，202—221 页；

罗伯特·E. 博克霍尔德：《爱默生、尼兰德与〈神学院讲话〉》，《美国文学》第 58 期，1986，1—14 页；

克拉伦斯·L. F. 戈德斯：《美国超验主义期刊》，北卡罗莱纳，达拉谟：杜克大学出版社，1931；

伊丽莎白·R. 麦肯锡：《西部实验：俄亥俄峡谷的新英格兰超验主义者》，马萨诸塞，坎布里奇：哈佛大学出版社，1973；

迪恩·戴维·格罗德增：《西奥多·帕克与超验主义》，（博士论文），哈佛大学出版社，1993；

约翰·W. 罗金森：《W. M. L. 德维特——现代〈圣经〉考证的奠基人：一部智者的传记》，联合王国，谢菲尔德，《旧约》研究杂志出版社，1992；

斯格费尔德·B. 帕克纳特：《德维特在新英格兰》，《美国哲学学会会议纪要》第 102 辑，1958，376—395 页；

佩里·米勒：《西奥多·帕克：背弃自由主义》，《哈佛神学评论》第 54 期，1961，275—295 页；

菲利普·F. 古拉：《西奥多·帕克和南波士顿圣职授任仪式：〈论基督教中短暂与永恒〉的文本交织》，《美国文艺复兴研究》，1988，149—178 页；

迪恩·格罗德增：《西奥多·帕克的基督教中的短暂与永恒，1832—1841 年》，

致　谢

《唯一理教全体历史协会会议纪要》第 22 辑，第一部分，1990—1991，1—18 页；

詹姆斯·马蒂诺：《施特劳斯和帕克》，《威斯敏斯特与国外季刊评论》第 47 期，1847，136—174 页；

"文学与社会改革目标"考察了超验主义从一个教会改革运动发展为一个具有更大抱负的运动的过程。希望不经审查就出版自己作品的欲望促使一些超验主义者创办了自己的杂志；这些杂志又反过来对超验主义者的散文发展起了重要的作用。这部分的材料包括：

乔尔·米尔森：《新英格兰超验主义者与〈日晷〉：寻志史及其撰稿人》，伦敦：联合大学出版社，1980；

查尔斯·布莱克波恩：《〈西方信使〉新解》，《美国文学》第 26 期，1954，320—336 页；

戴维·鲁滨逊：《威廉·亨利·钱宁的政治冒险旅程》，《美国季刊》第 34 期，1982，165—184 页；

卡尔·F. 斯托奇：《憎恨的快速排斥：爱默生、玛格里特·富勒与其他人》，《浪漫主义研究》第 7 期，1968，65—103 页；

查尔斯·凯珀：《马格里特·富勒：美国的浪漫生活》第 1 卷：《私人生活》，纽约：牛津大学出版社，1992；

朱莉·埃里森：《微妙的主题：浪漫主义，性别与理解伦理》，纽约，伊撒卡：康奈尔大学出版社，1990；

乔尔·米尔森：《弗雷德里克·亨利·海吉与超验主义的失败》，《哈佛图书简报》第 23 期，1975，396—410 页；

伯纳德·罗森塞尔：《〈日晷〉，超验主义与玛格里特·富勒》，《英语语言笔记》第 8 期，1970，28—36 页；

海伦·亨尼施：《〈日晷〉：其诗歌与诗歌批评》，《新英格兰季刊》第 31 期，1958，66—87 页；

小罗伯特·理查森：《亨利·梭罗：精神的一生》，伯克莱和洛杉矶：加利福尼亚大学出版社，1986；

谢尔曼·保罗：《美国海岸：梭罗的心灵探索》，厄卜纳：伊利诺斯大学出版社，1958；

理查德·莱博：《青年梭罗》，安姆赫斯特：马萨诸塞大学出版社，1977；

沃特·哈丁：《亨利·梭罗的日子》，纽约：克诺普夫，1966；

雷蒙德·R. 波斯特：《梭罗的日记：亨利·戴维·梭罗用文献记载的一生，1817—1862》，纽约：G. K. 霍尔，1992；

罗伯特·塞特尔梅亚：《梭罗的阅读：用文献目录研究智力史》，普林斯

○ 致　谢

顿：普林斯顿大学出版社，1988；

詹姆斯·迈克恩托西：《浪漫自然主义者梭罗：对自己的立场的转变》，纽约，伊撒卡：康奈尔大学出版社，1974；

罗伯特·塞特尔梅亚：《梭罗作品的传播对英国诗人的影响（PXV）》，《美国文艺复兴研究》，1980，239—257页。

"希冀改革"记载了一群超验主义者的渴望与失败，他们决心通过建立旨在消除痛苦、恢复社会和谐的协会而把自己关于正义社会的理论付诸实践。这部分的资料包括：

爱伦·塔克·爱默生：《丽迪安·杰克逊·爱默生的一生》，编者：狄罗斯·伯德·卡彭特，波士顿：退那出版社，1980；

卡尔·J. 伽那瑞：《乌托邦的选择：19世纪美国的傅立叶主义》，纽约，伊撒卡：康奈尔大学出版社，1991；

屋大维·布鲁克斯·弗罗森汉姆：《乔治·里普利》，波士顿：休斯敦，米福林，1882；

亨利·山姆斯：《布鲁克农场的自传》，新泽西，英格伍德，克利弗斯：普森提斯—霍尔，1958；

约翰·迈克列尔：《拉尔夫·沃尔多·爱默生：相遇的日子》，波士顿：里托，布朗，1984；

莫里斯·贡诺德：《不安的独处：拉尔夫·沃尔多·爱默生作品的个人与社会》，劳伦斯·罗森沃尔德翻译，普林斯顿：普林斯顿大学出版社，1987；

理查德·李·弗朗西斯：《环境与救世："花果园地"乌托邦的意识形态》，《美国季刊》第25期，1975，202—234页；

贺拉斯·格利雷：《忙碌生活的回顾》，纽约：J. B. 福特，1868；

玛丽安娜·德怀特·奥维斯：《布鲁克农场的通信》，艾米·L. 里德编辑，纽约，帕夫吉普色：华萨学院出版社，1928；

约翰·科德曼：《布鲁克农场：历史与个人回忆录》，波士顿：阿瑞纳出版社，1894；

林克·C. 约翰逊：《改革者的革新：爱默生、梭罗及其在艾默里大厅的礼拜日演说》，ESQ第37期，1991，235—289页。

"各奔前程"追述了超验主义者们各自走上自己的发展道路后的情况：有的将成为职业作家和演说家，有的将成为社会改革家或者杂志人士，有的将会发现新的教会组织形式或者接受新的宗教，有的将置身外国的革命之中。这部分的资料包括：

盖·R. 沃德尔：《康沃斯·弗朗西斯、超验主义者以及波士顿牧师协

会》,《唯一理教全体历史协会纪要》,第 21 辑,1989,41—48 页;

乔尔·米尔森:《康沃斯·弗朗西斯与爱默生》,《美国文学》第 50 期,1978,17—36 页;

盖·R. 沃德尔:《友谊的纪录:康沃斯·弗朗西斯在班戈和普罗维登斯与弗雷德里克·亨利·海吉的通信,1835—1850》,《美国文艺复兴研究》,1991,1—57 页;

拉里·雷诺兹:《欧洲革命与美国文艺复兴》:康涅狄格,纽黑文:耶鲁大学出版社,1988;

理查德·布里吉曼:《阴郁的梭罗》,林肯:内布拉斯加大学出版社,1981;

林克·C. 约翰逊:《梭罗的复杂编织:〈康科德河和梅里马克河一周记〉的写作及其初稿》,弗吉尼亚,查罗特斯威尔:弗吉尼亚大学出版社,1986;

卡尔·F. 霍夫德:《艺术中的自然:梭罗对其一周日记的使用》,《美国文学》第 30 期,1958,165—184 页;

刘易斯·佩里:《激进的废奴主义:混乱与废奴思想中上帝的辖制》,纽约,伊撒卡:康奈尔大学出版社,1973;

詹姆期·布里厄·斯图亚特:《温特尔·菲利普斯:自由的英雄》,路易斯安那,巴顿陆格:路易斯安那州立大学出版社,1986;

约翰·C. 布罗德里克:《梭罗、阿尔科特与人头税》,《语文研究》第 53 期,1956,612—626 页;

雷蒙德·亚当斯:《梭罗的"论与国家政府的对抗"的材料来源》,《语文研究》第 42 期,1945,640—653 页;

劳伦斯·博埃尔:《新英格兰文学文化:从革命到文艺复兴》,剑桥大学出版社,1986;

史蒂芬·芬克:《市场的预言人:梭罗作为职业作家的发展》,普林斯顿:普林斯顿大学出版社,1992;

罗伯特·塞特尔梅亚:《"当他变成我的敌人时":爱默生与梭罗,1848—1849》,《新英格兰季刊》,1984,187—204 页;

亨利·詹姆斯:《威廉·威特默的故事及他的朋友》(第 2 卷),波士顿:休斯敦,米福林,1903;

埃德娜·道·切尼:《埃德娜·道·切尼回忆录》,波士顿:李与谢泼德,1902;

罗伯特·哈毕奇:《1842 年 10 月份玛格里特·富勒的日记》,《哈佛图书简报》第 33 期,1985,280—291 页;

史蒂芬·亚当斯：《我们总在女人身上期待的那份整洁：富勒的〈夏日湖边〉以及浪漫主义美学》，《美国文艺复兴研究》，1987，247—264页；

安·道格拉斯：《玛格里特·富勒与历史追寻：传记研究》，《妇女研究》第4期，1976，37—86页；

阿尔伯特·J. 冯弗兰克：《作为艺术的美国生活：玛格里特·富勒个案研究》，《美国文艺复兴研究》，1981，1—26页；

戴维·鲁滨逊：《玛格里特·富勒与超验主义精神：〈论19世纪的女性〉》，《美国现代语言学协会会刊》第97期，1982，83—98页；

杰弗里·斯蒂尔：《美国文艺复兴中的自我展示》，查普尔黑尔：北卡罗莱纳大学出版社，1987；

保拉·考帕克斯：《论坛上的女权主义者：作为职业作家的玛格里特·富勒》，《美国文艺复兴研究》，1991，119—139页；

贝尔·盖尔·切威格尼：《走向意识形态的边缘：玛格里特·富勒进化的离向性》，《美国季刊》第38期，1986，173—201页；

约瑟夫·杰伊·德易斯：《玛格里特·富勒在罗马的岁月》，纽约：托马斯·Y. 克罗维尔，1969；

玛格里特·富勒：《这些悲哀但却荣耀的日子》，《欧洲战讯，1846—1850》，拉里·J. 雷诺兹与苏珊·勃拉斯科·史密斯编辑，康涅狄格，纽黑文：耶鲁大学出版社，1991；

玛丽·卡罗琳·克罗福德：《旧波士顿的浪漫岁月：19世纪的城市及其人民的故事》，波士顿：里托，布朗，1910。

"反奴岁月"追溯了1850年通过《追捕逃亡奴隶法》与1862年林肯总统颁布《解放黑人奴隶宣言预备案》之间的几年内超验主义者在废奴运动中不断高涨的参与活动。这部分的资料包括：

戴维·M. 波特：《追近的危机：1848—1861》，唐·费伦巴赫完成与编辑，纽约：哈珀与罗，1976；

伦·古津：《美德的英雄：爱默生、废奴及改革》，雅典：佐治亚大学出版社，1990；

莫里斯·G. 巴克斯特：《整体不可分割：丹尼尔·韦伯斯特与联邦》，马萨诸塞，坎布里奇：哈佛大学出版社，1984；

爱伦·尼文斯：《联邦的考验》，纽约：斯古莱布纳，1947；

罗伯特·佩林：《力量与正直：爱默生对丹尼尔·韦伯斯特认识》（硕士论文），加利福尼亚大学，洛杉矶，1993；

塞缪尔·夏皮诺：《安东尼·彭斯的表演》，《黑人历史杂志》第44期，

1959，34—51 页；

托马斯·温特华斯·希金森：《快乐的昨天》，波士顿：休斯敦，米福林，1898；

巴里·克里兹伯格：《梭罗，蓄奴制及与国家政府的对抗》，《马萨诸塞评论》第 30 期，1989，535—565 页；

戴维·赫伯特·唐纳德：《查尔斯·萨姆纳与内战的来临》，纽约：诺普弗，1960；

乔治·H. 黑恩斯：《一无所知的立法机关》，《美国历史协会年报》第 1 期，1896，177—197 页；

戴维·鲁滨逊：《爱默生与生活的行为：晚期作品中的实用主义及伦理目的》，剑桥大学出版社，1993；

菲利普·尼克罗夫：《爱默生论种族与历史："英国人的特性"研究》，纽约：哥伦比亚大学出版社，1961；

莎伦·卡迈隆：《书写自然：亨利·梭罗的日记》，纽约：牛津大学出版社，1985；

J. 林顿·尚雷：《"瓦尔登湖"的形成》，附初稿文本，芝加哥：芝加哥大学出版社，1957；

列奥纳德·N. 内菲尔德：《经济学家：亨利·梭罗与企业》，纽约：牛津大学出版社，1989；

詹姆斯·阿姆斯特朗：《梭罗，贞节与改革者》，收录在《梭罗心理学：论文八篇》，雷蒙德·古兹编辑，马里兰，兰韩姆：美国大学出版社，1983；

沃特·哈丁：《梭罗演说清单》，《纽约公共图书馆简报》第 52 期，1948，78—87 页；

威廉·L. 霍沃斯：《沃顿的后继者？梭罗的"月光———一部预定的讲座课程"》，《证据》第 2 期，1979，89—113 页；

布拉德里·P. 迪恩：《重构梭罗的早期的演说稿"缺少原则的生活"》，《美国文艺复兴研究》，1987，285—364 页；

列奥纳德·内菲尔德：《理想的苛刻：爱默生的"梭罗"》，《爱默生协会季刊》第 58 期，1970，77—84 页；

乔尔·米尔森：《爱默生的"梭罗"：手稿的新版本》，《美国文艺复兴研究》，1979，17—92 页。

芭芭拉·L. 派克（Barbara L. Packer） xvii

○ 致　谢

叙述形式

我很感激我所服务的学校对该项目的支持：芝加哥的伊利诺斯大学、杜克大学、哥伦比亚大学，以及匹兹堡大学。国家人文学科捐赠基金1986—1987年度的薪俸使我有充足的时间阅读并开始写作。我前期的工作得到美国图书馆的极大支持，他们慷慨地提供了当时可供使用的相关材料的复印件。萨克文·伯科维奇、安德鲁·布朗以及塞洛斯·帕泰尔在这个项目的立项、酝酿、执行的过程中做了示范性的编辑工作，使我有机会从我的合作者迈克尔·贝尔（Michael Bell）、芭芭拉·派克以及艾里克·J.桑德奎斯特的反馈中获益匪浅。我还要感谢对我的工作给予批评性的交谈、特别是阅读了全部或部分手稿的朋友和同事：劳伦·伯朗特（Lauren Berlant）、保尔·伯威（Paul Bove）、南希·格拉真纳（Nancy Glazener）、卡罗尔·凯（Carol Kay）、丹尼尔·欧哈拉（Daniel O'Hara）、唐纳德·皮斯（Donald Pease）和布鲁斯·罗宾斯（Bruce Robbins）。

乔纳森·艾阿克（Jonathan Arac）

序 言

这部多卷本的《剑桥美国文学史》标志着美国文学研究的一个新开端。当年最早的一套《剑桥美国文学史》(*Cambridge History of American Literature*, 1917) 曾帮助人们领略了英语写作的一个新分支, 而30年后在罗伯特·E.斯皮勒 (Robert E. Spiller) 的赞助与支持下编纂成的《美国文学史》(*The Literary History of the United States*) 则确立了一个新的学术研究领域。我们的这套《剑桥美国文学史》包含了整整一代美国学研究者们的心血, 他们重新勾画了这片研究领域的疆界, 对美国文学发展的各个时期重新做出了界定。参与本书写作的学者和批评家受的是20世纪60年代和70年代早期的教育, 广泛代表美国文学的各个分支中或新兴的或业已确立的各种研究方向。他们已经建构了并且正在继续建构着的这片领域已经成了现代文学研究的一个主要领域。

在过去的30年里, 对美国特质的文学批评研究已经从人文科学的边缘进入了中心。这一领域的活力反映在美国国内和世界各地对美国文学日益增长的兴趣中, 而且这种兴趣体现在了各个不同层面上——在中等学校和大学里, 在研究生教学中, 在各种出版物、会议和公众活动上。无论是从学术活动的范畴上, 还是在辩论的激烈程度中, 都能看出人们对美国文学的兴趣。在美国文学中, 不仅可以找到几乎所有近来的文学批评流派的追随者, 甚至可以从中发现许多这些流派的领袖人物。而且, 在过去的30年中, 美国的文本越来越多地成为了学科间和跨学科研究的焦点。这其中, 性别研究、种族研究和通俗文化研究都渗透到了文学研究的所有角落, 但他们共同的最大的基础都是美国文学。有关多文化研究和典籍形成问题上的争论也是如此: 研究的对象是跨越历史和文化的, 但对此争论却主要出现在美国的书刊上。

我们无须认同所有这些文学运动或完全认同其中的某一个, 便能看到在这些活动中他们为知识的发展提供了动力。我们也无须讳言知识发展过程中那些确凿的事实——令人瞠目的良莠不齐、术语的泛滥、创新之见与昙花一现的时髦论调的混杂——但这些无碍于我们认识到编纂文学史这件事对文学和文化研究所带来的好处。无论我们在当前的各种论争中处于怎样的立场,

序 言

都可以很清楚地看到，美国特质的文学批评已经被证实为其他人文学科发展的先声，原因正在于它对多样性和论辩所呈现出的开放态度。几乎出于相同的原因，美国文学成为了教学与研究中的一片新疆土。除了出版大量美国文学经典著作的新版本之外，学者们还承担了另一项工作，那就是以前所未有的规模去发掘了那些为人忽略和低估了的作品。我们对有些人所谓的"各种各样的美国文学"有了比以往任何时候更多的了解，这种提法的基础在于坚持认为美国是一个各种不同传统、不同审美观念甚至不同文学概念并存的国家。

这些变化不仅极大地扩充了美国文学的材料，也极大地扩充了美国文学的含义。对这一代的批评家和学者们来说，美国文学史不再是由一组确定的、已达成共识的美国经典作品所构成的历史，也不再建立于针对美国作品的某种确定的、已达成共识的历史观之上。对确定性和共识的追求还在继续，因为这是必须要做的事，但现在这种追求是在批评非中心化的思潮下进行的——这种思潮所倡导的是争论、竞争和（最好是）不同的阐释框架间的对话。

人们在描绘争论与冲突时用上了"自由、民主的进程"、"市场"和"职业化"等各种说法。无论哪一种说法都表明学术权威的结构出现了变化。自18世纪滥觞至今，文学史的编订都脱不开对其编写对象的实质或本性所达成的业已确立的共识。而到了今天，对共识的呼唤听来颇像是在请求人们达成妥协，或者像是在怀旧。批评与学术研究、审美分析与历史分析间曾经相对清晰的分界已经变得模糊不清，再（以不同的组合方式）经过一次又一次的再分隔后，形成了一整套根据特殊兴趣划分的区域：有的是根据专门技术划分的特别分支，有的是根据对材料进行的特别投入来划分，还有的是根据特别的辩论模式和说服策略来划分。

简言之，在我们所处的时代里，对美国文学史的研究是多元的，这是一项包含学术、批评和教学等多侧面的事业，其所关注的焦点处于不断变化中。在这一语境中所谓的"权威性"是存在差异却又相互联系的知识体系的一种功能。差异的权威性（如果可以这样说的话）存在于批评家对其支持者们所具有的吸引力，存在于他或她对某一特定范围内的材料（这些材料又有其各具特色的权威性）所具有的驾驭能力，也存在于他或她使用的方法所具有的整合力。联系的权威性则是指某一种特别的阐释或阐释方法融合、挑战或印证其他阐释或阐释方法的能力——这是一种与其他阐释模式建立实质性的、有深度的联系的能力，这些阐释模式有时是与自己相互补充的，而有时则与自己相悖。

这套新的《剑桥美国文学史》无论是就个别的章节而言还是就整本书而

论都具有这种权威性。在某种意义上,这使得本书不仅能代表其所论述的专业,也使得它能代表其所描述的文化。我们的《剑桥美国文学史》从根本上来说是多元的:这是一部从多角度、多侧面研究美国文学史的集大成之作。它的代表性部分在于其所具有的批判倾向。我们的这部《剑桥美国文学史》同样反映了本学科领域内正在进行的包括自由多元论在内的关于各种文化模式与价值的争辩。因此相应的,在许多叙述中贯穿了与此相对的一条线,从而勾勒出《剑桥美国文学史》最传统的一面。本书在道德上采取的高姿态——以文学分析作为反抗、另类视角或与主流的相对疏离的基础——清楚地体现在我们对艺术的定义之中,而这一定义是我们自浪漫主义时期通过上流社会的批评家们手中继承下来的。而更早些时候对文学形成的一致观点则认为蕴涵在那些伟大的文学作品中的理想是放之四海而皆准的。因此,其隐含的意义是通过对社会规范与惯例更经常的直接攻击,本书营造了一种广泛的审美对立——无论是像新批评派在对工业社会的攻击中那样使用形式主义的术语,还是像左派文化批评家那样采取乌托邦的形式,这都是将文学提升为了(按马修·阿诺德的说法)"对生活的批判"。

在这一方面使我们的《剑桥美国文学史》与众不同的是它包含了多种相互对立的研究手段与方法,而更为明显的是,本书自始至终采用修正式的、非对抗性的方法来叙述文本和相关的时代背景。其结果之一就是强调了民族性的问题。在这套《剑桥美国文学史》的各卷中所提到的"美国"指的是美利坚合众国,或是后来会成为美利坚合众国一部分的领土;虽然我们有几位作者采取了比较文学的叙述框架,但大体上他们所关注的仍然集中于这个国家的英语写作——就其民族性来讲,这是美国国内外对"美国文学"的共同理解。然而,"美国"这一词对这几卷书而言,既不是叙述的前提,也不是客观的背景。恰恰相反:它是一系列文学—历史探究的复杂对象。"美国"是一个历史的实体,即美利坚合众国。它还是一个政治共同体的声明、一个通过口头认可而构成并维系的民族、一套普遍的原则、一种社会凝聚的策略、一声对抗议不平社会现实的召唤、一个预言、一个梦想、一个审美的理想、一个现代的象征("进步"、"机会"、"新颖")、一套表示包容的符号("大熔炉"、"大拼盘"、"万国之国")、一套表示排斥的符号,被排斥在外的不仅有旧世界,还有美洲的其他国家(无论南美还是北美),此外还包括美国国内的许多大团体。以这样的思维方式来看待一个国家的话,则这个国家不啻是一个各种话语手段纵横驰骋的战场了。

然而这八卷书正是因为保留了"美国"一词所有为人熟知的意义,才使得它与美国文学的历史具有了密不可分的联系。国家地位问题在这里成了人们关注的焦点，不搞清楚这个问题便无法探索当今文学研究中两个最令人头疼的问题：文本的历史真实性和历史的原文程度。

叙述风格多样化的另一个结果是强调了历史是批评修正的工具。并非巧合，这也正是我们身处的文化时刻所强调的。在文学研究的历程中，对历史——或者更确切地说是对历史的理论化——的意识从没有像现在这般敏锐和普遍深入。正是对历史压倒一切的兴趣，才把文学研究领域里所有特别的兴趣和群雄纷起的批评界里所有的门派都维系在了一起，这么说几乎是一点都不过分。历史是各种观念、隐喻和神话的基础和基本结构；历史构成我们所读的文本，也是指引我们解读这些文本的精神。在我们承认伟大的经典作品，即一些达到了不同寻常的情感强度的语言构造，能够超越它们所处的时代与地域的同时，即便我们相信它们的持久力能为对立的评价提供循环往复的动力，经过深思熟虑，我们也就能很容易看到，审美超越这个观念的本身也是有时间局限性的。如同其他被要求看做绝对的事物，从古代的宗教到现代的科学，美学提出种种要求也是由历史造成的。我们是通过一种清晰可辨的历史意识来把握伟大作品特别的超越形式的，诸如关于神圣灵感、歧义、颠覆和不确定性等美学观点。

在历史作品中同样应当承认存在着这种偶然性。有些历史要比别的历史更真实；一小部分历史曾一度被誉为"权威性的"和"全面的"；但所有的历史作品都是受各自所处历史时刻局限的叙述。对完整叙述的要求反而更加强（因为它掩盖）了历史的局限性：地方的偏见、暂时性的假设和既定的兴趣这些东西在驱使我们去寻求绝对的同时也限制了我们的寻求。不同叙述间的相互影响令我们可以利用这些限制，使得文学和历史向更深入、更完整的研究敞开。一条路引领我们通向对差异的发现：如文学史得以展开的各种中断与断绝。另一条路引领我们通向对联系的承认：共同的忧虑、利益和渴望构成了我们理解那些相互矛盾之处的基础，从而能令我们（出于职业、智力或时代的原因）对差异施加某种凝聚性的影响。

以上这些考虑指导了我们对这套《剑桥美国文学史》的具体形式的选择。所有以前的美国文学史都是巨细无遗、包罗万象的。它们所呈现的要么是以权威口吻从单一视角出发的一言堂；要么是许多蜻蜓点水般的简要叙述，令全书看来简直像是拼凑而成的，丝毫听不到著作者的声音，但愿这只是因为文学史的样式需要简略而又专业的综合性叙述而已。然而在这套书里，与之形成对照的是，美国文学史是通过复调式的大规模叙述展开的。每一个单独的篇章都有足够宽广的范围和足够充实的细节供独到的见解展开与发挥（立论、辩论、分析）；因此，本书的每一部分都通过展示证据（而非妄下论断）

来服人，且完全凭借自身的实力而具有了权威性；此外，本书的每一部分都通过共同的主题和关注点与其他部分发生联系。

本书在挑选作者时首先看他们自身在学术上有无杰出的造诣，其次看训练或影响他们的批评团体的重要性。他们作为一个整体向人们展示了过去30年中美国文学批评的成就。他们对这几卷书所做的贡献不仅反映出了两代人之间的差异与断层，更体现了两代人之间的连续与继承。他们让现在包罗在美国文学这个标题之下的范围广阔的材料开口说了话。他们在工作中展现了不同寻常的激情与责任感，从而将这一研究领域推向了一个非凡广阔的境界。此外，在他们身上还反映出了兴趣的多样性，这正是我们这一时代文学研究的特点。这可能部分是由人种上的多样性（不同的阶级背景、民族及种族出身）造成的。二战以后，尤其是在20世纪60年代以后，人种多样化成为了文学研究队伍的一个特点。

这部《剑桥美国文学史》在组织原则上也体现了同样的特点。其灵活的结构意在兼收并蓄各种类型的美国文学史。有些主要作者在不止一卷中出现，那是因为他们属于不止一个时代。有些文本在同一卷的几篇不同论述中被谈论到，那是因为它们对于文化经验的不同领域都很重要。有时候关于某一个文学运动的故事从不同的视角被讲述，那是因为这个故事需要有多个焦点：比如说既有从主流角度看的，也有从边缘角度看的；或者说它既是一个时代的顶点，也同样是另一个时代的起点。在所有这些事例中，重叠是多侧面描述的一种策略。由此而产生的视角的多样性既得益于文学与历史材料的丰富，又与之相符。这同样有利于对细节（作家、文本、文学运动）进行比以往任何一部美国文学史都更加充分、更加复杂的说明。

这部《剑桥美国文学史》的每一卷都以其自己的方式展现出上述优势。而在本卷中或许值得特别注意的是差异，同时成为叙述对象和叙述实质的方式，在这里我们要从其所具有的不同形式来考虑差异，它既是补充，又是异质；既是争论，又是冲突。本卷的四位作者每人都有一个与众不同的关注焦点。迈克尔·达维特·贝尔描述的是文学行业的社会条件：作者身份、经济上的改变、性别差异和地方利益之间的互惠关系，正是这些因素决定了职业文学在美国的成长。艾里克·J. 桑德奎斯特则围绕范围广阔的各种文化样式大做文章。他对探险文学、边疆文学和蓄奴制文学的叙述把各种截然不同的声音、观点和传统交织在了一起。芭芭拉·L. 派克的写作素材则很大部分来自于知识史；那些为超验主义的出现铺平了道路的神学和哲学上的论争。乔纳森·艾阿克谈论的内容主要是形式主义范畴的。他把美国南北战争前的小说的发展看做是散文样式的辩证法，一种文学样式的出现是国家形式、地方形式和

○序　言

个人形式冲突的结果。

于是，这些叙述放在一起便呈现出对文学的四重视角：社会的、文化的、知识的和审美的。贝尔考察了几乎全部的文学活动，从文学期刊、戏剧到小说的各种变化多端的形式。他对文学市场的叙述之所以引人注目不仅在于其广泛和详细（包括了出版的经费筹措、版权事宜、出书及发行的体制），还在于它提到了经济因素与审美因素间的许多关联。他对不同文学团体的描述不仅揭示了它们在社会规范与价值观上存在的巨大反差，也揭示了这些反差与可感受到的艺术功能之间的关联。他通过叙述细节翔实的文学生涯和分析文本使这些关联变得具体。贝尔的研究方法糅合了传统与经过修正的手段。他对经典表示了怀疑，重新评价了地方主义的意义，并展示了性别批评的运用，而这一切他都是通过人们熟悉的学术语汇和技巧来实现的。这是一篇从内部来阐述文学是文化工作的文章。贝尔从历史时刻的内部以直接的方式揭示了职业文学在美国确立起来的过程。他证明了这些过程是以社会连贯性与社会变化的模式为基础的；这其中涉及许多独立的区域、网络和机构，是与许多美学标准相对应的；它们的作用结果是几次明显的"美国复兴"。

桑德奎斯特研究的主要是由非专业人士和辅助人员写就的文本。他的文学史汇集了信息文化中的各色作品：探险者的日记、关于边疆生活的歌谣、奴隶们的叙述、人类学的论文、布道文与演讲词、废奴主义者与南方为蓄奴制辩护者的文章，以及有关美国土著的记载和传说。这套书对上述这些文本给予了不吝篇幅的展示，其程度超过以往任何一本文学史，这些材料重又被唤醒，并纳入了文学的范畴，没有比这能更清晰地体现新美国学研究对本书的影响了。作者成功地让材料自己开口说话，同样，没有比这能更清楚地展示作者驾驭材料的能力了。桑德奎斯特所使用的方法是罗列而不是综合；不是把所有的观点收罗到一个概念之下，或把所有的意象并为一种隐喻，而是让它们相互之间展开对话。他所讲述的故事并没有居高临下地强加其上的秩序和意义，它的意义和可能性是由相互竞争的意识形态、变换的现实与文化的对峙产生的。与以前学者们的著作相比，他的文学史在讨论种族问题、沟通不同的话语模式、代表对构成"美国"这个概念有着同样重要意义的边缘、另类和对抗文学等方面有了大胆的拓展。

桑德奎斯特的叙述开启了深埋在国家神话中的歧义性，而派克触发的则是辩论的创造性能量。她的叙述追溯了由一代人的动荡与反抗孕育而成的一场伟大思想运动的经过。从她的叙述中我们得知，超验主义开始于对现状的彻底反抗；在各界（无论是宗教信众还是世俗百姓）的一片反对之声中得到发展；又随着我们认为是由拉尔夫·沃尔多·爱默生（Ralph Waldo Emerson）

创立的反抗学说而传播。派克也认为爱默生是超验主义的主要人物，她对其作品的大量分析证明了这一点。但她是在当时的语境中来定义其重要性的。她对超验主义者的解释是通过描述身处当时当地的他们，通过他们之间的相互影响来进行的。她把他们看做是一笔复杂的跨越大西洋的遗产在新英格兰的继承人。她所讲述的故事里纠结着深奥的信仰和抽象的论点：加尔文主义对唯一理教，洛克对康德，启蒙主义思想对浪漫主义美学，还有对《圣经》的历史批判。派克把这些以及类似的事情不仅讲得深入浅出，而且令人信服。她在介绍超验主义者的时候带有一种道德紧迫感，这种感觉是超验主义者们当年也曾对他们的同时代人怀有过的，这部分是因为她看到了超验主义者如饥似渴地到处寻求新的观念，对外国的文学与文化感到兴奋不已，并且与世界进行着热切而又开放的心智交流。在她的叙述中，文化的、概念的和美学的维度在经验的维度中得到统一，从而以一种新鲜的理解重新诠释了整个运动。

艾阿克则把文学本身作为其写作的对象。他的叙述重点在于国家文学传统的建立，虽然对于他写到的每个散文作家他都提供生平介绍，但他关注的焦点乃是他们所发展的独具特色的主题和结构。其结果便是列出了一份文学样式的家谱，更确切地来说是对国家的、地方的、个人的和文学的叙述模式（这些叙述模式中最终产生了像《白鲸》和《红字》这样的杰作）的动力分析。对艾阿克来说，这类天才作品同样是文学天才与文化天才综合作用的产物，即它们是在审美形式的迫切需要与历史的压力之下应运而生的。他的故事讲述了一种艺术形式所取得的胜利，它有计划地解除了这些压力，摆脱了历史的束缚，进入了一个将会得到自治的"传奇故事"领域。他的叙述还显示，这一超越过程的自身就受到了政治与艺术之间深刻的互惠关系的巨大影响。事实上，艾阿克关于文学形式的历史是一种历史发展的美学。在他的分析的每一阶段，他都在常见的模式中显现了其个人的不同之处；在每一阶段他都在比较文学的框架内阐释了那些模式的美国特征；在每一阶段中，比较文学的和形式主义的阐释都会被引向对一个自相抵牾的过程的评论，即美国怎么会同时抱定决心进行无限止的扩张和打内战的。

无论是分开看还是合在一起看，这四篇叙述都构成了对1820年到1865年间美国散文写作的一个基本的重新评价。用他们的多样性来向一代非凡的美国学者们所取得的成就致敬是再合适不过了。他们钻研的问题和在此过程中出现的差异为美国文学研究指出了新的方向。

文学职业化的背景

迈克尔·达维特·贝尔

1 文学职业化的开端

1941年，F. O. 马西森（F. O. Matthiessen）发表了在美国经典作品研究领域具有深远影响的论著《美国的文艺复兴：爱默生和惠特曼时代的艺术与表现》（*American Renaissance: Art and Expression in the Age of Emerson and Whitman*），他将题目中的"文艺复兴"一词定格于19世纪50年代，在这段时期内，爱默生、惠特曼、梭罗、霍桑、麦尔维尔等人相继发表了各自的主要作品。人们或许会把更早的一场美国文学复兴（或者说"文艺兴起"）定在19世纪20年代初期这段时间内，因为即将在随后的二三十年间在美国文学中占据主导地位的三位作家在那时发表了他们最初的重要作品。从1819年6月开始，一直延续到1820年9月，纽约城的 C. S. 凡·温克尔（C. S. Van Winkle）连载发表了华盛顿·欧文（Washington Irving）的作品《见闻札记》（*The Sketch Book of Geoffrey Crayon, Gent.*）。1821年9月，马萨诸塞州坎布里奇（Cambridge）的希利亚德（Hilliard）和梅特卡夫（Metcalf）出版了威廉·卡伦·布莱恩特（William Cullen Bryant）创作的《诗集》（*Poems*）的第一卷。三个月以后，查尔斯·威利（Charles Wiley）在纽约城出版了詹姆斯·费尼莫尔·库珀（James Fenimore Cooper）的《间谍》（*The Spy*）。也许那时世界并没有为之震动，但从文学史的视角来看，在稍微不到三年的时间内，这三部作品的问世似乎意义重大。这些作家的生涯将证明，美国文学以及文学职业的意义有一个重大的变革——这个变革几乎影响了他们同时代所有从事文学创作的人。

欧文（1783—1859）在1819年还不是一个严格意义上的新作家。在十年前，他以描绘纽约文学场景而闻名，譬如，人们还都知道他是《纽约外史》

○文学职业化的背景

(*Diedrich Knickerbocker's History of New York*)（1809）的作者。但是，自1815年之后他却一直居住在英国，基本上沉默无声。再者，他的早期作品没有一部像《见闻札记》那般成功，赢得了大西洋两岸人们的广泛赞誉和竞相购买阅读。在英国，一种版本于1820年年初问世，受到了沃尔特·司各特爵士（Sir Walter Scott）这样一位显赫人物的推崇（他在美国人眼里早已是一个神话般的人物了）。拜伦勋爵（Lord Byron）在意大利断言："克雷恩（Crayon）非常棒。"《见闻札记》在英国和美国反复印再版，间接地表明了先前一种似乎不可能的事情：一个美国作家也可以取得国际文学声誉。年轻的亨利·朗费罗是在鲍登学院（Bowdoin College）学习时发现欧文的，他只是对这位本土新名士着魔入迷的众多美国人之一。"每个读者，"1859年欧文去世时他回忆说："都有自己的第一本书……这本书使他在青少年时期遐想万千。……对于我来说，这第一本书就是华盛顿·欧文的《见闻札记》。"

《间谍》是库珀（1789—1851）的第二部小说，之前的一部作品——一本模仿简·奥斯丁（Jane Austen）的拙劣之作，叫做《戒备》（*Precaution*，1820）——命乖运蹇。这部新作的特色包括一个美国背景（美国独立战争时期的韦斯特切斯特），甚至还有一段关于乔治·华盛顿（George Washington）的精彩描写。像《见闻札记》一样，它在大西洋两岸都颇受青睐，赢得了丰厚的利润。恰如《威弗利》（*Waverley*）作者司各特为苏格兰做出贡献一样，库珀似乎是"美国的司各特"，正在为美国的历史和景色而伏案走笔，而他是美国自己的作家。《间谍》的成功为进一步的勤勉树立了一个诱人的目标，不仅对于库珀是如此，对于其他未来的本土作家亦是如此。《间谍》出版之后，美国历史传奇小说遮天盖地般纷纷问世，它们经常仿效司各特，却又受到库珀描述本土主题和景色的先例的鼓舞。库珀的第三部小说《拓荒者》（*The Pioneers*）现在之所以受到重视，是因为它塑造了小说人物纳蒂·班波（Natty Bumppo），从而引出了人们熟知的五部系列小说《皮袜子故事集》（*Leatherstocking Tales*）。然而，因为文学史的缘故，下面的事实或许更有直接的重要意义：《拓荒者》于1823年2月1日问世，到正午时分，在纽约已销售出3500本。库珀像欧文一样成了一颗"明星"。在19世纪20年代，《间谍》的作者将从自己的作品中平均一年获利6500美元，在1829年一年间，欧文从自己的写作中得到的收入超过2.3万美元。在美国，职业文学创作中如此巨大的成功是前所未闻的。

布莱恩特于1821年发表的《诗集》并没有立刻引起这么大的轰动。在美国，朗费罗之前的本土作家创作的新诗并不像散文那么畅销，波士顿地区的出版发行境况也是一个不利因素，其诸多原因我们将很快论及。虽然布莱恩特(1794—1878)将作为同代人中最卓著的美国作家之一与欧文、库珀一起平分秋色,但过了十多年之后他才在公众中有了这样的形象,而且他的声誉不是来自波士顿,而是归功于纽约与费城的出版中心。布莱恩特于1821年发表的《诗集》第一次印数为750册(譬如与欧文的《见闻札记》相比较,后者第一次印数即达2000册),至1823年只售出270册。不过《诗集》仍然为作者赢得了评论界一定程度的认可。布莱恩特得到波士顿评论家R. H. 达纳(R. H. Dana)和E. T. 钱宁(E. T. Channing)的嘉勉,他的《诗集》在由钱宁担任编辑的波士顿杂志《北美评论》(*North American Review*)上受到赞誉,经由达纳的帮忙,又在纽约的《美国人》(*American*)杂志上得到褒奖。《布莱克伍德杂志》(*Blackwood's Magazine*)甚至于1822年在苏格兰声称:"布莱恩特绝不是一个平庸的诗人……当他有一天在英语诗人中占据一个显要位置时,我们对此不应该感到惊讶。"

《见闻札记》、布莱恩特的《诗集》以及《间谍》使三个人走上了持久的专业文学生涯,他们的文学生命恒久的简单事实不该被忽视。比他们早一代的人,在独立战争胜利的激励下,源源不断地创作了一批民族文学。譬如,在菲利普·弗雷诺(Philip Freneau)、休·亨利·布雷肯里奇(Hugh Henry Brackenridge)、康涅狄格才子(the Connecticut Wits)以及查尔斯·布罗克顿·布朗(Charles Brockden Brown)的作品中就体现了这一点。但是,如果说这次早期的创作繁荣是一次文艺复兴运动的话,那么这显然是一次明显流产的复兴。他们中间没有一个人——不管他曾取得了多么显赫的声誉——是以一个职业作家的身份获得成功的,甚至都不会把自己的主要精力集中在文学创作上。在这一代作家中,布朗或许是最著名的了,但他实际上在短暂尝试之后就抛弃了文学。因此,欧文、库珀和布莱恩特达到了这些先辈们力所未及的境界。至少,这一成就得归功于美学因素和当时的情形,而且两者发挥了同等重要的作用。

当时情形中最为重要的现象是,在美国创作、传播文学的手段方面有一种转变抑或说一系列转变,这种转变始于19世纪二三十年代。当时对市场商品的非实利主义写作进行了制度化和合理化的改革,欧文、库珀和布莱恩特都投身其中,或者说至少闻风响应。欧文和库珀(如果不是布莱恩特的话)是最早作为职业文学工作者获得像商业成功一类东西的美国人。这些作家并没有产生这些变化;确切地说,他们的创作生涯是图书和杂志的资助、生产以及上市销售方面渐次出现的一系列革新的前兆。美国文学在19世纪二三十年代的转变沿革除了其他意义以外,也在很大程度上是文学在生产和流通方面的变革的一段历程,这些变革涉及版税协商、定价、出版、运输以及其他

文学职业化的背景

相关方面。它也是文学使命的社会地位和意义变革的一段历程,是"作家"的身份由绅士派头的业余作者的理想(在美国很大程度上从未变成现实)转变为文学专业者的现实。这些变革到了19世纪20年代末,甚至到了50年代末,也未圆满完成。欧文、库珀和布莱恩特鼎盛时期的种种变革是一个时间更为持久、规模更为宽泛的变革过程的一个组成部分。然而,我们来了解这个过程对这些作家以及他们同时代美国人的创作和生涯将产生怎样的影响,依然具有重要的意义。

图书出版

19世纪初,美国图书出版业的状况绝对幼稚、旧式、杂乱无章,还完全没有现代意义上的文学出版社。到了19世纪50年代,情况已经发生了巨变。我们目前的出版体系——对文学资产的投资、生产、广告宣传和销售以及对作者和出版商在其中不同权利的合理分配——在当时尚未完全到位,但其轮廓已清晰可见。一大批学者对美国图书出版业在19世纪上半叶发生的这一剧烈转变早已进行了大力摹绘,其中最为敏锐的描述有已故的威廉·查瓦特撰著的《美国的文学出版——从1790年到1850年》(*Literary Publishing in America, 1790—1850*)(1959)以及其他著作。下面仅对这一时期的概况作一勾勒。

1790年美国第一部《著作权法》通过,使文学变成了财产,从而对美国作家来说,把写作作为一种"职业"便成为可能。当然,"可能性"没有迅即变成"现实性",个中有诸多原因。首先,在1891年之前没有国际著作权法可作协商的依据,而缺乏这样的法律对美国本土作家造成了极大的困难。倘若美国作家不能在境外做好特殊的妥善安排——许多作家事实上如是做了,并且获得了不同程度的成功——那么他们是无法从他们的书在英国的销售中得到任何收益的。而且,在美国,他们还不得不与廉价再版的流行英国图书对垒竞争。倘若美国作家期望从自己的作品中获取丰厚的收入,那么他们撰写的一本本美国诗歌、小说、历史著作都将毫不例外地要比由不拿美国版税的英国作家的作品定价高昂。然而,这种情形所产生的影响绝不完全是负面的,甚至很难说主要为负面的。在对南北战争之前的文学培养一种欣赏口味和创造一个市场的过程中,廉价的英国图书的广泛发行是一个主要因素。司各特、拜伦以及随后的狄更斯和萨克雷(Thackeray)的作品的廉价版本帮助培养了一个公众读者群和一种文学兴趣,从而使美国作家也有了可以竭力吸引的对象。或许更有重要意义的是,对英国图书的印刷、广告宣传、发行的业务在很大程度将美国本土的出版业从婴孩期带到了初步成熟的时期。在真正的"美国文学"成形之前，一定得有一个成熟的、相对稳定的出版市场。

本世纪初的美国图书生产主要是散落的或者说没有结集，费城地区是个例外。在其他地方，当地的印刷商同时充当书商，生产的图书相对本地读者的需要而言绰绰有余，作者经常在自己生活的地区从事出版活动。但随着世纪的步伐向前迈进，图书的生产和发行渐渐地汇聚在城市的文学中心地带以及诸如费城凯里出版社（Philadelphia's House of Carey）、纽约哈珀出版社（New York's House of Harper）还有随后的纽约威利和普特南出版社（New York's Wiley and Putnam）、波士顿的蒂克纳和菲尔兹出版社（Boston's Ticknor and Fields）之类的大型公司内。大公司经常在其他中心地带设有办事处。从1800年至1810年期间，由本地作者撰写的小说中有将近百分之五十是在纽约、费城和波士顿以外的地方出版，而到19世纪40年代这个数字则跌至百分之八。

美国的主要文学中心毫无例外都是可利用重要内陆河流的港埠城市，这样就使得这些中心的出版商可以用最低的费用将图书发行到内地市场。起初，纽约、费城和巴尔的摩是这个意义上的文学中心，它们渐渐操纵了美国的出版业，最后费城击败巴尔的摩，控制了萨斯奎哈纳（Susquehanna）和南方地区。纽约之所以最终占据优势地位，与其说是借助乡土文学文化而得以取胜，还不如说是19世纪20年代伊利运河的开掘才确保了成功。波士顿没有重要河流，一直是个区域性出版中心，这种情形一直延续19世纪30年代后期和40年代，因为从那时开始铁路开始取代船运将图书送到至关重要的内陆市场。这也部分解释了为什么布莱恩特于1821年在波士顿印刷的《诗集》在商业上没有获得成功，与之形成对照的是，欧文在纽约出版的《见闻札记》和库珀的《间谍》则均大获成功。

雄心勃勃的作家很快得知成功倚重于内陆市场的通路。布莱恩特在19世纪30年代转向纽约，哈珀出版社在1836年至1846年期间将他的诗歌印了十版，并取得了全国发行的成功，而这一点他的第一卷诗却未能遂愿，虽然它里面有以后入选《诗集》的《致水鸟》（To a Waterfowl）、《树林入口铭记》（The Inscription for the Entrance to a Wood）、《黄色紫罗兰》（The Yellow Violet）以及《关于死的见解》（Thanatopsis）等诗。与已经确定的文学中心关系融洽的作家也不一定都在那些"中心"地区发表作品。纽约人欧文和库珀在19世纪20年代与费城的凯里出版社签约，因为该出版社能够提供优越的条件，并对促销和发行有着精明的头脑。两位作家与凯里出版社之间的融洽合作一直延续至40年代。

内陆市场的通路本身并不能确保成功，在出版业依然还有些基本问题亟

○ 文学职业化的背景

待解决。譬如，在19世纪20年代，大多数所谓的出版商既是印刷商，又是书商，既做批发，又做零售，最终这两种功能势必发生冲突。公司有以零售商的身份垄断自己书籍的趋势，从而限制了这些书籍的批发发行。甚至在一个大城市内，一本畅销书经常只有在一家商店里可以买到。19世纪初的美国出版商也几乎不用投入多大资本就进行运作。的确，由本地作家撰写的书经常由作者而不是由出版商支付出版费用，《见闻札记》和《间谍》都是如此。这里最后提及的安排当时在英国也很常见，但这种安排不一定不利于作者，至少当一本书获得成功的时候是这样。既然欧文和库珀实际上充当了自己的出版商，支付给发行《见闻札记》和《间谍》的凡·温克尔和威利版税之后，他们就能对自己图书的利润一直占有极高的份额。但大多数本地作家未能达到如此之大的销售量，即便欧文和库珀也很快就选择了把自己作品"租用权"出让的方法，从固定的出版商那里得到约定价目和固定收入。美国出版社的投资经常少到荒谬的程度，从而也导致了出版业异常不稳定的后果。失败屡见不鲜，19世纪40年代初，廉价的外国再版书的凶狠竞争加剧了这种不景气的情形。

然而，从这片无序混乱中开始显现出有序定则来。像费城的凯里、纽约的哈珀一类出版社不久就打下了宽裕的经济基础，并接过文学作品出版商的全部功能，其中包括投资。到了19世纪40年代中期，种种最为恶性的竞争形式得到了控制。另外，占据主导地位的出版商们看到并且矫正了同时兼顾批发和零售的问题。1817年成立的哈珀出版社从一开始就局限于印刷和出版，哈珀出版社于1830年放弃了零售业务。不管怎样，出版业得到了戏剧般的扩展，这不仅因为受到投资和发行状况改善的刺激，而且还因为受到布面装订和圆压印刷机一类图书生产技术方面革新的推动。在美国生产和销售的图书价值从1820年的250万美元上升到1840年的550万美元，随后又在1850年上升到1250万美元。

到了19世纪40年代，作者们能够开始指望获得在1820年还十分罕见的稳定市场了。然而，为了得到这种稳定，他们也付出了代价。由于出版商接过了对当地作品的投资权，于是它们开始大大加强了对当地作家的控制。出版社有充分的理由对什么书畅销什么书滞销做出预测（做出如此预测的能力终究是使成功的出版商成功的要素），他们势必给作家施加压力，迫使作家依照他们对大众口味的揣度从事创作。虽然业已成名的作家或许会极力抵制这种压力，但新来乍到的作家却几乎没有选择，只能依从，即便知名作家疏于市场考虑也是自担风险。19世纪40年代早期的恶性竞争造成了一个持久的后果，那就是美国图书的价格急剧下降，随后来自书价的对作者的回报也相应跌减。同时，甚至一个颇受欢迎的作者的有效版税的百分比也大幅度下降，因为出版商从作者手中接过了出版的经济风险。在这种情形下，到了19世纪40年代，像欧文、库珀这样成功的职业作家不得不设法增加比原先多得多的销售业务，以此来产生与他们曾在20年代的所得相当的收益。威廉·查瓦特估算了这些变化对库珀产生的具体影响。1826年，《最后的莫希干人》（The Last of the Mohicans）以每本2美元的定价售出5750册，库珀从中获利5000美元。1842年，《双帆航行》（Wing-and-Wing）的销售量为1.25万本（是1862年《最后的莫希干人》的销售量的一倍以上），但每本售价才50美分，有效版税的百分率也比先前低得多（20%与43%的对比），比他在1826年从《最后的莫希干人》那里得到的收益少了四分之一。

即使不理会来自出版商的压力，作家也有自己的理由去按照大众的口味创作文学作品。他们还有理由要以尽可能快的速度创作尽可能多的作品。对于一个已经确立声望的作家来说，为了保持收益，作品的数量要比作品的质量重要得多。图书出版在19世纪20年代至40年代的发展使本土作家有可能造就一批新的真正的本国读者，有可能获取赢得这批读者的一种相对稳定的手段，不过他们最终通过将文学作品变为商品而使这种可能性变成了现实。倘若说文学的基准由文化转向了商业，这种结论或许过于简单化了。美国的"高水准文化"的涵义及其权威性一直是含混不清的。但是，到了19世纪40年代初期，市场考虑已经明白无误地成为美国新文学职业中一个无法逃避的组成部分。对于那些选择从事这个职业的人来说，文学出版的扩展和巩固带来了一种混杂的有时又令人困惑的天恩。

华盛顿·欧文

华盛顿·欧文于1813年撰写了一篇评论美国诗人罗伯特·特里特·佩恩（Robert Treat Paine）的文章，从佩恩灾难性的生涯中看到了美国文学职业所面临的诸多危险中的一个生动实例。欧文用分外凄楚的措辞描绘了那个富于想象的美国作家的大体情形。"不宜从商，"他写道，"在一个人人不得余暇的国度里；献身文学，在一个文学闲暇与游手好闲混为一谈的地方；文人近乎是一个与世隔绝的人，极少有人理解，更少有人尊重，几乎没人鼓励其追求。"19世纪初美国职业作家所面临的经济困难已经得到表露，但是欧文的重心在于一种更为深层的困难，这最终涉及社会和心理因素。做一个职业作家就是离经叛道——实际上就不再是一个美国人。

文学本身享有巨大的声望，大学里也教授文学，文学修养是社会地位的一个标志。小说多半游离于这种概括性的结论之外,不过司各特的《威弗利》系列小说即将有助于甚至小说这种文学形式开始受人景仰。然而,沉溺于想象会被正统的观念所嫌恶抛弃。小说的流行特别是煽情的哥特小说和诱惑力十足的故事的流行,使小说失去了给予"更高"形式的文学(特别是诗歌和历史)的官方尊重。然而,甚至更高形式的文学享有的名望也没有延伸到为了谋生而创作这些文学作品的作家身上。作家陷入了双重困境之中。一方面,全身心地投入文学而非"商业"之中被视为纯粹的"无所事事"。因此,霍桑(1804—1864)在其 1850 年创作的《红字》(*The Scarlet Letter*)的序言"海关"中构想了他的清教徒先祖们对他们后嗣的文学创作生涯会有的敌对反应:"他是什么东西?……只是一个故事书的作者而已!那或许是……怎样的职业呢?哎呀,这个堕落的家伙倒不妨去做个骗子呢!"在另一方面,一个人如果到了把文学作为一种"商业"而去追求的程度,那他是在背离文学真正的"绅士风度"的性质。难怪欧文在 1813 年把美国作家看做是"与世隔绝的人"。

欧文文学生涯的成功暗示了一个克服横亘在美国作家面前的经济困难的方法,它也有助于打破美国人认为职业作家已经与社会隔绝的观念。1835 年,巴尔的摩小说家约翰·彭德尔顿·肯尼迪(John Pendleton Kennedy)表达了对《见闻札记》的作者的感激之情,因为他已经"使窝在家中的聪明人相信,一个人有时可以写上一卷书而又不失去其品质"。就欧文来说,达到此效果是要经过处心积虑的努力的。纵观他的整个写作生涯,他通过细致入微地揣摩读者的口味变化才得以支撑他的职业作家的地位。或许更为重要的是,他小心翼翼地成功塑造出一个作家的形象是为了缓和公众对文人的敌意与漠然情绪。最终,欧文还是勋绩卓著,将文学作为一种商业企划而积极参与其中(从而解除了公众对"闲散安逸"印象的猜疑以及他自己的内疚自责),同时,他在公众面前仍然保持一种业余作家的姿态(从而避免了因商业而降低文化的表象)。他意识到,假若文学正在逐渐成为一种商品,那它也必然成为公共关系的一种形式,而他则成了一个公共关系大师。

欧文出生于 1783 年,六年之后与他同名的华盛顿举行就职典礼成为美国第一届总统。欧文的父亲是纽约的一位商人,家中好几个男孩都从事家族企业,但华盛顿却受训研读法律。虽然他于 1806 年通过了律师资格考试,但他从不积极从事法律事务,相反,他的兴趣重心却朝着纽约的地方文学世界转移,并且不顾一切地以这一世界的自身感受去仿效 18 世纪伦敦的文学社会。这些年轻人要么从商,要么从事其他职业活动,对于他们来说,文学主要是一种社会事务,一种消遣,是对英国绅士派头的本地区域性的模仿或者创造。

它或许预示着从令人厌烦的商业负担中解脱出来,并指出了在一个资产阶级民主国家获得近乎贵族生活风格的途径,然而它却难以维持生计。

不过,欧文以超乎寻常的精力投身于这个文学世界的活动,或许出于因自己命中注定的社会角色所遭遇的挫折感,或许出于因自己与这个社会角色看似笨拙不适而生的内疚。1802 年,他开始在其兄弟彼得编辑的《纽约早晨纪事报》(New York Morning Chronicle)上发表讽刺作品《绅士乔纳森·奥尔德斯泰尔的通信》(Letters of Jonathan Oldstyle, Gent.)。1807 年,他与兄弟威廉及妹夫詹姆斯·柯克·波尔丁(James Kirke Paulding)一起开始出版《大杂烩;或朗斯洛特·兰斯塔夫先生等人的怪想和浅见》(Salmagundi; or the Whim-Whams and Opinions of Launcelot Langstaff, and Others),这又是一部散文集子,其中讽刺作品居多。而后,曾经向他提出法律合作的法官的女儿,他年轻的未婚妻玛蒂尔德·霍夫曼(Matilda Hoffman)于 1809 年病殁,这促使他索性摆脱了甚至是半心半意涉猎的法律事务。接着,他将精力狂热地转向了一年前在心里酝酿的一项文学计划:即讽刺作品《纽约外史》,该作品于 1809 年出版时立刻大获成功。为了给他更加充裕的时间从事写作,他的兄弟们虽然让他做家族企业合伙人,却不让他忙活其事务。

然而,欧文还远不是一个成功的职业作家,甚至还根本不是一个职业作家。《纽约外史》取得了令人惊愕的成功(欧文在这本书上赚了 3000 美元),但它除了 1812 年的修订版本之外却没有紧跟而上的后续之作。同年,欧文当上了费城一份文学杂志《文选杂志》(Analectic Magazine)的编辑,该杂志大多刊印英国文学作品的摘录,但却在 1814 年停刊。那时,31 岁的欧文快要穷途末路了。他多少已经声明放弃了商业,但是他尚未成为一个真正的作家(不管"作家"当时在美国会有怎样的含义)。于是在 1815 年,他在百无聊赖、优哉游哉的情况下登船涉洋远渡英国。当时,他的兄弟彼得正在家族企业的利物浦办事处主持业务。

起初,英国之行是一场灾难。彼得罹病,华盛顿只得接手利物浦办事处的事务。办事处陷入困境,最后于 1818 年破产。然而,这场灾难既包含一个重要的教训——即资产阶级正统观念竭力吹嘘的"商业"并不牢靠,又包含着一个同样重要的情势所迫之事——已经目睹家族支持之脆弱的欧文将只得自力更生。在这之前,他曾在 1817 年见过沃尔特·司各特爵士,后者的职业成功所达到的令人振奋的程度远远超出欧文在纽约的文学业余涉猎,而且他还胸襟豁达,给了欧文很多鼓励和指点。欧文开始着手工作,起先撰写一本永远没有写完的小说,而后转向日后成为《见闻札记》的散文和故事创作。

他把《见闻札记》第一册于 1819 年初寄给在纽约的兄弟埃比尼泽尔

○文学职业化的背景

（Ebenezer）。"我的才能，"他在附信中写道，"纯粹在文学方面……假若我在公众中享有巩固的声望，这一定是我在纯粹跟随幻想和感情引导的情况下，孜孜不倦地以悄然笔耕获取的。"这个声明中的看法很典型：虽然欧文没有公开反对传统世俗对文学的贬损，而且确实还开诚布公地表示赞同（因此他先后两次使用了"纯粹"一词），但他依然坚持主张把文学视为"商业"的一种形式，是一种迈向"巩固的声望"的手段。他将逢迎读者，换言之，他将公然宣称自己与一般人所认可的观念趋同，甚至是他自己所从事的行业的一些广为接受的观念。

《见闻札记》本身就是深思熟虑、变纯粹消闲为利润的作品。假称的作者杰弗里·克雷恩（Geoffrey Crayon）是个自称为游手好闲的人，但这很难说是对正统信仰的挑战。之前，欧文已经在创作中使用假名作者身份（乔纳森·奥尔德斯泰尔［Jonathan Oldstyle］、朗斯洛特·兰斯塔夫［Launcelot Langstaff］、狄德里希·尼克尔包克尔［Diedrich Krickerbocker］），在他创作生涯余下的岁月里，他将反复使用这些假名。这样，他保护了自己，以避免公开个人与文学有关系，然而大家却都知道写这些札记和讽刺作品的真正作者为何人。另外，在书名中涉及人名杰弗里·克雷恩时后面缀上了"绅士"一词——如17年之前涉及人名乔纳森·奥尔德斯泰尔时的做法——以使读者相信，这部文学作品出自一个业余绅士作家之手，但其实却是由一个纽约商人的儿子创作的。早期作品中经常出现的尖刻的或者色情的讽刺不复存在，取而代之的是较为温和的幽默和弥漫的情趣。既有感伤的旅游者札记问世，涉猎了诸如"威斯敏斯特教堂"（Westminster Abbey）、"乡村葬礼"一类的主题，也有克雷恩写给狄德里希·尼克尔包克尔的一些即刻成为经典之作的短篇故事："瑞普·凡·温克尔"（Rip Van Winkle）（收集在第一册内）以及"睡谷的传说"（The Legend of Sleepy Hollow）。

欧文经常被视为是一个纯粹的模仿者，是一个反复使用落伍陈腐的英国模式和风格的作者。在他名声达到巅峰之时，同时代的诽谤者已经这样来指责他了。毫无疑问，不管是对昔日的英国还是对昔日荷兰人时代的纽约，他的作品确实煽起了怀旧乡愁，而这种怀旧乡愁正是欧文的惯用伎俩。当然他是借用了英国的模式。不久，他就渐渐以"美国的歌德史密斯"而闻名遐迩。毋庸置疑，所有这一切都是处心积虑的结果。人们没有理由想象习惯了英国作品的美国大众读者会喜欢他们并不习惯的作品，然而，欧文仍然还是一个重要的革新者，或者说，至少具有深刻的影响力。杰弗里·克雷恩逍遥自在，热爱欧洲，钟情于诗情画意，这种姿态建立了美国写作中的一个重要流派，其中包括纳撒尼尔·帕克·威利斯（Nathaniel Parker Willis）的许多作品和朗费罗的早期作品。欧文或许也有权利声称发明了美国短篇故事；坡在1842年撰写了一篇赞扬霍桑的《重讲一遍的故事》(Twice-told Tales)的评论文章，欧文就是其中除霍桑之外唯一受到坡赞赏的美国作家。"瑞普·凡·温克尔"和"睡谷的传说"是《见闻札记》中的两则尼克尔包克尔故事，它们把荷兰人传统与美国新英格兰人进步之间的对照变成了一种挽歌式的讽喻，或许可以被援引为美国乡土色彩虚构故事的源头，它从霍桑创作的《海关》(The Custom House)与《七个尖角阁的房子》(House of the Seven Gables, 1851)流至19世纪80年代和90年代纷纷问世的由妇女创作的乡土色彩作品，最后又进入20世纪由舍伍德·安德森（Sherwood Anderson）和威廉·福克纳（William Faulkner）创作的非纪实小说。另外，若没有欧文对英国的"圣诞"（《见闻札记》的又一篇文章）那饱蘸情感的宣扬，那么查尔斯·狄更斯（Charles Dickens）在创作《圣诞颂歌》(A Christmas Carol)时就几乎没有可资借鉴的传统了。尽管狄更斯的社会态度严肃，但他还是19世纪伟大感伤主义者之一，而且他还在其他许多方面受惠于欧文。

不管怎么说，《见闻札记》在大西洋两岸取得了巨大的成功，产生了轰动效应。最初拒绝接受该书的约翰·默里（John Murray）在1820年至1823年期间出版了五个英国版本。美国的凡·温克尔也在1819年至1826年期间出版了同样多的版本。在随后的16年间，美国版本又重印了九次。因为欧文当时居住在英国，从而使他能从美国和英国两地版本的销售中获得利润。他确实发现自己"在公众中享有举国的声望"。接着，他迅速追求额外的利润。《布雷斯布里奇田庄》(Bracebridge Hall)一书于1822年问世，作者依旧借用杰费里·克雷恩的名字。它显然是在摹拟《见闻札记》的写作，虽然与《见闻札记》比较，受到读者青睐的程度略逊一筹，但是利润收入也相差无几，默里支付了1200几尼才取得了该书在英国的出版权。

1824年，欧文发表了最后一部模仿《见闻札记》风格创作的作品，即《旅行者谈》(Tales of a Traveler, by Geoffrey Crayon, Gent.)，但这里有了重大的差异。由司各特介绍给欧文的德国哥特式小说的影响较之以前显豁得多了。不同于《见闻札记》和《布雷斯布里奇田庄》，《旅行者谈》全部由短篇故事构成——即虚构故事（fiction）作品，这在当时被普遍视为最低的文学模式。欧文显然知道自己在冒险，《旅行者谈》中许多故事相当有自我意识地来处理小说的虚构性，占据全书四分之一篇幅的"巴克索恩和他的朋友们"(Buckthorne and His Friends)将文学生活的虚幻性作为主题。欧文对虚构作品的紧张不安情绪还在下面的事实中表现出来：被指称为"故事"作者的克雷恩自己说故事是由其他杜撰出来的叙述者——一个"神经质绅士"，即再次出现的

文学职业化的背景

狄德里希·尼克尔包克尔,还有其他人——编造的。这样,他就将该书的非纪实性放置在距离华盛顿·欧文本人至少有两重笔名间隔的地方。

欧文的担心没错。虽然默里为《旅行者谈》支付了1500几尼,但大西洋两岸的评论有的持否定意见,有的公然怀有敌意。这种反应在很大程度上是有道理的:欧文第二次力图重复早期的成功,《旅行者谈》中不少地方草率马虎。然而,有些故事在幽默和微妙的自我意识方面却非常不同寻常,"德国学生的历险"(The Adventure of the German Student)就是一个例子。《旅行者谈》中的"意大利年轻人的故事"(The Story of the Young Italian)就是坡将在1842年唯一挑选出来加以褒奖的作品。欧文依然关注"公众中的声望",而且他立刻从《旅行者谈》的失败中汲取了教训。他再也不会用整卷的容量来创作虚构故事了,更不用说自我意识的虚构故事了。他的文学生涯这一阶段的遗风在而后的坡、霍桑以及其他作家的作品中得以再现。欧文自己却转向了历史题材。

早在1826年,受美国大使爱德华·艾弗里特(Edward Everett)的邀请,欧文去了马德里。这次访问一直延续到1829年,取得了极其丰硕的成果。《哥伦布的生平及航行》(The History of the Life and Voyages of Christopher Columbus)于1828年出版,该书是一部四卷本的历史著作,为欧文赚得了2.5万多美元。《格拉纳达攻克记》(A Chronicle of the Conquest of Granada)(又用了一个新笔名弗雷·安东尼奥·阿加皮达[Fray Antonio Agapida])在同年8月问世。尔后,欧文又在1829年完成了《哥伦布》的续篇——《哥伦布同伴的航行和发现》(The Voyages and Discoveries of the Companions of Columbus),并于1831年出版。接着,他又着手撰写日后人们所熟知的《阿尔罕伯拉》(The Alhambra)中的《西班牙见闻札记》(Spanish Sketch Book),该书于1832年由费城的凯里出版社和伦敦的理查德·本特利(Richard Bentley)出版社出版。从此,理查德·本特利取代约翰·默里成为欧文在英国的出版商。

欧文也许还没有成为真正的历史学家。《阿尔罕伯拉》是一部充满情感的游记。《格拉纳达攻克记》将史实与幻想糅合在了一起。虽然说多卷本的《哥伦布》从传统意义上来说更具有历史题材的意味,但是其中所有的史实都源自1825年的一份西班牙原始素材。《哥伦布》项目的撰写的确是在艾弗里特的建议下作为对这一原始资料的转化而开始的。然而,在《旅行者谈》发生突然性灾祸之后,假装成历史学家对欧文在塑造形象方面产生了重要的作用。因此,在《哥伦布》问世之前,他怀着担忧和预测的混杂心情给一个朋友写道:"假如这部作品成功的话,它将对我有着巨大的帮助;假如它失败了,将极有可能发生很多人已经预料的事,他们会想,我已经在虚构故事创作中浸淫日久，根本不可能用貌似有理来讲述事实。"当然，《哥伦布》一书确实取得了成功，它利用了欧文在其他方面所称的"历史的可信与尊严"，以期恢复作者在公众中的"声望"。1829年，在民主党人马丁·范布伦（Martin Van Buren）的激励推荐下，欧文获得了美国驻伦敦使馆秘书的职位，这一任命表明欧文成功地抵消了文学职业给人的不务正业的暗示，将自己变成了一个受人尊重、责任心强的公众人物。英国皇家文学学会授予他的勋章和牛津大学授予他的名誉学位进一步确立了他的地位。

1832年，欧文最终回到美国的时候，他已是一个完整意义上的名人了。当时，他的大部分作品以欧洲为背景题材，这种情况或许会引起人们对他的爱国主义的疑问，但他再一次有意识地着手将自己塑造成一个彻头彻尾的"美国"作者。确实，在离乡17年之后，即便他重返故里的行动部分也是巩固美国读者对他的忠诚的一个步骤。他的第一部以美国为基础的作品《大草原游记》（*A Tour of the Prairies*）于1835年问世；旅行者依旧是个旅行者，但他将他的地点从英国、西班牙转移到了美国景色中"美国味"最浓的地方——美国西部。1835年，又一部按照《见闻札记》的风格撰写的故事集《克雷恩杂集》（*The Crayon Miscellany*）出版。欧文现在使出了浑身解数。然后，他开始写作《阿斯特里亚；或落基山脉那边一家企业的轶事》（*Astoria：or Anecdotes of an Enterprise Beyond the Rocky Mountains*, 1836），这是一部宣传约翰·雅各布·阿斯特（John Jacob Astor）的作品，实际上是受阿斯特委托而撰写的。在梅尔维尔的作品《代笔者巴特尔比》（*Bartleby, the Scrivener*, 1853）中，叙述者对阿斯特的赞美表现出来的奉承似的趋同兴许就暗示了这一创作安排。梅尔维尔的挖掘从某种意义上来说是不公平的。欧文的"美国"作品中有一种真正的兴味，并且在方兴未艾的西部文学中占据了一席重要位置。然而，在选择主题方面，欧文是毫无疑问经过深思熟虑的，甚至有着我们现在所谓的形象安排。

欧文创作生涯的剩余部分无须在这里作详尽描述。1832年，他迁入纽约塔雷镇（Tarrytown）的邸宅"阳光地带"。从此，他作为在美国家喻户晓的人物一直居住在这里，直至1859年去世——其间，除去1842年至1846年这段时间，当时，他由支持民主党人转而支持辉格党人，并由此而成为美国驻西班牙王国的公使。这位最初从商业、政治转入文学的美国人，现在又在文学声誉的基础上，在商业和政治领域中牢固地确立了自己的地位。虽然他依然相当稳定地发表作品，但他的大部分"新作"都是从早些时期的手稿中精选出来的，他的大部分文学创作收入来自于旧作的再版。对于欧文来说，文学已经完全变成了商业行为。当19世纪40年代早期书价暴跌的时候，他的文学创作收入也急剧下降，这也是他摆脱把文学视做一种职业来依赖的原因之一。然而，从旧作再版中获得的收入可以说是十分可观的。1848 年至 1850 年间，纽约的乔治·帕尔默·普特南（George Palmer Putnam）推出了当时欧文所有作品的统一版。在一个书价低落的时代，对早些时期的作品做这样的重新发行是最大限度地提高收入的一个精明之举，到了 19 世纪 40 年代，上述办法已成为获得可与 19 世纪 20 年代的收入相比拟的有效方法，要远比以必要的速度创作新作更可取得多。至 1853 年，普特南的"作者修改版"销售量近乎达到 15 万册，使欧文净赚 2.2 万美元。

就在去世前的几年里，欧文创作了最后一部作品，即五卷本的《乔治·华盛顿传》（1855—1859），这又是一部他所谓的"不折不扣的历史性题材作品"。他去世的时候依然声名显赫，而他的榜样作用显然激励着许多其他的美国人去将文学创作当成一种可能的职业。从文学史的视角来看，这或许是他文学创作生涯所留下的最重要的遗产。但是，在欧文利用自己的文学声誉而取得这一成就中仍然有一种反讽：因为在他生命的最后 20 年中，职业成功最后允许他在事实上变成了从一开始他就竭力要假装的那种业余文学绅士。他设法成功地变成了自己塑造的那种人物形象，而且他几乎就是最喜欢这样去做的人。

詹姆斯·费尼莫尔·库珀

华盛顿·欧文和詹姆斯·费尼莫尔·库珀几乎同时在文学上取得了显赫的地位，他们都是纽约人，又都在 19 世纪 20 年代与费城的凯里出版社签订了长期出版合同。然而，就是在那里，这一相似点终结了，或者说至少库珀是这样坚持的。最初库珀与众人一道赞扬欧文，但是他的态度不久就变成了一种公开的嘲笑，这甚至使他的朋友都感到尴尬，而且不论是在公开场合还是私下里，欧文都拒绝予以回复。库珀对欧文的敌意至少是由于职业上的竞争，同时也有性格以及政治观点上的一些冲突。库珀是个忠诚的（如果说经常也很刻薄的话）民主党人，他对自己所谓的欧文的机会主义感到愤怒——这可以从欧文于 1840 年抛弃民主党人马丁·范布伦转而支持辉格党人由此而在 1842 年获得驻西班牙公使的职位以及与富有的辉格党商人关系密切等方面得到证实。"哥伦布与约翰·雅各布·阿斯特，"当库珀听说了《阿斯特里亚》一书的委托之事后勃然大怒，"我胆敢说欧文会使后者（指阿斯特）成为最伟大的人。"然而库珀对欧文进行的公开抨击也缘自他对美国学人士恰当职责的真挚信念上。欧文的"过错"，他在 1842 年写道："都是些卑鄙无耻的

1 文学职业化的开端

行径,我承认,如果这些过错属于男子汉的话,我则宁可予以宽恕。"在库珀看来,欧文不仅"像女人似的"顺从他的读者和美国财阀,而且"像女人似的"顺从英国的文学品味标准。"这个国家,"库珀写道,"必须要克服对外国人的阿谀奉承,特别是对英国人。"他还坚持认为,欧文"从情感上来说根本不是真正的美国人"。作为文学职业人士,库珀竭力做到要既有"男子气概",又要有"美国特征"——这些用语对他来说几乎同义,有种同义性而模糊难辨。

1848年,当得悉毫无根据的谣传说阿斯特在遗嘱中为欧文留下了大量遗产时,库珀立刻就相信了,并且以典型的厌恶之情做出反应:"那人对金子具有一种什么样的本能啊!"然而,库珀自己对金子的本能的强烈程度也绝不亚于他的对手,尽管他曾公开宣称要"像男子汉一样"独立于商业之外。作为一个作家,库珀也通过迎合公众的口味而取得了成功,至少在19世纪20年代是这样。他俩主要的区别是他不希望让人看出自己这样去做。而且,库珀作为一个职业作家的时间要远比欧文长,而欧文同时还做过商人、政治家和外交家。库珀在自己的整个生涯中主要是个职业作家,而且还是1850年之前唯一完全依靠写作所得维持生活的美国作家。他的孤傲从很大程度上来说是一种补偿性的幻觉。他希望把自己看做或者让人感觉到他不仅仅是一个市场商品的专业供应人(尽管有时他也乐意给人这种感觉),而且还是一个民族先知,一个他恰恰赖以赚钱的大众以及市场的指导者和严厉批评者。他的生涯展现了这些对美国文学事业不同观点之间的冲突,这一冲突在书价暴跌的时代由于对不断增长的销售的需要而更进一步恶化。因此,库珀对自己的"男子汉气概"应如何得到表现以及同时又如何受到他的职业文学人士地位的威胁颇有感受,因此,库珀公开对欧文进行的令人不快的谴责(后者是同时代文学人士中唯一受到这种辱骂的人)或许最终表达并且方便地发泄了库珀的这种感受。

像欧文一样,库珀也是以自封的"绅士"的身份展开对文学商业化追求的——此种行为在19世纪20年代名人首次极速产生之后,达到了任意危害自己的声望并且与自己的市场作对的地步,而且经常仅仅是为了创造一个市场。欧文强调"温柔品质",而库珀却强调"男性气质",而且由于他把民族忠诚以及民主原则与好斗的男性气概等同起来,从而使得敌意对他的读者大众来说成了表现人格完整的标志,并且为后来的美国男性作家设定了一种模式。例如,梅尔维尔(他在1851年把库珀的作品描绘成"是我能记忆起的最早的东西之一,因为它们在我的脑海里产生出了一种生动的激励力量")就在1850年以他敬重的前辈的口吻宣布文学民族主义:"美国作家不应该像英国人

文学职业化的背景

或是法国人那样去写作；应让他像一个男子汉那样去写作，因为这样做之后他肯定才能像一个美国人那样去写作。"然而，问题依然存在着：在一个"写作"和"男子汉气概"被认为是根本对立的时代，"像一个男子汉那样去写作"确切地说意味这什么呢？

詹姆斯·库珀（"费尼莫尔"是他母亲的娘家姓，他自己于1826年添加到自己的名字中来）于1789年出生在新泽西州。一年以后，他随全家人迁往纽约州北部奥策古湖（Lake Otsego）畔的库珀镇，1786年他的父亲威廉就在那里买下了一大片土地以作投机之用。投机生意最终证明相当成功：殖民者们竞相前来购买土地，而这位未来小说家的父亲就像儿子后来在自己的小说中所理想化的那种绅士那样主持着他的社区。然而，威廉·库珀（William Cooper）却绝不是拥有地产的贵族；尽管库珀镇展现着封建采邑式的光环，但它仍然还是一个商业投资。儿子身份的模糊性在父亲的模糊身份中得到了预示。

詹姆斯在当地的学校接受教育，然后又被送到了阿拉巴尼（Albany）去学习。1803年库珀进入耶鲁大学学习，但是在1805年由于某些不当行为而被开除。1806年他作为一个普通海员出海航行，然后又在1808年应征进入美国海军，在安大略湖服役三年半时间，这些经历使他成为未来美国航海小说的大师。1809年末，在开完一场政治会议后，威廉·库珀法官这位积极的联邦主义分子遭到了一个反对者的袭击，而后由于伤情而身亡。詹姆斯继承了5万美元的遗产，并且与他的哥哥分配了父亲的地产。1811年，库珀与苏珊·奥古斯塔·德兰西（Susan Augusta DeLancey）（她是威西切斯特［Westchester］一户望族的女儿）结婚，最后在威西切斯特定居下来，务农消闲。库珀的父亲遭遇暴力而死一事几乎很难与由于这一死亡而实现的稳定的上流社会生活联系起来，但在库珀后来的很多小说中都充满了贵族控制与暴力破坏之间的紧张关系。

库珀以家庭为基础的富有如同华盛顿·欧文的一样，最终被证明既脆弱又短暂。从1813年到1819年，库珀的五个弟兄都先后死去，于是詹姆斯要面对他们的债务，同时还有自己的债务。到19世纪20年代早期，他父亲的地产消失了，而家族的宅院奥策古大厅（Otsego Hall）也被出卖。这位务农消闲的绅士不得不从自己身上寻找谋生的出路，而正是在这时，由于受到经济方面的逼迫，库珀也像欧文一样成了一名作家。除此以外，与欧文不同的是，库珀既有妻子又有儿女，他的处境的确是山穷水尽了。

库珀的文学生涯是以独特的争强好胜开始的。有个故事是这样的，说库珀在给妻子朗读一部英国的家庭小说时宣称："我可以给你写一本比那更好的书。"妻子刺激他去这样做，其结果就是库珀写出《戒备》，于1820年出版。《间谍》（其商业成功我们早已描述过），紧接着在1821年出版。库珀从没有因为职业作家的缘故而牺牲自己的绅士（不管这一称谓在新美国有什么意义）地位，至少他自己是这样想的；更确切地说，他的写作将会维持他的绅士地位。然而，《间谍》本身就暗示了对于这种地位的诸多根深蒂固的忧虑。主人公哈维·博奇（Harvey Birch）是美国独立战争时期的一位爱国英雄，他乔装打扮成小商贩为乔治·华盛顿工作。但是由于一些不甚明朗的原因，博奇的真实身份可能永远都不会揭示出来。他那充满男子气概的爱国主义一生都是一个秘密，如果说这一人物的困境折射了库珀对自己作为爱国者却非常尴尬地置身于商业行为的处境的感受的话，那也很难说是牵强附会。无论如何，既然《间谍》显示了它主人公自己永远都不会展示的不可责备的动机，该书或许也可以作为一种对其作者和他所从事的新事业的辩护，它给创作的定义不是一种最终以商业为目的的形式，而是一种秘密，一种充满男子气概的英雄主义。

　　同样的忧虑也掩藏在库珀的下一部小说《拓荒者》的表面之下，而且在这里他们更加切中要题。该书中的"泰普尔顿"（Templeton）处在奥策古湖岸边，是稍微有些改头换面的库珀镇，而且这一社区主持事务的创建者马马杜克·泰普尔法官是稍有改变而且理想化的库珀的父亲威廉·库珀法官。泰普尔法官严守制约和原则，反对泰普尔顿一位新移民的商业贪欲和过度追求，但是该书的情节却对其地位的合法性提出了疑问。独立战争使他得以把泰普尔顿另一位与他一块创建该社区的合伙人爱德华·爱芬海姆（Edward Effingham）的份额买了下来，因为后者在战争中站在亲英分子一方，这似乎在暗示泰普尔法官和美国独立革命都具有泰普尔在别人身上所谴责的那种贪欲和商业主义。如今，到了1793年，爱芬海姆携子返回祖国来揭露泰普尔法官的所作所为。但是人们最后却发现泰普尔一直把爱芬海姆的份额秘密保留着，正如《间谍》中的小贩哈维·博奇最后证实原来是一个秘密爱国者一样。泰普尔法官主张自己财产和地位的做法就这样由一种腐败的商业行为转化为一种有原则的利他主义，当年轻的奥利弗·爱芬海姆娶了法官的女儿（伊莉莎白）之后，该书中联系着商业和革命暴力的潜在冲突完全融释了。

　　然而，《拓荒者》中的另一个人物却对法官的权威和合法性提出了更为深刻的挑战。纳蒂·班波（后来成为库珀著名的"皮袜子"）这个脾气暴躁的老猎人忠诚于爱芬海姆一家，他不仅质疑法官对土地的特定所有权，而且还反对商业文明的整个观念。对纳蒂来说，一切所有权都是一种不公正的占有和暴行。所以他反对法官对自己有原则性的财产观念和其他一些自私自利的

◎文学职业化的背景

移民的贪欲之间的区分。纳蒂无法继续留在作品的欢喜结局所认可的社区上，而是离开此地前往西部，"成为拓荒者中最重要的一批人，他们要为这个国家横跨大陆的前进开辟道路"。正如这最后一句话的反讽所暗示的那样，即使是纳蒂那激进的个人主义也融入了他竭力要逃避的文明的扩张之中："这个国家横跨大陆的前进。"同时这也暗示纳蒂对于在泰普尔法官身上折射出来的那种将绅士风度与商业气息调和起来的做法极为不满。纳蒂还是库珀的一个重大工程，因为库珀将要在后来的四年里使他又出现两次，先是在《最后的莫西干人》（1826）中，然后是在《大草原》（*The Paririe*，1827）中。最初的皮袜子只是一个次要人物，不久他就成了库珀作品中最典型的主人公。

如果库珀受到干扰的话，那他的疑惑并没有立即影响他的公众形象。19世纪20年代对于库珀来说是一个相当成功的时期。1822年他举家迁往纽约城，以便能更加靠近他的出版商查尔斯·威利。1823年，与《拓荒者》一道，他又以《十五岁的故事》（*Tales for Fifteen*）为题发表了两篇短篇故事，据称作者是"简·摩根"（Jane Morgan）。之后库珀又于1823年出版了《间谍》，这是库珀的第一部航海小说，其中涉及了约翰·保罗·琼斯（John Paul Jones），该小说是从库珀在《大草原》中对司各特假定的航海技术的展示的嘲讽中得到启发的。然后，库珀又转向了更为宏伟的系列小说的创作，即《十三共和国演义》（*Legends of the Thirteen Republic*），每一卷都讲述一个不同殖民地的革命故事。其中的第一部是《莱昂内尔·林肯》（*Lionel Lincoln*），其背景是在波士顿，于1825年出版。这是那一系列中他唯一写完的部分。尽管进行了大量的促销广告，但是销售情况仍然不尽人意；首版刊印了6000册，到1826年1月为止，维利只销售出4500册。由于长久以来处于经济困难之中，而且由于身体健康状况欠佳，维利在那个月去世。因此库珀放弃了《十三共和国传奇》系列，投奔费城的亨利·凯里（Henry Carey），转而进行纳蒂·班波的创作。

尽管库珀早先获得了成功而且还获得了评论界的好评，但是《拓荒者》一书的销售平平，库珀由此得到了一个教训，很明显是他忽略了（正如他在1822年给约翰·墨里的信中所承认的那样）"目前人们的口味……是情节和强烈的兴奋"。在1826年出版的《最后的莫希干人》中，库珀向读者提供了他们所需要的东西，并由此奠定了他在国内和国外作为美国"民族小说家"的声望。纳蒂·班波在这里要年轻得多，而且他的印第安朋友承格奇古克（Chingachgook）（《拓荒者》中的醉鬼"印第安人约翰"）现在还是一个精力旺盛的战士，由他的武士儿子昂卡斯（Uncas）陪伴。当时法国正在与印第安人交战，两个置身纽约荒野中的同父异母姐妹爱丽斯（Alice）与克拉·梦露

1 文学职业化的开端

(Cora Munro)也绝不可能是在游荡,于是三人便前来帮助这两姐妹,这样他们便卷进了一系列毫不放缓的"情节和兴奋"之中。本故事是带有武器的《仲夏夜之梦》(*A Midsummer Night's Dream*),而且库珀的读者对此非常喜爱。

尽管《最后的莫希干人》中充满了暴行和不可能之事,但它实际仍然是虚构创作(mythic invention)的杰作。最重要的是,我们发现了该作品以及19世纪20年代库珀的大多数文学创作活动中的精心策划和安排。不久他就要谴责欧文以"金钱"为导向的诏媚和奉承读者的做法,但是我们还应该知道,毕竟这位将来的爱国者在《戒备》中还是把自己表现成了一个英国作家,因为那时他认为本土题材根本没有市场。库珀在第二部小说中转向美国题材是一个商业上的冒险,这一冒险在美国取得的成功决定了他近期事业的轨迹。《水手》(*The Pilot*)对司各特进行的公开嘲弄主要就是将其作者与英国最受欢迎的作家在美国联系起来,而同时用后来慢慢被称做公共关系的最好传统承认了广告产品的优越性。由于从《间谍》和《水手》的成功中猜想美国独立革命可能具有的价值,库珀开始着手创作《十三共和国传奇》系列,最后由于《莱昂内尔·林肯》的销售情况明显没有预想的好而放弃了这一计划。虽然库珀在后来声称他写作《十五岁的故事》的目的只是想帮助遭遇困境的出版商,但是"男子气"十足的他却采用了一个多愁善感的女作家的笔名匿名出版了该书,甚至对此还特别得意。从1820年到1826年,库珀最好的作品既显示了一种超越商业投机的力量,又显示了一种由于依赖商业而带来的一种"绅士式的"的不适感,不过这种不适感将会变成他的主要政治主题。库珀在这一时期事业上的做法仍然完全还是机会主义的,而这也不是毫无原因:他需要供养一个大家庭。

出版《最后的莫希干人》之后,库珀举家搬到了欧洲居住。他在法国完成了《大草原》——又一次翻新了现在已年老力衰的纳蒂·班波,他在作品的结尾死去了——并且先是于1827年在英国出版,从而保证他能从此书在英国的销售中获得更高的收入(通过欧文建立的一种模式)。然而,该书在美国的销售状况却不尽人意。多年来《大草原》保持平稳的销售势头,但是到1828年初,他的美国出版商凯里和李出版社(Carey and Lee)仍然没有卖完他们首次刊印的5000册。接着又有三部冒险故事出版,它们是在欧洲写成的美国作品:又一部航海小说《红海盗》(*The Red Rover*, 1827)在美国销售了6500册;《威什顿威什的悲哀》(*The Wept of Wish-ton-Wish*, 1829)背景是17世纪菲利普王战争(King Phillip's War)时期的新英格兰;以及《水妖》(*The Water-Witch*, 1829)是一部以18世纪早期的纽约湾为背景的航海罗曼司(Romance)。库珀不断加工一些经过证实的材料以及海上的荒凉景象,从

文学职业化的背景

1823年开始,库珀都保持一年一本作品的创作速度,为此凯利每本付给他5000美元。在这些收入之外,库珀还可以再加上从英国获得的少量所得(当库珀与约翰·默里的关系很难再维持下去的时候他转向了理查德·本特利,可为《大草原》本特利只付给他250英镑,为《红海盗》只付给他400英镑)。库珀也把欧洲的经历和观察写成日记,准备回到美国后当成写作旅游作品的材料。但是库珀在这一时期早期创作的一部作品与这一模式相背离。《美国人的观念:一个单身旅行者的见闻》(Notions of the Americans: Picked up by a Travelling Bachelor, 1828),假称是一位来到美国游历的英国游客所作,开始时是作为拉斐德侯爵(Marquis de Lafayette)于1824—1825年在美国游历时的记述,后来又在这位支持美国独立革命的法国人的要求下进行了加工。尽管其中表达的观点几乎完全赞同美国的民主文化,但这部书的销售情况却不佳:由于认为该书的写作考虑欠周,凯利首版只刊印了2500册。但是库珀已经跨越了一座关键性的桥梁:他变成了一个代言人,而且很快将会以自己的声音以及渐增的热情担当这一角色。

19世纪30年代早期,他着手进行一项新的冒险,即写作一部以欧洲为背景的历史小说三部曲,都是以一些严肃的政治问题为主题:《亡命徒》(The Bravo, 1831)描述了威尼斯民主中的腐败问题;《黑衣教士》(The Heidenmauer, 1832)非常冷静地审视了德国宗教改革中的商业基础;以及《刽子手》(The Headsman, 1833)其背景为18世纪早期的瑞士。这一举动并没有马上成为灾难;为了买到在英国出版《亡命徒》的版权,本特利向库珀支付了1300英镑的最高酬金。不过,库珀著作的收入总是与该书的销售状况无关;为了买到某个特定时期出版某部作品的版权,出版商通常只凭对该作品内容的描述就提前付给库珀一定的费用。所以他的收入决定于先前作品受欢迎的程度,一次商业的失败就会影响到他的收入,因为此次的失败会使得出版商为他此后的作品付出较低的稿酬,而出版商的确也越来越愿意这样做。他们为能出版库珀的作品而骄傲,但是他们也想让他保持自己已经证明有效的写作模式。

在库珀的欧洲小说中也有一股不祥的暗流。这位伟大的爱国小说作家仍然旅居国外,很明显他已不再把祖国作为自己写作的主题。更加糟糕的是,虽然这些作品或许被认为间接描写了美国,可是《亡命徒》中对民主的描写和《黑衣教士》中对一次伟大革命的描绘都不那么吸引人了。两部作品都引发了对于隐藏在《拓荒者》的情节中相类似的民主革命合法性的怀疑,而疑问在这里却没有消除。除此以外,出于对拉斐德的友谊,库珀又一次卷入了法国的一场政治纷争,并且最终使自己站到了国内一些由于反对安德鲁·杰

1 文学职业化的开端

克逊（Andrew Jackson）对合众国银行（Bank of the United States）的攻讦而组织成立的辉格党的对立面。1832 年，辉格党杂志《纽约美国人》（*New York American*）刊载了一篇充满敌意的评论《亡命徒》的文章。对于库珀来说，一朝为敌，终生为敌。因此，尽管无论如何库珀也可能不会喜欢辉格党，但是这篇评论文章却促使他在将来一直都强烈地反对辉格党的政策。

令人百思不解的是，就是在这时，即 1833 年 11 月，库珀决定返回美国，收买并且重新装修了父亲的宅邸奥策古大厅，并定居在了库珀镇（Cooperstown）。这与一年前华盛顿·欧文不失时机地返乡时的那种志得意满的境况迥然相异。首先，库珀与美国同胞大吵了一架。在《给同胞的一封信》（*A Letter to His Countrymen*，1834）中，库珀谴责了美国媒体给他的待遇，批评了美国的政治思维，并且宣称决定不再写作。尽管他作了此番声明，他还是很快写出了《莫尼金斯》（*The Monikins*，1835）一书，该书的标题充满讽刺意味地模仿了他最成功作品的标题中的一个词"莫希干人"（Mohicans）。该书作为一部不很高雅的讽刺作品将英国和美国描绘为两个猴子国度，因此对库珀的公众形象几乎没有任何提升。从 1836 年到 1838 年，库珀还出版了五卷旅游记录和观察。出版作品的速度依旧飞快，甚至更快；手头缺钱，他别无选择。但是他的收入却无法再与从前相比，而且他甚至似乎还刺激公众不要买他的作品。

能跟库珀与美国辉格党政策之间充满敌意的关系相比的，也只有他与库珀镇和自己更加邻近的居民的敌对状态了。这些邻居早已习惯了奥策古湖畔库珀家族的一块领地三里点（Three Mile Point）上的频繁野餐，可是 1837 年这位还乡的奥策古大厅主人又声称拥有这片土地的所有权。这一说法见诸报端后，库珀又以名誉侵权为由申请了第一份诉讼，起诉辉格党的《奥策古共和报》（*Otsego Republican*）。这次以及其他一些类似的名誉侵权诉讼占据了库珀余生的大部分光阴。与纳蒂·班波不同的是，库珀更愿意将他的冤情在法庭上公开。与此同时他还在 1838 年发表作品对自己的冤情进行了非同寻常的描述。《美国的民主党人》（*The American Democrat*）对民主的文化含义进行了一番颇具托克维尔风格的论述，可以说是对美国政治演讲的一份闪现着天才火花的贡献，而且也是一个小小的奇迹：库珀的困境使他对当时最大的一个问题产生了特殊的敏感性。他问道，一个人如何才能把个人合法性和声望的理想（与"绅士"地位相联系的种种理想）与商业民主的现状和谐融合起来呢？辉格党正在努力做出自己的妥协，可是对于此种妥协（他仅仅将其看做是一种在民主托辞的羊皮外衣掩盖下的商业财产，或许他是正确的）库珀只是报以轻蔑。无论如何，辉格党人都反对他，而且不久就将他指责为"贵

30

族"——这是一个尖酸刻薄的反讽,因为库珀要比波士顿的罗威尔和劳伦斯以及欧文的资助人阿斯特之类的辉格党人更加直接地依赖于商业的运作。库珀在自己的困境中看到了祖国的一个形象,一个从清教徒时期就已开始的一个年代久远的美国习惯。我们可以称他的反应为原则,或者也可以称其为愤懑;但这几乎无关紧要。对库珀来说确实关乎大局的是,唯一可以声明他还有完整人格的可能途径(如果要公开冒犯众人的品味的话)渐渐变成了他的读者大众的价值和人格。他绝不会写作《阿斯特里亚》——即使是有人要求他写他也不会,而从来也没有人要他写过。

同年继《美国的民主党人》之后,库珀又写作了几部自传体小说:《归乡之旅》(Homeward Bound)和《所见之家》(Home as Found)。前者描述了爱芬海姆(《拓荒者》中奥利弗和伊莉莎白的后人)一家从欧洲还乡的旅程。后者描述了他们一家在纽约的经历以及重新定居泰普尔顿的情况,其中还包括对三里点争议的一次回顾(该争议也曾出现在1838年出版的《库珀镇编年史》[The Chronicles of Cooperstown]中)。库珀赋予爱芬海姆那位富有进取心的美国对手——特别是民主党政治煽动家亚利士德布鲁斯·布莱格(Aristabulus Bragg)——以真切的活力,但是这却很难说是他的初衷,而且这一效果对于他的敌人来说也没有奏效。辉格党期刊,特别是詹姆斯·沃森·韦伯(James Watson Webb)的《晨报信使和纽约问讯》(Morning Courier and New York Enquirer)以及威廉·里特·斯通(William Leete Stone)的《纽约商业广告》(New York Commercial Advertiser),都兴高采烈地将注意力集中到了"爱芬海姆系列小说"上来,而库珀则以更多的名誉侵害诉讼来回应,结果却恰恰为对手提供了更多的素材。1838年,先前的"美国的司各特"决定在纽约的《纽约人杂志》(Knickerbocker Magazine)上发表一篇文章,对约翰·洛克哈特(John Lockhart)的《沃尔特·司各特爵士传记》(Life of Sir Walter Scott)进行评论。上述司各特的传记不遗余力地对这位受人敬重的小说家的原则和人物进行了攻击,其用语就与库珀到目前为止对欧文的攻评类似(而且库珀也不止一次地把欧文与司各特联系起来)。但是污辱和谩骂并没有很好的销路,因为它们并没有指明一个自重的职业作家应该写些什么才能达到自力更生的目的。

人们很容易把19世纪30年代库珀的转化描述为从商业到原则,从对民主不太光彩的理解到高尚的理解的转化。这基本上是他自己的看法(尽管他也很难承认在自己早期的成功作品中会有不高尚的因素),而且文学史也经常这样看待这一变化。但是,与19世纪30年代库珀的一些原则性更强的作品相比，同样的文学史总是更加喜欢他在 19 世纪 20 年代创作的作品——特别是《间谍》、《拓荒者》、《最后的莫希干人》以及《大草原》（*The Prairie*）。从另一方面讲，人们同样会轻易将库珀在 19 世纪 30 年代职业上的自我毁灭行为看做是一种个人的畸变，的确部分是这样，然而人们确实太容易持这种观点了。首先，库珀对辉格党人（他们将要在 1840 年的全国总统大选中赢得胜利）渐长的优势地位的敌视并不仅仅是一种个人怨恨的表示；同时它也缘起自一种对美国仍然还是崭露头角的政治实验潜力的真诚信赖，库珀感到辉格党人正在背叛这种潜力。不管怎么说，就在文学事业的环境刚刚形成的时候，库珀的文学声誉使得他的行为几乎成为这些环境的一块试金石。值得称道的是，库珀完全清楚我们可能会如何来看待他的民族实验地位；如果他到处去谴责别人，即使是用一种不会引人注意的方式，他也有这样做的理由。大家公认珀库对欧文和其他人极不友好，但是他却喜欢问一些欧文和其他人都不想回答的问题，虽然说他自己也无法回答这些问题。这对于他个人来说几乎无甚裨益，或者对于他的写作生涯来说也没有什么促进，但是它却的确使一些热衷于库珀提出的那些问题的 20 世纪后期文学史家对库珀产生了特殊的兴趣。如果一个美国作家一方面不会变得商业味十足，而另一方面又不会丧失他（或她）的读者，他会写出什么样的文学作品来呢？这就是库珀在 19 世纪 40 年代面对的问题。他没有解决这个问题，他之后的人也没有解决这个问题；而且 19 世纪 40 年代早期，由于书价急剧降低，或许成为尝试解决这个问题最糟的一段时期。然而无论如何，在 1838 年可能是自己造成的惨败之后，库珀开始着手重塑自己在美国文学界的声誉（他还要供养一家人和一个大宅院），他努力的结果至少是很有教育意义的。

他重塑自身形象的最初努力包括放弃小说写作，而且要放弃论战（他也希望如此）。正如欧文在 1824 年出版《旅行者谈》遭遇失败之后从小说转向历史写作一样，现在库珀也从爱芬海姆系列小说转向了《美利坚合众国海军史》（*The History of The United States*）的写作，并于 1839 年出版。他自己认为这部作品的重要性要超过他的小说，而且更有可能流传下去。可是，该书的销售状况却很糟；在今后的几年里，本特利甚至把《海军史》的损失为借口来降低库珀今后在英国出版作品的费用。在美国，该书的经济效益要好一些，但也很难尽库珀之意，而且由于《海军史》在处理伊利湖战役时态度欠公正而使其作者又卷入了一场纷争之中——这一次是在海军准将奥利弗·佩里（Oliver Perry）家族（全为辉格党人）和杰西·D. 爱略特（Jesse D. Elliott）（一个杰克逊民主党人，那次著名的战役之后不久佩里就以玩忽职守起诉他）的追随者之间展开的。库珀以一些貌似合理的历史原因忽略了这些控诉，但

◎ 文学职业化的背景

是在一个"蒂普卡奴与泰勒"的时代，辉格党人巴不得再利用一个机会来辱骂民主党人的一个身份显赫的支持者——就像这个财团党派曾经谴责过"安德鲁国王"杰克逊一样，它谴责说这个支持者"像贵族般"自负。

正是在这个时刻库珀又一次搬出了纳蒂·班波，先是在一部库珀于 1839 年向本特利描绘为"一部湖上航行的野蛮人的罗曼司"的作品中出现。这一用语非常贴切，预示了现代广告在宣称融合了全新和神秘的因素时所展现出来的勇气；库珀将要在一部作品中打出所有在 19 世纪 20 年代时曾证明极度有效制胜的好牌：航行历险（安大略湖上）、莽莽荒野以及当时比在《最后的莫希干人》中出现要晚上一两年的纳蒂·班波。《探险者》（*The Pathfinder*）出版于 1840 年，而且纳蒂又一次出现在《猎鹿人》（*The Deerslayer*，1841）中，其中还包含着（正如库珀向本特利所写的那样）"皮袜子的早期生活——只是用来充实他一生的一段时期"。这位 19 世纪 30 年代的辩论大师显然已经接受了教训：他正在慢慢转而写作读者和出版商所需要的东西。的确，在这最后两部皮袜子小说中没有了任何爱芬海姆或者是任何泰普尔（Temple）；纳蒂不再是一个仆从或者向导，而是凭借他自身的表现——在《探险者》中失恋，在《猎鹿人》中又拒绝爱情的诱惑——而成为主角。然而，这些作品由于缺少有修养的主角而略嫌不足。例如，在《猎鹿人》中，场景是库珀镇或者泰普尔顿还远未建立之前的奥策古湖，那时白人文明的唯一代表是汤姆·哈特（Tom Hutter），他从前是一个海盗，完全受赤裸裸的贪欲驱动，是对《猎鹿人》中泰普尔法官的拙劣模仿。在纳蒂的"首次征途"之下掩藏着一幅美利坚文明的兴衰图，这幅图既阴森忧郁又充满着启示。

人们仍然还只是为了这类历险才来阅读这些作品的。例如，本特利就对库珀能在《探险者》中回归到"你曾经为自己赢得如此巨大的声望的地方"而深感高兴，并且为出版该书付给库珀 500 英镑（还少付了 200 英镑以帮助本特利来弥补《海军史》所造成的损失）。与此同时，在美国，李与布朗查德（Lea and Blanchard）（现在凯利出版社的前身）出价 3600 美元来出版 5000 册《探险者》以及 2000 册《海军史》。从经济总体状况考虑，特别是美国出版业的状况，这些数字还是相当不同凡响的，而库珀对此也非常买账。"李已经卖出了 4000 册的《探险者》，"库珀在 1840 年 5 月给妻子写信说，"它取得了极大的成功，是在最糟糕的时期——的确，它是唯一能够卖得出的东西。"在经过了十年的整顿之后，虽仍然还处在名誉侵权诉讼的顶点，但是评论界对此的反应也是很满意的。《探险者》在欧洲赢得了巴尔扎克之类显赫人物的称赞，而且它在国内也广受好评，其支持者中就包括华盛顿·欧文。甚至在帕克·本杰明（Park Benjamin）（库珀的另一个辉格党敌人）发表的一篇持否定观点的短评中,他也在该作品中发现了"一个优点":"该作品中没有包括太多政治、哲学以及语文学上的胡言乱语,而上述成分曾经使作者很多从前的作品难以卒读。"

这些皮袜子小说也不是库珀恢复自己的声望和收入的唯一努力。1840年,在《探险者》和《猎鹿人》发表之间的一段时间里,库珀还发表了《卡斯蒂里亚的梅赛德》(*Mercedes of Castille*),这是一部取材于哥伦布航行的小说,然而,令作者吃惊的是,该作品的销售并不乐观。1842年他发表了两部描述海军战役的罗曼司:《两位海军可令》(*The Two Admirals*)以及《双帆航行》。1843年又出版了《怀恩多特》(*Wyandotté*),以独立革命期间的美国丛林为背景;《奈德·米尔斯,或航海生涯》(*Ned Myers, or A Life Before the Mast*),是库珀作为"编辑"对一位他在航海时认识而最近又重新发现的一个水手一生的再现;以及《一块袋装手帕的自传》(*The Autobiography of a Pocket - Handkerchief*),描写了一位在1830年的七月革命之后沦为仆役的法国贵族。这最后一本书可能表达了库珀对自己处境的感受,因为他现在一年平均出版两部作品,但是收入仍然赶不上19世纪20年代时期的一部作品。他继续保持这种创作速度。1844年,库珀出版了两部大部头作品:《漂泊与上岸》(*Afloat and Ashore*)以及《密尔斯·威灵福特历险记》(*Adventures of Miles Wallingford*)。1845年和1846年他又创作了"利特尔贝奇三部曲"(Littlepage Manuscripts)(《萨坦斯托》、《戴镣铐的人》以及《红皮肤的人》),以为当时身处"租金风波"的哈德逊河谷土地所有人助威。

库珀已经从19世纪30年代的危机中恢复过来。面对1837年的经济萧条和19世纪40年代早期的书价暴跌,欧文也渐渐转而从事其他的写作尝试。用现代商业的行话来说,他已经进入"多元化发展"。库珀仍然坚持文学创作,可是他在19世纪40年代重新取得的成功值不值得自己付出的代价,或者是不是真正的"成功",就很难说清楚了。1846年库珀写信给詹姆斯·柯克·波尔丁(他曾询问过库珀的出版计划),用明显阴郁的语言总结了他的处境:

在这个国度我的经济效益根本不值一提……廉价的文学几乎毁坏了所有文学财产的价值,因此在经过五年、二十年的努力之后,我发现自己相对来说还是非常贫穷。如果我花费同样的时间来经商,或者作为别针生产商的代理人到处游走的话,毫无疑问我会更加富有,我的孩子们也会更加独立。事实是,这个国家根本达不到进行任何文化活动的发达程度,一个人想要通过这种途径来提升自己的地位,那他就犯了一个重大的错误,除非他把自己全身心地出卖给一个小利益集团。

"如果我再年轻 15 岁的话,"意识到自己仅仅希望从最近出版的三部著作中每部赚取 500 美元之后,库珀这样总结道,

> 我当然会出国,而且不再回来……你我都犯了同样的错误;成了美国人——而我们得到的暗示是要当欧洲人,那会使我们在家乡取得成功。现时现世有很多东西让我感到痛苦,但是这里的每种利益关系似乎都颠倒混乱起来,于是另一种感觉甚至取代了懊悔。

如果库珀把自己的事业看做是一种民族实验的话,到 1846 年时他便认为实验走到了上述这种地步。

库珀所说的"廉价的文学"或许不是指以广大的社会下层读者为目标的情感小说,尽管最早的一部美国情感小说畅销作品,即乔治·里帕德的《贵格城》(Quaker City) 在 1844 年出版,仅比库珀写给波尔丁的书信早了一年。有人猜测说,库珀相反是在指由于 19 世纪 40 年代的竞争而招致的书价全面暴跌。这种"廉价的文学"主要包括盗版的欧洲作品,但是库珀所指的并不是外国竞争,而是迫使美国人"要当欧洲人"的压力,于是有人再一次怀疑库珀的矛头指向了欧文。当然,其中的反讽是,库珀的嫉妒在这里却使欧文"在家乡的成功"膨胀起来,因为在 19 世纪 40 年代欧文不能再安逸地依赖他的"文学财产"的价值,库珀也是如此。

库珀继续靠写作为生,一直到 1851 年去世,差一天不到 62 岁。《火山口》(The Crater) 出版于 1847 年,《杰克·泰尔》(Jack Tier) 和《橡树路口》(The Oak Openings) 出版于 1848 年,《海狮》(The Sea Lions) 出版于 1849 年,《眼前的路》(The Ways of the Hour) 出版于 1850 年。并不是所有作品的境遇都像库珀在写给波尔丁的信中描绘得那样凄惨。1849 年出版《海狮》之后,库珀又投身到一位美国新兴的出版商门下,即纽约的乔治·帕尔默·普特南,他开始出版一套统一版本的库珀作品(他也这样着手出版欧文的作品)。赫尔曼·梅尔维尔——这位文学新生代的成员在一篇评论《海狮》的文章中把库珀赞誉为"我们民族的小说家"。然而为获得在英国出版《海狮》的版权,理查德·本特利(Richard Bentley)只愿付出 100 英镑的价格,而库珀也被迫接受了。在"利特尔贝奇三部曲"一类作品对贵族气质消退的认可或者在《怀恩多特》或《火山口》一类作品的充满启示意味的能量中,库珀的情绪得到了越来越明显的展现。在前者中,一个隐隐约约以《拓荒者》

1 文学职业化的开端

中的泰普尔顿为模型的殖民地在独立革命时期遭到了印第安人的袭击，其创建者遇害。在后者中，当一个商业泛滥成灾的太平洋岛屿社区在一次火山喷发中遭遇灭顶之灾时，很幸运的是，该社区的创建者不在现场。

库珀确实是一位"民族小说家"：他比同时代的其他任何作家都更有资格获得这一称号，而且事实上他还的确是同时代作家中最出类拔萃的一个，他在这一崭新的文学事业中取得了30多年的成功。在他试图把"男性的刚毅"与这一文学事业的商业要求融合起来的努力中，他从自己的标准上来说是失败了。库珀的理想男性人格一次又一次地在遭受困扰的男性戏剧（或曰情节剧）中得到了体现，但这至少部分是对他自身命运的一种反映，是一种补偿性的神话。这种神话非常纯洁地被包含在对纳蒂·班波以及荒野印第安生活那充满怀旧意味的回忆之中，形成了一种巨大的力量；它已经成为"美国"意识中一个亘古不变的组成部分。有一点仍然很重要，那就是要认识到，即使是库珀所描述的印第安文化由于白人商业文明的前进而遭到毁灭的重大悲剧主题也与他所理解的自身以及事业的处境紧密相关。库珀笔下美洲土著居民的最大恐惧毕竟是，有人（即白人，另一个部落）或许会把他们"变成女人"，而纳蒂·班波却始终保持着自己的完整人格，最重要的是，这一切是通过避免与女人接触实现的。

库珀把欧文假定的"卑劣"与男性的"犯罪"区分开来，从而帮助在"美国"和"男性气概"之间建立起了对等关系，而且还随之产生了商业大众化和"女性化"之间的对等关系，上述两种关系一直深深埋植在众多19世纪和20世纪对美国文学进行的思考之中。例如，在范妮·菲恩（Fanny Fern）的《露丝·豪》(*Ruth Hall*, 1855)中，女主人公那位女性气十足的哥哥就是一本名为《欧文杂志》期刊的编辑。事实上库珀几乎不知道他想要什么，这就是为什么他的男性和美国的观念虽然在自己的思维中几乎同义，但同时却又如此模糊，如此反映消极。然而，具有重要意义的是美国人与男性气质的对等关系（以及对女性特质的反抗）一直吸引着众多库珀的后继者，即那些面临同样商业窘境的后继者。正如欧文帮助为本土故事和札记创造了品味和市场一样，库珀也指出了小说的可能性，而且后来将有众多美国作家来模仿这两位作家。但是，除了为美国人表明职业文学创作可以取得成功之外，他们留下的最重要的遗产还在于促进了美国对比鲜明甚至是相互敌对的文学事业的形象，促进了作家与公众的关系，而且最终促进了美国以及美国特色的意义。事实上，库珀和欧文通过自己的身体力行建立起了美国文学中对比鲜明的流派和传统。20世纪的文学史家一般将库珀（不是欧文）看做是美国最

● 文学职业化的背景

重要的小说作家,这也不是没有道理。库珀使之流行起来的美国特色和文学事业的神话和意识可以追溯到梅尔维尔、马克·吐温甚至是欧内斯特·海明威等后来美国作家的立场和事业上来,这些男性作家的作品在20世纪的文学"经典"中占据着中心地位。然而,我们也不能忽视欧文带来的遗产。例如,坡和霍桑始终如一地进行着短篇小说创作(不是长篇小说);但是,影响了内战前期美国文学中最矫揉造作的流行作品的却是欧文,而不是库珀,特别是那些将要在19世纪四五十年代预示大众文学开始的杂志作品。

19世纪20年代的小说和小说作家

根据莱尔·H. 赖特(Lyle H. Wright)的《美国小说:从1774年到1850年》(*American Fiction*, 1774—1850)(1948)一书的论述,在1820年有五部本土作家的新散文体小说在美国出版,这在过去十年中平均每年三部半作品的基础上只有很小的增长。1820年之后,这一数字开始急剧增长起来:1825年达到18部,1830年达到26部,1835年则达到54部。笼统地说全国以及出版行业中严峻的经济状况暂时放慢了出版膨胀的速度,甚至降低了作品的创作速度:从1836年到1842年每年平均降到39部新作品。然后,伴随国民经济复苏以及书籍出版业中最恶劣的竞争形式在很大程度上得到控制,作品创作的形势又一次出现转机。1843年,77部新作跻身美国小说的行列;1844年有102部;1845年则达到158部。至少从数量上来说,1820年到1845年这段时期明显标志着美国小说创作中的第一个主要的"复兴"。

这些新书中有相当一部分是故事和札记的合集,包括霍桑的《重讲一遍的故事》(1837年和1842年)第一和第二个系列,以及埃德加·爱伦·坡(Edgar Allan Poe)的《荒诞怪异故事集》(*Tales of the Grotesque and Arabesque*, 1840)。但是大多数都是小说,它们几乎总是(就像现在一样)要比故事集好卖得多。尽管受欧文影响产生了诸如亨利·华兹华斯·朗费罗(Henry Wadsworth Longfellow)的《遥远的地方》(*Outre–Mer*, 1833)以及亨利·T. 塔克曼(Henry T. Tuckerman)的《意大利札记》(*Italian Sketch Book*, 1835)等喧嚣的模仿作品,尽管欧文的写作模式在杂志中大为流行,但在19世纪20年代提供出最能受人模仿模式的却不是他,而是库珀。库珀的成功直接影响和激励着人们竞相将他作为模仿对象,这一情况通过统计数字极为清楚地表现了出来。从1821年到1822年(其时正值《间谍》一书赢得全国以及国际声望),新的本土小说作品的出版速度极速地从每年5部增加到每年15部。至少从粗略的影响来说(在这一情况下是指新生作家和出版商纷纷乘机利用

1 文学职业化的开端

《间谍》所取得的成功），文学史上还很少找到这样精确的数字证据。

19世纪20年代美国出版的很多新小说（例如《间谍》和《拓荒者》）都是历史小说作品。这些作者和出版商显然都认为，对司各特和库珀有效的东西或许对他们也有效。但是这些想法只是偶尔才被证明有道理。例如，詹姆斯·麦亨利（James McHenry，1785—1845）这位爱尔兰出生的费城人在1823年到1831年间写作了六部历史小说，现在则完全被人遗忘了，甚至是在有生之年使他小有名气的也不是任何草就的历史小说，而是以一部1822年出版的诗集《友谊之乐》(The Pleasures of Friendship)（该书到1836年为止已经刊印七次）。

19世纪20年代转向小说创作的作家中有几个只是进行了很短一段时间的历史小说创作，而最终还是通过其他的文学成就取得了事业上的成功。莉迪亚·玛丽娅·查尔德（Lydia Maria Child，1820—1880）在19世纪二三十年代出版了三部历史小说：《霍波莫克》(Hobomok，1824) 描写了17世纪时期的马萨诸塞人；《叛乱者》(The Rebels，1825) 正如它的副标题所说，描写了"独立革命前期的波士顿"；《斐洛塞亚》(Philothea，1836) 描写了古希腊。这些作品销售状况都很好（例如，《斐洛塞亚》分别在1839年、1845年和1849年推出了新的版本），但是查尔德最重要的成就并不是小说创作。1830年她出版了一本指导家庭生活的手册——《主妇节俭手册》(The Frugal Housewife)，帮助确立起了一种重要的美国妇女文学体裁。《母亲手册》(Mother's Book) 于1831年紧随其后，从1826年到1834年查尔德又编辑了一份著名的儿童杂志，即波士顿的《少年杂录》(Juvenile Miscellany)。她的《纽约来信》(Letters from New York，1843，1845) 是一部为《波士顿信使》(Boston Courier) 写作的新闻稿件集子，到1850年已经刊印了11次。作为一名积极的废奴主义者，查尔德与丈夫戴维·李·查尔德（David Lee Child）（一位新英格兰废奴协会的创始人）一起从1841年到1849年共同编辑《全国废奴旗帜》(National Anti-Slavery Standard)。查尔德是一位非常成功的文学职业作家，但是小说创作只占据了她文学活动中一个既微小又很不重要的部分。从这一方面来看，查尔德的事业与萨拉·约瑟发·黑尔（Sarah Josepha Hale，1788—1879）很相似，后者以一部带有新英格兰乡土特色的小说《诺斯伍德》(Northwood，1827) 和一部作品集《美国人的性格》(Sketches of American Character，1829) 确立了自己的文学地位，但是之后她把主要精力集中在了杂志上，特别是从1837年到1877年一直担任《古迪女士书刊》(Godey's Lady's Book) 杂志编辑，而且极具影响力。

提莫西·弗林特（Timothy Flint，1780—1840）的声望也主要不是建立在

○ 文学职业化的背景

他的小说作品的基础之上。他的第一部历史罗曼司作品名为《弗朗西斯·伯利安,或墨西哥爱国英雄》(Francis Berrian, or the Mexican Patriot, 1826),之后他又写作了小说《亚瑟·克林宁的生活和历险》(The Life and Adventures of Arthur Clenning)、《乔治·梅森——一位年轻的蛮族人》(George Mason, the Young Backswoodsman, 1829),以及《肖肖尼山谷》(The Shoshonee Valley, 1830)。但是他更为人知的地方还是作为杂志作家和编辑,而且他写作的有关美国西部地理和历史的非小说作品的发行量也远远超过他的小说作品。弗林特出生在马萨诸塞州,并且从1802年到1814年在那里任职牧师,然后他又代表康涅狄格传教士会社(Missionary of Connecticut)向西游历。他对这些游历的记录作为《追忆往昔十年——密西西比河谷的偶尔居住和不断旅行》(Recollections of the Last Ten Years, Passed in Occasional Residences and Journeyings in the Valley of the Mississippi)在1826年发表并由此开始了他的文学生涯。从1827年到1830年弗林特在辛辛那提编辑《西部月刊评论》(Western Monthly Review),他也在那里出版了多多少少有些真实的作品,例如《西部诸州简明地理和历史》(A Condensed Geography and History of the Western States, 1828)(1832年又扩充为《密西西比河谷历史和地理》[The History and Geography of the Mississippi Valley]),以及《西部印第安战争》(Indian Wars of the West, 1833)。1834年弗林特曾短期任职于纽约的新杂志《纽约人杂志》。与此同时,弗林特又在1833年出版《肯塔基首位殖民者丹尼尔·布恩传记》(Biographical Memoir of Daniel Boone, the First Settler of Kentucky),该书出版了14版,或许成为19世纪上半叶阅读最为广泛的西部边疆记述作品。

19世纪20年代并不是所有新兴美国小说作家都是文学新人。自从19世纪开始,詹姆斯·柯克·波尔丁(James Kirke Paulding, 1778—1860)就已经融入了纽约的文学文化圈子。他与华盛顿·欧文关系甚密:他的妹妹就嫁给了欧文的弟弟威廉;他曾在1807年与威廉和华盛顿合做出版了《大杂烩》;他在1812年出版的一部滑稽历史作品《约翰·布尔和哥哥乔纳森之趣史》(Diverting History of John Bull and Brother Jonathan)显然就是受到了欧文《纽约外史》的成功的启发。波尔丁明显是在迎合美国读者大众的品味,库珀以《间谍》一书取得成功的两年之后,波尔丁也以《科宁斯马克》(Konings-marke, 1823)一书(场景设在17世纪时期的德拉维尔[Delaware])转向了历史小说的创作。19世纪30年代早期他又写作了两部历史小说:《荷兰人之家》(The Dutchman's Fireside, 1823)描写了独立革命前期的荷兰属地纽约,以及《呀!西进!》(Westward Ho!, 1832)场景是在肯塔基边疆地区。以那时的标准看来这些作品相当成功;例如《荷兰人之家》在19世纪30年代和

19世纪40年代出版了六版。

1819—1820年，波尔丁在没有欧文兄弟的合作之下独自出版了《大杂烩》的续篇，该篇还包括了一篇讲述"民族文学"的论文。"通过从一种卑躬屈膝的模仿中来感受自己，"波尔丁断言，本土作家"或许而且将会及时摧毁外国品味和观念的统治地位，随之提升自己的品味和观念并且以之取代前者"。在爱默生发表《论美国学者》(American Scholar)一文的17年前这样的文学民族主义已经非常传统了，但确切地说，波尔丁对什么将会给"民族文学"带来"创新的特色和风气"非常清楚。从很大程度上来说，波尔丁的论文是对那些与沃尔特·司各特爵士的罗曼司相联系的歌特传奇故事的谴责；它是一种对波尔丁所谓的以"自然"为基础的"理性小说"的呼唤。尽管波尔丁谴责模仿，他仍然建议把英国菲尔丁(Fielding)的那部小说《汤姆·琼斯》(Tom Jones)作为最适合美国的最好的小说范例，并且在《科宁斯马克》和《荷兰人之家》中菲尔丁的影响也是清晰可辨的。

30年来，波尔丁一直精力充沛而且满怀热情地充当着美国的文学人士，并且取得了巨大的成功，他不仅创作历史小说，而且还创作短篇小说、诗歌、讽刺文学、文学批评、论文、传记以及戏剧（他的《西部之狮》[The Lion of the West]是一部首次创作于1831年的滑稽剧，很久以来都颇受欢迎）。波尔丁还成功地处理过一些重大事务，从1838年到1841年曾在马丁·范布伦总统政府内担任海军大臣。这次文学事业中断之后，波尔丁又于19世纪40年代后期以《旧大陆人》(The Old Continental)（场景是在独立革命前期的纽约）以及《清教徒和他的女儿》(The Puritan and His Daughter)（故事发生在17世纪的新英格兰和弗吉尼亚）回到了历史小说的创作上来。然而正是波尔丁创作中的多样性——他培养了如此多不同的创作模式，先是追随欧文，后来甚至在模仿菲尔丁的同时又追随库珀——表明了19世纪二三十年代在关于美国作家将要或者应该创作何种文学的问题上的一种整体的不确定状态。

在约翰·尼尔(John Neal, 1793—1876)那更加辉煌的生涯和创作中，也同样清晰地闪耀着这样一种不确定的状态。尼尔出生在缅因州波特兰(Portland Maine)的一个贫苦家庭，12岁时辍学回家，并在接下来的十几年里在一系列商业公司做事。1817年在巴尔的摩(Baltimore)结束工作之后，他开始学习法律并转向文学创作，希望文学创作能在他潜心准备律师职业的同时给他提供一切必要的费用。他对拜伦非常仰慕，在四天的时间里为巴尔的摩的《门廊》(Portica)杂志撰写了150页的拜伦评介，但是他自己的文学创作却很少为他带来财富和声望：一部情节剧小说《装酷》(Keep Cool, 1817)、一首长诗《尼亚加拉战役》(The Battle of Niagara, 1818)以及一部

◎ 文学职业化的背景

拜伦式的诗体悲剧《奥索》(Otho, 1819)。在库珀以《间谍》一书大获成功之后,尼尔在 1822 年到 1823 年之间毫无畏惧地创作了四部小说:《罗根》(Logan),一部矫揉造作的历史罗曼司,描写了一位化装成复仇心切的印第安酋长的英国人;《勘误表;或,威尔·亚当斯的作品》(Errata; or, the Works of Will Adams),一种情节剧化的自传;《伦道夫》(Randolph),一部不论是对性的描写还是对尼尔同时代人的刻薄勾画上都相当危险的小说;以及《七十六》(Seventy - Six),一部描写美国独立革命的历史小说。1845 年这些作品出版时,纳撒尼尔·霍桑(Nathaniel Hawthorne)还是一名鲍登学院的学生,他回忆说:"约翰·尼尔那个疯狂的家伙几乎用他的这些罗曼司搅乱了我的大脑。"但是这些草就的作品却没有实现他们的作者赶超欧文和库珀的声望与商业成功的雄心。

尽管尼尔是一位狂热的民族主义者,他也曾谴责欧文和库珀说他们恰恰缺少这种品质,但也够奇怪的是,他竟设法在英国取得了美国代表作家的短暂声望。1824 年尼尔定居伦敦,之后不久他就开始在爱丁堡(Edingburgh)的《布莱克伍德杂志》上发表文章,最为人熟知的是论述"美国作家"的系列。在这里,他还匿名撰文赞扬布罗克顿·布朗和波尔丁,并且批评欧文的《见闻札记》,说它"拘谨,哀愁,带有女人似的感伤"。不过从以女人气而赢得公众欢迎方面来说,库珀绝不是唯一可以与欧文抗衡的美国作家。然而尼尔对《间谍》的这位作者也没有客气多少,仅以不到半个专栏的文字就草草将其称做"具有冷静才能的人——仅此而已"。然后尼尔继续用了 17 个专栏的文字来论述自己的作品。这些文章激怒了很多尼尔同时代的美国人,但是这些文章作者的身份一旦公开,它们的确使尼尔名声大振。

在将拜伦式的狂放和喧嚣的自我推销结合起来方面,他以很多不同的方式超越了坡、梅尔维尔和惠特曼。尼尔的小说公开关注性过失和恋母情结,这使他至少成为现代读者极感兴趣的奇特现象。他的小说预示了以大众读者为目标的情感小说的到来,并且开始在 19 世纪 40 年代定期出版。但是尼尔在他所处的时代流行的时间很短。威廉·布莱克伍德(William Blackwood)于 1825 年出版了尼尔的第五部小说《乔纳森哥哥》(Brother Jonathan)。在要求删除自己认为猥亵的内容之后,而且当刊印的 2000 册书中只售出不到 500 册的时候,布莱克伍德几乎立刻打消了对他这位美国天才的热情。尼尔于 1827 年返回美国,定居在波特兰乡下,并且在那里度过了余生。他曾一度继续发表作品,大多数都是他在英国时构思或者写就的作品:《淡黄色染料——一个北美洲的故事》(Rachel Dyer: A North American Story, 1828)、《创作——一个故事》(Authorship: A Tale, 1830)以及《新英格兰人》(The Down - Easter,

1833)。他为美国期刊创作了新型的短篇小说,并且促使产生了诸如埃德加·坡一类的年轻作家,但是19世纪20年代的声誉或者丑名让位给了渐渐增长起来的默默无闻倾向。在回忆起"那个疯狂的家伙约翰·尼尔"之后,霍桑在1845年继续推测说:"他一定是死了好长时间了,要不然他绝不会这样安静"。到19世纪60年代时,尼尔开始按照出版商的要求和程式写作一些廉价小说,仅仅为了满足对金钱的需要。在没有说服波士顿的J. R. 奥斯顾为纪念美国独立一百周年而重版《七十六》之后,他于1876年去世。

尽管凯瑟琳·玛丽亚·塞奇维克(Catharine Maria Sedgwick, 1789—1867)现在几乎像尼尔一样不为人所知,但她在19世纪时却广受人们景仰,她也是那一时代最有影响力的美国小说作家之一。她终生未嫁,而且她一生的时间都是在西马萨诸塞州的斯托克布里奇(Stockbridge)和纽约城之间度过的。她的第一部文学作品《一个新英格兰故事》(*A New England Tale*)开始时是一部批评新英格兰根深蒂固的加尔文教派(塞奇维克自己也改信了唯一理教)褊狭的小册子,但是在创作中却发展成了一部实实在在的小说,记述了孤儿女主人公简·埃尔顿(Jane Elton)战胜灾难的过程。接下来在1824年塞奇维克又出版了《红杉》(*Redwood*),讲述了另一位代表性妇女爱伦·布鲁斯(Ellen Bruce)的故事。之后,塞奇维克于1827年以《赫普·莱斯莉》(*Hope Leslie*)一书(场景是在17世纪的马萨诸塞州)转向了历史小说创作。塞奇维克以这些小说和它们的典型女主人公创造出了一种小说创作的基本模式,并且由此而使苏珊·华纳(Susan Warner)的《广阔广阔的世界》(*The Wide, Wide World*, 1850)和玛丽亚·康明斯(Maria Cummins)的《灯夫》(*The Lamplight*, 1854)成为19世纪50年代的畅销作品,不过塞奇维克的女主人公要比华纳和康明斯的女主人公更加自立。

尽管塞奇维克拥有独立的经济来源,而且无须靠写作为生,尽管她也经常对自己的文学才能和文学抱负轻描淡写,但是她的作品却十分畅销。《红杉》被译成了德语、瑞典语、意大利语以及法语;与库珀的作品相比,人们更加喜欢《赫普·莱斯莉》,而且此书一举而使其作者成为哈里叶特·比彻·斯托(Harriet Beecher Stowe)之前美国最有名的妇女作家,该书第一版刊印2000册,为作者赢得了1100美元的收入;1830年出版的《克莱伦斯》(*Clarence*)是一个当代故事,描写了另一位意志坚强的女性,该书为她赢得1200美元的收入。19世纪30年代塞奇维克依然很成功,而且更加多产。一部描写独立革命的历史传奇《林伍德一家》(*The Linwoods*)在1835年出版,但是塞奇维克渐渐转向了面向儿童和工人读者的说教小说创作。《家》(*Home*, 1835)到1846年为止已经出版了20个版本;《贫穷的富人和富有的穷人》

○文学职业化的背景

（*The Poor Rich Man and the Rich Poor Man*，1836）出版了 16 个版本；《活着和允许活着》（*Live and Let Live*，1837）出版了 12 个版本。1835 年到 1841 年，塞奇维克从纽约的哈珀出版社（出版了《林伍德一家》、《贫穷的富人和富有的穷人》以及《活着和允许活着》）赚到了 6000 美元的收入。她最后一部小说《已婚还是单身》（*Married or Single*）出版于 1857 年。

  对 19 世纪 20 年代美国小说的性质或者美国小说作家的状况进行概括相当困难，而这一困难的本身就有非同寻常的意义。对莉蒂娅·查尔德、提莫西·弗林特、詹姆斯·波尔丁、约翰·尼尔和凯瑟琳·塞奇维克等诸多作家来说，库珀的成功显然在暗示文学创作具有成为一种美国职业的可能，但是除此以外就没有多少暗示了。查尔德和弗林特不久即放弃了小说创作，波尔丁和尼尔相对来说要投入多些，但恰恰就是他们的专注以不同的方式展示了美国小说家对自己应该做些什么所表现出来的不确定性。在 19 世纪 20 年代到 19 世纪 30 年代早期，塞奇维克的职业生涯更加向库珀的职业惯性靠近，不过到 19 世纪 30 年代中期时她也开始远离小说创作。与库珀不同的是，即使是塞奇维克，在 19 世纪 30 年代末期文学市场出现崩溃之后也没再试图努力重复 19 世纪 20 年代的经历。

  1828 年有人在波士顿的《北美评论》上发表了一篇文章，热情赞扬了塞奇维克的《赫普·莱斯莉》一书，最后做出了这样结论说："我们的作者女士……如果一定要实话实说的话，似乎对自己的同性怀有一种确定不移的偏爱。"典型而且自立的女主人公形象的确充满了塞奇维克的小说作品——例如《一个新英格兰故事》中的简·埃尔顿，《红杉》中的爱伦·布鲁斯，以及与小说作品同名的赫普·莱斯莉，然而，库珀在《拓荒者》中塑造的伊莉莎白·泰普尔（Elizabeth Temple）不也像这些年轻的女主人公一般自立且积极地与社会不公做着斗争吗？以拙劣地模仿简·奥斯丁而开始了自己的创作生涯的库珀了也意识到（或是猜想到）妇女占据了他潜在读者的大部分。只有到了 19 世纪 20 年代末期和 19 世纪 30 年代早期（当时库珀慢慢把兴趣转向了纳蒂·班波和其他一些孤独的男性人物，而此时查尔德和塞奇维克等妇女作家则慢慢转向了儿童小说和建议手册方面），美国的"男性"小说和"女性"小说之间的明显区别才开始出现，或许还成为美国文学全貌中的一个主要分界线。

  在文学市场这样日渐增长的分化中很明显有很多原因。它与所谓的家庭信仰文化（即认为妇女应该拥有独立"天地"的观念，对此我们不久就要进行探讨）那不断扩大的影响正好应合起来。也可能还有一些更直接地蕴含在这些作家的职业生涯中的因素。关于一些对库珀作品的商品化和他的作者身份商业化的担忧，库珀做出的反应是变得更加"男性化"，而且更加鄙视"女性化"倾向。在妇女小说作家获得实际的市场成功之前很久，男性作家——至少是一些像库珀一样感到自己的男性气质正面临危险的作家——就认为商业成功与女性化倾向具有密切联系。然而从另一方面讲，塞奇维克这样的作家显然没有感到与读者大众分离开来；如果她的读者需要说教小说以及儿童小说，那她很乐意来满足这一需求。但是无论如何，男性与女性小说创作传统的这一区别最后却从来没有完全出现过。1827年，塞奇维克仍然感觉自然地模仿库珀写作有关荒原的历史传奇（其中充满印第安屠杀和夸张情节）；从《最后的莫希干人》中尝到甜头的读者也很乐意转而去阅读《赫普·莱斯莉》。这并不是说在1828年评论家关于塞奇维克"对自身性别的关爱"的说法不正确，只是意味着在19世纪20年代这种关爱并不一定带有直到19世纪50年代它才获得的那种有关性别的重要意义。

戏剧和文学事业

自19世纪20年代至19世纪40年代，戏剧与书籍出版业一样得到了空前的发展。到19世纪中叶，美国已有50多家职业剧团。18世纪因为戏剧演出而占有重要地位的查尔斯顿（Charleston）正在走向衰落。戏剧活动集中在北部的三个滨海城市：费城，波士顿（马萨诸塞州有关反对戏剧表演的法律直到1792年才在此被废除），特别是纽约（到1820年已成为全美剧院中最有影响力的一个）。尽管这三个城市自恃有着为数众多的剧院和新作面世，他们却未能垄断美国的戏剧业；固定和流动的剧团出没在全国的各个地方以及各边远地区。在19世纪40年代后期，甚至有两家剧院在加利福尼亚州开放。美国剧院的主要吸引力在于经常会有来访的英国演员登台演出，但美国也开始着手培养本国的明星：如玛丽·安·杜夫（Mary Ann Duff）、安娜·科拉·莫瓦特（Anna Cora Mowatt）、夏洛特·古什曼（Charlotte Cushman），最主要的还有爱德温·弗雷斯特（Edwin Forrest）。在美国舞台上出演的大多是经典剧目（特别是莎士比亚的作品）或是同时代的外国的作品如爱德华·布威尔·利顿（Edward Bulwer Lytton）以及奥古斯特·冯·考茨比（August von Kotzebue）等通俗作家创作的情节剧，但有相当一部分，包括一些主要的成功剧目，都是由美国本土的剧作家创作的。

尽管如此，美国戏剧的这些发展至多只在19世纪上半叶美国文学史及美国文学事业中占有很微小的地位。菲利浦·霍恩（Philip Hone）是一个富有的商人，也是一个忠实的戏剧迷，并将在19世纪30年代成为一名杰出的纽

○ 文学职业化的背景

约辉格党党员。1825年他在纽约鲍维利剧院（Bowery Theatre）的奠基仪式上表达了他的心愿："在今后不长的时间内，一些本国的艺术家身上潜在的天赋将在这里萌发，并将超过欧文和库珀在戏剧之外的领域所取得的日渐增长的声誉。"虽然欧文和库珀的作品都曾被改编搬上了戏剧舞台，但这一希望还是落空了。问题的部分症结在于作品的质量。1850年以前产生的美国戏剧中，不论作为通俗文献有多么重大的意义都没有成为文学作品。美国在这一时期未能产生出不朽的戏剧文学的状况也不是独一无二的，英国和欧洲的情况也一样，从戏剧文学史的角度来讲，19世纪上半叶可以说是一个黑洞。霍恩的希望落空有一个最根本性的原因，那就是欧文和库珀的经历表明，在美国文学创作可以成为一种职业。在美国内战之前，戏剧作为一种职业取得了很多重要的发展，不过还没有产生相应的职业化的剧本创作。

在美国，专业剧院都由常驻剧团提供人员，这些剧团的成员出演相当多剧目的角色（包括纳税）。但是领衔主演往往由巡游名角担任。从积极性的方面来说，这种演出体制意味着戏迷们可以在美国的几乎任何一个地方最终看到他们那个时代的大牌明星，本地演员也可以向这些职业演员学习。而且，由于明星和公司更有可能具有共同的工作标准，这样就会有一种固有的推动力促使他们去上演莎士比亚及其他作家的经典剧目。这个体制其他方面的效应就不再那么有益了。这种明星体制以及几乎天天更换剧目的做法（有时即使是占人口绝大多数的城里人也几乎无法接受长时间的连续上演）使得排练维持在最低限度（至少与那些来访明星的联合排练是这样的）；而且，演员们常常忘了台词，甚至不能保证自始至终在整场演出中出现。由于无法产生出一种对戏剧的精妙理解，而且公众对此又没有苛刻要求，美国的剧院便倾向于加强情感的表现及戏剧性的场景铺设，而且还由于从蜡烛向煤气灯的转变而获得发展。对来访明星的依赖促使人们在由一个角色占据主导地位的剧目中更多地利用舞台效果（及实验）——经常是一些相当夸张的角色。而且，由于著名明星可能会要求得到整场演出收入多达一半的酬金（而且还是在扣除演出成本之前），因此，明星制进一步损害了剧院经理人特别是演员们本来就不稳定的收入。大多数演员只能拿到勉强糊口的薪水，也不时从一些"效益"演出中获得一些补充（在这些演出中，某个特定演员的朋友或者资助人会买下门票，于是该演员会在扣除成本之后拿到这些收益的全部或者一部分。）

一个演员或至少是一个年青演员始终期待着这一风雨飘摇的局面或许仅仅是在学徒时期。事实上，一些美国演员确实高升为明星。1850年以前最成功的典范就是爱德温·弗雷斯特（1806—1872）。他出生在费城，1820

年在费城"沃那特街"（Walnut Street）剧院首次登台演出。而后他开始了"学徒"生涯，先是在匹兹堡当地的一个巡回剧团演出，然后又到了新奥尔良的一个固定剧团。1825 年，他在阿尔巴尼找到了一个周薪为 7.25 美元的工作，在那儿他非常幸运地与英国著名明星爱德蒙德·金恩（Edmund Kean）同台演出，并向他学习：例如，在金恩主演的《奥塞罗》（Othello）中扮演亚戈（Iago）。其后，弗雷斯特于 1826 年在纽约城帕克剧院主演了《奥塞罗》，并由此而一举成名。纽约新的鲍维利剧院与他签订了年薪 800 美元的合同，到了第二年他就可以一个晚上赚到 200 美元的出场费。弗雷斯特的成功不比欧文和库珀的成功典型多少，但却证明，一个美国职业演员不仅能够成功，而且还可以创造财富。还没有一个美国剧作家能够做出这样的证明。

弗雷斯特的演出风格"气势磅礴"，形体表现更胜过内在的精妙表演。他的崇拜者既忠实又狂热，但都没有弗雷斯特自己自负或狂热。他是个极端的民族主义分子——这一品质主要表现在他对待英国舞台对手的粗暴上，特别是对英国悲剧演员威廉·查尔斯·马克雷迪（William Charles Macready）。1849 年 5 月，当马克雷迪在纽约阿斯特·普雷斯剧院（Astro Place Theatre）演出《麦克白》（Macbeth）期间，弗雷斯特的拥戴者在剧院内阻挠演出的进行。纽约一些领袖、市民及文学界人士（包括华盛顿·欧文和赫尔曼·梅尔维尔）在一封公开签名信上向马克雷迪致歉，并安排重新上演该剧。那天晚上，由于被禁止进入剧院，群氓在剧院外聚集了多达 1 万到 1.5 万人，他们通过窗户投掷石块，最终还是由民兵发射了三排子弹才驱散了这些无赖。

阿斯特·普雷斯剧院骚乱事件表明了美国观众对剧院所表现出的激情以及对弗雷斯特的拥戴中显而易见的政治倾向。马克雷迪的最热烈的支持者是辉格党的"绅士"，而弗雷斯特在纽约则特别能吸引那些所谓的鲍维利男孩，他们都是民主党人。在"骚乱"的当天，一张海报刺激说美国的"工人阶级"应该走进"英国贵族老爷的歌剧院"，并且去"争取你自己的合法权益"。同样的党派划分也在 1863 年纽约的草案骚乱中得到了清晰的表现。从更深层意义上来看，这一事件与其说暗示了美国剧院政治的严重性，不如说暗示了美国政治会潜在地产生危险的戏剧性表演。阿斯特骚乱事件并非由任何相关的政治事件造成，而是由戏剧明星间的竞争造成的，与其说它类似巴士底狱（Bastille）暴动，不如说它更像 1969 年滚石乐队在阿尔塔蒙特（Altamont）演出时的惨败。阿斯特骚乱事件导致 22 人死亡，30 人受伤。

弗雷斯特的民族主义的确也有其更为积极的表现。1828 年，他开始着手

○ 文学职业化的背景

为美国剧作家创作的作品提供奖金,据报道,他最终为自己举办的诸多竞赛的优胜者发放了总额为2万美元的奖金。然而,如此慷慨解囊也远远不足以使剧本写作在美国成为一个可养家糊口的职业,甚至那些创作出成功剧本的人也由于种种原因而无法维持生计。由于还没有制订一部国际版权法,美国剧院的经理们可以免费上演外国剧目,因此,除了付给本国作家一些象征性的补贴之外,他们还有什么动机去付出更多的费用呢?甚至更糟的是,国内没有一部版权法来保护剧目的演出(区别于出版物),而且也没有一个版税系统来规定剧作家的酬金。经理和明星们以固定的费用买下剧本,然后再将其变成他们的财产。因此,一部可以持续上演几十年的戏剧给其作者带来的收益不一定比上演一次就关门的戏剧多多少。一些事例可以证实即便是广受欢迎的剧作也有一种条件不能使它们的作者富裕起来(或者从这一方面来说维持他们的生活)。

19世纪20年代,美国第一个成功的剧目是《森林玫瑰》(*The Forest Rose*),作者是塞缪尔·伍德华斯(Samuel Woodworth,1785—1842),首次于1825年在纽约上演。这出"田园歌剧"(如它的副标题所说)与我们现在所谓的音乐喜剧相似。剧中善良的美国农夫、北方佬乔纳森、邪恶的花花公子以及幽默与情节剧的统一,都使其在以后的40年中常演不衰。1850年以前,它在美国和伦敦比其他任何一部美国戏剧的上演时间都持久。伍德华斯还创作了其他很多部剧作并且涉足多种文学创作(例如他还创作了"老橡木桶"[The Old Oaken Bucket]这首歌曲)。但他从《森林玫瑰》的成功演出中只得到很少的报酬。1836年,他放弃了文学创作,并于六年后在贫困中死去。

第一届"弗雷斯特奖"竞赛于1828年举办,奖金500美元外加剧目演出收益的一半,参赛剧目的要求是一部"五幕悲剧,其中的英雄人物或主角必须是本国土著民"。此次竞赛的获奖剧目是《麦塔莫拉;或最后的万帕诺亚格人》(*Metamora, or The Last of the Wampanoags*),其作者是职业演员约翰·奥古斯塔斯·斯通(John Augustus Stone,1800—1834)。《麦塔莫拉》大体上以17世纪所谓的菲利普王战争为基础写成,并又添加了一些情节剧的陈词滥调,例如好色的恶棍以及最终了解了身世的孤儿。该剧于1829年首次在纽约上演后立即引起轰动,并由此在美国掀起了印第安戏剧热潮(这一戏剧类型最终在约翰·布罗海姆[John Brougham]于1847年写作的《麦塔莫拉;或,最后一个蝌蚪》[*Metamora; or, The Last of the Pollywogs*]中遭到了嘲讽),但它却从1829年开始为爱德温·弗雷斯特提供了一个可靠的经济来源,并且一直持续到他的事业中止。例如,1853年该剧在波士顿连演六场,是当时最令人难忘的演出,演出收入几乎达到4000美元。但是,除了最初演出收益的一半以及 500 美元的奖金之外，作者斯通再也没有从该剧中获得什么。他又写过其他几部戏剧，但都未能达到《麦塔莫拉》一剧那样的成功；斯通于 1834 年在费城自杀身亡。同年，在阿尔伯尼，由于观看《麦塔莫拉》一剧的观众人数太多，乐队中的乐师们只好退到边厢把自己的位子让给越来越多买票进场的观众。

1850 年以前，在美国以创作剧本来谋生的职业剧作家中最成功的是罗伯特·蒙哥马利·伯德（Robert Montgomery Bird, 1806—1854）。伯德受过正规的医学训练，可他不久即弃医从文，并于 19 世纪 30 年代早期四次在弗雷斯特竞赛中获奖。他首次获奖的作品《派洛皮塔斯；或官员的堕落》（Pelopidas; or the Fall of the Polemarchs）从未上演过，但是，1831 年秋，弗雷斯特的确在纽约、费城和波士顿出演了《角斗士》（伯德根据斯巴达克斯暴动创作的剧本）。该剧与《麦塔莫拉》一样成为弗雷斯特演艺生涯中的一部重头戏；从 1831 年到 1854 年，弗雷斯特至少出演了 1000 次斯巴达克斯——在 23 年的时间里平均每年出演几近 44 次。继《角斗士》之后，伯德又创作出了《奥拉卢撒——印加之子》（Oralloossa, Son of Incas, 1832）以及《波哥达掮客》（The Broker of Bogota, 1834），尽管这两部作品都没有达到《角斗士》的水平，但它们却都得到了好评，并继续由弗雷斯特出演了一段时间。到 19 世纪 30 年代中期，伯德已经无可争议地成为美国最杰出的剧作家，他与弗雷斯特的工作关系也进一步发展成了友谊。然而，他们的友谊很快就因为钱的关系变质了，这丝毫不令人惊奇。弗雷斯特为《角斗士》、《奥拉卢撒》、《波哥达掮客》等戏剧每部向伯德支付 1000 美元。当伯德发现弗雷斯特因为出演这些戏剧而赚到很多钱时，他便提出要分享一小部分演出收益，但被弗雷斯特拒绝了，正如后来弗雷斯特不允许伯德之子出版其父亲的戏剧集一样。1837 年伯德索要 6000 美元；伯德死后，他的遗孀估计弗雷斯特出演《角斗士》能赚到大约 10 万美元，但是伯德却根本没有合法的依据来主张得到这笔财富中的任何部分。难怪伯德在 19 世纪 30 年代放弃了戏剧创作，并转而写作小说。"想起来写剧本，这对我来说是一件多么愚蠢的事啊！"他在日记中写到，"毫无疑问，人们急需剧本。但这些小说是更容易做的事情，并且可以更快地使人的钱袋永远不会掏完。"

在美国内战之前，戏剧创作的贬值衰落并不仅仅是市场受挫或是版权法律不健全带来的后果，事实上这恰恰精确地体现了公众的品味。安娜·科拉·莫瓦特（Anna Cora Mowatt, 1819—1870）最为人熟知还是作为一名女演员，但是她同时也创作了大量成功的剧本，其中最著名的是《时尚》（Fashion），这是一部讽刺美国"新贵阶层"的戏剧，于 1845 年首次上演。对这部戏莫瓦特

◎文学职业化的背景

后来写道:"我渴望取得成功的是戏剧,而不是文学。"在我们看来,《时尚》一剧超过了同时代其他众多戏剧的竞争——包括弗雷斯特的得意之作《麦塔莫拉》和《角斗士》。关于她作为演员和剧作家而非常熟悉的戏剧业,莫瓦特用"戏剧性"和"文学性"的区分使我们明白了很多。能够成功的也就是粗俗的幽默、情节剧以及壮观场面。一部戏剧如果由弗雷斯特出演是一个很好的卖点,但如果弗雷斯特能和真马同台演出那就更有吸引力了。几乎没有人要求文学上的精雕细刻,因为这种精雕细刻不论在何种情况下都必须要压制不恰当的表演,特别是为了吸引观众而引入的听觉活动。

19世纪50年代以前的美国,人们晚上到剧院并不单单是看一部戏剧演出。在幕间休息时也会有幕前的插科打诨、歌曲以及其他娱乐项目,还有短剧(经常是些滑稽戏)。1830年,托马斯·D. 赖斯(Thomas D. Rice)把他出演的著名黑人角色"吉姆·克罗"(Jim Crow)引入了在纽约的鲍维利剧院演出的滑稽短剧中。到了19世纪40年代,弗吉尼亚黑人说唱团和克里斯蒂黑人说唱团全面发展了"说唱表演"。歌舞杂耍和滑稽表演有着共同的起源。这些创作都很难说是文学,但是文学也不是大多数美国人来到剧院的目的——甚至(有人推测)即使是当他们来看莎士比亚戏剧的时候也不是为文学而来。1849年,马克雷迪在阿斯特·普雷斯剧院的首演之夜,人群中的无赖开始向扮演邓肯(Duncan)的当地明星起哄,他们认为他就是麦克白。

据说,甚至当戏剧是为了道德目的而上演的时候,那也是由壮观的场面和粗糙的娱乐所左右;通过消除宗教对剧院的偏见,带有说教目的的戏剧有助于吸引新的观众。此类戏剧中第一个获得巨大成功的是《醉鬼;或堕落的被拯救者》 (*The Drunkard, or the Fallen Saved*),作者是 W. H. 史密斯(W. H. Smith, 1808—1872),于1844年在波士顿首演。《醉鬼》讲述了一个叫爱德华·米德尔顿(Edward Middleton)的人先是酒精中毒,后来又令人惊讶地瞬间康复的故事。全剧以人们聚集在一间农舍中一句接一句地高唱"家,甜蜜的家"的歌曲的美妙场景而结束。这种华而不实的制作受欢迎的程度是少有的。在纽约,该剧同时在四家剧院上演,而且该剧于1850年在 P. T. 巴能美利坚博物馆(P. T. Barnum's American Museum)的演出成为美国首次连演一百场的剧目。《醉鬼》之所以广受欢迎多半是由于它传达了"戒酒"这一信息(它在广告中被称做"道德戏剧"或是"道德教育"),但它还是不可避免地将这一信息转化成了大众娱乐。剧中有个著名的场面叫做"狂乱时刻",描绘了米德尔顿在地板上打滚,与幻觉中的蛇打斗,有时这个场面会单独上演。这部广受欢迎的戏剧的确使其作者赚到了很多钱,但这也仅仅是因为于1827年移民美国的英国演员 W. H. 史密斯当上了波士顿博物馆经理的缘故,

1 文学职业化的开端

而《醉鬼》一剧就是在该博物馆取得首次重大成功的。

在19世纪所有最不同凡响和最经久不衰的戏剧现象中都有同样将说教寓意与流行场面结合起来的倾向：很多改编自哈里叶特·比彻·斯托的小说《汤姆叔叔的小屋》的戏剧都从1852年到20世纪一直席卷全美。该剧的第一个版本由G. C. 霍华德（G. C. Howard）委托制作，当时他是纽约特洛伊博物馆经理，他希望让自己四岁的女儿考狄利娅来扮演小艾娃（Eva），当时她还不愿意来扮演这个角色。霍华德在剧中扮演奥古斯丁·圣·克莱尔（Augustine St. Clare），他的妻子扮演托普希（Topsy），他们是在波士顿共同出演《醉鬼》的首次版本时相遇的。他们上演的《汤姆叔叔的小屋》的剧本是由霍华德的侄子乔治. L. 埃肯（George L. Aiken）改编的。乔治在其中扮演乔治·哈里斯（George Harris），并且因为改编剧本的缘故而获得40美元及一块金表。在前往纽约演出之前，这次在特洛伊演出吸引观众明显达到了2.5万人（特洛伊的总人口为3万人），之后霍华德一家继续上演这出剧目，直到1887年霍华德去世，当时从四岁开始就因为出演小艾娃而一举成名的考狄利娅庆祝了她的35岁生日。

埃肯的《汤姆叔叔的小屋》的剧本非常忠实于原著，作者斯托在波士顿看过他们的演出。的确，很多对话都是从原著中照搬过来的。但是埃肯保留了伊莉莎在一块漂流的浮冰上渡过俄亥俄河之类的戏剧场景，而在后来的演出中这一场景的规模又进行了很大的扩展。不久伊莉莎在真狗的追逐下渡过了浮冰，结尾时汤姆乘坐金色马车（如果机器开动的话，这辆马车会真的向舞台上方移动）升向天空，与此同时天堂之门打开，出现了圣·克莱尔和小艾娃，他们在天使的簇拥下从金色的云层上向下微笑。而且，越来越多的说唱演出成分也进入了戏剧演出以及对汤姆这个人物的刻画，使得"汤姆叔叔"这个词语成为黑人向白人卑躬屈膝地奉承献媚的同义词，而这完全不是斯托的原意。19世纪末，"汤姆戏剧"几乎在美国各地都定期演出，但是作者斯托从自己小说的改编中没有拿到一分钱。斯托的废奴主义信息虽然在战后重建时期（当时"吉姆·克罗"首次由于舞台演出而风行一时）具有重要意义，却也没有成为南方新一轮压制种族隔离法律的标志。信息，像往常一样让位给了粗俗的娱乐。

这又一次说明这一切都与文学没有多大关系，而对此也没有人会持相反意见。1850年之后，在演员、剧院经理、剧作家迪恩·布希考特（Dion Boucicault, 1820—1890）等人的努力下，戏剧写作开始走向职业化，但将要经过很长一段时间之后由美国人创作的戏剧才能接近文学作品的地位。对于内战前期美国文学来说，美国戏剧的主要意义或许在于在它发展并普及了大量常用人物形象，主要是一些典型喜剧人物。其中有舞台上的北方佬，第一次以"乔纳森"的形象出现在罗耶尔·泰勒（Royall Tyler）创作于1787年的《比照》（*The Contrast*）一剧中。有西部狂徒，如波尔丁的《西部之狮》（1831）中的尼姆罗德·怀尔德法尔（Nimrod Wildfire）。还有舞台上的爱尔兰人、德国人，以及一个名叫"火孩子摩西（Mose the Fireboy）"的乡下庄稼汉的城市变体形象，他首次于1848年在纽约的舞台上亮相。还有那些无处不在的种族歧视典型形象，他们是以"吉姆·克罗"和说唱歌手开端的懒洋洋而且滑稽可笑的"黑鬼"形象出现，但他们却绝不止这些表现形式。

要找出美国内战前更加严肃的戏剧作品对美国文学的影响是很困难的，因为就是这些戏剧作品本身也完全是从其他地方衍生出来的。但是我们或许能够回忆起来，《白鲸》（*Moby-Dick*）中就有很多章节是以戏剧形式写成的，而在《白鲸》写作的前几年，莎士比亚对梅尔维尔产生的重要影响毫无疑问至少部分是由美国剧院上演莎剧以及《麦塔莫拉》和《角斗士》等伪莎士比亚"悲剧"造成的。这并不是说，除了同样热衷于豪言壮语之外，梅尔维尔的亚哈（Ahab）与斯通的"麦塔莫拉"或伯德的"斯巴达克斯"非常相似；与后两者不同的是，与其说亚哈是残酷的外部环境（白人的狡诈和罗马人的强权）的受害者，不如说他是自己太过自大的自我和自由观念的受害者。在亚哈和爱德温·弗雷斯特等演员之间，在亚哈的偏执狂和那位美国观众控制在掌心之中的演员（如麦塔莫拉或者斯巴达克斯、麦克白或者李尔王）的自以为是和"民主"的妄想狂之间存在着一种更加深层的密切关系。但这并不是说亚哈这个人物是有意识地以弗雷斯特为基础塑造的，只是仅仅表明，如果弗雷斯特吸引观众的那种磁石般的魅力进入现在我们认为是美国文学诸领域的话，那它当然也出现在梅尔维尔塑造的这位具有超凡魅力的佩阔德号（Pequod）捕鲸船的船长身上。

杂　志

美国的杂志出版业也像图书出版业和戏剧制作业一样，在19世纪20年代和19世纪40年代之间经历了令世人瞩目的发展。在此阶段初期，出版界的境况与前25年大抵相同。1794年，政府通过新的《邮政法》，规定只要"投递模式和邮件尺寸符合规定"，杂志邮费就可享受优惠，而在此之前这种优惠只有报纸才能享受。如弗兰克·路德·莫特（Frank Luther Mott）在《美国杂志史：1741—1850》（*History of American Magazines*，1741—1850）（1930）中所述（至今仍是对该事件最为详尽的描述），该法案最直接的结果就是新期刊爆炸性地出现：1795 年创办了七家，一年之后又有十几家问世，美国出版的杂志数目由 1794 年的五家飙升到 1825 年的近百家。

然而，这些投资所取得的成功是相当脆弱的。1825 年之前创办的美国杂志一般都在两年之内失败，经常还远远不足两年，这种朝生暮死的原因相当简单——杂志都只在当地发行，通常局限于出版杂志的城市，因此发行量极其有限。约瑟夫·丹尼（Joseph Dennie）在费城出版的周刊《佳作选辑》（Port Folio）是 19 世纪 20 年代之前最成功的杂志，到 1811 年，该杂志成为首家生存十年以上的美国杂志。不过，该杂志在 1801 年只有 2000 个订户，每个订户年收费 5 美元，那时即使是 2000 份的发行量也已属非同寻常。比较接近这个标准的还有波士顿的《每月文选》（Monthly Anthology，1805 年订户为 440 个）以及由其改版的《北美评论》（1820 年的订户在 500—600 个之间）。当时没有面向大众或低层读者的文学杂志，而且订户经常拖欠订费。因此，杂志编辑和作者都不能指望从中获得多少经济回报。编辑人员的收入通常与杂志商业运作的成功与否息息相关，而这种成功即便出现过也是很稀少的。直到 1819 年，才有一份美国杂志（即纽黑文的《基督教旁观者》[Christian Spectator]）提出要为投稿者支付稿费（每页 1 美元）。

从 1795 年到 1825 年间，新创办的文学杂志数量不断攀升，经常作为当地名人或才士发表作品的园地，如巴尔的摩昙花一现的杂志《门廊》（Portico，1816—1818），约翰·尼尔就在该杂志上发表作品并开始了创作生涯。当时，特别是在 1812 年英美战争之后，英国人诽谤新生的美国人不具备文学才能，因此许多人表达了给予回击的欲望，许多标榜他们民族主义的杂志却还是大量依赖英国和欧洲期刊的选文摘要。随着时间的推移，杂志开始把目光转向特定的读者群：包括宗教团体、农场工人、医生、儿童和女性读者（尽管"女性杂志"的伟大时代尚未到来）。美国文学期刊的内容也发生了变化：恶意诽谤的政治争论逐渐让位于小说和诗歌之类的纯文学作品，文学评论也开始超越期刊社论而成为杂志文章的主要形式。文学期刊都极其短寿，但在旧期刊被淘汰的同时新期刊会不断涌现，而且办刊者面目大抵相同，因此并非所有期刊都会落败。波士顿的《北美评论》创办于 1815 年，模仿一些有名的英国季刊，利用哈佛大学的资源，吸收当地热心文化事业的精英，到 19 世纪 20 年代已成为真正意义上的民族期刊。尽管发行量有限，但在整个 19 世纪却一直举足轻重。

19 世纪 20 年代后期美国进入第一个通俗杂志全盛时期，《北美评论》的知识和文化抱负逐渐显得不合时宜。更体现未来发展潮流特点的是《纽约镜报》（New York Mirror），这是由乔治·蒲柏·莫里斯（George Pope Morris）和

文学职业化的背景

塞缪尔·伍德华斯于1823年共同创办的一份周刊。伍德华斯因创作了通俗音乐剧《森林玫瑰》而名声大振,但却未获得实质性经济利益。他在创刊之后不久便退出杂志社,让莫里斯以各种形式单独维持了21年,其间在编辑工作中他得到西奥多·塞奇维克·费依(Theodore Sedgwick Fay)特别是纳撒尼尔·帕克·威利斯等作家的大力支持。《镜报》回避公开讨论政治问题,将瓦尔特·司各特作为偶像,培养华盛顿·欧文式的温文尔雅的幽默与情感,并在第一期中宣称其读者对象"主要是女士"。事实上,从1823到1931年间,该刊物将副刊名定为"女士文学报"(Ladies' Literary Gazette),侧重刊登女性作家的作品和有关女性话题的文章(如时装和女性教育)。早在1824年,莫里斯就采用有奖竞赛的方式吸引作者投稿,这一创新不久便被广泛模仿。波士顿的《北美评论》坚守19世纪早期的严肃文学传统,而且维持下来,其榜样促成了后来一些文学季刊的创办,如费城的《美国季度评论》(American Quarterly Review,1827—1837)和《纽约评论》(New York Review,1837—1842)。但是,1820年创办于纽约并希望通过娱乐读者而扩大发行量的《镜报》才是未来潮流的真正先驱。

根据莫特的估计,从1825到1850年间,在美国出版的杂志总数从不足100份上升到大约600份。尽管大多数杂志最终还是难逃失败的厄运,但也有越来越多的刊物取得了持久的商业成功和前所未闻的发行量。订阅者行为不良还是司空见惯,例如,当提莫西·弗林特主编的《西部月刊评论》(创办于1827年)在1830年停刊的时候,还被拖欠大约3000美元的订阅款,其他问题也没有立即得到解决。1825年,美国政府颁布一个新规定,将杂志的邮资固定在每印张1.5到2.5美分,远远高出报纸邮资(每份1到1.5美分)。因此,编辑者寻找其他方式发行他们的杂志,或者将杂志改装成报纸以降低邮费。在积极的方面,内陆运输得到了迅速改善(例如,1825年伊利运河全线贯通),而且可能最重要的是,本土作家越来越多,他们都可以为杂志供稿。在世纪之初,一般杂志的内容主要都由编辑本人或其朋友撰写,或者再版英国杂志的内容。到19世纪30年代,越来越多知名和不知名的美国人渴望发表文章;在19世纪40年代,一些杂志开始通过提供慷慨的稿费来刺激作家撰稿(至少是那些具有相当大众声誉的作家)。读者进一步受到木刻和铜版插图的诱惑。利用广告赢利是现代杂志出版的基本做法,但在当时还处于起步阶段。

一些最为重要的文学"杂志"(此时开始称为杂志)纷纷在波士顿创刊。1829年,纳撒尼尔·帕克·威利斯创办了《美国每月评论》(American Monthly Magazine),并由此开始了帕克·本杰明的杂志创办生涯。两年之后,约瑟夫·T. 白金汉（Josepn T. Buckingham）（辉格党杂志《波士顿信使》的编辑）创办了《新英格兰杂志》（*New England Magazine*），该杂志发表了亨利·华兹华斯·朗费罗、奥利弗·温德尔·霍尔姆斯（Oliver Wendell Holmes）、约翰·格林里夫·惠蒂埃（John Greenleaf Whittier）和纳撒尼尔·霍桑等人的作品，其中霍桑在该杂志上发表了 15 篇小说（稿酬每页 1 美元，在 1831 年来说已是相当丰厚了）。不过，这些杂志都未能持续很久。由于波士顿的文学圈不欢迎威利斯的轻率和无礼（或者他所倡导的花花公子的生活作风），因此在 1831 年，威利斯由于未能取得理想中的成功将所有订户转让给乔治·蒲柏·莫里斯（George Pope Morris），来到纽约成为莫里斯主编的《镜报》的助理编辑，然后慢慢成为当时最受欢迎的作家之一。《新英格兰杂志》只维持到 1835 年，帕克·本杰明当年辞掉编辑的职位，继威利斯之后来到纽约，参与编辑《美国每月评论》。该杂志不久之后兼并了《新英格兰杂志》。

波士顿后来出现的文学杂志大多同样短寿。超验主义者于 1840 年创办了《日晷》，首任主编为玛格里特·富勒（Margaret Fuller），然后由拉尔夫·沃尔多·爱默生（Ralph Waldo Emerson）接任，但到 1844 年就无力维持，其发行量从未超过 300 份。詹姆斯·拉索尔·罗威尔（James Russell Lowell）于 1843 年创办《先驱》（*Pioneer*），来稿中不乏高质量的文章，如霍桑的《胎记》（*The Birthmark*），但三期之后即宣告失败。波士顿的文学杂志中寿命能与流行杂志相比的是一份名为《心意》（*The Token*）的赠阅杂志（纪念杂志）。该杂志每年出版一期，主要收集故事、诗歌和插图小说，明显针对女性读者。该杂志创办于 1827 年，由塞缪尔·古德里奇（Samuel Goodrich）主编。美国有许多同类的年刊，它们都是流行女性杂志的先驱。现在人们之所以对《心意》感兴趣，主要原因也许是它在 19 世纪 30 年代初发表了霍桑的许多匿名小说。直到 1857 年，随着《大西洋月刊》（*Atlantic Monthly*）的创办，波士顿才拥有了重要而持久的流行文学杂志。在此之前，有抱负的新英格兰杂志创办者不得不到其他地方去寻求成功的机遇。

19 世纪 40 年代最成功的两份文学杂志都是在费城出版的。其中一份创办于 1826 年，当时塞缪尔·C. 阿特金森（Samuel C. Atkinson）和查尔斯·亚历山大（Charles Alexander）（后者还在 1821 年创办了《星期六晚报》[*Saturday Evening Post*]）共同推出《匣子：文学、智慧和情感之花》（*Casket: Flowers of Literature, Wit and Sentiment*）。《匣子》于 1839 年被乔治·R. 格拉哈姆（George R. Graham）收购，一年后又与《伯顿绅士杂志》（*Burton's Gentleman's Magazine*）合并组成《格拉哈姆杂志》（*Graham's Magazine*）。该杂志刊登了许多名家的短篇小说、诗歌、杂文、传记、旅行小品和文学评论，其中包括

文学职业化的背景

威廉·布莱恩特、詹姆斯·库珀、詹姆斯·波尔丁、詹姆斯·罗威尔、莉迪亚·斯格尔尼（Lydia Sigourney）（被广泛誉为"情歌吟唱手"）、亨利·朗费罗、纳撒尼尔·威利斯和埃德加·爱伦·坡等人。从1841到1842年间，爱伦·坡曾担任该杂志编辑长达15个月。他的继任者为鲁弗斯·威尔莫·格里斯沃德（Rufus Wilmot Griswold）。他也是从新英格兰迁徙到此的，后来因在管理坡的遗稿和编纂坡的传记时故意歪曲事实而臭名昭著，不过在当时一直是很有影响的文学编辑。1842年，格拉哈姆制定了向著名作家提供慷慨稿酬的政策，而且还不遗余力地推广该政策：朗费罗每首诗歌稿费高达50美元，威利斯的作品每页11美元，库珀的海军司令传记系列价值1000美元。爱伦·坡名气较小，作品每页稿酬为4美元~5美元，1842年，霍桑的作品每页5美元。格里斯沃德一年的编辑费为1000美元。19世纪40年代末，由于对外投资不善，格拉哈姆遇到了严重的财务困难，因此被迫于1853年出售他的股权。此时，《格拉哈姆杂志》不论怎么说都已不再像先前那样大受欢迎，然而在19世纪40年代早期时，它的成功却是令人震惊的。创办首年，发行量便从5500份上升到2.5万份（标准订阅费为每年3美元），格拉哈姆很快就赢得了4万名订户。同一时期的《北美评论》订数也就勉强保持在3000份。

格拉哈姆在费城最成功的对手是路易斯·A. 古迪（Louis A. Godey）。在1837年经济大恐慌期间，古迪收购了萨拉·约瑟夫·黑尔于1828年在波士顿创办《女士杂志》（*Ladies' Magazine*），将杂志转移到费城，改名《古迪女士书刊》，并聘请黑尔作为杂志的文学编辑。《古迪女士书刊》的主要栏目包括诗歌、短篇小说、游记和书评等，但不刊登政治评论，作者包括斯格尔尼、凯瑟琳·塞奇维克、威利斯、哈里特·斯托、波尔丁、拉尔夫·爱默生、朗费罗、奥利弗·霍尔姆斯（Oliver Homles）、霍桑和坡。但该杂志的标志性特色在于水彩手绘的时装图片、著名或原创艺术品的铜版雕刻，它还刊登菜谱、时装评论、家庭生活建议和其他女性特写等。不久之后古迪也采用了格拉哈姆的政策，给最著名的作家支付最高的报酬，而对不知名作者则不付任何稿酬，不过他的成功更胜格拉哈姆一筹。到1839年，他预测年发行量可达2.5万份，订价保持为每年3美元。到1850年，他的订户达到了5万户，在南北战争之前上升到15万名。《古迪女士书刊》的成功诱发了许多模仿者，其中最著名的是于1842年创办于费城的《彼特森女士杂志》（*Peterson's Lady's Magazine*），《古迪女士书刊》同时对许多综合性文学杂志的内容和格式也产生了显著的影响，并为这些杂志指明了大众读者群的来源，提供了赢得并保持读者忠诚的一系列策略。

同时，纽约的杂志出版业也正进行着改革。改革对象不包含对本国作家

1 文学职业化的开端

的推荐,而是对英国同时代作家大肆剽窃。长久以来,剽窃文学一直是美国杂志的主要来源。1836年,贺拉斯·格利雷(Horace Greeley)创办了《纽约客》(*New Yorker*),主要内容是再版而不必支付报酬的外国文学。1841年,他又创办了《纽约论坛》(*New York Tribune*)。威利斯创作于1839至1840年的《海盗船》(*Corsair*)的题目就明确道出了他的目的。事实上,他原先计划将该作品的题目更直率地定为《盗版》(*Pirate*)。在19世纪30年代后期到19世纪40年代初期的纽约,文学剽窃现象已经达到了新的规模——几乎威胁着刚刚起步的图书出版业,大有将其扼杀于萌芽状态之势。

这一切始于1839年,那时帕克·本杰明和鲁弗斯·格里斯沃德共同创办了《乔纳森兄弟》杂志。为了降低邮费他们称之为"报纸",而且还采取了大开版式,更给人以报纸的印象,不过其内容几乎全部为盗版的英国连载小说。当帕克·本杰明和鲁弗斯·格里斯沃德于1840年失去了对《乔纳森兄弟》的控制时,他们旋即创办了一个几乎一模一样的杂志《新世界》(*New World*)与之对抗。这些刊物和他们的模仿者不久之后便被谑称为"猛犸周刊"。不过,这些猛犸周刊仍有一个问题,即它们在盗版连载小说之前小说早已有单行本出版上市,读者宁愿支付更高的价钱买来完整的小说阅读。因此,1841年,《新世界》采用了一种新技巧:开始出版完整的小说作为"副刊",不过还保持大开本、多专栏的版式,并作为报纸发行,每期订价为50美分。《乔纳森兄弟》和其他杂志很快就加以仿效,激烈的竞争将价格迅速压到了每期6美分,图书出版商也被迫降低他们的价格。到1843年,报刊市场已经完全饱和,即便《新世界》和《乔纳森兄弟》也感受到低廉价格的压力。当年4月,美国邮政局裁定,猛犸刊物不能再按报纸邮费进行投递,从而结束了这一奇怪的插曲。《乔纳森兄弟》于1844年初出售给《新世界》,后者也在一年之后关闭,不过这一插曲的影响还是持久而深远的。尽管竞争和价格下降都得到了控制,出版商出版小说的标准价格还是从先前的3美元~4美元稳定在现在的50美分左右。如上文所述,就是这种变化迫使库珀和其他作家在19世纪40年代进行超额创作。

纽约还出版更传统的文学杂志。其中最著名的是创办于1833年的《纽约人杂志》,与此同时,《镜报》依然在这一整个时期出版发行,前者先后由查尔斯·芬诺·霍夫曼(Charles Fenno Hoffman)、S. D. 朗格特利(S. D. Langtree)和提莫西·弗林特等人编辑,不过他们任职的时间都很短,直到1834年被克莱蒙特·爱德森(Clement Edson)和路易斯·盖洛德·克拉克(Lewis Gaylord Clark)收购之后才稳定下来,此后由克拉克担任主编,他的任期覆盖整个19世纪50年代。该杂志对华盛顿·欧文的青睐在杂志名称之中已是显露无遗,

56

057

○文学职业化的背景

从 1839 到 1841 年，欧文作为该杂志的固定撰稿人每年获取高达 2000 美元的薪水。其他供稿作家还包括库珀、布莱恩特、波尔丁、霍夫曼、威利斯、本杰明、朗费罗、惠蒂埃、霍尔姆斯和霍桑等人。不过，该杂志的显著特点是自诩的"拉伯雷式（Rabelaisian）的幽默"（即粗俗的幽默），以及克拉克发表自己观点的"编辑论坛"，这是每期必登的常规栏目。到 1837 年，杂志发行量从大约 500 份增长到 5000 多份，每年订价为 5 美元。

《纽约人杂志》从未取得《格拉哈姆杂志》和《古迪女士书刊》那样的商业成功，不过也产生了巨大的影响，在 19 世纪 40 年代纽约所谓的文学大战中扮演了重要角色。战争的一方是克拉克的《纽约人杂志》和莫里斯的《镜报》，他们在政治上倾向于辉格党，文学感情比较都市化（一般称为"亲英派"），《纽约人杂志》取名与欧文的小说也不无关系。另一方是一群作家和编辑组成的松散组织"青年美国"（Young America），其主要成员包括科涅琉斯·马修斯（Cornelius Mathews）、威廉·A. 琼斯（William A. Jones）以及艾弗特（Evert）和乔治·戴克金克（George Duyckinck）兄弟，此外，威廉·吉尔摩·西姆斯（William Gilmore Simms）、埃德加·爱伦·坡和赫尔曼·梅尔维尔等人也短暂地参与了该组织。"青年美国"通常在政治意识上倾向于民主，在文学创作上注重民族主义，而且还致力于寻找有创意的"美国天才"，并为争取国际版权法而战斗。克拉克和他的追随者不仅嘲笑"美国天才"，还极力反对国际版权法。

有关 19 世纪 40 年代的文学战争我们还必须作较多的简要说明，需要注意的是"青年美国"还使用杂志来助战。马修斯和艾弗特·戴克金克从 1840 年开始编辑《大角星》（Arturus），直到 1842 年宣告失败。失败的原因主要在于他们连载马修斯不连贯的讽刺性小说《牛皮大王霍普金斯的一生》（The Career of Puffer Hopkins），而克拉克则在《纽约人杂志》上进行大肆攻击。《大角星》还刊登一些著名作家的作品，其中包括霍桑、朗费罗和罗威尔等人。"青年美国"得到了约翰·路易斯·奥沙利文（John Louis O'sullivan）主编的杂志《美利坚杂志与民主评论》（United States Magazine and Democratic Review）的支持和版面。该杂志于 1837 年创办于华盛顿，1840 年辉格党在全国大选获胜后迁到纽约。奥沙利文是霍桑的密友，还是霍桑大女儿尤娜的教父，因此霍桑的许多小说都在《美利坚杂志与民主评论》上发表。1845 年创办《百老汇期刊》（Broadway Journal）的查尔斯·弗雷德里克·布里格斯（Charles Frederick Briggs）是辉格党人，但不久爱伦·坡就将他逼走，并将《百老汇期刊》专用于攻击所谓的朗费罗文学剽窃现象，从更广意义上来说，则是在攻击波士顿文学界中对英国的模仿。从 1847 年到 1853 年，《文学世界》(*Literary World*) 又为"青年美国"提供了发表文学观点的园地（特别是在1848年该杂志被艾弗特和乔治·戴克金克兄弟收购之后），其中也包括对克拉克和《纽约人杂志》进行的攻击。艾弗特·戴克金克是梅尔维尔最早的文学启蒙者之一，然而《白鲸》却打消了他的热情。梅尔维尔以满腔民族热情对霍桑大加赞赏的《霍桑和他的〈古宅青苔〉》一文就于1850年发表在《文学世界》上。

南部和西部的其他几个中心也有一些颇具影响力的文学杂志。其中最著名的是《南方文学信使》(*Southern Literary Messenger*)，由托马斯·W. 怀特 (Thomas W. White) 于1834年在弗吉尼亚的里士满创办。今天该杂志之所以人尽皆知是因为埃德加·爱伦·坡经常在此投稿，而且从1835年到1837年还担任该杂志的助理编辑（薪水每周15美元）。其他刊物也像《信使》一样极力发掘出当地的文化自豪感，但是无奈北方的城市（如波士顿等，特别是纽约和费城）显然在19世纪三四十年代统治了杂志出版业。例如，即使是在南方市场，《南方文学信使》从发行量上来说也无法与北方的对手相提并论，其总发行量从来没有比4000份超出多少（每年订价5美元）。无论如何，主要杂志一般不局限于当地的撰稿者，甚至编辑也不局限于本地。同样的名字频繁出现于纽约、费城、波士顿、里士满和其他地方杂志的目录页上，其中包括布莱恩特、塞奇维克、霍桑、罗威尔、朗费罗，当然最主要的还是N.P.威利斯和莉迪亚·斯格尔尼，斯格尔尼宣称曾在多达300份美国杂志上发表过她的作品。

1857年之前，波士顿没有一本持久流行的文学杂志，但波士顿作家的撰稿到19世纪40年代已经成了其他地方杂志的主要内容，而且当时最有影响的杂志编辑也都来自波士顿，例如萨拉·黑尔和威利斯。在所有编辑中，有些固守地区身份，例如路易斯·盖洛德·克拉克，但更多的人则非常潇洒，来去自由。爱伦·坡曾在里士满、费城和纽约等地方担任杂志编辑，而格里斯沃德则活跃在纽约和费城两地。美国文学杂志的趋同性不值得惊讶。这些杂志为了获得相同的国内读者群——那时还仍然不算是大众读者，只是一些受过良好教育的中产阶级读者，尤其是女性，且不管他们住在美国的什么地方——而相互竞争。杂志编辑都必然试图通过借用其他杂志赖以成功的方式讨好这些读者，而且还经常选用相同撰稿人的作品。

杂志的兴起对19世纪中叶美国文学的影响极大。19世纪20年代，库珀和欧文是通过出版书籍获得名望的，但是到了19世纪40年代，新的本土作家更可能首先在杂志上崭露头角。《格拉哈姆杂志》和《古迪女士书刊》之类的杂志拥有4万~5万份的发行量，其影响面是库珀和欧文在20年前根本

⊙文学职业化的背景

无法想象的。直到 19 世纪 40 年代末期和 19 世纪 50 年代早期，本土作家书籍作品的出版商才开始吸引到如此巨大的读者群。与此同时，最著名、最成功的美国小说越来越多地出自首先在杂志上获得成功的作家，有些甚至只是再版了杂志上的文章而已。杂志读者的品味，包括文雅幽默、多愁善感和轻松娱乐等，逐渐左右着书籍文学的性质，许多相当成功的杂志作家几乎不用花费任何心思再去重新以书籍形式发行他们的作品。猛犸周刊通过连载长卷小说，获得了多达 3 万份的销售业绩，但是 19 世纪 40 年代最重要的趋势恰好与此相反。长篇小说和故事集的作家模仿杂志文学进行写作，因此即使一个图书价格下降的时代最为成功的作家也依靠这样的文学创作赚进了大笔的收入。

19 世纪 30 年代和 19 世纪 40 年代的小说创作

杂志、猛犸周刊以及 1837 年经济大恐慌的余波实质性地改变了 19 世纪 40 年代美国的文学市场和美国小说创作的性质。早在 19 世纪 30 年代，这些变化就有了征兆，但其间十年中最显然的趋势却不是过渡性的，而是保守甚至是反动的。19 世纪 30 年代出现的所谓"库珀学派"尤其如此，当时美国小说家和出版商在库珀成功的鼓舞下试图开拓假想中的地方历史小说市场。到 19 世纪 30 年代中期，最多产的美国历史小说家几乎无一例外都是男性，他们得到影响最大的几家出版社的支持。美国历史小说只有 10 年发展历程，但新作家和老牌出版社似乎都认为库珀的模式恰如其分而且不可避免地表达了民族性格，同时也是走向严肃文学创作生涯的必然途径。

在这些作家中，最重要、最执著的新作家是来自南卡罗莱纳的威廉·吉尔摩·西姆斯（William Gilmore Simms），而且他还有大量文学同道。出生于英国的亨利·威廉·赫伯特（Henry William Herbert, 1807—1858）是以弗兰克·弗雷斯特（Frank Forrester）为笔名撰写体育报道而出名的，他于 1835 年出版了大量历史传奇小说中的第一部《弗朗德兄弟传》（*The Brothers, a Tale of the Fronde*）。波士顿的约翰·罗思罗普·莫特利（John Lothrop Motley, 1814—1877）于 1856 年出版了《荷兰共和国的崛起》（*The Rise of the Dutch Republic*）从而成为著名的历史学家，之后又于 19 世纪 30 年代末出版了两部新英格兰历史传奇小说：《莫顿的希望》（*Morton's Hope*, 1839）和《梅里山脉》（*Merry-Mount*，该书直到 1949 年才出版）。华盛顿·欧文的未婚妻玛蒂尔德的兄弟纽约人查尔斯·芬诺·霍夫曼（Charles Fenno Hoffman, 1806—1884）于 1840 年出版了《格利斯雷：莫雷克人传奇》（*Greyslaer: A Romance of the Mohawk*），从而取得了巨大的成功，不过与波尔丁一样，他的文学活动相当分散，涉及讽刺小说、旅行信件和诗歌创作，而且还在纽约编辑报纸和杂志。从 1849 年开始他染上精神疾病，从此中断了文学活动。1839 年佛蒙特州的历史载入了美国文学当中，因为当时丹尼尔·皮尔斯·汤普森（Daniel Pierce Thompson，1795—1868）出版了《绿色大山里的孩子》（The Green Mountain Boys）一书，到 1860 年止一共再版 50 次。此后汤普森继续出版历史小说，可他再也没有取得可与这部小说相比的成就。

罗伯特·蒙哥马利·伯德（1806—1854）放弃戏剧创作并转而从事历史小说创作。其原因是爱德温·弗雷斯特拒绝与他分享《角斗士》（The Gladiator，1831）的演出中获得的巨额利润。但伯德的第一部历史小说是《卡拉瓦》（Calavar），讲述 16 世纪西班牙殖民者科蒂斯（Cortes）开拓墨西哥的历程。在 1834 年由费城的凯里出版社出版（当时由于出版了库珀的历史小说而获益匪浅），而且到 19 世纪 40 年代还在不断再版。1835 年，伯德出版了另一部墨西哥历史传奇《农舍耕地》（The Infield）和以美国独立革命末期宾夕法尼亚州德拉维尔峡谷为背景的《鹰谷的老鹰》（The Hawks of Hawk-Hollow）。伯德最有趣的历史传奇是《丛林中的尼克；或，吉本奈诺塞》（Nick of the Woods; or, the Jibbenainosay）。1837 年他又通过凯里出版社出版了《肯塔基传奇》。库珀倾向于描述美国印第安人的高贵，《丛林中的尼克》则显然不同。它围绕一个主要人物杀手纳森（Nathan Slaughter）展开，他在白天是性情温和的贵格派信徒，一到晚上则秘密残杀印第安人，屠杀对象相当随意，主要是为被印第安人杀害的家人报仇。这部小说取得了巨大成功，伯德在 1838 年和 1839 年又先后出版了两部书，其中一部是密西西比河游记集，另一部是以歹徒为题材的小说，1840 年伯德突然病倒，过早地终止了他的文学生涯。

19 世纪 30 年代美国南部也终于进入了美国历史小说的描绘中。威廉·亚历山大·卡鲁德斯（William Alexander Caruthers，1802—1846）于 1835 年出版了《弗吉尼亚的骑兵》（Cavaliers of Virginia），这是一部有关培根（Bacon）起义的历史小说，然后于 1845 年又出版了一部历史小说《戎马骑士》（The Knights of the Horseshoe）。纳撒尼尔·贝弗利·塔克（Nathaniel Beverly Tucker，1784—1851）则在 1836 年同时出版了《乔治·巴尔克比》（George Balcombe）和《党派领袖：未来的故事》（The Partisan Leader: A Tale of the Future）两部历史小说。第一部是常规的历史传奇，由纽约的哈珀出版社出版发行。第二部是对南部未来的幻想，一般认为是以 1856 年为出发点的，在华盛顿出版，显然不是针对全国读者。塔克的第三部小说《格特鲁德》（Gertrude）从 1844 年到 1845 年在《南方文学信使》杂志上连载。不过南方新涌现的历史小说家中最重要的还是约翰·彭德尔顿·肯尼迪（John Pendleton Kennedy）和威廉·吉尔摩·西姆斯（后者尤其重要）。

首次"南方文艺复兴"遭到推迟丝毫不令人感到惊讶，因为南方没有纽约或费城那样规模庞大的出版中心。不过，将这一迟到的历史小说大爆发称为南方文艺复兴也许有些误导人。毫无疑问，南方的政治、经济、文化和知识传统与北方迥然不同，但这些差异在19世纪30年代南方历史小说的创作和发行中根本没有明显表现出来（除了塔克的《党派领袖》等一些纯粹地方性作品之外）。我们应该记得，即使是在南方，常规文学杂志的发行也远远不如在北方出版的全国性刊物，因此为了吸引全国读者，西姆斯和肯尼迪可以说是主动转向了北方的图书出版商。

值得一提的不仅仅是南方没有控制自己的文学市场，尽管这确实值得一提，但更重要的是西姆斯和肯尼迪等南方人士认为他们的读者是全国性的，而不是地方性的。他们的小说的确主要描述了南方的习俗和历史，可这种地方性恰恰就是19世纪30年代多数历史小说的主要特色（至少是那些受到库珀启发的那一类）。西姆斯和肯尼迪的文学生涯绝对不是分裂和南方文化分离主义的先驱，而是恰恰表达了国家统一的思想，包括政治和文学的统一。19世纪40年代，随着南北地区纷争日益临近，随着库珀的成功范例越来越脱离文学市场的现实，这种国家统一思想土崩瓦解了。西姆斯和肯尼迪最终在分离问题上采取了相反的立场，但南北战争的到来对他们却产生了大体同样的影响。战争摧毁了他们和许多同时代南方人从事文学创作的思想基础。

约翰·彭德尔顿·肯尼迪（1795—1870）是巴尔的摩一位著名商人的儿子，父亲由于生意失败而把一家人搬到了弗吉尼亚。1816年，他开始在巴尔的摩从事律师工作，后来他逐渐转向文学创作和政治工作。1832年凯里出版社出版了肯尼迪创作的《燕子粮仓》（Swallow Barn），这是对弗吉尼亚生活充满感情的描述。1835年，他又出版了有关弗吉尼亚和南北卡罗莱纳革命的历史传奇《马蹄铁罗滨逊》（Horse-Shoe Robinson），人们认为该小说胜出库珀一筹。以马里兰为背景的《盗碗记》（Rob of the Bowl，1838）则不太受欢迎；诚然，1837年经济大恐慌对文学作品的销售也产生了影响。不过肯尼迪于1838年当选国会议员，于是越来越多地参与了辉格党的政治活动。《盗碗记》是他的最后一部历史小说，他后来的写作大多是政论文章和演讲词。而且，伴随蓄奴制危机不断激化，南方白人作家希望在通过北方的出版中心来吸引全国读者的同时还能效忠自己的地区，但西姆斯的创作生涯更为清楚明白地显示，南方白人作家的这种立场很难再保持下去了。19世纪50年代，在文学和政治上一直保持国家主义思想的肯尼迪在地区争端中倾向了北方联盟；他反对1860年的分裂活动，并于1864年投票支持林肯总统。战争结束之后，他又倡议在北方和南方之间进行协调。1870 年，肯尼迪在罗得岛（Rhode Island）州的纽伯特逝世，而后安葬于巴尔的摩。

在众多同时代美国人中，库珀最成功的对手也是南北战争前最成功的南方作家威廉·吉尔摩·西姆斯（1806—1870），其作品被广泛阅读，并得到广泛赞誉。1844 年，爱伦·坡宣称，尽管"西姆斯先生有许多错误……不过，他超出了布洛克登·布朗和霍桑（他们每位都是天才），因此毫无疑问是美国最好的小说作家。他的活力、想象、活动和能量比我们所有小说家加起来还多（除了库珀之外）"。随着文学市场的需求越来越大，西姆斯也异常多产起来。在他漫长的创作生涯中，他出版了 82 卷诗歌、小说和散文，其中包括 34 部长篇小说或短篇小说集。同时，他还经常向期刊投稿，积极参与政治活动，而且编辑了多种报纸和杂志。

西姆斯从事文学创作的目的是为了克服被排除在南卡罗莱纳查尔斯顿贵族社团之外的窘境，这已是文学史上的常识，但也有足够的证据表明，西姆斯不只是渴望成为贵族社团成员，他事实上就是当地种植园上的贵族。无论如何，不管是作为圈内人士还是作为圈外人士，西姆斯的早年显然是够痛苦的，这有助于解释他为什么后来如此潜心于文学创作。当他只有两岁的时候，母亲就因难产而死，父亲从此心神狂乱，搬到南方居住，将西姆斯交给外祖母看管。八年之后，他父亲试图重新获得对他的监护权，双方为此上诉到法院，而法院让这位 10 岁的男孩自己作决定，他选择了和外祖母一起生活，当然，我们可以设想这个选择是多么痛苦。西姆斯后来回忆的时候认为，他的孩提时代既悲痛又孤独，他只能通过无休止的阅读加以排解。16 岁时他开始在查尔斯顿的报纸上发表诗作，1825 年，与父亲一起到密西西比、阿拉巴马、路易斯安娜等西南边疆游历一年之后他又回到查尔斯顿，一边进行文学创作活动一边研习法律。1826 年他结婚的时候正好 20 岁，一年之后他获准从事律师工作。

不久，文学创作的欲望战胜了律师职业的魅力。西姆斯在查尔斯顿出版了五卷诗歌，1828 年至 1829 年担任《南方文学报》（*Southern Literary Gazette*）的合作编辑，1830 年收购了一家杰克逊派日报《查尔斯顿城市报》（*Charleston City Gazette*），他在该报上发表文章，在有关废奴的激烈争论中鼎力支持联邦一方。他的立场使他失去了大量读者，1832 年妻子去世后留下一个女儿由他照顾，他于是将报纸亏本出售，带着一包裹未出版的文稿离开查尔斯顿到北方追寻他的文学梦想，最后来到了纽约。1832 年，哈珀出版社出版了他的长诗《大西岛：大海的故事》（*Atlantis：A Story of the Sea*），并获得巨大成功。1833 年夏天他回到纽约，之后一直到南北战争爆发为止他通常夏天都在北方

◎文学职业化的背景

度过,成为纽约文学界的常客,而其他时间则待在南方。

1833年,哈珀出版社出版了描写犯罪的中篇小说《马丁·费伯》(*Martin Faber*),这是西姆斯出版的第一部小说,第一版在四天之内即销售告罄。以佐治亚边疆为背景的《盖伊·里弗斯》(*Guy Rivers*)于1834年面世,也获得巨大成功。当年年底需要发行第二版,于是1835年在伦敦再版该书,书评界几乎给予一致赞誉。尽管他的小说都是以南方为主题,但现在看来西姆斯在任何方面来说都已是全国性作家。1835年是他创作生涯的巅峰,他又出版了两部历史传奇小说。《亚马西人:卡罗莱纳传奇》(*The Yemassee: A Romance of Carolina*)描述了18世纪早期印第安种族遭受白人文明毁灭的过程,在文学界产生了极大轰动。第一版印刷了2500册,三天之内即全部售完,1835年又再版两次,该书在英国再版后受到赞誉。美国评论界对此亦褒奖有加,在即将前往纽约的时候,帕克·本杰明在《新英格兰杂志》中竟然宣称:"在情节、风格和创作技巧方面,《亚马西人》都胜过了《最后的莫希干人》。"同年秋天,西姆斯出版了《党派》(*The Partisan*)系列(该系列包括七部有关卡罗莱纳边疆革命的传奇故事,此为其中第一部),其余还包括:《梅里迁皮》(*Mellichampe*, 1836),《族人》(*The Kinsman*, 1841,后来改名为《侦察员》[*The Scout*]),《凯瑟琳·瓦尔顿》(*Katharine Walton*, 1851),《剑与拉线棒》(*The Sword and the Distaff*, 1852,后来改名为《木工术》[*Woodcraft*]),《抢劫者》(*The Forayers*, 1855)和《尤陶》(*Eutaw*, 1856)。1835年,西姆斯因从创作中获得的收入约为6000美元,几乎与库珀在19世纪20年代创作高峰时期的平均年收入6500美元持平。

1835年之后西姆斯的创作速度并未放慢,所有著作上都留着仓促的痕迹,但环境变得越来越复杂,不再像从前那么幸运了。1837年经济大恐慌给哈珀出版社带来特别沉重的打击,他们不再愿意冒险出版新书,甚至很难支付拖欠西姆斯的1300美元。所以,1838年西姆斯带着《理查德·赫迪斯,或以血还血》(*Richard Hurdis, or the Avenger of Blood*)的书稿投奔费城凯里出版社。该出版社由于拥有库珀、伯德、肯尼迪以及现在的西姆斯等著名本土作家,因此在美国小说出版方面取得显著的领先地位。不过,文学市场上经济的不稳定性还在延续着,激烈的竞争使价格下降雪上加霜,再加上猛犸周刊步步进逼,即使是西姆斯这样的作家也被迫一度从长篇小说创作上转移阵地。19世纪40年代,他开始为杂志和年刊撰写传记、批评和短篇小说。这种变化不一定表明他的受欢迎度有所下降——如果从销售量而言,他最受欢迎的著作是出版于1844年的卡罗莱纳革命英雄弗朗西斯·玛丽恩(Francis Marion)的传记。但是如上文所述,销售量增长并不意味着收入的增长,甚至还不一定能维持原来的收入。"我的文学创作收入，"西姆斯于1847年伤心地说，"在1835年度曾达到6000美元，而现在已经不足1500美元，因为廉价再版只为出版者和印刷者提供了利润，作者所得极少或者一无所得。"

廉价再版还不是西姆斯的唯一问题。在纽约，他卷入了"青年美国"组织和辉格作家之间的文学大战（辉格作家以路易斯·盖洛德·克拉克主编的《纽约人杂志》和乔治·伯普·莫里斯与N. P. 威利斯主编的《镜报》为阵地）。19世纪30年代后期，由于某些现在不甚明朗的原因，西姆斯和克拉克反目为仇，而西姆斯在批评文章中体现出来的民主政治思想和民主主义立场很自然地使他与"青年美国"成为盟友。他的一些批评文章后来收进了《美国文学、历史和小说视点和回顾》（*Views and Reviews in American Literature, History and Fiction*, 1846—1847）一书中。"青年美国"组织的成员和盟友为他进行辩护，爱伦·坡也于1844年在约翰·路易斯·奥沙利文主编的《美利坚杂志和民主评论》中对他进行了慷慨赞扬。从1838年开始，辉格报纸和期刊中的攻击愈发变本加厉。

1836年，西姆斯再次结婚，并在南方伍德兰安岳父的庄园里安家，这里更加靠近内陆，距离查尔斯顿有70英里。到19世纪40年代末，由于地区争端不断发生，"青年美国"组织内部也混乱不堪，他于是愈发将自己定位为南方作家，与北方的政治和文学文化走上了不同的道路。在1848年总统竞选中，他与民主党决裂转而支持辉格党候选人、原路易斯安娜奴隶主、墨西哥战争英雄扎查利·泰勒（Zachary Taylor）将军。1850年，他又开始创作历史小说，并连载发表《凯瑟琳·瓦尔顿》（于1851年出版单行本），但到了19世纪50年代，司各特首创的历史传奇模式——即在历史事件和传奇背景中描述上流社会的爱情故事——已经显得不合时宜。地区和国家利益的一致曾经在19世纪30年代使西姆斯大获成功，但如今这一利益的一致早已在政治和文学争端的重压之下土崩瓦解。他的历史小说再也不是全国事业的地区组成部分，而已成为保卫自己本地利益集团不受敌人攻击的斗争工具。1856年西姆斯仍然不断前往纽约，但是他现在的目的却是为了替蓄奴制辩护而进行演讲，1860年他还积极支持南方联盟脱离联邦政府。1866年战争结束，西姆斯又回到纽约时受到了朋友的欢迎，但他试图与北方出版界重新建立联系的努力却没有成功。四年之后他死于查尔斯顿。

按照司各特和库珀模式创作的严肃历史和地区小说在19世纪30年代垄断了美国的图书出版市场，但这种垄断地位也并不是毫无竞争的：有几位女性作家就模仿凯瑟琳·塞奇维克的家庭小说进行创作，并在此过程中为女性

◎文学职业化的背景

作家给女性读者创作畅销读物的大繁荣奠定了基础，这也成为19世纪50年代早期的显著特征。她们都是在今天所谓的"真正女性崇拜"或"家庭信仰"的思想背景中进行创作的。例如，妇女不应该插手政治，"女性的天地"（使用当时的一个流行词）应该是家庭，女人的天职应该是通过爱心和顺从来施加影响，而不应去追求世俗的抱负。"家庭信仰"令有抱负的女性作者面临一个深刻而可能令人不安的问题：难道对文学名望的追求是"非女性"的抱负吗？1830年霍桑在讨论女性作家的时候说："有某种敏感的观点……认为或想象展现女性与生俱来的思想供世人注目是不合适的……当感觉到天才的冲动就像是身体内上天的呼唤一样时，她们应该意识到自己正在放弃自己性别的一部分魅力，而且带着伤感和犹豫听命于内心深处的声音。"

霍桑希望阻拦与他直接进行竞争的作家，其理由固然完全可以理解，但问题是，在南北战争之前的美国还普遍存在着（可能特别是在文学女性身上）这样的情感。1829年，萨拉·约瑟夫·黑尔（她很快将要成为那一时代最有影响力的文学女性之一）强调说："诗歌的道路与其他每一条人生道路一样严格限制女性在上面行走。她不能纵情于奢侈的幻想、意象或是思想，或者沉溺于自由选择主题的特许中，那是造物主的专利。"女性作家很少公开或私下反驳这种假设。1835年处在创作生涯巅峰时期的凯瑟琳·塞奇维克在日记中写道：对她而言，"作者的存在一直似乎是偶然性的"。这样，成功的女性作家才能够通过完全否定抱负（即便是显然的文学意图）来缓解对不适当野心所产生出来的负疚感，许多女性作家都采用了这种基本原理。很多女性作家还匿名或是通过使用好听的笔名来出版作品。许多女性作家只有在丈夫或者父亲去世或者不能提供必要的生计时才转而从事文学创作。这种女性并没有放弃家庭职责，而是通过文学创作来履行家庭责任，因为她们必须得养家糊口。如果妇女的合适天地是家庭，那么女性作家可以将家庭和妇女的家庭生活作为创作主题。毕竟这一主题是大部分美国小说读者大众（即那些注定会最终些许厌倦纳蒂·班波和承格奇古克的妇女读者）深为熟悉的经历。"真正女性崇拜"背后的各种假想既决定着许多美国女性作家的公开立场也决定着她们所创作小说的主题。

家庭小说畅销的现象还远未到来，但是19世纪30年代两位作家（即哈南·法恩海姆·李［Hannah Farnham Lee，1780—1865］和爱玛·凯瑟琳·恩伯利［Emma Catherine Embury，1806—1863］）的作品预示了将来这类畅销作品（如苏珊·华纳的《广阔广阔的世界》［1850］和玛丽亚·康明斯的《灯夫》［1854］）所关怀的主题。哈南·李的丈夫死于1816年，使她在36岁就成为寡妇，而且还得独自抚养三个女儿。人们猜想可能是经济方面的需要促使她于 1830 年拿起了笔，到 1854 年她已经出版了 20 多部小说，不过都是匿名出版的。她所获得的第一次重大成功是 1837 年出版的《三次生活试验》（*Three Experiments in Living*），该小说讲述了曾经风光一时的弗尔顿家族所经历的因过度奢侈而招致的经济和精神危机。该书在美国和英格兰至少再版过 30 次，不久之后又推出续集《艾琳娜·弗尔顿》（*Elinor Fulton*）。在该续集中，性格坚强的弗尔顿家女儿充当了母亲和兄弟姐妹的道德领袖，并引导他们承认了从前奢侈生活的错误，但父亲却在西部寻找新生活的基础。如果说艾琳娜能使人联想起凯瑟琳·塞奇维克的典型女主人公，那她同时还是苏珊·华纳笔下的爱伦·蒙哥马利以及玛丽亚·康明斯笔下的葛楚德·弗林特的先驱。

同样的典型女性成功的故事还构成了爱玛·恩伯利多数流行小说的基础。恩伯利（1806—1863）在纽约长大，后来嫁给布鲁克林银行的主席，并且将自己的家变成了一个文学沙龙，爱伦·坡和其他纽约文人经常光顾。她最早的作品是出版于 1828 年的一部诗集，但她更以小说作品著称于世，特别是 1838 年由哈珀出版社出版的短篇小说集《康斯坦斯·拉蒂默；或盲姑娘和其他故事》（*Constance Latimer; or, the Blind Girl, With Other Tales*）。像李笔下的弗尔顿家族一样，恩伯利该书题目中的拉蒂默一家忽然间失去了荣华富贵：猩红热夺去了儿子的生命而且弄瞎了女儿康斯坦斯的眼睛，之后他们又在 1838 年经济大恐慌中失去了所有财产。尽管瞎了眼睛，康斯坦斯依然提供了道德榜样和经济协助，并使家庭免受父亲所无法避免的贫穷之苦。在李和恩伯利的作品中——凯瑟琳·塞奇维克的作品也是这样，而且她在 19 世纪 30 年代仍是最著名的女性小说作家——女性小说的传统开始形成，主题是家庭生活，目的在于说教并不断显示女性楷模的力量，是她们战胜了穷奢极欲和家庭困境的邪恶力量。在 1848 年因病而永久残疾之前，恩伯利还不断出版短篇小说和故事集。

19 世纪 30 年代和 19 世纪 40 年代早期还涌现了许多以本土方言创作的美国幽默故事，最杰出的代表是马克·吐温的小说《哈克贝利·费恩历险记》（*Adventures of Huckleberry Finn*，1884）。1830 年，缅因州的塞巴·史密斯（Seba Smith，1792—1868）开始出版署名杰克·唐宁少校的信件，这些信件以北方方言写成，风趣幽默，于 1833 年收集出版为《唐宁维尔的杰克·唐宁的生活和写作》（*The Life and Writings of Major Jack Downing of Downingville*），并在两年内再版九次。1835 年，佐治亚州奥古斯塔的奥古斯塔斯·鲍德温·隆斯特里特（Augustus Baldwin Longstreet，1790—1870）出版了一部速写集，名为《共和国建国后五十年的佐治亚风光、人物和事件》（*Georgia Scenes, Charac-*

○文学职业化的背景

ters, Incidents, etc., in the First Half Century of the Republic）。1840 年，该速写集由哈珀出版社重新出版，并在此后十年内不断再版，开创了所谓"西南幽默"流行现象的先河。隆斯特里特的朋友威廉·塔潘·汤普森（William Tappan Thompson, 1812—1882）利用这种风格写作也获得了巨大的成功。他的《琼斯少校的求爱》（Major Jones's Courtship）于 1843 年首次出版，后来在 1844 年又由费城的凯里和哈特出版社再版。此后汤普森又撰写了《潘尼维尔史记》（Chronicles of Pineville, 1845）和《琼斯少校游记》（Major Jones's Sketches of Travel, 1848）。"西南幽默"作家还包括塑造了苏特·拉文古德（Sut Lovingood）的乔治·华盛顿·哈里斯（George Washington Harris, 1814—1869），塑造了西蒙·苏格斯（Simon Suggs）的约翰逊·琼斯·胡伯（Johnson Jones Hooper），以及因短篇小说《阿肯色州的大熊》（The Big Bear of Arkansas, 1841 年第一次出版）而闻名的托马斯·邦格斯·索普（Thomas Gangs Thorpe）。美国历史传奇通常写成三卷，以系列丛书的形式酝酿和出版。对于"西南幽默"作品，哈珀与凯里—哈特等出版商首先以报纸和杂志连载的模式酝酿出版——特别是 19 世纪 40 年代威廉·特里特·波特（William Trotter Porter）的纽约出版的《时代精神》（The Spirit of the Times）。

　　19 世纪 30 年代和 19 世纪 40 年代早期，越来越多的新小说都在杂志刊登，爱伦·坡和霍桑等许多作家也主要通过杂志出版他们的创作。杂志对文学女性特别热情，例如伊莉莎·莱斯莉（Eliza Leslie, 1787—1858）连续 20 年活跃在费城杂志界，既是流行文学作家，又是杂志编辑，并于 1843 年主编《莱斯莉小姐杂志》（Miss Leslie's Magazine）。她于 1827 年出版了一部食谱后获得初步成功，此后该食谱又不断再版和增补。莱斯莉还撰写儿童文学和赠礼图书，并于 1832 年正式进入费城文学界，当时她的短篇小说《华盛顿·波茨太太》（Mrs Washington Potts）获得了《古迪女士书刊》杂志授予的文学奖。她只创作过一部长篇小说《爱米利亚；或，一名年轻女士的沉浮》（Amelia; or, a Young Lady's Vicissitudes, 1848），但出版了许多故事集，包括三卷本的《铅笔速写集；或性格和行为概要》（Pencil Sketches; or Outlines of Characters and Manners），分别于 1833 年、1835 年和 1837 年由凯里、李以及布朗查德出版社出版。莱斯莉的创作生涯与其他男性作家（其中包括西姆斯、伯德和肯尼迪等同样归于凯里出版社麾下的作家）存在着显著差异，认识到这一点对我们来说还是非常重要的。

　　1819 年，卡罗琳·霍华德·吉尔曼（Caroline Howard Gilman, 1794—1888）从波士顿迁往南卡罗莱纳的查尔斯顿，当时她已结婚，由于担任唯一理教派牧师的丈夫收入微薄难以糊口，她便开始从事文学创作以缓解艰难的生计。

1832年，她创办了一份儿童杂志《花季少年》(Rose-Bud)，并且自己撰写了大部分文章。1833年，该杂志改名为《南方花季少年》(Southern Rose-Bud)，1835年又更名为《南方玫瑰》(Southern Rose)，此时杂志已经从儿童杂志变成一般的家庭杂志。吉尔曼一直作为主编，该杂志由于受到1837年经济大恐慌影响，到了1839年也最终宣告失败。1834年，纽约哈珀出版社出版了她的第一部流行小说《一位主妇的回忆》(Recollections of a Housekeeper) (后来改名为《一位新英格兰主妇的回忆》[Recollections of a New England Housekeeper])。在小说中波士顿一位野心勃勃的律师的妻子讲述了她的家庭责任以及主要在处理佣人关系方面所遭受的种种挫折。此后她又于1838年出版了《一位南方主妇的回忆》(Recollections of a Southern Matron)，此书更像是一部长篇小说或是故事，但基本上还是前一部小说的翻版，但场景换成了种植园，其中还包括了对蓄奴制的辩护。吉尔曼的第三部小说《爱之历程》(Love's Progress) 出版于1840年。尽管两部《回忆》受到了极大的欢迎，但其作者从中得到的收入却少得令人惊讶。1834年哈珀出版社出版《一位主妇的回忆》时只付给她50美元，而《一位南方主妇的回忆》在经济大恐慌次年的六个月内售出2000册却也只为吉尔曼带来了200美元的收入。她只得主要依靠杂志来维持生活，在杂志上她不仅发表小说，还发表诗歌和随笔。

卡罗琳·柯克兰（Caroline Kirkland, 1801—1864）不是靠为杂志撰稿起家的。她生于纽约长于纽约，1835年随丈夫搬到底特律。她的作品《新的家园——谁愿跟随？或西部生活见闻录》(A New Home - Who'll Follow? or Glimpses of Western Life) 于1839年在纽约出版。那是一部具有模糊小说性质的散文集和对西部边疆的速写，到1850年已经再版四次。1842年，她又出版了半小说性质的密歇根游记《丛林生活》(Forest Life)，并于1845年出版了《西部空地》(Western Clearings)，通过此书柯克兰渐渐转向短篇小说创作。一年之后，爱伦·坡将柯克兰描述为"毋庸置疑……是我们最好的作家之一"，并特别赞扬了她"清新的风格"和"真情实感"。与此同时，柯克兰一家于1843年返回东部居住。三年之后，丈夫威廉·柯克兰去世抛下四个孩子，她只能通过为纽约市的杂志做些编辑和撰稿来抚养这些孩子。

19世纪30年代和19世纪40年代早期的纽约文学界由杂志和杂志编辑所垄断，其间还充斥着杂志之间的公开世仇，特别是《纽约人杂志》的亲英派作家和"青年美国"文学民族主义者之间的文学大战。这种世仇充分体现在两大阵营作家创作的作品之中。作为流行杂志作家和"青年美国"的敌人，纳撒尼尔·帕克·威利斯（Nathaniel Parker Willis, 1806—1867）在逗留欧洲的五年中完善了他作品中的欧文风格，创作了蜡笔画一般的文集——如《历

○ 文学职业化的背景

险印象》(Inklings of Adventure, 1836)、《旅行杂记》(Loiterings of Travel, 1840) 和《自由铅笔速写生活》(Dashes at Life with a Free Pencil, 1845) 等。同为《镜报》编辑的西奥多·塞奇维克·费依 (Theodore Sedgwick Fay, 1807—1898) 将自己在该杂志上发表的短文收集出版,也取了个欧文式的名字《一位恬静男人的梦想和幻觉》(Dream and Reveries of a Quiet Man)。此后在意大利的旅行激发了费依的灵感,从而创作了一部情节极其夸张的小说《诺曼·莱斯莉:当代的故事》(Norman Leslie: A Tale of the Present Times),哈珀出版社于 1835 年给予出版,并在不久之后再版,同时还改编成戏剧在纽约演出,也获得了一定的成功。在此后几年中,该书不断再版。

《诺曼·莱斯莉》关注在意大利歌特式神秘环境中的美国人,可以视为霍桑的《玉石雕像》(Marble Faun, 1866) 的前奏,但该书最直接的影响就是引发了埃德加·爱伦·坡在《南方文学信使》上发表充满敌意的嘲讽。爱伦·坡针对书中粗糙而欢闹的细节写道:"其情节……异常怪异、荒唐,而且自相矛盾。"在攻击费依的同时,爱伦·坡也在攻击聚集在《镜报》周围的所有辉格派作家,对此他也很清楚:他在评论中多次提到《诺曼·莱斯莉》的作者是"纽约《镜报》杂志的编辑"。评论认为小说主角"像威利斯一样在外国游荡",认为这个人物"尽管是个像蠢鹅一样的年轻绅士",但却没有"傻到将旅行通讯写成周报文章的地步"。评论最后提供了大量例证,说明该书在风格方面所存在的缺陷,并认为原因在于费依本人"长期居住在国外,已经忘记了本国语言"。爱伦·坡与威利斯在吵架之后终于和解,因为后者无论如何能够理解轰动效应和争论对于自我炒作的杂志界的重要性,他可能从一开始就很欣赏这种幽默行为。但其他辉格派作家(特别是路易斯·盖洛德·克拉克)却永远与爱伦·坡成为敌人。对《诺曼·莱斯莉》的评论最终使爱伦·坡成为"青年美国"派的盟友,或者只是默认的盟友。

纽约文学界的其他成员都试图创作有别于欧文和库珀传统的美国小说。查尔斯·弗雷德里克·布里格斯 (Charles Frederick Briggs, 1804—1877)——一位具有独立思想的辉格派盟友,1845 年创办《百老汇期刊》,一年之后被合作编辑爱伦·坡排挤出去——于 1839 年出版了《哈里·弗朗科历险记:一个大恐慌的故事》(The Adventures of Harry Franco: A Tale of the Great Panic),受到了普遍赞誉。之后他又于 1843 年出版了《受诅咒的商人》(The Haunted Merchant),这是他计划创作的《破产故事》(Bankrupt Stories) 系列的第一部、也是其中唯一最终完成的作品。1844 年,他又出版了《开拓通道,或列车生活录》(Working a Passage; or, Life in a Liner)。1846 年,布里格斯开始在《镜报》杂志上连载《汤姆·佩朴的快捷舞步》(The Trippings of Tom Pepper），这是以歹徒为题材的狄更斯式的小说，故事的背景在纽约，其中也稍事伪装地讽刺了纽约的很多文学名人。一年之后，首卷单行本出版，但是故事直到 1850 年出版第二卷的时候才告结束，这也是布里格斯的最后一部小说。1853 年，他成为《普特南月刊》（Putnam's Monthly Magazine）的编辑。

《汤姆·佩朴》的一个主要讽刺对象是科涅琉斯·马修斯（在小说中他以"费罗西斯先生"的身份出现）（1817—1889）。19 世纪 40 年代，马修斯被"青年美国"（特别是艾弗特·戴克金克）推崇为富有创意的新一代"美国天才"，这是一个灾难性的错误。马修斯的第一部小说是《巨兽：筑堤人传奇》（Behemoth：A Legend of the Mound - Builders，1839），以史前时代的密西西比河谷为背景。之后，他又出版了《牛皮大王霍普金斯的一生》（The Career of Puffer Hopkins，1842），描述了当时纽约的情况，情节很不连贯。他还出版了《大亚伯和小曼哈顿》（Big Abel and the Little Manhattan），这是一部寓言性的幻想小说，描述了一个白人和将曼哈顿卖给荷兰人的印第安酋长的后裔一起在纽约徘徊漫步的情况。从某种意义上说，马修斯实现了他的支持者的梦想：他确实是富有创意的新一代，与 20 年前约翰·尼尔的华丽而自我炫耀的风格有点类似。不过倒不见得他的文学大杂烩是天才之作。他在文学史上的重要性，可能在于戴克金克和其他人极力否认他能力不够却恰恰促成并加速了"青年美国"的瓦解。

由"青年美国"创造或发现的那种毫不屈从欧文和库珀的压制性影响的美国文学在 19 世纪 30 年代和 19 世纪 40 年代早期的纽约文学大战中最终进入了危险的境地。许多文学史家都将爱伦·坡、霍桑和梅尔维尔的作品看成是这一文学大战的最终结果。三位作家都与"青年美国"有关联，也都有作品被收入戴克金克为纽约威利和普特南出版社编辑的"美国文学书库"系列，其中包括爱伦·坡于 1845 年出版的《故事集》（Tales）和《乌鸦和其他诗集》（The Raven and Other Poems）、霍桑的《古宅青苔》（Mosses from an Old Manse）以及梅尔维尔的《泰比》（Typee，1846）。可是在 1845 年，爱伦·坡的《故事集》只卖出 1500 册左右，霍桑在大多数人眼中还只是短篇小说和随笔作家，而此时梅尔维尔还未曾出版作品，因此这种成果对于"青年美国"的远大抱负来说远远不能明确。而且从这一方面来说的即使十年之后也还是没有明确多少。因为尽管霍桑的知名度已大大提高，但仍不是畅销作家；梅尔维尔获得短暂声名之后，又渐渐归于沉默，而爱伦·坡也像"青年美国"本身一样已死去很久。我们在应用自己的文学价值观和正统观来诠释文学史格局的时候必须非常小心，1845 年美国小说的性质和趋势似乎与 19 世纪 30

年代一样模糊。

即使 1845 年之前在小说创作方面出现了一些重要趋势,这些趋势也与爱伦·坡、霍桑和梅尔维尔关系很少,甚至与西姆斯和库珀或费依、布里格斯和马修斯等人的关系也不大。最显著的发展则出现在了其他方面。例如,1844 年,乔治·里帕德(George Lippard,1822—1854)开始发行一系列小册子《修道院的修道士》(The Monks of Monk Hall,后来改名为《贵格城》),他称该系列为"对费城生活、秘密和罪行的注解"。尽管《贵格城》追求媚俗的轰动效应和夸张的风格,但他们对城市颓废生活的刻画无疑非常醒目。里帕德对下层阶级在所谓民主的美国受到的剥削感到恐惧,那是非常真诚的。但该书的魅力显然来自其轰动效应,文学史家之所以对其产生直接兴趣乃是因为其令人震惊的商业成功。当前三分之二部分的小册子合订成书出版后,六个月内便售出 4.8 万册;1845 年所有小册子完整出版后则售出 6 万册。到 1850 年,里帕德已推出 27 版,每版出售 1000 到 4000 册。我们应该还记得十年前西姆斯出版的《亚马西人》,该书第一版在三天之内售出 2500 册就在当时引起了极大轰动。1845 年,随着《贵格城》取得历史性成功,美国畅销书时代正悄然来临。

19 世纪 40 年代,里帕德并非美国唯一面向低层大众读者对象创作轰动性小册子小说的作家。不久之后,廉价大众小说几乎慢慢成为一种独立的产业。十分奇怪的是这种廉价文学竟然在波士顿大量发表,这与我们现在对当时新英格兰文学基调的概念大相径庭。一位名叫乔治·汤普森(George Thompson)的作家创作了《城市犯罪,或纽约和波士顿的生活》(City Crimes; or, Life in New York and Boston)和《波士顿的维纳斯:城市生活传奇》(Venus in Boston: A Romance of City Life)等作品。约瑟夫·霍尔特·英格拉哈姆(Joseph Holt Ingraham,1809—1860)在 19 世纪 30 年代尝试了各种不同的小说创作模式,并在 19 世纪 40 年代将自己变为小说加工厂,以飞快的速度出版 50—100 页的"小说"。1846 年,他向朗费罗夸口说,他在前一年中总共创作了 20 部这样的小说,赚了 3000 美元。杂志经营者、编辑和业余作家提莫西·沙伊·亚瑟(Timothy Shay Arthur,1809—1885)也同样多产。他所创作的《酒吧间的十个晚上》(Ten Nights in a Bar Room,1854)将会成为 19 世纪 50 年代美国最畅销的书之一,销售量仅次于《汤姆叔叔的小屋》。阿瑟在 19 世纪 40 年代取得了无与匹敌的成功,值得注意的是他在 1843 年出版了 13 部独立的小说。当库珀和西姆斯抱怨 19 世纪 40 年代廉价小说的竞争时,他们所指的是盗版外国小说。里帕德的《贵格城》所取得的成功表明,19 世纪 50 年代的"廉价"小说更可能是国内生产的。一种具有显著美国特点的小说模式也许正在形成,但这种以市场为导向的小说大生产却绝不是"青年美国"民族主义者所期望的。

19世纪40年代末,美国小说和美国文学职业正接近一个分水岭。库珀凭借他的作品和他的影响及范例左右着前30年的文学创作市场。但死于1851年的库珀此时已经走到文学生涯的尽头,模仿司各特模式的历史小说也开始走向衰落(西姆斯在19世纪50年代复兴这种小说创作模式的努力就说明了这一点)。爱伦·坡著作的销量一直不是很好,他于1849年去世。梅尔维尔由于创作了泰比(1846)、《欧穆》(*Omoo*, 1847)和《雷德本》(1849)而在19世纪40年代末期进入了文学声望的鼎盛时期。霍桑最高产的时期即将到来,从1850年到1853年间,他出版了《红字》、《七个尖角阁的房子》和《福谷传奇》(*The Blithdale Romance*)以及三本儿童读物和两部故事集(其中一部是先前故事集的新版),并为富兰克林·皮尔斯(Franklin Pierce)撰写了竞选传记。在此期间,梅尔维尔又创作了三部小说,其中包括他的代表作《白鲸》(1851)。换言之,该时期所要迎接的是第一次真正的美国文艺复兴。由于诸多原因,这一文学史我们早已经非常熟悉了。

然而从文学市场的角度看,这一切看上去又有些不同(不论是从主要潮流来说还是从主要作家来说)。霍桑在19世纪50年代初期非凡的文学活动并没有给他创造巨大的经济收入,例如,他从《红字》在美国的销售中所获得的收入总共不过1500美元。当然,梅尔维尔也称不上成功的职业作家,他在19世纪40年代末出版的《马尔迪》(*Mardi*, 1849)由于品味问题使他失去了大量读者,我们今天认为《白鲸》是他的杰作,可梅尔维尔同时代的人却大都不这样认为。因此从市场角度看,未来发展最重要的标志也许不是霍桑和梅尔维尔等作家的前景,倒是约瑟夫·英格拉哈姆和提莫西·亚瑟等作家大批量创作现象的崛起、凯瑟琳·塞奇维克、哈南·李和爱玛·恩伯利等作家在作品中表现出来的日益显著的"女性小说"的出现以及乔治·里帕德的作品《贵格城》创纪录的销售量。19世纪40年代后期小说的发展,开始表明社会上存在着两类规模巨大而且性质不同的潜在读者。其中一类基本为都市下层读者,一般认为主要是轰动性小册子小说的消费者。另一类是全国范围内的中产阶级读者,很明显主要包括妇女,她们是文学杂志的主要读者。第二类读者最终证明对19世纪50年代的美国小说发挥了至关重要的作用,是她们创造了一个全新的美国文艺复兴,而且与霍桑和梅尔维尔所代表的那个美国文艺复兴有极大的不同。我们现在所要讨论的就是这个文艺复兴。

2　女性小说和19世纪50年代的文学市场

我们在考虑19世纪50年代的美国文学之前可以先讨论F. O. 马西森于1941年发表的经典研究论著《美国的文艺复兴：爱默生和惠特曼时代的艺术与表现》。马西森首先表示，在19世纪50年代的前五年，"在一个异常集中的文学表达时期创造了如此大量的杰作！"在马西森看来，霍桑、梅尔维尔、梭罗和惠特曼都是美国这一文艺复兴时期的文学大师。他注意到"从1850年到1855年的五年间"出现了《代表人物》（*Representative Men*, 1850）、《红字》（1850）、《七个尖角阁的房子》（1851）、《白鲸》（1851）、《皮埃尔》（*Pierre*, 1852）、《瓦尔登湖》（1854）和《草叶集》（1855）等作品，于是接着宣布："或许你遍寻其他时期的美国文学也不可能找到有这样想象活力的书来。"

1940年，即《美国的文艺复兴》出版的前一年，弗雷德·路易斯·佩狄（Fred Lewis Pattee）出版了《50年代的女性文学》（*The Feminine Fifities*）一书，对美国南北战争之前几年的美国文学进行了截然相反的论述。爱默生、霍桑、梅尔维尔、梭罗和惠特曼在佩狄对该世纪中期美国文学的论著中占有一定地位，但显然那是从属地位。地位更重要的是苏珊·B. 华纳、安娜·华纳（Anna Warner）、提莫西·沙伊·亚瑟、范妮·非恩（萨拉·佩森·威利斯的笔名）、卡罗琳·李·亨茨（Caroline Lee Hentz）、E. D. E. N. 骚斯华斯（E. D. E. N. Southworth）、安·索菲亚·史蒂芬斯（Ann Sophia Stephens）、亨利·华兹华斯·朗费罗、西尔维纳斯·考伯（Sylvanus Cobb）、小艾克·马韦尔（Jr., Ik Marvel）（唐纳德·格兰特·米切尔）、格莱斯·格林伍德（Grace Greenwood）（萨拉·简·克拉克）和范妮·弗雷斯特（Fanny Forrester）（艾米莉·楚布克Emily Chubbuck）等人。佩狄的19世纪50年代与马西森不同的是他强调了这十年中广受欢迎、获得巨大商业成功的作家，而与此同时梅尔维尔正逐渐失去他在 19 世纪 40 年代短暂赢得的读者，梭罗和惠特曼也只吸引了很有限的读者群，即使是霍桑的小说也达不到畅销书的水平。同样值得注意的是，马西森书中的作家都是男性（他也曾考虑将他的专著命名为《广阔天空中的男性》），而佩狄所描述的作家大部分为女性（这就是他的专著标题中"女性"的起源）。

马西森在专著的导言中承认，他对作者的选择可以说是"随机的"，所有这些作家的作品都没有达到朗费罗的《海华沙之歌》（1855）、T. S. 亚瑟的《酒吧间的十个晚上》（1854）或者威利斯的《菲恩离开了范妮组合》（*Fern Leaves from Fanny's Portfolio*, 1853）等书的流行程度。十分奇怪的是，马西森的导言未曾提到 19 世纪 50 年代最著名的畅销书，即哈里叶特·比彻·斯托的《汤姆叔叔的小屋》（*Uncle Tom's Cabin*），该书在《美国的文艺复兴》正文中只提及一次——即该书的读者数量在爱默生的作品之上。关于 19 世纪 50 年代流行的"女性"文学，马西森是这样写的：

> 仍然为社会学家和符合我们口味的历史学家提供了肥沃的土壤。但我同意梭罗的看法："首先要读最好的书，否则你可能根本不会有任何机会来阅读它们了。"在之后的一个世纪中，连续几代的普通读者会做出决定，他们可能会最终同意：南北战争之前时代形象最高大的作家就是我讨论的这五位作家。

马西森确定和规定何为优秀文学的标准有些奇怪。"最好"的作家显然是最伟大的，是那些"形象最高大的"的作家，然而这种形象所蕴涵的力量似乎与事实不符，因为至少从市场角度来看马西森的五位大师从明显的数量标准上来说也绝对不能跻身于 19 世纪 50 年代最伟大作家的行列。如果说联系这五位作家的"一个共同因素"（马西森语）是"他们对民主可能性的热爱"，那么将其他作家排除在外则与此有些相矛盾，因为他们更受大众欢迎。而且，马西森在这里似乎又一次极其矛盾地认为，流行作家因为只反映大众的品味所以没有达到伟大的标准，但不管怎么说这又恰恰是"一代的普通读者"的品味，正因如此才保证了他的规范归于正统，或者使他的规范合法化。如果读者的品味在两种情况下都是标准，那么简直就无法理解当时读者的认可为什么反而变成了低劣文学作品的标志。

我们应该注意到，尽管强调重点有所不同，佩狄并未最终反对马西森对 19 世纪 50 年代美国流行文学的贬谪，他也希望把专著中"女性"这个字眼

文学职业化的背景

主要作为一种贬义形容词使用,正如他自己所说,是"热心、激昂、愤怒、自满、富饶、情感、绚丽、俗丽、争斗和滑稽"的同义词。借用马西森的说法,佩狄自己表现成了"符合我们口味的历史学家",认为这种品味很可爱又很低级(就像"女性"一样)。不管佩狄和马西森对那一世纪中期文学经典作品有何不同看法,结果似乎都对马西森非常有利。《50年代的女性文学》很久以前就已绝版了,可是《美国的文艺复兴》从1941年起却一直非常畅销,始终受到读者的传阅和赞誉。马西森为19世纪50年代的文学取名为"美国的文艺复兴",这一称呼迄今还在使用,而且他所界定的文学经典作品大多数在我们今天看来仍是经典之作,不过近年来我们又在此基础上不断追加了一些。

马西森的影响是可以理解的,他对书中五位作者的阐述也闪烁着熠熠的光辉,这些作者所开创那种写作方法1941年为止已经被文学"现代主义"(特别是在学术界)认为是相当有价值而且居于中心地位:复杂,嘲讽,经常自我反省,关注国家政治问题和美国身份问题、帝国问题以及帝国权力的滥用。除了《汤姆叔叔的小屋》之外,19世纪50年代女性作家所创作的小说很少触及政治问题和复杂的自我反省,与现在一样,当时成功的流行文学作品中不可能包含此类成分。将注意力集中在当时不怎么知名甚至没有任何知名度的作家身上当然没有任何错误,例如,我们几乎不会因为艾米莉·狄金森(Emily Dickinson)的作品只是在她死后才为人们所注意就希望将她排除在外。但是,为了说明五位男性作家的"伟大"而压制流行文学的大部分就是压制19世纪50年代美国文学中可能最重要的事实。不仅是大多数读者都为女性(她们根本不关心梅尔维尔和惠特曼,而从商业角度看她们对霍桑的热情也相当有限),而且当时最成功的作家(特别是小说作家)也基本都是女性,现在却大部分被遗忘了。比较近代的批评家——例如安·道格拉斯(Ann Douglas)在《美国文化的女性化》中(The Feminization,1977),尼娜·拜姆(Nina Baym)在《妇女小说》(Women's Fiction,1978)中,玛丽·凯莉(Mary Kelley)在《私处的妇女和公众的舞台》(Private Woman, Public Stage,1984)中以及简·汤普金斯(Jane Tompkins)在《轰动设计》(Sensational Designs,1985)中——已经开始重新发现那些被"丢失"的作家的重要工作。负责任的文学史(不管是不是女权主义文学史)再也不应该蓄意将她们忽略了。

这种重新发现的目的并不是去决定哪个作家群更好。事实上,有关那一世纪中期美国文学经典作品的争论有一个好处,那就是让我们更清楚地认识到政治和性别偏见,那通常是心照不宣的思想假设,不过却成了决定文学

"价值"的潜在因素。面对有关特定作品或作家"很好"的主张，我们已经学会质问他们到底为什么"很好"。我们现在讨论19世纪50年代的流行文学也并不是要用当前的文学经典作品去代替它们。其目的更在于去认识19世纪50年代两种文学传统同时存在的现象——可能更为重要的是，要认识他们之间的相互关联。

所有这些作家（包括男性和女性、流行和非流行作家）都在同一个文学市场上进行角逐，他们对这种角逐的认识也清楚地体现在他们所创作的许多文本中，特别是在马西森的"大师"们所创作的文本中。事实上，马西森压制"50年代女性作家"的冲动可以归结到他所推崇的作家身上体现出的类似冲动。男性作家遭受到女性读者和女性作家市场力量颇为成功的威胁，因此他们具备一切理由来竭力排斥她们，大肆宣传她们的所谓的不合逻辑。我们还应认识到，这些相互竞争的传统尽管具有明显的差异（男性活跃在公开场合，女性则活跃在家庭），可他们还是拥有许多共同基础。不管是公开场合还是家庭，他们毕竟都是现在被视为不断复杂、难以控制和不可理解的19世纪现实的避难所。正是在这种意义上，19世纪50年代的两种文学传统都统一在现在我们所谓的"浪漫主义"的知识分子运动之中。但是，我们如果想要理解这两种传统中的任何一个，那我们需要首先关注一下这两种传统产生的背景：即19世纪50年代不断膨胀的文学市场。

19世纪50年代的文学市场

美国图书和杂志出版业从19世纪20年代直到19世纪40年代的成长已经在上文描述过了。到19世纪40年代为止，图书出版业已经在主要城市的主要公司中得到巩固，其中最为著名的是费城的凯里出版社和纽约的哈珀出版社，生产和销售的不断资本化和高效化使得本土作家获得了不断全国化的市场。到19世纪40年代后期，两家新公司开始挑战凯里出版社和哈珀出版社的霸主地位。乔治·普特南于1840年在纽约成为约翰·威利（John Wiley）的合作伙伴，并且从1847年开始独立经营出版。他的投资项目包括卡莱尔、欧文和库珀等人的同型板作品，并取得了极大的成功。在波士顿，詹姆斯·T. 菲尔兹（James T. Fields）把威廉·D. 蒂克纳（William D. Ticknor）的出版社（蒂克纳在1843年成为该企业的合伙人）办成了新英格兰第一家主要的文学出版社，他们出版了丁尼生（Tennyson）、朗费罗、霍尔姆斯和惠蒂埃等人的作品，1850年蒂克纳和菲尔兹出版社出版了《红字》，从此他们的新英格兰作家名单中又增加了霍桑的名字。与此同时，众多成功的文学杂志（特

○文学职业化的背景

别是费城的《格拉哈姆杂志》和《古迪女士书刊》)培养了全国规模的大量读者(主要是女性读者)。19世纪40年代末,杂志作家也许已经成为最有特色的美国文学人物,杂志读者的品味开始决定最具美国特色的文学模式。

19世纪50年代的美国文学杂志并不尽是繁荣景象。1857年的经济大恐慌使大量投资者纷纷倒闭,19世纪50年代末期南北战争的到来不仅提高了印刷成本,还使北方的全国性杂志丧失了南方读者。的确,几家曾在19世纪40年代叱咤风云的杂志在19世纪50年代都走到了自己的尽头,其中包括《格拉哈姆杂志》、奥沙利文的《美利坚杂志与民主评论》以及莫里斯与威利斯合办的《纽约镜报》。在19世纪40年代重要的文学期刊中,只有《古迪女士书刊》始终在整个19世纪50年代保持着其强大的地位。1852年颁布的一项新邮政法降低了杂志的邮费,而且第一次允许由出版者而不是接收者支付邮费,从而创造了更有利的商业气候,新的流行杂志不久便取代或超过了已经走向下坡路的原有杂志。

例如,1850年纽约的哈珀出版社创办了《哈珀新月刊》(*Harper's New Monthly Magazine*),其内容主要包括英国期刊文摘和英国小说连载(包括狄更斯的《荒凉山庄》[*Bleak House*]和《小多丽》[*Little Dorrit*]以及萨克雷的《新客》[*The Newcomers*]和《弗古尼亚人》[*The Virginians*])。尽管其中还包含了一些美国作品——例如卡罗琳·奇斯泊罗(Caroline Cheesebrouth)、梅尔维尔、伊丽莎白·斯图亚特·菲尔普斯(Elizabeth Stuart Phelps)和罗斯·特雷(Rose Terry)等人的短篇小说,但其重点还是转载英国文学作品,而且也获得了相应的回报:该杂志创办最初的六个月内发行量从7500份上升到了5万份(每份3美元),到1860年发行量达到了20万份。诽谤者可能质疑哈珀出版社的爱国精神,但却无法质疑他们的成功。1853年,乔治·帕尔默·普特南创办了《普特南月刊》,由查尔斯·F. 布里格斯任编辑(编辑还包括乔治·威廉·科蒂斯[George William Curtis]和帕克·歌德温[Parke Godwin]),专门出版美国作家的作品,从 定意义上来说构成了对《哈珀新月刊》的挑战。《普特南月刊》的撰稿人包括朗费罗、库珀、罗威尔、梭罗和梅尔维尔等人,其中梅尔维尔提供了大量短篇小说,并且还连载出版了小说《伊斯雷尔·波特》。《普特南月刊》发表了许多现在跻身文学经典行列的作家的作品,值得注意的是这种策略当时并未获得多少成功。该杂志的发行量在1853年为2万份,但后来逐年下降,1855年普特南将杂志出售给另一家出版社。两年之后,该杂志在1857年经济大恐慌中停刊,不过在南北战争之后又复刊。

经济大恐慌这一年还建立了一家重要而且持久的新文学杂志,即波士顿的《大西洋月刊》,由莫斯·菲利普(Moses Philips)出版,编辑是詹姆斯·拉塞尔·罗威尔。1859年菲利普死后该杂志被蒂克纳和菲尔兹出版社收购,菲尔兹于1861年继罗威尔之后成为杂志主编。《大西洋月刊》迅速成为新英格兰作家影响力极大的媒介,其中有些作家还是《普特南月刊》的老作者。第一期除其他作家的作品外还发表了爱默生、朗费罗、霍尔姆斯、罗威尔、约翰·罗思罗普·莫特利、罗斯·特雷和哈里叶特·比彻·斯托等人的稿件,其新英格兰倾向依然具有支配地位,有时甚至还使得其他地区的作家愤愤不平。而且,罗威尔的强烈废奴主义立场(与《哈珀新月刊》回避政治问题的做法截然相反)也疏远了潜在的南方读者。不管怎么说新杂志总算幸存了下来,南北战争之后,在威廉·迪恩·豪威尔斯(William Dean Howells)的主编下杂志又获得了极其巨大的影响力。然而,《大西洋月刊》绝对不能算是19世纪50年代一份典型的文学杂志。《古迪女士书刊》受读者欢迎的程度依然要大得多——还是由萨拉·约瑟发·黑尔任编辑,仍然以雕刻时装图版、家庭建议和感伤小说及诗歌为重要特色——不过它在"女性"杂志市场中也受到来自费城的模仿者《彼得森女士杂志》越来越强烈的挑战。1855年,纽约的亨利·卡特(Henry Carter)创办了周报《弗兰克·莱斯莉插图报》(Frank Leslie's Illustrated Newspaper),刊登一些新闻和轻松文学,并夹杂大量插图,由此开辟了纽约的同类市场。到1858年,《莱斯莉》已拥有10万份的发行量,到1860年则超过16万份。

19世纪50年代最引人注目、最具轰动效应的杂志是《纽约分类账》(New York Ledger),由极富进取心的纽约出版人罗伯特·伯纳(Robert Bonnet)编辑出版(罗伯特·伯纳出生于爱尔兰)。1850年,身为印刷工的伯纳利用微薄的积蓄投资创办了商业期刊《商家账本与数据记录》(Merchant's Ledger and Statistical Record),后来他又将该杂志慢慢转变成文学周刊:例如,1853年伯纳开始发表莉迪亚·斯格尔尼的诗歌,1855年他又对杂志进行重大改编——放弃了商业特色,将杂志名称改为《纽约分类账》,并以每周100美元的异常高价聘请最近出名的范妮·菲恩(即萨拉·佩森·威利斯)定期为其撰写专栏。伯纳竭尽全力来促销《纽约分类账》:首先进行大量广告;然后又在其他杂志和报纸上发表连载作品的前面部分,只是在充满悬念的一期连载的结尾宣称该故事将在《纽约分类账》独家继续连载;其中最重要的还是开出高额稿费来获取流行和著名作家的作品。范妮·菲恩最终稿费达到每年5000美元,E. D. E. N. 骚斯华斯(即爱玛·多萝西·伊莉莎·那维蒂·骚斯华斯,Emma Dorothy Eliza Nevitte Southworth)在1857年成为《纽约分类

○文学职业化的背景

账》的专门撰稿人,后来也能赚到至少那样多的稿费。伯纳还设法弄到了波士顿的爱德华·艾弗里特一整年的周刊专栏文章。由于艾弗里特几乎不会屈就金钱的诱惑,于是伯纳主动为艾弗里特最钟爱的项目"弗伦山协会"捐款1万美元而使其就范。艾弗里特、布莱恩特、朗费罗和丁尼生等为《纽约分类账》创造了文化气氛,但其主要内容还是连载的流行小说,特别是骚斯华斯和小西尔维纳斯·考伯等人的作品,后者于1856年与杂志签约,最终向《纽约分类账》投稿几乎达到130部连载小说(特别是1859年广受欢迎的《莫斯科造枪人》[*Gunmaker of Moscow*])。伯纳的促销策略非常成功,到1860年,《纽约分类账》已经取得了40万份的发行量(每份定价2美元),这是当时任何美国杂志都无法比拟的数字。

不过,随着美国进入第一个伟大的"畅销书年代",《纽约分类账》1860年的发行量早已在图书出版行业被其他出版商所赶超。这个年代发端于1850年,当时一位不知名的作者向乔治·帕尔默·普特南递交了一部小说的手稿。这位作者就是苏珊·B.华纳,她父亲是纽约的一位律师,在1837年的经济大恐慌中失去了全部家产。支撑家庭的沉重负担落到了华纳及其姐姐的身上,出于经济需要她走上了文学创作的道路。她的手稿曾经遭到过纽约许多出版商的拒绝(例如哈珀出版社曾称其作品为"粗制滥造"),普特南最初也未曾表现出比前者更积极的态度。后来普特南将手稿带回家交给母亲,问她是否值得出版。阅读了手稿之后,母亲被感动得流出了眼泪,对他说:"别的书都不出版也要出版这一本。""天意,"她后来坚持道,"这本书会有好销路的。"12月该书以伊丽莎白·维特雷尔(Elizabeth Wetherell)的化名面世,普特南夫人的预言得到了证实。《广阔广阔的世界》叙述了一个名叫爱伦·蒙哥马利(Ellen Montgomery)的孤儿的艰辛与成功,在之后的两年中再版了13次,其销售量超过从前任何美国作家的小说,最终在美国销售超过50万册;该书还在英国广为传阅。

《广阔广阔的世界》迎来了美国图书出版行业一个不同寻常的十年。1851年,哈里叶特·比彻·斯托开始在华盛顿的《国家时代》(*National Era*)杂志中连载小说《汤姆叔叔的小屋》。读者对此如痴如醉,波士顿的出版商约翰·P.杰威特(John P. Jewett)为斯托夫人提供了一个出版该书的合同。这部小说于1852年3月分两卷出版,其销售量之大令人咋舌:前三个星期售出2万册,前三个月售出7.5万册,第一年售出30.5万册。到1857年,《汤姆叔叔的小屋》已经出售了50万册,而且还以每周1000册的速度继续售出。19世纪50年代还没有美国作家取得过斯托夫人这样的成功,不过有几位已经相当接近:

萨拉·佩森·威利斯（Sara Payson Willis）的速写集《菲恩离开了范妮组合》在第一年售出7万册；为青少年创作的一部速写集和《菲恩离开了范妮组合》的续集（两部书都署名范妮·菲恩），分别在1853年和1854年面世，这三卷书在美国和英国的销售总量达到18万册。同年，玛丽亚·康明斯的《灯夫》引起了另一场轰动，在八周之内销售4万册，在出版后的第一年一共销售7万册。其他女性作家（如奥古斯塔·埃文斯·威尔逊［Augusta Evans Wilson］、骚斯华斯夫人和安·索菲亚·史蒂芬斯等人）都很快加入了畅销作家的行列。

不过，并不是所有19世纪50年代的畅销作家都是女性。19世纪50年代继《汤姆叔叔的小屋》之后最流行的小说是《酒吧间的十个晚上》（1854），这是费城作家兼杂志编辑提莫西·沙伊·亚瑟写作的一本戒酒小册子。唐纳德·格兰特·米切尔（Donald Grant Mitchell）以艾克·马韦尔的化名出版的《一位单身汉的幻想》（Reveries of a Bachelor，1850）是一本感伤速写集，第一年出版销售1.4万册，此后几十年一直销路很好。1855年惠特曼的《草叶集》的第一版基本还是无人问津，然而朗费罗的《海华沙之歌》（Song of Hiawatha）在出版后的第一个月就卖出了1.1万册，前五个月则卖出3万册。1860年该书还以每年2000册的速度继续销售。不过，最成功的作家大部分还是女性——因为绝大多数读者，即那些使亚瑟、米切尔和朗费罗（还有华纳、斯托、芬和康明斯等人）获得成功的读者都是女性读者。例如，1852年居住在阿姆赫斯特的艾米莉·狄金森贪婪地品读了艾克·马韦尔的《一位单身汉的幻想》，可十年之后她却对惠特曼进行了这样的评论："我从未读过他的书，但我听说他的书很不优雅。"朗费罗也是通过使自己的诗歌适合女性读者占多数的读者大众的口味才成为畅销作家的。因此，作为作者和读者，女性在19世纪50年代图书销售的显著增长中占有中心地位。在19世纪50年代美国流行文学作品中，最有趣的是女性作者为女性读者创作的小说。

女性创作的小说

19世纪50年代美国女性畅销小说作家所取得的成功是空前的。苏珊·华纳的《广阔广阔的世界》在1850年向女性作家和男性出版商发出的信号类似于1821年库珀的《间谍》的成功所发出的信号。但这种新的信号却更为准确，它不仅确定了一种特定的主题（妇女的家庭经历），还指明了特定（而且规模巨大）的读者群。除此之外，《广阔广阔的世界》、《汤姆叔叔的小屋》和《灯夫》等小说所获得的销售量也是库珀在黄金时期也远远无法想象的。

◎文学职业化的背景

尽管19世纪50年代的女性小说家取得了前所未有的商业成功，但她们也像19世纪30年代和19世纪40年代的前辈一样受到了19世纪有关女性适当生活领域观念（即家庭生活信仰或真正女性信仰）的深刻影响。

女性作家从未宣称过世俗的追求，甚至从未私下承认有过这种追求，而且19世纪50年代的女性流行作家都放弃了这种追求。她们一致认为女性的空间在于家庭而不在于市场，尽管商业成功从定义上看似乎属于"非女性"范畴（如许多男性小说家断言），不过却有几个因素从她们自己眼中和其他人眼中洗清了这些女性小说作家的罪名：她们的创作是为了维持家人或者孩子的生计（经常是在父亲或丈夫辞世或破产之后）；因此她们并非与男性进行竞争，而是要完成她们作为"女性"的职责。她们也没有把自己的成功炫耀成是一种争取个人自主的形式，许多人甚至坚持说她们的小说几乎就是自己的写照（至少不是有意创作出来的）。大多数人还通过使用化名或匿名出版来保护个人隐私和"女性"的矜持。最后，如果说女性的空间是家庭，那么家庭（即女性的家庭生活）就是这些女性作家们的主要主题，而她们的小说因此得到的价值也几乎应该一律是"女性"和"家庭"。人们一般认为女性不应该关心政治（普遍认为那是男性独享的空间），《汤姆叔叔的小屋》或许是个例外，然而，从她的题目到小说的最后一幕，斯托夫人仍是在家庭生活的伪装下来处理政治问题的。

不管是作为公众人物的作者还是在小说中，这些女性作家都用不同的方式宣称她们要与当时人们公认的女性合理空间的观念保持一致，可能正是她们对个人追求和男性世界的放弃，从而保证了她们在与男性作家进行所谓的文学市场竞争时的成功。这个市场的主要消费者毕竟是女性。对于她们而言，家庭从定义上看就是一个世界，一个其他女性能完全熟悉的世界——因此便有了19世纪30年代和19世纪40年代"女士杂志"时尚的兴起和流行。至少从商业意义上来说，"家庭信仰"不仅仅（或者甚至说主要）限制了那些信奉这种主张的小说家。它还使得这些描写自己生活经历的小说家与那些有类似经历的读者产生了强烈的认同感。

19世纪50年代美国女性小说的大量出现之所以给人留下深刻的印象，不仅仅是因为某些畅销书的巨大销售量，还因为越来越多的女性作家源源不断地创作出畅销书（有时还是很长的系列畅销书）。我们可能得要用好长的篇幅才能够列举出这些女性作家和她们创作的小说——从1850年苏珊·华纳的《广阔广阔的世界》到骚斯华斯夫人的《克里弗顿的诅咒》（*The Curse of Clifton*, 1852）和《隐而不露的手》（*The Hidden Hand*, 1859），再到奥古斯塔·埃文斯·威尔逊的《比拉》（*Beulah*, 1859）和非常流行的《圣艾尔莫》

(*St. Elmo*，1867)（创作于1860年以后，出版才四个月其出版商就宣称该书已经拥有100万读者）。不过，更聪明的做法好像是更为详细地来关注一下其中的三位作家以及她们最流行的小说：即苏珊·华纳和她的《广阔广阔的世界》、玛丽亚·康明斯和她的《灯夫》以及范妮·菲恩和她的《露丝·霍尔》。哈里叶特·比彻·斯托的生平和创作将分作一个独立章节来论述。

苏珊·华纳（Susan Warner，1819—1885）与瓦尔特·惠特曼、赫尔曼·梅尔维尔、乔治·艾略特（George Eliot）和约翰·鲁斯金（John Ruskin）等人同年出生。她的父亲亨利·华纳是纽约一位功成名就的律师。苏珊的成长环境几近奢侈，在父亲和几位家庭教师的教育下进行了范围广泛的学习。1827年苏珊的母亲去世，于是亨利·华纳的未婚妹妹"范妮阿姨"搬来与他们同住，负担起照看家庭和孩子的义务。苏珊的妹妹安娜在19世纪50年代也开始创作小说，后来回忆说苏珊"具有强烈的个性和坚毅的意志，热衷权力，专横霸道，几乎无法控制"，苏珊从12岁起所写的个人日记也显示了同等强烈的自我怀疑，并为致力于可能与自己毫不相干的责任而感到愧疚。作为19世纪二三十年代的年轻女精英，她很少有实践"坚毅的意志"和"热衷权力"的渠道。

1837年春天，当苏珊17岁的时候，华纳一家的特权地位崩溃了。错误的投资迫使亨利出卖了大量家产，包括在纽约镇的房产，一家人退居在宪法岛的农舍里（位于哈德逊河上西点的附近），他们原来计划在那里建造乡村房产的，可现在却由于日渐贫困而在那里艰难度日，几乎完全与世隔绝。"很久以来，"苏珊在1839年的一篇日记上倾诉说，"我们一直习惯了与人交往。"不管她的教育曾为她准备了什么样的未来，现在一切都已经不可能了。而且，父亲试图改变全家的生活境况而进行的不当投机只是使事情更加糟糕，苏珊于是越来越多地依靠阅读来寻求慰藉。但是对金钱的需求日益尖锐起来，他们不断受到驱逐的威胁，家里有时甚至没有任何家具。两个女儿只好设法来补偿父亲的失败。

1846年末，安娜设计并出售一种"博物学"纸牌游戏以弥补家里的收支平衡，后来范妮阿姨对姐姐说："苏，我相信如果你尝试一下的话，你会写出故事的。""她是否补充说'会卖得不错的'，"安娜后来写道，"我不是很肯定，但那当然就是她的意思。"这一鼓动产生的结果是用"伊丽莎白·维特雷尔"的化名写作的《广阔广阔的世界》。一找到出版商她便获得了成功，这在上文已经有所叙述。之后她又于1852年创作了《昆切》（*Queechy*），这部小说几乎与前者一样大受欢迎，此后安娜也写出了《美元与美分》（*Dollars and Cents*）

○文学职业化的背景

（化名阿米·罗斯罗普"Amy Lothrop"）。伊丽莎白·维特雷尔和阿米·罗斯罗普最终一共创作了21部小说，其中有些是单独创作，也有些是合作的，同时她们还出版了许多家庭生活建议和宗教指南等图书。这种疯狂的文学创作也从未恢复家庭的富裕，苏珊和安娜所挣的钱大都用于偿还父亲的债务或法律费用，对现钱的需求迫使两姐妹出售了大多数版权，而不是等到销售之后收取版税。从1851年之后，苏珊和安娜姐妹仍然维持着家庭的生计，在1853年的六个月里，苏珊未曾出卖版权的《广阔广阔的世界》为他们赢得了4500美元的版税。

当然，《广阔广阔的世界》还带来了声望，但是苏珊·华纳却竭尽全力将自己隐藏在化名的背后。有位编辑发现了她的真实身份并请求获准向大众公开时，她于1851年回复说："首先，我没有丝毫念头让人来知道我的真名，虽然现在我再也无法控制了，可我当然希望永远不会看到它在出版物中被公开出来。""纯粹的个人声誉，"她解释说，"对我而言都是虚无缥缈的目标。"同年晚些时候，她在日记中对隐藏真实身份的原因有了较清楚的解释："声誉，"她写道，"从来就不是女人的天堂。"尽管伊丽莎白·维特雷尔的真名不久之后便被公布，可苏珊·华纳一直保持与世隔离的个人生活。她始终保持着对限制女性活动空间这一观念的忠诚，甚至尽力缩小自己在创作畅销小说中发挥的重要作用。"我不值得您如此赞扬——无论如何都不值得。"1852年她写信给对《广阔广阔的世界》大加赞赏的多萝西亚·迪克斯（Dorothea Dix）说。"您对我所做的一切说'上帝保佑你'，但也许只能说'为此作品而感谢上帝'，其中的功过都已经与我无关。"这种自我抹杀的作风构成了19世纪50年代美国畅销女性小说作家的典型特征，而且这种自我抹杀的作风和对限制女性作用的做法的接受还构成了华纳的第一部也是最受欢迎的小说的中心。

《广阔广阔的世界》对于女性毫无权力的现实阐述得十分清晰，甚至还清楚阐述人们如何残酷地造成了和维持着妇女无权的状态。在小说开头，10岁的爱伦·蒙哥马利知道她即将与残疾的母亲分离。她的父亲摩根·蒙哥马利船长（Captain Morgan Montgomery）也像华纳的父亲一样，在一些不明智的商业交易中葬送了全部财产，他必须离开纽约到欧洲，而他的妻子必须陪他一起去，其中所谓的原因是她身体不好。不过，蒙哥马利坚决认为无法带爱伦一起去，她必须与他那未结婚的同母异父的姐姐弗裘恩·爱默生（Fortune Emerson）一起住在乡下。这个开篇背后隐藏着一系列令人好奇的关系。这好像说明母亲的残疾是父亲金融交易不善造成的，或者甚至可能是他故意策划的，从而破坏爱伦与母亲之间强烈的感情。无论如何，他表面的残忍和无情尽显无遗：他几乎从未表现过与爱伦和母亲的亲情，他拒绝给钱让母亲为爱伦买一个分别赠物（母亲只好将她自己母亲给她的金戒指卖掉才凑足了钱买礼物），当最后一切安排妥当，爱伦即将到乡下弗裘恩阿姨家去的时候，他又阻止妻子提早叫醒爱伦，从而剥夺了她们最后相聚的机会。爱伦非常清楚蒙哥马利船长的卑鄙。小说告诉我们，她与母亲分别时的伤感，"也许……因为一种受委屈的感觉以及对父亲残忍的愤怒而变得愈加尖锐起来。"不过，尽管她悲伤异常，她还是走了。她别无选择，她母亲也别无选择，她们都是男人的财产。

在小说的其余部分，爱伦或多或少受到过各种不同人的虐待，而这些人正是远在欧洲的父亲为她选择的监护人。陪她前往弗裘恩阿姨家的那家人非常势利，经常忽视她，甚至还羞辱她。弗裘恩阿姨自己则只为她提供吃和住，并未给她任何爱，她甚至将爱伦的白色袜子染成灰棕色，扣留爱伦母亲给她写来的信件，并以这种卑鄙的折磨为快乐。不过，女孩还是找到了给她温暖的朋友和支持者：一位给弗裘恩阿姨打工的农民，一位名叫爱丽丝·汉弗雷（Alice Humphreys）的受过良好教育的年轻姑娘，爱丽丝的当神父的兄弟约翰，还有其他人。听说蒙哥马利夫人客死他乡的消息时，爱丽丝和约翰百般安慰爱伦，同时他们还充满爱心地担负起弗裘恩阿姨所忽视的教育她的责任。当爱丽丝透露说她也像爱伦的母亲一样将不久于人世的时候，爱伦便搬来与她同住，她同时还留下来照顾爱丽丝遭受丧亲之痛的父亲和兄弟。这种关系似乎相当稳定，因为有消息传来说一年之前蒙哥马利船长在海上失踪了。爱丽丝和约翰都宣称爱伦是他们的"小妹妹"，但很不幸的是，这种收养关系在法律上毫无立足之处，在《广阔广阔的世界》中，法律关系被严格地与那些以爱和社会情感为基础的关系分开了。

在汉弗雷家里住了一年之后，爱伦发现弗裘恩阿姨藏匿了她父亲死前写给她的一封信，说她母亲有钱的娘家林德塞（the Lindsays）家就住在爱丁堡，还说他们也希望爱伦去住，并且他已经把爱伦的监护权交给了他们。所以，爱伦便到了苏格兰，成为另一系列合法监护人的财产。她舅舅林德塞坚持让她忘记美国和汉弗雷一家人，并让她改名为"爱伦·林德塞"，称他为"父亲"。他是以自己的方式来爱她的，但这种方式，说得不好听，也是很专横的。尽管到达爱丁堡的时候爱伦只有14岁，人们可以从她与这位监护人/舅舅（他让爱伦随自己的姓）的关系中发现华纳对19世纪婚姻状况的看法。"当林德塞先生将她紧紧抱到胸前的时候，"小说这样向我们讲述，"爱伦感觉那似乎是在拥抱他自己的孩子……在他所有表达爱的方式中掺杂着同样强烈的权威感。""这种生活舒适得非常奇怪，"爱伦后来回忆在苏格兰的生活时

文学职业化的背景

说,"她不得不尽情享受这种生活;然而,她也感觉到自己就像被困在一张网里,丝毫没有力量挣脱。"有关爱伦作为奢侈财产的地位,这里刻画得简直入木三分。毫无疑问许多读者会对《广阔广阔的世界》报以同情,没有一位历史学家会忽略普特南夫人的泪水(或者该小说非同寻常的销售情况)后面所蕴涵的深刻的社会意义。

该书的结尾很简单而且相当敷衍,约翰·汉弗雷来到林德塞家里,以他的人格力量打动了这一家人,并重新建立了与爱伦的关系,这个结尾只是很有限地改变了爱伦的黑暗状况。人们猜想爱伦可能会最终返回美国并与约翰结婚(她此时已经快16岁),但是,婚姻似乎也不能充分地解决她的困境。爱伦在早些时候曾将林德塞先生的爱与约翰的爱做了一番对比,觉得约翰的爱不仅是"一种更高风格的善良",也是"一种更高风格的权威"。她对自由的最好想象是基于这样一种设想,即无论如何她必须受人管制,而且还要为人所有。应该注意的是,这样一种设想不可避免地支配了苏珊·华纳的生活,也支配了她的大多数读者的生活。

《广阔广阔的世界》经常被人(至少是一些现代读者)贬为多愁善感的情节剧。根据韦氏词典的定义,"情节剧"指一种"耸人听闻、情节动荡而且情绪激昂"的文学作品,这一标签还经常适用于人物根据道德法则加以简单化的作品或以美德的楷模和罪恶的魔鬼为主要人物的作品。"多愁善感"是更经常用来诋毁《广阔广阔的世界》和其他美国女性的小说作品的一个术语。在韦氏词典对该术语的众多释义中,这一语境中最中肯的释义似乎是"更受情感而不是理智影响的;行为出自情感,而非出于实用或功利的动机",因此19世纪50年代许多女性流行小说家(以及我们现在所谓的浪漫主义作家)的所谓"多愁善感"好像正是这一意义。但是,现代读者的品味标准已经将"多愁善感"变成了一个诋毁性的而不是简单的描述性术语。我们在20世纪的大部分时间里都受到这样的教导,所谓"多愁善感"的作品都是些不真诚而且不现实的作品。唯一真诚的情感是从未明确表达的情感,或者至少是轻描淡写的描述,因此,"多愁善感"文学中表达的情感都是虚假而且过分的。或者我们已经受人引导而接受了这种观点。

那么,《广阔广阔的世界》现在为什么被广泛贬责为"多愁善感"的"情节剧"呢?没有什么比爱伦·蒙哥马利对自由局限性的感觉更现实了,而她的故事的魅力大多来自于华纳对乡村习俗和家庭生活常规的"现实"观察。而且,与夏洛特·勃朗特(Charlotte Bronte)创作于1847年的《简爱》(Jane Eyre)相比,《广阔广阔的世界》中情节剧的成分还相对较少。爱伦·蒙哥马利的世界中没有歌特式的神秘,那些宣称拥有她的人也根本不是情节剧中的恶棍。林德塞先生和弗裘恩阿姨按照自己主张的行为都相当体面，他们都与勃朗特笔下的里德家族相差甚远，而爱伦也与简爱不同，总是能够找到朋友。现代读者一直抱怨爱伦哭得太频繁，不过，她固然哭得很多，而眼泪是她表达忧愁的唯一方式，她也很快就学会在私下哭泣。从这一方面而言，华纳小说中的泪水也并非远远多于狄更斯小说中的眼泪。

现代读者对《广阔广阔的世界》感受最深的问题是爱伦·蒙哥马利对自己有限空间的反应：她出于基督教倡导的顺从而拒绝了反抗。"她的情感，"小说很早就告诉我们，"从本质上来说非常强烈，却被自己所接受的教育极不完美地控制住了。"《广阔广阔的世界》所讲述的就是爱伦学会了控制这种种情感。"亲爱的，请记住，"母亲在解释她们很快就必须离别的时候告诉她，"是谁给我们带来这一切悲伤——尽管我们必须要悲伤，但却绝不能反抗。"她不是在指蒙哥马利船长，而是在指上帝。爱伦的启蒙者——爱丽丝·汉弗雷、约翰·汉弗雷还有其他人——都再三坚持说爱伦应该从自己遭受的悲痛中认识到上帝的爱。她必须放弃尘世的爱（母亲的、爱丽丝的，还有约翰的）或许才能认识到基督的伟大的爱。简言之，她必须学会顺从，但对于现代读者（对他们来说似乎很显然是蒙哥马利船长"给我们带来了这一切悲伤"）而言，这种顺从很可能是令人生厌的。对于当代一些女权主义批评家而言，《广阔广阔的世界》一类的小说好像就是在鼓励女性共同臣服。

其他人则认为，不管华纳希望传达什么样的寓意，她对爱伦境况的描绘的确是既严酷又充满了潜在的破坏性。然而，即使是对这种破坏性"现实"的暗示，爱伦的启蒙者也不厌其烦地提醒她要时刻提防，而华纳也未曾提供任何暗示来说明他们的提醒应该从反面加以理解。"亲爱的爱伦，要小心，"爱丽丝·汉弗雷提醒她道，"不要怀疑邪恶；也不能做出更恶劣的事情；即使那是人家逼迫你的，你也必须尽量装做没有看到；对于你所看见的，必须尽快忘记。"这恰恰就是爱伦学会要做的，她的自我抹杀被表现为一种值得尊敬的成就。偏爱梅尔维尔《白鲸》中亚哈的反抗精神的读者只会对此感到讨厌。但是，这些并未在佩阔德号上航行的读者并没有必要为自己的偏好所产生的后果承担责任。华纳和她的热情读者对他们的航行状况了如指掌，如果反对为她们预留的舱位，如果反对从受限的条件中发现乐趣的欲望，那么这种举动就有点近乎傲慢无礼。

《广阔广阔的世界》当然有其缺点，特别是在情节方面。例如，有一位"老年绅士"在纽约成为爱伦的朋友，然后送给她母亲大量礼物，但是他的身份一直隐藏在迷雾之中，让人干着急却始终没有揭示出来（或许我们可以注意一下《白鲸》，其中有个水手叫巴尔金顿，他只是在洋洋洒洒的介绍之后才消失，因此在这方面略胜一筹）。但是，那些为苏珊·华纳对爱伦·蒙哥马利的境况的反应感到悲痛的读者至少应该认识到，苏珊完全理解到了这种境况的局限性。他们还应该注意到在分别前有次一起购物时母亲送给爱伦的礼物。首先，爱伦在令人眼花缭乱的众多物品中选择了一本《圣经》。"这样漂亮的《圣经》，"小说向我们讲述说，"她从未见过；她狂喜不已地凝视着版式和装订，而且很显然已经爱上了这些《圣经》。"华纳在此似乎十分奇怪地提议一种精神消费，从而矫正女性作为男性财产的现象，当然，将陈列的各种《圣经》描述为"如此众多的诱人物品"，那肯定是非常令人不安的。但是，这种不和谐的音符并未持续下去，母亲将《圣经》送给爱伦的最终效果是帮助了她——就像一位善良的陌生人给她的一本赞美诗集和约翰·汉弗雷给她的一本《天路历程》（*Pilgrim's Progress*）一样——让她学会了自律并且懂得了基督教顺从的满足感。

同时很重要的还是这些教训都是从书本中获得的，而且蒙哥马利夫人送给女儿的第二个礼物同样是经过精心挑选的，那是一张摆满纸张、信封、钢笔和墨水的书桌。《广阔广阔的世界》中充斥着对小说的危险的警戒，而当这本书被描绘成"小说"的时候，华纳感到十分不安；她自己更喜欢称之为"故事"。《广阔广阔的世界》中许多最重要的关系还是通过阅读和写作得以维持的，爱伦的法定监护人也都来干预这些关系。所以，弗裘恩阿姨扣留了母亲垂死时写给爱伦的书信，舅舅林德塞先生则抢夺并藏起了她的《天路历程》。与此相对的是，爱丽丝和约翰·汉弗雷则鼓励爱伦在文学领域发展；事实上，爱伦在一次圣诞节晚会上首次与约翰说话的时候就是要求他帮忙完成一篇习作。最后，在小说的结尾，约翰与林德塞一家进行了一次成功的交涉，是为了获得许可以便在美国与爱伦通信。读书与写作，图书和私人通信，似乎并不是对将女性规定为男性财产的法律体系的太大反应，但是我们应该记得，苏珊·华纳在12岁的时候就开始记私人日记，父亲破产之后她越来越多地沉湎于读书，而她的创作最终使一家人避免了贫困之苦。我们还应该记得《广阔广阔的世界》在19世纪的美国创卜的非凡的销售量。如果说有关共同经验的阅读和写作都证明了存在着这么一种超越或至少帮助补偿法律压制和责难的社区的话，那么苏珊·华纳的小说则显示这一社区的确还是非常巨大的——而且还具有潜在的巨大威力（至少是在自己的范围之内）。

如果说"多愁善感"和"情节剧"的标签最终似乎不适合《广阔广阔的世界》的话，那么将它们适用于1854年出版的《灯夫》就合理得多了。事实上，正是玛丽亚·康明斯这本第一部也是最流行的一部小说，促使霍桑在

1855 年给出版商威廉·蒂克纳写了一封信,在信中他发表了这一著名声明:"美国文坛现在已经完全被一群乱涂乱写的娘们占据了。""我没有机会成功了,"霍桑抱怨道,"因为大众品味已经被她们的垃圾作品占据——如果我获得了什么成功,我也应该为自己感到羞愧。这些无数版本的《灯夫》以及其他不更差也不更好的书有什么神秘之处?——它们不能更差,也没必要更好,销售量却都以十万来计。"在霍桑的恼怒背后我们可以发现明显的嫉妒。在同一封信中,他估计自己 1837 年以来出版的所有书的版权费以及在康科德(Condord)的房产总价值大约为 5000 美元;而到 1854 年末,《灯夫》已经为玛丽亚·康明斯带来大约 7000 美元的收入。不管"秘密"是什么,霍桑就是不能理解,到 1855 年,即霍桑被任命为美国驻利物浦领事的第二年,他至少暂时放弃了小说创作。

与 19 世纪 50 年代大多数美国流行女小说家不同的足,玛丽亚·苏珊娜·康明斯(Maria Susanna Cummis, 1827—1866)的创作并非出于经济需要。她父亲戴维·康明斯(David Cummins)(其先祖可以追溯到英国的伊普斯威奇殖民者)是位成功的律师,并最终成为马萨诸塞州诺福尔克县民事诉讼法庭的法官。玛丽亚出生于萨莱姆(Salem),是戴维·康明斯第三位妻子梅希特伯·凯弗·康明斯(Mehitable Cave Cummins)所生的四个孩子中的老大(戴维的前两次婚姻还育有四个年长的孩子)。一家人搬到了斯普林菲尔德(Springfield),然后又搬到了多切斯特(Dorchester)一个更舒服的家里,玛丽亚(从未结婚)在此一直生活到 39 岁早逝。戴维·康明斯在家为女儿提供了扎实的教育,然后将她送到马萨诸塞州雷诺克斯(Lenox)的青年学校学习。经营该学校的是查尔斯·塞奇维克夫人(Mrs. Charles Sedgwick),她是著名小说家凯瑟琳·玛丽亚·塞奇维克(就居住在附近,而且经常到学校来玩)的嫂子。

玛丽亚·康明斯的所有小说都是匿名出版的。像苏珊·华纳一样,她也小心翼翼地将自己的私人生活与大众声誉分开,在多切斯特,她与其说是文学界的名人,倒不如说是一位模范市民,由于她对唯一理教教会的虔诚备受人们的敬重。不过,她的确一直保持写作:继《灯夫》之后,她于 1857 年创作了《梅布尔·沃恩》(Mabel Vaughan);然后又于 1860 年出版了《艾尔·弗雷迪斯》(El Fureidis),并在 1864 年出版了《痴迷的心》(Haunted Hearts)。康明斯对于出版商的价值稳步攀升,这可以从出版商支付给她的版税中看出来。波士顿的约翰·P. 朱维特(同时也是《汤姆叔叔的小屋》的出版商)为她的前两部小说支付了 10% 的版税,但是,由于他扩大了斯托夫人和康明斯畅销小说的推销规模,生意受到一定的打击,然后在 1857 年的经济大恐慌中破产。康明斯

文学职业化的背景

带着《艾尔·弗雷德斯》去找蒂克纳和菲尔兹出版社，他们支付给她15%的版税。最后，J. E. 提尔顿（J. E. Tilton）为《痴迷的心》一册支付了30美分的版税。不过，她的后期小说没有一部可与《灯夫》的轰动性成功相比，该小说也为一直困惑霍桑的"秘密"提供了最清楚的线索。

在《灯夫》的开头，八岁的女主人公（即一位名叫格蒂的孤儿）在波士顿过着贫穷的生活。三岁时她母亲就去世了，从此她被交给了一位缺乏同情心的妇女南·格兰特（Nan Grant）（此时仍然与格蒂生活在一起），但格兰特一直不肯透露格蒂母亲的真实身份，甚至还隐瞒着格蒂的姓氏。格蒂的处境不禁令人想起华纳小说中与弗裘恩阿姨生活在一起的爱伦·蒙哥马利。《灯夫》在许多方面模仿了《广阔广阔的世界》，但在小说的开头，就像小说的其他部分一样，康明斯的描绘比华纳还要耸人听闻得多。当格蒂打翻一桶牛奶的时候，她就遭受到"责骂，痛打，甚至被剥夺了她通常作为晚餐的面包屑，被关在黑暗的阁楼上过夜"。她与小说题目所指的那位灯夫交上了朋友，他是一位老人，名字意味深长地叫做杜鲁门·弗林特（Trueman Flint，意义分别为"真正的人"和"燧火石"），他送给了格蒂一只小猫。当南发现那只小猫的时候，就将它扔进一大锅滚开的沸水之中，小猫痛苦地死去，而反应激烈的格蒂也被扔到了街上。遭人抛弃的格蒂被灯夫带回家，并向读者讲述了他所能给她的一切："这不太……但却是一个家，是的，一个家；对于从未有家的她而言，那是非常好的一件事情。"格蒂还与杜鲁门的邻居沙利文夫人（Mrs. Sullivan）和她的儿子威利（Willie）结成了朋友，她的朋友还包括楷模般的富裕年轻女盲人艾米莉·格拉哈姆（Emily Graham），而由于这些"家庭"的影响，她的生活蒸蒸日上。

格蒂的故事中又有一部分是这样的：像爱伦·蒙哥马利一样，她也学会了基督徒的忍耐，还学会压制"她不受管制和容易激动的本性"。"谁会幸福？"她问艾米莉。"我的孩子，只有那些，"艾米莉回答说，"学会顺从的人；那些在最痛苦的时候看到慈爱的天父之手的人。"但是，格蒂成长过程的真正意义在于其他方面。"我不好，"她向艾米莉抱怨说，"我真的很坏！""但你可以变得很好，"艾米莉向她保证说，"然后每个人都会爱你的。"艾米莉的保证很有力地总结了《灯夫》的故事：格蒂的善良的确为她带来爱和热烈的赞美。当她的"杜鲁大叔"中风的时候，她照顾他，护理他，因此赢得了大众几乎普遍的爱戴。杜鲁门死后，艾米莉成为她的监护人。在格拉哈姆的家里，葛楚德（这是她现在的名字）受到了女管家的迫害，但她抑制住了愤怒的冲动，让女管家"痛苦地意识到（这个女孩）的确比她要有优越感"。葛楚德并未故意做任何事情让人注意到这种优越感，尽管她从未向艾米莉提到女管家的行为,但艾米莉不知为什么还是知道了,因此她的被保护人自我抹杀的缄默产生了更完美的自我宣传的效果。与此同时,威利·沙利文已经前往印度以图发财致富——不过不是为了自己,而是为了能够赡养母亲和祖父库珀先生。现已14岁的葛楚德答应在威利离开期间照顾沙利文夫人和库珀先生。

四年之后,葛楚德离开格拉哈姆在郊区的家来到波士顿履行向威利做出的承诺(威利的母亲和祖父现在都病了),并通过教书维持自己的生活。艾米莉的父亲表示反对,坚持认为葛楚德现在由他控制,但是葛楚德并不服从——当然那不是因为要表现自己,而是出于责任感。"从你所做的自我牺牲之中,"充满敬意的艾米莉宣称,"我看见了女人所能拥有的最高贵、最重要的人格。"葛楚德的境遇与爱伦·蒙哥马利截然不同,对她而言,"女性"的自我牺牲因此直接转化成了个人力量,甚至转化成独立和自由,其中的诀窍在于这一切都不是刻意追求的。在波士顿,葛楚德护理着库珀先生和沙利文夫人直到他们去世,同时还供养着奇迹般重新出现的南·格兰特,同样直到她去世为止。如艾米莉所预言的,她所做的善事越多,爱她和敬她的人也越多。

到此时为止,《灯夫》的发展还不到一半,而葛楚德成长故事中包含的所有冲突却大都已经得到了解决。她已经学会了控制早期的反抗精神,并通过自我牺牲的善行抵消了与自己早期贫困和低微身世相关的耻辱。小说的后半部分很难总结。其中多次偏离主题闯进了狄更斯的领域:有一位怪异的老妇女帕蒂·佩斯(Patty Pace),她衣着奇异,措辞夸张;还有神秘的拜伦式的陌生人菲利普先生(Mr. Phillips),他似乎受到了悲伤和悔恨的打击,跟着葛楚德和艾米莉一起旅行。其中还有几次闯进了简·奥斯丁的领域:例如,故事中出现一个三角恋爱关系,一个游手好闲的年轻人强迫自己将所有注意力都倾注在年轻姑娘奇蒂·莱(Kitty Ray)的身上,他认为这样能引起葛楚德的嫉妒。小说还有很大篇幅发展了凯瑟琳·塞奇维克和19世纪三四十年代其他美国女性作家最钟爱的主题之一:轻浮的时尚生活和坚实的家庭生活美德之间的对比。

在这一切过程中葛楚德都是昂首阔步前进的。她回到格拉哈姆家中照顾艾米莉。在一艘炙热的哈德逊河号汽船上,她冒生命危险抢救了一位无所事事的时髦年轻妇女,她猜想这位妇女就是与自己争夺威利·沙利文(他现在已经从印度回来)的情敌。她得知菲利普先生其实就是菲利普·阿莫里(Phillip Amory)——而且还得知他既是艾米莉往昔的恋人也是自己的父亲!当然,她之后又获悉,威利一直都在爱着她。"那有什么?"威利大声对菲利普说,他发现后者竟是他在阿拉伯沙漠中所救的人。

那里只有疲倦而愚蠢的时尚散步、财富的炫耀和展示以及闲人们表达的敬意,这一切都让我十分感动,让我的精神得到升华,激励我发挥潜能,因为想到一个和谐而幸福的家,其中充满着信任、爱和交流的精神,这种精神是时间所不能冲淡的,永恒只会使之变得更为平静和稳固?

在一个农村公墓,对着威利的家族墓群以及葛楚德的灯夫的坟墓,葛楚德和威利最终达成了相互理解。在小说结尾,他们结婚了——艾米莉和阿莫里也结婚了,而且阿莫里现在已治愈了他那拜伦式的绝望。"通过一种活生生信仰的强大力量,"小说最后一页向我们讲述,"他已经掌握了永恒的生命。"

《灯夫》显然是一种大杂烩,特别是在杜鲁门·弗林特、南·格兰特和威利·沙利文家人死去之后,它吸引当时读者的理由也非常清楚:它要比《广阔广阔的世界》更加前后一致而且更加长篇累牍地宣扬了热爱家庭的美德,即威利所称的"和谐而幸福的家"。它还不断将顺从和自我牺牲转化成无意识的胜利。葛楚德从未刻意追求胜利,她从未故意让人注意到她的美德或者别人对她的虐待,但是,不管是读者还是小说人物都一样被迫成为充满敬意的旁观者,并且还不断被提醒注意她的优越性;这种优越性纯粹得异乎寻常。如上文所述,康明斯模仿了简·奥斯丁作品中处于中心地位的浪漫误解来组织《灯夫》后半部分的大多数情节,不过葛楚德(例如,与奥斯丁的爱玛不同)从来就不是错误的一方。而且,葛楚德的优越性(与华纳笔下的爱伦·蒙哥马利不同)获得了无尽的回报。

《灯夫》传达的基本寓意对于小说的许多读者而言肯定是非常清楚的,而且肯定是充满着安慰的。热爱家庭并非囚禁在家里,而是摆脱无聊而放纵的生活时尚。自我牺牲和坚守责任不会招致痛苦,相反会带来幸福,包括世俗的幸福。这一切与人们在《广阔广阔的世界》中感受到的遵从世俗压抑和限制的感觉截然不同。换言之,在《灯夫》中,《广阔广阔的世界》中的那种基督徒自我牺牲的精神得到了世俗化。如果爱伦·蒙哥马利的故事似乎试图从"女性"的角度重新塑造班扬的基督徒的朝圣历程,那么,葛楚德的故事则似乎更接近于对霍拉旭·阿尔吉(Horatio Alger)小说中白手起家的主人公从"女性"角度进行的预演。

不过,从较深的层面上来看这两本书中最有趣的地方还是它们的共同之处。与19世纪众多的小说一样,这两部小说都讲述了孤儿的故事,但是它们又很少包含那种由于成为孤儿而产生的持久不变的异化感和负罪感,而在狄更斯或勃朗特姐妹的作品以及梅尔维尔的《雷德本》和《白鲸》中此类感觉则经常出现。爱伦,特别是葛楚德,能够相当迅速地学会控制她们对社会的愤怒，从而去寻找理想的替代家庭，她们两人都没有因为自己的境遇而去责怪社会，因此，对她们而言成为孤儿与其说是一种普遍象征，不如说是一种不幸的个人境况。她们在得到爱的时候都表示欢迎，她们也都获得了爱；爱是对她们的"女性"美德和忍耐的绝对奖赏。

在两部小说中，爱被如此完全地融进家庭，又如此彻底地与家庭关系等同起来，因此所有真正的关系也都实际上变成了家庭关系——理想的假父母和假子女或者是理想的假兄弟姐妹之间的关系——而且经常很难再分辨父母—子女关系与兄弟姐妹—兄弟姐妹关系之间的区别，或者也很难再分辨前两种关系中的任何一种与性关系或曰"浪漫"关系之间的区别。葛楚德的庞大的收养家庭包括她的杜鲁"叔叔"、沙利文夫人（发挥了母亲的作用）、威利（她的养兄）和艾米莉·格拉哈姆（她的养姐，爱伦·蒙哥马利养姐的角色则是由爱丽丝·汉弗雷来承担），但是这些关系还远不能称不稳定。小说向我们讲述说在杜鲁中风之后，"情况简直颠倒过来了"：那位对小格蒂"既当爹又当妈"的"强壮男人"现在"脆弱得像小孩一样"，而格蒂"从身材上看是小孩，但却体现了妇女的能力"，倒是成了他的"母亲"。随着艾米莉越来越依靠葛楚德，她们的关系也似乎颠倒过来，因为葛楚德也渐渐充当了艾米莉的母亲，神秘的菲利普先生的出现更加剧了这种混乱的关系。他那难以确定的年龄（他看起来像是少白头的年轻人）和他对葛楚德不断热情的关心使我们相信他在追求她，后来发现他是葛楚德的父亲而且是艾米莉往昔情人的时候，也丝毫没有减少《灯夫》中所蕴涵的家庭罗曼史的怪异感觉，特别当我们知道菲利普·阿莫里原先是艾米莉的继兄，而且他们也像威利和格蒂一样是作为兄妹一起长大的时候。这就好像是在说葛楚德和艾米莉与这个父亲/兄弟/追求者的关系都是某种更深层关系的替代，在小说的结尾当葛楚德通过担当起小说中大多数人物的"母亲"的重担而证明了她的美德以及嫁给她的"兄弟"威利之后，这种暗示得到了进一步加强。

《广阔广阔的世界》中颇具象征意义的家庭状况虽然不如《灯夫》那样复杂，但是它们那最深层的暗示都意味深长地相似。爱丽丝和约翰·汉弗雷收养了爱伦·蒙哥马利作为他们的"小妹妹"。当爱丽丝获悉自己将不久于人世的时候，她对爱伦说："你必须来这里取代我，照顾被我抛在身后的人。"如小说结尾所强烈暗示的那样，这一职责应该使得爱伦最终嫁给"兄弟"约翰，这也似乎一点不让人感到惊讶。事实上，约翰和爱丽丝之间的关系与其说是兄妹之情还不如说似乎更一直体现着恋人之间的激情。当约翰出席研讨会不在家的时候，爱丽丝就像浪漫主义小说中的女主人公一样由于思念和忧郁而憔悴下去，当他刚好在她临死前赶回家来时，他们满怀激情地相互拥抱

文学职业化的背景

在一起。"你幸福吗,爱丽丝?"他问。"非常幸福,"她回答,"这就是我所想要的一切。吻我吧,亲爱的约翰。""在他吻她的时候,"故事叙述者接着说,"一遍又一遍,她感觉到他的眼泪落到了她的脸颊上,于是伸手抹去了他脸上的泪水。她接着亲吻了他,然后再一次将头靠在他的胸前。"在拥抱之中爱丽丝死去了,这强烈震撼的一幕暗示了爱伦完全取代她的位置可能会意味着什么。

人们不一定希望主张《广阔广阔的世界》和《灯夫》中暗含某种乱伦的主题。这是很可能的,但更重要的是,我们认识到类似乱伦的事情,不管如何错位和混乱,可能是把家庭和家庭关系网络作为男性权力所统治世界(包括男性的性能量)的替代品的必然结果。十分矛盾的是,如果家庭或理想的假家庭被从性领域隔离开并被呈现为回避性领域的避难所,那么,性关系或与性相当的关系则只能在家庭的范围内发生。我们无论如何也应该认识到,这两部小说中基本看不见亲密行为和性吸引力,尤以《灯夫》为甚。伴随美德成为一种典范,各种关系都变成了观赏性的东西,其基础不是私人亲密行为,而是大众对正确行为的展示和欣赏。这种行为不直接主张得到权力,它只是间接地通过作为"家庭生活信仰"标志的"影响力"——即理想母亲的影响力——来发挥作用。

在两部小说中,这种影响力最富激情的形象或许就是沙利文夫人在死前不久所做的梦,她在梦中飞过海洋将远在他乡的威利拖离时尚世界的性诱惑。"随着我们升到空中,"她告诉葛楚德,

> 我那男子汉气概十足的儿子在我的怀中又变成了一个孩子,然后将他长着柔软而且光滑卷发的小头靠在我胸前,就像孩提时候那样偎依在我身边。我们飞了回来,跨越了大海和陆地,直到来到一个绿草如茵的柔软山坡,我们才在一棵大树的绿色荫影下稍事休息。我想当时看见了亲爱的格蒂,她正飞来将我那宝贝儿子放到她脚下,当我醒来的时候,她嘴里还叫着你的名字。

因此,格蒂与她"兄弟"的结婚与其说是对性禁忌的错位违背,还不如说是退回到了一种理想的童年(与她所实际拥有的童年差异甚大),那时她既可以作为满怀崇拜的小妹,又可以作为受人崇拜的母亲。威利后来透露,他之所以能摆脱诱惑并为格蒂保持纯洁是因为他"回忆起了我那思想单纯而且时刻警觉的母亲",而且还因为"我意识到了她温柔的精神,一直盘旋在我的道路周围,对我的斗争感到伤心,并对我的胜利感到欣喜"。这就是说,即使

2 女性小说和19世纪50年代的文学市场

是在精神世界里,美德也是典范的,而关系则是欣赏性的。在《灯夫》的开头,有人发现小格蒂站在窗户旁边充满好奇地注视着杜鲁门·弗林特点燃她所在街道的所有街灯。在小说结尾,葛楚德和威利从另一个窗户朝外面凝视,那是他们新家的窗户,外面煤气工人正在点亮波士顿现代化的更高效的街灯。"亲爱的杜鲁大叔!"葛楚德叹息说,"他的灯仍在天堂里明亮地燃烧着,威利;它的光还没有从地球上消失。"

1855年,在向威廉·蒂克纳抱怨"有关《灯夫》的这些无数版本,以及其他既不更好也不更坏的书"一个月之后,纳撒尼尔·霍桑给他的出版商又发出一封信,宣称他赐予"女性作者"的"谩骂"中有一个例外。"我从那时开始一直在阅读《露丝·霍尔》,"他写道,"我必须说我十分欣赏这部小说。那位妇女的创作显得邪魔似乎就在她的身上……你能否告诉我有关这位范妮·菲恩的任何情况吗?如果你碰到她,我希望你能告诉她我是多么地崇拜她。"尽管当时很少有男性读者愿意只因为"邪魔似乎就在她身上"那样地写作而崇拜一个妇女,但是大家都很清楚,《露丝·霍尔》(1854)与《广阔广阔的世界》和《灯夫》显然存在着巨大的差异。《露丝·霍尔》的作者到1855年已经两度结婚,而且第二次婚姻又以离婚结束,这可能导致1856年与詹姆斯·帕顿(James Parton)的婚姻,因此,她的生平也同样与苏珊·华纳和玛丽亚·康明斯截然不同。然而,萨拉·佩森·威利斯·艾尔德雷奇·法灵顿·帕顿(Sara Payson Willis Eldredge Farrington Parton,1811—1872)的生涯至少在一个重要方面与苏珊·华纳和19世纪50年代的大多数其他美国女作家相似。她直到人生一个相当晚的时期(40岁)才在沉重的经济压力之下将文学创作作为一种职业。

1811年,萨拉·佩森·威利斯出生于缅因州的波特兰,她在九个兄弟姐妹中排行老五。她们家不久之后搬到波士顿,萨拉的父亲,即波士顿帕克街教堂的"执事"纳撒尼尔·威利斯,于1816年创办了一份宗教周刊《记录员》(The Recorder),然后又于1827年创办了儿童周刊《青年指南》(The Youth's Companion),并且为后者编辑长达30年之久。他的三个儿子(特别是纳撒尼尔·帕克·威利斯)都跟随他进入了杂志界。甚至在12岁时萨拉就帮助编辑《青年指南》,尽管父亲肯定不鼓励她考虑从事文学职业。不过,她得到了良好的教育,在许多学院中读过书,其中包括凯瑟琳·比彻(Catherine Beecher)的哈福特德女子学院(Hartford Female Seminary)。哈里叶特·比彻当时正在她姐姐的学校中既当学生又当老师,据她后来回忆说萨拉·威利斯是"一位半圣人半罪人的爱笑而迷人的女子"。萨拉在18岁时回到波士顿,

○ 文学职业化的背景

八年之后在 1837 年的经济大恐慌中嫁给了查尔斯·艾尔德雷奇（Charles Eldredge）（被称做"英俊的查利"）。

这次婚姻显然很幸福，并生下了三个女儿，但是在 19 世纪 40 年代中期，幸福变成了痛苦。1844 年，萨拉·艾尔德雷奇的母亲去世了，萨拉后来声称就是在母亲的影响下才爱上了诗歌，次年萨拉的长女玛丽也死了。之后，1846 年，查尔斯·艾尔德雷奇也死了，此时债主纷纷索债，家里已经无法维持寡妇孤儿的生活了。她只从父亲和公婆处得到极其微薄而不情愿的接济，1849 年早期，她或多或少是被迫进入了第二次灾难性的婚姻，新丈夫是一位名叫塞缪尔·法灵顿（Samuel Farfington）的鳏夫。两年之后她离开了他，他们随后离婚。她第一位丈夫的父母承担了抚养大女儿格莱斯的责任，但条件是母亲必须放弃对她的监护权。她父亲和艾尔德雷奇一家人都利用她离婚的丑闻作为借口拒绝给予萨拉进一步的支持。她现在必须完全靠自己来维持生活了，她试图通过教书谋生（她通过了波士顿教师资格考试但却无法弄到一份教师的工作），然后做缝纫工作（一周所得从来没有超过 75 美分）。

就在这种情况下，萨拉·威利斯·艾尔德雷奇·法灵顿（Sara Willis Eldredge Farrington）转向写作谋生。1851 年 6 月，她化名在波士顿的《橄榄枝》（Olive Branch）杂志上发表第一篇作品，不久之后便每周在《橄榄枝》和波士顿的另一家杂志《真正的旗帜》（True Flag）上发表 5 到 10 篇作品（一共只有 6 美元）。9 月，她将化名固定为范妮·菲恩。她曾经求助于很有影响力的哥哥纳撒尼尔，但他拒绝了她向《家庭杂志》（Home Journal）的投稿，而此时纳撒尼尔却正在帮助其他女性作者发展事业，他嘲笑她的作品，后来甚至拒绝让他手下的编辑詹姆斯·帕顿再版她在其他地方发表过的作品。帕顿感到非常愤怒，便辞职离开。同时，在 1852 年，纽约另一位杂志出版商奥利弗·戴尔（Oliver Dyre）邀请她为《音乐世界和时代》（Musical World and Times）撰稿，并为她提供两倍于波士顿的稿酬。无论她著名的哥哥如何敌视她（不过他们之间的关系并未公开化），范妮·菲恩还是逐渐受到人们的欢迎。1853 年，纽约出版商詹姆斯·德比（James Derby）将她在报纸上发表的随笔收集出版，推出第一部单行本《菲恩离开了范妮组合》，该书的迅速成功在上文已有所描述。《菲恩离开了》还显示了作者日渐精明的商业意识。出版商让她在 1000 美元的丰厚稿费和每册 10 美分的版税之间做出选择时，她选择了后者。结果，该书的销售量在不到一年的时间内为她赢得了将近 1 万美元的收入。不久之后，她又从《小范妮·菲恩的小朋友们》（Little Ferns for Fanny's Little Friends，1853）和《菲恩离开了》第二系列（1854）的销售中获得了更多的收入。到 1853 年夏天，她经济状况已经非常良好，足可以搬到纽约去居住并要求索回女儿格莱斯的监护权。

1856年范妮·菲恩与比自己小11岁的詹姆斯·帕顿结婚,他们的结婚协议保证了她能支配自己的财产和收入。同年,她开始了为罗伯特·伯纳的《纽约分类账》专门撰写专栏文章的生涯。她一直非常忠诚地为该杂志撰稿直到1872年死于癌症为止。伯纳原先支付给她的稿酬是每一周的专栏文章25美元,后来她得到了100美元,之后伯纳就广泛宣传这一丰厚的稿酬标准。到19世纪50年代中期,即使是朋友和丈夫也都管从前的萨拉·威利斯叫范妮·菲恩了。作为范妮·菲恩,她所撰写的报纸随笔有时显得多愁善感,但更多的时候却是轻松、幽默而且富有讽刺意味,她已经成为全国名人和明星,她从文学创作中获得的可观收入使得她先在布鲁克林而后又在曼哈顿购买了舒适的房产。

范妮·菲恩到1854年已经成为畅销书作家,但是她最终的名声在一定意义上是来自于当年末出版的《露丝·霍尔》所造成的丑闻。她原以为化名可以保护自己,便在第一部小说(1856年出版第二部小说《罗斯·克拉克》[Rose Clark])中忽隐忽现地描述了这个世界以及自己的家庭成员对她的虐待——其中还清晰可辨而且破坏性极大地将她著名的哥哥描绘成一个感觉迟钝、矫揉造作的花花公子(在小说中他名叫"海欣斯·艾勒特[Hyacinth Ellet]",是《欧文杂志》[Irving Magazine]的编辑)。小说出版后不久,《露丝·霍尔》作者的真实身份就见诸报端,她因此遭到广泛的谴责,被称为是"缺乏女性"的温良而且报复心极大。尽管这种曝光让人十分尴尬,不过丑闻的流传却只是助长了小说的销售,销售量不久便达到了7万册。而范妮·菲恩只是在家庭拒绝帮助之后才将文学创作当成谋生之道的,因此如此巨大的销售量肯定让她备感欣慰。苏珊·华纳和玛丽亚·康明斯等女性作家通过匿名或化名所宣扬的基督教顺从和"淑女式"的自我牺牲在威利斯执事女儿的所有作品中都根本不具有重要地位,《露丝·霍尔》叙述了这样一位女性,她不甘于接受现状而是努力加以克服,并从而获得了经济和心理的独立——尽管她也是为了尽母亲的职责。

小说开头是露丝·艾勒特(Ruth Ellet)与哈里·霍尔(Harry Hall)结婚的前夕。与26岁时结婚的萨拉·威利斯不同的是,露丝结婚时只有18岁,刚刚从寄宿学校回来(母亲死后她便被送到这里)。她现在非常高兴,因为她即将离开"她父亲的屋檐(因为她的童年肯定是不幸福的)",但是她又充满恐惧而好奇地想,"她那充满渴望的心是否最终找到了避难的方舟?"也就是说,她并不是在寻找自由,而只是在寻找一种更宽厚的依靠,并由童年时代未曾得到的"爱"给以保证。尽管哈里给了她这种爱,但结果证实她的担心

○ 文学职业化的背景

是完全有根据的。新婚夫妇最初与她的公婆生活在一起,他们让露丝遭受了无穷无尽而且卑鄙残忍的羞辱。哈里和露丝在生下女儿黛西之后不久搬到乡下自己的房子里,此时霍尔医生和夫人也搬进了附近的一幢房子(如他嫉妒的母亲所说,那是为了"哈里的缘故"),他们继续折磨儿媳妇。后来小黛西死于义膜性喉炎,露丝悲痛不已,霍尔医生却就此对邻居发表了这样一番评论:"现在证明她并未虔诚地利用她的烦恼。试图回避上帝所送之物是徒劳的。"这听起来很像《广阔广阔的世界》中爱伦·蒙哥马利得知父亲死讯时爱丽丝·汉弗雷给她的建议,不过在《露丝·霍尔》中,这种声言的动机主要在于自私的伪善。

八年之后,露丝和哈里与两个女儿凯蒂和奈蒂一起住在一家海滨旅馆中。在这里,哈里因患伤寒症去世(同样的疾病夺走了查尔斯·艾尔德雷奇的生命),于是露丝真正的苦难开始了。尽管霍尔夫妇和艾勒特先生有着花不完的钱,但是他们为露丝提供的生活费用极其微薄,最终她和孩子们只能住在城里破旧的公寓里,每天只能吃由面包和牛奶组成的简单食品,为了供养一家人露丝经常为人缝纫到深夜。她那些有钱的表亲,即米勒特一家人,觉得她的贫穷实在让他们感到尴尬,竟然要求露丝不要让凯蒂和内蒂在公众场合认他们。当她到米勒特先生任董事的学校申请教师职位时他居然投了反对票。最后,霍尔夫人甚至从她身边抢走了凯蒂,而她给予孩子的待遇令人想起了爱伦·蒙哥马利在弗栾恩阿姨家里的生活情况。

在《露丝·霍尔》的前言中,范妮·菲恩一再声明她并未"以'小说'的名义……来抬高她自己故事的身价"。"其中没有错综复杂的情节,"她解释说,"没有令人震惊的发展,也没有死里逃生的场面。"这一切显然都很真实。例如,与《灯夫》不同,《露丝·霍尔》没有利用令人着急的秘密和令人惊讶的发现,小说结尾也并未出现与失散的亲人团聚的场面,毕竟露丝的亲人恰恰就是她的问题所在。对露丝遭受的苦难的描述可能带有情节剧的色彩,可以肯定的是,几乎没有哪一种形式的卑鄙龌龊是迫害她的人所未曾使用过的。但这些迫害者们与其说是恶棍不如说是喜剧小丑,小说描述他们的语气也不像情节剧,倒是更有点像讽刺文学。例如,在哈里临终之前,露丝的哥哥只是关注露丝不引人注意的外表(她已经昏倒)。"当她醒来的时候应该告诉她,"他评论说:"她的头发分得不均匀,亟待梳理。"对于艾勒特先生对女儿的极端吝啬和毫无爱心的卑鄙行为的描述,其目的就在于讽刺那些虚伪的人,对他们来说宗教只意味着维持"正确"的教义和"基督徒"的声誉。

《露丝·霍尔》的前半部分称得上多愁善感,但是这一术语还是歪曲了其实际效果。小说最初的章节相当简短,许多还不足一页,我们从一个场面切

2 女性小说和19世纪50年代的文学市场

换到另一个场面,其间很少有叙述性评论或解释性连接。有时,叙述者也的确插入了一些花哨十足的"多愁善感"的语言。例如,当新婚燕尔的露丝在霍尔家默默忍受折磨时,叙述者高呼:"哦,爱情!你那丝绸般柔软的缰绳能够如此控制人的精神,套住人的嘴巴;你那高高举起并且发出警告的手指能够平息激烈跳动的脉搏,缓和猛烈悸动的心脏,将那些叛逆的泪水悄然无息地送回发源地。"可是,在下一段中,叙述的语气从放纵变成了控诉:"啊!我们能否揭开许多妻子心中的秘史,我们能够找到什么样的烈士,在她们毫无怨言的嘴唇上,坟墓已经封上了牢不可破的沉默之印。"尽管第二段的语言同样"多愁善感"(这种排比也显然是故意安排的),其效果现在是模仿嘲弄"女性"顺从美德的花言巧语的说教(通过揭露在其掩盖下的真实状况)。

在小黛西出生的时候也有一阵充满狂喜的肆意叙述:"上帝赐予你欢乐,露丝!这是你女性心肠的又一个表现方式;这是一面镜子,你的微笑和眼泪都将映在其中;这是一页干净的纸,承受上帝委托的你将在上面书写你想要写的东西;这是一颗心,它将因你的心的跳动而跳动,以爱回应你的爱。"但是,小说又马上向我们讲述(丝毫没有提到这种排比所产生的讽刺效果)说"露丝现在全然没有想到这些,因为她脸色苍白而且一动不动地躺在枕头上",她已经在分娩的痛苦中昏死过去。范妮·菲恩几乎没有忽略作为母亲的"欢乐",但在《露丝·霍尔》整部小说中,多愁善感的传统语言通过对实际情况的讽刺性描绘得到了巧妙的平衡和控制。

小黛西死后八年,我们发现露丝坐在自己的房间里,对着永远离去的女儿的珍藏纪念品而痛哭:一只小鞋和一束小黛西的金色头发——后者肯定能使人想起《汤姆叔叔的小屋》中的一个场面,那时临死的小艾娃剪下许多束金色头发,准备送给她将永远离开的那些人。小凯蒂·霍尔打断了母亲感伤的幻觉。"黛西在天堂里了,"她说,"你为什么还哭呢,妈妈?你不喜欢上帝替你照看她吗?"她接着又说:"妈妈,我也想死,这样你就可以像爱黛西的头发一样爱我的卷发了。"这一番话令露丝大为震惊,从而摆脱了自我陶醉的幻想。她意识到自己太过多愁善感了,她也意识到了自己多愁善感的放纵中潜在的残忍,于是她剪下凯蒂的一束棕色头发,将它与黛西的头发放在一起。之后,出于范妮·菲恩本身一阵美妙的情感,凯蒂把自己的一只鞋子交给了母亲。的确,这是一个"多愁善感"的时刻,但这种情感完全是人性化的,而且不无幽默。

最终,露丝既没有用"女性"的自我牺牲也没有用多愁善感的自我放任来回应她所处的困境。相反,她表现出了自己的力量,在本没有给她留下任何位置的市场上竞争,并且获得了成功。她并没有清楚地认识到造成她的困

文学职业化的背景

境的政治因素,但是一系列超现实的场景和间或插入的故事却表达出了她日渐清晰的理解——人们告诉她可以依赖"爱"的力量,而现在她对爱的幻想却破灭了。小说中有段关于房东斯基蒂夫人和她惧内的丈夫的喜剧故事,后者一直梦想着逃往加利福尼亚。这些人物都取自狄更斯的小说(狄更斯在这段故事中被两次提及),但故事的结局却强调了与狄更斯截然不同的一点。斯基蒂先生最终出逃成功,而且我们也一直同情着他(甚至当他写信回家说他到加州是个败笔,并要求给他寄钱买票回家时)。从此,同情和评价突然颠倒过来。斯基蒂夫人"从口袋里拿出一个钱包,里面满满装着她诚实的收入,随着她的摇晃,里面硬币的叮当声音产生了只有她的眼睛能看得到的某种幻象。同时,她的牙缝中像有万条毒蛇一样嘶嘶作响,并且吐出两个字'休——想'"!

然后,露丝和凯蒂(尚未被霍尔夫人带走)一起去参观了精神病医院。"就在那里,"小说向我们讲述说,"有一个脆弱的妻子,对她而言,爱就是呼吸——就是生命!——她却被这个世界以及让她奉献了青春而凋零的他所抛弃,变得精神失常了——一切只因为她的爱已经超过了他的耐心。"露丝看见一名妇女被链条锁在监狱似的小屋中,她丈夫离开了她,而且还在法律的全力支持之下带走了他们的孩子。然后,露丝看到了从前朋友玛丽·列昂(Mary Leon)的尸体,其丈夫在密友(即医院男主管)的完全纵容之下将她监禁在医院里面。玛丽曾交给她一张纸条,上面写着:"我没有疯,露丝,没有,没有——但是我会发疯的;这里的空气让我窒息,我越来越虚弱——越来越虚弱。我不能死在这里,看在上天的份上,亲爱的露丝,来把我带走吧。"露丝获悉,她的最后一句话是:"我想一个人待。"在1854年之前,探访精神病院一直是英国和美国情感小说的主要内容,但是,这里的探访却并非为了放任情感(露丝的反应简直没有描述),而是一幅女性不但受到男性权力而且还受到补偿性的"爱"的花言巧语的禁锢的超现实意象。

露丝后来转而为报纸撰稿。她最终胜利的故事(与作者的生平极其类似)占据了《露丝·霍尔》最后几个章节的大部分篇幅。这些章节刻意描述了露丝后来遭受亲戚羞辱的细节,他们现在居然试图向"弗罗伊"(露丝的笔名)邀功,不过没有成功。米勒特家族的一个表亲在写给父母的信中抱怨说:"当我要求她阻止孩子不要在大街上叫我'约翰表哥'的时候,我怎么能知道她有朝一日会如此出名呢?"露丝的哥哥海欣斯挖空心思阻止她前进的步伐,但是这一点却像从前一样并没有突出他那情节剧似的恶棍形象,倒是取得了一些讽刺效果——在这里也讽刺了美国文学杂志界的腐败现象。例如,海欣斯的副编辑贺拉斯·盖茨(以范妮·菲恩的未来丈夫詹姆斯,帕顿为原型)记得海欣斯曾经坚持"欧文杂志"只为"山姆叔叔的木屋"(即《汤姆叔叔的小屋》)提供中立的"布告","因为害怕冒犯南方的订户"。不过,最关键的是露丝确实取得了成功,她的第一部作品集《生活随笔》(即《范妮离开了》)获得了巨大的经济成功,她因此可以将凯蒂从霍尔家中救出,然后搬到另一个城市(纽约)去过上满意舒适的独立生活。这里特别强调的是独立,而传统的"幸福婚姻"的观念并未在《露丝·霍尔》的欢喜结局中发挥多大作用。

使这一切免受"非女性"的自我中心主义指控(范妮·菲恩显然知道她有被如此指控的危险)的是露丝的成功不是为了自己,而是为了孩子。她掌握了写作和出版的业务,然后击败了众多男性压迫者,而这一切只是为了供养奈蒂以及重新取得对凯蒂的监护权。"'弗罗伊'继续涂写着,"小说向我们讲述,"心里只想着为孩子挣来面包。"而且,帮助露丝的不是她自己,而是一位男编辑约翰·沃尔特,他直率地谴责人们对待她的方式。露丝从未夸耀过自己的成就。当她给奈蒂读自己创作的一篇故事时,女儿问道:"妈妈,长大了我也可以写书吗?""上帝不许,"她似乎自言自语地回答,"没有一位幸福妇女会写书的。'弗罗伊'是从哈里的坟墓上冒出来的。"这也就是说,露丝明显的野心其实是在于履行她作为妻子和母亲的职责。有个人写信来索要一张"弗罗伊"的半身画像以便放置在一位年轻女士的客厅里,露丝对自己说:"不,不……最好将注定属于'弗罗伊'的位置留给那些不像我一样将野心当虚物的作家。"相反,她将注意力集中在了另一封信上,该信对她的道德影响所产生的效果表示感谢。

露丝·霍尔明显(而且也是理所当然)地对自己的辛苦努力所取得的经济和精神上的丰收深感自豪。当奈蒂表现出不情愿原谅霍尔奶奶的神情时,路丝用恰当的基督教寓意做了回答,但却带有一种特殊的曲解。"她已经惩罚了自己,而且比其他任何人都要严厉,"她解释说,"她本来或许会使我们大家都去爱她,而且有助于使她的晚年幸福快乐;可是现在,除非她忏悔,否则她会在痛苦之中生活下去,而且会在孤独之中死去,因为没有人能以这样一种心情去爱她。"人类无须复仇,很明显上帝会随时随地为我们代劳,但我们知道,不管是霍尔夫人还是任何其他迫害过露丝的人都不曾忏悔过。就在露丝决定给一家报纸撰写文章的那个早上,她突然意识到自己还需要进行艰苦而持久的斗争。"尊严,"她自语道,"必须要睡去!""但是,"她看了一眼熟睡的孩子,接着说,"该做的事情还要去做,孩子们应该为母亲骄傲。"换句话说,"尊严"永远不会睡去,只是有时为了使尊严获得完美才迟些让它去睡。在倒数第二章中约翰·沃尔特交给露丝一张一百股银行股票的证书,这是《生活随笔》寄来的稿费剩余后露丝的第一笔投资。"现在快说,"约翰催

文学职业化的背景

促道,"你感到很自豪。"露丝有点腼腆,没做声,奈蒂却忍不住插话了,"她虽然不自豪……我们倒为她感到骄傲。"

具体说出谁是范妮·菲恩的文学传人着实不易,我们倒可以发现,在20世纪多萝西·帕克(Dorothy Paker)的作品中流露出的一些讽刺与幽默无不闪现着她的烙印,只不过范妮·菲恩没有表现出帕克的自我毁灭倾向。在《露丝·霍尔》中,范妮·菲恩主要使用简短的场景、反讽的对照以及饱蘸感情的语言等写作手法,她极少使用解释论证的方法。在史蒂芬·克莱恩(Stephen Crane)的作品中我们也可以发现一些类似的特点:他会以新闻简讯的方式写完自己所有作品的开头。还有一部小说《觉醒》带着醒目的讽刺描写了妇女的生活状况并表达了"女性"恭顺的观念,我们也许会发现这部小说与《露丝·霍尔》有一定的联系。不管怎么说,《露丝·霍尔》的确不同凡响:至少从小说公开、严格地遵循家庭生活观念方面来说它不能不算是19世纪50年代美国妇女畅销小说作品中的一种怪异现象。

哈里叶特·比彻·斯托

1852年《汤姆叔叔的小屋》辑书出版后,哈里叶特·比彻·斯托顿时闻名海内外。可以说,斯托成为19世纪50年代美国最著名的小说家,或许也是19世纪美国最著名的妇女。如前所述,本书惊人的销售状况也只是从一个侧面反映了其巨大的影响力。对于此书贬抑之辞不绝于耳,特别是美国南部(包括一部分撰写反潮流小说极力赞美蓄奴制和庄园生活的御用文人)对该作品进行了猛烈的攻击。令人吃惊的是,从1852年到1860年,举国上下关于蓄奴制争论的焦点竟然集中到斯托小说描写的南部生活是否真实的问题上来。美国内战结束后不久,斯托描写的故事便很快丧失了其废奴意义成为美国大众文化的一个范本,大量出现在歌曲、礼品书、纸牌游戏、纪念牌、戏剧场景、剧院演出中,甚至是云游艺人的节目中。

斯托获得了如此巨大的威望,即使是苏珊·华纳、玛丽亚·康明斯等当时备受青睐的女作家也难出其右。首先,尽管斯托的文学成就一直受到质疑,但她始终未被遗忘过。《汤姆叔叔的小屋》一书在1852年出版后一直被不断重印,如今,它已在正统"美国文学"中获得绝对巩固的地位。不仅如此,斯托与同时代的美国女作家在思维方法和创作技巧方面也有很多重要的区别。由于斯托在《汤姆叔叔的小屋》中揭示了当时主要的政治分歧问题,小说大获成功之后,她便作为焦点人物欣然出入于公众场合。1853年,斯托出访苏格兰和英国时曾在一家周报专栏上就"堪萨斯血案"一类的政治事件言辞激

2 女性小说和19世纪50年代的文学市场

烈地发表过意见,甚至在内战开始的头几年里,她还对林肯的政策公开提出过异议。

如此钟爱抑或渴望开诚布公的性格最终会导致巨大的不幸。1869年,为回复别人对拜伦勋爵遗孀的攻击,斯托站在拜伦夫人的立场上撰写了"拜伦夫人生平"(The True Story of Lady Byron)一文。在该文中,斯托首次披露了拜伦与其妹乱伦的传说。尽管加尔文·斯托(斯托的丈夫)与她的出版商詹姆斯·R. 奥斯顾(James R. Osgood)强烈反对,但在斯托的一再坚持下,这篇文章分别被刊登在波士顿的《大西洋月刊》与英国的《麦克米伦杂志》(Macmillan's)上。公开谈论蓄奴制是一回事,但是公开讨论乱伦(尤其是一位女士)却是另外一回事。对斯托这种背离家庭生活观念的行径,特别是当她在1870年出版《为拜伦夫人正名》(Lady Byron Vindicated)一书之后,人们普遍感到震惊,并进而做出迅速、激烈的反应。读者纷纷取消订购《大西洋月刊》,斯托也频频受到公众的诘难,这一事件令斯托毋庸置疑地名声大损。

不过,仅仅从这一现象中我们还无法领略斯托背离家庭生活观念的全貌,至少在《汤姆叔叔的小屋》中我们无法看出这一点。斯托自己也曾不甚明朗地承认过,她在准备写一部小说来谴责邪恶的蓄奴制时里面或许有某些"非女性"的含义。1851年,斯托在写给《国家时代》编辑的信中说:"直到今年我始终感到我没有收到特别的神灵召唤,对于其汹涌澎湃的威力,我甚至想都不敢去想。现在我感到,时候到了,即便一个女人,抑或一个孩子,只要能够为自由和人道讲一句话,就应该大声去讲。"道德危机日趋严重,最终促使斯托跨越了"妇女天地"的界限。斯托对男子在艺术领域中的表现极为不满:斯托发表《汤姆叔叔的小屋》并一举成名之后,在回忆起该小说时曾郑重地说她"认为修辞家或演讲家的说教其实不过是惯性思维或文学技巧的问题,远没有一位妇女冲上大街,高声呼叫,请求将她的孩子们从着火的房间里救出来有力"。这番话其实是在讽刺那些只讲"文学技巧"而不管是否有政治或道德意义的人,抛弃掉"惯性思维"后,斯托却又实实在在走上了19世纪50年代大多数美国妇女选择的正统之路。值得玩味的是,在这里鸿鹄大志变成了母性责任感——妇女虽然深居闺中,但在孩子受到威胁的紧要关头也会做出惊人的举动。斯托曾宣称,是上帝而不是她写出了《汤姆叔叔的小屋》,这段话可以说家喻户晓,并被频繁引用,它同样表明斯托思想的传统性,而且颇具"女性特质"。还应当注意的是,斯托在19世纪50年代写下了一些争议颇多的政治作品并因此确立了她的声望,但这在斯托成功的职业写作生涯中仅仅是一段小插曲而已。《汤姆叔叔的小屋》清晰、真实地反映出斯托的个性与信仰,却绝不能代表她的全部作品。

文学职业化的背景

哈里叶特·伊瑟·比彻（Harriet Esther Beecher）于1811年出生在康涅狄格州利兹菲尔德市一个很有名望的家庭。身为公理会牧师的父亲莱曼（Lyman）是当时美国著名的司铎，对其子女产生过巨大影响。他的七个儿子都子承父业做了牧师，其中有一个儿子亨利·沃德（Henry Ward，1813—1887）还获得至少与他父亲一样的名声。女儿们当然不会去做牧师了，哈里叶特的姐姐（兄弟姐妹中最年长者）凯瑟琳成了一位颇具影响力的妇女教育运动先驱。很多年来，哈里叶特·比彻似乎根本不可能在这个声名显赫的家庭里脱颖而出。到11岁时，她竟变得既腼腆又孤僻，唯独喜欢躲在某个地方看书。13岁时，她进入姐姐凯瑟琳创办的哈特福德女子学院读书。后来斯托回忆说，当凯瑟琳发现自己在偷偷写一部长诗体悲剧时，她便"板着脸向我走来，严厉地告诫我不要浪费时间写诗了"。不过，她并不禁止斯托创作再严肃些的作品。在利兹菲尔德，哈里叶特以一篇论文"自然之光可以证明灵魂不朽吗？"（Can the Immortality of the Soul Be Proved by the Light of Nature?）获奖，父亲因此对她赞赏有加。

1832年，莱曼接受辛辛那提一所新加尔文教派学校雷恩神学院的邀请，做了该院的院长，于是举家西迁，凯瑟琳和哈里叶特也同历跋涉之苦。在辛辛那提，凯瑟琳又创办了西部女子学院，哈里叶特在此任教，就是在这所女子学院，哈里叶特不经意地开始了她的文学创作生涯。1834年，哈里叶特开始在詹姆斯·霍尔法官创办的《西部月刊杂志》（Western Monthly Magazine）上发表短篇小说，其中一篇还获得50美元的奖励，这使她意识到，文学创作至少还可以带来一点额外收入。1836年，哈里叶特·比彻与丧偶的加尔文·埃里斯·斯托（Calvin Ellis Stowe）结婚，此后不久，对于这类额外收入的需要便迫切起来。加尔文是雷恩神学院的一位教授，他的经济状况远不够富裕，正如斯托在1853年所写："哎呀！我25岁时嫁给一个人，他既懂希腊语和希伯来语又懂拉丁语和阿拉伯语，可他在其他方面一无所有。"单靠加尔文做教授的薪水根本无法养活最终包括七个孩子的日渐庞大的家庭，这样一来，斯托写作赚来的钱不仅可以为拮据的生活解困，而且成为不可或缺的部分。斯托执著地从事着文学创作，1842年她已写出足够的短文出版文集了，于是斯托赶往纽约与哈珀出版社商议。斯托很清楚该到哪里去寻找全国性的出版机构。她从纽约给加尔文写信说："亲爱的，总的来说，如果我选择做一个作家的话，我想自己会比任何一个熟人赚钱都要便当。""亲爱的，"加尔文回信说，"你一定得要做一个作家。""如果我要从事写作的话，"他的妻子又回信说，"我一定得要有一间自己的房子，归我自己使用。"

两人如此兴奋的结果便是斯托写成《五月花》（The Mayflower），由哈珀出版社在1843年出版，但是该作品并没有产生轰动效应。由于没有记载，我们也无从得知这时期斯托是否拥有了一间自己的房子。然而斯托很难有时间和体力再来严肃地进行文学创作了，从1836年到1850年，她生下七个孩子，其间还至少有两次小产。频繁的生育和疾病折腾得她筋疲力尽，当身体恢复一点可以写作时，家庭的负担却越来越重了。1838年，职责与疾病的压力几乎要达到极点，就在这一年她给朋友写信说："我只是一直做苦工，满脑子尽是孩子、家务之类的东西。"1839年斯托在解释为何需要文学收入时写道："我决定不再仅仅做一个家庭奴隶，我需要有些许时间来做好自己的事情。"1846到1847年当斯托到佛蒙特州的布拉托尔波罗（Brattleboro）进行分离水疗时，种种压力达到了顶点。

还有其他一些情况可以作为《汤姆叔叔的小屋》的背景。1836年，辛辛那提的反废奴运动分子扬言要砸毁废奴报刊《慈善家》（*Philanthropist*）编辑詹姆斯·G.波尼（James G. Birney）的办公室。"我想他应该让武装人员守卫办公室，"斯托给在欧洲为学校图书馆购书的丈夫写信说，"看看该怎么办。如果我是男的，当然我也会去，至少还可以守着一扇窗户。"由于遍地是反废奴暴徒，波尼被迫离开了辛辛那提，这一事件对斯托和当时也在辛辛那提的弟弟亨利·沃德·比彻触动很大。13年后的1849年，1岁的塞缪尔·查尔斯·斯托死于致命的流行霍乱，1853年他母亲写道：

> 就在他慢慢死去的床边，我才体会到当自己的孩子被夺走时，可怜的奴隶般的母亲会有什么感受。在那些无边无际的深深的痛苦与悔恨中，我惟有向上帝祷告，但愿痛苦不会白白忍受……我想，对此可能我永远不会有所慰藉，除非这颗破碎的心能促使我努力去为他人谋得福利。

在斯托看来，家庭生活既是一种"责任"又是一种"奴役"，两者的冲突最终具体为一个复杂的象征，促使斯托将家庭生活的观念化为政治斗争的武器。

1849年加尔文·斯托受聘于鲍登神学院，1850年斯托一家从辛辛那提迁往缅因州的布伦斯维克。这次搬迁将斯托从繁忙的家务中解放出来，但是随之也多出一项义务来。在鲍登加尔文的年薪为1000美元，斯托仍需靠写作多弄些钱以作贴补。当时有一家名为《国家时代》的废奴期刊，是由格玛利尔·柏雷（Gamaliel Bailey）于1847年在华盛顿创建的（柏雷曾在1836年接替詹姆斯·G.波尼做过辛辛那提《慈善家》的编辑），斯托就曾长期为《国家时代》撰稿。与此同时，1850年联邦政府新颁布了《追捕逃亡奴隶法》（Fugi-

文学职业化的背景

tive Slave Law），欲从立法方面向南方蓄奴诸州妥协，搞一揽子交易。这一举动激起了北方各界人士的强烈不满与抗议。"哈蒂，"斯托的嫂嫂来信说，"要是我有你那样的写作天赋我就会拿起笔，让国人都知道蓄奴制是多么可恶。"斯托给孩子们读完这封来信后当场宣布："我一定要写点东西。只要我还活着，我就要写点东西。"不久，在来年二月做礼拜时，斯托声称她看到了一个幻象，有个黑奴在其恶毒主人的指使下被鞭打致死，临死时他竟然宽恕了摧残迫害他的人——这一幻象便是《汤姆叔叔的小屋》第四十章所描绘的场景。当斯托坚持说"是上帝写下了"《汤姆叔叔的小屋》而自己只不过"是上帝手中的工具"时，她是相当严肃而真诚的。她知道故事该如何结束了，目前唯一要做的事便是构思好慢慢引向高潮的诸多情节。这篇小说六月份在《国家时代》上连载，其长度远远超出了斯托开始时的构想。

后来，据说 1862 年林肯总统在白宫接见斯托时讲了这么一句话："那么这位就是酿成这场大战的小妇人了？"《汤姆叔叔的小屋》对美国政治产生过何种影响我们暂且不管，不久它便使斯托成为废奴运动的一位主要代言人，也使斯托家庭经济状况大为改观。1852 年 7 月，斯托一家又迁往马萨诸塞州的安德沃，在那里加尔文任教于安德沃神学院。同月斯托收到了约翰·P. 朱维特寄来的 1.03 万美元的版税支票（为加尔文在鲍登年薪的十倍多）。从今往后她和家人可以过上舒适的生活了，她不再仅仅是家庭收入的补充，而且成为家庭收入的支柱，甚至掌管了家庭财政大权。1863 年加尔文觉得蛮可以靠妻子富足的收入生活，便退休了，之后全家又从安德沃迁往哈特福。但是，家庭注定还要经受一些磨难。1857 年，斯托一个在达特茅斯读大学一年级的儿子亨利在康涅狄格河游泳时溺水而亡。另一个儿子弗雷德报名参加了联邦军队，后来在葛底斯堡负伤，复员后终日酗酒，1870 年又出走加利福尼亚，之后便杳无音信。事实上，从 1852 年起斯托遭受贫穷和繁重家务困扰的日子便宣告结束了。报刊杂志编辑与出版商竞相向她约稿，也不管她写什么内容。据估测，至少在接下来的 20 年中（即到 1870 年拜伦事件为止），她的文学收入大约平均每年 1 万美元。

斯托并没有马上转而写作小说。为澄清《汤姆叔叔的小屋》一书的真实性，她写下第二本书《关于〈汤姆叔叔的小屋〉的答辩》（*A Key to Uncle Tom's Cabin*, 1853）。该书出版时正值评论界对《汤姆叔叔的小屋》一书争论不休之时，第一个月就卖出 9 万本。另一本书《异域回忆录》（*Sunny Memories of Foreign Lands*, 1854）记述了斯托在 1853 年的欧洲之旅。除此之外，斯托还在报刊杂志上发表过很多文章，并出版了儿童版《汤姆叔叔的小屋》，1843 年还重版了她的故事与短文选集。斯托的第二部废奴小说《德雷德：大沼泽地的故事》（*Dred：A Tale of the Great Dismal Swamp*）直到1856年才出版。这一次，为了遵守英国的版税规定，斯托专程赶往英国，先于美国在那里出版了此书。该书的评论文章令人扫兴，在商业效益上却大为成功，第一年在英国卖出大约16.5万本，在美国大约卖出15万本。

《德雷德》一书明显比《汤姆叔叔的小屋》更倾向暴力——我们或许可以说更加"好战"，但条理更不连贯。事实上，此书的条理有点混乱不清。其中与书同名的主人公据认为是丹麦·维希的儿子，他并不像汤姆叔叔一样主张基督教教义倡导的恭顺，而是信奉暴力反抗，因此他与一群追随者过着昼伏夜出的生活。德雷德始终未领导过自己的暴动，最后反而被人无缘无故杀死。在小说的结尾部分，即使为数不多的几个颇具正义感的南方人，在释放了自己的奴隶后竟也被迫与出逃的黑奴一起逃往加拿大。我们不要借故斯托在1856年没能写出一部成功的废奴小说就责怪她。有人怀疑《德雷德》中对暴力的描绘和情节的不连贯大概是由于斯托意识到，《汤姆叔叔的小屋》虽然令她事业大获成功，并因而给她带来声望，但并没有增进废奴运动的进程，也没有增进社会对此的普遍理解。

《德雷德》还比《汤姆叔叔的小屋》更具19世纪50年代美国流行妇女小说的味道。小说一开始便介绍了一番尼娜·戈登，她是一个17岁的孤儿，继承了一份产业，刚刚从北部一所寄宿学校回到家里的种植园上。随着小说渐渐展开，我们可以看到尼娜是如何从轻漫的调情到慢慢接受了基督教博爱、自我牺牲以及恭顺的教导。有个名叫爱德华·克莱顿的人一直在追求尼娜，他为人豪放，品德高尚，很想消除自己种植园上的罪恶现象。尼娜最终以实际行动证明了自己还是很值得克莱顿追求的。在《德雷德》中，斯托试图以典型孤儿或学会做典型孤儿的故事来架构她的废奴小说。小说写了三分之二后，斯托又立即放弃了这一构想。尼娜这一人物或许会使我们想起苏珊·华纳笔下的爱伦·蒙哥马利，甚至是玛丽亚·康明斯笔下的格蒂，最后尼娜又突然陷入小艾娃式的命运，死于霍乱传染病。到此为止，小说尚留的很少一点连贯性也消失殆尽，其实尼娜的死与《德雷德》的中心思想毫无关系。小艾娃的直接死因是蓄奴制的罪恶深深震惊了她敏感的心灵，尼娜的死则是由于其作者不知该如何处理这一人物。这里斯托完全采用了美国流行妇女小说的中心模式，这一点她可是从来没有在《汤姆叔叔的小屋》里尝试过。典型女主人公的故事继续以这样或那样的方式成为她构建小说结构的重要方法。

同样，她的另一部小说《教长的求爱》（*The Minister's Wooing*）以18世纪末的纽浦为背景，也是围绕一位年轻女子玛丽·斯卡德的种种考验和最终胜利展开的。这部小说先是在波士顿的《大西洋月刊》连载，接着在英国出

文学职业化的背景

版,后来又于 1859 年在美国出版。与《广阔广阔的世界》或《灯夫》不同的是,《教长的求爱》是部历史小说,它讲述了乔纳森·爱德华(Jonathan Edwards)对加尔文教的改良,还描述了爱德华的名孙阿伦·波尔(Aaron Burr)。居于小说中心的是玛丽·斯卡德楷模般的虔诚与美德。斯卡德深爱她那位出海远航的表兄詹姆斯(有点类似《灯夫》中的威利·沙列文),后来当听说詹姆斯溺水而亡后,其母悲痛欲绝,由于不知詹姆斯是否皈依加尔文教玛丽只得让步,甚至出于一种责任感还同意与本门派教长塞缪尔·霍普金斯博士(Dr. Samuel Hopkins)(另一个历史人物)订婚。不久,詹姆斯奇迹般出现,不仅没有淹死还赚了好多钱,并且业已皈依加尔文教,在责任与爱情之间玛丽依然选择了责任。不过玛丽最终还是摆脱了这一抉择给自己带来的痛苦:本地一个长舌妇普利希·戴蒙小姐把这一情况一五一十告诉霍普金斯后,他便取消了与玛丽的婚约,让她嫁给了表兄。

我们知道霍普金斯博士有种嗜好,"一旦带有某种神圣情感的花朵在他灵魂中绽放",他"总会将它摘成碎片来看看其种属是否正常";玛丽正好相反,"具有女人圣洁的天赋,即旺盛的灵魂与炽热的情感,正如健康的体魄抗击感冒一般,经受得住分析的考验"。玛丽也并不仅仅迷信情感,身为清教徒女儿的她就曾识破阿伦·波尔的诡计,从而解救了法国朋友弗吉尼·德·福兰蒂娜。在危机时刻玛丽总会放弃自己的需要,全心履行一个基督徒的职责。斯托与苏珊·华纳和玛丽亚·康明斯一类作家的不同之处或许就在于她本人也批评玛丽这种恭顺的苦行,但玛丽似乎从未接受这一批评。最后玛丽也如同康明斯笔下的格蒂,因自己出众的美德而获得丰厚的回报:幸福的婚姻、富足的生活和美满的家庭。

斯托的开支增长速度很快,至少与她的文学收入相抵,于是她不得不进行更多的文学创作来尽职尽责。1861 年斯托又写出两部小说连载发表:《索伦多的阿格尼丝》(Agnes of Sorrento)在波士顿的《大西洋月刊》分一月载完,《奥尔岛上的珍珠》(The Pearl of Orr's Island)在纽约的《独立周刊》(Independent)上分一周载完。1862 年上述两部小说又都由蒂克纳和菲尔兹出版社整理成书出版。斯托对场景设在意大利的《阿格尼丝》评价很高,但是大多数读者(包括詹姆斯·T. 菲尔兹,他曾颇不情愿地在《大西洋月刊》上发表了该小说)持相反意见,而是更喜欢《奥尔岛上的珍珠》。

从某种意义上来说,玛拉·林肯(也就是小说标题中所谓的"珍珠")的故事像斯托写过的所有其他故事一样,情节既非常感伤又过分夸张。玛拉一出生便父母双亡,然后就如莉迪亚·斯格尔尼那首较为人熟知的诗中描绘的那样在父母的丧礼上接受洗礼,然后就由住在缅因州海岸的祖父母抚养。

当她长到三岁时暴风雨吹来一具女尸,怀抱一个仍然活着的男婴,这个男孩叫摩西,也由玛拉的祖父母一并抚养。小说中有很令人费解之谜:例如本地的教长西奥菲利司·西威尔认出了摩西死去的母亲,她原来是教长失散多年的恋人。但是故事主要还是叙述玛拉和摩西的关系。玛拉为人忠厚热情,摩西生性狡黠自私,但是数年后就在摩西指挥自己的船首次出海之前,两人最终还是订婚了。玛拉就像她的前任尼娜·戈登一样突然患病,于是一些声称"只爱读欢喜团圆而终的故事"的读者对此大发牢骚,于是斯托出来公开回复他们。"我们希望在这篇故事中",斯托说,"讲述一种遵从基督教导而过的生活。这种生活极其珍贵而且富有价值,因此我们一些受人爱戴的圣人这样生活过后,他们的使命便最接近耶稣的使命了。"玛拉死了,而且是在完成她的"使命"之后死去的。她劝服粗心的邻居莎莉·基特里基皈依了基督,摩西恰在她死前赶回,目睹此情此景,心灵受到强烈震撼,也改变了信仰。四年后,小说继续向我们讲述,摩西和莎莉结婚。

　　这篇小说对故事和情节的建构远不及其对乡村风俗和方言土语的描绘与运用出色,可以说上述结局与小说的初衷大异其趣。早在《教长的求爱》中,斯托就在前四章中着重描绘了一个乡村茶会上人们的言谈举止,最后的婚礼也是借助普利希·戴蒙小姐写给她在波士顿的姐姐"莉莎白"的那封土味十足的信来向我们展示的。在《奥尔岛的珍珠》中,普利希小姐则由一对老处女姐妹罗克希和路易取而代之,这两姐妹与其说是乡村精神与智慧的捍卫者或化身,还不如说是供人消遣的笑料。两姐妹也像莎莉的父亲基特里基船长一样,惯常用满口方言讲故事。该小说情节平平,在很大程度上只是描绘场景、讲述轶事,而且颇为奇怪的是,尽管小说讲述玛拉像基督一样地撒手人寰,它却恰恰因为能常使人想起玛拉遗弃的世界而备受传颂。

　　斯托对社区生活的不断重视最终在她发表于拜伦事件之前的最后一篇小说《老城乡亲》(*Oldtown Folks*, 1869)中结出硕果,不过该篇小说充满了陈腐而夸张的情节。小说描述了一对神秘的孤儿,他们在最后顺其自然地获得一大笔财产。小说还讲述了一个仪表堂堂的败家子埃勒里·戴文坡(就如乔纳森·爱德华的孙子阿伦·波尔一样)。小说的主要人物兼讲述者贺拉斯·霍尔约克是一位男子,另一位主要人物蒂娜·波西瓦尔(她的名字不禁使人联想起《德雷德》中的尼娜·戈登)倒也经历了典型女主人公在事业中的各个阶段。在小说开头斯托描写蒂娜被迫与一个古板冷漠的老妇人一块生活的场景时,她明显是在借鉴《广阔广阔的世界》中弗裘恩阿姨的轶事,但到最后蒂娜的博爱精神终于结出硕果,种种问题都迎刃而解。

　　上述的一系列表现手法无非给斯托提供了一个宽松的框架,使她可以从

文学职业化的背景

容地描绘一番18世纪末的"老城"(即加尔文·斯托曾生活过的马萨诸塞州的纳迪克),还可以回顾一下他们短暂的波士顿和"云城"(即斯托的老家康涅狄格州的利兹菲尔德)之旅。在书中斯托满怀爱意地细细描绘了各种丧礼、小城周日、宗教分歧以及新英格兰的感恩节等等。当然,最主要的还是小城闲人山姆·罗森讲述的各色方言故事,这些都是斯托从丈夫那里听来的。斯托的故事叙述者解释说,他写作的目的是想说明"马萨诸塞州那种古老而又奇特的生活方式是如何影响我们大家的(也即如何影响他自己、哈里和蒂娜的),并又如何决定了我们成长的轨迹、性格的生成以及将来的命运"。但是,从总体上讲,与"马萨诸塞州那种古老而又奇特的生活方式"相比,这些"个人命运"自然就不那么重要了。例如小说临近结束时,贺拉斯讲到他得知心爱的蒂娜准备要嫁给埃勒里·戴文坡,这时我们想他很可能详细描绘一番自己的痛苦之情,相反,在长长的一章中,他却讲述了埃勒里如何与众人一道怂恿健谈的山姆·罗森讲点什么。在倒数第二章一开始,贺拉斯为自己的"啰嗦"道过歉后,便长话短说,简要提了一下最后12年发生的事情,他只用一小段文字叙述了自己是如何侥幸与蒂娜结婚的。

拜伦事件大大损害了斯托的名声,但并没有终止她的职业文学创作生涯。她依旧继续写作和出版作品,并又写出两部新英格兰小说《山姆·罗森的老城炉边趣谈》(*Sam Lawson's Oldtown Fireside Stories*,1872)和《波格奴人》(*Poganuc People*,1878)。与此同时,她仍然从先前的作品中抽取版税。斯托对年轻一代的妇女作家特别是萨拉·奥恩·朱维特(Sarah Orne Jewett)影响特别巨大。"有时你必须把所有的人和事撇到脑后,"在斯托死后三年即1899年,朱维特写道,"但是像斯托夫人这样的女士绝不会为了作品的缘故而如此冷漠和自私,她的损失也会有所补偿,那就是在一件未完成的作品中会随处来点神来之笔。"即便如此,朱维特仍从斯托那里学到许多。作为一个成功的职业作家,除了多产外,斯托在推动19世纪美国文学进程中发挥的最突出最直接的作用或许就是建立或开创了新英格兰"乡土"文学传统,这一传统又由朱维特和玛丽·维尔金斯·弗里曼(Mary Wilkins Freeman)等人继承,并在19世纪80年代和90年代发扬光大。

斯托的作品作为一个整体根本不具有典型性,但是《汤姆叔叔的小屋》可以说是她的代表作,甚至是美国的一部经典之作。有人用当前的标准来评判此书时认为它有诸多不足之处,可他们又确确实实在其中发现了许多颇有价值的东西。《汤姆叔叔的小屋》具有强烈的感染力,包括卷尾作者关于蓄奴制的声明"每个人能做的便是他们务必得要感到自己做得正确",因此就作品

2 女性小说和19世纪50年代的文学市场

本身来看，它又相当感伤。有人抱怨说斯托太夸张情节了，这似乎也不太有说服力。小说中的人物，除了小艾娃和西蒙·莱格利（Simon Legree）是明显的例外，几乎没有几个人的善恶是泾渭分明的，其余则是时善时恶。书中当然也有扣人心弦的精彩部分，像众所周知的那段描写伊莉莎跳过浮冰的文字便是一例。那些抱怨《汤姆叔叔的小屋》情节太过夸张的读者其实是在抱怨斯托将蓄奴制的暴行描写得不忍卒读了，然而这正是斯托的初衷。

《汤姆叔叔的小屋》无疑给我们塑造了一系列性别歧视和种族主义形象。斯托笔下的善良女性都迷信"感觉"，她创作的大多数男性则为自己的"理智"所累。男性天生都既精力充沛又富有进攻性，女性在本质上则恭顺体贴。至于黑人呢，斯托告诉我们"他们天生具有美妙的嗓音"，"烹调是非洲人种的天赋"，"黑人脑瓜天生热情奔放、富于想象"，而且，"黑人与小孩无异，假装对他生气毫无效果"。斯托创作的性别歧视和种族主义形象事实上相当类似，即白人男性的"男子汉"特征不仅常常与白人妇女和黑人妇女的"女性"气质相对照，还常常与黑人男子表现出来的"女性"气质形成对比。所以，汤姆叔叔有"一颗温柔驯顺的心"，这就"造成了他们那不幸种族的古怪特征"，而且黑人如女人般"天生怯懦，缺乏勇气，极为恋家而且感情丰富"。身为奴隶的乔治·哈里斯公开反对蓄奴制，看来是这一形象的例外了，然而斯托对此的解释却只是让我们愈发坚信她所持的种族主义观点：乔治从父亲身上继承了一些"欧洲人种的特征"和"高贵不屈的精神气质"。

这些性别歧视和种族主义形象出现在斯托的小说中绝非偶然，它们与小说传达的意旨是并行不悖的。故事从肯塔基州谢尔比家的种植园上开始，在这里我们可以看到一桩丈夫与妻子形成鲜明对照的婚姻。谢尔比正准备将汤姆和伊莉莎的儿子哈里卖掉抵债，妻子则怒气冲冲地嚷："我受够了！""我不也是一个女人———个母亲吗？"艾米莉·谢尔比并不反对丈夫滥用权力，因为此时男子威严与女性情感的对立还没有上升为公开的矛盾。《汤姆叔叔的小屋》向我们描述了一系列家庭，分别从不同方面反映了以谢尔比家庭为代表的一类家庭的状况，也就是基于主宰一切的男子与边顺从边"感觉"的女子之间的对比而产生的一系列变奏。我们在与伊莉莎后来是伊莉莎和乔治一同北上的过程中会发现，每一个家庭都比前一个家庭有所改观。伊莉莎一渡过俄亥俄河就跑到赛纳特和波特夫人家里，他们家就与谢尔比家类似：赛纳特是一个老成练达的人，波特夫人只是做做家务。但是与谢尔比不同，赛纳特·波特受到废奴运动的影响，最终帮伊莉莎逃走。事实上他已部分地"女性化"，这一女性化过程直到下一个家庭中当伊莉莎和乔治团圆后才大体完成。这下一个家庭处在一个贵格派定居点，与谢尔比庄园大为不同，可以说

111

◎文学职业化的背景

它象征着一个家庭和女性的乌托邦。居于中心的是拉歇尔·韩礼德家那干净无比的厨房,她可以在这里处理整个社区的事务。这位女家长完全靠自己的"影响力"毫不费力地开展工作,贵格派的男子们也从未对她的权威提出过任何挑战。因此在斯托看来,北上的过程不仅仅是迈向自由的过程,更是由公共生活向家庭生活、由男性威严向女性影响转化的过程。这一转化也最终促使乔治·哈里斯抛弃了白人父亲那种"高贵不屈的精神",接受了伊莉莎和自己黑人母亲表现出来的女性美德。

汤姆叔叔南下的过程则既险象环生又难以理解。新奥尔良的奥古斯丁和玛丽·圣·克莱尔家是在谢尔比家庭基础上最不同凡响的变奏。圣·克莱尔插曲不长,它对《汤姆叔叔的小屋》的情节发展却具有不可低估的作用,汤姆叔叔在这一场景中则成为无足轻重的角色。性别角色在此完全颠倒:奥古斯丁感情细腻柔弱,玛丽却是生性自私自利。或者更确切一点说,性别角色变得复杂混乱却又耐人寻味。艾米莉深深信奉的观念和准则,玛丽可以信手拈来操纵利用。奥古斯丁极力用"男子汉"的理性与自嘲来掩饰自己身上的"女性"气质——他显然从母亲身上继承了这种禀性并又原汁原味地传给了女儿小艾娃。除此以外小说还描绘了其他一些女性气质的变体,例如,小艾娃的离生弃世的敏感性格和托普希不畏权威的反抗精神。托普希这一人物造型似乎更具种族主义色彩,似乎更令人反感。不过我们应该仔细考究一下她不端行为中的确切本质。我们知道,读书写字她学起来飞快,但是"没完没了的针线活着实让她讨厌",这就是说托普希似乎只是反抗"妇女的活计"。

在斯托公开谴责蓄奴制并且含蓄地塑造出黑人和妇女形象的背后,还隐含着她对在1839年被自己称为"家庭蓄奴制"的繁忙家务的委婉抗议。这一抗议在本书末尾插曲西蒙·莱格利种植园的场景中几乎要浮出水面。在莱格利的情人兼财产的凯希(Cassy)身上,婚姻与蓄奴制之间的类比被表现得一览无余,主宰一切的男性与温良恭顺的女性之间的对立最终爆发为冲突。凯希并没有直接去反抗,因为汤姆叔叔劝服她不要去刺杀莱格利。汤姆的宗教胜利,即斯托一直不辞辛苦而追求的一幕,似乎对于莱格利没怎么奏效。相反,战胜莱格利的其实是女性由于恭顺而在内心深处形成的一股摧无不毁的力量——那股通过小艾娃的一绺头发,通过莱格利对母亲的回忆,通过凯希利用莱格利的迷信而发挥作用的力量。凯希就像艾米莉·谢尔比、波特夫人和拉歇尔·韩礼德一样通过"影响力"来发挥作用,并且她还利用莱格利的愧疚来保持这一"影响力"。这一愧疚感甚至将一些"最最甜蜜、神圣的东西"(例如莱格利对母亲"临终前的祷告和宽宏大量的爱"的回忆)变成"最最恐怖的幻觉"。因此,"对罪孽深重的灵魂来说,完美的爱便是最可怕的折磨，是绝望的直接宣判"。在《汤姆叔叔的小屋》的结尾，家庭生活的观念变成了一种秘密武器，无须使用便会自动发挥效力。莱格利母亲"临终前的祷告"和"宽宏大量的爱"是相当真诚的，它们使儿子发疯并让凯希和艾米琳逃走，错也绝不在她。

莱格利的种植园在某种意义上说与谢尔比的种植园正好相反，但在更深层意义上反映了从小说一开始便在运作的基本家庭经济模式。作者很明显是在借莱格利来夸大由来已久的蓄奴制的真实性和残酷性，并告诉读者甚至是在谢尔比家这样的种植园上也会发生这种事情。莱格利与凯希的关系实际夸大了像谢尔比夫妇这种婚姻的本来面目。不管怎么说，值得一提的是，莱格利插曲进行了相当一段时间后，我们才得知谢尔比先生死掉了，好像这两个人物的命运之间有着某种潜在的联系。艾米莉·谢尔比没有反抗，她却最终获胜了，由她接管种植园后她用自己成功而又精明的管理证明了丈夫的无能，当然所有这些都没有斯托对蓄奴制的谴责那样引人注目。如果我们说《汤姆叔叔的小屋》是一部废奴小说，特别是一部宗教废奴小说的话，那我们就不能再称它为"妇女小说"了。但是斯托对蓄奴制的洞察是源自她对19世纪中叶美国妇女狭隘社会角色的切身体会与理解，就像风风火火的废奴运动促使她形成了对妇女经验的理解与观察，否则她不可能会如此直接地表达出来，自始至终我们对此丝毫不觉奇怪。《汤姆叔叔的小屋》的故事与爱伦·蒙哥马利、葛楚德·沙列文或者露丝·霍尔的故事虽不相类，但它又的确与华纳、康明斯、菲恩以及19世纪50年代其他一些妇女作家创作的故事一起探讨了一个更为广泛的主题：在一个由男人残酷主宰的世界里，妇女作为家庭奴隶，只能依靠家庭生活来捍卫本已空间不多的道德独立。

冲突与联系

男人主外，女人持内，我们或许可以这样来区分19世纪50年代美国作品中描绘的男女传统。这一简单的格式特别引人注目，但却掩盖了一个更加纷繁芜杂的社会现实。我们或许还可以从文学体裁方面来理解男女通俗文学的分类，并可举出充足的理由来论证。人们很久以来就已认识到，内战前夕的大多数美国男性小说作家（如库珀、坡、霍桑和梅尔维尔等在20世纪被广泛接受的作家）受哥特小说传统的影响要远远超过同时期的英国作家（至少，这些英国作家也在20世纪大受推崇）。据此，我们可以区分开美国男性哥特小说传统与美国妇女小说家开创的家庭小说传统。

在这一观点的背后还隐藏着一种复杂的情形，那便是18世纪90年代哥

文学职业化的背景

特小说在英国由安·瑞德克里夫（Ann Radcliffe）普及后，很大程度上还是一种妇女小说，此类小说总将一位多愁善感的主人公置于一种明显令人毛骨悚然的环境中（通常是座由一个阴森恐怖的男子把持的宅院或城堡）。可以说美国"男性"文学作品中一个很大的组成部分源自于英国的"妇女小说"传统。不仅如此，在19世纪50年代的美国妇女通俗小说中根本没有哥特小说的成分，这一现象就不可不说有点奇怪。在《阁楼里的疯女人》（*The Madwoman in the Attic*, 1979）一书中，桑德拉·吉尔伯特（Sandm Gilbert）和苏珊·古巴（Susan Gubar）描述了19世纪妇女文学（主要是英国妇女文学）开创的影响深远的女权主义传统。书名中的"疯女人"便是指夏洛蒂·勃朗特的小说《简爱》中的波莎·罗切斯特（Bertha Rochester），她发疯间接或者无意识地表达了简对家庭生活和男性统治的反抗。也就是说，勃朗特采用了妇女小说家们常用的一种创作技巧：难道哥特式的恐惧就不能使妇女的能量（即深埋于恭顺苦行的外表下，隐蔽于家庭生活观念中的能量）产生摧枯拉朽的作用吗？在很大程度上，美国人对此假设的回答是"不会"。尽管《简爱》采用哥特手法来表现妇女教育小说，并于1847年在英国和美国发表，华纳、康明斯和菲恩等美国畅销小说作家却很少使用或根本不用此种手法，三年之后，《广阔广阔的世界》才促使妇女教育小说成为流行的美国小说形式。

我们可以探讨一下华纳、康明斯、菲恩与夏洛蒂·勃朗特的创作方法为何如此迥异。我们还记得华纳曾将自己的作品称为"故事"而非"小说"，对华纳和康明斯一批基督教作家来讲，"小说"既不道德又很危险，其中哥特小说又是最危险的。还有，在简爱和爱伦·蒙哥马利或葛楚德·弗林特之间存在着一种重要区别，即勃朗特的女主人公经常在逆来顺受和追求自我中变换角色，华纳和康明斯的女主人公则仅仅是恭顺服从，甚至不存一丝自我的痕迹。在她们的小说中，根本没有什么东西可以由一个疯女人来加以象征。最后，哥特小说中各种神秘因素还与爱伦和葛楚德获得的那种完全依靠大众参与和欣赏而产生的典型力量形成鲜明的对比。《露丝·霍尔》中有一段插曲描述了露丝到"疯人院"去，里面住满了被丈夫虐待致疯的女人，可以说与哥特小说的传统有了更明显的接近。该书还描写了露丝的朋友玛丽·列昂，她被关在疯人院里，在写完"露丝，我没疯，没疯，没疯，——但是，快要疯了"之后便死去了。的确，列昂插曲为夏洛蒂·帕金斯·吉尔曼的哥特小说《黄色壁纸》（*The Yellow Wallpaper*, 1892）中反映出来的女权主义埋下了伏笔。这一插曲对于《露丝·霍尔》来说并不典型，与露丝的故事也没有多大关系。在这里，范妮·菲恩只是对社会批判感兴趣，根本没有考虑到去渲染恐怖气氛。露丝以作家"弗罗伊"的身份一旦争取到真正的权力和独立后，她便再也没有必要去装疯,甚至去看望那些疯女人了。哥特小说的破坏性威力也与版税支票和股票证书毫无关系。

19世纪50年代早期美国这三位备受瞩目的家庭小说作家根本没有采用家庭小说与哥特小说潜在互相影响的模式,这一事实不仅使她们有别于坡和霍桑开创的哥特小说传统,同样也有别于桑德拉·吉尔伯特和苏珊·古巴所描述的影响巨大的女权主义传统。也许有人会担心这样生硬地将哥特小说与家庭小说区分开有点危险,毕竟两种小说体裁中最明显的象征性场景都是一座宅院:在家庭小说中,我们会看到一个"家",由一位善良的母亲完美地守护着操持着;在哥特小说中,这一场景的含义就完全不同了,它非但不宁静祥和,反而笼罩着一股神秘恐怖的气氛,令人不寒而栗;但无论如何,场景通常还是一所宅院。内战前夕的美国文学同时受到这两种重要小说风格的影响,使文学体裁产生了一种潜在的不稳定性和不明确性。在阅读小说时,读者若想知道自己是平安无事还是身处险境,是由家庭力量保护着还是受到哥特恐怖的威胁,那他必须弄清自己置身何种宅第,自己是在阅读哪种小说,同时他还得弄清谁在掌握一切:是母亲还是怪物。

美国作家,至少一些获得公认的作家如库珀、坡、霍桑和梅尔维尔等人,在作品中对英国的哥特小说创作模式进行了重要的改进。由于美国本土缺少城堡,于是令人恐怖的荒野便取而代之。这并不是说美国人开阔了哥特小说描绘的场景,而是说19世纪美国小说中描绘的"广阔的视野"经常充当着狭窄、神秘、封闭的场景。而且,在美国男性作家手中,哥特小说中的性别含义(直接由18世纪中叶的诱惑小说中生发出来)完全被颠倒。在所谓的美国经典哥特小说中,多愁善感的主人公往往是男子而非女子,他所面对的恐惧也不再是男性的贪婪,而成为女性的性吸引力,或者说是男性对女性性吸引力充满愧疚的幻想。

霍桑在《年轻人古德曼·布朗》(*Young Goodman Brown*,1835)中向我们讲述了刚刚结婚的布朗去林中参加女巫的安息日,魔鬼罗列了一份十分清楚反映性犯罪的罪恶表(勾引、杀夫、未婚女子流产),还有布朗发现妻子菲丝也来参加午夜聚会后最终对她产生憎恶。同样,在坡的小说中,多愁善感的男主人公也频频受到天真无邪但又隐约可怖的女性的困扰:贝蕾妮丝(Berenice)、莫蕾拉(Morella)、莉吉娅(Ligeia)、曼德琳·厄舍(Madeline Usher)。不管从原文字面解释还是从其象征方面解释,《厄舍古屋的倒塌》(*The Fall of the House of Usher*,1839)都可以说描述了女性"影响力"战胜男性统治的噩梦表现形式。曼德琳倒在罹患紧张症的哥哥身上以后,在如男性威严般耸立的大厦上顿时出现了一个不断扩大的"裂缝",随即露出了一轮"血红的月

◎文学职业化的背景

亮"，然后大厦倾倒在"又深又冷的湖中"。在19世纪中叶美国的哥特小说中——如再晚近些阿尔弗列德·希区考克（Alfred Hitchcock）的电影《精神病人》（*Psycho*，1960）中——描述的母亲，或者说儿子恐惧而又愧疚的幻觉中的母亲，其实就是怪物。

所有这一切都说明，美国哥特小说中充满象征的宅院和家庭小说中的家园其实是两个完全一样的东西，或者说彼此互为对方在镜中的映象，两者之中极具象征的封闭空间都充满了女性"影响力"。其中主要区别是这一影响力在哥特小说中阴森恐怖，在家庭小说中则饱含温馨，所以，由一种形式变换为另一种形式就需要重新界定宅院的基本含义。这一重新界定就深植于霍桑在《七个尖角阁的房子》最后描绘的场景中。从小说一开始，标题中所说的宅院即具有传统哥特小说的色彩，它象征着一种男性权力以及男性对这一权力的诅咒。在小说结尾，品臣（Pyncheon）法官死后，所有这一切才以拉德克里夫式哥特小说或曰"理性"哥特小说的方式获得解释：铭刻在品臣家族每个男子身上的"茅勒诅咒（Maule's Curse）"原来仅仅是遗传性中风。品臣法官的死赋予七个尖角阁的房子一种更加重要的意义，由爱丽丝·品臣从意大利带来种子，撒在房顶上长成的花簇，突然之间绽放出花朵——而且意味深长的是花就开在房子前面两个尖角之间的位置。然后菲比回家，"浑身静静流淌着欢愉的溪流"，从男性到女性、从哥特到家庭的两大转变最终完成。我们可以将《七个尖角阁的房子》的结尾看成是《厄舍古屋的倒塌》的结尾用家庭小说方式进行的翻版。

在内战后的几年中，美国小说的"浪漫主义"传统（即由库珀、坡、霍桑和梅尔维尔开创的传统）便让位于"现实主义"传统，这些术语和这种概括无疑令人费解。尽管如此，华纳、康明斯和菲恩仍撇开哥特小说转而描述妇女家庭生活的现实，我们可以把她们视为这一发展的先驱。不过，这一说法至少对于康明斯来说不太合适，《灯夫》的开头不管多么现实，最终还是为幻觉所取代。《广阔广阔的世界》和《露丝·霍尔》却分别以不同的方式进行着"现实主义的"诉说。在哈里叶特·比彻·斯托的很多作品，特别是她在19世纪60年代创作的新英格兰小说中，出现了一些后来所谓的美国现实主义作品的因素，这其实毫不奇怪。斯托经常为《大西洋月刊》撰文，19世纪80年代领导美国现实主义斗争的威廉·迪恩·豪威尔斯也是在19世纪60年代从《大西洋月刊》开始了自己的文学生涯。

在《汤姆叔叔的小屋》的最后一段插曲中，斯托的确采用了家庭小说创作中可能具有的哥特小说因素，或者更确切一点说，斯托试图将家庭小说和哥特小说的区别打乱并将二者结合起来，她还明显利用了"浪漫主义"的某些东西来为自己打破传统的目的服务。当莱格利到沼泽地去搜寻凯希和艾米琳时，她们则躲在莱格利家阁楼里一间据说闹鬼的房间里。晚上凯希蒙上床单到楼下去吓唬莱格利，以使他继续陷在因迷信而招致的恐惧中不能自拔，最终这两个女子逃跑了。凯希藏身阁楼一段的描写暗示了斯托当时在脑海中一定存有勃朗特的疯女人波莎·罗切斯特的影像，只是由于凯希是假装幽灵效果似乎相当不同。勃朗特真正震撼心灵的哥特小说在斯托这里似乎变成了华盛顿·欧文的"睡谷的传说"式的哥特恶作剧。布罗姆·波尼斯（Brom Bones）装做无头骑士是来惊吓埃克勃特·克莱恩（Ichabod Crane）以赢得凯特莉娜·范·塔希尔（Katrina Van Tassel）的芳心，凯希假装幽灵则是来吓唬莱格利以便和艾米琳逃走。

从另一种意义上来说，凯希假扮幽灵又显示了在家庭恭顺和女性影响之下的一种实实在在的反叛力量。莱格利是凯希的"主人，暴君和摧残者……然而，即使是最残酷的男人，若与具有强大影响力的女性经常生活在一起，也会被这一巨大影响力牢牢控制住"。可以说，莱格利残酷统治凯希的同时又对凯希怀有一种深深的恐惧。当"影响力"带来"日渐强大的恐惧"时，连小艾娃也突然变成了一个真切的曼德琳·厄舍。莱格利抓起小艾娃送给汤姆叔叔的那缕头发时，颇有意味的是头发竟然缠在了莱格利的手指上，"就如烧痛了他一般"，并且我们得知，他母亲的一缕头发和那封"在她临死时，宽恕了他"的信放在一起。然后噩梦来了，莱格利母亲披着面纱的身影出现在他面前，他感到"那缕头发缠住了他的手指，接着……又缠住了他的脖子"。我们还得知，在凯希和艾米琳藏身的阁楼里，数年前莱格利也曾囚禁、折磨并害死了一个女奴，可以推测也曾是他的情人。凯希假装幽灵或许只是一个恶作剧，但是莱格利由于愧疚对此的反应也是相当真实的。实际上，凯希是作为一个复仇天使来为所有遭莱格利毒手的女性讨还公道的，她假扮幽灵最终吓死了莱格利。

莱格利这种哥特式的死与奥古斯丁·圣·克莱尔获得家庭胜利后的死正好相反。"他的思绪正四处飘逸，"当圣·克莱尔躺在床上奄奄一息的时候，医生说。"不对！"圣·克莱尔打断医生的话，"它，终于要回家了！""就在他的灵魂离去的一刻，他突然睁大眼睛，露出喜悦的目光，似乎认出了什么，喊道'妈！'然后便死去了。"莱格利在弥留之际也看到了母亲的幻象，却远远没有这么充满欢乐："一双冰冷的手触摸着他的手，一个低沉而又恐怖的声音对着他低语三声：'来呀！来呀！来呀！'莱格利躺在那里，因恐惧而浑身冒汗，不知这个东西几时或是如何离去。"莱格利开始"慌里慌张、马马虎

118

文学职业化的背景

虎"地喝起水来,"接着,在他垂死的床边,"小说继续向我们讲述,"站起一个面色铁青、浑身发白且又气势凌人的身影,不住地念叨'来呀!来呀!来呀!'"这个身影原来是假扮幽灵的凯希,这个事实丝毫也没有减弱该场景产生的作用。莱格利自身的罪恶把家人的祝福变成了哥特式的恐怖,而且也如叙述人所讲的,把"完美的爱"变成了"最令人毛骨悚然的折磨"。

从根本上来说,《汤姆叔叔的小屋》是一部基督小说,这一事实又说明斯托和她同时代的作家华纳、康明斯等人又有一定联系,但斯托是一位与华纳、康明斯截然不同的宗教作家。对于斯托来说,基督教的恭顺既不能唤起大众的认可又无法带来尘世的成功,例如,她的两个典型的宗教人物小艾娃和汤姆都死去了。而且与《广阔广阔的世界》和《灯夫》颇为不同的是,《汤姆叔叔的小屋》始终遵循着基督教信仰,并进行了公开的抗议。斯托强烈谴责蓄奴制,认为这是一种罪恶,整篇小说,包括行文中的叹词,则采用了宗教布道文章的形式。斯托在作品中反映的基督精神,似乎又使她明显有别于坡、霍桑、梅尔维尔一类作家。在这些人中任何一位的作品中,绝不会出现汤姆的"胜利",即《汤姆叔叔的小屋》中高潮部分描绘的东西。我们可以推测,坡会将汤姆的死看做是他所谓的"人类渴望苦行"的一个实例,如果我们考虑一下《红字》的结尾部分亚瑟·丁梅斯代尔在高台上死去或者梅尔维尔的比利·巴德死亡的情形的话,我们就能明白为何斯托会如此超群脱俗:她是毫不鄙夷地来对待汤姆的胜利的。

"来吧,把你最坏的使出来吧,"在被折磨致死前,汤姆对莱格利说,"我的苦难快要结束了,但是,如果你不忏悔,你的苦难将永无尽头!"现代读者,至少那些不像汤姆一样相信灵魂救世和永生天罚的读者,不大可能会接受汤姆(还有斯托)如此肯定的论断。20世纪的读者可能更相信永无尽头的精神折磨,这从一方面解释了为何20世纪的人给予坡、霍桑和梅尔维尔如此高的地位。用亨利·詹姆斯描述霍桑的话来说,这些作家"对人类深层的心理很感兴趣",并且这三个作家都利用哥特小说的创作方式来探索人类这一"深层的心理"。在斯托对汤姆叔叔胜利的描写中,丝毫没有类似的东西,但在凯希战胜莱格利的故事中,即该小说描写抗议"家庭蓄奴制"的高潮段落,我们或许可以说,以宗教形式表现的汤姆的故事被哥特化、心理化了。凯希不必等待神灵的审判,她可随时随地借助自己的"影响力"来折磨莱格利。将近尾声时,凯希也皈依宗教并且专心持家了。先前"脸上那种绝望憔悴的表情"不见了,取而代之的则是"一种温柔的信任",在"家庭怀抱的安全保护下",她成了"一个虔诚而又温顺的基督徒"。当然,她再也不必假扮疯女人了,因为她和艾米琳自由了,更重要的是莱格利死了。

在19世纪50年代文学市场的背景之下，妇女与男性文学传统的区别甚至比家庭小说和哥特小说的区别还要模糊。但有一点却是相当清楚的：坡、霍桑和梅尔维尔所写作品的销售情况远不及华纳、斯托和康明斯的作品。然而销售数字本身无法造就传统。例如，我们应该意识到，代表妇女和男性文学传统的作品通常出现在相同或者相似的杂志中，又大都由相同的出版商出版。从1853年开始组建到1855年上市出售，《普特南月刊》出版了一些当今备受推崇的作家的作品，其中包括库珀、梭罗和梅尔维尔，乔治·帕尔默·普特南也在1850年出版了华纳的《广阔广阔的世界》。于1857年在波士顿成立的《大西洋月刊》也逐渐出版了一些为《普特南月刊》撰稿的作家的作品，于1859年买下《大西洋月刊》的蒂克纳和菲尔兹出版社，自1850年霍桑发表《红字》开始一直为他出版作品。霍桑也和坡一样将早期大部分作品发表在礼品书和妇女杂志上。《大西洋月刊》成立时，它颇为自豪地将斯托列为自己的重要撰稿人，当约翰·P.朱维特于1857年经营失败后，斯托又转向蒂克纳和菲尔兹出版社。实际上，约翰·P.朱维特将霍桑和斯托都视为自己的好朋友。菲恩也像骚斯华斯夫人一样专为罗伯特·伯纳那家面向大众的杂志《纽约分类账》撰稿，同时伯纳还不惜重金向爱德华·艾弗里特、布莱恩特、朗费罗和丁尼生等作家约稿。在很大程度上来说，霍桑和梅尔维尔拥有与华纳和康明斯同样的读者（或者说同类读者中的一部分）。

我们还应该意识到，如果在这些男性和妇女"传统"之间有什么不安或对抗的话，那也总是朝向一个方向的。因此霍桑和梅尔维尔之类的职业作家丝毫没有使通俗妇女作家感到有什么不安，毕竟对于我们今天所谓的市场占有率来说两者都没有分得多少——至少相对于华纳、斯托、康明斯和菲恩等妇女作家来说不算多。对这些妇女作家构成威胁的男性作家是查尔斯·狄更斯等通俗小说作家（主要是些英国小说作家）。霍桑和梅尔维尔也明显受到一些被他们称为"胡涂乱写的娘们"的威胁。霍桑和梅尔维尔的创作旺盛期恰逢19世纪50年代早期一批畅销书妇女作家崛起之时，不久他们便被迫在这些畅销书妇女作家创造或展现的背景下编织自己的作品。19世纪50年代在他们模仿嘲讽甚至破坏攻击这类妇女通俗小说的惯常做法和写作标准的同时，他们两人也都试图挪用其中一些主题并吸引一部分读者。50年代末，两人几乎都放弃了小说写作。

我们可以称为美国反家庭文学的传统是一个巨大的传统，这一传统在20世纪备受推崇的"美国文学"中获得了充分的体现。例如，我们会想到马克·吐温笔下的哈克·菲恩或者欧内斯特·海明威笔下的尼克·亚当斯，他们不断逃离恰恰被斯托理想化了的由妇女主宰的家庭和种种妇女"影响力"。

○文学职业化的背景

霍桑就没有通过攻击家庭性来回应妇女的竞争，事实恰恰相反。《七个尖角阁的房子》的题目就像它的场景一样充满家庭性，在他的第二部小说中，霍桑有意试图从他所谓的《红字》的"阴影"中挣脱出来，他很明显是在争取妇女读者，而且获得了巨大成功。当霍桑大声给夫人索菲娅·霍桑朗读他的这部小说时（这一做法可以告诉我们霍桑是如何把握读者的），她对结尾中流露出来的"家庭的可爱性和满足感"大为赞赏。《七个尖角阁的房子》中的菲比·品臣对于已写作完"拉帕西尼的女儿"（Rappaccini's Daughter）和《红字》的霍桑来说是一个全新的妇女造型，这一形象不断典型化后，作为普利希拉（Priscilla）和希尔达（Hilda）分别出现在《福谷传奇》（1852）和《玉石雕像》（1860）中。普利希拉那种非同寻常的自私的恭顺暗示了一种对典型女主人公的嘲讽，但是很多读者，包括20世纪的一些读者，根本没有读出普利希拉身上的讽刺意味，反而将她看做《福谷传奇》中毫不含糊的道德中心。用任何其他一种方式来解读菲比和希尔达这两个人物以及他们对家庭理想的执著也绝非易事。"宽恕我吧，希尔达！"在《玉石雕像》接近尾声时，主人公肯尼亚还指望"恶也许没有恶报"，希尔达则明确表示对此种想法"深恶痛绝"，于是他哀求道："我从来都没有相信过'恶无恶报'！……啊，希尔达，带我回家吧！"

　　称梅尔维尔为美国反家庭文学传统的代表会更有道理。毕竟《雷德本》（1849）、《白外套》（White-Jacket，1850）和《白鲸》（1851）等小说都几乎完全没有触及妇女人物和家庭事务，并且《皮埃尔》（1852）还不遗余力地对家庭文学传统进行了猛烈攻击。显而易见，梅尔维尔本想借《皮埃尔》争取一些妇女读者的，最后却事与愿违赶跑了这部分读者。1852年，梅尔维尔告诉索菲娅·霍桑，继《白鲸》之后的下一部小说将是"一只乡村的牛奶碗"，他还向自己的英国出版商保证《皮埃尔》将"比你们已出版的我的任何一部作品都注重其通俗性"。当然，到头来这一预言落空，事实甚至完全相反。然而《皮埃尔》并没有立即给梅尔维尔的职业文学生涯画上句号，他文学创作的最后阶段则显示了他与家庭小说的复杂关系。尽管评论界对《皮埃尔》反应极差，尽管该书的销售业绩令人沮丧，1852年普特南出版社还是邀请梅尔维尔给他们的新月刊撰稿，《代笔者巴特尔比》就于1853年下半年发表在该月刊上。从1853年到1856年，梅尔维尔在《普特南月刊》上又发表了五篇故事并连载了《伊斯雷尔·波特》，而且他还在哈珀出版社发表八篇故事。当梅尔维尔在这些故事中探讨家庭主题时——例如，在《我和我的烟囱》（I and My Chimney）和《苹果树餐桌》（The Apple-Tree Table，1856）中——他对自己进攻性格的控制要远远好于《皮埃尔》。我们很有必要观察一下对梅尔维尔的很多杂志小说发挥作用的极为普遍的重要影响，这类影响甚至与反家庭传统的狄更斯（曾于1852年和1853年在哈珀出版社连载《荒凉山庄》）迥然相异。

我们不应该说所有未获公认的男性作家之所以在作品中对家庭传统表现出兴趣是因为他们都想利用或者攻击妇女作家和读者的价值观念。然而不管是从价值观念还是从内容描述上来说，很难想象会有哪本书对家庭景象描绘的真诚程度会超过梭罗的《瓦尔登湖》。哈克·菲恩和尼克·亚当斯逃离文明社会后，也只不过想最终在密西西比河的木筏上或大双心河岸边建立自己的家园，在大多数公认的美国文学作品中，逃离家庭生活和情感世界的男人，不过仅仅是逃离女人，然后沉浸在自己编织的家庭生活和情感世界当中。在亚哈船长追赶白鲸的过程中丝毫没有家庭场景的描绘，但在小说即将结束时的两个大场合中，相对于亚哈形同自杀的偏执出现了一系列我们既可以称为家庭的又可以称为情感的价值观念。首先，亚哈邀请皮普（Pip）到他的船舱（即家里）来寻求庇护——就像《灯夫》（当然，比《白鲸》晚发表三年）中的杜鲁叔叔收留了弃儿格蒂一样。开始追杀白鲸前，亚哈盯着斯达巴克（Staxbuck）"肉眼"中"神奇的玻璃"看，在这里他看到了"绿色的海岛"、"明亮的炉石"以及"我的妻子和儿女"，这时斯达巴克力谏亚哈停止追杀。这一些充满家庭气息的余脉也很快被抛弃了，与斯托笔下的乔治·哈里斯不同的是亚哈不可能会软下心肠或受到驯服。这些都是一些产生巨大威力的时刻，他们激发出来的感情也没有受到嘲弄。当然我们永远不会将《白鲸》与《广阔广阔的世界》或《汤姆叔叔的小屋》混为一谈，在主外的男性与持内的女性之间的确存有很大差异。但是我们应该谨慎些，不要将这一区别太笼统太生硬地套用在19世纪50年代的美国文学上，因为这 文学传统的现实还是相当复杂的。正如皮莱格（Peleg）船长所说，即使是亚哈"也有他人道的一面"，在小说结尾，伊斯梅尔（Ishmael）被"正绕道巡弋的拉奇尔号（Rachel）"救下，"此时的拉奇尔号正在搜寻其失踪的孩子，不料却发现了另外一个孤儿"。

扩张与种族的文学

艾里克·J.桑德奎斯特

1 探索与帝国的建立

1875年，前墨西哥军队司令马扎诺·巴列霍（Mariano Vallejo）完成了五卷本巨著《上加利福尼亚历史和人物的回忆》（*Recuerdos históricos y personales tocante a la Alta California*）一书。在书中他回顾了1848年美国占领墨西哥北部地区之后几年的情况，最后以一段既发人深思又非同寻常的论述结束了该书。那时《瓜达卢佩绅士协定》（Treaty of Guadalupe Hidalgo）早已签订，他却这样写道：

> 王位摇摇欲坠的欧洲君主们，觊觎加利福尼亚和其他一些投入自由之子伟大联盟怀抱的地区已久，悍然对美利坚大家庭发动了进攻。在高高飘扬于邦克山头（Bunker Hill）的光辉国旗的佑护之下，美利坚击退了欧洲君主们的进攻。可是美国人从来没有将加利福尼亚人看做是自愿加入美利坚大家庭的公民，而是将他们看做被征服的人民。

巴列霍的评价，很明显对美利坚帝国的意识形态持赞同的态度，因此我们得在他那高度民族主义叙述的背景之下审视这一观点，而且他的观点在新近被殖民化的西南部和加利福尼亚的墨西哥人中也丝毫不具有代表性。不过他的记录概括了19世纪美国进行疆域扩张时民主自由理念与疆域掠夺举动之间的冲突而产生的诸多重要矛盾，其实巴列霍自己的生活也颇具象征意义地反映了对国家的忠诚与在美洲大陆被占领土上炫耀武力之间的暧昧关系。

事实上，巴列霍本人的生活轨迹与美国主要的英裔政治领导人安德鲁·杰克逊（Andrew Jackson）等极力鼓吹向西扩张的人也并非完全不相似。在美墨战争之前，巴列霍就已经是加利福尼亚历史上声名显赫的人物了：于1829

○ 扩张与种族的文学

年率领墨西哥军队与在圣约瑟教区（Mission San José）暴动的印第安人进行了一场血战；曾主持加利福尼亚北部边防，抵御俄国和欧洲的入侵威胁并与美国的其他印第安部落作战；为自己的家族在旧金山湾以北地区建立了庞大的封建庄园；1836年偕同外甥胡安·巴蒂斯塔·阿尔瓦拉多（Juan Batista Alvarado）总督将加利福尼亚宣布为一个独立的国家，但没有维持多久；由于加利福尼亚地方政府秩序混乱，墨西哥的统治又鞭长莫及，巴列霍渐渐转而支持由美国将加利福尼亚合并。巴列霍认为，墨西哥战争主要是为了保护美国的国家利益不受外国势力威胁，并且是为了将一部分愿意归顺合众国的同胞从暴君的统治下解放出来，不管他这种外来的爱国主义具有怎样的重要性，在当时的1848年他的这一观点却很明显未被很多墨西哥人所接受，甚至连英裔美利坚人也没有完全认同。很久以来就存在这样一种观点，认为美国作为一个远离暴政的民主国家，注定会扩张其势力和影响；而且，自从殖民扩张的最初到现在，美国经济和政治的巨大发展总是以牺牲印第安人和其他非白人种族的利益为代价的，这一铁的事实却始终没有影响到上述观点，巴列霍就是受到了这一观点的启发。美国独立革命在美墨战争和后来导致美国内战的由黑奴问题引发的地区冲突中都意义非凡，巴列霍利用美国独立革命作托辞这一点本身就暗示，赋予"自由之子"所觊觎的疆土以复杂含义的各种意识张力已在此汇聚。

扩展美国的"自由疆域"（安德鲁·杰克逊语）成了同化或征服美洲印第安人和墨西哥人的必然因素。不过即使从这一意义上来说，美国在19世纪的扩张也并非独一无二的。启蒙运动认为进步建立在科学探索的基础之上，一个与此紧密相关的常见观点则认为，通过政治与经济的扩张来探索未知土地并归化异族符合事物发展的有机法则。在世界各地，随着阻隔两极之间的大洋得到探测，两个半球内那些原先没有地图标注的大陆的内部情况得到揭示，19世纪成了一个伟大的探险时代。美国的探险家和殖民者也像欧洲的同行一样，认为他们的探索会带来科学的进步和文化的繁荣，但是他们却对自己所遇到的种族发展的完整性及其在文化上取得的成就视若无睹。欧洲列强在非洲、亚洲和拉丁美洲建立殖民地之时，美国也在内战之前的四十年内在东部海岸和太平洋海岸之间巧取豪夺了大约相当于美国先前领土两倍的毗邻疆域。这片疆域原先是由政治上和军事上都较弱小的种族所占据，因此这片疆域也可被认为是"殖民地"。这片疆域上产生的文学描述了一场残酷的征服，在征服过程中，一种文明用剥夺和同化的手段毁灭或者完全改变了许许多多多其他文明。

1818年和1846年与英国签订的条约使美国取得了大平原北部和太平洋西

北到北纬49度之间的地区；1848年墨西哥割地和1853年加兹登购地（Gadsden Purchase）之后，美国的疆界便南达德克萨斯的格兰德河（Rio Grande），然后向西穿过新墨西哥地区和南加利福尼亚，直达太平洋。伴随美国版图重新绘制的，是大量的书面记载，这些记载建构了美国的心理与政治疆界——美国这片疆土甚至在诗人和小说家不断为其开疆拓土之前就已作为一个预言式的想象而存在着了。它先是通过美国独立革命被征服，继而通过路易斯安娜购地（Louisiana Purchase）被拓宽，而后又通过与英国和墨西哥的条约和战争被进一步巩固；因此，猎捕者、探险者、科学家、普通拓荒者、士兵以及职业作家以日记、定期刊物、正式报告、旅游札记以及小说等形式对这片疆土的探索进行详细描绘的文学，可以说是新生共和国最早的民族文学了。一些垂涎西部富足自然资源的政客和记者，虽然很少接触那片广袤的荒原，但却预见到了其重要的经济和社会意义，于是为帝国主义的扩张编织了冠冕堂皇的借口，而一些描述真实探险过程的文献，也经常借用此类帝国主义的托辞。盛极一时的美国"命定扩张说（manifest destiny）"——即美国肩负着征服并重塑北美大陆、西半球乃至整个世界的使命——便从清教主义的布道词中继承了一些至善主义的特质，并以革命时代释放的民主诺言的虚妄实现为指导，使美利坚的版图与末世论理想主义不谋而合。有人认为，美国边疆的扩张将意味着民主的扩大；到"处女地"上殖民将意味着无限创造力和产业活力的解放；丰富物质资源的发现与利用将会使美国成为外国被压迫人民的庇护所，从而使整个世界获益。

贯穿整个战前时期，诗与政治的想象中常常存在着一种共同的信念，即要把过去的文明放入美国的未来，使其在美国未来的无尽空间中发挥作用。战前时期的多位重要美国作家——其中包括詹姆斯·费尼莫尔·库珀（James Fenimore Cooper）、威廉·卡伦·布莱恩特（Willam Gullen Bryant）、玛丽·杰米逊（Mary Jemison）、华盛顿·欧文（Washington Irving）、赫尔曼·梅尔维尔（Herman Melville）、亨利·戴维·梭罗（Henry David Thoreau）、弗朗西斯·帕克曼（Francis Parkman）、黑鹰（Black Hawk）、弗雷德里克·道格拉斯（Frederick Douglass）以及埃德加·爱伦·坡（Edgar Allan Poe）——都在作品中探索过扩张的主题。这一主题在沃尔特·惠特曼（Walt Whitman）的诗作中也许找到了最具代表性的声音，1860年，他在《从波马诺克出发》（*Starting From Paumanok*）一诗中写道：

> 看那旋转的地球，
> 祖先的大陆在远方齐集，

现在与未来的大陆分列南北,
中南地峡横亘。

看吧,没有足迹的广袤空间,
如在梦幻中不断变化,迅速充斥了一切,
难以尽数的民众潮水般涌向那里,
于是现在遍布显赫的人们、辉煌的艺术、美好的制度,还有……

前进!征服者!亚美利加!人道主义者!
伟大!自由!人民!世纪在不断前进!
为你,正在演奏一曲曲圣歌!

惠特曼使用了长岛的印第安名字"波马诺克"和西班牙语的"自由",暗示了隐藏在美国扩张中的反讽。想象中美国的伟大未来,除了在象征意义上之外几乎不关美国印第安人任何事,他们充其量给"万国之国"的同化带来了特殊的问题。此外,很多人还认为美国会对落后卑微的墨西哥人进行民主的"再教化",据此,美国在西南部的殖民活动和对墨西哥的战争便获得了完美的开脱。不过,给美国黑人奴隶披上一层自由伪装的是美国内战,却并不是那"一曲曲圣歌"。尽管扩大蓄奴制对于大平原和西南疆域的殖民活动和边界问题具有重要作用,然而对于美国命运那奉天承运式的宣告,它有时看上去却几乎毫无影响。对于很多人来说,蓄奴制和其他一些社会问题一样,是人类专制体制的一种体现,需要通过完善民主制度来消除。一些支持美国扩张的代表人物声称,只要人们放眼最高理想,阶级、种族和性别不平等终究会消失。例如,凯瑟琳·比彻(Catherine Beecher)在《家庭经济论》(*Treatise on Domestic Economy*,1841)一书中论述了妇女的作用和民主模式对于民主理想的实现的必要性,从而使自己稳固地置身于美国千年的传统之中。她在书中写道,"致力于改造堕落男人"的女性,"会最终完成托付人类的最伟大的工作。这项工作宛如建立一座宏伟的殿堂,其基座会与地球同宽,其顶端可直插云霄,其光芒将照射四方"。

扩张被普遍认为是自然而然、命中注定的,而且由于政治道德的要求成为必然,于是扩张在以下不同基础上获得了认可:保障领土的安全;开发资源、航运和贸易;保证个人自由和自给自足;以及命定与未来的观念。然而,新领土等待人们去发现、经营和发展其巨大的财富,美国特殊的使命显然是要运用这一财富,所以即使千年命运观念对此的解释也远远小于大多数狂热

1 探索与帝国的建立

支持者们的预想。"通往印度之路",不论是陆路、水路还是横跨大陆的铁路,只是因为那片土地向欧美的进步开放才成为了可能。19世纪的观察者认为,不论下个世纪及以后的时间里美国在对待印第安人和墨西哥人问题上显得多么该受责备,这两个种族群体的社会组织结构和使用土地的方式是对社会进步的一种阻碍,这里的进步是按照欧美文明的标准来定义的。探索时期的文学也如"命定扩张说"一样,对边疆意识形态的建立起到了重要作用,在这种意识形态中印第安人和墨西哥人都被纳入了白人的思维模式。许多探险者和殖民者的记述中也流露出了对于土著居民的同情,但这些作品中有很多又都充满了认为"蒙昧"生活或腐朽堕落的西班牙文化必将灭亡的宿命论观念。

原始(或"蒙昧")观念分成了几个分支,它们都对西扩思想发挥了重要作用。西部的荒原可以描绘成伊甸园,人们可以在那里实现原始的本能(这些本能在复杂的社会中受到压抑);它可以被看做是那些离经叛道者和想找个地方放荡一下的"山民"的庇护所;或者它还可以被想象成是崇高灵感的源泉,它可以将美国人的头脑从旧世界那腐朽没落的观念和体制的奴役下解放出来。而且,直到19世纪50年代中后期,"西部"仍可以用来指阿勒格尼山(Allegheny Mountains)以西的几乎所有疆域。从19世纪20年代一直到19世纪60年代,在旧世界的遗老和新世界的新秀之间爆发了一场以呼唤民族文化和文学为中心的争论,这场争论也随着美国的不断西扩而慢慢淡出。探索时期的叙述文学所描绘的不同现实与其说改变了关于民族命运的主张,还不如说给这类文学提供了非凡的民族背景。

美国广袤复杂的地理状况在文学和政治上引发了多种多样的反映:从对于美国崇高之美的狂热的赞颂到人们建议应极尽可能地充分利用其工业和农业资源;这一切又都建立在美国在世界万国之中肩负特殊使命的观念基础之上。广袤的美国西部疆域在欧裔美国人看来是既美丽、崇高又令人恐惧、混乱无序的,这恰恰是因为它看上去并没有因为人类的不断到来而受到影响。查尔斯·F. 霍夫曼(Charles F. Hoffman,1806—1884)在《西部之冬》(*A Winter in the West*, 1835)中这样描述:"在茂密的丛林中,只有上帝的眼睛在巡视,造化也在此中从未受到惊扰的避难所内年复一年地将她收获的果实和鲜花供奉在上帝的祭坛上",并继而问道,与此相比,"使封建压迫更加巩固的堡垒"和"专制的迷信"算得了什么呢?同样的,在一个爱默生思想盛行的时期里,记者兼文人纳撒尼尔·帕克·威利斯(Nathaniel Parker Willis,1806—1867)在《美国风光》(*American Scenery*, 1840)中写道,美国人"将所有外在的事物都看做是(他们自己)未来的阐释者"。美国人周围没有像欧洲那样一成不变的名称、路标和文化模式,相反,当他们看到一个人迹未至的山谷

◎扩张与种族的文学

时,首先想到的是"不久就会在山坡灿灿生辉的村庄,在林地叮当作响的斧头,以及磨坊、桥梁、运河,还有在如今穿越莎草和野花的溪流之上或旁边将会出现的长长的铁路"。

浪漫原始主义的狂热情绪充斥了战前时期的美国文学,并进而激发了人们对于打破英国和欧洲习俗束缚的革命言论的共鸣,因此不论是用纪实体裁还是用小说体裁描写西部情形时都会助长这一狂热情绪。比如,一位给《美利坚杂志与民主评论》撰稿的作者在1841年提出了这一强有力的挑战:

> 英国的一切至今仍使我们成为他们无谓的奴仆,某些国人却还对此亦步亦趋,没有表现出丝毫的男子气概来,因此我们期待着美利坚人能够在西部做出一种更加大胆、更加富有男子气概的举动来,并以此来无情地嘲弄一番那些阉人的行为;而且那种西部精神还会以美利坚的民主天才思想为指导更加无拘无束地发展下去,还将在那些广袤崇高而且亘古不衰的自然中找到一种灵感,从而促使它取得能证明自己价值的成就,这些成就也仿佛正是为了这一特定的目的而摆放在它面前。

自由、创新、荒野、道德健康和民族使命等观念纠缠在了一起,虽然不会总是完全等同但却能激发彼此之间的联想。不论是在描绘西部的各种文学作品中还是在19世纪美国画家创作的壮丽的风景画中,都表现出了一种美国的崇高之美,这一崇高美既成了一种唯美的和形而上的力量,又成了居于这个国度新民族主义精神中心的一种政治力量——这种精神有意将美国的内部或是西部地区看做是它的"中心"。

早在1815年,丹尼尔·德雷克(Daniel Drake)在描写俄亥俄时就宣称,西部的居民由于断绝了与"外国奢华"的纷繁复杂的接触,因此"注定会在农业、制造业、国内贸易、文学艺术、公共美德以及民族实力上取得无与伦比的成功"。1824年,爱德华·艾弗里特(Edward Everett)在大学优等生荣誉学会上作了题为《美国文学发展的有利环境》(*The Circumstances Favorable to the Progress of Literature in America*)的演说,这或许是有关西部前景的最完整的早期论述了。在艾弗里特看来,美国的民主制度、明显无尽的空间及其迅猛的发展,共同创造了一种非凡的平民政治意志和语言活力。艾弗里特还说,天意已将美国作为"从世俗和宗教的奴役下逃往西部"的人们的"最后一个避难所",这一称谓不久即被其他一些人用来描述落基山脉以西的土地。艾弗里特满怀敬意地引用了伯克莱主教(Bishop Berkeley)的著名起句诗行"帝国取道西去",并以此号召爱国人士和学者一起去实现古代预言的"法律公平，人民幸福的乐土"，即西部的黄金时代：

> 天意要求我们去做的实验的本质，以及要演示实验的庄严的舞台，都要求我们表现出全新的精力与热情……（黄金时代）辉煌的想象理应变为现实；崇高的前景都应当实现，圣哲先贤曾经在此逃避过他们生活时代的苦难。再也没有大陆需要去发现；大西岛已经从海洋中升起；最远的休利国也已经到达；大洋彼岸再也没有归隐之地，再也没有发现，再也没有期待。

德雷克和艾弗里特的华丽辞藻在19世纪上半叶关于扩张问题的论述中已是司空见惯了。正如惠特曼在《草叶集》最后一版的序言中所写，美国和它的诗人将在展开历史新篇章中充当主角，"仿佛是在一出恢宏的戏剧之中，如同旧剧重演，在露天下，我们时代的各个国家，文明的所有特征，看上去正匆匆忙忙、昂首阔步地走过，穿梭于舞台的两侧，聚拢着，朝着某个经过长久铺垫的、非常惊人的结局靠近。"美国的地理要体现一个崭新的民主国家的命运，这个国家比以往任何时候更把自己想象成是一座"山巅之城"，是整个世界的道德榜样。《纽约早新闻》（New York Morning News）和《民主评论》（Democratic Review）的编辑约翰·L. 奥沙利文（John L. O'Sullivan, 1813—1895）在1845年的一篇散文中创造出"命定扩张说"一语，并以此呼吁将德克萨斯纳入合众国，不久他即会因此而名扬四海。但这一概念几乎没有什么新意，早在1838年一篇名为《未来的伟大国度》（The Great Nation of Futurity）的散文中，奥沙利文就使用了与这一概念类似的用语，表达了当时盛极一时的美国"前途无量"观：

> 那万国之国注定要以其宏大的时空界域向人类昭示天意的卓异；它将在地球上建造有史以来最高贵的神殿来敬奉至高无上的主——即神圣与真理的上帝。地球的半球将成为殿堂的地板，星罗棋布的天空将成为它的房顶，集会的信徒将是众共和国联盟，亿万民众幸福乐业，不再称呼也不再拥有一个凡间的主人，他们只受上帝自然公平的道德法律的统辖。

从这一意义上来说，探索与扩张时期的世俗文学是殖民时期基督教自省和预言文学的自然延续。美国独立革命后，清教徒欲在欧洲激发宗教自由运动的初衷便理想化为要在欧洲激发争取更加民主的革命。凯瑟琳·比彻的父

⊙扩张与种族的文学

亲莱曼·比彻（Lyman Beecher, 1775—1863）在《西部之辩》（*A Plea for the West*, 1835）中写道，美国西部的榜样应该将欧洲受压迫者们从"世代的沉睡和绝望的冷漠中"唤醒，将自由的光芒洒在"他们昏黑的牢房里"，并且在"他们（统治者的）王座之下激起（一场）地震"。颇为矛盾的是，即使在有人居住或是进行充分探索之前，西部就已成为新旧世界之间的一个分界线了，那时的西部与其说是地理上的一片疆域，还不如说是消解了现在的时间和未来的空间的一片想象的区域。这就像梭罗在他后期的散文《漫步》（*Walking*, 1862）中所描述的那样：

> 我们走向东部，去了解历史和研究文学艺术作品，去追溯种族进化的足迹；我们走向西部，仿佛带着一种进取和冒险的精神走进了未来。大西洋就是一条忘川，当我们从其上经过时就获得了一个良机，可以忘却旧世界及其体制……我所说的西部其实只不过是原始蒙昧的另一种说法；我一直想说的是，世界正是保存在原始与蒙昧之中：每株树都伸出它的根须去找寻它；城市不惜一切代价来支持它；人们漂洋过海为的是一睹它的风采……西部正准备在东部的神话之上加上自己的神话。恒河、尼罗河和莱茵河河谷都提供了丰美的物产，至于亚马逊河、普拉特河、奥里诺科河、圣劳伦斯河和密西西比河河谷能产出什么，我们还须拭目以待。或许，当长久以后美利坚的自由变为过去的一则虚构故事之后——正如在某种程度上来说也是现在的一则虚构故事一样——世上的诗人将会从美利坚的神话中获得灵感。

梅尔维尔比梭罗更加经常地怀疑美国对自由的虚伪许诺，并以此来调和他对西部边疆和未来环境的看法。我们来看一个最著名的例子《白鲸》（*Moby-Dick*, 1851），其中富有象征意味的白鲸就是"未堕落的西方世界最辉煌的、天使般的幻象"，是"亚当像上帝般威严无畏地来回走动的上古时代"在美国的象征。同时它也是一个毁灭和无神的标志，是被刻画成"一个浓妆艳抹的妓女，诱惑之下掩藏的不过是行尸走肉"的大自然的富足。白鲸是西部的具有双重性的幻象，疯狂的亚哈船长为了追逐白鲸而牺牲了整条船上的生命，因此这一幻象也并不是什么希望之地，恰恰是异化与毁灭之域。事实上，美国西部经常将天堂般的可能与恶魔般的欲望结合起来；人们所创造的关于它的神话大大地超前于它的历史。这一神话提供了一个既是地理的又是心理的舞台，这样，美国人的自由、繁荣和领导世界的梦想便得以在此上演。

1 探索与帝国的建立

路易斯（Lewis）和克拉克（Clark）在1804—1806年的游历中发现了西北通道（Northwest Passage）（这次旅行因尼古拉斯·彼德尔［Nicholas Biddle］于1814年发表的《关于由路易斯和克拉克船长指挥先至密苏里河源头，再穿越落基山脉，沿哥伦比亚河而下直达太平洋的探险实录》［History of the Expedition Under the Command of Captains Lewis and Clark to the Sources of the Missouri, Thence Across the Rocky Mountains and Down the River Columbia to the Pacific Ocean］一书而家喻户晓），而赞布伦·帕克（Zebulon Pike）也在1805—1807年对南落基山脉和北新墨西哥地区进行了考察（在他1810年《密西西比河源头和路易斯安娜西部地区探索之记述》［Account of Expeditions to the Sources of the Mississippi and Through the Western Parts of Louisiana］一书中有记载），这两次旅行的后果便是开始了对美国未来版图的勾画。由圣路易斯出发，沿密苏里河北上，直达俄勒冈和北加利福尼亚，再沿圣菲小道进入西南部的陆上通道成了国内为人涉足最多的线路。上述两次探险都对进入西部起到了规划的作用，因为它们不仅详细记述了各自地区的地理特征，还描绘了建立贸易站点和贸易通道的前景。在这两次探险中，贸易、科学或军事的考察结合在一起，这种现象还将出现在对西部的所有重要考察和对西部的拓殖的叙述中。在被19世纪40年代末和19世纪50年代初的淘金热盖过之前，欧裔美国人在19世纪20年代之后对西部的探险和拓殖主要着眼于以下几个目的：从社会和政治的压迫中获得解脱，发掘无拘无束的自由乐土，开发新的农矿资源，设法为西部的新财富在东部找到市场。向西南、西北进入落基山脉，最后又穿越内华达山区的四通八达的贸易通道就是美国浩浩荡荡的西扩网线，后来网络中又加入了公路与铁路，相伴而来的种种叙述讲述了合众国业已建立的各州的政客与文人对于民族主义的狂热宣传。虽然大多数殖民者和探险者都没有为他们的经历留下可传诸后世的记录，不过当时那些对此作过记载的人事实上创造出了合众国最初而且是最具影响力的民族主义文学。

19世纪20年代对美利坚帝国的建立来说是至关重要的一段时期。受1812年战争的影响，英国的皮货贸易向南部的渗透放慢了速度，与此同时，美国在南部的活动则是时断时续地增长起来；西南部1821年的墨西哥革命使得新墨西哥地区更加无力抵挡美国的侵略和拓殖。交通运输以及工农业机械方面的技术发展赶走了1812年英美战争带来的对国家安全的陶醉，使美国在精神和物质上更加敢于冒险。美国独立革命以后（尤其是1815年以后）对大陆疆域进行探索就意味着可以在与大陆以外领土的接触中获得收益。密苏里参议员托马斯·哈德·本顿（Thomas Hart Benton）在之后的几十年里一直公开支持扩张主义，他在1818年的一篇社论中断言，俄勒冈殖民地开拓之后就

扩张与种族的文学

会与亚洲展开大规模的贸易往来："几年之后，'亚当的子孙'将会穿越落基山脉，向西部挺进并直达太平洋，遥望他们的父辈曾居住过的亚洲的东海岸，从而完成环球旅行。"由于早就与中国有贸易往来，而且还会伴随通往太平洋便利的陆路通道的开辟而迅速膨胀起来，于是便有了亚当子孙的未来在于亚洲等一些观点，梭罗和惠特曼都对此类观点作过详细论述。经由西部通往东部的路线却引起了各方的冲突。直到 1846 年条约签订之后，英美争夺俄勒冈的斗争才宣告结束，该条约以北纬 49 度线划分了美国和加拿大的边界，并在争夺西南各邦和加利福尼亚地区的美墨战争打响前夕由波尔克（Polk）总统签署。然而在这之前，路易斯和克拉克早就成功地为贸易商人，更为重要的是为农业拓荒者，打开了通往西部的道路。

虽然曼纽尔·利萨（Manuel Lisa）、乔治·德罗易拉德（George Drouillard）及约翰·考尔特（John Colter）等欧裔美国人先于约翰·雅各布·阿斯特（John Jacob Astor）对密苏里河与黄石河上游进行了探索，但是阿斯特在开发西北部进行贸易的过程中发挥了重要的作用。阿斯特是位德国移民，他组建了太平洋皮货公司（Pacific Fur Company）与早已存在的哈德逊海湾公司（Hudson's Bay Company）等公司进行竞争。他派了一艘船绕过合恩角（Cape Horn）在哥伦比亚河畔建立了阿斯特要塞（Fort Astoria），与此同时还在 1811 年派出了由威尔逊·普利斯·亨特（Wilson Price Hunt）和罗伯特·斯图亚特（Robert Stuart）率领的跨陆探险队。阿斯特要塞和阿斯特的贸易公司都成了 1812 年第二次英美战争的牺牲品，但是亨特和罗伯特探险却开辟了后来赫赫有名的俄勒冈小道的几条主要线路。两人都在日记中记录了每天遭遇的艰难处境；然而直到 20 多年以后阿斯特才说服华盛顿·欧文（1783—1859）写下《阿斯特里亚；或，落基山脉那边一家企业的轶事》（Astoria; or, Anecdotes of an Enterprise Beyond the Rocky Moutains, 1836）一书，这样便有了关于阿斯特企业的重要的文学记载。在阿斯特赞助探险和欧文对阿斯特企业进行记述之间的一段时期里，又有面积广大的疆土被开发并形成大量文献记载，这些记述虽然没有欧文的作品那样广为流传，但却更加真实可靠。

1819 年史蒂芬·朗（Stephen Long）开始了一次以军事和科学勘测为目的的"黄石探险（Yellowstone Expedition）"，不过却从未到达密苏里河上游地区（其别出心裁的蒸汽船冲刺也失败了），这样国防部长约翰·卡尔霍恩（John Calhoun）原本寻找一处理想的位置建立军事哨卡的设想落空了。由于接到命令南下，朗一行沿着落基山脉东侧前行（在那里他们首次攀登了帕克峰），然后分成两队沿水路返回阿肯色州。这次探险本身算不上是次惊人的成功：朗由于把当时看似一无是处的西南大平原的"美国大沙漠"绘入地图并使之流

1 探索与帝国的建立

传下去而频频受到诘难，有人认为他浪费了那些一同前往的测绘工程师的学识与精力。然而，作为有关这次探险的主要信息来源，植物学家爱德温·詹姆斯（Edwin James, 1797—1861）写作的《由匹兹堡到落基山脉探险手记》（*Account of an Expedition from Pittsburgh to the Rocky Mountains*, 1823）却是一份具有重要意义的报告，该报告描述的内容涉及美国的植物群落和地质构造、堪萨斯和奥马哈部落（Omaha）的人种情况（其中对于具有典型意义的部落战争给予了特别的关注）以及辽阔神秘的大平原地区。詹姆斯也附和了朗亲自写给卡尔霍恩的报告，宣称那一地区"几乎完全不适合耕作，因此对于一个以农业为生的民族来说当然不能居住"。詹姆斯的著作预示了后来那些军事和商业探险队的随队测绘工程师们的报告将要造成的巨大影响，在人们对中部大平原所知尚少时，它还为欧裔美国人在边疆地区的态度和性格树立了一个范例。举例来说，詹姆斯·费尼莫尔·库珀在《大草原》（*The Prairie*, 1827）一书中对边疆景物的描写，其概念便主要来源于《手记》一书；中部大平原地区不适宜居住的理论被普遍接受后，对门罗（Monroe）总统提倡的驱逐印第安人的政策也起了推动作用。

尽管朗企图渗入西北部的探险没有成功，但是威廉·亨利·阿西里（William Henry Ashley）仍然于1822年在圣路易斯一家报纸上刊登了一则著名的广告，欲招募"进取心强的年轻人"花几年时间开辟几条通往太平洋的道路。阿西里——这位密苏里州代州长，也像继他之后的一些最为成功的"拓荒者"一样既是商人也是探险家，而且他在密苏里河上游建立的皮货贸易要远远早于那些传奇式的探险。他最初的伙伴中就有那么几个后来成为最有名的西部探险家：杰迪戴亚·史密斯（Jedediah Smith）、威廉·萨布莱特（William Sublette）、詹姆斯·克莱曼（James Clyman）以及詹姆斯·贝克沃斯（James Beckwourth）。他们在1822年到1826年之间进行了数次探险，而后几年史密斯又继续向西探索，开辟了整个中部落基山区进行皮货贸易，而且还确立了以南山口为主要标志的路线，使将来的拓荒者们得以沿俄勒冈小道进入西北地区。同许多其他早期拓殖者们一样，阿西里、克莱曼和史密斯的日记在20世纪得以付梓。不过史密斯在他的有生之年就成了一个大受欢迎的人物。他从格林河与大盐湖向西，借道莫哈维沙漠，进入加利福尼亚，此行说明该地区不仅可以开辟进行皮货贸易，而且还可以进行移民；史密斯绘制的西落基山区地图，部分被阿尔伯特·加勒廷（Albert Gallatin）采用绘入《北美印第安种族地图》（*Map of the Indian Tribes of North America*, 1836），作为标准的人种学地图沿用至19世纪50年代。如同对自然现象和印第安部落的分类一样，各种各样的地图将西部的陈述分门别类，从而将一种骨子里透着帝

扩张与种族的文学

国主义气息的科学范式附加到了浪漫主义的文学想象之上。

爱德温·詹姆斯对朗的探险之行的叙述表明，对美国西部的开发是与以下两个互有关联的现象相符合的：其一是对西部土地的科学考察更趋成熟；其二是日益增加的对最终将超出北美洲领土的探险的压力。对本国的矿物学和生物学状况的新兴趣以及对本半球最远端未知地区的探索使得命定扩张说更具活力，此外它还标志着一种极其强大的帝国主义扩张动力的开始，这种动力不久便将德克萨斯、西南部的新墨西哥和加利福尼亚纳入了美国的势力范围。1838 年政府将军队中的测绘工程部队列为军队的一个单独分支，由约翰·詹姆斯·阿勃特上校（Colonel John James Abert）统一指挥，其明确的任务就是要探索和开发西部，以便进行殖民、运输和生产。19 世纪一些有天赋的科学家，不管是在为私人企业服务还是受雇于军团，都对当时的探险进行过重要的描述。朗的探险不仅产生了爱德温·詹姆斯的著名记述，还为托马斯·赛（Thomas Say）的《美洲昆虫学》（*American Entomology*, 1824—1828）提供了资料积累与观察结果。植物学家托马斯·纳特尔（Thomas Nuttall）与动物学家、鸟类学家约翰·柯克·唐森德（John Kirk Townsend）都参加了波士顿人纳撒尼尔·韦斯（Nathaniel Wyeth）的第二次俄勒冈探险，后来他们精心写作了《穿越落基山脉抵达哥伦比亚河之行程手记》（*Narrative of a Journey Across the Rocky Mountains to the Columbia River*, 1839）一书，对此次探险作了生动详尽的记述。那些随同前往西部探险的科学家收集了大量的科学资料，促成了像约翰·詹姆斯·奥杜邦（John James Audubon）所著《美洲鸟类图谱》（*The Birds of America*, 1840—1844）一类鸿篇巨制的产生，并且与人种学家亨利·罗·斯库克拉夫特（Henry Rowe Schoolcraft）、托马斯·麦肯尼（Thomas McKenney）以及乔治·卡特林（George Catlin）等人收集的关于美洲印第安人的同样丰富的资料相映生辉。因此，对为数众多的关于自然现象和异族习俗的材料的分类整理往往到后来成了一项为政治和文化霸权服务的事业，其中又混合了科学、外交和经济目的。例如，塞缪尔·莫顿（Samuel Morton）从头颅的大小和其他生理学资料来研究种族特征，并仿效亚历山大·威尔逊（Alexander Wilson）的九卷本《美洲鸟类学》（*American Ornithology*）写作了《亚美利加头颅学》（*Crania Americana*）一书，产生了极大的影响。在朗的探险中，赛研究了认为印第安人、黑人与类人猿是互为联系的物种的假设之后，却发现根本无法将美洲印第安人置于合理的动物学因果链条中。由于人种学与动物学分类之间的关系越来越乱，白人将印第安人视为"蛮荒自然"的一部分的倾向与日俱增，同时也越来越容易将政治征服与科学进步联系起来。个人记述总是记载关于一些西进历程中平凡但又非常严酷的细节，而以科学观察加想象推测为特点的国家文档则更能反映出国家的特性。

源于彼德尔对路易斯和克拉克的叙述，又被朗、阿西里和其他人的探险赋予了新意义的探险家的英雄形象，被用于各种各样的国家主义目的，这些目的早在1836年欧文出版《阿斯特里亚》之前就已经确立了。由于其作为一个身居国外的美国的解释者和研究世界事件的史学家的声望，欧文写作关于西部的故事这件事本身就具有象征意义，它表明对国家文学的新的热衷正横扫美国。欧文从欧洲居所回到美国之后不久，就随从军事探险队到达俄克拉荷马，此行使欧文写出了大受欢迎的《大草原游记》（A Tour of the Prairies），作为《克雷恩杂集》（The Crayon Miscellany，1835）的一部分，此书描绘了野营景象、狩猎场面以及印第安人的生活。鉴于欧文至此已写出数卷重要的历史著作——例如《哥伦布的生平及航行》（The History of the Life and Voyages of Christopher Columbus，1828）、《格拉纳达攻克记》（A Chronicle of the Conquest of Granada，1828—1829），甚至是滑稽可笑的《纽约外史》（History of New York，1809）——因此他会重新将笔触投向自己的祖国，将它与世界历史中那些伟大的史诗性事件放在同一舞台上来进行描摹便不足为奇了。《大草原之旅》通篇出现了对欧洲的典故和与欧洲的对比，但是该书也提倡田园式的静思，正是这样的一段旅程使一个民主社会的成员得以进行这样的思考："我们将我们的青年送到海外，使他们养成奢靡之风和娇弱之气；而在我看来，在出国之前作一次草原之行，会更有可能锻造出阳刚之气、朴素之风和自信之志，这恰是与我们的政治体制最契合的品质。"

《阿斯特里亚》是这种国家主义观念的更直白的表露。此书是据亨特和斯图亚特的日记、阿斯特的书信和报告以及各种各样其他的原始材料写就的。虽然一些史学家就此书的真实性提出了批评，它仍不失为对阿斯特首次探险后的几十年里美国扩张热情的一份重要表述。在此书记述阿斯特及其皮货贸易的传记部分，作者对阿斯特企业在经济上的失败予以轻描淡写，这样做不仅是为了将阿斯特本人美化成杰克逊式的资本主义精神的化身，还表明美国将迎来对整个大陆的统治。在欧文的著作所构成的语境中，对阿斯特的描摹将他与诸如乔治·华盛顿（George Washington）和安德鲁·杰克逊之类的英雄人物联系起来，正是在这些人身上欧文找到了开发与支配美国的蛮荒之地所必须具备的男性力量。这样想象出来的英雄必须兼具不受约束的活力和深谋远虑的组织能力。欧文将边疆居民净是性情粗莽的不法之徒的陈腐之见与中部平原无法定居（赞布伦·帕克最早赋予它"美国大沙漠"的形象）的论调结合了起来，并预言那里将会出现"新的血脉混杂的种族，就像新的地质构造一样，他们由以前那些种族的残渣碎屑融合而成……他们是亡命之徒（的

◎扩张与种族的文学

后裔),来自各个阶级、各个国家,每年从社会的中心被放逐到这片蛮荒之中"。然而与此同时他又充满信心地认为,美国经济的发展要看西部,它因此也将成为美国政治利益的所在。在此书的结语中欧文表达了他的遗憾,他认为联邦政府本来应该把有争议的俄勒冈抓到手,现在这块领土已经非常明显地处于它应属的范围之中了:"随着一波又一波的移民潮涌入辽阔的西部,随着我们的拓殖不断向落基山脉延伸,拓荒者们热切的目光将望向山那边,对于挡在他们认为是我们帝国的一个主要出口的路上的任何阻碍,他们会变得越来越不耐烦。"

《阿斯特里亚》以种类繁多的材料支持着欧文为帝国提出的要求,这些材料中包括阿斯特具有代表性的生平、历次探险经历的详情、对密苏里河及西北地区印第安部落的记述和辉煌壮丽的景物描写,这些景物往往第一次为读者们描绘了他们的祖国在将来所具有的巨大空间。欧文普及了这样的观念,即中部大平原的绝大部分是名副其实的荒原,但他那些雄伟壮丽的描写有时又无意中流露出他对这片空旷土地和土地上野生生物的着迷,如他在叙述斯图亚特的小分队沿密苏里河和普拉特河返回时这样写道:

> 他们继续朝上游走了有100英里,辽阔的草原随着他们的步伐展现在他们眼前;间或也会出现一些起伏的小山,但树木却十分罕见。在某一个地方他们看见了65匹野马,而野牛则真可称得上遍野都是。雁也为数众多,它们掠过之处是成群结队多到无可胜数的水禽,其中有几只天鹅,剩下的则是多得难以计数的各种鸭子。
>
> 河流沿东偏东北方向渐行渐宽,差不多有了1英里宽,但河水浅得连一只空的独木舟也浮不起来。
>
> 田野伸展成了一片辽阔坦荡的平原,地平线一览无遗,只有北边例外,那里立着一带小山,似一块渐渐浸入海中的长岬石。衰草连天的沉闷景象开始让人大倒胃口,旅行者们期待着能见到一片森林、一丛矮树或者哪怕只是一棵树来打破这整齐划一的平坦景象。他们开始注意有没有任何东西让他们有理由希望他们即将走出这闷人的荒野……他们就这样走着,像大海上的水手一般,从每一片漂浮的水草和每一只徘徊的飞鸟身上看出期待良久的陆地的征兆。

欧文对草原的描绘,就像书中其他对风景的描写一样,在指出欧裔美国人对于西部未展现的潜力的看法的同时,也勾画了人类进行探索的戏剧性场面。阿斯特和他的探险者的事业既可以说是生理上的行为,也可以说是无意识的自省的心理历程，因为他们深入"到了野蛮大陆的中心：将荒野的秘密一一揭开"。

欧文描写美国西部的第二部著作《勃尼维尔上尉之落基山脉与远西探险记》（*The Adventures of Captain Bonneville in the Rocky Mountains and Far West*, 1837）讴歌了拥抱更广阔疆域的拓荒精神，同时也讴歌了继威廉·阿西里和杰迪戴亚·史密斯之后规模更大的拓荒者和皮货商人表现出的那种不屈不挠的探索精神。其中的本杰明·勃尼维尔（Benjamin Bonneville）于1832年领导了一次探险活动。他在这次探险中的成就不值一提，倒是他的属下约瑟夫·沃克（Joseph Walker）取得了更重要的成果。沃克领导对大盐湖西岸进行了勘测，然后取道加利福尼亚，沿洪堡河南下，最终到达蒙特利。勃尼维尔折向北沿阿斯特的路线去了俄勒冈。在他的日记中记载的有关这一地区的情况先是出现在欧文的《阿斯特里亚》一书中，然后又出现在《勃尼维尔上尉》一书中，同时附有他绘制的落基山脉以西地区和大盆地地图，此图可以说是当时最为详尽的地图了。欧文对勃尼维尔的英雄形象的塑造不像他在《阿斯特里亚》中对探险者们的记述那般充满神来之笔，另外他对材料的文学价值进行了更自觉深入的理论归纳。"所有这些关于野蛮生活的传奇故事，"他指出，不久之后就会"看上去像是骑士文学或神话故事一样"。但他对山区设陷阱捕猎者们的英雄时代的描写不仅有其自身的价值，而且它还表明探险工作已经到了可以被传奇化的时候，并且可以预见探险将被更固定的拓殖所代替。

欧文的作品证明，在对美国西部的探险中涌现了一批性情粗莽的个人，他们的成就轻而易举就被塑造成了神话。最早的开疆拓土者之所以重要不仅是因为他们在皮货贸易中起的作用，还因为他们那广为人知的名声，即他们是善于把握机会的粗人，出于对财富和奇异冒险经历的向往而甘愿去过充满危险的生活。作为这些人中的一个，乔治·拉克斯顿（George Ruxton）在他的作品《墨西哥与落基山脉探险》（*Adventures in Mexico and the Rocky Mountains*, 1847）中写道："没有一个洞穴或角落是这些硬汉子们（没有）搜寻过的。从密西西比河到西部的科罗拉多河口，从天寒地冻的北国到墨西哥的希拉沙漠，捕海狸的人在每一条溪流与小河中设下陷阱。所有这一大片广袤的土地若不是靠了这些人的勇敢和他们所从事的事业，直到现在还会被地理学家们称做'未知土地'。"拓荒者们不仅绘制了最早最可靠的地图，而且还留下了描写欧裔美国人对西部进行探险的一些最好的文学记录。1834年约瑟夫·沃克从内华达山区出发到达旧金山湾，南下穿越圣华金河谷，然后折回又穿越内华达山区进入沃克小道（这一通道后来成为人们去往加利福尼亚最常走的路径），这一经历被记录在了他自己的行程报告中，以及他后来口

扩张与种族的文学

授给乔治·尼德华（George Nidever）的叙述中，而最为人熟知的则见于赛纳斯·列奥纳德（Zenas Leonard）的《皮货商赛纳斯·列奥纳德的历险故事》（*Narrative of the Adventures of Zenas Leonard, Fur Trader*, 1839）。

列奥纳德对他在 1831 年至 1835 年期间捕兽生涯的愉快描述为后来的亚历山大·洛斯（Alexander Ross）、华伦·费里斯（Warren Ferris）、詹姆斯·贝克沃斯等人提供了一个样板。对于沃克的探险经历，列奥纳德提供的视角比之于欧文的《勃尼维尔上尉》更加真实，而且同其他主张扩张的人一样，他也赞扬了西部在经济上的潜力。更为重要的是，他是将对内对外政策结合在一起来考虑西部问题的，并由此他提出要谨防西班牙人、英国人和俄国人对极具价值的西部进行的侵略：

> 在这偏远的西部，还将再过许多年，这些丘陵与山谷才能听到工匠手中的锤子、耕夫快乐的口哨，从而被唤醒……我们的政府仍须警惕。她必须尽快占领这里所有的领土以维护其权利——因为我们有足够的理由相信，有朝一日，群山以西的领土对于这国家会像东部一样重要。

詹姆斯·贝克沃斯在作品《生活与探险》（*Life and Adventures*, 1856）中值得注意的地方是记述了皮货贸易以及西部的一些荒诞故事，而且还以非正统的笔调记述了自己与印第安的克劳族人（the Crow）一起生活的情况；他与克劳人同住的时候相处融洽，但心里却一直排斥他们，将他们视做最好立即灭绝的野蛮民族。贝克沃斯等人的记述表明，对于探险活动的真实记载和描写印第安人冲突的边疆小说共同将拓荒者塑造为生活在"野人"中但却没有沾染上"野人"习性的传奇人物形象。戴维·凯纳（David Coyner）的作品《迷茫的猎人》（*The Lost Trappers*, 1847）就将事实与虚构相互交织起来，这是因为其中描述的大部分虚构的皮货贸易生活据说是以爱塞卡尔·威廉斯（Ezekial Williams）的记录为基础的，而威廉斯则是继路易斯和克拉克之后首次捕猎探险的参与者。贝克沃斯与凯纳写作的时期正是大陆被勘测绘图之时，当时人们编写历史时也希望 19 世纪 40 年代不断扩大的移民会最终完全占有加利福尼亚。詹姆斯·费尼莫尔·库珀敬重"文明"社会的进步，可他同时在纳蒂·班波身上创造出了最典型的社会叛逆者的形象，凯纳也陷入了与库珀同样尴尬的处境之中：他极力赞美捕兽人，认为他们"鄙视文明生活的沉闷单调和整齐划一"，而且拒绝接受"有序社会的恼人规矩"，但是他又在同时鼓吹美国文明注定要在太平洋岸崛起。与库珀传奇式的主人公最相似的真实人物可以说是"小猫"克里斯托弗·卡森［Christopher（"Kit"）Carson］

了，作为捕兽人、侦察员和印第安事务官员，他可是最广为人知的拓荒者了。他的自传到20世纪才出版，其中所展现的边疆英雄不像在一些流行的著作——如德维特·C. 彼得斯（DeWitt C. Peters）的《小猫卡森的生平及历险》（*Life and Adventures of Kit Carson*, 1858）、查尔斯·伯迪特（Charles Burdett）的《小猫卡森的一生：伟大的西部猎手和向导》（*Life of Kit Carson: The Great Western Hunter and Guide*, 1862）以及比这些更早的查尔斯·阿维利尔（Charles Averill）的小说《小猫卡森：掘金王子》（*Kit Carson: The Prince of the Gold Hunter*, 1849）——中那样浮夸和孤立。通俗文学中的小猫卡森形象盖过了其真人，他突出了所有那些拓疆者们自认为具有的以及为他们编写神话的人在每件事情上赋予他们的品质：过人的胆识、惊人的森林知识和格斗技能以及对美国的命运充满幻想的信念。由于卡森的声名很大程度上建立在他所参加的约翰·弗莱芒（John Frémont）的西部探险和墨西哥战争的历次战役，所以他另外还表现出了流行的关于西部的男性梦想的特性——阳刚之气、独立精神和过人胆识——它们不但存在于拓疆者们的生活之中，也体现在库珀和欧文所创造的英雄们身上。

历史学家弗朗西斯·帕克曼（Francis Parkman, 1823—1893）虽然称不上是一个拓疆者，而且他乘坐蒸汽船和骑马进入落基山脉以西的旅程也仅止于怀俄明州的拉拉米要塞（Fort Laramie），但他却写下了19世纪对西部生活最流行的记述之一。《加利福尼亚与俄勒冈小道》（*The California and Oregon Trail*, 1849）一书先是于1847年在《纽约人杂志》（*Knickerbocker Magazine*）上连载发表，该书以惊人优美的笔触详细描写了这一地区的风貌以及普拉特河上苏人（Sioux）和波尼人（Pawnee）的狩猎义化。帕克曼对印第安生活的思考较之在那些更有经验的捕兽者和探险者们的报告更多地带有浪漫主义和种族主义对野蛮状态所持有的观点，而且他对移民路径沿途生活的观察对于当时急切寻找西行路径的许多移民几乎没有提供任何帮助，这也可称得上是件怪事了。即便如此，在抓取人类向自然肆意攫取的那种狂乱心态时，帕克曼在某些段落里表现出了堪与梅尔维尔比肩的能力——这或许最出色地体现在他对猎杀野牛的大量描写之中，这其实也是对西部印第安部落死亡景象的含蓄描写：

> 我们从一侧，同时伙伴们从另一侧，杀向惊惶失措的野牛群。喧嚣与混乱的场面只持续了片刻。待尘埃落定时，我们可以看到野牛像是从一个共同的中心四散奔逃，或是单个，或是一条长队，或是一小群，在草原上狂奔。后面的印第安人以风驰电掣般的速度急追，边啸叫着边将

○扩张与种族的文学

一枝枝羽箭射入野牛的体侧。地上点缀着厚厚的野牛尸体。地上到处蹲坐着受伤的野牛，身体两侧插满了羽箭，还汩汩地往外冒着鲜血；当我策马经过时，它们怒目而视，像巨猫般竖起毛发，试图前冲顶刺我的坐骑，但却虚弱无力，难以为之。

就像他后来在《庞蒂亚克的阴谋》（The Conspiracy of Pontiac，1851）中道出的美国印第安人"注定灭亡"的经典名言一样，帕克曼对大平原上生活的叙述上升成了一阕带有隐喻意义的挽歌，好比梅尔维尔在《白鲸》中表达了自己对亚美利加帝国不可逆转的发展进程的本质理解一样。事实上，此书作为对边疆生活的一种文学表现，还是帕克曼本人最好地道出了它的重要性。在 1892 年为《加利福尼亚与俄勒冈小道》写的一篇前言中谈到美国西部的变迁时帕克曼说："野牛销声匿迹了，亿万野牛现在只剩白骨一堆。驯养的家畜和带刺的围栏代替了大群的野牛和无边的牧草地……全副武装的骑手信马由缰的景象已经消失，取而代之的是豪华的铁路客车和现代交通方式那毫无阳刚之气的种种舒适。"

然而帕克曼所目睹的西部的变迁不用等到 19 世纪末就已经发生了。从 19 世纪 20 年代到 19 世纪 60 年代，农业边疆向中西部的推进随着制造业和交通运输的革新而加速，迅速地改变着人们对西部领土的概念，同时它毁灭了美国印第安人的文化并把最早的拓疆者赶到了太平洋边。这片土地在其神话魅力消解殆尽之前就已经变得实用与商业化了。爱默生在 1844 年的一篇关于扩张的文章《年轻的美利坚人》（The Young American）中断言这片土地的神秘力量将具有一种"美国化的影响力，它定将为以后的时代揭示新的美德"。美利坚人，他又补充道，"在天堂般的村舍中长大，"身处"未来之邦"，因此必须接受工程、建筑、科学种田和矿物学方面的教育。同梅尔维尔笔下的亚哈一样，他想象机械技术能为天堂乐园般的美国带来活力："铁路的铁轨就像是魔术师手中的魔法棒，凭借它的力量能唤醒土地与河流沉睡着的能量。"

爱默生在商业的范畴内找到了抽象的理想主义，这种独特的做法从哲学上打破了思想与自然之间的分界。许多描写西部景物的平庸文学作品则是从实用主义的角度这样做的，在这一点上移民指南可算是达到了登峰造极的地步，到 1840 年的时候它已经自成一种文学体裁。在移民指南中，根据真实信息编造的故事和带自传性质的随想往往是混杂在一起的。空间作为对无可限量的未来的许诺，被转换成了时间、供给、赢利和亏损，并被纳入一个道德框架，在此框架中自我价值的发现与国家的性格成了同义的东西。新英格兰商人霍尔·J. 凯利（Hall J. Kelley）是开发西部的忠实主张者，在促进扩张上堪与阿西里媲美,他发行的诸如《告所有品行端正且意欲移民前往俄勒冈者书》(*A General Circular to All Persons of Good Character Who Wish to Emigrate to the Oregon Territory*, 1831)这样的小册子帮助启动了前往俄勒冈和加利福尼亚的移民。在许多出版物和上呈给国会的陈情书中,凯利呼吁美国马上对太平洋沿岸的西北部地区进行殖民。他的追随者之一就是纳撒尼尔·韦斯,是波士顿的一位制冰商,梭罗在《瓦尔登湖》里思考如何将瓦尔登湖的湖水与恒河的河水联系起来的时候曾提到过他的产业。韦斯在19世纪30年代自行组织过对俄勒冈的探险,其探险队员中包括基督教传教士、各学科的科学家和一些如威廉·萨布莱特一类的经验老到的早期拓疆者,此君发现为前往西部的旅行队提供装备和指导要远比皮货贸易赚钱。最重要的移民指南是那些不仅提供实际的建议,还小心翼翼地对盛行的命定扩张论观点表示支持的文件。当时最有影响的手册之一——兰斯福·黑斯廷斯(Lansford Hastings)的《俄勒冈与加利福尼亚移民指导》(*The Emigrant's Guide to Oregon and California*, 1845)赞美了该地区丰富的资源和在经济发展上的潜力,一边还颇具特色地巧妙利用了反墨西哥、反印第安人和反天主教的情绪来赞美对英裔美利坚人进步的信心,"促进文明进步的人类无限之幸福与繁荣"。一俟墨西哥战争使加利福尼亚对英裔美利坚人打开了殖民的大门后,移民指导手册中的末世论特征又达到了一个新的高度。记者查尔斯·达纳(Charles Dana)在《世界花园;或,大西部》(*The Garden of the World; Or, the Great West*, 1856)中用几百页的篇幅记录了所有中部和西部疆域的情况,其开首的几段介绍性文字显示了清教思想与命定扩张理念之间的连续性:

> 希望之土,当世的迦南,是这样一片土地:它自阿勒格尼山脉的斜坡开始,皇皇拓展成辽阔的草原和浩浩汤汤的河流,又将高贵静雅的湖泊和巍峨雄奇的群山揽在怀中,最后到达被太平洋海潮亲吻的黄金海岸……哦,只要一想到西部是怎样一个辉煌的帝国,灵魂就会被点燃,但是那种子,那寄托了对自由的祈愿并保证将平等权利赋予每一个人的种子,将不断地征服、征服、再征服,直到整个地球上都回响着它的威名与荣耀。

尽管奥维顿·约翰逊(Overton Johnson)和乔尔·帕尔默(Joel Palmer)也像黑斯廷斯那样向将要移民西北部的人提供了他们从亲身经历中获取的经验,但约翰逊的《跨越落基山脉之路》(*Route Across the Rocky Mountains*, 1846)与帕尔默的《落基山脉旅程漫记》(*Journal of Travels Over the Rocky Mountains*,

○扩张与种族的文学

1847）中并没有将这一地区描绘成神奇的伊甸园，而是将其描绘成一个可以通过辛勤劳动和艰苦生活达到自立与成功的地方。拉夫斯·B. 赛奇（Rufus B. Sage）与德国移民 F. A. 威斯利泽纳斯（F. A. Wislezenus）对西部的评价也同样实用：前者在《落基山脉景观》（*Scenes in the Rocky Mountains*，1846）中为急于扩张的公众提供了从德克萨斯到俄勒冈之间地区的各种详细的信息；后者则在《1839 年落基山脉之旅》（*Journey to the Rocky Mountains in the Year 1839*)（1840）中使用了一个常用的隐喻来描述"文明之浪"正"将浪花卷向落基山脚下"（19 世纪末，这一隐喻在弗雷德里克·杰克逊·特纳 [Frederick Jackson Turner] 的作品中达到了极致）。前往西部攫取财富的热潮之炽使得只要打一下这个幌子就能管用：因此记者兼诗人爱德蒙德·弗拉格（Edmund Flagg, 1815—1890）出版了一本著作冠名以《西部；或，落基山脉彼端之行》（*The Far West*；*Or, A Tour Beyond the Rocky Mountains*, 1838），而事实上书中所述几乎只限于俄亥俄州、伊利诺斯州和密西西比河谷。

关于西部投机叙述的登峰之作是埃德加·爱伦·坡的虚构作品《裘力斯·罗德曼手记：对文明人首次穿越北美洲落基山脉之行的记述》（*The Journal of Julius Rodman, Being an Account of the First Passage Across the Rocky Mountains of North America Ever Achieved by Civilized Man*, 1840），此书说明了包含于大多数探险叙述中的稀奇古怪的空想所产生的诱惑。坡写作此书的基础是他对以下作家作品的阅读，其中包括彼德尔记述路易斯和克拉克的著作，此外还有欧文、弗拉格、罗伯特·汤森德（Robert Townsend）、塞缪尔·帕克尔（Samuel Parker）等人的作品。这部未完成的闹剧如其题目所示，称书中之事都发生 18 世纪 90 年代，为的是记录一次早于任何人的西部历险，这一招他在《南塔科特的亚瑟·戈登·皮姆的故事》（*The Narrative of Arthur Gordon Pym of Nantucket*, 1838）里早就用过了，而且用得比这一次远为成功。坡将裘力斯·罗德曼的叙述在时间上错位到过去具有多重意义。除了讽刺这种文学类型以及探险者们常有的夸大其词的腔调之外，它还通过把对大陆的征服和美国印第安人"注定灭亡"的观念放到一个更早的世纪来对当时帕克曼等人的努力做出呼应。与此同时，它强调了坡对美国未来的着迷，这一点也表现在他的短篇科幻小说或是描述他的哲学梦想的小册子《我发现了》（*Eureka*, 1848）一书中，在此书中无限的宇宙空间在某种程度上像是美国正在展现的命运的形象。与爱默生的《论自然》（*Nature*, 1836）以及惠特曼的很多诗歌和散文作品一道，坡的作品促使半球征服和建立一个无限新迦南的幻象超越了地理疆界。

即使从美国政治观点的角度来看，坡的幻想也并不是不合法的。美国的地平线看来是能够超越后来这一国度的疆界的。《纽约先驱报》（*New York Herald*）的编辑詹姆斯·G. 贝内特（James G. Bennett）在 1845 年撰写了一篇当时看来很难算是夸张的专栏文章。由于不再受到束缚上一代人的疆界的限制，"盎格鲁—撒克逊文明的开拓者和盎格鲁—撒克逊的自由制度正在寻求远方的疆域，甚至要扩展到太平洋沿岸；大凡有冷静洞察力的人都明白，共和国的双臂不久就会拥抱整个半球，从冰封的北部荒野到风和日丽、物产丰饶的南部地区"。美国在这个半球的使命观念在墨西哥战争中越来越具体了，而像贝内特这种无所不包的说法也由于在以前的几十年里对大陆外领土的探险而显得有点道理。美国的版图最终延伸至半球的各个遥远角落的可能性产生于一种理想化的信念，即美国不久就能将基督教、共和制政府和商业贸易带到地球的大部分地方，当然这要在其尽可能多地占有领土之后。贝内特的规划暂且不论，单是进军北极就得要等上几年，因为英国与俄国控制了早期对北极的探险。尽管美国在 19 世纪五六十年代很少对北极地区进行过重要的探险（由于预见到阿拉斯加地质资源丰富，并有可能借此使美国控制加拿大和部分亚洲地区，1867 年美国国务卿威廉·西沃德［William Seward］与俄国谈判买下了该地区，之后，对于北极地区的兴趣与日俱增），但还是出现了几本关于这一地区的重要著作：较早有威廉·史纳令（William Snelling）的《北极地区》（*The Polar Regions*，1831）；一手资料报告，如伊莉莎·凯恩（Elisha Kane）的《美国格林纳尔搜寻约翰·富兰克林爵士之探险》（*The U. S. Grinnell Expedition in Search of Sir John Franklin*，1854）以及他那本被广泛传阅的《北极探险》（*Arctic Explorations*，1856）；查尔斯·弗朗西斯·霍尔（Charles Francis Hall）的《北极考察》（*Arctic Researches*，1864）与《生活在爱斯基摩人中》（*Life with the Esquimaux*，1864）；以及爱斯基摩人汉斯·亨德里克（Hans Hendrik）的《自传》（*Memoirs*），该书在 1878 年北极探险的热情高涨时译成英文。

然而在命定扩张论盛行的年代里美国人最关心的却是南极，因为他们的兴趣所在是拉丁美洲和通往太平洋的海路。南北战争前的这部分历史中最重要的一章是一次包含所有这些兴趣的探险，即 1838—1842 年的美国探险远征。这次探险行动由查尔斯·韦尔克斯（Charles Wilkes，1798—1877）指挥，其内容极其详尽地记录在洋洋五大卷本的《美国探险远征记》（*Narrative of the United States Exploring Expedition*，1845）中。此次远征的想法来自杰雷米亚·雷诺兹（Jeremiah Reynolds）（他写过《莫查·迪克》［*Mocha - Dick*，1839]一文，该文是梅尔维尔的《白鲸》的素材来源之一），其初衷只是探测南极大陆和南太平洋的岛屿，最后却又加上了对俄勒冈海岸的探测。雷诺兹的灵感

◎扩张与种族的文学

来源之一是约翰·塞姆斯（John Symmes，1780—1829）提出的理论，即认为地球是空心的，可以从位于南北两极的漩涡中进入。在亚当·西波恩（Adam Seaborn）（塞姆斯的化名）的一本名为《新佐尼亚：发现之旅》（*Symzonia*: *Voyage of Discovery*，1820）的小说中这一理论得到了异想天开的运用，该书想象人们在南极发现了一个具有完美理性的种族，他们生活在南极内部一个热带般舒适的环境中。由于新佐尼亚人身上没有任何像粗野、堕落之人所有的那些欲望，又具有完美的白人外貌，再加上他们对有色人种的厌恶，该书含蓄地表明了白人的种族优越性是和完美的智性结合在一起的，这与人们在将科学进步与命定扩张结合起来时想要表达的言下之意一模一样。这些理论经由韦尔克斯的远征而引起公众的注意，从而为闹剧大师坡提供了一个难得的好机会。他在《亚瑟·戈登·皮姆的故事》中描述了一次发生在1828年的南极之旅（这样一来，它就像坡写作的裘力斯·罗德曼的故事一样，在日期上领先了当时刚刚开始的实际的探险远征），描写了充满疯狂想象和滑稽模仿的幻想中的航程、食人的见闻、理性的彻底崩溃和横亘在白人与有色人种之间的残暴敌意。坡的故事想象惊人，在公众爱看的带有异国情调的探险经历之中他加入了噩梦般的南方蓄奴制和奴隶暴动的故事，从而模仿讽刺了两者。他还在关于韦尔克斯远征的报告出现之前对这次远征进行了漫画式的嘲弄。

结果，坡的故事并没有像它表现的那样荒谬可笑。首先，坡对探险的兴趣是相当真切的。坡在1837年一篇评论雷诺兹对空心地球深信不疑的文章（坡专门评论路易斯和克拉克、欧文的《阿斯特里亚》以及其他一些记述美国探险的文章中的一篇）中，高度赞扬了美利坚的水手们，因为他们立志要环游地球到达极地以便"在子午线汇聚的地方抛锚停船，竖起并展示我们的星条国旗和鹰徽，使之在地球的轴心上迎风飘扬"。坡在《亚瑟·戈登·皮姆的故事》中的模仿讽刺，与其说破坏了这种真正明显爱国的观点，不如说解释了激发像韦尔克斯探险一样宏伟探险的矛盾冲动以及近乎混乱的才智和精力。的确，韦尔克斯的《远征记》本身就是一部内容庞杂、常常令人感到怪异的地理学和人种学报告，其范围涉及南美诸国、南太平洋诸岛、澳大利亚、夏威夷（时称桑威奇群岛［the Sandwich Islands］）、亚洲和北美洲的西海岸。到1874年时，该书已演变成由各色人等合力写就的皇皇23卷巨著（其中包括了如泰坦·皮尔［Titian Peale］根据收集到的数以百计的标本写就的《哺乳动物学与鸟类学》［*Mammology and Ornithology*］，查尔斯·皮克林［Charles Pickering］对人种进行分类的《人的种类》［*Races of Man*］和霍拉旭·黑尔［Horatio Hale］研究波利尼西亚人和美国西北部印第安语言的《人种学和语文学》［*Ethnography and Philology*］）。除了记录下大量与航海路线、贸易惯例

1 探索与帝国的建立

及外国的风俗地形相关的资料外,该书还推动了捕鲸业及对待船员和土著居民方式的变革,以期在国外"推进道德、宗教和节欲的伟大事业"。韦尔克斯的《远征记》证实了南极大陆的存在,并对其野生植物和冰原作了迷人的描述,有些地方与坡杜撰的景致相吻合("好像被一层无法穿透的迷雾笼罩着")。在论及斐济岛民的食人现象时,韦尔克斯比起坡那魔鬼般的浪漫主义有过之而无不及:他讲述说有一位船员与当地人商谈购买一个"留有火烬余温的骷髅,烧得焦黑,还留着啃食者的齿痕",大脑已经被吸光,剩下的一只眼睛卖者还急于在售出前吃完。

太平洋成了一个吸引人的地方,这既是因为到 19 世纪 30 年代时商业与传教事业已遍布诸岛,也因为它是前往亚洲的通道,即"通往印度之路"的一个合理的延伸。例如,杰雷米亚·雷诺兹就在《美国护卫舰波托马克号之行》(Voyage of the U. S. Frigate Potomac, 1835)中写过一份探险记述和一份要求建立一支强大海军的摘要;爱德蒙德·范宁(Edmund Fanning)的《南方诸海旅行记》(Voyages to the South Seas, 1833)是一份对 19 世纪历次探险的记述,该书在 1838 年韦尔克斯出发时已经出到了第五版;此外还出现过如欧文·切斯(Owen Chase)的《捕鲸船爱塞克斯号离奇悲惨遇难记》(Narrative of the Most Extraordinary and Distressing Shipwreck of the Whale-Ship Essex, 1821)——这是《白鲸》的另一个素材来源——和弗朗西斯·A. 奥姆斯泰德(Francis A. Olmsted)的《发生于一次捕鲸之行中的事》(Incidents of a Whaling Voyage, 1841)这种描述捕鲸历险的故事,后者是在梅尔维尔的著作出现前对捕鲸和南太平洋的最好记述之一。经官方认可而与中国进行的贸易开始于 1844 年(美国的船只事实上从 18 世纪末期就与中国进行贸易了),颇受欢迎的游记作家之一贝亚德·泰勒(Bayard Taylor, 1825—1878)将他跨越太平洋的旅程记录进了《1853 年的印度、中国和日本之行》(A Visit to India, China, and Japan in 1853)(1855)。但是从历史的(如果不是文学的)角度来看的话,这种关于亚洲的著作中最重要的或许要数弗朗西斯·霍克斯(Francis Hawks, 1798—1866)的《对一支美国舰队前往中国海和日本远征的记述》(Narrative of the Expedition of an American Squadron to the China Seas and Japan, 1856),该书记载了 1852—1854 年间马修·佩里(Matthew Perry)率军以武力迫使日本向美国开埠通商的情况。霍克斯一字未改地大量使用了佩里的往来信函和日记;虽然三卷中的两卷是船员们对所带回的科学资料、地图、海图和观察到的天文现象所写的报告,但其中带有插图的一卷却以其对于日本历史、宗教、地理、人种、贸易信息和艺术、科学成就的详尽描述戏剧性地将亚洲带入了美国人的意识之中。

◎扩张与种族的文学

然而最清楚地代表南北战争前美国西进运动辉煌成就的却不是亚洲大陆，而是太平洋诸岛。由于夏威夷群岛在通往亚洲的通道中占有重要的战略意义，因此贯穿这一整个时期人们一直呼吁将其吞并。该群岛在威廉·埃利斯（William Ellis）的《环夏威夷群岛航行记》（*A Journal of a Tour Around Hawaii*，1825）和海勒姆·宾厄姆（Hiram Bingham）神父的《桑威奇群岛二十一年居住记》（*A Residence of Twenty-One Years in Sandwich Islands*，1847）中都有记载。詹姆斯·贾维斯（James Jarves）的《夏威夷群岛历史》（*History of the Hawaii an Islands*，1847）拥有众多读者，同样他的《凯厄纳：夏威夷的传统》（*Kiana: A Tradition of Hawaii*，1857）也颇受欢迎，该书据一则传奇写成，说的是在科蒂斯前往加利福尼亚的旅途当中，一艘西班牙船在群岛中失事，一个白人传教士和一个白人妇女流落到了岛上，正是通过他们人们才第一次发现基督教和文明的威力减轻了传说的岛民们的迷信和野性。查尔斯·斯图亚特神父（Charles Stewart）在描述他到夏威夷传教情况的两部书——《居住在桑威奇群岛》（*A Residence in the Sandwich Islands*，1828）和《南海之行》（*A Visit to the South Seas*，1831）——中赞同了至福千年的理论，即认为基督教文明的传播会"像早晨冉冉升起的太阳驱散雾气一般将笼罩在岛上的精神黑暗驱散"。对于许多作家来说，太平洋诸岛和夏威夷既是承诺中美国伊甸园的实现，也是美国的技术与当地人原始的生活方式产生冲突的所在。19世纪初，戴维·波特（David Porter）在描述保护美国捕鲸人军事冒险的《太平洋巡航记》（*Journal of a Cruise Made to the Pacific Ocean*，1815）中叙述了他如何在奴库西瓦（Nuku Hiva）的马克萨斯群岛（Marquesas）（即梅尔维尔的《泰比》[*Typee*，1846]中故事发生地努库赫瓦（Nukuheva）上用武力建立起社会新秩序，但是他却对穿越泰比山谷（Typee Valley）的行军情况进行了一番充满感伤的描述，那里"现在有一条长长的残烟袅袅的废墟标明了我们从岛的一端行进到另一端的足迹"。

爱德华·T. 帕金斯（Edward T. Perkins）的《纳摩图；或，南海巡礁》（*Na Motu. Or, Reef-Rovings in the South Seas*，1854）作为描写美国帝国主义入侵夏威夷和塔希提岛（Tahiti）最犀利的作品之一，抨击了欧洲的殖民主义行径，但却对美国进入该地区后带来的繁荣大加赞美。帕金斯在书中这样论说道："对这里大大小小的王国和部落，我们以国家财富和不计利益的慈善行为给它们留下了难以磨灭的印象。"帕金斯的著作以比梅尔维尔的《泰比》更强有力的讽刺突出了欧裔美国人头脑中波利尼西亚岛民（Polynesian Islanders）与美洲印第安人之间的类比：如果受到蛊惑的话，两者都相信那些拯救和不计利益的善行之类的理想化宣称。夏威夷实际上是未受欧洲古老遗风拖累的新世界的象征:"尽管我们并未发现具有神秘含义的象形文字作为咒语来激发阴郁的狂想,但我们却在自然之书中翻开了崭新的一页,新鲜无比,还闪耀着可以理解的美丽与崇高的符号。"帕金斯的《纳摩图》以流行的手法将浪漫的思索与美国本身的帝国主义设计结合起来,完美地再现了扩张主义者的视角,坡和梅尔维尔曾试图将该视角破坏性的内部机制暴露在大众面前,但其所包含的文化策略却注定要在以后的几十年中大行其道。

类似的文化阐释问题同时也出现在美国向拉美地区扩张的过程之中。正如美国的边疆文学要相对于美国本土文化和传统来理解一样,位于更大的西南和拉丁美洲范围内的美利坚帝国需要人们结合墨西哥美利坚文学的兴起来参照那一地区的英裔美国文学。前者多数是以西班牙语写成,但有时也用英语,这将构成现代拉丁美洲人和奇卡诺人(Chicano,指墨西哥裔美国人或在美国的讲西班牙语的拉丁美洲人后裔)文化身份的基础。就像美洲印第安人一样,在西南地区和加利福尼亚殖民地的墨西哥人并没有简单地被同化入美国的主流文化中,而是保留了自主的文化形式,它们虽然随英裔美国人的征服而变形,却丝毫没有被毁灭。

多数描述墨西哥的游记作品更确切地说应该属于描写新墨西哥西南地区和墨西哥战争的边疆文学,但从19世纪40年代到19世纪60年代中美和南美地区也对美国的民族主义发挥了重要作用。以詹姆斯·贾维斯为例,他只是在出版了《桑威奇群岛风光录及中美洲旅行记》(*Scenes and Scenery in the Sandwich Islands and a Trip Through Central America*, 1844)之后才将兴趣转向夏威夷的;欧文的朋友乔治·华盛顿·蒙哥马利(George Washington Montgomery)将他的《格拉纳达》译成了西班牙语,并自己写作了《危地马拉记行》(*Narrative of a Journey to Guatemala*, 1839);E. G. 史圭厄(E. G. Squier)出版了《尼加拉瓜》(*Nicaragua*, 1856)和《中美诸国》(*The States of Central America*, 1858);而描写巴拿马通往加利福尼亚之路的著作则有约瑟夫·W. 法宾斯(Joseph W. Fabens)的《巴拿马地峡纪实》(*A Story of Life on the Isthmus*, 1853)和西部作家西奥多·温斯罗普(Theodore Winthrop)的《巴拿马地峡》(*Isthmiana*, 1863)。那段时期最有影响的美国游记当数约翰·劳埃德·史蒂芬斯(John Lloyd Stephens)的《中美、恰帕斯和尤卡坦旅游纪事》(*Incidents of Travel in Central America Chiapas and Yucatan*, 1841)和《尤卡坦旅游纪事》(*Incidents of Travel in the Yucatan*, 1843),记载他于1839—1843年间在后来被称为玛雅文化(Maya)的一些宏伟的遗迹中进行的探险。史蒂芬斯对这些遗迹、雕像、艺术品、象形文字等遗迹以及地理状况的描述,加上

◎扩张与种族的文学

弗里德里克·凯瑟伍德（Frederick Catherwood）给这些古迹和玛雅社区绘制的精美插图，为这两本著作在美国赢得了大量读者。由此可见美国在有一点上是表现得颇为矛盾的，即它一方面坚持标榜不受旧世界负担的牵累，另一方面又急于去发现属于它自己的古物。然而如下将述，史蒂芬斯具有纪念碑意义的著作也脱不开帝国的视角，在这种视角下历史研究是为当时的政权服务的。

威廉·路易斯·赫恩登（William Louis Herndon）的《亚马逊河谷探险》（*Exploration of the Valley of the Amazon*，1854）与韦尔克斯的《远征记》等书同样受欢迎并同样掺杂了帝国政治。该书以令人瞩目的笔触描写了英裔美利坚人于1851年从秘鲁到亚马逊河口的首次漂流探险。赫恩登参与的这次探险由任职于美国海军气象台的海洋学先驱马修·莫瑞（Matthew Maury）上尉发动，旨在开辟亚马逊河的航行与贸易（直到1867年才得以实现）。更为重要的是，在《1850年妥协法案》阻碍了蓄奴制在大陆上的扩张之后，莫瑞计划要为美国的奴隶进口开拓领土，他在《南美洲的亚马逊河与大西洋斜坡》（*The Amazon and the Atlantic Slopes of South America*，1853）一书中概述了这一计划。由于在拉美建立奴隶帝国的潜力吸引了众多南方人，因此加勒比、尤卡坦以及中美洲就成了"黄金圈"梦想的焦点。所谓"黄金圈"是指以墨西哥湾为中心、以奴隶劳动力为支撑的一个贸易圈。关于蓄奴扩张主义最极端的声明出现在探险家威廉·沃克（William Walker）的著作《尼加拉瓜的战争》（*The War in Nicaragua*，1860）中，他率领一支叛逆者游击队先是进入墨西哥，然后又短暂地征服尼加拉瓜。他的叙述完整地记述了他的劫掠行为和他那一套拓展蓄奴制的基本原理，该原理构筑的基础是白人据说仁慈地改善了低等的非洲人的命运："非洲（被）允许闲置着直到美洲（被）发现，以使其（能）有助于新世界中一个新社会的形成。（因此）真正适合蓄奴制发挥作用的地方是美洲的热带，在那里蓄奴制找到了建立帝国的天然所在，在那里只要它肯花力气就能得到传播。"

沃克的论述表明，如果一个人能接受西部是英裔美利坚人取得胜利的舞台这一流传甚广的概念的话，那么美国西部的中心完全会超出合众国的当前范围，甚至会进行更复杂和广泛的领土与种族征服。西部的财富本身就被认为是美利坚扩张引擎的燃料。《德伯评论》（*De Bow's Review*）在1854年断言，加利福尼亚的黄金，作为1848年之后扩张最有效的象征，不久就会使美国富庶异常，因此没有一种投资可与它比拟，除非将整个西半球开拓。位于密西西比河与亚马逊河这世界两大河之间的墨西哥湾会将地球上物产最丰饶的地区连接起来，而且还会通过打开通往太平洋海盆财富的通道，使现代的大西

1 探索与帝国的建立

洋变成"罗马安东尼统治下的"地中海。鉴于欧洲政治势力纷纷瓦解,再加之美国控制了古巴、圣多明哥以及海地,因此美国有可能控制墨西哥湾,并进而控制世界:"在我们的天才和进取心的指引下,一个新的世界将在那里崛起,如同先它之前在哥伦布的天才之下崛起一样。"但是这一哥伦布式的前景需要付出一定代价,如作者所说:"奴役与战争始终是文明的两个先锋。"

美国对中美洲或南美洲的扩张只有当现今属于美国西南部和墨西哥的领土能够接受美国的统治后才有意义。在19世纪30年代和19世纪40年代,提倡拓展民主的"自由区域"(安德鲁·杰克逊语)的大有人在。然而,1845年对德克萨斯的合并以及墨西哥战争的胜利(美国从而获得了新墨西哥的领土和加利福尼亚)却显示出英裔美利坚人的前进步伐到了尽头。虽然进一步占领"全墨西哥"的呼吁又甚嚣尘上了20年,但除了1853年的加兹登购地是个例外(由此而为美国增加了亚里桑那州南部的一片土地),美国的西南部版图至此已告完整。新墨西哥和南部沙漠的大多数土地要比美国的西北地区还要不适合定居和持续耕作,但早在19世纪之初人们便认识到它是通往富庶的加利福尼亚及与之进行贸易的重要地区。很多游记作品,特别是像理查德·亨利·达纳(Richard Henry Dana)的《航海两年》(*Two Years Before the Mast*, 1840)等流传甚广的作品,都将西班牙统治下的加利福尼亚看做美国未来使命中最重要的对象,而且在许多探险家的游记中(例如杰迪戴亚·史密斯、赛纳斯·列奥纳德、乔治·拉克斯顿及詹姆斯·帕蒂等人)所记述的探险几乎包括了整个西部地区,从阿肯色到落基山脉的中部和南部再到太平洋沿岸。这些叙述探讨的核心便是墨西哥的土地对美国的意义,以及美国在一片绝大部分地区经济不发达却又并非无人居住的疆域上殖民和耕作在道德上和政治上是否正义的问题。

不仅土生土长的美国人要比白人移民更早来到这些地区,墨西哥人也早就在此定居并建立起了自己的文化。在现代,更是有大量的移民涌入新墨西哥地区(对记载这一过程的方式还需要进行更详细的研究)。例如,1776年当美国殖民者还在反抗英国的统治时,胡安·鲍蒂斯塔·德·安萨(Juan Bautista de Anza)就已在旧金山湾建立了一个西班牙殖民地。同年,一个西班牙船长抵达哥伦比亚河口。这位名叫弗朗西斯科·西尔维斯特·瓦莱兹·德·埃斯加朗特(Francisco Silvestre Vélez de Escalante)的船长从圣菲出发前去探索科罗拉多河、格林河以及大盆地,而英裔美利坚人又过了40年后才对这一地区勘探绘图。圣菲城本身从1609年就有人定居了。到18世纪末的时候,从德克萨斯穿越新墨西哥和亚里桑那直到加利福尼亚境内的大部地区散布着众多传教区和要塞,这主要是作为一条针对法国、俄国和英国的防线,

◎扩张与种族的文学

以防止他们威胁西班牙对拉丁美洲商业和海上贸易的控制。1821年，发生了反抗西班牙的起义，墨西哥共和国建立，随后在北部的新墨西哥和加利福尼亚两省又陆陆续续发生了当地人对墨西哥本国政府反抗或表示不满的行为。然而在很大程度上，在这片不久以后即将被美国拓荒者的移民浪潮席卷的领土上，生活是独立于政府的管辖之外的，并且是相对平静的。1824年慷慨的《墨西哥殖民法案》（Mexican Colonization Act）颁布和1831年教区土地还俗后，许多人都轻而易举地拥有了面积广阔的牧场。尤其在加利福尼亚，那里的大多数牧场仍然由印第安劳力从事生产，他们常常沦为事实上的奴隶。在新墨西哥省，由于腐败成风，经济停滞，政府也因此默许美国人在德克萨斯殖民，并于1822年开通该地区与美国通商。到1830年为止，"德克萨斯殖民热潮"已使美国在此建立了很大一块殖民地，最终成为美国征服并统治这一整个地区的跳板。

待到墨西哥将其领土开放进行贸易之时，赞布伦·帕克、史蒂芬·朗等人的探险活动已经深入到了新墨西哥。几年之内，圣菲与密西西比河谷之间的常规贸易慢慢增长起来，从密苏里的独立市到圣菲的圣菲小道（由参议员托马斯·哈德·本顿提议，门罗总统批准）也在1827年开通。美国人与该地区的一些墨西哥人都认为，美国的统治在该地区的延伸在许多方面要好过鞭长莫及的墨西哥政府所提供的孱弱的法律和军事保护。日渐增长的移民随拓荒探险者（威廉·贝克纳尔［William Becknell］、托马斯·詹姆斯［Thomas James］，还有雅各布·法欧勒［Jacob Fowler］等商人于1821年去圣菲探险）潮水般涌来。詹姆斯和法欧勒分别留下了关于他们在墨西哥的历险与居留的日记，前者取名为《在印第安人与墨西哥人中的三年》（Three Years Among the Indians and Mexicans, 1846），后者则取名为《雅各布·法欧勒日记》（Journal of Jacob Fowler, 1898）。同样留下了文字记录的是苏珊·雪莉·麦格芬（Susan Shelley Magoffin），她的丈夫是一位商人（兼间谍）。她在19世纪40年代里记下了精彩的日记，后来出版时取名为《从圣菲城南下墨西哥》（Down the Santa Fe and Into Mexico, 1926）。她记述了对美国在战争中所取得的军事胜利的看法，但她更关心的却是贸易运作和新墨西哥的政治和家庭生活。另一部可与之相提并论且带有自传性质的作品是新墨西哥州州长戴维·梅里韦瑟（David Meriwether）在19世纪50年代写就的一部著作，该书直到下一世纪才被发现并付梓，其书名是《我在山区和平原的生活》（My Life on the Mountains and on the Plains, 1965）。

要说出描述早期西南部探险经历的最感人的作品出自谁人手笔并非难事，那就是詹姆斯·O. 帕蒂（James O. Pattie, 1804？—1850？）。在年满26岁之

1 探索与帝国的建立

前那堪称多灾多难的几年里,他随父亲及其他一些人考察了新墨西哥、加利福尼亚南部(在英裔美国探险家中只有杰迪戴亚·史密斯比他更早踏足洛杉矶)和落基山脉中段令人难以置信的广袤地区。他向提莫西·弗林特口述并于1831年出版的《亲历记》(*Personal Narrative*)行文往往迹近于荒诞,但大多数都得到了证实。弗林特在为该书作的序中指出,该书的价值在于"从对帕蒂等人的探险活动和无畏精神的思索中发现了崇高的道德"——即便这种崇高的道德常常是通过对业已存在的美国土著和墨西哥文化的健忘或对亚美利加新帝国的种族主义基础的否认而获得的。作为对美国日渐膨胀的夺取墨西哥领土野心的陈述,约西亚·格雷格(Josiah Gregg,1806—1850)对1831至1840年间前往圣菲的几支贸易队伍行程的记录要比帕蒂的记述更加真实可靠,而且描述也更加生动。《草原贸易;或,一位圣菲商人的日记》(*Commerce of the Prairies*; *or*, *The Journal of a Santa Fé Trader*,1844)提供了一段有关圣菲小道和贸易发展的上好史料;虽然它对印第安和新墨西哥生活的许多方面进行了颇具特色的诋毁,它还是为我们描绘了格雷格自身的经历和性格。我们发现这与他前往墨西哥的不言而喻的牟利企图并不完全吻合。格雷格说,他"对草原生活的热爱"使自己产生了一种对孤独和野性的渴望。他别无所求,只希望"在广阔的苍穹之下与野马和野牛共宿,在那里他可以与草原上的小狗和小野马建立友谊,也可以与还要野蛮的印第安人——美洲大沙漠里无法征服的古也门人建立友谊,竭力使我对人类的信心不受动摇"。但格雷格和其他人的成功却证明,不论是所谓的美洲大沙漠还是俄克拉荷马与阿肯色的印第安人领地,都没有阻挡美国在德克萨斯和新墨西哥取得的繁荣。拓疆者的孤独具有诗性价值,但从现实意义上来说,它象征的只是一个民族和他们的土地归化于另一个在商业和军事上更为强大的民族的过程中的一个阶段。

在墨西哥战争之前,关于德克萨斯归属的问题(这是美国取得对墨西哥的最终胜利的试验场)导致产生了几部表达这片殖民地的建国野心的重要文献。史蒂芬·奥斯丁(Stephen Austin)的《建立奥斯丁殖民地》(*Establishing Austin's Colony*,1829)是在德克萨斯出版的第一本书,该书是一部简略的殖民编年史和与新移民有关的墨西哥法律的概要。奥斯丁的表妹玛丽·奥斯丁·霍莉(Mary Austin Holley)不久以后写了一本历史概览,书名为《德克萨斯:观察、历史、地理及描述》(*Texas*:*Observations*,*Historical*,*Geographical*,*and Descriptive*,1833),其中还包括了对将来草原上的中产阶级移民在家居生活方面的建议。两本书的言辞都暗示,不管是独立、合并还是既独立又合并,德克萨斯最终纳入美国轨道的假设已是昭然若示。约瑟夫·菲尔德

○扩张与种族的文学

(Joseph Field)所著的《得州三载记》(*Three Years in Texas*, 1836)提供了对1836年为争取独立而进行的"德克萨斯革命"的第一手见解。山姆·休斯顿(Sam Houston)卷帙浩繁的往来信札、演讲和文告有一部分出现在了查尔斯·爱德华兹·莱斯特(Charles Edwards Lester)广受欢迎的《山姆·休斯顿传记》(*Life of Sam Houston*, 1855)一书中;休斯顿先是以德克萨斯共和国总统的身份在圣哈辛托(San Jacinto)战役中英勇抗击圣安纳(Santa Anna),德克萨斯并入美国后他又当选为州长和参议员,如果将他英勇壮丽的一生的全貌描绘出来,那得需要现代学者的努力了。公众对德克萨斯历史的观点通常与休斯顿身上折射出来的先驱英雄主义形象相一致。安东尼·甘尼尔(Anthony Ganilh)为纪念休斯顿而写作的小说《墨西哥和德克萨斯》(*Mexico Versus Texas*, 1838)通过预言对墨西哥进行"重塑"应和了很多政界人士提出的观点。甘尼尔将墨西哥比喻成一个从地牢获释见到阳光的人,并继而写道:"墨西哥刚刚摆脱了由西班牙强加到她身上的政策所造成的黑暗,因此要她接受灿烂辉煌的现代文明尚有困难。"与此相仿,詹姆斯·W. 达莱姆(James W. Dallam)在他的小说《孤星》(*The Lone Star*, 1845)中论述说,德克萨斯在它加入联邦时俨然成了这一国家中最新的"山巅之城"。它是"自由在行进途中的前哨阵地和休憩之处,因此,文明世界的眼睛都紧张而好奇地盯着她看"。

19世纪40年代之后保存下来的大量有关新墨西哥和加利福尼亚探险及殖民的记述通常可分为三类:第一类是出现在战争之前的(因此有些也描写战争);第二类是美国人记录战争经历的;第三类出版于战后,书中流露出因取得战事胜利和面对无尽资源任由美国支配而产生的自豪感。在那些让英裔美利坚人认识加利福尼亚及其墨西哥居民的重要著作中,没有哪一本的重要性能超过理查德·亨利·达纳的《航海两年》(1840)。理查德·亨利·达纳(1815—1882)是波士顿一位杰出的律师和支持蓄奴制的主要代表,他于1834年离开哈佛大学参加了一次航海远行,后来竟使他衰弱的视力恢复了。这本书描述了他绕过科德角的航程和他在加利福尼亚海岸收集兽皮的经历。此书出版后大受欢迎,它在东部人的头脑中为加利福尼亚树立了这样一个形象,即这是一片潜力无限却被白白浪费着的土地,原因则被描述成是由于墨西哥人的怠惰。《航海两年》既不像《瓦尔登湖》一样蕴含深刻的哲学思辨,也不像《白鲸》那样含有复杂的象征寓意,但是它对墨西哥的加利福尼亚历史与风俗的详细描写,以及对达纳险象环生和难以承受的航海生活的精巧描述,使它成为这一时代不可或缺的伟大作品。达纳的下一部著作是一本关于水手权利的小册子《水手之友》(*The Seaman's Friend*, 1841),此书继续了他在

《航海两年》中对包括在船上和在岸上的劳动和个人权利问题的思考。同样的思考也体现在了梅尔维尔的《白外套》（1850）一书中，该书所关心的是工人在一个工业化但却采取共和制的社会中所扮演的角色。达纳对新英格兰的评价一方面是与船上刻板的规章制度相对比，另一方面又是与加利福尼亚无忧无虑的奢侈生活相比较。在达纳看来，墨西哥的加利福尼亚独立之后立即为腐败的吏制、专断的司法、连绵的起义和国内道德沦丧所累，即使其人民居住的地方自然物产丰富，海岸线长达 500 英里，且又多优良港口，对此也无济于事。与此同时，达纳对新教统治下的新英格兰的僵化刻板抱持怀疑的态度，这往往使得他在书中对加利福尼亚的描写仅仅成为一种陪衬，而全书的重心则让位于他对自身所属文化中只重物质的扩张精神的批判。达纳用具有双重意义的语言争论说："在一个进取心极强的民族手中，这个国家将会变成什么样子啊！"该书对劳工问题的复杂论述不仅跟越吹越神的美国西部繁盛的前景联系起来，同时在达纳讽刺的强调下也与新教美国对传说的墨西哥的无能与迷信结合起来："天主教根本没有在新英格兰地区扩散的危险；北方佬压根就没有时间来做天主教徒。"

新崛起的工业社会需要劳工，而浪漫主义者认为自由独立是"天赋的"，于是两者不免产生冲突，《航海两年》一书就将两者的冲突与当时最具代表性的文学体裁即西部旅游札记结合起来，因此它为西部探险意识指出了一条新的方向。几年之后，描写加利福尼亚和怎样前往加利福尼亚的书大量涌现出来。在兰斯福·黑斯廷斯于 1845 年出版《移民指南》（前面曾提到过）之前，早就出现了亚历山大·福布斯（Alexander Forbes）的《加利福尼亚》（*California*, 1839）、约翰·彼得威尔（John Bidwell）的《加利福尼亚之旅》（*A Journey to California*, 1843）以及托马斯·杰斐逊·法恩海姆（Thomas Jefferson Farnham）的《西部大草原之旅》（*Travels in the Great Western Prairies*, 1841）和《加利福尼亚生活与探险》（*Life and Adventures in California*, 1844）等书，其中最后一本再版过多次，它详细描述了法恩海姆的马车队抵达俄勒冈及其漫游夏威夷、加利福尼亚和墨西哥的情况。虽然法恩海姆向人们告诫了在西部会遭遇到的艰辛，他又同时极为真诚地断言，西班牙殖民的历史说明，加利福尼亚的确是一块"绝无仅有的蛮荒之地"，等待着一个受"财富、权力和信仰之热爱"所驱策的民族来进行开发。阿尔弗列德·鲁滨逊（Alfred Robinson）也像达纳一样从事加利福尼亚兽皮和兽脂贸易，他在《加利福尼亚生活纪实》（*Life in California*, 1846）一书中给我们提供了关于这一地区在淘金热之前一段时期历史、地理情况的最佳描述，在书中他注意到了该地民众随时准备脱离墨西哥政府的决心，并预言美国对该地区的征服即将到来。 *156*

◎扩张与种族的文学

因此,在所有的游记中爱德温·布莱恩特(Edwin Bryant)的《我在加利福尼亚的见闻》(*What I Saw in California*, 1848)被广泛传阅便不足为奇了。该书记述了他参加弗莱芒(Frémont)领导的熊旗起义的经过,并预言旧金山总有一天会成为"世界上最大最富饶的商业城市之一"。波尔克总统领导下的美国政府及公众都冲动地感觉到,美国的命运便是要把墨西哥从"奴役生活的无边黑暗"(1847年的一篇社论用语)中解救出来,鲁滨逊和布莱恩特的作品恰好应和了上述观点。同一年一位给《波士顿时报》(*Boston Times*)撰稿的作者是不会将美墨战争描述为征服的,因为如果是这样的话,它"对被征服者来说肯定是一件天大的好事。这是一件值得一个伟大的民族去完成的工作,他们将要超越带有偶然性的出身和财富,确立起人性至高无上的地位,并由此重建世界"。

鉴于19世纪40年代人们的情绪与当时的背景,作为探险家、军人和政治家的约翰·弗莱芒(John Frémont,1813—1890)很有希望成为英雄。弗莱芒在加利福尼亚的确切使命至今仍是个谜。他是受波尔克总统的暗中指使而发动暴动还是仅仅决定做加利福尼亚的山姆·休斯顿?弗莱芒是参议员托马斯·哈德·本顿的女婿,是一个坚定的西扩主义者,1845年在进行第三次官方探险远征时领导了熊旗暴动,暴动以他为美国占领了加利福尼亚北部而达到高潮,而后加利福尼亚的南部也在墨西哥战争爆发后落入了美国正规军的手中。他因反叛罪被捕受审(因他拒绝承认陆军准将史蒂芬·科尔尼[Stephen Kearny]在加利福尼亚的管辖),在淘金热中大获成功,后来又从政、从军,这一切都使他成为内战前后数十年间最受欢迎也最具争议的西部人物之一。他在1843年和1845年出版的关于探险考察的正式《报告》,以及他未完成的《我的回忆录》(*Memoirs of My Life*, 1887)为世人留下了堪称财富的对西部领土的详尽介绍,而他最初的和公开的考察目的是要鼓励人们经陆路向这些地区移民。我们还记得欧文将阿斯特描绘成最早的具有资本主义精神的英雄,而在弗莱芒那些上至政治家下到普通移民都读过的作品中,他将自己塑造成了第一个认识到并明确说出加利福尼亚在农业上的巨大价值的模范扩张主义者。

1846年的美墨战争在以下几个前提之下变得合情合理起来:一是新墨西哥和加利福尼亚两地的一些居民确实想要并入美国;二是不满于针对美国人的暴力行为(通常是由好斗而又目无法纪的美国移民挑起);三是墨西哥政府对开放贸易屡设障碍;最后是美国拓荒者和他们在华盛顿的官方代表对土地的赤裸裸的渴望。一触即发的蓄奴问题也在美墨矛盾中发挥了重要作用。在托马斯·哈德·本顿和丹尼尔·韦伯斯特(Daniel Webster)等政治领导人的

1　探索与帝国的建立

演说中，在西奥多·帕克（Theodore Parker）等废奴主义者的论辩中，在梅尔维尔和马丁·德莱尼（Martin Delany）等作家的小说中，蓄奴制问题左右着他们的措辞，影响着他们对墨西哥和西南地区问题的讨论，因为他们将这件事与到处传播的反天主教思想（废奴主义的辩论家们把天主教描绘成一个被用来进行奴役和封建征服的宗教）与加勒比和拉丁美洲的商业秩序联系到了一起。

美国在墨西哥的命定扩张在新闻和政治上的表达可以从社论和各种宣言上看出来，这种论调在别处也得到了响应，那就是英裔美利坚人专为西南地区及美国的战争政治而写的游记和小说。乔治·威尔金斯·坎道尔（George Wilkins Kendall）的《德克萨斯人的圣菲远征记》（*Narrative of the Texas Santa Fe Expedition*，1844）引起了人们对征服墨西哥一事的很大兴趣，该书讲述了一群德克萨斯人对占领圣菲城的不幸尝试。拓荒者与探险者仍然主要通过圣菲小道穿行，他们在记述中表达了日渐高涨的反墨情绪，并代表美利坚居民请求政府采取政治和军事行动。英国探险家乔治·F. 拉克斯顿（1820—1848）是西南地区游记作者中最著名的一个，他在美利坚征服的问题上采取了折中的立场。他一方面坚持认为美国的进攻师出无名，另一方面又在作品《墨西哥与落基山脉探险》（1847）中将墨西哥人描绘成堕落的民族，根本无法适应先进的文明。韦迪·汤普森（Waddy Thompson）的《墨西哥往事》（*Recollections of Mexico*，1846）全面描绘了墨西哥的历史、地理和资源，但他指出，马萨诸塞州在相对贫瘠的环境中创造出了繁荣，相形之下墨西哥便显得浪费了它的自然资源。他认为，如果墨西哥不准备成立共和国的话那就应该由美国占领，以使其免受当前不断发生的革命风暴之害。本杰明·泰勒（Benjamin Taylor）描写圣菲小道沿路生活的札记《鸿篇断章》（*Short Ravelings From a Long Yarn*，1847）强调说回归自然的男男女女被"剥去了文明生活的伪装"，并以不受"社会地位庇护"的状态存在着，同样可以被看做是力主促进合并。他认为合并会使一个混乱无序的霍布斯式（Hobbesian）的社会通过民主的有序原则恢复正常。美墨战争之后的游记是在主张继续向墨西哥扩张领土的号召中写成的——其中有亚撒·B. 克拉克（Asa B. Clarke）的《墨西哥与加利福尼亚之旅》（*Travels in Mexico and California*，1852）和罗伯特·A. 威尔逊（Robert A. Wilson）的《墨西哥：它的农民与牧师》（*Mexico: Its Peasants and Priests*，1856）——继续反映着一直延续至20世纪的种族歧视和文化控制的基调。

因此，南北战争前对墨西哥和墨西哥人的描写常常打上了种族主义和宗教偏执的烙印。凡与西（班牙）属美洲有关的旅行见闻演讲、小说和历史作

○扩张与种族的文学

品中带有明显倾向性的措辞已是司空见惯。英裔美利坚人所作的小说将国内的传奇故事和命定扩张的思想糅合到了一起，小说家们还引述关于墨西哥充满暴力、信奉异教的历史掌故来支持这种笔法。例如，在威廉·普雷斯科特（William Prescott）描写这一地区的历史著作出现之前，罗伯特·蒙哥马利·伯德就写作了《奥拉卢萨》（*Oralloosa*，1832）一剧，描写了皮萨罗（Pizarro）处死秘鲁的印加王子一事，他还通过《卡拉瓦；或征服骑士》（*Calavar; Or, the Knight of the Conquest*，1834）与《异端；或墨西哥的堕落》（*The Infidel; Or, The Fall of Mexico*，1835）等小说使科蒂斯的征服和阿兹台克帝国（Aztec Empire）的衰落成为家喻户晓的故事。上文提到过的约翰·史蒂芬斯的游记作品之所以广受欢迎也得益于时尚，当时推崇的是带异国风情的作品，如提莫西·塞维奇（Timothy Savage）有关秘鲁人的旅行畅想《亚马逊河畔的共和国》（*The Amazonian Republic*，1842）、爱德华·马图林（Edward Maturin）的《蒙特祖马——阿兹台克帝国的末代皇帝》（*Montezuma; The Last of the Aztecs*，1845）、约瑟夫·霍尔特·英格拉哈姆（Joseph Holt Ingraham）的《奴隶蒙特祖马》（*Montezuma, the Serf*，1845）和查尔斯·阿维利尔（Charles Averill）的《阿兹台克的启示》（*Aztec Revelations*，1849），这些小说中所反映的美利坚帝国建立在几乎毫不掩饰的种族主义构架和将殖民对象视做野蛮人种的论调之上。路易斯·加兰德（Lewis Garrand）的《瓦图瓦和塔奥斯小径；或，草原上的旅行和头皮之舞，兼骑骡浏览牧场景色和落基山的营火》（*Wah-To-Wah, and the Taos Trail; or, Prairies Travel and Scalp Dances, with a Look at Los Rancheros from Muleback and the Rocky Mountain Campfire*，1850）是一部不同寻常得令人瞠目的作品，堪称集各种西部征服主题之大成。在这部描述山区生活的半自传作品中记述了1847年的"塔奥斯屠杀（Taos Massacre）"，这是一场由普韦布洛（Pueblo）印第安人和墨西哥人发起的短暂的起义，以反抗美国人新近的军事占领。加兰德把美国势力的胜利上升到历史进步的高度，称"（墨西哥人）所陷入的极端堕落看来是对阿兹台克帝国的毁灭者们的可怕惩罚"，然而就墨西哥自身的情况来看，加兰德的这种说法以后或许会反过来令美国的命定扩张论感到尴尬。

最生动地展现拉丁美洲悠远历史中那些浪漫传奇的当数威廉·H. 普雷斯科特（1976—1859）的三卷本著作《墨西哥征服史》（*History of the Conquest of Mexico*，1843），该书是当时国际上最受欢迎的历史著作之一，也是为加兰德、伯德、史蒂芬斯等人所信奉的历史进步论的最佳范例。在这部用浪漫风格写就的杰作中，普雷斯科特把科蒂斯征服阿兹台克描绘成对美国至高无上地位崛起的预言。在普雷斯科特史诗般的记述中，不光描绘了阿兹特克人的野蛮

（这在普雷斯科特对牲祭仪式的描写中尤显夸张），也相应地清楚描绘了西班牙人的贪婪和掠夺行为——尤其是在具有爱伦·坡式的诡异风格的特诺奇蒂特兰城（Tenochtitlán），该城在经历了科蒂斯的最后一次劫掠后成了名副其实的停尸房——从而隐晦地影射了美国对北美印第安人和墨西哥人的征服。但对于大多数美国读者来说，更容易看得出来的类比是通过阿兹台克文明的衰亡来借指当时墨西哥政府的失败与堕落。"我们无法对这样一个帝国的没落表示遗憾，因为它几乎没有对……人类真正的利益做出过什么贡献。"普雷斯科特这样写道：

> 其命运可以成为一个醒目的例证，即一国政府若不得民心，则定不能长久；人所创设的机构体制，若不与人性和进步相维系，则定将倾覆——若非经文明日炽之光焰而消散，亦将为暴力之手而瓦解；若非经外部之暴力而瓦解，则必将因内部之暴力而消亡。谁会为其覆灭而悲悼呢？

无论人们从普雷斯科特的杰作中读出了他对美国自身命运进行了怎样的思考，真实战争的到来却使得书中的反讽意味降到了最低点，而且使人们更相信美国将迎来盛世。读者们借助格雷格的《草原贸易》和普雷斯科特的《墨西哥征服史》来获取关于该地区的信息，但他们对战争的看法却主要受记者、士兵和小说作家们的影响。对军事战役的记述，特别是亚历山大·道尼芬（Alexander Doniphan）领导的著名远征战役，就是由许多亲身经历过的人写成的。F. A. 威斯利泽纳斯（F. A. Wislizenus）是一位德国探险家，他在西南地区进行科学考察的时候被卷入战争，成了道尼芬手下的一名医官，他在《一次墨西哥北部之行的回忆》（Memoir of a Tour to Northern Mexico，1848）中记述了他的经历。托马斯·B. 索普（Thomas B. Thorpe，1815—1875）因写作了《阿肯色州的大熊》（The Big Bear Arkansas）和其他一些荒诞故事而闻名遐迩，这些故事后来都收入《神秘的丛林》（The Mysteries of the Backwoods，1846）等书中，他同时也在《我国军队在格兰德河》（Our Army on the Rio Grande，1846）和《我国军队在蒙特利》（Our Army at Monterey，1847）中表达了自己对这场战争的看法。相当一部分军人充当了新闻通讯员，提供了很多关于美国战争的重要的一手资料报道，同时还帮助强化了伴随战争的爱国主义情绪。本杰明·洛辛（Benjamin Lossing）、贾雷德·斯巴克斯（Jared Sparks）、乔治·班克罗夫特（George Bancroft）等人所写的一些通俗历史著作重又唤醒了人们对美国独立革命的记忆，在许多人看来，现在的这场战争似乎实现了美国独立革命所做出的预言。《扬基佬》（Yankee Doodle）成了战场

◎扩张与种族的文学

和国内最广为传唱的歌曲,扎查利·泰勒(Zachary Taylor)也取代 1845 年逝世的安德鲁·杰克逊成了最受国人喜爱的军人出身的政治家。梭罗和爱默生都反对美国的这场战争,詹姆斯·拉塞尔·罗威尔(James Russell Lowell, 1819—1891)还写了讽刺诗《彼格卢诗稿》(*The Biglow Papers*, 1848)来抨击这场战争,认为这是腐败的政客犯下的帝国主义错误,可大多数诗人和随笔家还是用洋溢着浪漫和骑士色彩的想象来讴歌美国的胜利和英雄主义。早些时候威廉·麦卡迪(William McCarty)在《关于 1846 年战争的民族歌曲、歌谣和其他爱国主义诗歌》(*National Songs, Ballads, and Other Patriotic Poetry, Chiefly Relating to the War of* 1846)(1846)一书中编纂了战争沙文主义文学的大纲。当时一位记者在描写道尼芬的战役时这样写道:"美利坚之鹰好像展开了其宽阔的翅膀,给西部送去了共和政府的原则。"

既精力充沛同时又日渐衰落的命定扩张精神在美墨战争产生的小说中获得了最为清晰的体现。其实,造就此类作品的背景在战前描绘墨西哥的小说中就早已经形成了。提莫西·弗林特的《弗朗西斯·伯里安,或墨西哥爱国英雄》(*Francis Berrian, or the Mexican Patriot*, 1826)以美国独立革命中新英格兰英雄的形象戏剧性地再现了 1821 年的墨西哥革命——颇有讽刺意味的是,到美墨战争时美国独立革命的精神又要被用来为针对墨西哥的战争辩护了。查斯丁·琼斯(Justin Jones)在略嫌滞后的作品《匹敌的酋长》(*The Rival Chieftains*, 1845)中描绘了墨西哥革命之后的时期,并详细阐明了一个流传日广的观念,即墨西哥("新世界的黄金之国")的混乱局面和异域情调使墨西哥成为浪漫传奇和迷人小说的绝佳场景。阿尔伯特·帕克(Albert Pike)的《散文速写与诗歌》(*Prose Sketches and Poems*, 1834)可以说是真正去过新墨西哥的英裔美利坚人描写新墨西哥的第一部小说,它描写了大草原的美丽及其荒凉恐怖,虽然将墨西哥人刻画得生动形象、绘声绘色,但同时又将他们描绘成行为粗俗而且品德败坏的恶棍。

对墨西哥人的这种描写在关于战争本身的虚构作品中达到了高潮。例如,乔治·里帕德(George Lippard)在《华盛顿和他的将军们》(*Washington and His Generals*, 1847)中描写美国独立革命时期所使用的极端民族主义言论,稍稍改头换面后又出现在他那部大受欢迎的作品《墨西哥传奇》(*Legends of Mexico*, 1847)中。里帕德(1822—1854)曾写过一系列其他背景下的哥特式小说,他在这部作品中创造了一种被后来绝大多数关于战争的虚构小说奉为圭臬的范式,即一定要有充满异国情调和阴森可怖的场景,要有把身陷险境的少女或无辜人士从深色皮肤的食人魔手中拯救出来的情节,要把腐败甚至是变态的天主教迷信作为攻击的对象。战争在里帕德看来是"一个文明的

1 探索与帝国的建立

民族对一群处于半野蛮状态的奴隶发起的圣战"。此外,对墨西哥的征服是在实现由美国独立革命肇始的国家的命运,它将证明在与日薄西山的美洲印第安人的较量中溅洒并得到净化的英裔美利坚人的鲜血是至高无上的;而由革命锻造并得到清教上帝支持的民主原则是正当合法的:

> 这是一个活力盎然的民族,粗糙一如他们栖身的荒原中的岩石,自由一如给他们带来荫翳的森林,勇敢一如那些迫使他们必须用滴滴鲜血换取每寸土地的红蕃。这是一个吃苦耐劳的民族,他们由来自世界各国的朝圣者和流浪者构成,与印第安人漫长而又血腥的战争使他们精力充沛,美国独立革命这场最漫长最血腥的战争使他们变得像钢铁一般坚强。对这样一个民族,对他在北美洲的子民,万能的上帝将整个美洲大陆的命运交托到它的手上……阿兹特克人在西班牙人到来时土崩瓦解了,现在这个混有印第安人和西班牙人血统的杂种民族同样将融入来自北方的铁一般的民族并接受它的统治。

里帕德在结束时用了这样一个形象的比喻:"新世界的地图上悬着华盛顿出鞘的宝剑。"它十分恰当地点明了自由这一联结美国独立革命与墨西哥战争的纽带,象征着美国向整个大陆的进军。

里帕德预言了美国人将会同化墨西哥人,但同时又指出,那些鼓吹征服"全墨西哥"的人不久就会面临一个窘境:不可避免的种族大融合是会拯救墨西哥种族呢还是会毁灭英裔美利坚人种族?即便在就是否应合并新墨西哥和加利福尼亚而进行的论战中,约翰·卡尔霍恩等人还以墨西哥无法同化为由反对波尔克总统的军国主义规划。战争小说就其自身来看似乎是支持融合的,因为它常常写着写着就变成了哥特式传奇故事:墨西哥少女被从残暴的恶棍或腐败的天主教神父手中解救出来而成为一位美国英雄的新娘。当时由战争而衍生出来的大量长篇和中篇小说都在万变不离其宗地写着英雄救美的浪漫传奇故事。与描写遭受印第安人囚禁的虚构故事和城市哥特小说(其本身常常是激烈反对天主教的)一样,浪漫故事是从性别这一层面——被掳、被侵犯的威胁、解救和结婚——来展现军功的。叙述这些军功的传说为数极丰,这其中包括:亚瑟·阿姆斯特朗(Arthur Armstrong)的《布雷水手;或,修道院里的少女》(The Mariner of the Mines: Or, the Maid of the Monastery, 1850),威廉·L. 提德伯尔(William L. Tidball)的《墨西哥新娘;或,护林员复仇记》(The Mexican Bride; Or, the Ranger's Revenge, 约1858),乔治·里帕德的《伊甸草原的贝尔——墨西哥传奇》('Bel of Prairie Eden: A Ro-

○扩张与种族的文学

mance of Mexico，1848）、劳利·拉夫（Lorry Luff）的《安东尼塔——女走私犯》（Antonita，The Female Contrabandista，1848）、查斯丁·琼斯的《美丽的伊内兹；或，格兰德河之恋》（Inez，the Beautiful：Or，Love on the Rio Grande，1846）和《志愿者；或，蒙特利的少女》（The Volunteer：Or，the Maid of Monterey，1847）、哈利·黑尔亚德（Harry Halyard）的《祖鲁布斯科的酋长；或，教堂幽灵》（The Chieftain of the Churubusco，or，the Spectre of the Cathedral，1848）、罗伯特·格利雷（Robert Greeley）的《亚瑟·伍德雷——墨西哥战场传奇》（Arthur Woodleigh：A Romance of the Battle Field of Mexico，1847）、查尔斯·阿维利尔的《墨西哥牧场工人；或，查坡拉尔的少女》（The Mexican Ranchero；Or the Maid of the Chapparal，1847），以及伊莉莎·安·贝灵斯（Elisa Ann Billings）的《女志愿者》（The Female Volunteer，1851）。举两个最典型的例子：在牛顿·科蒂斯（Newton Curtis）的《遭追捕的酋长；或，女牧场主》（The Hunted Chief；Or，the Female Ranchero，1847）中，美国男主人公在攻陷蒙特利的时候与一直乔装成男牧场主与其作战的墨西哥女人结了婚；在阿维利尔的《间谍船》（The Secret Service Ship，1848）中白人男主人公和墨西哥女人的婚姻既象征美国的力量战胜了墨西哥的柔弱，或"女性特质"，又象征了两个国家间作为征服结果的联合（"在我们联盟那光荣而战无不胜的旗帜下，进行着迅捷而又辉煌的和平征服"）。关于墨西哥战争的小说正是通过把领土的获得描绘成性别征服和婚姻联盟，反映出美国在扩张和同化西部（同时包括墨西哥人的国土、风俗和身份）的过程中实现了其天命。

墨西哥战争又继续吸引周期性的浪漫主义创作达几十年，但是当时人们对它的巨大兴趣不久便被蓄奴制和地方主义危机吞没了。一大批在墨西哥战争中得到锤炼的战士又在美国自己内部的动乱中大显身手。在对墨西哥土地价值的争论中曾是举足轻重的美国非洲奴隶问题也将要通过美国内战来解决。不过到19世纪60年代时，大陆美国未来的地理轮廓已经成形。在19世纪50年代，美国已经通过武力取得了扩张所需的富饶土地和资源以及为数众多的横贯大陆的交通线路，然而也由此引起了使内战变得不可避免的冲突。随着美国在墨西哥战争中的胜利，有关命定扩张的问题、"印第安问题"和蓄奴制问题更紧密地纠缠到了一起，由这些问题而产生的文学也是如此。

美国在对墨西哥战争中的胜利戏剧性地改变了美国文化史的进程，既使得西部在经济和政治上具有了更大的重要性，同时也使得它成为一片仍将为人争夺的领土。在20世纪墨西哥文化让位于（至少在政治定义上是如此）墨西哥美利坚文化之前，这一地区的大部分文学（包括口头形式和书面形式）

1 探索与帝国的建立

是由西班牙语占主导地位的。不过，德克萨斯、新墨西哥、亚利桑那和加利福尼亚的部分领土即使是在1848年以前就可以被称做"边疆"地区，而对新征服地区文学的任何叙述都必须既要意识到其历史渊源，又要意识到英裔美利坚人的统治对墨西哥文化的声音的压制。在评估这一地区土生的墨西哥文学时遇到的困难与英裔美利坚人在其后百年间对待墨西哥文学漠视加仇视的态度紧密相关。由于在加利福尼亚、德克萨斯、西南地区和墨西哥的图书馆和档案馆里尚存有大量未经研究的历史、新闻、自传和文学材料，所以只有到20世纪末才有可能对这一地区的文学史做出一个恰如其分的评论。即便如此，在更广阔意义上的西南地区还有许多出现于美国内战之前、期间和结束之后不久的重要的墨西哥作品，它们要么写于这一地区，要么写的是这一地区的事情。可以说这些作品构成了现代奇卡诺人文学的背景（在某些场合中还被一些学者认为是其肇始或来源）。

即便把很早的一些关于西班牙征服的故事也算上，现存档案中该地区19世纪以前的文学记录也是很零散的。在为人所知的故事中最早出现的是阿尔瓦·努内兹·卡贝扎·德·瓦卡（Alvar Núñez Cabeza de Vaca），他是西班牙人前往佛罗里达的一次征服之旅中为数寥寥的幸存者之一，并曾在一次沿墨西哥湾的陆上旅行中饱受磨难。他的《故事》（*Relación*）写于1542年，有可能是从外来者角度写就的关于西南地区及其土著部落的第一份真实的书面叙述。1540年科罗纳多（Coronado）率领的沿科罗拉多河而上穿越中部大平原的探险是在新西班牙（New Spain）地区进行过的最重要的一次探险。许多参加者都对这次探险作了叙述，但最重要的一部编年史是佩德罗·德·纳杰拉·德·卡斯塔内达（Pedro de Nákgera de Castañeda）的《希波拉之旅述记》（*Relación de la jornada a Cibola*，约1565），该书的显著特点就是它在唤起那些不可思议的事物上与同时期西班牙文学中米盖尔·德·塞万提斯·萨维德拉（Miguel de Cervantes Saavedra）等人的作品十分相似。西班牙人对北方"金色土地"的追寻，有时是与寻找阿兹台克的发祥地阿兹特兰（Aztlán）相关的，并由此产生了那一时期几部出色的文学和历史作品。福瑞·迭戈·杜兰（Fray Diego Durán）的《新西班牙之印第安史》（*Historia de las Indias de Nueva España*，1579—1581）和佚名作者的《科迪斯·拉米雷斯》（*Códice Ramírez*，1853—1857）在当地人讲述的传奇的基础上建立起了一个伊甸园般的阿兹特兰的神话；最初由阿尔瓦拉多·特佐佐马克（Alvarado Tezozomac）用纳瓦特尔语（Nahuatl）写就的《墨西哥编年史》（*Crónica Mexicáyotl*，1610）和福瑞·安东尼奥·特罗（Fray Antonio Tello）的《杂史》（*Crónica miscelánea*，1652）则试探性地提出阿兹特兰就是美国西南部的普韦布洛印第安人的村落。

◎扩张与种族的文学

后来的历史著作，诸如曼努埃尔·奥洛佐科·伊·贝拉（Manuel Orozoco y Berra）的《墨西哥征服史》（*Historia antigua y de la conquista de México*，1880）和阿尔弗雷多·夏维罗（Alfredo Chavero）于1887年出版的同名著作，又提出阿兹特兰有其他的地理位置。1885年，新墨西哥的国土部长和移民局局长威廉·G. 里奇（William G. Ritch）出版了一本旨在促进向该地区移民的高度商业性的著作，书名叫做《阿兹特兰：新墨西哥的历史、资源和名胜》（*Aztlán: The History, Resources and Attractions of New Mexico*）［该书也曾以《新墨西哥图本》（*Illustrated New Mexico*）的名称刊行］。虽然确定阿兹特兰地理位置的尝试直到20世纪还是历史学上争论不休的话题并且耗费着各种各样的项目拨款，但比这些尝试更重要的是阿兹特兰开始受到一些现代墨西哥裔美国人（尤其是投身奇卡诺民族主义运动的人）的关注，被他们视为精神家园。加斯帕尔·佩雷兹·德·维拉格拉（Gaspar Pérez de Villagrá）的《新墨西哥史》（*Historia de la Nueva Mexico*，1610）以献给菲利普三世（Phillip Ⅲ）的史诗的形式道出了该地区的一段历史。该诗歌颂了胡安·德·昂纳特（Juan de Oñate）越过格兰德河将新墨西哥拓为殖民地的事迹，比约翰·史密斯（John Smith）上校的《弗吉尼亚通史》（*General History of Virginia*）早了14年。维拉格拉的《新墨西哥史》共分三十四章，追溯了上自墨西哥的阿兹台克源头下到西班牙探险时期昂纳特的冒险的新墨西哥史。维拉格拉的这部史诗记述了西班牙人和阿科玛人（Acomas）之间的战事，详细描绘了风景和探险者与放牧者们的工作生活，并对殖民征服过程中遇到的文化冲突作了思考。可以说，这部史诗为后来的墨西哥美利坚文学奠定了早期的基础。

在其后的两个世纪中也出现过一些其他的叙事作品，作者有探险者也有教士，但属于现代的最重要的一手报告材料则出现于18世纪末19世纪初的探险者、传教士和政治领导人的笔记，这些人包括福瑞·儒尼佩罗·塞拉（Fray Junípero Serra）、加斯帕·德·波特拉（Gaspar de Portolá）、米盖尔·科斯汤索（Miguel Costansó）、胡安·鲍蒂斯塔·德·安萨（Juan Bautista de Anza）、福瑞·胡安·迪亚兹（Fray Juan Díaz）和福瑞·弗朗西斯科·格莱斯（Fray Francisco Gracés）。很多这样的文本在得到现代学者的研究之前发行量都很小，但在圣胡安·卡皮斯特拉诺（San Juan Capistrano）传教的福瑞·杰罗尼摩·博斯卡纳（Fray Geronimo Boscana）把美国本土传统的传说和创世神话收录在了他的《齐宁奇尼奇》（*Chinigchinich*）（1831）一书中，后来该书作为阿尔弗列德·鲁滨逊的《加利福尼亚生活纪实》（1846）一书的附录出版后，受到了广泛关注。虽然新墨西哥的宗教诗歌、民歌以及圣体节戏剧（Corpus Christi）一类的宗教戏剧从16世纪起就有记载，然而一直快到独立战争时才开始有大量此类文学的实例得到当代人的记录。18 世纪晚期的《科曼切人》(*Los comanches*)是一部描写英雄事迹的诗体民间戏剧,叙述了 1774 年发生在西班牙征服者和科曼切族酋长库埃诺·维尔德(Cuerno Verde)之间的战争。但这出戏吸引人的地方之一——异教徒对基督教儿童的诱拐——却是取自更早些时候这出戏的西班牙版本 [在戏中科曼切人由摩尔人(Moors)代替],但是它们都属于描绘基督教与"野蛮"进行斗争的民间作品那一类含义更为广泛的文学体裁,此类文学体裁在西班牙和美国都被称为摩尔与基督教文学(moros y cristianos)。19 世纪 40 年代早期的一出戏剧《特迦诺人》(*Los tejanos*)描述了 1841 年前来入侵的德克萨斯圣菲探险队被曼努埃尔·阿米霍将军(Manuel Armijo)率领的队伍击败的史实,并为民族主义的纪念和政治讽刺提供了一种形式,这种形式促进了新墨西哥的领土完整,不过同时也预示了将来所面临的威胁。

科利多(corrido)是这一地区最重要的文学体裁,它是一种有音乐伴奏或说或唱的叙事歌谣,构成了更现代的奇卡诺诗歌文学的基础。除了记录边境地区政治和经济冲突的产生(这一直是许多墨西哥裔美国文学和奇卡诺民族主义文化必不可少的组成部分)外,科利多还为现代奇卡诺文学提供了最重要的口头和民间根源。科利多部分来源于西班牙歌谣形式并在墨西哥广泛流传,从 19 世纪 30 年代到 20 世纪 30 年代,它在墨西哥与美国的边境地区(特别是在德克萨斯)繁盛一时,此后一直到 20 世纪都有人在表演和记录科利多。除了在到 19 世纪 60 年代时已在圣安东尼奥(San Antonio)、旧金山和洛杉矶明确成形的西班牙语戏剧中占有重要地位外,科利多还和其他的民间传说、十行诗(decimás)和圣歌(canciones)一起刊登在西班牙语的报纸和诸如创建于 1849 年的《新墨西哥人》(*New Mexican*)等双语报纸上。1848 年之前出版的科利多仅有残篇断章被发现,而且 19 世纪的科利多中大部分都是关于印第安战事中的传奇故事、各种恋爱事件、牧牛生涯,尤其是格兰德河沿岸层出不穷的国内冲突。虽然其中描写的文化冲突既没有暴力色彩又滑稽可笑,但早期的科利多仍旧集中体现了这一新近被殖民的地区来之不易的停战。以《基安西斯之歌》(*El corrido de Kiansis*)为例,它描绘的是墨西哥牧牛人和英裔美国牛仔之间围绕牧牛而发生的对抗,后者最终看来在牧牛技术上略逊一筹。

最著名的科利多是在几十年之后出现的,但其结构和主题却使开始得早得多的口头文学的传统焕发了生机。《格雷高里奥·科特斯之歌》(*El corrido de Gregorio Cortez*)讲述的是反抗英裔美利坚人统治(或者如科特斯那样,反抗的是美国人对法律的公然无视和他们的种族主义)最为人熟知的一个英雄

扩张与种族的文学

人物的传奇故事,而且他的故事也经常为民间歌谣所传颂。1901 年,格雷高里奥·科特斯杀死一个正在进行非法拘捕的英裔美国警长,此后他遭到追捕并和妻子李奥诺·迪亚兹·科特斯(Leonor Diaz Cortez)一起被投入监狱。格雷高里奥·科特斯后来得到了赦免,但在那之前他就以"持枪在手"捍卫自己权利的形象而不朽了。在这个科利多的不同版本中,尽管科特斯被描绘成被政治上的不公正逼上反抗之路的一个个体,但他的行动其实反映了墨西哥—美利坚这个范围更大的边境群体的意愿,他的反抗成了这一群体所进行的更大规模的文化斗争的缩影。在描写科特斯的许多不同版本的科利多中,这位英雄的暴力行为和随后在法律上受到的起诉被轻描淡写了,以利于人们更注意到他对代表英裔美利坚人世界的强大当局所作的具有象征意义的反抗。由阿美里科·帕雷德斯(Américo Paredes)记录并翻译的一个版本的结尾这样写道:

> 在堪萨斯县,
> 他们终于包围了他;
> 虽然他们人数超过三百,
> 可他还是跃过了他们的围栏。
>
> 于是领队的警长开了口,
> 看那样子都快要哭出来,
> "科特斯,把你的武器交出来吧;
> 我们想要把你活捉。"
>
> 格雷高里奥·科特斯,
> 枪儿在手,开口应道:
> "哈!这么多骑着马儿的警察,
> 对付我区区一个墨西哥人!"
>
> 讲到这儿我该跟您道别了,
> 在丝柏树的树荫下,
> 这就是故事的结尾,
> 它说的是堂·格雷高里奥·科特斯。

《格雷高里奥·利特斯之歌》描写的是墨西哥战争之后半个世纪的事件,

1 探索与帝国的建立

但它却显示了散见于早期科利多中的类似主题。胡安·奈珀姆切诺·科尔蒂娜（Juan Nepomuceno Cortina）组织了一支游击队占领了德克萨斯的布朗斯威尔（Brownsville），以抗议英裔美利坚人在19世纪50年代的胡作非为，他成了残留下来的很多歌谣片段的主人公，正是这类片段预示了描写科特斯的科利多的出现。同样，普韦布拉战役（1862年5月5日，墨西哥在此战役中战胜入侵的法国军队并由此产生了国家节日"五月五日"［Cinco de Mayo］）中的英雄艾格诺切奥·扎拉格扎（Ignacio Zaragoza）成了一首1867出现的科利多的主人公，严格从起源上来说这首科利多应该属于墨西哥文学，但是像其他一些类似充满民族主义觉醒的作品一样，它对于理解墨西哥美利坚文学的起源具有同等的重要性。

因此，尤其是在国家身份问题直到20世纪依然尖锐的墨西哥与美国的边境地区，科利多在一种人们喜闻乐见的形式中加入了政治感情并直接反映了墨西哥男男女女们的经历，他们的生活受到相互冲突的意识形态力量的深刻影响并且常常被打上暴力种族主义烙印。特别是在1821年到1848年间，一些西南地区的墨西哥人面临究竟效忠哪个国家的抉择。比如，洛伦佐·德·萨瓦拉（Lorenzo de Zavala）曾写过一组名为《墨西哥革命史诗》（*Ensayos históricos de las revoluciones de México*，1831）的关于墨西哥从西班牙独立的重要随笔；但当他在一本反墨亲美的游记《北美合众国之行》（*Viaje a los Estados Unidas del Norte de America*，1834）中主张德克萨斯独立时他便失去了墨西哥国籍。拉蒙·阿尔卡拉兹（Ramón Alcaraz）所写的《墨西哥与美国战争历史摘要》（*Apuntes para la historia de la guerra entre México y los Estados-Unidos*，1848）因对美墨战争持相反意见而特别令人感兴趣，该书在1850年译成英语时取名为《另一种立场》（*The Other Side*），它非常精彩详尽地介绍了战争中的主要战役和墨西哥的军事领导人，对于矫正美国人对这场战争充满沙文主义色彩的描述大有裨益。由居住在新墨西哥地区的人撰写的该地区历史有堂·佩德罗·鲍蒂斯塔·皮诺（Don Pedro Bautista Pino）的《新墨西哥省概况》（*Exposición sucinta y sensilla de la provincia del Nuevo México*，1812）；安东尼奥·巴雷罗（Antonio Barreiro）的《新墨西哥省概况》（*Ojeada sobre Nuevo-México*，1832），该书支持对新墨西哥地区推行更强有力的、更居高临下的贸易政策，并且向墨西哥政府提出警告：这片领土在美国的侵略面前是多么不堪一击。还有何塞·奥古斯丁·德·埃斯库德罗（José Agustín de Escudero）的《古老的新墨西哥省的史学与统计学资料》（*Noticias históricas y estadísticas de la antigua provincia del Nuevo-México*，1849），该书基本上是将皮诺和巴雷罗两书的内容综合在一起。来自文化藩篱另一侧的著作则有1853—1856年间美

⊙扩张与种族的文学

国新墨西哥领土事务代理人威廉·W. H. 戴维斯（William W. H. Davis）的《美国佬；或，新墨西哥及其人民》（El Gringo; or, New Mexico and Her People, 1857），和一位前往墨西哥殖民地的西班牙传教士的英国妻子卡尔德隆·德·拉·巴卡夫人（Madame Calderón de la Barca）的书信，该书信集以《墨西哥生活记》（Life in Mexico）为题出版于1931年，该书对1839—1840年间新墨西哥的社交界和妇女所扮演的角色进行了令人印象深刻的描摹，虽然其行文常常带有欧洲中心主义的色彩。

生活在那一时代的人从墨西哥裔美国人的角度对该地区历史所作的最全面的叙述要等到1875年才出现，那就是马扎诺·巴列霍的五卷本巨著《上加利福尼亚历史和人物的回忆》，在本章开始处我们曾对该书作过摘引。作为1836—1842年间上加利福尼亚地区驻军司令，巴列霍在他那带有自传色彩的研究论著中考察了加利福尼亚地区墨美关系的完整历史。虽然巴列霍意识到，随着加利福尼亚并入美国，自己的很多文化传统以及多数加利福尼亚人的政治与财产权利化为了乌有，但他还是在批评中调和了一些爱国情绪，毕竟他已成了这一国家一位卓越的公民。在他那部具有纪念碑意义的著作的一篇序言中，他以人们熟悉的美国独立革命时代的语言加上人们同样熟悉的对帝国取得进步的信念用西班牙语写道，他认为自己

> 亲眼目睹了那些无私献身的军人和传教士们的伟绩，他们经历了无数的考验、度过无眠的夜晚、忍受物质的匮乏，以令人难以置信的毅力成功地把这片美丽的土地从野蛮的印第安人手里夺了过来。这片土地在从血腥的邪神崇拜中获得赎救后，在它的子民们手中变成了富庶之土。它向欧洲王权统治下的受压迫者们伸出关爱的双臂，用它肥沃的原野、财富和繁荣的源泉为他们提供庇护所。

巴列霍用西班牙语写作本身就说明了深埋在墨西哥美利坚文学早期的那种矛盾情感。义化渗透的压力与对此的排斥深深植根于很多西南部和加利福尼亚地区的文化双语现象中，这一事实后来在杰苏斯·玛丽亚·H. 艾拉里德（Jesús María H. Alarid）写于1889年的一首名为《语言》（El idioma）的诗中得到了描述，在诗中作者断言英语将成为墨西哥裔美国人的国家语言，但他们同样也不能停止说和写西班牙语。尤西比奥·查康（Eusebio Chacón）的小说《暴风雨之子》（El hijo de la tempestad）和《暴风雨之后的平静》（Tras la tormenta la calma），都发表于1892年，可以说是最初的墨西哥美利坚小说了，它们也都像加利福尼亚和西南地区最初的史书和自传描述一样用西班牙语写

1 探索与帝国的建立

成。但事实上无论是墨西哥裔美国人的语言还是他们的边境文学都既不属于美国也不属于西班牙的殖民世界。两者从起源和本质上来说都属于墨西哥；虽然这一地区的文化传统和文学会随时间的流逝部分融会到占支配地位的英裔美利坚人意识形态之中，但是他们仍会保持自己的声音和历史特性。一些民间传统流传下来并被记录在胡安·B.雷尔（Juan B. Rael）的《科罗拉多和新墨西哥地区的西班牙故事》（*Cuentos españoles de Colorado y Nuevo Mexico*, 1977）以及伊莱恩·米勒（Elaine Miller）的《洛杉矶地区墨西哥民间故事》（*Mexican Folk Narrative from the Los Angeles Area*, 1973）等现代丛书以及1848年之前出现的历史和自传记述里，其中就埋植着此类声音与历史特性。旨在艺术地表现20世纪奇卡诺人和拉丁人民族主义的文学既印有殖民主义的烙印又展现出了丰富的本土传统，因此还有待从它本身的角度和作为早期美国文学史基本组成部分的角度来进行充分的阐释。

到19世纪40年代末期，通往西部的跨山通道开辟，美国在墨西哥战争中获胜，加利福尼亚又发现了黄金，这一切引发了大规模的欧裔美国人拓荒移民的浪潮，移民迅速向海岸涌去，并开始在大平原和落基山脉以西的广大地区殖民。帕克、朗、欧文、帕克曼、格雷格、法恩海姆等人普及的美国大沙漠的神话开始受到人们的质疑和驳斥。伴随西部自由土地可容纳东部过剩劳力的论调的出现，以及反对扩大蓄奴制的自由土地政策的出台，举国上下都将西部看做是自耕农的农业乌托邦，这使得美国作为"世界花园"的形象重又复活了。平均地权理论的理念来自洛克和杰斐逊的天赋人权，其基础是独立、获得私有财产的权利和工作的纪律，这一理论导致了1841年的《公共土地优先购买法案》（*Preemption Act*）和1862年的《宅地法》（*Homestead Act*）的出台。阿塞·惠特尼（Asa Whitney）、托马斯·哈德·本顿及史蒂芬·道格拉斯（Stephen Douglas）等人建造跨洲铁路的各种努力代表了互相冲突的意识利益，但却具有一个共同的远景目标，即认为对西部花园的规划会释放出蕴含在一个卓越神话中的物质价值。由于在内陆和沿海平原获得富饶、丰足的土地并定居其上相对容易，落基山脉和内华达山脉中的矿藏又充满诱惑，一场规模宏大的移民浪潮（伴随经常使用暴力驱逐美洲印第安人）迅即被引发了，并在短短的几十年间就极大地改变了美国的特征。

在墨西哥战争和内战之间的一段时期内，欧裔美国人关于遥远边疆所作的文件记载（还有测绘工程兵部队和其他一些受雇进行跨洲铁路路线、矿藏和地理构造勘测的人以及印第安宿营者呈交的很多科学报告）主要就是为了促进对西部进行殖民。其中重要的旅游和移民指南有安德鲁·查尔德（An-

扩张与种族的文学

drew Child)的《前往加利福尼亚的陆路交通》(*Overland Route to California*, 1852);两部明确警告人们放弃对黄金财富的乌托邦式幻想的作品,即詹姆斯·亚贝(James Abbey)的《加利福尼亚——穿越大平原之旅》(*California, A Trip Across the Plains*, 1850)和 J. S. 谢泼德(J. S. Shepherd)的《穿越大平原到达加利福尼亚旅程之记录和未来移民指南》(*Journal of Travel Across the Plains to California and Guide to the Future Emigrant*, 1851);上文引用过的查尔斯·达纳的《世界花园》(*The Garden of the World*);以及约瑟夫·科尔登(Joseph Colton)的《科氏穿越西部旅游观光指南》(*Colton's Traveler and Tourist's Guide-Book Through the Western States and Territories*, 1856),此书可能是最广为传阅的赞美美国工业与进步的作品,其中详细描绘了密西西比河谷和大平原地区的路程、地形和其他详细情况。从科尔登的指南来看,所谓的"西部"仍然是指密西西比河以西的几乎所有区域。然而以亲身经历叙述和边疆小说为形式来描写中西部边疆的文学作品日渐增多,这本身就是一个标志,表明对该地区的殖民不久就将使那些意欲在荒野或草原上寻求无拘无束生活的人不再有容身之地。

如果说大多数人先是冲着土地后是冲着黄金走向太平洋的话,那么也有人是冲着边疆能带给人自由的希望而去的。比如摩门教徒就是为了摆脱宗教迫害而重新演绎了当年清教徒殖民美国的一幕。摩门教是基督教的一个分支,在约瑟夫·史密斯(Joseph Smith)的领导下发展起来,到 20 世纪已拥有规模庞大的信徒。史密斯转录并发表了几本经文,其中包括《摩门经》(*The Book of Mormon*, 1830),该书据称是 5 世纪时一位先知所作,书中预言将在美国出现新耶路撒冷和千年救赎。摩门教徒被从他们原先的教会所在地纽约州一直赶往西部,当史密斯在伊利诺斯州被暴徒杀害之后,他们又在布利格姆·扬(Brigham Young)的率领下向犹他州进发。在兰斯福·黑斯廷斯以及约翰·弗莱芒写作的西部作品的指引下,扬于 1847 年在盐湖城建立了一个新殖民地。摩门教徒和来访者对这块殖民地写下了各种各样的记录。对这次迁移的叙述被记录在诸如《1847 年犹他开拓者约翰·R. 扬传记》(*Memoirs of John R. Young, Utah Pioneer of 1847*)(1920)和《威廉·克莱顿日记》(*William Clayton's Journal*, 1921)等书中,讲述摩门教早期政治和社会组织的书则有 J. 霍华德·斯坦斯伯利(J. Howard Stansbury)的《犹他州大盐湖谷地探险记》(*An Expedition to the Valley of the Great Salt Lake of Utah*, 1852)、詹姆斯·林福斯(James Linforth)的《从利物浦到大盐湖谷地之路》(*Route from Liverpool to Great Salt Lake Valley*, 1855)以及托马斯·B. H. 斯丹豪斯(Thomas B. H. Stenhouse)的《落基山脉的圣人》(*The Rocky Mountain Saints*, 1873)。

除了那些将摩门教徒赶离东部的谴责外，他们还越来越多地受到流行小说的嘲弄和揭发。如同哥特小说中的反天主教主义一样，小说中的反摩门教言论主要集中在其性道德的沦丧上，特别是摩门教提倡的一夫多妻制。一些家庭情节剧对摩门教婚姻生活中所谓的奴役与变态进行了揭露，例如梅特·维克托（Metta Victor）的《摩门教徒的妻子们》（Mormon Wives，1854）、玛丽亚·沃德（Maria Ward）的《摩门教徒的女性生活》（Female Life Among the Mormons，1855）以及安·伊莉莎·扬（Ann Eliza Young）的《第十九号妻子；或，一段受奴役的生活》（Wife No. 19; or, the Story of a Life in Bondage，1875），最后一本书据说是布利格姆·扬的前妻的自白。尽管有这样和那样对摩门教信仰与事业进行的攻讦，摩门教徒移民仍然在美国历史上造就了一个经济上最稳定和最成功的宗教团体，并使人们从这一事件中以小见大，看到了以美国西部为象征的理想的革命性诞生以及人们对这一理想的普遍追求。

在淘金热潮中再没有哪一个地方像加利福尼亚那样完整地概括了西部那通常梦幻般的含义。探险记述和移民指南已经把加利福尼亚称做是代表了美国未来的土地。墨西哥战争和1848年发现黄金以后，加利福尼亚地区像是《白鲸》（该作品影射了加利福尼亚）中亚哈船长的西班牙金币达布隆，反映出每个拓殖者的梦想。通俗作家贝亚德·泰勒将贺拉斯·格利雷（Horace Greeley）写作的旅行报道整理成书并添加了标题，该标题就点出了加利福尼亚的象征意义：《纽约论坛——黄金之国；或，帝国之路上的冒险》（New York Tribune; Eldorado; or, Adventures in the Path of Empire，1850）。在泰勒看来，加利福尼亚完成了美国的帝国之梦，它证明了美国的精髓是勤奋和冒险，而且是使劳动受人尊敬、使各阶级共享繁荣成为可能的民主平等。

各种旅行日记和将人引往黄金之国的移民指南迅速出现，其中包括亨利·辛普森（Henry Simpson）的《金矿三周》（Three Weeks in the Gold Mines，1848）、威廉·凯利（William Kelley）的《加利福尼亚矿区漫步》（A Stroll through the Diggings of California，1852）、后来荣任加利福尼亚最高法院法官的罗伦骚·索亚（Lorenzo Sawyer）的《途中见闻札记》（Way Sketches，1850）以及阿朗骚·德莱诺（Alonzo Delano）记录其对地质学细致研究的《大平原及金矿散记》（Life on the Plains and Among the Diggings，1854）。澳洲人威廉·肖（William Shaw）在《黄金之梦及清醒的现实》（Golden Dreams and Waking Realities，1851）中警告说，"恋金癖"会产生道德沦丧的效果；苏格兰作家约翰·D. 波斯维奇（John D. Borthwick）则在《加利福尼亚三载记》（Three Years in California，1857）中指出，"金色传奇"作为"人类历史上最令人感到震惊的事件之一"，将会使世界贸易发生重大的变化。矿区生活——

扩张与种族的文学

其间掺杂了各色种族、边疆地区粗放的善恶标准、形形色色实现了的和破碎了的梦——马上被作为历史记录在 J. 昆恩·索恩顿（J. Quinn Thornton）的《1848 年的俄勒冈与加利福尼亚》（Oregon and California in 1848，1849）和诸如列奥纳德·吉浦（Leonard Kip）的《加利福尼亚速写及金矿回忆录》（California Sketches With Recollections of the Gold Mines，1850）等随笔中。其中最有名的是路易斯·爱米丽亚·纳普·史密斯·克莱普（Louise Amelia Knapp Smith Clappe）的《雪莉夫人通信录》（Dame Shirley Letters），于 1854—1855 年首次发表在旧金山的《先驱杂志》（Pioneer Magazine）上。该书根据她本人 1851—1852 年间在矿区的经历用雪莉夫人的笔名写成。这些表面上写给她在波士顿的妹妹的信以令人称奇的细致笔触记录下了采矿生活中的危险、采矿者对神灵的亵渎以及他们的豪赌成性，同时非常贴切地表达了托克维尔（Tocqueville）所提出的美国人的那种梦幻般的躁动和不安，他们好像从来不会安于现状，总是在寻求新的财富或更大的自由和冒险。

大多数描写淘金热的小说都是些蹩脚且只注重情节的作品，如乔治·佩森（George Payson）的《金色的梦想与灰色的现实》（Golden Dreams and Leaden Realities，1853）和《新黄金时代》（The New Age of Gold，1856）；哥特式浪漫传奇，如无名氏的《爱米利亚·谢伍德；或，加利福尼亚金矿中的血腥场面》（Amelia Sherwood；or, Bloody Scenes at the California Gold Mines，1849）；或是旅游奇遇，如范妮·弗利（Fanny Foley）的《海上浪漫传奇——怀尔德法尔前往加利福尼亚航程之记录》（Romance of the Ocean；A Narrative of the Voyage of the Wildfire to California，1850）。为数寥寥的几部描写更复杂一些事件的小说是切诺基（Cherokee）作家黄鸟（约翰·罗林·里奇〔John Rollin Ridge〕）于 1854 年描写乔奎因·缪里特（Joaquin Murieta）匪帮的传奇作品和查尔斯·阿维利尔的《小猫卡森：掘金王子》（1849）及其续篇《加利福尼亚见闻；或，寻宝者的探险》（Life in California，or, The Treasure Seeker's Expedition，1849），书中那些粗野的历险故事在探讨"对黄金无约束的欲望所具有的巨大力量"这一点上要早于弗兰克·诺里斯（Frank Norris）的《麦克提格》（McTeague）。

在 19 世纪 50 年代描写加利福尼亚的最好的作品中，黄金并不是生硬的象征，而是一个隐喻，它可使人们感觉到美国命运的明显胜利。沃尔特·科尔登神父（Walter Colton）在《黄金之乡；或，加利福尼亚居住三载记》（The Land of Gold；or, Three Years in California，1850）中写道，不过短短三年，这一地区"马上就从殖民地的镣铐中挣脱了出来，获得了一个主权国家所能拥有的全部好处与尊严"。虽然科尔登也提到采矿者们仍然需要女人，用她们的"微笑装点家中的灶台",但他还是认为加利福尼亚的获取和黄金的发现预示了美利坚的伟大将来,向移民们发出了福音般的吁请,请他们来定居和净化这一地区,并以此作为征服全世界的序曲:

> 我们的世界在冲破混沌之前原本是毫无用处的;后来苍翠的草木覆盖了它的山峦与河谷;后来奔流的溪水在林间淙淙;后来晨星出没,谱写赞美的诗章……盎格鲁—撒克逊人的血液汇成的潮流并没有在此终结,它周而复始地奔流在他处的海岸、大陆和岛屿;它带着贸易、艺术、文明和宗教上的不断成功而前行。它还将流遍全球,在每个民族的脉搏中跳动。

期望通过加利福尼亚获得道德救赎得从加利福尼亚自身开始。说这话的是伊莉莎·法恩海姆(Eliza Farnham),她的丈夫托马斯·杰斐逊·法恩海姆(Thomas Jefferson Farnham)是游记作家,曾写过一本关于向中西部移民的书《草原上的生活》(Life in the Prairie Land,1846)。伊莉莎在她撰著的《加利福尼亚——家事和国事》(California, In-doors and Out,1856)中赞同科尔登和一些边疆小说作家的论点,即女人和建立家庭所具有的转化力量将是加利福尼亚取得成功的关键。这一点颇值得注意,因为家庭的理想是民主力量在起作用的一个象征:"在其他国家人们向国王和王后、向旧的制度、向社会等级更高的人表示忠诚,而(美国的男人)则把忠诚献给女人。"法恩海姆用了一个采矿地质学的比喻说,在一个充满暴力、贪欲和不按法律程序来裁决的世界里,如果没有妻子和母亲,"非常匀称的道德自然将会渐渐坍塌,因为岩石的表层被蚀空,其原始形态在某种程度上被无休止的摩擦所破坏"。

在美国得到加利福尼亚并从军事和科技上征服落基山脉以西地区之后,由此而产生的最富戏剧性的预言出自威廉·吉尔品(William Gilpin,1813—1894)的著作就成为顺理成章的事。他是探险家、作家和后来科罗拉多州的州长。在演讲选集《黄金地带的中心——北美的农产区、畜牧区和产金区》(The Central Gold Region. The Grain, Pastoral and Gold Regions of North America,1860)中,吉尔品认为从大平原到加利福尼亚这一地区的中心就处在亚历山大·冯·洪堡(Alexander von Humboldt)假设的等温黄道带的半球地带。这一区域中以前曾经孕育过中国、印度、希腊、罗马、西班牙和英国这些帝国,因此美国西部也将孕育出伟大的北美帝国。通过"如大海般一浪接一浪,并时有大潮的"移民,一个田园诗般的英裔美利坚人的帝国不久就将崛起,它依照"普遍的向往和平的本能"而运作,并有足够的黄金可供其支配,来实现"对独立世界的工业征服"。这一帝国具有区别于欧洲的"崇高道德",因此将意味着美国革命的完成;其"尚未兑现的运命"是"将世界联结在一个社会家庭中——解除暴政的符咒并弘扬博爱——解除压抑人性的诅咒,将福祉撒播到全世界"。拓荒英雄们将是这项千年使命的领路人,而一条穿越大陆的铁路将是这一使命完成的物质标志。吉尔品这种本质上属于惠特曼式的预言在美国内战前夕以各种不同的面目出现,其中也不乏有站在拥护蓄奴制的南方人立场上的。南方人以不同的视角看待帝国的问题,认为对奴隶劳动力好心的雇佣可以促成整个西半球的开拓,并开通横跨太平洋的无限贸易。

上述两种帝国观念有一个共同的假定,即认为到19世纪50年代美国的命运已经达到一个顶点,通往亚洲的通道将被最终打开。1850年,当时的参议员威廉·西沃德把已经进入视野的即将爆发的内战暂时搁置一边,思考起《瓜达卢佩绅士协定》和在太平洋海岸定居会带来的前景:

> 如果到那时美国人民能维持一个不分裂的国家,那么日渐成熟的西部文明在历经了四千年不断加深的隔绝后,将在这片我们自己的自由之土上,在这个万事万物循环往复的世界中,重新与日渐没落的东方文明相遇并融合。一个新的更臻完美的文明将崛起,并在我们所珍视的仁慈的民主制度指引下给世界带来祝福。

无论是从地理角度还是从因奴隶劳动力和地区权力而起的冲突来看,一场危机的爆发已是不可避免。西部的全面发展及与之相伴的对美国印第安文化的进一步破坏将在美国内战后到来,但以各种形式和充满预言的口吻记录下的美国的现代轮廓和意义,却早在南北战争前的探索文学与帝国文学中就已经昭然若揭了。

2 边疆与美洲印第安人

1879年,内兹佩尔塞人(Nez Percé)首领辛马顿·亚拉奇特(Hinmaton Yalakit,意为山岭之中的响雷),即白种人所谓的约瑟夫酋长,在首都华盛顿特区发表了一场演说。他的演讲词概括了一段由殖民者及政府官员写就的不断升级的叛卖史:

> 地球是全人类的母亲。在地球上,所有的人都应享有平等的权利。要让生就自由的人满足于被拘禁、被剥夺行动自由,就如同期待河水倒流一般。将马拴于桩上,怎能指望它长膘?你们将印第安人圈入弹丸之地,不准越雷池一步,岂能令他们心满意足,又怎能令他们成长繁荣。我询问过一些显赫的白人首领,他们哪来的权力对印第安人说只准待在一处,看着白人们自由穿行。他们无言以对……无论何时,只要白人对待印第安人如同对待他们自己人一样了,便不再会有战争……那时,君临于上的主宰大神定会笑对这片土地,降下甘霖,洗尽地球表面这兄弟相残而留下的累累血迹。为了这一时刻的到来,印第安人在祈祷、在等待。

美国印第安人的等待只是徒然。约瑟夫酋长的演说只是诸多申诉檄文之一,这些申诉使得抵抗文学成为一种强有力的文学形式。欧裔美国人对西部的征服使得印第安人被迫迁徙,令其完整的部落变得支离破碎。约瑟夫酋长的演说,是在这一历史进程的中间回顾过去,展望未来。约瑟夫酋长在国家首府的演说表明,美国的边疆文学一直是反映政治与文化冲突的文学,在这一文学中语言本身即是征服的武器和转变的催化剂。

独立革命之后，随着美国对西部扩张的加速，美洲本土的印第安部落居民，特别是密西西比河以东部分，感受到了突如其来的巨大压力。19世纪发生的针对多数部落的战争，其渊源都在殖民时期。然而，美国本身争取独立前后的几十年对其长期的帝国扩张却至关重要。19世纪前半叶，美国的扩展及横跨大陆的拓殖进程的中心就是对法国人与印第安人的战争。法国将印第安人的大片土地割让给英国，印第安人联盟土崩瓦解，殖民地受英国保护的依赖性的不断减弱，这一切都为美国独立战争以及向密西西比河以东扩张创造了条件。1803年，路易斯安那购地给美利坚合众国控制密西西比河以西印第安人的领土提供了可乘之机，并使得制订正式的印第安人迁徙政策成为可能。当时国民思想意识形态的公开动机从仁慈的家长制直至实质上的种族灭绝什么都有，在这种意识形态的鼓动下，美国官员们常常自己违背联邦政府或州政府与印第安部落签订的协约，意欲获得新土地的殖民者违背条约就更为司空见惯了。

1812年的战争标志着美国印第安人在北方与东南方的重大失败也使得威廉·亨利·哈里森将军（William Henry Harrison）和安德鲁·杰克逊将军从此名扬全国。两人均极力叫嚣将印第安人从白人垂涎的地域赶走。哈里森问道："造物主似乎注定要以这片地球上最美的一片土地来养活众多的民众，让它成为文明的栖身之地，难道它还要处在原始状态之中，只让几个卑劣的野人出没其上？"这些欧裔美国人对于印第安人生活的理解虽说有时来自浪漫哲学以及自然生活的文学典型（即卢梭的追随者所倡导的崇尚"原始状态"的思想，他们对欧裔美国人所憧憬的"文明"进步不屑一顾），但是大多数欧裔美国人接受的却是散文家、小说家休·亨利·布雷肯里奇（Hugh Herry Brackenridge）在1793年的提法："我以为对野蛮人知之不多的人对印第安人性格的了解就像读过浪漫爱情故事的年轻女子脑中的现实生活一样不切实际。"布雷肯里奇断言，原始生活的所谓"美德"，不过是开明思想中的幻像。对印第安人生活的真正了解表明，阻碍白人殖民的部落只能被同化、被驱逐或者被征服。这正合殖民者与政府官员们的心意。

杰斐逊、门罗和约翰·昆西·亚当斯（John Quincy Adams）从不同的迫切程度，提出了印第安迁徙这一政府政策，以作为解决不可避免的土地争端和冲突的最佳方法。对于杰克逊来说政府的印第安迁徙政策是严肃的原则，因此杰克逊被许多印第安人称做快刀。始于19世纪20年代的迁徙政策从法律上"允许"——实际上是强迫——印第安人用他们部落的土地交换密西西比河以西的土地，不过在迁徙政策实施之前公众与国会对此进行过广泛的讨论，但这些讨论涉及更多的是将来土地的使用问题，而不是印第安部落的权益问题。1830 年《迁徙法案》（Removal Bill）通过，杰克逊又拒不遵守最高法院的两项决议（即《切诺基族对佐治亚州决议案》[*Cherokee Nation v. Georgia*，1831]和《伍斯特对佐治亚州决议案》[*Worcester v. Georgia*，1832]，该两项决议要求在切诺基人问题上佐治亚州的法律应服从联邦管辖），迁徙政策遂获得官方认可。虽然佐治亚州因上述两项决议而不能允许白人殖民者攫取切诺基人的土地，但法院却将切诺基人定义为"国家内部的附属民族"——实质上是美国国内的异国异族——在法律上应该从属于联邦政府，依赖联邦政府的保护和补偿。杰克逊对佐治亚州持续不断的违法行为不闻不问。到 1838 年，"五个文明部落"（切诺基、克里克 [Creek]、西米诺尔 [Seminole]、奇克索 [Chickasaw] 和乔克托 [Choctaw]）的大多数人被迫沿着他们后来所谓的"泪路"（the Trail of Tears）进入密西西比河以西新设立的"印第安领地"。

杰克逊所采取的政策及其对最高法院的蔑视虽说无人可挡，然而以联邦政府的干预去终止欧裔美国人对边疆的侵占及由此而来的对愈来愈远的西部地区印第安人权利的侵犯是不可能的。杰克逊相信白种人的文明注定要扩张，迁徙不仅为权宜之计，更是无法避免的战争与杀戮的人道主义的替代方法，杰克逊并不是唯一持这种论调的人。无论持这种论调的人是出于怎样的好意，但迁徙过程的实际效果与种族灭绝相差无几。杰克逊观点的主旨在他于 1830 年发布的第二年度国情咨文当中表述得明明白白：

> 沿着其（印第安人）种族最后亡者的墓地，脚踏这业已消失的种族的墓穴，伤感之情油然而生。但是，真正的仁爱却使此种枯荣沉浮的痛惜之心得以释怀，因为一代人的绝灭是给另外一代人留出生存空间……仁爱之心不会希望看到这块大陆仍如我们的先辈发现时一样的蛮荒。我们广阔的共和国，有众多的城镇与繁荣的农场在其间点缀，有艺术与工业所及的一切进步为她增添异彩，有 1200 多万人民在其上幸福乐业，沐浴在自由、文明与宗教的恩泽之中。有哪位善良的人会不喜爱她而去爱一个丛林密布、千数野人出没的国度？

在杰克逊时代，很少有人置天然的种族或民族特征于不顾来谈论平等社会，因此他的迁徙政策的理论基础也丝毫不算激进。然而，这项政策的最终结果，即导致衰退与消亡，也绝非难以预料。对于杰克逊所提倡的通过慈善的家长作风来实施迁徙的政策，切诺基人"花斑蛇"做出了恰如其分的预言：

○扩张与种族的文学

> 兄弟们！我们曾聆听先祖的教诲——那极善良的教诲。他说他爱他的红肤孩子。兄弟们！当白人初来这些海岸时，马斯科基人（Muscogees）给他土地，为他生火让他舒舒服服……可当白人的身体在印第安人的火堆前暖和过来，肚子里装满印第安人的玉米粥时，他变成了庞然大物，不仅爬上山巅，还踏遍平原与山谷，他的双手伸向东海和西海，然后，他变成了我们的祖先。他爱他的红肤孩子，可是他说，"你得稍稍挪动一下，再过去一点，否则，我会不小心踩着你。"他一只脚将红种人踢过奥康妮河（Oconee），另一只脚踩毁他祖先的坟冢……我听过我们祖先的无数教诲，他们的开始和结尾都是一模一样。

由于迁徙政策的实施，从19世纪20年代至40年代，密西西比河以东的印第安人人口锐减为原有的四分之一。单是切诺基人，两万人当中就约有四千人在从佐治亚至俄克拉何马的迁徙途中死于疾病与饥饿。索克人（Sauks）、福克斯人（Foxes）、温内贝戈人（Winnebagos）以及奥吉布瓦人（亦称奇皮瓦人）（Ojibwa, or Chippewa）连同东南部的一些部落全都被迫出让或是出卖土地西迁，从而与居住在那里的苏人（Sioux）、黑脚族人（Blackfeet）、奥塞奇人（Osages）、波尼人（Pawnees）、科曼切人（Comanches）、阿拉巴霍人（Arapahos）以及其他部落产生矛盾。由于迁徙政策寻求的是为已剥夺掉一切所有的各部落提供家园，所以大多数人认为在很多方面要比强迫印第安人接受不属于自己的文化"更为仁慈"。然而，于1819年启动的每年1万美元的政府文明基金目的在于教育印第安人并使其皈依基督教，虽说对某些部落略有成效，但终究只是微薄的仁慈之举。正如阿列克斯·德·托克维尔（Alexis de Tocqueville）在《美国的民主》（*Democracy in America*）一书中对克里克人、切诺基人和乔克托人的被迫迁徙所描述的那样，"对人道主义的原则多一份尊重就不可能会有这种毁灭人的举措"。

就是托克维尔也还是认为土著美国人阻碍了"自然规律"的进程。在这一点上，托克维尔与曾在1813至1831年间担任密歇根地区总督而后又在安德鲁·杰克逊执政时任国防部长的路易斯·卡斯（Lewis Cass）观点一致。卡斯与杰克逊一样是迁徙政策的主要策划者，19世纪20年代后期，他曾在《北美评论》（*North American Review*）上发表数篇颇有影响的文章，声称印第安人与欧裔美国人不同，他们惰性十足，"墨守成规"，满足于在一个圈子里平平常常过日子，与熊、鹿、野牛无异："他从不用竞争的眼光看待周围的事物，从不将自己的状况与别人的比较，也从不下决心去改善这一切。"弗朗西斯·帕克曼（Francis Parkman, 1823—1893）在这之后用了一个更富有表现力的比喻："印第安人是从石头中劈凿出来的，你要改变他的形态就必须毁坏组成他的物质……他不可能学会文明的艺术，他与他的丛林必须一起毁灭。"帕克曼的这段论述出现在他的《庞蒂亚克的阴谋》（1851）一书中，该书对促使人们在那一世纪后期接受把印第安人的"衰落"视做广为流传的美国神话的一部分的观点起了巨大的作用。帕克曼小心翼翼地将印第安人与蛮荒世界等同起来——两者都注定要失败并且被一个更伟大的种族所开发——这是一种颇具代表性的把印第安人当做一种准人类形态的白种人观念，同样具有代表性的还有他那小心翼翼的家长形象："我们满怀兴趣地关注着这冥玩不化的荒野之子，这无法从粗野的母亲怀中断奶的孩子的命运。"认为美国印第安人为荒野的"孩子"——无知、粗暴而且缺乏自控力，这一流传甚广的文化观念更加巩固了杰克逊和其他人的政策，使他们用一种关怀与管束的家长式模式来推进迁徙政策的实施。卡斯与帕克曼所运用的"荒野"的比喻将在19世纪对美国印第安人的描述中得到变本加厉的发挥。这些描述无论在政治上还是在心理上都对把欧裔美国人的征服套入史诗般的模式起到了至关重要的作用，据声称，这一模式既是天意使然又合乎自然，而且很明显还合乎国家利益的原则。

随着白人殖民者在这个新国家里安家落户、划定版图，美国土著印第安部落占据的地方也越来越小、越来越偏远，很多时候甚至比他们祖先的土地还要偏僻，与此同时，他们却日益频繁地成为美国文化的代表以及学术研究的对象。印第安人物进入美国神话意识的进程开始于殖民时期对惨遭俘获以及印第安战争的记述，到19世纪这一进程则大大加快了步伐。对大众来说，白人的最终胜利已是毫无疑问，战斗以及囚禁印第安人是新世界中美国注定要完成的使命的一部分。印第安人的酋长与英雄一旦不再作为武士而产生威胁便一举成为名人，整个部落也可以被描绘成品德高尚、充满悲剧性。国家主义精神、盛行的对"原始"或"野蛮"生活的各种观点以及对土地的渴求等因素结合在一起产生了文学创作的环境，这种文学尽管对迁徙政策实施时经常采用的暴力与欺骗方法不无讥讽，但总体来说却是支持迁徙政策的。从政府迁徙政策的正式出台直到跨越平原与山峦向西至太平洋海岸拓殖路线的完成（约从19世纪20年代中期到19世纪50年代），以詹姆斯·费尼莫尔·库珀为代表的小说家，以亨利·罗·斯库克拉夫特为代表的人种学家，以托马斯·麦肯尼为代表的历史学家，以及以亨利·华兹华斯·朗费罗（Henry Wadsworth Longfellow）为代表的诗人，都将美国印第安人戏剧化地表现为滞留在人类发展进程中过去一个阶段的民族，认为他们如果不能接受文化的改变成为新的民族那就注定要灭亡。迁徙政策虽说并非总是险恶，但无

扩张与种族的文学

论如何也是悲惨惊人的,它给欧裔美国人在文献中记述美国印第安人指明了方向,有时甚至也给印第安人对自己的描述指明了方向。

在试图描摹美国印第安人的文本中,他们的生活与心声往往遭到了歪曲,这种现象是不足以为奇的。由内战前的印第安人撰写或记录的材料留存于世的相对较少,即便有也未必可信,因为这些文本或是较少反映民族传统,更多按照它们所面向的白人读者的期望写就,或是存在翻译上的困难。即便如此,还是存在相当多用英文写就的印第安文本,以及由斯库克拉夫特和乔治·卡特林(George Catlin)等研究者们记录和翻译的数目更为可观的传统故事与传说。这在一定程度上匡正了流行的由欧裔美国人创作的小说与诗歌中对印第安人生活的贬抑与误导。20 世纪以前,美国土著文化基本上没有文字记载,因而难以按照编年体例及欧美文学史的诠释传统加以概括。再者,将印第安文化孤立地归入美国南北战争前的时期,甚至冠之以"美国印第安人"或"美国土著",错误地将几百个不同部落的传统混为一谈,将一些不真实的定义强加给他们,这些定义有时候就像英裔美国人喜欢笼统地称呼"印第安人"那样片面且有局限性。尽管如此,在 19 世纪赶尽杀绝的战争中,传统的民族文化不仅势头未减,反而第一次系统地以欧裔美国人的书面语形式开始得到记载。内战前美国印第安文学史不可避免地是一段文化遭掠夺及与外来文化产生冲突的历史。然而,在实力悬殊、来势凶猛的压力之下,美国的土著文化却生存了下来。颇具讽刺意味的是,在白人世界中占统治地位的语言、意识形态和分析方法往往成为印第安文化得到保留的最主要途径之一。

在有关西部扩张的文献中,即便不集中讨论印第安人的文件,也常常理所当然地假定"印第安人问题"正在解决中。由于印第安部落面对白人拓殖者的入侵似乎注定退却或灭亡,他们在白人作家的笔下常常具有怀旧的或是讽刺的象征意义,代表着各种思想,诸如:进步所带来的丧失天真;神话时代——这对一个急于加强民族主义意识的美国来说会赋予其历史感;或是一种处于原始阶段的社会组织要胜于日益都市化、工业化的世界。最常见的情况可能是印第安人被刻画为高贵的英雄,在失败这一点上他们是充满悲剧性的,但是是荣耀的,但他们的坚忍也掩饰——有时则反映了——白人对美国土著部落生活毁灭的焦虑。

19 世纪中期有关印第安人的盛行的文化与政治观点,具有代表性的仍是帕克曼的《庞蒂亚克的阴谋》,书中的观点与其他史学家及民族学家的观点大同小异,但却以其对大陆日新月异的变化的狂热吹捧而与众不同。本书还可作为通俗文学的一个范例,即并非将印第安人的文化"迁徙"出美国,而是

2 边疆与美洲印第安人

处心积虑地将其限制在圈定的思想领域内。比这本书略早几年，在《加利福尼亚与俄勒冈小道》（1849）中，帕克曼预见性地描述了对野牛日益猖獗的屠杀，似乎它们的死亡与靠捕杀它们为生的印第安人的死亡不谋而合，两者都注定要在帕克曼所谓的"自然过程"中灭亡。《庞蒂亚克的阴谋》对动荡的19世纪中期所作的史诗般描述可与《白鲸》相媲美。帕克曼把美国印第安人的征服与灭亡放在过去的背景中，这样一来，与法国人和印第安人之间的战争以及庞蒂亚克的起义便成为了白人在大陆确立绝对权威的最后障碍。正如梅尔维尔书中的佩阔德号在船长疯狂追捕白鲸时沉入漩涡，印第安人塔什泰戈（Tashtego）抢起锤子将鸣叫着的雄鹰钉在了主桅上。对于美国的西进，帕克曼不似梅尔维尔那样悲观，但是他对庞蒂亚克史诗式的记述同样象征地表现了扩张的内涵，他描述了"在那一时期同样遭受灭顶之灾的美国森林与美国印第安人"。库珀及其他小说家把他们对印第安战争的叙述放在过去的时间背景中，帕克曼与他们一样，将对当时的暴力与迁徙的忧虑移植到了另一个时代，使美国土著的"消失"具有了宿命色彩——因为这在过去的神话中已经出现过了——由此为美国当时的意识形态营造出了强有力的历史深度。帕克曼的观点在其对战败的庞蒂亚克于1766年在伊利湖边沉思默想的描写中得到反映：

  他连做梦也没有想到过……就在一个人一生的短短时间里，这寂静的湖面上居然会布满商船的帆影；在那毁坏的森林上居然会崛起一座座城市与一个个村庄；还有他那已消失的种族的可怜的纪念品——在犁田的时候被铧头翻起的贝壳念珠、生锈的战斧、石制的箭头——会成为学童们手中的稀罕物事，抑或是古董商匣中的珍品。

  与1853年树立于国会大厦前的由霍瑞休·格里诺（Horatio Greenough）创作的雕塑《营救队》（*Rescue Group*）这等国宝级艺术珍品，或是如1859年开始铸造的印第安人头像便士等因经济与文化政策而造就的平凡无奇的人工制品一样，帕克曼1851年塑造的庞蒂亚克表明美国历史中的一个阶段——即西部大迁移最初的几十年——业已告一段落。长期从事美国土著遗迹与家族研究的哲学家梭罗，在他1859年一本笔记中称箭头是一种"石头果实"或是一粒种子，发芽虽缓慢，却能"收获哲学家和诗人"。然而事实上，以诗化的形式将印第安人窃为美国神话的一个基本部分的做法很早就出现了。由于只有极少数的作家对美国土著的生活有直接的了解，大多数的作家所依赖的只是老生常谈的浪漫故事或是关于野蛮暴力的边疆传说。正如华盛顿·欧文于

○扩张与种族的文学

1848 年在《印第安人的性格特征》（*Traits of Indian Character*）一文中所评述的那样，印第安人似乎受到了双重虐待："殖民者常常像对待森林中的野兽一样对待他们，而作家则费尽心机地为他们（殖民者）的暴行辩护。"欧文本人对浪漫主义也未能免疫，他发现，"骄傲的独立，这构成野蛮人美德的主要支柱，轰然倒塌，整座道德的大厦化为一片废墟"。美国印第安人成为美学及道德意义上的"废墟"，无论对知识分子还是政府官员而言，都是一个很重大的问题。对于这两方面的人来说，现存部落的消亡，可以理解为是推动欧裔美国人前进的同一个地理历史进程的一部分。有关迁移的意识形态需要发挥双重作用。一方面，它必须提供一种哲学，使他们清洗大陆上的"异邦"和潜在的敌对民族的行为变得名正言顺。另一方面，它有必要找到一种政治和文化手段使得征服变得自然而然，或者将它纳入一个更广阔的不以人的意志为转移的历史语境。科涅琉斯·马修斯（Cornelius Matthews）就是这样做的，他在小说《巨兽：筑堤人传奇》（*Behemoth*：*A Legend of the Mound-Builders*，1839）中就将当代美国印第安人史前祖先的遗迹看做北美的希腊古迹。他写道，"一块腐骨、一顶古老的头盔、一段残垣"，都可以让我们感受到与"很久以前埋在地下的先辈们血脉相连"。

对于美国印第安人能否在现实世界或在美国民族神话的高尚回忆中生存下来，欧文是不抱太高期望的人之一：

> 即便一些对他们的未必真实可信的追忆有幸留存下来，那大概也只是出现在诗人的浪漫梦想之中。诗人在想象中把他们放置在树林里和林中的空地上，就好像古希腊神话中的农牧之神、森林之神和那些林间的神祇一样。但如果有人敢于讲述他们遭受冤屈和苦难的黑暗故事，讲述他们如何受到侵略、戕害和掠夺，如何被赶出他们祖祖辈辈生于斯终于斯的土地，如何像野兽一般四处遭到捕杀，被暴力和屠戮送入墓穴，如果有人敢这样做的话，那么他的子孙如果不因为这故事太过可怕或难以置信而听不下去，就一定会为他们祖先所遭受的非人折磨而义愤填膺。

要说出"黑暗的故事"虽然不易，但终究有人来说。即便是最宽容的叙述，也仍然触及根深蒂固的视美国土著为野蛮人的观念。美国土著的生活遭受了毁灭，为对此做出补偿，人们往往倾向于将美国土著的生活浪漫化，但即便是最宽容的记述，也与这种倾向做着斗争。颇具讽刺意味的是，印第安人自己说的话、讲的故事，无论是口头流传下来的，还是由富于同情心的旅行者记录下来的，如今竟然全都成了文学遗产，与日后一代又一代拓荒的农民（还有如梭罗这样的自然哲学家）发现的石头及黏土制成的古代遗物并无两样。因此，在真正的实地考察之前，人们已经以人类学或考古学的态度来对待印第安人了。印第安人在大限将至的那一刻便开始为人所纪念了。甚至当他们还在被往西驱赶，还被称做与文明生活格格不入的野蛮人之时，他们就已经作为美国纯真而又充满神话色彩的过去的一部分而受到称颂了。

与描述蓄奴制的文学相似，在欧裔美国人描写印第安人的文学中，官方的演说与文件、人种史的资料以及历史性的评述，与小说家、戏剧家及诗人的作品同等重要，而且往往具有同等的文学价值。再者，美国的黑奴制度与印第安人的大迁徙并非毫不相干，而且从美国独立革命所作的承诺而言，两者同是这一民族所面临的最主要的尴尬。独立宣言提醒人们警惕威胁殖民地生活的"无情的印第安野人"。华盛顿、杰斐逊、亚当斯以及其他建国早期的一代人在印第安人被当做军事对手的情况下很难对印第安人的苦难抱有同情。然而，虽然黑人奴隶与美国印第安人在所谓"自然"的等级中同样都低于白人（如同19世纪30年代之前的墨西哥人一样），两者却不能混为一谈。事实上，正如托克维尔在《美国的民主》一书中所写的那样，他们的情形可以被看做几近相反："黑人是达到了受奴役的极致，而印第安人则生活在自由的极端边缘"，享有一种"野蛮的独立"。托克维尔对美国印第安人的描绘是富于同情心的，虽说仍带有挥之不去的视其为野蛮人的偏见。但是他所谓印第安人的"自由"的理论却值得注意，因为它明确了美国文化对印第安人所持的双重态度，而且随着这一世纪的逝去与印第安人的消亡，这一态度日益定型。根据这种盛行的理论，印第安人高贵、勇敢而又独立，但他们同时也目光短浅、幼稚、迷信且报复心强，因此对稳定而又复杂的社会秩序构成威胁。

这种双重态度得到官方政策及大众文学的共同提倡，一些皈依基督教并接受了白人的社会文化与经济文化的美国土著也随声附和。其结果便是美国印第安人的形象常常被放到了先进的欧裔美国人社会的反面：前者代表愚昧，后者代表文明；前者待人以恶魔般的报复，后者则待人以基督教的仁慈；前者象征的是游牧狩猎的生活，后者象征的则是拥有财产权利、农业不断发展的生活。由政治家、历史学家以及想象力丰富的作家之流所定义的"野蛮人"生活的特征包括：印第安人喜好游击战术，沉迷于剥头皮及其他野蛮行为；他们缺乏基督徒的宽容和理想化的复仇；他们的家庭结构松散、没有成熟的建立有组织社会的观念；他们逆来顺受地甘愿忍受巨大的痛苦与磨难。白人拓荒者的身上其实也具有同样的野蛮特征，他们不愿忍受社会的约束，而宁愿选择狂野不羁的边疆生活。但这只能说明这样一个事实：印第安人的观念与边疆拓荒者的观念无论从地理上还是心理上而言常常是不可分割的。正如

扩张与种族的文学

梭罗曾说过,他会生吞一只土拨鼠以汲取它身上的"野性",那些边疆开拓者、遁世者以及决意在作品中描写不断发展的边疆传统的作家们也可能是追寻印第安人以及他们的生活方式而已。然而,印第安人则像他们的土地以及其中所蕴藏的财富一样会在这个过程中被吞噬——要么名副其实地被赶尽杀绝,要么被融入国家的文化。它或许会使这种国家文化产生微小的变化,但最终还是要归顺到在其中占主导地位的神话中去。无论怎样,官方的政策都存在两种相左的意见:一派提倡实质性的灭绝,另一派主张对印第安人进行教育与同化,其代表人物杰迪戴亚·莫尔斯(Jedediah Morse)在《给国防部长的关于印第安人事务的报告》(Report to the Secretary of War…on Indian Affairs, 1822)中预言了这项"神圣工作"的必要性与艰巨性。

有些描述对印第安人的苦难寄予真切的同情,其他描述则只不过是迎合了大众对舞台上或小说中扣人心弦的情节和感伤情调的热中而已。有时候一部单独的作品会汇集一整套主要的思想,比如詹姆斯·S. 弗伦奇(James S. French)反映威廉·亨利·哈里森将军对肖尼族(Shawnee)酋长特库姆塞(Tecumseh)战争的小说《埃尔克斯瓦特瓦;或西部先知》(Elkswatawa; or, The Prophet of the West, 1836)。小说本身及其主题便是当时造神话过程的很说明问题的例证;如果把该小说和其他反映了其所涉事件和思想的资料参照起来看,就能很清晰地看出小说和戏剧是如何与历史记录和印第安人的叙述相互交叉重叠,从而从不同侧面杜撰出美国印第安人的生活。

面对白人移民的无情推进,特库姆塞于1811年开始将整个密西西比河谷的部落组织起来,结为联盟。他与他的兄弟——人称先知的埃尔克斯瓦特瓦一起,倡导一种印第安人的民族主义,这种民族主义杜绝所有欧裔美国人生活的破坏性影响。蒂普卡奴(Tippecanoe)一役,特库姆塞败给了哈里森,这一事件加速了1812年战争的进程。特库姆塞的军队被打得溃不成军,他的强有力的领导亦就此瓦解。然而在以后的几十年里,随着战争的结束与印第安人的迁徙,白人拓荒者长驱直入密西西比河谷,特库姆塞很快被纳入了民族神话,就好像是因他的战败而完成了仪式的内化。比如,虽然威廉·R. 华莱士(William R. Wallace)在《蒂普卡奴战役》(The Battle of Tippecanoe, 1835)中把特库姆塞的敌人哈里森将军描绘成一部矫揉造作的爱国史诗中的英雄,可乔治·H. 科尔顿(George H. Colton)却在他的英雄史诗《特库姆塞;或三十年来的西部》(Tecumseh; Or the West Thirty Years Since, 1842)中将这位肖尼族酋长描写成一名野蛮人的英雄,面对更为强大的势力而无力回天。科尔顿为凭吊他的覆灭以一首仿颂歌形式的《战争之歌》(War Song)来纪念他的逝去:

> 我闻到了战斗的血腥！
> 那可怕的厮杀，
> 生命之潮喷涌而出！
> 但这是何等的乐事啊，
> 当我们陷身血泊，
> 让我们的刀斧痛饮敌人的热血！

也就是说，即便这些诗歌以立场相对的人为英雄，也可以完成相同的文化使命。本杰明·德雷克（Benjamin Drake）以更具批判性的笔触在《特库姆塞的一生》（*Life of Tecumseh*，1841）中将特库姆塞描写得勇敢而富于人情味，甚至还是一位军事天才（德雷克引用詹姆斯·霍尔［James Hall］的话，称这位肖尼族酋长为"西部的拿破仑"）；而白人的推进则被看做是"无止境的贪欲和对正义肆意践踏"的结果。本杰明·B. 撒切尔（Benjamin B. Thatcher）尽管在他的《印第安人传》（*Indian Biography*，1832）中将特库姆塞描写成伟大的政治家和爱国者，但他的描述中同情之心要少些，因为他指出了这样一个致命的现实：特库姆塞将他的伟大天才仅仅用于为得到"荒野与放纵的自由"而战。一些据称是特库姆塞本人所说而且在多种文本中被引用的话，对欧裔美国人的命运不啻是颇具讽刺意义的明证。下面这段特库姆塞于1811年号召全体印第安人联合起来并寻求英国人帮助的演讲，收录于一本当时颇流行的对被俘生活的记叙，即约翰·邓恩·亨特（John Dunn Hunter）的《遭北美印第安人俘获记》（*Memoirs of a Captivity Among the Indians of North America*，1824）：

> 兄弟们！白人是什么样的人？我们对他们有什么好害怕的？他们跑不快，是射击的好目标，他们不过是普通人而已，我们的祖先曾杀掉过许多白人。我们又不是妇人，我们要用他们的血染红土地。
>
> 弟兄们！大神对我们的敌人震怒了；他用雷声说话，大地裂开吞噬村庄，吸干密西西比河的河水；大水将淹没白人的低地，令他们的玉米无法生长；大神还将用他那骇人的呼吸把逃到山上的人卷走。

特库姆塞的著名演说和弗伦奇这种有代表性的小说应该放在这样的上下文中来阅读。《埃尔克斯瓦特瓦》对特库姆塞和哈里森将军的演讲均有引用，特库姆塞在这本小说中是一位勇敢的、可以说是光彩斐然的人物；但这些元素全都成了拯救被囚的白人女主人公这种程式化故事的陪衬。由于小说的情

扩张与种族的文学

节与蒂普卡奴战役糅合在一起,解救便成为政治家与军事首领们往往想要得到的出师之名的象征:边疆移民必须从四处掠夺的印第安人手中被"解救"出来。在《埃尔克斯瓦特瓦》的结尾,那位有着一个意味深长的名字"大地"的痛恨印第安人的白人,最终回到文明社会的平静生活中。这暗示着杀戮土著印第安人仅仅是美国社会发展中一个暂时的实际性的阶段,为了赢得胜利必须暂且以暴易暴。特库姆塞的人道与勇气,他的兄弟先知埃尔克斯瓦特瓦的理想及他对原始公有制生活方式的梦想都遭到了可悲的背叛。这些品质虽令人景仰,然而真正重要的是,它们现在都属于过去,落入浪漫历史小说的窠臼了。人们可以说,特库姆塞在这些文本中被刻意塑造成一个历史与政治的偶像,他牺牲者形象使扩张战争变成了命运的自然安排。

普通大众对浪漫历史小说的期待对大多数反映美国印第安人生活的小说都造成了很大影响。在某些小说中,这类小说的基本要素成了作者明确关注的东西。许多作家努力想要发展出一套适用于美国本土背景的浪漫传奇理论,詹姆斯·费尼莫尔·库珀、威廉·吉尔摩·西姆斯(Willam Gilmore Simms)、纳撒尼尔·霍桑(Nathaniel Hawthorne)只不过是其中最为著名的几位。正如霍桑为《红字》所作的序,这些理论在充分利用美国特有的事物所带来的可能性的同时,也努力发掘国内外评论家认为美国所缺少的东西——即历史的深度和整个国家的共鸣。对于美国印第安人来说,传奇故事于是和人种论融汇到一起。对于欧文和梭罗这等富于想象力的作家,和麦肯尼、斯库克拉夫特这样的历史学家来说,印第安人的覆没不仅为美国带来了进步的未来,还为美国留下了完美的可待发掘的古迹。

尽管1820至1865年间大多数白人作家写就的有关印第安人的作品都至少是含蓄地反映了这种双重观点,但特别明显地体现这种观点的还是那些主要的历史学与人种学著作。它们以书面形式保存了大量美国土著的历史与传说,并试图以欧裔美国人的话语来进行连贯的解释,虽然仍是不可避免地会有歪曲。南北战争前写成的历史书,由于经常受到新成立的美国政府及其人民更优越的民族主义观念的影响,成了关于"印第安人问题"的重要陈述。虽然大多数历史学家视印第安人最终被迫背井离乡为理所当然,几部人种论特点不显著的记述还是试图在美国土著生活消亡之前提供一些可靠而又带同情色彩的信息。这些著作包括:亨利·特伦布尔(Henry Trumbull)的《印第安人战争史》(*History of the Indian Wars*, 1811, 修订本1841)、约翰·G. 赫克韦尔德(John G. Heckewelder)的《印第安民族的历史、行为与风俗》(*History, Manners, and Customs of the Indian Nations*, 1818)、本杰明·B. 撒切尔的《印第安人传》(1832)、哈维·纽卡姆(Harvey Newcomb)的《北美印第安人》（*The North American Indians*，1835）、约翰·弗罗斯特（John Frost）的《美国的印第安战争》（*Indian Wars of the United States*，1840）以及塞缪尔·古德里奇（Samuel Goodrich）的《美国印第安名人传》（*Lives of Celebrated American Indians*，1843）。塞缪尔·德雷克（Samuel Drake）的《北美印第安人史传》（*Biography and History of the Indians of North America*，1832）是最为著名的作品之一。该书虽不及后来麦肯尼、斯库克拉夫特以及卡特林的著述那样包罗万象、见闻广博，但是作为一部历史、传记、被俘者叙述以及美国土著讲演的概略却具有特别的重要性。德雷克除了对白人取得进步的手段有自己独到的批评外，还充分依靠原始（但经过翻译）的印第安人文件，如前面提到过的"花斑蛇"对杰克逊的回答，这使得他的著作呈现出一派多种声音交响共鸣的面貌。

这一点，即便较之更为杰出的作品也未必具备。这一时期最为重要的一部国家史，乔治·班克罗夫特的《美国历史》（*A History of the United States*，1834—1875），将美国土著文化描绘得在政治上高尚但社会形态上原始——一种简单、不道德与非理性的结合体。例如，在"密西西比河以东的红种人"部分，班克罗夫特写道，"美洲野蛮人有舌，有腭，有嘴唇和喉咙；可以发出连续的声音，会'嘶嘶'作声"；然而在与欧洲人接触之前，没有哪一个东部部落曾"将他们发出的声音区别开来"，排出字母表，"他们唯一的书写方式就是简陋的模仿和符号"。野蛮人的"道德体系"只不过是"满足其动物本能的许可证"。即便红种人把他们的联邦式统治体制完善到堪与古希腊议会相媲美的地步，他们也还是"缺乏想象与抽象的能力"，而且"在理智与道德上低人一等"。

班克罗夫特的这一章很好地指出了关于印第安人的历史学与人种学著作所见相同的地方。二者均认为书写是区别白种人与印第安人的基本技术；出于同样的原因，写作与传说和古物的收集一起被看做是保留印第安文化的主要方式，因为在现实中部落生活能幸存下来的希望是微乎其微的。1842年，阿尔伯特·加勒廷（Albert Gallatin）创立了美国民族局（Bureau of American Ethnology），把这种想法变成了定规。他集中大量人力，按照当时通行的研究标准，整理了19世纪印第安人的语言与习俗。这项工作成了美国最早的大型科研项目之一。19世纪美国首屈一指的人种学家路易斯·亨利·摩根（Lewis Henry Morgan，1818—1881）在其研究生涯中描摹出一幅经典的关于美国印第安人的人类学画卷：高尚但简单，是白种人贪欲的高贵受害者，然而面对先进文化强有力的前进脚步，他们的消亡势在必然。摩根最具影响力的著作发表于19世纪70年代，当时，他毫不隐讳地论及以人类学博物馆的方式保存印第安人的生活。在 1876 年发表的一篇题为《蒙提祖马的晚餐》（*Montezuma's Dinner*）的文章中，他指出："我们的国家仍然面临着这样的问题，即我们是应该以科学的方法向世界展示印第安社会，还是让我们的研究维持现状：粗糙、无聊、让人看不懂，一派自相矛盾、幼稚可笑的混乱。"摩根主张，如果有人愿意担此重任，"他们应当像希罗多德研究亚洲与非洲时一样，去亲身探访土著部落的村庄与营地，将他们当做活生生的有机体来研究他们的制度与风俗，他们所处的状态和他们对生活的安排。"

其实，摩根本人早在多年以前就开始了调查工作。在他的《古代社会》（*Ancient Society*, 1877）一书中，他提出世界各个种族都有共同起源的社会进化理论，其来源就是他早期对美国土著尤其是易落魁人（Iroquois）的研究。他的晚期著作对"野蛮"特性的贬斥不似早期那么激烈了，而在他的第一部重要著作《霍-德-诺-索-尼联盟，或易洛魁人》（*League of the Ho-de-no-sau-nee, or Iroquois*, 1851）中，这种贬斥是随处可见的。《联盟》一书与帕克曼的《庞蒂亚克的阴谋》以及斯库克拉夫特的鸿篇巨制《史学与统计学资料汇编》（*Historical and Statistical Information*）的第一卷同年出版。三部著作以各自不同的方式表达了这样一个共同的观念，即印第安人对美洲的统治已经结束，如今他们的价值仅限于历史与人种学研究了。摩根的《联盟》一书，主要以他于 1847 年在《北美评论》（*American Review*）上发表的著名的《论易落魁人问题的书信》（*Letters on the Iroquois*）为基础，详细叙述了部落的统治机构，翻译了大量传说以及神话，描绘了他们的家庭生活与风俗习惯。但是，由于易落魁人没有发达的读写能力，也没有工业技术，所以在摩根笔下，他们还只是停留在狩猎阶段，是在"人类社会的零起点"上。易落魁人的生活与大自然现象密切相联，然而他们却为投入"文明的巨大怀抱付出代价，成为睿智的社会生活战胜粗糙的自然障碍的牺牲品"。这样一来，摩根的观点便与他为印第安人土地权利的争辩以及他对易落魁文化详尽的、貌似客观的记述产生了矛盾，因为在他看来，易落魁人本身就是"蛮荒自然"的一面，因而欧裔美国人的社会自然是更加优越的。

在将美国印第安人确立为研究对象这一过程中起了同样重要作用的另一人物是画家兼作家乔治·卡特林（George Catlin, 1796—1872）。他的某些作品曾受到斯库克拉夫特的猛烈抨击，比如其声名狼藉的有关曼丹人（Mandan）痛苦的接纳仪式的记述，该记述一字不落地被收录进了《奥-基-帕：曼丹人的宗教仪式与其他习俗》（*O-Kee-pa: A Religious Ceremony and Other Customs of the Mandans*, 1867）一书中。但是卡特林对曼丹人仪式的描绘却得到了摩根的辩护并为后来的研究者所证实。如果说，卡特林的著作不及摩根那么专业与科学的话,那么他的描摹性的观察,姑且不提他对种族问题的浪漫推想,也还是相对可信的。他生长在地处边疆的宾夕法尼亚州,和摩根一样,学的是法律,却放弃了本行而致力于肖像画,并将描画美国印第安人作为自己的终身工作。1832年,卡特林开始了一次长达八年的旅程,寻访西部与南部的印第安人。期间他访问了约48个不同的部落,绘制了逾五百幅的肖像、风景和器物。在他乘坐蒸汽船沿密苏里河逆流而上开始自己的旅行之际,他给自己的出版商写了一封信,说他此行意在拯救印第安人——并非拯救"他们的生命或种族(因为他们命运已定,必须灭亡)",而是拯救"他们的面貌和生活方式",以便他们"如同涅槃的凤凰,从'画家调色板的斑斑色彩'中飞起,在画布上重生,矗立在未来的数百年,成为一个高贵种族栩栩如生的纪念碑"。因此,卡特林所有的希望就是记录印第安人的形象,令其从濒死的躯体中再生,在成百上千画布组成的纪念碑上升华为神话。艺术与文学的表现形式将取代部落的实际生存(库珀早就开始在他的皮袜子故事中证明这一点),在历史进步的洪流之外,在一个悲剧的英雄主义的时刻,以艺术的客观的方式把美国印第安人的形象定格。

卡特林的旅行是19世纪欧裔美国人所作的最为重要的扩张探险之一,记载于他的《笔记与书简——北美印第安人的风俗、习惯及状况》(*Letters and Notes on the Manners, Customs, and Condition of the North American Indians*, 1841)一书中。这本书使他得以用图片和文字的形式记录"一个在地球上正急速消亡的有趣种族尚存于世的风俗习惯和特点,——向一个行将灭绝、缺乏忠实地记载本族人的面貌与历史的史学家与传记作家的民族伸出援助之手"。19世纪40年代,卡特林在美国、英国和法国举办了绘画和器物展览,还组织真正的印第安人在舞台上表演舞蹈、仪式。1852年至1857年间,他长途跋涉于中美洲、南美洲和美洲的远西部进行考察,写就数本著作,其中包括《最后一次在落基山脉与安第斯山脉的印第安人中间漫步》(*Last Rambles Amongst the Indians of the Rocky Mountains and the Andes*, 1867)。这些旅行加深了他这样的印象,即边疆地区的印第安人越来越多,他们只是"一篮子'死猎物'——被骚扰、追赶、流血直至死亡"。卡特林痛恨人们对"野蛮人"一词的误用,对他所访问的部落礼敬有加。然而,他也同样延续了一个幼稚的假设,即那些生活在边疆之外的没有受到白人生活影响的美国土著仍纯洁高贵,而与白人商贾及拓荒者的接触使得土著部落难免堕落。对于卡特林这样一位人种学矛盾论的忠实拥护者来说,文明必定会"抹杀自然的优雅与美丽"。他对印第安人的风俗、器物、服装、房舍以及肖像的广泛描画意在挽救一个和野牛一样已"时日无多"的濒临绝境的种族。

⊙扩张与种族的文学

尽管卡特林与摩根都致力于印第安人研究，可他们都没有从政府框架的内部来解决问题，而政府负责在边疆地区执行美国法律。托马斯·麦肯尼（Thomas McKenney，1785—1859）曾与詹姆斯·霍尔（James Hall）合著了三卷本《北美印第安部落史》（History of the Indian Tribes of North American，1836—1844），他在政府内部努力保留对美国土著生活的记录，虽然可以说是他负责监督印第安人被征服的。麦肯尼是国防部辖下专管印第安贸易的官员，负责管理政府的贸易站系统。1824年，印第安事务署成立，麦肯尼作为署长极力倡导在印第安部落中进行慈善的改革。有几次他还在战场上与北部和东南部的印第安人通过谈判缔结了和约。虽然麦肯尼于1830年被杰克逊总统免职，但他跟总统一样，从根本上相信，迁移是拯救印第安人——当然也是将其土地用于耕作——的唯一办法。麦肯尼就职时对真实的印第安生活一无所知。他的早期著作《湖上纪行》（Sketches of A Tour to the Lake，1827）记述了与路易斯·卡斯一起去和奥吉布瓦人谈判的经历，其中有些地方与事实不符。晚期的著作如《印第安人是非录》（On the Wrongs and Rights of the Indians，1846）和他的《回忆录》（Memoirs，1846）仍旧为印第安人的报复心重与目光短浅而感到惋惜。麦肯尼一直倡导印第安人皈依白种人在农业、教育和基督教上的价值观。在他的主要著作、与霍尔合写的《北美印第安部落史》一书中，印有许多印第安酋长和头领的肖像。这些肖像原是查尔斯·伯德·金（Charles Bird King）与詹姆斯·奥托（James Otto）所作，后来被麦肯尼收入国防部的"印第安人画廊"。和这些画像相配的传记及史料涉及诸多部落约150余名人物，其中有：红外套（Red Jacket）、基恩特沃基（Kiontwogky）（玉米栽培者）、塞阔亚（Sequoyah）、奥西奥拉（Osceola）、黑鹰以及梅杰·里奇（Major Ridge）。大多数的传记性内容都为麦肯尼所写就，但在一篇由霍尔署名的文章中，不难看出野蛮人理论的框架。居无定所、目光短浅、缺乏一套可以融入国际法的"帝国法典"，实质上，美国印第安部落被描绘成动物王国的一部分。"他们沉溺于最下等的迷信中，"霍尔评述道，"以茫然的目光注视自然，从不探寻原因，不关注自然界巨变的结果，也不研究他们自己头脑的结构与活动"。麦肯尼的观点则没有那么悲观，像卡特林一样，他对印第安人的改造富有真正人道主义的关心，他认为改造无疑要比灭绝好，但他的伟大工作同样在他的有生之年里就变成了实际上的古董博物馆。他的印第安画廊在1858年成为史密斯森国家博物馆的一部分（大多数肖像在1865年的一场大火中烧毁）。这些画有效地记录了美国东部许多土著部落的归化与消亡，成为南北战争前欧裔美国作家与政治家对他们所作的文化收容的鲜明象征。

在欧裔美国人对土著文化的人种学记录中，亨利·罗·斯库克拉夫特（1793—1864）的著作无疑最为重要。1822—1841 年间，斯库克拉夫特以地质学家和印第安事务代理人的身份生活在五大湖地区。他娶了一个印第安女人为妻，在各个部落中生活，研究他们的语言（尤其是奥吉布瓦语、奥塔瓦语[Ottawa] 及莱克特语［Lakota］），既试图整理他所能找到的美国土著文明的每一点事实，又试图为这一文化被更高级的文化取代而找到正当的理由。1820 年，他陪同麦肯尼与卡斯远行签约。这一事件记录在他的《美国西北地区旅行记》（*Narrative Journal of Travels Through the Northwestern Regions of the United States*, 1821）一书中。他的《密西西比河谷中部旅行记》（*Travels in the Central Portions of the Mississippi Valley*, 1825）和《密西西比河上游探险记》（*Narrative of an Expedition through the Upper Mississippi*, 1834）详细记述了他对密西西比河河谷及其资源的考察。这些著作与他早期的《密苏里铅矿概貌》（*A View of the Lead Mines of Missour*, 1819）及其一首关于密西西比河的题为《西部的崛起》（*The Rise of the West*, 1830）的诗一起，表现了斯库克拉夫特将精确的地质和地理考察与美国的扩张理论结合的能力。与其他狩猎者、采矿者和探险家一样，斯库克拉夫特以双重眼光看待这片土地：一方面，他从审美的角度对它的原始美推崇备至；另一方面，他又清楚地认识到拥有这块土地与矿产所具有的投机价值。由于他也以同样的眼光看待印第安人，因此，他耗费后半生的精力记载美国土著习俗与历史的著作，虽然具有丰富的资料，却并没有重大的意义。

斯库克拉夫特在撰写六卷本《美国印第安部落历史、现状与未来的史学和统计学资料汇编》（*Historical and Statistical Information Respecting the History, Condition, and Prospects of the Indian Tribes of the United States*, 1851—1857）之前，已经写就数本关于印第安人及其文学的人种学著作，并在稍后的数十年中以不同的书名多次重印。《阿尔吉克研究》（*Algic Researches*, 1839）收集了一组奥吉布瓦和奥塔瓦的神话与传说。1856 年，他将这本书的内容加以扩充并重新印刷，更名为《海华沙的传说》（*The Myth of Hiawatha*）。朗费罗的著名诗歌《海华沙之歌》（*The Song of Hiawatha*）就是以这本书中奥吉瓦人喜爱恶作剧的精灵麦尼博兹霍（Manibozho）的故事为蓝本的。惠蒂埃（Whittier）、罗威尔以及其他作家也都从斯库克拉夫特的材料中获得过灵感。斯库克拉夫特运用麦尼博兹霍的传说和书中的其他故事来证实他的理论，即传说里那些显而易见的歧义以及怪异的事物是印第安人"野蛮"的结果。此外，由多名作者收集的原始材料及撰写的论文编成的合集《奥尼奥塔》（*Onéota*, 1844—1845）和《易落魁人笔记》（*Notes on the Iroquis*, 1846），一份给联邦政府的

扩张与种族的文学

关于使印第安部落向市场农业转型的前景报告,也都得出了类似的结论。两书都认为,印第安人的野蛮状态使得白人的改革难以进行。即使像斯库克拉夫特这样的代理人,尽其所能地忠实于他们的语言,忠实于美国印第安文化的各种形式,亦觉得改革难以进行。

当时担任印第安事务主管的斯库克拉夫特于1847年接受国防部长的命令,收集所有美国土著部落的统计数字及文化资料以说明他们的现状与未来发展方向。他从各种不同的途径收集信息,包括他自己以前的作品。几年后,他就开始发表他的鸿篇巨制《史学与统计学资料汇编》。他对资料的处理,像其早期作品一样,虽不是以蔑视的态度,却是同情与困惑交错。书中的观点无疑出自一个高高在上的人。他了解印第安人身上某些优秀的、令人景仰的个性特征,但是却发现他们文化薄弱、社会粗野、道德沦丧。他声称他的目的是要在政治与哲学方面为政府的印第安政策提供一个基础。在斯库克拉夫特看来,印第安人是"堕落的",趋于衰亡;他们崇拜的是自然而不是上帝,他们只狩猎而不种植粮食,发展工业(单是这些事实,斯库克拉夫特就和许多其他欧裔观察家一样往往彻头彻尾地错了)。斯库克拉夫特抱定他的理论,认为印第安人的堕落源于忽视"更高层次的、高尚的法则"。他所收集的资料之丰富,有时使他情急之下几乎无以做出适当的诠释,因此他的书常常是材料的胡乱堆砌。然而斯库克拉夫特书中占统治地位的神话倒是一直在帮助他将原本难以理清的土著材料组织起来。比如,对"奥内达石"(Oneida Stone)作为奥内达部落全民族的象征的叙述与作者对岩石形成的矿物学的兴趣相互穿插,暗示着"科学"思想与"原始"思维相比的无限优越。斯库克拉夫特策略性地将奥内达人的社会故意描绘为狩猎社会。他写道,每一个从这块石头顶端观赏农场和村庄的景色的人,在"观赏这富庶的工业景象时都会不由得想到过去那些骄傲的、不屈不挠的猎人和勇士,他们的名字这个国家是不会忘记的"。然而,那个部落"注定要在文明的脚步前倒下",而今天,它的族人要么死的死,散的散,要么为"开明社会"的"学校、教堂、农场和车间"所征服。建立在科学基础上的市场生产的理想——即欧裔美国人进步过程中集体"部落"生活的关键所在——就这样从刻有图腾形象的岩石发展而来,从而使如今业已消失的部落象征性地成为了新美国人的先人。

斯库克拉夫特的几卷《史学与统计学资料汇编》在内容及结构上都各不相同。但是,每一卷均包括对不同部落历史的记述、对他们语言中的词源及神话的研究、他们的迁移与战争史以及地理、矿物学、古迹、医药、图腾、鬼魔学和书画艺术。而所有这些,斯库克拉夫特都是用野蛮人的逐渐衰落这一主线贯穿起来,并配以塞思·伊斯门(Seth Eastman)绘制的精美插图。塞思·伊斯门是一名军官,他在明尼苏达的斯奈林堡(Fort Snelling)驻守期间,期望建立一个印第安人画廊,因而研究并描画了奥吉布瓦人与苏人的场景。在卡特林拒绝斯库克拉夫特为其书作插图的要求的同时(其原因是政府拒绝购买他的画),伊斯门与他的合作者、他的妻子玛丽·伊斯门(Mary Eastman)准备了上百张图片,刊登在《史学与统计学资料汇编》和1853年出版的两本书:《印第安人的浪漫生活故事》(*The Romance of Indian Life*)以及《美国土著文件夹》(*The American Aboriginal Portfolio*)中。这"土著文件夹"的概念正表明被强行当做土著文化代表的器物与美国土著本身的相互矛盾。伊斯门在书中以清晰的视觉形象展示,1830年迁移开始之后的20年恰恰是白人不断地将印第安人的世界偷换为浪漫的疆域之时。他们早期创作的《达科他;或,苏人的生活与传说》(*Dahcotah*; *or*, *Life and Legends of the Sioux*, 1849)是一些趣闻轶事与人种学资料的汇编,其中最有价值的是对边疆妇女生活的速写。但是,在卡罗琳·柯克兰(Caroline Kirkland)为本书所作的序言中却明白无误地融进边疆意识形态,将神话化的扩张主义描述强加于美国印第安人。"对印第安人性情的研究就是对冥顽不化的人类心灵的探索",只有矢志不渝的仁爱才能将为复仇和嫉妒所奴役的野蛮人解救出来。基于同样的特征,印第安人事实上就是"活生生"的诗歌,而我们应当"为他们而写作"。他们不朽的诗歌价值就在于他们的"原始性",在于他们是"我们"失却的过去,因而可以作为一个民族主义文学的根基:"只要有了荷马就可以将这里的伊利亚特写成'高贵的诗篇',有了司各特就可以编就边疆浪漫传奇。"与库珀、摩根及斯库克拉夫特一样,对柯克兰和伊斯门来说,模式仍是外国的,但是材料却纯粹是"美国的",其原因就在于当时这些材料已经完完全全地以神奇的传说包装起来。这画框,像反映印第安人生活的书籍一样,成为歪曲的人种学记述的一个方面。而就在这个历史时刻,像霍桑、库珀和梅尔维尔这样的美国小说家最为关心的恰是划定美国传奇故事在小说创作中的位置。

斯库克拉夫特的这部杰作发表于后来被称为美国文艺复兴时期的中界点,对美国人的天赋使命和野蛮人的衰落这种神话的成功确立起了一定的作用。美国南北战争之前一些最为重要的富于想象力的作品正是从这一神话中获得生命力。然而,这并不等于说《史学与统计学资料汇编》一书本身纯属虚构。如果说该书不符合现代人类学研究标准,将截然不同的思想意识强行纳入所研究的材料当中,那么,作为斯库克拉夫特本人思想的代表,作为美国土著主要资料的汇编,就其内容涵盖哥伦布发现美洲大陆之前的古迹、细致的语言学研究、对当时器物的描画与说明、著名酋长的演说与传记以及印第安人梦的理论的详细介绍来说,该书仍不失为一部力作。所有这些又都与诸如头盖骨测量统计、门罗总统 1825 年关于印第安人迁移的演讲以及血腥的被俘记述等与之风格迥异的文件同时并存。还有一些真伪难辨的有关战争暴行的传闻，如乔纳森·卡弗（Jonathan Carver）1788 年的那卷《北美内陆旅行记》（*Travels through the Interior Parts of North America*）（后来库珀在《最后的莫希干人》[*The Last of the Mohicans*] 的一个著名场景中亦有相应描述），其中一段描述了 1757 年在威廉·亨利要塞（Fort William Henry）对英国军队与平民的大屠杀："许多野蛮人吮吸着从受害者致命的伤口流出的温热的血液。"斯库克拉夫特的《史学与统计学资料汇编》的创作受到来自两方面的共同影响：一方面来源于对美国印第安人的观察，另一方面则来源于从欧裔美国人的文化中产生的常常是妖魔化的神话。这种混杂使得这本书成为一部南北战争前边疆意识形态的集大成之作。该著作百科全书式的特点——其熔神话、工艺、科学推断和政治观点为一炉——再加上其富于象征性的自成体系的结构，使得它足以与它同时代的美国其他史诗式的创作如梭罗的笔记、惠特曼的诗歌以及梅尔维尔的小说相媲美。

　　然而从文学视点来看，斯库克拉夫特的著作具有极大的价值，因为它以编译或翻译的形式收录了无数美国土著民间故事、歌谣、演说、传说。与同时代的许多人一样，在斯库克拉夫特的想象中，荒野就是与原始意识相等同的象征性语言的宝库。他认为美国土著的思想生就"富于诗意"，超凡脱俗。但是他又自相矛盾，拒绝承认印第安人的传统或口头表达可以构成真正的文学。斯库克拉夫特觉得象形文字是用"偶像崇拜"的语言写就的"印第安文学"，显示了印第安人精湛的才艺，也说明印第安人自哥伦布发现美洲以来没有丝毫改变。象形文字除了作为战事、宗教、爱情、预言、宇宙哲学、狩猎等的记录外，还是其本身局限性的具有讽刺意味的象征。因此，当斯库克拉夫特于 1849 年复制了一份用繁杂的奥吉布瓦象形文字记载的申请书呈交给泰勒总统要求退还失地时，其实际上的无用性远远超过其人种学的价值。与此类似，传说中常常对白人征服的后果作不祥的预言，比如在麦尼博兹霍的传说中，他是　名据说生活在北冰洋冰层中的足智多谋的武士："我们担心有一天白种人会发现他的藏身之所，将他赶走。那样世界末日就会来临。因为一旦他的脚再次踏上土地，土地将会起火，所有的生灵都将在大火中覆灭。"与这一时期其他美国土著的故事一样，这个传说将印第安人所遭受的灭顶之灾转嫁给白种人；不过无论如何，这比朗费罗在《海华沙之歌》中所借用的传说更加确切地反映了土著美国人的思想。斯库克拉夫特曾说他进行这个规模庞大的研究，目的就在于"为政府（把印第安人）以部落和民族为单位制定政策，以及为他们实现作为人而回归与得救的伟大目标提供真实依据"，他未能认识到（或者说他刻意不说清楚），迁移与拯救这对孪生子，尽管常用相同的语言来表述，其实是建立在与发展和种族灭绝一样根本对立的基础之上的。

斯库克拉夫特的成就在于他所做的调查与分析是敏锐的观察力与文化误解的绝妙组合。结果，他的故事和器物有着被全部忽视的危险，或者看上去混沌，如同梭罗在他的笔记中描写的箭头一样："它并非是令人作呕的木乃伊，而是一块干干净净的石头，能传到我手里的最好的符号或字母……可是石头上没有任何铭文，只是一种脚印——或毋宁说是思想的印记——到处都是，全都模糊不清。"无论斯库克拉夫特还是19世纪的其他白人作家的作品存在怎样的人种论上的局限性，这一时期霸权主义的人种志仍是关于土著美国人研究的一个宝贵的来源。斯库克拉夫特收集的传说、象形文字记载的诗歌、政治演说，以及大量的韵诗与歌曲，对现代读者有重大价值，比如1824年收录的奥吉布瓦战歌：

> 我期盼拥有最凶猛的鸟的身躯，
> 与它一样迅疾、凶猛而强悍。
>
> 我献身沙场，将生死置之度外。
> 我一切的幸福就是在战场上捐躯——
> 捐躯在敌军的阵地上。

也许，斯库克拉夫特所做工作的至关重要之处在于它充分展示了欧裔美国人眼中丰富多彩的印第安人文化表达。他较早地认识到美国土著人的"文学"应包括诸多方面，不仅仅是歌曲、圣歌和口头的传说，还应包括兽皮或墙壁上的象形文字、图腾柱、饰纹华丽的陶器或织物、树皮上刻画的文字、烟斗或其他仪式用品、串珠腰带或条饰，以及其他在美国土著传统中占主要地位的符号和器物形式的表现。这一点，即便现代的一些对美国土著生活的阐释都未注意到。

斯库克拉夫特以及其他作者在南北战争前所作的记录使这样一个具有讽刺意味的事实昭然若揭，直到19世纪30年代，美国印第安人的文本（指书面材料）才开始有较多创作或抄录，这个时间与迁移政策的加速实施刚好一致。再者，所收集的主要的印第安人的声音——他们在战争中的豪言壮语和对违背诺言与条约的抗议——在到达美国公众的耳中时，已受到异己的意识形态的特别改造。事实上，20世纪前收录的美国土著文学的所有样本都是抄

195

○扩张与种族的文学

录与翻译的结合。而且，在这个过程中还可能伴随着有意或者无意的歪曲。即便早几十年或几个世纪，所收集的大多数书面文献资料也都是在美国民族局的支持下编纂，自19世纪80年代起，即在对多数西部部落的军事打击取得胜利时，刊载在他们的简报上。美国土著文学，尤其是故事、歌曲和诗歌，是来自传统的，是共同创作的。除了印第安人用英语写作的特别的自传之外，许多作品没有具体的作者，或者说在多数情况下也不应归功于任何一位作者，而且作品问世的时间也很难确定。很多时候，作品原来都是以歌曲、舞蹈、圣歌或宗教剧的形式表演。因此，无论斯库克拉夫特、卡特林或者其他人作何等精确的描述，这些组成部分很难完全真实地得到再现。

自内战前以来，书面保存下来的美国印第安文学大致可分为三类：神话、故事及人种学者记录的歌曲；目击者记录的有关战争和缔结条约的演说；由印第安人或他们的代言人写成的自传、论著和一些散文体虚构作品。印第安人的人种学收录工作虽说在20世纪早期已基本开始，但19世纪早期的学者与作家就常常认识到土著美国人口头文学传统的重要价值。例如，沃尔特·钱宁于1815年在《北美评论》上著文，倡导将这一传统作为建立美国民族文学的一条途径。谈到共同的主题，他说美国还没有民族性格，因此是否可以说有民族文学还需商榷。他还声称，尽管殖民地和独立革命前美国的环境对"文学的独创性尤其不利"，然而"土人"的口头文学却可以被认为是构成了这个国家真正的民族文学。钱宁与其他评论家——传教士、人种学家及如库珀这样的小说家——一起，点明了美国土著语言特有的声音和图案的比喻内涵：

> 印第安人的语言……是用来表达他观察自然所产生的情感。这些情感来自一所学校，而这所学校的老师是自然，一颗最纯洁心灵就是学者。因此，他的语言与他毫无羁绊的观念一样大胆，与他的脚步一样迅捷。这语言与哺育他的土壤一样肥沃，又有路上的朵朵鲜花装饰。它飞跃，它翱翔，因为鹰就是它的意象。它又如飞流直下的瀑布，在飞溅的水雾中发出嘶哑的轰鸣。印第安人的口头文学，尽管其所用的语言因过多的修饰而苍白，其实实在在的独创性却是显而易见的。

钱宁的语言尽管天马行空过于矫揉造作，他的评价却切中美国印第安文学的特点，现代学者与诗人仍认为这是印第安文学传统形式的主要特征。要从上百个不同部落、成百种不同的语言中综合归纳出一种文学虽非易事，但印第安人普遍注重表现形式与自然或生理过程之间的协调一致。美国土著文学以自然与身体的节奏为基础，常常借助重复以及别具一格的仪式与周围的视觉或听觉世界有机地结为一体。寻常事件或日常活动每每与神秘的或神灵的因素相交融。在语言或符号表达的基础上流溢着一种梦幻色彩，一种超越宇宙空间想象的感觉。许多礼仪歌赋的主题就是与宇宙的和谐统一。礼仪中的吟唱起到了将自我、精神、社会和自然界的人为分离再度合一的作用。例如，纳瓦霍人（Navajo）一首广为译介的夜曲的创意即是弥合精神的罅隙，将分裂的自我融入自然宇宙中。歌中一部分是呼唤圣洁的雨水将心灵的复苏与地球上生长繁殖的循环相互连接：

　　你们呼啸而来，彩虹高高地挂在你们的翼梢。
　　在昏暗的雾气中，你们，雄性的雨和雌性的雨，卷着乌云，抛下黑色的阴影，来到我们身边。
　　黑沉沉的，你们来到我们身旁。
　　我企盼，泛着泡沫的水流在这茁壮的玉米根部流淌。
　　我向你们奉上祭品。
　　我为你们燃起祭祀的烟火。……
　　我快乐啊，我的一切都恢复如初。
　　我快乐啊，我的内心又复归平静。
　　我快乐啊，我的四肢重新获得了力量。……
　　我快乐啊，我盼到了哗哗大雨。
　　我快乐啊，我盼到了茂盛的植被。
　　我快乐啊，我盼到了厚厚的花粉。……
　　我快乐啊，愿白玉米伴你们茁壮生长至土地的尽头。
　　我快乐啊，愿黄玉米伴你们茁壮生长至土地的尽头。
　　我快乐啊，愿蓝玉米伴你们茁壮生长至土地的尽头……

因此，美国土著口头文学从来就是部族共有的，其灵感的来源和关注的焦点是对一代代人和地处不同地理方位的部族的维系，而不注重各自的美学特色和个人的自我表达。仪式的表达——由歌曲、圣歌、故事和舞蹈构成——将私人情感贯穿在经验的巨网中，这张大网将男人、女人和地球的自然过程联成一体。而这种多层面的语言本身便成为部落共同认知的输出管道。所以，神秘主义并不属于特殊的研究范畴，也不是精心设计的教士职责，而是活生生的传统文化经验中全部意识的一个基本组成部分。

在许多情形下，传统的传说与歌曲很难确切地说属于哪一个时代。因此，

○扩张与种族的文学

按照欧裔美国人使用的按时间顺序编写文学史的方法来记述美国印第安文学难度较大或者说没有可行性。很多重要的传说和歌曲都是关于创世或是某一部落的诞生，常常是一名英雄领导他（或她）的人民从山洞、湖泊或是地下世界走出来。与别的文学传统一样，印第安文学主要是关于洪水的传说、自然灾害过后的新生以及世界诸现象的起源和所蕴涵的精神。美国土著的宗教传说常常强调灵与肉的不可分离以及人类信仰和活动与自然界的矿物、植物、动物、天气及天体之间的联系。例如，波尼人的创世神话将上天的神灵喻为星辰，将地球的产生拟人化，成为求爱与成婚的故事：

蒂拉瓦（Tirawa）是一切的主宰，是天主，永恒不变，他高于一切。蒂拉瓦创造了天地万物，创造了天空与星辰。

亡灵路（银河）将天空一分为二。起初，路东边是男人，路西边是女人。创造在东边策划，西边完成。天上星辰所做的就是预言什么将降临于地球上，因为地球还没有创造出来。

白星女，即夜星，居住在西边。要完成创造，就必须追求她、征服她。大星，即晨星，从东边出发，去寻找并征服夜星，完成创造……

切诺基人的创世神话将具有创造威力的神化动物的诗意形象与地理及生物形成的原始过程相结合：

地球是漂浮在巨大水体上的一个大岛。它有四个基本支点，各有一根绳子吊在由坚硬岩石构成的天穹上。世界一旦陈旧磨损，人们就会死亡，绳子断开，地球沉入洋底，一切又复是一片汪洋。……起初，地球是扁平的，非常柔软、潮湿。动物们急切地想下来，于是委派了……大雕，我们今天所见的雕的祖先。他飞遍了地球，飞得很低，贴近地面，地面仍很柔软。当他飞到切诺基人的土地上时，他十分疲惫。扇动的翅膀开始拍打到地面。他拍打到的地面便成为河谷，翅膀抬起的地方便成为山峦。……人是在动物与植物之后才来到地球上的。最初只有兄妹俩。后来哥哥用一条鱼打了妹妹，叫她生育。就这样，七天之后，她生了一个孩子。以后，她每七天就生一个。孩子增加得太快，地球就要容纳不下了。后来，一个女人一年只能生一个孩子，自那以后，一直如此。……

美国土著的创世说在欧裔美国人看来，与其说是系统的宗教信仰的一部分，还不如说是囊括人类反映自然的一个完整的道德观和认识论基础。与牢固地根植于物质世界的传统思想相比，美国土著思想中有相当多的部分是高度抽象的。在加利福尼亚卢塞诺（Luiseno）部落有关世界起源的记述中，其开篇巧妙地将抽象的概念和比喻完美地结合起来以表达男女性别的区分及世界的产生：

> 首先是"虚无"（Kyuvish）和"虚空"（Atahvish），男人和女人，哥哥和妹妹。然后，这些被称做而且成为"死的"（Omai）和"不存在的"（Yamai）；"苍白"（Whaikut Piwkut），即银河，以及"乏味的下沉"（Harurai Chatutai）；"夜"（Tukomit），暗含"天"之意，还有"地"（Tamayowut）。她脚对着北方躺着，他坐在她的右侧；然后，她说："我舒展、伸张。我摇晃、震荡、回响。我缩小，我是地震。我旋转、翻滚。我消亡。"他回答说："我是夜，是倒置的（天穹）。我覆盖、升起，我升腾。我吞噬、吮吸（如同死亡）。我攫取，我送走（人的灵魂）。我切断，终止（生命）。"
>
> 这些特征还未出现，但行将如此。这四对双重存在并非是连续的几代：他们相互转换，表明持续不断的存在。
>
> 然后，哥哥拥着她，问她，她则给她身体的每一部分命名，直到他们结合。他用神圣的帕乌威特杖（pavuit stick）协助降生，于是，仪式物品、宗教教规、睚眦必报的动物，单个地或成双成对地降落下来：
>
> 毛发（象征精神）。
> 灯心草篮子和投掷棒。
> 泉水锈的颜料和池塘浮垢的颜料。
> 水和泥浆。
> 替护法之神羌盖曲内希（Chungichnish）刺人的玫瑰和黑莓。
> 为姑娘围拢神圣的水坑的丛生草与莎草。
> 盐草。
> 流血与初潮。
> 人类的就是这些。然后，其他的也诞生了，山峦、岩石、林木之类都出现在地球上。……

最初的创造物来自兄妹的神秘交合，这种描述虽说独特，但相对说来在美国土著的自然神论中并不少见。与西方以及印第安人传统中许多有关宇宙

◎扩张与种族的文学

起源的叙述相比，卢塞诺人的故事在观念上与现代科学理论更为接近。

同众多的创世神话一样，具有魔力或神力的动物在美国土著的口头传统中占中心地位。许多故事有关鬼精灵，他们可以变成人或无生命物，但最通常还是以动物形象出现。类似其他许多民间故事，鬼精灵的故事经常说明好的或者坏的社会道德典型。有时候是对约定俗成的权力提出质疑或是加以讽刺：部落的领导、祖先的智慧、宗教或药剂的魔力，或是对敌对部落或欧裔美国人的处理。鬼精灵通常是粗俗或色情的故事、笑话的核心，不过，他也会介入部落自我观念的主流——英雄传说和浪漫故事。麦尼博兹霍（即斯库克拉夫特和朗费罗笔下的海华沙）是许多奥吉布瓦人和默诺米尼人（Menomini）鬼精灵故事的主人公。流传尤为广泛的是科约特狼（Coyote）的故事。他狡猾、奸诈，但同时又往往十分愚蠢。有时，他还被看成人世间许多邪恶的祸端。他又是一个喜剧人物，富于讽刺的力量。由于他转瞬即逝，变化无常，在他身上体现出一种原始的力量，造成了决定部落人民命运的艰难困苦和成功之间的冲突。喀多人（Caddo）的神话这样解释死亡的来历：由于世界愈来愈拥挤，人们必需死亡一段时间然后回到地球。然而科约特狼却想让人们永不能复生。药师建造了一间草房，让死者到这里来复生。当托身于旋风的第一名死者的灵魂环绕草房盘旋时，科约特狼将门关上，不让旋风进屋。悲伤从此来到人世。据传说，从此以后，死者的灵魂便在旋风中游荡，直到找着通往灵域（Spirit Land）的路为止。

神话与鬼精灵的故事均有以韵文形式抄录的，说明了美国土著口头传统的歌唱抒情风格。舞蹈、吟颂、鼓点以及其他乐器使得抄录歌曲和诗歌的特点有所改变，不过，许多记录下来的作品，诸如有关爱情、疾病、死亡、狩猎、战争、感恩、诞生、繁衍和梦幻主题的，与传统的英语抒情诗相似。许多故事和韵文，比如这首奥塞奇人（Osage）的玉米歌，将玉米的种植与栽培的神圣循环和死者的灵魂相融合，是他们的声音带来了玉米的成熟：

> 土地上一片新绿，
> 袅袅轻烟中，有我祖父的脚印
> 在我漫游时，我看见，
> 漫游时我看见袅袅轻烟。……
>
> 漫游四方，纵览千姿百态的景物
> 我看见了小山一座座。

2 边疆与美洲印第安人

漫游四方，景物的形态万变
我看见了庄稼舒展的叶子一片片。……

在抄录的文本中，有些描述想象中的追求，这些追求常与青春期或死亡仪式相联系；另一些则来自普遍信奉存在的动物灵魂甚至于无生命物的灵性，涉及种种仪式或者对食物及某些物品的禁忌。在梅斯卡勒罗阿帕奇人（Mescalero Apache）的一首联篇歌曲中，有一部分是献给少女成年仪式的。在这里，女性成年的开始与黎明到来时的潜在创造力紧密相连：

阳光道道，黎明的小伙子们穿着闪亮的黄舞鞋。
在射向我们的道道阳光的末梢上舞蹈。
东方的彩虹向我们飞来，黎明的姑娘们穿着闪亮的舞鞋和黄衬衣在天上翩翩起舞。
破晓时的天空多么美丽……
在那高高的山上，我穿着黄鞋子穿行于熠熠生辉的果树和香草之中。
在那高高的山上，那身着黄色鞋子和衬衣的亮闪闪的果子向他弯下腰来。
在那美丽的山上，白昼已经来临。

梦的意象的象征，即神灵，受到顶礼膜拜。这在约翰·G. 奈哈特（John G. Neihardt）的经典著作《黑麋鹿开口》（*Black Elk Speaks*, 1932）所记载的种种邂逅动物图腾或先祖、行将打猎时的胜利征兆、旅行、战争以及对部落再生的超越历史的想象中明白地表现出来。在美国印第安人的传统中，所梦之物异常重要。因为对于每一个人来说，梦都具有不可思议的神秘意义，引导个人精神与自然界靠近。易落魁人还专门有缜密的梦的理论。根据这个理论，人心灵最深处的一切可以通过梦表达出来。这一点，后来被理解为潜意识的象征语言。斯库克拉夫特从中看到迷信与偶像崇拜的诗歌材料，事实上是无比玄妙的美以及源远流长、措辞严谨的传统和哲学的源头。仪式歌曲、寓意丰富的图案以及新鲜活泼的自然常常贯穿于印第安人的文本中。比如，在纳瓦霍人的黑熊歌中，熊的种种神力又是它与部落亲密关系的延伸。歌曲中变换的角色直接取自人类以及无生命物；重复与铺排（某种程度上与惠特曼的诗歌相似）为表演中扮成熊这一角色的歌手创造出一种仪式的声韵：

我的鞋子是黑曜岩，

绑腿是黑曜岩，
衬衫是黑曜岩。
我佩带着黑色的箭蛇。
一条条黑蛇从我头顶腾起。
我跨步向前，脚后跟投射出之字形闪电，
我跨步向前，双膝喷发出之字形闪电，
我开口说话，舌尖上喷射出之字形闪电。
现在一花盘花粉落到我头戴的王冠上。
灰色的箭蛇和响尾蛇将它吞噬。
黑曜岩与之字形闪电从我身体的四面喷射而出。
在其与地面撞击之处，邪恶的事物和污言秽语都避之不及。
它投射的东西铺天盖地。
我长生不老，可怕无比。
我就是这样。

我抬脚之处会产生危险。
我是旋风。
我抬脚之时会带来危险。
我是灰熊。
在我抬脚时，在我举步处，闪电从我身上发出。
在我所到之处，人人心惊。
我所到之处，就有长生。
人人心惊。
我走到哪里危险就到哪里。

　　在最为重要、最常为人记录的美国印第安文学作品中，有一些是战歌或与战争及契约的缔结和违背相关的演说。在最频繁抄录的材料之中出现这些内容，一方面说明欧裔美国人普遍将印第安人描绘成注定失败的高贵战士，另一方面也证明扩张霸权的意识形态从根本上要求将印第安人描绘得天生好战。翻译过来的记录，其真实性几乎总值得怀疑，印第安人的演讲也不可避免地出自戏剧化的创造。事实上，自殖民地时期开始，条约本身已为某些文化史家看做美国最早的戏剧。本杰明·富兰克林（Benjamin Franklin）与另外一些人观点相似，认为这些条约十分重要，可以印发给普通大众阅读。在某种程度上，条约记载以类似按时间顺序写作的剧本的形式展开，富含象征性

2 边疆与美洲印第安人

或表演性演说,常常将印第安人与白种人之间仪式上的语言交流或礼物互赠戏剧化。对于仪式来说,执事和翻译的作用至关重要。仪式地点常常选择在富于象征性的地方(边界、神圣的会所或道路、属地的交汇点)。舞蹈与吟颂有时是仪式必不可少的一部分。然而,对于美国印第安人来说,条约的历史却是失望与背叛的历史,所收录的演说与歌曲的主要文学魅力来自其悲剧的语言和申辩。为强占土地,1827 年,美国军队向温内贝戈人发动了一连串猛烈的袭击。温内贝戈人的酋长"红鸟"(Red Bird)在被迫投降时,唱起死亡之歌:

> 我已准备就绪。
> 我不想套上锁链。
> 给我自由。
> 我已献出我的生命——
> (他弓身捻起一撮泥土,将它吹落。)
> ——就像这样飘去!
> 我不会再将它收回。
> 它已去了。

另外一首简短的抒情诗以其凝练的意象表达而显得更加有力。这首诗由夏安人(Cheyenne)乔治·本特(George Bent)记录。1864 年,乔治·本特目睹了在科罗拉多的桑德溪(Sand Creek)边,数百名的阿拉巴霍人(Arapaho)和沙伊安人包括妇女与儿童惨遭屠杀的情景:

> 袭击开始时,黑水壶(Black Kettle)和他的妻子以及白羚羊(White Antelope)守在黑水壶房前,而且一直留在那儿,直到所有的人都离开了帐篷。最后,黑水壶发现再待下去没什么用,就开始跑,并呼叫白羚羊跟上去。然而,白羚羊却拒绝了,他站在那儿,双手抱在胸前,吟唱着死亡之歌,迎接死亡:
>
> 　　　一切皆不能永恒,
> 　　　　唯有土地与山峰。
>
> 他唱着直到被士兵们击倒。

更为广泛的战前留存的演说与对部落土地的争执相关,具体地说,和契约的缔结与违背有关。这些演说所表达的观念常常与欧裔美国人中盛行的边

○扩张与种族的文学

疆文明化的观点形成强烈的反差。印第安人的许多这类演说的核心在于他们对人与自然关系的不同理解。他们与四季、迁徙模式、大草原广阔天地联系的紧密程度更甚于财产所有权和物理上或法律上的围地。1867年，在印第安人著名头领的梅迪辛屋会议（Medicine Lodge）上，科曼切人首领"十只熊"（Ten Bears）询问到会的白人和平使者："你们为什么要我们离开河流、太阳和风，住到房子里去？不要叫我们舍野牛而取绵羊。"他说，他生在大草原，"这里的风无拘无束地吹，没有什么挡住太阳光……这里没有围栏，一切都自由自在地呼吸。""十只熊"说他宁可在那儿死去，也"不愿被围在墙内"。

在内战后的几十年里，美国政府有计划地将财产所有权的概念灌输给大平原上的印第安人，他们蓄意屠杀野牛以摧毁西部部落的迁移模式，迫使他们进入印第安人保留地。然而，这一大批杀戮印第安人与野生动物的策略在迁移政策实施之始已初露端倪。帕克曼对此早有觉察，在《加利福尼亚与俄勒冈小道》一书中，他将野牛的杀戮与美国印第安人的殒灭相类比。那就是说，不仅仅是战争，杀戮本身就是"自然"发展的一个过程。早在约40年前，波尼人酋长彼特莱沙罗（Petalesharo）就从白人移民的迅速发展预见到了这种结果。1822年，在门罗总统召集的一次会议上，彼特莱沙罗郑重表明了印第安人关于自然资源的观点。这个观点与白种人的市场及劳动力价值观恰好对立：

> 让我享用我的土地，追逐自己土地上的野牛、海狸与其他动物，我会和你们的人交换动物的毛皮。我从小到大就这样长期自然生活着——我猜想你们不让我这样，我就会痛苦地死去。我们有许多野牛、海狸、鹿及其他野生动物——我们也有大量的马匹——我们拥有我们想要的一切——我们有广阔的土地——只要你们不接近它。……在你们使我们劳作、剥夺了我们的幸福之前，让我们用尽现有的资源。……我们与白种人交往之前（是他们毁灭了我们的猎物），我们可以躺下睡觉，醒来时会发现野牛就在帐篷旁吃草——可是现在我们为获得牛皮杀害它们，将它们的肉喂狼，令孩子们面对着牛骨悲泣……我知道长袍、绑腿、莫卡辛、熊掌之类（作为礼物奉上）对于你们来说分文不值，但我希望你们将它们保存起来，置于你们居室中的显眼处。这样，在我们离开人世、尸骨上生出野草时，倘若我们的孩子来到这里，如同我们现在所做的这样，他们可以看见并且高兴地辨认出祖先的遗物，追忆过去的好时光。

大多数土著美国人与动物世界的亲密关系源于日常生活，与部落记忆中仪式的意义密不可分。"小乌鸦",一位桑提苏(Santee Sioux)人,在1862年在明尼苏达州的一次军事会议上作了一篇演说,也运用了比喻的手法,与帕克曼的类比遥相呼应,富于预见性:

> 我们只是零零星星、四散开来的几只野牛。曾经遍布大草原的大牛群已不复存在。看!——白种人像蝗虫一般密密麻麻地飞过来,天空中像下起一场暴风雪。你可以杀掉一个、两个、十个;是的,你可以杀掉跟那边森林里的树叶一样多的人,他们的兄弟也不会怀念他们。你杀掉一个、两个、十个,可是10倍的白种人就会蜂拥而至杀你的头。你可以掰着指头数上一整天,但手中拿着枪的白种人来得比你数得还要快。

尽管西塞尔(Seathl,即Dwamish)已经皈依天主教,与白种人的合作尽心尽力,1854年西雅图市以他的名字命名,然而,在华盛顿准州组建之后,他对此殊荣的反应在一篇铿锵有力、令人不安的演讲词中流露出来:

> 曾几何时,我们的人民遍布这块土地,就如同风儿吹拂的海浪覆盖着贝壳铺就的海底。可那些日子连同那伟大的部落如今都一去不复返,徒留悲伤的回忆。对于我们不应有的早衰,我不愿繁叙,也不想垂悼,更不想指责加速我们衰落的白面孔的兄弟们,因为在某种程度上我们自己也有责任……在何方度此余生已无关紧要,何况不会有很多日子了。印第安人的夜空将漆黑一片。他的地平线上没有一颗希望之星。远方只有风的呜咽。……然而,当最后一名红种人死去时,当对我的部落的追忆在白种人中间成为神话的时候,这些海岸将充斥着我们部落死者的灵魂。当你们的子子孙孙独自在野外、在商店、在公路上或是在无路可寻的寂静森林中时,他们并非是独自一人。没有一片土地是孤独的。夜间,当你们城市和乡村的道路万籁俱寂时,你们以为路上寂无一人,其实这里满是回归的居民,他们曾充斥这里,仍然热爱着这美丽的土地。白种人永远不会孤单。

我们现在已经知道,西塞尔感人肺腑的演说曾被一名记者大幅度地润色修改。因此,在文本的真实性问题上,这篇演说词提供了一个足资教训的实例。然而,在20世纪,还发现了据说是西塞尔于1855年写给皮尔斯(Pierce)总统的一封信。这封信重复了演讲词的某些主题,总结出使欧裔美国居民与土著居民不可避免地对立的截然相反的生活观。最值得注意的是,此信还间接地

将从生态学角度对白种人开发的抨击与南北战争前对杰克逊的普遍批评——即认为他推崇流动,对祖先的权威不感兴趣——相联系:

> 地球并非是(白种人的)兄弟,而是他的敌人。他在征服地球之后,便径直向前,离开了他父亲的坟茔,也忘却了他的孩子与生俱来的权利。……在白种人的城市里,没有一方净土。没有一块地方可以听得见春天树叶的窸窣,听见虫儿鼓动双翼飞翔的沙沙声。……印第安人爱听飒飒轻风吹过池塘水面的轻响,爱闻风被一场午间的雨濯洗后的清新气息,还有矮松沁人心脾的芳香。对于红种人来说,空气无比珍贵。因为世间的一切共呼吸——野兽、树木、人……没有野兽,人会怎么样呢?倘若野兽消失了,人也会因精神的极度孤独而死去。因为在野兽身上发生的事也同样会发生在人的身上。一切事物都是相互联系的,降临于地球上的一切都会降临于地球之子的身上。

最为著名、重印次数最多的演说,属于最为人所知的武士,诸如特库姆塞、黑鹰等。这些演说体现的不仅仅是演说者本人,还体现了利用这些演说的欧裔美国人。这些武士的生活以及他们富于象征的声名和菲利普国王及庞蒂亚克等更早引人注目的人物一样,成为白人作家不同体裁作品的主题,与白种人的边疆神话以及迅速膨胀的征服文学有着千丝万缕的联系。无论何种情形——德雷克记述的特库姆塞对哈里森的挑战、斯库克拉夫特和其他人记录的条约演说,还是编辑翻译的黑鹰的传记——以民族学和文学创作的语言替代印第安人的话语不可避免地引发了准确性问题。在欧裔美国人征服时期,具有特殊重要性的是出现了美国土著人用英语写就的文件,如此一来,翻译的问题便转化为一个更加复杂的问题,即一种文化融入另外一种文化。对于印第安人来说,英语书面语不可避免地成为扩大交流的方法,也是文化破碎与失落的标志。

最早的这种以书面形式记录的历史出现于南北战争前,与白种人最早写就的具有重要意义的印第安民族史相伴而生。威廉·华伦(William Warren)于1853年完成了他的《奥吉布瓦人的历史》(*History of the Ojibways*)(直至1885年才得以发表),但比戴维·卡西克(David Cusick,又名图斯卡罗拉Tuscarora)的《六民族古代史纲》(*Sketches of Ancient History of the Six Nations*,1827)晚了几十年。后书以世界之初的历史神话开篇,记述了迁移与战争,并以易落魁人的历史为主线,一直写到同盟的建立。南北战争之前,美国印第安人用英语写作的最著名的文学作品皆为传记性的叙述,这些传统的历史作品本身就是扎根于清教精神自传。尽管有些作品，如《凯瑟琳·布朗回忆录——一位信仰基督教的印第安切诺基族人的自传》（*A Memoir of Catherine Brown, A Christian Indian of the Cherokee Nation*, 1825），可能是由传教士转译为英文的，但是，有些重要的以英文写作的传记是在迁移时期发表的。这些传记富于代表性，即他们没有转录过来的西雅特尔或特库姆塞的演说那么见解深刻，语言寓意丰富。确实，这些传记应该与一些演说中更为坚决的对基督教传道的明显抵制来作比较。印第安人所作反驳的一个很好的例证就是易落魁人的酋长萨戈耶瓦瑟（Sagoyewatha，意为唤醒众人者）——白种人称他为"红外套"——1805 年对波士顿传道团的一名代表所作的回答。他不无讥讽地驳斥了这位传教士的某些教理，着重强调了书面与口头传统的不同，而库珀及其他白人作家正是利用这些不同点来区分文明语言和"自然之书"的：

你说你受到委派来教我们如何恰如其分地依照大神的旨意崇拜他；如果我们不信仰你们白种人向我们传播的宗教，以后就会受苦。你说你们正确而我们迷失了。……我知道你们的宗教记录在一本书中。这种宗教是给你们的，如果它也是给我们的，那么大神为什么没有将它传授给我们，而且不仅仅是我们，为什么他没有将这本书的知识以正确的理解方式传授给我们的祖先？……我们三番五次受到白种人的欺骗，我们怎么知道何时该相信他们呢？

萨戈耶瓦瑟的演说摧毁了欧裔美国人传教使命的逻辑，这一逻辑的中心就是命定说和通过征服让野蛮人再生的观点。这在理解记录下来的有关美国印第安人或由美国印第安人自己写作的皈依基督教文件的历史准确性和意识形态的动因具有重要意义。通过将基督教使命的民族神话内化，这些自传性的皈依记述充分体现了政治的巨大影响力，这个影响力可以像武力一样在语言上产生效应。

佩阔德族（Pequot）的威廉·阿佩斯（William Apess，1798—1839）是第一位用英语大量写作的美国印第安人。他的自传《森林之子——森林土人威廉·阿佩斯的生活》（*A Son of the Forest. The Experience of William Apes, a Native of the Forest*, 1829）记述了他从自然无知到受基督的恩泽走向开化的过程。书的开篇说他是菲利普国王（King Philip）的后代，然后作者巧妙地运用这个宗谱的话语，说明我们都是——白人与印第安人都一样——"亚当的子孙"，从而削弱其鲜明的人种特征。阿佩斯在 15 岁时皈依卫理公会，他在白种人中间长大（他有四分之一的白人血统），童年时饱尝辛酸，父母离异，祖父母凶暴、酗酒。尽管他在信仰上曾有过偏离,在1812年战争中也服过役,但最终还是做了一名传教士,一位活着的"(上帝)无限仁爱的纪念碑"。《森林之子》作为一本传记并不引人注目,它的吸引力在于反映了基督教在征服过程中所经历的坎坷。阿佩斯在该书的附录中抨击了野蛮主义观念,理由是司空见惯的福音派新教会的观点——即印第安人也是古以色列人的后裔。不过书中还记载了一首打油诗《印第安赞歌》,将印第安人塑造成质朴的云游诗人的形象:

> 上帝怜爱树林中可怜的印第安人
> 我也爱着上帝,如此便万事顺遂。

然而,阿佩斯在后来的作品中对土著权利的捍卫表现得愈益明显。《佩阔德部落五个印第安基督徒的生活》(*Experience of Five Christian Indians of the Pequot Tribes*,1833)谴责了白种人的侵略和违约行为。《印第安人对马萨诸塞州有关马西皮部落的违宪法令的拒绝执行》(*Indian Nullification of the Unconstitutional Laws of Massachusetts Relative to the Marshpee Tribe*,1833)一书强烈谴责了马萨诸塞州对部落财产的非法侵犯,书中还包含有一份部落自治的概要。阿佩斯对欧裔美国人征服的批评在《菲利普国王颂歌》(*Eulogy on King Philip*,1836)中达到顶峰。这是一本笔锋犀利的小册子,描写的是他的祖先菲利普,他与美国独立革命中的英雄一样辉煌,是一位"高贵"的人物,由"自然之神"创造,但并非野蛮人。《颂歌》嘲讽了清教徒的虔诚以及他们"极端丑恶渎神"的战争行径。阿佩斯写道,英克里斯·马瑟(Increase Mather)关于战争的著名记述的基础就是祷文,而祷文又是"在美国殖民地中对有色人种的一切歧视和奴役的基石"。小册子借鉴了以推动宣传欧裔美国人改革为目的的长篇血泪史和印第安人皈依基督教的故事,然而,其中不朽的章节却是言辞间所表达出的伤痛之情。阿佩斯这样反问:难道欧裔美国人愿意看到他们的妻子儿女"被杀害,成片倒下,他们的肉体为秃鹫和野兽所吞噬?白磣磣的尸骨暴露在阳光和空气中,直至腐烂或是被林中的落叶所覆盖"?帕克曼、库珀这样的欧裔美国作家的作品常常以殖民地时期为背景,表现的种种遭遇与印第安部落的毁灭恰巧一致。阿佩斯与他们一样,将种族灭绝的场景放在17世纪,却是在预言他那个时代正在发生的悲剧。

另外一部作品,虽不及阿佩斯的自传那样有着明白晓畅的雄辩,却更加扑朔迷离,更为大众所喜爱,那就是乔治·科普韦(George Copway)的《卡-格-葛-博的生活、历史和旅行》(*The Life, History, and Travels of*

Ka-ge-gah-bowh, 1847），该书连版六次，还以修订本发行了许多年。科普韦（1818—1869）是一名加拿大奥吉布瓦人，1846 年移居美国之前成为卫理公会传教士，得益于 19 世纪 40 年代盛行的民族学工作。他的《卡-格-葛-博》对奥吉布瓦部落的生活进行了浪漫而详尽的叙述，主线是他自己皈依基督教的经历。土著的异域风情与外来的传道团意识形态的结合刚好符合当时公众的口味。科普韦的第二部重要著作《奥吉布瓦族传统的历史和特征概述》（*Traditional History and Characteristic Sketches of the Ojibway Nation*, 1850），书中对欧裔美国人的做法更具批评性，但基本上还是着重于地理、部落历史、人种学资料以及奥吉布瓦口头传说的传播。同年，他又创作了《奥吉布瓦人的征服》（*The Ojibway Conquest*）。这是一首关于奥吉布瓦人在大湖区战胜苏人的叙事诗，以此诗献给托马斯·麦肯尼。科普韦在美国和欧洲四处讲学，一度编辑过名为《科普韦美国印第安人》（*Copway's American Indian*）的杂志，曾徒劳地著文支持在密苏里河以东建立一个独立的印第安州。他欣赏欧文、库珀、朗费罗和帕克曼，这一点也许最能说明为什么他们的立意在很大程度上一致，即将典型的野蛮状态与对贪得无厌的文明进步的宽容温和批评相结合。科普韦的大多数作品都是以怀旧的眼光来看待美国印第安人的生活。随着科普韦本人转信基督教和白人文化理想，在他的作品中，美国印第安人便愈是命里注定要覆灭了。

另外两位传教士以自传描述他们的部落生活和个人信仰转变，那就是彼得·雅各布斯（Peter Jacobs）的《彼得·雅各布斯神父日志》（*Jounal of the Reverend Peter Jacobs*, 1857）和彼得·琼斯（Peter Jones）的《奥吉布瓦族印第安人历史》（*History of the Ojibway Indians*, 1861）。琼斯的著作突破一般模式，谴责白种人为撒旦的代理人，同时承继了斯库克拉夫特的衣钵，记入许多人种学资料。然而，这两部著作在赞美教育、品行、修养——尤其是在科普韦相信能使他流芳百世的书面英语语言上，都略逊科普韦一筹。这样，书面语与基督教的拯救相连，在文明进程中，这两者都被看做是区分"受过改造"的野蛮人和其不识字、不信上帝的同类的两个方面。科普韦对野蛮人的狩猎和战争生活嗤之以鼻，他说："我现在用鹅毛管作'弓'，用它的尖端作'箭'。"尽管在《卡-格-葛-博》中不乏对奥吉布瓦文化的精彩记录，也有对酗酒、贪婪攫取土地以及迁移的激烈抨击，其实，科普韦坚信"文明生活的艺术"会使得印第安人摆脱蒙昧无知，从而走向"智慧和优良品行"。这一思想贯穿全书，使得本书赢得了白人读者的喜爱。尽管科普韦的传记与阿佩斯的相比更加生动有趣，历史价值更高，但科普韦在其写作生涯中，更加彻底地融进那个对他来说相当矛盾的"高贵野蛮"的社会。这个矛盾的污点，

扩张与种族的文学

或许他有所掩藏，但却无法彻底摆脱。

19世纪早期最重要的美国土著作家是两位切诺基人：伊莱亚斯·斯迪诺（Elias Boudinot）和约翰·罗林·里奇。他们作品的重要性部分是来自切诺基人独特的文化特征。以19世纪20年代欧裔美国人的模式来评判，切诺基人在土著人中农业和教育体制格外发达。1821年，塞阔亚（Sequoyah）创立了86个音符的音节文字，他称之为"会说话的树叶"。由此，切诺基人发展了一种欧式的读写方法并创办一份双语的报纸《切诺基凤凰报》（*Cherokee Phoenix*），自1827年至1832年间由鲍迪诺主编。然而，佐治亚州所关心的不是切诺基人的进步与自治政府，他们关心的是割让土地，因此，他们取缔了切诺基人的民族政府。如上所述，州政府无视1832年最高法院维护切诺基人权利的决定，杰克逊总统亦对此决定讥笑有加。这样，1835年，切诺基人不得不签订《埃克特条约》（*Treaty of Echota*），批准迁移到西部。鉴于切诺基人在工业以及知识方面的先进性，无论白种人还是一些颇具影响的切诺基头领对于该部落在新的统辖区内拥有表面上的政治独立是否有好处都持有异议。约翰·里奇（约翰·罗林·里奇的父亲）认为，动迁是保存文化的方式。然而，他说的所谓"文明"融入了传统的双重价值观。在1826年写给阿尔伯特·加勒廷的一封信中，里奇概括了切诺基民族的政治、经济和文化结构，但他在信的结尾对切诺基人的命运所做的论断却相当矛盾：

> 世间一切都不是一成不变的。如今，由于自然的原因，我们为时运所逼，我们种族的血液将与白种人融合。半个世纪之后，倘若切诺基人的血液还有留存，那也是流淌在白色皮肤的血管中。他们会了解他们不幸的祖先，了解到他们的敌人带来灾难使他们成为文明的民族。

1839年，依据一项1829年的切诺基法律，约翰·里奇、他的父亲（梅杰·里奇）以及伊莱亚斯·鲍迪诺（Elias Boudinot）被处以死刑，这个法律规定割让部落的土地必须处以极刑。

鲍迪诺（1804—1839）在摩拉维亚教派（Moravia）教会学校受教育，后又至康涅狄格州。他的名字取自他的赞助人，一位革命家，美国圣经公会会长伊莱亚斯·鲍迪诺，即广为流传的《西部星辰》（*Stars in the West*, 1816）一书的作者。该书认为美国土著是古代希伯来人的后裔，一旦皈依基督教，将预示着一个新的盛世的到来。（这种理论可以追溯至西班牙征服墨西哥以及新英格兰殖民地时期的作品中，在形形色色的正统的印第安部落史中有，也出现在《摩门经》等表现宗教激情的著作里以及伊桑·史密斯［Ethan Smith］

1823 年的那卷《希伯来人的见解》[*Views of the Hebrews*] 等推广这种思想的作品中)。切诺基的鲍迪诺在他的跨种族婚姻引起轩然大波之后,放弃了完全同化,但是,他作为教师、传教士以及作家和翻译家依然满腔热情地为部落的文明化辩护。《切诺基凤凰报》每周出版,集新闻、文化评述、法律以及日用必需品广告为一体——在鲍迪诺看来,该刊物是文明进程的汇总。他支持迁移,因为他深信领土的完整性,相信切诺基民族在佐治亚的命运必将是受到"奴役和压迫"。在许多公开信和宣传册子,诸如《致白种人》(*An Address to the Whites*, 1826)、《关于切诺基事务的信件及其他文件》(*Letters and Other Papers Relating to Cherokee Affairs*, 1837)当中,在一本题为《可怜的萨拉;或,一个印第安妇女》(*Poor Sarah; or, The Indian Woman*, 1833)的虚构小册子中,他担心切诺基民族如果不接受迁移协议就会沦为"一个高贵勇敢的种族的遗民"。他被处以极刑,不过是更加清楚地显示了他所扮演的角色所承受的富于讽刺意味的压力,即他一方面是迁移政策的辩护人,另一方面又是印第安人权利与民族主权的坚定支持者。

约翰·罗林·里奇(1827—1867),自号"黄鸟",在年仅 12 岁时便目睹了他的祖父与父亲在俄克拉何马遭枪杀。他在东部马萨诸塞州接受了短暂的教育,在阿肯色州结了婚,这之后他便追随淘金热来到加利福尼亚。在加利福尼亚他做了记者,并成为一名诗人。他去世后于 1868 年出版的《诗集》(*Poems*)主要是轻快的诗歌,以民族主义的思想歌颂美国的进步,赞美西部的壮丽。事实上,大多数诗歌似乎都是对欧裔美国人在这个半球优越地位合理性的肯定。但是,他写的有关印第安人状况的新闻纪实,有着更为独立的模式,显示出他倡导在联邦中设立独立的切诺基州的倾向,指责了金矿主对印第安"挖掘人"的残酷,提出应尊重印第安人的宗教习俗而不是采用毫无效果的、不切实际的基督教。这些纪实后来收集在《自吹集》(*A Trumpet of One's Own*, 1981)中。然而,黄鸟最重要的著作是他的具有两面性的小说《乔奎因·缪里特历险记》(*The Life and Adventures of Joaquin Murieta*, 1854),小说假称是加利福尼亚著名匪徒的真实故事,小说所依据的也许是一两个他同时代的人物的事迹。黄鸟将缪里特描绘为一半墨西哥血统一半印第安人血统,通过缪里特将金矿中由于对墨西哥人的偏见而引起的强烈复仇情绪生动地体现出来。缪里特的形象,除了奠定了后来的美国文学中流行的西部亡命之徒的神话模式外,还可以理解为黄鸟本人对美国印第安人——无论是加利福尼亚的、佐治亚的还是俄克拉何马州的印第安人——普遍存在的对白人报复心理的认同。尽管里奇的祖父及父亲均为其他切诺基人所杀,然而在他眼里,他们的死亡似乎与缪里特的情人被强奸、兄弟被屠杀、土地遭掠夺这样

扩张与种族的文学

的传说是一样的。在这里,小说中的绑匪报复的残酷程度,无论墨西哥人还是切诺基人在其征服过程中都是无法比拟的。

在受过教育的鲍迪诺和业已同化的切诺基人身上显而易见的同化的矛盾,在索克人的酋长黑鹰(1767—1838)身上表现得更为激烈。黑鹰没有遵从1804年条约要求的迁徙,而是于1832年在伊利诺斯州的边境上指挥了一场血战。黑鹰1833年的《自传》(*Autobiography*),又称《玛-卡-泰-米-西-基亚-基亚克的一生》(*Life of Ma-Ka-Tai-Me-She-Kia-Kiak*),记载了这场更为激烈的斗争。它抗议的呼声虽不能压倒一切,但传述充分表现了白人的征服与印第安人的同化之间的矛盾,使得作者于1832年所作演讲的影响力更为久远——那次演讲拉开了与白人作战的序幕,预见到19世纪美帝国的进程:

> 大神(创世神)为了他的红种孩子创造了这片土地,令他们完全拥有这土地。我们幸福而又满足。可他为何又让那些白面孔的人横渡大洋将土地从我们的手上夺走?……当初,我们的先祖将他们揽入怀中,给他们温暖,挽救他们的生命,却未曾想到他们是一群僵硬、快要冻死、饿死的蝰蛇,经历了数个冬季后,就会将致人以死命的毒牙嵌入在他们困难时温暖、照顾他们的人们胸口。
>
> 自这些白面孔的人登岸之日起,他们就一直在抢夺我们祖先留下的产业,慢慢的,然而却确实无疑地将我们向后驱赶,一直向后,向着落日的方向驱赶。他们烧掉我们的村庄,毁坏我们的庄稼,强奸我们的妻女。……如今,他们正用犁翻耕我们的坟地,使我们先人神圣的遗骸暴露于地面。我们先祖的灵魂从梦之乡召唤我们向掠夺者复仇。

与此类似的情感在《自传》中也有所体现,只是效果略有不同。与演说词类似,白人翻译(安托万·勒克莱尔 [Antoine LeClaire])和白人编辑(J. B. 帕特森 [J. B. Patterson])手下的黑鹰故事反映的是美国印第安人对外来语言的接受。而传记则把印第安人的语言置入更为细致、更加系统的文化表述体系中。黑鹰的文本借鉴了皈依记述的元素,但如与几乎在同一时间、类似条件下记录发表的反叛奴隶奈特·特纳(Nat Turner)的《自白书》(*Confessions*)相对照来看,则更有裨益。黑鹰和奈特·特纳都得到了话语权甚至可以抗议对他们民族的毁灭和奴役,为他们的暴力反抗申辩。但是,与此同时,这些转录的文字全都包含在忏悔和屈服的框架之中,再经过出版与销售这一商业过程的过滤。奈特·特纳被处以极刑,可是黑鹰却成为大受欢迎的公众人物。这一反差说明了这样一个事实,即美国的非洲裔反叛者依然是恐怖的幽灵，而此时印第安反叛者却更易于纳入浪漫的民族主义叙述当中。

黑鹰于1833年被俘入狱，被带到东部面见他的故事中所称的我们"伟大的父亲"、"伟大的勇士"的杰克逊总统，还去了几个城市。离开时，他感受到了技术的力量以及白人文明的规模，可谓心悦诚服，这一点自然不难理解。文本的结尾是这样记录的："我们的战斧会永远埋藏于地下！我们将忘掉过去——愿美国人与索克人（Sac）、福克斯人（Fox）的口号永远是——'友谊'！"无论这个结尾是否是黑鹰真实情感的流露（这段话与他在公共场合的发言一致），自传的真实性还是相当可靠的，虽说言辞华丽，却清楚地表达了他对白人社会总体的不信任。对他的早期生活的记述，包括与奥吉布瓦人和奥塞奇人的战争以及1812年战争中在英国军队中的服役，反映了白人殖民者对部落领土的不断巧取豪夺。表面看来是由于黑鹰的对手基奥卡克（Keokuk）的背叛而引发的战争，其实质是土地问题。黑鹰的表述简单明了：

> 我的理由是土地不可以出卖。大神将土地给予他的子孙，让他们居住、耕作，供他们维持生计；只要他们使用，在上面耕种，他们就拥有对土地的权利——但倘若他们自愿离开这片土地，那么任何其他人就都有权在其上定居。除可以带走的东西外，别的什么都不能卖……我告诉（科尔［Cole］州长及詹姆斯·霍尔），白人已经进入了我们的村庄，烧毁我们的农舍，毁坏我们的篱笆，翻耕我们的玉米，殴打我们的人民；他们把威士忌带进我们的村庄，灌醉我们的人民，然后夺取他们的马匹、枪支和狩猎用具；对所有这一切伤害，我都忍受了，没有让我的勇士对白人动一根手指头。……我一遍遍地恳求我们的代表向圣路易斯（St. Louis）的领事汇报我们的情况，这位领事的职责就是向我们伟大的父亲呼吁公正地对待我们；然而我们并没有得到公正，有人对我说，白种人想要我们的土地，我们必须给他们。

黑鹰失败了，尊严尤在却伤心欲绝，仍幻想着密西西比河可以有效地阻止欧裔美国人的深入推进。他的东部之行使他成为轰动一时的人物，此行早于以后出于商业利益对土著人物的利用。麦肯尼为写作《北美印第安部落史》而采访了他。他的活动出现在当时报纸的漫谈专栏上，后来又记录在诸多印第安事务的历史书中，还有一些专述，像本杰明·德雷克饱含同情的《黑鹰纪事》（*The Life and Adventures of Black Hawk*, 1838）以及埃尔伯特·史密斯（Elben Smith）的长篇叙事诗《玛－卡－泰－米－西－基亚－基亚克；或，黑鹰与西部的故事》（*Ma-Ka-Tai-Me-She-Kia-Kiak; or, Black Hawk and Scenes in* the West, 1848)。史密斯的副标题——《民族之歌》具有双重意味,即黑鹰像印第安人的其他英雄人物一样,一方面作为高贵的勇士傲然面对白种人的技术优势,另一方面实际上是常为人描写的西部景观的延伸,等待着征服:

> 林中的红种人,就如同那清晨的露珠,
> 倏然消失,留下的只是无害的少数。

黑鹰认为土地不可以出卖,而他的敌手却认为土地绝对无法抵御先进的开发及市场进步的强大力量。虽说与其他土著传记作家如阿佩斯和科普韦等相比,黑鹰对故事的把握尚不够好,然而在许多方面,他的生活故事更为生动地反映了对军队和政府的独裁的反抗,而且也更为清醒地认识到向欧裔美国人价值观妥协所付出的代价。

尽管欧裔美国人描绘边疆以及印第安人物的小说在质量和视角方面都更胜一筹,同时期的诗歌和戏剧却常常将对印第安人的征服与对民族主义的颂扬相结合。朗费罗的《海华沙之歌》(1855)不过是这些作品中最著名的一部。在美国独立革命和1812年战争之间的时期,许多诗人和剧作家采用了与小说中的伤感浪漫及悲剧征服一样的模式,伤感的印第安人的形象逐步定型,这一形象到迁移时期更加突出。早在朗费罗的诗歌发表之前30年,莉迪亚·斯格尔尼(Lydia Sigourney)的史诗《美国土人的品质》(Traits of the Aborigines of America, 1822)已经记述了美国印第安人的全部历史,书中还有颇多累赘的圣经故事和其他典故。

与莉迪亚的史诗相比,威廉·卡伦·布莱恩特的诗歌词藻不那么华丽,但所关注的问题却更加典型。《印第安少女的哀歌》(The Indian Girl's Lament)是一首为惨遭屠杀的情人而作的浪漫恋歌,而《一个印第安人的故事》(An Indian Story)讲述的是一名勇士拯救被俘的少女的故事。他的诗歌《大草原》(The Prairie)广为流传。这是一首欧裔美国人将征服归于自然的绝好例证,诗歌基调从末日尽头的忧伤转为对文明胜利的庆祝。自然规律决定了一种社会必然替代另外一种,就如同印第安人曾征服筑堤人一样:

> 红种人来了——
> 这些游猎的部落,骁勇好战,
> 筑堤人就这样从地球上消失。……
> 平原上,堡垒攻破,堆满了

>　　尸体。森林中棕色的秃鹫
>　　云集于这大片裸露的墓穴上。……
>　　就这样改变了生命的形式。诸多生物和种族
>　　兴起时，无比辉煌，
>　　然后陨落，就好像上帝吹出的一口气
>　　使他们鼓起，又瘪下。红种人也是，
>　　从他游猎已久的草木茂盛的旷野上离去。……

征服与扩张就如此这般地成为逐步展开的民族戏剧的一部分，由上帝导演协调，而在最近的一场中，印第安人先是从东部林地"退场"，现在又是从中西部大草原"离去"。回顾美国印第安部落史以及战争史中的统帅及传记（整个19世纪美国史学著作亦全如此），其中有关印第安人的流传广泛的诗歌描写的往往是个别英雄人物。印第安英雄通常被描绘成在大自然中独领风骚，抗拒殖民扩张，却无法阻止它。在他的身上凝聚着印第安人的高贵品质，即面对势力强大的白人士兵与拓荒者不屈不挠。然而，有时印第安人的哀歌蕴藏着一种深刻的哲理，这一点并非完全出自美国人的神话。比如，詹姆斯·W.伊斯特本（James W. Eastburn）的《亚莫伊登——菲利普王的战争传说》（*Yamoyden, A Tale of the Wars of King Philip*, 1820）成为好几部小说的篇首题词。书中以菲利普王的战争为背景叙述的传统浪漫冒险故事呈现了强者的伤感：

>　　理当回想那些业已消亡的国家，
>　　从这片我们自己的土地上，他们一去不返；
>　　他们也曾一样的骄傲与强大，
>　　以为他们的江山万古千年。

　　朗费罗的《海华沙之歌》具备当时流行的两种表现内容，一方面表现的是英雄的印第安败将，另一方面又有斯库克拉夫特的人种学的细节。这首诗不同凡响的格律来源于芬兰史诗《凯莱维拉》（*Kalevala*），故事取自斯库克拉夫特、卡特林以及赫克韦尔德（Heckewelder）的美国土著的传说。与丹尼尔·布莱恩（Daniel Bryan）于1813年创作的关于丹尼尔·布恩（Daniel Boone）的史诗《山的幽思》（*The Mountain Muse*）类似，朗费罗的《海华沙之歌》以文化形式表现了借助与土著部落的共谋对土著生活进行的征服。通过将欧洲和土著美国人的神话相结合、土著美国人的神秘主义与基督教的教

义相结合的方式,朗费罗塑造了一位神话般的英雄人物,他的所作所为属于传奇,然而他的目的却是给美国建立一个西部的基督教的农业帝国抹上神圣的色彩。朗费罗为适应他的读者将传奇素材中色情的、粗俗的因素文雅化。海华沙似乎并非是麦尼博兹霍传说中的一个鬼精灵,而是一位为他的民族确立秩序、为欧裔美国人的到来铺平道路的古典英雄。在海华沙命他的人民听从基督徒的"箴言"("因为造物主从光明与晨曦之所在/派遣他们出来")后,诗歌的结尾将英雄的离去与死亡与傍晚西沉的落日联系在一起:

> 傍晚落日西沉
> 染红彤彤片片云霞,
> 燃烧广阔的天空,恰似大草原,
> 在平静的水面上
> 留下一条长长的灿烂的小路,
> 仿如一条河流,
> 海华沙向西、向西
> 融进火一般的夕阳,
> 融入紫色的雾霭,
> 融化在那苍茫的暮色中。

海华沙的主旨在于美化白种人的征服,他的消失与死亡,像美国印第安人一样,象征性地融入西方——基督徒的永恒,迁徙的印第安人的临时居所,欧裔美国人命定说的终极目标。

海华沙这一人物的艺术加工对于习惯小说与戏剧——甚至于该世界中期兴盛的人种学著作的读者来说是可以接受的,他们想象中的印第安人是浪漫、眷恋家乡的舞台形象。戏剧对这种歪曲的臆想的形成,影响尤为突出。如上所述,在某种程度上,对白种人和印第安人之间的法定交换和条约签署的历史记录构成了美国戏剧的一种版本,即一系列以时间为顺序、由象征性行为和演说构成的剧目。然而,印第安戏剧中,在19世纪20年代受观众喜爱并于该世纪演变发展而成为马戏表演般喧闹的情节剧的,当推以野牛比尔·科迪(Buffalo Bill Cody)著名的"蛮荒西部展览演出(Wild West Exhibition)"为代表,这些戏剧表现的是想象中的印第安人生活和欧裔美国人的仁慈。由库珀的《最后的莫希干人》以及伯德的《丛林中的尼克》(*Nick of the Woods*)改编成的剧本尤其受欢迎,其原因无疑是舞台情节剧与戏剧性叙述之间的区别本身在这些书中已经相差无几。也许在最早的有关与印第安人的关系的叙述当中，罗伯特·罗杰斯（Robert Rogers）的《庞蒂艾克》（*Ponteach*，1766）与众不同，该书对白人殖民者欺骗、背叛庞蒂亚克持批评态度。紧随记述印第安人的传记而来的，是后来的战争剧，如理查德·埃蒙斯（Richard Emmons）的《特库姆塞；或泰晤士战役》（*Tecumseh；or，The Battle of the Thames*，1836）、亚历山大·麦科姆（Alexander Macomb）的《庞蒂亚克；或围攻底特律》（*Pontiac；or The Siege of Detroit*，1838），这些戏剧歌颂白人战胜强壮、高贵的敌人。在这些舞台剧作中，与多如牛毛的武士歌曲和传说一样，将印第安人在行动和言语上的高贵与真实世界中的武力冲突和掠夺巧妙地割裂开来，凝固在没有时间界限的表演中。杰斐逊的《弗吉尼亚州札记》（*Notes on the State of Virginia*）中所记述的罗根（Logan）辩护其为被毁灭的家庭复仇的著名演说，日久天长，便成为 19 世纪修辞的入门教材，成为约瑟夫·多德里奇（Joseph Doddridge）的《卡尤加族酋长罗根：最后的西科尔埃姆斯种人》（*Logan：The Last of the Race of Shikellemus，Chief of the Cayuga Nation*，1823）一书结尾的演说。比起历史、人种学著作或黑鹰等人的传记中可引用的印第安人演说来，戏剧性更加显著地凸现了美国印第安人坚忍不拔的形象，但同时，印第安人的声音也在与他们本族文化大相径庭的仪式的喃喃声中淹没。

有关美国土人的戏剧化的描述，最为流行也是现今声名狼藉的关于波卡洪塔斯（Pocahontas）的描述。詹姆斯·纳尔逊·巴克（James Nelson Barker）的歌剧式的《印第安公主；或，美丽的野蛮人》（*The Indian Princess；or La Belle Sauvage*，1808），正如书名所示，以浓重文学笔墨描述美国土人，将波瓦坦（Powhatan）那遐迩闻名的女儿描绘为具有异域风采、聪慧过人的女英雄，还给其中的男主人公约翰·史密斯（John Smith）上尉提供了一个颂扬新生的美国的机会：

> 喔，令人神往的国度！就这样
> 脱离了陈腐淫荡的欧洲！愿你兴盛，
> 从蛮荒时代就来缚着的锁链——
> 欺骗与迷信当中挣脱；
> 以美妙的前景与旧时代告别
> 一个伟大而高尚的王国正矗立于西方！

将波卡洪塔斯作为情节剧原型女主人公来描述的剧本还有：罗伯特·戴尔·欧文（Robert Dale Owen）的《波卡洪塔斯》（*Pocahontas*，1838）、夏洛特·巴恩斯·康纳（Charlotte Barnes Conner）的《丛林公主》（*Forest Princess*，

○扩张与种族的文学

1848）以及乔治·华盛顿·卡斯蒂斯（George Washington Custis）的《波卡洪塔斯；或，弗吉尼亚的拓荒者》（*Pocahontas; or, the Settlers of Virginia*, 1827）。最后列出的这部剧本格外不同凡响，作者将波卡洪塔斯对史密斯的搭救放在最后，使得波卡洪塔斯与约翰·罗尔夫（John Rolfe）的婚姻以及波瓦坦最后祝福的象征意久更为深远："愿他们的结合成为将来英国与弗吉尼亚缔结友好的象征……遥想未来，有朝一日，这些蛮荒之地将成为一个伟大光荣的美洲帝国古老而光荣的一部分。"虽然有波卡洪塔斯与罗尔夫这种不可避免的姻缘，印第安剧中还是充斥着各种求爱和婚姻中产生的矛盾，却很少涉及异族通婚和混血人种的可能性问题。事实上，他们回避对政府与军队通过饮荒与暴力实行的独裁政策的描述，代之以反映家庭生活的舞台剧。如果说卡斯蒂斯等作家将不同种族之间肉体的结合作为一种象征，那么墨西哥战争之后的众多小说所描绘的白人士兵与墨西哥女子的结合就更加合情合理了。这些结合富有象征性，具有仪式的特点。当卡斯蒂斯和他同时代的作家写作的时候，帝国扩张即将完成，波卡洪塔斯的生活与婚姻就是象征融合的一种仪式，暗示帝国扩张的合理性。这有悖于《最后的莫希干人》中所确立的异族不得通婚的禁忌，然而那是在十分遥远的过去，况且印第安特质与英国特质的肉体交合产生出一种美帝国的形象，不会使得边疆生活失去纯洁性。

在所有的印第安剧本中，最流行的莫过于约翰·奥古斯塔斯·斯通（John Augustus Stone）的《麦塔莫拉；或最后的万帕诺亚格人》（*Metamora; or The Last of the Wampanoags*, 1829）。该剧特别为著名演员爱德温·弗雷斯特（Edwin Forrest）创作，他将麦塔莫拉（菲利普王）表现为一名执著、高贵的英雄，临终时还诅咒着白人。由于印第安戏剧过分依赖于对战事、条约以及印第安人生活的简单化描述，因此，即便在其鼎盛时期，印第安戏剧也还是以其激情的言辞而不是反映印第安人灭亡的主题著称。约翰·布罗海姆（John Brougham）在《麦塔莫拉；或，最后一个万帕诺蝌蚪人》（*Metamora; or, The Last of the Polywogs*, 1847）中对斯通的这一剧作进行了故意模仿并加以讽刺。布罗海姆后来的姐妹篇《坡－卡－洪－塔斯；或，温情的野蛮人》（*Po-Ca-Hon-Tas; or, The Gentle Savage*, 1855）改头换面，跨越时代，将不同民族的小品文及针砭时政的讽刺文章夹杂其中，以嘲弄美国土著语言文学化的虚假、波卡洪塔斯的剧作中舞台上的小伎俩以及大众对朗费罗的《海华沙》的追捧。这种嘲讽使大多数探讨印第安问题的剧本中所暗含的倾向浮出水面，那就是：为民族神话心甘情愿歪曲历史，在心理上需要将土著文化的毁灭想象得如情节剧一般，这使征服显得光彩，同时在虚设的悲剧中将观众对西扩是否明智、是否公正可能有的疑虑一扫而空。

这类剧本通常以两条密切相关的主线贯穿，即：高贵的印第安英雄和白人被囚所受的煎熬。同样，这些主题也常在反映美国印第安人的小说中居主导地位，它们在相当大的程度上反映了那个时代国产小说的普遍特点。因此，小说作为一种形式，其文化力量在很大程度上在于借助由家庭暴力和拘禁而引发的情感。这也是正规历史与传记所借助的一个意识形态上的论点。虽说小说在对印第安人的生活抑或对诸如庞蒂亚克、菲利普王及黑鹰等印第安英雄的描绘中表现出同情，但它那情节剧的陈词滥调、那种字里行间对"处女地"史诗般征服的歌功颂德、对异族情调的渲染及其对垂死的或是已死去的印第安人所表现的柔弱情感，使它先天不足，不能准确地或是客观地对待美国土著印第安人的文化。这些不实描述的一个直接来源就是久盛不衰的那些或真实或虚构的拘禁故事，实质上，这些故事是殖民地最早的富有想象力的文学，也是一直贯穿 19 世纪的广为传阅而且影响力巨大的文学形式。在殖民地的拘禁故事中，如玛丽·罗兰森（Mary Rowlandson）所创作的故事，女的或男的主人公代表着一个较大的社会群体，他们的意志经受着荒野中的邪恶力量的考验。在上帝子民的社会群体之外一切均是原始的、恶魔般的。白种人的入侵转而变为牺牲，而俘虏的拯救与回归也常常是上帝恩泽的显露。俘虏面临的最严峻的危险并非死亡，而是认同异己的生活方式成为野蛮人的诱惑。拘禁故事是依照心理地理界限构建的文学，它一方面为欧裔美国人的入侵辩护，一方面又对此表露出深深的忧虑，因此，拘禁故事通常耸人听闻，甚至于令人难以置信，然而却摆出真实描述边疆生活的架势。

到 18 世纪末，拘禁故事已经开始和感伤小说相融合。如安·E. 布利克（Ann E. Bleecker）的《玛丽安·凯特尔的历史》（History of Maria Kettle, 1793）与其说是真实的历史拘禁故事还不如说是一出哥特式的情节剧。在美国，小说的兴起与向西扩张的加速以及印第安人的迁徙恰巧同时发生，因此，这些拘禁故事在将边疆生活看做是美国历史发展的舞台上一个象征性时刻的小说里，起着重要作用。由于这些故事有的并非来源于可靠资料，有的又与流行小说及国民的思想意识相吻合，整个南北战争前出版与再版的诸多形形色色的拘禁故事纯粹是虚构的，至少可以说在事实依据上是不可靠的。以人们想象的可能为背景，在政治重新定义的关键时刻，独立革命后的拘禁故事夹杂着对反叛家长制秩序与权威的畏惧以及对边陲道德体系和社会连续性丧失的担忧。拘禁故事较为广泛地应用在当时的历史学家和人种学家的著作中，这些著作并不倾向与小说中的哥特式因素互为对立，而是在貌似科学的框架中证实之。历史学家约翰·弗罗斯特（John Frost）著有多部美国印第安人的战事及边疆生活的著作。其中《西部巾帼英雄》（Heroic Women of the West,

◎扩张与种族的文学

1854）记录了一系列开拓边疆的妇女受到攻击或被俘的故事。斯库克拉夫特在他的巨著《历史与统计学资料汇编》中便采用了这些叙事故事，而德雷克不仅将其列入他的《北美印第安人史传》（1832）一书中，还将其作为学术专辑发表。在《印第安人的囚徒》（Indian Captivities，1839）及《荒野中的悲剧》（Tragedies in the Wilderness，1841）这类书中，他呼吁历史的准确性，但其字里行间却透露出一种野蛮主义的理论。这一理论与他所注重的"野蛮的仪式和礼仪"是一致的。

拘禁一旦被引入小说，白种人的暴力就有了正当理由，成了为拯救被围困的边疆社会的一种手段，而且通过将暴力与毫无抵抗力的家庭概念相联系，就落入流行的诱惑勾引小说的窠臼中。在荒野当中，实际的悲剧与假设的或者说是妄想出来的暴力和苦难遭遇同时出现。比如，《玛丽·史密斯夫人被囚落难记》（Narrative of the Captivity and Sufferings of Mrs. Mary Smith，1818）不仅剽窃了以前的故事，而且清清楚楚带有意识形态上的目的。书中的年轻处女在1813—1814年的克里克战争（Creek Wars）中饱受野蛮食人者的折磨与性侮辱，最后安德鲁·杰克逊部队一名英勇的士兵将女主人公解救出来。与此类似的是另一本书——《弗朗西斯与阿尔迈拉·霍尔小姐脱险记》（Narrative of the Capture and Providential Escape of Misses Frances and Almira Hall，1832），尽管取材于真实的故事，但还是着重渲染了印第安人对白人居民的屠杀，从而成为赤裸裸地诋毁黑鹰的宣传。在《托马斯·鲍德温妻子儿女惨遭野蛮人戕害记》（Narrative of the Massacre, by the Savages, of the Wife and Children of Thomas Baldwin，1836）一书中，两个孩子被活活烧死，这使主人公成为一名原型式的隐士，对印第安人极端仇视。罗亚尔·B. 斯特拉登（Royal B. Stratton）的《被俘的欧特曼姑娘们》（The Captivity of the Oatman Girls，1857）是最动人的叙事故事之一，该书在时间上正好与针对西部部落的后期战事相吻合，故事讲述的是被新墨西哥阿帕奇人（Apaches）和莫哈维人（Mohaves）所俘虏的几个家庭成员的故事，其目的在于预示即将到来的命定扩张的胜利：

> 然而这穿不透的、以其黑夜的羽翼遮盖在连绵的山峦与河谷之上的异教胡作非为的日子不会长久了，它的受害者也不再会如此众多了。它的疆域已为一种更高级的生命之光所环绕；如今，勇敢的盎格鲁—撒克逊先驱的脚步声已尾随着野蛮人响起，在他那蜿蜒的小道上冲破了沉寂。

尽管大多数拘禁故事和小说都建立在一种野蛮主义的理论框架上以表明

美国印第安人毁灭的必然性,却有一部分故事,如约翰·邓恩·亨特的《密西西比河西部几个印第安部落的风俗习惯》(*Manners and Customs of Several Indian Tribes Located West of the Mississippi*, 1823)和《遭北美印第安人俘获记》(*Memoirs of a Captivity Among the Indians of North America*, 1824)记载了他自幼被堪萨斯人(Kansas)和奥塞奇人囚禁的情形,其中对美国土著文化的记述无疑更富于同情心,更加真实可靠。这些记述中最引人注目的一段是有关约翰·坦纳(John Tanner, 1780? —1847)的生活。他在9岁时被俘,在奥吉布瓦人当中生活了约30年时间。他在部落里结了婚,建立了家庭,结果他发现要回到白种人的社会已经没有可能。爱德温·詹姆斯(Edwin James)在《约翰·坦纳被俘历险记》(*A Narrative of the Captivity and Adventures of John Tanner*, 1830)中详细记述了美国土著的生活,包括狩猎、婚姻、战争以及仪式。本书还是一个重要的民族学资料来源,它记录丰富多彩的歌曲,复录了许多象形文字并对其加以转换、翻译和评注。尽管坦纳为欧裔美国人对美国土著文化的毁灭痛惜不已,但他(至少在詹姆斯的叙述中)还是将这种毁灭视做欧裔美国人的军事和物质力量的必然结果而接受下来。再者,这种技术上的优势与坦纳所定义的土著文化发展的局限性又不无关联。坦纳认为,美国印第安人的演说与音乐感情激烈并有多次重复,却乏于雕琢,而且,他们缺少一种有用的记录语言,这颇具象征意味,表明了他们和征服者的关系:"没有文献记载来永远保存天才的创造,也不能在以后的日子里记录所发生的重大事件,(土著)美国人没有储存古代才智的宝库之门来向充满好奇心的欧洲种族开启"。事实上,不仅口头文化与物质文化经历了几个世纪的流传保存下来,而且坦纳自己义本本身的存在就与他所谓低一等的推断相矛盾。坦纳对欧洲文化力量的认可与他个人对在奥吉布瓦部落中生活的喜爱使他在两个世界中拉扯,而他的著作正是这两个世界的分界线。

也许只有玛丽·杰米逊(Mary Jemison)的生活才可与约翰·坦纳在生活中所面对的文化矛盾相比。对于玛丽·杰米逊来说,性别问题更增加了她在分裂的两个世界中生活的艰难。在基于实际事件的拘禁叙事中,与围绕奴役的小说一样,妇女常常是中心人物。库珀的《最后的莫希干人》这类小说的极大流行以及班克罗夫特在他的《美国历史》(1834)中对简·麦克雷(Jane McCrea)被俘的戏剧性处理充分说明了这一事实。而后者还成为这一时期最著名的绘画之———约翰·范德林(John Vanderlyn)的《简·麦克雷之死》(*Death of Jane McCrea*, 1804)的表现主题,该画呈现了麦克雷即将被两个印第安人杀害的景象,暗示着暴力充当了一种性侵犯的形式。虽说在为数众多的叙事故事和虚构故事中妇女所担任的都是易受伤害的角色,詹姆斯·E. 西

⊙扩张与种族的文学

弗（James E. Seaver）的《玛丽·杰米逊的生活》（*A Narrative of the Life of Mary Jemison*, 1824）却别具一格，与众不同。该书即刻便成为一部畅销书，在19世纪再版了多次。玛丽·杰米逊的家人在法国人与印第安人的战争中被杀害，玛丽·杰米逊被俘，以后她便与印第安人一起生活。她先与一名德拉维尔人（Delaware）结婚，后又嫁给了一名塞纳卡人（Seneca），最后与混血的孩子们单独生活——孩子们已不可能很容易地回到白人社会。她的故事超出了情节剧的范畴。它通过对"一名印第安人"生活的现实主义的记述，表现了在她的一生中两个部落的衰败和降服，而她自己被"野蛮人"同化则可视为对迁徙政策的赎罪。然而，最为重要的是，这个故事详细讲述了边疆妇女的日常生活，她的持家与种地，事实上使她与丹尼尔·布恩等同起来。她在荒野之中不仅能够生存，还兴旺起来。

与其他囚禁故事相比，玛丽·杰米逊的故事所表现的她的力量与独立精神绝非典型。然而，鉴于边疆女主人公的重要品质常常与多愁善感的浪漫爱情相联系，那么在边疆地区，她就表现出比在东部社会更易拥有自由和自我。几位女作家就成功地运用了边疆小说这一体裁，她们将暴力与俘获的图景转化为一种农耕定居和家庭劳动的生活图景。凯瑟琳·塞奇维克（Catharine Sedywick）的《活着和允许活着》（*Live and Let Live*, 1837）、玛丽安·苏珊娜·康明斯（Marian Susanna Cummins）的《梅布尔·沃恩》（*Mabel Vaughan*, 1857）、卡罗琳·索尔（Caroline Soule）的《小爱丽丝；或拓殖地的宠物》（*Little Alice; or, The Pet of the Settlement*, 1863）、梅特·维克托（Metta Victor）的廉价纸面小说《爱丽丝·怀尔德：筏夫的女儿》（*Alice Wilde, the Raftsman's Daughter*, 1860）和《原始丛林里的新娘》（*The Backwoods Bride*, 1860）采用了小说的手法叙述家庭生活，描绘了一个以农业为主的西部：在这样的西部，喜欢居家生活的社会群体虽不能根除阶级的界限，却往往要打破阶级界限而且颂扬了一种理想化的劳动耕作的图景。由于美国土著的社会习惯常依赖于母系和农业经济，因此这种图景有时和他们更为一致。与此同时，在后来打破西部田园景象描摹的平民主义作品出现以前，早已经出现了一些由女性创作的较为重要的小说。伊丽莎白·弗赖斯·埃勒特（Elizabeth Fries Ellet）的历史著作《西部拓荒妇女》（*Pioneer Women of the West*, 1852）以及伊莉莎·霍普金斯（Eliza Hopkins）的小说《埃拉·林肯，或西部大草原的生活》（*Ella Lincoln; or, Western Prairie Life*, 1857）真实地表现了拓荒妇女的经历，后者还通过真切地描绘大草原上妇女那"平平常常的面孔和不事修饰的外形"来削弱婚姻中那种软绵绵的情调。与之类似，爱丽丝·卡里（Alice Cary）两卷本的《红花草地》（*Clovernook*, 1852—1853）描绘了俄亥俄州的边疆从乡村田园经济到工业经济的转变；她的另外一本书《婚而不配》（*Married, Not Mated*，1856）略逊一筹，集中描写家庭生活中阴郁暗淡的一面："贫穷是诗歌的先驱，充斥这个世界的诗歌，一半是从它那闪光的锻炉中烧出，从它那呼啦啦倒下的森林中发出的。"

上一章已经谈到，有关探险的大多数作品都是在多年以后才得以发表，而拓荒者的杂记以及移民指南当中有许多由边疆妇女创作的相当不同凡响的作品。一位英国移民丽贝卡·伯兰德（Rebecca Burlend）在《移民的真实图景》（*A True Picture of Emigration*，1848）中记录了她的一家迁往伊利诺斯的一个农场的旅行。观察中西部的边疆生活最为重要的一位作家是密执安的卡罗琳·柯克兰（Caroline Kirkland，现实主义作家约瑟夫·柯克兰［Joseph Kirkland］的母亲），她的几部有关移民生活的著作充分体现了移民生活的艰辛和回报。柯克兰（1801—1864）受到托克维尔的启发，而她的作品无论是在探讨边疆自由的哲学问题还是天气和自然资源，其精确及见地绝不逊于托克维尔。她的《新的家园——谁愿跟随？》（*A New Home – Who'll Follow?* 1839）以及《丛林生活》（*Forest Life*，1824）是专为新区所写的移民指南。然而，柯克兰的力量，关键还在于她的表现手法，在于她对家庭生活以及边疆妇女的艰难有时却又是自由的生活的细致入微的描写。在《西部空地》（*Western Clearings*，1845）一书中，她回顾了19世纪30年代中期的土地热和随之而来的社会阶级的出现及劳动分工，这就使她个人对西部花园世界的描绘增加了政治经济层面的内容。

由于妇女的角色部分地是由家庭婚姻小说以及拘禁故事中常见的意识形态所决定，所以边疆浪漫故事常常给拘禁故事的主要情节——被俘与搭救——加上重复、蛊惑、引诱、白种人的邪恶和民族目的等元素。在库珀、西姆斯、提莫西·弗林特、凯瑟林·塞奇维克等作家的小说中，被俘已成为保留情节，对于这些作家来说，描写边疆的章节必不可少，它是扩张主义的精髓。许多极为成功的战俘小说都以17世纪为背景，这就为美国的民族意识形态确立了历史深度。与帕克曼的《庞蒂亚克的阴谋》以及更广为人知的库珀和西姆斯的小说类似，他们就这样将当代战争暴力和印第安人迁徙推至过去时代，从而使得对印第安人的征服合法化，使之成为必然。莉迪亚·玛利亚·查尔德（Lydia Maria Child）的《霍波莫克》（*Hobomok*，1824）讲述的是一位高尚的部落酋长与一名似乎是丧夫的清教妇女结合，之后，这位妇女的前夫却出人意料地又回来了，他于是放弃了她和他们的混血儿。白种人的野蛮行径就这样被回避了。而这个混血儿又远到英国接受教育，这就是土著美国人所应该成为的人的象征：一个英国化的、听话的孩子。凯瑟琳·塞奇维

⊙扩张与种族的文学

克的《赫普·莱斯莉》(*Hopo Leslie*, 1827)、伊莉莎·库欣（Eliza Cushing）的《萨拉托加》(*Saratoga*, 1824)、约瑟夫·哈德（Joseph Hart）的《米里亚姆的灵柩》(*Miriam Coffin*, 1834)、约翰·T. 欧文（John T. Irving）的《老鹰酋长》(*The Hawk Chief*, 1837)、安娜·史纳令（Anna Snelling）的《卡巴奥莎》(*Kabaosa*, 1842) 以及伊斯特本的诗歌《亚莫伊登》都相当类似地以拘禁的方式表达美国印第安人的生活被欧裔美国人世界的最终同化，以帮助缓解民族征服所带来的不安。这些作品体现了帝国大多数文学的主要特征，利用这些老套的戏剧性手法，为这个国家借推广杰克逊原则的自由为名毁灭大部分的土著文化自圆其说。这种手法在独立战争时代甚为盛行。约西亚·普里斯特（Josiah Priest）的《独立战争纪事》(*Stories of the Revolution*, 1836) 及《华盛顿在西部印第安人中间的早期历险》(*A History of the Early Adventures of Washington Among the Indians of the West*, 1841) 就借用当时流行的印第安剧的手法，将拘禁故事与美国建国英雄的业绩糅合在一起。倘若印第安英雄不是嗜血成性的妇女儿童残害者，他有时也可以被拔高，通过与白种民族人物联姻，部分地被净化，或者如在《霍波莫克》中那样通过与白种人的家庭生活相联系而实现。然而，即便在印第安人中间的生活在某种程度上描绘得比白种人的殖民地生活更好，如《赫普·莱斯莉》、《亚莫伊登》、约翰·H. 鲁滨逊（John H. Robinson）的《考萨托：黑脚族的叛逆者》(*Kosato*; *The Black-foot Renegade*, 1850)，其最终目的仍在于解释印第安部落的灭亡。早期的廉价小说之一，爱德华·S. 埃利斯（Edward S. Ellis）的《塞斯·琼斯；或边疆的囚徒》(*Seth Jones*; *or, The Captive of the Frontire*, 1860)，将这一体裁数不胜数的情节概括为一个简单的公式："盎格鲁—撒克逊人的身体也许会屈服于北美印第安人；但头脑却永远获胜。"

欧裔美国人的身体也许会失败或者受到野蛮行为的玷污，但其智力却总是居于优势——这一主旨充斥美国边疆文学。在描绘妇女及家庭所面临的野蛮侵袭时，一个普遍的担心就是与野蛮人生下混血儿女。这在波卡洪塔斯的故事以及其他故事中已略见端倪，但在《最后的莫希干人》中最为清楚。与当时针对对黑人及废奴主义者的反混血文学相比，这些文本一般说来还不那么恶毒，然而它们还是反映了流行的情节剧与种族恐惧的关系。在约翰·尼尔（John Neal）的巫术小说《雷切尔·戴尔》(*Rachel Dyer*, 1828) 中，这位哥特式混血儿英雄所代表的是一种清教的"光明"与恶魔的"黑暗"之间心理以及社会的斗争。在安·史蒂芬斯（Ann Stephens）的《玛拉埃斯卡：白种猎人的印第安妻子》(*Malaeska*; *the Indian Wife of the White Hunter*, 1839) 中，混血的男主人公，一位不知道自己身世的印第安人仇恨者，结婚前的最后一刻发现自己的母亲是印第安人，于是便不愿玷污一位白人妇女；随后，母子二人双双自杀成为这不正常的结合的牺牲品。与之相对照的是，在约翰·S.罗布（John S. Robb）的《卡艾姆；或日光——阿拉巴霍人的混血儿》（Kaam；or Daylight, The Arapahoe Half Breed, 1847）一书中，印第安人主人公成了白人的憎恶者并以"黑夜"自称。坡的《亚瑟·戈登·皮姆的故事》（1838）中的德克·彼德斯（Dirk Peters）是一名变态的霍布斯哲学追随者。也许就是他启发了约翰·埃斯腾·库克（John Esten Cooke）在《费尔法克斯阁下》（Lord Fairfax, 1868）中对"猴子一般的"混血怪物作了类似的描述。书中还特别与《暴风雨》（The Tempest）类比以说明混血儿的野蛮可以被美丽的白种女人所驯化。

与拘禁的主题一样，混血的主题亦成为一种机械的手法，一种手段，它带来对逾越或摧毁身体界线而产生的恐惧，这种恐惧可以与因实际的印第安战争与迁徙而越过疆界产生的恐惧相比。像奥斯古德·布拉德伯里（Osgood Bradbury）及爱默生·贝内特（Emerson Bennett）之类的雇佣文人所写的诸多流行小说，以及后来的廉价小说全都运用了这两个主题。在布拉德伯里的小说《拉鲁卡：佩诺布斯科特的绝代佳人》（Larooka：The Belle of the Penobscots, 1846）中，混血女主人公带着异域风情的情欲差一点使她与自己的兄弟乱伦；在《鲁塞尔；或年轻的易落魁人》（Lucelle；or, The Young Iroquois, 1845）中，女主人公的美德成为布拉德伯里所宣称的以通婚的方式"净化"土著美国人血统的论调的证明；而在《庞蒂亚克；或奥塔瓦酋长的最后一次战斗》（Pontiac；or, The Last Battle of the Ottawa Chief, 1848）中，法国人和印第安人需两次从英国人手中救出庞蒂亚克的混血女儿好让她最终与一名法国士兵结婚，还作为"意大利美女"成为巴黎社交界交口称赞的女子。贝内特的观点绝不是颂扬混血生育，事实上他将此视做野蛮堕落的证明。在《森林玫瑰——一个边疆的故事》（The Forest Rose；A Tale of the Frontier, 1850）中，被俘的女主人公几乎是顺理成章地成了一名勇猛的女战士，即她的社会角色的最终丧失："依据一般的自然法则，男性所钟爱的是他所栽培与保护的；而女性所爱的则是能呵护与关怀她的。"在《草原花朵；或，西部深处的冒险》（The Prairie Flower；or, Adventures in the Far West, 1849）中，贝内特笔下的人物在俄勒冈小道上无论遇见的是土著还是危险的山里人都会得到小猫卡森的保护；而在《凯特·克拉伦敦；或荒野招魂》（Kate Clarendon；or, Necromancy in the Wilderness, 1848）中，纯洁的女主人公则一定要从一个被拒绝的追求者手中救出——这个追求者已成为潜藏在俄亥俄丛林中的阴险毒辣的蛮人和"黝黑的野人"的一员。

224

扩张与种族的文学

随着与典型的哥特式爱情故事的融合，拘禁故事，无论在舞台上还是在小说中，均把种族优越的思想意识强加到流行文化的模式上，二者共同抵挡可能受到的污染。哥特式小说中女性作为围困的处女的象征到了拘禁故事中则有了民族主义的目的。这位女子成为种族纯洁的神圣化身，而其后代则注定要长驱直入这已经打开的西部地区。然而，这种命运上却笼罩着其他种族的阴影。这种带有前瞻性的对混血生育的恐惧，后来演变成后期的美国及欧洲人对种族矛盾歇斯底里的爆发。这一点，詹姆斯·柯克·波尔丁（James Kirke Paulding）在《康尼格斯马克》（*Konnigsmarke*，1823）中通过他塑造的一个黑奴女巫之口说了出来："这一天终将来临，那时候你们（白种人）在云头上植下的层层压迫会落在你们的头上砸碎你们的头颅。黑人和红种人，所有的有色人种，将联合起来与你们苍白的白色人种斗争；主人的孩子们将来会成为奴隶们后代的奴仆。"波尔丁的描述预示了后来非西方人对种族主义思想意识的对抗；但是，即使是在官方的印第安人迁徙政策执行的前十年，它就反映了潜在于表现高贵的美国野蛮人的消逝及无辜的白人俘虏勇敢赎罪的文学中的畏惧与不安。

欲充分理解对美国印第安人的历史的或文学的描述和拘禁故事所特有的感染力以及独立战争后"家庭爱情故事"小说的变体，必须将它们与美国边陲英雄的兴起对照着审视，这一主题是当时大多数最为重要、影响最大的作品的主题。确实，在白种人的文学中，欧裔美国英雄和土著美国英雄在很多方面是极为近似的。拘禁故事，作为19世纪早期更具小说特点的体裁，其中的英雄可能是一位粗鲁的边疆人，也可能是士兵或团体的领袖。通常他是一位丈夫、父亲或儿子，由于家人被绑架或杀害而产生疯狂的报复心。这就是一直延续到20世纪流行文化的翻来覆去皆如此的模式。无论采用何种形式，所描绘的内容几乎都受到18世纪著名的土地经纪人、开拓者、肯塔基州的始祖丹尼尔·布恩（1734—1820）传奇的影响。布恩的形象最早出现在约翰·菲尔森（John Filson）的《肯塔基州的发现、定居与现状》（*The Discovery, Settlement and Present State of Kentucky*，1784）。布恩成为许多边疆英雄的蓝本，也成为许多描写他自己的经历的作品中的主人公。菲尔森笔下的布恩是一位新生的共和国的开创者，一名受命于天、顺应自然的英雄。他跋涉于黑暗的荒野，率领他的人民进入一片富饶的处女地、一方上帝赋予的乐土。作为一名真正的启蒙英雄，布恩受到了原始主义力量的诱惑，但仍是进步的先驱，在荒野农业的复兴方面尤其如此。丹尼尔·布莱恩在其史诗《山的幽思》（1813）中将布恩描写成既能征服无比美丽的蛮荒之地也能制服落拓不羁的美国印第安人的国家贵族力量的化身。

布恩这个人物出现在诸多历史、剧作、诗歌与小说中,但流行最广、影响最大的莫过于提莫西·弗林特的《丹尼尔·布恩回忆录》(*Biographical Memoir of Daniel Boone*, 1833),又名《丹尼尔·布恩上校的历险生涯》(*Life and Adventures of Colonel Daniel Boone*)。弗林特借助于报纸、采访及传说塑造了体现整个民族神话的一位伟大的英雄。这位布恩,有着别的品质,但更是具有代表性的"西方人"——新一类粗犷、独立、唯有边疆生活才可以造就的斯多噶式的美国人。在弗林特的作品中,他对印第安人的必要认同作为他融入荒野的一部分而受到更多的强调,而他作为猎手的角色也更加突出(弗林特写到,布恩还是个孩子的时候,就对动物"发生了一场歼灭战",以此预示他的印第安斗士角色)。弗林特说,布恩无疑是库珀的皮袜子的一个样板。但是这种影响无疑是双重的。弗林特的布恩,与纳蒂·班波(Natty Bumppo)一样,是一名身怀绝技的猎手、有着极好"直觉"的野兽追踪者,又是一位自然天成却又不识字的基督徒:"森林是他的书本和殿堂。"和众所周知的求婚场面一样,布恩对鹿的踪迹追寻将他带到了他未来的妻子丽贝卡(Rebecca)的身边,在弗林特的小说中,布恩自己及其女儿被俘的故事亦流于荒唐。与拘禁故事的小说版本一样,家庭戏剧也突出表现了以布恩为首的主要神话的意识形态功能。这个神话就是要表明,一个新的"地上乐园""从野蛮部落的控制下被夺了回来,成为每一片土地上的受压迫者、冒险家和自由人的庇护场所"。

当然,布恩正是被他自己使之成为可能的文明的到来驱赶到了更远的西部。他的那种与世隔绝与清心寡欲就如同皮袜子一样,一方面让他脱离腐败的社会,但也可视做他的自我牺牲的个性的表现。随着布恩的英雄业绩愈益神话化,他成了无人能比的非凡人物,但人们也可能将荒野遭到破坏与土著居民遭受屠杀的罪责推到他的头上。主人公的这种矛盾形象当然在《戴维·克罗克特的生活故事》(*Narrative of the Life of David Crockett*, 1834)中所记录的个性鲜明的边疆人物传奇中亦有所体现。大众对该书的反映热烈。克罗克特(1786—1836)是民间传说的荒诞不经的故事中的有名人物,他是田纳西州的一名立法者、美国国会议员,故事讲述的是他如何推进他那微不足道的政治生涯。关于他猎熊以及杀戮印第安人的夸张故事以模仿遥远的蛮荒地区的俚语叙述出来,这使得有关他包括他那不太可靠的《生活故事》(*Life*)大受欢迎。因在土地权和安德鲁·杰克逊总统的印第安人迁徙政策问题上的分歧,他与他的田纳西州同乡安德鲁·杰克逊断绝了关系;在政治生涯结束之后,他奔赴德克萨斯州,在阿拉莫(Alamo)战役中成为名垂千古的杀敌英雄。作为《埃尔克斯瓦特瓦》中印第安杀手"大地"的原型,又被波尔丁在

⊙扩张与种族的文学

剧本《西部之狮》(The Lion of the West, 1830) 通过尼姆罗德·怀尔德法尔 (Nimrod Wildfire) 这个人物加以讽刺模仿。他还是众多从一贫如洗到万贯家财的边疆故事及社论的主题,几乎成为边疆拓荒者神话的活写真,一位带有喜剧色彩的布恩。他那自以为是的男子汉气概在其自我吹嘘中得以发扬光大,即便在展示其荒诞离奇的性格时也是如此。类似山姆·休斯顿 (Sam Houston)——德克萨斯的先祖,其自传叙述了他在切诺基人中间的生活,克罗克特(至少在他自己的神话中)生活在两个重叠的世界当中:一个是具有强有力的社会与政治秩序的力量的世界,其维系则依赖于另外一个世界将其向西推进,这个世界中的英雄粗野、孤立、无法无天,胆大妄为,时有喜剧性的冒险蛮干。

布恩的例子,尤其是克罗克特的例子表明,边疆题材暴力的泛滥和流于荒诞离奇常常超越人们认为印第安人野蛮的观点。比如,印第安纳州的传教士贝亚得·拉什·霍尔 (Bayard Rush Hall) 的《新的购进;或西部深处的七年半》(The New Purchase; or, Seven and a Half Years in the Far West, 1843),以笔名罗伯特·卡尔顿 (Robert Carlton) 撰写,就是有关边疆生活的最离奇的故事之一。该小说将维护印第安人受损害权利的强烈呼吁与对狩猎、划船、传教以及"野蛮"生活的滑稽描摹糅合在一起。霍尔的风格或怜悯,或夸夸其谈,或猛烈,杂乱无章地混在一起。这种风格的体现,在一本名为《人人有得》(Something for Everybody, 1846) 的续集中,稍有逊色。在边疆题材的文学中较突出,以观察细致和对种族及文化方面的描写富于正义感而著称的,当数德国移民卡尔·波斯特尔 (Karl Postle, 1793—1864) 的著作了。波斯特尔在美国西部和墨西哥游历甚广,以查尔斯·西尔斯菲尔德 (Charles Sealsfield) 的笔名写作,是一位重要的美国土人的支持者。他著有一系列在国际上很受欢迎的有关边疆生活和美国拓荒者的小说:《小木屋的书;或德克萨斯生活杂记》(The Cabin Book; or, Sketches of Life in Texas, 1844)、《新世界的生活》(Life in New World, 1844) 以及《边疆生活》(Frontier Life, 1856)。当中,他的小说《托克埃;或,白玫瑰》(Tokeah; or, The White Rose, 1829) 是最早的一本。

在19世纪50年代,更典型的西部小说开始以廉价杂志的形式出现,到内战结束后,这种题材的廉价单行本,如 E. C. 贾德森 (E. C. Judson) ("内得·邦特莱因" [Ned Buntline]) 的《诺伍德;或大草原上的生活》(Norwood; or, Life on the Prairie, 1850) 及戴维·贝利塞尔 (David Belisle) 的《美国的鲁滨逊一家……迷失在西部大荒漠》(The American Family Robinson…Lost in the Great Desert of the West, 1854) 等情节剧小说,风靡一时,其中后者是一部被俘与生存的故事，小说以主人公定居加利福尼亚作为终结，在这是"科学与艺术大踏步地越过重重屏障，开辟了道德革新前进的康庄大道"。在廉价小说及此前的小说中，作者剖析人物，他们或出于正义感，或渴望逃亡生活，或纯粹出于心理反常，往往不仅逃到边疆，而且成为"白种印第安人"，反过来暴力对付其他白人拓荒者。在查尔斯·韦伯（Charles Webber）的《向导老希克斯》（Old Hicks the Guide，1848）、约翰·理查森（John Richardson）的《瓦库斯特；或，预言》（Wacousta；or，The Prophecy，1851）、爱默生·贝内特的《叛徒》（The Renegade，1848）以及 H. R. 霍华德（H. R. Howard）的《西部大盗约翰·A. 默雷尔的冒险生涯》（The Life and Adventures of John A. Murrel, the Great Western Land Pirate，1847）当中都有南北战争前著名的这一类叛逆者。和印第安戏剧一样，在这些廉价小说中暗含着对迁徙政策实施过程的虚幻想象。比如，贾德森就接着创作了野牛比尔系列廉价小说，后来还在科迪的巡回演出中上演。几乎所有边疆题材的小说中都存在着一种普遍的感觉，即印第安人必然要被征服在没有法律秩序的环境中，社会和经济秩序将逐步确立。小说的训诫就是无论野性难驯的印第安人还是白人叛逆者，总要为田园生活直至后来的工业生活所取代。

这也是后来成为在两个世界中挣扎的最著名边疆英雄的小说人物得出的训诫。即便是布恩生活的神话化的描述也难以与詹姆斯·费尼莫尔·库珀（1789—1851）的边疆拓荒者皮袜子相匹敌。库珀创作了五部小说，即《猎鹿人》（The Deerslayer，1841）、《最后的莫希干人》（1826）、《探路人》（The Pathfinder，1840）、《拓荒者》（The Pioneers，1823）和《大草原》（The Prairie，1827），描绘这位英雄的生活，从早年直到在遥远的西部平原死去。《猎鹿人》写的是 17 世纪 40 年代皮袜子的青年时期，而它又是最后完成的，因此它部分地代表了库珀有意识地要回到更早一些的、美国历史上相对简朴的社会时期。《猎鹿人》围绕着几个被俘的情节（除《拓荒者》外其他小说均是如此），以业已消失的、被征服的印第安世界———一个按照"白面孔"的人的名字和习惯重新组合的印第安世界为背景，描述了皮袜子边疆性格的形成。这位男主人公原名为纳蒂·班波，他从白人的生活中退出，凭着一身绝技，先是杀死一头动物，后又杀掉一个人，从而赢得了"猎鹿人"和"鹰眼（Hawkeye）"的绰号。和布恩一样，他也是一名孤独的、斯多噶式的人物。在这部小说中，为了与毕生的好友德拉维尔人承格奇古克（Chingachgook）之间的友谊，他拒绝了朱迪思·赫特（Judith Hutter）的爱情。然而他从朱迪思那里接受了他的具有神话色彩的枪——"杀鹿"。这杆枪既象征着男性的繁殖力远离家庭被引导到禁欲的荒野生活当中，也可理解为反映（1841 年，迁徙

扩张与种族的文学

实行十多年之后，正是库珀在写作时）日益增加的对暴力的嗜好和对印第安人的憎恨，库珀笔下的年轻主人公所体现的正是这些倾向。

在所有的小说当中，皮袜子都是一位在两个世界之间挣扎的人。他有印第安人"天生的禀性"：良好的直觉以及通常是令人难以置信的森林知识，也有"白人"的同情心，"天生的"正义感和并不外露的基督徒的宽恕，而且他一直都在谴责据称是印第安人理想的暴力复仇和剥头皮的做法（虽然他辩解说这二者均是美国印第安人的特有"禀性"）。在间隔了13年之后，当库珀重新在《探路人》和《猎鹿人》中再次描写皮袜子时，皮袜子已经成为民族英雄。在《探路人》当中，纳蒂坠入爱河，却必须被白人女主人公拒绝。这一点对于他的神话而言是件好事。《探路人》以1759年英国与易落魁人在安大略湖附近的战争为背景，同早先的《最后的莫希干人》一起，描述了作为一名成熟的侦察员和斗士的皮袜子。通过将他的冒险经历放置到法国和印第安人的战争背景中，库珀意在说明这场战争在美利坚合众国的形成过程中起了促进作用，还为欧裔美国人征服印第安部落、占领印第安人领土铺平道路。库珀的长篇英雄故事中有扩张，也有对边疆英雄皮袜子可悲的与世隔绝的伤感，及对印第安人"命中注定"的灭亡的凭吊，但却不厌其烦地详细叙述了土地转变为财产和资本的社会的和经济的必要性。

在这些小说的第一部《拓荒者》中，法律、财产及社会秩序的力量（以泰普尔法官为代表，这个人物是部分地以库珀的父亲为原型创造的）与皮袜子所坚信的对土地及其恩惠的自然权力产生冲突。皮袜子，这样一名浪漫的无产者，在本书的结尾被逐出了社会，而泰普尔的年轻继承人的婚姻更进一步地说明了库珀对财产合法转让的价值观的推崇。《大草原》的背景是1804年的西部平原，路易斯安娜购地之后不久到了这部作品中，老人纳蒂·班波事实上已经是崇尚个人精神的边疆种族的最后一个人了（虽说事实上库珀是在"山地人"的高峰期创作）。面对一群无恶不作的占地者，皮袜子重新一次次被俘，一次次展开战斗，在离世之前再一次表现了他过人的本领以及他对印第安人生活的喜爱胜过白人社会。他的死去也似乎与美国战后扩张初始阶段的结束刚好一致："这位猎人将近一个小时都纹丝不动，惟有眼睛偶尔开合。他的眼睛睁开时，眼光似乎定在漂浮于西部地平线上的白云上，这白云折射着绚丽的色彩，使得这辉煌灿烂的美国日落多姿多彩。这时分——这个季节宁静的美——此时此刻，令旁观者无不肃然起敬。"在这里，征服成了一幅精心绘制的风景画，而这位奄奄一息的士兵则成为一座纪念碑，成为为国家前途而做出必要牺牲的人证。

从《大草原》的时间背景到1827年的写作这段时间使得库珀清楚地看到

了西部地区及其居民的命运。与路易斯和克拉克一样，皮袜子——这位悲剧色彩的白人殖民先驱横跨了整个大陆；山地和平原全有人居住了，门罗制定了迁徙政策，到杰克逊执政时，这一过程进一步加速。因此，库珀在1826年可以象征性地、准确地说"最后的"莫希干人。在《最后的莫希干人》中，年轻的德拉维尔酋长昂卡斯（Uncas）是他那著名血统的最后一个人；然而他的父亲承格奇古克，活得比他长，后在《拓荒者》中死于森林大火（事实上是自杀），也可视做是"最后的"莫希干人。尽管鹰眼和承格奇古克战胜了印第安敌人，将一位白人女主人公救出，小说中压倒一切的还是"白人血统"。关于混血生育问题（在他认为这是任何真正的融合的最终结果），库珀在内心深处认为，科拉（Cora），这位因其西印度群岛奴隶母亲而有黑人血统的欧裔美国人，以及爱恋她的印第安人昂卡斯做出了牺牲；而他的妹妹爱丽丝，一位在边疆找不到自己位置的温顺女子，却因为与士兵邓肯·海沃德（Duncan Heyward）的婚姻而得到拯救。库珀在描写"邪恶的"玛古阿（Magua）时，像密尔顿描写撒旦那样，赋予了他一种魔力，尽管玛古阿明白无误地受到白人的不公正待遇而且理应复仇，但他还是遭到了毁灭。

《最后的莫希干人》的故事，分为两段被俘的情节，围绕历史上1757年休伦人（Huron）与法国人结盟在威廉·亨利堡（Fort William Henry）对英国人的大屠杀展开。库珀对这场屠杀的主要描述与他的多数战争描写类似，不过是模式化的夸张手法而已，然而值得注意的是，一名攻击妇女和小孩的印第安人形象，其实已经是泛滥的文学和政治俗套，但库珀却将它变成一星火花，用它引起一个完全失去控制的局面：

> 这个野蛮人对给他的一文不值的这堆破烂（衣服）不屑一顾，却发现那披肩已经成为别人的战利品，他那戏谑而阴郁的微笑转而变得凶残起来，他将那婴儿的头向岩石上撞去，然后把那抖动着的小躯体扔到那母亲脚边。在那一瞬间，母亲站在那儿，像一尊绝望的雕像，疯一样向下看着这不堪目睹的小东西。就在刚才他还在怀中对着她微笑。她抬起双眼，仰面朝天，似乎呼唤上帝诅咒这邪恶的罪人。然而她没有机会为这样的祈祷而犯下罪孽，因为这个休伦人失望得发疯，又被这鲜血刺激起来，仁慈地将战斧砍向了母亲本人的脑袋。母亲瘫倒在地，临死还竭力抓住她的孩子，带着全身心的爱，就如同还活着时一样。
>
> 　　就在这千钧一发的时刻，玛古阿把手放到嘴边，发出致命的恐怖叫声……到处是死亡，而且是最可怕、最令人作呕的死亡。抵抗只能激怒屠杀者，他们在受害者早已失去仇恨能力之后还在凶猛地打击。鲜血如

急流般喷涌而出，这一景象令这些土著兴奋得发疯，他们中很多人甚至跪倒在地上，无所顾忌地狂欢着，如恶魔般吮吸着那腥红的潮水。

休伦人与法国人结盟，在复仇心切的玛古阿的率领之下，他们的暴力充斥了整本书。而鹰眼的经历也全都与此相呼应。尽管法国人和英国人的侵入打破了印第安各民族之间存在的"战争的和谐"，使他们相互之间不正常地对立起来，使他们的头领或者堕落，或者丧失尊严（比如玛古阿，由于白人的酒精的作用已人格大降，被科拉和爱丽丝的父亲当众鞭打），库珀的小说不可避免地将"高贵的"印第安人的灭亡与"邪恶的"印第安人的野蛮行径联系起来，库珀将他那一代人所畏惧却又是他们所开始的惨绝人寰的暴力放到一场已经过去的战争中，他在该书的结尾借泰蒙农德（Tamenund）（即德拉维尔人的古代酋长）之口预见了这个命运："白面孔是地球的主人，红种人的时代还没有再次来临。"

《最后的莫希干人》也许缺乏新鲜的历险，没有《猎鹿人》中那样对鹰眼个性的清晰描写，没有《大草原》那样广阔的神话范畴，也没有《拓荒者》中那种个人自由与法律和社会义务间的复杂的相互关系，但它却是库珀从迁徙的意识形态出发对印第安人问题所作的最彻底的探讨。鹰眼在整本书中都狂热地坚持他是一个"纯血统的男人"（即纯粹的白人血统，不是混血儿），这种双重性使得他成为库珀所描绘的一个强有力的人物：由于白人社会的种种禁锢、腐败和虚伪，他必须拒绝白人社会，然而他那天生的虽然没有受过教育的基督教情感以及他对他所定义的真正的印第安习俗的残酷的憎恶使得他如隐士一般孤独，成为一位没有王朝的宗主。帕克曼在1852年评论库珀的小说集时认识到皮袜子是探险和殖民时代"美国历史的缩影"，是"文明和野蛮结合的产物"，然而，在本质上他也还是将他视做一位反叛者，视做当时正在消亡的野蛮生活的象征。

然而在库珀看来，纳蒂·班波也是一位悲剧性的、勇于献身的人物，他预示着欧裔美国人的征服，同时也是一种赎罪。当然，库珀的整部作品本身亦如此。他的其他印第安小说都不及皮袜子的故事成功。《怀恩多特》（*Wyandotté*, 1843）以美国独立战争为背景，小说书名所指的怀恩多特人原是卑微的奴仆，后来起来而杀死了他的白人主人。《橡树路口》（*The Oak Openings*, 1848）描写的西部英雄是一位比较文雅、不太粗暴的捕蜂人，在密执安从印第安人的战争中死里逃生，成为一位农场主、政治家。书中还描述了印第安人受基督教教化的极大可能性。在库珀以利特尔佩奇（Littlepage）为主人公的小说中，印第安人只是担任次要的角色。比如，在《红皮肤的人》

2 边疆与美洲印第安人

(*The Redskins*, 1846) 当中，真正的印第安人驱逐一帮反地租的"印癫人"（Injin），这些人假扮印第安人以示反抗和对法律的蔑视。只有更早一些的《威什顿威什的悲哀》（*The Wept of Wish-ton-Wish*, 1829）才具有皮袜子故事集的复杂性。故事以一个清教团体接连几代人为背景，通过菲利普王的战争，表现了巫术、弑君、俘获故事以及混血生育的主题，描述了欧裔美国人牢牢占据的一片领土——新英格兰——的兴起。这些小说中的任何一部都足以确立库珀作为描写印第安题材的一位重要白人作家的地位。然而正是他的全景式的皮袜子故事集将那个时代主要的边疆个人主义神话和极其戏剧化的美国土著的军事失利和文化被剥夺联系在一起。这就使得库珀超出了他同时代的作家，使他的作品被欧洲人和一代又一代的美国人广为传阅。在欧洲人眼里，美国边疆最富异域情调，而对于后来的美国人来说，好像自镜中一样，他们急于找到神话中的英雄特征，那也许是血腥的、令人不安的，但那是他们自己的民族性格。

19世纪20年代到40年代是印第安人迁徙的必要性完全进入公众意识的时期。这一时期的小说描写最多的是这些高贵的土著英雄成为他们部落或家庭的"最后"一员，或者是抗拒同化的最后一人，或者是被驱散到西部直至最终到保留区的最后一人。在这一时期寻找征服理论的小说中间，尼古拉斯·亨茨（Nicholas Hentz）的《勒纳佩王泰德尤斯金德》（*Tadeuskind, the King of the Lenape*, 1825）较库珀的昂卡斯更早，通过将历史上真正的酋长比做"大力神赫拉克勒斯的身躯（Torso of Hercules）"，亨茨实际上是将他退回到了古代。同样，在查尔斯·F. 霍夫曼（Charles F. Hoffman）的革命故事《格利斯雷：莫雷克人传奇》（*Greyslaer: A Romance of the Mohawk*, 1840）中，约瑟夫·布兰特（Joseph Brant）酋长成了自然界中注定要灭亡的"孩子"之一。丹尼尔·P. 汤普森（Daniel P. Thompson）后来撰著的《在劫难逃的酋长》（*The Doomed Chief*, 1860）从书中主人公酋长的角度颂扬了菲利普王，却以土著女主角体面的自杀告终，留下的是人们熟悉的话语："对于红种人，一切都失去了，永远地失去了。"詹姆斯·B. 兰塞姆（James B. Ransom）的《奥西奥拉：西米诺尔人战争故事》（*Osceola: a Tale of the Seminole Wars*, 1838）描述了一个部落的田园生活因接触白人而受到玷污，突出表现了对奥西奥拉的逐渐衰亡的具有象征意义的伤感之情，"他那伟岸的身躯很快缩小成了一个影子。"与形形色色的有关特库姆塞和黑鹰毁灭的描述类似，罗伯特·斯特兰奇（Robert Strange）的《奥尼古斯基；切诺基酋长》（*Eoneguski; or, the Cherokee Chief*, 1839）也为迁徙政策辩护，作品描写了印第安主人公加入1812年安德鲁·杰克逊属下的部队，从而未能完成他父亲临终的复仇指示，最后选择在北卡罗莱纳州过平静的农业生活。

威廉·吉尔摩·西姆斯（William Gilmore Simms，1806—1870）在《亚马西人》(*The Yemassee*，1835）中采用了他后来的其著名的南方小说中使用的回忆形式，描述了南卡罗莱纳州亚马西印第安人灭绝后绅士阶层和边疆中产阶级阶层的出现过程。该小说取材于 1715 年的战事，对迁徙政策采取了毋庸质疑的肯定态度。此时，通过南方各州对"五个文明部落"的强行驱逐，迁徙政策已完全为公众所接受，"征服与统治是（文明）存在的最重要的原则，野蛮人必须加入这行列，否则，他们就会被这前进的列车无情地碾碎"。正如《最后的莫希干人》中的泰蒙农德一样，亚马西酋长萨努提（Sanutee）预见到了他的部落的灭亡。他的儿子奥康奈斯托加（Occonestoga）因受酒精和白种人风俗的影响而堕落，最后被逐出部落。他的母亲为了使一个仪式免受他的耻辱，将他杀死。与库珀类似，西姆斯在其序言中称浪漫传奇是小说和史诗的结合，而印第安人是"我们国家自然形成的浪漫传奇"的一个合适的题材。他认为同化是不可能的，而且对于制造美国土著神话于心无愧，因为这是在为美国土著创造一种古老的历史感，一种在他眼里可与希腊或撒克逊人相媲美的久远的历史感。如此便得以确认美国的历史深度并同时使白种人对土著灭绝的愧疚之情得以释怀。他的关于布恩的论文《肯塔基的第一位猎手》（"The First Hunter of Kentucky"，1845）以及《美国土著居民的文学与艺术》（"Literature and Art Among the American Aborigines"）（对斯库克拉夫特1845年发表的著作的评论）论证了他的"北美印第安人和我们所能发现的任何原始人类一样高贵"的观点——也就是说，与麦肯尼在"印第安人画廊"中原始的印第安人形象类似，现在已属于过去却有考古学研究价值："我们往往将他们仅仅看做是性情暴躁的野蛮人，除了面目狰狞、动辄施暴，别无他长……我们不愿解读他的过去正如我们无法控制他的未来；——我们拒绝承认他的情感，拒绝承认他有亲和特征的迹象。"仅在官方的迁徙政策公布之后 20 年，该小说已经几乎是天衣无缝地对土著美国人采取了人种学的态度。与他们旗鼓相当却又胜过他们的白种人对手将昂卡斯及与其类似的土著英雄提升为神话，把他们当做石头纪念碑保存下来。

布恩、克罗克特、杰克逊和库珀的皮袜子成为英雄的时候，正是"西部"在美国人的生活和思想中定形的时刻。对土著美国人的暴力取代与征服便成为这个过程中不可分割的一部分，此间无论白种人还是印第安人的英雄原型均成为美国文化思想的恒久不变的因素。在将西部确立为文学的一个主题，或者说，实质上是确立为美国民族文化的一个显著特点方面，有两位同样做出过很大的贡献，他们是提莫西·弗林特（Timothy Flint，1780—1840）和詹姆斯·霍尔（James Hall, 1793—1868）。弗林特是马萨诸塞的传教士。在转向历史和小说之前，曾写过《追忆往昔十年》（Recollections of the Last Ten Years, 1826），记述了他在密西西比河谷的旅行。他的《密西西比河谷历史和地理》（History and Geography of the Mississippi Valley, 1827）是对该地区最好的研究之一；《西部印第安战争》（Indian Wars of the West, 1833）则包含了布恩传说中的主要素材，同年他又扩展为《回忆录》（Memoir）。《西部印第安战争》不无偏见地描述了探险与定居，但也依据考古学的新近发现为新大陆的历史渊源和重要性辩解。将美国西部确立为意识形态和小说的当然根基是弗林特的特别目的之一。这一点在他描写移居密西西比河河谷的新英格兰牧师子女的一部小说《乔治·梅森——一位年轻的蛮族人》（George Mason, the Young Backwoodsman, 1829）中反映出来。"我感到我对这些在丛林深处赤足行走的男孩子们的兴趣和对阅读身着华服的绅士淑女的冒险及滑稽可笑的无病呻吟的兴趣并无两样。"弗林特写道。弗林特的小说尽管场景各有不同，这一主题却是贯穿他的大多数小说的主线。在《弗朗西斯·伯利安，或墨西哥爱国英雄》（Francis Berrian, or the Mexican Patriot, 1826）中，一位新英格兰人将美国独立战争的精神带入墨西哥1822年叛乱中。《亚瑟·克林宁的生活和历险》（The Life and Adventures of Arthur Clenning, 1828）讲述的是一对在南太平洋沉船遇难的夫妇过着近似"亚当和夏娃"的生活。他们收养了当地的一名女孩（名叫"救[Rescue]"），教她学英语，皈依基督教，然后回到伊利诺斯边疆，将她嫁给了博塔瓦托米人（Pottawatomie）的酋长。在此之前他们还放弃了在英国的地产，为的是定居美国的边疆。似乎坡的《亚瑟·戈登·皮姆的故事》和梅尔维尔的《泰比》都受到了弗林特的《亚瑟·克林宁》的影响，尤其是他们都将南太平洋土著看做和美国土著一样的异种群落。弗林特最广为人知的小说《肖肖尼山谷》（The Shoshonee Valley, 1830）讲述的是一位白人和他的中国妻子生活在俄勒冈地区的不同民族中间——有山里人、土著各个不同的部落、西班牙人、俄国人和亚洲人——所发生的错综复杂的故事。这是一出爱情悲剧，夹杂着俘获、营救和战争的片段。弗林特试图以现实主义人类学来把握全篇。肖肖尼人的文明似乎处于卢梭式的自然状态，却逐步受到白人的金钱、酒精和腐败道德的致命影响。

今天，詹姆斯·霍尔为人们所关注主要是因为梅尔维尔的《骗子》（The Confidence-Man, 1857）一书中有关"印第安人问题"的一章，该章语调讽刺，题为"印第安人仇恨的哲学思辨"（The Metaphysics of Indian-Hating）。"印第安问题"出自霍尔的《西部的历史、生活与习俗》（Sketches of History, Life, and Manners in the West, 1834）里的约翰·莫尔多克（John Moredock）

○扩张与种族的文学

上校的故事。莫尔多克在其家人被杀害之后，成为一名经典的印第安仇恨者——用梅尔维尔的话说，是一名"皮袜子式的复仇者（Leatherstocking Nemesis）"，投身于"一场冷静、深藏不露的计划，进行有策略的、执著的、孤独的复仇"。莫尔多克在文明社会中文雅而又慷慨，在边疆却为强烈的复仇愿望所驱使，这个形象使扩张所带来的个人和民族性格浮出水面，成为整个复仇系列的典型。在霍尔的描述和故事中充斥着令人发指的暴力，复仇占据了他的边疆世界中每个人的内心。他的唯一的一部长篇小说《哈珀的头颅——肯塔基传奇》（The Harpe's Head, A Lengend of Kentucky, 1833），是一个类似的由爱情故事贯穿的（这里是真实的）兄弟俩的故事，他们不知何故成了疯狂的杀手。野蛮主义理论在他对麦肯尼的《北美印第安部落史》的影响中充分表现出来，如果说这种理论是基于土著的野蛮和白人文化的优越之间的明显对立，那么《哈珀的头颅》描绘了暴力沉迷的普遍存在，尤其在民族领袖和头领中间。霍尔写道，从尼姆罗德到黑鹰，"地球上有权有势的人都一直在尽兴地荼毒生灵，割断他们同胞的喉管"。

霍尔除了做律师和法官之外，还是《伊利诺斯公报》（Illinois Gazette，1820—1822）和《伊利诺斯报》（Illinois Intelligencer, 1829—1832）的编辑，他还创建了西部第一份文学杂志《伊利诺斯月刊》（Illinois Monthly Magazine）（后改名《西部月刊》[Western Monthly Magazine]）。他的故事和小品文结成多集出版，题目与编排各异。最初是《西部来信》（Letters from the West, 1828），试图将西部确立为一个合理的文学题材，同时也回击了欧洲观察家对美国风俗的讥讽。他的作品对边疆生活以及发展中的城市诸如匹兹堡、惠灵和辛辛那提作了真实可信的描述。然而他的最主要主题却正是梅尔维尔所精心挑选与剖析的主题：美国历史和神话中的印第安仇恨的渊源及实践。在《边疆传奇》（Tales of the Border, 1835）的《拓荒者》（The Pioneer）一篇中，主人公对印第安人的复仇愿望——他那"要野蛮人偿还血债的难以遏制的欲望"——只是在他险些杀害被俘的亲妹妹之时，才得以遏制。他的妹妹当时与一个印第安丈夫生活在一起并已生儿育女。在《西部传奇》（Legends of the West, 1832）中收录的《印第安仇恨者》（The Indian-Hater）描述了一个在商店里瞥见印第安人都会发狂的男人形象："他的眼睛拼命地转，似乎突然间被蛰得发了疯，浑身上下释放出一种不可理喻的凶光，一种超自然的光，就如同一头匍匐在黑暗的树丛中的黑豹，准备扑向猎物时，眼球所放射出的光芒。"

当梅尔维尔探讨印第安仇恨时，这一主题其实已成为文学思想的一个基本部分。拓殖者和小说家如出一辙，将暴力折射到印第安人身上，他们把野蛮主义逆转到白人自身的霸道上来,以遏制印第安人的野蛮。正如帕克曼在《庞帝亚克的阴谋》一书中所写的:"美国的边疆史充溢着诸多人的故事,这些人在无情的战斧下失去了一切,活着的唯一目的就是复仇。而只要有一个敌对部落存在于美国拓殖定居地的攻击范围之内,这种人就绝不会消失。"印第安痛恨者的复仇在诸如贝内特的《森林玫瑰》、塞缪尔·扬(Samuel Young)的《复仇者汤姆·汉森》(Tom Hanson, the Avenger, 1847)、塞缪尔·B. 汉森(Samuel B. Hanson)的《汤姆·奎克——印第安人杀手》(Tom Quick, the Indian Slayer, 1851)、詹姆斯·麦克亨利(James McHenry)的历史故事《荒野;或布雷德多克的时代》(The Wilderness; or, Braddock's Times, 1832)以及《林中幽灵》(The Spectre of the Forest, 1823)等作品中居于中心地位。詹姆斯·柯克·波尔丁在他的《荷兰人之家》(The Dutchman's Fireside, 1831)中声称印第安仇恨应成为民族文学的一部分;他的《啊,西部》(Western Ho! 1832)取材于弗林特的著作,其中的猎人安布罗斯·布什费尔德(Ambrose Bushfield)是一位布恩式的独行者,他的经历使他对印第安人的印象极具代表性:"(拓荒者)在田野上耕作时,他们每天从土壤中翻上来的都是与他们自己同样血统、同样肤色的人们的白骨。他们曾被这些野蛮人——这些比猛虎还要凶残一万倍,与负鼠一般狡诈的野蛮人——剥去头皮,受酷刑,遭鞭笞,忍饥挨饿。"布什费尔德的哀叹不过是逆转了美国土著的更加普遍而且更为确切的断定,即欧裔美国人掘起的是印第安祖先神圣的遗骨和遗物。

有关印第安仇恨的最著名的小说无疑当推罗伯特·蒙哥马利·伯德(Robert Montgomery Bird, 1806—1854)的作品。伯德最初学医,在转向小说创作之前曾写过几部历史剧。他的长篇作品有《异教徒;或墨西哥的衰亡》(The Infidel; or, the Fall of Mexico, 1835)以及革命爱情故事《鹰谷雄鹰》(The Hawks of Hawk-Hollow, 1835)。但真正在西方神话中建立血腥的印第安仇恨者形象的是《丛林中的尼克;或,吉尔奈诺塞》(Nick of the Woods; or, the Jibbenainosay, 1837)。该小说次年由路易莎·梅迪纳(Louisa Medina)改编为剧本。伯德在小说中抨击了那些将印第安人视做高贵人物的"诗人和感伤主义者的梦幻",以布恩为原型塑造了一个具有两重性格的人物——杀手纳森(Nathan Slaughter),他是一位贵格派教徒,在全家均遭杀害之后,过起了两重生活,既是一名和平主义者,又是杀戮印第安人的杀手。他的报复之心无以平息。正如他自己曾被剥去头皮,他也剥去他的俘虏的头皮,将他们伤害致残。在其他拓荒者眼中,尼克是个疯子,他的报复确实使他愈加疯狂:

他手上拿着一叠头皮，还有一张挂在腰带上，仍散发着呛鼻的血腥味。他的魏农伽（Wenonga）战斧上的血迹一直延伸到斧柄上，握着斧柄的手也一样满是血污。这一切，还不足以作为他的变化的明证。他的变化，更加分明地写在他的面容、仪态和表情上。他的眼睛由于极度兴奋而熠熠发光，狂喜中夹杂着怒火；他的脚步凶猛、敏捷、坚定而富有弹性，犹如一名武士随着战舞的节拍跳跃。

杀手纳森的疯狂，与布什费尔德把印第安人的伤痛作心理反转一样，表明白种人潜在的愧疚可以通过对复仇的颂扬流露出来。这种矛盾的情感失衡来自一种征服的意识形态，其中蕴藏着对被毁灭者的强烈认同。由于印第安仇恨文学是倒转过程的极端情形，在这个过程中白种作家们将他们所认为的敌人的诸多特征，无论是英勇的还是野蛮的，全都加以置换，所以主人公往往陷入自我反省的野蛮主义理论中。

到19世纪中叶，当帕克曼的影响深远的《庞蒂亚克的阴谋》出版时，对印第安人的仇恨与对印第安英雄的颂扬已经融合在一起。世纪中期德克萨斯和墨西哥领土的并入扩展了官方认可的疆界，加速了迁徙，也增加了与西部诸多部落的战事。建立大平原印第安部落保护区的提议可上溯到1849年，即在新的内务部（下设印第安署）成立之后。1850年，印第安事务官员奥兰多·布朗（Orlando Brown）建议推行"集中"政策——为每个部落建立一个保护区，"在这有限的范围与明确界限区内从事农业活动；除少数例外情况，所有的人都必须强制留在区内，直到他们总的发展与良好品行使这种限制已不再有必要为止。"究竟这种发展与良好品行所指为何种内容从来都含混不清。由于公路和铁路的快速建设以及在加利福尼亚、科罗拉多和其他内陆地区发现了重要矿藏，白种人的农业边疆迅速推进，拓殖者大批涌进这些地区。而那些边疆拓荒者对于联邦政府和部落首领们所达成的一纸协议毫无尊重。保留区的建立，及其在土著文化与文学延续至20世纪的作用，其实是迁徙政策的必然结果，是东部部落的悲剧在大平原和落基山以西的重演。

到19世纪50年代，欧裔美国人对土著的文化影响已经牢固地建立起来。从这一时期的主要历史和神学著作中，也许更为便捷的是，从现在已不大为人所知但却展现了原始的思想融入大众文化过程的小说中，我们可以清楚地看出这一点。将过去强扭至现在，将神话起源的表象移植为当今变化无常的话题的，有两部作品，这两部作品可以概括内战前十年美国印第安人在白种人心目中的地位。在《霍普山；或，菲利普：万帕诺亚王》(*Mount Hope; or, Philip, King or the Wampanoags*, 1850) 中，吉迪恩·霍利斯特 (Gideon Hollister) 意欲追溯早期殖民时"那些业已消失，至今已难觅蛛丝马迹的灭绝战争"，描述那些历史人物，那些如今"几乎与诗人的故事或早期神话创作一样富于传奇色彩"的历史人物。菲利普被比做凯撒及汉尼拔，但更为显著的是——作为具有鲜明的两重性的人物——他更似雄鹰翱翔，"直到被文明的强大光环所笼罩，他想在天上遮挡这光芒，却是徒劳"。霍利斯特的雄浑诗体中无处不显示出清楚的命运观念。这到该世纪中期已成为将土著并入民族思想意识的新的力量。无独有偶，M. C. 霍奇 (M. C. Hodge) 在《梅斯蒂索混血儿；或征途及其事件》(*The Mestico; or, the Warpath and Its Incidents*, 1850) 中，以 1836 年的克里克战争为背景，探讨了美国土著的融合、混血生育、迁徙及其内涵。非常典型的，霍奇发现印第安人的原始状态高贵而浪漫，并且认为他们不好的方面被夸大了而且被白种人夸大为"一种骇人的支配力量"。当"虚荣的愿望"因接触或异族婚生而"植入父亲或母亲的血统"时，印第安人变得醉醺醺，卑鄙又贪婪。典型的土著人袭击、俘虏白人女主人公的情节剧表明"爱情与诗赋予印第安人物魅力，而不争的事实并非为之增色，相反却是与之背道而驰的"。移民涌入克里克人的领地不过是一个自然的过程，如同女主人公的得救及随之而来的婚姻一样象征着大地重归丰产与宁静："在（克里克人的）耕作下荒芜了的肥沃土地如今在白种人的劳作下欣欣向荣。"霍利斯特的《霍普山》、霍奇的《梅斯蒂索混血儿》这类不太重要且已被遗忘的小说，都大致包含了多重主题，即印第安迁徙是欧裔美国文学的源头，而欧裔美国文学反过来又影响了印第安迁徙。

　　这些小说与该世纪中期斯库克拉夫特、卡特琳以及其他作家大量著述的流行人种学材料有许多相同之处，这些作品往往都反映了对征服和欧裔美国人扩张的固定的态度，这种态度，几乎每一篇叙述西部开发与发展的作品都具有。墨西哥战争、淘金热以及美国大沙漠理论的逐步被推翻，使得白种人拓殖的范围更为广阔，使得将土著美国人迁徙至密西西比河以西以保护他们并停息边界战争的苍白论调愈加没有说服力。19 世纪 50 年代以前的历史文件与小说针对美国印第安人所持有的愈益复杂、但在意识形态上又模式化的观点，证实了心理上诗意的形象战胜了更为令人不安的、常常是残酷的现实，也证实了将危险的帝国思想埋藏在小心翼翼地控制着的话语形式中的需要。

3 蓄奴制文学与非裔美国人文化

在著名的废奴主义杂志《解放者》(Liberator)创刊一周年之际，创办人威廉·劳埃德·加里森（William Lloyd Garrison）祈求那正以雷霆之势撼击着世界各地的城堡和监狱大门的"自由精神"。他没有大肆颂扬自1776年从美国燃起至19世纪30年代早期以燎原之势蔓延至欧洲诸国的民主革命之火。相反，他详述了美国独立革命中明显的失败——蓄奴制问题。自由战胜其敌手后，加里森质问道："它的复仇难道不可怕吗？"只当美国那群愚昧残忍、高傲无情、胆大包天的剥削者"及时幡然醒悟"后，他们才能避免外国暴君和贵族那样的命运。但19世纪30年代美国上下不太可能有这种"幡然醒悟"的意识，因而加里森提出了一种悖论：为了不和南方一起卷入镇压奴隶造反的运动，北方必须瓦解联邦。然而，一旦联邦瓦解，"南方和联邦的联系将断裂"，加里森也预言："圣多明哥起义的场面将在其全境之内历历可见。"

毫无疑问，加里森想到了去年由奈特·特纳（Nat Turner）在弗吉尼亚州南安普顿领导的奴隶起义。这是美国历史上最为成功的一次起义，令南方一片恐慌，唯恐18世纪末在（海地）圣多明哥爆发的大规模奴隶民主叛乱的历史会重演；同时这次起义也很快成为废奴主义和亲蓄奴制情绪的试金石。但加里森很可能也想到了废奴运动者黑人戴维·沃克（David Walker）写于1828年的满怀激情的宣传册《向全世界有色公民呼吁……》(Appeal…to the Colored Citizens of the World)。有些人认为这本小册子对特纳的起义起到了推波助澜的作用。沃克和同时代许多其他作家一样援引了蓄奴制问题的核心——美国民主制的最主要的悖论：

地球上的人，无论国家年代，全都一般无二。人是一种特别的生灵——

他有着类似上帝的形象，虽然面对地球上的艰难困境他不得不低头，但塑造这一生灵的精神和情感却永远不会从胸臆中消失殆尽，因为上帝造人时，除了模仿自己的形象外，还将这种精神和情感注入他的心中；它是无法驱除的。白人知道这一点，但他们并不知道该做些什么。他们知道自己给了我们很多伤害，害怕我们会复仇，因为我们是人，并非野兽。灾难会落在他们身上。因此，那种透骨的恐惧，贪婪的本性，和自诩为主人的标榜与生俱来，使他们立定决心，尽其所能，用尽其时，置我们于蒙昧，弃我们于惨地，而这种时代永无止境。

身为和平主义者，加里森惧怕轰轰烈烈的奴隶叛乱，他并不支持彻底"反叛南方人"，而更为激进的沃克则鞭辟入里地分析了可使蓄奴制延及下代、使种族主义残存更久的压迫机制。加里森预言将有"双重背叛"，即南方将背叛美国政府，奴隶将背叛奴隶主，这令两位作者激动的预言至少也实现了些许。非裔美国人并没有像圣多明哥的奴隶一样大规模地反抗奴隶主，他们的反抗多少只是零零星星。他们的人生历程中充满了小规模的反抗、逃跑、慷慨激昂的自由宣言以及富于反抗的民间故事和宗教歌曲。除此之外，许多黑人参加了反对南方蓄奴制的废奴运动，并在内战中加入北方联邦军队。最后，南方起来反抗联邦，而内战被正式称为"叛乱战争"。然而，这一事实本身就清晰地表明南方和北方曾在保持新国家政治完整的名义下紧密联盟以维持不公的蓄奴制的存在。1844 年，加里森提到了联邦的代价。他宣称美国废奴主义协会的政策为"不要有蓄奴主的联邦"，宣称"残酷压迫奴隶的联邦的存在与否取决于我们"及"他们的枷锁锁住了我们的手脚"。

加里森呼吁瓦解联邦，但大多数美国作家和政客却都急切地寻求着维持联邦之道。他虽迥异于当时社会的主流思想，其非暴力主张却富有象征意味，表明许多美国白人反对蓄奴制的心意并不坚决，因为蓄奴制似乎受到了国父们的祝福和宪法的庇佑，而且在法律的保护下，这份祝福和庇佑增强和掩盖了更不易察觉的种族主义。和其他问题一样，新一代包括自由的黑人和重获自由的奴隶们对革命意义和革命英雄的态度也是摇摆不定。戴维·沃克要求采取顽强激烈的行动解除束缚，而弗雷德里克·道格拉斯（Frederick Douglass）尽管有着身为奴隶的惨痛经历，直到 19 世纪 50 年代才拥护采取暴力行为，更有甚者，在那时他仍保持着部分传统美国独立革命时的理想主义。在许多事例中，革命本身成为改革动力中的保守因子。就蓄奴制而言，制度的捍卫者们并没有将潜在的奴隶叛乱和美国独立革命中自由的成就等同起来，相反，他们将其和属于法国革命的肆无忌惮、疯狂错乱、原始荒蛮这种种力

扩张与种族的文学

量联系起来。革命后代在定义和过去的联系时，囊括了股股互为冲突的动力和矛盾，此一阶段的文学也以此为标志。正如内战前的政治和社会文献中包含有一些最伟大、最富想象力的作品，这一时期最出色的文学作品中也充满了直接对立的社会和政治矛盾——最突出的就是非裔美国奴隶的问题，其中产生了充斥着紧张冲突与含糊观念的国家意识形态。

评论常称，19世纪中叶美国古典文学有"文艺复兴"之遗风，此风（起于19世纪30年代，贯穿南北战争）兴起时，开国元勋的权威受到质疑，蓄奴制问题迫使人们回归到革命时期兄弟不和的局面上。南北战争恢复了联邦，因此可看出其本质上是保守而复古念旧的，正如独立战争作为一场革命而并非叛乱，在后代看来像是一种向自由的回归。这种自由的精神在1776年受到压制，美国殖民历史早期就出现了背离。其时正值哥伦布航海后不久，非洲奴隶被当做货物卖到美洲。确实，从17世纪到19世纪，自由的理想和蓄奴制是同时在美国兴起的。尤其在弗吉尼亚，蓄奴制使得自由的白人社会更加南北一体，使得税收、财产和代表权的共和观点蓬勃发展。这样弗吉尼亚人就被带入了新英格兰的政治传统之中。纳撒尼尔·霍桑在一篇题为《略议战争》（*Chiefly About War Matters*）的散文中数次谈到蓄奴制问题。他指出，自从"五月花"这一"冥冥中注定的母体"首航将"一批朝圣者带上普利茅斯海岸"，第二次又将"奴隶散播在南部的土壤之上"以后，"清教徒的子女"和弗吉尼亚的非洲人之间就一直有一种奇特的关系。美国在其从殖民地到成为独立国家的300年历程中，其政治自由和经济繁荣一直与免费劳动力以及成百万非洲奴隶的死亡紧密联系在一起。

独立战争时期美国殖民者奴役黑人的激烈言辞使得自由和蓄奴制的联系愈加复杂。《独立宣言》中有一句著名的不曾公开的话声讨了乔治三世：他实行奴隶贸易，"触犯了最神圣的生命和自由的权利"，而且，他在美国奴隶中煽动叛乱，"驱使奴隶屠杀生命，对一民族犯罪，借此抵消从前侵犯奴隶自由所犯的罪孽"。宣传革命的小册子经常将美国人定位为国王和议会的奴隶，时不时地表明蓄奴制只是一种更富渗透力的政治压迫的极端形式。独立战争后，废奴的举措在人权、支柱经济、对叛乱和异族通婚的惧怕以及先辈的遗产继承等诸多问题上屡屡受挫，殖民者和奴隶之间暂时的认同也就分崩离析了。然而两相对比，那种莫大的嘲讽仍丝毫未减。1836年，由查尔斯·鲍尔（Charles Ball）口述埃塞克·费谢（Isaac Fisher）执笔的故事《美国蓄奴制：黑人查尔斯·鲍尔的生活和历险记》（*Slavery in the United States: A Narrative of the Life and Adventures of Charls Ball, a Black Man*）立足于一个更为重要的视角，即美国对奴隶的暴政。在文章中他用犀利的眼光捕捉了从前奴隶的生活。

种植园内的专制比罗马帝王的统治更不可擅改，更不可抗拒。罗马帝王失去支持之后，叛乱和个人暴动结束其权力，但不会带来任何惩罚。然而种植园统治者的专制却是无所不用其极。在其苛政之下，无避难之处，种植园就是他的帝国，劳工就是他的臣民，而且叛乱和暴力不仅没有削减权力，反而招致不可避免的可怕惩罚。

一些最富影响力的开国元勋们——其中有托马斯·杰斐逊和乔治·华盛顿——都曾蓄养奴隶，这一事实从根本上加深了美国蓄奴制的双重性，最终招致了西奥多·帕克（Theodore Parker）在他的伟大演讲"内布拉斯加问题"（The Nebraska Question）中提出的双刃讽刺。"弗吉尼亚最有价值的出口产品是奴隶，"帕克写道，"而奴隶由'古老大地上最好的血液养肥'；'总统之母'也是美国伟大的奴隶豢养者。自从她不再从非洲进口奴隶后，奴隶们脸色越来越苍白。这是因为气候的影响——也是民主制度所致。"

帕克抨击国内奴隶买卖，抨击异族通婚，抨击充满讥讽的弗吉尼亚革命遗产，将种种矛盾一一凸显。到19世纪50年代矛盾激化成为政治危机，亲蓄奴制和废奴主义情绪愈演愈烈，都固执己见：1850年的《妥协法案》（对许多北方人来说是蓄奴制南方的胜利）和蓄奴制蔓延至西部领土的争论标志了联邦的深层危机；这一危机在革命时代未尽完美的规划中隐晦不明，而国势扩张之后才变得清晰。19世纪20年代掀起的爱国主义热情在19世纪30年代席卷全国，民主使命感和"命定扩张说"在美国盛行，美国人相信，即使征服不了整个北半球，老天也赋予自己的国家去征服美洲大陆领土的使命。但新征服的领土是否容许蓄奴制的延伸，何种代价下联邦可以维持，仍要拭目以待。1832年在庆祝华盛顿的百年诞辰之时，马萨诸塞州参议员丹尼尔·韦伯斯特提醒听众们最重要的莫过于"联邦的完整"，并警告人们"国家分裂和国土分割"会"不仅扫荡尽我们的财产，而且夺走我们的力量，使我们无法重拾财产，或争取新财产"。次年，小说家和社会活动学家莉迪亚·玛丽亚·查尔德（Lydia Maria Child）却发表了不同观点。她在《支持非裔美国人阶层的请求》（An Appeal in Favor of that Class of Americans Called Africans）中说，华盛顿告别宣言中建议维护联邦，但他的话不再"对国民的心灵和良知有着特别的魔力"。当时，墨西哥阻止了美国兼并德克萨斯。她虽对此庆幸不已，但仍然担心南方脱离联邦的威胁已经减弱了公众对联邦的尊敬，所有阻止蓄奴制蔓延的努力终将归于无效。1845年德克萨斯的兼并以及随后1848年战争中墨西哥领土的割让使联邦分裂的威胁愈发巨大。

然而，和北方一样，南方也声称其权益由独立革命的遗产所赐予。美国

扩张与种族的文学

人的使命感使墨西哥战争变得正当堂皇；他们自诩正是1776年的独立战争点燃了欧洲当代民主革命的烈火；在蓄奴制问题上，他们更是怀着爱国之情调和妥协，加以捍卫，有时甚至采取暴烈的激进手段。1862年纪念华盛顿诞辰时，杰斐逊·戴维斯（Jefferson Davis）在他的南部邦联总统就职演说上攻击北方背离了国父们所授予的权利和原则，并呼吁神道指引南方在没有联邦的情况下寻求维护自由。他的演说突出了那个日子的特别意义。"为了在庄严文书上写下的共同目标，主权各州自愿结为联邦，革命先辈们为此制定了一套制度。但那些只感受权力欲望而忘记责任义务的人却曲解了这一切。他们决心尊重的不是法律而是自己的意愿。为了表现我们称得上革命爱国人士赋予的遗产，"戴维斯总结道，"南方必须具有英勇的献身精神"，"在严格的考验中磨炼，让爱国精神得到锻炼。"

美国人对自己肩负神圣使命的信仰使得废奴主义思想得以大行其道，但同样也大开方便之门，让人们效忠于以维护并扩大蓄奴权利为基础的联邦。革命传统和蓄奴制之间漫溢的火药味使得战前几乎各种重要的政治和文化矛盾冲撞不歇，事实上就常给政治和文学提供两相邂逅的平台。例如，纳撒尼尔·霍桑在替其大学校友富兰克林·皮尔斯竞选总统所写的传记中为皮尔斯有一个著名的革命父亲称道不已，并将其在墨西哥战争中的光辉履历大书特书，这样一来，"切中皮尔斯心中所藏的祖先根脉"，把他和光辉的过去联系了起来。从初扎根美洲的一片蛮荒到革命爆发，在将近两百年的传奇历程中，在老天庇佑之下，这片土地成为了一个国家，如果"把宪法撕成一片片，把国家分成一块块"，皮尔斯明白"蓄奴制也就无以为继"。因此，他支持1850年的《妥协法案》。霍桑的《富兰克林·皮尔斯传》（Life of Franklin Pierce）把联邦和蓄奴制以及敏感政治和国土扩张紧密相连，正如皮尔斯自己在1853年华盛顿陵墓近旁发表就职演说时，祈求"先父们"在冥冥中予以指引，并呼吁保护蓄奴制，将古巴列入自己的版图之内。

美国独立革命及其遗产引发了亲蓄奴制和废奴主义的强烈情绪，也激起了分裂国家更分裂各派党众的政治冲突。社会学和政论文章与亲奴和废奴文学盘根错节，有时两种对立的文学相互提供灵感，如极端主义者想象狂热的废奴分子的种种阴谋或者想象奴隶队伍的反抗斗争。尽管这些阴谋纯属想象，但其影响力毫无削弱。它们拨去疑团，回答了政治和文化领域中美国民主是否公正这一最深刻的问题。

1861年，废奴主义者托马斯·温特华斯·希金森（Thomas Wentworth Higginson）在《大西洋月刊》的一篇文章中写道：奈特·特纳的起义在南方成为"恐怖的记忆，疯狂报应的标志"。虽然和拉美及加勒比海许多更大规模的起义相比这次叛乱声势并不浩大（大约60名白人被杀，但随后的报复却使两倍多的黑人，包括叛乱分子被杀），但它令人生畏，害怕海地革命的恐怖之风会吹到美国。18世纪90年代，惊恐万状的种植园主们四处逃难。之后，人们在辩论中常常讨论圣多明哥是否可能再次爆发奴隶和自由黑人起义。到最后，它成为文学作品中处理起义的中心地区，如赫尔曼·梅尔维尔的《本尼托·塞瑞诺》（*Benito Cereno*）和马丁·德莱尼（Martin Delany）的《布莱克》（*Blake*）。它促使法国在新世界的权力寿终正寝，又促成政府购买了路易斯安娜州，转而引发了蓄奴制领土扩张这一当时的中心问题。因此，圣多明哥像一面棱镜，折射出蓄奴制问题的方方面面，就像特纳的起义一样，这两者的联系无法割裂。

继特纳在南安普顿起义之后，弗吉尼亚州众议院展开了历史上就奴隶解放问题的最严肃的辩论。在废奴可能性的辩论中，众议员们就蓄奴制生根以来在美国国土上的地位展开攻讦，双方人数几乎持平。相当一部分人说血腥的特纳叛乱表明必须把这种"特别制度"拆除，以化解更大规模叛乱的凶兆。但与此同时，亲蓄奴制一方说，解放奴隶的举措既不会平静地吸纳重获自由的奴隶，也无法将奴隶简简单单地疏散到北方或送出美国边境。相反，他们担心解放后犯罪会十分普遍，政治经济无法独立，甚至会引爆种族战争。更有甚者，解放奴隶会令许多南方人的经济遭受毁灭性打击。废奴案立法只能无功而返，而那时正好碰上国家经济在萧条后复苏，南方棉花种植业飞速发展。从19世纪20年代到30年代，棉花王国延伸到南部深处（产量增长十倍，每年最高产量可达将近500万包。到内战爆发时，占世界棉花产量的四分之三），保证了蓄奴制的复兴和扩张。贵族大种植园主、边境小拓荒者和北方制造商都从多元市场的经济增长中获益多多，因而赞同解放奴隶的情绪便淹没其间，弱不可闻了。

在这种环境下，将奈特·特纳的起义视为狂热分子极端的个别案例而不是对自由的合法的（也是不成功的）追求，就是亲奴一派采用的必需战略。在奴隶主们小心运用的权力之下，那股黑色的反叛势力有所遏制，然而，特纳受审、处死，由律师托马斯·格雷（Thomas Gray）抄录下来的《自白书》（*Confessions*）意味深长，这一切在公众中成为焦点，那股黑潮又暗暗涌动。特纳的《自白书》以条文格式用半自传体、半法院文书体进行叙述，对起义和自由的观点多有隐晦，含糊其辞。在记录特纳的文字中，重点在于特纳自视为救世主，预见到来日的大灾。而格雷编辑后的评论则侧重于特纳"精神错乱"和他"穷凶极恶的举止"和"可怕的阴谋"。特纳有条不紊、冷血无情地策划并发动起义。格雷将特纳描述为一个"阴郁的疯子"，"心灵一片黑暗，极度紧张昏乱，自我迷失其中"。这样格雷辩称主子和奴隶之间关系通常良善而稳妥，而特纳的起义则被贬为绝无仅有的例外。然而，因为《自白书》中包含了南方蓄奴情况中的中心悖论——这一制度是慈爱的家长式管理方式，但稍稍放松警惕，血腥叛乱就会怦然而发——所以《自白书》既敲响了警报，又隐瞒了特纳起义的正义之处。虽然格雷的文本将特纳定位为革命长河中的反面典型，说他异想天开、诡计多端，但毫无疑问的是，特纳并未祸乱法纪，他深具眼光、颇有远见。若仔细阅读《自白书》，便可发现在废奴主义的辩论方，特纳的话语激起一片响应，要求起义之声不断。尽管格雷用法律条文的框框去编纂，在黑人历史上特纳还是很快成为英雄人物，其言词感染力大大增强，在非裔美国人宗教习俗和革命思想传统之间建立起了至为重要的联系。即使在蓄奴盛行的南方，这一点仍未有改变，在其他地方更是根深蒂固。从哈里叶特·雅各布斯（Harriet Jacobs）《女奴生活纪事》（*Incidents in the Life of a Slave Girl*）中描绘特纳起义的后果中即可见一斑。特纳被捕之后，弗吉尼亚的蓄奴主们心中的焦虑减少了些。接着，雅各布斯写道：

> 奴隶们哀求，给他们特许在自己的小教堂里再度聚会。教堂在树林里，由黑人所建，四周是同胞的墓地。他们最快乐的莫过于在那里聚会，一起唱赞诗，一起做祈祷，吐露心声。但要求被拒绝，教堂被拆毁，他们被允许走进白人的教堂，大厅的一部分拨为专用……蓄奴主们得出结论，对奴隶进行相当的宗教训导，他们就不会弑主。这个法子不错。

在随后的几十年里，南方的观点越来越强硬，控制了全局。威廉和玛丽学院的政治法律教授（后为校长）托马斯·R. 迪尤（Thomas R. Dew）用精确的笔触对此加以描述。教授在描写奴隶解放面临重大危险时同样也引用了典型的革命狂热分子的形象。迪尤写于 1832 年的经典文章"废除黑奴制"（Abolition of Negro Slavery）（后扩写成《论 1831—1832 年弗吉尼亚立法辩论》[*Review of the Debate in the Virginia Legislature of* 1831-2]）中援引了特纳起义的例子。文章既反对释放奴隶，又反对对非洲或其他国家重获自由的奴隶再实施殖民主义。迪尤引用了海地的例子，把有可能获得自由的奴隶比做不会使用自由的怪物弗兰肯斯坦。他对将美国奴隶起义的原因与波兰和法国目前革命之间的类比嗤之以鼻。他说废奴主义者的宣传"破坏了财产权和社会秩序及稳定"，解放的黑人将成为"弑上作乱的罪人而不是爱国者"。迪尤这样说，"革命的权利"对那些"完全不适合自由和自制政府"的人根本不存在。在这种情况下，革命肯定会给以前施恩从善的人们带来"无情的大屠杀"。如果奴隶获得自由，"不仅仅是南安普顿发生的悲惨故事将抹黑历史的书页，使温柔的母亲把孩子紧紧贴在胸前，万分恐惧，落泪不止，还会有其他更可怕的事件令我们胆战心惊。在那些地区，优雅生活已经乍亮于天际，但转而又沉入黑暗之中，周身满是恐惧。"迪尤和加里森一样，他为30年后南方辩论的最极端形式作了定义。他所描绘的野蛮景象表明了亲蓄奴制和后来种族主义思想的中心特征：黑人不是婴儿就是野兽，一旦自由便不知如何是好，如果让他们自由，他们就会发泄兽性，无恶不作；由此，蓄奴制得以堂而皇之，大行其道。

对黑人和黑色的恐惧和厌憎原本藏匿于种植园神话之下。到了战后时期，在种族主义文论和小说中很快就显山露水。北方在哥特式小说中采用诸般文学手法揭露了奴隶的苦难，但战前的暗流表明这些文学手法相反也流露出对种族混杂的焦虑。往往，与其说这些文学手法揭露了腐败的种族制度，不如说表现了有利可图的劳工制度的合理化过程。一个明显的例子是由威廉·J.格雷森（William J. Grayson）撰写的长篇教诲诗《雇佣工和奴隶》（*The Hireling and the Slave*），公众视之为对《汤姆叔叔的小屋》的最著名的回答之一。诗中表明美国奴隶不再受非洲迷信和原始生活的黑暗统治，这一论据在战前数十年亲蓄奴制的辩论中用得越来越普遍。

> 和故乡相比，新家里，
> 黑人的命运无论怎样更受神庇！
> 没有虚伪相欺，没有迷信魔力相吓，
> 没有诲淫的仪式散播败坏的道义；
> 盲从比死亡更可气，
> 而牺牲的热血让人们走出它的奴役；
> 奴隶殉葬死去的主人，
> 这一野蛮规则不再可觅；
> 无数年来，整个民族沉沦在懒惰和谬误里，
> 但光亮终于显现——
> 天上的光亮：圣洁的教义，
> 照亮了刚果淳朴孩子的心灵。

将非洲人幼儿化（"淳朴的孩子"）和魔鬼化（"人类祭祀"）之间的矛盾是亲蓄奴制许多理论的特色。格雷森将哈里叶特·比彻·斯托（Harriet Beecher Stowe）描绘成一位文学拾荒者，说她：

> 芜杂废气悉入臆，
> 道途纷说诚不弃；
> 图圄风云怒火集，
> 糟粕劳苦换做金。

这番话恰如其分地把斯托和维多利亚时代的城市小说家分成一类，像许多南方同行一样，格雷森抨击的主旨在于说明英国和美国北方的工薪劳动比蓄奴制更为邪恶：

> 在这里劳众不会结党生事，
> 没有罢工令我们害怕，没有非法暴动令我们恐惧……
> 投身有用之地，奉献他们的人生，
> 不受煽动去犯罪，
> 劳作有了保障，和平生活没了诅咒。
> 不为三餐所迫，
> 不为纷争所苦，
> 奴隶逃脱了贫穷的灾难。

作为记者兼议员，格雷森还在《库尔提乌斯的信件》（*Letters of Curtius*）中为蓄奴制辩护。但他又在《致总督西布鲁克的信件》（*Letter to Governor Seabrook*，1850）中反对分裂联邦，认为分裂会引起经济灾难且只会加速点燃废奴的导火线。

南方文学文化风格独具，其中孕育的政治社会理论在多方面成为南方亲奴制的最重要文学记载，格雷森在自己的思想和诗歌中即用这一理论表明了他的观点。最富盛名的国会演说家亨利·克莱（Henry Clay）、罗伯特·海恩（Robert Hayne）和约翰·卡尔霍恩（John Calhoun）雄辩滔滔，慷慨陈词，纷纷论证蓄奴制是一种良善的劳工制度、公正的社会体系。卡尔霍恩无论在出任国防部长、副总统、参议员种种要职期间，还是在私下完成的州对联邦法令拒绝执行的声明摘要《南卡罗莱纳的宣言和抗议》（*South Carolina Exposition and Protest*，1828）中，或是在其遗著《政府专论及论宪法和美国政府》（*Disquisition on Government and Discussion on the Constitution and Government of the United States*）中，均特地站在一个强国权益的立场进行论述，提出不同方法去捍卫南方少数人的根本利益，防止大多数人诉诸暴力，以确保蓄奴制得以延伸到新获得的领土。卡尔霍恩自始至终认为，自由和秩序相互联系不可分割，这正是亲奴制思想在文学和政治世界中的典型反映。自由，正如卡尔霍恩所理解的，只有在悉心规划的社会中才有可能实现。社会井然有序，才会意识到一部分人比另一部分人更适合享有自由。"秩序将自由世界扩大到社会环境所容许的最大范畴，并加以保护。"在卡尔霍恩看来，废奴主义观点逼迫政府越权行事，因而非法扩大了联邦职能，"将自由加在危险之上，自由就变成危险。"对卡尔霍恩和南北方的许多白人同胞而言，蓄奴制并没有对抗自由，相反它支持着自由。

本世纪初的几十年里，从南方的政府文献中可以找到阐述清晰的亲奴制理论。州对联邦法令拒绝执行的危机过后不久，卡尔霍恩的著作和迪尤的"废除黑奴制"标志着又一次文学浪潮的起点，最终浪潮的顶峰推出了两本重要的论文集《亲奴制论证》（*The Pro-Slavery Argument*）（1852）和《棉花是国王和亲奴制论述》（*Cotton is King and Pro-Slavery Arguments*）（由 E. N. 艾略特 [E. N. Elliot] 编纂 [1860]）。这些文集证明了捍卫蓄奴制可以采用不同的方式。艾略特的文集冠以《棉花是国王》（1855）的题目，辛辛那提记者戴维·克里斯蒂（David Christy）在此书中说，美国南北双方以及欧洲的市场和劳动力由棉花国王联系在一起；他还说尽管蓄奴制有种种邪恶，但若让废奴"术士们"破坏蓄奴制，社会成效只会微乎其微，原先成果则大大流失："棉花国王是个深邃的政治家，他知道采用何种方法能最好地维持他的统治。他是个敏锐的精神心理学家，熟知人类行为的秘密源泉，能精确地感知谁能最好地实现他的目的。"克里斯蒂的话极好地勾勒出亲奴论点的优势所在，效果之大令北方的大部分地区，即使在内战的大部分时期，对解放奴隶也始终心存疑虑。

和废奴主义的论述一样，亲奴制中最复杂的内容是以经济和政治为特征的。在乔治·费兹修（George Fitzhugh）、威廉·哈珀（William Harper）、休·斯维顿·理格尔（Hugh Swinton Legare）和詹姆斯·D. B. 德伯（James D. B. De Bow）等人主办的大量的南方期刊文学中均提出此种论述。但是最有煽动性的宣言引用的却是广为普及的《圣经》真理和颇有争议的科学理论。援引《圣经》苦心捍卫蓄奴制的言辞主要来源于三点：黑人先祖为海姆之子迦南，其父曾诅咒他"沦为兄弟们的奴隶"；摩西律法认可蓄奴制；新约中保罗命令佣人服从主人。再者耶稣自己也没有说过任何谴责蓄奴制的言语。许多人说《圣经》宽恕了蓄奴制，并未有任何命令禁止蓄奴制，正如弗吉尼亚州的浸信会牧师桑顿·斯特林福娄（Thornton Stringfellow）（1788—1869）在著作《赞成蓄奴制的圣经和统计观点》（*Scriptural and Statistical Views in Favor*

◎扩张与种族的文学

of Slavery，1856）和《蓄奴制：起源，本质和历史》（Slavery: Its Origin, Nature and History，1860）中说，南方用蓄奴制保护黑人种族是一种道德上的责任，《圣经》中无数段落都可以就这一话题加以论证。他最为人熟知的作品《圣经佐证蓄奴制之概览》（A Brief Examination of Scripture Testimony on the Institution of Slavery）（1841，重印于1850）后来收录在艾略特的《棉花是国王》一书中。书中补充进的人道主义论点认为，蓄奴制在整个历史中常常将战俘从死亡手中拯救回来：

> 非洲自有史以来也同样如此。蓄奴制从刀剑下拯救的生命，加上他们的后代，比现在地球上居住的所有人还要多。这一事实毫不夸张。
>
> 那些人被征服之后，臣服于奴隶主。他们在亚伯拉罕、约伯和家长制的年代里天不怕地不怕，却服从上帝的旨意，容忍这些人去购买他们，并把他们留在家里使唤。

征服史自始至终离不开蓄奴制人道主义的做法，它和《圣经》上护卫蓄奴制的话语同样深入人心。斯特林福娄把两者联系起来，使它成为世界伟大文明的基石。

建立在种族基础上的蓄奴制科学论据常常更为缜密，但科学同样也依赖于植根在种族主义中的种种信念。欧洲作家约瑟夫·亚瑟·德·高比纽（Joseph Arthur de Gobineau）撰写的《种族的道德和智力多样性》（The Moral and Intellectual Diversity of Race）（1856年在美国出版）将这犯了众怒的科学理论推向了高潮。早些年，阿拉巴马内科医生约西亚·诺特（Josiah Nott）也提出了相似的观点。塞缪尔·莫顿（Samuel Morton）有两部颇有影响的人种科学著作《亚美利加头颅学》（Crania Americana）（1839）和《埃及头颅学》（Crania Aegyptiaca，1844），均依据头骨和身体大小等生理差异划分了设想的各种智力水平，但书中本身推出的结论却证明他们并不是公然的种族主义护卫者。诺特依据两本书的人种科学理论，相应地提出了多元发生理论：人类种族不同，起源则不同，因而必定趋向不同的发展定律，再适用于不同伦理和政治规则。在与埃及学家乔治·R. 格里顿（George R. Gildden）合写的巨著《人类类型》（Types of Mankind）和如《白人和黑人种族博物学两讲》（Two Lectures on the Natural History of the Caucasian and Negro Race）（1844）等其他著作中，诺特大量引用了《圣经》、考古学、统计学、人种学证据来论证黑人是自鸿蒙时上帝创造的独立人种。他又加上了一个古老的论据（这种观点在托马斯·杰斐逊的思想中时有流露，并由种族主义分子时时复活，直至

20世纪），然后总结说，在自然等级制度中，黑人排在白种人和猿类之间，黑人身怀兽性的普遍理论可以进行科学的论证：

> 对解剖学家来说，布须曼人或黑人和白人之间的差异比狼、狗和鬣狗之间骨骼的区别还要大，三者被划分为不同的物种……如今各种族之间深刻、激烈而永恒的差异会不会由气候或其他原因引起？持有这一观点的人当仁不让地表示要么同样的变化已经发生，要么近似人类的变化正在进行之中……
>
> 将黑人的历史（虽说不太完美）追溯到4000年前我们就可以知道：那时黑人已经拥有现在他所有的全部身体特征。我们大有理由相信那时的黑人和现在的黑人在道德和智力水平上已完全相同……哪位头脑理智的人会相信黑人和印第安人一直是环境的牺牲品呢？谁也不会。大自然给予他们低人一等的构造，地球上所有的力量都无法令他们脱胎换骨。
>
> 尽管圣多明哥的文明目前仍不是尽善尽美，但如果你把那儿的白人抽走，他们立即会沦为野兽。

《人类类型》这部巨著中摘有一篇由路易斯·阿加西（Louis Agassiz）写的文章。他是哈佛著名动物学家，于1846年移民到美国。这本书在短短几个月内就卖出3500册，到1817年已经再版了十次。就像对美洲土著人、拉美人、波利尼西亚人进行的研究一样，诺特、格里顿和其他人种学家也对黑人进行了仔细的研究，并从多元发生理论中推断出一种信仰，即相信低人一等的种族会渐走下坡路，而芜美人则成功地传播教义。从19世纪20年代到内战过后，在许多书籍和卷帙浩繁的南北方期刊杂志中，既有亲蓄奴制论点和评论对美洲印第安部落没落的评说，也有从词源上对人类起源进行的探索，还有对埃及手工品、印第安图画和非洲、南海部落行踪进行的追寻——甚至偶尔在想象奇幻的狂文中（如埃德加·爱伦·坡的《南塔基特岛的亚瑟·戈登·皮姆的故事》[*The Narrative of Arthur Gordon Pym of Nantucket*, 1838]）这几点也结合在了一起。

诺特对海地人野蛮心性的特征描述呼应了人们对美国奴隶革命和随后的奴隶独立普遍持有的相当矛盾的观点。他认为异族通婚制造了"混血"人种，这也和许多人认为种族混杂会降低白种人的身份甚至最终可能灭绝白种人的看法不谋而合。从战前一直到下一世纪，种族主义的生理论坛始终将异族通婚作为中心话题。纽约内科医生约翰·H. 凡·艾佛里（John H. Van Evrie）在《黑人和黑奴制》（*Negroes and Negro "Slavery"*, 1861）一书中最有力地驳斥了异族通婚会提高黑人种族而并不会损害白人的理论。他指出蓄奴制中的异族通婚已经"令人类繁衍的本能走上了可怕的邪路",而废奴只会使其愈演愈烈。由于无法确定南方或整个国家是否能"从和黑人血液混合的肮脏而可怕的传染中恢复元气",凡·艾佛里攻击北方人说他们多愁善感,迷恋黑人混血儿,同时他又不胜感伤,批评北方丝毫不管陷入贫穷或变成妓女的白人妇女。反抗异族通婚支持者林肯而进行的残酷论战得到了凡·艾佛里的响应,他预言说白人不久就会经历一场大浩劫。他的大部分文章是写给北方读者的,因而在攻击欧美白人中所存在的贵族化的阶级差异时,他有着杰克逊思想的风采,这可能加强了而不是对抗了"在种族基础上完全征服黑人"的论点。他的著作战后以《白人至上和黑人仆从》(*White Supremacy and Negro Subordination*, 1868)的名称再版,书中预测了种族主义文学将会风起云涌,并给予不少论证。例如,因为非洲人并不习惯"亲情",奴隶母亲待孩子长大可以独自谋生就不再爱护他,不久就会"把他全忘了",因为"在和她智力本性相匹配的情感中,这些事情根本就没有基础,没有空间,纯粹是一片虚无"。

　　凡·艾佛里将自由平等主义和种族主义结合起来的做法虽然荒谬但却也很有影响力,而且与自由土地方针有共通之处,后者竭力保护劳动力和西部领土,以确保他们不会受到蓄奴制和自由黑人劳动力的竞争。他呼吁两大阵营中的人相信黑人比白人低劣,而且相信蓄奴制(这里他援引了卡尔霍恩的论点的一个较为简单的版本)会允许民主在"所有那些由万能的造物主平等创造出的人们"中蓬勃发展。南卡罗莱纳州参议员詹姆斯·亨利·哈蒙德(James Henry Hammond)在1858年的一篇演讲中提出了"草芥之命"的著名比喻,描述了"社会秩序"要建立其上的仆从阶级存在的必要性。凡·艾佛里的论据同时也应和了这一比喻——南方人轻而易举地就从自己的奴隶中找到了这样一个"草芥之命":一个"比自己低贱的种族,但脾气很好,精力充沛,温和驯顺,能忍受恶劣的气候,能解决主人的任何要求……我们通过'人类的共识'发觉他们是奴隶,按西塞罗的话说,这是自然定律的最好证据"。

　　社会秩序的观点和大自然不言而喻的定律非常深刻地渗透在南方思想中,因此《汤姆叔叔的小屋》的一位评论家很有理由害怕此书对社会罪恶的批判可能远不止仅仅触及了蓄奴制。当《南方文学信使》(*Southern Literary Messenger*)的编辑要求他写一篇评论,要"像地狱之火一样炽烈,把那位写下这样一本书的穿裙子的贱人的恶名损毁灼伤"时,乔治·弗雷德里克·霍尔姆斯(George Frederick Holmes)这样回答道:

如果这本书能证明什么的话,那就是它证明得太多了。它想表明所有秩序、法律、政府、社会都恶名远扬、大悖情理,侵犯了人类的权利,讥讽了人类的情感……这样,这些危险而肮脏的小册子的基本立场对人类的所有利益和责任形成了致命一击,完全无力去表明蓄奴制中存在一些天生的罪恶,而且在现存所有的其他制度中也都不存在这种罪恶。

威廉·哈珀站在同一阵营,他说在不同劳动制度和等级秩序的相对罪恶中选择是个问题:"说任何制度中都存在罪恶还不如说它是人性化的。"作为法官、参议员、密苏里州和南卡罗莱纳州高级官员,哈珀在《蓄奴制论集》(*Memoir on Slavery*, 1838)中不仅审视了南方蓄奴制,而且审视了人类的奴隶制度,说两者"深深地根植在人类的本性中",他总结说,"主人和奴隶之间的关系,如果不存在恶意中伤,就如全世界各地的事实所宣布的一样,是自然而良善的。"他质问道:"人们和自己的财产不可分割,和使自己处世更易、心境快乐、享受名利的一切属于自己东西不可分割,这难道不是顺理成章的吗?"哈珀采取了迪尤的立场,相信不给奴隶自由只不过意味着他们被卸下了"自治的负担和偏执于堕落的内心中的邪恶"。在这点上,他们遍布于社会生存等级次序的底层之中,其中也包括妇女孩童。"自由人的美行可能会成为奴隶的恶迹。"哈珀建议道,"向打击屈服会降低自由人的身份,因为他是自己的保护神。但这对奴隶来说可不是堕落——对牧师或妇女来说也不算。"

以此类推,哈珀问道:"给牛马以文化的熏陶或细致的情感是否会对它们有好处呢?"哈珀之后又出现了几部著作,包括亨利·休伊斯(Henry Hughes)的《社会学论述》(*Treatise on Sociology*, 1854)、詹姆斯·D. B. 德伯的《南方非蓄奴主存在于蓄奴制中的利益》(*The Interest in Slavery of the Southern Non-Slaveholder*, 1860)和所有捍卫蓄奴制的南方著作中最为详细的一部,即乔治·费兹修的《全是食人生番!或,没有主人的奴隶》(*Cannibals All! or Slaves Without Masters*, 1857)。此书用词谨慎、论述细致,称劳动制度和相应的北方资本主义制度社会生活比起南方蓄奴制更束缚重重,更惨无人道。"它侵入了国内生活的角角落落,腐蚀着它的食物、服饰、酒水和社会气氛;从牛棚到贫民窟,从监狱到墓地,它处处追逐金银。"在这本书中,在其他如《南方社会学》(*Sociology for the South*)或《自由社会的失败》(*The Failure of Free Society*, 1854)中,在亲蓄奴制著名期刊《德伯评论》的许多文章中,费兹修(1806—1881)都说,现代社会根本不应该消灭蓄奴制,相反,它应该把蓄奴制延伸到白人的其他阶层,这样就可消除杰斐逊自由主义

扩张与种族的文学

的经济无政府状态,保护低层阶级免受贫穷和竞争剥削之苦。他还说,自由事实上就是与民主对抗,民主认为社会应该"平均划分生活负担,并使社会的每一个成员按照自己的才干和能力严格执行每一项社会职责。这样尽可能平均优势"。在费兹修理论构造认可的自由界限内,"奴隶有工作能力时必须为主人工作;但主人在任何时候都必须供养奴隶……奴隶在荫护之下不愁供给,思量之下,大可将自由交换出去"——费兹修断言,资本主义欧洲和美国北方言之振振,"说自由劳力最便宜",他们对奴隶的照顾可不如蓄奴的南方周到。费兹修援引上帝认可蓄奴制的事实,又搬来了"人类法律不能包容仁慈、情义(或)父母之爱"的例证,将支撑蓄奴方家长式统治的等级制度总结如下,并将其和资本主义生存之道区别开来:

在家庭的圈子里,载以为规的是爱心而并非一己私欲。

但是,除了妻子儿女、兄弟姐妹、马、狗、鸟和花——奴隶也属于家庭的圈子。他们有着人性的一切,且怯懦十足,奴性有加,但他的重要性不可低估。我们在孩提之时、成年之后、病痛之中、耄耋之年,无论要什么,都由他们悉心照料。那么,家中除他们之外的其他一切给出的爱他们是否就无法享受?不,主人和奴隶的利益系在一处,各就各位,恪尽其职,为彼此的快乐奉献着自己应尽的努力。

卑微忠顺的奴隶即使对最残忍、铁石心肠的主人或多或少也有所影响。怯懦和奴性能激发力量,并有效遏制人和动物本性中随处可见的暴君专制,这是不变的自然定律。

费兹修"家庭"式的蓄奴制的乌托邦观念所依据的论点是自由市场竞争让许多劳动者生活凄惨,认为只有主人对奴隶的爱才能超越奴隶对主人的牵制,但是这种观念只有已经转投亲奴制阵营的人才会认可。不过,他有力地借用了废奴者所倡导的高尚道德、仁心仁意以及爱国情感等中心论点。

正如费兹修证明的一样,对众多南方小说家支持的家长式理想加以抵触的不仅仅是情感小说。它们的声音并不嘹亮,但是南方也有些人强烈反对蓄奴家长制度的腐败堕落,在这之中最为雄辩的声音可能来自种植园主和联邦官员之妻玛丽·伯莱金·切斯纳特(Mary Boykin Chesnut,1823—1886)。她的日记直到19世纪80年代才写完,于1905年初版。在1861—1865年的日记节选中,她针对蓄奴制护卫者们提出的"家园"形象提出了一项了不起的论辩声明。《日记》(*Diary*)取材于她一生各个时期的日志和对战争年代的回忆,对种植园生活娓娓道来,用犀利的眼光洞察了当时的政治局势、奴隶生活,尤其是野蛮和道德败坏的奴役制度和奴隶性虐待对蓄奴家园的影响。相似的评论在查尔斯·W. 安德鲁(Charles W. Andrew)的《安妮·阿·佩吉夫人回忆录》(*Memoir of Mrs. Anne R. Page*, 1844)中也可找到,其中将蓄奴南方描述为与"撒旦的领土"有着不可割断的联系。

其他记载种植园生活的个人作品中能与切斯纳特《日记》相媲美的只有爱德蒙德·拉费因(Edmund Ruffin)直至1972年才出版的《日记》(*Diary*),其中仔细描述了其一生生活的点点滴滴,并层层铺叙了南方的社会理论。拉费因是成功的农学家,蓄奴制的坚定护卫者,曾首当其冲向萨姆特(Smter)要塞发射了第一枚炮弹,也因其散文和《蓄奴制政治经济》(*Political Economy of Slavery*, 1853)而一举闻名。但他最为人知的还是他对"奸诈、恶毒、卑鄙的北方佬"的彻骨痛恨,而且从不掩饰其憎恨之情。北方胜利后,他立刻自杀泄恨。对北方如此刻骨的仇恨在战前的南方人中当然不多见,但拉费因的观点表明,随着19世纪50年代蓄奴制扩张的呼吁重新风生水起,亲奴制相应地严阵以待,防卫举措明显加强。在南方思潮的想象中,不仅棉花国王能生存下来,而且蓄奴制将延伸到西部领土甚至美洲之外的土地。在这样的背景下,凡·艾弗瑞和费兹修提出了更为激进的观点。虽然有些南方人预言调整西进力量最终会导致蓄奴制消亡,但对于蓄奴制扩张还有另一种诠释,即预见墨西哥湾将成为蓄奴制横跨美洲大陆的中心地带。这一诠释同样一直颇有号召力,而重新进行合法的非洲奴隶贸易的呼声更使它越来越能服众。

南方建立加勒比帝国的梦想催生了墨西哥战争,而战争中掠夺了大量土地,加上对古巴、海地和其他拉美领土蓄谋已久,使得19世纪50年代又一次燃起了蓄奴的热潮。冒险思想家威廉·沃克(William Walker, 1824—1860)于1856—1857年间在尼加拉瓜建立的蓄奴制殖民地只是实现这一梦想的极端案例。虽然威廉声称按照美国独立革命的原则建立一个新的国家,但其殖民地的发动机(engine)必定仍是黑人蓄奴制。沃克在费兹修理论的变奏曲中相信美国(或在整个美洲)工薪社会的胜利将会重复欧洲的暴君专政和经济崩溃。他在《尼加拉瓜的战争》(*The War in Nicaragua*, 1860)一书中写道,只有以奴隶为基石的社会才能给资本奠定坚实的基础,才能"让社会英才大胆向前追求新形式的文明"。沃克的尝试虽然失败了(他在1857年被颠覆),但是他的论点的吸引力却没有被削弱:蓄奴制在政治与经济的立场上理直气壮,在史实面前也心安理得;白人把非洲人变成奴隶,带到新世界,教他们"生活的艺术"并赋予他们"真正宗教的不可言喻的祝福,只有这样,创造黑人种族时的智慧和天赐的经济优越性才能光芒四射、熠熠生辉"。

扩张与种族的文学

内战结束之前,皇冠骑士等亲奴派一直预言一个美洲奴隶帝国将在墨西哥湾一带建立。例如,爱德华·波兰德(Edward Pollard)在《聚在南方黑屋里的黑钻石》(Black Diamonds Gathered in the Darkey Homes of the South, 1861)一书中声称南方蓄奴制扩张并不是一个局部性议题,它包括着"世界进步以及创办最伟大的工业帝国"。最终,他断言,南方帝国将虎踞在中美洲,控制西印度群岛和中美洲各海峡,独霸世界棉花和糖业生产,令美国的命运臻于完美、了无遗憾。

帝国的前景何等灿烂!八方往来中帝国又是何等尊贵!如果可以相信暗淡不清的史实,美洲的热带土地上曾屹立着巍巍帝国,华城广庙,彪炳后世;但如今,却是满目的疮痍,蛮人的践踏。南方文明若要达到全盛,其辉煌应远甚前朝。南方帝国应壮丽无比,控制世界商贸,其位固若金汤,内部构造昭示着最为和谐的现代文明体系。这一想法何等崇高而激励人心!

然而,同时南方也有实力形成一种与以黑人蓄奴制为基础的帝国观念完全敌对的知识性观点。北卡罗莱纳作家辛顿·罗恩·赫尔普(Hinton Rowan Helper, 1804—1902)是激进的种族主义者,社会改革者中几乎没人和他意气相投,但除了这点赫尔普有可能跻身于最重要的废奴主义作家之列。回到南方之前,他出版了记载加州淘金热的第一手资料《黄金土地:现实和小说》(Land of Gold: Reality Versus Fiction, 1855)。赫尔普的重要著作《南方逼近的危机:如何迎战》(The Impending Crisis of the South: How to Meet It, 1857)应和了丹尼尔·里弗斯·古德罗(Daniel Reeves Goodloe, 1814—1902)在《南方诸州财富积累与人口增长迟缓之原因调查》(Inquiry into the Causes Which Have Retarded the Accumulation of Wealth and Increase of Population in the Southern States, 1844) 书中提出的论点,用统计资料证明蓄奴制延缓了经济增长,但他提议的废奴方法是从经济上挑起非蓄奴主与种植园主之间的争斗,这却是切不可行的。赫尔普在文章末尾简述了南方文学——在他看来,此为蓄奴制可耻影响的又一个受害者——并认为该类文学普遍代表了这一特定制度的严重后果:"事实是,蓄奴制破坏或损害、或污染了其所接触的任何事物。没有一层社会关系能逃脱蓄奴制难以摆脱的诅咒的影响。它使南方宗教成为基督教徒鼻孔里的一股臭气,它使南方政治成为所有共和制原则的侮辱,它使南方文学成为光荣的文学事业的丑陋模仿。"赫尔普夸大了蓄奴制对白人南方

3 蓄奴制文学与非裔美国人文化

文化的毁灭性影响；此外他还固执己见，声称黑人应该被驱逐出境，因为在他看来黑人不能——也不该——在美国社会和经济中找到一席之地；这样，他自己的废奴理论也受到了玷污。战后他的观点越发极端；接着他加入了南部重建时期的种族主义大军，写下了《黑土地上的黑鬼》（*Negroes in Negroland*, 1868）和《黑人：整个大陆的问题》（*Nojoque: A Question for a Continent*, 1867）两部作品，在书中他说明自己的目的是"用笔杆把黑鬼赶出美国，而且……把黑鬼（和千千万万同样恶贯满盈的其他黑人和混血恶贼）赶尽杀绝"。赫尔普从人类学的观点对不平等的描述令他预言最终将在"要么放逐奴隶，要么国家腐化"之间做出选择。虽然林肯（继贺拉斯·格利雷成功地以共和党竞选文件方式出台了《逼近的危机》之后）任命赫尔普出任布宜诺斯艾利斯领事，可是总统也无法接受他的狂热立场。但无论他的推理多么歪曲事实，他的论点仍然是南方反对蓄奴制的最响亮声音。如果说赫尔普的论点充满了种族歧视，那它也正是以一种极端的形式表达出了相当一部分北方废奴者同样持有的矛盾观点——南方重建失败后，剥夺黑人的政治、社会和经济自由的呼声甚嚣尘上，这则更确证了这一事实。

尽管从19世纪30年代起到整个内战时期这种论点的叫嚣不绝于耳，但是为南方蓄奴制辩护的人并不局限于政治理论家，或甚至南方人。主要从事文学创作的人们在把南方种植园生活理想化和蓄奴制合法化的努力中起了巨大的作用。甚至可以断言，对人类蓄奴制的辩护首先最主要的还是一种想象行为，因为辩护所依赖的描绘常常与明显残酷的现实截然相反。仅举几例即可，那些对以文学描述的方式捍卫蓄奴南方功绩卓著的人都远离蓄奴南方的日常生活。除了那些首先要保护联邦的北方人外，许多其他作家和政客都积极地流露出对南方事业的同情。一个典型的例子就是纽约的詹姆斯·柯克·波尔丁（1778—1860），他身兼数职，既是作家也曾在政府部门工作。他的小说《呀！西进！》（1832）追踪了一位弗吉尼亚种植主移居边远的肯塔基的历程，描写了在西部环境下种植主道德伦理观念的瓦解。《来自南方的信》（*Letters from the South*, 1817；1835年修订版）收集了一组波尔丁的旅行短文，勾勒了弗吉尼亚乡村不相信北方工业进步的独立而浪漫的生活，但却试图提醒北方读者别忘了"我们是一国的同胞"。波尔丁在为蓄奴制辩护的著作《美国的蓄奴制》（*Slavery in the United States*, 1836）中表达了越来越为大众认同的观点，即废除蓄奴制不值得以牺牲联邦为代价。他认为，奴隶的生活要比他们非洲"野蛮原始"的同胞和欧洲当牛做马的农民更幸福；更有甚者，波尔丁还说，他们习惯了，而且满足了"劳作、憩息"轮流不停的生活。如果蓄

○扩张与种族的文学

奴制"是一种邪恶，就让那些爱惜蓄奴制的人去承受吧，"他写道，"但不要让我们，他们的亲戚、邻居和同胞，成为散播狂热火种的工具，成为起义与屠杀的帮手。"像大多数北方的温和派一样，波尔丁用明确的措辞表达了这一问题，预言了美国民主试验的危险：那些干预蓄奴制的人"盯住装饰新旧世界的最美丽的自由之树，将斧头砍在其根部"。

如前所述，蓄奴制能与民主理想互相包容的论点在南方极为普遍，因为亲奴思想建立了缜密周详的哲学和科学体系，论证出黑人低人一等，由此理直气壮地把他们踢出民主生活之外。许多南方文学（内战之前，更为显著的是19世纪后半期，在诸如托马斯·尼尔森·佩吉 [Thomas Nelson Page] 等作家的作品）中塑造的种植园神话经常把贵族和封建因素作为南部邦联传统的基础。当今的观察家们时不时把"对骑士精神的狂热崇拜"认定为古老南方的实质，虽说这样，但这种崇拜的源头更多地扎根在战后作家和历史学家的概念之中，而并非来源于战前的现实生活。无可否认的是，蓄奴制南方文化注重的仍然是传统的价值以及个人与集体的荣誉。即使沃尔特·司各特的小说中描绘的浪漫封建世界——某些种植主想象可以在棉花王国里重新创造出这种世界——只对一小部分南方地主来说能够从经济上实现，他的小说仍然风靡一时，颇有影响力。19世纪30年代后，杰克逊的民主思想广泛传播，销蚀了南北方贵族的特权。激进的废奴主义者和作风温和得多的北方作家普遍误解并歪曲了这一事实，时不时把拥有数百奴隶的封建种植主描绘成南方社会的模式。历史学家理查德·西尔德里兹（Richard Hildreth）在《美国的专制统治》（*Despotism in America*, 1854）一书中评论道："虽然有些民主原则可以在'南方联盟'的宪法和法律中找到，但从民主现在的意义上来说他们绝不配民主这一称号：他们是贵族，而且是最残酷、最可憎的贵族。"要说有任何区别的话，那就是贵族种植园神话部分来说是在经济萧条周期发作的威胁与国势扩张带来貌似无政府统辖的压力下自我制造的理想化政治秩序的表现，另一部分来说又是废奴主义力量的幻想或是话语策略。

南方农业社会对北方的偏见虽然并不明确但却伴随对它们的攻击而成长起来；废奴者的演说有时模糊了南方反对北方工业和劳工制度的发展提出的合理论据。许多南方作家除了仔细描写贵族制度在南方日渐衰落的趋势（而不是日渐昌盛）外，他们还鼓励双方建立更亲密的经济和社会关系。其他人则为南方寻求更大的独立性，但他们也很清楚，要实现独立就必须在现实中把现代主义和保守主义结合起来。经济学家、历史小说家、弗吉尼亚大学教授乔治·塔克（George Tucker, 1775—1861）在漫长而多样的写作生涯中，在著作《人民的政治经济》（*Political Economy for the People*, 1859）中指出，蓄奴制成效低微，阻碍了制造业的发展，因而加大了南方对北方的依赖。虽然塔克在《美国历史》（History of the United States，1856—1857）中坚决赞成各州拥有自己的权利，但他又在《弗吉尼亚来信》（Letters from Virginia，1816）中批评了弗吉尼亚的贵族制度，并且还在《托马斯·杰斐逊的一生》（Life of Thomas Jefferson，1837）中把杰斐逊刻画成一位具有国家民主原则的人。他最好的小说是《申南多尔山谷》（The Valley of the Shenandoah，1824），是一部以泰德沃特一个富裕的种植园家庭的自我毁灭式的衰落为背景的家庭诱惑小说。正如当时很多描写工业劳工改革的北方小说，塔克在小说中描述的家庭也像他的政治思想中的家庭，其实是一个南方经济健康和独立的象征。

医生威廉·亚历山大·卡鲁德斯（1802—1846）对南方是否有能力在与外界隔绝的贵族式生活中自给自足也同样心存疑虑。他的历史小说将南方描绘为形成美国民族性格的中心因素，但并不是唯一因素。书信体传奇故事罗曼司《肯塔基人在纽约》（The Kentuckian in New York，1834）既批评了北方的道德败坏与经济腐化，也指责了南方在蓄奴制中日渐堕落和自我放纵，并力图从而将南北双方结合起来。在《弗吉尼亚的骑兵》（1835）这部描述培根起义的小说中，卡鲁德斯鼓吹了西部扩张主义，相信扩张主义在很大程度上得益于弗吉尼亚骑士精神的巨大力量，既唱和了当时人们对"命定扩张说"的关注，也呼应了当时惊险跌宕的历史事件。同样，他的罗曼司作品《戎马骑士》（1845）取材于弗吉尼亚州州长斯包特伍德（Spotswood）的生平，并深受丹尼尔·布恩传奇故事的影响。书中预言"西进会世代绵延，一个世纪之内将会越过北河（Rio del Norte），再过50年时间可能会越过墨西哥的最远边界"。在卡鲁德斯看来，由于蓄奴制严酷与否在很大程度上取决于蓄奴主所处地区和所在阶层（弗吉尼亚的种植园主或许会很仁慈，但南卡罗莱纳的种植园主或许就很残酷专制），所以随着国家的不同党派和多种特性融合为一种命运，西部扩张和杰斐逊思想制衡作用的威力会最终要求根除黑人蓄奴制。

约翰·彭德尔顿·肯尼迪（John Pendleton Kennedy，1795—1870）公开抨击南方分裂国家的行为，并写作一本名为《安布鲁斯先生讨论叛乱的信件》（Mr. Ambrose's Letters on the Rebllion，1863）的书声援内战时的联邦。然而在他早年，他曾写过一本最为有影响力的为南方辩护的文学作品，即一系列以《燕子粮仓》（Swallow Barn，1832）为题的弗吉尼亚生活的短文。肯尼迪受过法律与政治的专业培训，连任几届国会议员，而且还在菲尔莫尔总统任期内担当海军部长一职，是他把马修·佩里派往日本的。他的政治著作包括《威廉·沃特生平回忆录》（Memoirs of the Life of William Wirt，1849），为弗吉尼亚著名政治家、作家沃特的传记；《辉格党之辩》（A Defence of the Whigs，

○扩张与种族的文学

1842);《集腋曲》(Quodlibet, 1840),是辉格党对杰斐逊政治人口统计学的嘲讽。肯尼迪曾经帮助坡在《南方文学信使》谋得一个职位,并为其作品短篇小说《瓶中手稿》(MS. Found in a Bottle)颁奖。他在文坛名人圈内的活动也使他结识了威廉·迈克皮斯·萨克雷(William Makepeace Thackery),他向这位作家提供了撰写《弗吉尼亚人》所需的素材。肯尼迪的其他作品还包括两本重要的历史小说。《盗碗记》(1838)记载了殖民地马里兰天主教徒与新教徒之间的冲突;《马蹄铁鲁滨逊》(1835)是一部有关独立革命时期偏远的南部的罗曼司作品,描写了当时由于所效力的国家与地区的不同而导致的殖民家庭的分裂,读完之后不禁让人联想起库珀的《间谍》和19世纪二三十年代的其他类似小说。然而奠定肯尼迪声誉的作品却是他的小说式随笔《燕子粮仓》。由于受到欧文的《见闻札记》和沃特那组广受欢迎的南方生活随笔《英国特务的通信》(Letters of the British Spy, 1830)的影响,肯尼迪在该作品中采用了一种常见的文学手法,即一位北方游客来到南方,以同情与略带嘲讽的复杂心情写下所见所闻,把种植园主描绘成一位贵族式的乡绅。《燕子粮仓》中包括几篇对奴隶生活的简短描写,总的说来,肯尼迪支持各州拥有自己的权利,支持蓄奴制这一特有体制的仁慈家长式作风,这些与他认为废奴必须从南方自身内部开始的观点不谋而合。该书问世于奈特·特纳叛乱之后,旨在让人心回归平静,让南北双方放下心理包袱,书中说,大多数弗吉尼亚黑人既温和又满足,正如这段对黑人孩子的描述所讲述的一样:"他们热爱阳光,举止慵懒……可能就像一群水龟爬在磨房水池的圆木上一样,沐浴着夏日温和的阳光,悠然自得。"

对南方和蓄奴制进行的最为旗帜鲜明的辩护或许就在威廉·吉尔摩·西姆斯的作品中得到了反映,但是,为南方骑士传统打造坚实依据的代表人物却是身属不同年代的纳撒尼尔·贝弗利·塔克(1784—1851)和约翰·埃斯顿·库克(John Esten Cooke, 1830—1886)。纳撒尼尔的父亲为法律理论专家,他的《蓄奴制论辩》(Dissertation on Slavery, 1796)为最终的奴隶解放规划了蓝图。塔克本人也是法律教授,而且还是一位早期的分裂主义支持者,他的《政府科学系列讲座》(Series of Letters on the Science of Government, 1845)与南方杂志中的许多文章一道策划了一条反革命路线。他的第一部小说《乔治·巴尔克比》(1836)讲述了一个以弗吉尼亚和密苏里为背景的冒险神秘故事,在坡眼里这是美国最好的小说之一。然而更为重要的作品是《党派领袖》(1836),这是一部未来派小说,以1849年马丁·范布伦成为暴虐的独裁者为背景;小说在内战时再版,他对分裂与地区暴力的预言令人称奇。库克的文学事业跨越到内战及其结束之后,因而他的作品中有着19世纪80年代兴起的文化上对南方联盟的缅怀之情,但甚至是在他早年的作品中他似乎也预言到了这一"失败的战争"。他是诗人、评论家菲利普·彭德尔顿·库克(Philip Pendleton Cooke)的兄弟,担任南方联盟军队中 J. E. B. 斯图亚特的参谋官,为斯通渥尔·杰克逊(Stonewall Jackson, 1863)和罗伯特·E.李(Robert E. Lee, 1871)写过重要的军事传记,而且还写过一些战争罗曼司作品,如《鹰巢传》(Survy of Eagle's Nest, 1866)、《白刃战》(Hilt to Hilt, 1869)和《锤与剑》(Hammer and Rapier, 1871)。虽然战后数十年内他继续写作小说,但最负盛名的作品仍是战前以殖民地弗吉尼亚为背景的一组小说:《皮袜和丝》(Leather Stocking and Silk, 1854),《弗吉尼亚的喜剧演员》(The Virginian Comedians, 1854)和《绅士亨利·圣约翰》(Henry St. John Gentleman, 1859)。书中的浪漫和冒险故事都以占有土地的贵族制和蓄养奴隶的家长制为背景,其中的地区分歧既反映了历史的真实性,又呼应了当时的紧张局势。

借用历史小说捍卫南方的手法在威廉·吉尔摩·西姆斯(1807—1870)的著作中完全成熟。正如《亚马西人》(1835)描述了殖民地南卡罗莱纳与印第安人的战争,但又阐明了当时印第安人迁徙的问题,西姆斯的革命战争系列小说(从《党派》[1835]到《尤陶》[1856])从美国独立的历史以及南方对抗联邦或者从联邦脱离的可能性等方面,戏剧性地再现了国家与家庭由于各效其主而产生的分裂。西姆斯和其他鼓励青年美国运动的人们一样,在 19 世纪 40 年代积极支持美国的扩张主义,并且认为欧洲的民主革命作为相同自由理念的表现也赋予美国在新世界扩张领土的道德权利。因而,在西姆斯看来,革命不仅仅标志着美国国力强大而且也表明美国必然下定决心来抵制国内的破坏势力。从这一观点上来看,自由越来越清晰地与白人和盎格鲁—撒克逊以及南方的理念等同起来,蓄奴制便被解释为北方工业制度堕落的劳工奴役制的仁慈替代品。作为一名作家,西姆斯的创作事业丰富多彩、积极热情,这使他获得了广泛的赞誉,而且使他在讲坛上、在无数的社论和随笔中成为南方的狂热的代言人。西姆斯的政治理论强调要建立一个稳定的阶级社会,其中的民主不是社会动荡和混乱的诱导因素,而是和谐与秩序的原则。英国作家哈里叶特·马蒂诺(Harriet Martineau)在《美国社会》(Society in America, 1837)一书中攻击了蓄奴制,西姆斯于是在《南方文学信使》上撰写了一篇为人多次援引的随笔(后于 1838 年在宣传册《美国蓄奴制》[Slavery in America]中重印,再后又收录在《亲奴制论辩》的合集中)予以回敬:

民主不是平均主义——正确定义的话,民主是道德世界的和谐统一。它

扩张与种族的文学

坚决倡导不平等政策,正如其法律所宣称的,所有人都各占其位。真正自由的定义是,人们要在自己道德与智力水平允许的范围内不受干扰地占据那一社会地位。无论身处何种境地,占据了合适的地位的人就是自由的人。只有被强行安排在低于其智力要求的社会地位的人才是一名奴隶。

对西姆斯和南北方他的许多同时代人而言,这样的自由和智力理论(不论如何假定以肤色为基础)并非不合情理。和谐统一与等级秩序——就阶级和种族而言——是紧密联系的,人们认为民主结构中的等级原则是永恒不变的,这样的观点使得大家对人性的最后进步隐藏着一种悲观的情绪。对西姆斯来说,主要的问题是,鉴于奉行杰斐逊主义的美国存在着种种混乱的压力,这种形态的社会是否能够正常运转,而同时又不毁坏支撑它的民主理想。

回答是不能。再者,到19世纪50年代,攻击南方的不仅仅是一种政治理论或废奴者的某种说教,而是化为了以哈里叶特·比彻·斯托那本风靡一时的小说《汤姆叔叔的小屋》的形式,该书在南方触发了大量以小说形式进行的回应。其中有西姆斯的一部重要的小说《剑与拉线棒》(1853),其后修订为《木工术》(1854)。小说以革命结束时期为背景,描写了爱国者和亲王者之间破坏性的"内战"之后,鲍吉上尉家的种植园重又恢复秩序的故事。除了其他情节之外,描写鲍吉及其忠仆汤姆之间关系的种种场景则有意对蓄奴者的仁慈进行了辩护,而且更为突出的是回应了西姆斯所谓的斯托小说中捏造的汤姆所遭受的苦难。鲍吉说"为了拯救汤姆"不让敌军("废奴主义分子"的类比)把他抓走,他甚至告诉汤姆以自杀来免遭被俘。同样,汤姆对鲍吉说,"如果我不是你的,你就是我的……那么,主人,别再和我讲什么自由文件之类的废话了,告诉你吧,我这个样子很好。"当然,所谓的有关自由的"废话"说的并不是18世纪80年代,其实更尖锐地影射了19世纪50年代,当时已成废墟的南方景致甚至是在胜利中似乎也昭示着一场新的内战即将到来。1856年,西姆斯给布法罗的听众举行了一场有关堪萨斯蓄奴制的演讲,影射了查尔斯·萨姆纳(Charles Sumner)对南卡罗莱纳进行的臭名昭著的攻讦,预见说联邦将要崩溃,但他也预言了家乡所在州那得来不易又不很明确的胜利,"这片废墟犹如纪念碑——纪念着道德的荒废——比起它周围丛生的碎片来具有更为严重的破坏性。"在战争中西姆斯自己在南卡罗莱纳州的家园也两次被大火烧毁(包括他那藏书丰富的私人图书馆),其中一次是事故,另一次则是谢尔曼在进军途中蓄意所为。他的妻子和一双儿女死于战火,西姆斯在战争中遭受了如此严重的损失,所以他在战后仍能继续写作实在令人瞩目,他创作了巨著《南方战争诗篇》(War Poetry of the South, 1866),并将自己亲眼目睹的哥伦比亚和南卡罗莱纳的战祸形诸笔端。《木工术》那具有远见卓识的特征中唯一的瑕疵就是北方赢得了战争,从而使得主人与奴隶间家长式的关系成为虚幻,而在西姆斯看来,这种主仆关系作为由于南方革命传统而到位的民主秩序的表现却被永远毁灭了。但是,它却长存在人们的记忆与神话中,这也主要归功于西姆斯,他在自己知识生涯中一直在描述一个支持蓄奴制的美国,它不受恶劣的蓄奴主的反复无常与野蛮残暴的行为的影响,也不受分裂的南方的毫无效率的政治经济的影响。

西姆斯、肯尼迪、卡鲁德斯、两位塔克与库克都是在19世纪30年代后亲奴制文学呼声愈发高涨的环境下进行写作的。同样要说的还有南方人坡,他在国内政治观点上是个不折不扣的反革命,他的小说《亚瑟·戈登·皮姆的故事》以及《莫格路谋杀案》(Murders in the Rue Morgue)与《塔医生和费则教授的系统》(The System of Doctor Tarr and Professor Fether)等短篇故事也在巴洛克风格的寓言故事中掩藏了对黑人暴乱和种族污染的恐惧。奥利弗·波洛克登(Oliver Bolokitten)的写作风格也同样怪异,他的未来派色情滑稽小说《在大同城小住》(A Sojourn in the City of Amalgamation, 1835)描绘了一个陷入异族通婚之中的美国。此书以20世纪为背景,年份不明,其中新共和国为国民们设置了一个工业合成过程,男男女女以及各种动物都能通过此过程摒弃偏见,他们身体中因杂婚而导致的各种颜色基因之间的混战得以控制。这部小说像坡的作品一样极富感染力,因为它对种族和谐的自由浪漫理想的攻击揭露了在种族平等以及实现种族平等的正确方式上争论双方的论据中都具有的清醒的恐惧和入骨的憎恨。在南方乡土和边陲札记作品中——例如墨西哥战争记者和政治家托马斯·B. 索普的《神秘的丛林》(1843)和《蜂箱和猎人》(The Hive and the Hunter, 1854),约瑟夫·G. 鲍德温(Joseph G. Baldwin)的讽刺作品《阿拉巴马和密西西比的喧嚣时代》(The Flush Times of Alabama and Mississippi, 1853),以及乔治,华盛顿·哈里斯的荒诞故事《苏特·拉文古德故事集》(Sut Lovingood Yarns, 1867)——甚少提及蓄奴制度。然而,他们描述的南方人物均极易冲动施暴、滑稽放纵,呼应了西姆斯和卡鲁德斯的作品(隐约预示了吐温和福克纳的作品),表明在南方贵族的外衣下掩盖着十分粗犷原始的内里,它在边疆环境下由于蓄奴制的庇护而经济蓬勃发展,社会井然有序。

直到19世纪50年代,许多出自女作家之笔支持蓄奴制的南方家庭小说才大批产生;虽说如此,但一些重要的作品也已于早些时候问世。卡罗琳·吉尔曼的《一位南方主妇的回忆》(1838)和无名氏的《莱昂内尔·格兰比》

○扩张与种族的文学

（*Lionel Granby*，1835）描述了奴隶和主人之间和睦舒适的生活；北方人萨拉·约瑟发·黑尔（即后来著名的《古迪女士书刊》的编辑）写作的《诺思伍德：新英格兰故事》（*Northwood: A Tale of New England*，1827）成为所有赞美种植园生活的家庭小说中最受人欢迎的作品之一。黑尔的小说讲述了一则典型的浪漫故事，在书中黑尔表达了这样一种观点，即家庭是社会秩序与稳定的模型，南方则充满了仁慈与悠闲舒适，这样北方人贪婪的心性和粗野的性情就会得到调和。1852年《诺思伍德》重版时又增加了一篇指责废奴力量制造分裂的前言，书中论证说《圣经》和宪法都为蓄奴制指定了规范（虽然他们没有特地去建立蓄奴制），而且指出并非"彻底从根部撕裂整个蓄奴制度奴隶才会自由"。只有细致的宗教训示和渐进的殖民进程才能给美国的奴隶自由和家园，同时将非洲黑人从堕落的蓄奴制度下解救出来。"美国蓄奴制的使命是要把非洲基督教化。"她写道。她又在小说《利比里亚；或，佩顿先生的实验》（*Liberia; or Mr. Peyton's Experiment*，1853）中充分论证了这一观点，该小说对非洲人的重新安置问题进行了最为广泛的探讨。在这两部小说中黑尔都谈到了妇女在蓄奴制问题上所扮演的角色，她大力倡导被自己的杂志所推广的家庭理念："'宪法'和'妥协'是男人的正当职责所在，女人则是道德力量的捍卫者，道德力量在发展的过程中会最终维护或者破坏战士、政治家和爱国者的工作。"

《汤姆叔叔的小屋》发表之后的十年内又有一大批捍卫种植园神话的小说纷纷面世，其声音喧嚣激烈，令人难以置信；黑尔写于19世纪50年代的许多小说以及西姆斯的《木工术》就属于此类，他们回击了哈里叶特·比彻·斯托对蓄奴南方的描绘。对斯托小说的直接回答难以尽数（其中一些由同情南方的北方人所写），声称斯托误解了南方蓄奴制那仁慈的家长式统治，他们指出西蒙·莱格利是北方人，因此他是南方仁主模式的一个例外。小说家们也和亲奴评论家们一样利用了认为北方的劳工制度远比蓄奴制罪恶这一普遍论点。罗伯特·克里斯维尔（Robert Criswell）在《汤姆叔叔的小屋与白金汉宫》（*Uncle Tom's Cabin Contrasted with Buckingham Hall*，1852）一书通过体面的种植园中浪漫化的生活反驳了废奴主义者的煽动言论，同时将北方的劳工制度和吉姆·克罗的法律描述成腐败堕落。同样，约翰·W. 佩吉（John W. Page）的《弗吉尼亚有小屋的罗宾叔叔与波士顿没有小屋的汤姆叔叔》（*Uncle Robin, in His Cabin in Virginia, and Tom without One in Boston*，1853）也振振有辞：如果蓄奴制被废除，这位获得自由的汤姆在波士顿遭遇的苦难将会成倍增加；W. L. G. 史密斯（W. L. G. Smith）在《南方的生活；或，汤姆叔叔的小屋的背后》（*Life at the South; or, "Uncle Tom's Cabin" As It Is,*

1852）一书中描述了出逃成功的奴隶英雄在北方贫病交加、颠沛流离之后最终回归家乡——弗吉尼亚的种植园，回到了"他的主人，父亲，家园"身边。这三个词连在一起或是几乎对等的用法简明扼要地暗示了十数篇论文或小说中表达出的维护南方家长式蓄奴制论点的措辞。这些小说包括：J. 桑顿·伦道夫（J. Thornton Randolph）（费城杂志编辑查尔斯·彼得森［Charles Peterson］的笔名）的《小屋与客厅；或，奴隶与主人》（Cabin and Parlor, or Slaves and Masters, 1852）、卡罗琳·李亨茨的《种植主的北方新娘》（The Planter's Northern Bride, 1854），文中断言在"废奴主义无政府狂热和奴隶战争"的威胁之下，"奴隶才是这个星球上最快乐的劳工阶级"；而托马斯·B. 索普的《主人的房子——南方生活的故事》（The Master's House, A Tale of Southern Life, 1854）一书的描述则要现实平稳得多，它希望能够阻止南方地主贵族文明慈爱的势力的没落；G. M. 弗兰德（G. M. Flander）夫人的《乌木崇拜》（The Ebony Idol, 1860）一书的题目就能使人觉察到其中对所谓的废奴主义者"崇拜"非裔美国人生活和种族混合进行的恶毒讽刺。

然而，就像《汤姆叔叔的小屋》一样，最受欢迎、最富影响的小说中总是用夸张的情节来调和其中的现实。在卡罗琳·拉什（Caroline Rush）的《南方和北方：或，蓄奴制和其对比》（North and South: or, Slavery and Its Contrasts, 1852）中，来自北方的女主人公由于家庭破产而陷入贫困并且沦为妓女，从而成为一名"白人奴隶"，她在都市中的苦难遭遇与"南方那群奢侈腐化、好吃懒做的黑人孩子"形成尖锐的对比。拉什说，由于白人对家庭的感情比黑人更为细腻，"迫使女人将自己的孩子托付给陌生人的贫困的束缚在北方尤为糟糕"，小说家站在高高的道德立场上致言那些优雅得体、多愁善感的听众："我们应明白到底是胸膛宽阔、孔武有力的黑人（如汤姆叔叔）还是面孔雪白、柔弱纤细的女孩更值得你们同情和落泪。"同样，玛丽·H. 伊斯曼（Mary H. Eastman）在《菲立斯阿姨的小屋》（Aunt Phillis's Cabin, 1852）一书中向我们展示了老奴隶菲立斯临终前的那一幕，她告诉主人不要释放她的孩子们，因为他们在种植园里受到了很好的照料，若是去了北方或是利比里亚，那就必定要受苦。这一幕催人泪下，也预示着奴隶和主人将在天堂重聚，在那里，"人世间的差别将被遗忘"；这也证实了种植主将蓄奴制合理化的必要性，可同时也弱化了他们在其中隐约感觉到的罪恶。人们意识到蓄奴主义的家庭罪恶跟加尔文主义者对与非洲和"野蛮"相联系的黑人的恐惧有关，而且还与所谓的非洲部落生活的邪恶做法有关，而进行基督教转化和殖民化的呼声就相应地建立在这种认识之上。在以理论和小说对非洲的野蛮蒙昧主义进行的批评中，亨利·罗·斯库克拉夫特夫人那本融汇了哥特式的多

◎扩张与种族的文学

愁善感和邪恶的种族主义的小说《黑色磨难》(*The Black Gantlet*)可谓极端，而且又极富代表性。斯库克拉夫特夫人的丈夫是研究美洲印第安人的著名人种学家，她联合一些自己所谓的林肯的"埃塞俄比亚平等党"的论战对手对种族融合的观念进行了声讨（她警告说盎格鲁非裔人的统治时代正在逼近），而且将盎格鲁美利坚人的基督教工作定义为擦去黑人的食人祖先在他们身上涂上的该隐之印。她参照丈夫论述美洲土著的作品，建议白人应该对黑人"继续进行奴役，直到强制劳动驯服了他们身上的兽性，而且文明和宗教将他们转变成可以对他们的愚昧的黑人弟兄传达进步的传教士为止"。倘若南北双方的亲奴小说没有政治讲演和经济论著那样富有论辩性的话，他们就用无知和种族恐惧作为同样有效的武器。

自由土地党对抗来自蓄奴制和自由黑人劳力的竞争，这一举动加剧了亚伯拉罕·林肯对殖民化的兴趣；可是他的这一兴趣源自长久以来南北双方支持将自由黑奴驱逐到非洲或是拉美殖民地的观点，这一观点发端于托马斯·杰斐逊等人。以法律反对奴隶贸易的浪潮渐起，并以1808年国会的禁止法令为顶点，1819年又通过了影响更为深远的《反对奴隶贸易法案》(*Anti-Slave Trade Act*)，而且还在1816年成立了美国殖民协会，上述这些事件使得殖民运动成为19世纪30年代以前最为波澜壮阔的废奴主义运动。19世纪30年代，南方的反动洪流（国内悄悄萌芽的奴隶贸易利润滚滚，对偏远南部棉花经济的扩张提供了巨大的支持，再加上特纳的起义，由此而引发这一洪流）以及威廉·劳埃德·加里森和其他废奴主义领导对殖民运动的强烈谴责严重地削弱了这一运动。在反对移民运动的黑人强烈抗议的煽动下，废奴主义者越来越意识到美国殖民协会（不论它意欲何为）最主要还是为亲奴势力以及种族主义者的利益服务的。协会的期刊《非洲智囊团》(*The African Repository*)发表了一些文章宣称，非裔美国人无论身上有多少非洲"血统"都会"不可避免地堕落，而且无药可救"，并且还论证说白人的偏见在美国永远都不会被克服，从而明确表达了它那根深蒂固的偏见。

虽然在内战结束之前黑人与白人领袖都在不断地复兴殖民的主张，但殖民运动努力的唯一重要业绩也不过是英国于1787年在塞拉利昂建立的殖民地和美国于1822年在利比里亚建立的殖民地。迁去利比里亚的第一批移民以及之后自愿前往的移民与其说是遭到政府放逐还不如说是黑人独立的楷模。移民在西非的生活非常艰辛，对此以年报的形式进行的文字记载延续到世纪末，以书信和故事的形式进行的记载都登载在《非洲智囊团》中，以著作形式进行的记载有詹姆斯·霍尔的《致自由的有色人民的演讲》(*An Address to the*

Free People of Colour)、马修·凯里（Matthew Carey）的《讲述殖民社会的书信》（Letters on the Colonization Society, 1828）、詹姆斯·朗琴比尔（James Lugenbeel）的《利比里亚札记》（Sketches of Liberia, 1850）以及以《不再是奴隶》（Slaves No More，贝尔·埃·威利［Bell I. Wiley, 1980］编）为题的他们的书信的现代版。于 1815 年带领一群殖民者来到塞拉利昂的美国黑人保罗·卡非（Paul Cuffee）在《非洲塞拉利昂殖民地定居和现状简述》（A Brief Account of the Settlement and Present Condition of the Colony of Sierra Leone in Africa, 1812）一书中对该殖民地进行了描述。弗雷德里克·弗里曼（Frederic Freeman）的小说《亚拉提：为非洲呼吁》（Yaradee：A Plee for Africa, 1836）读者甚广，以不同的方式论述说黑人由于自然因素和蓄奴制的影响而堕落，他们身上背负的偏见只能靠"神力"来消除。来自于殖民早期的文本中可能最有趣的还是由拉尔夫·R. 哥利（Ralph R. Gurley）写下的《杰休迪·阿什曼传》（Life of Jehudi Ashmun, 1835），这是利比里亚一位白人大臣和殖民官员的传记故事，细致地描述了殖民地的情况，其中还有阿什曼本人的日记体对他的精神磨炼和成长的历程的记述。

殖民利比里亚取得了一定的成功，但是，强迫进行大规模的殖民既不现实也不道德。当黑人民族主义者与渴望看到黑奴解放的白人在 19 世纪 50 年代复兴了殖民的主张以后，这一计划甚至比 30 年前更为华而不实。废奴主义常常令合法的殖民努力付之东流，但它并没有阻止美国人对非洲的兴趣，这种兴趣在那一世纪后半期达到了顶峰，那时欧洲帝国主义的探险与殖民已经深入到了"黑色大陆"的深处，同时一大批黑人与白人历史学家开始详细地发掘非洲的过去。同样繁荣于 19 世纪末期的以非洲为背景的美国旅游和历险作品甚至在内战前就已经广受欢迎了。读者最多的一本书是詹姆斯·赖利（James Riley）的《非洲磨难记》（Sufferings in Africa, 1817），该书一直重印到 19 世纪 50 年代，记述了赖利海上遇难并沦为阿拉伯人的奴隶，最后在摩洛哥被英国人赎回的经历。赖利用生动的（只是略微有些美国至上）笔触描写了他在北非的流浪与磨难。赖利描述了自己作为白人奴隶的生活经历。林肯读后深感同情，其情可比废奴分子的情感："我们得跟着骆驼一起跑，要跑过尖利得像引火燧石一样的石块，每跑一步就会割伤脚，刺痛入骨。就是在这里，我的斗志崩溃了，理智也溜走了……我寻找着石块，思量着如果能够找到一块足够大的散碎石块，我就用它敲碎我的脑壳。"废奴主义领袖查尔斯·萨姆纳于 1843 年写成的《巴巴利诸州的白人蓄奴制》（White Slavery in the Barbery States）具有同样的感染力，这是几本探讨伊斯兰—基督教冲突以及随后先于新大陆而实行的蓄奴制的历史著作中的一部，由此为描述蓄奴制

扩张与种族的文学

的文学作品增添了能够引起历史共鸣的国际背景，梅尔维尔《本尼托·塞瑞诺》就是一例。

诸多文学作品描写了经商与历险经历，而且文字中经常伴有对利比里亚的评论，此类文学作品包括：W. F. W. 欧文（W. F. W. Owen）的《非洲、阿拉伯与马达加斯加海岸航行探险记》（Narrative of Voyages to Explore the Shores of Africa, Arabia and Madagascar, 1833），威廉·B. 霍金森（William B. Hodgson）的《北非、撒哈拉与苏丹行记》（Notes on Northern Africa, the Sabra, and the Soudan, 1844），J. A. 卡内斯（J. A. Calnes）的《从波士顿到非洲西海岸航海记》（Journal of A Voyage from Boston to the West Coast of Africa, 1852）以及查尔斯·W. 托马斯（Charles W. Thomas）的《非洲西海岸历险及见闻》（Adventures and Observations on the West Coast of Africa, 1855）。直到帝国主义走向鼎盛时期描绘非洲探险和经济发展的最重要的作品才得以问世，尽管如此，战前有关非洲的作品已从推动欧美人挺进欧洲大陆和太平洋的使命感和征服欲中汲取力量。无论是战前还是战后，载以成文的游记和作品都以清晰的种族等级为文学基调，他们都认定美国白人——或就非洲而言，重获自由的非裔美国人——会把基督教和民主文明引进一个原始野蛮的社会。这里，就专攻太平洋地区的文学作品而论，在其中的军事和商业文学中重复着对美国的民族主义与种族等级制度的表述。霍拉旭·布里奇（Horatio Bridge）的《一艘非洲巡洋舰的航海日记》（Journal of an African Cruiser, 1845）以及安德鲁·赫尔·佛提（Andrew Hull Foote）的《非洲和美国旗帜》（Africa and the America Flag, 1854），都记录了美国海军阻止奴隶贸易的军事行动；爱德华·波尔德（Edward Bold）的《商人与水手用非洲指南》（The Merchant's and Mariner's African Guide, 1823）等作品则记叙了曾经与奴隶贸易并行的与非洲合法贸易的发展历程。

在讲述美国及其与非洲关系的作品中最发人深省的一部可能就是由西奥菲勒斯·卡努（Theophilus Conneau）写下的《卡诺特船长；或，一位非洲奴隶贩子的二十年》（Captain Canot; or Twenty Years of an African Slaver, 1854），卡努曾经进行过奴隶贸易，他在发表该作品时使用了西奥多·卡诺特（Theodore Canot）的笔名。卡努的这部作品细致入微地记叙了在非洲内陆的旅程、非洲内部的奴隶贸易、充满艰难险阻的中间通道、各种船只在假旗的掩护下非法运输人口货物以及对此产生的利润的盘算。在把奴隶贩运到西印度群岛的描述中还包含着对他的成功的奴隶贸易生涯进行的极为个人化的描述，同时也描写了很多叛变与自杀的事件。据卡努所言，他的纪律还算宽松，船只也比较干净，但仅仅是他的文字的信息就显示了非洲奴隶贸易的真正代价。

新买的奴隶在装船之前都烙上印记,还要刮净胡子,剥光衣服,因为"赤身裸体是在整个航程当中保证清洁与健康的唯一办法"。卡努的作品引起的道德共鸣与作品的功利目的完全一致:

> 在每一艘操作有序的奴隶贩运船上,船长、军官和船员们个个十分警惕地看守着货物。这样做是为了他们自个儿的利益,也是由于人性的原因……日落时分,安排奴隶过夜的程序开始。二副和水手长下到货舱,手执皮鞭把奴隶们排放在各自通常的位置上;船右边的奴隶脸朝向前面,彼此腿挤着腿躺在一起,左边的奴隶以同样的姿势躺下,脸对着船尾。这样每个黑人都右侧躺着,据认为这样有利于心脏运动。在分配位置的时候还特别注意到奴隶的块头,个子较高的人挑出来睡船里最宽的地方,个头较矮年纪较轻的就被安置在船头附近。如果奴隶很多下层甲板挤满了的话,多余的奴隶就被安排在甲板上,上面仔细地铺上木板,以免奴隶受潮。夜间安置的纪律很严格,这对于奴隶贩运船来说当然是最重要的环节了,不然每个黑人会像乘客那样安顿自己的。

尽管卡努的这部作品不是废奴主义著作,但它的力量却在于从某种程度上揭示出,在合法与非法人肉交易的全球经济网络中,人们的头脑与心灵已经对苦难麻木不仁了。

19世纪50年代对殖民的兴趣之所以死灰复燃,部分是因为人们害怕奴隶解放和种族混种,亨利·罗·斯库克拉夫特夫人和哈里叶特·比彻·斯托等作家尽管意图不一,但都把这两点变成了基督教传教的理想所在。早些年,具废奴主义情怀的人有时比南部蓄奴制的护道者们在捍卫殖民的利益时更为坦白直率。雅各·布迪威(Jacob Dewees)和内战之前十年的一些作家一样将他的惊险叙事小说《美洲和非洲的远大未来》(*The Great Future of America and Africa*, 1854)作为武器,说殖民是黑人获得救赎、赢取成功的唯一途径。写出《棉花是国王》一书的反废奴制作家戴维·克里斯蒂在《埃塞俄比亚:阴影与光荣》(*Ethiopia: Her Gloom and Glory*, 1857)绘出了一幅赞美利比里亚的画卷,该书论述说,美国黑人回到非洲后会以文明以及基督教的准则代替非洲的野蛮与异教信仰。这样,在"使非洲获得她自己的劳动所带来的好处中",克里斯蒂认为,新殖民者不仅能够改良他们祖先的土地,而且还能意识到"(黑人)在白人当中根本无法从智力上、道德上或者政治上蓬勃发展起来,就像从开裂的橡果中抽出的嫩芽不能在完全长成的橡树——它的高贵的主人——的树荫下快速成熟一样"。因此,曾编著过一本约鲁巴语语法书的约

◎扩张与种族的文学

269 鲁巴南方浸礼会传教士托马斯·杰斐逊·鲍温（Thomas Jefferson Bowen）在《中非：从1849到1856年在非洲内陆数国的历险及艰难传教记》（Central Africa: Adventures and Missionary Labours in Several Countries in the Interior of Africa from 1849 to 1856）（1857）一书中说上帝允许蓄奴制存在，其目的显而易见，那就是让"美国几百万文明的黑人像光明与生命之河那样流回到非洲大陆"去重建他们的故土，因为"他们要比其他一些国家中相似阶层的白人吃得更好、穿得更好而且更善良、更快乐"。

从殖民运动的开始，不管是黑人还是白人就展望着要在美国疆域之外重新拓殖，有时还预言将在布满全球的黑人社区内进行千年重塑。例如，J. 丹尼斯·哈里斯（J. Dennis Harris）与詹姆斯·T. 霍利（James T. Holly）在19世纪50年代指出海地革命的胜利就是乌托邦式加勒比殖民地的先驱。霍利在演讲《海地革命的历史事件中表现出的黑人进行自治与文明进步之能力的辩护》（A Vindication of the Capacity of the Negro Race for Self-Government and Civilized Progress, as Demonstrated by Historical Events of the Haytian Revolution）（1857）引用了鲍温论述中的一句话，预言海地将会成为"美国的伊甸园，世界的大花园"："文明与基督教（正）从东方传往西方……因此，上帝在允许奴隶贸易将数以百万计的这一种族的人运往新世界的过程中……表明，现在我们在西方世界有一项工作要做，即要在西方世界的繁荣时期将其灿烂辉煌的光芒洒向（非洲）种族的故乡。"

认为蓄奴制纯属天意的观点建立在一种与现代自由主义思想相敌对的矛盾观点的基础之上，它几乎不仅仅局限于白人知识阶层。在亚历山大·克伦威尔（Alexander Crummell, 1819—1898）那更为复杂的思想中，美国的黑人蓄奴制度被认为是一种更为重大的道德问题中最显著的政治因素。虽然克伦威尔作为黑人福音教民族主义代言人的声望与影响将在那一世纪末达到顶点，但是在那一世纪中期他的思想与影响的广度就已经仅次于弗雷德里克·道格拉斯（Frederick Douglass）了。作为黑人主教派教会牧师以及非洲传教士，克伦威尔认为非洲是"人性的一只伤残断缺的手臂"，需要美国黑人使它获得新生。克伦威尔在《美国自由黑人与非洲的关系及其对非洲的责任》（The Relation and Duties of Free Colored Men in America to Africa）（1861）及《非洲的未来》（The Future of Africa）（1862）等作品中提出了自己的观点，他希望非洲的商业可以抗衡"他们（白人奴隶贩子）一直如此渴望塞满货舱的人的血肉之躯的市场价值"，并把自己对黑人信仰福音教与建立非洲商业的呼吁建立在上述希望的基础之上。克伦威尔认为，基督教和市场会拯救非洲，但却不一定用和平的方法："为了在中非建立起强大的黑人文明，还必须使用强权与血腥的手段。"克伦威尔于1873年回到美国，成为黑人民族主义运动中保守派的领导人物，而且还在1897年发起成立了美国黑人学院。他从未做过奴隶，因此并不认同道格拉斯和其他黑人领袖们所持的黑人遭受屈辱仅仅是因为蓄奴制惹祸的观点，但他却认为，从某种程度上来说，非洲处在低级阶段的文明状况使得提升种族素质成为当务之急。"黑暗笼罩着大地"，1861年他在描写非洲时这样写道，"巨大的黑暗笼罩着人民。恶魔四处横行，信心支离破碎，安全化为乌有。淫奢之风无处不在。摩洛神压榨统治着整个大陆，而且还通过基尼格木神判法、愚昧迷信、人类祭祀、魔鬼崇拜等方法来吞噬男人、女人和幼童。"克伦威尔对非洲的看法有时几乎与欧洲帝国主义者的观点一样刻毒。尽管如此，克伦威尔在战前时期对福音殖民化的呼吁还是以对非洲民族主义的理想化展望为基础的，而这一展望恰恰植根于对古老种族"活力"的恢复努力之内；而且他还穷毕生精力呼吁必须为黑人在全非洲大陆建立家园，而且还必须要让黑人在世界政治与经济舞台中扮演一个成熟的角色。

在美国，黑人们越来越担心他们永远无法找到自由，更不用说平等了，这促使人们呼吁去进行从精神上来说并不是传教的殖民活动。战前最突出的黑人政治领袖——弗雷德里克·道格拉斯、马丁·德拉尼（Martin Delany）以及亨利·海兰德·加内特（Henry Highland Garnet）等人——在各自事业的不同时期都对殖民采取了不同的观点，不过他们赞同殖民的观点都在某种程度上以非洲至上的民族主义观点为基础。从19世纪20年代到50年代，殖民拥护的力量从白人传教士（还有亲奴论者）变成了黑人民族主义者，这暗示出，那些认为他们在谴责殖民的过程中是在为重获自由的非裔美国人的平等而进行有效战斗的废奴主义者越来越沮丧。

威廉·劳埃德·加里森在《对非洲殖民的思考》（Thoughts on African Colonization, 1832）一书中将殖民谴责为徒劳无功而且很不民主，该书可谓他在19世纪30年代采用更为激进的废奴主义原则之后自然衍生的产物。《对非洲殖民的思考》与威廉·杰伊（William Jay）的《美国殖民社团的特征与倾向调查》（Inquiry into the Character and Tendency of the American Colonization Society, 1835）一起努力把废奴者的情绪从殖民运动上转移开来，并将其投射到解放奴隶并使他们加入到美国本来应该提供给他们的民族民主生活当中去的实际问题上来。在由贵格会教徒和殖民主义者本杰明·兰迪（Benlamin Lundy）编辑的废奴主义报纸《全人类解放的天才》工作了一段时间之后，加里森（1805—1879）于1831年自己创办了一本更为激进的期刊《解放者》（Liberator）。他呼吁"立即解放奴隶"，最终与南方分离，这样而成为废奴主义中最极端势力的领袖；他极力宣扬"至善论"（即宣扬人们能够真正远离世界上的罪恶的宗教社会改革学说），将蓄奴制定格为污染着世界的最为堕落的邪恶。然而，他相信非暴力运动会卓有成效，漠视通过教会、政治运动以及社会改革运动与蓄奴制进行制度上的斗争的方式，因而总有与现实隔绝的危险。加里森对民主自由措辞的运用（已在本章开头有所提及）相当有效；他于1860年将一本有关南方暴力和压迫的文献汇编取名为《蓄奴各州的新"恐怖统治"》（The New "Reign of Terror" in the Slaveholding States）就是一例。加里森对夸张言辞的本能捕捉使他在一个演讲的时代如鱼得水，而他对蓄奴制的严厉斥责则能激发人们在歉疚心情的助长下产生人道主义的关怀。当在1832年提到英属殖民地即将到来的废奴举措时，他大呼：

> 什么样的心才能体会到，什么样的笔或嘴才能描述出，只能从这一行动的最终实现中才会流出的快乐呢？那根残酷的鞭子，曾撕裂过那么多娇嫩的身体，上面还滴着无辜的鲜血；那根鞭子，曾逼迫着那么多受害人像畜生一样去进行毫无回报的苦劳；那根鞭子，从日出到日落一直都在啪啪作响，混杂着流血的挨打者的哀嚎尖叫；那根鞭子就要被扔掉了，永远不会再伤及人的血肉之躯，永远不会再让那些按照上帝的样子造出来的人忍受屈辱。还有那些铁做的枷锁，曾绑缚着那么多人忍受屈辱的奴役，曾损耗着他们的躯体，又把他们压倒在本不该有的墓穴里，将要被打成碎片，就像闪电劈开松树那样……哦，这个变化真是惊天动地！一想到它，我的想象力就打破了我宁静的灵魂，使语言显得贫乏而又可憎。

加里森的思想和语言暗示了在废奴主义意识形态中两种交汇的张力。一方面，加里森发出了浪漫主义者对废奴主义抗议的推动，即相信普通大众（尤其那些受压迫的人）都具有道德优先原则，以及随之而来的对同情的表达能力；另一方面，他强调了废奴主义中源起自宗教复兴运动精神的传播福音的本质，宗教复兴运动在19世纪前30年席卷许多宗教团体，随后又融入了从19世纪20年代到19世纪60年代出现的社会改革的诸多原因之中。

在演讲、小说以及诗歌中表现出来的传播福音的精神与表达同情的语言令废奴运动如虎添翼，因为废奴运动中蕴含的传播福音的原则与所谓的能够轻易理解的道德真理不谋而合，因此废奴运动早期产生的一些特色十足的文本表达了直接的经历以及对行动的坦率呐喊。比如，在俄亥俄州建立地下铁路组织的约翰·兰金（John Rankin）（他拯救的一位妇女后来成了《汤姆叔叔的小屋》中伊莉莎的原型）在《论蓄奴制信笺》（*Letters on Slavery*, 1826）中直接呼吁市民们投身到废奴运动中来。尽管还存在派系分歧的问题，但废奴运动的成功还是依赖于该运动对不受大教堂玄奥教义影响的简单原则的坚持，那些大教堂的领袖对废奴运动根本不积极支持，因此受到了加里森、斯托、道格拉斯等人的严厉抨击。

甚至在废奴运动的早期，明确为黑人争取权利以及大胆提出立即解放黑人（如果有必要的话可以以武装起义的方式）的呼声就已经在废奴主义者的作品中出现了，尤其是在非裔美国人自己的作品中。罗伯特·亚历山大·扬（Robert Alexander Yong）的作品《争取大众自由，保卫黑人权利的埃塞俄比亚宣言》（*Ethiopian Manifesto Issued in Defense of the Black Man's Rights in the Scale of Universal Freedom*, 1829）尽管不很明确地提出在等待救世主解救的同时要忍受苦难，但仍然还是第一部由非裔美国人创作的黑人民族主义作品。由自由黑人戴维·沃克（1785？—1830）创作的革命宣传小册子更加引人注目，更加影响深远。沃克创作于1828年的这本小册子取名为《向全世界有色公民呼吁》（*Appeal. . . to the Coloured Citizens of the World*）（早些时候已经引用过），出版后在南方遭到禁止，因为它大力煽动进行暴力起义。沃克的论证小心翼翼但却言辞激烈，直接回击了托马斯·杰斐逊在《弗吉尼亚州札记》中提出的种族杂婚的危险会阻碍黑人解放的理论。黑人对救世主即将来临的信仰贯穿在废奴主义者以及再后来黑人民族主义者的思想之中，沃克就采用了这种信仰的言词谴责了基督教教义，正是这种教义让黑人甘心于桎梏之中，而同时又促使白人忽视了主的某些判决："我请求上帝——我请求天使——我请求人类，来见证你迫在眉睫的毁灭，如果还不忏悔的话，你很快就会被毁灭。"他对黑人民族主义原则的陈述并不是用来争取富有同情心的白人的好感的，它其实是在提倡挪用甚至连加里森也要回避躲闪的革命原则：

> 但是美国人，你们别忘，就像你们在前一个世代以及这一个世代赐给我们的悲惨凄苦、耻辱可怜的生活一样，为了养活你们自己与家人，你们中的一些白人，在美国这片大陆上，从出生的那天起就开始诅咒。你们想要奴隶，想让我们做你们的奴隶！！！我的肤色将会把你们中的一些人从这个地球上根除！！！！！……我坦率地问你，你们在大英帝国统治下时所遭受的苦难，有没有你们在我们身上施加的残忍与专制的百分之一那么多？你们中的一些人，毫无疑问，相信我们永远不会推翻你们的凶残的政府……如果撒旦让你们相信这一点的话，难道他不会骗你们吗？

沃克的《呼吁》预见到了道格拉斯和达拉尼等黑人领袖广为人知的悲惨经历。虽然沃克的声誉没有持续多长时间——发表《呼吁》两年之后就去世了,而且加里森的身影也使他失去了光芒——但是他的呐喊增加了黑人对反蓄奴运动的关注,甚至同时还令蓄奴主们惊恐万状。就加里森而言,激进主义并没有实现多少其制定的暴力运动与分离主义的目标,不过它对原则的陈述以及对国家意识的最终影响可谓其成功的真正标准。

比沃克的言辞更震撼人心的呼声出自玛丽亚·斯图亚特(Maria Stewart)之口,她是一位来自波士顿的黑人福音传道者,她创作的《玛丽亚·W. 斯图亚特夫人的作品》(*Productions of Mrs. Maria W. Stewart*, 1835)包含了一组沉思录和专门写给"非洲女儿"的公共演讲集。她通过援引《圣经》以及谴责美国蓄奴制度造成的"污浊不堪且无法抹灭"的污点将自己完全置身于奴隶悲惨的传统之中,她认为美国将会由于那一污点而受到审判与惩罚:

> 愁云惨雾笼罩着(美国),因为你们对身处绝境的非洲的儿子犯下了残酷的错误,造成了严重的伤害。她那惨遭杀戮的儿子的血液在向上天呐喊,请求向你们讨还血债。你们在她那惨遭屠戮的孩子的血液里醺醺欲醉;你们依靠她的辛苦与劳作养肥了你们自己……你们还让非洲的女儿卖淫为娼、乱伦通奸……哦,你们伟岸而强大的美国男人,你们富足有力的美国人,你们中很多人呼叫着请求岩石与大山压在你们身上,以躲避羔羊的愤怒,以躲避高高端坐在王位上的他;你们现在所鄙视的黑皮肤的非洲人将像星星一样一直永远在天堂之国里闪耀。

"强大的美国男人"是斯图亚特特别关注的目标。通过把蓄奴制与男性普遍占统治地位的社会现象联系在一起,斯图亚特告诉妇女们"叠手坐着,像草一样垂着头,伤心自己的悲惨处境无济于事"。她的寓意预示了以后黑人民族主义者对分裂主义的自救式的道德观念的主张,不过,她是用明白无误的女性口吻这样说明的:"非洲优秀的女儿还要被迫把她们的才干与智慧掩藏在大堆铁罐铁壶下面多长时间?……男人就应该永远嘲笑我们吗?你不是问自己能做什么吗?如果拿不到执照那你们就联合起来开一个自己的店。把店的一边堆满干货,另一边摆满食品。"虽然像斯托和莉迪亚·玛丽亚·查尔德等废奴主义的白人妇女更受关注,但斯图亚特的论述也是废奴主义文学创作中重要的一章,是早期黑人女性文学中一座醒目的路标。

沃克、斯图亚特和加里森信奉立即解放黑人奴隶,而与此同时一些更为保守的宗教和社会团体则采取了相反的方向,他们具有代表性的举动就是提倡循序渐进的措施，而且还经常主张进行清晰的种族阶级与性别阶级划分。在早些年相对和谐的时期，废奴运动争取到了大量的拥护者，在请求政治家就公民权利采取行动的过程中也效果卓著，而且还从以解决卖淫、赌博以及禁酒等城市问题为导向的改革中获取了能量。大量重要的期刊和报纸在这种环境下应运而生，包括《废奴主义检查员》（Anti-Slavery Examiner）、《解放者》（Emancipator）、《全国废奴旗帜》、《自由日历》（Liberty Almanac）以及《慈善家》（Philanthropist）。虽然很多南方人与北方人不断聚众攻击废奴运动者的办公室及其主要讲演者，但是废奴运动顶住了这一切。不过，废奴运动越是推及广泛，其目的也越是分散。再者，加里森采取的立场太过极端，例如他信奉宗教至善论，谴责所有政府权威与政治程序，而且他最终给人的印象是行为古怪，这样就把他与大多数温和派隔离开来。曾经在组织与资助美国废奴协会的过程中起过重要作用的刘易斯·塔潘（Lewis Tappan）与亚瑟·塔潘（Arthur Tappan）等人也颇为怀疑加里森对妇女直接参与废奴工作的支持（除此以外还有其他事情），妇女能否直接参与废奴工作的争议源起自南方贵格派教徒姐妹萨拉·格里姆凯（Sarah Grimké）与安吉丽娜·格里姆凯（Angelina Grimké）于1837年举行的巡回演讲，这对姐妹曾对女性废奴道德规范的发展产生过深刻影响。1840年加里森提议在美国废奴协会中吸收一名女性作为执行委员会成员，由此引发了激烈的争论与纠纷，后来，当在伦敦举行的世界废奴大会拒绝来自美国的女代表进入会场时，上述争论开始愈演愈烈。首先，刘易斯·塔潘与加里森分道扬镳，然后成立了美国与国际废奴协会；接着，两位代表卢卡利西亚·莫特（Lucretia Mott）与伊莉莎白·卡迪·斯坦顿（Elizabeth Cady Stanton）立即决定发起一场妇女运动，1848年的塞内加大会（Seneca Falls Convention）就是最终结果。相当有讽刺意味的是，北方的黑人有时也同样会遇到抵制他们参加废奴运动的情况，这是因为北方黑人更感兴趣的是行动，而不是理论。黑人也像妇女一样逐渐在废奴运动中获得了一席重要的位置，但却是以削弱了废奴运动效力的内部斗争为代价的。

在由于态度的转变而促成宗教复兴运动与社会改革运动的联合以及又在某种程度上促进了妇女运动与废奴运动的融合的过程中特别需要提及的是莱曼·比彻（1775—1863），即哈里叶特·比彻·斯托的父亲。身为新英格兰长老教牧师并曾在倡导宗教复兴运动的过程中做出过重大贡献的比彻于1832年西迁到辛辛那提，主持着后来成为温和派废奴思想及活动中心的莱恩神学院（Lane Theological Seminary）。他在后来收集到《作品集》（1852）以及影响巨大的作品《西部之辩》中的多篇布道与散文中将反天主教教义和革新的加尔文神学理论合而为一，并呼吁在美国实行宗教与政治自由，以取代欧洲专制下的"牢房"与"奴役"。然而在奴役美国黑人问题上比彻主张采取适度措施——道德劝诱而不是暴力行动主义，而且还把自由黑人的殖民化看成是解决种族问题的最好办法。他的一个儿子亨利·沃德·比彻（1818—1887）成为当时最富盛名的牧师。虽然亨利最为人知的是他的城市改革举措、一些诸如《致年轻人的七个讲座》（Seven Lectures to Young Men，1844）等进行自我修养的作品、宗教题材的作品以及后来一件臭名昭著的通奸丑闻，但是他的《星星报》（Star Papers）（1855）和其他作品则支持了废奴主义事业，他的纽约教堂也向脱逃的奴隶提供帮助。比彻的另一个儿子爱德华（1830—1895）也是蓄奴制的积极反对者。他的《奥尔顿暴乱纪实》（Narrative of Riots at Alton，1838）讲述了著名废奴主义编辑爱利亚·拉福吉尔（Elijah Lovejoy）惨遭谋杀的事件，他论证说"国家"本身已遭谋杀，而且如果还不允许废奴主义者发出他们的和平的声音的话，那么接踵而来的就是"无政府泛滥，鲜血四溅"。

莱曼·比彻的信仰以乔纳森·爱德华兹（Jonathan Edwards）宣扬的加尔文神学理论为基础，声称人性本是邪恶堕落的，得要依靠上帝的仁慈与恩典才能获得拯救，他主张用循序渐进的方法来完成拯救事业，来与蓄奴制进行战斗，但是这种主张在他的孩子以及他的学生看来太缺少定数了，因此他的很多学生于1833年离开了莱恩神学院追随宗教复兴主义者查尔斯·格兰迪森·芬尼（Charles Grandison Finney）建立了奥伯林学院（Oberlin）。莱恩神学院的学生西奥多·德怀特·维尔德（Theodore Dwight Weld，1803—1895）在废奴主义论战之后退学，写下了《美国蓄奴制真相：一千名证人的证词》（American Slavery As It is：Testimony of a Thousand Witness）一书，该书对斯托形成把《汤姆叔叔的小屋》看做是一个论战的观点产生了最为重要的影响。维尔德的这部作品在1839年以匿名方式出版，书中还有一句引自《以西结书》（Ezekiel）的简明恰当的题词："看看他们做的恶事！"该书从维尔德于1837年到1839年间翻阅的两万多份南方报纸中援引了大量讲述南方奴隶的处境与遭遇的例证，还有其他第一手的陈词与叙述（其中有许多来自蓄奴主），细致地描绘了黑人遭受的种种惩罚、任意的暴打以及日常的屈辱。从受欢迎的程度上能与维尔德的作品相比的就是贵格派信徒约翰·格林里夫·惠蒂埃（1807—1892）的作品了，他曾经为美国废奴协会写作过一本名为《正义与私利》（Justice and Expediency）的宣传小册子，但是他最为人熟知的还是他的废奴主义与支持改革的诗歌，以及一本由他代笔的半小说体奴隶叙述作品《詹姆斯·威廉斯的自述》（Narrative of James Williams，1838）。惠蒂埃以加里森式的立即解放的传统进行写作，他呼唤着《独立宣言》将会受到尊重的这一天的到来,"那时在政治自由这轮共同太阳的照耀下,我们的共和国中那些蓄养奴隶的地区再也不会像从前的埃及人那样,在漆漆的黑暗中端坐着,而同时他们周围的一切却闪耀着自由与平等的幸福之光。"惠蒂埃为废奴主义出版物担任编辑的工作使他又写下了其他一些重要的文章,其中就有"什么是蓄奴制?"(What is Slavery?)与"托马斯·卡莱尔与蓄奴制问题"(Thomas Carlyle and the Slavery Question);他的诗歌,例如"猎人者"(The Hunters of Men)、"奴隶船"(The Slave-Ships)以及"致威廉·劳埃德·加里森",都拥有众多的读者。"伊卡博德"(Ichabod)是其中最为尖锐的诗作之一,谴责了丹尼尔·韦伯斯特对《1850年妥协法案》的支持:

> 我们爱过敬过的一切,都化为乌有
>   只剩力量还在——
> 落地的天使那高傲的思想,
>   即使在锁链中也还坚强依旧
>
> 其余的一切都消失了;从那些伟大的眼睛里
>   灵魂逃走了:
> 当信念丢失时,当荣誉死亡时,
>   人就死了!

惠蒂埃在所有的诗歌中都把南方描写成残酷奢靡之地,它的奴隶受酷主驱使,它的种种美德委身于贪婪和淫欲。就像很多废奴主义文学一样,家庭的不幸离散以及女奴的惨遭虐待等抒发情感的主要特征正是确保惠蒂埃的诗歌广为传阅的因素。

丹尼尔·韦伯斯特在《1850年妥协法案》中的默许态度使他成为新英格兰无法积极对抗"奴隶权力"的阴谋诡计的象征,而且还将开国元勋在国家联盟中赞同的、韦伯斯特穷毕生政治生命称颂的自由传统拖进了象征性的危机之中。在废奴主义斗争中惹人注目的其他政治人物有约翰·昆西·亚当斯(John Quincy Adams),他从1836年到1844年间发动了一场热情洋溢的运动,旨在废除阻止将废奴主义请愿递呈到国会的法律法规,结果最终获得成功,他还成功地为来自"艾米斯塔德"(Amistad)组织的反判奴隶进行了辩护;还有参议员查尔斯·萨姆纳,他在1856年发表的著名讲演《祸及堪萨斯》(*The Crime Against Kansas*)导致了普雷斯顿·布鲁克斯(Preston Brooks)在参议院对他进行的那场尽人皆知的殴打。不过,恰恰因为韦伯斯特(1782—

扩张与种族的文学

1852）在那一或许会终结联邦（他的这一看法很正确）的问题上表现出来的克制与谨慎，似乎又使他成了一个悲剧性的人物。韦伯斯特对联邦的统一与"和谐"的专注弥漫在他的思想与演讲当中，特别是在他于 1830 年对罗伯特·海恩（Robert Hayne）就州对联邦法令拒绝执行的参议院发言进行的回击中，其中韦伯斯特号召人们要牢记开国元勋，驱除他所谓的南方的分裂主义与派系主义。

韦伯斯特的一生体现着联邦各种自相矛盾的观点，洒射其上的最犀利的光芒莫过于《1850 年妥协法案》了。墨西哥战争中对西部土地的夺取以及加利福尼亚随后对自由州宪法的采用诱发了地区间利益的不平衡，再加上蓄奴制引发的危机，由此催生了在围绕蓄奴制而产生的政治与文学大战中发挥着关键作用的妥协法案。不仅是 19 世纪 50 年代伟大的政治作品而且还有重要的文学作品——举几个最明显的例子，如《白鲸》、《汤姆叔叔的小屋》、《草叶集》以及《我的奴役和我的自由》——都反应了妥协法案构建出的脆弱的结构以及其对毁灭性的国家力量之间进行的危险的平衡。妥协法案的中心条款允许加利福尼亚作为一个自由州加入联邦，废除了华盛顿特区的奴隶贸易，但同时并没有在新墨西哥州和犹他州等地域范围内禁止蓄奴制，而且还通过了一项新的《追捕逃亡奴隶法》，要求北方人协助将逃亡的奴隶返还到其主人身边。年老病重的约翰·卡尔霍恩把自己孱弱的身体与联邦的政治生命联系起来，将妥协法案的各项提议说成是破坏了南方的权利："高呼'联邦，联邦，光荣的联邦'也无法阻止联邦的分裂，正如医生高呼'健康，健康，光荣的健康'无法挽救生命垂危的病人一样。" 1850 年 3 月 7 日韦伯斯特在一篇维护亨利·克莱的妥协法案决议的著名讲演中又一次提到了革命先驱的传统，对这一传统的呼吁曾构成过韦伯斯特题献给邦克山纪念碑的系列讲演的特色，那时他劝告立身于"我们先烈的坟茔中"的听众要警惕"派系与分裂永远使我们共和国开国元勋的希望破灭，使他们子孙后代的遗产毁灭"的那一天的到来。韦伯斯特的答复在调和奴隶利益与呼吁平息废奴骚动中闪耀着乐观主义的光芒，但梅尔维尔以及其他人很快就对这种乐观主义进行了嘲讽。"无须再住进黑暗的洞穴里，"韦伯斯特建议道，"让我们走出去来到白天的光亮中，让我们来享受自由与联邦的新鲜空气……让我们把我们这一代人变成注定要在未来的世代里把各州人民紧紧团结在这个宪法之下的黄金链条上（我欣喜地认为）最强劲最耀眼的环节之一。"韦伯斯特宣称，美国政府迄今完全是"广施恩泽"，而且从来没有"践踏人的自由"或"欺压什么州"。废奴主义作家们意识到了非裔美国人的自由受到了压制，于是他们利用对革命范例的不同诠释很快对韦伯斯特的观点进行了回击。西奥多·帕克当提到韦伯斯特在1843年的邦克山讲演中使用的"高贵的语言",即:"那个被我们先烈的热血浸染得如此鲜红的地方"时,颇有些鄙夷不屑地回敬道:"问题并不在于蓄奴制能否终止以及能否很快就终止,而在于蓄奴制该不该像在马萨诸塞(Massachusetts)、新罕布什尔(New Hampshire)、宾夕法尼亚(Pennsylvania)与纽约那样终止,或者像在圣多明哥(St. Domingo)那样终止?照着韦伯斯特先生的忠告——蓄奴制将会在烈火与鲜血中终结。"

韦伯斯特与其他人都转向开国先父们求助,这是因为他们那包含在宪法中的有关蓄奴制的观点对于亲奴派与废奴派来说都可做出自己的诠释。南北双方的政治家都把美国设想为一个由慈爱的家长式人物主持的"家庭",这些家长式人物的伟大成就会在后世身上产生焦虑的情绪,而且还会使他们不愿违背自己所继承的智慧。出于同样的原因,开国元勋们的展望也很容易被废奴主义者利用。韦伯斯特在发出自己的言论而招致帕克以及其他人攻击的过程中也使自己对革命的诉求变得令人啼笑皆非,甚至(就像爱默生说起《追捕逃亡奴隶法》一样)充满了"自杀性"。相反,威廉·吉尔摩·西姆斯等站在亲奴派一方的人认为废奴行动会招致国家分裂与战争,他们惧怕这种"自杀"的行为。哪一种路线最有可能破坏脆弱的联邦是每一次围绕蓄奴制进行的辩论的不言而喻的主题。虽然亚伯拉罕·林肯对蓄奴制的看法与克莱十分接近,虽然他付出了整个内战的时间试图在他拯救联邦的努力与摧毁蓄奴制的行动之间进行调和,但是林肯并没有像韦伯斯特那样最终在开国先父们的阴影下缩手缩脚。如果说1838年林肯在著名的吕克昂致辞(Lyceum Address)中发出的"作为一个由自由人民组成的国家,我们要么一直活下去,要么自杀而亡"的警告没有预见到废奴运动的话,那它也的确勾画了蓄奴制面临的危机。林肯谴责了夺去爱利亚·拉福吉尔生命的那类群氓暴力,还把那种以私刑处死"被怀疑为阴谋叛乱的黑人"的事件作为另外一个例子,从而为他那个显而易见的主题即"我们的政治制度永存"埋下了伏笔。林肯的致辞常被人看做是亵渎了先辈,而且还背叛了追求个人权利的那种不朽的欲望,但是却标志着他已经开始从革命的过去所产生的那股催眠似的影响力中摆脱出来,林肯曾把革命的过去描述为"一片巨大的橡树林",但是现在"没有了活力",而且只剩下"残枝断干"。20年之后,在维持联邦的完整以及废除蓄奴制的过程中,是林肯而不是韦伯斯特充当了国家悲剧性的救世主的角色。在拯救国家过程中,林肯完全解除了曾经在蓄奴制问题上令一代代人裹足不前的革命重负,而且他还把斯托在创作于1851年的废奴小品"两个祭坛;或,两幅画的对比"(The Two Altars, or, Two Pictures in One)中描绘的两种相互矛盾的象征性牺牲统一了起来;斯托的小品对福吉山谷(Valley

Forge)的一家人为了革命事业所做出的牺牲与1850年一个脱逃奴隶在"自由祭坛上"的献身进行了讽刺意味十足的对比。

联邦的危机在梅尔维尔与惠特曼等人的作品中无处不在,但是除了惠蒂埃、斯托以及道格拉斯之外,战前时期的重要文学人士却没有把大部分的精力投放在废奴主义作品的创作上。惠特曼(在《鼓声》[Drum-Taps]中)、梅尔维尔(在《战斗诗篇》[Battle-Pieces]中)以及狄金森等诗人在零散的隐喻性诗歌中以恢宏的气势描绘了战争,惠特曼在19世纪50年代创作的民主诗歌中许多地方都提到了遭人奴役、被人拍卖或者出逃在外的奴隶的悲惨故事。比如,在"自我之歌"中,惠特曼那敏锐的现象论意识中就糅合了遭受追捕的奴隶的经历:

> 我便是遭追捕的奴隶,猎犬的嘶咬使我退缩,
> 恐惧与绝望紧抓着我,枪手一下又一下地放着枪,
> 我紧握着篱边的横木,因皮肤的渗液变稀的血块,从我身上滴下,
> 我摔倒在野草与石堆上,
> 骑马的人踢着不愿前进的马匹,慢慢逼近,
> 在我迷糊的耳边嘲骂,用鞭柄猛烈地敲击着我的头部。

多数废奴主义诗歌均为平庸之作,主要是宣泄愤怒的情绪,而不是表达复杂的文学情感状态。詹姆斯·拉塞尔·罗威尔认为战争会使蓄奴制的大规模蔓延合法化,他创作的《彼格卢晚报》(第一个系列中就包括一首讽刺墨西哥战争的诗作)就含蓄地痛斥了这一现象,而且他还为废奴主义报纸撰写了大量的社论。1867年,罗威尔发表了《彼格卢晚报》的第二个系列,有一部分专门描写了战争,但是他的一些具体针对蓄奴制的诗作还是倾向于依靠程式化的修辞方法,这一点很像是霍尔姆斯以及其他大量刊登在改革期刊上的诗作,就像在"华盛顿附近捉拿逃亡奴隶"(On the Capture of Fugitive Slaves Near Washington)中那样:

> 从遭受奴役的土地上,我们的奴隶注定逃走,
> 带给我们的迹象,一如从前带给法老的那样;
> 如果我们无视,他们像往昔的以色列人那样大批离去,
> 注定穿越红海,其波涛红如鲜血。

朗费罗的诗作《蓄奴制的诗歌》(Poems on Slavery, 1842)收录有"奴隶

的梦"（The Slave's Dream）、"泥泞沼泽地里的奴隶"（The Slave in the Dismal Swamp）以及"混血姑娘"（The Quadroon Girl）等讲述非洲自由的诗歌作品，是除惠蒂埃的作品之外以诗歌的形式对废奴主义进行的最为全面的表达。例如，在"警告"（The Warning）一诗中，朗费罗把基于美国独立革命意义的危机主题与将会摧毁美国本身的奴隶起义的可能性结合了起来：

> 这片土地上，有一个又穷又瞎的参孙
> 　　失去了力气，还被缚在铁链里，
> 他或许，令人生畏地奋起精神，举起手臂，
> 　　摇动这个共和国的支柱
> 直到自由的宏大庙宇
> 倒在一片无形的废墟残骸之中

然而，最有效的废奴主义言论都来自散文作家，不仅包括像加里森这样特立独行的激进主义者和像格里姆凯姐妹这样的女权主义者，还包括那些与新英格兰超验主义的文学及哲学圈子有各种联系的作家。爱默生与梭罗等超验主义的主要人物置身于论战之外，但他们还是发表了一些重要的言论，不过，就像在其他地方一样他们对于有组织的改革运动表现出了深深的怀疑。爱默生在其早期散文中小心谨慎地触及到了蓄奴制问题，后来他渐渐更加公开地对这一事业表示支持，并且在诸如《英属西印度群岛的解放》（Emancipation in the British West Indies, 1844）以及《追捕逃亡奴隶法》（The Fugitive Slave Law, 1851）等文章中大声疾呼。梭罗在《论与国家政府的对抗》（Resistance to Civil Government）（1849；1894年以《非暴力不合作》[Civil Disobedience]为题重印）中攻击墨西哥战争是支持蓄奴制的诡计，在《为约翰·布朗队长请愿》（A Plea for Captain John Brown）中赞扬了约翰·布朗对哈珀渡口的袭击，而且还在《马萨诸塞州的蓄奴制》（Slavery in Massachusetts, 1854）中对韦伯斯特和妥协法案进行了一番冷嘲热讽：

> 我听说过很多把这法律踩踏在脚下的事情。啊，一个人没必要大费周折那样去做。这法律达不到脑袋或者说理性的水平；它天然栖息在一片污垢之中。它生在、养在、活在尘土与污泥之中，而且只能达到脚的水平；自由走动的人，即使心怀仁慈之心仍会踩死所有毒虫的人，都会不可避免地踩踏到它，而且就这样把它踩在脚下——它的制造人韦伯斯特和它，就像臭虫和污泥一样。

扩张与种族的文学

但是，蓄奴制对于梭罗来说就像印第安人西迁一样，似乎更是一道哲学难题而并非一个迫在眉睫的政治问题。威廉·埃勒利·钱宁（1780—1842）的作品占据着更为重要的地位，他是波士顿唯一理教的牧师，曾对爱默生、帕克及其他推动超验主义俱乐部形成的人物产生过极为重要的影响。唯一理教对理性及个人精神力量的注重促使钱宁在《蓄奴制》（*Slavery*，1835）一书中采取了渐进主义的学说，他在该书中指责了废奴主义者的狂热情绪。然而他就兼并德克萨斯问题对亨利·克莱的回复《论蓄奴制问题》（*Remarks on the Slavery Question*，1839）一书中强调说北方也受到了蓄奴制的"污染"。钱宁写道，我们的道德情感"麻痹"了，我们的商人在展目南望时看到的是"棉花，棉花，只有棉花。棉花充斥着南方的地平线。而那些养育了棉花的可怜的人类工具，商人们又对他们关心什么呢？"钱宁还谴责了对女奴施加的性虐待，但同时他也接受了黑人温顺驯良的思想，这样就确保了即使奴隶获得解放白人也不必惧怕会遭受报复："铁链已磨蚀了（奴隶的）灵魂，这比磨蚀他们的肉体更为糟糕。"在《解放》（*Emancipation*，1840）与《自由州的责任》（*Duty of the Free States*，1842）中，钱宁接近了19世纪40年代加里森的中心观点，即分离及个人有权断绝与所有滥用职权的政治权威的关系："有一种人法要远比土地法久远神圣。（人）享有比市民更高的权利。他享有的权利可以追溯到任何宪章拟订和社会成立之前；这种法律不因循传统，也不可废止，但是却像他本身的力量与法律一样永恒不灭。"

钱宁对个人意志力量理想化的信仰在超验主义者与加里森主义者中非常普遍，但却很不现实，而且也与他对非裔美国人的看法不无联系。种族主义者认为非洲人单纯驯顺（在有关蓄奴制的经典作品《汤姆叔叔的小屋》问世前后，这一问题一直是描写蓄奴制的感伤文学中的关键问题），这在《蓄奴制》一书中明明白白地体现了出来："非洲人感情丰富、善于模仿，而且温良恭顺，在有利的环境中他们能学会很多好的东西；因而从奴隶的脸上可以看出一个英明而善良的主人的影响。"当然，这只不过是几位亲奴制主要思想家在鼓吹只有仁爱慈善的家长式统治才是非裔美国人生存与繁荣的唯一制度过程中所指出来的。这一观点也在那部对蓄奴制以及北方人对其漠视进行的最为精彩的批评中遭到了模仿讽刺：即梅尔维尔的《本尼托·塞瑞诺》（1855）。虽然霍桑的观点只能被看成是稍微有些支持蓄奴制，坡以复杂的象征与心理手法对蓄奴制问题进行的刻画爆发自种族主义的创伤，斯托的伟大著作定格了对种族性格进行的区分，但是梅尔维尔则是继续径直冲向美国的危机的要害所在。在梅尔维尔对"命定扩张说"进行的寓言式攻击《马尔迪》(1849)一书中，他充满讽刺地将蓄奴的南方特别是卡尔霍恩描绘成一个名叫纳力（Nulli）的"像死尸又像幽灵的人"，他挥舞着一条血淋淋的皮鞭，而且还认为自己奴隶的祖先可能曾经有过灵魂，但是"他们的灵魂已经在后辈身上消失了；就像皮鞭将味觉的本能扼杀一样"。然而，梅尔维尔同时也极力使自己适应大多数废奴主义文学那夸张但却无力的表达方式。在《本尼托·塞瑞诺》中，梅尔维尔对钱宁等人所倡导的北方浪漫主义观点进行了嘲讽，这种观点认为蓄奴主们都是骄奢淫逸的贵族，奴隶则是驯顺善学的（但具兽性的）生物，他还利用了整个美洲对奴隶暴动的恐惧心理。

梅尔维尔的小说是以新英格兰船长阿玛撒·德拉诺（Amasa Delano）的真实故事为基础写成的（记载在他于1817年发表的《南北半球航行记》[*Narrative of Voyages in the Northern and Southern Hemispheres*]中），1805年德拉诺把西班牙船长本尼托·塞瑞诺的货船从船上的奴隶的暴动中拯救了下来。梅尔维尔在小说中把本尼托·塞瑞诺的船名从原来的泰奥（Tryal）改成圣多明克（San Dominick），从而影射了在南方被视为像火山一样蓄势待发的雅各宾式的恐怖，而且梅尔维尔在这部小说中通过复杂的典故暗示与历史引据真实地再现了新大陆蓄奴制的历史，其中包括当时美国对是否兼并古巴和拉美等具有丰富的潜在奴隶资源地区的争论。书中的西班牙船长被讥笑为虚弱无能且形象典型的蓄奴主，而德拉诺则被讽刺为心肠慈善但却自鸣得意的北方人，热衷于批评蓄奴制，可一旦对蓄奴制的批评发展为暴力和暴动时却又惊恐不已，德拉诺直到故事结尾才明白叛乱其实早已发生，只不过自己一直被黑人奴隶领袖巴博（Babo）策划的复杂伪装所蒙蔽。妥协法案部分地影响了美国在墨西哥战争中占有的领土上采取的政策，《本尼托·塞瑞诺》一书作为对此法案的回应就利用了先前曾在克里昂号（Creole）与阿米斯塔德号（Amistad）奴隶货船上发生的暴乱中就已凸显出的国内与国际利益之间的冲突。《本尼托·塞瑞诺》没有预见到南北内战的爆发，不过它却预见到了（而且在1855年就有可能已经预见到）三股势力之间的斗争：一种是新教势力，即一种源自美国独立革命的民主自由的清教传统；一种是西班牙势力，这是一种以即将灭亡的欧洲君主价值观念为基础的蓄奴制与专制统治下的天主教世界；还有一种就是反叛的黑人世界，他们正在其他世界之间制造分裂的契机而且正在给整个蓄奴世界带来动乱的威胁。

如前所述，在19世纪前半期人们围绕新大陆解放奴隶的后果进行着不断的争论，不过海地一直是对此进行检验的标准。尽管有人对这个岛屿共和国进行了辩护，但人们普遍认为，就像解放的牙买加，海地的历史在很大程度上就是经济滞后与政治愚昧的历史。代表南方利益的《德伯评论》是一家很

扩张与种族的文学

具影响力的报纸,它在1854年刊登了一篇对海地商业与政府的批评可谓典型的文章。这篇文章称,30多年以来,"文明的进程"在海地已经停滞,整个社会始终怠惰懒散而且道德败坏:

> 从哥伦布发现海地直到现在所罗克(Solouque)的统治,橄榄枝早已在它那充满乌烟瘴气的呼吸下枯萎凋落;地狱般的激情在它的胸腔里如火山般汹涌,当革命的法国的无神论哲学在这种热情上加油的时候,整座岛屿的恐怖变成了一则故事,它曾使我们在孩童时期恐怖不已,而且现在重读依然会使我们的血液凝固。获得胜利的黑人对待战俘的方法比宗教法庭的折磨更是变本加厉。他们用赤热的钳子撕裂战俘的身体——把他们放在支架之间锯成碎片——用慢火炙烤他们——要不就是用赤热的螺丝锥把他们的眼睛挖出来。

正如在梅尔维尔隐晦的废奴故事中那样,西班牙统治与法国统治的融合,再加上对宗教法庭的暗示,就把反天主教与反雅各宾派的情绪连接了起来。的确,对美国在加勒比海地区"命定扩张说"的表达经常就融合了上述两种情况,因此《本尼托·塞瑞诺》预见到,一种爆炸式的叛乱模式与美国在西部与墨西哥的野心息息相关。新英格兰船长阿玛撒·德拉诺(他那阳光似的乐观主义不由会使人想起韦伯斯特对妥协法案的赞成态度)在圣多明克船上遭遇到了一系列充满寓意的威胁,这些明显也是那一世纪中期新大陆给美国带来的:西班牙的暴政与衰落,还有在那个聪明的英雄人物巴博身上得以戏剧化实现的潜在的黑人起义与解放。

梅尔维尔对德拉诺的真实故事的小说化改编打碎了斯托等人所宣扬的非洲人温柔驯顺的浪漫主义幻想,而且它还以西奥多·帕克在1854年演讲"内布拉斯加问题"中提到过的英裔美国人与西班牙裔美国人之间的那种冲突为基础。帕克认为,作为"一个迂腐堕落、分崩离析的国家的孩子",西班牙在美洲的殖民地注定以失败告终。不过他也认为,美国为调和蓄奴阶级的利益而对"命定扩张说"所进行的狂热鼓吹对自由理念具有同样的破坏作用,因为在美国主宰自由理念的不是君主,也不是神权,而是"万能的美元"。帕克(1810—1860)是波士顿一位从事超验主义事业的唯一理教教徒,他对使用暴力丝毫不持怀疑态度,后来他还支持约翰·布朗对哈珀渡口发动的袭击,19世纪40年代,帕克成为一位废奴运动及其他改革事业的热情洋溢的代言人。帕克把韦伯斯特比做叛国者本纳迪克特·阿诺德,悲叹他"对自己高贵的思想力量的滥用",并将他戏剧性地表现成一个伟大的悲剧人物,他从"邦克山的英雄"沦为了"蓄奴制群狗的看护人"。在"论蓄奴制的一封信"（A Letter on Slavery，1847）中，帕克简要陈述了他对梅尔维尔在其叛乱故事中所证实的家长制统治："奴隶和蓄奴主之间的关系起于暴力；也必定在暴力中延续，普通法律所实施的有系统的暴力，或者是随个人一时冲动而实施的无规律的暴力。"帕克写道，蓄奴制的观点回应了后来将出现在斯托的小说《汤姆叔叔的小屋》的副标题中的一个普通修辞格，那就是"把人当东西使唤"。

19世纪40年代与19世纪50年代期间，在对蓄奴制的抨击上能与帕克和加里森比肩的就只有弗雷德里克·道格拉斯以及白人当中的温德尔·菲利普斯（Wendell Philips）了，后者可谓是废奴运动中最有感染力的演说家之一。尽管被招募在加里森麾下，但菲利普却全不理会前者的非暴力与反社会制度的理想主义主张。菲利普极为巧妙地把南方刻画成一个因刑罚、性虐待以及苦难而几乎要失去控制的人间地狱，他也明白，相对于一些负隅顽抗的公共机构（如教会、媒体以及政党）来说，人民大众更容易被发动从而投入到热烈的行动当中。他那篇极为著名的演说《废奴运动的哲学》（The Philosophy of the Abolition Movement，1853）是对废奴运动的一个总结，高度评价了显赫人物与杰出作品，其中散布的激烈言辞也回响在同一时期道格拉斯的演说与作品中：

> 南方就是一座大娼馆，50万妇女被逼迫去卖淫，抑或，更为糟糕的是，她们在逼迫之下竟然以此为荣。一半大城市的公共广场上回响着拍卖台上惨遭分裂的家庭的哀嚎；（没有）一条河流不是对那些欲求一死而从难以忍受的苦难中解脱的奴隶封闭的；数以千计的逃亡奴隶躲藏在公路两旁，不敢吐露姓名，而且一见人影就浑身颤抖；大街上自由的黑人遭到绑架被推进蓄奴制的地狱；偶尔有一个遭绑架的黑人，好像奇迹发生一般，那么多年以后，活着回来讲述他的遭遇，听的人也会毛骨悚然。媒体说"没有问题"；牧师喊"阿门"……奴隶抬起恳求的目光，在每一个人的脸上（除去我们的脸）都看到了敌意。

菲利普提到的遭绑架奴隶生还的故事取材于所罗门·诺索普（Solomon Northrup）的使人着迷的叙述，他那辛辣而又不乏老套的言词借用自各种短篇小说、杂志文章以及维尔德的档案文集《美国蓄奴制真相》。威廉·古德尔与维尔德和菲利普一样热衷于揭露这种特别的制度背后埋藏的法规与实际的行为，他在《蓄奴制与废奴主义》（Slavery and Anti-Slavery，1852）以及《美国奴隶法规》（The American Code，1853）中就是这样做的，其中前者探讨了两

扩张与种族的文学

个半球的蓄奴制状况,后者仅仅列出了规范蓄奴以及解放行为的法律纲要,上述两部著作就本身来看读后就能让人感觉到其中的残忍。逃亡奴隶与新英格兰演说家们频繁地引用南方的法律,但是这些法律从各种实用目的上来说又恰恰谴责了自己。

鉴于这一时期游记小说非常流行,为数众多的废奴主义作家都至少把他们的作品建筑在少量的南方经历上,但是相对来说能够创作出具有高度文学价值或者内容翔实的作品来的有切身体验的作家却是凤毛麟角。上文我们已经讨论过实属罕见的个案辛顿·罗恩·赫尔普了,他是一个南方废奴主义者,但同时又是一个极端种族主义者。反对蓄奴制的超验主义者莫恩修·康威(Moncure Conway, 1832—1907)来自于弗吉尼亚一个显赫的蓄奴主家庭。他那本直到1904年才发表的《自传》追溯了他向废奴主义观点转变的过程;他的宗教檄文《被拒的石头》(The Rejected Stone, 1861)称赞内战是有神意庇佑的革命行动,它确保了"这个世界的诸王国将永远成为基督的王国"。但是像康威和格里姆凯姐妹这种转变立场的南方人的证词相对来说少之又少。除了逃亡奴隶们的重要证词之外,只有几位小说家和少数旅行家提供了有关奴隶生活的真实可靠的第一手资料。确切一点说,种植园本身倒更经常地成为主题。C. G. 帕森的《透视蓄奴制;或,种植主之间的游历》(Inside View of Slavery; Or, a Tour Among the Planters, 1855)是一本典型的游记作品,由斯托作序,它谴责了效率低下的蓄奴制经济以及蓄奴主阶层的残酷无情。当时,就观察的广度和言辞的影响力而言,园林设计师弗雷德里克·劳·奥姆斯泰德(Frederick Law Olmsted)的《棉花王国》(The Cotton Kingdom, 1861)可谓最富感染力的作品之一,该作品是他以前三部游记作品的提炼精华:《沿海蓄奴各州之旅》(A Journey in the Seaboard Slave States, 1856)、《德克萨斯州游记》(A Journey Through Texas, 1857)以及《乡村游记》(A Journey in the Back Country, 1860)。奥姆斯泰德用敏锐的目光详细描绘了南部种植园以及普通人的生活,表达了当时北方自由土壤制度的观点。然而他把蓄奴制描绘成了一种经济完全败落的制度,南方大部分白人也沦落到为数不多的几位成功种植园主手下的奴隶一样低贱的境地,这些可是大谬不然了。

一些对蓄奴制最有力的评论出自来到美国的外国人之手。英国废奴主义运动取得的相对成功为1833年英属西印度群岛蓄奴制的终结起到了一定的作用,也对一些作家向蓄奴制发动的攻击起到了推波助澜的作用:例如哈里叶特·马蒂诺的《美国社会》(1837)与《美国的苦难年代》(The Martyr Age in the United States, 1840);查尔斯·狄更斯的《美国札记》(American Notes, 1842);弗朗西斯·特洛普(Frances Trollope)的《美国人的生活举止》(Domestic Manners of the Americans，1832）以及她的奴隶叙事小说《乔纳森·杰斐逊·惠特罗》（Jonathan Jefferson Whitlaw，1841）；还有范妮·坎伯尔（Fanny Kemble）的《佐治亚种植园生活记：从1838年到1839年》（Journal of a Residence on a Georgia Plantation，1838—1839）（1863）。在法国的评论家中，古斯塔夫·德·博蒙特（Gustave de Beaumont）和阿列克斯·德·托克维尔（两人合著了一本《美国的监狱制度》［On the Penitentiary System in the United States］，说明了他们此次游历的原因）的那次众所周知的美国之行促使博蒙特创作了一本描述一个悲惨的黑白混血儿的浪漫小说《玛丽，或美国的蓄奴制》（Marie，or Slavery in the United States，1835），同年托克维尔的不朽巨作《美国的民主》也问世。托克维尔预言了蓄奴制不可避免的灭亡，还预言了双方的绝望与种族的仇恨，他对西方世界中现代蓄奴制含义的评价，就像他众多的观察一样，切中了自由与民主自由主义问题的要害，而这一问题欧洲早就经历过，美国又将它引入了新的危机之中：

> 很多欧洲人认为黑人比其他任何人类种族都低贱，与黑人同化他们感到很恐怖，自从他们把这一与自己不同的种族当做奴隶的那一刻起，他们就认为蓄奴制将永恒不灭，因为在蓄奴制所创造的极端的不平等与独立所自然产生的极端平等之间没有什么中间状态会持久存在……他们先通过对待黑人的种种行为触犯了人类的每一项权利，然后他们又告诉黑人这些权利的价值及其不可侵犯性。他们向奴隶敞开了自己的社会，可一旦奴隶竭力要走进来的时候，他们又无耻地将其驱赶出去。不过，由于希望奴役别人，他们违背了自己的意志，或者在无意中走向了自由，因为他们既没有勇气做到彻头彻尾的邪恶，也没有勇气做到完完全全的公正。

尽管奥姆斯泰德等人小心翼翼地对蓄奴的南方进行了描绘，但真相与情感小说的表现总是交织在废奴作家绘制的画卷之中。而且，如果这些描绘被极为浪漫地进行了拔高，它们也很少会被完全歪曲，这一事实也解释了为什么《汤姆叔叔的小屋》会获得巨大的成功，因为这部小说揭示出一个超越了统计数据而且充满着情感力量的道德真理。出生于康涅狄格州里彻菲尔德（Litchfield）市的哈里叶特·比彻·斯托在莱曼·比彻元配所生的九个孩子中排行第七，她从1824年到1832年一直在哈特福德女子学院给身为妇女教育先驱的姐姐凯瑟琳帮忙；后来当她俩一起在辛辛那提教书的时候，斯托还帮助编写过凯瑟琳的几本重要的教材。在兄弟们日益高涨的废奴活动以及家庭

扩张与种族的文学

与诸如詹姆斯·G. 波尼、萨尔门·切斯（Salmon Chase）、格玛利尔·柏雷（后来成为《国家时代》的编辑，《汤姆叔叔的小屋》从 1851 到 1852 年在此连载发表）等重要的废奴主义人士的交往的影响之下，斯托也转而反对父亲与丈夫加尔文·斯托那空洞而不切实际的观点。加尔文·斯托是莱恩神学院的宗教学教授，两人于 1836 年结婚。虽然斯托对蓄奴南方的直接体验仅来自 1833 年一次短暂的肯塔基之行，但是她的家人和朋友与地下铁路组织的积极分子来往甚勤，而 19 世纪 30 年代的辛辛那提正是废奴运动与逃跑奴隶讲述故事的温床，其中一些故事还进入了斯托的巨著之中。到 1850 年加尔文在鲍登学院任职、斯托又回到缅因州定居以后，斯托已经写了几篇废奴主义的随笔（还有其他一些新英格兰与中西部故事），而且一旦颇引争议的《1850 年妥协法案》（特别是其中令人生厌的《追捕逃亡奴隶法》）获得通过，她就会神态自若地予以回击。

斯托如此富有戏剧性地置身其中的废奴主义论战文学在先前的 20 年中也产生出了许多重要的文献，但它们所拥有的读者人数远远不及斯托。比如，加里森与菲利普的重要演讲、亚当斯的国会报告甚至是惠蒂埃的流行诗歌都没有产生多大的影响。除了维尔德的《美国蓄奴制真相》外，斯托的素材还来自《圣经》、圣歌、布道以及自己家庭图书馆里的宗教读物，很可能还有一些废奴主义小说与奴隶的叙述。《关于〈汤姆叔叔的小屋〉的答辩》（1853）是斯托收集的文献作品集，以用来证明她的小说是以真实事件为基础的，在此书中，她在亨利·比伯（Henry Bibb）、威廉·韦尔斯·布朗、所罗门·诺索普、弗雷德里克·道格拉斯、约西亚·汉森（Josiah Henson）以及露易斯·克拉克等人的奴隶故事中指出了与自己作品相似的一些事件；的确，最后两个人还把自己的生涯建立在他们是汤姆叔叔与乔治·哈里斯的原型的声称之上，但有些令人怀疑。在有可能影响了斯托的小说作品中最著名的有由惠蒂埃代笔的《詹姆斯·威廉斯的自述》（如前所述），这部作品描绘了种植园里发生的冷酷残忍的事情，但却被南方人斥责为纯属伪造（美国废奴协会曾宣扬此书是极为出色的奴隶叙述作品，但时隔不久人们就得知故事很大部分是由威廉斯杜撰的）；还有理查德·西尔德里兹的《奴隶；或亚奇·摩尔回忆录》(*The Slave; or Memoirs of Archy Moore*, 1836)，此书展示了一些与斯托的作品类似的情节与人物，但却被斯托在自己的作品中淡化削弱了。例如，混血儿亚奇和妻子凯希也许就有斯托作品中乔治和伊莉莎·哈里斯的影子，但他们夫妻最终还是离散，以悲剧收场；黑奴汤姆起初是个虔诚的教徒，温驯服从，但是在目睹妻子被监工鞭打致死之后也成了一个逃亡的反叛人物。监工一路跟踪他，但反被汤姆沉着地杀死。除此之外，在西尔德里兹的小说中，像在大多数真实可靠的奴隶叙述中，斯托极为看重的基督教以及家庭的温馨被种植园生活腐蚀殆尽。然而，斯托的观点却是，与暴力的逻辑相比她的读者更有可能被浪漫感伤的老套形象所感动："用不着与意象进行争论，"斯托给她的编辑写道，"每个人都会被意象所感动，不论这些意象的本意是不是要感动他们。"

将会出名的老套形象——伊莉莎越过冰河、小艾娃夸张的死亡、汤姆在莱格利手下的殉难——都是一些书中巨大的叙述力量精心策划而且又受其驱动的场景，目的就是为了激发读者充满同情的反应。1852 年《汤姆叔叔的小屋》辑书出版时，8 个星期内售出 5 万本，一年内售出 30 万本，到 1853 年初已在英美两国总共售出 100 万本。此书为当时常常因为一些琐碎的争吵与无用的理论建构而陷入困境的废奴运动增添了一个全新的视角。《汤姆叔叔的小屋》一书通过给予《追捕逃亡奴隶法》现在要求北方与南方一样为其负责的野蛮的制度以血肉鲜活的事实，变成了大众废奴情绪的试金石，那时，在北方人们的这种情绪早已在对墨西哥战争爆发与妥协法案签订做出响应的过程中获得空前的高涨（不久还会随着《堪萨斯—内布拉斯加法案》的通过达到更高的程度）。斯托不是第一个让人们关注蓄奴制对黑人和白人家庭具有很大破坏力的人，但是她的小说却把感伤小说与废奴辩论完善地结合了起来。在一幕幕的场景中，黑人家庭的破碎及其对白人的意识所产生的道德影响成了斯托关注的焦点。例如，当奴隶露茜的孩子被冷酷无情的奴隶贩子哈力卖掉时，斯托悲愤地写道："你也会习惯这些的，我的朋友；为了联邦的荣耀而使我们整个北方地区都来习惯它们就是最近这些努力要实现的伟大目标。"

斯托对家庭以及家庭隐喻的有力把握不仅利用了与韦伯斯特、林肯等人提出的"联邦"所联系的情感观念，同时还利用了对社会传统家长制权威提出挑战的更为激进的家庭观念。据一些废奴活动家所言——如前所述的黑人女权主义者玛丽亚·斯图亚特——堕落的蓄奴制可谓是家长式统治的缩影。小说与社会思想中较为温和的家庭传统声称从道德上来说妇女要高于男子，但同时又认为她们具有敏感、驯顺以及脆弱等特定的品质——事实上，与浪漫种族主义者（包括斯托）归结在黑人身上的品质无异。由于更接近牧师那底气不足的权威，家庭传统将持家与对孩子进行道德教育等"妇女天地"与男子的商业与政治世界分离开来。然而，它也冒险为妇女的从属地位提供了一种新的理论基础，因为当时更为激烈的女权主义者已经认识到了这一点，并且对之加以抵制。《汤姆叔叔的小屋》被两种力量撕扯着——即家庭"影响力"与公众的激进主义——因为如果它将那种对斯托来说不仅包含着蓄奴制与其父亲的加尔文主义教义而且还包含着把妇女束缚在家庭理念之内的束缚

○扩张与种族的文学

与反抗模式付诸实施的话,那么这本小说不论从哪种情况来说都对这种反抗的界限与方式持有一种矛盾的心态。

从19世纪20年代到40年代,家庭理念成了各种社会改革事业的话题;正如围绕妇女能否参加1840年废奴大会而产生的意见分歧所暗示的那样,不仅是男子,甚至是妇女自己也在她们适当的职责范围上产生了分歧。例如,凯瑟琳·比彻就认为妇女应该避免直接从政。在《蓄奴制和废奴主义论文》(*Essay on Slavery and Abolitionism*, 1837)中,她谴责了废奴主义团体的公然叫嚣;她细致地区分了男子与妇女的职责,并警告说妇女一旦偏离"上天指派她们填充"的位置,孩子们就会丧失适当的道德教育,改革大业也将难保:"因为妇女越是聪明,就越是能够理解分派给自己从属位置的训令所展示出的智慧,而且她的品味也越能够接近与该品味有关的引退与顺从的典雅与高贵。"比彻的观点特别针对的是萨拉和安吉丽娜·格里姆凯,两人的1837年巡回讲演引起了极大的争议以至于新英格兰公理会的牧师不得不在一封给教区教友的公开信中对她们参与政事的不当行为进行了指责,该信声称当妇女"占用了男人的位置,采用了男人的口吻时……她就是放弃了上帝为保护她而赐予她的力量,而她的人格也就被扭曲了"。"妇女之间如果大谈乱谈一些不该说及的事情"(即蓄奴制和种植园里的性虐待),那她们的稳重端庄就遭到了破坏,并会逐步走向"堕落和毁灭"。安吉丽娜除了进行咄咄逼人的演讲之外,还发表了《向南方基督教妇女呼吁》(*Appeal to the Christian Women of the South*, 1836)一书,书中建议妇女研究《圣经》并寻求改变主宰蓄奴制法律的途径。牧师的指责和凯瑟琳·比彻对女权激进主义的批评得到了萨拉与当时已成为西奥多·维尔德的妻子的安吉丽娜的回应,作为回应,前者撰写了《论妇女处境和两性平等的信笺》(*Letters on the Condition of Women and the Equality of the Sexes*, 1838),后者撰写了《致凯瑟琳·E. 比彻的书信》(*Letters to Catherine E. Beecher*, 1838)。后一本著作收集了一批先是发表在加里森的《解放者》中的文章,宣称妇女的权利是"其道德存在一个不可分割的部分",而且还宣称"单纯的性别条件并没有赋予男人比女人更高的权利和责任"。格里姆凯姐妹与卢卡利西亚·莫特、伊莉莎白·卡迪·斯坦顿以及苏珊·B. 安东尼(Susan B. Anthony)一起,在把废奴主义势力与女权主义势力结合起来,以及在把妇女的公共领域活动定义为更大的民主社会改革运动的产物过程中起到了巨大的作用。

《汤姆叔叔的小屋》对妇女运动的呼吁没有达到格里姆凯姐妹、莫特和斯坦顿提出的激进措施的地步。书中主要女性人物的影响力在很大程度上仍局限在基督徒榜样以及道德教育上。可是,不管这本小说多么符合多愁善感的典型，从它攻击了家长制社会以及把奴隶受苦难与妇女受压迫进行类比这方面来看，它还是一种冒险与尝试性的反叛行为。这本小说巨大的感染力量来自于它巧妙地把通过孩子——所谓的第三个被压迫群体——联系起来的奴隶与妇女的地位等同了起来。从这一点上说，《汤姆叔叔的小屋》利用了另一个废奴主义者莉迪亚·玛丽亚·查尔德所勾勒的情绪有可能转化为实际行动的事实。查尔德写道，妇女与奴隶"的特征都是感情丰富，但才智并不过人；都发展出了一种强烈的宗教情感；都固执地不肯放弃自己喜爱的东西；相对来讲，都有一种谦恭服从的倾向；因此，都在暴力之下屈服，都被当做财产而不是个人"。查尔德在一些通信以及在《为被称做非洲人的美国阶层呼吁》(*An Appeal in Favor of That Class of Americans Called Africans*，1836) 中提出的上述性格描述在她的故事"黑皮肤的盎格鲁—撒克逊人"（Black Anglo Saxsons）中又得到进一步的发挥，故事讲述说有一群奴隶在讨论选择逃跑还是进行暴力反抗，其中的黑白混血儿赞成暴力杀戮，而黑人则主张采用仁慈与温顺的方式。如同在斯托的小说中那样，这里种族划分应和了性别的划分，即把女性的特质、母性的温顺及黑人的性格与男性的特质、父性的强悍及白人的个性进行了对比。如果说在斯托小说中母亲和妻子的道德影响力会大获全胜的话，那么一大堆可以归结为男人的"欲望"以及政治与家庭中家长式管辖的问题就会消失，那么蓄奴制——如同很多北方人（如温德尔·菲利普斯）与某些南方人（玛丽·切斯纳特）在把种植园描绘为娼馆中所暗示的那样，在蓄奴制度下对妇女的虐待已达到了极端——也一定会让位于基督教式的民主统一。

斯托对家庭这一形象的使用——从完美的贵格派母亲到邪恶堕落的莱格利的家庭——利用了把联邦比做一个受到分裂威胁的家庭的政治比喻，这一隐喻由于林肯于1858年在关于"分裂的家庭"（House Divided）进行的演讲中使用了新约中的这个短语而家喻户晓，不过此前早已频繁使用了。从以哥特小说的方式对放荡淫乱的行为进行探索这一方面来看，斯托的小说偏离了凯瑟琳·比彻在其废奴主义作品及持家手册《家庭经济论》（1841）中所建议的那种受到限制的影响作用。虽然斯托自己后来也对《家庭经济论》的修订版出过一臂之力，但她似乎没有可能准备支持比彻的观点，即比彻认为妇女的角色就是要支持盎格鲁美国人的"命定扩张说"，其方式就是使自己附属于男人，帮助维持国家稳定以建立"一个基座与地球同宽、顶端可直插云霄、光芒将照射四方的宏伟殿堂"。斯托的评论并没有把家庭想象成一个孤立的空间，而是把它想象成一个政治世界的典型，而且斯托倡导的施展道德影响的方法与玛格里特·富勒的方法更为相似，后者在《十九世纪的妇女》（*Women*

◎扩张与种族的文学

in the Nineteenth Century, 1845）一书中写道，"你们看看男人，为了金钱市场，为了政治权利，他们就心甘情愿寡廉鲜耻地把世世代代同类的幸福拱手卖了出去。"在如此攻击对德克萨斯的并吞及其所引发的蓄奴制的扩张中，富勒采取与斯托相似的立场："你难道没有在心中感到什么能够谴责他们、什么能够制止他们、什么能够说服他们吗？你说的话不会付诸东流的；不管是独自在家，还是联合在一起……不要让机会溜走，但是要去做点事情以消除夏娃招惹的诅咒。"

斯托避开了原罪的问题与父亲信奉的加尔文教传统而转向了新约，而且从严格的意义上解释了耶稣的拯救力量，并从耶稣的性格中发掘出了一些女性特质，还从本质上把耶稣描绘为一个女子。除了汤姆，斯托的中心基督式人物就是小艾娃了：一个孩子，一个女性，一类对出身自夏娃而不是亚当的基督的描绘，而且——正如她的全名伊凡杰琳（Evangeline）所暗示的那样——还是小说中最有震撼力的福音传道者。在小艾娃的身上结合着福音传道社会改革的宗教领袖与感伤文学中的主要角色儿童的身影。诸如《儿童废奴主义书籍》（The Child's Anti-Slavery Book）与《废奴主义字母表》（Anti-Slavery Alphabet）等特别针对儿童读者的废奴文学、书籍以及期刊中儿童形象不断增多，这类作品认为，儿童不需要道德教育，他们或许还是最适合进行道德教育的人。儿童由于像小艾娃一样性别意识不明显而且又没有受到腐蚀，因此经常被想象成"唯一真正的民主主义者"。使人们的感情超过理智而且宣扬将权利民主地延伸到社会最底层的废奴主义的"仁爱"传统寻求把在革命时期产生的激进平等学说付诸实施，其实施的方式就是把这些学说与宗教转化的福音传道力量结合起来，并且特意设置一系列夸张的感伤场景对这些学说加以描绘。小艾娃虔诚的一生与最终的死亡并不是仅仅用做点缀的煽情情节。儿童在人生痛苦与社会改革之间架起了一座在道德上要高过腐朽的成人、男性世界的桥梁——斯托从头至尾都在书中暗示，这个世界就是并没有从舆论与行动上反对蓄奴制的有组织的宗教世界。小艾娃的死把宗教机构这种未曾使用的力量纳入了感伤的社会改革领域之内，小艾娃的死还属于那个时期浩瀚的哀悼与抚慰文学的范围但是却超越了此类文学中单纯的宗教信仰，因为斯托是利用快乐的儿童—妇女的形象来重新诠释了基督教男子的形象。

在受到后世读者的批评最多的汤姆这一人物身上，斯托试图把女性力量的理念与非洲黑人的温柔驯顺的性格结合起来。汤姆是个殉道者而并不是个懦夫，他之所以惨遭杀害是因为他不愿背叛凯希和艾米琳，不愿屈从莱格利的命令放弃自己的宗教信仰。然而汤姆却与小艾娃一道成了流行滑稽说唱与歌舞表演中最为经常被重新演绎的人物形象（这甚至使得《汤姆叔叔的小屋》

更为出名,就是斯托本人也无法做到),而且还成了下世纪非裔美国人文化中黑人所蒙受的屈辱的一个例证。后来的读者很难区分汤姆与多种讹化的剧作中演绎的变体,但即使在当时此书也掀起了一股效仿之风:戏剧、诗歌、歌曲、版刻以及其他手工制作消费品(牌戏、银器、针绣品等等),这些均利用了书中过分情感化的场景。"汤姆剧团"巡回演出时删除了黑人剧中每一个激进的段落(几乎全部由白人出演,直到19世纪后期才有所改变)以使其迎合滑稽歌舞的低级趣味。在舞台上,托普希唱"托普希之歌:我只是个黑人小女孩";著名滑稽剧演员T. D. 赖斯在扮演汤姆叔叔这一角色时回避了种族歧视的因素;汤姆和小艾娃在纸板箱做成的天堂里团聚;废奴主义本身也在诸如"我们快乐,黑人快乐"等歌曲中受到攻击。舞台作品与电影对这部小说的进一步演绎一直持续到20世纪,从而破坏了斯托表现出的远见卓识及其所取得的伟大成就的完整性,而正是它们才使得《汤姆叔叔的小屋》成为19世纪晚期对黑人与白人作家来说可能影响最大的小说。但是到了现代,此书的陈腔老调则完全淹没了其本身的道德意旨,促使黑人作家理查德·赖特(Richard Wright)把他描述黑人南方生活的故事集命名为《汤姆叔叔的孩子》(*Uncle Tom's Children*, 1940),其中不乏讽刺之意,而另一位作家伊斯梅尔·里德(Ishmael Reed)也在自己的作品《逃往加拿大》(*Flight to Canada*, 1976)中用滑稽模仿的手法讽刺了斯托以及废奴主义传统。

然而,即使有人把汤姆从历史的操纵中拯救出来,斯托对他的性格的刻画仍然漏洞百出。他那明显的非暴力主张——与圣多明哥和特纳南普顿的叛乱形成了对照,也与道格拉斯和其他黑人及白人废奴主义领袖对暴力的提倡形成了对照——在丰富情感的王国里搁浅了,丰富的情感可能会直接引发废奴举动,但也可能只会产生一种对紧张状态的宣泄。斯托的下一部小说《德雷德:大沼泽地的故事》(*Dred: A Tale of the Great Dismal Swamp*, 1856)以奈特·特纳为原形塑造了标题中的主人公(甚至把特纳的《自白书》用做了附录),但斯托笔墨集中在了特纳的宗教谬见上,并没有再次展现他那场危险的叛乱。再者,《汤姆叔叔的小屋》中的混血儿乔治·哈里斯是在身体里"白人血液"驱策下才唤起了自己胸中开国先父们的那种革命热情,从而去要求自己的权利。甚至是加里森这位曾经提名耶稣·基督为总统的废奴主义者中呼吁非暴力策略的最强音也在《汤姆叔叔的小屋》中发现了自己那种疑惑的影子:

> 我们很想知道斯托夫人是否相信不抵抗主义是白人的职责——即使身处各种可能的暴行与危险之中——同时也是黑人的职责……当奴隶遭

扩张与种族的文学

受污辱与殴打,遭受凌辱与压迫的时候,不要谈论什么不抵抗的救世主——这是痴心妄想!……不要谈论什么仆人对主人顺从——让暴君的鲜血去横流吧!怎么对此进行解释或者调和呢?是不是有一条适用于黑人的顺从与不抵抗定律,还有一条适用于白人的反抗与冲突定律?如果被践踏在尘土中的是白人,那么基督是不是会开释他们拿起武器去维护自己的权利的行为?如果遭受这种虐待的是黑人,那么基督是不是会要求他们耐心等待、不行伤害、长久忍耐而且还要宽恕为怀?是不是有两个基督?

汤姆的殉道以及乔治·哈里斯对将会在非洲建起一个太平盛世的基督教国家的殖民运动进行的鼓吹强化了斯托那代表着女性化与母性化世界观的论点,但同时也暗示了斯托对黑人起义与解放黑人后会最终带来的后果所产生的深深忧虑。

林肯自己对解放黑人的相对犹豫态度也没有能够阻止种族主义者对他进行的攻讦,他不得不常常为自己辩护以摆脱认为他支持异族通婚的控诉。作为对《解放黑人奴隶宣言》(Emancipation Proclamation)的回应,一位南方小册子作家创作了《汤姆叔叔的戏剧》(Uncle Tom's Drama),在这部戏剧中,"黑鬼(Black Ourang-Outangs)"为了"满足自己兽性的本能"而对"手脚颤抖"、"胸脯雪白、像天使一般纯洁的"白人少女恣意进行蹂躏,使她们遭受到"难以言说的凌辱、痛苦与亵渎"。北方人对异族通婚的忧虑也产生出了同样令人讨厌的种族主义预言;但是就像约翰·凡·艾佛里等人所指责的那样,北方人更多地把黑白混血儿进行了浪漫化的处理,把蓄奴制下的种族通婚变成了家庭悲剧的典型。典型的例子有约瑟夫·霍尔特·英格拉哈姆的《黑白混血儿;或,圣迈克尔日》(The Quadroone; or, St. Michael's Day, 1841),是一部描写克里奥尔人的新奥尔良的历史传奇小说,以及莉迪亚·玛丽亚·查尔德的那篇收在《事实与小说》(Fact and Fiction, 1846)中的短篇故事"黑白混血儿"(The Quadroons),其中讲述了混血女主人公的私生女被人抓住卖做奴隶的故事。斯托之后的小说对异族通婚和家庭破碎的危险均大书特书。在范布伦的《被承认的和被否认的;或,奴隶孩子》(Owned and Disowned; or, the Chattel Child, 1857)中,被卖做奴隶的种植园主的混血女儿后被搭救出来成了一名废奴运动者;在艾米莉·C. 皮尔森(Emily C. Pierson)的《逃亡奴隶杰米·帕克》(Jamie Parker, A Fugitive, 1851)中,黑人主人公与家人在北方团聚;在何泽克亚·荷司马(Hezekiah Hosmer)的《八分之一黑人混血儿阿德拉》(Adela, the Octoroon)中,乐善好施的种植园主的混血女儿为一个邪恶的求婚者所迫逃往北方。在玛丽·H. 帕克（Mary H. Pike）的小说《艾达·梅》（Ida May，1854）中，一位北方白人姑娘遭人绑架被卖做奴隶。迪恩·布希考特的热门剧作《八分之一黑人混血儿》（The Octoroon，1859）以梅恩·里德（Mayne Reid's）的小说《黑白混血儿》（The Quadroon）为基础，故事以女主人公悲剧性的死亡结束，但却不经意地表现出了很多滑稽之处，毫无疑问地在《莫克吐恩》（The Moctroon）中受到了克里斯蒂黑人说唱团的模仿讽刺。在19世纪50年代创作的废奴主义小说中比较引人注目的有伊丽莎白·罗斯（Elizabeth Rose）的《利安那姨妈》（Aunt Leanna，1855），此书追踪了一户移居肯塔基的北方家庭，在那里他们成为蓄奴主，不过却积极为黑人解放与殖民拓殖而奔走（为了阻止黑人劳力向堪萨斯和内布拉斯加蔓延）；以及艾米莉·C. 皮尔森的《表亲弗兰克一家》（Cousin Franck's Houshold，1853），该书虽然对南方十分同情，但却集中笔墨描写了奴隶家庭的破裂及他们出逃北方的经历。尼黑米亚·亚当斯（Nehemiah Adams）在他的小说《黑云》（The Sable Cloud）中抒发的同情之心几乎可说他完全赞成蓄奴制，他写道："一种使汤姆叔叔远离非洲野蛮人的制度不是一种纯粹的罪恶。"亚当斯在《南方人看蓄奴制》（A South-side View of Slavery）中的文章也采取了相似的种族主义观点，认为在乐善好施的蓄奴主的统治之下奴隶获得了救赎，受到了庇佑。他认为废奴主义是奴隶解放的羁绊，尤其是在受到《汤姆叔叔的小屋》的刺激之后，这本书"像酒精蒸馏进很多人的血管与血液一样进入了美国的自由州"。贝亚得·拉什·霍尔那本立场同样矛盾的作品《弗兰克·弗里曼的理发店》（Frank Freeman's Barbershop，1852）讽刺了围绕蓄奴制进行争论的双方，还嘲笑了北方对混血儿主题的嗜好："小说作家们把黑人都杀死了——由于不知道怎么才能让他们对北方有利。"

霍尔的牢骚如果撇开其伶牙俐齿的强调不论的话，还是颇有根据的，但是他却没有抓住种族混合主题的重要性（鉴于当时普通大众的情感期望），也没有抓住这一主题在揭露北方种族偏见运作时所展现出的威力，而这些偏见对于黑人的期望来说破坏力不亚于蓄奴制。黑人作家对蓄奴制下异族通婚问题以及北方生活的描写将在下文结合奴隶叙述作品与黑人废奴主义的崛起的背景进行更为详细的探讨。特别需要指出的是，这些作家对《汤姆叔叔的小屋》一书的反映是一边吸收一边又推翻斯托的观点。像弗雷德里克·道格拉斯一样，他们中的很多人都试图通过政治斗争来结束蓄奴制，通过施行教育与种族融合来结束种族仇恨。尽管斯托的小说产生了重大的影响力，但是她却在另一方面把在非洲的移民拓殖看做是围绕劳工与社会问题而必然产生的争论的解决方法。只有到了小说的最后几页斯托才小心翼翼地试图为自己父

◎扩张与种族的文学

亲的宗教所支持的那种受到压制的加尔文教复仇主义中提倡的暴力推翻蓄奴制寻求支持:"这是一个世界的时代……其时每一个带有巨大而又未曾获得补偿的不公正现象的国家在内部蕴含着最后的动乱因素……基督徒们!每次当你们祈求基督的王国降临时,你们能够忘记那个把复仇的日子与他的子民获得救赎的日子可怕地联系在一起的那个预言吗?""万能的上帝的愤怒"不管是如何使人感觉到自己的,它毕竟是斯托所指点的出路;战争来临时她写道:这是"上帝的意志,要让这个国家——北方以及南方——因为自己同意而且纵容南方对奴隶进行的巨大压迫所犯下的罪孽而忍受深切而且恐怖的痛苦"。像林肯一样,她认为"可怜的奴隶的血液,在地上徒劳地哭泣了那么多年,应该让所有自由州中最豪华的家庭中的子弟的鲜血来偿还"。尽管《汤姆叔叔的小屋》出版几乎十年之后战争才爆发,但是该作品还是预示了描写战争的措辞,正如它有意或者无意地总结了而且把有关废奴争论、多愁善感的家庭生活甚至是逃亡奴隶的叙述的措辞引入了新的关注焦点一样。在对公众的影响力方面还没有作品能出其右(尽管还没有达到亚伯拉罕·林肯在接见斯托时所说的那样引发了内战的地步),如今也只有弗雷德里克·道格拉斯和哈里叶特·雅各布可以挑战斯托作为首席废奴主义作家的地位了。

虽然亚伯拉罕·林肯对于废奴主义的观点含糊不清,但从个人声望上来讲他仍然将会成为全国白人解放精神的化身。在林肯的重要演讲中,在林肯由于"耶稣受难日"遇刺身亡而强加于其身上的殉道牺牲者的象征性形象中,是林肯在不经意中证实了斯托的先见。虽然林肯(1809—1865)对奴隶解放心存戒备,对异族通婚与自由黑人劳力心存恐惧,对殖民运动支持但不坚定,但是他仍然废除了蓄奴制,从而拯救了联邦,好像是按照神意的设计进行的一样。在1865年的第二次就职演说中,林肯言辞犀利地将战争描绘成判决是非的行为,这表明了他自己对开国先父的反叛,也表明北方做出了民族牺牲:

> 如果我们认为美国的蓄奴制度是一种按照上帝的意志一定要到来的罪恶,但是由于它已在上帝指定的时间内持续了这么久,上帝现在决意要剔除它,而且上帝现在给南北双方制造了这场可怕的战争,正如那些使这种罪恶到来的人理应忍受的痛苦一样,那么我们就应该因此怀疑信仰上帝的人总是认为上帝具有的那些神圣的品质吗?……如果上帝决意要让它持续到奴隶250年来毫无回报的辛劳所堆积起来的财富坍塌为止,而且直到每一滴被皮鞭抽打出的鲜血用另一滴被刀剑劈砍出的鲜血偿还为止,就像3000年前所说的那样,而且现在还仍然必须这样讲:"主的判断完全真实,而且完全正当。"

林肯和斯托等人一样渐渐地把内战想象为净化和偿还美国巨大的罪恶的方式，而且只能通过暴力赎罪的方式才能实现。这一观点受欢迎的程度在朱丽叶·沃德·霍尔（Julia Ward Howe）那篇发表于1862年的诗歌"共和国的战争颂歌"（The Battle Hymn of the Republic）获得了最为清楚的表现，诗中还表达了上帝的判断所展示出来的具有天启意味的远见卓识：

> 我的眼睛已看到上帝将至的荣耀；
> 他正在葡萄园四处践踏，那里堆积着愤怒的葡萄；
> 他手中那可怕的利剑正发出致命的疾光
> 他的真理正长驱直往……

霍尔的这首颂诗概括了新英格兰新教徒对战争的诠释——即对蓄奴制有意识的（抑或无意识的）反思在几十年的时间里所产生的心理封锁与道德暗化的一种恰如其分的反应。可以说，林肯就是这一反应在政治上的表现。如前所述，林肯在1838年吕克昂致辞预示了他将在克服开国先父们对蓄奴问题所持的矛盾观点以及在把联邦政治与非裔美国人的解放摆在美国独立革命的传统之内的过程中所扮演的角色。林肯的整个事业在回顾中似乎使得他的牺牲显得格外伟大，而且他那些精彩绝伦的演讲——在充满诗意的优雅与对美国中心价值观念的表达方面超越了那一时期的所有演说——也似乎在向他在1865年就职演说中对战争前景的展望慢慢靠近。

林肯在1858年与史蒂芬·道格拉斯进行的辩论以及在1860年就蓄奴制问题与宪法问题在库珀学会（Cooper Union）进行的演讲把他的政治才干发挥得淋漓尽致。虽说他最重要的演说都深深根植于当时的政治之中，但它们都超越了当时的政治。由于部分地受到早期政治生涯相对失败的刺激，林肯形成了一套思维与演说的风格，从而将自己的谦逊品质及认同人民大众的作风与对自己作为一个领袖人物的潜质的清晰表达联系了起来。1838年的吕克昂致辞虽然使得人们都把他同凯撒或拿破仑进行对比，但也显示出林肯在驾驭自己的宏伟抱负方面还有些差强人意："杰出的天才蔑视行者颇众之路。它寻求那些迄今尚未勘探的地区。它明白在为纪念他人而树立的功名碑上的故事之中再添加一个故事毫无意义。"19世纪50年代之前林肯政治命运中的沉静似乎用一定程度的诙谐、忧郁以及诗意调和了他那自尊自大的品性，而且还似乎把与他崛起而成为顺应天意的联邦救世主恰巧吻合的成熟华丽的辞藻带进了众人注目的焦点位置。

○扩张与种族的文学

    1854 年围绕《堪萨斯—内布拉斯加法案》（Kansas-Nebraska Act）而产生的危机在林肯开始挑战参议员史蒂芬·道路拉斯的领导地位时把他提升到了新生力量的位置，而他与共和党在 1856 年结成的正式联盟使他渐渐以"伟大解放者"的形象而不朽。尽管如此，他的一些最为重要的演讲并不是以他对蓄奴制或者南方的断然反对为特征的，而是以其观点的暧昧与态度的妥协为特征，这就说明他最重要的贡献不是终结了对黑人的奴役，而是保存了联邦的完整。例如，著名的演说"分裂的家庭"，即林肯在 1858 年竞选参议员时与道格拉斯进行的论辩的一部分，从新约上引用了这个与国家将要到来的政治分裂相呼应的隐喻，但是这篇演说却没有回答林肯的分析到底意欲何为。林肯对德雷德·司各特（Dred Scott）裁决背后隐藏的亲奴制阴谋有所察觉，但这仍然没有阐明他的中心观点："我相信我们政府不会永远容忍一半是奴隶一半是自由人的状况。我不希望联邦分裂——我不希望家庭坍塌——但是我的确希望它不再分裂下去。它要么全部变成奴隶，要么全部变成自由人。"不过，1857 年一篇回击道格拉斯的早期演说中攻击了道格拉斯，而且在详细评述了德雷德·司各特裁决之后指出，独立革命以来美国的奴隶黑人与自由黑人的境遇都每况愈下：

    那时候，所有人都认为《独立宣言》十分神圣庄严，无所不包；但如今，为了达到普遍而永久奴役黑人的目的，《独立宣言》遭到了攻讦与嘲讽、歪曲与蔑视，而且还被撕成碎片，直到它的制定者们再也无法辨认出它来，如果他们能够从坟墓中复活的话。地球上的所有力量似乎都迅速联合起来对抗他（黑人）。财富追逐着他；之后是野心，然后是哲学，而且当时的神学也迅速地加入了这场叫嚣之中。他们把他关进牢房；他们搜遍了他的全身，拿走了一切掘橇的工具。他们将他锁进层层厚重的铁门之内，从某种程度上讲，现在他们把他用一道带有一百把钥匙的铁锁加固封锁起来，如果不是每把钥匙都在，这锁永远也无法打开；这钥匙掌握在一百个不同的人手里，而这一百个人又分散在一百个相隔遥远的地方。

    林肯对上锁的牢房这一隐喻进行的精彩而详尽的阐释暗示了一种与他那些诸如"分裂的家庭"与葛底斯堡演说（Gettysburg Address）等更为著名的演说中的简练与精确形成对照的一种风格。然而，不论在何种情况下他对重章叠句、从属结构以及比喻修辞的出色运用都以一种犀利无情而且充满魅力的能量驱动着他在论点中展现出来的道德真理。同时，他的隐喻也经常揭露了包含在黑人自由这一概念中的道德张力，这不仅对林肯来说并不罕见，而且还显示了北方人对社会与经济的融合形式所持的矛盾心情。在进一步对史蒂芬·道格拉斯进行的反击（这也预示了他后来对认为共和党赞同异族通婚这一并不真实但却煽动性极强的指控做出的反应）中林肯评论到：

> 一想到不问青红皂白就在白人与黑人种族之间实行异族通婚，几乎所有的白人都会在思想中自然而然产生一种厌恶之情……我反对那种虚伪的逻辑，断言说什么因为我不想让一个黑人妇女当奴隶，那我就必须要让她当妻子……在有些方面她当然无法与我平等；但是她可以不用向其他任何人请求就可以享用自己用双手挣来的面包，这是她的天赋权力，在这一方面她和我是平等的，而且和其他所有人也是平等的。

同样的，因为他接受了认为开国先父们已经预见到了蓄奴制"最终灭亡"的观点，所以他能够在 1860 年那篇重要的库珀学会演说中采取了温和的立场：

> 尽管我们认为蓄奴制大逆不道，但在实行蓄奴制的地方我们还是能够任由它发展，因为那在很大程度上是从国家现状中产生出的一种必要；虽然我们同时也在投票避免蓄奴制，但是我们能够容忍它蔓延到我们国家的准州去而且在自由州上也侵扰我们吗？……我们不要因为自己会受到虚假起诉的诽谤而从自己的职责上退缩，不要因为惧怕破坏政府的威胁而从自己的职责上退缩，也不要因为自己会招致牢狱之灾而从自己的职责上退缩。我们要相信正义催生力量，而且我们在这一信念的指引下勇敢地按照我们对职责的理解把自己的职责履行到底。

林肯的这种保守观点经受了从四面八方旋即涌来的压力，而这种观点也支持了他的领导才能与他的悲剧声望。林肯几乎不惜一切努力对维护联邦完整做出的贡献使他成了一个十分复杂的角色，并且还促使产生了他那最令人感动而且同时又最躁动不安的思想。1861 年林肯发表的第一次就职演说可能就是他以自己作为西部人与南部人的真实身份以及作为他将要具有的东部人的身份发表演说的最后一个时刻（如果这一时刻并非真实存在的话），他极力把现在陷于危机中的联邦的各个部分编制在一起，但却毫无效果。林肯把分离联邦描绘成无政府主义行为，并呼吁两方阵营中的人们不要"打破联系我们情感的纽带。我们记忆中那些神秘的琴弦从每一处战场与爱国者的墓冢延

·扩张与种族的文学

伸到这片广阔土地上每一个跳动的心脏以及每一个家庭里，再一次拨动时就会增强我们联邦合唱的声响，的的确确就像它们在我们的世界中被最好的天使拨奏时所发出的声响那样"。这篇演说并不一定是林肯最伟大的作品之一，但这一调和南北双方的最后努力预示了他在第二次就职演说中所表达的那种希望把各地区以荒谬的方法联合起来的实用声明："双（方）都读同一本《圣经》，都向同一个上帝祈祷；每一方都祈求上帝帮助他来对抗另一方……双方的祈祷都不会得到答复——没有一方的祈祷曾经被完全答复过。"

林肯曾有一次在梦中预见到自己被暗杀，而暗杀事件也将他扮演的悲剧性的民主皇帝这一角色画上了句号。惠特曼那首歌颂林肯逝世以及举国哀悼的诗歌"当最后紫丁香在庭园中绽开的时候"（When Lilacs Last in the Dooryard Bloom'd）一直是以文学方式对林肯的死做出的最著名的反应；但爱默生的颂词或许在措辞简洁方面达到了更为恰当的程度："他是他的时代美国人民的真实历史。他一步一步地走在人民的前面；人民慢他也慢，人民快他也快，他是自己大陆的真实代表；一个完全公共的人物；他的国家的先父，两千万人民的脉搏在他的心脏中跳动，他的言语吐露了他们的心声。"的确，或许可以断定，当林肯论及的东西完全浸透着他自己不甚完美的观点时，他的雄辩口才的感染力才被发挥到极致。在立即解放非裔美国人的问题上他瞻前顾后，犹豫不决，随着时间的流逝似乎愈发令人恼怒；可是，不管林肯的动机里有多少微妙之处，也不管这一决定中军事实用主义的成分使理想主义失色多少，解放黑人的行为却是一个不争的事实。1863年1月1日《解放黑人奴隶宣言》正式颁布，此前一个月林肯在致国会的咨文中谈到了黑人解放的含义，其中选用了一些表达通过战争本身来实现诺言的言辞——虽然说非裔美国人的真正自由仍遥悬在未来：

公民们，我们无法逃避历史。我们这些在本届国会与政府里的人不会被遗忘，不管我们自己有何种品行。不管是声名显赫还是藉藉无名，我们之中无一人可以逃避历史。我们经受的严酷考验将照亮着大家，抑或荣光熠熠，抑或耻辱加身，直到最年轻的一辈。我们说我们是赞成联邦的。全世界不会忘记我们是这样说的。我们知道怎样来拯救联邦。全世界也知道我们确实知道怎样来拯救联邦……在给予奴隶自由的同时，我们也保证自由的人会有自由——不论我们给予什么，也不论我们维护什么，都同样光荣。我们将会高贵地保全抑或卑劣地失去人间最后、最好的希望。其他方法也许会成功；这个方法绝不会失败。这条路平坦、和平、慷慨、公正——只要走这条路，全世界就会永远赞美我们，上帝就会永远赐福我们。

林肯对拯救联邦的贡献在于他对在内战爆发之前十年内的重要思想与著作中就有所体现的敌对地区势力进行了危机重重的平衡。《1850年妥协法案》既与韦伯斯特赋予它的那种梦幻般的演说化身不无相似之处,也与南北双方不论黑人是奴隶还是自由人就一律限制其权利或者将黑人从他们遭受奴役的地区驱逐的共谋不无相似之处,它代表了一种根本无法持久存在的共识。西部扩张的洪流无法遏止,1854年通过了《堪萨斯—内布拉斯加法案》,再加上两年后又在"流血的堪萨斯"爆发冲突,从而使地区危机空前激烈。在这种动荡的局势下,最高法院在《德雷德·司各特对圣福德》(*Dred Scott v. Sandford*, 1857)做出一项裁决,宣布国会无权在联邦领土内禁止蓄奴制(如同在1820年《密苏里妥协法案》中裁决的那样),而且黑人,无论自由与否都不能像公民那样享有权利。首席法官罗杰·比·坦尼(Roger B. Taney)的主要观点表明,黑人"在《宪法》中不被包括在'公民'这一概念之中,因此也就无法享有《宪法》所赋予美国公民的任何权益,也无法受到《宪法》的保护"。塔尼的推论漏洞百出,但掩饰不了南方对反蓄奴制越来越猛烈的攻击,也极为清楚地揭示了非裔美国人被奴隶化的实质。正如林肯所说,德雷德·司各特决定(the Dred Scott decision)将奴隶牢牢锁住,"锁的钥匙有一百把……而且分散在一百个遥远的地方"。弗雷德里克·道格拉斯的话却没有如此含蓄温和。决定公布之后不久,他就在美国废奴协会的一次演讲中说:"最高法院的蓄奴派所做的这个臭名昭著的决定就是说奴隶与马、羊、猪一样是财产,而蓄奴制在星条旗飘扬的任何地方都畅通无阻。"道格拉斯意识到真正的反叛威胁并非来自废奴运动或黑人奴隶,而是来自南方。他认为南方会起来反对《宪法》:

> 人的自由权之于道德观点就像天空中的太阳之于人的视觉一样显而易见。无视这一点就是在违背上帝的意志而做决定,无论这种决定是出自德雷德·司各特,还是出自这块土地上那最卑下、浑身伤痕累累的奴隶。这是对上帝主宰的公然对抗;是试图改变上帝所做的一切;是抹平全知全能的上帝所确立的人与物的巨大差别,将永恒的上帝的形象与标记变做一件不会说话的商品。

南北方对于蓄奴制的争论,无论是政治演说还是文学作品,时常迷失于云山雾罩的理论和干巴巴的经济学统计资料当中,要不就是忽视了争论的主

扩张与种族的文学

要对象——蓄奴制度下的美国黑人。德雷德·司各特声称先辈们并没有将黑人纳入"公民"这个概念中,而奴隶,就其根本性质而言,是财产,这就使这个问题重新成为焦点。在有关蓄奴制的文学中,来自奴隶以及自由黑人自己的陈述尤其可贵。这不仅因为黑人是这个制度的牺牲品,他们的作品浓缩了蓄奴制所带来的各种影响,更为重要的是因为他们在写作中,以无可争议的事实表明他们过去是现在也应当是公民,而不是国家经济中不会说话的物品。

美国黑人所写的蓄奴制作品有演讲、论文、报纸的社论、小说、戏剧、歌谣和自传。如上所述,戴维·沃克 1828 年的《呼吁》(*Appeal*) 是早期反对蓄奴制言辞最激烈的作品之一。它那针锋相对的抨击成为后来优秀辩论文章的样板。一些奴隶叙事者迎合哈丽亚特·比彻·斯托的观点,也有与其争论的,因为她在小说中借用了奴隶叙述的一些材料。更具体地来说,黑人小说家凭借丰富的经历写作,从而有效地弥合了虚构小说与真实叙述间的鸿沟,而斯托对黑人的经历却只能虚构。由于奴隶叙事的真实性常常受到质疑(后来一些历史学家辩论说它们是可靠的历史证据),所以想要通过小说和自传来讲述自己故事的黑人就不得不和以下这些虚构作品来竞争了,如有关詹姆斯·威廉斯(James Williams)的生平记述;布里顿·彼得·尼尔森(Briton Peter Nielson)的《赞巴:一位非洲黑人国王的生活与历险》(*The Life and Adventures of Zamba, An African Negro King*, 1850),该书叙述了赞巴从非洲到南卡罗莱纳种植园的生活,强烈抨击了蓄奴制以及美国;还有马蒂·格里菲斯(Mattie Griffiths)的《一个女奴的自传》(*Autobiography of a Female Slave*),这本匿名出版的作品宣称其并非"荒诞不经的传奇故事,只为赚人眼泪、引人遐想",但另一方面也称不上"真实的自传"。

奴隶创作的文献遭遇到了各种各样的问题,哈里叶特·雅各布的《女奴生活纪事》(1861)就是一个突出的例子。该书经莉迪亚·玛利亚·查尔德"编辑"后便基本上被当做了查尔德的著作。现今发现的雅各布的书信和其他文件表明,她于 1815 年前后生于北卡罗莱纳州,生而为奴。她对自己的奴隶经历以及出逃后在北方的生活所作的叙述在很大程度上是自传性的。1849 年,她在纽约州的罗切斯特积极投身反对蓄奴制的运动。内战期间,她在华盛顿特区的黑人部队里做护理,此后直到 1897 年去世她一直住在华盛顿。雅各布曾请求斯托夫人帮忙写她的故事,但遭到拒绝。不过后来的事实表明,查尔德的编辑只是对作品稍加润色而已。该书以其主要人物琳达·布伦特(Linda Brent)的名字发表,讲的是雅各布自己的故事。书中以动人的细节证实了蓄奴制度下黑人妇女所受的性虐待,从而支持了废奴主义者的指控,即蓄奴制

3 蓄奴制文学与非裔美国人文化

与性暴力密不可分,种植园是糜烂的色情和男人性欲横流的场所,是一个装"淫鸟的笼子"(借用雅各布的话),它揭示了家庭理想建筑其上的痛苦的等级制度,而玷污了原先对其所怀的最亲密的情感。

主人的性威胁迫使雅各布躲藏了近七年,盼望着有一天能带着孩子逃走。在亲戚朋友(其中有些是白人)的帮助下,雅各布足不出户,生活在她祖母家的顶楼上,被囚禁在一个令人窒息的封闭空间中,其痛苦情状不啻是当年奴隶被贩来美洲途中的再现:

> 阁楼仅9英尺长7英尺宽。最高处为3英尺,然后急转斜下到业已松动的木地板上。……阁楼里的空气令人窒息,四周漆黑一片。床直接铺在地板上。向一面侧睡问题不大,但天花板的坡度极陡,要想翻身就注定会碰到屋顶。大小老鼠从我的床上跑过,可是我太疲惫了,就像刚经历了暴风雨的可怜人一样昏昏睡去。……日复一日地或坐或躺在一个没有一丝光亮的狭小空间里,似乎是糟糕透了,但我宁可这样,也不愿意接受做奴隶的命运,尽管白人们认为做奴隶很轻松。与别人的命运相比,也确实如此。

从她那自讽为"隐居地"的透气孔(自从在墙上钻了个窥视孔后她就这么称呼阁楼)看出去,雅各布目睹了庄园的生活,包括她自己的孩子们的生活。她从一个隐蔽的位置观察,以此也喻示她作为故事的叙述者也一样深藏不露。从有关她长期躲藏的段落可知,雅各布的叙述具有小说的原创力,运用了许多哥特小说和感伤小说中经常出现的结构和情节。但其中也频繁出现犀利的个人激愤之词:"我可以以我个人的经历和观察证明,蓄奴制不仅对于黑人而且对白人也一样是个诅咒。它使得白人父亲残酷而耽于肉欲,儿子凶狠而淫荡;它令女儿遭到玷污,令妻子痛苦不堪。"在《纪事》中,同性间的亲和有时压倒了种族歧视,不过雅各布唯一可靠的帮助还是来自黑人妇女,而白人女主人则被描写成其丈夫在诱惑年轻女奴的阴谋中一位嫉妒的帮凶。整个文本从头至尾把一整套复杂的奴隶文学的主要话语编织在了一起——秘密与躲藏、写作与书信、强暴与抗争——如此将两种肤色对立的妇女的生活联系起来,但同时又用种族障碍的现实将两者截然分开。叙述者意识到面对的是北方上流社会的读者,因而对南方奴隶和白人妇女生活的现实主义描绘在笔调上有所缓和,而对家庭传奇故事传统的借助使得雅各布的自传沿着小说的方向发展却又丝毫不损害其真实性。她的生活细节与故事的小说化和谐交织,并行不悖,因为她在书中为黑人女奴的生活所树立的另类社会范

扩张与种族的文学

型——为逃避主人的骚扰,她为情势所迫,故意接受了一个白人情人并为他养育私生子,这在一个中产阶级读者读来是大感震撼的——是建立在依据暴力和种族主义对家庭和妇女政治团体的观念重新定义的基础之上,而这两点在南方和北方的黑人生活中都是同样突出的。

一个可供比较的文本是哈里叶特·E. 威尔逊(Harriet E. Wilson)的《我们黑鬼;或一个自由黑人的生活故事》(Our Nig; or, Sketches from the Life of a Free Black, 1859),这是第一部由非裔美国妇女写作的小说。该书直到20世纪晚期被重新发现后,人们才认识到它的全部意义。由于威尔逊的小说关注的是自由黑人在北方所面临的歧视和穷困,所以它在完成之后一个多世纪里只落得个默默无闻的下场,部分原因可能是它与哈里叶特·雅各布的《纪事》一样,直接挑战了主流的文化规范。北方的文学读者愿意接受南方种植园的暴力故事,而对北方黑人所遭受的暴虐却漠然置之。关于威尔逊我们只知道她出生在北方,是个自由黑人,大部分时间都生活在新罕布什尔州和马萨诸塞州。然而这部小说很可能部分地出自她本人的经历。正像小说那长长的副标题——"且看,蓄奴制的阴影甚至笼罩到了那里",也就是北方——所暗示的,故事将无情的女主人(与斯托夫人笔下的玛丽·圣·克莱尔差不多)的残暴从南方种植园移到了一个新英格兰家庭里。在这里,故事的叙述者仆人弗雷多实质上是一名奴隶。身为黑人劳工和一个穷苦白人妇女的女儿,弗雷多还饱受混血儿之苦。故事的最后,她在怀有身孕的情况下被一位反蓄奴制的黑人演说家抛弃,故事并没有为平衡小说的伤感情节而以快乐的婚姻结束。小说融合了北方家庭小说和奴隶故事的因素。具有讽刺意味的是,通过重点描写北方底层阶级和自由黑人的苦难,小说支持了蓄奴制拥护者的观点,即北方劳工和南方奴隶一样值得变革者们同情。然而,威尔逊从三个方面对蓄奴制问题的标准主题进行了抨击:她推翻了费兹修等人拥护蓄奴制的论辩,并揭示了隐藏于自由土地原则和日常生活之中的北方的种族主义;她颠覆了白人与黑人混血儿的悲剧主题,抹去了异域风情的遮掩,揭示了其所带来的经济压迫;她打破了母爱家庭的理想,将北方家庭描写成地狱,将母亲形象描绘成残酷的暴君。威尔逊和雅各布的《纪事》与其说是对斯托夫人的回应,到不如说是对其局限性的批判,同时也更锋芒毕露地拓展了其小说的政治目的。

在文学成就上与雅各布和威尔逊旗鼓相当,但名气却在整个19世纪更响亮的一位作家是弗朗西斯·爱伦·沃特金斯·哈珀(Frances Ellen Watkins Harper, 1825—1911)。哈珀是个自由人,生于巴尔的摩。直到内战后,她才写了一些诗和她最为著名的也是唯一的一本小说《尤拉·莱罗依》(Iola Leroy，1892）。不过在内战前她是一位积极的反蓄奴制演说者，也是一本风靡一时的书《诗集》（*Poems*，1854）的作者。书中有一些处理得很好的浪漫主题，如"埃塞俄比亚"、"逃亡者的妻子"以及她最为著名的"奴隶的拍卖"：

> 拍卖开始了——年轻的姑娘们在那里，
> 悲悲戚戚，孤苦无依，
> 那声声绝望的呜咽
> 流露出她们的痛苦与悲凄。
> 母亲们泪水涟涟，
> 目睹着自己的亲生骨肉被出卖；
> 痛苦的哀叫无人理睬，
> 暴君为了金钱将她们交换……

哈珀的长篇寓言诗《摩西：尼罗河的故事》（*Moses：A Story of the Nile*，1869）有点像是自传。它用抒情散文与虚构小说的笔调记录了从奴隶境地逃往希望之乡的过程，有时伤感的风格与主题掩盖了作品想要表达的种族抗议。哈珀以一种特异的形式讲述了一个黑人逃离奴役的故事——只是故事的背景不是尼罗河河谷，而是密西西比河河谷。在她之后70年，左拉·尼尔·赫斯顿（Zola Neale Hurston）才以散文体表现了类似的故事。哈珀的叙事史诗总结了一个改编自《圣经》但却贯穿整个非裔美国人文化的故事的重要意义，并且暗示读者在反对蓄奴制的传统中有些与黑人的摩西最为相似的原型并不是男人，而是像哈丽亚特·塔布曼（Harriet Tubman）及索杰纳·特鲁斯（Sojourner Truth）这样的女性。诗歌还颇有见地地谈到奴隶解放后蓄奴制的痕迹还将持续几十年：

> 如果蓄奴制仅仅将沉重的锁链
> 锁在疲倦、疼痛的肢体上，即便那样，
> 它最多只是一道诅咒；可当它穿过神经
> 和血肉，咬啮进疲惫的心灵，
> 啊，那样一来，它就成了每个人应当
> 自心底痛恨的东西，这就是以色列人的命运，
> 因为当肢体上的锁链卸去之后，
> 他们没有将心灵的印记抹去。

○扩张与种族的文学

这一时期的其他非裔美国作家的小说则不那么引人注目,或者像德莱尼的《布莱克》(1859)那样,其重要性主要在于政治论辩。费城作家弗兰克·J. 韦伯(Frank J. Webb)的小说《加里一家和他们的朋友们》(The Garies and Their Friends, 1857)出版于英国,讲述的是北方不同种族尤其是黑人和白人移民群体的通婚和种族歧视的故事。这一时期黑人创作的最著名的小说是威廉·韦尔斯·布朗(William Wells Brown)的《克洛特:或总统的女儿》(Clotel; or, the President's Daughter, 1853),该书随后又出了几个修订的版本。布朗(1816?—1884)是一名逃亡奴隶,后来成为黑人废奴主义领袖之一(他后来在马萨诸塞州反蓄奴制协会里接替了道格拉斯的职位并在欧洲的巡回演说中获得极大成功)。他还写了一本自传,一本名为《反蓄奴制的竖琴》(The Anti-Slavery Harp)的诗集(1848)以及三个未流传下来的剧本:一个是《克洛特;体验;或,怎样给北方人一个挺直的腰杆》(Clotel; Experience; or, How to Give a Northern Man a Backbone, 1856),一个是它的另一个版本《米拉达;或美丽的混血儿》(Miralda; or, the Beautiful Quadroon, 1855);以及《出逃;或,跃向自由》(The Escape; or, A Leap for Freedom, 1858)。正如其文学作品的标题所显示的,布朗频繁地运用种族混合的主题,尤其是托马斯·杰斐逊的奴隶子女的传说,成了他抨击蓄奴制的利器。在他那本很风行的小说中,克洛特受到残酷虐待,沦为男人的情妇,还两次被卖给粗暴的主人,与女儿离散,奈特·特纳起义后又被关进监狱,最终投波托马克河自杀:"克洛特就这样死了。其父是美国总统、《独立宣言》的卓越作者、这个国家最早的政治家之一托马斯·杰斐逊。"悲剧性的黑白混血儿主题需要向白人的理想主义妥协,这一点通过小说中一个次要角色——一位近似白人的起义奴隶乔治(这一角色显然模仿了斯托的乔治·哈里斯)的话得到了强调:"美国的革命者在为自由而战时不也违反了法律吗?"

将反叛的奴隶与美国爱国者相比在反蓄奴制的言辞中屡见不鲜,且更为有力,因为找不到正当的理由来反驳它。布朗在他 1855 年发表的一篇演讲《圣多明哥:它的革命与爱国者们》(St. Domingo: Its Revolutions and Its Patriots)中写到,只有非裔美国奴隶被解放,"1776 年开始的革命方可……完成,独立宣言的崇高情感"才得以实现。布朗辩论道,"奴隶们在美国独立战争中流过血,他们现在只是在等待机会用压迫者的血来洗刷他们所遭受的屈辱。"1852 年,道格拉斯在他的一篇著名的演讲中责问:"你们的 7 月 4 日对美国黑人意味着什么呢?"——不过是"蒙在一个野蛮国度所犯罪恶上的一层薄薄的遮羞布"。布朗与其他作者还指出,当然,毕竟还有像海地的杜桑-卢维杜尔(Toussaint L'Ouverture)这样的领袖,等待时机揭竿而起反对南方诸

3 蓄奴制文学与非裔美国人文化

州。正如西奥多·帕克所写的那样,他是一名"黑人的克伦威尔",准备彻底消灭蓄奴制,如同神权、君权和贵族特权在欧洲已经(或正在)被摧毁一样。布朗的历史著作:《美国独立革命中的黑人》(*The Negro in the American Revolution*, 1867)和《黑人:他的先祖、天赋和成就》(*The Black Man: His Antecedents, His Genius, and His Achievements*, 1863)论述了黑人在美国的革命和理性传统中的地位,而这些传统一向是被欧裔美国人视做他们独享之物的。在他的有关圣多明哥的讲稿中,他对美国自由的白人父亲和海地自由的黑人父亲进行了毫不留情的比较:

> 两人均为愤怒的受压迫者的领袖,与强大的对手相抗衡,都成功地在新世界建立了一个政府。杜桑政府将自由视做准绳,将它列入宪法,废除奴隶贸易,使得自由普及于大众之中。华盛顿政府却包容蓄奴制和奴隶贸易,并制定法律,使千百万人民的肢体被锁链套住。杜桑解放了他的国人,华盛顿却使他的一部分人民沦为奴隶,帮助强化了一部终有一日会导致他所协力缔造的联邦分裂的宪法。在卡罗莱纳州的稻田和密西西比的棉花地里,带着枷锁的奴隶们胸中已经燃起了复仇的怒火。

除戴维·沃克(上文已经提到)和弗雷德里克·道格拉斯(Frederick Douglass)之外,在作为黑人自由理想的代言人方面唯一可与布朗匹敌的是亨利·海兰德·加内特(Henry Highland Garnet)教士(1815—1882)。他与马丁·德莱尼一样是早期黑人民族主义的代言人。加内特的《告奴隶书》(*Address to the Slaves*, 1848)最早是他1843年在布法罗的一个黑人废奴主义者集会上的讲话,他在讲话中号召人们起来进行暴力反抗:"弟兄们,起来,起来!为你们的生命和自由而战……**宁做自由人死,毋为奴隶生**。记住,你们有**四百万之众**。"这种对革命的呼唤使得大多数白人废奴主义者感到震惊,就连许多黑人领袖也有同感,其中包括当时仍遵循加里森的非暴力原则的弗雷德里克·道格拉斯。但它却给加内特十年后所支持的黑人分裂主义大潮和移民热的再度兴起带来新的动力。加内特等人受到利比里亚1848年独立的鼓舞,开始将它看做美国黑人的未来王国。加内特的思想与亚历山大·克拉米尔有所不同。克拉米尔颇以非洲的救世主自居,要开其原始愚蒙,使其达到文明的基督教的生活和信仰标准。而加内特在《有色人种过去与现在的状况及其命运》(*The Past and the Present Condition, and the Destiny, of the Colored Race*, 1848)一书中则描绘了黑人祖先们令人骄傲的传统,并且为这个国家沉默的奴隶悲叹呼喊。他们就像新世界的所有奴隶一样,被与他们共同的非

扩张与种族的文学

洲传统割裂了:

> 我们也应当同样有那种日子,吃苦涩的面包,待在荒野里的幕屋中忆及我们苦难的兄弟姐妹们。他们如今与成千上万人一起呼喊着声讨掠夺者。他们呼喊着——从血肉横飞的田野、从瘟疫肆掠的稻田、从甘蔗的隙缝间和森林中、从棉花和烟草种植园中、从奴隶船的黑暗货舱中,从那在叹息的风中摆舞的一望无际的甘蔗地里。他们从飘扬着我们国旗的每一寸土地上高声呼叫——从我们银色溪流与宽阔河流的岸边、从河谷和起伏的山峦、从巍峨的山巅。
>
> 笼罩在地球上白肤色民族安睡之处的寂静令人肃穆、敬畏。但倘若有人告诉你,这个联邦每一路德土地都是一个被谋杀者的墓穴,他们的墓志铭就镌刻在这个国家的财富纪念碑上,你会作何感想呢?

十年后,加内特创办了非洲文明协会。他最初的拥护者之一——马丁·德莱尼(1812—1885)便即刻试图清除白人的一切影响。德莱尼对白人动机的不信任以及他认为黑人在美国绝不会得到自由与公正待遇的信念使得他成为一名坚定的移民主义者。他的这种立场在《美国有色人种的状况、改善、迁徙和命运》(*The Condition, Elevation, Emigration, and Destiny of the Colored People of the United States*, 1852)一书中得到了充分的展示。该书倡导政治分离主义,其立论的基础是这样一个假定:只有黑人才能也才会正确地诠释自己的历史经验,并在另一片土地上,也许在加勒比地区,或是在拉丁美洲,建立一个具有新道德的国家。这种观点在《美洲大陆有色种族的政治命运》(*Political Destiny of the Colored Race on the American Continent*, 1854)一书中得到重申。德莱尼是个自由人。多年来,他一直以编辑和演讲者的身份为反对蓄奴制的事业工作。此外,他还挤出时间来做职业医生(尽管由于白人学生对他的存在提出抗议,使他被迫退出哈佛医学院)。德莱尼一度在加拿大生活。1858年他在那里和约翰·布朗共同讨论了布朗后来对哈珀渡口所作的袭击。尽管德莱尼一直拒绝利比里亚提供的那种殖民,他却与罗伯特·坎贝尔(Robert Campbell)于1859年勘察了尼日尔河谷,并各自发表了自己的探险报告,以期为建立一个由经过挑选的加拿大黑人移民组成的群居地奠定基础。不过这一计划一直没有实现。内战期间,德莱尼被任命为一支黑人部队的陆军少校,后来又为奴隶解放办公室工作,并在南卡罗莱纳州重建时期的政坛表现积极。

不过德莱尼最为重要的文学成就并不是论述黑人民族主义的文字,而是小说《布莱克；或美国茅屋》(Blake; or, The Huts of America)。该书于 1859 年在《英裔非洲人杂志》(Anglo-African Magazine) 中连载了一部分，而后可能于 1861 年在《英裔非洲人周刊》(Weekly Anglo-African) 中全部刊出（全文未能留存下来）。德莱尼认为美国实际上是一座黑人的监狱。与他的这一思想相吻合，书中的主人公亨利·布莱克 (Henry Blake) 集奈特·特纳的远见卓识与杜桑的领导才能和威信于一身。布莱克认为暴力革命就是一种神圣的拯救，他还把加布里埃尔·普罗瑟 (Gabriel Prosser)、登马克·维西 (Denmark Vesey) 以及特纳的密谋暴动与美国独立革命的精神联系在一起。作为一名自由人，他在自己的奴隶妻子因拒绝其主人父亲所献的殷勤而被卖给一个古巴种植园主后，在南方到处活动，秘谋起义。布莱克将武装起义的计划带到古巴（小说到此结束，未揭示行动的结果）。这种情节的设计利用了当时人们对美国并吞古巴的争议以及美国南方人对英国与西班牙企图通过给古巴奴隶以自由（称做"古巴非洲化"），从而导致美国发生叛乱和杀戮的恐惧。例如，就在《布莱克》一书出版的同一年，一份亲蓄奴制的长期宣传命定论的杂志《美利坚杂志与民主评论》在头版刊登文章鼓吹占领古巴，恳求政府将古巴从欧洲人的暴政下"解救"出来，还预言了将一直持续发展的"民主契约"运动。

　　与梅尔维尔的《本尼托·塞瑞诺》相比，德莱尼的《布莱克》更为直接地表现了蓄奴制危机的一个方面。此方面被不久以后席卷全美的内战炮火所淹没。当时，在扩张问题上争论的焦点集中于加勒比地区，尤其是古巴。西班牙新实行的解放奴隶的法律，连同美国汽艇"黑人勇士"号于 1854 年 2 月因违反港口规定被截，加速了美国在法律范围之内和之外占据古巴的活动。正如 1854 年 3 月美国国务院一位官员所写的，要在古巴成为像海地一样的"黑人王国"之前占据它，以避免它"仿效海地"，毁坏岛上的财富并发动一场"灾难性的种族流血战争"。危机过去，强行购买古巴的企图亦告失败后，帝国主义言论波涛汹涌，特别是在臭名昭著的 1854 年 10 月《奥斯坦德宣言》(Ostend Manifesto) 中表现得最为明显。该宣言称古巴"天然隶属于美国大家庭，联邦正是其最佳托幼所，而且美国完全有正当理由将它从西班牙手中夺过来……这就如同邻家失火，为防止火焰蔓延到自己家，在别无他法的情形下，不得已拆掉邻居的房子一样"。由此可见，对古巴问题的表述用的是林肯会采用的那套家庭式的说辞，这种家庭式的语言既有革命先辈的口吻，又很有几分蓄奴制家长的腔调。

　　对古巴的这种爱国主义设计被德莱尼巧妙地加以利用并产生精辟的讽刺效果。在他的小说与散文中，德莱尼将美国奴隶的自由与整个新世界黑人的

◎扩张与种族的文学

渴求联系起来。与斯托和雅各布等人的作品一样,《布莱克》一书着重表现的也是性虐待和骨肉分离的痛苦,但《布莱克》对家庭毁灭的反应并非悲剧式,甚至连伤感也不多,而是呼唤革命时代被压迫的力量。德莱尼借用了詹姆斯·M.惠特菲尔德(James M. Whitfield)的《美国诗歌集》(*American and Other Poems*, 1853)中许多富于激情的诗歌。整篇小说具有政治剧的特点,而其中预言式的警告又为其增色不少。在好几层意义上来说,《布莱克》都是一部未完成的小说。然而,小说中将当时所发生的事件与浪漫的搭救情节巧妙结合以及对反叛的剖析使得它成为19世纪中期一部较为出色的政治小说。德莱尼与加内特以及布朗一样,在作品中明确表现了黑人民族主义的传统。而这种传统,直到20世纪才得以脱出弗雷德里克·道格拉斯的巨大阴影,获得应有的承认。

德莱尼不像道格拉斯或其他大部分废奴主义者那样对蓄奴制有着切身的体验,也没有得到过奴隶叙述的熏陶,而这种亲身叙述往往是当时的逃亡奴隶所进行的第一项重要写作(或演说)。作为一类作品,这些叙述千差万别,既有对北方的白人同情者口述的简单故事,也有对蓄奴制下的生活或出逃经历的丰富详尽的描述。作者们在写作中运用了各种各样不同的方式:或沿袭欧裔美国人伤感小说的传统,或套用政治论辩、奴隶歌谣的形式,或借用留存下来的非洲民间传说,或写作个人经历,从而创造出美国文学中一种令人瞩目的独特样式。只有在现代历史与文学当中承认非裔美国人在蓄奴制中以及之后的极其丰富的生活,对黑人文化形态更为完整的记录和更加全面的理论阐释才开始呈现出来。在内战后的几十年里,通过对口述历史的整理发掘,通过人种学家对民间故事和歌曲的不断收集,更为重要的是,由于黑人作家开始更加努力地发掘非裔美国人的蓄奴制文化,并在将它融进当代的认知历史、戏剧、小说和诗歌时不但意识到了其非洲渊源,也意识到了其独有的美国因素,从而使得19世纪早期发表的奴隶叙事故事得到充实,其相关的语境也变得更加真实可靠了。正是从这一点出发,我们才可以更为清晰地看到南北战争前的黑人文本、残留的非洲文化与20世纪兴起的黑人文学之间的连续性。

大多数反蓄奴制的社团中都有非裔美国人,但他们经常处于从属地位,就好像白人妇女一样,在各主要组织中充当助手的角色。黑人反对蓄奴制的报纸和杂志有《有色美国人》(*Colored American*)、《自由镜》(*Mirror of Liberty*)和《自由报》(*Freedom's Journal*),但最为著名的是道格拉斯的《北极星》(*North Star*)(后更名为《弗雷德里克·道格拉斯报》[*Frederick Douglass's Paper*])。不过正如道格拉斯所抱怨的那样,黑人对报纸的支持远不及对"地下铁路"那么热心,在地下铁路中,像哈丽叶特·塔布曼这样的女性以及戴维·拉格尔斯(David Ruggles)这样的男性(还有列维·科芬 [Levi Coffin] 这样的白人),由于他们对逃亡奴隶的英勇救助而成为传奇人物。威廉·斯蒂尔(William Still)的《地下铁路》(*The Underground Railroad*,1872)一书就以纪实形式详细叙述了这样的故事。塔布曼特别因其重回南方协助更多人逃亡的勇气而备受尊敬。萨拉·H. 布拉德福特(Sarah M. Bradford)的《哈里叶特·塔布曼生活纪事》(*Scenes in the Life of Harriet Tubman*,1869)以及《哈里叶特·塔布曼:她的人民的摩西》(*Harriet Tubman: The Moses of Her People*,1886)记述了她从事地下铁路活动的逸事。黑人作家也创作反对蓄奴制的诗歌,最为著名的是乔治·M. 霍顿(George M. Horton)的诗集《自由的希望》(*The Hope of Liberty*,1829)。该书是自菲利斯·惠特利(Phillis Wheatley)以来第一本黑人写的诗作。更重要的是,非裔美国人在反对蓄奴制的巡回演讲中担任演讲者效果很好,虽然他们常常发现自己被白人同事所支配和利用。到了19世纪40年代,在北方进行巡回演讲的有道格拉斯、威廉·韦尔斯·布朗、塔布曼、威廉和爱伦·克拉夫特(Ellen Craft)以及索杰纳·特鲁斯等人。索杰纳·特鲁斯的生活故事于1850年被写进奥里弗·吉尔伯特的《索杰纳·特鲁斯叙谈》(*Narrative of Sojourner Truth*)一书。然而她之所以为后人所铭记,主要是因为她应邀在1851年俄亥俄州女权大会上所作的演说:

> 看看我的手臂!我犁田、播种,还把粮食收进谷仓。没有一个男人比我更快——难道我不是女人?我能够和男人工作得一样卖力,吃得一样多——如果有得吃的话——而且能一样承受鞭笞!难道我不是女人?我养了13个孩子,眼睁睁地看着他们中的大多数被卖为奴隶。当我带着一个母亲的悲伤呼号时,除了上帝只有我自己听得到——难道我不是女人?

由于索杰纳·特鲁斯的演讲收到了极好的效果,她的讲话在女权主义的历史中将始终占有一席之地。不过,正像道格拉斯在他自传的一个著名章节中所反映的那样,黑人演讲者无论口才有多好,他或她往往还是白人的附庸,经常只是做摆设用的,至多是对着一批观众痛说在种植园如何受苦的家史,至于有关政治和道德的讨论,则完全是留给加里森、菲利普等能言善辩的白人来做的。

许多奴隶在台上演讲时往往会在反对蓄奴制的言辞中融入自身经历。这

扩张与种族的文学

一点可以部分地解释许多奴隶叙事的语言表达形式。奴隶故事记录在内战前后的集中发表模糊了这样一个事实,即重要作品其实是出现在内战之前的,这其中有《奥劳岱·伊奎诺生活趣事,或非洲人古斯塔夫斯·瓦萨》(*The Interesting Narrative of the Life of Olaudah Equiano, or Gustavus Vassa, the African*, 1789)以及《非洲土人凡彻的生活与历险》(*Narrative of the Life and Adventures of Venture, A Native of Africa*, 1798)。但是,大多数的作品则发表于1840年之后的几十年中,更多的故事后来则记录在19世纪和20世纪编纂的集子里。如编撰口述回忆的大型"联邦作家工程",后来乔治·拉维克(George Rawick)将其编辑出版,书名为《美国奴隶自传集》(*The American Slave: A Composite Autobiography*, 1872—1878)。在内战前的年代里,奴隶叙事故事销路很好并在很大程度上影响了北方大众对蓄奴制生活的印象。其结果正如我们前面所说,在许多重要的例子里自传和小说大同小异。除了少数例外,这些叙述大都真实可信,无论它们有没有常见的"由本人亲自撰写"的标题或者全文是不是全部由逃跑的奴隶自己完成。有些作品,如《伦斯福德·莱恩纪事》(*Narrative of Lunsford Lane*, 1842)就复制了追踪逃亡奴隶的告示以及买卖奴隶家庭成员的账单,以飨那些"对这种人口的贸易还不习惯的读者们";也有像《摩西·格兰迪纪事》(*Narrative of Moses Grandy*, 1844)那样,玩笑式地记录下朋友和亲戚的价格;另一些则以离奇古怪的逃跑历险来吸引观众(在书中和讲坛上都一样)。在《亨利·"盒子"·布朗故事》(*The Narrative of Henry "Box" Brown*, 1875)中,除对残酷的种植园制度进行挑衅性攻击外,还讲述了一个奴隶的不同寻常的故事。他将自己封在一只箱子里,通过铁路运到北方获得自由。在《为了自由跑步一千英里》(*Running a Thousand Miles for Freedom*, 1860)中,威廉和爱伦·克拉夫特讲述了他们1848年从佐治亚州别出心裁的逃亡。爱伦因为肤色浅而扮做年轻南方绅士,而威廉则扮做她的仆从。与一般的逃亡相比,这种复杂的计谋并不是很普遍。然而,他们的故事以夸张的形式反映了奴隶生活的一个主要事实——有时为了生存,以及在任何情形下,为了个人的自尊和集体尊严(无论他们的白人主人多么仁慈),奴隶们不得不扮演各种角色、戴上各种面具,这些常常是那些非裔美国人之外的任何人所无法透彻地理解的。南方对奴隶满足现状的声明以及北方种族主义者对非洲人温顺的断言都没有考虑到这样一个事实,即奴隶掩盖自己的情感和计划完全是迫不得已,他们为做到这一点可谓费尽心机。这一事实在叙事故事中其实不难看出,而且在后来的历史研究中也得到证实。因此,在奴隶叙事中至关重要的是身份和发言权的问题。最优秀的叙事具有特殊的文学价值,因此它们不仅保留了真正的黑人身份和集体生活的意识,同时也表现了小说主人公编造、表演和巧妙欺骗的才能。

叙事故事以生动的细节记录了奴隶主的残暴（那些想办法逃跑的奴隶可能是受虐待最重的，但他们叙述的也是许多遭受更为残酷的虐待却没有机会逃跑的奴隶的故事）。比如，《摩西·罗珀从美国蓄奴制下的逃亡与历险》(Narrative of Adventures and Escape of Moses Roper, from American Slavery, 1839) 讲述的就是这样的一个故事：因不愿透露帮助他打开锁链的奴隶的姓名，罗珀的手指被老虎钳夹住，脚趾被放在铁砧上锤打。约翰·布朗（John Brown）在《佐治亚州的奴隶生活》(Slave Life in Georgia, 1855) 中讲述了自己被用来做中暑实验，直晒得皮肤起泡化脓，就为了要看看"黑色"在皮下到底有多深。无论是奴隶们自己讲述的故事，还是如韦尔德的《美国蓄奴制真相》(American Slavery As It Is) 和斯托的《关于〈汤姆叔叔的小屋〉的答辩》(Key to Uncle Tom's Cabin) 这样的纪实文本，都记述了众多奴隶主在未经任何法律许可的情形下施虐和杀戮的事例。当时极为流行的《美国蓄奴制：黑人查尔斯·鲍尔的生活和历险》(Slavery in the United States: A Narrative of the Life and Adventures of Charles Ball, a Black Man, 1836) 一书，到1859年已印刷六次（最后一版更名为《锁链下的五十年》(Fifty Years in Chains)）。它讲述了鲍尔被迫先是与父母后是与妻子和孩子的骨肉分离，其中有一些代表性的场面，描述鲍尔自己以及其他奴隶遭受的鞭打：

> （比利）身体缩紧，靠在树干上，他的双臂和双腿被捆在树上。他像一个濒死的人一样肩膀耸起，脑袋颓缩。他浑身打着颤，或者毋宁说是在剧烈地抖动着。（鞭打）一开始血就流了出来，几分钟后就在树脚下汇成了好几个小血潭。我的手指从他背上的伤口一移开，便可看见他绽开的肉。我相信抽最后200鞭（共500鞭）时，他已经没有知觉了。……鞭打他的绅士们，有8到10个人，后来因为有朋友过来，便到树下喝拌汁酒，一直喝到不远处枝蔓搭成的凉亭下菜肴准备就绪。

这类事件在许多叙事故事中频频出现，就不免使人产生疑问：这些叙事故事的流行是不是部分地归因于白人观众的窥探癖。即便如此，鞭笞还是逐步成为南方蓄奴的一个明显标志。逃亡的奴隶在讲坛上展示他们的疤痕，像道格拉斯这样的作者又热衷于描写鞭子本身以及它使人人（无论是白人还是黑人）都渴望得到权力的腐蚀力量："在南方，每个人都想得到鞭打别人的特权……鞭子就是一切。"

在记叙中，对这种残酷暴力的描写已经成为保留项目，既对读者产生持

扩张与种族的文学

久的吸引力,也不会显得虚假。不管故事怎样展开强奸、鞭笞或侮辱等情节,这些奴隶叙事进一步印证了其他暴力与虐待的证据,并使得他们的作者或主人公的生活成为成千上万个没有讲出的故事的代表。哈里叶特·比彻·斯托在自己的书中借用了奴隶叙述,极为有效地揭露了针对家庭的肉体及情感暴力。虽说奴隶叙事故事常常缺乏斯托那种编剧技巧,却直截了当地诉说了人类的痛苦。正如比伯在《亨利·比伯的生活与历险故事》(*Narrative of the Life and Adventures of Henry Bibb*, 1849)中所写的,比伯"被迫站在那儿看着我的妻子屈辱地被她的主人殴打谩骂",而对于自己与仍然身为奴隶的女儿的分离,他却心怀感激,因为"她是第一个也将是最后一个我为地球上的锁链和蓄奴制所生的奴隶"。在《摩西·格兰迪纪事》(1844)中,主人公在手枪的胁迫下眼看着妻子被抢走。威廉·格兰姆斯(William Grimes)在《逃亡奴隶威廉·格兰姆斯的生活》(*Life of William Grimes, Runaway Slave*, 1855)中,描写了一个十分普遍的情形,即黑人自己被迫做监工,鞭打他们的朋友和家人。这种人性的堕落在叙事故事当中屡见不鲜,而在优秀的叙事故事中表现得尤为显著。像鲍尔、道格拉斯、布朗和诺索普的叙述,以奴隶生活的细节为背景,在富有戏剧性的人类活动场景中表现其主题,而这种场景有随时出现的哥特式恐怖,也有蓄奴制体系的正常有效的运作等。食物、衣服、医疗以及教育诸方面普遍贫穷的状况,在叙述中清晰地呈现出来。虽说废奴主义者间或也有夸张,但对奴隶的精神和肉体的多重虐待,却强有力地反驳了蓄奴制拥护者的观点:黑人只不过是动物——男人只是干重活用的牲畜,根本不懂得如何享受自由,而女人只是用来泄欲和生殖的用具——对他们只要派身体上的用场就够了。在《逃亡奴隶威廉·W. 布朗》(*William W. Brown, A Fugitive Slave*, 1847)中,一个奴隶因被控偷肉而被溺死。布朗叙述了第二天的收尸过程:来了"一辆车,是收集街道垃圾的……尸体被扔了进去,不一会儿,便被后来从街上收集的更多的垃圾覆盖了"。这些叙述与南方作家的小品文以及北方游客和小说家对种植园田园牧歌式的描述形成了鲜明的对照。北方读者从中了解到,蓄奴制的结果,倘若并非其目的,便是将黑人降到了作为人的最低层面。

部分叙事故事的成功主要是因为其主人公独特的个性或者不同寻常的职业。伊丽莎白·凯克利(Elizabeth Keckley)的《幕后》(*Behind the Scenes*, 1868)叙述了她如何从一个奴隶到进入白宫,成为玛丽·托德·林肯(Mary Todd Lincoln)的服装裁剪师。而《奥凯·塔比的生活故事》(*A Sketch of the Life of Okah Tubbee*, 1848)则描述了一名印第安纳齐兹族(Natches)奴隶获得自由后,身着印第安服装,自称为乔克托酋长的后裔,成为了一名流浪乐师。也许20世纪前最著名的奴隶叙述者是约西亚·汉森,一名卫理公会牧师。在1849年出版的他自己的叙述中(《约西亚·汉森的生活》[Life of Josiah Henson],由塞缪尔·A. 艾略特[Samuel A. Eliot]笔录)他言简意赅地记录了他在宗教信仰上的转变、他所遭逢的不幸,以及他举家逃往加拿大的经历。在加拿大,他成为一个成功的黑人聚居地道恩镇的领袖。不过,汉森之所以颇具名声,是因为他自称是斯托夫人笔下汤姆叔叔的原型。可这一点现在已受到了学术界的怀疑。通过对现成的传说加以巧妙利用和顺水推舟(到最后连斯托夫人也参与其中),汉森靠在其他版本的自传中扮演这一角色出了名,比如《比小说更奇特的真实故事:汉森牧师自己的生活故事》(*Truth Stranger than Fiction: Father Henson's Story of his Own Life*, 1858)等。不过,与其他大多数对汤姆叔叔的传说所进行的演绎相似,汉森这番作为的结果只能是既削弱了汤姆这个角色的魅力,又抹杀了他自己的生活故事本身的意义。

与其他这类故事一样,汉森故事的重要性不仅在于它表现了南北方自由人的生活,而且还在于它表现了蓄奴制下的生活。詹姆斯·W. C. 彭宁顿(James W. C. Pennington)在他颇受欢迎的自传《逃亡的铁匠》(*The Fugitive Blacksmith*, 1849)中叙述了他的逃亡、归化以及他牧师生涯的开始。故事结尾,他给以前的主人写了一封信,恳请他释放奴隶、皈依上帝。然而,在彭宁顿的生活中更为引人注目的是,他得到了海德堡大学的荣誉博士学位,耶鲁大学却不允许他进入教室,只准他站在教室外面听课。彭宁顿从蓄奴制下逃出之后才得以受教育。他为反对蓄奴制积极工作,还写了一本儿童教材《有色人种的来源与历史》(*A Textbook of the Origin and History of the Colored People*, 1841)。有趣的是,彭宁顿认为,在许多方面温和的蓄奴制是最糟糕的,因为其非人道的影响不易被察觉。他对奴隶制度谴责最多的地方在于其迫使奴隶不诚实和不让他们接受教育。在北方亲身经历了对自由黑人的歧视后他更坚定了这一态度。与道格拉斯一样,大多数逃亡奴隶不仅时常担心被抓回去或被绑架而回到蓄奴制下,还要面对针对黑人的种族歧视、怀疑或仇恨。这一切几乎存在于美国北部反对蓄奴制圈子之外的每个角落(有时候当然也会出现在圈子里)。对那些生来就是自由人的黑人来说情况也常常如此。《詹姆斯·马尔斯的生活》(*The Life of James Mars*, 1864)讲述了一名康涅狄格人的故事。尽管他在1788年该州废除蓄奴制后出生,却不得不在此州法律下继续为奴到1825年。詹姆斯·托马斯(James Thomas)的《自传》(*Autobiography*, 1984)写于19世纪90年代,书中讲述了他在纳什维尔自由黑人中间度过的岁月、他于内战前夕在堪萨斯州和密苏里州的生活以及他最终在圣路易斯州如何成为一名成功的商人和有产者。与之类似,以"纳齐兹理发师"

○ 扩张与种族的文学

著称的威廉·约翰在1835—1851年间（1951年发表）的日记中记录了他在密西西比的一个动荡不安的、充满决斗、浪漫、种族主义和腐败政治的世界中做农民和当理发师的生活。塞缪尔·林戈尔德·沃德（Samuel Ringgold Ward）是一位著名的反对蓄奴制的演说家。他逃离蓄奴制后在北方成为传教士。在他的《一名逃亡奴隶的自传》（*Autobiography of a Fugitive Negro*，1855）中，他不仅描述了他的全部废奴主义活动而且对北方教堂姑息蓄奴制提出了尖锐的批评。奥斯丁·斯图亚特（Austin Steward，1794—1860）跟随他的主人来到纽约边境，通过被人雇用而获得自由，并成为一名成功的杂货商与废奴活动家，后来他组织建立了威尔伯福斯加拿大黑人聚居地。本杰明·德鲁（Benjamin Drew）的《北方人看蓄奴制观》（*Northside View of Slavery*，1856）汇集了一系列的非裔加拿大人的故事。贯穿故事的主题颇具反讽意味，即美国黑人只有彻底离开这个国家才能成为自由的美国人。与此类似，斯图亚特的《二十二年奴隶，四十年自由人》（*Twenty-Two Years a Slave, and Forty Years a Freeman*，1857）并不因道出美国黑人获得自由的事实，而是以道出了美国黑人自由中存在的上述悖论而具有了分量。他的故事以蓄奴制开始，但重点却是叙述北方对自由黑人的歧视以及每一位有良知的北方人眼中逃亡奴隶法案的不道德内涵。如果说斯图亚特的命运还不及《我们黑鬼》中的女主人公可怕，那么弗雷德里克·道格拉斯描述他在马萨诸塞州一列火车上富于讽刺性的遭遇（在《我的奴役和我的自由》中）却在北方的此类经历中具有典型意义："他们不许自由黑人进入他们车厢，却允许黑人奴隶跟随他们的男女主人一起不受打扰地乘车。"

314 不过，内战前对黑人生活最辛辣的讽刺或许还是来自自由黑人，比如遭到绑架后被卖为奴隶的所罗门·诺索普（Soloman Northup）。诺索普的《十二年奴隶生涯》（*Twelve Tears a Slave*，1853）记述了他被掳为奴隶、最后从路易斯安娜州的一个种植园被救出的经历（九年之后他才最终获得笔墨写信向北方求援）。故事中有一些极为精彩和详细的描述：奴隶的日常生活、与奴隶拍卖相关的详尽的推销技巧，以及奴隶们发展起来的使他们有别于主人的野蛮的非裔美国文化。斯托在她的《关于〈汤姆叔叔的小屋〉的答辩》中，录入了诺索普在做奴隶期间所写的信件。而在斯托的小说之后，诺索普与其他黑人一起通过写作抨击蓄奴制的拥护者并含蓄地批评了像斯托这类作家的作品在理解上的局限性：

人们可以写小说真实地或不真实地反映卑微低下的生活——也许会一本正经地宣扬无知即幸福——或是坐在扶手椅上轻描淡写地谈论奴隶

生活的乐趣；但是让他们到田里与奴隶一起劳作吧——在小屋里与奴隶一起睡觉——和奴隶一起吃麸皮——让他们看看奴隶是怎样被鞭笞、被追捕、被践踏……让他们知道可怜的奴隶的内心——了解他们内心深处的想法——那些他们不敢说出来让白人听见的想法……他们会发现99%的人都有足够的智力了解自己的处境，在他们的心中也会怀有对自由的挚爱，其强烈程度与他们相比丝毫不差。

由于诺索普从自由人和奴隶的双重角度来叙述，这就为奴隶带面具的必要性提供了一个特殊的佐证。奴隶们为了每天的生存，为了发展他们自己的历史、意识以及文化艺术，是必须带上面具的。

事实上，在奴隶们对种植园生活和在北方所遭受的歧视所做的黯淡叙述中，还体现出一种力量感和为了生存的独立精神以及对蓄奴制和种族主义毫不隐晦的对抗。这一群体所建立起来的世界从严格意义上来说既非美国的，也不是非洲的，而是一种奇特的融合。它注定要形成其独具特色的形式并在以后的日子里对美国的宗教、艺术、社会思想和政治产生重大影响。在很多情形下，奴隶叙事故事不仅仅是早期黑人文化的零星记录，而且还是连接口头叙事传统与欧美文化正式书面叙事的桥梁。为了适应在文化缝隙中勉力求存——这种生存不仅依赖精神的力量还需要机智——的需要，叙述者们创造着自我，在这一过程中他们有时简直像美国黑人传说中的骗子或魔法师。这类人物的故事到世纪之交时人们已收集得越来越多，后来又以文学形式将其记录下来，比如，乔尔·钱德勒·哈里斯（Joel Chandler Harries）写的几部关于雷姆斯叔叔的故事、查尔斯·切斯纳特（Charles Chesnutt）的《女巫》（The Conjure Woman）以及左拉·尼尔·赫斯顿的《骡子与人》（Mules and Men）。与在蓄奴制下大行其道的其他自我表达与交流形式一样，兔子布雷与狐狸布雷这类的骗子故事（这只是众多动物故事中最为著名的）和老主人与约翰的故事等都能为人们带来心理安慰，或在这个险恶的奴隶世界中现实地展现力量。此外，这些故事还常常添枝加叶将寓意延伸至战后时期。比如，在赫斯顿记录的主人——约翰（Master-John）故事的诸多变体中，广为流传的是"菲里－密－约克"的故事。故事中，主人假装离开镇上（去"菲里－密－约克"）却化了装悄悄回来，结果发现约翰在"大房子"中为他的奴隶同伴开舞会，吃着、喝着主人家的东西，还杀了他的几头猪。主人准备要吊死约翰，但是约翰却反过来捉弄了他的主人。他让一个朋友拿着盒火柴藏在主人要吊死他的树上，然后开始祈祷上帝请求得到帮助。故事是这样结尾的：

扩张与种族的文学

"现在,约翰,"马萨说道,"你临终前还有什么话要说吗?"

"有的,主人,我想祈祷。"

"那就他妈的快祷告吧。我对你已经烦透了,约翰。"

约翰跪了下来。"哦,主啊,我在这棵柿子树下祈祷。如果您今晚要毁了老马萨和他的老婆、孩子以及他的一切,就让我见见亮光吧。"

杰克在树上划了根火柴。老马萨抓住约翰说:"约翰,不要再祈祷了。"

约翰说:"哎行了,放开我,我好祈祷。哦,主啊,我今晚在呼唤你,只呼唤你。如果您要毁了老马萨和他的老婆、孩子及他的一切,就让我再见见亮光吧。"

杰克又划了根火柴。这时,老马萨开始撒腿狂奔起来。他给了约翰自由,还给了他许多土地和牲口。他跑得飞快,一列快车要以90英里的时速跑上半年才能撵上他。奴隶今天的自由就是这么来的。

正如上述例子所显示的,荒诞不经的故事和滑稽讽刺是美国黑人传说的主要方式。故事中支配与服从的角色被逆转,弱势但机智的"奴隶"人物,无论是约翰还是兔子布雷,往往战胜甚至毁灭他的"主人"。在随后的几十年里以各种变异形式记录下来的这些奴隶传说构成了美国黑人蓄奴制最突出的艺术遗产之一。

美国南北战争前黑人生活最重要的特点或许是宗教——一个融合不同地理和不同年代经验、连接奴隶和自由黑人的生活,并成为鲜明的美国黑人文化形式存在与发展的主要载体的因素。他们将福音派新教与非洲宗教的残留因素结合在一起创立了非洲卫理公会、各种形式的浸礼教会以及诸多没有正式组织的宗教信仰团体。无论是主人作为一种控制手段强加于奴隶,还是在奴隶们中间自发形成的共同信仰,宗教在奴隶们的生活中起着非常重要的作用,其形式为祈祷、吟唱或膜拜。无论是自由黑人还是奴隶的叙事故事,宗教起的作用都是至关重要的。对于后者来说是因为逃亡通常与《圣经》中逃脱奴役的故事相吻合。许多人都记述了自己改变宗教信仰的经历以及因宗教(尤其是基督教会)面对蓄奴制无能为力而对其产生的绝望,福雷德里克·道格拉斯只是众多的叙述者之一。比如,《诺亚·戴维斯牧师的生活》(*The Narrative of the Life of Reverend Noah Davis*, 1859)就讲述了戴维斯在巴尔的摩的牧师生活经历,以及他为孩子们赎买自由的努力的失败。《逃亡奴隶约翰·汤普森》(*Life of John Thompson, A Fugitive Slave*, 1856)是一部典型的奴隶改变信仰的叙事故事。故事记录了一个家庭的骨肉分离与逃亡。这之后汤普森学会了认字并学着阅读《圣经》。最后他前往非洲。威廉·韦尔斯·布朗将他的故事献给一个帮助过他的俄亥俄州人，后来他以那人的名字给自己命了名。在他的叙述中，他将自己的经历和基督对基督徒责任的训诫作了类比："13 年前，我，一个刚刚逃离锁链和皮鞭的疲惫不堪的流亡者，来到你的门前。我是一个陌生人，而你收留了我。我饿了，你给我吃的。我光着身子，你给我衣服。"贾瑞娜·李（Jarena Lee）和齐法·伊劳（Zilpha Elaw）是两位自由的黑人女福音传道者。她们记录了自己内战前的经历。几年后，还有另外几个人，包括朱莉亚·富特（Julia Foote）和阿曼达·史密斯（Amanda Smith），也写了传记。史密斯 1893 年出版的纪事记述了她在英国和印度传播福音后在非洲卫理公会的活动，以及她力挫男牧师的公开反对，成功地担任执事一职的情况。这一切与她孩提时代的奴隶生活形成鲜明的对照。在改变了自己的信仰时，年轻的阿曼达·史密斯喜不自胜，甚至跑到镜子前想看看自己的肤色是否也改变了。

白人主人向奴隶灌输的基督教义大多强调《新约全书》里提倡的温顺服从。而奴隶自己的信仰和 19 世纪黑人的布道则常常侧重《旧约全书》中恶人遭到报应的故事以及被奴役人民得到解放的章节。上文提到过的弗朗西斯·哈珀写于内战后的诗歌《摩西：尼罗河的故事》即是最清晰的一个文学例证，表明这种原形将远远超越蓄奴制时期而在美国的非裔文化中不断重复。黑人牧师往往在团体中担任领导地位，不仅因为他有能力引导该团体的信仰或担当它的精神支柱，而且因为他在某种程度上是留存的非洲习俗或信仰的化身。而这些习俗与信仰，即便那些观察力敏锐的奴隶主或种植园的访客也感受不到或者无法理解。有影响的教士可以把可能来自差异极大的非洲传统的人聚合到一起；他还能像说书人或乐师一样把对于欧裔美国人来说是异教的或者毫无意义的文化材料保存下来。尽管许多种植园和白人组织为奴隶提供固定的礼拜日宗教活动，但奴隶故事的叙述人和历史学家们向我们揭示，黑人的秘密宗教集会——通常采用呼唤与应答，或更能激发情感的、富有节奏表现力的音乐和舞蹈，或某些非洲招魂术等形式——对奴隶团体的生活和蓄奴制以外的黑人教会起着至关重要的作用。例如，黑人种植园音乐就带有浓重的非洲生活痕迹：朱巴舞拍击或是狂欢节的打击乐就从节奏上继承了非洲的鼓乐，而代之以手、人声、小提琴或新的打击乐器。部分由于奴隶宗教的媒介作用，非洲民间故事——动物精灵、骗子式的人物、强大的祖先等等——通过变形而留存下来。这就像节奏复杂的非洲音乐一样，逐渐演变成了新的民间活动，并与奴隶们学到的基督教教义相结合而形成了灵歌。

317

○扩张与种族的文学

黑人灵歌在世界范围内作为最具美国特色音乐的滥觞而广受称颂，它是白人新教音乐、非洲的影响以及奴隶原创的综合体。奴隶歌曲具有多种样式和意义。有些糅合了非洲民间传说和信仰的片段，然而其基本主题是渴望在肉体和精神上脱离奴役。托马斯·温特华斯·希金森在1867年的一篇有关黑人灵歌的文章中写到，黑人"就像他们以前的祖先一样，从对自己卑贱地位的思考唱起，以《启示录》中的宏伟景象结尾"。第一部重要的歌曲集是威廉·弗朗西斯·爱伦（William Francis Allen）的《美国奴隶歌曲》（*Slave Songs of the United States*, 1867）。尽管在19世纪末出现了为数众多的黑人灵歌集，但这本最著名的集子却是以诸如菲斯克大学合唱团和汉普顿学院合唱团等黑人合唱团的演出为基础的。第一个强烈呼吁重视这些"哀伤的歌曲"的是W. E. B. 杜波伊斯（W. E. B. Du Bois）。他在自己的经典著作《黑人的心灵》（*The Souls of Black Folks*, 1903）中运用灵歌来捍卫非裔美国黑人的文化和权利："黑人的民歌——奴隶们有节奏的呼喊——在今天不单代表美国音乐，也是海这边人类经验最美的表达……它是这个国家独一无二的精神遗产，表现了黑人最伟大的天赋。"非裔美国黑奴的灵歌以及劳动歌曲（与后一世纪的福音音乐和布鲁斯音乐一样，这两种形式常常相互融合）从各个重要方面来说都是黑人口头文化的核心。与大多数美国黑人音乐和文学的特点近似，黑人歌曲也是以其独创性和即兴发挥著称。它注重个人表演，其价值主要体现在对流传于不同群体和一代代人之间、内容不断增加的共同文化遗产所做的贡献。只有通过音乐的形式才能使人感受到灵歌的全部力量，尤其是那些音调极其优美的歌曲，比如"马车啊，慢慢摇"（Swing Low, Sweet Chariot）、"摇啊摇，乔丹"（Roll, Jordan, Roll）、"没有人知道我的烦恼"（Nobody Knows the Trouble I've Seen）以及"有时我像一个孤儿"（Sometimes I Feel Like a Motherless Child）等。与口头民间故事的传统类似，非裔美国灵歌依赖的是集体的努力和个人即兴发挥。尽管最常见的歌曲是那些代代相传并在劳动中不断得到发展的曲子——田间号子、船歌、丰收歌、市场上的吆喝以及去劳动的路上唱的歌曲。但是，较复杂的歌曲一般都要在奴隶故事中加入一个富有寓意的人物或者一种精神的代表。比如，"我的主啊，多么伤心"（My Lord, What a Mourning），这首歌的另一种变体是将"伤心（mourning）"拼写为"早晨（morning）"，这表明了灵歌在把基督教末世论改编成反映被奴役情形时的复杂隐喻和道德上的矛盾心理：

   我的主啊，多么伤心，
    我的主啊，多么伤心，

3 蓄奴制文学与非裔美国人文化

> 我的主啊，多么伤心，
> 当星星开始坠落。
>
> 你将听见号角的声音
> 将地下的民族惊醒，
> 留心上帝的右手
> 当星星开始坠落。

"全都没有了"（Many Thousand Gone）是由爱伦记录的一首简洁却强劲有力的灵歌，后来出现了很多不同的版本。有人认为它源于奴隶对解放的反应，然而它的解脱主题（不论是通过死亡、逃亡还是解放）、它对蓄奴制下的劳动与惩罚的反复轮唱以及对先死者的纪念表明它的起源时间应该更早一些：

> 不再有我站着的拍卖墩，
> 不再有了，不再有了，
> 不再有我站着的拍卖墩，
> 全都不再有了。
>
> 不再有拿来交换我的一配克①玉米，
> 不再有了，不再有了，
> 不再有拿来交换我的一配克玉米，
> 全都没有了。
>
> 不再有车夫的鞭打，
> 不再有了，不再有了，
> 不再有车夫的鞭打，
> 全都没有了。

有时世俗的工作或活动与宗教主题结合在一起。如在内战中曾服役于某黑人军团的希金森记录的一名鼓手唱的歌：

> 喔！我们去摆渡，

---

① 配克（Peck）：容量单位，等于2加仑。——译注

扩张与种族的文学

> 铃儿叮当响;
> 我们要登陆,
> 铃儿叮当响;
> 相信吧,信徒,
> 铃儿叮当响;
> 撒旦就在后头,
> 铃儿叮当响;
> 在这薄雾弥漫的早晨,
> 铃儿叮当响;
> 喔!路上满是沙尘;
> 铃儿叮当响!

内战前发表的一些叙事故事中(许多是后来通过口述收集的)也包括奴隶歌曲。比如,威廉·韦尔斯·布朗就记录了即将被卖到更加遥远的南方的奴隶们唱的一首歌:

> 喔,仁慈的上帝!何年何月,
> 我们这些可怜人才能获得自由;
> 上帝啊,打破蓄奴制的淫威——
> 您能否与我同行?
> 上帝啊,打破蓄奴制的淫威,
> 奏响庆典的歌曲吧!
>
> 亲爱的上帝,亲爱的上帝,当蓄奴制不再有时,
> 我们这些可怜人才能够得到安宁;——
> 好日子正在降临,
> 您可否与我同行?
> 好日子正在降临,
> 奏响庆典的歌曲吧!

奴隶歌曲常常采用《圣经》的意象来预言精神上或实际的解脱,双重含义是许多歌曲不可分割的一部分。一名英国记者1856年在南方各州旅行时保存了一首在南卡罗莱纳州的祈祷集会上吟唱的歌曲。歌曲富于节奏和反复,演唱时还有即兴发挥:

在那个早晨，虔诚的信徒，
在那个早晨，
我们将坐在耶稣身旁，
在那个早晨，
倘若你先我而行，
在那个早晨，
你将坐在耶稣的身旁
在那个早晨，
虔诚的信徒，你的通行证何在
在那个早晨，
耶稣基督拿着你的通行证
在那个早晨。

蓄奴制下留存的最著名的歌曲是《去吧，摩西》（*Go Down, Moses*）。它有多种版本，而且成为自弗朗西斯·哈珀（Francis Harper）到威廉·福克纳（William Faukner）的作家的作品中有关黑人生活不可分割的一部分。这首颂歌最早于1861年刊登在《全国废奴旗帜》中，歌曲将以色列人在埃及所受的奴役与黑人在美国南方所受到的奴役相类比：

当以色列人在埃及的土地上时，
哦让我的人民走吧！
他们再也不能忍受如此深重的压迫，
哦让我的人民走吧！

哦去吧，摩西
到埃及的土地上去，
告诉埃及法老
让我的人民走吧！

他们再不会带着枷锁劳作，
哦让我的人民走吧！
让他们逃离埃及的掌握，
哦让我的人民走吧！

○ 扩张与种族的文学

《去吧，摩西》以及类似的歌曲在被记录下来之前在黑人社会中广为流传，这是因为有的其中可能暗含颠覆或反抗的信息。有关《悄悄地离开》(*Steal Away*) 一歌的作者存在许多争议。但不管人们能否证明该歌曲确实是奈特·特纳所写，它都是暗中号召逃跑的一个例子——逃到北方或加拿大以获得自由，或者富有寓意地号召回到非洲——这一点在许多灵歌中都有暗示：

悄悄地离开，悄悄地离开，
悄悄地走到耶稣那儿去！
悄悄地离开，悄悄地走回家，
我不会在这儿久住。

我的上帝，他在召唤着我，
他以雷声召唤我，
号角在我心灵深处响起，
我不会在这儿久住。

与之类似，萨拉·布拉德福特在哈丽亚特·塔布曼故事中就是将歌曲当做暗语，下面这节诗据说就向奴隶们暗示逃跑的时机还未成熟：

摩西来到埃及，
等着老法老让我离开；
倘若亚当没有堕落，
人本可以长生不老。

这些歌曲保存在奴隶叙事故事、反对蓄奴制的各种出版物以及直到20世纪还在不断出现的杂志文章还有诸如威廉·爱伦的《美国奴隶歌曲》和其他集子里。它们成为现代黑人文化的基础。民间奴隶故事中残存的非洲成分和具有明显特征的文化创造是个人以及家庭获得安慰的一种源泉，同时也是民族自我保护的早期形式，这在南北战争前的书面文件中仅有零零星星的反映。这些成分，特别在宗教音乐中，不仅是一种自我表现的途径，还是与非人的蓄奴制抗争的手段。不仅如此，他们还是丰富多彩、富于魅力的非裔美国艺术的最初表现形式。这些表现形式后来出现在黑人合唱音乐、布鲁斯、爵士乐中，注定要对美国的文化生活和表演艺术产生深远的影响。

按照弗雷德里克·道格拉斯的说法,在他孩提时代,奴隶歌曲就使他有了"最早的对蓄奴制度丧失人性特征的朦胧认识",因为这些歌曲表现了奴隶表面的满足之下所隐藏的痛苦:"奴隶歌曲表现奴隶心中的悲伤而不是欢乐;他因这歌曲得到安慰,就如同泪水对痛苦心灵之抚慰一样。"然而,奴隶歌曲,无论是灵歌、民歌还是劳动歌曲,还同时表达了面对悲痛时的力量、尊严和智慧。他们还表达抗议,正像道格拉斯本人所举的例子一样,"相当不错地总结了蓄奴制明显的不公与欺骗":

> 我们种植小麦,
> 他们给我们吃玉米;
> 我们烘烤面包;
> 他们给我们吃面包皮;
> 我们筛出粮食,
> 他们给我们吃糠壳;
> 我们切肉,
> 他们给我们吃肉皮,
> 他们就是这样
> 把我们欺骗。
> 我们把汤罐面上的沫子撇去,
> 他们就把那残汤水给我们,
> 还说黑鬼有这个就够好了。

在他那著名的传记的修订本中,弗雷德里克·道格拉斯(1817—1895)对美国黑奴的生活以及他们所创造的文化做了极为全面而丰富的描述。不过,道格拉斯的名声主要来自他那富有战斗性的反对蓄奴制的演讲和编辑生涯,以及内战后他在担任警长、哥伦比亚特区刑事法院法官和美国驻海地使节期间一直充当的黑人在政治和社会事务上的重要代言人。

道格拉斯出生在马里兰州的一个大种植园中,生而为奴。1838年,他逃到马萨诸塞州成为威廉·劳埃德·加里森的追随者和一位卓越的演说家。1845年,他的《弗雷德里克·道格拉斯的人生叙谈》(*Narrative of the Life of Frederick Douglass*)出版,暴露出他的逃亡奴隶身份。随后他赴英国和爱尔兰,在那儿成为一名极受欢迎的反蓄奴制演说家。几年后他回到美国,从他过去的主人处赎回自由。道格拉斯在诸多问题上都与加里森有不同看法:他

扩张与种族的文学

不愿接受加里森关于宪法有必要支持蓄奴制以及传统的政治活动在对蓄奴制的斗争中毫无用处的观点;加里森反对道格拉斯于1847年创立自己的反蓄奴制报纸《北方之星》(*North Star*);也许加里森因道格拉斯成为一名成功的演说者和作家而心怀嫉妒。正如道格拉斯在他的《我的奴役和我的自由》(*My Bondage and My Freedom*, 1855)的修订版中所写的,他很快就开始厌恶加里森及其他人要他在反蓄奴制演讲中所扮演的角色:"我通常被作为一件'物品'——样'东西'——一个南方的'财产'来介绍,然后主持人向观众确认它可以说话。"他被告知要在演说中谈一点种植园,讲的故事不必过于详尽,要将哲理留给像加里森这样的白人来陈述。他们则将道格拉斯当做他们评述的"文本"。道格拉斯在作品中暗示,这种情况不仅令人压抑而且还是一种新的奴役形式,与他从南方逃离的身体上的侮辱同样残酷。

尽管道格拉斯在《我的奴役和我的自由》当中更为清晰有力地表明了自己的独立姿态,他一生事业的主旨却表现于1845年的《人生叙谈》(*Narrative*)。一些现代批评家发现这是道格拉斯最真实的作品,因为该书最接近他在蓄奴制下的亲身经历。从一开始,该书就表现出道格拉斯驾驭语言的非凡能力。这也部分地是有意识地反映书中反复出现的主题,即具有读写能力是通往自由的关键。道格拉斯的主人不准他学认字。他回忆道:"这是一个新的特别的启示,解释了黑暗而神秘的东西,那是我年轻稚嫩的心所努力理解却无法理解的东西。我现在明白了当时最困扰我的一个问题——也就是,白种人奴役黑人的力量所在。这是一个伟大的发现,我对此无比珍视。从那一刻起,我知道了从蓄奴制通向自由的道路。"与其他许多奴隶叙事者相比,道格拉斯更加清楚他自己的能力以及他创作范例式作品的必要。他的出众之处在于,他除了叙述自己的生活故事外,还呈现了一个法律所不允许奴隶们去做的几乎是神化了的奴隶言行准则和自我完善的化身。道格拉斯的《人生叙谈》对先前奴隶们记述的主题加以总结,也就是将黑人家庭与团体在种植园蓄奴制熔炉中的精神生存戏剧化,探讨在蓄奴制下权力和非人道如何共同作用阻止非裔美国人掌握带来真正生活尊严的那些文化符号。尽管口头和书面的不同步在一定程度上反映了黑人民间生活的口头传统与主流文化的矛盾,在《人生叙谈》中,二者却都是发现的手段。作为"把握"自己的途径,这二者使得他能够创作出一种"自传"。在自传中,自由了的奴隶在叙述过程中实际上是作为一个人塑造的,无论他面对的是观众还是文字。

尽管《我的奴役和我的自由》缺乏早期《人生叙谈》中的某些直率和简洁,它却是连接道格拉斯两部分生活的桥梁,提供了更多他在北方生活的细节,也补充描写了他的奴隶生活的一些片段。这本书已不再是他的白人顾问要他登上讲坛向人叙述的简单故事，而是一篇充满活力的深刻的反对蓄奴制的檄文，深入地探讨了美国自由的意义以及美国对于奴隶和自由黑人的意义。道格拉斯在他的思想和著作中对自己的生活有过几次重塑，这些修订是其中最早的一次。它们进一步重申了他的生活故事——也是许多其他逃亡奴隶的故事——中的中心思想——即读写能力是获取力量的最基本的途径。正如"自我奋斗成功者"的话语主宰了道格拉斯内战后的自传写作，在《我的奴役和我的自由》中革命与自由的话语处于显著地位。不论在他的自传中还是在他 1853 根据奴隶麦迪逊·华盛顿领导的奴隶船"克里昂"号起义事件所写的短篇小说《英雄奴隶》(*The Heroic Slave*) 中，道格拉斯均借用民主革命的理想表现黑人奴隶的事业。正如麦迪逊·华盛顿，这位弗吉尼亚的黑人爱国者所说的："我们所做的一切正是你们先辈所做而为你们所鼓掌欢呼的。如果说我们是刽子手，那么他们也是。"

　　道格拉斯最著名的演讲之一是他那篇关于 7 月 4 日对于黑人的意义的演说。演讲恳求得到革命的权利，但同时声明白人先辈的事业与黑人无关。这是"你们民族独立、你们政治自由的日子"。道格拉斯 1852 年在罗切斯特市对他的听众（大部分是白人）这样说道："这个日子对于你们，就如同逾越节对于解放了的上帝的子民一样。"道格拉斯指出，对于美国奴隶来说，7 月 4 日是一种欺骗与嘲讽，它只是"一层薄薄的遮羞布而已，其遮盖的罪恶足以令一个野蛮民族为之蒙羞"。他反对加里森的非暴力主张。到 19 世纪 50 年代，道格拉斯坚信奴隶武装暴动是砸碎奴隶枷锁的正义之举。针对迪尤等蓄奴制拥护者的奴隶们不会成为"爱国者"而只会成为"六亲不认的杀戮者"的言论，道格拉斯回答说他们可以两者都是。或者，正如他在《我的奴役和我的自由》中所写的，奴隶主每天都在剥夺人类正当的、不可剥夺的权力，因此也就是"在静静地磨砺指向他自己喉管的复仇刀刃。他对共和国缔造者的每一声赞美、对自己可能遭受的压迫的每一次谴责，其实都等于将刀子引向他自己的喉管，肯定了他自己的奴隶造反的权力"。

　　此外，无论是"英雄的奴隶"还是道格拉斯重新构架的、在他 19 世纪 50 年代的著作中尤其突出的暴力反抗思想都可以理解为对斯托夫人广为流传的汤姆叔叔故事的一种回应。道格拉斯自其写作生涯的开始就对教会的废奴主义表示怀疑。在他 1845 年的《人生叙谈》的附录中，他言辞异常尖锐地写道："宗教的复兴与奴隶贸易的复活相伴而行……监狱里银铛的脚镣和叮当的锁链与教堂虔诚的灵歌和肃穆的祈祷同时响起。从事人类肉体与灵魂买卖的贩子们将摊位立于圣坛前，相互利用，狼狈为奸。"自从道格拉斯摒弃加里森的和平主义原则、号召奴隶们暴力反抗后，他就把自己奴隶生活的中心事件，即他与驯奴人科维（Covey）打架一事，在自传的修订本中加以突出，以与汤姆叔叔向利格瑞的投降形成对照：

> 那次打架之后，我完全变了个人。以前我什么都不是；现在我是个人了。它唤起了我被碾碎了的自尊和自信，进一步坚定了我要做一个自由人的决心。……只有一个因对邪恶的暴君的欺辱表示不满而惹过麻烦、冒过险的人才能理解这次斗争在我精神上所起的作用。……这是从黑暗、瘟疫横行的蓄奴制坟墓中再生后进入相对自由的天堂。……我已经到了对死无所畏惧的程度了。这种精神使得我成了本质上的自由人，尽管在形式上我仍是奴隶。假使一个奴隶不愿被随意打骂，那么他就有了大半的自由。……要是奴隶们宁愿过挨打受骂的生活也不愿即刻死去，那么他们总会发现有足够多的基督徒，比如科维，会满足他们的选择。

道格拉斯对斯托的呼应从他对蓄奴制度下家庭腐败的抨击的改动中也可以看出。他说道："对临终者悉心照看的神圣场面是难以忘怀的，在生活中往往能起到抑恶扬善的作用。但这样的场面只能从自由人中间找到。"道格拉斯甚至在用事例支持斯托抨击蓄奴制对奴隶家庭的毁灭时就暗示了斯托视角的局限性。家庭和革命的问题在道格拉斯独具特色的对革命"父辈们"的呼唤中统一起来。他要以他们来取代他那不知是何人的白人主人兼父亲，和他难以接受的继父，如他的第二个主人休·奥尔德（Hugh Auld）以及后来的加里森。根据道格拉斯的说法，家庭被蓄奴制摧毁，但当它被作为理想的民主国家的一部分而得到重建时，家庭又可以成为反蓄奴制的武器。

道格拉斯在演说中常常故意模仿蓄奴制所谓的家长主义，运用典型的奴隶规范以形成反衬。他之所以能够这么做而且行之有效，那是因为他清楚，正如他在英国的告别演说中所说的，"鞭子、锁链、口衔、拇指夹、大猎犬、手枷和足枷以及其他血淋淋的蓄奴制用具是构成主人与奴隶之间关系所不可或缺的。奴隶必须顺从，否则便不成为奴隶。"在《我的奴役和我的自由》中，鞭打的事件之所以得到渲染，不仅仅是为了增添哥特式小说的恐怖色彩，而是作为道格拉斯对蓄奴制体制特点精确描述的一种象征。有一种颇具争议的观点认为，在对奴隶的非人道对待以及迫使他们通过模仿形成一种受束缚的行为模式上，种植园与集中营、监狱或其他"集中性组织"十分相像。然而我们无须对此表示赞同便足以被道格拉斯在《我的奴役和我的自由》中对劳埃德上校庞大种植园的补充记述震撼了。在修订版中，他不仅充分描绘了奴隶生活，大量的细节与着重点都放到了对种植园的自给自足和黑暗封闭状态的描写上。庄园靠不同的劳动分工和劳埃德自己的船只所做的跨越旧金山湾的交易来维持，创造出一个貌似富庶、"伊甸园"般的世界，而实质上却是黑暗的中心。劳埃德庄园的庞大以及他作为马里兰州三任州长和两任参议员的显赫地位使得道格拉斯可以将自己的故事延伸为一个全国范围内的典型。在这个革新浪潮和乌托邦社会的设想风行的时代，种植园（按照蓄奴制拥护者的说法）成为世外桃源式的地方。在这里，国家的控制和家长制的管制共同维护着奴隶的利益。然而这一切却是通过把奴隶关在一个腐败的"家庭"中来实现的，而且这个家庭对于奴隶来说，和道格拉斯的情形一样，可能是虽有血缘关系却不受法律保护的。

道格拉斯的《北方之星》（1851年他将其改名为《弗雷德里克·道格拉斯报》）的极大成功对于他的思路扩展和他吸引更多读者的能力至关重要，使得他在很大程度上不再依赖加里森和其他白人废奴主义者，也可以说使得他产生了类似本杰明·福兰克林的自我提高、自我改进的性格。这一点成为他个性成熟的一面，并在他后来的自传《弗雷德里克·道格拉斯》（1881年出版，1892年再次修订）中非常突出。道格拉斯鼓励妇女参加反对蓄奴制的运动，支持妇女拥有选举权（《北方之星》的格言就是"权力没有性别——真理不分肤色"）。他在内战前和内战后所发起的运动并非仅仅是黑人权力运动，将其理解为人权运动也许更加合适。他的多卷演讲稿和社论作品也许是在19世纪为黑人自由斗争当中个人所留下的最完整的社会和政治记载。林肯好几次征询了道格拉斯的意见，不过这位总统在黑人军队和黑人解放问题上的行动比道格拉斯所希望的要慢得多。1876年道格拉斯在为"解放奴隶献给林肯的纪念碑"所作的献词中总结了他们两人的差异以及黑人在战后的象征性地位。当时，格兰特和他的内阁成员们、最高法院的法官们以及其他要人都在场。道格拉斯说道："当忘恩负义的辱骂劈头盖脸地向我们打来，而这种指责又想将我们置于人类的手足情谊之外时，我们便可以平静地指向我们今天为纪念亚伯拉罕·林肯而竖立起来的这块纪念碑。"然而，这个温和的结束语只是稍稍缓和了他在通篇讲话中对林肯所执行的政策的批评语气。他说，事实使得他不得不承认，就其习惯和偏见而言，林肯"是一个白种人"。"你们，"道格拉斯对他的多数是白人的听众说："是亚伯拉罕·林肯的孩子。我们最多不过是他的继子，是收养的孩子，是由于环境和需要而领养的孩子。"

道格拉斯担任哥伦比亚特区的执法官以及后来担任驻海地总领事部分地是他对共和党的拥护所得到的政治上的回报。但是，这种角色也表明道格拉斯所得到的认可已经不局限于战前的白人圈子了——那些人的家长制观点在道格拉斯看来是一种极大的束缚。虽说他的《人生与时代》(*Life and Times*

○扩张与种族的文学

记录了该世纪的后几十年里南部重建的失败以及黑人公民权的不断下降，但他也在该书中强调了黑人通过"自立、自尊、勤劳、恒心与节俭"来取得经济上的成功和文化上的成就。有鉴于此，布克·T. 华盛顿将他自己视做道格拉斯的当然继承人便不足为奇了。然而，道格拉斯这些年以及更早的生活并未在他的自传中全部体现出来。他在1892年的《人生与时代》的结尾处声称，他在海地的领事身份以及随后被委派代表海地参加1893年在芝加哥举办的美洲世界博览会是"我漫长生涯中最辉煌的荣誉，为我担任公职的生涯划上了适当而快乐的句号"。其实，道格拉斯在博览会上露面的真正意义并不在此。除了有关非洲人（并非非裔美国人）生活的展览外，黑人在展览会上完全没有官方代表。正如道格拉斯为一本抗议这种文化忽视和不公正的小册子作序时所写的："试问我们为何被排斥在美洲世界博览会之外，回答就是蓄奴制。"当林肯本人以及他的同辈解决了开国元勋们留给他们的重担——蓄奴制问题——时，道格拉斯与他的同辈仍必须面对无情的奴役遗产。种族歧视与暴力并没有被摧毁，但非裔美国人的文化同样也没有被消灭。到道格拉斯结束其写作生涯时，他的衣钵已经被华盛顿、杜波伊斯、艾达·B. 威尔斯（Ida B. Wells）等人所继承，黑人文学与艺术即将出现一个不同寻常的复兴，但它的根依然深深地扎在口头文化、诗歌、小说、歌曲以及有关南北战争前非裔美国奴隶生活的自传中。

超验主义

芭芭拉·L. 派克

雷鸣天下

1 唯一理教(Unitarian)的开端

在系列演讲《当今的时代》（*The Present Age*，1839—1840）的序言中，拉尔夫·沃尔多·爱默生试图解释被人们称做"超验主义"运动的起源，但他却发现自己要描述的是一群牢骚满腹的人。他承认，这些构成"未来群体"的年轻人"固执、任性、桀骜不驯"，使他们团结在一起的只有他们强烈的排斥性："他们痛恨征收捐税、公路收费、银行机构、等级制度、政府官员，是啊，几乎是所有的法律法规。可他们的脖子却软得不可言喻，就连一根头发也会使之收缩。"吸引并驱使他们的信念——个人即世界——"是一把过去从未出鞘的利剑，它将骨头与骨髓、灵魂与身体剥离，是啊，几乎是将人与自身剥离"。就是这些年轻人所加入的团体也是全力倾注于个人的膨胀："时代的联系是偶然的、短暂的；而分离却是固有的、永不休止的。"

这种执拗的以个人为中心的思想是如何产生的呢？其影响又如何呢？新英格兰人一向以冷淡著称，然而，早期的新英格兰新教仍然将希望寄托在实际上或幻想中的社交方式上：家庭生活、村镇集会、众头使以及天堂。爱默生谈到的年轻人渴望爱情，一如他们要求独立一样强烈。在 1841 年一篇题为《论超验主义者》（*The Transcendentalist*）的演讲中，爱默生以充满同情的话语描述这些年轻人："这些人的天性并不忧郁、乖张、怪僻——他们甚至比其他人更加渴望被爱。就像年轻的莫扎特一样，他们每天都想高呼十遍：'你肯定爱我吗？'"

然而，他们排斥的冲动还是大于合作的愿望。"他们孤独，他们的作品和谈话的精神就是孤独，他们排斥他人的影响，逃避整个社会，他们很想躲进斗室之中，他们不愿过城市生活，而宁肯去乡间隐居，在孤身独处中工作、娱乐。"即便如此，爱默生还是不愿意把他这一小帮自我折磨者视做一无是处而且可悯可怜的人。正是他们对于人性的奢望，将会引导他们那些毫无思想的国人走出那片人人都置身其中徘徊踯躅的怀疑和贪婪之荒野。"他们的心是盛藏烈火的盒子，那烈火将以更猛烈的气势烧遍天地之间。"

这种热情与早 30 年前波士顿人那种和蔼恬淡形成了强烈的对比。当爱默生翻阅父亲威廉·爱默生（1769—1811）留下的作品时，却发现其中除了"坦诚与品味"之外别无他物。他父亲那一代人的文学抱负在此时看来已显得迂腐和自轻。1805 年威廉·爱默生帮助组建了文学团体文库俱乐部，旨在出版一份美国纯文学杂志。《每月文选暨波士顿评论》（*Monthly Anthology and Boston Review*）每月都刊登一份颇为有用的在美国出版的图书书单，它所发表的评论也很有活力。但是，编辑们发现很难找到足够的富有创意的散文和诗歌，订阅者也很少，因此生存维艰。1811 年，威廉·爱默生去世后数月，杂志就停刊了。

对于他父亲的宗教（即后来被称作一位论派的新英格兰公理会的自由派），爱默生的不满较晚才露出端倪。那些领头反对加尔文人性堕落教义的人，在童年的爱默生看来非常勇敢。基督不再是通过自己的流血牺牲来赎罪，而是通过自身的榜样而广泛受到人们的尊崇，上帝不再恣惠人们依赖他那不可测知的意志，而是鼓励人们追求完美，这些都是精神史上的进步，标志着基督教已经脱离了迷信的范畴。一位论派让人们看到了一个开明的、包容的基督教，一个关注理想世界、给人激励与慰藉的基督教。就是一位论派讲道时的谦恭，虽然后来的年轻一代最终觉得令人不耐，在当时也有其思想体系的功效，因为它标志着一种巧妙的拒绝方式，即拒绝加入 19 世纪早期使公理会分裂的神学纷争。《每月文选》的编辑们立场坚定地告诫投稿人："谢绝宗教争论。"

这种公然的宽容态度使访问波士顿的人目瞪口呆，有时甚至怒不可遏。1791 年，一位名叫阿什巴尔·格林（Ashbel Green）的长老会教徒参加了一次波士顿牧师协会的集会，发现与会者的神学观点五花八门：有加尔文教的，有阿里乌教（Arian）的，也有亚美尼亚教（Arminian）的，甚至还有一个索齐尼派（Socinian）的。这次会议实际没有进行什么宗教方面的讨论，这也是其中的原因之一。格林认为，如果不同派别的人各行其道，可能会妥当得多。但他也明白，他认为协会应该按不同的教义分开的观点"会被他们认为是偏见和心胸狭窄使然，因此他们依然如故地相聚、握手、谈论政治和科学，依然如故地吃提子苹果，喝酒饮茶，做他们该做的事情"。

十年后，情形仍然几乎没有什么变化。另一位访问波士顿的长老会教徒阿基波尔德·亚历山大博士（Dr. Archibald Alexander）写道："在当时，一切

1 唯一理教（Unitarian）的开端

争论均遭自由派禁止。"尽管意见各不相同，尽管最自由与最正统两派间的裂痕也越来越大，可是，"神职人员之间却没有公开的划分界线。很容易就能了解一个人信仰什么——准确地说是不信仰什么——因为自由派很少有明确的意见"。亚历山大的说法表明——界定自由派的标准早已有了，那就是看他们否定的是什么，而不是看他们相信的是什么，至少在他们的反对者眼中是这样。

亚历山大认为，他在自由派拒绝就教义差异进行辩论的做法中看到了他们的指导方针。自由派打着"包容"的旗号，逐渐占领了哈佛神学院中重要的位置。在哈佛神学院，"所有的年轻才子"都在情感上倾向于自由派，对于有声望的自由派赞助人捐献给学院图书馆的书籍，他们怀着十足的热情去阅读。自由派这种悄悄的渗透后来被公开的论战所替代。哈佛重要的神学教授职位原来由一位较为温和的加尔文教徒戴维·塔潘牧师（Reverend David Tappan）担任，当他在 1803 年秋去世的时候，自由派看到进一步巩固其在学院中主导地位的机会已经来临。学院院长约瑟夫·威拉德（Joseph Willard）找不到有足够水平的正统派人选来填补这一空位，同时又不愿意任用自由派候选人亨利·威尔博士（Dr. Henry Ware），因此就拖延了一年。接着，威拉德自己也突然去世，于是，哈佛校务委员会面临着挑选一位新院长和一位新神学教授的双重任务。

由六人组成的校务委员会大体上均衡地分成自由与正统两派，不过僵持状态倒并不全是意识形态的差异造成的。与大多数学术机构人事任用方面的纠纷一样，在哈佛，虚荣、憎恨与个人野心也驱使他们结成朋党。校务委员会在 1804 年的岁末开了几次会，但未能就人选问题达成一致意见，也未能接受折中的办法。最后，在 1805 年 2 月，一名正统派的校务委员在投票中改变了方向，使自由派候选人亨利·威尔当选。在校务委员会会议到监督人会议的几周期间内，惨遭失败的正统派校务委员中，有一位名叫埃利弗立特·皮尔森（Eliphalet Pearson）的委员，炮制了一份这次争论的歪曲陈述，准备孤注一掷，让威尔的任命流产。皮尔森的诽谤未能发表——监督人会议开得比他预计得早，而且通过了对威尔的任命——但是从他的陈述所使用的语言中人们可以看出在神学论辩中所使用的政治术语。

哈佛的神学自由派与他们的正统派对手一样，都是坚定不移的联邦党人，他们在杰斐逊民主党人手中惨遭失败，余痛未消。但是，皮尔森对自由派含沙射影，说那些"热心依附他们称之为'理性'基督教，那些自夸自耀说这个地方基本已经成熟、可以开始宗教革命"的人，实际上正是经过伪装的杰斐逊的同情者，是披着羊皮的雅各宾派。"'公允与仁慈'之言夥矣。多美妙的言辞,多诱人的声音,就像别人所说的'自由与平等'。愿仁慈的上帝保佑,不要让人们发觉他们的言论是骗人的鬼话与致命的妄言。"皮尔森批驳自由派玩弄的正是他们长期以来表示憎恨的政治策略。就是自由派也必须承认,这些策略在最近的联邦选举中一经使用就"搅乱了联邦政府"。"那么,联邦党人在政治上公正地名之为丑行的政策与武器,难道就能在宗教上加以运用吗?""哦,时代!哦,习惯!"(O tempora! O mores!)

即使皮尔森在对手投票前发表了自己的陈述,他能否使对手同意自己是雅各宾派式的政治激进分子还是颇可怀疑的。相反,神学自由派比正统派在经济上更为富裕,在政治上更为保守。哈佛学生安德鲁斯·诺顿(Andrews Norton, 1786—1853)在写信给父亲时,称他很想将《独立宣言》中"人人生而平等"一语改为"大多数人一无是处,只宜受人之治"。偏激如诺顿者终究不多,大多数为自由派神职人员提供赞助的波士顿商人和专业人士几乎与政治激进无涉。事实上,当一次类似的纷争使邻近的查尔斯顿(Charlestown)的教徒分裂为旧派(正统派)和新派(自由派)的时候,弃旧从新的正是那些"有体面、有知识、在镇上有影响"的人物。新派教会的一位布道牧师候选人满意地说,展望他的教众,"人数可观,且在不断增长,而且从财力上看,无疑在镇上首屈一指"。确实,在最近举行的一次赈济贫民的感恩节募捐中,他们募集了 105 美元,而正统派只募到 88 美元。

这种将财力与宗教自由主义思想联系起来的做法,自然遭到了正统派的辱骂,后来也受到了超验主义者的奚落。但是,自由派可以这样回答:他们的繁荣来自与自我修养相同的努力,而自我修养方面的努力,正是他们道德体系中一个重要的部分。自由派也确实是这样回答的。正统派崇拜的上帝在创造地球以前就颁布了神令,预先注定了大部分人类的命运,将他们永远罚入地狱,人们只能希望得到既不应得到也无可抗拒的神恩获得拯救。在自由派看来,这样的崇拜和希望,这样的信仰,不仅有害人格,而且危及合众国。自由派杰出的布道者威廉·埃勒利·钱宁(William Ellery Channing, 1780—1842)认为,加尔文教派关于上帝预定命运的教义都"在极大程度上要使道德走上邪路,形成一种阴暗忧郁、令人生畏、奴颜婢膝的宗教,教人用苛厉、痛苦和迫害去取代温情而公正的仁爱"("唯一理基督教"[Unitarian Christianity], 1819)。在 1820 年发表的一篇题为《反对加尔文主义的道德论据》(*The Moral Argument Against Calvinism*)的文章中,他的措辞更为激烈:"加尔文主义之所以能够持久,是因为恐惧使道德天性瘫痪。"

整个 18 世纪,新英格兰公理会自由派与保守派之间的冲突愈演愈烈,终于在哈佛神学院就威尔的任命产生争执以后爆发了公开的论战。公理会牧师间互相交换布道（这样他们就不需要每星期天都写两篇布道文，而且可以使教民有机会听到不同的观点）的友好传统，由于正统派牧师拒绝与自由派交换而宣告崩溃。教民自然痛恨自己视为权利的东西遭到剥夺，他们甚至向法庭起诉，以强制牧师在遵循旧传统和辞职两者之间做出选择。教会分裂了，家庭争吵不休，哈佛监督委员会一位成员牢骚满腹地认为，应该成立一所正统派神学院（安德沃神学院），与已经自由到不可救药的哈佛神学院相抗衡。钱宁抱怨道，情况愈演愈糟，以致正统派牧师们斥责自由派基督教为"撒旦最后也是最完美的作品，是他亵渎神明的最后终结，是地狱烈火中锻造出的最精巧的武器"（"钟爱虔诚的一位论派教"［Unitarian Christianity Most Favorable to Piety］，1826）。

自由派曾一度抵制正统派加到他们头上的辱骂之词"一位论派"，部分是因为他们不喜欢教义争论，部分还因为他们希望新英格兰公理会不要出现最后决裂，并能够重建和平。一位1791年到波士顿旅行的法国人满怀羡慕地说："牧师们很少谈及教义，普遍宽容，这一美国独立的产物已经遗弃了教义的宣扬，而宣扬教义总是导致商讨与争吵。……不同教派的牧师和谐相处，甚至在有牧师无法到堂布道时互相替补。"然而，正统派却不是能够妥协的，于是自由派最后接受了"一位论派"一词，并且带着蔑视与自豪使用这一词语。钱宁在19世纪20年代的一系列布道文和杂志文章中使用了该词，而在他的布道名篇"唯一理基督教"（为庆祝贾雷德·斯巴克斯于1819年在巴尔的摩受任而作）中，他干脆称唯一理教为唯一适应人类不断进步的基督教形式：

> 我们向上帝真诚祷告：令他能够一次次地攻克精神篡夺之要塞，直到他手握统治人们思想之权柄，来到我们的面前；令历代以来企图剥夺基督教徒自由之阴谋终结；令长期屈服于人类信条之奴颜听命让位于对《圣经》之真心且虔诚的探索；令由此洗去错误之基督教显示其全能的力量，通过其教人崇高的思想影响，证明其实为"上帝拯救人之力量"。

钱宁的布道使安德鲁斯·诺顿大喜过望，他在日记中写下了他的威胁："正统观念必须砸烂。巴比伦必须毁灭。"他的这一威胁有着很浓的火药味，足以招致加尔文教徒的怒喝。无可否认，诺顿是一位论派徒中最好斗的人，在自由派的阵营中再也找不到可与之相匹敌的激烈言辞。但是，他的喜悦之情仍然是一位论派运动精神的一个重要线索。最早的新教教徒都受过宗教改革热情的激励，钱宁时代的一位论派徒把自己看做是这种热情的继承者。加尔文主义崇拜上帝折磨自己的圣子,来为自己的灵魂创造一小部分赎罪,以使他们免遭惩罚。加尔文主义虽然已经腐朽,却仍想向这样的一个上帝顶礼膜拜。钱宁时代的唯一理教徒要竭力捣毁的"巴比伦"也正是这样的加尔文主义。唯一理教提供的不是这样"奴颜婢膝"的宗教,而是一种对圣父的"人的"崇敬——圣父爱护圣子,圣子来到人世拯救罪人脱离罪孽,而不只是免遭惩罚。这一仁慈和善的神给了人们一个机会,让他们通过严格而持久的自我修养获得救赎。唯一理教对于突然皈信的经历明确表示怀疑,钱宁自己就曾宣称,英国诗人约翰·密尔顿说一读《圣经》圣灵就给我们"直接启示"的话言不由衷,他无法相信。这种对于顿悟的希望"是对我们官能的贬损和打击,并由此使我们在思想上产生怠惰情绪",而且还会诱使我们相信,只要"神光一闪",我们就能得到理应通过正确运用自己的能力才能觅得的真理("约翰·密尔顿其人其文"[Remarks on the Character and Writings of John Milton], 1826)。

　　唯一理教徒们为了散布他们的信仰,曾经遭到辱骂与诽谤,但他们也取得了胜利——至少在自己眼里他们是胜利者。唯一理教虽然没有像提倡新教运动那样得到广泛的响应,但它在19世纪20年代有地位、有知识的城市居民中间的影响似乎越来越大,在纽约、费城和巴尔的摩都有了它的会众。可以令唯一理教徒们自豪的是,他们的收获并不是借助迷信也不是借助愚昧的恐惧获得的。1882年,哈佛神学院的教会史讲师约瑟夫·亨利·爱伦(Joseph Henry Allen)提请他的哈佛听众注意,唯一理教运动史上最为突出的两点是,"第一,这是一场理性的运动,赞同科学精神;第二,它是一场权利的运动,同情革命精神。"唯一理教徒们对于科学和革命的精神是否真的如此友好也许可以怀疑,但他们是这样看待自己的——他们认为自己是先锋,是一支横扫混乱、冲破黑暗、勇敢前进的队伍。

　　然而,如果一种宗教既希望继续立足于《圣经》启示,同时又想忠诚于反对违反自然规律的经验主义,那么对于它来说,革命与科学并不是好伴侣。要想将启示与理性结合起来是何等的困难,在一句爱伦认为是出自钱宁的风趣的话中我们可以看出这一点:"他说我们对物质的本质还没有足够的认识,尚不能对耶稣升天一事发表意见。"

　　对于耶稣升天如何与牛顿的宇宙相统一,钱宁感到困惑不解,虽然有权威的《圣经》,但他宁愿不妄下断言,这类似于他所崇敬的哲学家和《圣经》评论家约翰·洛克(John Locke, 1632—1704)的谦虚精神。在《论人类知性》(*Essay Concerning Human Understanding*, 1690)一书中,洛克仔细地指出了人类知识的局限性。我们凭直觉所能理解的只是那些属于推论逻辑的真

1 唯一理教（Unitarian）的开端

理——如几何学中的公理和逻辑学中的不矛盾律。其他的命题则统统以通过感官接收到的信息（即经验）为基础。我们确信铁不能浮在水面上，这从本质上讲是一种盖然论推理，它所给予我们的只是"置信度"，而不是绝对确定的事实。由于我们过去从未见过铁浮在水面上，因此我们有理由推论它将来也不会浮在水面上。

如果命题所涉及的事物超出感官能力范畴——如天使是否存在、死者是否复活等——我们只能通过启示来对它们进行了解。但是，我们绝不能把有预见的人提出的每一种声明都当做神的启示来接受，"否则我们面对的将是泛滥的热情和错误的信条"（《论人类知性》4，16.14）。"要确知所有的启示全部来自上帝，那就需要确知传递启示的信使是上帝派遣来的，而这一点又只能通过上帝自己颁发的信任状才能知道"（《论奇迹》[A Discourse of Miracles]，1702）。《旧约》和《新约》中的诸多奇迹便使这样的信任状合法化了。那些奇迹是感官能够感知的事件，因此是可以验证的；同时，那些事件又是对一般自然规律的违反，因此证明了超自然力量的存在。洛克指出，要求人们对奇迹进行证明并不是怀疑主义的表现。"吉迪恩由天使派遣来解救以色列人免受米甸人的迫害，但他还是希望得到确凿证据来说服自己这一使命的确来自上帝"（《论人类知性》4，19.15）。吉迪恩实际上是洛克的推理样板，在《士师记》第六章，吉迪恩用羊毛做着耐心的、牛顿式的实验，他请求上帝给他出示神迹，把放在打谷场上的一堆羊毛用露水浸透，却让地面保持干燥，然后第二个晚上，又请求上帝使羊毛保持干燥而把地面打湿。

不论是在《论人类知性》还是在《论奇迹》中，对于那些宗教"狂热者"认为他们能够直接感知真理的说法，洛克一直坚决予以否定。他以轻蔑的眼光看待他们，批判他们热衷于"不经探索就想有启示，不经证明就盲目肯定"。他认为，"知识，真正的知识，只是，或只能是，任何命题的真实性的证明，如果不是不证自明的命题，那么，其所有的全部知识，或其所能具有的全部知识，都来自于接受知识所依据的那些清楚而正确的知识"（《论人类知性》4，19.13）。他并不为自己的意见可能带来的明显后果而退缩，而是在《论奇迹》中竭尽全力论述了一个巫术违背自然规律的例子：

> 埃及巫师和摩西变出大蛇、鲜血和蛤蟆，对于旁观者来说，似乎都是一样的奇迹，而对于冒充者而言，这就成了上帝赋予他们的使命。如果事情到此为止，那么就不可能判定谁真谁伪，但是，当摩西的大蛇把他们的大蛇吃掉以后，当摩西变出了虱子而他们变不出的时候，真伪立即就判定了。

对于大多数人来说，要坚持如此强大的经验主义而不退缩，那不是一件容易的事情。洛克实际上是以盖然推理的行为取代真正的宗教信仰，由此把我们的知识限制在历史上的耶稣而不是信仰中的耶稣身上，他的这一做法遭到了同时代许多人的反对。但是，洛克亲身经历了那场分裂英国的激烈的宗派论战，因此，如果有人宣称他拥有一种无法用通常的知识验证的真理，洛克一概都不相信。在《论人类知性》的第四版（1700）中，他增加了一个章节"狂热"。在这一章中，他用一些篇幅讨论了"赞同的第三种依据"，这第三种依据在一些人的身上取代了信仰——"狂热把理性搁置一旁，也可以建立起不经推理的启示。"

狂热是一种捷径，通过它，人们可以逃避艰苦的推理过程，逃避判断证明可信性的过程。

> 有史以来，兼有忧郁情绪与献身精神之人，自视极高以达于自大之人，抑或以为比常人与上帝更为熟稔之人，抑或以为比常人更易获得神顾的人，经常自我标榜，说自己有一种信念，可以与上帝直接对话，与神灵经常交流。（《论人类知性》4，19.5）

这些"发热或自负的头脑的狂想"，一旦任其自流，要除去几乎是不可能的。

> 在他们身上，理性已经无迹可寻，他们把理性踩在了脚下：他们看到知识之光已经融入他们的理解之中，他们是不可能出错的；在他们身上，知识之光清晰可见，就像明白无误的证据发出的光芒：他们感到上帝之手正在他们内心推动着他们，他们感到圣灵的冲动，他们的感觉是不可能出错的。（《论人类知性》4，19.8）

> 这就是这些人的说话方式：他们肯定，因为他们肯定；他们的信念是对的，因为他们的信念很强。（《论人类知性》4，19.9）

要把一个人执著的信念作为验证一个启示是否能够自称神示的标准，那么我们就会陷入循环推理的境地。狂热者说："这是一个启示，因为他们坚信它；他们坚信它，因为这是一个启示。"但是，如果坚信一种教义的真实性就能保证其真实性，那么"何以会有……那些不同派别和对立派别中难以对付

1 唯一理教（Unitarian）的开端

的狂热者呢？"洛克一生痛恨狂热者的顽固不化，这种痛恨浓缩在他所说的这样一句警世名言中："圣保罗觉得自己做得很好，而且他在迫害基督教徒的时候也觉得自己是在响应神的召唤。他非常自信地认为基督教徒错了，然而，错的不是他们，而是他自己。"（《论人类知性》4，19.11—12）奇迹使我们避免盲目的狂热，因为它们以可信的证据来标明上帝认为人类获得救赎所必须要信仰的几条简单的教义。

洛克在经验主义、信仰《圣经》奇迹、摒弃宗教狂热三者之间建立起了联系，从而使他的哲学强有力地吸引着新英格兰的自由派神学家们。他们认为，在新英格兰的历史上，从每一次危机中都可以找到危险的"狂热"精神，从1636—1638的反律法主义危机，到18世纪40年代的大觉醒，到他们当时的新教复活，无不如此。他们将洛克的容忍与理性的耐心作为矫正热情过剩的一剂良药。洛克的著作成了哈佛课程的一个中心部分。1808年，一位名叫爱德华·艾弗里特（1794—1865）的早熟学生发现，要完成洛克《论人类知性》的每周背诵任务，最容易的方法就是把整部书全部熟记在心。

> 我尤其还记得有一次星期四下午复习，很早就叫到我背，我就一个词一个词、一个段落一个段落地背了起来，我们的导师很高兴，他没有打断我，我就那样一页又一页地背诵完成了那一周十一段背诵任务的大部分。

然而，在洛克去世后的一个世纪中，他的演绎推理受到了来自多个方面的攻击，19世纪初他的哲学虽然仍在哈佛占据主导地位，可是为保卫它而发动的战斗却使它伤痕累累。对他的哲学最有力的挑战来自大卫·休谟（David Hume，1711—1776）。洛克认为，奇迹可以证明伴随它们而来的教义的真实性，但休谟指出，在尚没有确定对于奇迹的叙述本身是否可信的情况下，我们不能将奇迹视为"信任状"。许多事实我们必须通过验证才能接受，这一点当然没错，但是，我们对于验证的信任，随着我们对于验证的事件内在的盖然性的感觉而变化。休谟的《人类知性研究》（*Enquiry Concerning Human Understanding*，1748）著名的第十章题为"论奇迹"，他在这一章中提出，信度依赖证明的观点经不起苛刻的推敲。"我们相信目击证人和历史学家的理由，并不来自证明与事实之间的联系——这种联系我们是通过推论得出的——而是因为我们已习惯于在这两者之间找出一种一致性。"如果被验证的事实是"我们以前很少观察到过的"，那么其结果不是确信，而是思想上的冲突：

> 正是同一个经验原则通过证人的证词给我们一定程度的信心，但在这一

点上,它恰恰也使我们在一定程度上对他们努力确立的事实缺乏信心,这一矛盾自然就产生了一种互相抵消的力量,使信念与权威两败俱伤。

休谟指出,一个事件,除非它"违背自然规律",否则不能叫做"奇迹"。但是,自然规律来自一贯经验,而一贯经验本身就包含着"一种直接而且完全的证据,它来自事实的本质,并且与任何存在的奇迹相对立"。这种来自一贯经验的证据只能由"一种更高级的相反证据"才能摧毁。但是,在自然规律的强大证据面前,相信奇迹的人能够提供的只有证人的证词,而证词却是一种乏力的证明形式。如果有人声称目击过奇迹事件,我们一定得要仔细权衡一番,看证明人是不是一个容易上当受骗的人,是不是一个迷信的人,或者是不是一个被人收买的人。

> 如果有人告诉我,他曾看见一个死人复活,我马上就会考虑,是不是更有可能是这个人在骗人,或者这个人受了别人的欺骗,还是事实正如他所说的确发生过。……如果他的证词的虚假性比他所讲述的事件更像奇迹,那么,在这个时候——也只有在这个时候,他才能够妄图博得我的信任或意见。

开创新英格兰一位论派的神学家们以各种方式批驳这样的怀疑论(虽然爱默生后来怀疑说,那些接二连三对休谟进行的批驳恰恰证明了休谟从来没有被驳倒过)。有人(如安德鲁斯·诺顿)全力要将盖然性的天平朝证词一边而不是经验一边倾斜,他们试图收集史料来证明福音书并非伪托,其中讲述的都是真人真事。也有人(如钱宁)攻击休谟对奇迹故事作全盘否定,他们认为,耶稣这一人物及其所传播之宗教的鲜明的原创性,证明了休谟不予承认的超自然法则的存在。"一种带有神圣性因此无法以人类原则解释的宗教,必须接受来自全能的神的外部证实,这并不令人惊讶。这种宗教的不寻常性不但与不寻常的介入没有矛盾,而且似乎还需要那些不寻常的介入。"(《启示宗教之证明》[The Evidences of Revealed Religion],1821)反对者可能会指出,钱宁堕入了曾经遭到洛克驳斥的狂热者循环推理的误区:我们从耶稣的说法中看到了一种神圣性,这种神圣性使我们相信,被人们认为是他创造的那些奇迹有可能是发生过的。

我们是如何认识到耶稣的教义从本质上说是神圣的呢?洛克拒绝让理性分裂为次要官能;我们必须运用甄别一切其他证据时所使用的官能来判断宗教真理,而所有的证据最终又都来自感官。但是,洛克的哲学并不是解释人

1 唯一理教（Unitarian）的开端

类理解机制的唯一理论。英国哲学中有两种传统——一种比洛克的哲学早些，另一种晚些——就曾试图在看似没有道德甄别标准的物质宇宙之中重建道德甄别标准的客观性。17 世纪，有一群被称做剑桥柏拉图学派的英国神学家就曾提出要回归到本体论，视道德真理为客观真实。哲学家拉尔夫·科德沃斯（Ralph Cudworth, 1617—1688）因其将宽宏大度的精神与玄深抽象的思想结合起来而备受新英格兰一位论派教徒的尊崇，他认为，我们借以组织感觉经验和认识道德真理的机制是天生的，这一机制在道德世界和物质宇宙中发现的规律是不可改变的。道德规律与重力规律一样，也是万物的特性，是上帝自己也不能违背的。自然的研究是透过现象探究自然规律，这是符合道德的，因为宇宙的整个结构就是符合道德的。

对剑桥柏拉图学派的兴趣是 19 世纪早期在英国和美国兴起的对 17 世纪英国文化全面重估的一部分。1826 年，钱宁写了一篇很有影响的文章，评论密尔顿的才学与性格，在这篇文章中，他对密尔顿艰深而令人兴奋的阶段性散文褒奖有加，但在同一篇文章中，他则对约瑟夫·爱迪生（Joseph Addison）的作品评价不高，说它"阅读毫不费力"——这是阅读趣味上的一个重要变化，因为爱迪生的作品以前在美国一直受到推崇，被认为是清晰与优雅的典范。塞缪尔·泰勒·柯勒律治的哲学手册《沉思之助》（*Aids to Reflection*，1825）收入了许多英国教会"资深牧师"的语录，他们所表达的精神深度和他们的文章的多姿多彩使他们备受推崇。这本手册于 1829 年在美国出版，推动了超验主义运动的发展。

剑桥柏拉图学派的道德现实主义仍然与理想主义的本体论紧密结合在一起，而这种理想主义的本体论在受洛克影响的方法论革命前很难维持。对于唯一理教来说，这种方法论的革命与相信绝对道德准则的存在一样重要。这不是一个小问题，因为唯一理教坚信，这一革命从道德上来说要远远高于被它所取代的加尔文主义。如果一切思想来自感觉和深思，那么我们关于道德善恶的思想又是哪里来的呢？这显然很难做出解释。难道这些思想（如托马斯·霍布斯 [Thomas Hobbes] 和伯纳德·德·曼德维尔 [Bernard de Mandeville] 等怀疑论者认为的那样）仅仅是我们自己的恐惧和欲望的感觉领域的反映吗？

哲学家弗朗西斯·哈切逊（Francis Hutcheson, 1694—1746）试图找到一个方法，将道德准则的基础建立在人性本身之中。他的著作《美与德思想本源的研究》（*Inquiry into the Original of Our Ideas of Beauty and Virtue*，1725）将曼德维尔的《野兽寓言》（*The Fable of the Beast*，1705）作为靶子进行攻击，因为曼德维尔试图在该书中揭开一切道德美德的伪装，揭露其自我保存与利己主义的真面目。哈切逊对这种愤世嫉俗的思想提出批判，认为我们都

341

○ 超验主义

清楚受利己主义所驱使的行为和由美德所促成的行为之间的区别。因此，"道德感官"一定跟我们的视觉和听觉感官一样，是我们人类官能的一个组成部分。

哈切逊指出，一切虚构文学作品都表明，人们的道德感觉是存在的，因为利己主义很难激发人们对明知是虚构的人物产生同情感。"如果没有使理性的行为显得美好或丑陋的道德感，如果一切认可均需从批准者的利益出发，那么赫卡柏（Hecuba）对于我们来说又是什么呢，我们对于赫卡柏又是什么呢？"即使我们主要是通过道德感在我们思想中激发的赞同或厌憎的情感来认识道德感的，那么我们的道德感也绝不仅仅是一种情绪。它的最终功能是认知，因此它与身体感官一样，在领会行为的道德属性时比推理过程更为迅速也更为肯定。赋予我们敏锐的身体感官以保全我们生命的神也同样给我们注入了一种道德感——其作用也是我们的生存所不可或缺的，它与地心引力一样无法逃避，同时又与几何学公理一样值得信赖。

哈切逊完全从人性之中去寻找道德绝对准则，他对于道德感觉与生俱来的假设与剑桥柏拉图学派的客观道德规律理论不同；哈切逊从来没有说地心引力规律与心灵纯净是同一回事，他也从来没有说人类精神具有赋予宇宙以知识的神圣智慧。但是，他那较为谦卑、带有更多自然主义色彩的解释似乎提供了一种方法，以便在经验主义占上风的时代保持道德的绝对准则信仰。也正因为如此，它在整个18世纪都强烈地吸引着人们。相信"道德感觉"存在并且发挥着判别对错的直觉功能给我们提供了一种保护，可以使我们不受霍布斯和曼德维尔的激进个人主义的影响，但是，它的功能并不止于此，它还在自我中重建了经验主义哲学想要砸碎的社会世界。道德感在我们的意识中表现为认可与不认可的情绪，它的这种快速反应在感觉上将我们与其他的自我联系在一起，而那些其他自我的存在往往是经验主义哲学难以证明的。

对激进怀疑主义的另一种反对力量来自18世纪后期的一群苏格兰哲学家。托马斯·里德（Thomas Reid，1710—1796）等哲学家拒绝接受休谟对洛克理论的怀疑演绎，他们坚持认为，意识中的某些东西以前在感官中是没有的。这些"直觉"，或称"直接信念"，是"我们的构造的一个部分，所有的理性发现都以此为基础。直觉构成了所谓的'人类常识'"。另一位苏格兰哲学家都格尔德·斯图亚特（Dugald Stewart，1753—1828）举了一些常识假设的例子："我存在，今天的我与昨天的我是同一个人；物质世界独立于我的意识之外而存在；自然的一般规律在将来将与在过去一样始终如一地起作用。"他并且将这些假设比做欧几里德的《几何原本》，其本身虽然枯燥，却是对任何其他东西进行推理时所不可或缺的。

1 唯一理教（Unitarian）的开端

在 19 世纪早期的哈佛，这一对内在思想旧教义进行的有限再肯定很有影响，在哈佛这被视为是对洛克激进经验主义的友好修正。与其说"常识"假设与道德规范有关，不如说它是认识论的范畴，但是，对人脑中存在可以依赖的直觉机制的确信，使道德感说似乎显得更为可信。斯图亚特的《人类哲学原理》（[Elements of the Philosophy of the Human Mind]，卷一，1792）是哈佛的指定教科书，斯图亚特在该书中认为，道德感应该列入人类思想原有的普遍适用的机制之中，因为道德感的判断早在形成抽象的对错概念之前就在儿童幼稚的推理中出现了。

斯图亚特关于道德感的观点至少对一个读者似乎是很有说服力的，那就是拉尔夫·沃尔多·爱默生（1830—1882）。爱默生并不相信苏格兰派哲学家们驳倒了休谟认识论方面和宗教方面的怀疑主义。1820 年，爱默生在哈佛读三年级的时候，递交了一篇题为"道德哲学之现状"（The Present State of Ethical Philosophy）的论文参加鲍登奖（Bowdoin Prize）的评奖，他承认斯图亚特的学派并没有真正消除"对休谟这个名字的恐惧"，但他对"道德机制"的假设表示了完全的信心，说它是"我们的本性中原有的一种机制"。

但是，休谟的怀疑论主义并不是唯一理教信仰所面临的唯一危险。来自自然科学和《圣经》考证方面的挑战都在动摇着基督教信仰的基础，而道德感面对这些挑战却无法立即做出回答。地质科学尤其令人不安。地质学家们提出证据，证明地球比摩西对上帝创造世界的记述中所提到的时间还要古老，正统派牧师们对此所能做的只有加以谴责。但是，唯一理教对科学研究一直持友善的态度，并且相信上帝的启示福音与镌刻在大自然法典中的真理两者并不矛盾，对这两点，他们一直就引为自豪。因此，他们面临着越来越艰难的恢复诠释学的任务。

就算摩西的记述悄悄地为科学启蒙做出了牺牲——这一点在唯一理教徒做来更为容易，因为他们相信"进步"启蒙，愿意将《创世纪》视做适合人类幼年时期而不适合成熟时期的一个寓言——仍然还有基督教所依据的文献的问题。唯一理教坚决相信《新约》的历史准确性，他们相信拿撒勒（Nazareth）的耶稣确有其人，也确实传过教，创造过奇迹，死后又复活，他们相信《新约》中的文献如实记载了这些事件。确实，自由派比他们的正统派对手更为坚信"历史上的耶稣"。狂热者可能只需要一种精神上的坚定信念就可以坚定他们的信仰，但自由派基督徒却想回溯到能够证明全能的神改变经验主义事件进程的那个时候，从而来证明他们的宗教起源的神圣性。他们需要历史来建立信仰。

德国历史考证在 18 世纪最后二十几年中的发展，似乎首先有希望为那些

○超验主义

力图与遥远的史实建立联系的学者提供帮助。哥廷根和哈雷（Gottingen and Halle）的语文学家们力图通过比以往更为严格的文本考证方法去理解古代文献，但他们也坚持认为，古代文献只有放在其所发展起来的文化背景中才有可能解读，而这一文化的结构必须从幸存下来的考古学、文学、宗教和艺术历史证据中精心重组。美国学者急于获得这一令人激动的研究古典作家和《圣经》作家的崭新方法，开始到德国朝圣，向当时的大学者学习，并把他们的著作与方法带回美国。

1815 年，爱德华·艾弗里特和乔治·蒂克纳（George Ticknor，1791—1871）两人一到德国就都急急地学起了弗利德里希·奥古斯特·沃尔夫（Friedrich August Wolf, 1759—1824）的《荷马引论》（*Prolegomena ad Homerum*）。《荷马引论》是所有语文学宣言中最具有革命性的一部著作。艾弗里特每天都花 18 个小时学习被蒂克纳称为"考证被遗弃"的这位学者的拉丁文著作，几年以后，乔治·班克罗夫特（1800—1891）加入了他们的行列，也成了具有入门知识的内行。"在语文学领域，除了沃尔夫还是沃尔夫，还是沃尔夫。"他在给安德鲁斯·诺顿的一封信（1818 年 12 月 14 日）中这样抱怨说。沃尔夫对以前的荷马评论家都持敌视和轻蔑的态度，这也是蒂克纳给他取了这么一个雅号的原因，但是，他的巨大的自信也延伸到荷马的文本本身，《荷马引论》公开宣称，其宗旨就是要修正并复原荷马的文本。如一位现代学者解释的那样，沃尔夫的方法涉及在普遍接受的文本中寻找差异之处与年代错误，并且还要毫不留情地删除为此所做出的种种解释和掩饰，然后再以他渊博的希腊文法和历史知识来做出新的解释。

爱默生在哈佛学习的时候，艾弗里特正好是哈佛的希腊语教授。爱默生后来饶有兴味地回忆起，艾弗里特试图把德国语文学那些复杂的方法嫁接到稚嫩的哈佛课程设置上。但是，爱默生也记得，这些发现在学生看来是如何的令人振奋。他写道："那都是崭新的学问，极大地吸引并激励了年轻的学子。"爱默生接着说：

> 来自康涅狄格、新罕布什尔、马萨诸塞的年轻学生们拉丁文与希腊文阅读能力还远远不够，因此在他们的预想中再没有什么比讨论佛斯（Voss）、沃尔夫（Wolff）和伦堪（Ruhnken）对奥菲士（Orphic）和荷马（Ante‑Homeric）前的遗迹的评注风格更为枯燥乏味、更不合时宜的了——但是，这门学问马上就在我们未被占据的美国诗坛中占据了我们想象中的最高地位。

爱默生曾说，沃尔夫的论点——即荷马的作品原由一位不识字的行吟诗人吟唱，后来由他人搜集整理成文字——标志着一个考据学新时代的开始。在《荷马引论》中，沃尔夫曾断言，"荷马诗歌最初的形式只能在我们的头脑里展现出来，而且即使在头脑里也只是粗略的轮廓而已"，我们必须放弃这种还原荷马诗歌最初形式的希望。这位学者拒绝接受任何篡改和讹误的文本，竭力将文本打散然后进行重创，显示了这部西方文化伟大的原创诗歌最真实的面目，并在文本层面上产生了将世界纳入人类意识的影响，这一点被爱默生看做是他那个时代独特的成就。

但是，沃尔夫自己却坦率地说，他受惠于考证学一种较早的传统。18世纪，德国《圣经》学者在古代近东语言的研究和《圣经》整理与修订方面所取得的巨大进步为沃尔夫自己的事业提供了一个样板。他的著作就显然以《圣经》考证中最有争议的作品之一——约翰·戈特弗里德·艾希霍恩（Johann Gottfried Eichhorn）的《〈旧约〉导论》（*Einleitung in das Alte Testament*）（1780—1783）——为样本。沃尔夫作品的现代编辑们指出，艾希霍恩大胆地将《旧约》文本看做是"一种历史学和人类学文献，是人类文化发展的早期经过很多变化而遗留下来的东西"。

有问题的不止是文本的重建：艾希霍恩提出的是一种完全不同的《旧约》"阅读"方法，而这种方法所包含的辩护性是极大的。英国和美国的《圣经》学者马上在艾希霍恩等人的著作中看到了保护《旧约》的方法——一方面保护它不受自然神论者的嘲弄，另一方面不让它受拘泥于文字启发的人的盲目崇拜。唯一理教杰出的牧师约瑟夫·斯蒂文斯·伯克明斯特（Joseph Stevens Buckminster，1784—1812）在访问欧洲期间得到了一本艾希霍恩的《导论》。那次旅行花掉了伯克明斯特刚刚继承的一笔遗产，他收集了3000册书，包括约翰·雅各·格里斯巴赫（Johann Jacob Griesbach）的《新约》希腊文本（1796—1806）和许多《圣经》考证方面的著作。

1807年，伯克明斯特回到新英格兰，开始在《每月文选》及其后续刊物《普通文库与评论》上撰文介绍格里斯巴赫的成就。他在文章中解释新的文本考证方法，并竭力主张采用格里斯巴赫的文本，这是一种单卷文本，于1809年在哈佛出版，并被该校用做教科书。保守派听说有人声称为世人所普遍接受的《圣经》文本有"讹误"，感到非常震惊，但是，伯克明斯特怀疑三位一体论信奉者为保护自己的神学地位而引用的《圣经》文本的真实性，这使自由派感到非常高兴。

伯克明斯特应聘担任哈佛新设的《圣经》考证学教授，但是，他还没来得及上任就在28岁英年早逝。在他去世以后，他在欧洲收集起来的神学著作被拍卖给了那些与他当时一样渴望得到考证学新著的人。爱德华·艾弗里特与新近成立的安德沃神学院院长摩西·斯图亚特（Moses Stuart，1780—1852）两人就艾希霍恩的著作展开了激烈的竞价。拍卖会后不久，竞买成功的斯图亚特邀请艾弗里特到安德沃神学院访问。在那一夜的访问中，斯图亚特为激发艾弗里特的兴趣试图让他翻译德国《圣经》考证方面另一部颇有影响的著作，那就是约翰·戈特弗里德·冯·赫尔德的《文学的精神》（*Vom geist der ebräischen poesie*）（1782—1783）。艾弗里特婉言拒绝了这一翻译任务，不过他借走了艾希霍恩的著作开始埋头钻研。

自由派的艾弗里特与正统派的斯图亚特之间突然结下的友谊具有重要的意义，因为它标志着此时对《圣经》考证新方法的兴趣超越了教义的分界。斯图亚特甚至请艾弗里特考虑在坎布里奇成立一个"东方俱乐部"，供学者们在一起讨论《圣经》研究的新发展。操办俱乐部一事从来没有付诸实施，但是，当曾经与斯图亚特在安德沃同窗共读的詹姆斯·马什（James Marsh，1794—1842）终于在1833年翻译出版赫尔德的一部著作时，就有了一种基督教大联合的精神，促使人们重新考虑这一提议。从1834年到1835年，波士顿唯一理教季刊《基督教观察家》（*Christian Examiner*）发表了一系列论述赫尔德的论文，这些论文后来对当时已经开始被人称做超验主义者的年轻人诠释《圣经》和自然的方法产生了深远的影响。

1814年，哈佛聘请艾弗里特担任希腊文教授，这一事件迈出了不同寻常的一步，给他提供了一个在国内就任前去德国学习的机会，甚至给他的项目预支了经费。此时的艾弗里特已经开始翻译艾希霍恩。1814年，他出版了一本500页的著作，该书表明，他在《圣经》解读的新技巧方面已经有足够的学识，能够提出他自己的革新方法了。一位满腹怨言的前牧师出版了一本书，他在书中考察了基督教的"理据"，却发现基督教缺乏依据。他认为，福音书的作者严重歪曲了《旧约》预言的意义，而他们却以《旧约》预言为基础声称基督是弥赛亚（Messiah）。艾弗里特的《为基督教而辩》（*Defence of Christianity*）对此做出回答，说福音书的作者并没有误用预言，而是以犹太文化所熟悉的方法运用预言，事实上，他们对预言的运用与拉比们在《密西拿》（*Mishnah*）中对预言的运用一样。艾弗里特的作品似乎大有希望，它表明德国学者的历史研究方法可以支持唯一理教神学并为之辩护。艾弗里特的同事将他送到德国，希望他能把所有当时的古典研究和《圣经》研究中最先进的东西带回美国。

艾弗里特也确实在哥廷根成了一名优秀的学生。1817年，他成了美国第一位哲学博士。但是，尽管他师从艾希霍恩本人学习《圣经》考证学，但在

1 唯一理教（Unitarian）的开端

回到哈佛以后，他根本没有教过这一门课。在一些信件中，有几处提到他一直受一些怀疑与焦虑所困扰，这似乎可以解释他为何在哈佛拒绝教授在德国的所学。从那些信件中可以看出，艾弗里特当时可能已经放弃了《圣经》考证学，因为他已经开始担心，艾希霍恩最新的结论与唯一理教所接受的哪怕是对《圣经》最自由的解释，恐怕也是不能相容的。

此时的艾希霍恩已经将注意力从《旧约》转向了《新约》，在他的关注下，三篇对观福音书成了一部更为原始的福音书的系列修订，在公认文本的华丽的粉饰下，可以看出原始福音书的骨架。艾弗里特给他的兄弟亚历山大写了一封言辞颇为尖刻的书信，说只要没有人来打扰他，那么在回国以后他打算"不打扰任何人的信仰或安宁"，但是，如果有人要给他添麻烦，那么他将"把已经为现代历史学和考证学研究所完全证明的基督教的依据昭示于人"（艾弗里特 1815 年 9 月 3 日致亚历山大·艾弗里特）。艾弗里特的这种说法，使德国考证学听起来不像是一种希望，倒像是一种威胁。几个月后，整个事业使他感到了厌倦。学者们为什么要浪费时间和精力去求证历史上的耶稣？艾弗里特曾继伯克明斯特之后在布拉特尔广场教堂担任过一段时间的牧师，此段光阴虽然短暂但却颇值得回忆，后来艾弗里特辞去此职应聘担任哈佛教授。艾弗里特曾对他的兄弟坦白说，他仍然"对传教活动有着深厚的感情"。但是，他希望能够采取些行动，"将公众对上帝的信仰和教导公众虔诚敬神的说教与那些随意认定而且据称曾在遥远的国度和遥远的时代所发生的事实的一切联系区分开来"（艾弗里特 1816 年 1 月 5 日致亚历山大·艾弗里特）。艾弗里特粗暴地将耶稣在十字架上的磨难与复活看做是"随意认定的事实"，这一点正如有人曾经提到的那样，很可能是戈特霍尔德·埃弗拉伊姆·莱辛（Gotthold Ephraim Lessing）的论点 即偶然性的历史事实根本不能证明理性的必要真理——的改述。但是，艾弗里特的看法也显露了一种不安——那种不安一直掩藏在唯一理教为道德感而感到的兴奋心情之下。如果说虔诚敬神就是内在神性，而耶稣只是其中一个最完美的样板，那么我们为什么还需要耶稣呢？更不用说那些用来证明他的使命的神圣性的奇迹了。

不管艾弗里特有着什么样的怀疑，他在回国以后没有向任何人透露，信奉唯一理教的人们仍在继续讨论和学习着来自德国的新的学问。大批美国学生不断到德国的大学学习，《圣经》考证方面的最新著作从欧洲送回美国，美国的期刊再对这些著作发表评论。德国研究中重要著作的一些英文译本——赫伯特·马什主教（Bishop Herbert Marsh）于 1802 年翻译的 J. D. 米开利斯（J. D. Michaelis）的《〈新约〉导论》（Introduction to the New Testament）和考诺普·瑟尔沃尔主教（Bishop Connop Thirlwall）于 1825 年翻译的 F. D. E. 施莱艾尔马赫（F. D. E. Schleiemacher）的《〈路加福音〉评论》（*Critical Essay upon the Gospel of St. Luke*）——都附有译者综述《圣经》考证学发展、解释著名争论细节的历史研究长文。这些文章记述了长期以激烈的宗派纠纷为特点的领域所取得的学术进步发现，它表明，神学最终也可能开始加入学术"进步"的行列，而不只是与它对垒。

不错，被人认为不虔诚的德国考证学家和任何一种文本考证所固有的怀疑态度带来了一些恐惧（正如瑟尔沃尔所说）使人们担心新的《圣经》考证学可能"往往会摧毁基督徒对这些作品的崇敬"——"而基督徒已习惯于以这种崇敬的心情将这些作品视为神的箴言，认为它们包含着上帝的语录"。1825 年，安德沃神学院的理事会成员焦虑不堪地提出警告说，"很明显，德国研究毫无遏制的滋长已经要将信仰的热忱扑灭"。在哈佛，安德鲁斯·诺顿终于确信德国考证学会产生动摇人心的后果，因此拒绝让他的儿子学习德语。然而，对于勇敢的人们来说，这些焦虑恰恰证明了新的考证学的力量。看着《圣经》文本中数百年来晦涩含糊的地方在新的历史考证的轰炸中消融，这个时代的年轻学者们充满了信心，他们相信，《圣经》中的难解之谜与自然之谜一样也是可以解开的。

这种谜底即将解开的感觉，这种神学哲学和宗教理解的进程将最后到达目的地的感觉，是唯一理教留下的一份永久的遗产，使 19 世纪头 30 年正在趋向成熟的人们受用不尽。当作家、传记家爱德华·艾弗里特·黑尔（Edward Everett Hale，1822—1909）在 19 世纪 90 年代回顾 19 世纪 20 年代哈佛神学大楼的气氛时，他最希望向读者传达的是这样一种感觉：

> 一种热切的期望，在当时加快了所有曾在较为自由的宗教学校中受过训练的新英格兰年轻人的生活步伐。那群围绕在钱宁博士身边的领袖人物，与他一起永远挣脱了加尔文神学的桎梏。这些年轻人所受到的训练就是要让他们认识到，人性并没有完全堕落。他们所得到的教育是，没有什么东西是人性所不能办到的。钱宁博士以降，每一个作家和牧师都相信教育有着无穷的力量。英国掀起了广受欢迎的传播有用知识的浪潮，并开始了被称做"知识进军"的运动。德语学习是一门全新的学科，德国的大作家们用他们崭新的力量和伴随一种发现的独特的诱惑力影响着我们年轻学生的思想。而对于那些不阅读德语作品的学生，则有柯勒律治为他们打开更为广阔的哲学之门。

黑尔也提到了那个时代的其他现象——即人们相信结社的力量和组织慈

1 唯一理教（Unitarian）的开端

善机构的益处：

> 由于这些以及其他更多原因，接受过自由思想训练的英国年轻人认定下半个世纪将会在世界上发生一场彻底的道德革命，他们热情地投入到生活中去。……如果不能完全欣赏这种热情希望的力量，那么，对于这些年轻人的生活，谁都不能做出正确的评论或理解。

349

2 抨击洛克

19世纪20年代末期，曾经在唯一理教发展时期提供过支持的哲学演绎推论法开始显示出力不从心的迹象。其自身尚未解决的矛盾——认识论中的感觉论与理念论的紧张对立，标志其与德国《圣经》考证学关系的既渴望又忧虑的态度——开始困扰新一代学子。英国和德国的浪漫主义作品不断传到美国，虽然上了年纪的人蔑视华兹华斯的矫揉造作、歌德的放纵恣肆、康德和柯勒律治的模棱含糊，年轻人却热情地欢迎他们的作品。改革派开始要求教会放弃个人自我修养这一谨小慎微的教义，着手处理城市贫困的丑闻或者比这更大的蓄奴制度的丑闻。到19世纪20年代即将结束的时候，年轻一代唯一理教徒中那些心怀不满的人开始公开表达他们的意见。

困扰的第一个迹象后来被称做"超验主义"，与这一迹象同时到来的是两条战线上的进攻：对约翰·洛克的哲学和哈佛教育制度的进攻。在同时受这二者影响的年轻人的思想里，二者自然是合而为一的，而且，哈佛对于机械学习方法的过度依赖，似乎与洛克对于思维结构的观点丝丝入扣，天衣无缝，这一点又加强了年轻人的上述看法。如果思维是一块空白板，如果一切思想都来自感觉和反映，记忆应该是一切学习的基础，背诵就是展现思维的正确方法。爱德华·艾弗里特将《论人类知性》熟记在心并一天一天地在欣喜的导师面前背诵，正好表明旧的教育体制看重的是什么。

与美国大多数高校一样，哈佛的课就是"背诵"，学生被要求用背诵展示他们对指定材料的了解。教授们会根据学生的背诵情况立即给他们打分，然后用这些分数来确定他们在班级里的排名，以及是否能得到荣誉和优待。对于年轻学生（进校时一般是15岁）来说，这样的制度是多么死气沉沉，令人气愤，这在詹姆斯·弗里曼·克拉克（James Freeman Clarke, 1809—1882）

去世前几个月开始写作的自传中可以窥见一斑。克拉克是唯一理教牧师,也是超验主义者,他在自传中回忆起说当他认识到哈佛教育体系的结果是挫伤求知欲时,他是多么的惊愕和失望:

> 没有人会花力气激发我们的学习兴趣。对我们的要求就是艰难地读完荷马,仿佛《伊利亚特》是一潭泥沼,要我们跋涉而过,我们的任务就是每天以这样的速度行进。对于这篇不朽史诗的灿烂与辉煌,对于它的微妙与精彩,则只字不提,也从来没有人向我们提起六音步诗的格律。我们的希腊文教授波普金博士(Dr. Popkin)的目光越过镜框看着我们,他一手拿着铅笔,给我们的背诵打下好或差的成绩,却从来不说一句可以帮我们解惑的话,也从来不解释任何不清楚的东西,更不用说激发我们对于这部古代最伟大诗篇的热情了。

在校园里,学术上能够令人兴奋的只有学生自己管理的文学社团了。从18世纪开始,校园文学社团就成了美国大学生活的一大特色,它们组织辩论,举行讨论,展示口才;建立图书馆供他们的成员使用;鼓励诗歌和散文创作。它们提供了一个舞台,使学生们对于文学的好奇与热爱(在课堂上得不到认可)在这儿找到了一种表达方式,一位历史学家把它称做正式课程的"替补课程"。气氛沉闷、竞争激烈的课堂与自由的文学社团形成了对照,这种对照使学生们对校方愈加不满。"想起我的同学们所感兴趣的事情时,"克拉克回忆道:

> 我发现不是学校规定的学习,虽然学校规定的学习能给他们评定名次。我发现他们感兴趣的是学校规定课程以外的追求。……我们在学校图书馆里发掘出古书旧作,我们的英语教授照着布莱尔的《修辞学》教我们的时候,我们却在大量吸收托马斯·布朗爵士或是本·琼森的精华,并形成了我们自己的品味。我们真正的修辞学教授是查尔斯·兰姆、柯勒律治、沃尔特·司各特和华兹华斯。

克拉克和他的同学们在哈佛的"非正式"课程中所发展起来的对浪漫主义文学的爱好,也受到了欧洲思想新发展方面另外一个信息来源的巨大激励,那就是斯塔尔夫人(Madame de Stael)论德国生活和思想的名著《论德国》(*De l' Allemagne*)。安娜-露易丝-歇尔梅纳·内克(Anne-Louise-Germaine Necker)——斯塔尔男爵夫人(Baroness de Stael, 1766—1817)由于拿破仑天颜震怒，离开法国过起了流亡生活。1813 年，她在伦敦出版了她在德国的游记作品（早先曾在巴黎出过一个版本，但被拿破仑下令收缴，变成了纸浆）。她对法国皇帝的敌视态度，对英国宪政自由的爱慕，对苏格兰常识学派哲学家的称赞，不仅使她赢得了英国公众的赞赏，而且也赢得了新英格兰读者的敬慕。

斯塔尔夫人对于欧洲哲学从洛克到后康德主义者的发展的记述，形成了一种历久不衰的批判，批判的对象就是哈佛教导学生要崇敬的那种哲学传统。斯塔尔夫人痛斥了法国启蒙运动文化中冷嘲热讽、刻薄讥刺、不相信神的怀疑主义，并追根究底，将其起源直接追溯到洛克而不是休谟或伏尔泰身上。在斯塔尔夫人对欧洲学术史的叙述中，洛克是一种错误的始作俑者，但他是无辜的，他的这一错误的整个含义是由别人发掘出来的。斯塔尔夫人认为，洛克受其英国式的对自由虔诚与献身的精神所限，不可能认识到他的感觉论哲学会不可避免地引向托马斯·霍布斯的专制崇拜和大卫·休谟的怀疑主义。洛克的法国追随者的遗传中没有这样的防御能力，因此他们完全接受被斯塔尔夫人总结为"建立在感官刺激上的物质主义和建立在利益基础上的道德规范"的体系。

在斯塔尔夫人看来，"轻蔑嘲弄的怀疑主义"是一种从感官刺激产生思想的哲学的产物，针对这种怀疑主义，斯塔尔夫人反对德国传统中的内在性质和精神性质。这一德国传统起自戈特弗里德·威尔海姆·莱布尼茨（Gottfried Wilhelm Leibniz, 1646—1716），在伊曼努埃尔·康德（Immanuel Kant, 1724—1804）那儿到达光辉的顶点。洛克声称，思维中的东西无不是感官中曾出现过的，莱布尼茨在洛克的这条论断之后加上了一条"崇高的限制"——"思维本身除外"。后来康德给自己定了一条任务，就是寻找制约思维的规律；他自问："人类灵魂独立于经验之外，构成其本质的规律和情感是什么呢？"

除了绝对确信之外，没有什么东西能够再让康德满意了。他在那些"必要概念"（即决定我们构想感官世界的方法的智力规律）中找到了这种确信。他论证说，这些概念——如空间与时间、原因与结果、单一性与多重性、可能性与现实性——是我们自身固有的，而不是思考的对象；"从这一点来看，是我们的智力赋予了外部自然以规律，而不是从外部自然接受规律。"

根据斯塔尔夫人的看法，康德并不拒绝经验世界；实际上，"他遵循一条区分我们通过感官刺激接受的东西与属于我们的灵魂自发行动的东西之间的标准，没有什么比这条区分标准更为清楚的了。"康德从来没有试图进入他的后继者约翰·戈特里普·费希特（Johann Gottlieb Fichte）的纯粹唯心主义。

费希特通过"科学的严格性"证实,整个宇宙是"由思维活动构成"。但是,康德使我们的思维成为感官印象的积极形成者而不是消极接受者,从而恢复了思维的中心地位和尊严。这一种尊严也贯穿于康德的道德体系中,其中良心是我们道德存在的"内在规律":"根据他的观点,关于对与错的感觉是心的基本规律,正如空间和时间是智力的基本规律。"我们内心对道德自由的确信证明我们拥有道德自由,因为无论是道德自由还是良心都不可能是经验的结果,相反,两者都是通过"从灵魂深处升起的对环境的反应能力"而感觉到的。

352

斯塔尔夫人这部普及性的伟大著作使波士顿的年轻人了解到了欧洲大陆哲学中发生的巨大变化。她那生动的警句式的文体,比之于干巴巴的高度抽象的论文是一种令人耳目一新的变化,而她对个人尊严与道德自由的重视,使她受到了每一个在唯一理教人文主义传统中长大的人的欢迎。爱默生明显喜欢斯塔尔夫人,从1820年开始他的日记中就充满了从《论德国》中抄下来的警句和轶闻,他在第一部著作《论自然》(1836)中给这些警句赋予了重要的地位。如果说他不是从斯塔尔夫人那儿学到康德的那些术语(斯塔尔对那些术语并不赞同),那么他确实也有那种感觉,即:对于他那些急需得到解答的精神上的问题,答案很可能会来自德国,至少会来自从那个丰富的源泉汲取思想的其他人。

继斯塔尔夫人之后,这些文化传播者中最为著名的要数塞缪尔·泰勒·柯勒律治(Samuel Taylor Coleridge)了。佛蒙特大学(University of Vermont)校长詹姆斯·马什在美国出版了柯勒律治的两部散文作品,这两部作品激起了人们对于德国哲学的兴趣。马什并不信仰唯一理教,他在安德沃神学院学习时是摩西·斯图亚特的学生,但是,早在神学院学习时他就已对美国高校盛行的教学方法和美国高校所教授的哲学体系感到不满。他深信,洛克的经验主义和其后的苏格兰常识派哲学已经使神学陷入了"极其抽象的网"中根本无法脱身。正统派神学家之间毫无结果的神学纷争使许多虔诚的基督教徒或干脆放弃信仰,或躲入毫不思考的信仰主义。马什离开神学院以后,开始寻找既能够满足智力又能够满足情感、既能够满足头脑又能够满足"头脑之心"的东西。

一个偶然的机会使马什接触到了柯勒律治的作品,先是《文学传记》(*Biographia Literaria*)(1817),后来是《沉思之助》(1825)。他坚信,感官主义哲学生来就与信仰虔诚势不两立,柯勒律治对康德的改编提供了一个方法,可以将美国神学从它与感官主义哲学的不休纠缠中解救出来。他决定出版柯勒律治《沉思之助》的美国版。该版于1829年出版,马什为此写了一篇题为《初探》(*Preliminary Essay*) 的长序。在这篇长序中，马什提出，柯勒律治的信仰与美国神学的状况有着密切联系。他意识到，他计划出版的作品可能会触怒正统派神学家；他也知道，在一个文学杂志小心规避神学讨论、神学杂志坚守各派教义的国家，请人为这本书写书评是有困难的。他给安德沃和普林斯顿的知名神学人士送去这本书，希望能够得到他们的支持，结果却发现他们强烈反对柯勒律治对耶稣受难的解释——根据柯勒律治的解释，耶稣受难成了在我们身上引起"主观变化"的东西，而不是能满足神的公正要求的东西。

同时，马什对于当时盛行一时的形而上学体系的抨击——"我指的是这一体系，在当代，人们普遍认为洛克是这一体系的始作俑者"——使他赢得了他本无意争取的唯一理教徒，使他们中的一些人改变了信仰。马什试图将三位一体论和耶稣受难说的教义归咎于顽固不化的形而上学，波士顿年轻的自由派人士对此并不感兴趣，不过他们喜欢马什对他们所痛恨的哲学体系进行抨击。马什将经验主义哲学描绘成为一种体系，该体系坚持认为知识最终来自感官感受，因此"往往不可避免地要破坏我们的信念——即对于正确意义上的精神实际存在的信念"，并进而"冷冰冰地、含糊其辞地"引导我们去求助于"权威的启示"，以寻找对我们信念的支持。

在《沉思之助》中，柯勒律治在精神的东西和自然的东西之间划了一条明确的界线，由此消除了削弱一方以迁就另一方的需要。他认为，我们用以认识现实世界的不同范围的官能就像是这些不同现实世界的范围一样截然不同，尽管这些官能以某种方式共处于人类意识中。理性是超感觉的、天生的能力，它既是道德的源泉，也是智力活动的最高级形态；知性则是卑微的奴仆，它的功能是将来自感官感觉的概念加以组合和比较，帮助我们进行思考，进行综合——换句话说，也就是洛克误认为就是人脑全部功能的那一种官能。

对理性和知性的区分使柯勒律治非常轻松地化解了自然神论者一个世纪以来对于基督教教义"不可理解"的抨击。诸如三位一体、耶稣受难、原罪之类的宗教概念的确是与知性相抵触的；它们不是自然的原理，而是精神的信条，因此在判断自然世界的官能面前自然显得荒谬可笑。实际上，对于知性来讲，理性的真理只能表达为矛盾的论述："亚伯拉罕出世之前，我就已经存在了"，或是"上帝是一个圆，圆心无处不在，而圆周却无迹可寻"。洛克试图耐心地对感觉印象进行比较和分析，以便得出真理，但他却永远不可能成功，因为真理并不在他所寻找的地方。"一切哲学源于不解，也终于不解，而充于其间的则是钦慕。"

柯勒律治对于理性和知性的区分似乎给唯一理教教徒们指明了一条出路，

使他们可以借此跳出精神进退两难的尴尬境地——这条出路既能满足他们接触超验事物的渴望，又不用抛弃他们宽容的准则和理性的追求。克拉克回忆起 1829 年在哈佛读四年级时他是如何发现了柯勒律治的哲学，并从此走上了传教道路："我了解作为诗人的柯勒律治，而且我非常喜欢他。而作为哲学家的柯勒律治则加强了我对一种更高级的哲学的渴望——那就是超越约翰·洛克和戴维·哈特利（David Hartley），超越大受早期唯一理教教徒以及钱宁时代唯一理教教徒欢迎的形而上学派哲学。"克拉克跟他的大多数朋友一样，是在感觉论哲学思想的氛围中长大的；他告诉我们，他最初的哲学教育就是洛克对于先天论观念的驳斥：

> 但是，我的心中产生了反感，我不同意由感觉解释灵魂，由物质演绎智力，或者由神经、感应和微小震动追溯思想源泉的做法。因此我就放弃了，后来，柯勒律治用康德的思想指点我，使我明白知识虽然始于经验，却并不源自经验。这时候我发现，我生来就是一个超验主义者。后来，我在雅各比的著作中读到他的经历与我如出一辙时，我不禁莞尔。

许多人都已经注意到，柯勒律治的词汇虽然移译自康德（Vernunft 和 Verstand），却与康德有着显著的不同。对康德来说，理性包括所有使认识成为可能但不能以认识作为其起源的各种大脑活动，亦即被斯塔尔夫人称做"必要概念"的东西：空间和时间、因果、比例、关系等等。康德的理性既不是某些特定真理的集成，也不是直觉理解这些真理的官能。但是，柯勒律治的美国读者中，很少有人知道《纯粹理性批判》（The Critique of Pure Reason，1781），大多数满足于将柯勒律治的词汇当做康德的词汇使用。

"没有什么能够像新的分类那样给人带来喜悦。"爱默生后来这样说。在马什出版柯勒律治著作后的日子里，人们争相将理性与知性的区别运用到每一个困扰他们的问题上。克拉克说这一分界曾在神学学习中帮助过他，它教会他将教义差异视为细枝末节——理性直接和直觉地发现真理，知性试图阐明这些真理却不得要领，结果就产生了教义上的差异。克拉克认为，即使是唯一理教与三位一体论之间的决裂，表面上看起来有着巨大的鸿沟，也许不过是两种不同的表述方式而已，而其信念则是一致的，即都认为基督是"不可见与永恒的可见的表现"。

爱默生也很快采用了这一新的分类。1834 年，他写信给他的兄弟爱德华，问他是否"能像密尔顿、柯勒律治和德国人那样区分理性与知性"，他说自己现在认为这种区分"本身就是一种哲学"。他说："这种区分在文学、宗教和生活中获得广泛应用，这将告诉我们它是一个出色的解决之道。"他还以一种小小的寓言的形式向爱德华解释两者的区别："理性是灵魂最高级的官能——亦即我们通常所说的灵魂本身；它从不'推理'，从不证明，它只是认识；它是洞察力。而知性辛苦一世，比较、谋划、增加、争论，目光短浅却视力良好，它与现时、与权宜、与习惯为伍。"至此为止，知性还只是有眼力人的近视的奴仆，但稍稍往下，这个寓言的色彩就开始暗淡了：

> 年轻的思想，"最初的思想"，是理性的启示。……然而，知性是一个满面皱纹、精打细算的人，我们的管家与他密不可分，以此来支撑我们的动物生命，他永远不同意理性的这些论断，并指着习俗和利益，劝一个人说理性的声称是虚假的，劝另一个人说理性的声称至少是不实际的。但是，在否定了我们的主人以后，我们渐渐在多年以后，或者在生命即将结束之时，又重新认识到他才是真理。（爱默生 1834 年 5 月 31 日致爱德华·爱默生书）

到了这里，知性成了一个世故审慎的声音，倾听他的提示而不理会理性的激励的人，就像彼得在客西马尼（Gethsemane）不认真正的耶稣一样，总有一天会泪流满面、追悔莫及地重新认主。当爱默生听到正统教牧师说"世俗的人频频憎恨上帝"时，他可以耐心地坐在那儿听完布道，因为他可以将牧师的话翻成自己的新的语言："我说：'与理性相违背，那是知性的本性。'"

振奋与堕落、崇高与懦怯之间的摇摆困扰着有抱负的人们，理性与知性的对立，为这种摇摆提供了解释，同时也为意识的根本分歧提供了解释。而且，对于那些认为《圣经》关于人类堕落和赎罪的记载正逐渐丧失其权威性的人来说，这一对立也给他们提供了一个机会，让他们用圣徒们曾经有过的强烈信念来阐释他们的内心世界。这位在坎布里奇念神学的青年学生认为，自己的生活是理性的神圣提示与知性的世故审慎之间永无休止的斗争，他的内心世界与 17 世纪任何一位精神自传作者一样复杂，一样充满令人沮丧的陷落与奇迹般的回复。

在个人的生活历史中，理性与知性的关系如何呢？它们是一对孪生兄弟，还是有时合作有时又互相仇恨的同胞兄弟？这一次该问题的答案不是来自哲学，却是来自诗歌，尤其是柯勒律治和威廉·华兹华斯的诗歌。在 19 世纪早期的美国，柯勒律治和华兹华斯并不太受欢迎，而当时大红大紫的是拜伦勋爵和爱尔兰诗人汤姆·摩尔（Tom Moore）。约瑟夫·丹尼（1768—1812）曾在他的费城《佳作选辑》中对华兹华斯早期的抒情诗有过佳评，但是步丹尼后尘的人几近于无。等到波士顿的《每月文选》注意到华兹华斯的时候，觉得他的那些实验在政治上是危险的，而在诗歌艺术上则是愚蠢的。

到了19世纪20年代末期，皈信柯勒律治的人们突然发现曾经遭到他们嘲笑的那些诗歌包含着与康德一样深邃的精神真理，而且在与感觉主义的斗争中与康德一样有用。1820年改信斯维登堡神学（Swedenborgianism）的山普逊·里德（Sampson Reed）是哈佛一位年轻的毕业生，他于1826年出版了一本题为《意识的发展》（*The Growth of the Mind*）的小书。在这本书中，里德批判了当时盛行的洛克对于意识结构的观点，并提出了一个由华兹华斯和其他英国浪漫主义诗人的诗歌做说明的意识发展模式。在他看来，意识并不是被动接受刺激，而是一个活体，它通过吸收周围环境中的事物而发展和扩大。1831年，詹姆斯·马什第二次出版了柯勒律治的作品，就是他的期刊《朋友》（*The Friend*，1809—1810）的美国版，其中刊载了华兹华斯当时尚未出版后来命名为《序曲》（*The Prelude*）的自传体长诗的一些章节。

坎布里奇周围阅读这些作品的年轻人感到兴奋和喜悦，因为他们发现了一种对于个人意识的描述及其与自然的关系，而这些使寻常的认识带上了启示的色彩，使寻常的成熟过程看似奥德赛的艰难历程。其实，使坎布里奇的人们心荡神驰的浪漫主义已经是几十年前的老东西了，康德的思想则比浪漫主义还要老，被认为具有革命性而大受欢迎的那些思想其实只是从他们的文章中断章取义，然后由良莠不齐的编辑、译者和书评人杂乱无序地推给他们的，对于这些，坎布里奇的年轻人们毫不在意。正相反，历史分界线的模糊恰恰解释了人们的兴奋感。欧洲半个世纪以来在文学、哲学、自然科学和《圣经》考证方面的成果基本上是同时传播到大西洋的另一边——斯维登堡和施莱艾尔马赫，赫尔德和施特劳斯，康德和谢林，歌德和华兹华斯，斯塔尔夫人和柯勒律治的作品。如此丰富的成果不能不使人觉得世界已经处在大融合的边缘。里德在《意识的发展》（1826）开篇的几页中透露出了些许这类情绪：

> 这个世界正在获得活力，这活力并非来自已经过去的东西，而是来自即将到来的事物，并非来自夜晚的不健康的潮气，而是来自清晨的无名的影响。……人类，以及制约人类的规律和准则，似乎都即将得到救赎，不再受到奴役。……我们似乎正在走向这样一个时代：纯粹的身体的力量在思维的力量面前默然止步，蛮力已经胆怯、慑服、心怀畏惧，凝视着挺立的具有神的形体的人类。

○超验主义

在我们看来,有一点非常奇怪,那就是促成人们相信神化即将来临的几个强大因素中,不仅有创办于 1802 年的著名英国季刊《爱丁堡评论》,还有它的竞争对手、由托利党于 1808 年创办的《季刊》。人们期望这两家刊物以及类似的期刊所发表的长篇大论不只是提供观点(尽管这些总是以匿名形式发表的评论中的观点以其坦率和刻毒著称)。这些评论还常常对整个领域做出综述。例如,1826 年 12 月号的《爱丁堡评论》中就有一篇文章,评述了七部(篇)讨论让—弗朗索瓦·商博良(Jean-François Champollion)(罗塞塔石碑铭文的译解者)的著作的作品和文章,该文后还附了一张折页的刻石图表,表中给出了一组语音象形文字和与之相对应的通俗文字和希腊文字。还有一篇文章评论詹姆斯·费尼莫·库珀的《美国人的观念》(Notions of the A-merican)以及一个英国人在北美旅行所写的作品,该作品对最近的英美政治关系做了综述,并简要回顾了上溯至乔纳森·爱德华的美国文学史。

这种满腹经纶的印象,再加上观点的有力表达,给这些评论赋予了权威的气势,使每一篇文章就像是系统的教育,这一点在美国尤其可贵,因为在美国很难弄到国外的书籍。评论作者的高水准以及他们大量引用原文的做法,使读者有了一种与他们很难接近的学术界接触的感觉。正如《爱丁堡评论》的编辑锡德尼·史密斯(Sydney Smith)说的那样,每一位读者拿起一篇评论的时候,都希望能以少些的钱使自己变得聪明,但是很少有期刊能像他的刊物那样使这一希望得到实现。

阅读英国评论的波士顿人很快就了解到,他们国内的偶像在别的地方并不总是受人崇敬。有人在《爱丁堡评论》撰文评述威廉·埃勒利·钱宁论费奈隆(Fenelon)、密尔顿和拿破仑的文章,这位评论家在 1829 年写道:"我们不喜欢看到作家总是企图偷偷地抢在人家前头发表观点而不把自己的退路切断——满篇装腔作势却绝不冒犯别人。"钱宁

> 总是冲在前头,摆出和蔼可亲、气度不凡的态度,却从来都不远离援救者。他是唯一理教徒,但是他又像唯物主义者一样宣称与普里斯特利博士(Dr. Priestly)没有任何关系;他驳斥加尔文主义和英国国教,但是为了表明他这么做并非出于缺少大度,又向罗马天主教及其牧师公开赔礼道歉;——他是美国共和党人,也是法国波旁王朝的拥护者;———……他喜欢机智,不过只是严肃的机智——他热衷于福音的传播和宗教的荣光,却又觉得应该与理性结成同盟,并使之被现代的光环围绕起来。

这篇评论的作者(实际就是威廉·黑兹利特[William Hazlitt])甚至怀

疑，钱宁之缺乏道德魄力很可能正是政府这一民主体制的产物。政府"确立民众和宗教自由"，理应使言论得到完全自由，然而美国的民主并没有使言论得到自由，它建立了一个比以往更加沉重的专制。在一个混合政府里，持不同政见者可以从一个政党向另一个政党呼吁，但是当一个国家只有一个"言论体"的时候，那他就是牢不可破的。"不可能与之对抗，抗议和抵制不仅会引起公众的愤怒，而且听起来会成为对社会中每一个人的人身侮辱。这样的做法与众人的意愿背道而驰，你就成了害群之马。"黑兹利特将这种微妙的压力归结于"在共和党政府的准则和训练下造就的屡见不鲜的怯懦、狡猾和思想贫乏"。共和党政府不仅不培养个性，而且还横加压制。"谁要是走到了前头，或者另辟蹊径，谁就被认为是以不正常的高人一等的姿态凌驾于众人之上，人们不会以尊重和宽容对待他，而是报之以轻蔑和侮辱。"对钱宁的批判由于无法归咎于有计划的反美行为，因此尤其使人有切肤之痛。《爱丁堡评论》虽然像喜欢嘲讽其他一切事物一样喜欢嘲讽美国文学的缺点，对于美国却仍然比任何别的外国期刊更为友好。另有一位评论者宽容地写道："虽然那贱货私奔了，而且与人结了婚，使我们大感失望，但她还是跟她的母亲非常相像的。"

《爱丁堡评论》的风格很有感染力。1833年，弗雷德里克·亨利·海吉（Frederic Henry Hedge）为《基督教观察家》写了篇评述柯勒律治作品的文章，读过这篇著名评论的人都能看出，海吉对柯勒律治生平的研究中在哪些方面模仿了《爱丁堡评论》那些"看不见又攻不破"的作者们机智而又不动声色的文风。能够成功模仿这样的文风在美国可能非海吉莫属。海吉（1805—1890）生于波士顿，年仅13岁就被其父亲列维·海吉（Levi Hedge）（哈佛逻辑学教授）送到德国。海吉在德国预备学校度过了四年，这段经历不仅使他学会了流利的学术德语，而且还熟稔德国学生的俚语。1822年，他从德国回到哈佛读他的文学学士学位。1825年，他进入神学院，1828年毕业时受任西剑桥教会牧师。海吉读过康德的"批判"系列，也广泛阅读过康德之后一些曾经影响过柯勒律治的唯心论者的著作。早在神学院的时候，他就以学术上无所畏惧而著称，因此在他死后一位钦慕他的人这样评论说："对于他的思想可能带来的后果，他毫不畏惧。"他曾经嘲笑惧怕德国《圣经》考证学的基督徒："说什么'上帝送圣子到世上'，'世人可以通过他得到拯救'，但是蒂宾根学派（Tubingen School）和英国的'文章和评论'（Essay and Review）使这一目的落空，因此不得不加以抛弃，这样基督教历史该是一种什么样的结局和评价呢？"

当詹姆斯·马什于1831年出版《朋友》的时候，海吉抓住机会评价了柯

○超验主义

勒律治的许多作品:《诗作》(Poetical Works)、《文学传记》、《沉思之助》和《朋友》(The Friend)。海吉对他的诗歌作品大加赞赏,预言在其他散文作品失去光彩以后,《文学传记》仍将受人欢迎,而且称赞《朋友》"思想深邃,判断明晰,推理严密,表达有力"。他感谢马什,称他的《初探》大有用处,并希望《初探》中提到的创立全新哲学的才能在将来能有用武之地。但是,海吉评论的真正目的并不是来传递恭维之辞,他的评论的中心是探讨超验主义层层叠加的历史:先是康德自己,然后是康德之后的唯心论者,再后是柯勒律治,最后是马什对柯勒律治的阐释。

海吉一开始就提醒他的读者,如果不像德国形而上学论者要求得那样努力,那么他们永远不能领略新方法给它们的追随者所带来的兴奋。"这些作品对局外人所产生的影响,就像是跟一个吸了兴奋气的人在一起,我们亲眼看到他吸入,也对其效果大感震惊,但是,对于那种感觉,除非我们曾经亲身感受,否则我们毫无概念。""通过给物质取绰号的方法构想精神理论"并希望以"将一切事物简化为印象、概念和感觉"的方法来解释一切意识现象的那种哲学家,永远不可能感受到这种神秘兴奋。康德和他的门徒"为具有另一种类型思想的人写作",那些人凭着信念和希望寻找答案,并希望能找到被经验主义哲学宣称为不可能解决的问题的答案——"那些涉及精神与形体、物质与生命、自由意志与命运、上帝与永恒的问题"。

海吉认为,这些问题每隔一定的时间就重新受到人们的关注:

> 在社会历史的某些时期,人类会经历从自发产生思想的状态到达通过反省获得思想的状态,这时人类特别倾向于探究自身和自身的目标、人类存在的本质、人类知识的证明以及人类信仰的根据。这种倾向是当今时代的特征之一,而德国哲学则是这种倾向最有力的表达方式。德国哲学竭力探寻的,是关于一些通常被认为人类智力无法企及的问题的解答,它竭力要破解我们的存在中隐藏得最深的谜。

毫无疑问,超验主义体系不是一种推理精粹(ratio essendi),而是一种推理认识(ratio cognoscendi):"它不解释经过客观考虑的上帝与创造的存在,而是解释我们对于它们的存在的了解。"海吉以最为强烈的言辞驳斥了认为超验主义体系是一种怀疑主义哲学的责难:"它的目标不是推翻,而是建立;它的斗争对象不是大众的观念和人类的普遍经验,它想做的是将这些东西放到一个科学的基础上,用具体的论证来验证它们。"

海吉只是在文章即将结束的时候才将笔锋转向《沉思之助》。柯勒律治对

2 抨击洛克

理性与知性的区分，在海吉的朋友们看来具有重要的意义，可是海吉却一笔带过，他知道柯勒律治使用的这些词语并不是康德的原意。的确，海吉的文章的最后几页显示了他对柯勒律治假装宗教思想家的不屑。"在这部作品里，他貌似三位一体论的热诚信奉者和英国国教的热情卫护者，我们对他的诚意没有疑问；但是他却误解了自己的观点，或者完全错误阐释了自己教会的教义，除非我们是大错特错。"柯勒律治的三位一体与唯一理教崇拜的上帝相差无几，其他传统的教义，在柯勒律治的手中情况也不见得就好到哪里。"他对于耶稣受难的看法，离正统派的观点相去甚远。代人受难的说法，他轻蔑地加以驳斥。圣保罗赞同这一问题的有力的说法，他又告诉我们其本意并不是为了指明救赎的行为，而只是用比喻性的说法描述了其影响。"凡是柯勒律治觉得不合口味的基督教教义，他都简单地称之为谜。他想通过超验主义哲学复原传统的基督教教义，结果却成了语言的游戏，而不是思想的探究。"每一样事物，都是先被神秘化为令人无法辨认且又望而生畏的东西，然后再宣称它是正宗的正统信仰。"

不过，海吉对柯勒律治无意识中的非正统观念表示赞赏。在他看来，柯勒律治是一个难能可贵的思想吸收者与传播者，那些思想虽然包含于英国国教虔诚的外壳之中，却很容易与其外壳区分开来。在文章的最后，他以赞同的态度引用了《文学传记》第十章中柯勒律治为自己的辩护：

> 学者一直是使真理广泛传播的中介，学者的谈话和文字激发人们思考，给人们的思想提供成长的种子，但愿判断学者功用的准则是那些真理的数量及其道德价值，或者是那些有思想的人们的数量和那些思想的价值。

从这些标准判断，柯勒律治对于美国知识界的贡献已经达到了他能够希望的高度。

361

3 卡莱尔与美国超验主义的发端

到弗雷德里克·亨利·海吉在《基督教观察家》上发表柯勒律治生平论述的时候，柯勒律治作为新世界兴奋点的地位早已被另一位作家所取代。与其说这位作家对形而上学感兴趣，不如说他对生活方式更感兴趣。19世纪20年代，英国的季刊上刊登了一系列引人注目的探讨德国文学的评论文章，吸引了年轻的波士顿自由派的注意。这些文章的风格——充满激情与紧迫感，充满幽默与义愤——马上就使之与周围的温文的刻薄划清了界限。这些文章的作者就是托马斯·卡莱尔（Thomas Carlyle, 1795—1881）。在19世纪20年代和19世纪30年代早期，卡莱尔一直就在翻译德国的文学作品并撰写有关德国文学的文章。卡莱尔研究德国作家让·保罗（Jean Paul, 即让·保罗·弗里德里希·里希特尔［Jean Paul Friedrich Richter］, 1763—1825）的文章于1827年发表于《爱丁堡评论》，是年他又发表了一篇题为《德国文学现状》（*The State of German Literature*）的文章。1828年，卡莱尔在《外国评论》（*Foreign Review*）上又发表了两篇文章：第一篇分析歌德《浮士德》（*Faust*）中第二部分"海伦娜"（Helena）一章，后来的一篇论述了歌德的生平。1828年和1829年，《爱丁堡评论》发表了卡莱尔探讨德国古典学者克里斯蒂安·戈特洛伯·海内（Christian Gottlob Heyne, 1729—1812）和德国诗人、小说家诺瓦利斯（Novalis, 1772—1801）生平的两篇长文。1831年，伦敦的《弗雷泽》（*Fraser's*）杂志发表卡莱尔对歌德和席勒通信的评论。1831年12月，卡莱尔在《爱丁堡评论》发表他的重要长文《特色论》（*Characteristics*）。这篇文章是由弗里德里希·冯·施莱格尔（Friedrich von Schlegel）死后发表的《哲学讲稿》（*Philosophische Vorlesungen*）而促成的。

光是列出一串题目和题材，不足以解释卡莱尔在美国影响如此之巨的原因。卡莱尔在美国的影响，正如 O. B. 弗罗森汉姆（O. B. Frothingham）在后来的回忆中所说的那样，"连他墨水瓶中的沉渣，都被当做灵感之泉珍贵的积淀而大受欢迎。"美国人对德国文学或许比英国人少了几分偏见，但与他们一样无知。不过卡莱尔虚张声势，试图使英国人对德国文学产生仰慕之情。哈佛大学直到 1820 年才开始用德语授课，可是即使到了那时，教师也仍然难以吸引学生，因为德语课程都是选修课。另外，在新英格兰的书店里，很难买到德语书。对德国作家生平的研究和评论文章为什么会成为波士顿学术界的时尚呢？到了 1833 年，人们极为强烈地追求一切凡是与德语相关的东西，以致詹姆斯·弗里曼·克拉克耻于向他的朋友玛格里特·富勒承认不喜欢歌德的诗歌。他抱怨说："那些小抒情歌谣（Lieder）、谚语之类，在我看来，都是晦涩愚昧的东西。我真希望你能告诉我你们为什么喜欢他的诗歌，又是怎么去欣赏的。不知为什么，我就是无法恰当地去理解（auffassen）它。"（克拉克 1833 年 9 月 9 日致富勒书）

卡莱尔的文章之所以吸引人，其部分原因在于他愿意理解从歌德的抒情诗到超验主义哲学的各种形式的一切——超验主义哲学的思想当时正使新英格兰神学激动不已。在评论诺瓦利斯作品的文章中，卡莱尔解释了对费希特的《学术观点》（*Wissenschaftlehre*）作说明的必要性，因为诺瓦利斯的哲学思想就源自费希特这部著作；他综述了唯心主义和经验主义的论战，一直从皮浪（Pyrrho）讲起，直到康德和后康德的唯心论者。卡莱尔称，按照康德提出的新体系——在这一体系中，时间和空间不是以外部存在的形式，而是以内在本质，以精神的形式表现出来——上帝永恒和无所不在这两点不再是神秘的东西。"而且，对于超验主义者来说，非常明显，自然起源与存在的整个问题一定可以大大简化：过去对物质的敌视态度结束了，因为物质本身就消灭了；而无神论这个'沾满病露'的黑色幽灵也永远化做了虚无。"

柯勒律治和詹姆斯·马什借助德国哲学来解决神学问题，而卡莱尔却与他们不同，他只为自己在德国哲学中发现的活力而欣喜。他的文章蔑视传统思想和做法，尤其蔑视时尚的自得与肤浅。卡莱尔亲切地大谈里希特尔的简洁，费希特的"冷静、巨大、金刚般的精神"，海内在穷困潦倒之时坚持自我教育的奋斗，以及施莱格尔一生在否定与怀疑之中构建精神宗教的不懈努力。在《德国文学现状》（1827）一文中，卡莱尔向读者介绍了费希特关于文学人角色的崇高概念：

> 根据费希特的思想，在可见的宇宙中普遍存在着一种"神圣思想"；这一可见的宇宙本身并没有意义，甚至不可能离开神圣思想而独立存在，它

实际上只是这种神圣思想的符号和有意义的体现。对于大众而言，这种神圣思想隐而不现。然而，认识神圣思想，掌握神圣思想，完全生活在神圣思想之中，则是一切真正美德、知识和自由的条件；因此也是每一个时代一切精神奋斗的目标。文学人就是这种神圣思想的指定阐释者；我们可以说，他们是永远的布道者，他们一代又一代地站到队伍的前列，他们是上帝永恒智慧的传播者和活生生的榜样。

文学人也不能逃避他们对同时代人所负有的义务，"因为依据自然规律，时代与时代各不相同，每个时代都要求有其神圣思想的代表——当然神圣思想的精髓在一切时代都是一致的——因此，一个世纪的文学人只有通过中介和再诠释才可满足另一个世纪的需要。"

联邦党人认为，文学人不是牧师就是律师，他们偶尔涉笔写诗，将美德经过悦目的打扮放在虚构作品中，吸引人们皈依。新英格兰人基本上还没有超越这种臆断，对于他们来说，费希特的这些思想犹如电击。卡莱尔提出了一种对于美国来说属于全新的职业。文学人不需要从事一种专门的职业，他也不需要创作诗歌、剧本或是散文。文学人只要真诚地生活，不需要创作文学作品就可以向处于这个时空的人们传达神圣思想。

而这个时空也需要这种传播，因为当时的时代（如卡莱尔在《时代之迹象》[*Signs of the Times*] 一文中提醒我们的那样）是一个机械的时代，一个没有灵魂的时代，这个时代只相信"因果"，刚刚听说一件崇高精神的事例就立刻开始"替它解释原因"。但是，如果当今的时代显得污秽肮脏，那么，我们必须记住，"忽视我们的最糟糕的日子是两种永恒的汇流"！如果我们现在"通过直接视觉什么都看不见，而只能通过思索和解剖式的肢解认识事物"，那么我们可以恢复视力，使其对象重新得到恢复。"而且，我们的精神疾病毕竟不过是见解的疾病，我们戴上的是自己制作的枷锁，我们也可以自己打碎它。"最近在历史上震撼政治世界的那些事件，并不是走向终结的迹象，而是预告新的世界秩序即将诞生的阵痛。"在整个社会结构的深处存在着一种斗争，那就是新事物与旧事物间无穷无尽、难解难分的激烈冲突。我们现在已经可以非常清楚地看到，法国大革命不是这种强烈冲突的生母，而是它的亲子。"

许多在旧世界中给人安慰的东西在这种新旧冲突中必然消亡。在《特色论》（1831）中，卡莱尔坦率地承认，年轻人的"全部本性渴望着行动"，却找不到"指引他去行动的神圣的东西"，因此当代这个否定的时代能够给予年轻人的似乎只有绝望。这些求索者所面临的任务既令人畏缩，也非常崇高。

"他们必须为自己找到一个信仰对象，否则就毫无信仰地生活。神已从世界上消失；而他们——在灵魂痛苦的叫喊中——必须像真正创造奇迹的人那样，再一次使奇迹发生。"然而，尽管现实前景暗淡，卡莱尔却并不认为完全没有希望。他说："善由恶而生；而只有可能出现的善才终有一天会实现。而且，只要我们环视四周，我们就会发现东方出现的道道曙光，天已经破晓，待时辰一到，天就要亮了。"

如果卡莱尔的话正确，那么，美国社会那些令人困惑的变化或许就只是新旧事物之间难解难分的冲突，只是黎明前的黑暗。（毕竟，卡莱尔1829年的《时代之迹象》的开篇稍带嘲弄地指责了几位担心《天主教解放法令》[*Catholic Emancipation*] 会成为世界末日预兆的英国作家。安德鲁·杰克逊能比《天主教解放法令》还糟吗？）如果年轻人担心传统的权力途径在快速变化的社会里会消失，那么卡莱尔建议则可以采用另一种令人兴奋的途径：即他们自己的精神奋斗本身就可以是最有意义的行动。他们只要如实地记录所思所感，就可以为他们的社区做出最大的贡献。O. B. 弗罗森汉姆说，这样的行动号召"撩动了所有诚实的心"。柯勒律治提供的是哲学，可卡莱尔提供的却是"好于哲学的东西。这是一种因情感和目的而更显生机的哲学"。卡莱尔的新哲学更易于吸收，因为它与唯一理教的中心观点极其相似：精神生活在于"自我修养"，在于不断完善，这是每一个基督徒在生活这一上帝赋予的考验中的职责。

几乎每一个第一代超验主义者都承认受过卡莱尔的影响，不过尤其被他的话感动的是爱默生，他在职业问题上斗争最激烈。爱默生的父亲威廉曾是一个神学自由派，对纯文学颇感兴趣，并曾任《每月文选》的编辑。1811年威廉去世后，他的妻子露丝·哈斯金斯·爱默生（Ruth Haskins Emerson）不得不靠经营一间寄宿公寓抚养五个儿子。他们困苦的生活，尤其是1812年美英战争爆发后的艰难岁月，给爱默生留下了清晰的痛苦记忆，使他了解了贫困对精神的影响。不过也不乏有益的影响：波士顿拉丁语学校，爱德华·艾弗里特令人振奋的口才，还有获得奖学金去哈佛深造的可能。

比这些影响更为重要的也许要数威廉·爱默生的妹妹玛丽·牧迪·爱默生（Mary Moody Emerson）的教导了。在爱默生的少年时期，玛丽（1774—1863）在多个时期与他们一家生活在一起，并在她漫长的一生中与爱默生保持着频繁的通信。玛丽年纪稍大时，仍记得家中早几代的牧师。家中的牧师全都信仰乔纳森·爱德华兹提出的教义，即深信信仰改变和服从上帝意志的必要性。她极其虔诚的清教徒经历使她嘲讽波士顿自由教徒——她的侄子后来将他们称做"贫乏、低级、浅薄、毫无益处、毫无诗意的基督凡人论者"。

○ 超验主义

365 她以日记的形式记录自己的精神生活，日记时跨 50 年，长达 1000 页。在她与爱默生一家共同生活的时候，五个孩子的教育由她督管，家中的长祷文也由她撰写。在她死后很久，那些"预言式的和启示式的祷告"还在爱默生的记忆中回荡。她如饥似渴地阅读，不仅阅读神学家和哲学家（柏拉图、柏罗丁［Plotinus］、斯宾诺莎［Spinoza］、科德沃斯、巴特勒［Butler］、克拉克、乔纳森·爱德华兹）的作品，而且还阅读诗人和散文作家（阿肯赛德［Akenside］、扬［Young］、拜伦、华兹华斯、斯塔尔夫人）的作品。就是在她没有与爱默生一家一起生活的时候，她也用通信的形式监督孩子们阅读，并与他们辩论他们所阅读的作品的意义。1817 年，爱默生进入哈佛并令人不安地认识了"苏格兰的歌利亚（Goliath）"大卫·休谟，这时候他接二连三地给玛丽去信，在信中转述许多休谟的论点，希望她能够加以驳斥。他经常在日记中记下她的话，而且每当在自己的写作中需要追求庄严的效果和强烈的精神的时候，他就常常采用她那种神谕般玄奥的散文风格。

玛丽当然希望看到家族的牧师传统得以延续。起先，这一使命落到了爱默生的长兄威廉（与其父同名）肩上。1818 年从哈佛毕业以后，他办了一段时间的私学，积攒了足够的钱，终于可以到哥廷根学习神学了——此时的神学课程已经渐渐为美国人所熟悉。1823 年 12 月，他乘船前往欧洲。起先，威廉写回的家信热情洋溢。但是，他却渐渐发觉自己正在经历一场信仰危机，类似的信仰危机似乎也在十年前折磨过爱德华·艾弗里特。他已经不能够再相信《圣经》中所述一切的历史真实性，可是又无法拒绝破坏他的信仰的《圣经》考证学的结论，于是他来到魏玛征求歌德的意见，因为歌德早先也曾友好地接待过美国学生。歌德力劝威廉不要因为与教区居民信仰不同就放弃牧师之职。即使威廉当时确实认真地考虑过要按歌德的意见去做，不过他还是在一次乘船回家的途中改变了主意。在那次航行中，一场强烈的风暴使他直接面对自己的内心，他决定放弃接受圣职的想法，转而从事法律工作。

威廉的决定在家中掀起了轩然大波，玛丽自然也卷入其中。对于玛丽而言，这整件事情证明了"当今怀疑论者不可思议的冷漠"，怀疑论者居然能够忍受在没有神性存在的情况下生活。但是，家中并不是只有威廉这一个儿子。爱默生在与疾病斗争了几年，为挣钱养家而办了几年私学以后，终于从哈佛神学院毕业，并在 1826 年得到了布道的许可。在几个乡村教堂"讲经布道"

366 一段时期之后，他接到波士顿第二教堂的邀请，前去接替疾病缠身的牧师小亨利·威尔。由于健康状况持续不佳，小威尔永久性地辞去了牧师职位，第二教堂便请爱默生接替了他的位置。

在通过斯塔尔夫人、柯勒律治和卡莱尔等人过滤之后的超验主义哲学新曙光面前，曾经在整个 19 世纪 20 年代使爱默生感到苦恼的疑惑——这些疑惑来源于休谟对奇迹的批驳和德国考证学家对《圣经》内容真实性的抨击——开始散去。如果理性就是上帝，那么上帝就在个人的心中，而个人就有了一条启示的准则，就不会受任何经验主义的威胁。一切寻找"证据"的行为，对于历史上的耶稣和历史上的摩西的探究，都不过是企图使用理智的机械手段去发现能够被理性察觉的真理，因而都是毫无结果的。这些寻找和探究成了多余，因为已经发现神性就存在于此地，存在于此时，存在于每一个人身上，它要求个人绝不要否认在内心察觉到的真理。的确，对建立神学院的外部权威的屈从，代表了爱默生所唯一忧惧的变节行为——在勉强同意别人的信仰的压力面前否认自己相信的真理。

这种对于内心信念的苛刻的忠实，迟早将在所有牧师的生活中引起摩擦，就是在唯一理教这样一个宽容的宗派中也不例外。爱默生热爱布道，他的布道文（现尚存二百多篇）风格独特，读者从中可以看出，它们与他后来的演说和文章的风格与内容有着许多密切的联系。另一方面，他的牧师职责越来越令人厌烦。不过，他最后辞职的原因却是他越来越不喜欢的一个仪式——圣餐仪式。

在清教徒礼拜会上，只有那些能够证明自己改变信仰经历的完全教会会员才能上圣餐台，这不仅是一种特殊待遇，而且是表彰精神成就的勋章。但是，随着自由派宗教的发展壮大，在许多唯一理教徒看来，每月一次的圣餐仪式，说得好听一点，似乎已经成了一种过时了的形而上学的形式，说得难听一点，是一种有些像食尸鬼似的活动。1832 年 12 月号的《基督教观察家》上发表的一篇文章表明，对圣餐感到不舒服的不止爱默生一人。那篇文章的作者认为，许多真诚的基督教徒竭力遵守耶稣的规则，可他们却无法使自己接受圣餐仪式，因为圣餐仪式的"组成要素"——面包和酒——"有一种陌生和神秘的样子"，使走向它们的人的头脑中充满了"可怕的而且令人却步的印象"。

文章的作者在这种态度中看到了残余的迷信——新教并没有全部除去这种迷信：

> 这种奇怪的敬畏，把上帝的这一规条与他的其他规条区分开来的敬畏；这种将它独立出来的习惯，使之高于其他崇拜模式和谢恩祷告方式的习惯；这种存在于许多人头脑中的奇特的畏惧，害怕由于错误参加圣餐仪式而招致十恶不赦的神秘罪孽的畏惧……还有，许多领受圣餐者的拘束甚至于苦恼的心态；他们中的许多人明显具有的感觉：这些"组成要素"

○超验主义

是这一纪念仪式中的庄严的东西，在他们将面包和酒拿在手中的那一刻，脑子里应该有一种非常特别的印象才与他们的身份相称——所有这些，在我们看来，都证明在我们中间对这个问题的看法中还有许多迷信的成分。

清教徒为确认教会会员而举行的这一仪式，此时已经成了反省自身罪过和让人感觉不够资格的仪式，或者至少也是悲哀地提醒人们宗教热忱已经不复存在的仪式。牧师心里也有这种不痛快，因为他邀请教众参加圣餐仪式，而教众则将其视为一次经受不安和沮丧的机会。

不过，有的牧师成功地打消了教众的顾忌，重新唤起了他们对这一仪式的热情。爱默生在第二教堂的前任小亨利·威尔每个月都就圣餐做一次演讲，吸引了大批的人来领受圣餐。然而，威尔的成功只让爱默生在受召参加仪式时更加清晰地感到不畅。他写道："我不能老是带着冷漠和厌憎去参加他们认为最神圣的活动。"他向教会的管理委员会提出对仪式作一些修正，其中包括去掉面包和红酒；他写了一封信给他的教区居民解释他的感觉。1832 年 9 月 9 日，他还作了一次题为《圣餐》(*The Lord's Supper*) 的布道，更为详尽地对自己的观点作了解释，说他相信耶稣在与门徒们一起过逾越节时，并不曾想开创一个永久性的仪式，因此，基督徒并没有义务非得以某种特定的形式庆祝圣餐不可。

在爱默生的布道文中，有几个部分用了洛克在评述圣保罗使徒书时的合理论点。爱默生指出，耶稣"行此以纪念我"的训谕所指除了取食面包和红酒以外，还指洗脚，可是新英格兰的教会没有一个认真地要求其会员互相洗脚的。布道文的其他部分明显受到德国《圣经》历史考证学的影响（爱默生曾请他的哥哥威廉帮助他整理论据来反驳这一仪式的权威理论）。贵格派教徒拒绝举行圣餐仪式和国教的一切仪式，这一事例可能给爱默生的决定提供了支持——爱默生钦慕乔治·福克斯（George Fox），而且刚刚读过威廉·休厄尔（William Sewall）的贵格派教史。

但是，让爱默生最后做出决定的，倒不在于这些原因，而是与他个人有更多的关系。"这种纪念基督的模式不适合我。这就是我抛弃它的足够理由。"即使基督确曾想嘱咐所有基督徒举行永久性的纪念，"可是经过尝试以后，我颇觉不畅，那么我就不应该采用。我应该选择其他一些对我来说更加有效的方法，他应该是会更加同意的。"这种平静而不懈地坚持把个人判断放在首要地位的做法，正是新教基督教的目标，以这种目标为指导，即使是历史上的耶稣，也成了他自己所创立的宗教的精神障碍，也可以被遗弃。"形式与身体

一样重要，但是，如果想拔高某些形式，想在一种形式已经过时以后仍然抱住不放，则是不合理的行为，是与基督的精神背道而驰的。"让爱默生崇敬的基督教品质是"它的现实性，它无穷无尽的仁慈，它深邃的内心生活，它带给心灵的宁静，还有它返传给我的思想的回声"。任何企图吸引永久奉献的形式或仪式都应遭到教会的抵制，教会机构"应与人的需求一样灵活变通。已经被生活离弃、已经不再适合的形式，应如我们周围飘落的枯叶一样毫无价值"。这篇布道文已经非常清楚地点出了爱默生以后成熟作品的两个主要主题：个人的首要地位；独创精神高于其所创立的任何形式。

1831年，爱默生年轻的妻子爱伦·塔克·爱默生（Ellen Tucker Emerson）死于肺结核；爱默生自己的身体状况也不佳，教会职业中的危机与压力更加重了他的病情。他的教区居民有许多人不愿爱默生离开，甚至可能愿意让他在举行圣餐仪式时不使用面包和红酒。然而，执掌教会的人最后以30票比24票同意了他的辞呈。爱默生决定去欧洲，希望此行能够恢复他的健康和力量。1832年圣诞日，他登上了贾斯珀号商船，从波士顿出发，于1833年2月到达马耳他。在那个遥远的时代，美国人出外旅游还是一件稀罕事，爱默生跟当时的大多数美国游客一样，每到一处都去寻找他的文学英雄，而且也受到了他们的接待。但是，他们的会面有许多都令人失望，有的还既非常滑稽又令人失望。华兹华斯突然提出为他朗诵新写的几首十四行诗，并在花园的小道上摆出小学生背书的架势来，差点令爱默生失声大笑。柯勒律治则在客人自报家门告知他是波士顿人的时候作了一篇反唯一理教的演说，可是他的高谈阔论在爱默生听来像是背出来的，很值得怀疑。只有托马斯·卡莱尔不负爱默生旧世界之行的所望，与他作了广泛而丰富的交谈。这一次拜访奠定了两人的友谊，他们从此开始了长达一生的通信（其中有几次明显的间隙）。

在出发去欧洲之前，爱默生弄清了《爱丁堡评论》上那些曾经令他兴奋的那些文章的作者。他决心找到卡莱尔。这并不容易，因为其时卡莱尔与其妻子珍住在格拉斯哥西南乡村克雷根帕托克（Craigenputtock）一座与世隔绝的农舍里。爱默生在最近的镇上雇了一辆轻便双轮马车，赶了16英里的山路才到达那里。不过卡莱尔夫妇的招待极其热情。经过热烈的交谈，爱默生在一天以后告辞。爱默生非常喜欢卡莱尔，他留给卡莱尔的也是同样的感觉。当时，《重新修补的裁缝》（*Sartor Resartus*）（英译 *The Tailor Re-patched*）即将在《弗雷泽》杂志上连载，卡莱尔许诺在文章全部发表后给爱默生寄上一套。《弗雷泽》已将各章印好，并装订在一起，给卡莱尔分送。卡莱尔送给爱默生本人一册，另外还随附几册以让他分送同好。

至于爱默生自己，他自愿成了卡莱尔在美国的免费文学经纪人。由于美国与英国没有版权协定，出版商随意盗版英国的作品而不付版税给作者。爱默生代表卡莱尔与美国出版商谈判，让他们在美国出版卡莱尔作品，并让卡莱尔收到了版税。他将这些版税悉数转给了卡莱尔。在他们长期的关系中，他寄给卡莱尔的银行汇票最后达到了 700 多英镑。（对于如此的慷慨，卡莱尔半是高兴半是不好意思，于是在 1841 年尽其所能，安排在伦敦出版了爱默生的《文集》[*Essays*] 以做酬答）。

许多年轻的波士顿自由派人士也与爱默生一样迷恋卡莱尔。爱默生的表兄弟、波士顿唯一理教牧师乔治·里普利（George Ripley，1802—1880）在读了一册装订在一起的《重新修补的裁缝》以后大为触动，马上就给卡莱尔写了一封热情奔放的四页长信表达自己的感激之情，并宣称自己为卡莱尔的门徒。但是，正如里普利和其他人非常清楚理解的那样，对卡莱尔的虔诚热爱光有兴奋是不够的。《特色论》在最后几段中援引了《传道书》（*Ecclesiastes*）："凡汝当为之事，尽汝力为之。"行动的必要性在《重新修补的裁缝》中说得更为清楚。如果卡莱尔要传播一种新的福音，那么他的美国门徒们该如何去付诸实践呢？

由于卡莱尔在波士顿的钦慕者都是牧师或是神学学生，他们在寻找有原则开展行动的机会时，首先想到的自然是教会改革。18 世纪末 19 世纪初，如果说首批与正统派决裂的唯一理教徒已经尽其所能将自由宗教的准则进行了发挥，那么他们的后继者就将抓住这一准则，将它继续发挥下去——直至使它成为既开明又真正具有"精神性"的宗教。与此同时，改革精神开始在牧师群体以外的人中开花结果。不只一位观察者感觉到，这么多人的参与，将使新英格兰社会发生巨大的变化。

变化的第一个证据也许是文学界的扩大。卡莱尔评论德国作家的那些文章打动了许多年轻人，驱使他们去学习一门似乎毫不相干的、令人生畏的语言。乔治·蒂克纳和爱德华·艾弗里特等哈佛教授早已从德国带回一种对德国学者和德国人文主义成就的崇敬；1825 年，年轻的德国移民查尔斯·佛伦（Charles Follen）成为一名哈佛教师，他也一起引导人们关注德国作家。但是，最活跃的研究似乎还是在学院外开始的。

玛格里特·富勒（1810—1850）是家中的第一个孩子，出色而早熟，她的父亲是一位意志坚强的新英格兰议员，他决定让她接受一般只有男孩子才享有的教育。提莫西·富勒（Timothy Fuller）于 1801 年从哈佛毕业，1817—1825 年任美国众议院议员，他自己当起了女儿的家庭教师，并仔细指导她学习，即使当他离家去华盛顿时亦是如此。8 岁时，玛格里特已经在学习拉丁文和算术，并已在阅读瓦尔比（Valpy）的《古代年表暨英国历史》（*Chronology* of Ancient and English History）中关于瑞典武士国王查理十三世（Charles XIII）和西班牙的菲利普二世（Phillip II）的记述；第二年，她已在阅读并背诵格里斯巴赫的希腊文《圣经》的一些章节（该书是哈佛本科生的教科书）。15 岁时，她开始学习化学、哲学和卡墨斯爵士（Lord Kames）的《批评要旨》（Elements of Criticism）。同年（1825 年），她给在一年前造访波士顿时大受奉承的拉斐德将军写了一封信。她告诉拉斐德，每当想起他，想起因他的性格而在她心底激起的"崇高抱负"，她的灵魂就浸透了"强烈的喜爱之情与热切的钦仰之意"。紧接着是一个奇怪的句子："如果我们俩都能活下去，而这对于一个女性来说是可能的——女性很少能够踏上辉煌的道路——那么我将让我的名字（出）现在您的记忆中。"这个句子中似乎少了一样东西，那就是太过于强烈而无法明说的希望："如果我终究能够取得辉煌的话。"

这样的抱负似乎潜伏在富勒以后的学术生涯之中。她将新的研究领域视做需要占领的土地，并且以使她同时代的人大为震惊的速度加以占领。19 世纪 20 年代后期，她在波士顿的社交生活使她接触了唯一理教学者；她听过爱默生的布道，并与当时还是哈佛神学院学生的詹姆斯·弗里曼·克拉克建立了亲密的友谊。卡莱尔的文章燃起了她对德国文学的热情，于是她在 1832 年开始与克拉克一起学习德语。克拉克后来回忆道："不到一年，她已经读完了歌德的《浮士德》、《塔索》（Tasso）、《伊菲格尼》（Iphigenie）、《赫尔曼和多罗泰》（Hermann and Dorothea）、《选择倾向论》和《回忆录》；还读完了蒂克（Tieck）的《威廉·洛弗尔》（William Lovell）、《采尔比诺王子》（Prince Zerbino）和其他作品；科尔纳（Körner）、诺瓦利斯（Novalis）还有里希特尔（Richter）的一些作品；还读完了席勒的所有主要戏剧和抒情诗歌。"克拉克在 1832 年的日记里写道，当他听富勒充满自信地谈论德国知识分子生活的时候，他有一种"确凿无疑的智力卑下的感觉"。"我感受到她如何从精神或作品中探索思想，如何将问题一个个展现在面前，她又是如何将富有创意的思想到处传播。也就是说，她的知识是如何广博，她的理解是如何透彻。"与此形成对照的是，他自己的脑子似乎是"一张白纸，或许谁都可以在上面书写东西"。

但是，对于正在涌现的超验主义者来说，自我教育并不是唯一的兴趣所在。如果德国哲学家们关于思维结构及其与世界的关系的论述正确，那么，流行的教育体制就是彻底错误、毫无希望的。用死记硬背、重复练习和强迫学习的方法教育孩子是残酷的，是一种浪费。真正的教育应该是采用诱导的方法，或者应该是挖掘大脑的功能，而不是像填鸭式的培训班一样将一些互不相干的事实硬塞硬灌进拒不服从的空洞头脑中。19 世纪 20 年代后期，詹姆

◎超验主义

斯·马什在佛蒙特大学引进了一种以讲座和讨论替代背诵的课程设置，准备取代大多数美国高校中随意设定的课程。在新的课程设置中，各门课的安排将显示"一种发展和成长"，学习"应该成为学生思维的一种发展和不断开阔的过程"。1834年，一个在很大程度上依靠自学成才的教育家阿莫斯·布朗森·阿尔科特（Amos Bronson Alcott，1799—1888）在波士顿成立了一所学校，将他的信念付诸实践。他的信念是：儿童对于真理具有一种直觉知识，因此需要引导，而不是灌输。

阿尔科特在康涅狄格州的乡下度过艰苦的童年，然后在南方做了一个一无是处的扬基佬小贩，过了几年一无所获的流浪岁月，后来在康涅狄格的几所公立学校教书。他不喜欢当时一般学校里那些严厉的方式和使人愚昧的做法，他还自己动手制作了舒适的桌子和椅子，取代了标准乡村教室里没有靠背的木凳子。他用图片和柏树枝装饰墙壁，并在教室中央留出一块空间，进行跳舞之类的快乐活动，希望学生能把教室与快乐而不是与痛苦联系在一起。他的教材旨在唤醒学生的好奇心，并让他们联系自己的实际经历，以此激发他们的兴趣。虽然他对于纪律毫不松懈，但他坚持让学生在学生法庭上自己审判违犯纪律的行为；违犯纪律的人不受体罚，但要向学校公开道歉。

他一边教书，一边努力创立一种教育和儿童发展的理论。他阅读了瑞士教育家裴斯泰洛齐（Pestalozzi）等同时代改革家的著作，并研究了从柏拉图到康德的哲学思想。从表面上看，教育是一种洛克式的事业，是在大脑这块白板上刻写的过程。很明显，孩子们来到学校的时候，根本不懂什么拉丁文或平面几何，但是，如果阿尔科特已经读过或正在阅读的柏拉图学派、新柏拉图学派和康德学派等唯心主义思想家的著作是正确的话，那么孩子们的思维中早已包含了教师将要灌输给他们的原理。这一矛盾如何调和？这一问题在阿尔科特阅读马什出版的柯勒律治的《沉思之助》时得到了解决。这部著作对于阿尔科特就像对于当时的许多其他人一样，使他得以接受唯心主义的乐趣，同时又不用放弃物质世界实实在在的好处。这时候，阿尔科特认为，教育的目的既是激发学生的精神又是在他们的大脑中贮存有用的知识。而这一目标完全可以达到，因为世界本身就是上帝创造的，它同时又包含神圣起源的证据。因此，世界与思维是互相影响的，"既互相撞击又互相推动"，真正的教育是可以将两者统一起来的。阿尔科特断言："思维与外部世界的相似性是思想的源泉。"

阿尔科特的教学法使他赢得了学生的爱戴，但是，习惯于以孩子记住的知识数量衡量进步的家长则对他颇不耐烦，不愿意支付他索要的较高的学费，也不愿意买他要求的课本和学习用具。他在康涅狄格的学校虽然受到了来访的教育改革者的称赞,但他的学生却越来越少,最后只得关门了事。其后的七年,阿尔科特四处流浪——先是去了波士顿,后来是宾夕法尼亚的日尔曼敦(Germantown),再后是费城,最终又回到波士顿——期间,他开办学校,又关闭学校,他实验各种教育方法,同时大量阅读哲学、神学和有关改革的文献作品。当他的妻子艾比生了女儿之后,他决心仔细观察女儿的行为,因为他相信,如果从婴儿早期就记录下思维的发展过程,那么对人类本质的了解将比任何哲学家的解释都更为深入。他对第二个孩子露易莎·梅·阿尔科特(Louisa May Alcott)(生于1832年11月29日)的观察手稿中有一句话,表明他对自己职业的见解是多么的广博深刻:"教育,以正确的眼光来看待,就是维护人类与宇宙的关系。"

不幸的是,阿尔科特用以维护孩子与宇宙关系的技能不足以帮助他维护自己的家庭生活所需。他是一个全身心投入的理想主义者,他的朋友们都觉得他像古代的圣人,但是他在养家糊口方面却是毫无能力,一次又一次地将自己的家庭推入贫困的深渊。他满怀希望,不屈不挠,又固执己见,他是最严格的素食主义者,不止一个人觉得他像堂吉诃德。他在费城的学校濒临倒闭的时候,他的一个朋友将这个情况告诉了威廉·埃勒利·钱宁。钱宁是阿尔科特早先在波士顿的赞助人之一,他答应帮助阿尔科特在波士顿寻找赞助人。阿尔科特得到了钱宁的仰慕者和秘书伊丽莎白·皮博迪(Elizabeth Peabody,1804—1894)的热情帮助。

皮博迪对阿尔科特的年轻学者们的日记和两人相识时阿尔科特的谈话(她这样写道:"他待在那儿讲话,仿佛他就是智慧的化身。")有着极其深刻的印象,因此她帮阿尔科特招生。她还在波士顿的梅森尼克圣堂(Masonic Temple)找了一个合适的房间给他做学校,并捐出了自己的一些家具布置教室。最重要的是,她同意做阿尔科特的助手,帮他教授学术性课程——拉丁文、算术和几何——这些因他自己缺乏正规教育而无法教授。

皮博迪的反应与富勒和阿尔科特一样,表明了传统的波士顿—坎布里奇教育体系以外的人是如何被新运动的激情所影响,并为新运动的发展做出了贡献。皮博迪于1804年出生于马萨诸塞州的比莱利卡(Billerica),她从父母那儿接受了历史、修辞和拉丁文的全面教育,之后便在学校任教。她希望能在波士顿或坎布里奇教书,以挣得更多的钱帮助她的几个弟弟接受教育,于是她在19世纪20年代早期移居到了那里。皮博迪马上就倾倒于坎布里奇社会的"夺目光彩"。她听过钱宁布道,上过爱默生的拉丁文课,并与詹姆斯·弗里曼·克拉克建立了友好关系。她为中小学写了几本历史教科书(包括对希伯来人和希腊人的研究),并为妇女举行晚间"恳谈会"讨论历史——那些妇女每次谈话付她10美元酬金，谈话的题目包括"数篇来自各种资料的关于诗歌和英雄时代的文章；希罗多德的历史；适用于希腊和苏格拉底时代的施莱格尔的戏剧文学理论"等。她还计划要讨论"赫尔德论'希伯来诗歌的精神'——《旧约》的历史的精彩著作——米开利斯论犹太法的一些部分"。讨论这些题目的能力在当时的社会里是一种必不可少的才艺。在当时的社会（用她在较早写回家的一封信中的话讲），"你仿佛一直不停地在动，因为你身边的一切都处在一种持续进步之中，如果你站在原地不动，那么，过不了多久，他们就会忘记你曾经是他们中的'一员'。"

1833年，约翰·戈特弗里德·冯·赫尔德（Johann Gottfried van Herder）的《希伯来诗歌的精神》刚刚由詹姆斯·马什出版，此时这本书已有50年的历史。早在1818年，摩西·斯图亚特曾想让爱德华·艾弗里特翻译此书并以此来唤起他的兴趣，但是1826年马什开始在《圣经文库》（*Biblical Repertory*）上连载艾弗里特的部分译文之前，这一任务一直无人问津。自从赫尔德此书于1782年首次问世以来，《圣经》考证学方面发生了许多变化，而且新英格兰学者们早已在使用比如施莱艾尔马赫（Schleiermacher）等更迟的、成就更大的学者的著作。然而，1833年，马什翻译完成《希伯来诗歌的精神》，并在曾于1829年出版《沉思之助》和1831年出版《朋友》的佛蒙特大学出版社出版时，该书在广大读者中间引起了极大的兴趣。伊丽莎白·皮博迪在马什的译本的启发下，在1833年和1834年为《基督教观察家》写作了一系列文章（直到被这些文章搅得坐卧不宁的安德鲁斯·诺顿停发这些文章为止）。赫尔德对"原始"社会文本的研究方法影响了皮博迪一生对古代文化的理解。

正如现代某位《圣经》学者所说，赫尔德相信"诗歌从其起源来看不仅仅是精雕细刻的艺术，语言也不仅仅是表意指物的标志"。在原始人群中间，诗歌是情感和感知"自发和自然的表达"：它们用形象说话，它们的叙述自然而然具有神话的色彩。皮博迪写道："在我们母语的诗的血管里，我们一定能发现解释《旧约》语言的钥匙——《旧约》的语言完全是原始的语言。"上帝对每一代人说话，使用的是适合那一代人的语言，因而他向古希伯来人展示的关于外部世界创造的真理"不是以现在这种合乎逻辑的精确来陈述，而是包含在一种精彩、大胆、生动、充满意象的叙述语言之中，其经过精心设计以抓住想象，并与灵魂融为一体"。

当时盛行的观念是，《圣经》奇迹是历史记录，它们所记录的是可以用经验加以验证的违背自然规律的事件，显然，赫尔德的《希伯来诗歌的精神》为急于驳斥这一观念的人提供了武器。但在当时，更为重要的是，赫尔德对原始诗歌光彩斐然的再现，悄悄地给创造性注入了兴奋剂。如果希伯来人不

3 卡莱尔与美国超验主义的发端

是神灵启示的被动传声筒,而是生动观察、如实叙述所见所闻的诗人,那么,经过对所见的事物作类似的调整,对心口如一的真率有类似的决心,难道不是也可以产生一部现代《圣经》吗?一种"精彩、大胆、生动、充满意象"的风格,难道不是也能重新唤醒曾经赋予那些古代人以活力的敬仰与虔诚吗?

4 "奇迹之年"

1836 年，按佩里·米勒的说法，是超验主义运动"奇迹迭出的一年"。那年春天，美国唯一理教协会发行了一本题为《作为纯粹内心信念之基督教》(*Christianity as a Purely Internal Principle*)的小册子。小册子的作者是一个 40 岁的牧师，名叫康沃斯·弗朗西斯（Convers Francis，1795—1863），他是一个和蔼可亲的人，曾被 O. B. 弗罗森汉姆称做是一个"非常开明的学者；博学而不卖弄；能够接受来自任何一个领域的知识；阅读极其广泛；对德国哲学和神学有着很高造诣，当时几乎无人可及"。自 1819 年起，弗朗西斯就在马萨诸塞州的沃特敦（Watertown）任牧师，宣传开明的基督教，强调《圣经》中人的因素，并在《基督教观察家》上发表文章，申明自己的观点，即人类灵魂是"神的构思的一个组成部分"。在《作为纯粹内心信念之基督教》中，弗朗西斯认为，基督教的特点在于它是"第一个也是唯一宣称将其王国建立在人类灵魂之中的体系"。任何想从外部事物中获取宗教感觉的企图——不论是天主教的仪式还是福音会教徒受情绪驱使的皈信经历——相对于基督教创立者的精神来说都是虚假的。基督教创立者"别无他求，但求人之感情、信念和动机；不求权力，但求人类之心灵"。

弗朗西斯的小册子有力地表达了唯一理教的热忱，虽然它强调说基督教是一种注重精神扩展的内心信念，因而使他的朋友和学生的年轻人感到亲切，但它并没有什么偏激的言论。弗朗西斯之所以有那么一点点无畏的名声，是因为他愿意包容比他自己大胆的思想。但是，就是那么一点点开放的胸怀，也因为其不同于定期举行的唯一理教牧师会议的谨慎言论而受到欢迎。这些会议对于年轻牧师们来说越来越令人生厌。年轻牧师们不愿意提出年长牧师们不同意的问题，可是又不能坦率地讨论他们所关心的道德和神学问题，因

4 "奇迹之年"

而感到非常沮丧。

这些年轻牧师决定自己成立一个俱乐部。那年夏天，弗雷德里克·亨利·海吉在缅因州班格尔的任上时写信给爱默生，建议举行此类会议。海吉在信中写道："设想是这样的，每年举行一次会议，或者可能的话可以多举行几次，让我们所熟识的志趣相投的人参加，自由地讨论神学和道德问题。"为什么有这样的必要？因为唯一理教牧师的定期会议"缺乏勇气，令人悲哀"，还因为年轻牧师在他们的"长者和高人"面前缺乏信心，因而根本不可能坦率地讨论神学问题。新协会的会员由邀请产生，仅限于跟他们一样的唯一理教牧师（虽然爱默生坚持应该允许他邀请布朗森·阿尔科特）。会员们的规则只有一条，那就是不得邀请任何可能因其在场而阻碍讨论的人。这个在此后的四年中将举行30次左右活动的俱乐部，起先被爱默生叫做"讨论会"，后来他改了一个较少遮遮掩掩的名称"海吉俱乐部（Hedge's Club）"，因为活动通常在海吉从班格尔来访时举行。大多数人干脆使用已开始用来称呼这一运动所有成员的雅号，称它为超验主义俱乐部。

1836年9月8日，海吉、爱默生、乔治·里普利以及爱默生的表兄弟乔治·普特南在坎布里奇集会，讨论成立新俱乐部的计划。俱乐部的首次正式会议将于11天后在波士顿里普利的家中举行。1836年9月9日，一本题为《论自然》的小书由詹姆斯·门罗出版社（James Monroe and Company）在波士顿出版。这本95页的小书是匿名出版的，不过当地的居民很快就猜到作者是爱默生。这本书的扉页上有一段柏罗丁论自然的引语，他认为自然"只是智慧的形象或模仿，是灵魂的最后存在"。后来，爱默生在这本书中说，这种彻底的唯心主义可以一下子就将自然转化为意识，像抛弃尸体一样把物质抛弃。这位公元3世纪时期埃及哲学家短短的引言冷静而自信，同时又拒绝堕入争论，它使我们想起了诗歌和哲学还是（用爱默生在《论自然》中喜欢用的一个词）"巧合"的那个时代。

然而，《论自然》"前言"部分开头几句话的风格却与此截然不同，充满了讥讽和嘲弄："我们的时代是回顾的时代，它建造着祖先的坟墓。"爱默生只用了两个句子，似乎就将自己的时代贬为这样一个时代：对死者的虔敬取代了新鲜的创造，敬仰与病态无法区分。但是，他接着就提出了希望，使用了卡莱尔在更为激励人心的时候喜欢使用的一句直率的撒克逊成语。我们到底为什么只对死者表示敬意？自然给我们的启示是新生。"今天太阳依然照耀。田野里会有更多的羊毛和亚麻，会有新的土地、新的人们和新的思想。让我们呼唤我们自己的作品、自己的规律和自己的崇拜。"

爱默生《论自然》的出版和超验主义俱乐部的成立，标志着超验主义运动中重要事件。谈到超验主义运动，我们经常认为它是互不相干的个人凭借自己孤独的人格写作（如梭罗在瓦尔登湖的经历），可实际上它也是小圈子的活动，它在其参加者身上所激起的强烈情感表明，在新英格兰人冰霜般的性格下面蕴藏着多么强烈的火焰。1836年，还不太能看到隐秘的激情被这些崇高的希望和紧密的联络所激发。当时的超验主义者自信是输送欧洲革命思想的管道，他们所输送的革命思想将打破褊狭文化的最后几块浮冰，他们自信还是精神生活的革新者。这种激越的感染力在爱默生的小书中最为突出，这本小书在开始的时候这样问道："大自然的目标是什么？"然后，在小心地登上自然对人类的"用途"的梯子后，爱默生在结尾处讲述了一个天启的寓言：在外部自然"伟大的现身"之中，堕落的罪人只认识到了他已经远离的神的形体。

唯一理教一直将研究自然视为学习、敬仰上帝无边智慧的途径，而爱默生从很早的时候起就在他的日记中写满了从阅读科学作品中所发现的事实，并相信"物理原理乃伦理准则的解说"（这是他借用斯塔尔夫人《论德国》中的一句格言）。他自由地运用这些自然科学中的类比，使他的布道文非常生动。随着他越来越不满于将基督教作为历史宗教，他渴望在别的地方发现它的道德真理。自然科学提供了一条将博大的自然文本转化为清晰的真理的途径，而斯维登堡式的"对应"学说则似乎给他提供了另一条道路。

仰慕瑞典空想家艾马努埃尔·斯维登堡（Emanuel Swedenborg, 1688—1772）的美国人在他们的期刊《新耶路撒冷杂志》（*New Jerusalem Magazine*）上解释的信仰体系，深深地吸引了爱默生。"对应"学说的理论是，现实世界中的每一件事物都与道德世界中的某一个真理相对应，这一理论提供了这样一种希望：自然可能就是一个大仓库，它蕴藏着比《圣经》更为清楚、更能为大众所接近的意义。爱默生虽然拒绝接受斯维登堡学说中古板的宗派主义，但他却发觉"对应"理论令人兴奋。

从自然之物中简单地归结出意义就是一种"对应"，但爱默生经常将这个词用来指另一种对应。他的这种对应是1833年欧洲之行参观巴黎植物园时不费功夫得来的。当他站在博物学标本柜前的时候，他相信能够明白那一排一排互相有关联的标本所体现的"生命的上升原理"。"既不是什么丑陋、野蛮的形态，也不是什么美丽的形体，而是作为观察者的人身上一种特性的表达——蝎子与人类之间的一种玄妙的联系。"这一启示使他宣称："我产生了一种奇怪的认同感，我被感动了。我不停地说：'我要做博物学家。'"在这一点上，人处在对应的宇宙的中心，自然世界就像是一个巨大的无意识以他为中心散射而出。博物学家的任务是逆向回溯，使这些人类特性分离的过程

（不管它是什么过程），再回到那些外部形态——它们构成了那个被我们称做宇宙的广阔的寓言。

爱默生探讨这两种"对应"的渴望出乎意料地得到了新兴的讲座运动的激励。讲座运动当时在美国正越来越热，爱默生从欧洲回国的时候，发现这一成人教育运动（大体上以英国的工人学院为样板）及其对受过正规训练的授课人的需求，给他提供了一个非常方便的讲坛，使他得以宣讲他感兴趣的任何问题。1834—1835年的整个冬天，爱默生在波士顿给各种不同的听众作了多次关于博物学的讲座。撰写这类讲座的讲稿很像写布道文，只不过在他的讲座中，自然已经成了需要详加解释的神圣篇章，而不只是可以从中得出解说性比喻的材料。"事实就是上帝的一种显现。"

但是，孤立的事实，不管其有如何光彩照人的精神意义，如果没有原理——一种源自精神的规定原理——仍然不可能自行成为一种圣典。精神将各种现象进行安排，其安排方式表明现象中蕴藏着规律，比如电的现象表明自然中有一个更为普遍的极性规律存在并发挥作用。这些词语是从柯勒律治发表在《朋友》上的《论方法》（Essay on Method）一文中移用过来的，爱默生在写作《论自然》时阅读过这篇文章。到1836年3月，爱默生已经有了一个设想，这一设想使他能够把多年来在日记中收集的数百件自然观察记录加以安排和分类。自然是努力向上的，它满足人类的需要，满足我们对美的热爱，它提供有意义的形象以代表抽象的思想，并以此赋予我们语言。"最后，大自然是一门学科，它的对象是学生，并为学生而存在。自然是从属的，人是支配的。人产生思想和意义，自然接受思想和意义，将它们当做她的神。"但是，虽然唯心主义一开始看起来像是自然的目标，但马上就被更大的人类美化的意图所吞没。正如爱默生在"唯心主义"（Idealism）之后的"精神"（Spirit）一章中所抱怨的那样，如果自然理论只否认物质的存在，那么它就无法"满足精神的需求。它使我的心中没有了上帝"。

爱默生最后的这句话并没有任何隐含的意思。对他而言，任何一种使人心中没有上帝的宗教或哲学体系都是不怎么可信的，它们否定了基本的神性体验，而神性体验则正是兴奋给予心灵的礼物。不管人类与自然世界的巨大力量相比显得如何无能，在"所见之轴"与"事物之轴"相遇时的那些孤立时刻中，他们仍然感觉无所不能。这样的力量注入在《论自然》中，并且洋溢在作品的各处，其中以第一章中讲"透明的眼球"一段为著："站在空无一物的地上——我的头沐浴在欢乐的空气中，并上升到无边的空间——一切卑屑的自我都逍遁无迹。我变成了一只透明的眼球，我就是虚无，我看见一切，宇宙存在的河流通过我流动，我是上帝的一个组成部分。"

○超验主义

　　自然是现象的这种信念和我们是神圣的这种感觉结合在一起,终于给那些古老的问题提供了一个答案:"物质是什么?它来自何处?又去往何方?"如果仔细注意从意识深处升起的那些真理,我们就会知道:

　　精神不是从外部即不是从空间和时间上对我们起作用,而是从精神上或者说是通过我们自身起作用;因此,精神,亦即最高存在,并不是将自然建筑在我们的周围,而是通过我们生出自然,就如树的生命通过旧枝旧叶的小孔生出新的枝叶一样。

　　这种奇特的外挤创造理论的样板可能来自费希特——爱默生发现在卡莱尔论述诺瓦利斯的文章里有对该理论的概述。这一理论也可能来自阿尔科特——他将在托马斯·泰勒的译本中读到的柏拉图学派和新柏拉图学派哲学家拼凑成了自己的神话。爱默生在参观圣堂学校时认识了阿尔科特,两人一见如故,阿尔科特曾去康科德造访爱默生,并与他进行了很多愉快的交谈。不管爱默生的外挤创造理论从何处得来,他最终还是觉得它并不合理。尽管这种理论告诉我们"世界与人的身体来自同一种精神",但它没有告诉我们如何使世界服从于我们的意志。在《论自然》最后几章爱默生使用了大量充满性暗示的语言抱怨说:"它那平静的规律是我们所不可违犯的。"

　　《论自然》的最后一章"前景"没有就违反自然平静的规律提出建议,却对自然如何首先使我们的欲望受挫作了解释。爱默生没有以推论的形式而是以寓言的形式对此进行了解释——就像包含在柏拉图对话中的那些小寓言,或像卡莱尔所描述的德国文本中包含的那些民间故事(Marchen)。在《论自然》中的寓言里,人本是神圣的,堕落而分离以后,成了"他自己的侏儒",胆怯地崇敬着宇宙——原本是他的显现,只是被他遗忘了而已。在这个侏儒身上,仅存的一点神力是"直觉",一种不是低于而是高于人的意志的力量。直觉之于意志正如理性之于知识,当我们学习用全部能力研究自然的时候,我们就会发现,自然的"堕落"是由我们意志的弱点所造成的一个幻象。"为世界重建原有的和永恒的美,这个问题要通过拯救灵魂得到解决。"世界何时得到重建,我们无法说清,因为它跟《圣经》中的天国一样,不是"通过观察而来"的。但是它将会超越我们现在的"对于上帝的梦想"。

　　爱默生的这本小书使阿尔科特感到兴奋,他在日记中将它描述为"一个唯心论者的作品,它将可见的和外部的事物归于内心的和不可见的东西的支配之下"。他高兴地发现,书中的许多用典都来自去年夏天他留给爱默生的那部关于儿童发展的长篇手稿《心灵》(Psyche)。在英国,卡莱尔称赞《论自然》是"基础和大纲",他肯定爱默生将来一定会在此书的基础上大展宏图。在波士顿,一个具有改革思想的唯一理教徒奥立斯蒂斯·布朗森(Orestes Brownson,1803—1876)在编辑的周报《波士顿改革者》(*Boston Reformer*)上发表了对《论自然》的评论;他盛赞《论自然》"标志着在我们之间悄悄发生影响的精神,证明精神即将接受新的、更为光辉的表现形式"。但是,布朗森对爱默生的唯心主义哲学的忧虑冲淡了他的称赞。在布朗森看来,像伯克莱和费希特那样怀疑现象世界的存在,就是疑问的开始,最终将损害疑问人自己。"一个人如果否认他的感官的证明,似乎没有理由相信意识的感知;而否认意识的感知,就使自己漂浮在普遍怀疑的海洋之上。"

布朗森与大多数神学同事有着显著的不同。奥立斯蒂斯·布朗森出生于1803年,其父亲是佛蒙特一个贫穷的农民,死后抛给妻子六个年幼的孩子。母亲竭力支撑着这个家,但最后还是不得不将奥立斯蒂斯和他的双胞胎妹妹达芙妮送给一对上了年纪的夫妇抚养。这对夫妇是笃诚的公理会教友,他们培养了布朗森对宗教的兴趣,在他还是个孩子的时候就促使他阅读了一部又一部的神学著作,并让他不断证明得救预定论。他早早就决心做一个牧师,尽管他仅在纽约州北部的一所学院受过很有限的一点点正规教育——在他14岁那年他的家重新团圆以后搬到了那里。

布朗森的精神生活颇多波折。为了寻求安慰,也由于渴望保持教义一致,他曾经徘徊于各个宗派之间。大约在19岁时,他被一次长老会布道所感动,遂加入长老会,但他却发现自己对加尔文神学心怀反感。随后,他得了重病,从而有时间阅读一个劝他改宗的姑妈叫他阅读的普救派小册子,并决定加入普救派。他喜欢普救派反对加尔文主义原罪与惩罚的观点,也喜欢它所有的人都能得救的观点。病愈后,他开始了普救派牧师的职业生涯。

然而,布朗森对于逻辑一致性的要求不久就破坏了他的第二个信仰。他在自己编辑的普救会杂志《福音拥护者与普救论研究者》(*Gospel Advocate and Universal Investigator*)上公开自己的怀疑,使他的新同事们深感忧虑。社会罪恶问题使他感到困惑,他就在英国激进分子弗朗茜丝·赖特(Frances Wright)来到纽约州尤蒂卡市(Utica)时去听了她的演讲,并与她建立了友谊。赖特引导他阅读了英国社会改革家罗伯特·欧文(Robert Owen)的作品。欧文对于解决贫困和堕落问题的建议,如果说并没有让他完全信服的话,也让他非常着迷。他加入了劳动者党,并编辑过他们的报纸——纽约的《自由询问者》(*Free Enquirer*),但没有待多长时间。不过,到了1830年,他对这个政党和对上帝的信仰都开始发生动摇。在他看来,美国的劳方太软弱无力了,根本不可能在政治上与资方一比高下;而诸如威廉·培利(William Paley,1743—

1805）等道德哲学家的"自然神学"又似乎毫无说服力，因而阅读他们的作品使布朗森投向了休谟的怀疑主义。

布朗森的理性似乎要判决他监禁在这个凄凉的世界中，但是，他在这个世界上游荡了几个月之后，他的心，这个"内部的见证者"——他发现整个外部世界都证实了这个"见证者"的证词——又使他有了信仰。一个朋友为他读了钱宁的布道文《与神相似》（Likeness to God），给布朗森留下了极其深刻的印象，以致他开始将钱宁认做"精神之父"，并将自己看做是唯一理教徒。他说服新罕布什尔的一群唯一理教会众给他提供一个教职。

渐渐的，布朗森有力的布道和讲座在他常去的波士顿引起了注意。乔治·里普利成了他的朋友，并劝他在靠近波士顿的地方担任教职。他在马萨诸塞州的坎顿（Canton）做了两年牧师。坎顿的劳动阶级重新唤醒了他对社会问题的兴趣，他当时阅读的圣西门（Saint-Simon，1760—1825）的作品帮助他将这一兴趣形成了一种改革哲学。布朗森觉得基督教应该成为一种社会福音：他所想象的"未来的教会"会采用道德改革向包含在社会不平等制度之中的个人自私发起攻击。里普利满怀希望布朗森的鼓吹能够吸引对唯一理教兴趣不大的劳动阶级，由此给这个由于四平八稳而即将危及生存的教派重新注入活力。

到1836年初，布朗森移居切尔西（Chelsea）并开始在波士顿独立执业，这时他已开始公开反对社会不平等现象。5月的最后一个星期天，他作了一次题为《时代的渴望》（The Wants of the Times）的讲道，在这次讲道中，他提醒人们整个世界即将爆发"多数人与少数人、有特权者与无权者之间的"冲突。他呼吁成立一个基督徒团结与进步协会，实施"劳动者的先知"耶稣的信条。

无疑是由于里普利的力争，布朗森受邀参加了超验主义俱乐部于1836年9月19日举行的第一次全会。结果，大家发现布朗森很难相处，他能言善辩，喜欢争论，对混乱的推理颇不耐烦，他大嚼烟草，生起气来猛敲桌子。到1837年夏，俱乐部的成员似乎已经认定布朗森——如海吉后来所说的那样——令人无法忍受，因为在参加会议的成员名单上已经见不到他的名字。但是，在1836年，人们仍然普遍认为他是超验主义者，他在那年11月29日出版的那本书也被视为超验主义者的宣言之一。

《基督教、社会与教会的新观点》（New Views of Christianity, Society and the Church）一书在很大程度上得益于布朗森对法国和德国作家（尤其是维克多·库辛［Victor Cousin］的作品）的阅读。对于一个自学成才的人，库辛的折中主义哲学自然是很有吸引力。在《新观点》中，布朗森展示了他的历史观，他将文明看做是唯心论与唯物论之间的不断斗争。耶稣作为神人将意识与物质结合在了一起（这就是"受难"的意义），因此"未来的教会"也应该这样。至此为止，布朗森的教义尚无伤大雅，但他由此而生发出来的对于历史的解释却令人惊讶。"精神信条"历史上以亚洲、埃及、朱迪亚（Judea）① 和天主教为代表，而物质信条则以希腊、罗马和新教为代表。

新教（它在拯救人类不受精神信条的过分影响上是必要的）作为一种物质宗教，对于公民与政治自由和勤奋劳动是合适的；它近来的历史功绩可以说充满了奇迹。它为人类设想了"一个新的天堂……为魔鬼所不可企及，比亚当失去的那个更为快乐"，而且试图使那个天堂在地球上实现。新教在美国独立革命和法国革命（尤其是后者）中得到了最大的发展。"上帝成了人类理性的象征，人类则成了人类机器；唯心论失败，革命标志着唯物论的彻底胜利。"

但是，革命失败了，人又一次"在天堂中避难"。英国人在印度教的经文中发现了东方的神秘主义，欧洲文学中（拜伦、华兹华斯和施莱格尔兄弟的作品）重新又看到了精神世界的影响。现在，一种新的推理成为可能。唯一理教作为"新教的最后口号"，显然是属于物质规律："它为思想的权利辩护，接受并运用理性，主张公民自由，而且是社会的、慈善的、人道的。"它跟所有新教教派一样，缺乏真正的精神性，它的虔诚只是中世纪教会信仰的残余。"它使人子得救，却有时丧失了神子。"到目前为止，它对进步的贡献在很大程度上是进行否定，是"破坏的工作"，它清除旧教会的垃圾，并为将来扫清道路。

只有唯一理教才有"虔诚与思想自由的必要统一"；只有唯一理教才能创立一种哲学，来"解释人性，确定所缺者为何并找到提供所缺的方法"。因此，唯一理教将会孕育"未来的教会"和人类的拯救。传统的唯一理教徒一定会感到，这种言不由衷的恭维几乎比加尔文教徒的谩骂还要糟糕；其中眼光较远的人则很可能会预言布朗森将在1844年改信罗马天主教，从而终止他的精神探索。但是，他当时所提出的激进观点在很大程度上被人们忽略了，因为当时爆发了另一场充满敌意的争论。这场争论涉及了布朗森的朋友乔治·里普利。

1836年3月，里普利在《基督教观察家》上发表了一篇题为《神学家施莱艾尔马赫》（*Schleiermacher as a Theologian*）的长文，称赞施莱艾尔马赫以直觉和与上帝的交流感为基础构建一种"心灵宗教"的努力。同年晚些时候，

---

① 朱迪亚（Judea）：古代罗马所统治的巴勒斯坦南部。——译注

○超验主义

里普利又发表了评论英国一神论者詹姆斯·马蒂诺（James Martineau）的著作《宗教研究原理》（*Rationale of Religious Inquiry*, 1836）的文章。马蒂诺的著作试图在宗教确实性问题上运用逻辑归纳法，并着重强调耶稣的奇迹是为了提供证明而发生的事件。里普利不否认奇迹曾经发生，也不否认其重要性，但他认为，耶稣的道德教诲是不证自明的，不需要通过展示奇迹来证实。

安德鲁斯·诺顿读到了里普利的评论后大为光火，甚至考虑断绝与《基督教观察家》的一切联系（他是该杂志的正式"赞助人"）。诺顿于1830年从哈佛退休，专心从事学术研究，但是，神学院的教师和学生在政治上和神学上逐渐倒向激进主义，《基督教观察家》又对诺顿认为不负责任的作者的文章来而不拒，这些都使他感到越来越痛苦。他曾在早些时候试图说服《基督教观察家》的编辑，这份杂志是"世界上独一无二的"，是有知识的基督徒能够表达"正确的宗教观点"的地方，如果任其被胡思乱想者的"粗鄙的思想"所污染，那就是背叛公众的信任（诺顿1835年12月7日致詹姆斯·沃克 [James Walker] 书）。但是，他的劝说没有成功。

诺顿最终还是决定继续做《基督教观察家》的赞助人，但是1836年11月5日他在波士顿的《每日公告报》上发表了一封书信，攻击里普利，并警告大家注意宗教教义的危险，因为它们往往会破坏能够证明基督教神圣起源信仰的唯一证据。四天后，里普利以一封不卑不亢的信做出回答，说他不会忘记先师给他的教导，而且心怀感激，但是，毫无疑问，诺顿没有资格将教义斥责为异端，也不应该压制这些教义的发表。这场争论引起了人们的极大兴趣，《基督教言论》（*Christian Register*）周刊在11月12日的一期上刊登了这两封信。后来，它们继续往来书信进行争论。

11月下旬，超验主义者提供了更多使保守的唯一理教徒备感痛苦的材料。爱默生儿时的朋友、此时已是费城唯一理教牧师的威廉·亨利·阜尼斯（William Henry Furness, 1802—1896）于11月14日发表《四福音书论》（*Remarks on the Four Gospels*）。在该书中阜尼斯提出，神迹是"最高精神力量的证明，其存在于物质本质之中"，并与我们每天所见证的其他力量一起和谐一致地发挥着作用，阜尼斯试图以这种解释来取代唯一理教对神迹的标准解释——即神迹是对自然规律的违反（这是钱宁在著名的达德利式 [Dudleian] 演讲《启示宗教之证明》中提出的）。大约在同时，里普利出版了一本小册子，其题目颇具挑衅性，叫《与希望相信的怀疑论者谈宗教哲学》（*Discourses on the Philosophy of Religion Addressed to Doubters Who Wish to Believe*）。里普利试图以这本小册子来扭转局面，击败诺顿一类的攻击者。里普利在书中提出，害怕自由讨论的人是真正的宗教怀疑者——因为他们害怕公开的质疑会暴露掩藏在他们信仰中的卑劣的东西。

里普利声称他并不是存心怀疑基督教神迹，他说他不但相信而且觉得它们是神圣且宝贵的。但是，"即使是现在这种有缺陷的状态"，他也拒绝相信"人性戴着枷锁，受到约束，仅限于通过感觉认识的事物"。只有看不见的东西才具有独立的现实性："物质宇宙是不可见的智慧和力量的体现。"我们仅将注意力集中在宇宙这个"物质干瘪的外壳"上，企图以此证实信仰，那会"导致对无限和神圣的力量视而不见"，物质正是以此而得以存在的。依赖我们内心的理性的声音——那种"源自神的思想"和"神圣自然的参与者"的理性的声音——那要虔诚得多。

这些关于《圣经》神迹争论开始时的疾风怒号响彻了此后的十年，但它不久就被更加强大的公众的愤怒风暴所吞没了。1836 年 12 月的最后一个星期，布朗森·阿尔科特出版了《与孩子们谈福音书》（Conversations with Children on the Gospels）的第一卷。这是他在圣堂学校与孩子们的对话记录。圣堂学校于 1834 年 9 月 22 日开学，学生约三十人，其中许多来自波士顿有影响的家庭。开始时一切都很顺利。阿尔科特的助手伊丽莎白·皮博迪于 1835 年出版了单卷本的《一所学校的记述》（Record of a School），解释了阿尔科特的方法和哲学，虽然并没有如阿尔科特所希望的那样吸引大批的人入学，却也获得了人们的好评和关注。教育改革者们开始到这所学校参观，听取阿尔科特的意见，有的甚至从德国远道而来。

但是，也有许多不满的声音。阿尔科特坚持将每一门课程都与精神联系起来，由此引起了学生家长的忧虑。很显然，一定是有人告诉阿尔科特说人们对他的教学方法并无好评，因为有一天阿尔科特问孩子们，是不是喜欢他不谈良心和意识，只教石头、树木和发动机。皮博迪在一封信中如此描述学生对阿尔科特这一问题的反应："一个男孩子站了起来。——啊'他是多么懒的人，'连玩都懒得玩——那么多人都这么说。"还有几个勇敢的人说出了社区中人们的反对意见，并表示只要学习物质世界。但是，当阿尔科特先生告诉他们说再也不能给他们读《天路历程》和斯宾塞（因为这些著作涉及良心）的时候，他们的反对就崩溃了。"那么，阿尔科特先生说道，哪些人愿意学校跟现在一样充满对良心、上帝、意识和灵魂的思想和感情——以及我的惩罚、我那不讨人喜欢的吹毛求疵、大家自律还有自知的必要性等等等等？——他们全都站了起来'鼓掌欢呼'。"（皮博迪 1835 年致伊丽莎白·戴维斯·布利斯 [Elizabeth Davis Bliss] 书）

皮博迪这一段简短的描述，也许只是想说明孩子们对阿尔科特的热爱，但同时也体现了他非凡的道德约束才能。对于阿尔科特教学中的这一方面，

○超验主义

皮博迪越来越感到不舒服,这也是她在 1836 年春从学校辞职的原因之一。但是,到那时为止她早已完成了关于这所学校的第二本书。该书记录了阿尔科特在学校讨论福音书的一系列谈话。这些对话是在 1835 年 10 月 10 日星期六开始的,其用意既要说明阿尔科特的教学方法,同时又要将它们作为基督教真理的经验证明。正如皮博迪在这部两卷本记录的绪论中所指出的:"阿尔科特先生觉得,孩子们理应无所顾忌说出的东西,将通过显示其本质与耶稣本质的联系成为基督教证据的新准则。"意识的化身将承认用文字记录的精神,阿尔科特希望由此而产生的"少年的诠释"将成为"神在儿童心灵中的启示"。幼小的孩子的心灵中有了这些活生生的证据之后,唯一理教历史学术的精细结构——试图回溯到神迹最初的见证者——将会表明是很有必要的。

阿尔科特为组织自己的对话而选取《福音书》中的章节作为文本,并以老式福音书对照统一的方法安排,构成了耶稣生平的纪年叙述。他先选取《约翰福音》(John)开头的几章,然后是《路加福音》(Luke)中天使传报和耶稣降生的故事,并一直继续,直到第二卷末尾第 50 次谈话才引导孩子们转到《马太福音》(Matthew)第十二章和《马可福音》(Mark)的第三章。阿尔科特先向孩子们(6 岁到 12 岁不等)大声地念一段选自《圣经》的章节,然后问他们喜欢哪一些,记住了哪一些。有时候他叫孩子们想象故事中的情景,并更多地叫他们思考和评论文本中涉及的事情。在大多数谈话结束的时候,他问孩子们是否明白这次谈话的主题是什么。

这样的方法本身听来已经够天真的了,但在阿尔科特的手中却产生了这样一种效果,促使安德鲁·诺顿把这部已出版的书称做是"三分之一是荒诞不经,三分之一是亵渎神明,三分之一是污秽下流"。阿尔科特平静地坚信儿童的心灵中早已有了最崇高的哲学真理,这一信念使他努力用苏格拉底的方法去诱导儿童心中抽象的准则。由此而产生的对话(由于孩子们袭用他的词语,并带着越来越强烈的沮丧竭力猜测他的意思)听起来常常像是由一个特别残酷的荒诞派剧作家写就的。

波士顿人也许能够原谅阿尔科特那标新立异的教学方法,但他们就是不同意他将怀孕、生育和割礼这样一些话题拿来与孩子们公开进行讨论,就像讨论天使、神迹和耶稣的教诲一样。围绕这些话题的谈话常常很轻松也很好玩(比如一个侠肝义胆的小男孩就提出建议说,生育的痛苦应该由男人承受,"因为他们要强壮得多")。这些谈话在如今的读者看来真是太天真太纯洁了,得要努力进行一番历史想象才能明白为什么当时的人会认为它们污秽下流。但是,到了 1836 年夏天,皮博迪非常担心会引来流言蜚语,于是她写信给阿尔科特,恳求他在书出版前将她对话文字稿中的一些内容删去。她甚至不希望人们知道她曾参与关于割礼的谈话,她还觉得,有一些谈话内容——如约西亚·昆西(Josiah Quincy)灵感突发,猜测婴儿的身体是"由于有人调皮"才形成的——应该全部删除。阿尔科特同意了她的第一个请求,但是却把她标出的可能引起危险或冒犯别人的内容以脚注形式全部印在书中,还冠以"编辑恢复"的标题——这自然更容易引起批评者的注意。

阿尔科特还把这部书看做是自己的著作,可实际上只有一篇编者前言和一个序言出自他的手,其余的跟《一所学校的记述》一样都是皮博迪的手笔。从《与孩子们谈福音书》的两个扉页上也足以看出这一点,第一个扉页上写着:"与/孩子们/谈/福音书;/阿·布朗森·阿尔科特先生/谈话并编撰。"这一页下面的一页格式相同:"阿尔科特先生的学校/所进行的/福音书谈话/记录;/揭示/人类文化的/教义和原理。"

《与孩子们谈福音书》第一卷卷首是一篇《记录者前言》(Recorder's Preface)(皮博迪撰写)、一篇《编者前言》(Editor's Preface)(阿尔科特撰写)和一篇《序言》(Introduction)(即阿尔科特于1836年夏撰写并单独作为小册子发表的《人类文化的教义和原理》[The Doctrine and Discipline of Human Culture],此时重印在书中,以作为他的教育哲学最明确的宣言),这部长篇著作的其余部分是一部引人入胜的个案研究,它研究的是真诚的教育思想和不得不与之相适应的孩子们波动不定的策略。对于这位古怪的老师要他们讲的东西,孩子们有时候深感兴趣,但经常迷惑不解,偶尔也会顽固抵制。

皮博迪记录这些谈话,当然也参与了谈话(在书中她以"记录者"出现),越到书的后面,她越多地与阿尔科特公开争辩,有时候甚至将他拉到一边,激烈地反对他的所作所为。到了书的后面,我们渐渐地清楚了她的艺术性。她准确地知道怎样可以使谈话既动人又好玩,她也就那样做出安排,因为读过她的书信的人都能看出,皮博迪是一个具有敏锐讽刺才能的人,而她为一个天真的改革家和一屋子受到鼓励坦率直言的孩子安排一系列对话,让她找到了丰富的幽默素材。

那些孩子全是经验主义者,其坚定程度可比洛克,怀疑心态直追休谟。大多数时候,他们顽固地拒绝阿尔科特把他们拖进绝对之中的企图。何况,他们是波士顿人,是波士顿市商人和专业精英的后代,他们看待世界的观点反映了他们父母的价值观。有一个男孩想象天使是在一间"富丽堂皇"的屋子里造访约瑟夫的。皮博迪问他,一个拿撒勒的穷木匠怎么会有一间"富丽堂皇"的屋子,男孩回答说:"破烂屋子天使是不会进来的,那不合适。"在这后面,皮博迪在括号内加了一个注:"谈了一阵以后,爱德华似乎觉得那些外部的富丽堂皇似乎也不特别适合天使,至少房间的装潢不适合。"当阿尔科特问及有没有学生崇拜金钱的时候,有两个男孩大胆地站了起来,招致了另一个小孩的讥笑,那个小孩还指出,这两个孩子中的一个早就想知道,耶稣在圣殿内掀翻钱币兑换商的桌子以后,那些钱怎么样了。当阿尔科特问及一个男孩他生活中的使命是什么时,那个男孩立即回答说:"在卖油时利用我的灵魂。"

在讨论神迹以及人性与神性的关系等一些更为重要问题的谈话中,这种意志的冲突就更加强烈了。1837年早期这些谈话真正引起了媒体对阿尔科特的公开不满(甚至比关于生育和割礼的谈话还要严重)。公众的愤怒导致了对阿尔科特的诽谤和学校的瓦解。牧师们大光其火,因为阿尔科特侵犯了他们的领地。他们也深感震惊,因为唯一理教中总是潜伏着某些倾向——如相信人类可以达到完美——而阿尔科特却将这些倾向发挥到了唯一理教徒所不允许的程度,因此看起来很像是一种模仿讽刺。

在读到书中讨论这些问题的时候,愤慨的牧师和家长们其实应该高兴才对,因为孩子们实际上在顽强地抵制对神迹的攻击,如同抵制他们自己具有神性的说法一样。阿尔科特问,迦拿的水变成了酒,这个神迹是施行在客人的头脑中的,还是施行在水上的,一个名叫奥古斯丁的男孩回答说:"肯定是做了真酒,因为管宴席的尝了。"阿尔科特试图让他们把这一神迹看做"象征性",可是当他问他们有多少人"认为耶稣真正地把水变成了酒"的时候,所有的人都站了起来。阿尔科特又问,如果耶稣没有做出过别的神迹,他们会不会把这件事看成一件伟大的事迹。一个名叫威勒斯的男孩坦率地承认:"如果他没有做出过别的神迹,我会认为是耶稣自己把酒带来的。"与此相同,当阿尔科特问"你们有谁认为,如果你们离开了自己的身体,你们会成为上帝"时,只有一个名叫爱玛的女孩子勉强说她也许会成为"上帝的一部分"。这时候,皮博迪将阿尔科特拉到一边,生气地问他想干什么,他平静地回答说,他是"想弄清他们如何看待绝对与衍生之间的区别,如何看待人身上的神性,如何看待绝对在衍生中的象征这一观念"。他回头重新向学生提问,但孩子们依然故我,认为他们不管有没有身体,都没有上帝或是耶稣那样完美或是强大。

读完《与孩子们谈福音书》后会给人一种头晕目眩的感觉,仿佛爱默生将在次年夏天以在神学院的演讲引发的争论已经在阿尔科特的课堂里预演,在这里阿尔科特扮演爱默生,孩子们则是批判爱默生的那些唯一理教保守派的微缩版本。在第二卷的最后一次谈话中,一个名叫查尔斯的男孩抱怨阿尔科特老是强迫他把上帝想成精神,又把精神想成是存在于内心。"我真希望,"他说,"您会同意我说上帝在天上,因为我喜欢把上帝想象成在天上,虽然我知道他在我的思想里,他激发我的思想。我喜欢有那么一个地方,那该有多

4 "奇迹之年"

纯,多蓝,多漂亮,还有那么多美丽的星星!"阿尔科特说:"可是,把外在形式误作思想本身,那是危险的。"查尔斯说:"哦,我想我不可能走那么远的。"

作为一种搜集一系列基督教新证据的方法,阿尔科特的教育方法似乎是要惨败的,因为他永远不可能说服孩子们接受他的信仰,而且,事实上,随着谈话的继续,孩子们与他的争执越来越多(这点跟记录者皮博迪一样——她后来离开了学校,结束了作为文书的工作)。但是,阿尔科特似乎对于孩子们的抵抗和他们的合作一样感到高兴。这部书的第一页是一张阿尔科特教室的插图——阿尔科特在一张桌前,孩子们则很古板地在离他有一些距离的地方排成一个半圆。在每一卷的结尾还有一张插图,画的是孩童耶稣在圣殿里教导长者的情景。在这两幅象征图中间的,就是自助的教育——自助最后似乎成了这部作品的真正主题,赋予了它力量也给了它天真。

阿尔科特的评论家们却没有看到这些细微之处。阿尔科特在 1836 年 12 月的最后一周出版了《与孩子们谈福音书》的第一卷,并给所有的报社都寄了书,请他们评论。新年一到,各报社就开始对他发起了猛烈攻击。阿尔科特的好友兼姐夫牧师塞缪尔·梅(Samuel May)曾写信警告阿尔科特,说唯一理教教会会讨厌此书,因为它过于明白地点出了他们的教义的目标。梅没有说错。学生家长开始让孩子们退学。到 1837 年夏,只剩下了 11 名学生。

1836 年秋,玛格里特·富勒接替了伊丽莎白·皮博迪的工作,成为阿尔科特的助手(她教授法语和拉丁语,并记录阿尔科特计划出版的第三卷"谈话")。此时,她发现自己应该为阿尔科特辩护。那年夏天,她的朋友、英国改革家哈里叶特·马蒂诺送给她一本作者签名的《美国社会》。马蒂诺从来没有去过阿尔科特的学校,只是从恶意批评者那儿听说过一些,但他却在这本书中对阿尔科特的学校进行了猛烈的攻击。富勒驳斥了她那"毫无节制的长篇指责",并辩护说阿尔科特是一个"真挚、高尚的人,是一个慈善家。作为一个真挚、高尚也是慈善家的女人,本应高兴地尊重礼待这样的人"(富勒大约于 1837 年 11 月致马蒂诺的书信)。

然而,超验主义朋友的情感支持并不能拯救阿尔科特的学校。学校里只剩下了五六个学生。学校艰难地继续苦撑了一年,最后终于关门了。之后,阿尔科特接受了一份在波士顿南区为穷人的孩子教书的工作。到了那个学校,阿尔科特以其特有的对于原则的忠诚,不顾其他学生家长的反对,拒绝让学校唯一的一个黑人学生退学,因此,这个学校也关门了结了。1836 年,超验主义产生了几部经典著作,它也造就了阿尔科特这个殉道者。它已经准备好要发动进攻了。

5 成规与运动

1837年初,超验主义者开始认为自己不仅仅是一帮急于逃避传统唯一理教协会的谨小慎微、追求言论自由的年轻牧师。1836年的宣言已经使人们将这些作家视为一个群体。现在,由于保守派开始撰写愤怒的评论,提醒人们警惕哲学和宗教"新学派"的错误思想,海吉俱乐部的成员突然发觉自己的地位已经提升成为叛逆者了。

布朗森·阿尔科特受到的攻击最为猛烈,但是到了1月底,爱默生也发现自己成了保守派攻击的靶子。在1837年1月号的《基督教观察家》上,一位名叫弗朗西斯·鲍温(Francis Bowen)的年轻哈佛导师借评论《论自然》之机,攻击了整个超验主义的自大态度和蒙昧主义。鲍温在评论《论自然》时还是非常有洞察力的:他注意到,爱默生对撒克逊语言的热爱和矫揉造作的感伤,是对"受强迫的尊严和不自然的崇高"的一种抗议;他宣称,作品后半部分突然转向,爱默生原来教我们崇敬热爱自然,后面却突然给了宇宙"背后一击",这使他摸不着头脑。

然而,鲍温对《论自然》"优美的文字和严密的哲学"的称赞在他考虑书中一条教义的时候,马上就转变成了谴责。《论自然》崇拜直觉,并将其视做精神问题上唯一值得信赖的向导。鲍温觉得这种思想是危险的。他同意数学公理必须用直觉掌握,但他无法与爱默生一样草率地得出结论说直觉能够掌握"人类生存和命运最深奥、最高级的命题"。这一区别非常重要。将意识分裂成两个不能互相交流的部分,就断绝了理性基督教的希望,给可怕的顽固宗教观念充斥社会提供了可能。除非我们愿意同意一点,即"上帝存在的观点,或是灵魂非物质性的观点,是由发现和证明欧几里得命题的同样的意识力量所证明的",否则我们无法抵挡教条主义和褊狭排斥。鲍温说,超验主

义者实际上早已在用宗教派别的自大傲慢态度讲话了:

> 他们从神思玄想的高度,带着愚蠢的自满和怜悯傲视普通大众,傲视无知之人和有知之人,傲视学生和老师,如果有谁胆敢质疑这些感觉的依据,马上就会被他们冠以最具羞辱性的称号,而这些都可以在英语或超验主义者的语言中找到。

爱默生对于这种批评所做出的回答是激烈地重申他原来的信条。他在梅森尼克圣堂做了一次题为《历史哲学》(Philosophy of History)的系列讲座,在该系列讲座的第十讲《伦理》(Ethics,1837 年 2 月 16 日)中,他提醒听众,他一直向他们推荐的作为一切美德的源头自我信赖,"不是信赖人类自己的奇思怪想或傲慢自负,仿佛他与别人割断了关系,完全独立行事似的,而是这样一种认识,与宇宙同等的意识通过个人的本质而向他自己开放"。

爱默生说这些话时的条件似乎象征了他所相信的互相联系的观念。自从 1833 年从欧洲回国以后,爱默生的学术讲座就一直受人欢迎。听众给当地的讲堂付一笔听讲费,买一张长期门票,就可以听一个系列的讲座,内容各式各样,有博物学、传记、文学、历史、旅游等。1836 年,他从讲座所得的酬金几乎与他在唯一理教教堂"代理"布道之所得相等。

爱默生觉得做讲座非常愉快。他可以讲任何自己喜欢讲的东西,还可以认为听众来听讲是由于受到渴望的驱使,而不是像教堂会众那样由于义务和习俗的逼迫。但是,讲演人仍然需等待讲座组织者的邀请,还得与他们就报酬和演讲题目进行商谈。不过,一个独立讲演人则可以自行组织讲座——租一个演讲厅,印票卖票,写好讲稿,进行演讲——赚的钱比讲座社团支付的那一点点酬金要多得多。当时的马萨诸塞州人渴望提高自身素养,却又缺少娱乐活动,因此对讲座的兴趣极大,以致(如一位研究讲座运动的历史学家所说的那样)"从受人尊敬的哈佛教授,到颅相学者,到彻头彻尾的江湖庸医,都可以租一个演讲厅,卖出票子,并希望能挣得不少的收入"。1836 年秋,爱默生决定试一试这种独立演讲。他宣布于 12 月举行总题为《历史哲学》的十二讲系列讲座,然后在梅森尼克圣堂租了一个房间,自己写广告,通过一家书店售票(全系列 2 美元)。

1836—1837 年冬天,平均每次约有 350 人参加爱默生在梅森尼克圣堂举行的 12 次讲座。付清费用,他还剩余 350 美元——证明他耐心地在他的"储蓄银行"(他对其日记的称呼)中存储的理性真理可以在知性王国里产生可观的红利。而且,原本为波士顿市场所写的讲座,还可以在其他城市重讲,或卖给小城镇的讲座社团。

对于爱默生而言，讲座的重要性不仅在于经济方面。21岁时，爱默生曾表示要有"辩才"，但直到目前为止，他的口才都是通过各种机构——教堂、讲座社团或是什么仪式上的讲台——才得以展示的。在梅森尼克圣堂，爱默生第一次发觉自己面前的听众来到这里的唯一原因是来听他讲话，他们没有退场的唯一原因是他们对听到的东西感兴趣。这对讲演者和听众都是一个极其兴奋的经历，这从早期听众尚存的记述中可以看得非常清楚。而这又提供了经验证据，证明了爱默生坚守一生的一个信条：一个坦率直言自己思想的人会说出普遍真理的。

当时，在超验主义俱乐部里自信心大增的并不只有爱默生一人。1837年1月中旬，乔治·里普利写信给康沃斯·弗朗西斯说，他有一个雄心勃勃的计划，准备翻译现代法国和德国的哲学、历史和神学著作。只要美国人依赖英国思想家，他们就不可能逃脱哲学上的经验主义和《圣经》阐释学中的或然推理。让美国人能够读到重要的外国著作，就能让他们看到，在盎格鲁—美利坚传统以外，还有一个思想的世界。这项浩大的工程最终达到了14卷，里普利为这项工程取名为"外国标准文学样本"（Specimens of Standard Literature）——说"标准"，是因为他希望人们知道，在美国人看来稀奇古怪的东西，在别的地方却恰恰是典范。

但是，美国的情绪即将改变。美国经过了一个快速扩张和经济增长的时期，其繁荣期即将结束。失控的金融投机导致地价飞涨，安德鲁·杰克逊总统对此感到非常震惊，于前一年夏天宣布政府出售公有土地时只接受硬币。投机者突然都想将纸币换成硬币，通货随之迅速紧缩，引发了金融恐慌。到了1837年3月，马丁·范·布伦接任总统的时候，银行和商行开始崩溃。5月，纽约的银行停止兑付硬币，许多银行倒闭，商行和工厂关门。伴随日用必需品价格翻番，工资几乎减半的城市薪金工人面临着饥饿的威胁。自耕自给的农夫和有农场的工人靠着自己生产的食品安然渡过了难关，而大城市里的薪金工人却经受了极为痛苦的煎熬。

出任教职使里普利和奥立斯蒂斯·布朗森这两位超验主义者有机会直接接触城市贫民，他们看到的痛苦景象开始深深触动了他们。里普利对当时的经济体制不再抱有幻想，最后使他辞去了教职，建立了布鲁克农场（Brook），意在替代失控的资本主义自我毁灭性的剥削。布朗森哀叹商业的崩溃。1837年5月，他给他的教堂会众做了一次布道，讲的是《圣经》中的一段文字："巴比伦行将倾覆，地上的客商也要为她哭泣悲哀，因为没有人再买他们的物品了。"他认为巴比伦就是驱动当前体制运行的"逐利精神"，当前经济的崩溃预言了它的倾覆。布朗森认为,资本主义什么都不生产,它只是掠夺别人生产的东西。过去的唯一理教对穷人问题的回答——鼓励他们通过教育和勤奋在世界上"站起来"——只不过是把他们从被剥削者变成剥削者而已。伴随剥削阶级财富的增长,穷人的苦痛也增加起来,阶级之间的战争是不可避免的。"只有在一方或另一方被消灭以后,战争才能结束。"但是,上帝向贫穷者和被剥夺者许诺了胜利,当"普遍欺骗和不公正的制度"被推翻以后,"人民"将负责让公正行道。

爱默生对金融崩溃的反应迥然不同。1837 年经济大恐慌开始的时候,爱默生本能地同情失败的商人,而不是由于商人的失败而失去工作的工人。他第一次在日记中提及这次危机,就表达了对刚刚焚毁新奥尔良证券交易所的那种暴民暴力的担心。但不久,他在相对安全的康科德论述城市金融衰败时,言语中悄悄潜入了另外一种调子:

> 看哪,曾经夸耀一时的世界如今一无所有。谨慎本身已智穷计尽。曾几何时,骄傲、节俭和功利极尽嘲讽讥笑之能事,叽叽喳喳,得意洋洋,与被他们称之为哲学和爱的美梦一起寻欢作乐——可看哪,如今他们却无精打采,只有灵魂依然昂首挺胸,不屈不挠。

使爱默生满心欢喜的是,道富银行(State Street)① 提醒他尊重的这个世界——这个"实实在在"、节俭、谨慎、折中、利己的世界——就像放账过多的银行一样垮了。阿尔科特邀请爱默生代他在罗得岛普罗维登斯市(Providence)一所新学校的开学典礼上讲话,爱默生作了一篇《关于教育的发言》(Address on Education)的演讲。这篇发言成了对金融崩溃在社会中心所暴露的"巨大空虚"的抨击。跟布朗森一样,爱默生认为"世界所患之病"是"疯狂的保守思想",但是,爱默生在他周围的世界所看到的斗争不是特权阶级和无权阶级之间的斗争,而是过去与未来之间的斗争。布朗森直面当前世界,看到了贪婪;而爱默生则看到了恐惧——他看到了"那种害怕变化、害怕思想的极端怀疑态度"。

人们可能会想,爱默生这样将冲突精神化,是不是想逃避自己那年冬天早些时候在一篇题为《论政治》(Politics)的演讲中提出的一个清醒而智慧的论点:政治力量永远来自财产。如果说保守派疯狂了,那是因为金融恐慌威

---

① 道富银行(State Street):是一家银行控股公司,于 1792 成立,基地设在波士顿。——译注

胁到了他们的财产及其带来的权力,而不是因为威胁到了他们的习惯或是他们对世界的观念。以暂时的对抗取代阶级对抗,掩盖了这一铁定的事实,而且使目前的冲突似乎能够不可避免地得到一个充满希望的结果——因为,过去什么时候曾击败过未来?爱默生拒绝将历史矛盾视为不可调和的利益冲突,这就使他能够高踞于当时的情形之上,而又感觉像是一种力量。"让我重新开始。让我教导有限认识它的主人。让我上升至我的命运之上,自上而下影响这个世界。"

不久,他就有了第一次机会。哈佛的希腊文教授科涅琉斯·费尔敦(Cornelius Felton)于6月底写信给爱默生,邀请他在8月的哈佛毕业典礼周上给大学优等生荣誉学会作每年一次的发言。英国作家哈里叶特·马蒂诺曾于两年前参加大学优等生荣誉学会的会议,哈佛的懒散与特权气氛和她所听到的大学优等生荣誉学会发言使她大感震惊:"在一个以社会平等为信念、以普遍自治为关系准则的民族中,"居然听到了"少数人对多数人的轻蔑言论,而且自信十足,仿佛他们生活在俄国或英国似的"。应该承认,美国学者的美德观念是由欧洲的贵族文学形成的,但是,马蒂诺仍然感到吃惊:"在一个共和国里,居然如此傲慢自负,对多数人的藐视居然决断到了可笑的程度。"

到此时为止,爱默生讲话的主题——美国缺乏本土的文学传统——已经为人熟知了。在革命后的美国,关于没有美国文学的解释已经非常普遍,甚至其自身就可以成为一种文学类型。《论美国学者》的力量来自几种比褊狭的自卑感更为强大的力量融合。爱默生在哈佛读书时的孤独与无聊此时仍历历在目,剑桥宗教界对阿尔科特的无情挞伐和抛弃令他无比愤怒,弗朗西斯·鲍温最近对他的鞭笞使他耿耿于怀,这些都促使他急于要戳穿邀请他来为其毕业典礼增光的学院的自负。同时,最近系列讲座的成功给他带来了骄傲,而且,在总体金融崩溃的形势下,他身边国家大街的商业像玻璃大厦一般全部粉碎坍塌,使他感到几乎无可抑制的喜悦,这些都给了他一种预言家般的信念,使他坚信自己对历史的解读是正确的。因此,《论美国学者》虽然写于全国性危机的时期,却几乎通篇充满了 种振奋的情绪。爱默生在发言中坚信,接受启蒙的头脑可以使自然和传统都通体透明,据此我们可以知道,如果有一个学术机构支持的话,以德国为样板的本土人文主义会是一种什么样子。爱默生同时又提出了一个精明的忠告,教人们如何汲取以往文学传统的丰富营养,同时又不被在其面前的自卑感压垮,这标志着美国文学史现代阶段的开始。

演讲开头承认了外国批评家一直乐此不疲的断言——即美国没有什么值得一谈的知识传统,这个大洲"懒散的智力"所产出的充其量不过是"卖弄机械的技巧"。但是，这种讥讽美国愚笨的观点很快就让位于美国学者所应具有的形象："思考的人"。这个英雄形象无畏于自然循环过程中所包含的力量，他以专横的类分本能与之对抗——他透过现象，删繁就简，激励他的是坚定的信念：自然万物"有着一种规律，那也是人类意识的规律"。

这种信念，在美国学者面对更令人胆怯的永恒规律的化身——"过去的思想"——时，应能给予其勇气。天才撰写的著作有一种倾向，就是使读者偏离其自己的轨道，使他成为"卫星而不是天体系统"。他必须自己成为一个创造者，以此来抵御这种引力；他只应该用书来激发自己的思想，而且只应该在书中寻找那些他自己几乎已经说出的话。这样他就将主人转变成了仆人，使别人的话成了打开他自己思想的钥匙，从而得以认识自己。这就是"创造性阅读"，没有它就没有"创作"这一以财富带回财富、带来无穷收益的职业。"当意识受到努力和创造支持的时候，不管我们读什么书，每一页都放射出光芒，尽显出多重意义。"这种"自信"，这种爱默生真正唯一关心的美德，将治愈文学模仿的毛病，正如它会治愈更为危险、已经在别的领域彰显其影响的毛病一样。

爱默生发表《论美国学者》的演说后不到一个月，仿佛为了给这种自信的英雄气概提供生动的例子，一系列事件在一个遥远的州发生了。在伊利诺斯州的奥尔顿，一群暴徒冲进《奥尔顿观察家报》（*Alton Observer*）编辑爱利亚·拉福吉尔（Elijah Lovejoy）的办公室砸毁了他的印刷机。由于拉福吉尔抨击蓄奴制和私刑，反对他的人已经砸毁他几台印刷机；9月21日砸毁的已经是第三台了。拉福吉尔毫不畏惧，又订购了第四台。当奥尔顿的头面人物劝他不要再印刷出版并劝他离开奥尔顿时，他回答说他对上帝的惧怕超过对人的惧怕。第四台印刷机于11月6日用内河航船运到，在半夜里偷偷卸到岸上，由拉福吉尔的朋友看护。但是，一群暴民在第二天晚上袭击了报社，他们被拉福吉尔的保卫击退后又杀了回来，想在屋顶上放火。在枪声暂停的时候，拉福吉尔走出去看暴徒去了哪里，结果胸部被子弹洞穿身亡。

根据评论家和历史学家约翰·杰伊·查普曼（John Jay Chapman，1862—1933）的说法，"除了约翰·布朗的暴动外，再没有什么像拉福吉尔被杀的事件那样震动了整个大陆，或者说震惊了北方，促使他们明白并促使他们抵制蓄奴制的蔓延。"一个月后，在法纳尔大厅（Faneuil Hall）为拉福吉尔举行了悼念仪式，在题为《英雄主义》（*Heroism*）的演讲中，爱默生一反常态，盛赞以死捍卫言论自由的"勇敢的拉福吉尔"。爱默生如此颂扬像拉福吉尔这样的无畏反抗精神，促使詹姆斯·弗里曼·克拉克写信给玛格里特·富勒，赞扬了他对"必需的真理"的执著精神。克拉克在路易斯维尔市（Louisville）

写信给富勒,这样谈到了爱默生:"在这个模仿和怜悯盛行的时代,他主张依赖自我;在我们都溶化在一起成为大众的时候,他捍卫个人。"(克拉克致富勒,1838 年 3 月 29 日)

然而,奥立斯蒂斯·布朗森仍然不相信,在这样一个穷困的时期,个人所需要的仅仅是言论自由。布朗森迈出了令人震惊的一步(反正对大多数超验主义者而言是令人震惊的),加入了民主党,并在 1837—1838 年冬创办了自己的杂志《波士顿季刊评论》(*Boston Quarterly Review*)。布朗森想为自己横溢的精力寻找一个倾泻之所。正如讲台上交替出现的诱惑与挑战适合爱默生一样,书面辩论的逼人气势正好适合布朗森的气质。在杂志的第一期上,布朗森坦率承认,虽然不曾有哪一份唯一理教的杂志拒绝发表他的作品,但仅是将他的作品交送他人,他们可能会对此进行审查,这里面本身就有卑躬屈膝的成分,对此他再也不能容忍了。

从某种意义上讲,《波士顿季刊评论》是爱默生自信信条的一个光辉例子。正如里普利后来指出的那样,"办这份杂志的只有一个人,没有朋友的合作,也没有外来的赞助",而且大多数文章也都由布朗森自己撰写。但是,布朗森所受的政治教育使他并不停留在自我信赖这一点上,他认为,仅有自我信赖解决不了城市的贫困问题。他曾经在邦克山的一次民主党群众集会上向 1000 名听众作过一次独立纪念日演说,现在他公开宣布同情纽约民主党激进派。纽约民主党激进派是民主党中最为激进的,他们拥护宣布遗产继承为非法的方案,也拥护将政府土地无偿分配给贫穷移民的计划。在坎顿教书时曾在布朗森家搭伙的亨利·戴维·梭罗写信给他,主动表示对《波士顿季刊评论》的高度赞扬。但是,超验主义俱乐部中一些年长的成员对布朗森参加政党深感不安,因为这个政党蔑视高尚的文化,惯用迎合大众所好的政治伎俩,不但使保守的唯一理教批评家深感厌恶,也使他们颇为反感。

在此后的数年里,都可以感觉到这个不端行为所引起的紧张状态带来的震动。超验主义绝对信仰完整的精神直觉真理;当这些直觉真理与已经确立的制度相对立时,超验主义就显得异常革命。但是,超验主义不懈地追求精神利益,并从而蔑视知性世界,因此,当改革者试图赈济饥民或是解放奴隶的时候,超验主义几乎根本不可能直接发挥作用。实际上,这一运动所助长的淡泊无为和它所鼓励的自我专注有利于业已存在的制度,甚至有利于超验主义者批判的制度。而且,有效的政治行为所必需的团体原则是超验主义者深深厌恶的,因为在折中和谈判中必然不会有完全的诚挚。拉福吉尔(还有后来的约翰·布朗)一类的孤胆英雄永远都合乎爱默生的想象;拉选票者和社团组织者则使他感到厌恶。他非常清楚地看到,任何社团都迟早会有强制的做法和伪善的言词，而强制别人遵循改革者的意志只不过是以恐怖替代邪恶。但是，慈善家们真诚的工作困扰着他的良心，尽管他将自己描述成一个"像考狄利娅（Cordelia）那样矢志不渝地爱着自己的职责"的人，并以此驱赶自己心头的疑惑，他还是承认，当改革者们发出召唤的时候他感受到了一种耻辱，这最好地证明了他们对他实实在在有所要求。

虽然自己与别的改革者不同，但爱默生一直坚持他也是一个改革者，是一个去探望被囚禁的心灵、带去获释消息的改革者。他的话确实极大地影响了他所选择的听众，尤其是最初的超验主义者开始赢得的年轻一代的信徒。但是，超验主义者所激起的激情并不总是可以得到控制的。这一点不久就将由哈佛一位年轻的希腊文导师所证明。琼斯·威利（Jones Vary，1813—1880）的父亲是萨莱姆的一位海船船长，他的母亲是一位思想自由、言辞尖利的妇女，她不相信上帝的存在，也从不吝于表达她的怀疑。1837年春，威利即将结束在哈佛神学院一年级的学习。在研究神学期间，他在自己一年前刚刚毕业的哈佛神学院给一年级学生做希腊文导师以维持生活。

威利比爱默生小10岁，但很晚才入哈佛，他那一班（1836）毕业的时候比爱默生的那一班整整晚了15年。但是，如果说威利属于不同一代的话，但他的大学经历却遵循着一种熟悉的模式。他学了要求学习的课程，同时沉浸在诗歌中，他极为腼腆、好学，一心想在文学上扬名。他早年迷恋拜伦，后来转而崇拜华兹华斯、科勒律治和"德国人"——歌德、席勒和施莱格尔。维克多·库辛介绍他接触了源自德国唯心主义哲学的思想。他在学院的最后一年，为参加鲍登奖比赛而递交了一篇题为《有什么理由不再指望产生一部伟大的史诗？》（What Reasons Are There for Not Expecting Another Great Epic Poem?）的长文（后获奖）。在这篇文章里，他认为，人类历史的进步和基督教的出现，使传统的题材变得不再重要，因而使得史诗不可能再产生。基督教"将行动场景从外部世界转移到内心世界之中"，从而将个人的意识变成了一切重要行动的场所。威利不但毫不为传统史诗的死亡而感到哀伤，反而欢呼它是"灵魂进步最伟大的证明——也是灵魂走向那一状态的最伟大证明，那时灵魂的思想就是行动，灵魂的语言就是力量"。

威利自己的灵魂有时却受着痛苦的煎熬。他情绪不稳，经常周期性地感到精神抑郁，除此以外，他还感到自己经受着性欲的折磨（他到很晚才坦白），这使他渴望精神的新生，以使自己的意志完全融入上帝的意志。经过几个月几乎无法忍受的痛苦之后，他感到自己经历了一次"心灵的转变"，这给了他无比的欢乐。正如威利的一个同学注意到的那样，他心灵的转变与加尔文教徒的皈信极为相似，一种获得上帝挑选的感觉取代了令人无法承受的罪

○ 超验主义

感。虽然威利决心不让自己有犯罪的机会,但是他心中的肉欲却不断抬头。他发了一个誓,不跟女人说话,甚至连看也不看——他把这个决定叫做"美的牺牲"。由于思想就是诱惑,诱惑就是罪孽,他决心断绝思想,消除一切个人意志的痕迹。

威利除去一切个人意志的痕迹的想法,大概是希望消除自己叛逆性的欲望,找到宁静。他驱使自己有了一种心醉神迷的神圣感。1836年秋,他在阅读爱默生的《论自然》一书时作了一些批注,其中早已清晰地显露出了他的这一改变的迹象。威利的传记作者指出,《论自然》中"唯心主义"一章是威利最感兴趣的,在这一章中,爱默生坚持认为,将大自然转化为意识便抛开了物质,就如同抛弃一具尸体一般。威利在爱默生的唯心主义中感到了一种天启的脉搏在跳动,并作了批注,频频提起《圣经·启示录》。在华兹华斯式的那句格言——"婴儿是永远的弥赛亚"——旁边,威利写下了"R12"。"R12"很可能指《启示录》第十二章,其中记载着一个身披日头的妇人生了一个男孩,按上帝的启示,这个男孩日后便是基督。爱默生天真地写到,乘马车或从两腿之间倒着看风景会带来"夹杂着敬畏的愉悦",因为这暗示世界只是一种景观,而自我之中的某些东西才是稳定的。威利在这段文字旁边写了"Rev XX:II(《启示录》二十章第二节)"。那一节讲的是天与地在"一个坐在巨大的白色宝座上"的人面前消失。

1836到1837年,威利一边学习神学,一边指导哈佛一年级学生学习希腊文,他努力激发学生对他们所阅读的文学的兴趣,受到学生的欢迎(但教授们却不喜欢他)。他在学校里出了名,大家都知道他是古典语言教师中唯一坚持精确翻译的人。但他同时也注意激发学生对文学的热爱,他满怀激情地给他们讲莎士比亚和密尔顿,督促他们在所有的诗人对人性的真实再现之中去寻找道德教诲。他使文学变得引人入胜的才能被人广为传诵,到1837年冬,他应邀到马萨诸塞州萨莱姆作关于史诗的讲座。在那里,他引起了伊丽莎白·皮博迪(《与孩子们谈福音书》出版以后,她一气之下结束了在波士顿的教学生涯,回到了萨莱姆)的注意。皮博迪与他结成了朋友,她发现威利是"爱默生的热忱倾听者",就写信给爱默生,力促他邀请威利到康科德开讲座。她还将威利介绍给纳森尼尔·霍桑。霍桑喜欢威利,但觉得他强烈的孤独感令人担心。

1838年4月4日,威利步行20英里,从萨莱姆来到康科德,作了《论史诗》(*Epic Poetry*)的讲座,并与爱默生一家共进晚餐。威利向爱默生倾谈了他关于诗歌尤其是关于莎士比亚(他相信自己与莎士比亚有一种完美的认同感)的种种理论。他还请爱默生在他那本《论自然》上题词。爱默生也觉得威利非常出众。几天后，威利跟几个哈佛的朋友一起又来到康科德，爱默生邀请他们全部去吃饭。年轻人身上的希望使爱默生重新觉得这个国家有了希望。1838年5月初，《论史诗》在《基督教观察家》上发表。同月，威利以爱默生客人的身份参加了超验主义俱乐部的讨论，当时讨论的主题是"神秘主义问题"。威利解释了自己"心灵的转变"的历程，并讲了所取得的部分成功，以及他继续为消除自私意欲所做出的努力。实际上，到1838年学年结束的时候，他开始感到自己身上有了好的变化，在职责方面已有了一种轻松自如的感觉，心里有了一种平和与满足。

爱默生这一年的春天却充满了苦恼，其中有些是他自找的。他仍然在东莱克星顿（East Lexington）担任代理牧师，但是很久以来，他一直想辞去这一职位，现在他开始正式着手寻找自己的接替者。同时，他对唯一理教组织的不满达到了新的高度。回到家中，他为康科德牧师巴齐莱·弗罗斯特（Barzilai Frost）的拙劣布道深感恼火。弗罗斯特是坎布里奇神学教学错误的一个扎眼例子。爱默生到弗罗斯特家中造访，参观了他的书房，发现书架上摆满一排排基督教历史考证学和"内心和外部证明"的种种著作，这使爱默生不寒而栗。一年前，爱默生的儿子华尔多受洗礼的时候，就是由弗罗斯特布道。那是一次令人沮丧的布道，弗罗斯特的声音"粗砺低沉且半是尖叫"，证明弗罗斯特根本没有学到牧师职业最重要的秘密——"将生活转化为真理"。

即使德高望重的里普利博士（即爱默生的教祖父，他平时很受爱默生的尊敬，被爱默生视为清教过去传统的继续）现在也使爱默生很不耐烦了。"今天下午是最愚蠢的布道——真是狗吠月亮。老头，闭嘴走开，这么大把年纪了，居然没有学到一点真理。"里普利博士记不起将眼镜放在什么地方时的困惑，使爱默生想起烂叶子底下的南瓜虫被突然暴露在光线下时那种愚蠢的瞪眼而视的表情。近视实际上也是官方教会的痼疾，他们死抱住历史证据的碎片，兢兢业业地撰写一部又一部的著作，企图证明上帝曾在地球上居住——而在他们的身边，神灵的显现是无时不在的。

7月，爱默生接到哈佛神学院毕业班的邀请，请他在这个小班级的毕业典礼上发表讲话。爱默生起先不太情愿。坎布里奇的这些年轻人即将开始的正是他已经抛弃了的职业。但是，推动他接受邀请的力量超过了阻止他去演讲的力量。他早就憎恨"历史基督教"和作为其基础的陈旧的认识论；他对扑杀阿尔科特在学生心灵中寻找基督教新证据的天真努力的顽固思想感到非常愤怒；他越来越感觉到教会根本不可能给贫困者最近所遭受的痛苦提供解决的方法，也无法给受过教育的阶级长期的精神隐忧提供良药——对于这些阶级而言，先辈的信仰已经如冰消雪化一般无影无踪了；更为重要的是，他感到传统的布道形式正在将所有亟须得到拯救的教众赶走。所有这些结合在一起，不由得爱默生愤慨不已，发出悲叹。

但是，爱默生于1838年7月15日在神学院所做的演讲却反映了他对自己所取得的成就感到的强烈的喜悦——他是演说家、文学家，是越来越多的年轻追随者的领袖。自从1832年辞去教职开始，他逐渐从唯一理教牧师的职责中脱身出来。最后，他放弃了东莱克星顿代理牧师的职位，完成了这一脱身过程。1838年2月，他曾写信给妻子，问他的行动是否让她难过。他这封语气调侃的信表明，在他的头脑中，正统的基督教与女性和东方的东西，与陈旧的东西难分彼此。"但是，看到这个刚愎自用的人剪断维系他与珍贵的牧师袍的最后几条线，看到这古老而遥远的犹太国黑与白的象征，东方丽迪安（Lidian），我的巴勒斯坦，难道会不心伤吗？"比起自己的损失来，他更为关心妻子。他相信，演讲台要比任何教堂提供给他的布道都更有威力，而且更少阻碍。琼斯·威利等受其影响并且为他所喜欢的人的到来，使他觉得他在教会以外的布道也一定能让他有心灵的收获。

在神学院讲话的开头，爱默生表达了对自然的美和一个人的感情与思想向"道德情感"开放时所体会到的那种"更为神秘、更为甜美、更为强大的美"的崇拜。遵循这种情感所揭示的规律会使我们更加接近神性；实际上，心灵公正的人就是上帝，使"善归于其善性，恶归于其罪孽"。对于看到了规律力量的人，"世界、时间、空间、永恒确实似乎都洋溢着欢乐"。构成文明史的是对道德情感的不断理解，耶稣对世界的巨大影响来自他毫无保留、不折不扣地宣扬这种情感的坚定信心。但是，"历史"基督教却犯了一个致命的错误，它神化了耶稣这个人，因此只不过是把自身降格为另一种古代近东的神秘宗教，一种"神话"，用其夸张的语言将耶稣描述成"半神半人，就像东方人或是希腊人对奥西里斯（Osiris）或是阿波罗的描述一样"。理智听见耶稣说"我是神"的时候会将它理解为劝告每一个灵魂去争取精神完美，而当知性听见同样的话时，就会说："这是耶和华从天堂下来。如果你说他是人，我就杀了你。"

到此时为止，爱默生还没有真正丢开传统唯一理教对基督教堕落的说法，尽管他那激烈的言辞听起来倒不像钱宁，而更像卡莱尔。但是，他要脱离形式上的唯一理教而独立的宣言不仅仅是文体上的，这一点他很快就表达得非常清楚了。也许，最具有伤害性的是他对教堂势微的猛烈抨击。唯一理教协会成立才13年，各教区已经感到了信仰的丧失和虔诚的衰减。"哪里可以听到古时人们可以抛弃一切——父母妻儿、房屋土地——来聆听的话？"现在，公众的崇拜"已经丧失了对善的热爱和对恶的惧怕"。我们存在于自己的宗教中，就像农民活动于他们不曾创造的文明的废墟中一样。"我们教会的祷文，甚至教条，就像丹德拉人（Denderah）的黄道带和印度人的天文塔，与完整存在于人们的生活和活动中的一切完全隔绝。它们只是标明水曾经到达过的高度。"过去的公理会牧师在其教众中曾经拥有的力量已经消失了。"到了街上，他对乡村里大胆亵渎神明的人能说什么？他们从牧师的脸上、身上和步态中看到了惧怕。"

在这篇神学院讲话中冒出来的"乡村里大胆亵渎神明的人"并不能说是虚构。1838年3月至4月初，对一位名叫阿伯纳·尼兰德（Abner Kneeland, 1774—1844）的颇难对付的自由思想家长达四年的艰难审讯将告结束。64岁的尼兰德最早是浸礼会教徒，后来入了普救派，并在普救派传道25年，最后接触到了罗伯特·欧文和弗朗西丝·赖特。1829年，他在纽约的一次讲座中宣称，他在最后考察了一遍基督教的证据后，已经拒信基督教（他后来出版的论述这一问题的著作在十年中再版了六次）。1830年，他从纽约移居波士顿，负责波士顿的自由询问者第一协会（First Society of the Free Enquirers）。这个协会给了他一个正式的头衔："自由询问者讲师"。他还在1830年创办了一份自由思想周刊《波士顿调查者》（*Boston Investigator*），将它作为宣传理性主义、劳动阶级权利、废除蓄奴制、种族平等、妇女平等权利以及人口控制的阵地。

1833年，一期特别无所顾忌的《波士顿调查者》使尼兰德以亵渎神明的罪名被逮捕（此前他已因散发关于人口控制的著述而在监狱中度过了一些时间）。他早先在普救会中的一个同事要求他解释他怎么就跟他们不同，尼兰德说上帝是"想象出来的怪物"，他认定基督的故事"跟普罗米修斯的故事一样是寓言和虚构"，并否定神迹和死者复活的真实性。由于1782年7月3日通过的一个法案明确规定亵渎上帝为有罪，可以由法律惩罚，尼兰德于1834年被判有罪。但是，一次次的上诉将案子无限期地拖了下来，波士顿自由派牧师中有许多重要人物担心，迫害一个行使自由言论权的人是不符合宪法的，不管他们觉得尼兰德或他的学说有多么令人憎恶。罗威尔《公告报》（*Advertiser*）称，这个案子是"对人权、利益、出版自由、言论自由、同情心、真理、基督教和时代精神的粗暴践踏"。

与此同时，尼兰德受欢迎的程度上升到了新的高度；他在联邦街剧院的星期日礼拜式吸引了两千多名听众，并有同样多的人订阅《波士顿调查者》。尼兰德深得人心，令人警觉，也是乔治·里普利急于让奥立斯蒂斯·布朗森来波士顿地区的原因，因为在这儿，布朗森的劳动阶级背景和他对自由思想运动的熟谙或许可以帮助他重新赢得唯一理教中的上流人士很少能够接触到的那些阶级的信仰。

1838年4月，尼兰德向美国最高法院上诉的要求被马萨诸塞州的检察长驳回；6月18日，他在成群的支持者的陪伴下，在县监狱开始了两个月的服刑。威廉·埃勒利·钱宁神父起草了一份要求豁免尼兰德的请愿书，在持同情态度的牧师中间传递。爱默生也在请愿书上签了名。钱宁的请愿书没有取得效果，尼兰德在波士顿的监狱中一直服刑到1838年8月17日才获释。在狱中，他给他的同胞们写了一封公开信，在信中他提醒他们，他为之服刑的，正是先辈们经过奋斗才赢取的自由。

尼兰德一案使每一个人都看到，公理会正在失去其对教民的吸引力。"在乡村，在城市居民区，用当地的话讲，许多教区有一半的人都'退场'了。"爱默生于那年7月的某个晚上在神学院对他的听众这样说，"教会摇摇欲坠，其生命几乎全部终止"。为什么？为什么1805年或1815年时期的唯一理教徒们的信心那么快就让位给了自负，然后又让位给思想的僵化？唯一理教徒们没有看到他们死抱住"历史基督教"的经验证据，以此作为对抗顽固的宗派思想的方法，却致命地伤害了他们本想保护的信仰。"人们谈论启示的时候，似乎那已是很久以前所发生和完成的东西，仿佛上帝已经死去。对信仰的伤害使牧师窒息，最优秀的公共机构变成了一种犹豫迟疑、含糊不清的声音。"将基督当做一个半人半神崇拜，意味着认为美德和真理早就"被独占"了。更糟的是，鼓励我们相信基督教教义的方法——对神迹的报告——却有辱我们作为精神生物的尊严。"企图以神迹使人皈信，那是对灵魂的亵渎。"

这最后一句断言的结果导致了最具爆炸性的争论，而且它还有助于让人记住是什么问题到了危险的境地。传统的唯一理教徒把《新约》中所记载的神迹看做是处在这样一个位置，在此精神世界爆发而为普通的感官认识世界，并且会产生感官可以感知的效果。神迹可以通过经验验证，具有普遍说服力——在一个理性概念来自经验科学、人性概念来自启蒙运动普及的时代，这两者的结合具有强大的吸引力。如果认为神迹是不可验证或是不重要的东西，就是降低了信仰，将它归入了个人灵魂完全私人的世界，将它归入了不稳定的与上帝的"接触"，这种"接触"是不确定的，是反复无常的，也是危险的。神迹就像牛顿的定律，只是比牛顿的定律更好。神迹证明了一种超越自然但可以通过自然接近的力量，证明了时间与空间组织中的小孔——永恒的力量曾经通过这些小孔泄露给人类。

爱默生曾经读过休谟对神迹证明可信性的抨击，他发现休谟的抨击本身无可辩驳。他发现，上帝在任何时候、任何地方都可以在自我中发现，因此他感到自己已经得到了解放,已经不再需要此类经验证明。现在,他开始用灵魂而不是通过教堂传道,以此寻找宣布这一幸福消息的方法。爱默生目光前瞻,看到的救世主是一个尚未显身的英雄;他不是回首后顾而看到拿撒勒的耶稣。"那么,让人们在灵魂中寻求救赎吧。哪里来了人,哪里就有革命。旧事物是给奴隶的。人来了,所有的书就会清晰可读,所有的事物就会透明,所有的宗教也都会成形。他虔诚信教。人能创造奇迹。他见于神迹之中。"这位新教师到来的时候,将以新的权威宣讲道德准则,这一道德准则不是来自神迹和预言,也不是来自手稿和证词,而是从他"以纯净的心灵看到引力定律特性"的能力中自然流露出来的。

爱默生在神学院的讲话实际上很有煽动性,但是,爱默生自己是否知道这一点,很难从现有的材料中得到证明。他在演讲之日前后所写的日记和书信并没有透露什么火药味;他脑子中思考得更多的似乎是定于数日后在达特茅斯学院进行的《文学伦理》(Literary Ethics)演讲。从达特茅斯学院回来的时候,他发现有小亨利·威尔的一封信。小亨利·威尔曾是爱默生在波士顿第二教堂的前任,现在是神学院布道演讲和牧师指导教授。在爱默生发表演讲的时候,威尔是听众之一,并在演讲后与其进行讨论,他发现根本没有可能与爱默生讨论其中的某些观点。

爱默生于 8 月 27 日发表神学院的演讲后,安德鲁斯·诺顿勃然大怒,与此相比,威尔温和的责难实在算不上什么。诺顿等不得《基督教观察家》这样的季刊出刊,便迫不及待地在《波士顿每日公告报》(Boston Daily Advertiser)(该报最近称赞了对阿伯纳·尼兰德进行的判决)上发表了他的评论。诺顿的文章《文学与宗教的新学派》(The New School in Literature and Religion)抨击了整个超验主义运动的傲慢与放肆,也抨击了超验主义运动的外国鼻祖——"德国形而上学的炒作者"库辛和"那个超德国化的英国人卡莱尔"。超验主义空想家们宣告了一个具有光辉转变的崭新未来,但却从来没有告诉我们如何到达这一未来;他们提出了关于直觉的信念,而且认为那是无可争辩的;他们使用新语汇和"粗暴鄙俗"的隐喻,使语言越来越蛮化。对于他们的自信,诺顿表示了强烈的鄙视。但是,他将猛烈的抨击特别留给了爱默生及其神学院讲话和居然邀请他来当着他们的面侮辱宗教的毕业班。任何一个同意爱默生观点的牧师都是对其所任职来宣扬的宗教的威胁,这一情形同样是"灾难性的、令人震惊的"。

诺顿的文章在《波士顿每日公告报》发表三天之后,爱默生参加了同一个大学优等生荣誉学会的会议——一年前爱默生曾在该学会的庆祝活动中发表《论美国学者》的演讲。从他第二天的日记里震惊不已的语调中,可以看

⊙超验主义

出他发现自己成了人们恶意以待的对象。"昨日参加大学优等生荣誉学会周年庆典。镇定些,镇定些。……那些年轻人,还有他们那颇似成人般对憎厌情绪的暗示,以及不久就会在社会中碰到的令人讨厌的面孔。我说:不!我根本不怕。"但他实际上是怕的,而且原因非常明显。那一年的春天他已经永远离开了牧师的行列,现在,即使他希望重新担任牧师,也不会再有哪个唯一理教教区愿意聘用他。现在,他的至少一半收入来自于演讲门票,这依赖于人们对他的喜爱。阿尔科特的严峻例子提醒他,违背大众趣味的人会有什么结果。难道爱默生愿意在宣布冬季的讲座计划后却发现票子卖不出去吗?在日记中,他满怀愁绪地记下了自己对经济自足的思考,这预示了梭罗在瓦尔登湖的实验:"看来一个人得学会钓鱼、种庄稼、打猎,如此方可在摒弃于社会之外时维持生计,而不至于使亲友痛苦。"

9月,小亨利·威尔做了一次题为《神的人性》(The Personality of the Deity)的布道,其目的非常明确,就是驳斥爱默生冰冷的非人性一神论。威尔坚持认为,如果我们不想被扔进一个没有爱的宇宙之中,我们就得将上帝看做是我们的创造者。威尔将这篇布道文寄给了爱默生,请他作评论,爱默生则在回信中装出一副一无所知的样子。"面对责难,我无法解释。"爱默生写道:

> 您残酷地暗示,我的立场基于某些"论据",可我不可能告诉您我的任何"论据",因为我承认我不知道在表达思想时论据是什么含义。我只是高兴说出我的想法,但您要是问我我怎么敢这样说,或是问我为什么是这样,那我无法回答因为我是凡人中最无能为力的一个。

但是,在爱默生几近矫揉造作的淡漠伪装下掩盖着的是真正的焦虑。这一点从他那个时期的日记中可以很清楚地看出。"镇定些,镇定些!"这样的告诫(爱默生给予自己的)不止一次地出现过。

然而,爱默生终究没有卷入他的神学院讲话所激起的纷争之中,部分是由于原则,部分是由于一种想象自我保护的深层本能。爱默生觉得,一旦对手得以迫使你将时间浪费在招架和躲避之上,他就已经赢了,因为你是受上帝派遣来传播福音的,而他却已经分散了你传播福音的精力。当时他也许有过与人辩论的想法,但很快都被他的第二任妻子丽迪安(即丽迪亚·杰克逊·爱默生 [Lydia Jackson Emerson])打消了。爱默生告诉她说,他有很好的话要对自己的批评家们说,不说就可惜了,这时丽迪安回答道:"可是保持沉默也有其价值呀。"

在这一危难时刻,爱默生并不乏为其辩护的人,尽管其中的一些他其实并不需要。尼兰德的一个拥护者在《波士顿调查者》上称赞爱默生为志同道合的"自由询问者",后来,尼兰德也亲自说了一些赞扬爱默生的话。布朗森则在1838年10月号的《波士顿季刊评论》上抗议横加在爱默生头上的谩骂(虽然他自己对神学院讲话的批评几乎比诺顿的还要严厉)。布朗森接着将注意力转到了诺顿的论文《福音书真实性之证明》(The Evidences of the Genuineness of the Gospels)上,对它进行了严厉的抨击,认为这篇文章荒诞不经。诺顿"历史基督教"的假设只是一切失败后的行动,除此而外还能是什么? 实际上,诺顿的论点是:"宗教真理从来不是从人类思想中自然产生的;上帝对人类心灵没有做出任何启示;除了一个死而复生、由上天特赐智慧使其成为我们导师的人从外部给予我们的教导以外,我们对于宗教一无所知。"诺顿认为,如果上帝的信使不施行神迹,我们甚至无从识别他们,因为如果没有神迹,我们就不可能区分他们是来自天堂还是来自地狱。因此,描述信使的记录就成了我们与神的唯一联系,没有它们,我们就被"投入了午夜的黑暗之中",投入了任何理性或信念的光辉都不可能照亮的黑暗之中。

同时,爱默生宽慰地发现,波士顿和纽约的市民愿意"容许精神自由",而且,尽管爱默生被人冠以异端之名,他们还是愿意购买他冬季系列讲座的门票。他有理由高兴,因为至少他没有在对立意见面前放弃信仰,而且,在大自然的安慰下,他甚至得以忘却自己曾经被人"撰文批评"过(他在日记中给这几个字划了底线)。但是,1838年秋开始的令人不安的一幕,使爱默生感到以太多的热情接受他的哲学观的信徒倒比憎恨他的哲学观的保守派更具威胁。

1838年9月,琼斯·威利开始了他在哈佛任希腊文导师的第三年。威利一直关注学生的生活,但现在他的精神劝诫变得更加强烈了。他告诉学生,要让自己的意志完全服从上帝,然后根据良心的提示行动,这样上帝就会长驻他们的心中。这样的劝诫在安德沃这样的正统神学院里或许不会显得很古怪,但是在哈佛,人们纷传威利发了疯。9月13日,威利感觉到自己心中发生了变化。根据他的传记作者的叙述,他完成了自己一直在敦促学生去完成的"与基督认同"。虽然这种完全认同的感觉强度变化不一,但威利感受到一种冲动,他要宣布基督即将降临。

威利拜访了小亨利·威尔,并称他要宣讲对《马太福音》第二十四章的理解。威尔叫他不要讲,威利就谴责他不遵循上帝的意志。威尔继续反对,威利就失望地大叫大嚷。根据一个学生的记述,威利在第二天的课堂上对他的一组希腊文学生宣布说"他是不可能出错的,因为他是上帝的人,他超出

◎超验主义

周围所有的世人",然后高声地念了他原想向威尔解释的《马太福音》第二十四章中的一节:"逃到山上去吧,因为世界的末日就要来了。"那天晚上他参加了神学院辩论俱乐部的活动,并平静地宣布,因为"圣灵在他心中说话",因此他所说的任何话都是"永恒的真理"。

这时候,哈佛校长约西亚·昆西进行了干预,他召来威利的弟弟华盛顿(在哈佛读一年级),将威利送回了萨莱姆的家中。离开哈佛前,威利给爱默生寄去了最近完成的一篇论莎士比亚的文章和一封信。在信中,威利叫爱默生为他感到高兴并感谢上帝,因为天父和基督已经将他收到了他们身边。"我感到在今天'上帝的居所在人身上,他将与他们同住,他们将是他的人。'"在萨莱姆,威利继续劝人改变信仰。他去拜访了伊丽莎白·皮博迪,宣称他是"耶稣复临",提出要用火为皮博迪施洗礼,使皮博迪震惊不已。他还拜访了几个牧师,他们比皮博迪要粗鲁多了,其中有一个很生气地提出要看看威利施行神迹来验证他的使命,还有一个把他赶出了家门,另外有一个——此人是安德鲁斯·诺顿的好友和超验主义者的敌人——发誓要用强力把他关进查尔斯敦的麦克林精神病院,而且他也的确将这一威胁付诸了实施。

伊丽莎白·皮博迪对威利精神失常的病因做出了一种推测,认为可能是由于他"企图从绝对精神的立场来看待事物而用脑过度"。现代临床医生更可能诊断为极度狂躁。威利从轻度兴奋急速转变为过度兴奋;他那么快就确信自己是神;他情绪极端不稳,遇到挫折时突然暴怒;他在进疯人院之前和之后口若悬河、滔滔不绝——这些全是可以辨认的狂躁症症状。但是,威利在入院前一天给皮博迪的对开纸十四行诗稿一点都不像大多数作家在癫狂状态下写出的东西那样互不关联、不可理解、毫不连贯。相反,那些十四行诗组织严密,形式准确,从其严密的结构和高度的精神性来看,它们很像是超验主义者钦慕的17世纪英国宗教诗歌。

威利入院一个月后,麦克林精神病院的医生决定让他出院,因为医生觉得虽然他仍然拒绝放弃自己的信仰,但他对己对人都没有危险(据说威利走的时候其他病人还向他表示感谢。)威利这时候决心去拜访爱默生,当他被哈佛辞退时他就想去见爱默生了。他到康科德对爱默生作了近一个星期的造访,此次造访既亲密又令人不安。爱默生先是发现威利远没有预料的那样"疯";他觉得威利说的关于社会、教会和学院的话都"绝对公正"。在一次主日学校教师在爱默生家中举行的聚会上,威利向主持牧师发难,"使他对让他坐在那儿大谈他一无所知的东西的神的慈爱感到惊讶不已"。这个时候,爱默生感到非常欣喜,他说威利让那位惊慌失措、教条武断的牧师"栽下马来","使他极度沮丧地在地上仓皇而逃"。不难看出爱默生为什么会感到欣喜,而且为什么会暗中怂恿一个锋芒较利的年轻人向反对他们两人的力量发起赤裸裸的进攻。爱默生在威利结束访问与他道别的时候说——他的话非常清楚——他觉得仿佛是"朝社会的心脏放出了一支利箭"。

然而，在威利来访期间，爱默生自己也不得不忍受他的许多责难。威利说爱默生冷漠，说他愿意接受真理却不愿按真理行事。爱默生突然发觉自己在威利面前成了当时在自己面前的亨利·威尔，因为当他想与威利争论的时候，威利直截了当地加以拒绝。"与权威交谈是精神的必需。"威利说。威利或许不会知道，精神权威之源的问题曾在爱默生的整个牧师生涯中使他备感痛苦。威利极端的诚挚和狂热的信念给了他权威，爱默生虽然拒绝改变信仰，却也受到了感动，作了一次颇不寻常的忏悔——一次日后将对他纠缠不休的忏悔：

> 我告诉琼·威我从来没有感到痛苦，我从来没有为我最亲近的朋友的安全和生活担忧（他们对自己的安全和生活很满意），我告诉他我非常清楚，如果我的妻子、孩子、母亲去世，我也仍然会保持完整的我，仍然有能力从一切事物中获得我平庸的欢乐。

威利回到萨莱姆后，给爱默生寄去了他的一些十四行诗，对此爱默生很有兴趣，并加以赞赏（爱默生于1839年出版了威利的一卷诗歌和散文集。）威利继续在萨莱姆《观察家报》和詹姆斯·弗里曼·克拉克的《西方信使》(*Western Messenger*) 上发表十四行诗，并以手稿的形式在超验主义俱乐部成员中传阅。

克拉克的期刊正在超验主义者的生活中扮演着越来越重要的角色。《基督教观察家》现在已经对超验主义者关闭，但他们却可以在圣路易斯的《西方信使》——名义上是唯一理教杂志，编辑却是克拉克，而且远离波士顿和坎布里奇公众舆论的压力——自由地发表文章。1838年11月，《西方信使》刊登了两篇文章，对围绕神学院讲话而起的争论作了综述，并指出，唯一理教将当年正统派投向唯一理教徒的侮辱投向了爱默生，使自己成了笑柄。更重要的是，文章把诺顿用来讥讽的词"新学派"拿过来，变成了一个歌颂的词。组成新学派的，是所有"对宗教、哲学和文学的现状感到不满"的牧师和俗人，"把他们联系在一起，使他们成为一个学派（如果你想这样称呼的话）的是希望在这些伟大的思想领域看到更多的生活、更多的心灵以及更多创造性的愿望。"新学派的成员不是哪一个人的门徒，他们的发言人身上有哪些信条和美德可以赞赏，这由各人自定。他们唯一共同的信念是"生活不应是机械死板的，而应充满诚挚、心灵和精神力量"。1839年初，奥立斯蒂斯·布朗森继续抨击保守派，在《波士顿季刊评论》上指出，要先有感官证明才能相信耶稣的教义，比起没有这些证明就相信耶稣来，更是一种真正的"怀疑主义"。从这一点上讲，诺顿是怀疑主义者，而爱默生却是真诚的信仰者。

诺顿并未就此罢休。爱默生发表演讲一年后，新成立的"神学院校友会"邀请诺顿做演讲。他的《谈不敬神的最新形式》（*Discourse on the Latest Form of Infidelity*）试图系统性地表明一年前他在爱默生的讲话后不久即在报纸上对其进行抨击时的观点。针对天启真理不一定需要神迹证明的观点，诺顿指出，耶稣自己一直说他的神迹是对他神圣使命的验证，因此，拒绝认为神迹确有其事的现代神学家不是认为耶稣在撒谎，就是认为他是受到了蛊惑。基督教作为上帝的启示，天生就包含神迹，因此需要神迹来证实其教义。

> 如果否认基督教的神迹性，则无所称其为基督教。基督教就失去了它的本质；它的证明就化做了乌有。因此它的那些与人类最高利益密切相关的真理，即它使世人熟知的那些事实，那些作为神圣启示包含于其存在本身之中的事实，就不再依赖于上帝的权威。

诺顿激烈的言辞恰恰表明，他发现超验主义者割断真实与历史之联系的企图是很大的威胁，他们以"含糊不清、无可辨识的感情"为基础的做法是多么令他反感。谁如果拒绝接受神迹不可或缺的证明性，谁就没有权利称自己是基督教教师。

这场冲突的目击者一定有不止一人感觉到了它的讽刺意味。诺顿这位曾经向旧习发起进攻、曾经想砸碎加尔文主义的堡垒从而建立自由宗教新圣殿的年轻人，此时却将异端的罪名扣在自己宗派中更为年轻的成员头上。约翰·怀特·查德威克（John White Chadwick，1900年版西奥多·帕克传记的作者）这样写道：

> 当时的情形是20年前一幕的生动再现，而且更没有理智，更没有伦理，因为1819年的加尔文教徒相信，伟大的真理——三位一体、耶稣复活、基督的神性——遇到了危险，而诺顿先生和他的朋友们反对的，却只是他们的伟大真理不被人相信。

诺顿坚持认为，一个人只有相信神迹才能成为基督徒，为此（查德威克语）他任凭自己被推入"不可饶恕之罪就是相信基督教的基础是建立在其内在的卓越本质之上"这一观点之中。

但是，诺顿试图捍卫的东西毕竟不是可以忽略的。神迹的重要性，不仅在于其是有意义的事件，而且在于其是历史事件，是散落在历史上的许多迹象和奇迹的一部分——它们标志着把上帝的人民和上帝联系在一起、保证他们最后胜利的一系列盟约。去除"历史基督教"就意味着放弃历史本身朝着完善的方向展开的一个前景。它留下了多么大的空间，这一点每当在超验主义者试图想象"未来的教会"时就显得特别明显。1839年9月，在去了一趟新罕布什尔以后，爱默生写信给玛格里特·富勒，坦白地承认现存的教派使他感到疲惫不堪，但他却又毫无办法来提出一个替代的教派来：

> 我们在一个地方听到蓝色硝烟般的布道，在另一个地方听到的是唯一理教的荚壳的不详的颤抖——所有的麦粒和豆粒很久以前就从那些荚壳中掉出来了。人们是鄙贱的，报纸也是鄙贱的，而且更糟，旅行的人们没有在自己身上找到救赎的途径。我看见了运动，我听到了抱负，但我没有看出伟大的上帝如何准备以一种新的秩序来满足那颗心灵。在愿望和希望面前，没有教会和国家会自动形成。

神谕拒绝向我们传授获得救赎的模式。"从四面八方，它发出一千个否定，清晰而有力，而神圣的肯定却藏在最深的深渊中。"（爱默生1839年9月6日致富勒信）

一年前神学院那个灾难性的毕业班里有一个学生名叫哈里森·格雷·奥蒂斯·布莱克（Harrison Gray Otis Blake），他写信给爱默生，表达了他对是否要继续受任教职的疑惑。爱默生只能劝他在"更伟大的自我倚赖"的引导下选择道路，因为自我倚赖是"值得庄重地谈论、值得等待的东西，它不是一件事物，而是一切事物，是上帝的升临和启示"。然后他费力地表达了一切形式在有生命的灵魂前无法持久的感觉。"在我看来，人类似乎是唯一的事实；教会和社会的形式——人所创造并一天一天扔到一边的结构。全部的职责似乎就存在于清除这些偶然的事件和遵循最初的真理。"（爱默生1839年8月1日致布莱克信）布莱克不知道受任教职怎么可能实现这样的计划，这也不能怪他，尤其是因为爱默生曾在神学院讲话中提出警告，说任何建立新的崇拜体系的行为都与崇拜法国革命家所推崇的理性女神一样是毫无结果的——"今天是硬纸板和金丝细工，明天就以疯狂和谋杀告终。"如果新的形式是人工雕饰的，而老的形式一无是处、只配抛弃的话，那么什么样的崇拜才能是真的呢？

此时的爱默生已经远离牧师的问题，不会再用许多时间来考虑这个问题，而以一系列抨击诺顿和回应诺顿反击的厚厚的小册子介入这场战斗的乔治·里普利，此时也即将与他的牧师职业分裂。首先是因为他的教区很穷，并且每况愈下，其次是因为他在最近的论战中所扮演的角色至少使他的一部分教民感到痛苦。在1840年10月1日写给教民的一封信中，他悲哀地回顾了唯一理教论战早期那些令人激动的日子，那时自由派牧师"维护人类意识的无限自由，不仅维护正确的东西，而且维护个人判断的责任"。在这一令人兴奋的气氛中成长起来的年轻人"所得到的教导是，没有哪一个神学体系能够垄断真理。他们不愿意被当今盛行的波士顿和坎布里奇的信条所束缚，正如他们的祖先不愿为罗马和日内瓦的条文所束缚一样"。但是现在，一些牧师却害怕不受限制的探究的力量。"自由派教会开始害怕自由，基督教世界中最异端的宗派开始谴责奉行基督教教义的宗派为异端。"一些教会管理人员向里普利提出建议，要他在布道中回避任何有争论的话题，这对里普利来说是一件痛苦和尴尬的事情。"一个牧师应该能够无所顾虑地谈论在他意识中占据最重要位置的任何问题，而不用害怕会招致异端或危及教民利益的罪名，否则他永远不能发挥自己的能力，也永远不能公正地对待他的教民，恰当地处理应由他来宣布的真理。"1841年3月，他向教会管理人员递交了辞呈，作了告别布道。

不过，有一些超验主义牧师拒绝离开或是被驱逐出教会。里普利在超验主义俱乐部有一位好友名叫西奥多·帕克（1810—1860），是位唯一理教牧师。帕克对直觉宗教的信仰可以追溯到他的童年时代，那时他有一次听一位牧师布道，宣讲耶稣复活是灵魂不朽的唯一证明，于是他的心中产生了一种抵触情绪。当时他无法解释为什么历史事件不可能证明普遍命题，但是，这个问题的不同表现方式将在他长大以后的工作中不断出现。

帕克的祖父是1775年莱克星顿战役指挥民兵的上尉，他是11个孩子中最小的一个，父亲是农民，无力送他去哈佛，但帕克还是提出了入学申请，并在入学后满足了除学费和住宿外学士学位的各项要求（哈佛大学最后在1840年授予了他荣誉硕士学位）。

帕克随后到沃特敦教书，准备攒钱进哈佛神学院。与此同时，他除了在学校的6小时以外，每天还花10到12小时自学文学、哲学和数学。他早已开始跟一位家庭教师学习希伯来文，并向他在沃特敦的牧师康沃斯·弗朗西斯（1795—1863）借阅德文书籍。弗朗西斯是超验主义俱乐部最年长的成员，也是那部题目颇富含义的《作为纯粹内心信念之基督教》（*Christianity as a Purely Internal Principle*，1836）的作者。该书认为，基督教在各种宗教中之所以突出，主要是因为它不依赖于仪式和教义。弗朗西斯早就以其广博的德国神学知识和其图书藏量而闻名：1842年，弗朗西斯成为神学院的教授。

帕克于1834年进入神学院。入学的时候，他的信仰按照唯一理教的标准似乎无懈可击，他被选出帮助编辑一份为唯一理教信仰者所办的解释《圣经》的杂志《圣经阐释》(Scriptural Interpreter)。但是，就在那一年，曾在莱克星顿区学校教过他拉丁文和希腊文的老师乔治·诺伊斯博士（Dr. George Noyes）在《基督教观察家》上发表了一篇文章，对基督教的一个传统"证据"提出了质疑。诺伊斯认为，要指出《旧约》中在耶稣一生中实现的任何一种预言，都是困难的。这一观点，在马萨诸塞州的检察长看来，极为令人震惊，他以亵渎罪对诺伊斯提起了诉讼（此案进行了审理，但后来又撤诉）。

帕克倾向于同意他这位年长的老师的观点。他在《圣经阐释》的工作已经让他接触了现代的《圣经》考证研究学者。他为《圣经阐释》翻译了让·阿斯特鲁（Jean Astruc）富有革命性的《考证揣度》（Conjectures，1753）。此书讨论的是《创世纪》的两个来源，帕克的译文分两个部分分别在1836年和1837年发表。帕克同时也已开始阅读德国考证学著作。实际上，他于1835年应邀为神学院学生主办的慈善俱乐部准备《关于德国神学的报告》（Report on German Theology）。该俱乐部成立时，旨在向囚犯和穷人宣传好作品，但到了19世纪30年代中期，它已经成了学术和社会激进思想的论坛。学生们聚集于此，听取报告，讨论解决方法，其范围从阿伯纳·尼兰德的诉讼案到废奴主义到劳动改革，应有尽有。

为了这份报告，帕克潜心研究了德国神学和《圣经》考证学，并开始发现真正的《圣经》考证研究方法需要的是什么。他开始了解威尔海姆·马丁·莱伯列希特·德维特（Wilhelm Martin Leberecht de Wette，1780—1849），并在后来花了多年的时间翻译他的作品。德维特著述颇丰，作品有《〈旧约〉导论》(Introduction to the Old Testament) 等。在《〈旧约〉导论》的一个论点是，《旧约》首五卷并非为摩西所作，它本身不是一部完整的文献，而是各不相干的零散材料的集合，是摩西身后几百年间集成的。他还认为，从《出埃及记》(Exodus) 到《民数记》(Numbers) 各卷非一人所作，《历代志》(Chronicles) 所述的以色列仪式宗教的起源根本不可信。事实上，理性主义的《圣经》考证学者的梦想——即将《圣经》中真正"历史性"的因素与其迷信的因素分离开来——整个儿注定是要失败的，因为《圣经》根本就不是历史文献，而是在文本各片断写作的时代，犹太人的希望与信仰的诗意是神话式的表达。

最近，有学者将德维特的这部作品称做是现代《旧约》考证批评的开始，帕克决定翻译这部作品。他于1836年动笔，直至1843年才译完，同年作为里普利的"外国标准文学样本"丛书的一部出版。(德维特的另一部作品,自传体小说《西奥多;或,怀疑论者的皈依》[*Theodore; or, The Skeptic's Conversion*] 由詹姆斯·弗里曼·克拉克翻译,先以连载形式在《西方信使》上发表,后于 1841 年作为里普利的丛书的一部分出版。超验主义者对此书尤感兴趣,因其描述的是主人公依次受康德、谢林、弗里斯、施莱艾尔马赫的影响,抛弃正统观念最后找到满意的信仰的斗争过程。)但是,帕克对德国考证学研究的影响早在翻译德维特作品以前就已经很明显了。

帕克在为《圣经阐释》撰写的一篇文章中对《以赛亚书》第五十二章耶稣救世的解释提出了质疑,以致该杂志的一位订阅者深感不安。当帕克接受牧师任命,在马萨诸塞州西罗克斯伯里一个小教区定居的时候,他继续做他的非正统研究。他写了一篇长文,详细评论戴维·弗里德里希·施特劳斯(David Friedrich Strauss)的《耶稣传》(*Das Leben Jesu*, 1835),在 1840 年的《基督教观察家》上发表。文章的开始概述了施特劳斯自己对奥利金(Origen)以来《圣经》阐释史的总结,这使帕克有机会解释施特劳斯得出其激进论点的过程。施特劳斯认为,《新约》不仅包含有神话的因素(如耶稣诞生和升天的故事),而且从其本身的性质来看基本上就是神话。大多数阐释者相信《福音书》的历史真实性,因为传统观点认为《福音书》就是由见证人所作,但施特劳斯却"发现几乎没有理由可以相信《福音书》的真实性或可靠性",他将《福音书》视为"怀有善意之人的伪作,他们只是收集了当时流行在其各自所居之处的传说"。

帕克称这是施特劳斯论点中最薄弱的部分,但他是否真的这么认为却很难肯定。他在日记中写道,他不能在《基督教观察家》上发表的那篇文章中畅言其所思,只能说出杂志的读者能够忍受的观点。他给康沃斯·弗朗西斯写信说,在施特劳斯将《新约》称做"神话集"的时候,他觉得施特劳斯所言"总体上"可能是对的(帕克 1839 年 3 月 22 日致弗朗西斯信)。无论怎样,帕克在文中很快就给出了施特劳斯对于"神话"的定义——不是历史,而是"由一个特定群体的意识所产生的虚构作品"——并怀着热情概括了施特劳斯驳斥《福音书》可信性的要点,尤其是《耶稣传》中讨论神迹的 250 多页的内容。等到施特劳斯结束驳斥的时候,任何一个神迹——即便是耶稣复活一事——都已是体无完肤。

帕克是否接受施特劳斯的结论?在文末,帕克列出了《耶稣传》中的几个逻辑缺陷:首先,施特劳斯一开始就在没有依据的情况下认为神迹是根本不可能的,并以此为据对神迹问题做出结论;其次,他拒绝相信理想最终可以在个人身上得到体现;再次,他认为《福音书》不真实、不可靠,却没有进行证明；最后，由于他认定神话到处存在，导致他以果推因。"他使得一种对基督复活和神性的信仰无端从一个群体中跃出，然后统治世界，并在一切人类活动中引发了前所未有的革命；而这一切又都没有足够的历史成因。"施特劳斯在"结论"中把"永恒真理"看做是整个人类的无意识推测，并企图以此来拯救基督教信仰的"永恒真理"，帕克对此则拒绝加以任何考虑。帕克指出："如果历史上没有基督其人作为人们的理想，那么历史上就无理想的基督可寻。"

如果说有关耶稣生活和复活的故事都是神话，那么我们要到历史的何处去找寻他呢？施特劳斯并没有挑战《福音书》中一个因素的真实性。帕克引述施特劳斯的观点说，只要对照一下所有的《对观福音书》我们就会发现"耶稣那些杂乱无章的言论虽然没有溶解和消失在口述传统的洪流中，但是它们却不止一次被从天然的联系中松动出来，又从最初的位置被冲走，并且像大石块一样滚落到它们不该存在的位置"。有人觉得帕克对这句话感兴趣与其说是由于它的批判力量，不如说是由于它的肯定力量：尽管耶稣的话极不连贯而且芜杂混乱，但却历经时间的溶蚀威力、口述传统以及笨拙的门徒的编纂而幸存下来。帕克就是要在这些小的石块上建立自己成熟的信仰。

当关于神迹的争论在超验主义者和传统唯一理教者之间展开时，帕克自然也加入其中。到目前为止，他是最优秀的语言学家（他能读懂二十几种语言，包括古叙利亚语和科普特语）和超验主义者中最出色的《圣经》学者。他对当时德国批评的熟谙使他能够达到德国职业神学家的水准。他的第一篇作品是发表在《基督教言论》上的一篇评论由安德鲁斯·诺顿编辑和介绍的小册子的文章。该小册子重印了三个普林斯顿学者在《普林斯顿评论》(*Princeton Review*) 上对超验主义进行的全面攻击，特别是爱默生的《神学院讲话》。他们对这一新学派的以下观点感到特别恼火：

> 耶稣及其《福音书》中所宣扬的真理来自于上帝，就如同说我们自己对真理的直觉也来自上帝一样。《古兰经》和《圣经》同样具有权威性；所有虚假的启示只有一种相同的权威，也就是说对包括于其中的真理都不证自明。这样就剥掉了耶稣福音被认为是来自上帝唯一至高的信息的虚假外衣；神圣的先知和使徒们，不仅如此，还有我们的救世主都认为，除了人人享有的与上帝交流的方式外，他们还有其他某种与上帝进行交流的方式，他们都受到了欺骗。

安德鲁斯·诺顿一直非常喜欢这三位学者的观点，因此把他们的两篇文章放在一起于 1840 年作为小册子在坎布里奇重印发表，还附加上了一个评论性说明。

帕克企图以自己崇高的学术权威来摧毁这一小册子，他指出，这些普林斯顿学者太浅薄无知了，竟需要依靠二手资料来获取他们所攻击的哲学和神学的知识。但是他那冗长的评论在自身学究气的压力下归于沉寂，只有一句话值得记取："我们的同胞现在正彷徨在荒野之中，口渴难耐，饥饿难当：我们热切地期待着——不是回到洛克的美味珍馐之中，也不是回到埃及人的禁欲主义，而是朝着真理、自由和宗教的乐土进发。"

帕克对于神学的细节问题的体验肯定使他明白了为什么爱默生拒绝涉足其中。无论如何，他开始相信对于神迹的争议已演变成一些肮脏的指控和令人沮丧的自我宣扬舞台。他在日记中表达出了自己的愿望：但愿有人能够"摒弃先前的问题"——换句话说就是停止对于证据的争论，去问一问每个人都真正想知道的东西："人类如何皈依宗教？"他决定用自己以莱维·布罗杰特（Levi Blodgett）的笔名出版的一个小册子来正面攻击诺顿。布罗杰特把自己表现为一个直言不讳的北方佬，并且给坎布里奇的先生们寄去一封公开信，要求他们解释一下他自己一生都没有搞懂的问题——为什么一个真正的基督徒需要通过神迹来使自己坚信耶稣的教义呢？耶稣的真理不言自明，无需神迹的证实。如果像诺顿那样认为神迹唯一能证明上帝与人类之间的关系的真实性，那么我们就会把"道德和宗教信仰"建立在"即使是在民事法庭上审理一件琐碎案件时也空洞得使人无法相信的证据上"。而且，那些唯一理教基督徒们坦白相告，包含有神迹的《圣经》中充斥着寓言材料。诺顿自己也在 1840 年承认《马太福音》的前两章（耶稣和大卫家谱和天使传报的故事）都是伪造的。对于一部由于被篡改而变得令人迷惑而且又点缀着神话的文献，又怎么能够声称它有完美的历史准确性呢？

这也够不妙的了，但是帕克真正离经叛道的地方与其说是在他用来反对《圣经》的批判武器或者是他用来反对《圣经》考证的逻辑武器上，不如说在于他悄悄地放弃了基督教认为人能够掌握唯一真理的主张。"所有的宗教从根本上来说都相同"，基督教只不过是"很多宗教中的一个，尽管他是最高形式的宗教"。因此，所有的宗教都必须诉诸于"宗教的主要和根本的真理，人类天生就具有这种真理"。耶稣等宗教天才就利用了这些天生的真理，而这些真理的表达方式演变成了各国的宗教典籍。

这些原则早就在《神学院讲话》中得到了暗示，但是帕克却甘愿在他的小册子里明白无误地对此予以表达，而且通过这样去做，帕克表明了关于"神迹"的根本争论到底是怎么回事。神迹向我们提供的东西证明，我们的启示就是天启，我们不仅仅是上帝的孩子，而且还继承了他的福佑——是雅各（Jacob）而不是以扫（Esau）。将神迹的证实从耶稣的教义中剔除出去，基督教就仅仅变成了"很多宗教中的一个"。三一教派教徒一直在警告说，否定耶稣的神性就会最终导致这种一神论的扩散，因此他们自然很快就指出，超验主义者已经迈出了由唯一理教肇始的脱离基督教的最后一步。

尽管帕克竭力不表明自己的身份，可不久他还是发现自己成了充满恶意想法的人攻击的对象。他在《基督教言论》中对超验主义者进行了辩护，又在《日晷》（The Dial）上发表了一篇同样令人不安的文章，这招致了他的牧师同行的注意和敌视。在1840年5月召开的唯一理教牧师年会上，帕克发现要辩论的问题是"对神迹的价值和权威的不同观点该不该把人从基督教会排除在外，该不该排除人与人的同情"。帕克在这场大会上一言未发，而弗雷德里克·亨利·海吉和乔治·里普利等一些较老的自由派则对唯一理教允许最大可能限度不同观点的传统进行了辩护。帕克回到家后在日记中倾诉了自己的愤怒，他们竟然会提出这样一个问题。"这是19世纪！这是波士顿！这是在唯一理教者之间！"他补充道，"至于自己，我打算在下一年中释放出我体内的超验主义能量，要来的终究还是要来。"那一年末，他已经开始经历那种礼貌的逼迫了，这是波士顿唯一一种驱逐牧师的方式：他的牧师同行开始拒绝与他交换布道讲坛。

不管是这一待遇充分刺激了帕克决定不再顾及一切，还是他自己渐长的智力能量感促使他准备从受人监管和隐姓埋名的状态中解脱出来，他很快就抓住到来的机会而从轻微的冒犯转向了重大的攻击。1841年5月，帕克应邀到波士顿南部豪斯·普雷斯教堂（Hawes Place Church）参加查尔斯·C.谢克福特（Charles C. Shackford）的任职仪式，并作布道。32年之前，钱宁曾把贾雷德·斯巴克斯的任职仪式变成了定义"唯一理派基督教"的讲坛。现在，帕克就要利用谢克福特的任职仪式带来的机会以自己的方式重新定义基督教真理。正如近来一位学者所指出的那样，帕克布道的标题《论基督教中的短暂与永恒》（A Discourse on the Transient and Permanent in Christianity）是对施特劳斯一篇文章的标题的转化——尽管除了帕克本人之外很少有人能够理解这一暗示的复杂含义。1838年，施特劳斯用很难说是对耶稣"肯定"的评价回复了人们对《耶稣传》的毁灭性的极度悲痛之情。施特劳斯把耶稣奉为历史上最伟大的天才，但是耶稣并没有全身奉献于外在作品的构建，而是孜孜不倦于完美灵魂的创造。施特劳斯把自己的文章称为"基督教中最短暂与最永恒的作品"（Uber Vergangliches und Bleibendes in Christentum），并以一卷称做《两封平和的书信》（Zwei friedlich Briefe）的书籍的形式加以重印。

帕克对基督教义的划分与斯特劳斯在其文章里提出的分法不同。他喜欢像《耶稣传》里那样，将其分为耶稣的只言片语以及其中隐含的神话和口述传统。不过帕克这样分本意并不坏。他只是想将耶稣的言语从教堂中挽救出来。文章一开头他就盛赞耶稣的教诲，称其言语简洁流畅、意义明显。紧接着他又描述了在这帝国兴衰相继、世事变幻不定的世界里耶稣言语如何奇迹般地保存了下来：

> 智者的哲学、大师的艺术、诗人的歌咏、神甫的仪式，尽管曾经煊赫一时，但却终归沉寂。只有他们的幽灵还偶尔在世上晃动。但是那位希伯来青年嘴里吐出的基督教义却一代一代传了下来，犹如星光一样柔和美丽，历尽时空的跋涉而毫不褪色。

无论什么都不如这耶稣的教诲、"真正的基督教义"那样"稳固坚定"。"旧的天堂、旧的世界都一去不返，但耶稣的教诲却于世长存"。

不过帕克很快就离开基督教义的"永恒"性，转而攻击它的"变幻无常"因素。在这里他的批评才能对神学历史所造成的打击一定让他的听众大惊失色。因为在文章的其余部分，他凭借自己渊博的学识，毫不留情地指出，任何基督教流派所提出的教条或仪式都免不了从前代继承下来的错误和地方偏见。对宗教历史进行诚实的分析，我们就必须承认，唯一理教尽管只有两样简单的圣事和少量信条（如耶稣负有神圣使命，正如其神迹所显示的那样；耶稣死后复活并进入天国等），但却也和大神学家（Summa Theologica）以及东正教一样经不起仔细推敲。

> 追溯一下基督教历史，谁都会明白，一代一代传下来变化最大的就是作为基督教义被传授、被认定为对基督教和个人的救赎至为重要的教条。在这个省份是错的到另一个省份却是对的。一个时代的异端到了下个时代却变成正统信仰和"唯一绝无谬误的规则"。

我们现在往往嘲笑已经废弃的过去的制度，但我们怎么能知道"我们的基督教"不会遭受同样的命运呢？"我们的神学中现在流行的许多信条似乎是崇拜偶像的寺庙淘汰的东西，是犹太和异教城市的垃圾，不是基督教之河从时间之石上首先冲刷下来的金沙。"就是《圣经》的权威也受到了质疑，其文本被批评家们翻出来仔细研究，其神圣的规则也被证明是"一时心血来潮或纯属偶然"的产物。带着由衷的高兴，帕克又狡黠地将安德鲁斯·诺顿列在自己的一边。

"有一个作家——他不是怀疑论者,而是一个非常虔诚的基督徒——已认定《马太福音》(*Matthew*)的开头是伪作;另一个属于不同教派但同样虔诚的作家则认定《约翰福音》(*John*)的结尾是伪作。还有不少评论家指出好几封使徒书信也是伪作。连《启示录》(*Apocalypse*)也未能幸免,尽管其结尾有诅咒。"

既然如此,我们又怎么能肯定《使徒传》(*Apostles*)本身"在史实和教义方面没有错误呢"? 不过有又怎样? 基督教的沉浮不会取决于"几个将自己的大名用金光书写就传遍全世界的犹太渔夫"那永远正确接受神启的教条。同样,耶稣真言的真理性既不取决于包含这真言的文本本身是否绝无谬误,也不取决于耶稣个人的权威,正如几何学的公理不取决于欧几里德个人的权威一样。

因此,即使在无数的史实面前还能证明——这一点实际上做不到——《福音书》是有人故意伪造的,拿撒勒的耶稣实际上从来就不存在,但基督教仍然能够屹立于世而不用担忧。其宗教教义不会遭到废弃。因为,只要是真理,就会万古长存。

为了防止听众中有人不愿在基督教真理的名义下抛弃基督教的创立者,帕克还大胆地宣布:"耶稣并没有矗立起赫尔克里斯之墩①(Pillars of Hercules),人们航海寻求真理绝不能超越此地。"真正的基督教教义是生活的源泉,"它使我们能超越自己发明的任何形式的教条,越来越靠近真理"。

在南波士顿的布道中帕克努力想将他最佩服的神学家如德维特和施莱尔马赫身上的两种品质——带着"极其虔诚"的精神进行"大胆、严厉、不留情面"的批评——结合起来。帕克的布道既充满了对耶稣的爱又非常鄙视那些想将耶稣解释清楚的神学家的狭隘。他在抗议的风暴平息以后这样写道:"如果说我曾带着基督教的热情写过什么东西的话,那就是这篇文章。"(1841年帕克致埃兹拉·斯塔尔斯·加耐特 [Ezra Stiles Gannett] 的信) 从这个角度来说帕克的布道与《神学院讲话》完全不同。在《神学院讲话》中爱默生对耶稣的态度摇摆不定,一会儿勉强表示钦佩,一会儿又流露出强烈厌憎。

---

① 赫尔克里斯之墩(Pillars of Hercules):古代神话中指直布罗陀海峡。过去人们相信地球是平的,认为船只越过赫尔克里斯之墩——即直布罗陀海峡去往大西洋是不安全的,认为船只会在地球边沿掉下去。而某些教会人士也曾宣称《圣经》支持这个古老的观念。——译注

◎超验主义

　　帕克的南波士顿布道文里弥漫的虔诚精神本来可以保护它免受攻击，但是有三位听过他的布道的三一教修道会牧师义愤填膺，在正统刊物《新英格兰清教徒》(*New England Puritan*) 上用两页篇幅发表了该文的论证摘要并要求唯一理教者发表意见。虽说直接答复这个要求的唯一理教神职人员坚持说唯一理教者不干涉个人自由，但唯一理教刊物——《基督教言论》、《每月杂论》(*Monthly Miscellany*) 以及《基督教观察家》——还是发表了一些对南波士顿布道文的攻击。帕克于1841—1842年冬季在老共济会寺（Old Masonic Temple）一连做了五次演讲来答复他们对他的指控。遗憾的是，帕克喜欢用侮辱性的名称来称呼对手，这无疑加大了他们之间的距离。他们开始拒绝和他交换布道。

　　居然只有这么少的朋友愿意和他站在一边，这使得帕克非常伤心。到了1842年，只有八个牧师还愿意和他交换布道。其余的人显然和弗雷德里克·亨利·海吉的想法一样：进步的基督教思想一定在教堂里面，而不是在教堂外边。海吉1843年写信给康沃斯·弗朗西斯表达了他的忧虑，说："如果对现存的宗教机构和信仰的异议原则继续像过去两年那样散布的话，那么整个神职阶层（Clerus）——职业的也好，堂区的也好——十年内都要被扫地出门。"（1843年2月14日海吉致弗朗西斯的信）

　　南波士顿布道文余波未平，帕克又将其共济会寺演讲以《关于宗教问题的布道文》(*A Discourse of Matters Pertaining Religion*) 为题结集出版。1842年1月波士顿牧师协会的同行邀他去"喝茶"，告诉他很多人都觉得再也无法忍受他的写作和布道中"极具自然神论的"倾向。一位名叫钱德勒·罗宾斯（Chandler Robbins）的牧师想说服帕克"既然大家对他的意见都这么一致"，他就"应该"退出协会。这一观点得到一些人的赞同。

　　对于一个31岁的人来说，应付其资深同行的集体批评并不容易。但是帕克拒绝退出协会。他说他现在争取的是自由讨论问题的权利。后来他的一个朋友出面维护他的真诚，其他人（包括一些原先攻击他的人）也纷纷表示同意。帕克流下了眼泪，然后离开了屋子。事后罗宾斯写信给帕克说他"能深切感受到您所面临的尴尬处境和严峻的考验"，而且觉得帕克表现得非常有风度。不过他又加了一句："如果我们不像当时那么坦率直言，那么对您是不公平的。"（1843年1月24日罗宾斯致帕克的信）

　　终于，帕克没有噤声，也没有被赶出教堂。1843年他编辑出版了德维特的大部头《〈旧约〉导论》，然后离开美国前往欧洲游历。经过这么多年的拼搏，他实在非常需要休息。离开美国前他对他的西罗克斯伯里（West Roxbury）教区会众进行了一次布道，感谢他们在他面临严峻考验时忠诚地站在他身旁。"教堂里的恐惧就像森林大火一样，蔓延得既快且广，很难有波及不到的地方。"他这样对他们说，"我本以为你们也会和别人一样。别人承诺更多，但一看到火光就溜之大吉了。"

这种意识——即在困难之时需要什么样的品质才能坚持自己的原则——可能是超验主义向传统挑战时期最有价值的个人遗产。阿尔科特、爱默生和帕克都熬过了公众的责难，但是那些处境更偏僻的人也从中学到了同样的教训。伊丽莎白·皮博迪自出版《与孩子们谈福音书》后就结束了教学生涯而远赴西牛顿（West Newton）。她在那儿给姐姐索菲亚写信，向她解释她所谓的通过会堂学校的经验而获得的"新的灵光"是什么意思。

> 我从来没有像现在这样感受忠于自我才是第一位的——为了社会责任而牺牲自己心灵的培养是不对的——我们称做不偏不倚的行动态度实际上往往是对自己的天才的背叛——一个人的内在本能就是他最好的向导——克己可能会戕害人的心灵。

她在波士顿所犯的最大错误不是坚持要有一间自己的屋子。"一个人对自己天性的缺点应该有些宽容。让人称做自私、孤僻古怪总比失去自己的灵魂强一些。"（1838年伊丽莎白·皮博迪致索菲亚·皮博迪的信）

6 文学与社会改革目标

超验主义运动从一开始起便既是一场文学运动,同时又是一场宗教和哲学运动。超验主义者写作日记、创作诗歌;他们相互往来长信探讨文学问题;他们既尝试创作散文札记又尝试写作东方寓言;他们既发表学术讲座也发表毕业典礼演说;他们还就美与神话之类话题举行"恳谈会"(conversations);他们还为《基督教观察家》以及《北美评论》撰写书评。但是,在19世纪40年代之前得以付梓成书的超验主义文本很少可以被严格定义为纯文学的。或许只有爱默生的《论自然》可以真正被称得上是风雅文学,或者说是"散文诗"——不过弗朗西斯·鲍温于1837年在《基督教观察家》上发表一篇书评指出:《论自然》即使是在国内,与其说是被看做一部想象文学作品,还不如说是在洛克主义者和精神主义者之间进行的哲学论战的一部分。

造成这种状况的原因有很多。新英格兰人对小说持有强烈的偏见,这使得大部分超验主义者不可能去从事小说或是短篇故事创作,即使考虑到他们具有编织情节和组织对话的才能或是具有表现复杂社会现实(正是小说家们努力的目标)的兴趣。爱默生曾因为简·奥斯丁的"粗俗的寄宿舍想象"而对她嘲笑不已,梭罗也在《瓦尔登湖》的"阅读"一章中花费了大量篇幅用激烈的言辞辱骂那些圆瞪大眼孜孜不倦地阅读最近一些描写中世纪的浪漫传奇小说的人。诗歌则被认为要稍微体面一些,但是由威廉·卡伦·布莱恩特以及大理查德·亨利·达纳创作的那些华兹华斯式的浪漫主义诗歌则显得太缺乏创造性而根本没引起独立性极强的超验主义者的兴趣,除此之外,曾经在19世纪20年代的美国风行一时的模仿拜伦的风尚也早已烟消云散,没有留下多少痕迹。

这一时期一些最出色的作品还没有发表——如爱默生、玛格里特·富勒、詹姆斯·弗里曼·克拉克以及伊丽莎白·皮博迪等人的书信；和爱默生和梭罗等人的日记。如果将这些作品看做是"私人秘密"很不恰当，因为不论是书信还是日记都曾经在朋友圈子里面传阅过——事实上，有一次爱默生还不得不从玛格里特·富勒那里借来自己写给她的一封书信，这样他可以从中摘出一个段落使用在他正在写作的文章《论友谊》（*Friendship*）中。在这些私人的自我反省和密切的思想交流中，超验主义者们可以激情满怀地表达他们排除在发表作品之外的对于礼仪的感受；特别是在书信中他们既可以诙谐幽默、满怀恶意、进行诱惑，又可以谈吐高尚、追求真理。1839年，爱默生在康科德演讲厅完成《人类生活》（*Human Life*）系列讲座之后不久，巴齐莱·弗罗斯特牧师写信告诉他说，康科德有一些先生很欣赏他的讲座并且意欲表达他们的谢意，他们已经捐款来为爱默生添置图书——托马斯·布朗爵士的作品、维克多·库辛翻译的柏拉图的12卷作品、贺拉斯·沃尔浦尔（Horace Walpole）的书信集。爱默生对沃尔浦尔的书信爱不释手，可以说绝不亚于他对柏拉图和布朗作品的欢喜程度：他曾向富勒夸口说，沃尔浦尔影响了他，使他自己作品的风格也发生了变化："如果我颇为诚挚地给你写信，那你得要被迫把眼睛从我书信发出的光芒中遮挡开来。"

其他一些超验主义者从乔治·里普利的"外国标准文学样本"丛书中看到了一些机遇，他们可以翻译一些对他们来说意义重大的作品。从约翰·密尔顿的《不列颠历史》（*History of Britain*）中摘引的几句话可以说最好地概括了推动这些行动的精神，1839年玛格里特·富勒翻译完彼得·爱克曼（Peter Eckerman）的作品《歌德谈话录》（*Conversations with Goethe*）后就将这几句话用做了卷首引语："正如我们的红酒和食油要从国外进口一样，成熟的知性和文明的美德也必须要从国外的作品中灌输进我们的思想；——否则我们仍将会失败，而且也不会去尝试任何伟大的事业。"

在19世纪30年代和19世纪40年代，对于超验主义者来说，期刊仍然是最诱人的一种出版形式。杂志和评论使刚刚起步的作家获得了一种快乐，因为他们可以看到自己的作品很快得以付梓；它们还通过设定期限刺激作家，并且使志同道合的撰稿人一起工作以给他们一种兴奋的感觉。（正如编辑不久就会发觉的，让撰稿人提交手稿，让印刷商按时印刷，让订阅人为他们收到的杂志付费，就完全是另外一码事了。）19世纪30年代早期，年轻的詹姆斯·弗里曼·克拉克写信给玛格里特·富勒宣布说他完全相信富勒会建立一支美国文学的"新学派"，而且他也打算报名参加，这时他把富勒想象成是一本杂志的编辑，是一个会使"北美杂志和美国季刊"像在狂风面前乱飞的谷壳一样飞舞起来的"玛格"。

●超验主义

19世纪30年代早期，很多超验主义者都以书评的形式将表达自己见解的文章发表在《基督教观察家》上，但是伴随该群体开始获得显著的地位，于是出版自己杂志的想法就自然而然提上了日程。早在1835年，弗雷德里克·亨利·海吉和乔治·里普利就在酝酿一份"精神哲学刊物"，他们希望能获得"该国所有德意志的哲学—文学天才"的帮助。爱默生甚至试图劝服托马斯·卡莱尔本人到美国来当编辑，不过卡莱尔拒绝了这一邀请。

与此同时，一群移民到俄亥俄谷地诸城市的唯一理教牧师也决定创办一份自己的杂志，一方面可以借此扩散唯一理教的神学理论，另一方面可以作为讨论西部问题的论坛，并且还可以显示西部文学天才的能量。在一个加尔文教派占统治地位的地区，负责组织唯一理教杂志《西方信使》第一期工作的辛辛那提编辑尤弗里姆·皮博迪（Euphraim Peabody）想用该刊物来直接为唯一理教教义进行辩护；他对一些明显晦涩深奥的材料很是警觉。可是，时任肯塔基州路易斯维尔市教区牧师的克拉克却很明显希望在《西方信使》中为东部朋友的作品找到一些空间，因为不久他就恳求富勒给他寄来一些她所写的任何一点东西以填充杂志的空缺，该杂志的第一期于1835年5月出版。

对于是否出版富勒的文章皮博迪很是犹豫不决，这使克拉克想起其他一些杂志由于竭力来满足一些他们不曾创造的趣味而命归黄泉。克拉克非常生气，因为他恳求来的稿件获得了无礼傲慢的待遇。他写信给皮博迪要求每期杂志至少要有10页或12页归他自由支配。至少在那些部分里他能够感觉到自己拥有"毫无限制而且绝对的权力"。他要求支配权的欲望不久便得到了满足，因为到1835年年底糟糕的健康状况和家庭悲剧迫使皮博迪将《西方信使》的编辑权力全部交给了克拉克。

克拉克很快就发现，编辑的生活并不是享有毫无限制和绝对权力的专制，而是要经受无数微不足道的苦恼的考验，特别是当杂志的编辑和订户分散在面积广大的地区，而且其经济状况经常要濒临崩溃边缘的时候。不过，能够按照自己的意愿来设计至少杂志的部分内容仍然给了他极大的乐趣。到1836年春天，克拉克已经发表了一些对歌德和席勒的辩护，对华兹华斯和丁尼生作品的评论，以及约翰·济慈日记的摘选。济慈的弟弟乔治已经移民到了路易斯维尔，克拉克在那里见到了他而且成了他的好朋友。

东部的教会没有资助他的杂志，他们甚至都不订阅他的杂志，这成了使克拉克不断感到失望的一个原因。他愤怒地谴责东部的同胞说他们冷漠无情，然而，到了1836年9月他又不得不恳求他们施点善心以使《西方信使》维持下去。克拉克又返回波士顿在钱宁的联邦大街教堂布道，并成功地收到大量捐款，此举对长期思家心切的克拉克来说还产生了一种意想不到的效果。在超验主义俱乐部两次集会期间克拉克都在场,而且他还到坎布里奇讨论了俱乐部成员将要在那个季节出版的著作。

从克拉克就任路易斯维尔牧师一开始,他就写信给玛格里特·富勒,从中我们可以猜测出所有这一切对他来说有何种重大意义。他之所以决定前往西部,部分地是由于他感到波士顿和坎布里奇唯一理教的气氛既荒谬可笑又难以忍受。在西部他的确找到了自由,可是这种自由太过广泛竟使他不得不要说的一切都遭贬值。1834 年 12 月,克拉克写给富勒一封长信抱怨道:"目前从学术意义上来说,我已经死了。"

> 你知道我为何来到西部。我原想这里真正有思想和观点的自由,因此对于一个希望表达个人信仰的人来说这里是一个更加有利的发展之地。我也发现的确如此;在这里我们畅所欲言——对此毋庸置疑。公众观点并不是一个令人无法忍受的暴君,因为这里压根儿就没有公众观点这样的东西。每天人们都要宣布最相反和最对立的原理、概念和观点。在这里,人类的每一种不同思想都能找到自己的声音。毫无和谐、稳定和有形可言。混沌之上根本没有思想在飘动。(1834 年 2 月 24 日克拉克致富勒的信)

克拉克发现,叛逆的精神需要有刻板的东西可以让它来推翻,如果他不能在路易斯维尔找到的话,他可以回家从军参战。1836 年 11 月回到路易斯维尔之后,他几乎满是赞誉之词地发表了对阜尼斯的《四福音书论》(1836 年 12 月)、爱默生的《论自然》(1837 年 1 月),布朗森的《基督教、社会与教会的新观点》(1837 年 3 月)、阿尔科特的《与孩子们谈福音书》(1837 年 3 月)以及里普利的《论宗教哲学》(Discourses on the Philosophy of Religion)的评论,并迫不及待地表明了自己对这一新学派的支持。这些评论并不是克拉克一个人撰写的,不过他的确撰写了对阿尔科特的辩护文章,而且从 4 月开始他也给波士顿的期刊写信,抗议那里的媒体对阿尔科特进行的野蛮攻击。竟然有人敢于赞扬自己,阿尔科特对此颇为感激,他在日记中这样写道,波士顿地区的年轻人"一经远离这一地区桎梏和权威那令人堕落的影响之后便变得坚定和自由起来"。

1837 年夏天对克拉克来说相当令人沮丧。由于他支持新学派,而且还由于他对美国唯一理教协会无精打采讲了一些不太得体的话,因此他失去了东部的订户。他认为自己的教众对他竭力要从东部移植来的思想观念漠不关心,与此同时,由于他接管了一份受人尊重的唯一理教刊物却用它来鼓吹超验主义者的作品而激怒了坎布里奇的一些保守人士。不仅如此,自从克拉克到达路易斯维尔之后他就写信给富勒抱怨说一种孤独始终纠缠着他,而由于家乡似乎又发生如此之多的变故,这种孤独感就尤其令人难以忍受了。

不过,克拉克仍然与"桎梏和权威之域"保持距离不久将会被证明是极为有益的。在《西方信使》的1838年6月号上,克拉克发表了自己的《关于东部唯一理教状况的一封信》(Letter On the State of Unitarianism at the East),宣布说唯一理教由于自己的无动于衷而"死亡"了,该刊杂志恰巧在爱默生发表《神学院讲话》之前不久到达订户手中。克拉克匿名发表了这封信,可是作为杂志的编辑,他几乎很难逃避这一责任,现在他发觉自己在公众眼中已经永远与"新学派"联系在一起了。

如果他是波士顿一名年轻牧师,而且还以这样的自由程度来发表自己的言论的话,他或许会得到与爱默生和西奥多·帕克同样的待遇——社会放逐的威胁,取消基督教会员资格,甚至会受到亵渎神明的起诉。尽管这些迫害很轻微,在那时它们还是使爱默生和帕克苦恼不已(不过没有使他们沉默下来)。但是,克拉克由于远离了波士顿而不会再受到这类压力的影响。《西方信使》的那些编辑同事与克拉克一样大部分都是年轻的自由主义者,而且他的教众也很少关心哈佛神学院或是波士顿牧师协会对他或是对《西方信使》有什么看法,不过他们也的确心怀怨恨,认为他花费了太多时间去访问东部,并报道那里的神学论战。

克拉克令人灰心地远离了波士顿的知识界,可这最后竟给了他一种波士顿人无法享有的自由——可以说是后来爱默生所谓的补偿法则的一个完美例证。克拉克不失时机地利用了他的这一自由。《神学院讲话》发表九天之后,安德鲁斯·诺顿在《波士顿每日公告报》上发表《文学与宗教的新学派》一文,对此尽情进行漫骂并将《西方信使》也包括在内,将其谴责为"虚伪的宗教作品"(但是却拒绝谴责"不敬神灵的雪莱"),不过克拉克则对此种漫骂表现得漫不经心。他写信给富勒这样说:"这帮人是怎样对爱默生先生唠唠叨叨的啊!我想在《信使》的下一期中就他的演说和新学派写点什么东西。自从康复以来我就经常被一种不安困扰着,并且写了好多东西。"(1838年9月30日克拉克致玛格里特·富勒)在写给富勒的下一封信中他就宣布:"我要在下一期《信使》中就RWE(拉尔夫·沃尔多·爱默生)和新学派写篇文章。为什么不呢?还要写那位教授。"(1838年10月7日克拉克致富勒)

这种漫不经心的口吻在克拉克自己发表的文章中也浮出了水面。《R. W. 爱默生和新学派》(R. W. Emerson and the New School)发表在《信使》的1838年11月号上,宣称对任何人都会发现爱默生《神学院讲话》危险的说

6 文学与社会改革目标

其中有些部分似乎有点晦涩,我们对此感到遗憾——有些地方的措辞使我们伤心,但是我们毫不在意地跳过这些冒犯和缺点的岩石,享受着这篇演说总体的流动带来的美感、真诚和宽宏大量。作为批评者,我们要承认自己的缺点。当我们的作家偏离了常规的路线时我们应该更加警觉起来,应该更加准备好怀疑他们,当他们陈述一些对我们来说闻所未闻的观念或是与我们早已了解的观点相左时,我们应该立即打断他们。

克拉克否认存在有诺顿所惧怕的那种政治阴谋。使新学派的成员凝聚在一起的是一种对当前文学、哲学、教会和信仰状况的不满。"把他们凝聚在一起并使他们选择一个学派的共同原则是他们渴望在这些思想的伟大领域里会出现更多的生命、精神、精力和创造性。"

克拉克发表富勒的文章和札记、爱默生的诗歌、琼斯·威利的神秘的十四行诗,以及(连载发表几乎要无限延长下去)自己翻译的威尔海姆·马丁·莱伯列希特·德维特的作品《西奥多;或,怀疑论者的皈依》——一部追溯了一个年轻人从怀疑到直觉信仰历程的小说,他用自己的方式努力在《信使》中培养这些品质。但是克拉克厌倦了编辑的工作要求,也对自己的教众拒绝给他提供永远的召唤而心灰意冷。对于家乡波士顿的思念始终没有离开过克拉克,因此当辛辛那提的合作编辑提出要把杂志搬回到其创办地时,他很痛快地接受了。他最近刚刚娶了宾西法尼亚一个富有地主的女儿安娜·惠德科勃(Anna Huidekoper),他岳父也曾是《西方信使》最早的赞助人之一。安娜的父亲每年给他们夫妇1000美元的补助,这就使得克拉克可以在别处没有什么可靠的工作邀请的情况下考虑放弃他在路易斯维尔的工作。

在支持超验主义实验的过程中资金发挥的作用相当巨大。例如,爱默生在从第二教堂辞职时就继承了第一任妻子的部分地产。他当然清楚(而且对此感到苦恼),自己无畏地挑战习俗与其说是建立在勇气之上不如说是建立在经济稳定的基础之上。在一次演讲中他向青年人宣扬了自立的妙处,回到家之后,他在日记中不无担忧地写道,作演讲的或许是靠他那一年1200美元的收入,而不是他自己。同样地,惠德科勃家的财富也使得克拉克可以与他很久以来感到灰心的境况决裂。两个人都还需要找到另外的收入来源,可是至少他们不会由于惊恐而屈服或是妥协了。

超验主义者对"男子气概"着迷的程度可以说达到了无休无止的境地,现代读者通常把这看做是一种对性别担忧的表现——会失去阳刚之气或者无

429

427

法保持下去。但是在超验主义时期,这样的语言会很容易被看做是一种准则的一部分,与其说和阳刚之气有关系,不如说和维持生计有关系——或者说更与维持生计和阳刚之气之间的关系有关。在这一准则中"阳刚之气"的对立面不是"阴柔之气"而是"卑躬屈膝"。依赖他人来维持生计可能就会对思想和言论自由形成最强大的障碍。超验主义牧师特别烦闷地感觉到了这一点——他们不仅得要感谢自己教会里的成员,同时还得要感谢牧师组织,因为他们或许会把超验主义者宣布为异端,这样就足以会使他们无法交换讲坛布道。

奥立斯蒂斯·布朗森后来将会在他的杂志《波士顿季刊评论》里解释为什么新英格兰牧师可能会感觉到一种诱惑而不坚持自己的原则。如果最富有的三四个教堂包厢所有人拒绝缴纳捐款或教堂包厢税,那么教众中会很少有人来支持一个牧师;所以,这三四个人——通常都是保守派人士——向牧师口授一些他应该在布道中阐释的教义。

如果他们是制酒商,那么他不准谈论制造和出售烈酒有罪;如果他们拥有工厂,那么他就不准指出当前的工厂体系不公正;如果他们是商人,那么他就不准谴责那种商业世界中培养出来的不符合基督教义的精神;如果他们是蓄奴主,那么他必须得要竭力证明蓄奴制是获得人和神的所有法律许可的……(《劳动阶级》[The Laboring Classes],1840 年 10 月,第二部分)

像爱默生那样离开宗教讲坛而登上世俗讲坛仅仅能解决部分问题,许多相同的两难处境仍然存在。一个演说家在众人面前是一个祈祷的人,一个职业演说家不得不面对自己对待顺从的态度,就像是一个实实在在的商品的制造商在集市日需要考虑的那样。要影响听众你必须充分取悦他们以吸引他们,因为——就像是很久以前乔叟的哈里·柏雷(Harry Bailly)向那个乏味的和尚所指出的那样:"一个人在白天或许会有听众/但夜晚却有助于听众忍耐着听他的讲话。"然而,太过取悦听众也毫无益处,因为只有通过唤醒听众,使他们有一种危机感,他们才能得救。

爱默生记得有一个当牧师的先辈喜欢在讲坛上自由地严厉批评他的教民;当他们怒气冲冲地站起来准备离开教堂时,他会在后面高喊:"回来,不知羞耻的罪人,回来!"但是超验主义牧师却放弃了那种权威,而且超验主义作家还未曾在作品中找到如何来掌握相同的权威——所以他们有时会很尴尬地摇摆于阿谀奉承和严厉指责之间。

6 文学与社会改革目标

讲真理并且一如既往地讲真理绝不是一件简单的事情，要想讲真理通常不仅需要有坚定的精神，而且还需要有稳定的收入。由于超验主义者离开了教会中稳定的工作，或者被人排除在职业之外（就像皮博迪和阿尔科特一样，在发表《与孩子们谈福音书》之后，便被愤怒的人们驱赶出了教育系统），渐渐地，他们不得不去寻找新的谋生方法。阿尔科特在"恳谈会"做散工和指导者，爱默生成了演讲者，梭罗成了测量员，皮博迪成了书店老板，里普利成立了一个社区组织，布朗森则成了一份季刊评论的作者和编辑。即使那些仍然留在教会中的人，如克拉克和帕克，也感到有必要创造出新的教会组织形式以使他们不再从经济上依赖某些教会成员，因为他们对教会的拥戴是建立在他们能拥有教堂的包厢上，而不是建立在他们能与牧师和教众中的其他人在精神方面意见一致。

克拉克回到波士顿后会最终在那里找到这样一个教堂——即建于1841年的使徒教堂，由来自全城的精神追寻者组成，因为他们在国教中已找不到精神慰藉。但是现在克拉克和妻子在宾西法尼亚依靠着惠德科勃的地产过活，而克拉克则在当地的唯一理教教堂布道，并且竭力决定将来应该做什么。与此同时，克拉克曾编辑三年的杂志由于坚决要讨论日渐增长的城市贫困问题而即将倒闭。

在辛辛那提，《西方信使》的新编辑由威廉·亨利·钱宁（那位唯一理教领袖的侄子，他于1839年来到辛辛那提并成为那里唯一理教第一教堂的牧师）和詹姆斯·帕金斯（James Perkins）担任，他们两人都比克拉克更关心社会改革问题。特别是帕金斯，在他四处为辛辛那提贫苦人们布道过程中目睹了好多人间悲剧，他坚信，这些悲剧不是某个个人的失败，而是社会公共机构的失败。1839年10月，杂志的一位名义合作编辑，一个名叫约翰·沃恩（John Vaughan）的辛辛那提律师在《信使》上就英国争取工人阶级权利的那场运动发表了《宪章运动》（*Chartism*）一文，在文中他盛赞宪章运动为"光荣的一幕"，并认为经济的不平等就足以作为革命的理由。

不用说，像克拉克的岳父哈姆·让·惠德科勃（Harm Jan Huidekoper）之类富裕而保守的唯一理教教徒当然对沃恩的文章进行了气势汹汹地指责。惠德科勃称其为"极端激进"而且还对克拉克不再担任《信使》的编辑表示了遗憾。他准备了自己的例证来反驳富人的罪孽是造成穷人的痛苦的原因，该文于1840年夏天在《信使》上发表。文章的标题《资本增益的权利和义务》（*The Right and Duty of Accumulation*）或许可以作为座右铭来激励那些不断给超验主义事业提供资金却又得要忍受超验主义者嘲弄的唯一理教教徒。惠德科勃认为财富代表着行善的能力，而积累的欲望则是促使穷人奋发的

431

动力。

然而,《信使》并没有丝毫悔改的意思。1839年卡莱尔发表小册子《宪章运动》,猛烈抨击英国统治阶级根本不符其职,1840年当该小册子在美国由爱默生出版之后,沃恩撰写了一篇由三部分组成的评论称赞了卡莱尔对自由的热爱,而且拒绝批评卡莱尔对改革的提议。与此同时,在波士顿,关于同一份小册子的一篇更加著名的评论在《波士顿季刊评论》上发表——即布朗森的宣言《劳动阶级》。布朗森预言说阶级斗争即将来临,而且还呼吁将遗产继承宣布为违法,因此招致了辉格党和民主党狂风暴雨般的谩骂——虽然他曾经支持过民主党的事业,可如今他们却要不顾一切地与他断绝关系。

《西方信使》很积极地为布朗森辩护。1840年10月,有位编辑就《劳动阶级》发表了一篇评论,嘲弄了一番那些攻击布朗森的"狂吼乱叫的保守派男女",并将此种状况比做"秘鲁人在试图阻止月食时的喧嚣"。尽管《信使》激烈地反对布朗森提出的消灭不平等的建议,认为这种做法在精神上不合乎基督教义,在思想上极端不明智,但它还是宣布说它相信这个人本身"像路德一样诚实,像诺克斯一样无畏,而且像我们时代的任何一位作家一样聪明能干(不管是用在好的方面还是坏的方面)"。

如果《信使》的编辑希望通过把布朗森比做宗教改革的英雄来唤起人们对他的同情的话,那么他们失败了,因为愤怒的订户潮水般地写来信件,反对他们支持布朗森。惠德科勃撰文抗议说激进分子很少用他们审查保守分子教义时的那种仔细认真来审查他们自己或是朋友的观点。"或者是出于对新奇古怪的热爱,或是害怕给人落伍的感觉,或者是出于对革新者的偏爱,这些新观点经常得到一些毫无必要的大肆渲染,这是几近罪恶的做法。"

《信使》拒绝放弃原来的主张。W. H. 钱宁访问波士顿回来之后在《信使》的1840年12月号上满怀讥讽地撰文说他到过"独眼巨人的洞穴"(指布朗森),但是却没有发现人的骨头。如果他已经冒犯过读者的话,那么他坚决重申自己立场的做法只能是再一次冒犯他们。"我们成为这个杂志的编辑,猜想我们自己应该是自由的人,而且《西方信使》应该是倡导自由的期刊;只要我们仍然还是编辑,我们就应该按照这一假定行动。"钱宁也没有太长的时间来行动,因为杂志不久就关闭了;1841年4月号是最后一期。

《信使》的倒闭提供了很多教训。任何期刊的订户都有可能对编辑改变方向令人无所适从而心怀不满,于是他们就会通过取消订阅来惩罚编辑在意识形态方面的摇摆不定。只要激进主义不干涉自由派人士赖以获取收入的财产关系,他们就容忍激进主义;同意基督教考证是内向和精神的观点是一回事,而考虑为了社会平等的目的把某人的财产没收并重新分配则完全是另一回事。

一个作家若想无所畏惧地就所有问题发表自己的观点,并且还无法做到前后一致的话,那么他必须要么完全放弃杂志出版,要么就发誓单独出版一份杂志。

"人喜欢竭尽全力去做事",奥立斯蒂斯·布朗森在他早期为《基督教观察家》撰写的一篇文章中这样断言。这一命题对于人类整体来说可能不适合,然而对于提出这一命题的人来说却绝对适用。布朗森的传记作者计算出在《波士顿季刊评论》存在期间他每年要写将近15万字,因为那时他要用各种可以想象得到的材料来充实由他创刊的这份杂志:有关民主理论的长篇专题论文,各类作品的评论——从卡莱尔最近的作品到布威尔·利顿的小说,还有一个素食主义者(阿尔科特的一个表弟,他认为烤牛肉是邪恶的魔鬼,并力图用自己制作的麦片粥、苹果、凉水煮土豆和烤玉米甜点食谱来与之斗争)写作的系列食谱。

一年拼凑起四期评论,每期长度都要超过100页(有一期竟达到228页),这一工作足以令大多数人望而却步,但是大凡愿意读完早期几卷《波士顿季刊评论》的读者都会认为其编辑知识渊博,而不会认为他是疲于应付。与其说布朗森是在评论著作,不如说他是在贪婪地阅读并把它们转化成力量。他是唯一一位听起来像《爱丁堡评论》的评论家的美国人——像杰弗里、布罗海姆和黑兹利特。他的文章具有强烈的攻击性和无情的逻辑性,因此看他与人辩论会获得无穷的乐趣。很遗憾的是黑兹利特没有活下来读到他的文章,因为布朗森在知识方面显示出了一种无畏的品质,1829年当黑兹利特评论威廉·埃勒利·钱宁的文章时却失望地发现他缺乏这种品质。

如果我们还记得布朗森只受过很短一段时间的正规教育,而且14岁时在一个乡村学院短暂待过的话,那么他的成就给人的印象就更加深刻了。至于后来,他自学成材,并通过编辑或是给各种宗教和政治期刊撰稿学会了新闻杂志业的技巧,这些期刊的名称记录下了他经过不同教派、众多城市和动荡不安的政治运动的轨迹——从纽约奥本(Auburn)的普救派期刊《福音倡导者和公平的调查者》(*Gospel Advocate and Impartial Investigator*)、弗朗斯·赖特和罗伯特·戴尔·欧文在纽约主编的《自由询问者》,到纽约詹尼西的《共和党和改革先驱》(*Republican and Herald of Reform*)。当布朗森先后脱离普救派教会和劳工党并宣布加入唯一理教时,他又通过创办另一份刊物——即纽约依西科短命的《慈善家》——来表明他立场的转变。

到1832年夏天,布朗森已经成为新罕布什尔的沃尔浦尔的一名唯一理教牧师。他不久就开始向波士顿的主要唯一理教刊物投递稿件。《基督教言论》

的编辑乔治·里普利与他建立了友谊并竭力劝说他到波士顿来。最终布朗森那强劲有力的文章开始出现在享有声誉的《基督教观察家》上,除了里普利之外,还有其他一些人也注意到了这些文章。爱默生就从布朗森早期的文章中学到了好多。例如,在布朗森于 1834 年评论本杰明·康斯丁(Benjamin Constant)的宗教历史的文章中,他在宗教感情和其赖以存在的宗教形式的承继之间作了区分,这听起来蛮像爱默生的文章《论循环》(Circles)的早期草本,同时还唤起了精神的各种化身的无尽增殖和腐朽。

到 1836 年 7 月,布朗森来到切尔西并且成为另一份刊物《波士顿改革者》的编辑。深受布朗森敬畏的威廉·埃勒利·钱宁(听到一个朋友朗读了钱宁的著名布道《与神相似》之后,布朗森便改信了唯一理教)希望布朗森给劳工阶级教众布道的经历能帮助他把唯一理教拯救大众的教义通过自我修养传播给这样一些人,即那些通常一方面通过狂热的福音宣传才能获得安慰而另一方面通过阿伯纳·尼兰德之类的反教权的激进主义运动才能被打动的人。

布朗森仍然希望能拥有一份脱身于教派之争的杂志。他想要摆脱那种由于编辑的希望而被迫进行的妥协;他同样想坚决避免那种由于投稿者的拖拉和不可靠而给编辑带来的苦恼。很清楚的是,似乎是他培养出了那种雄心,要用美国的评论来代替曾经在他那一整代人的自学中发挥了如此重要作用的英国评论。最后,他如先知一般感到了一种要就"人类和社会命运的问题"大声疾呼的紧迫感,就像他在《波士顿季刊评论》第一期的"导言"中向读者宣称的那样。"我必须而且将要讲些话。我所讲的话或许值得一听,或许您不屑一提,无论如何我还是要去讲。但是为了能够讲些东西,我必须有一个供我自己支配的声音。所以,便有了《波士顿评论》。"在第一期最后一页上有个告别便条,同样也是毫不妥协。布朗森出版了自己的杂志希望借此发迹。"如果公众喜欢它,需要它,他们就会支持它;如果他们不喜欢,也不需要,——那么他们当然就不会支持它。"

这种生硬的自助与坎布里奇的风雅相去甚远,布朗森(超验主义者和传统的唯一理教教徒同样都认为他那粗鲁的行为和争强好胜的性格让人难以忍受)也不失时机地夸口说他独立于任何认为他能够去效忠的团体。杂志第一期中最长的一篇文章是布朗森于 1837 年 9 月在民主党马萨诸塞州伍斯特全国大会上发表的演讲。与其说布朗森利用这个场合来美化自己新的政治效忠,不如说他是在对自己的同伴党员进行说教,说他们太轻易将"民主"和"人民主权"等同起来。

托克维尔自己也不可能会比布朗森还要猛烈地攻击"大多数人的专制"。

6 文学与社会改革目标

"人民是至高无上的吗?"布朗森问道。

他们是最重要的吗?从良心上讲我们就必须要服从他们为所欲为发出的命令吗?如果是这样,那么个人的自由安在?如果是这样,那么作为整体的人民就是作为个人的每个人的绝对的主人。那么作为个人的每个人就是一个绝对的奴隶。作为整体的人民不管向他要求什么,那么从良心上来说他都感到自己必须要给予。

民主的真正目的不是用人民的主权来代替特权阶级的主权,而是要恢复个人的自然权力,并教会他们"履行那些职责,只履行那些职责,那些由永恒不变的正义要求的职责"。

然而,如果辉格党人对布朗森在伍斯特向民主党人严厉的说教感到高兴的话,那么他们又有可能被布朗森对弗朗西斯·鲍温的猛烈抨击而变得暴跳如雷起来。弗朗西斯·鲍温是哈佛大学的一位哲学讲师,他对爱默生的《论自然》的评论进而又变成了对超验主义运动的谴责。布朗森认为鲍温的文章思路混乱不堪,根本不值反驳,但是那些自命具有贵族气质的哈佛人却准备好要来进行反击。洛克的追随者像鲍温和哈佛神学院的人一样把大脑看做是一块白板,只能从空白时候进行雕刻,他们又自然而然地把自己想象成是唯一可以信赖的雕刻师。"但是就事实而言,大众并不像想象得那样一无所有。他们并不像我们有时认为得那样如此依赖我们这些获得启蒙的少数人。"当向暂时接纳了他的阶级谈起他出身的阶级时,布朗森的情绪相当激昂;没有什么再比受教育阶级对贫穷和没有知识阶级的那种屈尊俯就的态度更让布朗森愤怒的了。"大众不需要哲学:那些脱离大众、那些认为大众要依靠他们才能获得真理和美德的人才需要哲学,这样就能把他们带回来重新与普遍的人性结合起来。"

布朗森的文学批评和他的政治和哲学理论一样强劲有力和刺人痛处。即使布朗森反驳鲍温的责难而给以辩护的超验主义者,当他们的文章受到布朗森的详细审查时也没有特别的理由而值得高兴。布朗森对逻辑一致性的重视胜过了生活本身,因此爱默生完全不顾逻辑的态度使布朗森特别生气。有一个年轻的改革派牧师与布朗森持有相同的态度,因此布朗森便将评论《论美国学者》的任务交给了他。威廉·亨利·钱宁的评论出现在《波士顿季刊评论》的1838年1月号上,距离钱宁前往辛辛那提短暂地担任《西方信使》的编辑有一年。他哀叹说,爱默生的结论仅仅是"暗示,根本没有经过引导他得出此结论的渐进的逻辑推理"。

433

○ 超验主义

继《神学院讲话》之后不久，爱默生又于 1838 年 7 月 24 日在达特茅斯学院对联合文学社作了毕业典礼演说，布朗森在评论该演说时论调与先前类似。《文学伦理》就像《神学院讲话》本身一样，于 1838 年作为小册子发表。布朗森试图在 1839 年 1 月号上评论该文。起初布朗森还试着要给爱默生那不着边际的演说列一个提纲，但是文章很快就变成了模仿讽刺，最后布朗森突然恼怒起来：

> 但是我们放弃了。我们无法分析爱默生先生的一篇演说。他几乎从来没有一个中心思想，好让演说的所有部分都归于其麾下。这一中心思想应该得到清楚的表达，系统的拟订，还要有符合逻辑的贯彻执行。与其说他是个哲学家，不如说他是个诗人——可是对于诗的规则来说也不尽然。

布朗森驳斥了爱默生认为美国人只是模仿而无创新的观点；相反，专利局就提供了足够的证据。至于人们对美国人贪婪地掠取财富的不断抱怨，布朗森则以满腔的同情给予了草率的处理，这使得《波士顿季刊评论》异常高兴："据说，整个国家都沉浸在了对财富的追求之中。我们承认如此，而且我们还很高兴会这样。这恰恰证明了全国生活的统一嘛。"然后他又更加严肃地补充道："正是我们追求财富的热烈程度充满了希望。它证明，对财富的追求仅仅是暂时的追求，我们必须满足我们对物质的需求，而且我们还要准备好以同样的热情去满足灵魂的追求。"

布朗森在 1838 年评论了《神学院讲话》。关于这篇演讲，除了不合逻辑外，他还给了爱默生更多严厉的指责。在他看来该演说很危险。他说，爱默生告诉我们要听从我们的本能，而且不屑于即使是对耶稣的模仿。但是我们应该听从哪些本能呢？"我们怎样才能决定哪些是我们较高的本能，哪些是我们较低的本能呢？在这一点上我们没有看到他给我们任何指示……我们得要依靠自己的本能去行动。倘若他依靠自己的本能去行动，那为什么感觉论者没有精神论者有道德呢？"更加糟糕的是，爱默生似乎没有在宇宙中找到比个人灵魂的完美更加高尚的善。这种"超验主义的自私"使布朗森感到出奇的愤怒。"宇宙中的万物都得要从属于个人的灵魂？一个人应该把自己作为宇宙的中心，说万物都为他所用，而且只有当万物对于他们的成长或是福利有利时才认为他们有价值？"按照这一体系，那么"我是万物；其余皆是虚无，至少只有从事实中得到的东西对我来说才有点意义。"

爱默生与他的导师卡莱尔和歌德都同样具有此种"纯粹的自我主义"倾向。"他们找到的最高的善便是个人的善，即在他们自己的灵魂中秩序的实现。"一个接受了这种道德准则的人能够真的被称做是有道德吗?""难道道德不总是在向我们建议一种目的,它与我们自己的目的相分离,它高于我们的目的,而且我们自己的善从属于它?"的确有必要在个人灵魂中达到和谐,但这只是最初的一步。"在个人的善之上,比它还要重要的是宇宙的善,即善的创造的实现,绝对的善。"忘记自己的人"要比那些仅仅利用他人来作为促进自己知识和精神增长的人优秀得多"。

爱默生鼓动我们把自己看做上帝,但是在这样做的时候,他无意中就毁坏了自己声明崇敬的宗教情感,因为那一情感是从我们对上帝的依赖和对上帝无穷力量的感觉中喷涌出来的。如果爱默生认为只能在灵魂中看到上帝的观点是正确的,就如橡树潜在地存在于橡果中那样,那么还有谁可以依赖呢?"上帝真的而且实实在在地存在着吗?除了奥西里斯神(被撕成碎片并被分散地仍在地球各处,痛哭的伊希斯必须到处去寻找这些散落的碎片,经历了千辛万苦之后才找到)之外还有其他的神吗?"

我们不仅省却了"历史基督教"和利用神迹来作为信仰的证据,而且甚至还省却了耶稣本身,布朗森不相信我们这样做是有正当理由的。他也不真正相信福音书记录在教会中没有更多的用处,它们只是变成了"阻碍"。我们的信仰远远不够,我们还需要更多的信仰。"我们需要这些记录,它们对于我们来说就是人类的证据,使我们心中的证据更加确凿。一个证据远远不够。"如果教会仅仅给我们一个历史的基督是犯了错误的话,"那么我们不要因为仅仅宣扬一个心理上的基督而再犯错误。"

布朗森对《神学院讲话》的批评更能表露他的心迹,因为他在评论时既没有存心要为洛克的认识论和先天不良的圣经考证学结构辩护,也不是出于对社会地位较低阶级(需要使用一套威胁的系统来对其进行控制)的危险产生的本能的恐惧。布朗森的问题可能造成了双倍的伤害,因为他们与爱默生最近的某些自我谴责非常接近,听起来似乎确认了他自己最坏的怀疑。然而与布朗森不同的是,对爱默生来说,只要有一个证据就足以证明精神真理。而且它的光辉使得所有的外部援助都成了多余。

当布朗森认为爱默生不对的时候他毫不犹豫地对爱默生进行了猛烈抨击,然而,半年之后他却又自愿收回了自己对《神学院讲话》的批评——并不是因为他改变了对该演说缺点的看法,而是因为其他批评家对爱默生的大量指责唤醒了他的同情心。在1839年4月号的一篇文章中,布朗森反驳了人们认为布威尔·利顿(Bulwer Lytton)(他的小说很受布朗森的喜爱)不道德的指责,布朗森突然提出了一个与事情的本质更为接近的论据:

超验主义

假设命运对一个人不利,他或许还会称我们为朋友,而且会指望我们代他拿起大棒。既然全世界都在反对我们的朋友爱默生……我们为成为他的对手而真心感到懊悔。我们就像是身处先知中的以色列国王扫罗一样极不相称。天哪!仅仅想一想吧,《波士顿季刊评论》与一群神情肃穆的医生和学识渊博的教授同流合污,共同撰写文章来诋毁这样一个人,一个依着自己坚定的信仰、顺着自己自由的灵魂大胆讲话的人!这对我们来说是一个莫大的错误,而且是一个——哎!我们才察觉到错误实在太晚了。向任何敢于仗义执言的人致敬,也不要管他讲些什么。他是一个打破旧传统的斗士,是真正上帝的仆人,尽管他是个左撇子。

布朗森自己不久也意识到了作为一个打破旧传统的斗士而需要朋友的支持是何种滋味。卡莱尔在《宪章运动》中谴责了自由放任的经济哲学,说它先是造成了劳动阶级的苦难,进而又对此进行了辩解;像《西方信使》的众编辑一样,布朗森也深受卡莱尔这本书的影响。"英国劳动阶级的状况出问题了吗?问题如此之大以致理性的劳动人民不能、不准甚至不应该平静地置身其中?"卡莱尔问道,然后他又一页接一页地大量拿出证据来证明这一问题是多么严重。卡莱尔竭力以强烈的紧迫感来使冷漠的读者理解,贫穷的劳动阶级的生活状况已经变得如此令人难以忍受,而且如此有辱人格,除非找到可以减轻他们苦难和满足他们要求的简单公正的政府来代替目前统治英国的"非政府"(市场经济规律、供需经济),否则他们就必须像法国革命那样被迫以翻天覆地的暴力革命来为自己夺取政府。

布朗森认为,卡莱尔对英国政府和资本主义制度的控诉是颇具毁灭性的,但是他提出的减轻苦难的可行性补救措施——教育和移民——却是不仅无用,而且更糟。1840年7月,布朗森为《波士顿季刊评论》撰写了对爱默生于1840年出版的美国版的《宪章运动》的评论。卡莱尔"作为破坏者很令人钦佩,可是作为建设者他却是可怜又可悲。没有人能比他更清楚地看到当前的社会毛病百出,因而不值得留恋……但是当问题涉及我们应该做什么、我们应该用什么来代替现存社会时,我们遗憾地说,他没有给我们提供任何基本的帮助,几乎连有用的暗示都没有"。

事实上,布朗森承认说他每次读完卡莱尔都感到既沮丧又疲惫,因此很是惧怕再碰到一篇卡莱尔的文章。但是《宪章运动》的榜样却促使卡莱尔把自己对美国唯一理教反映贫苦大众苦难的不断增加的不满变成了文学形式。在这种情形下还要鼓吹自我修养和自我提高就不仅太嫌冷漠无情,而且几近残忍。布朗森把他对卡莱尔的评论《劳动阶级》转变成了自己写作《宪章运动》的时机,即他自己对阶级斗争的分析。

  首先,布朗森嘲笑了卡莱尔对英国劳动阶级几乎要革命的恐惧之情。英国劳动阶级的处境在欧洲来说最艰难,这准确来说是由于英国的中产阶级比世界上其他任何地方的中产阶级人数都要众多,权力都要巨大。"当涉及消灭地位比他们高的阶级的权利时,中产阶级总是一个平等权利的坚强捍卫者;可是当涉及提高一个地位比他们低的阶级的权利时,中产阶级又变成了这个阶级不共戴天的敌人。"布朗森对英国的工人失去了希望,因为他们的敌人是无法逃避的。"他们真正的敌人就是他们的雇主。"

  把教育作为改变一天要工作 12 到 16 个小时的男男女女的生活状况的良方也未免可笑,而移民也仅仅能暂时缓解生活的苦难,"因为殖民地不久也会成为一个帝国,重新滋生出宗主国的一切不公和苦难。"而且,欧洲的问题不是人口过多,而是财产的分配不公。工人们为了雇主的利益而埋头苦干,因此布朗森提出了一个新的经济原则,即布朗森定律:"人们获得的报酬与他们实际付出的劳动量成反比。"

  在现代工厂中工作的劳工很少有希望能挣得比维持基本生活需要的工资还要高的收入。出身贫苦的个人的确有时能富有起来,但是如果他们能够致富的话那也不是通过积累工资做到的。富人之所以是富人是因为他们"为了自己的利益而剥削其他人的劳动"。南方种植园主承认说,建立蓄奴制度并且按小时来雇佣劳力是比较便宜;有什么还能比这更能证明当前的工资制度是多么不公平的呢?

  至于钱宁博士的自我修养,那是一件非常好的事情,但是"它却无法消除不平等,也无法恢复人们的权利"。它或许能够恢复劳动阶级的尊严感,因此会给他们勇气去争取那些权利,但是作为"社会罪恶的补救办法",它却是无能为力。自我修养是对那些拥有纺织厂的艾博特·劳伦斯而言的,却并不是对那些看管纺锤直到健康垮掉然后回家等死的姑娘们而言的。由钱宁代表的牧师阶级事实上在历史上是人类压迫者,人类只有把作为一种职业的宗教消灭了才能获得解放。"像现在的基督教牧师到底是干什么的呢?他们只是痛苦地迎合年龄的成见,大声地谴责无人会犯的罪过,但当涉及时代犯下的臭名昭著的罪恶时,他们却像坟墓一样沉默无语。……作为一个整体,直到没有人可以谴责了他们才会倡导真理。"

  在地球上建立上帝王国的唯一办法便是消灭一切使劳动阶级贫穷的垄断。应该取消政府对银行的控制,因为银行代表雇主的利益。但是改革应该比这还要激进。所有的遗产继承都应该被废除,因为它代表了"有人生而富有同时有人却生而贫穷的特权"。布朗森意识到这一措施若没有"强有力的暴力"

作后盾是永远不可能实现的。使这一转变实现的战争将是"世界至今还没有经历过的，人性之心会……从那里，惊恐万状地退缩"。

《劳动阶级》是超验主义运动产生出的最强劲有力和最令人不安的文本之一。它对不可避免的阶级斗争和对血腥的阶级利益集团战争的看法与通常被认为是超验主义社会思想的模糊混乱的善心大相径庭。但是，伴随布朗森对他的"精神之父"钱宁的指责和对钱宁把"自我修养"作为缓和阶级差别的手段破产的攻讦，某些个人间的不满似乎突然将布朗森推向了当时以弗朗西斯·赖特和罗伯特·欧文的《自由询问者》为代表的劳动阶级的反教权激进主义。

至于布朗森对于地球上上帝王国的奇特想象，倒类似于一种奇怪的赌场，赌场经营者在每天晚上结束时把所有赢得的钱都收集起来，第二天再重新分配继续赌博；并不是《新约》中所描述的那个彼此仁爱和相互安慰的王国。有一点很重要，那就是布朗森从来没有停止问自己，当一个人死后，如果他的财产被国家没收了，那么他的妻子儿女该怎么办——这是他的论据中的一个缺点，就像他后来在为这篇文章进行"辩护"时所承认的那样，而且这一缺点也促使他去（短暂地）捍卫妇女的财产权利。

布朗森的真实意图根本不在社会的国家。在他的分析中他曾一度讲到过产生文明的"野蛮国家"，并因为它没有不公平现象而赞扬它。"个人体系在那里存在。每个人都是自己的中心，而且是他自身的整体。没有社区，也没有社会成员，因为社会根本就不存在。"如果有可能将这种国家与"可能存在的最高级的道德和知识修养"结合起来，那么它将是"尽善尽美的人类世俗状况"。但是人类必须在历史中经历很长的一段历程才能再次实现以自我为中心的个人的完美分离。

布朗森在无意间显示出他与《神学院讲话》中的爱默生，即他所辱骂的爱默生，有相似之处。布朗森也把个人置于一切之上，因此最终《劳动阶级》给人的印象并不是阶级团结，而是人际间的孤立。布朗森理想的人都生而平等，有些获得了巨大的财富却在死后将其捐献给国家，这似乎体现了托克维尔对美国人最深刻的担忧——断绝了与祖先的联系，断绝了与后代的联系，永远被孤立在他们自己心灵的孤独之中。

当然，布朗森的批评者们并不担心孤独是他辩论的最坏结果。布朗森被所有人谴责为极端激进分子、社会主义者、憎恨宗教而且毁坏社会。辉格党人急切地不断重印《劳动阶级》，将其作为竞选宣传来说明如果民主党赢得总统竞选他们会怎么做；民主党人很快声明与布朗森断绝关系。布朗森杂志的撰稿人也不再给他寄发稿件（即新闻报业方面的拒绝交换讲坛）。后来布朗森以相同标题的一篇文章回答了他们的一些反对意见（《劳动阶级》，1840年10月），但是到那时竞选活动已经快要到达乡村地区，而且民主党已遭受到惨败。

1840年那个争吵不休的夏天，在布朗森的家乡地区对他表现出的几乎是唯一的同情来自于超验主义者中他最好的朋友乔治·里普利。里普利为《日晷》（超验主义俱乐部成员策划良久的一本杂志）准备了一篇有关布朗森和《波士顿季刊评论》的文章。《日晷》的第一期与《劳动阶级》在同一个月即1840年7月出版。这一巧合在公众的头脑中把这两份杂志紧密地联系起来，甚至比事实上两者表现出的联系还要紧密，因为《日晷》与《波士顿季刊评论》非常不同。（布朗森在《波士顿季刊评论》的1841年1月号上评论《日晷》的最初两期时指出了他们之间最明显的区别，"《日晷》人属于穿裙裤的女人，与你们粗俗的长裤汉毫无关系，"他写道，他也深知，大部分为《日晷》撰文的人不像他一样同情劳动阶级——或者，就此而言，也不同情他。）

超验主义者出版自己刊物的计划先是在19世纪30年代中期提出，《神学院讲话》及包围它的争论出现之后，《基督教观察家》一类老牌的刊物对超验主义组织紧闭上了大门，这时建立自己刊物的想法又一次迫切地萌发起来。在1839年5月超验主义俱乐部聚会上，阿尔科特抱怨说，当前的刊物质量低下，对他来说既空洞无物又毫无生气。1839年9月，俱乐部成员又一次讨论建立一份刊物的可能性，这份刊物应该是"更能按照灵魂的需要表达观点的机关"。阿尔科特提出了刊物的名称，该名称的含义就是说杂志既广泛揭示真理又能够记录实事的发生发展。

如果一份杂志的目标既如此崇高又如此模糊，那么这对该杂志来说就是一个不祥的预兆，但是，《日晷》的策划者们却能够在当时美国杂志业欣欣向荣的状况下树立起信心。各种类型的杂志销售状况都很好——包括宗教杂志、政治期刊、书刊评论，以及融合了小说诗歌和镌版时装图样的妇女杂志。研究《日晷》杂志兴衰的历史学家指出，到1842年为止，每年有将近300万期各类期刊出版。在这样一个渴望杂志的国度里，对于这样一份更能依照灵魂的要求来观察生活的杂志来说，当然有发展的余地了。

《日晷》与超验主义俱乐部的联系似乎保证了充足的投稿人，但是寻找一位编辑却绝非一件易事。由于爱默生正忙于从他的讲座和日记中整理材料以组成一卷论文集，所以他断然拒绝了这一职务。1839年10月16日他写信给玛格里特·富勒，许诺说可以作为撰稿人，但是却拒绝了任何编辑工作。"我应当衷心地讲任何这样的期刊都适合出版你的日记，并且我也很高兴来为它撰文投稿。但是除非里普利先生愿意亲自担任编辑，或者除非你愿意，否则

○超验主义

我认为现在我们没有比过去的两年中更加靠近这一目标。"

爱默生之所以如此愿意建议让富勒考虑担当此任,或许是因为她翻译的爱克曼的《歌德谈话录》最近作为里普利的"外国标准文学样本"丛书的第四卷出版后,爱默生对此的反应颇为热烈。在"译者前言"中,富勒的用语既富有权威又简明扼要,这似乎表明她完全可以作为一个作家了。富勒曾把该书寄给爱默生一本,因此他在 1839 年 6 月回信感谢她并且称赞了她的"果敢和智慧"。爱默生告诉富勒说她的翻译"是一件善事,美国会永远感谢她",他又称赞她的前言是"闪耀着才气的论断",使他内心充满了"巨大的满意和感激之情"(1839 年 6 月 7 日爱默生致富勒)。由于里普利深深地卷入了与安德鲁斯·诺顿关于神迹问题的小册子之战,而且又太忙于编辑"外国标准文学样本"丛书,因此也无暇顾及《日晷》的编辑工作,于是爱默生就劝说富勒接受重任,并许诺说里普利会作为合作编辑来处理具体商业事务。

担当编辑一职对富勒来说意味着很多事情:从超验主义俱乐部集会偶尔的客人的身份转变成了权威;拥有了发表自己作品和向朋友约稿的机会。的确,她与海吉和克拉克通信已经有很长时间了,最后她又与爱默生通信,这使她得以展现自己的才华而且还锻炼了她那侵扰他人和好言相劝的威力。(在 1839 年 6 月 3 日的一封信中,她催促爱默生到波士顿郊区牙买加平原她的临时寓所来看望她:"如果你这个星期来,我会用比垂柳枝更漂亮的东西,或者比任何黄华柳枝还漂亮的东西,来给你编织帽子戴上。野天竺葵点缀着所有的河岸和岩石裂缝,山楂树则点缀着每一片篱笆。你可以做成任何你希望的样式的花环,但是请一定来。")

学识渊博的海吉对富勒很尊敬;背井离乡身处路易斯维尔的克拉克则对她爱慕有加,而且百般讨好她;爱默生虽然对她第一封信的大胆鲁莽感到惊讶,然而不久也发现对她闯入自己平静生活而且要求他答复的方式感到心动不已。但是富勒早期的一些"公开"散文即使对她最亲密的朋友来说也很令人失望。作为对克拉克为《西方信使》约稿的答复,富勒首次寄给他一些文章,克拉克读后也几乎无法掩饰自己的惊讶和沮丧。这些文章与她的书信相差极大;她那拉丁文风中颇多矫饰,口吻时而傲慢无礼,时而屈尊俯就。

所有的超验主义者在口吻方面都有问题:他们试图从理智而不是从知性的角度讲话,这使得他们常常拼命去追求效果,因此总是授人以柄被人嗤笑(我们会想起,当听到爱默生在《神学院讲话》中说到宗教情感是"没药、安息香、氯气和迷迭香"时诺顿勃然大怒,这也情有可原)。但是大多数超验主义者的职业都迫使他们把自己的作品让现场观众(即那些喜欢矫正文风的批评家们)考察。克拉克给富勒写信,用令人羞辱的细节讲述了路易斯维尔教众对他最初几篇布道充满灾难性的反应；不过他仍然得到了一份任何学校都不可能提供的实用演说教育。富勒对此都有了解并对自己的经历感到沮丧。像是男人抱怨的那样，如果妇女的思路缺乏准确性和重点的话，那么这部分是由于她们的"成就"是给人看的，而不是给人用的。在一个不许她们接受高等教育、不许她们从事任何工作、不许她们进入任何职业的世界里，妇女们很少经历过在公众场合进行的你来我往的论战中对思维进行的磨砺或是强化。

1839年夏天，富勒咨询过布朗森·阿尔科特，想知道如何来为妇女组织系列"恳谈会"，这或许会帮助妇女走出她们一贯平静的生活。富勒需要从"恳谈会"中赚些钱来付房租，而且还要把两个弟弟送到哈佛去读书，同时她也不想再回学校去教书，因为教书使她精疲力竭，没有时间写作。但是富勒想迫使妇女去独立思考，在她们讨论"神话"和"美艺术"等话题时仔细审查自己的观点，并且还要学会为自己所说的话进行修改、订正和辩护。伊丽莎白·皮博迪所做的笔记显示了"恳谈会"的过程是如何进行的。对一个刚刚定义了"生活"的妇女，富勒回答道，"好，可是还不够庄严。来，生活是什么？我知道我在想什么；我想让你们知道自己在想什么。"现在人们几乎很难认为这样的教学方法算是革新，但是对于那些除了死记硬背地重复之外还没有人让她们这样做的妇女来说，这似乎是相当令人兴奋的。

从1839年到1844年，富勒每个冬季都要组织一系列"恳谈会"。两个小时的聚会都是在伊丽莎白·皮博迪位于波士顿的寓所内举行。参加聚会的25到30个妇女中每人都要为这场历时13周的授课缴纳10美元，这足以让富勒几乎每年净得500美元。参加"恳谈会"的妇女来源不同：富勒的要好朋友们，嫁给超验主义者或是社会改革者的年轻妇女，本身便是社会活动家的妇女，以及来自传统唯一理教上层的年长妇女。（第二年时她们也邀请了男士参加，可是他们却总是在支配谈话，因此富勒在这次实验之后放弃了这种尝试。）付费来参加的妇女先是听完富勒富于机智的开场独白，然后便在她那温柔却又急切的提问的劝诱下打破了沉默。富勒自己不断用改述来改变她们那结结巴巴的回答，这方式使她们感觉自己也被彻底改变了。埃德娜·道·切尼（Ednah Dow Cheney）是一位参加"恳谈会"的年轻妇女，她描述了在"恳谈会"中自己对富勒的爱戴，她也变得更加自信：

> 我发现自己处在了一个新奇的思想世界之中；一束光流照射着我在自然之中所见的一切，我在生活之中观察到的一切，以及我在书籍之中读到的一切。她不管说什么，总会展现出一种隐藏的意义，而且一切似乎都

被放置在了真实的关系之中。或许这样说我能更好地表达这一感受：我不再是自我的限制，但是我感到整个宇宙的财富都向我打开了。(《埃德娜·道·切尼回忆录》[Reminiscences of Ednah Dow Cheney] 1902年)

从另一方面讲，富勒作为《日晷》编辑的经历却是从一开始时起就使她陷入了失望沮丧的混乱境地。她写信给老朋友弗雷德里克·海吉，邀请他为杂志的第一期写点什么东西，但是经过一系列托辞之后他坦白承认说，由于超验主义者最近在关于神迹问题上与唯一理教教会进行的论战已经使他在班戈(Bangor)的教众深感不安，因此他现在很害怕再与超验主义者在出版方面建立联系。富勒在考虑自己撰稿"在时间或地点上来说会不会合适"。她到目前为止收集的材料——两篇她自己的文章，两篇爱默生从死去的哥哥爱德华和查尔斯的论文中节选的片断，一篇梭罗写作的有关罗马讽刺作家佩尔西乌斯的文章(在爱默生的一再坚持下收录的)——似乎很难有什么重要影响，而且她也害怕那些希望从《日晷》中看到"超验主义真理"的人会感到极度失望，从而会因为他们没能从这份杂志中找到自己想要的东西而开始责怪富勒。

她的焦虑和由此而产生的反应一定很强烈，因为她起草并于4月份寄给爱默生的《日晷》"前言"给他的感觉是既傲慢自大又充满了辩解之辞。爱默生自愿写作了一份前言，富勒欣然接受了。他们之间通信的结果清晰地显示爱默生对自己总需要去干涉感到很尴尬，因为那似乎把他催促富勒去接受的权威剥夺了。事实上，富勒的前言，不管它或许显得多么幼稚无礼或是思虑不周，也不可能像是爱默生的另一份前言那样给《日晷》招致如此之多的嘲弄。

几年来，爱默生一直闷闷不乐地为阿尔科特的手稿作评论，并不断地退掉他的来稿——例如，告诉他《心灵》(Psyche)(阿尔科特对女儿童年教育的记录)这篇稿件即使经过了四次大改也完全无法出版，或者同样灰心丧气地给他寄回他竭力模仿歌德写成的《奥菲士格言录》(Orphic Sayings)系列。再也没有什么比一位不可救药的作者忠实地修改无论怎样修改都无济于事的作品更加令人恼怒的了，可是阿尔科特却不能够领会这些暗示，1840年4月末他又把修改后的《奥菲士格言录》交给了爱默生，希望能看到它们在《日晷》上发表。更糟糕的是，阿尔科特把家搬到了康科德。

爱默生急于摆脱阿尔科特的纠缠也是可以理解的，但是他写信给富勒说修改后的《奥菲士格言录》虽然仍旧很糟，却已没有自己想象得那样糟糕了，或许可以"通过审阅，而且甚至还可以被看做是公正而伟大的作品"（1840

年 4 月 24 日爱默生致富勒），这说明他是多么迫切希望找到些阿尔科特能够发表的作品。《日晷》本来计划不具名发表这些文章，可是爱默生建议还是把阿尔科特的名字印刷在《奥菲士格言》上，因为这样至少对于认识阿尔科特的人来说会有一种"威严的声音"（1840 年 5 月 8 日爱默生致富勒）。

在所有人当中恰恰爱默生本来应该知道印刷出版的文章中讲话人的性格特质只能从文章中建构出来。对于那些读到《日晷》和评论《日晷》的人来说，如果他们从前对阿尔科特没有任何敬畏的话，《奥菲士格言录》不仅很出名而且还很热闹。超验主义者的作品总是冒着这种危险：要么在追求完美的时候摇摆不定地升入云雾之中，要么在努力解决存在的奥秘时坠入晦涩费解之内。阿尔科特的《奥菲士格言录》则两者同时兼具。

"事物的两极不会浑然一体，"阿尔科特在一篇题为《创世纪》（Genesis）的奥菲士格言中这样抱怨说，"然而在真正的造物中，自然在物质中呈现出圆形，灵魂则在精神的天空中呈现出椭圆形。仁爱使万物呈现圆形，智慧则使万物呈现椭圆形。就像磁石吸引钢铁，精神也会吸引物质，于是物质振动着穿越多样性的两极，停息在统一的怀抱之中。"大众媒体几乎无法拒绝揭穿这种自命不凡的诱惑。纽约的《纽约人杂志》在其 1840 年 11 月号上刊登了《胃之格言录》（Gastric Sayings）的节选："土豆的两极就浑然一体：鸡蛋既呈现圆形又呈现椭圆形……就像磁石吸引钢铁，上腭也吸引物质，于是物质振动着穿越多样性的嘴巴，停息在统一的肠道之中。"一位给《波士顿邮报》（Boston Post）撰文的作者把《奥菲士格言录》比做是"一辆仅有一名乘客的带有 15 节车厢的火车"。

阿尔科特给《日晷》带来了荒谬愚蠢和莫名其妙的名声，而且很难使别人忘掉这一恶名，特别是当富勒不愿伤害阿尔科特的感情又在《日晷》的 1841 年 1 月号上刊登了他的另一批《奥菲士格言录》之后。但是一个比晦涩费解更严重的谴责甚至开始被《日晷》的朋友加在了它的头上。这份杂志太不切实际，太注重美感，太虚幻无边了；它缺少支柱；它的措辞太自作多情或是太空洞无物；它忽略了现实世界。奥立斯蒂斯·布朗森浏览了一下《日晷》，发现它"晦涩费解，不会持久，虚幻飘渺"。尽管爱默生为《日晷》第一期选择并且推荐了很多材料，他本人也开始对布朗森杂志取得的名声艳羡不已。《日晷》第一期出版之后不久，爱默生就试图让富勒刊印一份由爱德华·帕尔默（Edward Palmer）写作的短文（最后证明没有成功），后者是一位反对使用钱币的改革人士。爱默生甚至愿意做这篇短文的"教父"，自己亲自前去推荐。"哦，美国的诗后，"他恳求道，"我希望我们的《日晷》应该坏一点儿。第一期还不足以使最柔嫩的习俗的小杂种受到惊扰"（1840 年 7 月 21 日爱默生致富勒）。

爱默生在接下来的几封信中继续进行这一讨论。一星期之后，他继续纠缠富勒，目的是想使她同意允许一个名叫乔治·布莱德福特的朋友就"废奴问题"为杂志写篇文章。"他是就这一主题写作的最佳人选，因为熟悉事实，具有一颗仁慈之心，而且有点偏向辉格党，完完全全是个绅士。"（1840 年 7 月 27 日到 28 日爱默生致富勒）到了 8 月初，他坦白承认说他开始希望能把《日晷》办成一份与他最初的想象完全不同的杂志。"我不想让它太纯文学化。我希望我们或许可以使杂志的内容更加广泛更加重要一点，这样它就可以在每个有重大意义的事件上引导一整代人的观点，并且也能够在杂志上读到财产、政府、教育以及艺术、文学和宗教的理论。"他自己也正在策划一份杂志来论述改革这一重大主题。"关于这一主题可以想象得到的最好的杂志当然是硕果累累的西布莉——一百个神灵和像神一样的杂志的母亲——那一类的。纸草草杆应该变成致命的利箭。"（1840 年 8 月 4 日爱默生致富勒）

爱默生想象出的这一象征他理想《日晷》的雌雄一体形象——武装有利箭的伟大母亲——或许是爱默生向富勒请求的一个努力，但是也暗示了他在决定《日晷》应该成为一种什么样的杂志时所遇到的困难。像超验主义俱乐部的其他人一样，爱默生也担心美国艺术会变得"过分纤巧"。爱默生到底是认为美国艺术由于模仿而缺乏刚劲气呢还是他担心所有的艺术都缺乏刚劲气，对此我们不总是很清楚。但是他的忧虑越来越深切。早在 1836 年超验主义组织第一次聚会的时候爱默生就表达了他的忧虑，他认为当时的才子——华盛顿·阿尔斯通（Washington Allston）、霍拉旭·格里诺、威廉·卡伦·布莱恩特、威廉·埃勒利·钱宁——都具有一种"女性化或是接受性"的气质，而不是一种"男子气或是创新性"的气质。整个 19 世纪 30 年代晚期当他在心事重重地考虑美国文化的依赖性问题的时候，这个想法一直不断地困扰着他。那么，美国任何一种纯文学的期刊都有一种貌似"太过纤巧"的危险，而《日晷》尤其是这样，因为爱默生和里普利把编辑的任务交给了一个女人去担当。

当然，西奥多·帕克也是这样看待《日晷》的。帕克很不喜欢富勒，就在《日晷》的前两期出版之后他给康沃斯·弗朗西斯写信抱怨说，《日晷》与《波士顿季刊评论》的关系几乎就像是"安蒂马诸斯（Antimachus）和赫尔克里斯，阿尔科特和布朗森，或者说是一群衣着华丽考究的男女……与一群虎背熊腰、腿脚粗大（就像赫尔克里斯之墩一样）且身穿蓝色上衣的壮实男子"之间的关系。帕克想象出了一场充满寓意的冲突，在其中《日晷》的男男女女扛着一面带有摇篮和勺子的大旗，对抗着由布朗森率领身穿蓝色服装的粗壮男子，他们"穿着打扮像是大卫；一只手握着哥利亚的利剑，另一只手则抓着这个巨人的头颅"（1840年12月18日帕克致弗朗西斯）。

如果富勒缺少布朗森和他那腿脚粗壮的人所明显具有的某些东西的话，那么她也有他们缺少的某些东西，这一点在爱默生对乔治·布莱德福特计划好的论述废奴主义文章的评论中已经表现得很明显了。爱默生需要有关改革的文章，可是大多数改革主义者都不是绅士，而废奴主义者则更糟。上流社会的前唯一理教分子认为自我修养必须要特别关注个人的道德完善，对于他们来说，攻击品味几乎与攻击精神一样糟糕。当爱默生读到《劳动阶级》的时候，他对其中展现出来的活力既感到惊讶又感到兴奋。"我很高兴地看到，"布朗森"毫不含糊地挥舞着手中的笔。我从前只是用老眼光看待他，竟不知道他是个像古伯特（Cobbett）一样的作家"。但是他马上追加的刻薄的评论则影射了穿裙裤的女人与粗俗的长裤汉之间无动于衷的鸿沟："只要洗一洗他自己，他就可以为不朽的《日晷》撰稿。"（1840年12月21日，爱默生致富勒）

富勒希望的新杂志在很多重要的方面都与爱默生的不同。杂志第一期的后封皮上印刷的内容说明无比清晰地表明，在她的编辑下《日晷》将致力于"原则的讨论，而不是去促进方法的使用"，而且它将努力促进"真理的不断进步，而不是观念的僵化"。与此同时，她还想重新界定《日晷》的文学感受性，以使它脱离爱默生为它制订的那些有违自己初衷的术语。如果像密尔顿所说，所有地方或是周边的文化必须首先从外国作品中吸收其成熟的理解然后才能够进行某种伟大的事业，那么说具有接受性就是要变得精力充沛，而不是使自己变得缺乏男子气概。

在富勒为《日晷》第一期写作的声明《小议评论家》（*Short Essay on Critics*）中，她描绘的评论过程似乎绝无被动的特征。从爱默生的理解来看，只有那些把自己的印象当做定律的低劣的或是"主观"的批评家才具有女性气质或总是接受性的。两种优秀的评论家——善于领会的评论家，他们"能够走出自我进入一种奇怪的存在"；另一种甚至更好的评论家是理解广泛的评论家，他们实际上能够进入"另一个人的本质之中，并按照作品自身的规律来判断他的作品"——都学会如何将接受转变为支配。正如两个词的拉丁词根所暗示的——prehendere，意思是"抓住"——即使当善于领会的评论家和理解广泛的评论家都非常具有同情心的时候，他们也会敢作敢为，不计后果；他们开始时是移民，最后则在家乡自己的朝廷里成为立法者。

富勒绝对是想作为《日晷》的立法者；她坚持要让杂志来反映自己的兴趣和品味，因此经常拒绝爱默生邀请别人撰写的稿件，这有时使爱默生非常恼怒。她却非常善待自己的作品，曾发表过自己长达 41 页的论述歌德生平和作品的评论文章（1841 年 7 月），一篇诗人和评论家之间的"对话"（1841 年 4 月），《米塔》（Meta）和《庞德查特兰湖边的木兰花》（The Magnolia of Lake Pontchartrain）之类的浪漫寓言（1841 年 1 月），还有她自己的很多诗歌作品。她还慷慨地拿出大量的空间来发表少女时代的朋友卡罗琳·斯特吉斯（Caroline Sturgis）的诗歌。不过她也发表了梭罗的一些论文和诗歌（尽管她拒绝了其他一些作品），她还尽可能多地接受了帕克、爱默生、克拉克以及克拉克那位富有魅力的朋友克里斯托福·皮尔斯·克朗奇（Christopher Pearse Cranch）（一位诗人和翻译家，现在以他创作的爱默生的透明眼球的漫画而著称）等人的作品。

富勒为《日晷》作了两年的编辑。1842 年 4 月她宣布准备辞职。她一贯不好的健康状况由于工作的关系更加糟糕起来，而且一开始时许诺给她的薪水（一年 200 美元）从来没有兑现过。她的合作编辑里普利由于焦头烂额地忙于筹划布鲁克农场的公社事宜，因此在 1841 年 10 月就宣布从《日晷》退出。富勒需要挣钱维持没有父亲的家庭的生计，而《日晷》却几乎是自身难保。

经过几天的深思熟虑之后，爱默生决定担当起编辑的责任。最近他从系列演讲《时代》（The Times）中获得的经济成功意味着他可以考虑免费从事一份耗神费心的工作。在爱默生担任编辑期间，杂志的很多特色仍保持不变，他也继续邀请富勒（他迫不及待地称赞富勒为他撰写的第一篇稿件说"极具男子气概"）撰写了很多材料。富勒辞去编辑一职之后为《日晷》撰写的最有名的稿件同时也是她最富有战斗精神的作品。她给爱默生寄去一篇为《日晷》的 1843 年 7 月号撰写的文章，该文情绪激昂，充分融入了她的自豪和愤怒。《伟大的诉讼》（The Great Lawsuit）代表广大妇女进行了呼吁，她们以前从来没有这样"考虑过她们自身需要她们不曾拥有的东西，而且如果她们发现自己需要的话，她们是可以拥有的"。她们需要的完全就是"宇宙的知识自由"。一个妇女需要的并不是去统治的权力，而是"像自然成长一样，像智力洞察一样，像灵魂自由生长一样"的自由，"可以无拘无束地展示赋予她的权力"。

富勒并不希望抹去两性之间的区别，这一区别在她研读和曾经热爱过的神话中是如此明显。或许真的是"男性和女性分别代表伟大而激进的二元性的两个方面"。可是神话似乎向我们讲述说这些相反的事物不断地互相融入对方："在阿波罗中男性的身体带有女性的特质，在密涅瓦中女性的身体也带有男性的特质。"因此给两性划定界限是很愚蠢的。至于认为最高的幸福在于两性的结合这一论断,富勒则针锋相对地回答:"结合只有对于那些本身是单位的人来说才有可能。"强烈的爱必须来自"充盈的身心,而不应来自贫瘠的身心"。拜伦傲慢地认为爱情是妇女的整个存在,对此富勒则轻蔑地予以驳斥。"以自我为中心的妇女从来不会把所有的精力耗费在恋爱和婚姻上;恋爱和婚姻对于妇女就像是对于男人一样只是一种经历而已。认为爱情对于妇女来说就是她的整个存在的观点是一个庸俗的错误;她生来也是为了寻求存在于她们普遍精力中的真理和爱。"

作为编辑,爱默生不仅仅为富勒提供了表达自己思想的论坛。他开始使《日晷》按照自己希望的方向发展。他出版了更多的诗歌而且还邀请人撰写社会改革的文章。他从一部去年夏季感动过自己的印度经文 The Heetopades of Veeshnoo–Sarma 中选取片断出版;在杂志以后的期号中他继续从其他国家的宗教经文中摘选片断进行出版,并取名"种族经文"(Ethnical Scriptures)作为定期特写专栏,由此帮助促进了作为超验主义运动第二阶段特征的宗教大融合。

尽管爱默生仍然憎恨貌似个人论战的东西,但是他最后还是在 1842 年 10 月号上出版了西奥多·帕克的一篇文章《荷里斯街大会》(The Hollis Street Council)——该文章是以近期一次唯一理教协会在波士顿举行的会议命名。该协会的会员支持将一名牧师开除,因为他指出了他们尽职尽责地谴责饮酒与积极从酒类贸易中获利的行为之间的矛盾,从而激怒了自己的教众。帕克谴责唯一理教协会说他们假装虔诚而且粗暴地干涉良知的自由。

爱默生向帕克抱怨说他的文章论述的是"最没有诗意、最不精神而且最不合《日晷》原则"的主题(1842 年 9 月 8 日爱默生致帕克),但他却还是接受了这篇文章以表示对帕克的敬意,因为帕克去年冬天发表的演讲《论基督教中的短暂与永恒》招致了唯一理教教会对他的极端愤怒。爱默生无法使自己完全读完帕克的手稿,也无法迫使自己去读文章的初印稿。他指示印刷工将手稿付印并把初印稿直接寄给了帕克。这一奇怪的行为足以说明了爱默生的心思和他对《日晷》的观点:他认为争论会毁坏杂志的声誉,然而即使全世界都谴责帕克他也不情愿拒绝这样的作家。

爱默生把自己的好多诗歌和论文发表在了《日晷》上:《狮身人面像》(The Sphinx)等诗歌,作为超验主义莫名其妙的象征,几乎像《奥菲士格言录》一样名声显赫;取自近期演讲系列《时代》的几篇讲稿;一篇名为《超验主义》(Transcendentalism)的论文和一篇论述现代文学的文章;一篇描写改革人士和社会改良分子在波士顿集会的滑稽恶作剧文章《查顿街大会》(The Chardon Street Convention);一篇由爱默生从他于 1833 年前去意大利拜见沃尔特·塞维奇·兰多（Walter Savage Landor）时记下的日记中拼凑而成的论述兰多的文章，该文引起了兰多本人的强烈愤慨。爱默生在编辑《日晷》之前就早已出版了一部论文全集，因此他没有必要再借助这份杂志来使自己的作品出名。他想通过《日晷》做的事情是把其中的篇幅留给一些有天分而且需要鼓励和引导的年轻作者。不过有些人却难以理解他的这种热情。威廉·埃勒利·钱宁（钱宁博士的侄子和玛格里特·富勒的姐夫）的诗歌既软弱无力又毫无创意，查尔斯·金·纽卡姆写作的那篇晦涩难懂的寓言《两个道朗》（The Two Dolons）第一次连载之后，除了爱默生以外就再也没有人希望看到第二篇连载了（第二篇连载也再没有到来）。不过梭罗倒的确没有辜负爱默生的厚望，而且我们也可以看出来他成了《日晷》的主要撰稿人。

亨利·戴维·梭罗（1817—1862）出生于康科德，从父亲方面来说属于早先定居于泽西岛的法国胡格诺派教徒的后裔。梭罗像爱默生一样进入哈佛神学院读书，而且也像爱默生一样成绩并不好，最后在 45 个人的班级中以排名 19 的成绩毕业。不过，他在大学读书期间就设法了解了许多超验主义的知识。有一年夏季在坎顿期间，他与奥立斯蒂斯·布朗森结识并与之搭伙寄宿；他师从琼斯·威利学习希腊语；他急切地读完了爱默生的《论自然》和由爱默生编辑的《重新修补的裁缝》；而且他所在的班级于 1837 年毕业时，在毕业典礼上爱默生为其发表了《论美国学者》的演说。

超验主义者第一代人发动的部分战争似乎到 1837 年已经获得了胜利，而他们将要就《圣经》神迹发动的战争或许对这位年轻人来说意义不是很大，他返回康科德所做的第一件事就是退出当地教区。但是寻找一份适合精神的工作——或者说任何工作——这一问题却在被近来的经济恐慌以及随之而来的通货膨胀和大量失业搞得恶劣不堪的经济形式下越发尖锐起来。在康科德公立学校教书的一份工作在两周之后结束。之后，梭罗又在很多新英格兰城镇申请教书的工作，却是徒劳无获，后来他在康科德筹建了一所小型的私立学院，不久该学院就扩大了规模而需要招募第二个教师了。梭罗邀请哥哥来与他一起工作。他住在家里。

早在 1835 年爱默生去测试一群学习修辞的大学生的时候，他就与梭罗进行了短暂的接触。但是，他们两人直到 1837 年秋季才成为朋友，那时爱默生问了这位 20 岁的毕业生一个著名的问题——"你写日记吗？"——由此促使梭罗开始了自己的一项文学工程，这几乎持续了他的一生。接下来的几年里，他们的友谊不断升温。熟人们开始注意到梭罗在模仿爱默生的文风、讲话的方式和手势、笔迹，——甚至是他的鼻子（有一个观察者这样声称）。对爱默生而言，他很看重梭罗简洁明了和直截了当的文风，他的聪明才智与优雅健壮体格的完美结合，以及他那自然本能地不墨守成规的个性。

从 1838 年到 1840 年，梭罗一直作为康科德演讲厅的管理员。1838 年他就社会的主题发表了自己的首次演讲。（演讲稿《社会》［Society］ 早已不存在了，但是梭罗在日记中对此所做的记录显示，该演讲包括对普通社会伪善的哀悼以及呼吁建立一个可以培育理想友谊的更好的国家。）爱默生或许已经意识到梭罗永远也不可能作一次成功的讲坛演讲；然而无论如何，他却急于要看到梭罗的作品得以发表。当《日暑》创刊以后，爱默生曾死皮赖脸地游说富勒接受梭罗的论文和诗歌。当爱默生接任编辑一职之后，他开始大量地发表梭罗的作品。

追溯梭罗从发表在《日暑》上的第一篇文章（《奥勒斯·佩尔西乌斯·弗劳西斯》［Aulus Persius Flaccus］）到最后一篇文章（《荷马、奥西恩和乔叟》［Homer. Ossian. Chaucer］）的发展过程让人激动不已，因为它能使我们见证一些地方文学杂志应该培养然而却很少能去培养的东西——一个作家从不成熟到既强有力又充满自信的发展过程。在《日暑》存在的四年中梭罗写作了大量作品，其中只有一部分投给了该杂志。被《日暑》录用（还有被拒绝）的经历也帮助梭罗认识到把文学作为一种职业意味着什么，而且这一决定又是如何影响其散文风格的。

梭罗在 1840 年早期将《奥勒斯·佩尔西乌斯·弗劳西斯》交给爱默生，而且在爱默生纠缠不休下富勒被迫将其录用发表在《日暑》杂志的第一期上。这篇文章一开始就使人感觉几乎就是一篇大学习作，就像是梭罗在哈佛时写作的《希腊古典诗人》（The Greek Classic Poets）或是《T. 帕姆珀纽斯·阿迪克斯》（T. Pomponius Attics）一样。在《康科德河和梅里马克河—周记》（A Week On the Concord and Merrimack Rivers）的"星期四"一节中，梭罗称这篇文章（他将该文章重印在那里）"几乎是我在为文学事业奋斗中所做的最后一次常规贡献，"而且他还使我们相信他之所以在 1839 年那次游历中随身携带着佩尔西乌斯的作品是因为"某种用死语言写成的难懂乏味的著作，虽然在家时无法卒读，但是如果你仍然对其存有敬意的话，那么这便是你在出游时携带的最好的读物"。

这一矫揉造作的冷漠或许可以解释梭罗为何会把佩尔西乌斯的作品带到乡间旅馆去读，但是却几乎无法解释他为什么要选择讲述这一经历；的确，在文章一开始他便哀叹说佩尔西乌斯似乎是希腊诗人的"一位忧伤的后裔"，最后在结束时他却又这样说，在佩尔西乌斯六篇现存的讽刺诗中几乎只有二十行值得记诵。从何种意义上来说这是一种对佩尔西乌斯或是对文学事业的贡献呢？难怪富勒想通过搁置来否定这篇文章；这很难说是富勒在《小议评论家》中倡导的善于领会的评论或是理解广泛的评论。相反，这似乎是新古典主义批评的一种倒退，因为在新古典主义批评中绅士们会徜徉在古典作品中且一并指出其中的美和不足。

然而爱默生能在《奥勒斯·佩尔西乌斯·弗劳西斯》中看到更多的东西也有他的道理，因为其中有很多段落对于将来都提出了一种令人惊讶的见解。所以，梭罗在概括地批评了讽刺诗并特别指出了佩尔西乌斯那"极不和谐的争吵"之后，又突然恳求在诗歌中引入真正的音乐，其中自相矛盾的观点可以说非常适合《瓦尔登湖》：

> 当缪斯到来之后，我们等待着她重新改造语言，并且把她自己的韵律传授给这新语言。迄今为止，诗歌就是这样呻吟着劳作着。最好的颂诗……具有着糟糕浅薄的音律，就像是一个人踏过阶梯的横档时发出的声音。荷马、莎士比亚、密尔顿、马韦尔和华兹华斯只不过是树林中树叶的沙沙声和树枝的劈啪声，并不是任何鸟儿的叫声。缪斯从来没有扯起她的喉咙来唱歌。

就像当梭罗指出讽刺诗人总是在结束的时候激起我们的怀疑一样，其中有些段落还显示了他那为人所知的幽默风趣。"我们永远不可以对起诉人寄于太多同情；因为当我们遍寻案卷之后，我们会得出结论，他一定既是原告又是被告，所以最好不要进行审理就结案。"在文章的最后，梭罗把佩尔西乌斯的嘲笑又转嫁到这样一个懒鬼身上，他只是偶尔才值得别人用一种双语双关来称赞。"智者的生活都是随遇而安，因为他们依靠一种包容了一切时间的永恒来过活。"

如果佩尔西乌斯的散文总是竭力从没有希望的材料中挖掘智慧和诗歌，那么梭罗的下一篇文章《论兵役》（The Service）则论述了对梭罗来说极为重要的一个主题——勇敢，而且还把文章弄得一团糟。像同时代的很多年轻人一样，梭罗被爱默生对在平民生活中有可能出现的军人勇气的描写深深地打动，因此《论兵役》这篇文章及其三个标题不同凡响的部分——"新兵的特征"（Qualities of the Recruit），"我们应该拥有何种音乐"（What Music Shall We Have），以及"不管敌人多少，愿知其在何方"（Not How Many But Where the Enemy Are）——旨在勾勒出可能出现的英雄的轮廓。但是梭罗读了太多的阿尔科特和爱默生，因此结果是灾难性的。梭罗的一些语句似乎是在大声呼唤要求爱德华·李尔（Edward Lear）为其做插图："人类就像地球，主要是由西向东旋转，也是在两极变平。"

6 文学与社会改革目标

玛格里特·富勒在1840年12月1日的一封信中回绝了这篇文章。给一位作为自己导师的门生的年轻人写拒绝信绝非一件易事,因此在此种情形之下,富勒尽量婉转,并以梭罗在该文中使用的军事术语来表达自己的反应。爱默生认为一些根本无法与梭罗的文章相比的文章都已经在《日晷》上出版了,富勒则告诉梭罗她对爱默生这一看法毫无异议;但是她又补充说,她认为梭罗的文章"太粗鲁几至有一种居高临下的命令口吻"。尽管她提出会再读一遍,但是梭罗再也没有寄来,也没有试图在其他地方发表。

梭罗继续在《日晷》上发表诗歌作品,但是他写作的第二篇富有创意的文章直到爱默生于1842年继任编辑之后才得以在《日晷》上发表。到那时,梭罗的一生已经发生了很大变化。1841年他搬到了爱默生的家中,充当起了他的一个传记作家所谓的"兼具手工与知识技能的超验主义的便利男佣"。他在花园中劳动并教爱默生如何嫁接苹果;在爱默生外出巡回演讲时他便照管《日晷》;他成了爱默生妻子儿女的要好朋友。尽管爱默生从来没有成为梭罗寻求的理想朋友———个能"产生如从内心放射出来的光芒的蜡",而且他还能帮助朋友却不求回报的人——不过他至少给了梭罗写作的时间,作为编辑始终帮助他发表作品,而且还收留他在家中居住。

梭罗找到一个适合工作的家庭和环境之后的喜悦之情不久便被悲剧打断了。1842年的第一天,梭罗亲爱的弟弟约翰磨剃刀的时候割伤了自己。九天之后,他首次出现了破伤风的症状,然后在经历了痉挛和难以忍受的痛苦之后,很快死在了梭罗的怀中。几天之后,梭罗自己也出现了类似弟弟的症状,不过他很快就恢复了。他那生来就有的恬淡寡欲的性格帮助他渡过了最痛苦的时光,到了3月中旬他在日记中说起过自己感觉到了一阵突然而来的"过剩精力"。这一奇怪的现象不禁使人想起1836年5月爱默生对于弟弟查尔斯之死的反应,当时持续了一段时间的麻木突然消失,取而代之的是一阵创造力,促使爱默生写出了《论自然》中颇具启示意味的结尾章节。

当梭罗带着大量由马萨诸塞州立法院委托写成的野生动物报告从波士顿归来以后,爱默生帮助他为自己复原的精力找到了用武之地,他要求梭罗为《日晷》撰写一些对上述材料的评论。从表面来看,爱默生交给梭罗的任务似乎像奥斯丁夫人(Lady Austen)建议威廉·柯珀(William Cowper)以沙发为题写作一首诗歌一样毫无充满希望的结局,但是正是这些作品——T. W. 哈里斯(T. W. Harris)的《昆虫记》(*A Report on the Insects*),C. 迪威(C. Dewey)的《草本开花植物记》(*Report on the Herbaceous Flowering Plant*),D. H. 斯托(D. H. Storer)的《鱼类、爬行动物和鸟类记》(*Reports on the Fishes, Reptiles and Birds*),A. A. 古德(A. A. Gould)的《无脊椎动物记》

(*Report on the Invertebrata*) 以及 E. 埃蒙斯（E. Emmons）的《四足动物记》（*Report on the Quadrupeds*）——的单调乏味解放了梭罗想象中的某种东西，而这是他在写作传统的文学评论和散文时所没有做到的。于1842年7月出版在《日晷》上的《马萨诸塞州博物学》（*The Natural History of Massachusetts*）第一次展现了梭罗能够用光辉灿烂而且准确无比的语言重现自然美景的天赋。

在开章部分中，梭罗赞美了阅读博物学著作时那种鼓舞人心的感觉，特别是在冬季当这种著作唤起的对"丰富自然的回忆"恢复了灵魂的健康时。他建议把这种著作当做是"一种万能药，只要一读就能恢复系统的常态"。梭罗以极好的心境抛弃了实用的政治世界，他甚至还取笑"在号角鼓舞下的士兵的勇气"，与之相比他更喜欢林奈的自我满足的性格，他穿着皮马裤，戴着防虫网纱帽出发到拉普兰地区考察植物物种情况。他发现了一种新的英雄主义。"科学总是很勇敢；因为知之即为知之甚好；在科学的面前疑惑和危险会深感恐惧。"

然后在接下来的段落中，梭罗显示出他早已经超越迂腐学究的"对应"学说，要知道，"对应"说可一直在指引着爱默生对自然的探索。梭罗写道：

> 昆虫学拓宽了一个新方向，所以当我漫步自然时，心中升起一种空间更大和自由更多的感觉。除此之外它还暗示，宇宙并不是粗制滥造的，而是在每一个细节上都很完美。自然能经得起最细致的观察；她邀请我们仔细地观看她最小的树叶，并且像昆虫那样俯瞰她的平原。她没有裂隙；每一处都充满了生命。

在评论的剩余部分，梭罗一会儿摘引统计数字（该报告描述了75类107种鱼类），一会儿又把自己对动物、昆虫、鸟类和鱼类的观察写成长长的华彩段落加进其中。那些观察纯粹表达了一种对马萨诸塞生物展现出来的优雅与精力而欣喜的感觉，例如狐狸，它的步伐有点像是"猎豹的慢跑"，它前进的路线是"一系列优雅的曲线"，与土地表面的形状相应合。即使当梭罗追赶狐狸时，它还是保持着自己的冷静和沉着。"尽管有人对他进行恐吓，但他仍然不会迈出没有美感的步伐。"

这种对美的关心渗透着整个自然王国。"在最惊人的景象中，你会看到细腻精巧的特征，比如蒸气形成的轻小的圆环、露珠线、羽毛般的喷雾，这一切都暗示着一种高度的精妙、崇高的出身和出众的教养。"即使是通过他的"政治侧面"来看似乎如此腐化堕落的人，当他撒网捕鱼时也会变得优雅得体，令人陶醉起来。

循着我们河流这一片浅浅透明的河水展开的亚麻小鱼网也不比阳光中的蛛网更有侵扰性。我把船停在河中央,俯视充满阳光的水中他那轻柔的鱼网的网眼,而且我不住在想,城镇上这些脾气暴躁的人是如何能做这种调皮的工作的。细线看上去像是河中长出的新河草,对于小河来说就像是人类在自然中出现时留下的美丽的印记,正如细沙中平静而又细腻的脚印一般被发现。

两段总结了梭罗作品的题词可以从《马萨诸塞州博物学》中挖掘出来。第一段也是最著名的一段来自该篇散文的首页,是这样说的:"欢乐的确是生活的条件。"不过第二段也同样独特。梭罗承认了自己评论的作品或许对大众读者来说似乎有点枯燥乏味,因此他警告读者说:"我们不要低估一个事实的价值。总有一天它会成为真理。"

贯穿 1842 到 1843 年,梭罗继续他的高产创作——写日记,翻译希腊文作品(他的译作《被缚的普罗米修斯》[Prometheus Bound] 出版在《日晷》的 1843 年 1 月号上,以后的几期都登载了他翻译的阿那克里翁[Anacreon]和品达[Pindar]的作品),并且从印度、孔子和佛教经文等译本中节选材料出版在杂志的"种族经文"专栏上。但是他也试验写作一种新文体"旅游随笔",即一种篇幅较小的游记文学,记录徒步或是滑船旅行时的所见和所感。

《漫步沃克塞特》(A Walk to Wachusett) 是这些旅游随笔中的第一篇,不过没有发表在《日晷》上,而是发表在了 1843 年的《波士顿文学杂记》(Boston Miscellany of Literature) 上。该文记载了梭罗在与理查德·富勒(玛格里特的弟弟)一起出游攀登一座从康科德可以望见的山脉时的思想和见解。《漫步沃克塞特》融自传细节、观察自然和文学沉思为一体,这一风格在《康科德河和梅里马克河一周记》中得到了彻底的表现。如梭罗所述,他们到达沃克塞特山顶后,当他在帐篷里阅读维吉尔和华兹华斯的时候,他掩卷沉思:(就像是 19 世纪描写早期共和国诗人"渐渐升起的荣耀"的文本一样)"这座山会不会有一天成为赫尔维林山(Helvellyn),或者甚至是帕纳塞斯山(Parnassus),从而缪斯们经常出没于此,而其他的荷马们也会常常光顾附近的平原?"

《冬日漫步》(A Winter Walk) 是梭罗将观察和思想融合起来的又一次尝试,发表在《日晷》的 1843 年 10 月号上。这里没有遥远的山峰作为行动的目标;文章只是记录了在康科德邻近地区漫步一天期间感受到的奇异的美感,从梭罗在黎明前打开房门迎面扑来刺骨的寒风时所见到的天际的第一缕晨光,到冬季傍晚的来临,那时"内在的精神思想外化出来",农人也在天意提供的

○超验主义

温暖庇护下满意地向外观看周围闪亮的景观和天上闪烁的星星。我们伴随着梭罗继续穿越树林漫步，陪他仔细观察一片林间空地，其中覆盖的一层积雪"以如此无限而且丰富的形式堆积起来，以便用他们的多样性来弥补色调的不足"，或者穿着冰鞋滑到冰冻的沼泽地的深处，这要在夏天根本无法靠近，或者倾听河流在冰层下发出的"微弱的、打鼾的、隆隆的声音"，这时我们是应邀来尽享冬日的喜悦。

梭罗最不喜欢对他的家乡作道德上的阐释，尽管在他对"坚定的清白和清教徒似的坚韧"——他在所有"冰冷而又荒凉的地方"（如高山之巅）都发现了这些品质——的赞美中我们发现了一种生来就有的对某种景观的热爱，而这种景观可能会被画家华盛顿·阿尔斯通称做梭罗的禁欲主义的客观关联。按照梭罗的讲法，这样的地方给我们的感觉是，它们有着宇宙最初的结构和"上帝般的勇敢"。

在《日晷》倒数第二期中，爱默生刊印了梭罗于前一年11月在康科德演讲厅发表的一篇演说。《荷马、奥西恩和乔叟》试图讨论一下这些"处在文学东部"的诗人，他们既是人类智力最早又是最晚的作品。梭罗笔下的荷马和奥西恩是远古的吟游诗人，他们对于战争英雄们"俭朴而坚韧生活"的描写使得我们的文明历史看上去好像是对"衰弱、时尚和奢华艺术的描写"。他们讲的是"一种庞杂而又通用的语言"。（梭罗各种译作的编辑们提醒我们说梭罗时代哈佛进行的教育给了他"一种对经典古代文学的非常浪漫的观念"，因为这一教育是建立在欧洲那种"在方向上公然厚古薄今"的学问基础之上的。）

在演讲的"荷马"和"奥西恩"两个部分里面，梭罗几乎没有偏离过他与同时代人认同的那种浪漫的陈词滥调。但是"乔叟"部分——文章中到那时为止最长的一部分——却很令人吃惊：它不仅精明敏锐而又富有同感地正确评价了乔叟诗歌中的美感以及乔叟在其中展现出的人文精神的深深感染力；而且还极有见地地对文学史的本质进行了一番思索。在哈佛期间，梭罗刻苦认真地学习了古代和现代语言，在必修四年拉丁文和希腊文的同时还学习了意大利语、法语、德语和西班牙语。他与钱宁博士一起研读乔叟，又与西班牙文学史家乔治·蒂克纳一起学习文学史；他还参加了亨利·华兹华斯·朗费罗讲述北欧文学、盎格鲁—撒克逊文学和英国中世纪诗歌的讲座。

与其他超验主义者相比，梭罗对欧洲文学具有更为广博的知识，而且他对文学史也具有更为精深的理解，因为其他超验主义者的学识虽然有时令人钦佩，但他们却往往更喜欢哲学或诠释学文本。1841年秋季，梭罗似乎一直在不是很认真地考虑编写一部早期英国诗歌选集；他一直在阅读他能够在哈佛图书馆找到的每一种诗歌文本和选集——抒情民谣、骑士诗歌、格律小说和圣人故事。尽管梭罗从来没有完成这项选集工程，可是由于他努力阅读了中世纪英国和苏格兰的大量诗歌，因此他对乔叟诗歌有自己的理解，当时鲜有人及。

尽管在梭罗看来乔叟不是像荷马和奥西恩那样的英雄体吟游诗人，但他从很多方面来说仍然是"英国诗人中的荷马"，因为他可谓是英国文学的源泉，是英国文学的早期作家中最富有创意的。"他或许是他们中最朝气蓬勃的一个。"现代诗歌既悲伤消沉又善于反思，但是在乔叟身上我们仍然会发现"充满朝气和生命的诗歌，而不单是进行思索；尽管其中的道德倾向很明显而且很坚决，但是它却没有把阳光和白昼从他的诗歌中驱逐开来"。任何读过乔叟的人都会欣赏他的幽默，他对人物的洞察力，他那"少有的常识和箴言般的睿智"，但是只有像梭罗那样通过"撒克逊贫瘠的牧场和乔叟之前的诗歌"着手探讨他的人才能真正理解乔叟对于英国文学语言的贡献。

事实上，乔叟"对自己国家的贡献类似于但丁对意大利的贡献"，因为"一个伟大的哲学道德诗人会通过最恰当的音律来表达最贴切的意义，从而使他使用的语言成为永恒"。尽管乔叟并没有试图投身到当时动荡不安的政治斗争中去，不过事实还是如上所述。他是一个文学家，是一个学者，但他不是一个活动家。"从来没有过如此激动人心的时代，以至于再也不会发现有长久端坐书斋的人了。"如果我们不能批判地阅读乔叟，那是因为他对于自己文学技巧的忠诚"具有极度的信任和依赖，足以迫使任何人喜爱他"。那种忠诚难道就不是一种英雄主义吗？真正的诗人是"文学中的辛辛纳图斯"，他会把行星和麦茬一起编织进自己的诗行。

超验主义的主要期刊——《西方信使》（1835—1841）、《波士顿季刊评论》（1838—1844）以及《日晷》（1841—1844）——跨越的将近 10 年时间是该运动本身不断成形和成熟的时期。撰稿人现在大部分都已经被遗忘了，当时的思想以及出版这种短命期刊所花费的精力会使人惊叹（就像梭罗对乔叟之前的诗人所发的感慨一样）："如此之多的努力就是为了表达如此之少的思想，真是令人惊讶。"然而这些期刊所做的工作却是非常重要。它们使自己的编辑和撰稿人认识到文学职业到底是怎么回事；它们提供了一个自由表达观点的论坛；它们使得梭罗之类的年轻作家不断尝试新的文体和思想。即使它们的编辑发现对方的观点使人烦恼或者相互排斥，他们也会坚持言论自由的权力。

最主要的是，在所有这些期刊的共同努力下，美国中世纪的散文变得像

○超验主义

国父们的新古典散文一样灵活一样有效。克拉克慷慨的热情、布朗森猛烈的逻辑、富勒复杂的批评和女权主义的嘲弄、帕克的义愤、梭罗的精确、爱默生时而睿智时而枯燥的陈述,甚至是阿尔科特那空洞无物的箴言及其引出的滑稽模仿……都共同使语言变得与19世纪20年代和19世纪30年代的唯一理教的散文语言截然不同——使它更加敏锐、坚韧、有力;而且还把语言润色后再使用,并将它保持在随时候用的状态。

7 希冀改革

19世纪40年代早期,宗教论争和兴办刊物耗去了超验主义者的大部分精力。不过,更大规模的运动也同时引起了他们的关注。席卷全国的各种改革运动似乎在证明这一理论:一个崭新的纪元、一个以纯洁的精神力量击溃顽如磐石的传统邪恶的新时代真的即将到来。生活将去顺应思想,一个新的教会和国家将从焕然一新的灵魂之泉中喷涌出来。1839年,爱默生在一次题为《论文学》(*Literature*)(出自系列演讲《当今的时代》)的演讲中曾预言,这个时代的天才不久将"记录下一个变革的世界,将把代代相传的真谛写进现实,把博爱写进政权,写进各行各业。他将描述崭新的豪迈人生——这简朴的人生蕴涵着令人难以置信的可能,还有人际间纯洁、高尚的关系"。

在这个世界上,伟大的事件正在发生或即将发生,这种感觉经常使爱默生既满怀希望,又感到懊丧。1840年10月,爱默生写信给年轻的朋友卡罗琳·斯特吉斯说他觉得自己和朋友们成了"煌煌天恩之爱宠,从不知道何谓难事,从未被严峻的怀疑苦苦纠缠,从未应召去参与任何值得称做行动的事业……我日渐感到愧对人生"。

然而,废奴和节欲运动的斗士、工厂劳工的组织者、穷人、囚徒和精神病人的捍卫者,都不可能从倡导革新的信徒中招募到多少兵马。正如爱默生自己在1841年12月所作的题为《论超验主义者》的演讲中所承认的那样:"慈善家们怀疑,超验主义是否就是指息惰?他们宁愿听到自己的朋友死去,也不愿听到他成了超验主义者。因为那样的话,他就麻木了,再也不能对人类有所作为。"

这种麻木的原因有几种,其核心是知性世界与理性世界之间由来已久的分离。这种分离使行动显得徒劳无益,或多此一举。"倘若前者盛行,一切尽是尘世之沸沸扬扬；倘若后者盛行，一切皆为天堂之窈然无际；而且，随着生活的进步，两者并没有言归于好的趋势。"另外，一些非哲学的因素也在起作用。由于改革者们常常在宗教上信奉福音派教义，在言语措辞上粗俗猥琐，在号令他人履行责任时盛气凌人，爱默生经常在那段时期公开和私下的作品当中对他们表现出一种贵族式的厌恶，而且这样做的不止爱默生一人。1843年富勒移居纽约，为贺拉斯·格利雷的《纽约论坛》撰写书评，在为《弗雷德里克·道格拉斯的人生叙谈》一书作评述时，她针对威廉·劳埃德·加里森为该书所写的气势汹汹的前言提出批评：

我们满怀崇敬期待着他，可是他却沉醉于疯狂的谩骂诋毁之中，直到毁坏了他自己的性情。就像一个习惯于大吵大嚷、叫得嗓子嘶哑以图让聋子听见的人一样，他的声音对于大众而言，已经不再中听了。

对此，加里森也许会这样回答：他的确是在大吵大嚷好让聋子能听见，而且爱默生和富勒正是那类他尤其想让他们听见的聋子。

由于超验主义者痛恨各种形式的组织，这更为严重地阻碍了他们去投身于任何形式的改革运动。无论是什么样的一群人，只要聚集起来为了美好的目标或为了根除邪恶而共事时，都将会不由自主地去团结或者压制异己，或者忍受无休无止的意识形态论争。对于超验主义者来说，这两种选择都令人痛恶，因为他们刚刚从唯一理教温文尔雅的虚伪之中解脱出来，不想代之以改革者的咄咄之辞和伪善的说教。在1841年12月题为《论当代》（*Lectures on the Times*）系列演讲的开场一讲中，爱默生指出，与他同时代的改革者们无疑是"路德、诺克斯、鲁滨逊、福克斯、佩恩、卫斯里和怀特菲尔德的真正的后继者，有着与他们同样的美德和恶行，又有着同样崇高的动机和难移的偏执"。废奴主义者满口叱喝，申斥不情愿的北方人，其实他自己在习惯和思想上也是个蓄奴者。"他代表的就是佐治亚州，或阿拉巴马州。他捧着残暴的蓄奴制法典行走在我们的东北海岸上。"

然而，在另外一种情绪下，爱默生把当时的各种改革运动视做永恒生命力的涌动。1841年1月，他在一次题为《为改革者助威》（*Man the Reformer*）的演说中问道：

人为何而生？只有作为改革者，去再创人类所造，去杜绝谎言，去复原真善，去再现那拥抱我们的伟大自然。这个自然从不因过去而歇息片刻，而是时时刻刻在完善自己，每天清晨都向我们奉送崭新的一天，每一次

7 希冀改革

460

律动都带来一个新的生命。

波士顿的银行家们对于建立一个更为公正的世界的想法嗤之以鼻，这恰恰表明，国民的怀疑具有相当的侵蚀性。"美国人有许多美德，但他们却缺乏信念和希望。"

如何才能使一个更公正的世界成为现实？如何在没有压力、不损害"个性的完整和神圣"的前提下构建这个更公正的世界？正如爱默生在《论改革》（*Reforms*）的演说中（"改革"一词就源出于此）所指出的，他认为自己找到了答案：

> 我们的信条是，社会劳动应当由全体人分担，在一个劳动即荣誉攸关之问题的社会中，虚荣之徒和无所事事者都将劳动。倡导劳动这一信条，则排山倒海似的懊恼、麻烦、疾苦和罪孽都将烟消云散。家庭雇佣劳动将被终止。蓄奴制度将被送进坟墓。成堆的疾患将得以根除，富足的农神时代将重新勃发。

这段文字既略嫌夸张又语气迂腐，暗示着爱默生并未把这剂全面改革的药方真正当回事。当然，也许他并非是马萨诸塞州唯一一个偶尔梦想着回到简朴的农业社会的居民——那个时代，新英格兰人用不着为了仆人或奴隶而担忧。不管怎样，致力于劳动的生活至少是真实的生活，没有丝毫的俗套和虚假。你愿意过这种崇高的生活吗？"勇士，首先用犁头在大地上写下你的诗篇，然后再自食其力。"

在这篇讲稿的结尾，爱默生谨慎地把自己同任何一类改革的招募者拉开距离。"虽然我与你们有同感，对你们所抨击的罪恶深恶痛绝，但我依然坚持披上这件松松垮垮、根本不合适宜的局外人的外衣，依然坚持我这明智的消极态度，直到有朝一日我能看得清楚如何为真理去行动，或者去拒绝。"不过，如果满怀希望的改革者们把爱默生的不情愿当成一种含蓄的邀请，这也难怪他们，上帝不也是受人规劝才在迦拿首次显露神迹的吗？据爱默生的大女儿艾伦回忆，这段时期，"各式各样的客人带着新的思想登门造访，有认为金钱是万恶之源的、有提倡素食的、有不修边幅的自然之子、有哲学家，还有形形色色的激进改革分子。"喂饱这群人可不是件容易的事。她母亲开出来的食谱开头便是"三品脱酸奶"或"两打鸡蛋"。餐桌上，素食者们常常囫囵吞下南瓜和土豆，然后两眼紧盯着吃得较慢的肉食者，急不可耐地等着布丁上来。有一位客人，当被问及是否要茶时，其怒气冲冲的回答连自己也感

超验主义

到吃惊:"茶!我要!!!"过了一阵,当被问及是否要黄油时,他的答复同样是"黄油!我要!!!"

可以理解,有时候爱默生被折腾得失去了耐性。有一次,绝望迫使他采取了难以置信的行动。一天早晨,某位"新教义信仰者"登门拜访,声称他准备下午便搭驿车去波士顿。可当驿车驶近时,那位客人却全无告辞之意。爱默生说:"驿车来了,我帮你把车叫住。"说着,跟在离去的驿车后面追跑。他的妻子站在阳台上饶有兴味地看着他。等到那位客人终于离去之后,爱默生说:"我那一阵子飞跑,活像撒督的儿子亚希玛斯①。"

不过,在1840年的秋天,爱默生遇到了一位无法就这样轻易打发的改革者。乔治·里普利逐渐认识到,唯一理教牧师的位置再也无法作为鼓吹精神至善至美或社会改革的讲坛。在关于神迹的争论期间,他与自己教派中保守分子之间的纷争使他心灰意冷,因为在这个曾经是最自由的教派中,他们似乎暴露出一种越来越严重的僵化和褊狭。他那些关于社会问题的喋喋不休的演讲使他的一些听众感到厌倦。1840年10月4日,他写了一份辞呈,信中他一方面对自己的对手大加责难,同时又表达出新的希望,认为一种切合实际的基督教将在全社会根除疾苦。

尽管里普利的教民有时觉得他一味沉迷于改革,令人生厌,但他们最终还是不愿让他离去。大家劝他留下,住到第二年初,可他依然执意要走。1841年3月28日,他做完自己的告别布道,再次强调了他的信念,认为所有基督徒都有责任在地球上建立起一个公正的王国。

作为牧师,里普利从未觉得自己真正称职;作为可能的改革者,他也从未感到遂心如意。离开讲坛之后,他精神焕发,照詹姆斯·弗里曼·克拉克的话讲,这位原本冷静持重的人变得仿佛"沸腾、躁动起来",满怀再创世界的宏图。当然,也不止他一个人如此。爱默生在写给卡莱尔的信中提到,在新英格兰,人人兜里都揣着建立社会新秩序的计划。19世纪30年代后期经济萧条所导致的绝望并没有成功地浇灭超验主义运动早期实现千年王国的热情,只是这种希望换上了新的形式。像里普利这样的人已经不再想当然地认为,挽救灵魂就能使上帝的王国在眼前得以实现(像爱默生在《论自然》的结尾所表达的那样),而是坚信只有重组现存的社会结构才能促使灵魂再生。

最近几年,里普利觉得自己越来越强烈地被实际的改革行动所吸引。他走访了几处英国和德国虔诚派教区,参加了几次由"全面改革之友协会(The

---

① 《圣经·旧约》中《撒母耳记下》18章19~23节:撒督(Zadok)之子亚希玛斯(Ahimaaz)飞奔向大卫王报告耶和华向仇敌报仇的消息。——译注

Friends of Universal Reform)"组织的会议。在那儿,他听到了基督教社会主义者的演讲。从阿尔伯特·布里斯班(Albert Brisbane)的《人的社会命运》(*The Social Destiny of Man*, 1840)中,里普利了解到了这样一种思想:一个单一的组织完美的社会群体能作为榜样来改变整个社会。这种思想是对法国社会理论家夏尔·傅立叶(Charles Fourier)的信条的美国式阐释。听起来,这种观点很像古老的清教教义,以为被拯救了的教区应当成为"仰慕之城",以便吸引从一开始就是正统的公理会教友。当然,傅立叶使这种观点更现代、科学和世俗化了。他的关于理想教会的规划结合了法国社会科学的影响和《启示录》中充满幻想的演算。他精心排列的由1620个灵魂组成的方阵,能把世界从饥饿和阶级仇恨中解救出来,能终结劳心者的无聊和劳力者的粗野。

里普利不敢奢望能聚集到一支阵容完整的方队,也不敢妄想能建造一座傅立叶坚持认为是必不可少的、能容纳方阵的宏大庙宇。现在,他的规划更简单、更美国化:成立公司,股份以每股500美元出售,持股人将从公司利润中得到5%的红利。买下土地用于耕作,还要建立一所学校以提供现金收入。股东和他们的学生将同住在农场上,一日三餐吃在一起。管理农场、为居民提供食物、洗衣服、维护房屋,所有这些责任都将尽可能地由每一个人平等分担。一切劳动——不论是教拉丁文、煮洗衣缸或清扫马厩——都以同样计时的办法从公司预期的利润中分取报酬。

正如里普利的一位早期传记作家所说,甘愿拿尊贵、悠闲和雅致去换取辛苦和粗俗,放弃康德、谢林和库辛的著作而去从事沾满粪土的劳作,这对于一位书生气十足的牧师而言,似乎不太可能,但里普利却把它看做是改变劳心者脱离现实和穷人悲惨景况的唯一可能的办法。波士顿知识分子的思想早已远远地脱离了他们的躯体,就像整个知识阶层脱离了劳苦大众一样。在社会平等的条件下劳动,能够同时恢复身体和政体的健康。这样的劳动将向世界表明,天堂之国在地球上是可能实现的。

规划的公有社会必须既是榜样,又具备功能,这就解释了为什么里普利要竭尽全力劝说爱默生参与。1840年10月,在超验主义俱乐部的一次聚会上,里普利提出了建立一座叫布鲁克农场的主意。与会者对此展开了热烈的讨论,可没人愿意应募。当月底,在他妻子索菲亚和玛格里特·富勒的陪同下,里普利又拜访了爱默生。在那次造访之后,爱默生在日记里断言,里普利规划的公有社会将"不会成为磨砺意志的牢狱和精神力量的天堂,仅仅是

○超验主义

为超验主义者租借的阿斯特（the Astor House）旅店①的一间房屋而已"。这段众所周知的充满怒气的评断反映了爱默生一生对采取物质手段来达到精神目的的厌恶。激烈的言辞还表现出他的懊恼，因为里普利要求他实践自己提出的诚实生活、自食其力的口号。里普利热切的求助继续纠缠着他，但正像他写给自己兄弟的一封信中所明确表示的，直到12月2日，他仍然没有认真去考虑是否参与里普利的公有社会。

最后，在1840年12月15日的一封字斟句酌的回信中，爱默生回绝了里普利的邀请。陈述的理由使人回想起许多年以前他对圣餐的反对。他主要的担忧是："我深信这个社会于我无益。"（爱默生1840年12月15日致里普利）里普利又给爱默生写了几封言辞恳切的信函，但最后，在没有爱默生到场也没有他的经济支持的情况下，一小队人跟随着里普利夫妇前往西罗克斯伯里，开始了公有社会的生活。

1841年4月，当他们出发时，大家的情绪高昂，甚至在以后生活日益匮乏、令人沮丧的年代里依然如此。在里普利买下的景色如画的草地下面，含沙的泥土很难耕种，农场开办的几家手工小店和暖房，结果耗费的资金比挣来的利润还多。的确，无论谁看了布鲁克农场的账目都会大为惊奇，它居然能在自然和人为的困境中维持了那么长一段时间——自1841年春到1847年秋。

不过，一本账目只能表示布鲁克农场的经济困境，却难以解释这个问题：为什么布鲁克农场的社员们在农场里的那些年代（甚至在更严酷的最后几年中，各种"紧缩措施"严重地削减了饭桌上的费用）所写的书信，以及许多人后来写的回忆录中，很少有对贫困的怨言。相反，他们谈论的却是欢乐——这欢乐来自美丽的大自然，来自住在农场上充满生气的年轻学者，他们在白雪覆盖的山上滑雪，或者把早餐前外出采来的春天的野花放在桌上，来自频频不绝使餐桌充满欢声笑语的戏言、绰号和诙谐的诅咒，来自他们傍晚表演的舞蹈和活人造型，来自从劳动中得到的体魄强健的感觉，来自不再孤独的同志情谊，以及从盲目和绝望中解脱后的目的感。

这些材料证明，布鲁克农场具有在它的居民中创造乐趣的力量，读读这些材料就会懂得，农场的居民们为何仍然相信他们找到了办法来消除一切社会罪恶——包括贫困、饥饿、愚昧、羸弱、无聊、阶级仇恨、性别的不平等（在布鲁克农场，妇女参加选举，并且与男子同工同酬；男人们也擦餐具、剥豆角）。他们期待着有朝一日以布鲁克农场为模式的公有社会将在大地上星罗

---

① 纽约百老汇的一家旅店，排名纽约市第九大豪华旅店。——译注

7 希冀改革

棋布。1842年的秋天,布鲁克农场的一位年轻居民乔治亚娜·布鲁斯(Georgiana Bruce)写了一封热情洋溢的信给一位朋友。在信的结尾,她写道,如果他们的子孙收集到这些发自布鲁克农场的书信,那他们定能"查考到这个第一公社的历史"。

约翰·科德曼(John Codman)是1843年去布鲁克农场的,当时才27岁。他回忆起那种集体期望是如何地使人陶醉:"对于微贱小人,那是一种超越平凡的生活,对于伟大人物,那包含着一种远大和更无穷尽的意义。他们透过生活之门,看到了远处迷人的景象,希望为所有的人而萌动。"在50年后所写的回忆录里,他急切地试图传达那种活着便是享受天赐之福的感受:

> 想象一下吧,无动于衷听我故事的读者们,如果你能感到你与自己所有的同类都处在一个积极和谐的环境中,感到你手里的香膏能疗治每一种尘世的伤痛,感到那是尘世的福音——尽管教会认为它拥有天堂的福音,感到它能从手上、心里和思想上消除贫困、犯罪、暴行和重税的压迫——那将是什么样的心境?

布鲁克农场的社员们因为快乐而似乎有点眩晕了,这是不是有点奇怪?"而且,酣睡之后,在玫瑰色的晨曦中醒来,清新的空气从芬芳的田野吹进窗户,昨夜思绪和梦境中的神明启示依然留在头脑里,难道你不因此而兴高采烈?难道你不会感觉到万物的和谐?难道你不会像鸟儿一样唧唧欢叫,像蜜蜂一样嗡嗡鸣响?……"

一个人的欢乐,只有通过认可和分享后才有价值。布鲁克农场的社员们的生活——包括挤牛奶、割草、教书、在洗衣房或厨房劳动、打扫房间——还有他们所穿的放荡不羁却并不刺眼的服饰,男人们的胡须和有拜伦式领圈的束腰外衣,妇女们飘舞的披肩长发和宽沿帽,很明显,所有这些都是对"被教化了的人们"(正如布鲁克农场的社员们所蔑称的)的那种沉闷生活的改善。然而,里普利和他那群矢志不渝的同事们把自己看做是社会的改革者,而不单单是现实的逃避者。他们依然坚持自己的公社是建立一个新的社会现实的样板。在布鲁克农场,人人平等相处、谦恭有礼、清雅文明、体魄健康、尊重个性却又充满爱之精神,因此它将展示一条通往民主、高雅文化的道路。在这里,青年男女们上午为瓜地松土或擦洗地板,中午研读希腊文,晚上走进欢快俱乐部高唱海顿和莫扎特的弥撒曲。

465

这个理想与现实相去多远?早在开张的头六个月,布鲁克农场便培养出它最著名的批评家——刚刚辞掉萨莱姆海关工作的纳撒尼尔·霍桑——抱着

○ 超验主义

寻找一种简朴生活并能腾出时间写作的期望加入了第一批开拓者的行列。1841年春天，他写给未婚妻索菲亚·皮博迪（Sophia Peabody）的书信一开始便充满了热情："我被变成了地地道道的农夫。"在1841年3月的一封信中，他夸耀道："全体兄弟同吃在一起。自早期基督教时代以来，这样一种令人愉悦的生活方式在地球上还从未见过。我们4点半起床，6点半早餐，12点半中餐，然后9点睡觉。"

然而，一个月以后，他在为自己没有写信而表示歉意时抱怨道："我目前的生活引起我对笔墨的反感，甚至超过了我在海关工作所体验到的那种厌恶。"（霍桑1841年6月1日致皮博迪）。虽然他极力把布鲁克农场上的猪描写得姿态优美，以此来逗乐索菲亚，但到了1841年的8月，他已经认定，劳动与思想相结合是一个妄想。

> 这是一种奴役和劳顿，即使我在海关的经历也不像这样，那时我的思想和心情还更加自由。啊，最心爱的人，劳动是这个世界的灾祸。在与它打了交道之后，谁能不变得越来越粗野？我用了黄金般宝贵的5个月时间给牛马喂食，你以为这是值得称颂的事情？最亲爱的，根本不是。（霍桑1841年8月12日致皮博迪）

到11月，霍桑离开了公社。

《福谷传奇》（The Blithedale Romance, 1852）是一部以大致模仿布鲁克农场而建立的一个公社为背景的小说。书中，霍桑的叙述者和"他我"迈尔斯·科弗代尔（Miles Coverdale）针对建立公有社会的做法提出了非常严厉的抨击。波士顿最高雅的家庭成员与机修工和仆人一道工作、一同吃饭，在布鲁克农场所炫耀的这种平等主义的背后，掩藏着的是一种毋庸置疑的势利观念，即以为这样的接触能使下层阶级的举止变得优雅、温和。布鲁克农场的许多社员证实了他们在逾越阶级界限后的那种激动感，但唯有霍桑事后对这种情感进行了剖析。以下是他描写的在福谷的第一次晚餐，虚构中的公社社员与当地的一对夫妻相聚在一起，那是他们雇来教他们如何干农活的。

> 我们全都坐了下来——包括相貌丑陋的赛拉斯·福斯特（Silas Foster）、他那又矮又胖的妻子和两个健壮的女仆——大家友好地相互看着，但又非常别扭。这是我们兄弟姐妹平等理论的首次实践。我们这等修养高雅的人（冒昧地讲，我们毫不含糊地自以为如此）似乎感到，在实现充满博爱的千年王国之旅途上，我们早已经有所成就。但事实上，忍辱负重

的是我们这些粗鲁的同伴们，降尊纡贵要比领受这种谦卑容易得多。

的确，高贵的福谷人在承受"辛劳生活的艰苦和屈辱"时之所以能泰然处之，更多地是因为他们知道自己可以随时离开这鄙陋的环境，回到舒适的生活中去。科弗代尔总结道："倘若由于自己暗地抱有自以为是的社会优越感而应当挨上同伴的一记响亮耳光，那除了正当我极力炫耀、证实自己与他平等的时候外，别无他时。"

现实中，布鲁克农场的社员有时候确也表露出让科弗代尔一想起便报颜的屈尊俯就的模样。一位曾在布鲁克农场初期当过学生的老太太谈到，"在那里我度过了高尚、甜蜜和单纯的生活"，听到关于尘世的显赫并不重要的教诲，这促使她后来"像对待真正的平等人一样"对待自己的仆人。但尽管这样，仅仅因此而全盘否定布鲁克农场，却是个错误。布鲁克农场的社员们认真地担当起自己的使命，用一个建立在慷慨和博爱原则之上的社会去替代那个贪婪、残酷、"文明"的经济制度。是什么在激励着社员们？一位在农场诞生后的头一个夏天来访的客人这样写道：

> 他人在辛苦劳作，我岂敢游手好闲？我岂敢以逃避自己该做的体力劳动或忽略必需的思想修养来牺牲我自己以及别人的健康？他人贫困，我岂敢奢侈？我岂敢以个人的自私和懒惰去对抗正在呈现的整个人类的精神进步？总之，有了这最新的省悟却依然犹豫不决，不愿立即投身于这不朽的生活，难道这不是有罪于圣灵？

这封信的作者接着指出，布鲁克农场"以世上最和平的方式""改变了据说布朗森先生在其《劳动阶级》一文中所宣称的需要一场流血革命才能做到的事情"。

令人吃惊的是，奥立斯蒂斯·布朗森对此话没有反驳（他把自己的一个儿子也送进了布鲁克农场的学校）。1842 年 11 月，在《美利坚杂志与民主评论》上发表的一篇长篇文章中，布朗森回顾了当时所有尽快消除社会苦难的建议。唯有里普利把农场建立在博爱基础上的尝试赢得了他的赞许。布朗森认为，里普利在罗伯特·欧文和夏尔·傅立叶等主张公有社会的人失败的地方取得了成功，其原因是他避开了繁琐的理论探究，围绕着"作为人和基督教徒基本的灵魂需求"来组建布鲁克农场。这个农场的原则是：

> 博爱的信条及崇尚的法则是尊重所有人，无论他从事什么职业，要像对

待兄弟一样对待每一个人。换言之，这个社会是实现基督教理想的一次尝试，并且通过建立社员与社会之间、社员与社员之间真正的基督徒关系来做到这一点。

爱默生同样也饶有兴趣地关注着布鲁克农场的进展。可是，他自己的人生却朝着另外一个更多书卷气、更少褊狭性的方向发展。1841年春天，就在里普利一队人出发去布鲁克农场前的几周，爱默生在波士顿出版了一本书，由12篇文章组成：《论历史》（History）、《论自助》（Self–Reliance）、《论补偿》（Compensation）、《论精神法则》（Spiritual）、《论博爱》（Love）、《论友谊》（Friendship）、《论审慎》（Prudence）、《论英雄主义》（Heroism）、《论超灵》（The Over–Soul）、《论循环》（Circles）、《论才智》（Intellect）和《论艺术》（Art）。每篇论文都是爱默生从尚未正式发表的文字材料中整理出来的，其中包括他的日记、书信、布道和讲稿。为了更加准确、生动和感人，这些文章都经过了反复修改。

从爱默生致友人的信中我们得知，在撰写这本书期间，他发现这种结集和修改是一个痛苦的过程。如果说许多年来他每天所做的一切（读书、思考、写日记）是充满乐趣的劳作，那么，挑选出日记中的片段组合成讲稿和文章就无疑迫使他担当起自己灵感产物的编辑，对曾经是激动人心和充满灵感的章节进行冷静、审慎的勘正。在试图把这些片段拼凑成比在日记中按照自己的思想自然形成的一个或两个自然段更长一些的段落时，他常常因此而感到沮丧，尤其当他意识到，自己文章联想性的而非严谨的逻辑结构使他的许多读者迷惑不解，（用他自己的比喻）他们仿佛是走进了一间没有楼梯的房子。

到爱默生开始真正将论文结集出版时，他已经进行了13年的职业写作，开始时作为牧师，后来又是演说者，最后作为独立的主办者，几乎每年冬天都要主办10至11个系列讲演。同时，他还知道，自己的那种无视正统的写作风格至少在听众看来是有特效的。这种风格使得他的讲座因省略过多而晦涩难懂，但同时又异乎寻常地富有刺激。虽然他的文章上下文转折突兀、想象惊人，但在令人费解的同时却又能令人大受鼓舞。詹姆斯·拉塞尔·罗威尔回忆起作为听众的一员在一个清冷的冬日夜晚从乡下步行走进共济会教堂欣赏讲演时的那种滋味。演讲时"那光怪陆离、深奥莫测的想象力"所激起的痛楚意识，只有"在讲话者和听众相互间不时产生的豁然领悟之中"才得以减缓，那突如其来的思想闪光，使人想起片状闪电。

早在1839年的夏天，爱默生便着手修改这些讲稿了，想结集出版这本他很早就期望面世的书。这项工作进展缓慢，一方面是因为他还得为1839年到

7 希冀改革

1840年的那个冬天写出新的系列讲稿，以支付卡莱尔的一本论文和评论集的出版费用（其中四卷由爱默生编辑并于1838年至1840年出版），另一方面是因为他觉得自己有义务作为玛格里特·富勒非正式的合作编辑，帮助她主办刚刚创刊的《日晷》。但是到1840年春天，他拥有整整一个秋天可以毫不间断地进行他的写作了。他给一位朋友写信说："我的《论循环》一章进展顺利，到10月份，我将像拉丁神父一样写作了。"（爱默生1840年9月12日致伊丽莎白·霍尔［Elizabeth Hoar］）。

把日记中的章节片段修改成讲稿，其要求更加严格。爱默生非常清楚，压缩后的书面文本必须产生演讲者利用声音所表现的力度。他开始删去无用的重复，紧缩句子，强化意象；他拆掉观念与观念之间的桥梁，留下只有靠读者胡乱猜测才能逾越的沟壑。

修改后的结果甚至使那些自以为最了解爱默生的人也大吃一惊。奥立斯蒂斯·布朗森曾对爱默生写的几乎每一篇东西都要加以讽刺或抨击，可现在他也发现《论文集》（*Essays*）不仅使他萌动了欣羡之感，而且伴生了崇敬之情。在为1841年4月的一期《波士顿季刊评论》所写的短评中，布朗森高度评价了该书更迭新旧的威力，"凡是读到该书的人都会发现，他已不再是过去的他了。一个崭新的、更高尚的生命正在他身上勃发，他将不再感到自己仅仅是时空之子，而是超越了寻常和不朽。"

这些论文是什么样的文章，甚至能取悦于凶恶无情的布朗森？一些文章（如《论审慎》、《论补偿》）针对感知世界提出切实可行的至理名言，另一些文章（如《论才智》、《论超灵》）则执拗地超越这个感知世界。一些文章称赞个人的勇气（如《论英雄主义》、《论自助》），另一些文章又敦促人们采取一种明智的消极态度，完全依赖宇宙的自然法则（如《论精神法则》）。一些文章审视人类文明和人类历史的成就（如《论历史》、《论艺术》），至少还有一篇文章（《论循环》）歌颂时间在不断推出新的形式和人物的同时，吞没人类一切文明与成就痕迹的威力。面对这一力量，每一位男女只能以艰难的爱去与之对抗，这爱把陌生的人们结合成动摇不定的爱的社会（《论友谊》），或者形成更加神秘的陶醉形式，这形式肇始于男女之间性爱的结合，最后以他们与社会和种族的结合而终结（《论博爱》）。

这些文章的秩序编排旨在形成鲜明的对比：在思考了民族的集体经验之后（《论历史》），便是对个性的认真关注（《论自助》）；在审视了宇宙严酷的平衡法则之后（《论补偿》），接着又对灵魂的恢弘加以歌颂（《论精神法则》）；在提供如何获取尘世功名的建议后（《论审慎》），接着便规劝人们对其加以彻底的摒弃（《论英雄主义》）。

然而，这种并列的编排所产生的效果绝对不是自我否定。相反，在每一页里，爱默生竭力主张要抓住把永恒法则和由此而表现的现象结合在一起的根本的统一原则。在《论审慎》一文中，他写道："让人们遵从法则吧——任何法则！这样，他的人生路途上将充满快乐。"他说，从孩提时代起，苛刻的"补偿法则"——即不劳不获、世上万物不能给予而是出售——便吸引着他，因为他认为关于这个主题的文章也许能向人类展示"一束神性之光，以及灵魂在除尽传统的一切痕迹之后的现世的即时行动"，这样，人类的心灵将沐浴在"永恒之爱的潮水之中"。

爱的力量何等伟大，其效果不仅见于和谐与美德而且在邪恶和混乱之中也历历可见。爱默生在《论精神法则》一文中谈到，"真理的胜利并非寥寥可数，不论是尘土、岩石、还是谬误和谎言，万物皆是它的工具。"在同一篇文章中，他发出一声突如其来的呼吁："啊，我的兄弟们，上帝存在。自然界的中心有一个灵魂，凌驾于每个人的意志之上。因此，我们无人能错待世界。"爱默生察觉到在社会成规和宗教礼制的背后确实掩藏着怀疑，要不，这声呼吁定会让人吃惊。

向读者重申他们无法错待世界，这听起来很奇怪。但爱默生意识到，犯罪和怀疑一样，是他在《论文集》中所倡导的那种彻底的自我修养的大敌。他在该书的第一篇文章《论历史》中宣布了这个规划："世界之所以存在，是因为要教育每一个人。"历史学家们拒绝因为过去的不复存在而自甘遁入愚昧之中，而是竭力"用现世与现时来取代那世和那时"，认为所有的历史都是靠与现在试图阅读历史的相同的大脑写成的。既然如此，每一个读者就应像走进一条画廊一样，走进气势非凡、丰富多彩的传统中去。"在那儿，他发现自己正在勾画的轮廓。不论是缄口不言的还是能言善辩的，都在称颂他、招呼他，不管走到哪里，他都会因历史人物而受到激励。"

不过，爱默生指出，对于没有自尊的人来说，对历史的沉思绝不会带来神谕，而且在1841年的波士顿，要做到自尊依然是障碍重重、难以逾越。该书的第二章《论自助》是对这些障碍的抨击。最大的障碍是怕抒己见，害怕暴露愚蠢、自私、低微或自相矛盾。正如爱默生在文章结尾所说："人的力量和感情似乎被掏尽了，我们胆小、沮丧地抽泣着。我们害怕真理，害怕富有，害怕死亡，而且还相互害怕。"针对这一症结，爱默生的武器是他为支持那些他总认为是自己主要听众的穷苦、微贱的年轻人所设计的隽语："相信你自己：每一颗心都随着那根铁弦颤动。""做人就必须做一位不墨守成规的人。""愚蠢的固守乃褊狭思想之幽灵，为狭隘的政客、哲人和神灵所钟爱。""时间是神圣和权威灵魂的大敌。""当心虚假的殷情和虚假的友情。""坚持自我，

7 希冀改革

绝不效仿。""除非你自己,无人能带给你安宁。除非原则的胜利,无事能带给你安宁。"

爱默生强调自主到了粗野无理的地步,这在当时听起来并不中听。那时候,粗野占着上风,自我宽恕成了信念的法典。因此,毫不奇怪,一群道德论者接着便对爱默生群起而攻之,指责他导致了现代社会的种种不幸,如自恋癖、幼稚病、自我放纵、婚姻破裂、逃避政治。诚然,时尚的重心朝着自我的方向过分偏移,以至于我们几乎想要回归恭顺和压制,但是人们在纳闷,这些批评家(大多数属于城市文人)对于爱默生在《论自助》中针砭的令人窒息、狭隘的压抑气氛究竟还能忍耐多久。应当敦促这类批评家去想一想司汤达(Stendahl)的《红与黑》(*The Red and the Black*)中巴黎人的命运。这些人渴望成为乡下庄园的主人,结果却发现乡村生活是"充满虚假和烦人琐事的地狱"。经过磨炼之后,他回头在"只有法国才有的唯一一处地方——俯瞰香榭丽舍大街的一套四楼房间里"去寻找孤独和乡间的宁静。(1848 年,当爱默生访问巴黎时,他立刻明白了为什么每一个外地青年男子都想搬到那儿住——因为那里无人留意他们。)

事实上,爱默生并不希望把自我孤立在一个毫无生气的境地里,无休止地思考自己的辉煌。文章《论博爱》开篇便是一段大颂特颂城市之缔造者和爱神厄洛斯的赞歌。爱默生称颂博爱,因为这是一种神圣的激情。这激情

> *会立刻抓住人的心,在他的思想和身体里掀起一场革命;把他和他的民族结合起来,确保他承担起家庭和公民的责任,赋予他新的同情心,把他带回自然,增强他的感受力,打开他的想象力,给他的性格加上英勇和神圣的品质,确立婚姻,永葆人类社会。*

然而,这种结合只有对那些具有完整的独立人格的人才有可能。可是,在爱默生的社会里,大多数人并非如此,而是支离破碎的;不是坚实的橡树,而是"依草附木的杨柳"。

把杨柳变成橡树,需要的不仅仅是规劝。不涉及自我的本质问题,就不能敦促他人实现绝对的自助,因为假如自我是邪恶的,那么绝对的自助就是绝对的死亡。一开始,爱默生拒绝回答这个问题,只是说"如果我是魔鬼之子,那么我将不辱其名"。这句话使人想起耶稣被纠缠得烦恼不堪时回敬法利赛人的话。可这个问题无法回避。最后,爱默生在论文中间的一段像山一样突出的段落中论及了这个问题:

一切独创的行动所发挥的魅力在我们审视自助的理由时得以解释。这个被信赖的对象是谁？普遍信心可以依赖的最早的自我是什么？这颗阻碍科学的星辰没有视差、没有可计算的要素，它有何种本质和力量？哪怕有丁点儿自主的迹象出现，它那美丽之光甚至就会射进琐碎和肮脏的行为之中。

没有视差和可计算要素的星辰将使天文学家以及化学家都无法对它做出分析或定位，它将成为不属于任何已知体系的不可或缺的事物。

爱默生把这个事物很奇怪地叫做"自发性或本能"——一种直觉的而非教化的产物。"自发性"指的是行动和"本能"的激情。不过，很明显，爱默生所想的并不同于这两者。他进一步描绘了一个令人吃惊的被动的原始自我，一个在我们安宁的时候出现的、确保我们与事物统一的"存在意识"。"我们躺在无限智慧的怀抱之中，这使我们成为它的真理的接收者和行动的工具。"在它的源头，自助变成了它的反面——自我否定。"当我们看到正义，当我们看到真理，我们无须作为，只是任凭它的光芒透身而过。"

在这充满幻想的时刻，我们既没有感到满足，也没有欢愉之情，只有"一切皆好"的感觉。从这个高度，爱默生甚至承认他的论文标题不合适。"既然如此，我们为何要空谈自助？""自助"这个词是"一种贫乏的形式上的说法"，专注于支离破碎的经验自我，而非在自发或本能涌动的宝贵时刻穿透自我的威力。"倒不如谈谈助己者，因为他才是有所作为的行动者。"

倘若说《论自助》试图从经验自我的角度审视真理以期获取真理，那么《论精神法则》则从真理本身来探讨真理。这一努力使爱默生写出许多纯理性的箴言，并旨在使其读起来俨若只言片语的东方至理名言："灵魂强调的永远正确"；人"能见己之所造"；人"自有所得"；"人能读己之所写"；"人自以群分"。

这些简短、奇特、充满智慧的格言大部分属于《论自助》中口气激进的规劝。这些格言并没告诉我们要有所作为，而是告诉我们无所为才是必要的。爱默生引用了孔子的一句感叹"知之为知之，不知为不知"来指出欺骗的徒劳。但同时，他又指出忧虑是无用的，因为"精神法则"的世界是只有在《论自助》中才能看见的那充满无限智慧的世界。"把你自己投身于那力量和智慧的激流中，那激流赋予一切漂浮其上的东西以生命。你便能毫不费力地被推向真理，推向正义，推向圆满。"

既然我们认识到，与我们生命所代表的永恒的选择相比，有意识的选择是微不足道的，那么，爱默生现在给我们的告诫便是不加选择。

人是一种方式，一种渐进的安排，一个选择原则，不论他去到哪里，他都能把自己的同类聚集在周围。在他周围涌动旋转的万物中，他只是选择属于他自己的。他就像那堵在河道上拦截漂木的水栅，或者像碎铁当中的一块天然磁石。

因此，只要我们相信自己的魅力，就不会步入歧途。"你认为伟大的，便是伟大的。灵魂强调的永远正确。"

正如爱默生最后在该书第九篇文章《论超灵》中公开强调的，之所以如此，是因为"灵魂中不存在栅栏或围墙，在那里人不再是结果，上帝也不再是起因"。个人的灵魂完全不同于宇宙的灵魂，以至于当两者融合在一起时，个人的灵魂会感到一阵"因敬畏和快乐而产生的战栗"，而且两者结合完美，致使爱默生能够平静地把"启示"重新定义为"灵魂的显现"，并且无须说明谁的灵魂得以显现。"人是一条源头深藏的溪流。我们的生命不知从何处降临到我们身上。"倘若说爱默生描述的同神灵结合听起来有些令人惊恐——如"灵魂把唯一的、初始的和纯粹的自我献给那孤寂的、初始的和纯粹的神灵"——但至少那灵魂就像摩西一样，最后又回到了其他人当中。"永恒自然的波涛越来越猛烈地涌进我心里，使我在观点和行动上变得更公开、更富有人性。因此，我开始在思想中生活，并以不朽的活力行动。"

这些活力是不可缺少的，因为不论这个世界的瑕疵如何昭彰地显示出道德法则的作用，我们生活的这个世界依然是一个堕落的世界。人类需要审慎来对付感性的世界，需要英雄气概来忍受它的残酷，需要补偿法则的坚定信念来使自己确信，世界虽然病入膏肓，但其运转依然是绝对道德的。可惜的是，宣扬这些道德的文章言辞尖刻，常常滑稽风趣，很少为现代的学生编纂成集，因为这些文章表明，爱默生是圣经《箴言》和爱比克泰德（Epictetus）《语录》这类智训文献传统的杰出实践者。

在这些文章中，爱默生提出的最真诚的忠告也许来自《论审慎》。文中，他告诫人们不要介入宗教纷争这一愚蠢的行为中。"如果开始争辩，圣保罗会说谎，圣约翰会怨恨。宗教的争辩将使上帝选定的纯洁灵魂变得多么卑贱、渺小和虚伪！"爱默生提出了一个更宽厚（而且更委婉）的策略来代替争论。"尽管你的观点与他人大相径庭，你仍需要采取一种感情上的认同，先假定你的所言正是所有人的所想，然后在风趣和博爱的滔滔不绝之中，实实在在地把你的反驳说出来，毫不含糊和犹豫。"《圣经》不是告诫我们，施善于我们的敌人，我们将在他的头上堆起燃烧的火炭？

回避争论还有更重要的价值。在《论才智》一文中，爱默生阐述了理由。"上帝给每一个大脑提供了真理和依赖的选择。任选一种，但绝不能两者都要。"喜欢依赖的人将接受他所继承的任何信条，可是喜欢真理的人却将"放弃教条，认识所有对立面，摇摆于这墙壁一般的对立之间"。因循教条迫使我们竭力维护一时感悟的真理，直至真理成了谎言和"早期癫狂"。

为什么真理这样难以捉摸？既然我们能够躺在无限智慧的怀抱中，为什么我们就不能歇息在一个不变真理的怀抱中？在《论循环》这篇最短也是最晚写成的文章中，爱默生试图回答这个问题。与其他文章不同，《论循环》在早先的讲稿中没有出处，而且在逻辑上表现出爱默生少有的直截了当。正如一位评论家所说，这篇文章试图以吞没社会制度的那种迅猛之势来度量宇宙的深奥。"我们的文化就是这样一种占据了支配地位的思想，这种思想衍生出一连串的城市和制度。让我们投身于另外一种思想，这些东西便会消亡。"

如果这种动荡仅仅是混乱，那人们是有理由感到绝望的。可是，每一种文化都在围绕着自身所继承的传统文化画着圆圈，爱默生把这种努力看成是象征"可望而不可即的完美的道德现实。这一现实是人类之手所无法触及的，因为他们既是每一次成功的鼓舞者，又是谴责者"。在每一次的努力中，我们竭力去达到或代表超灵，我们的失败所留下的瓦砾就是我们所谓的文明。

然而，这篇文章的语气完全没有痛楚或绝望。相反，爱默生在永恒世界的位置使他能居高临下俯视脚下涌动着生命和活力的世界。"人的生命是一个自身进化的循环，从小得难以察觉的圆圈朝着四面八方冲击，形成新的更大的圆圈，而且没有终结。"假如我们所形成的每一个圆圈自然而然地固化成"一个帝国、一套艺术规则、一种褊狭的习俗、一组宗教程式"，那么灵魂依然强大，它会冲破刚刚形成的疆界。"我们一步一步地登上这神秘的梯子；台阶便是行动，新的景象就是力量。"

我们之所以能够承受这种永无止境的自我征服，是因为我们和上帝一样，是那种无边的、没有中心的圆圈。如果把我们经验的自我不断地抛进涌流，我们超验的自我将坚守中心。"就在圆圈持续地进行着自己永恒的生成时，永恒的生成者却坚守原地。这个核心的生命从某种程度上讲要高于世界、高于知识和思想，而且囊括了所有的圆圈。"一切自我修养的努力都是由这一核心生命所激发的，它极力创造"一种与它一样宏大和精彩的生命和思想，向我们的思想展现某种进步"。

但是，这种思想的产物绝不像抛出它们的能量那样有价值。"没有什么是稳固的，除了生命、变革、充满活力的精神。没有什么爱情可以被誓言或契约所约束，可以违背更高层次的爱。在新的思想面前，没有什么真理如此崇

7 希冀改革

高,以至于明天不会变得微不足道。"接着,在对那些渴求得到一个永久位置的可怜的青年人最后的玩笑中,爱默生总结了自己迄今领悟的智慧:"人们希望安下身来;对于他们来说,惟有不安然,才有希望可言。"

《论文集》确实让人无法安然释读,而且不仅仅是那些爱默生在其中自称为"魔鬼主子"的章节。不过,这些文章给人的印象主要涉及信念、希望,还有仁爱,甚至还有炽热的欲望。既然上帝存在,一切关系灵魂的东西都不会消失,一切阻碍灵魂的东西都应抛弃。抑或如爱默生在《论循环》的最后一段中所说:"生命的形式令人惊叹:它靠的就是抛弃。"

似乎是要证明此番话并非随便说说,爱默生试图改变一下自己的生活方式——如邀请(经济再一次拮据的)阿尔科特一家搬进自己家中,养成常做体力劳动的习惯,并且废除家庭雇佣,或至少废除由家庭雇佣所产生的令人反感的阶级界限。可是,他把自家变成一座小型的布鲁克农场的努力几乎注定要失败。阿尔科特太太预见,像她丈夫和爱默生这样的超验主义人物如果同住,后果将不堪设想。于是,她回绝了爱默生给予帮助的请求。爱默生的母亲和妻子拒绝没有家庭佣人的生活,而且厨师和女佣也断然拒绝与爱默生一家同桌吃饭。

爱默生急于挽救自己的改革阵地,哪怕只是讲坛的一块木板,于是他去找梭罗。1841 年 4 月,他告诉玛格里特·富勒:"亨利·梭罗将来和我同住,和我在花园里一道工作,还要教我嫁接苹果树。"到 6 月 1 日,他给自己的兄弟威廉写信时也谈起这个安排似乎见效:

> 迄今,对我来说,他是一位伟大的恩人和医生,因为他是一个孜孜不倦而且非常在行的劳动者,而且我同他一道干活,没有他,我不会这样。整个春天,我像是一具行尸走肉,简直无地自容。可现在,我期待着突然会好起来、强壮起来。梭罗是个学者、诗人,浑身都是洋溢着希望的花蕾,像一棵年轻的苹果树。

爱默生计划在 1841—1842 年冬天在波士顿重新开始系列讲演,而青春荡漾的活力与骨瘦如柴的垂老之间的对比将成为这次演讲的主题,这是他自己主办的最后一次完整的系列讲演。这个被称为《论当代》的系列演讲表明,爱默生试图要旗帜鲜明地直接讨论改革的问题。在这个系列的开场白中,他讲道:"这些改革与我们处在同一时代;它们就是我们自己,就是我们自己的观点、认识和良知;它们只是指明了存在于我们之间的关系和它们准备矫正的邪恶制度。"不过,在给保守派以他们应得的评价的时候他也是小心翼翼。

◎超验主义

在《论保守》(*The Conservative*)一文中,他想象出一位既成秩序的辩护者来反驳空想论者。"现存的世界不是梦幻,而且不能毫无妨碍地当做梦幻;它也不是弊病,而是你所依赖的基础,是你之生母。"改革处理的是可能性,"而这里是神圣的事实"。

针对这一辩解,改革者(在题为"论超验主义者"的演说中)回答:"你以为我是环境之子,可是我造就了自己的环境。"在意识摧枯拉朽的威力面前,纯粹事实算得了什么?"我——这个被称做我的思想——是一个模子,世界像融化了的蜡一样被浇进模子中。"在最后一次题目与《论自然》最末一章《论前景》相同的讲座中,爱默生毫不保留地表明了自己的情愫所在。"我仇视那些建造空中牢狱的人。"他说,"我们之所以被造就,是为了另一项事业,是为了传授快乐的科学,发现和描绘超自然的对称和不为人知的美,是为了作为文明、高尚、学识和智慧的先驱,确立那个独一无二的法则。"保守派怎能用他的事实来使我们灰心、气馁?"最终留下的事实依然是惊奇,无声的、无底的、无边的,惊奇。"

除了上帝之外,最终万物皆无。"除了造物主,万物将消亡。这个造物主不需要同伴,他用自己的丰富充实着世界,即刻或永恒地再生着自然和我们所谓的人的世界,就像大海激起波涛一般。"谁认识到他那并非一成不变的所有和关系,谁就超越了怀疑论。"怀疑论的利箭远远不及他永恒的信仰之塔。"我们应当心满意足地看到这个伟大的精灵带给我们的种种奇观,"只用眼看,不要做声。谁在要你发表意见?"

假使这确是爱默生成熟的信念,那它将受到一次严峻的考验。当他回到康科德镇的家中,发现亨利·梭罗突然发病,歇斯底里地紧咬牙关。这病一周前刚刚害死了他的兄弟。爱默生害怕极了,一直到梭罗的症状渐渐缓解下来他才安心。可是,一场更严峻的考验正等待着他。1月24日星期一,爱默生五岁半的儿子沃尔多染上了猩红热。到星期四,孩子便不省人事了。爱默生太太问主治医生她何时能看到自己的儿子好转时,医生只能说:"但愿不要让我回答这问题。"那天晚上八点刚过,沃尔多便死了。

爱默生发现,悲伤给他留下的麻木比痛苦还要可怕,可他几乎没有时间来思索这种感觉。波士顿系列演讲的收入令人失望,而且银行也没能把惯常的股息支付给他。他筹算着还需要靠演讲再挣 200 美元来支付家庭的开支。另外,他仍然在想方设法帮助阿尔科特搬来康科德,可这既没有给他带来成功,也没有带来安宁。阿尔科特的著作在英国热心教育的改革者中间赢得了一帮满腔热忱的信徒。爱默生心想,去一趟英国也许能够鼓起阿尔科特的情绪,改善他的健康状况。可是,他在波士顿富有的市民中为"阿尔科特旅行基金"筹资的努力没有成功。

爱默生在罗得岛州的普罗维登斯交上了好运。阿尔科特的一位慷慨的朋友为旅行提供了赞助。可是,在普罗维登斯,爱默生自己的听众却少得很,有时一场仅能挣9美元。他很不情愿地决定把系列演讲搬到纽约来进行。可幸的是,那里的听众多了一些,他的收入也更多一些。(在纽约,他的演讲得到布鲁克林《曙光报》[Aurora]的一位年轻记者沃尔特·惠特曼的评论。)到3月中旬爱默生回到新英格兰时,他已经挣到足够的钱来支付家庭开支,并资助阿尔科特的旅行。

可是,就像这个曾经被爱默生怒称为"高个子柏拉图"的人所做的其他任何事情一样,那次旅行同样以失败而告终。它激发起的那种力量导致了世上最短命的改革,而且最终又把阿尔科特和他一家推到爱默生的门前。1842年5月8日,阿尔科特离开波士顿。在伦敦,他受到查尔斯·莱恩(Charles Lane)和亨利·赖特(Henry Wright)这两个崇拜者的欢迎。他们立刻把他带到伦敦郊外一所用他的名字命名的学校——阿尔科特学校。莱恩和怀特都是公有社会的鼓吹者;他们想建立起自己所谓的"新伊甸园"。像布鲁克农场一样,他们将邀请劳动者来这里生活和耕作,既为自己提供生活的必需,又成就身体与精神的和谐一致。由纯洁心灵和健康体魄的人们组成的社会能够创造曾经被认为是由于人类堕落而失去的完美。严格的素食、冷水浴和锻炼将消除阿尔科特在英国看到的比比皆是的腐朽和堕落。

1842年10月21日,阿尔科特带着搬来和自己一家合住的怀特还有莱恩和他九岁的儿子,回到了美国。1843年1月,由于独断专横的莱恩强制大家都实行疯狂的饮食起居制度和冷水洗浴,怀特建立新伊甸园的热情渐渐退去,他遂乘船返回英国。莱恩和阿尔科特继续收罗人马,寻找合适的农场准备购买。

最后,1843年5月,在马萨诸塞州的一座名叫哈佛的村庄里,莱恩找到了一座有90英亩土地的农场。农场可耕种的土地只有7英亩,这意味着如果不使用牲畜和牲畜粪便是很难种上庄稼的,但这两者都被阿尔科特和莱恩蔑视为剥削或不洁。不过,农场的景色美好,背后是一片树林,远处有群山。6月1日那天,当这群自称为"伙伴家庭"的人来到"花果园地"(尽管这里统统加起来只有十棵老苹果树,但他们还是决定用"花果园地"来称呼他们的公社),他们情绪高涨。在7月的那期《日晷》上,阿尔科特和莱恩自豪地宣布他们已摆脱了金钱交易的枷锁。"我们已同一位有100英亩左右土地的地主协商好了,把这块土地从人的所有中解放出来。"

他们试图劝说人们加入他们的农场,但大多数人都回绝了。最后吸引来的是一群鱼龙混杂的人，有两个牢骚满腹的布鲁克农场的社员，一个曾在疯人院关过的箍桶匠，一个从英国来的曾经倡导裸体主义的人，还有一个宁愿在伍斯特监狱忍受一年也不肯认缴当时向大胡子男人征收的小笔税金的温和革命者。只有一个妇女加入了这个农场，来帮助布朗森长期患病的妻子阿比，帮着做饭和处理家庭杂务。这个名叫安娜·佩奇（Ann Page）的女人是值得记住的，哪怕仅仅是因为她对于这些改革所作的尖刻的评论。一个女人也许能一辈子做自我牺牲，死时却温顺地说："瞧，这就是女人。"而一个在克己的实验中过了几年的男人却说："瞧，这就是上帝。"

路易莎·梅·阿尔科特在全家人搬到"花果园地"时只有10岁。后来，她写了一篇文章，简短地介绍了自己在那儿的经历。1873年，这篇记述以《超验主义的野燕麦》（*Transcendental Wild Oats*）为题面世。她详细地描述了这个奇异的公社生活：

> 自从亚当掘土以来，这种耕作也许以前从没见过。这帮兄弟们开始用锹在果园和地里挖土，可经过几天这样的劳作，他们的热情锐减。满是水疱的手掌和酸疼的腰背表明，在这个新生活的夏天到来之前，在大家尚未适应高尚的劳作之前，使用牲畜是合算的。

但是，在其他方面，他们坚决、严厉地规定了净化自己罪孽生命的措施：

> 早餐是未经发酵的面包、稀粥和水；中餐是面包、水果、蔬菜和水；晚餐是面包、水果和水，这是年长者规定的菜单。没有茶壶来亵渎神圣的炉灶，没有血淋淋的牛排在圣洁的烤架上大叫复仇；在这个家庭的圣坛上，被牺牲的惟有一个英勇女人的味觉、时间和脾气。

同样，衣着也是清苦的。"棉花、丝绸和羊毛被禁止使用，因为这些都是奴隶劳动、残杀昆虫、掠夺绵羊而得来的产品。用粗麻布做的束腰外衣和裤子才是唯一的服饰。"

阿尔科特和莱恩更乐于谈论种地，而非实际去种地。收获季节，他俩在纽约和新英格兰四处漫游，试图为"花果园地"招募更多的社员，可没有获得成功。当10月的一场暴风雨威胁谷垛的时候，在他们身边的帮手只有阿比、她的三个女儿和莱恩的儿子。他们用布筐和被单好不容易把庄稼收进来，可是这充其量只能算做歉收。

到1843年的10月底，"花果园地"的社员开始陆续离去，莱恩和阿尔科特之间的紧张关系也开始激化。为这项事业提供资金的莱恩认为,他被阿尔科特乐观的保证引入了歧途,以为美国会为这个伙伴家庭提供成群结队的应召者。1844年1月初,莱恩带着他的儿子离去,加入邻近的谢克公社(他一贯反对核心家庭,认为它是自私的温床和真正结合的障碍)。被劳作和饥饿折腾得筋疲力尽的阿尔科特把他全家搬到附近的一家农舍。由于忧郁过度,他一连几天拒绝进食,只有妻子和女儿们在他床前的守候才最终使他重新开始进食。路易莎回想起他从病房里出来时,"形容枯槁,依靠在那只一直支撑着他的胳膊上"。虽然他们被迫卖掉仅有的几件家具来偿还"花果园地"的债务,不过,危机总算过去了。

爱默生曾经试图阻止"花果园地"灾难的发生。他写信给阿尔科特在英国的崇拜者,提醒他们在处理实际事务时,不能相信阿尔科特(这封信他交给阿尔科特自己转交,阿尔科特忠实地把它交给了收信人)。在美国的那些日子里,当阿尔科特和莱恩试图征召兵马时,爱默生对他们不以为然。1842年11月,他在日记中写道:"这个致命的错误仍然出现在我们朋友的逻辑当中:他们的整个信条是精神的,但他们最终总是说:给我更多的土地和资金。"和所有其他人一样,他也有点倾向于说:"让他们咎由自取,这将是最好的嚏根草根①。"可现在,既然阿尔科特饱尝了错误的痛苦,爱默生又开始同情绝望中的他。毕竟阿尔科特是忠实于他的信念的。如果这些信念导致了他在这个世界上的毁灭,那将是这个世界的过错。阿尔科特搬回到康科德后,爱默生和管理阿比·梅·阿尔科特地产的托管人一起,在康科德为阿尔科特一家买下了一座农场。这一次,他们确保财产得由他人代为管理,不让阿尔科特插手。

这段时间里,爱默生并没有把全部时间都花在照顾阿尔科特、演讲挣钱或编辑《日晷》上面。1843年的夏季和秋季,他慢慢地回到自己早已规划好的文学项目上——为出版社汇编第二本论文集。他发现自己很难找到时间工作。在1843年12月17日的一封信中,他对玛格里特·富勒抱怨道:"可恶的《日晷》,可恶的演讲,朋友、妻子、孩子、房子、柴火,所有这些都是延宕生命的罪魁。"他听到德国学者们成绩斐然,他们每天学习11到12个小时,这使他嫉妒万分。他连五个小时都很难保证。(爱默生1843年11月5日致富勒)不过,当新年来临之时,有一件分心的事情完结了,他至少可以为之高兴。1844年4月1日,他写信给兄弟威廉说自己已经将最后一期《日晷》

---

① hellebore:嚏根草属植物,干燥后可药用;古希腊、罗马人用以治疗疯狂症。又名藜芦根。——译注

的校样、他写作新书的"长期累赘"寄给印刷商了。新书的前三章差不多也可以交付印刷了,剩下的五章和结尾一章占去了夏天剩下的时间,直到10月4日他才写信给威廉,说他"终于从数月来伺候印刷魔鬼的疲惫之中解脱出来"!他一阵心血来潮,同意从几个在他独自散步时和他打招呼的人手中买下瓦尔登湖边的11英亩土地(价格是每英亩8.10美元);然后他又买下邻近的几英亩松树林。如今,他成了拥有"14英亩左右地产的地主和水主了",可以自己种植黑刺莓了。(这封信的后面提到了阿尔科特,威廉立即提醒他不要再向那个"奥菲士筛子"投入任何资金。)1844年10月19日,《论文集》(第二卷)出版了。

同第一卷论文集一样,本卷把相互对立的文章松散地组合在一起。在赞颂了上帝般的洞察力之后(《论诗人》[The Poet]),接着便是《论经验》(Experience)一文中所感到的迷惑;在探索了恶魔势力(《论性格》[Character])之后,跟着是对社会关系的研究(《论行为》[Manners]和《论天赋》[Gifts])。《论自然》表现了在孤独的沉思者眼中的世界的表象,《论政治》(Politics)则研究人们在参议院和政党决策机构中的行为。书中的最后一篇文章《论唯名论者和现实主义者》(Nominalist and Realist)并未试图调和所有这些对立冲突,以使其充分搅合,无法分出彼此的差异。该卷所加的最后一章是1844年3月爱默生所作的题为《新英格兰改革者》(New England Reformers)的讲稿。之所以要加上这一篇文章,是因为出版商告诉爱默生否则该卷太薄。这篇文章是爱默生带着不同程度的乐趣和关注对自己目睹的各式各样改革运动所作的诙谐的概括。

爱默生把《论诗人》作为开篇之作,这表明他已经愿意对他的世界进行仅仅是象征性的改变。《论自然》预言了通过精神灌输来对世界进行实际的变革;在这篇哈佛神学院的讲演中,他期待着一位能带来福音、宣布科学和法律本质的导师。《论诗人》称颂令人陶醉的感受力本身。诗人更加接近那个"存在变成了表象、一统变成了多样"的地方;他"看到的是流动或变形;看到思想是多形的;看到在每一个造物的形式当中,存在着 种驱使它朝高一层形式升华的力量;而且用他的眼睛注视着生活,用形式来表达那种生活。这样,他的言辞同流动的自然一样,滔滔不绝"。这种用流动的辞藻来模仿流动的自然的力量"对所有人而言具有某种解放和振奋人心的威力。……我们就像那些从洞穴或地窖走到户外露天的人们一样。"爱默生盗用柏拉图这个著名的意象并非偶然,他的目的就是要坚持真正的诗人在他的理想国中的核心地位。"因此,诗人是解放灵魂的上帝。"真正的诗人不同于纯粹的天才,因为后者仅仅模仿表象的轮廓;也不同于神秘主义者,因为他们过早地探寻意

7 希冀改革

义而终止了象征的自由驰骋。真正的诗人拒绝接受约束,而是向我们"欢愉地暗示我们本质的不朽"。

在欢乐的时刻,这种"转瞬即逝"似乎是一个广袤世界的赠予,可在另外一种心境下,却表示了世界的嘲弄和退隐。《论经验》是迄今爱默生最精彩的论文之一。文中,他试图描述生活在一个不仅是流动的而且脱离了知觉自我的世界中是什么感觉。文章一开始描写的是一个有数不尽的楼梯的噩梦般的世界和一位自觉被麻醉了的讲话者。这差不多就像埃德加·爱伦·坡故事的开头。不过,爱默生试图描写的恐惧仅仅是普通男女在力图获取智慧和爱情时所经历的日常生活,在这个世界上,主观条件本身似乎阻止他们得到这两种东西。我们不知道身在何处或去往何方;我们的性格把我们封闭在自己看不见的玻璃牢狱里;情绪的激流汹涌澎湃,以至于我们无法长时间地守住任何情感或信念;而且悲伤本身只能告诉我们它是何等的肤浅。"与所有其他情感一样,那种情绪流于表面,不会将我带进现实,因为一旦与之接触,我们将付出失去儿子和情人这样昂贵的代价。"

自从儿子死后,爱默生感受到的那种麻木如今似乎成了一种更加深不可及的麻痹的一部分。"那个印第安人被上天诅咒,风不朝他吹,水不朝他流,火也烧不着他。他便是我们大家的典型。最可贵的是夏天的雨,可我们却是滴水不透的帕拉雨衣。"要避开文章结尾流露出的那种怀疑是很难的。"或许这些主体视镜具有创造的力量;或许本来就不存在任何客体物质。"可是,认识主体甚至连某种一贯的怀疑也无法拥有,因为那个曾经避开我们的现实将随时再一次显现,而且表明它是绝不会真正消失的。"在不和谐和琐碎的具象底下,是音乐般的完美无缺,理想总是伴随我们而行的,那是没有裂痕的无缝的天堂。"最终,带着我们既无法实现又不能放弃的希望——即胜利将是正义的必然结果,天才将转化为实际的力量——我们的旅程必须继续。

在《论性格》一文中,爱默生指出,成就这一转变的方法可以是那种表现在演讲中的魔力,这一"命令之流"从坚强的本性流向孱弱的本性。《论行为》一文论及的是有性格的男人向他的同伴表现出的男子气概和温柔性格。他的沉着和自足也许可以被称做自助的社会表现,他的座右铭是"君子之交不宜甚密"。突然,在文章结尾的地方,爱默生谈到了他希望在女人身上看到的完全不同的气质。作为对两位女性——玛格里特·富勒和卡罗琳·斯特吉斯——的隐含的颂词,这段文字引人注目。在过去的几年中,这两位女性摧毁了他羞涩的堡垒,激发着他投身于如此甜蜜的迷乱之中。玛格里特·富勒显然是这样一种女人,她的宽容豪爽始终"将她突出在崇高、如神的境地,她代表着密涅瓦、朱诺或波吕许谟尼亚"①。相反，斯特吉斯给爱默生的瓶里盛满的是美酒和玫瑰，她帮助他冲破了平常拘谨的堡垒，直至他口若悬河地说出他以往连想都没想过的言辞。不过，这些诱惑（其间爱默生扮演的似乎是女性的角色）最终退化成了天真的无性行为。"我们成了在鲜花遍地的野外玩耍的儿童。"

《论天赋》中没有包含如此发人深省的段落，不过也确有一些非常有趣的箴言提到了作为施主的危险：对于大部分朋友来说，爱默生时常充当这个角色。"充当负债人是一个非常沉重的负担，当然他们个个都希望给你一巴掌。"这篇文章引人注目的地方是，爱默生对受惠者的义愤抱着完全同情的态度。"人的责任不是接受馈赠。你怎敢施与他人？我们希望自给自足。我们并不怎么原谅施与者。给我们喂食的手时常会有被咬的危险。"

《论自然》从我们所造就的世界回到我们所居住的世界。文章的前半部分论及表象（被创造的万物）的美，后半部分涉及"直接自然"（万物的创造），即一切形式的"直接起因"，在它之前，所有这些形式犹如乱舞的飞雪。在整篇文章中，爱默生把自然看成一个进化的过程，在漫长的地质年代里，自然缓慢地形成物种，赋予它们占据某些生态空间的能力，但同时又武装起它们的敌人去毁灭它们。不过，从精神上讲，这篇文章更接近《创世纪》，而非《物种起源》，因为这全副武装的势力依然朝我们包抄过来。"由于我们既麻木又自私，我们便仰赖自然，但当我们康复之后，自然将仰赖我们。""世界是加速的头脑的产物，易变的特性再一次永远地遁入思想的自由境界。"

虽然《论政治》一文弥漫着旧时联邦主义者恋旧的思想，认为财产应当有财产的法规，人应当有人的法规，但至少财产对于人存在着某种有害的、"令人堕落和降格的"影响。尽管爱默生说他不会对理想国失去希望，但在现有的政治舞台上，他找到的慰藉很少，因为激进的人"盲目破坏"，而保守分子却"谨小慎微，仅仅是财产的捍卫者"。

本卷的最末一章《唯名论者和现实主义者》试图在对立中寻求某种美德。"基督想广纳人类，可汤姆·潘恩和那些最粗俗的亵渎神灵者却帮助抗拒这一恢弘的伟大力量。"政治活动家甚至以恶言中伤来反对对手的缺点，否则，对手会把它们掩藏起来。爱默生也许为迄今所建立的两党制做了最好的辩护："既然我们都这么愚蠢，那么拥有两种愚蠢又是多么有益啊！"

---

① 密涅瓦（Minerva）：[罗马神话] 司智慧、艺术、发明、武艺的女神。朱诺（Juno）：[罗马神话] 天后，主神朱庇特（Jupiter）之妻，主司生育婚姻等。波吕许谟尼亚（Polymnia）：[希腊神话] 九位缪斯之一，主管颂歌。——译注

7 希冀改革

在这样的生活中,我们的困境源出于我们得为两种要素——具体与共相——而战。"我们必须尽我们所能调和冲突,但是它们之间的矛盾和一致使得我们的谈吐荒诞可笑。"支离破碎的还有我们的心灵。我们刚刚提出一个建议,马上又想把它否定;刚刚倡导一个信条,马上又把它放弃,同时说:"我以为自己是正确的,可我错了。"像约翰·德莱顿(John Dryden)的作品《押沙龙与阿琦图菲尔》(*Absalom and Achitophel*)中的心利(Zimri)一样,开始我们无所不能,可就是不能持久。爱默生在《论经验》中有类似的说法,但在这里,肯定的语气不含忧伤或绝望,而是宽容、顽皮,甚至是奥古斯都式的。自相矛盾是人性的一部分;的确,这正是人性;而且它保护着我们免受偏执的侵害,其专一的本身正是疯狂的表现。

本卷的最末一章不是作为论文的形式编排的,而沿用了它原有的题目《新英格兰改革者:1844年3月3日星期日对"艾默里协会"宣读的讲稿》(New England Reformers: A Lecture Read before the Society in Amory Hall, on Sunday, 3 March, 1844)。"艾默里协会"是一个非常激进的团体,1844年1月,一位名叫查尔斯·奥古斯塔斯·伯利(Charles Augustus Burleigh)的能言善辩的费城废奴主义编辑在波士顿就社会改革做了三次演讲之后,这个组织便成立了。他的听众不愿让当时的灵感就此消逝,于是当场组成了社团,然后委派一个委员会负责聘请演讲者在接下来的12个周日为他们做同样题目的演进。威廉·劳埃德·加里森在那儿讲过,查尔斯·莱恩和埃丁·巴卢(Adin Ballou)也在那儿演讲过。他们和加里森一道,共同建立了"新英格兰不抵抗协会"(New England Non-Resistance Society)。甚至连一位名叫欧内斯廷·罗斯(Ernestine Rose)的犹太移民也在那儿演讲过。这位自由思想家是罗伯特·欧文公有社会理想的皈依者。

尽管爱默生和梭罗两人都激烈反对其他大多数演讲者所倡导的结社原则,但在这个系列中两人都做过讲演。爱默生的演讲一开头便对过去25年中盛行于新英格兰的疯狂的分裂主义做了一个有趣的概括。每一种改革都有组织。"在这些运动中,没有什么能比运动者对其产生的不满更引人注目了。""反抗的精神和独立的精神"驱使这些运动的成员们纷纷脱离业已确立的制度,进而又脱离借以反抗这些制度的准则,最后脱离并肩反抗的同伴。"这个国家到处都在反叛;这个国家到处都有国君。住手!在管理自我王国的事务时,不要任何管制,不要任何干预!"这些"孤独的废除者"经常忘记的是,那些可能的革新者必须首先自我革新方能再创他们周围的世界。

人们希望通过结社来根治单靠男女个体所无法驱使的邪恶,但他们将发现,彼此间的靠近并没有使他们强大,反而使他们弱小了。社团和规则绝不会解放我们。"我们希望摆脱隶属,摆脱一种受制于人的感觉,我们制订自我否定的法规,我们喝水、吃草,拒绝接受法规,我们坐牢:可这一切全是徒劳。"只有我们自由地遵从自己的神灵,天使才能出现在我们面前,牵着我们的手把我们带出一座座牢房。"只有当所有的团结者相互独立,这样的团结才是完美的。"

爱默生为个人的中心地位经常做这样的呼吁,可就在此时,他的老友乔治·里普利正试图把他的农场引向一个完全相反的方向,这是一段具有讽刺意味的历史。1843 年,尽管布鲁克农场从外表看来生活幸福、蒸蒸日上,学生人数有 30 人,全社人数达 70 人,但看看那一年 11 月的账簿,上面有 1160.84 美元的赤字。布鲁克农场不是一个公社,而是一个合股公司;那些想要成为完全资格社员的人必须至少购买布鲁克农场协会 500 美元一份的股份,才有望得到每年 5% 的股息。在拥有足够资金购买 500 美元股份的人当中,没有多少人提出申请成为新社员,(然而,贫穷、体弱多病和拖家带口的人的申请书,却铺天盖地般朝里普利涌来)。把原先无法耕种的土地改造可用于农业生产,但任务之艰难是里普利始料不及的。虽然他和同伴们毫不畏惧地劳作,但除了牛奶和干草,他们几乎生产不出什么可上市的东西。无论大家甘愿取消多少奢侈品,他们仍然不能靠菜圃来满足自己所有的需求。学校本身能够赢利,甚至从古巴和菲律宾也吸引来了学生。此外,当农场管理委员会最后决定向前来参观的人们收取费用时,每年成千上万来布鲁克农场的参观者也成了一小笔的收入来源。然而,真正的自给自足与他们相去甚远。没有真正的自给自足,他们怎能有望再创世界?

就在布鲁克农场的社员们渴望吸引更多的社员以使他们真正实现自给自足时,他们接待了一位倡导社会改革新方案的皈依者,名叫阿尔伯特·布里斯班(1809—1890)。这位富裕的纽约年轻人在游历欧洲各学界中心的 6 年间改信了法国社会空想家夏尔·傅立叶(1772—1837)的信条。1834 年,他回到美国,决心为他老师的信条争取更多的皈依者。1840 年秋,他出版了《人的社会命运》,这是他自己对傅立叶学说的概括和阐述,也是里普利在筹划布鲁克农场时所读到的其中一本书。布里斯班还引起了纽约出版商贺拉斯·格利雷(1811—1872)的关注,并允许他以 500 美元的费用为纽约《纽约论坛》撰写头版专栏。布里斯班的这个题为《结社:或真正的社会组织原则》(*Association:or, Principles of a True Organization of Society*)的栏目从 1842 年 3 月一直办到 1843 年 9 月,在此,布里斯班极力表明傅立叶的理论如何适用于美国国情。

傅立叶众多的著作旨在阐释如何通过人类生活和工作条件的彻底重组来

7 希冀改革

根本改变当今社会经济的悲惨境地。人们应当组成每组1620个成员的"步兵方阵",而不是各自居住在孤独的房子里,忙于激烈、无效而且残忍的经济竞争,他们应当住在一座像凡尔赛宫一样形状的被称为"法郎吉"的巨大建筑里,里面装满了人类生活所需要的一切。在那里,精心组织的各组劳动者将生产食物和必需的东西,教育孩子,组织艺术和娱乐活动。傅立叶认为,劳动是由于枯燥才使其令人憎恶的,因此,他主张应当把劳动分解成多段持续不到2至3小时的轮值,每班人员一旦疲劳便停止干活。

在这个"诱人产业"中,一队接一队的劳动者秩序井然地轮流劳作,为"法郎吉"的居民们提供物质供给,同时又给予他们能发挥自己激情的充足空间,傅立叶以法国人的精确把这些激情归结为"五感受"、"四情感"、"三分享"。由于我们的这些激情参与了建立一种神圣的秩序,因此,它们预示着自身的最终满足;甚至连明显的社会分歧之所以存在,也仅仅是为了最后被纳入更大的和谐当中。的确,傅立叶坚信,微观世界和宏观世界是相通的,因而他坚持工人们只能以"和谐"的数字——3、5、7或12——组合成队。他认为自己关于激情和谐的发现值得与牛顿的万有引力定律相提并论,而且他用"激情与命运成正比"的公式来表达这一基本定律。在和谐的"法郎吉"里,生活将会如此幸福,以至于城外的那些人将大声疾呼要求建立他们自己的"法郎吉"。不久,整个地球将被由200多万个相互连接、相互联系的"法郎吉"组成的网络所覆盖,一个6万年创造与幸福的时代将由此开始。

这样一套在结构上如此巴洛克式的繁复、在术语上如此陌生的信条居然吸引了美国人,这似乎很奇怪。但是,布里斯班改变信仰的时候正好是严酷的经济危机和心理混乱的时期。许多工匠被工厂的生产所取代,经济似乎难以从1837年灾难性的危机中复苏过来,刚刚流入城市的移民常常被一种怀旧的情感所折磨,他们怀念乡村和农场里的那种更亲密的世界。傅立叶声称,他精确的计算是基于和万有引力定律一样的一成不变的社会定律。也许他说得不错。在19世纪40年代,美国建立起了足足35个小型的"法郎吉"。

在1842年和1843年期间,布里斯班和格利雷访问了布鲁克农场,鼓动里普利和布鲁克农场的其他社员把他们的农场改为"法郎吉"。这样一来,布鲁克农场既能够在经济上使自己更加成功,同时又能从更广泛的社会阶层吸纳更多社员,而且为那些依然被"文明"所囚禁的潜在的"法郎吉"居民展示希望。对于布鲁克农场的社员们而言,这些理由听起来很有说服力。迄今为止,他们的实验基本上局限于农业或者教育的改革,而非商业的尝试,而且他们常常低估物质生产中的困难。安娜·拉赛尔(Anna Russell)这位游历甚广的女士来自波士顿一个很有名望的家庭,她于1843年左右加入农场,然

486

483

后几乎一直待到农场解散。她认为改信傅立叶信条与农场管理层对贸易的无知有直接关系:"由于不熟悉商业,建立和成功地开展一项商业所需要的那种缓慢过程在他们看来是很神秘的;而且我真的相信,我们一些人认为,只要把人放进作坊就足以创造财富。"

傅立叶空想社会主义时期大约始于 1844 年,那时里普利和两位社员为布鲁克农场起草了一份新的章程。那段时期保存下来的文件表明,更迫切的工作还不只是吸引更多的工匠以期创造利润。傅立叶的雄心囊括了整个宇宙,而且他的那些美国信徒也雄心不小。"结社"的目的在于治愈意识的创伤,甚至自然的伤痛:(正如一位学者所说,)布里斯班的目的就是"修复世界"。1844 年 2 月,布鲁克农场的一位社员、原唯一理教派的牧师约翰·沙利文·德怀特(John Sullivan Dwight)对新英格兰傅立叶主义学会作了一个题为《与教育相联系的社团》(Association in Its Connection with Education)的讲座。他的讲话以阐释傅立叶的理论开篇,以一阵发自内心的痛苦呼吁结尾,其抑扬顿挫的语调成了爱默生日后模仿的对象:

> 我们便是和谐;每一个人都是一个微观世界,或者是一个微缩了的世界,反映万物的一切规律;每一个凡夫俗子尽管渺小如原子,但对于世界的平衡和完整是不可缺少的,就像太阳系里的每一颗星体,或者天球里的每一颗太阳,或者上帝伟大的乐曲中的每一个音符。既然如此,我们为何要发生冲突?我们最崇高的希望为何变成我们最刻骨铭心的痛苦?我们为何不能伸出双手去接受生活的许诺,而非要从邻居那里去窃取食物和欢乐?为何我们在为邻居谋求好处时反而被踩在脚下?

假如傅立叶是对的,那么,当我们的孩子们聚集在"法郎吉"里为相互的利益而非相互伤害而劳作时,所有这些痛苦都将消失。我们也不必等待这些新的圣城耶路撒冷从天而降;我们可以现在就着手建造并且能加快完成我们如此虔诚希望的事业。在里普利晚上的讲座中,话题自然由康德和席勒变成了傅立叶。布鲁克农场的社员们开始举行盛典庆祝傅立叶的生日。此时,傅立叶的半身雕塑矗立在一个房间里,雕像两侧有两块碧青色的碑牌,上面刻着"全球一统"和"激情与命运成正比"的箴言。房间里还有一段引自《圣经·新约》的题字,意思是神圣的圣灵将证实人们的希望,这些人相信结社能把天堂王国带到地球上。有人甚至提议为"傅立叶——再世的基督"干杯。

当然,这一种靠人为拼缀、粉饰的离奇的宗教并未吸引每一个人,对傅立叶著作所做的诠释也并没有让那些倾向于康德和席勒的人满意多少。许多早期的拓荒者不愿跟随里普利踏上结社的乐土，而且在取代他们的劳动阶层当中，一些新加入的男女也明显地不比他们的先驱更情愿结成一统。一位学生回忆起一群"心怀不满的技工"经常朝路过的一组书生吼叫："贵族！"到1846年1月，矛盾激化，里普利不得不威胁要驱逐一些社员，除非他们停止制造阶级冲突。在安娜·拉赛尔看来，一旦这些措施被认为是必要时，它们将毫无用处，因为它们证明，同心同德的传统已经一去不复返了。

可是，"超验主义时代"早期也就是布鲁克农场的社员们自己所说的"前法郎吉"时期的那种勃勃生气并没有完全消失。傅立叶坦言，人生的目的在于欢娱，这一信念虽然在"文明人"当中引起了有关性放纵的谣传，并且影响了学校的招生，但该信念却与活跃在布鲁克农场的那种欢乐的精神是相吻合的。新社员们仍然喜爱结社生活的快乐。

布鲁克农场最后几年的许多引人注目的信件表明，它依旧能够给予人们很多的快乐。1844年，一位名叫玛丽安娜·德怀特（Marianne Dwight）的年轻女子来到布鲁克农场，开始写信给她在波士顿的朋友安娜·帕森斯（Anna Parsons）和她的兄弟富兰克，描述她在那里的体验。玛丽安娜是农场首批拓荒者、音乐教师约翰·沙利文·德怀特的妹妹。他们的双亲和另一位姊妹也曾经是布鲁克农场的社员，父亲约翰·德怀特博士是农场的医生。对于全家人所投身的这项事业，玛丽安娜当然会拥有一种强烈的献身精神。她对布鲁克农场的感激之情发展成对它的赤忱之心，即使在农场最萧条的日子里也从未动摇过。她决心记录下农场的生活，这些记录成了我们仅存的关于农场最后那些混乱日子的书面记载。

正如约翰·科德曼在自己的回忆录中所谈到的，妇女从布鲁克农场的收获要比谁都多：

> 常言说，家庭是妇女的天地，但常常是非常有限的天地——对于它的占有者来说，一个非常局限的天地。成千上万的女人走进这片天地的时候，她们年轻、聪明，可几年之后，却被羁绊成病态、抑郁的人，那种使女性有别于男性的所有优雅和蔼的魅力统统丧失殆尽。这个天地常常如此狭小，以至于没有成长的空间。

相反，在布鲁克农场，妇女们受到鼓励去发展和追求，而且她们还改善了这种发展和追求的机会。她们从家庭的孤独中解放出来，她们的劳动变得有了价值。农场甚至还组织起了一个托儿所，以便把有小孩的妇女解脱出来到别的地方工作，或只是为了暂时把她们从哺育孩子的压力下解放出来。妇女们做出了热烈的反应。科德曼不止一次地称赞布鲁克农场妇女们的忠诚，以及她们的牺牲精神和对原则的挚爱。

的确，玛丽安娜·德怀特证实了她自己的牺牲精神和忠诚。但她同时还证明了另外一个事实——布鲁克农场让女性感受到了自身的力量。在去布鲁克农场之前，她曾经是一位教师。可是农场长期的资金短缺迫使她和农场的其他妇女一起，参加了一个生产"装饰物的小组"，缝制"优美、雅致的帽子、披肩、领结、内袖等等"，以便拿到波士顿的商店里出售。自己挣钱的体验使她身上焕发出一种率直、欢快的女性气质，同时又赋予她锐敏的洞察力，认识到女性必须争取解放。

在1844年8月30日写给朋友安娜的一封信中，玛丽安娜饶有兴味地写道：

> 现在，我必须让你对我们的小商品生产组产生兴趣，因为我期待壮举为它出现，而且我也期待着壮举从它那里出现——那就是女性的独立和地位的提高，获得公认而且与男性平等。自从我来到布鲁克农场，关于这个主题的许多思想一直在我的头脑里翻腾。现在，我发觉自己明白了如何来实现这一切。妇女必须成为可出售商品的生产者；妇女必须挣钱，并且自食其力，不依靠男人。

她知道自己该做什么：借来一点本钱；购买材料，生产出高质量的商品，波士顿的经销商已经同意收购她做出的所有东西。积累了资金以后，她们可以开办其他生意，但（她坚持）所有的活动必须"永远致力于提高妇女的地位"。她敦促自己的朋友"关注这一事件的精髓。只要女性与男性平等，还有什么聪明才智我们不能希求？全社会不知会发生什么巨变？这正是农场目前开始从事的壮举，难道不是吗"？

事实上，玛丽安娜的确成了农场有名的挣钱能手。她画在灯罩和扇子上的精巧的花鸟水彩画非常畅销，以至于她常常每天得画上8个小时。可是，布鲁克农场却像一个贪婪的消费者，耗尽她能生产出的所有资产，女性的解放不得不一而再、再而三地让位于众人的利益。但是，她还是很高兴，因为她认为自己逃脱了在"文明人"当中女性通常遇到的命运。在给兄弟的信中，她写道："对我自己来说，我不愿拿这种生活来与以前所过的任何一种生活交换。我不愿那种待在孤独的房间里的生活，我不满文明的那些清规戒律。"（1844年9月19日）

7 希冀改革

与科德曼一样,玛丽安娜·德怀特经常为她周围美丽的景色所陶醉。一场暴风雪之后的景色令她向安娜感叹道:

> 啊,今天和昨天!大地几时有过如此美妙的装点?但愿你能到这里来,在我们的那些像白色大理石一般熠熠发光的山坡上滑行,欣赏排列在我们道路两旁光彩夺目的珊瑚状的树枝和水晶、金银钻石般的树木,这些都使得这座神话般的宫殿更加辉煌。在前世我是不是见过这般景象?或是什么梦境或幻想成了现实?这景象一直使我想起什么,可我却记不起来。

和爱默生一样,她极端鄙视那种认为必须同诱惑进行严酷斗争方能获得拯救的观点;力量来自欢愉。

> 看看你的精神生活吧!你几时感到忧伤这东西给过你力量?难道忧伤不更像是一个障碍、一个敌人吗?你得要从更高尚、更愉快的境界,从内心的某种希望或信念或欢欣中汲取力量来克服和战胜它。难道有时你没有从某种欢乐的情感中感到几乎是无所不能的力量?(1845年1月19日)

玛丽安娜想把这种从希望中得到的力量献给公有社会这个事业,这对于她以及她的兄弟约翰来说,都是非常神圣的。1845年5月,她告诉安娜:

> 公有社会伟大的学说越来越激励着我。我为它展示的宏伟规划而叹服,我心中充满了惊奇和狂喜……一种深情、庄重的欢愉占据了我的灵魂,因为我意识到了生活的某种价值。在公有社会向我展示的希望和景象中,我感到自己拥有了一种无人能剥夺的珍宝。(1845年5月19日)

然而,布鲁克农场的处境却每况愈下。餐桌上的"削减方案"常被启用,以至于已经没什么东西可以再被削减了。一位好心的邻居只得送来复活节火鸡;在某人的婚礼上,对于围着餐桌的这群饥肠辘辘的布鲁克农场社员来说,端上来的咖啡和点心似乎成了无法想象的奢侈品。尽管经历了1845年那个严酷的秋天和11月份的天花流行(有26人染上天花,但除了两人留下严重的疤痕外,无一人死亡),但玛丽安娜仍努力保持着自己的希望。可是,到12月7日,她也开始认识到安娜·拉赛尔曾经得出的同样结论。在提醒自己的朋友为她所写的内容保守秘密之后,玛丽安娜承认布鲁克农场已经到了危机重重的境地。"困扰我们的是债务，资金匮乏而无法继续任何工作，还有我们的'法郎吉'不够，或者说是缺少财力去完成它。"前一个夏天开工的新建筑，原以为可为14个家庭和单身社员提供住宿，可是建筑费用沉重不堪，使已经负债累累的农场更加债台高筑。时值冬日，工程不得不停下来，房子仍然连一半都没完成。"我认为困难就在于此：我们没有商人来经营我们的商务，严格地讲，从一开始我们就没有业务经营，我们当中一些具有一点经营才能的人看到了这个缺陷，觉得我们不会支撑如此之久。"1846年11月，她的兄弟约翰·沙利文·德怀特在农场主办的空想社会主义杂志《先驱者》(*Harbinger*) 上刊出一篇忧伤的文章，恳求读者不要"因为有人认为布鲁克农场破产了"就把它看成是个失败。那文章读起来倒像一篇悼文。

然而，经历了一个严峻的冬季之后，1846年早春，情形似乎有所好转。同情农场的傅立叶的信徒们帮着筹集资金来完成"法郎吉"的建设，停止了一冬的工程又开始了。1846年3月1日的傍晚，布鲁克农场的大多数社员决定举行舞会来庆祝这一希望的复苏。突然，有人打断了舞会，大叫"法郎吉"里面着火。人们抓起水桶朝火焰的方向奔去，可整个建筑早已被烈火吞没。他们竭尽全力才保住周围的房屋没有一同燃烧起来。

"真希望我能给你描述那场大火的情景！"火灾发生三天之后，玛丽安娜写信给她的朋友安娜。"我感到难以名状的辉煌……一团巨大的蓝色火焰霎时间与其他火苗交织在一起，高扬在空中，像液体状的绿松石和黄宝石。那火焰从融化了的窗玻璃上喷射出来。火星飞向天空，然后又纷纷落下，宛若闪着彩虹光彩的宝石。"所有在场的人都为这壮观的景象而惊叹。

> 就在整个屋架尚未崩塌时，那景象最为壮丽非凡。房屋里外尽是火焰，仿佛是一座正在熔化的雄伟的金殿，或一团晶莹剔透的火堆……聚集在天边的烟雾，其形状俨若高耸的山峦。大火燃烧的时候，树林里每一根纤细的枝条都发出神秘的光彩，发出铅白色、银白色和金黄色的光彩。
> （1846年3月4日）

当约翰·科德曼跑到暖房打水时，那里种着准备卖到波士顿的鲜花。他发现这些鲜花"被一种天堂般的光彩照亮了，美丽之极，令人惊讶。尽管时间紧急，但我还是停了下来，观看这些花朵。玫瑰、山茶花、石楠还有杜鹃，不论是哪种花，盛开在这超凡脱俗的光彩中显得格外辉煌。这美丽的景象令我发出阵阵惊叹"。火光映亮了周围几英里的天空。从邻近的城镇赶来的人群聚集在一起观看，火焰之高，远在波士顿也能看见。不过，布鲁克农场的社员

7 希冀改革

们还是设法为这200多人提供了面包和干酪。救火队从波士顿赶来,结果却发现他们的消防水枪毫无用处。在向他们表示感谢时,里普利勉强开了几个豪壮的玩笑。

没有人愿意承认,"法郎吉"的这场大火意味着布鲁克农场的终结。可是,经济损失的确惨重,投入建筑的资金有7000美元,而且没有投保。虽然里普利和他忠实的支持者们殚精竭虑又把农场维持了一个夏天和一个冬天,但大多数人都意识到这个事业已经失败了。社员们开始陆陆续续地离去,后来,当科德曼试图回忆当时的情形时,布鲁克农场最后的那段日子似乎像"梦幻一般虚无缥缈",仿佛一绞拆散的毛线,或者像苹果花瓣轻轻地洒落在地上。1847年春天,里普利把农场出租了一年,后来,他和妻子索菲亚离开了布鲁克农场,在布鲁克林区弗拉特布希的一间带家具的出租房子里住下。里普利靠教书和为贺拉斯·格利雷的《纽约论坛》撰写书评勉强糊口。索菲亚为了寻求一个比空想社会主义更加坚定的信念,改信了罗马天主教。尽管最后里普利走出了贫困,偿清了布鲁克农场欠下的债务,成为一名内战以后纽约富有影响的文学批评家,但他对自己在布鲁克农场的体验却闭口不谈。他告诉一位强迫他开口的朋友说,他还没到"轻率泄密的年岁"。当他评论《福谷传奇》一书时,他自满地声称,对于那些曾经在布鲁克农场上实际生活过的人来说,只有书中饶有兴趣的部分才似乎可以被认做是真实的描述。

对玛丽安娜·德怀特而言,布鲁克农场的破产所带来的悲伤却因个人的喜事而得以冲淡。1846年12月26日,她同约翰·奥维斯(John Orvis)喜结良缘。他也曾是布鲁克农场社员,一直不知疲倦地劳作,并且为公有社会大声疾呼——他把自己毕生的精力贡献给了这一事业,而不论它采取何种形式。她和丈夫一道离开了农场,并且坚信她在那里学到的人类之爱将永驻他们心中,他们将不怕贫困,不怕艰辛。不过,要离开这个曾经使她如此幸福的地方,她也感到了悲伤。1847年3月,在从布鲁克农场发出的最后一封信中,她说自己不忍心去想暖房的花草植物将被卖掉。接着,小小伊甸园的这位夏娃禁不住陷入一阵悲戚之中:

啊!我热爱每一棵树木和我常去的每一片树林、每一处幽境和每一条道路,以及每一座山丘和每一片草坪。我害怕在他处鸟儿再不会如此甜蜜地朝我歌唱,花儿也不会如此欢快地向我招呼。我很难想象,在别的任何地方,是否还会有同样的天空在俯视着我。在这偌大的地球上,哪里……究竟在哪里,我才能再找到那围绕在身边的古道热肠?啊!你一定和我一样感到,只有布鲁克农场的社员才知道世界的热诚是多么令人心寒!

492

几乎半个世纪以后,科德曼回忆起自己在布鲁克农场的经历时,为在那里获得的各种满足而铭感不尽。"我尝到了农活的真正滋味。我种植豆子、土豆和瓜果。我给玉米地松土,在酷热的烈日下跪着为洋葱苗锄草。我赶着马去犁地,努力与其他人肩并肩地排成长排,一边锄地一边争论,探讨社会问题和思想……"他感到幸福吗?"我喜欢每天这样周而复始地生活。人人对我都很和气。我的思想和体魄都很康健。我青春焕发,就像春天里的粉红杜鹃,未发叶子或果实,却盛开着艳丽、充满希望的鲜花。留给我的只有一件事,那就是领受幸福。我领受了吗?是的,我领受了。"

从"花果园地"和布鲁克农场的失败中能够得出什么教训?在爱默生看来,如此多的希望的破灭,证实了理想的世界与现实的世界是无法调和的。在《蒙田》(*Montaigne*)一文中,他为布鲁克农场写下了哀辞:"夏尔·傅立叶宣称'人的引力与他的命运成正比';换句话说,每一个愿望都预言了其自身的满足。然而,一切体验表明,事实恰恰相反。对于年轻和热情的头脑来说,力量的无能是失败的共同缘由。"每个人生来俱有一种疯狂的饥饿感,一种能像吃点心一样吞下太阳系的胃口,可一旦他尝试自己的力量时,他的理智便丧失了,拒绝为他服务。"他成了被诸臣抛弃了的帝王,独自一人吹着口哨,或者挤进一群帝王当中,大家齐吹口哨,迷人的女妖依然高唱着'引力与命运成正比'"。

不过,年轻一点的人也许会有不同的结论。1844 年在艾默里大厅的讲演中(尚未出版),虽然梭罗和爱默生一样也激烈地反对用结社的办法来解决改革问题,但他的目的却不是放弃改革方案,而是把它改变成一种个人的追求。在讲稿中,梭罗把大多数的改革斥为是死亡在为生命妄加法则,并指出,在春天更新万物的太阳才是我们应当效仿的改革者。傅立叶的问题在于他想要更多的文明,梭罗却并非如此。只有在大自然中才有希望的自由,而且只有当我们扎根于它的土壤之中,我们才会再一次勃发活力。

1845 年春天,梭罗在瓦尔登湖畔爱默生新买下的土地上建起了一间小屋。在那里生活的两年中,他试图把自己最熟悉的两个公有社会的优点结合起来,同时还要避开导致它们破产的错误。同"花果园地"的居民一样,他是个素食者,而且坚持冷水浴。(他还倡导独身。约翰·莱恩〔John Lane〕也信奉独身,但却从未劝服阿尔科特接受这一信条。)同布鲁克农场的社员一样,他相信"诱人产业"的理论,主张脑力和体力劳动有益的交替,还相信充满愉悦的创造甚至尽情诙谐的魅力。他摆脱了使"花果园地"四分五裂的个人和意识形态上的争吵,摆脱了玷污布鲁克农场的阶级冲突。梭罗建立了美国唯一

7 希冀改革

一座成功的"法郎吉",一座只为一人所建的"法郎吉"。对于自己的收获,他后来是如何评价的呢?

> 通过我的实验,我至少懂得了这一点:如果一个人自信地朝着自己梦想的方向前进,努力地去过他想象的那种生活,他会获得在平常日子里意想不到的成功。他将把一些东西抛在身后,他将穿越无形的疆界。崭新的、普遍的、更加自由的法则将在他的周围和内心建立起来。……他如何简化自己的生活,宇宙的法则就相应变得更加简单,孤独将不再是孤独,贫困不再是贫困,孱弱也不再是孱弱。假如你在空中建造了楼阁,你的劳动并非徒劳,因为那正是楼阁应该矗立的地方。现在,你只需在下面奠定基础。(《瓦尔登湖》"结语")

8 各奔前程

19世纪40年代，超验主义运动逐渐解体，其成员也各奔前程。超验主义俱乐部的最后一次聚会大约在1840年9月举行。1844年，《日晷》停刊。虽然俱乐部的这群人依然相互见面、交谈、来往书信、相互出席对方的演讲、拜读对方的著作，但他们开始按志趣、爱好和思想结成更小的团体，而且更多的是朋友间的好奇，没有了精诚团结的激情。一些人在流亡数年之后回到波士顿，另一些人则离开波士顿，开始长途旅行。一些人留在唯一理教教派中（有两个人甚至成了哈佛神学院的教授），一些人则脱离唯一理教，寻求另外的宗教或他们希冀中能够实现的"希望教会"。大多数人不由自主地被卷进当时改革的实际运动，诸如建立公社、改革监狱制度、反对墨西哥战争和蓄奴制度的运动。其中有两个人亲眼目睹了1848年的欧洲革命：爱默生跨过英吉利海峡，亲历了法国革命期间马尔斯大街的庆祝盛典；玛格里特·富勒则在围攻罗马时开办了一家医院。

康沃斯·弗朗西斯从一位年长的超验主义活动家渐渐变成了哈佛神学院的教授（他比阿尔科特大5岁，比爱默生大8岁）。1819年，弗朗西斯被委任为沃特敦教区的牧师，并且一直担任这个职位，直到1842年他应邀成为神学院布道和辅导的教授。尽管他是超验主义俱乐部的创始人之一，在俱乐部聚会时担任主持，而且他还是西奥多·帕克的朋友和导师，但他并没有产生脱离唯一理教的愿望，而是试图强调，它的历史所注重的是道德的观念而非教条，是内在的信条而非仪式或形态。1840年9月初，在俱乐部成员聚会讨论"组织一个新教会"时，尽管西奥多·帕克埋怨弗朗西斯、亨利·海古和另一位成员执著于过去，尽管爱默生更严厉地指责说这种对圣灵的怀疑就等同于无神论，但他们仍然支持现存的唯一理教。

虽说弗朗西斯无法跟上爱默生那些突如其来的想象,但他依然是他最忠实的崇拜者之一。在他的日记中,弗朗西斯生动地描写了在爱默生演讲时自己感受到的那种激越的兴奋,此时此刻,演讲者似乎不再是说话的人,而是焕发着真理的光源。如果有什么美中不足的话,那就是爱默生的演讲包含了"一连串浓缩了的至理名言,以至于我们无法铭记在心"(1839年1月9日),或者像弗朗西斯在别的什么地方所抱怨的,"我发现他的至理名言滑不唧溜,很难留在我的脑海中。"(1837年2月16日)

弗朗西斯出席了神学院的演讲,听到的不是一段亵渎神灵的讲话,而是"充满神圣生命的"演说。他欣赏演说的剀切中理,甚至在描述"教会衰败"时所流露出的幽默。虽然他对爱默生在演讲中所提到的观点不能完全赞同,但他认为爱默生与其他人一样尊重基督,但是他更尊重人性(弗朗西斯1838年8月10日致弗雷德里克·亨利·海吉)。他认为那次演说之所以会触发众怒,是因为教会和神学院的大多数人长期在心里压抑有对爱默生的嫉恨,因为他在"最杰出的年轻人"当中享有声望。(弗朗西斯1838年11月12日致弗雷德里克·亨利·海吉)

针对19世纪40年代超验主义运动所持的方向,另一位超验主义创始人在表达失望时比弗朗西斯更直言不讳。海吉1833年写的评论柯勒律治的文章曾经是超验主义运动的宣言之一,他于1836年6月写给爱默生的信对于建立超验主义俱乐部也曾起过作用。但是,对于革新,他从来就不像俱乐部的一些同仁那样热烈地去信仰,而且他生来具有的那种尊重传统与制度的性格使他很难与有些人为伍,他后来回忆说,那些人"把每一次分歧、每一位新的异议者都看成是预示新耶路撒冷的先驱"。"从那时起,我的历史的良知抵消了我倡导新说的热情,使我在宗教上保守,但在学术上激进。"(引自《基督教的命运》[The Destinies of Ecclesiastical Religion],1867)1840年9月,在超验主义俱乐部的最后一次聚会上,他毫不妥协地为受到帕克、里普利、富勒和爱默生抨击的美国唯一理教辩护。

在缅因州的班戈(海吉从1835年到1850年担任那里的牧师),海吉的教民实际上既有"极端的自由派",又有"极端的保守派",是一群很难驱使的教民。有一次,他提出要辞去这个教职,因为他意识到,有些保守派怀疑他的正统思想,在他看来他们似乎就是构成超验主义激进思想基础的真正的怀疑论者。在1843年致好友康沃斯·弗朗西斯的一封信中,他抱怨爱默生和帕克公开倡导一些早在几年前就由于与范妮·赖特或汤姆·潘恩等人的名字联系在一起而被认为是臭名昭著的教义。更糟糕的是那些社会激进派,"那些各个阶层的为数众多的人,那些思想恢宏却智力低下的人,他们没能从现存的制度中得到自己垂涎的东西,因此以为他们将从一个翻天覆地的变革中找到自己的那份利益。"试图逃避人类邪恶的激进派使他想起那些尾巴上捆着铁皮罐桶的狗。

1840 年,当玛格里特·富勒写信给海吉,恳求他为《日晷》写点什么时,海吉礼貌地拒绝了她。面对她的请求,海吉承认,他不想公开表明自己是与超验主义者为伍的,以免被别人看成是"伪装的无神论者"。他在 1843 年 2 月写给康沃斯·弗朗西斯的一封信中也流露出类似的顾虑。当时,弗朗西斯刚刚辞去他在沃特敦的教职,接受了哈佛神学院的教授位置。海吉是支持这一举动的。但是,他担心他们的友谊会受到影响,因为弗朗西斯将不再自由自在地与那个曾经"为超验主义和离经叛道的思潮招来耻辱"的人一道共享令人快慰的"彻夜长谈和相互启发⋯⋯在坎布里奇,存在着一种呆板、谨慎、持重和保守的气氛,只要在那儿住上一段时间,没有谁能逃脱它的影响"。

不过,在其他方面,海吉绝对不是一个保守派。当听说安德鲁斯·诺顿不久前在一次倡导宗教自由的布道中咆哮而去时,他的反应是嘲笑。"他还能提供什么比这更好的证据,以证明他的良心受到了谴责?⋯⋯新的时代在进步,可这位教授却变得古怪起来。'只因看到自己的王国崩溃坍塌/愤怒之极他扬起可怖的多鳞尾巴'。"(海吉 1842 年 1 月 26 日致康沃斯·弗朗西斯)海吉一直忠实于在他看来是超验主义的精髓,即相信人类能够直觉真理,并且希望每一项真正的改革都是"神性在人类社会中渐次的体现,它表现并且实现了基督的预言,'一切皆在基督中融为一体'"。

海吉对于社会问题的看法同样是复杂的。他视自己为保守派,把社会主义斥为是不道德的、反宗教的和"奴颜婢膝"的。但是,早在 1834 年,他便参加了坎布里奇废奴协会,并且在第二年就英属西印度群岛奴隶的解放发表演说(比爱默生早九年)。1850 年《追捕逃亡奴隶法》通过以后,海吉完全赞同使用武力解救南方掠奴者追捕的逃亡奴隶,认为即使一群暴民也要比实施一项不公正的法律好。他主张妇女应拥有选举权和追求家庭以外的某一职业的权利。(比如,他认为妇女可以成为医生,只要是专门治疗女性即可。)1866 年,他在哈佛发表了一个重要演讲,敦促把令人憎恶的记诵制度改为一种自选制度,学生可以"自定"学习的材料。

他与自己从前的朋友一直保持着友好的关系,甚至在为《日晷》撰稿的问题上也有所松动,尽管他的大多数稿件都是翻译作品。1845 年,他为《基督教观察家》撰写了一篇评论爱默生第二部论文集(《论文集》第二卷)的透辟的文章。他在文中反对爱默生提出的神学理论,但称赞论文《论经验》

是书中最好的文章，赞赏该文从怀疑转向肯定，并把它比做《圣经·旧约》中的《传道书》。(他还以褒扬的口吻谈到《新英格兰改革者》一文，也许这是因为爱默生在那篇演说中对于改革运动的怀疑同他的态度相去不远。)

1858 年，海吉进了哈佛神学院，成了一名教会史教授。同年，他担任《基督教观察家》的编辑，历时三年。1859 年，他担任了四年一届的美国唯一理教协会主持。他的主要神学著作《宗教理性》(Reason in Religion)于 1865 年面世，被一位学者称做"主流或温和超验主义的权威论述"。

与弗朗西斯和海吉一样，西奥多·帕克和詹姆斯·弗里曼·克拉克做出了继续留守唯一理教的选择。不过，帕克和海吉坚持要彻底地对其进行改革。帕克的革新是迫不得已之举，是他针对自己教派中由于《论基督教中的瞬间与永恒》(The Discourse of the Transient and Permanence in Christianity)和那本宏篇大论《论宗教事物》(Discourse of Matters Pertaining to Religion, 1842)引发的公愤而做出的反应。在整个争论期间，尽管他自己的那一小群西罗克斯伯里教民对他一直忠心耿耿，但大多数唯一理教派的同仁却拒绝与他交换讲坛，一些人是因为真正相信帕克所宣扬的已经不能再被称做基督教，而另一些人则因为害怕要是让帕克登上他们的讲坛他们会遭到公众的谴责。就连一直作为他的朋友和导师的康沃斯·弗朗西斯也接受了神学院一位同事的规劝，撤消了一次安排好了的交换演讲。不过，后来他还是鼓起勇气，在帕克去欧洲期间，代替他站上了罗克斯巴利的讲坛。

与帕克交友的代价是昂贵的。1845 年 12 月，一位名叫约翰·T. 萨金特(John T. Sargent)的年轻牧师邀请帕克在他负责的萨福克街教堂布道。这是一座唯一理教派的"小"教堂，由"慈善兄弟教会联合会"(Benevolent Fraternity of Churches)监管。联合会的官员们对萨金特大加训斥，迫使他辞去了教职。第二年 1 月，当詹姆斯·弗里曼·克拉克邀请帕克互换讲坛时，克拉克教民中就有 15 位最富有、最著名的成员离开了他的教堂。

帕克也许为劈头而来的毁谤感到自豪，但是当他看到几位无畏的支持者因为与他的关系而受到株连时则是另外一回事了。如果他要继续在罗克斯巴利以外布道的话，那只能是以其他方式，而非交换讲坛。因此，在 1845 年，帕克的一群崇拜者聚集在一起，专门通过一项决议："西奥多·帕克牧师大人应当有机会在波士顿演讲。"他们张罗着为他租了一处和他的布道一样毫不正统的地方。"波士顿美乐琴"(The Boston Melodeon)是一座肮脏的剧院，冬天寒气袭人，夏天暑气熏烤，里面散发着一周来上演的各式各样戏剧的气味——耍猴的把戏、杂耍、滑稽说唱团的表演。1852 年，在那里做的最后一次告别布道中，帕克提到每次在他演讲时，头天晚上歌剧演员留在地上的亮晶晶的饰片常常使他睁不开眼。

但是，这个聚会对于所有人都是开放的，不需要购置教堂长凳，不需要每周收费（聚会的开支，包括帕克自己的薪金，都是用捐款来支付的）。帕克是一位口才雄辩、富有感染力的布道者，现在，他感到可以自由地放开手脚去指责、去抬高、去敬奉或者去恳求，随心所欲。没过多久，他吸引的教民不仅来自波士顿的各个地区，而且还有周边城郊的村镇。到1845年11月，帕克的教堂有了足够的人数可以组织成"波士顿第28区公理会"了。最后，他的注册本上登记了7000个名字（这在波士顿，甚至在美国，算是最多的了）。威廉·劳埃德·加里森和塞缪尔·曼（Samuel Man）也因为越来越直言不讳地批评蓄奴制度而成了28区的成员。1852年，教会人数的增加迫使他们搬到波士顿音乐厅，宽敞的大厅被头顶上一排煤气灯照得雪亮，使一位来访者联想起密尔顿《失乐园》中的"地狱之都"。

詹姆斯·弗里曼·克拉克比帕克年轻，但在神学理论上却格外保守。他相信神迹，相信基督的超自然性和中保作用，相信人类的堕落和由此而来的对于救世主的需要。事实上，当帕克的《论宗教事物》于1842年问世时，克拉克就曾发表过一篇评论，斥之为"肤浅的自然主义的新福音"。尽管如此，尽管在他的教民中有一些人因为他的决定而深感不安，克拉克还是拒绝取消与帕克交换讲坛的计划，而且他还公开坚决反对在唯一理教中日益增强的否定他们长期以来奉为神圣的言论自由的倾向。1845年，在他坚持要同帕克交换讲坛时，教民们举行会议，企图说服他放弃自己的决定，可他没有动摇。他声称，即使现在帕克自己拒绝，他仍然决定要同他互换讲坛。试图压制异端的做法曾断送了罗马教会，如今，这一企图正在使新教失去活力，言论自由才是唯一能够拯救它的团结原则。"我认为，这个问题所关系的是从此往后地球上还有没有任何基督教会的问题。"

克拉克同样也在实践着一种非正统的教会组织形式，这使得他的大无畏精神更值得称颂。1840年，他从路易斯维尔回来后，对唯一理教内部的四分五裂感到震惊，但更为似乎弥漫在整个教会仪式中的沉沉死气感到绝望。教民们像是没有喂养的饥饿的羊群，他们的精神痛楚促使克拉克下定决心建立一个新型教会，一个以追求精神完美而非依靠共同拥有一个聚会场地来团结成员的教会，一个人们只要愿意就能领受圣餐的教会，一个教民们能积极参与其活动（诸如在周日的仪式上高唱赞美诗、吟诵祷文、组织傍晚讨论会或《圣经》学习班，以及在波士顿贫苦人当中开展慈善活动）的教会。他认为，波士顿有许许多多不满现实的信教者，足以能够组成这一新型的教会。于是，在1841年初，他租来一个教堂，准备用三个晚上举行三场布道，提出他自己关于宗教的观点,吸引可能的信教者。

克拉克的计划成功了。到 2 月中旬,他遇到了一群愿意建立这个新型教会的人。他们租下艾默尔大厅用于举办周日的礼拜,同时着手组织夜晚的讨论会。到 1845 年,在克拉克的使徒教堂中就有 200 多名活跃分子,人数之多足以搬进梅森尼克圣堂里更大的会场。每周出席的人数多达 700。甚至连克拉克拒绝取消与西奥多·帕克交换讲坛一事所引发的危机也没有阻止人数的增加或损坏克拉克的声誉,尽管有一阵子他的教会在经济上有所损失。1845 年 5 月,他被选入了美国唯一理教协会管理委员会。

如果说弗朗西斯、海吉和克拉克坚定地留在了唯一理教的阵营中,而帕克也作为一只引入注目的牛虻仍然在其周围嗡嗡飞舞,那么,另一位昔日的超验主义俱乐部成员则把唯一理教和超验论统统抛在身后。19 世纪 40 年代早期,奥立斯蒂斯·布朗森为自己在前十年树立起的世界观越来越感到烦恼。超验主义者面对社会不公的现实躲躲闪闪,这令他气愤不已。但是,1840 年,他曾在《波士顿季刊评论》上极力维护其利益的劳动阶层也抛弃了他,转而把选票投给(并且选举)了辉格党候选人威廉·亨利·哈里森,让他担任主席,与此同时,他曾经拥护的民主党也把他当成累赘看待。正如布朗森的传记作家所写的,这些荒唐的、以怨报德的做法使他越来越难以相信"人民"是上帝精神的体现。"既然他们不能接近上帝,他们肯定要与他分离;既然他们压根没有德性,他们肯定压根就是邪恶的。"如果他们是邪恶的,那么传统的唯一理教和超验主义的自我教化方案是注定要失败的,就像一个人试图拉着自己的皮带把自己提起来一样不可能。

这个世界只有通过注入德性才能得以拯救。从逻辑上讲,这一结论也许把布朗森推向了爱德华的加尔文主义一边。不过,他越来越怀疑在他看来是由清教培养起来的自我主义和孤立主义。乔纳森·爱德华兹最后在北安普敦被他自己的教会摈弃的事实表明,企图把德性引入暴躁易怒的公理教教区是很危险的。甚至早在 1836 年的一篇题为《基督教、社会与教会的新观点》的短文中,布朗森就提出了一个历史的论点,把灵性与中世纪的天主教、唯物论与新教相提并论。在那个时候,他把唯一理教视为折中。如今,既然唯一理教在他看来也不尽如人意,布朗森开始倾心于一种可谓从早期基督教一直持续不断发展至今的教会。

1843 年春,朋友们开始听到布朗森在考虑改信天主教的传言。他与波士顿罗马天主教主教简短的会晤似乎证实了这些传说。有一段时间,布朗森按捺住自己没有迈出最后的一步。但到 1844 年 7 月,他认为自己再没有合理的借口推延了。"在天主教和社会改良之间,我们的逻辑没有留下选择的余地。"

他声称，"而且我们已经试过社会改良。"他开始接受指导，到 1843 年 10 月 20 日，他正式信奉罗马天主教，并把他原来的季刊（1842 年停刊）改成新版。新版称做《布朗森季刊》（*Brownson's Quarterly*），布朗森用它来猛烈抨击他在超验主义运动中的老友，威胁说要是他们不马上跟随他加入罗马天主教会，他们将遭受永久的毁灭。老友们冷静地接受了这一恐吓，只有詹姆斯·弗里曼·克拉克回敬道："就自我否定的才能而言，没人能与布朗森先生媲美。"

在超验主义者当中，布朗森主要的皈依者是乔治·里普利的妻子索菲亚·达纳·里普利。在乔治·里普利担任教职期间的那些充满论争和失意的年代里，她始终支持他。在布鲁克农场，她是一个不知疲倦的人，甚至还照顾一位染上了可怕的麻风病的菲律宾学生，直到她自己的健康也几乎垮掉。爱默生在一次走访布鲁克农场后说，他以前从未发现她有如此多的优点。可是，她无法分享自己丈夫那种把布鲁克农场改为傅立叶主义者的"法郎吉"的热忱。曾使玛丽安娜·德怀特无比欣喜的公社，却使索菲亚·里普利感到不满和怀疑。当布朗森来到布鲁克农场，向那里的一小群天主教徒发表演讲时，索菲亚加入到其中。不久，她便开始去波士顿参加天主教礼拜。1846 年，她皈依了天主教。布鲁克农场破产以后，里普利一家移居纽约，此后，她过上了天主教徒的那种无限虔诚的生活，把自己大部分的时间花在祷告和慈善事业上，尤其关心纽约为数众多的妓女的命运。她帮助筹措资金建立起一座名叫"耶稣基督女隐修会"的避难所，并担任避难所的董事。可是，尽管乔治·里普利偶尔陪同她参加天主教堂的仪式，但他没有加入她的新信仰。

如果说爱默生注意到了 19 世纪 40 年代早期纠缠昔日同伴的那些纷争，那他一定相信，自己在十年前断绝与所有组织的关系的决定被充分证实为明智之举。海吉有失体面的羞怯，弗朗西斯在道德上的锐气暂减，帕克的痛苦和失望，克拉克为了交换讲坛同自己教民的争斗，布朗森为改信宗教而闹得沸沸扬扬，可爱默生却因为决定离开教会、不加入党派、不参与任何联盟而逃脱了所有这些恼人之事——只有在决定是在这个大厅或那个场所做系列演讲时所参与的联盟除外。既然他从不寻求朋友的支持，那么，他也不会因为他们的背叛而黯然伤心；既然他不把自己的观点视做权威，除非他的听众或读者愿意接受，那么他也用不着担心自己是否在惊扰或得罪大家。人们一旦感到不快，随时都可以自由地走出他的演讲会场或把他的著作扔进火中。在他们的自由中，爱默生也找到了自己的自由。

爱默生对结社的恐惧使他难以被现代读者所认可，而且他后来也开始后悔自己对于结社的畏惧使自己被隔离在早就应该投身的废奴运动之外。可是，在他的周围尽是些事实,证实了试图通过组织有所作为而引起的烦恼。19世纪40年代的布鲁克农场、花果园地以及唯一理教派内部的纷争,都是企图通过改变人们的行为来改革世界的愚蠢的教训。倘若爱默生(包括梭罗)继续坚持自我解放的必要,乃至强调在被拯救了的正直的灵魂面前,即使像蓄奴制这样顽梗的邪恶也会消失,那么,应当同时记住,他们实际所见的通过结社的行动而获得成功的事例却少得可怜。

在《论经验》一文的最末尾,爱默生说他并没发现通过"人为的操纵来实现思想的世界"有多少收获。试图实现这一世界的人们"学到了民主的行为,他们口吐白沫,怨恨这个,拒绝那个。我发现更糟糕的是,在人类历史上,即使用他们自己成功的标准来衡量,也从未有过成功的例子"。在1846年圣诞节面世的一本《诗集》中,爱默生收录了一首献给 W. H. 钱宁的《颂歌》。作为布鲁克农场非正式的牧师,钱宁是一位热衷于各种有组织的改革的激进者。这首诗以恭维钱宁的诗句开篇,并且对自己拒绝与任何教会的和政治的运动发生联系的做法表示抱歉。"虽不情愿伤及/这乱世旷代之英豪,/可我不能舍弃/自己甜蜜的思考,/以换取牧师的伪善,/或政客的夸夸其谈。"只要联邦依然致力于保护所有权(正如所有联邦政府那样),即使再大规模的改革,甚至与加里森一道齐声呐喊"不与蓄奴者联邦"的著名口号,把北方各州与南方分裂开来,也不能使联邦公正多少。"波士顿湾和邦克山/虽仍然派上用场;/却用在了卑劣行径上。"

这种愤懑的情绪一部分源于詹姆斯·K. 波尔克总统(James K. Polk)不久前对墨西哥所发动的战争。每当爱默生想到美国日益肮脏的政治局势时,这种情绪就在他身上表露出来。不过,愤懑不是他的主要情绪。其实,就在他的许多昔日同仁被论争所困扰或者挣扎在分崩离析的乌托邦模式中时,爱默生却勃发出一种新的信心。作为巡回演讲者、杂志编辑和年轻人的良师益友,他的"职业"在波士顿的银行家看来似乎有些古怪,但这确实是一项职业而不仅仅是逃避社会的一种方式。他把自己的思想存入被他称做"储蓄银行"的刊物中,以支取利息的形式从中支取演讲的稿件和论文。至于银行家自己,他不也是被买进卖出吗?他把自己的会计室建在昆西花岗石上,而支撑着他的那套信贷和投机的手段不外乎也是人类想象力的产物,不亚于《疯狂的罗兰》(*Orlando Furioso*),而且他自己也和浪漫文学中任何女主角一样,易于激动、恐惧和绝望。

到了要考虑1845年至1846年将要演讲的题目时,爱默生更加关注人类的属性。以人为本的唯一理教始终热衷于在耶稣身上塑造完美的人的形象。虽然在年轻的时候,爱默生拒绝与这一观点苟同,可现在,他也开始在自己的杂志上连篇累牍地赞颂被他称做"核心人"的一个想象的生灵,一个没有褊狭或历史局限的耶稣,因为超灵就是没有个性和愤怒的耶和华(尽管他像斯芬克斯一样缄默无语、无法接近)。爱默生想象着这个核心人变戏法似的面貌,变成一张张因天才或圣洁而闻名于世的人物的脸庞——苏格拉底、莎士比亚、拉斐尔、米开朗基罗、但丁、耶稣。

然而,专注于一位完美的救世主也是有局限性的。因此,爱默生倾向于另外一种模式的完美人性,在《唯名论者和现实主义者》一文中,当他谈到要不是汤姆·潘恩或其他粗俗的亵渎者"帮助人类抗拒上帝的伟力",耶稣将会接纳整个人类时,他曾粗略地勾勒出这个模式。这里的模式不是宗教的、至高无上的(不同于印度教主神毗瑟拿的各种化身),而是建立在神与人之间的圣约关系(一个制约与均衡的关系)上。"社会的理智是对无数次的疯狂行为的平衡。"这个模式引发出另外一个被认为是可以证实造物主智慧的模式。爱默生也许是从他在哈佛读到的一篇关于人手绝妙结构的文章中得到了这一启发。1845年3月,爱默生在日记里写道:"我发现了一个新题目,论伟人的作用。"以此为题的论著应当以"论手指的分配为题开篇,或者是论这些作为相互抵消、制约的个体的重大价值开篇"。伟人体现了神性的不同属性,他们的差异确保我们不至于对某一种化身过分膜拜。他们结合在一起帮助我们领会用其他方式无法接近的某些现实。

1845年8月,爱默生接到波士顿演讲会的邀请,让他在接下来的冬天为该会做一个系列演讲,但他很犹豫。他喜欢做一名独立的演讲者,不受制于任何人。但诱人的是这可以免去他租借演讲厅、出售门票的麻烦。因此,爱默生接受了邀请。这个题目为《代表人物》(*Representative Men*)的系列演讲于1845年12月11日在波士顿开始,在以后的三年中又在许多地方重复过。这个系列中的7篇讲稿经修改成书,最后于1850年1月1日出版。

该书的第一篇文章《伟人的作用》(*The Uses of Great Men*)为全书定下基调。《唯名论者和现实主义者》一文中的某些语句也许可以作为该书的题词:"我们需要伟大的天才,仅仅是为了愉悦,为了我们星座中多一颗星辰,为了我们丛林里多一棵树木。"爱默生开篇就提醒我们,一切神话都始于半神半人,接着他解释其中原因。半神半人、英雄和伟人"满足了期望",他们回答了我们无法回答的问题,而且他们还具有代表性,他们通过体现具体的思想来"给予我们智慧"。我们从他们各自不同的生活中为自己疲乏的存在找到了幻想的补偿。我们"因为这些替身而显得丰富、强大",因为伟人代表我们,不单如象征代表思想,而且如议员代表选民,其权威来自大众,而非上天。我们需要伟人来矫正我们的缺点、来激发我们努力,但随着我们的成长,我们抛弃了一个又一个英雄。"作为知识的天使,他们的身躯曾一度顶天立地。接着,我们接近了他们,看见了他们生活的方式、文化和局限,这时他们只得让位于其他天才。"最终,我们将不再从个人的身上寻求伟大,而仅仅把英雄看做是"一个更伟大思想和意志的代表"。

作为爱默生的第一位代表人物,柏拉图是最容易得到称赞的,因为他本人就处处试图把存在还原成本体。在永恒的统一世界和有序的差异世界之间,他保持着绝对的平衡。他既喜欢无限,又热爱有限。最值得称颂的是,他带来的福音表明,这个世界是相互联系、息息相通的,这种联系从某种程度上讲使现实成为可知。在爱默生的想象中,柏拉图如此说:

> 我给予你们快乐,啊,人类之子!真理整体上是健全的,我们有希望找到万物之本原。人类的苦难在于看不见本质,心中充斥着猜测。但是,至善乃现实,至美乃现实,一切美德和知识皆依赖这现实的科学。

如果柏拉图有不足之处,那仅仅是他的作品过分书卷气、过分理性,因此缺乏阿拉伯和犹太先知所具备的那种权威。不过,我们所有的思想体系都是从他那原始的高山上滚落下来的"漂流的砾石"。

从颂扬的高地,我们来到毁谤的低谷。《论神秘论者斯维登堡》(*Swedenborg, or the Mystic*)介绍了一位曾经被爱默生视做知识天使可如今丧失了声誉的人物。斯维登堡是18世纪一位雄心勃勃的自然科学家,他在中年时代经历了一次向他开启天堂和地狱的神秘启示。这个启示向他呈现了如何通过象征来阐释《圣经》的意义。爱默生仍然称赞作为自然科学家的斯维登堡,尤其称赞他试图把自然界最小的现象与最大的现象联系在一起的恢弘的想象力,比如,他揭示了一小滴血完全就像天上的星体一样,围绕着自身的轴旋转。"他关于世界的丰富、坚实的知识使他的文笔锋芒毕露,闪烁着思想的光芒,使人想起某个冬日的清晨,空气闪耀着水晶般的光彩。"

斯维登堡的神学著作却是另外一回事。他的作品借用的是古代希伯来宗教中外来神话的语言,他把这样一个"温暖的、饱经风雨的、住着激情荡漾的人类的世界"简化成了一套晦涩的"象形文字的语法或共济会的象征性的祈祷文"。他的地狱是肮脏、堕落、恶有恶报的梦魇,就像但丁笔下的地狱一样,但缺乏想象。他的天堂虚狂嚣浮,像是"一场乡村游乐会,狂热的野炊,或对有德行的农夫的法国式的褒奖场面"。甚至对于颇受青睐的"对应符合学",爱默生也鄙视为无稽之谈,虽然在他年轻的时候,这一学说在他看来似乎是解释自然的可能的答案,如"一匹马就表示两性关系;一棵树表示感知,月亮代表信念，猫表示这，鸵鸟表示那，洋蓟表示另外什么东西。"

在读完关于斯维登堡的沉闷的评论之后，重温《论怀疑论者蒙田》（*Montaigne, or the Skeptic.*）一文中所表现的那种宽厚豪爽和温文尔雅则使人感到欣慰。作为爱默生年轻时代青睐的作家，蒙田处在感官世界和精神世界的边缘，但他既不（像柏拉图那样）以已知事物把两者联系起来，也不（像斯维登堡那样）用对应符合学的术语把一个世界转译成另一个世界，而是在那里思考、权衡；他的盾徽上刻着天平，上面印有"我知何物？"，他的方法是回避教条："方方面面皆有道理。"这种开明之所以没有变成迷惑和彷徨，是因为蒙田自己无可厚非的诚实和对矫饰的痛恨。他的生活津津有味，他的写作坦坦荡荡，他代表了爱默生在《论经验》一文中所盛赞的那个中年阶层，而且随着他自己步入中年，那个阶层越来越具有价值。

但是，面对可怕汹涌的人欲，就连蒙田的美好感觉最终也无济于事。《论怀疑论者蒙田》一文的末尾有一段常见于爱默生作品当中的关于那种欲望的最好描述。这段描述出现在这样一篇专论节欲之愉悦的文章结尾，这就解释了为什么连那个古老神圣的办法也事无补：

> 能力的不足是年轻和激越之士普遍感到的悲哀。他们责备神圣的上帝过于小气、吝啬。上帝给每一个孩童展示了天空和大地，给他心中注满了一种占有一切的欲望，一种激昂、无穷的欲望，犹如宇宙渴望缀满星辰，犹如饥饿的魔鬼渴望吞噬灵魂。

艺术或许能满足对完美的追求，而这是体验无法实现的，但是爱默生在《代表人物》一书中所审视的各类艺术家没有哪一位完全摆脱了他生而俱有的把艺术斥为毫无价值的困惑。譬如，莎士比亚作为世界上第一位掌握了"完美表现"诀窍的人而得到盛赞："在他的诗歌中，事物忠实、清晰地得以再现。他描绘优雅时准确无误，描绘伟大时不爽分毫，描绘悲喜时不偏不倚，既无扭曲，也无褒扬。"（《论诗人莎士比亚》[*Shakespeare, or the Poet*]）就在爱默生发表这段谈话的六个月前，达盖尔（Daguerre）向世界公布了他发明的定影技术。同他一样，莎士比亚早就学会了绝对忠实地再现影像，"现在，让世上的人物坐下来拍下照片。"可是，这一神奇的能力最终却单单用于娱乐。虽然拥有这种也许能使希伯来先知引以为荣的表现力和对人性的洞察力，莎士比亚却仅仅满足于充当一位成功的演员和剧作家，即"人类的狂欢大师"。

歌德作为仅有的一位同莎士比亚一样博大精深的现代作家，甚至让爱默生感到更不满意。虽然从玛格里特·富勒刊登在《日晷》上的那篇由两部分组成的杰作中，爱默生为他自己的文章《论作家歌德》（Goethe, or the Writer）抄袭了许多观点，但他一直无法真正理解富勒为什么对歌德如此满怀激情。诚然，他赞扬歌德为"旧英格兰"和新英格兰带来了新颖的思想——"人为修己而生。人不为己之所能而生，却为实现自我而生"，但最终他发现这个思想也不尽如人意。"歌德绝不会去爱人类。他甚至并不忠实于纯粹的真理，只是为了怡情养性之目的去关注真理。"这个批评很像奥立斯蒂斯·布朗森在评论《神学院讲话》时对歌德、卡莱尔甚至包括爱默生本人的批评，指出他们三人都把"自我"作为至高无上的目的，"他们所认为的至美就是实现他们个人自身灵魂的秩序。"事实上，这两人的批评如此相似，我们不得不认为这一批评正中痛处。

布朗森还坚持认为，个人必须实现宇宙普遍的秩序，而不单纯是他或她自身灵魂的秩序，这一观点击中了一直是爱默生最敏感的痛处。他没有像弗朗西斯、海吉和克拉克那样在唯一理教教区内不辞劳苦，也没有像帕克那样在教民中循循善诱；他没有像里普利那样去建立"法郎吉"，甚至没有像梭罗那样在湖边建起一间小木屋。他在1844年关于英属西印度群岛奴隶解放的演讲，无论在康科德怎样大受欢迎，也不可能让奴隶主们放弃权力。拥有并且有效地施行权力，那将是什么感觉？

《论世俗伟人拿破仑》（Napoleon, or the Man of the World）一文是爱默生长期以来对这个问题思考的结果。在系列演讲和书稿中，这篇讲稿都是放在倒数第二的位置，但却是最先写成的。早在1845年4月，爱默生就曾经以单题演讲的形式向听众宣讲过这篇文章。爱默生笔下的拿破仑并非是浪漫主义神话中顶天立地的英雄，也不是联邦主义者所渲染的魔鬼，而是一个勃发出天才所有特征的人（除了缺乏道德准则外）。拿破仑是"缺乏良知和智性的"榜样，可惜也是本书真正最具代表性的英雄，是"现代社会里中产阶级的代理人或代办"，这个阶层充满活力、不辞劳瘁、肆无忌惮，就像曾经操纵过法国一样正操纵着美国。

拿破仑拥有才华、勇气、耐性和真诚，当我们听到他的胜利时，我们感到鼓舞和解放。然而，由于他的目的或行为缺乏任何道德的准绳，这使他最终同被他推翻了的暮气沉沉的世袭君主一样被人遗忘了。"就像他的炮火一样，硝烟散尽，没有丝毫痕迹留下。他使法国变得更加弱小、更加贫困、更加衰微。"从他的失败中，我们能够看到自己未来的命运。"只要我们的文明从本质上依然是为了财产的固守和占有，那它将被错觉所欺蒙。我们的富有将使我们感到厌倦，我们的笑声将充满苦涩，美酒将烧灼我们的嘴唇。"

如果当时的记载确实可信的话，系列演讲《代表人物》获得了成功。

1846年1月12日，康沃斯·弗朗西斯写信给弗雷德里克·亨利·海吉，说爱默生正"以他常有的魅力和雄辩"在发表演讲。不过，到后来，爱默生却感到厌倦了，他需要新的灵感源泉。当一位名叫亚历山大·爱尔兰（Alexander Ireland）的老熟人来信邀他赴英国演讲时，他认真地考虑了这个请求。他担心自己的声誉不足以吸引足够的观众使他不虚此行，而且他害怕自己的英国朋友用"吹吹打打、连拉带哄的手段"为他招揽听众（爱默生1847年2月28日致爱尔兰）。可是，爱尔兰坚持要请他，爱默生最后同意了这趟英国之行。莉迪安叫亨利·梭罗在爱默生离开期间住进他们的房子。梭罗接受了邀请，不过，这一走结束了他在瓦尔登湖两年的生活。

1847年10月5日，爱默生离开波士顿，前往利物浦。他乘坐的班轮"华盛顿·欧文号"是为了生意兴隆、投英国人所好而以这位19世纪第一位美国作家的名字命名的。一开始，爱默生的演讲仅限于曼彻斯特和利物浦，可不久便扩展到诺丁汉、德比和英国工业制造业集中的其他十几座城镇。（大多数的演讲选自新近的系列《代表人物》，但他也有时间准备一些新的讲稿。）爱默生被这个岛国的富有，被它壮实、自信的人民，强烈地吸引住了，但他同时也注意到了由工业引起的污染和底层社会的贫困和绝望，他们虽然被财富所包围，却被拒在财富的范围之外。

令爱默生感到吃惊和有趣的是，他发现自己成了文人墨客所青睐的社会名士，可他依然把自己视做"黑暗之神埃里伯斯"，害怕晚间的客厅聚会。1848年2月，他来到爱丁堡，见到杰弗里勋爵，20年前他主办的《爱丁堡评论》（*Edinburgh Review*）曾经让爱默生的心中充满如此多的快乐；他还见到罗伯特·钱伯斯（Robert Chambers），他的关于进化的专论《造物的遗迹》（*Vestiges of Creation*）就神秘的人类起源提出的答案使他感到难以平静；还有七十高龄的托马斯·德昆西（Thomas De Quincey），他冒着暴雨从自己的住所步行10英里来同他一道进餐。接着，爱默生往西来到湖区，在那里他再一次拜访了华兹华斯，并且和哈里叶特·马蒂诺一道骑马。回到伦敦后，他又很高兴地同卡莱尔为他安排的人士会面，包括历史学家托马斯·麦考利（Thomas Macaulay）和地质学家查尔斯·赖尔（Charles Lyell）。他见到并迷住了克拉布·鲁滨逊（Crabb Roberson），并且作为一位名叫亚瑟·休·克拉夫（Arthur Hugh Clough）的年轻崇拜者的客人访问了牛津。

爱默生春风得意的社交活动是在英国和欧洲大陆动荡着革命的背景下展开的。在法国，腐朽、无能的路易·菲利普（Louis Philippe）王朝牢牢地植根于物质利益的泥潭里，反对一切形式的改革，终于在1848年2月24日在一场民众的起义面前土崩瓦解了。路易·菲利普退出王位，逃到伦敦。诗人拉马丁（Alphonse de Lamartine）宣布恢复共和。一个主要由温和的共和党人组成的临时政府成立了。然而，一批激进派仍然怀疑，资产阶级所赞成恢复的公民自由对减轻最为贫困的公民的痛苦究竟有无作用。他们要求建立"国家工场"以保证为成千上万的失业者提供工作，同时还要求实现普选权以行使赋予他们的政治权力。他们建立起了一个对立的政权，其力量足以迫使临时政府与之妥协，建立国家工场。

巴黎革命者引人注目的成功在整个欧洲激荡起相同的革命运动，同时也引起了统治阶级的恐惧。正如爱默生所说，他们开始担心自己的时日是否也屈指可数了，担心他们奢华的房子和"耀眼的特权"是否"与门前的饥饿和愚昧形成过分可怕的对照"（爱默生 1848 年 3 月 23 日和 24 日致莉迪安·爱默生）。他们的恐惧不无道理。为争取工人权利的英国宪章运动也由于法国的起义而获取了新的力量。因为卡莱尔宣传这个运动的小册子和布朗森著名的评论在美国曾经引起过很大的反响，爱默生自然对这个运动很感兴趣。他出席了 3 月 7 日在国民大厅召开的宪章派大会，听见人群高唱《马赛曲》声援法国的新政权，听见人群中酝酿着革命的呼声，他们希望一旦发起暴动，法国人的榜样能激励英国的士兵投身他们的事业。格拉斯哥发生了骚乱，曼彻斯特和爱丁堡也爆发了小规模的动荡。准备在议会大厦门前举行群众示威游行并呈交宪章派请愿的计划使当局闻风丧胆，政府派出威灵顿公爵手下的军队来阻止游行。

在定好的 4 月 10 日这一天，结果只有 5 万人到场，而不是预计的 50 万，而且原定的游行也没有举行。但是，人们依然担心革命不可避免。爱默生私下在日记里讥笑这个观点。也许为了金钱会发生一阵哄抢，可是只要双方追求的是同样的东西——物质繁荣，任何真正的革命就不可能发生。陈腐的制度将继续存在，无非换上了一批新的主人。

然而，巴黎的激进派提出的改革要比英国宪章派准备呈交给议会的六条和平改革方案彻底、磅礴得多。爱默生认为，巴黎人所要求的就是"没收法国"。尽管丁尼生警告他不要拿生命去冒险，但爱默生依然决定跨过海峡，就近审视这场革命。他于 5 月 7 日到达巴黎，此时正是形势危机的时刻。巴黎激进派的领导者不愿接受普选的结果，不愿恢复由温和派控制的立宪会议。他们向"国家工场"的工人们打开巴黎的国民卫队军械库，给他们提供武器。5 月 15 日，一群由这批无产阶级武装协助的暴民试图攻占国民议会。经过几个小时的战斗，他们被赶跑了，但并没有被完全打垮，首都巴黎依然沸腾着革命的热情。

这一充满激情和激愤的场面使爱默生赏心悦目。他爱上了巴黎，正如他

○超验主义

给妻子的信中所说的，"我认为这里拥有文明世界中最大的自由"（爱默生1848年5月24日和25日致莉迪安·爱默生）。在另一位美国人的陪同下，他走访了激进派的一些俱乐部，包括革命领导人阿尔芒·巴尔贝斯（Armand Barbes）和路易·奥古斯特·布朗基（Louis Auguste Blanqui）的俱乐部。他羡慕俱乐部成员们"可怕的热忱"和"深切的真挚"，他们正在"研究如何保证每一个人都能公平地分到面包，如何在地球上实现上帝的正义"，而且他还为"人们被打断或反驳时所表现出的激动和暴怒"感到强烈的好奇，这完全不像他在新英格兰见到过的即使是最激烈的会场场面。街上的所有人似乎都穿着某种制服；他们留着像山羊须和狮子鬃一样的胡须；他们身披红饰带、腰挎长剑、头戴铜盔。在两天后的一封信中，爱默生向妻子夸耀道："我看见街上刺刀林立，马匹被疯狂地驱赶着拖着大炮朝国民议会奔去。"（爱默生1848年5月17日致莉迪安·爱默生）不过，当一支由商店店主组成的忠于国民议会的卫队赶跑了暴民并囚禁了他们的首领之后，他感到了宽慰。在自己的日记里，他严厉地警告所有的革命者，他们千万不要打算开展任何剥夺能激励劳动动机的改革。

在巴黎住了三周多之后，爱默生回到伦敦，接着又发表了一些演讲，并着手准备返回美国。他同意与卡莱尔一道作一次短暂的旅行。他俩这一次的会面并不愉快。卡莱尔欠下爱默生许多人情债，却又因过分自尊而对此愤愤不平，所以他一直与他争长论短，甚至一度还出言不逊。至此以后，爱默生大多数时候尽量避免同他单独见面，而且在他的日记里略带恶意地记录下了其他人对卡莱尔的挖苦之辞。不过，他还是同意与卡莱尔一道去巨石阵。在那儿，他们徜徉在巨石之间，聆听当地一位古文物收藏家解释它们的天文功用。在最后一周里，他见到了许多知名人士，包括玛丽亚·埃文斯（Marian Evans）（也就是乔治·艾略特），他很高兴地发现，他们两人对让－雅克·卢梭（Jean-Jacques Rousseau）的《忏悔录》都同样着迷。此后，爱默生乘船返回波士顿，于1848年7月27日回到家乡。

当他还在伦敦或巴黎的时候，爱默生收到梭罗的一封信，语气一半是玩笑、一半却尖刻粗鲁，爱默生对此显然感到好笑，因此在给妻子的信中写道："谢谢亨利给我的信，原则上他始终正确，细节上他永远错误。"（爱默生1848年6月8日致莉迪安·爱默生）但是，梭罗的某些玩笑也许向爱默生预示了即将出现的问题。在上一封信中，爱默生也许向他建议过是否考虑去一趟欧洲。倘若真是如此，梭罗则坚决地拒绝了这个建议。

谁愿意脚踏大西洋两岸使自己更加分裂？我们早已经够极端了。如此跨越两岸是非常危险的，因为他再不能恢复直立的身姿。在旧英格兰和新英格兰，某些人向往着成为著名的罗得岛巨人，向往着让轮船从他们的胯下驶过。（梭罗1848年5月21日致爱默生）

事实上，正如梭罗在提醒自己的朋友时所说，在过去的五年内，他在进行着一场内心世界的游历。这一历程的初始阶段是相当痛苦的。尽管爱默生一直试图为他担当起资助人和朋友的责任，但他开始怀疑梭罗是否能成为一名成功的作家。1843年3月下旬，当梭罗即将结束他在爱默生家近两年的生活，准备搬到斯塔腾岛从事爱默生为他安排的家教时，爱默生在日记中记下了伊丽莎白·霍尔的议论："我爱亨利，但不喜欢他。"接着，在准备加进《论经验》的一段文字中，他补充道："像亨利·梭罗这样的年轻人欠我们一个新的世界，而且至今没有偿清债务。更有甚者，这些人早年夭折，因此逃避了债务。"

爱默生的失望并非完全在于文学方面。在第二天的一次谈话中，他曾向纳撒尼尔·霍桑吐露了类似的情绪。霍桑为梭罗辩护说："让梭罗住在家里，爱默生先生似乎有不方便之处。这样一位刚毅固执、毫不妥协的人也许更适合偶尔在户外碰面，而不是作为餐桌或壁炉边的常客待在家中。"爱默生弄到自己身边来的，或者说至少他觉得，不是帮着自己嫁接苹果的信徒，而是咄咄逼人的对手。梭罗既虔诚又好争斗，他的好斗和虔诚很难有所区别。他需要别人充分的、毫不动摇的同情，但又公然藐视爱默生奔波于乡间会场和大城市四面透风的演讲厅所支持的中产阶级的行为准则。在他俩早期的交往中，爱默生曾经把这位年轻人的蔑视视做一种激励。但是，到1843年，两人之间关系紧张的迹象已很明显。

梭罗搬回康科德后，没有回到爱默生家，而是与自己家人住在一起，在他父亲的铅笔厂里干活。纽约的出版商没有给予他多少鼓励，他想靠写作自食其力的希望如今变得黯淡无望。1844年《日晷》停刊后，他的文章和诗歌失去了唯一可靠的发表途径。梭罗中止了演讲，也中断了一年半的每日必写的日记。

麻烦还不止这些。1844年4月30日，梭罗和一位年轻的朋友决定划船勘察萨德伯里河。途中他们停下来准备午饭。也许是不想让刚点燃的火苗被风吹灭以便燃起大火好做午饭，他俩竟傻乎乎地在一棵朽树墩里生火。不料树墩着了火，火势迅速蔓延到周围树林，危及康科德镇。梭罗跑到镇上报告火警。可是，等到大火扑灭，300多英亩的林地变成了灰烬。即使在六年之后，梭罗也没有勇气在日记中提及此事。

不过，梭罗并没有完全中断写作。他在踏踏实实地准备，试图把自己在1839年夏季与兄弟约翰乘船在康科德河和梅里马克河上游历时所记录的随笔改写"游记"，以便能够取得《漫步沃克色特》和《冬日漫步》等两篇正式发表的文章所获得的那种成功。对他来说，利用游历的见闻作为文学素材并非新意。早在1840年，他就在一连串拟定的演讲和文章题目里流露过这种想法。尽管那年夏天他着手准备的简短的《旅行回忆录》（Memoirs of a Tour）由于另一个题目而被取消，但第二年，他又把游历作为可能的写作题材。

对梭罗来说，1842年1月自己兄弟约翰的突然去世使得1839年的河上旅历有了新的意义。到1844年秋，当梭罗重新萌发以1839年之旅为题材创作一部文学作品的想法时，他同时又在尝试一种更加恢宏的创作手法，一种让记忆在广阔的空间驰骋从而变成凝思的手法。就在此时，他准备了一本新的、比他平时的日记本稍大的空白本子，用来抄写他早期的日记。他常常从旧的日记中选出段落抄在这个新本子上（他称之为"长书"），然后留出很大的空白作为日后扩充的空间。

梭罗比任何时候更决意要向爱默生表示，他早期寄托信任于自己并非是找错了对象，他有能力创作出伟大的文学作品。（1843年至1844年许多超验主义者纷纷出版著作，这更加坚定了梭罗的这一决心。帕克的《谈话录》[Discourse]于1843年问世，同年还有埃勒利·钱宁的《诗集》[Poems]、爱默生《论文集》的第二卷、富勒记述自己西部之行的游记《夏日湖边》[Summer on the Lakes]也于1844年出版。）最后，埃勒利·钱宁向梭罗建议，解决他那个长期悬而未决的问题——如何养活自己，同时又能找出时间写作——的唯一办法就是在瓦尔登湖畔爱默生新近买下的一块地上为自己修造一间小房子。1845年3月，钱宁向梭罗提起靠近湖边的一处被他称做"刺丛"的地方，并督促道："快去那地方，为你自己修一间小屋，然后开始生吞活剥你自己的宏伟计划。我看除此之外，你没有其他选择，也没有其他希望。"梭罗向爱默生请求，如果他开辟出那块空地，种上松树，能否允许他住在那里，爱默生欣然应允。

梭罗于1845年3月开始修建、7月4日搬去居住的那间小屋刚好与爱默生家保持着恰当的距离——依然在他的领地，但不再住在同一座房子里。在这小屋生活的两年是梭罗一生中最幸福、最多产的时光。在那儿，他把描写1839年同兄弟约翰的那次河上游历的初稿《康科德河和梅里马克河一周记》修改了两次，完成了《瓦尔登湖》的第一稿；同时，他还挤出时间撰写了一篇论卡莱尔的长篇论文、一篇记录攀登缅因州卡塔顶山的随笔和一篇演讲稿。这篇讲稿是因为他拒付人头税被关进康科德监狱待了一夜后激发出来的，后来以《论与国家政府的对抗》为题出版。

作为作家,梭罗成熟的速度同样迅速。《康科德河和梅里马克河一周记》的第一稿流露出一种酣畅、清幽之美,使人回想起《马萨诸塞州博物学》中最优美的段落,如今,这种美发展成纯粹的唯美倾向(而且散发着耽于感官愉悦的气息)。评论卡莱尔的文章却在文风和思想上表现了另外一种极端,那是情怀的直抒,即使在褒扬之时也充满了自信。梭罗对于卡莱尔热烈喧嚣的散文文风很感兴趣,而且高度评价了卡莱尔对于年轻作家的持续不减的影响。梭罗描写攀登卡塔顶山的文章只是在总的题材上类似他描述早期游览大自然的文章,而与《康科德河和梅里马克河一周记》相比,登山文章中严谨、修饰的语句更接近《瓦尔登湖》的风格。《康科德河和梅里马克河一周记》在描述自然美景时表现的是温情,可这篇文章在看待自然威力时却表现出冷峻。最后,后来题为《论与国家政府的对抗》的演讲稿表现了依靠逻辑克制愤怒的才能,这使梭罗成为19世纪最有权威的政论作家之一。

在这些有待于完成的项目中,第一个项目就是有朝一日将以《康科德河和梅里马克河一周记》为题公诸于世的游记的初稿。不过,梭罗此时把该稿称为《漂游康科德河和梅里马克河》(Excursion on Concord and Merrimack Rivers)。在研究了梭罗的日记、"长书"和这本初稿之间的关系之后,学者们不难证明,在这个创作过程的每一阶段,梭罗都对原来的段落大刀阔斧地进行了重写和润饰——压缩、锤炼,剪除抽象的成分,集中笔墨表现意味深长的感知细节。《漂游康科德河和梅里马克河》大致完成于1845年秋,那历时两周的河上游历,每一天都有表现情感和遐想的清词丽句。

兄弟二人划着自制的、涂着绿色和蓝色条纹的小船沿着缓缓流淌的康科德河来到比莱利卡,又取道米德尔塞克斯运河来到梅里马克河,然后再划着小船或扬起风帆逆流而上进入新罕布什尔,绕过瀑布和急流,一直划到有水闸的地方。一路上,梭罗记录下了他们见到的景色、碰见的人物和由此激发出来的思想。1839年,从弗兰卡尼亚峡谷到北边遥远的河流,实际上兄弟俩在陆上步行并乘坐了一周的马车,还翻越了华盛顿山(Mount Washington),但文章对这段经历只用了单独一段进行概括,因为这本书的目的就是写河上经历,而陆上的时光并不重要。读者从9月5日星期四(兄弟二人把船停在梅里马克河边的时间)一下跳到了9月12日(他们重又划起小船急忙返回)。

游记的叙述线索是相当单调的——通过运河时,兄弟俩一人拖着纤绳,另外一人用长竿顶着运河岸,不让船身撞上去;路遇一位年轻的工人;划进古老的水闸,绕过急流或瀑布;中午停下来吃饭或晚上停下来歇息。可是,沿途那一阵阵美好的感受使得这篇游记不论是回眸凝思,还是极目远眺,都一样令人爱不释手。夜晚,他们宿营的宁静不时被狐狸踩在于树叶上发出的响声和"猫头鹰那令人毛骨悚然的掐着喉咙的叫声"打断。从"翅膀那细若游丝的颤动声",他们知道树林里藏着鸽子。晚夏的紫苑散发着一股"干燥、丰稔的气息";金缕梅那有棱有角的花梗上伸出"像复仇女神的怒发一样的花瓣,或像是许多小小的长条旗"。罂粟的果囊看上去"活像盛满忘川之水的小小高脚杯"。伐木工人从山上滚下木头时发出的隆隆响声在河对岸回响,像炮声轰鸣。"大群大群黄褐色的长刺歌雀在我们的脚下窸窣作响,不断飞起,仿佛蓝草的种子在风中飞扬,又宛若成熟的谷粒被风吹落。"

书中充满了令人回味无穷的欢乐。"在一个夏日凌晨,旭日还未升起,我顺流而下,两岸是大片大片依然沉睡的百合。当片片阳光最后越过河岸,洒在河面上时,整个白花盛开的原野仿佛随着我的旅程在眼前豁然展开,像一面展开的旗帜。"甚至那包裹着它们的阵阵雾气和"宜人的大雨",无非是让它们显得更"欢腾"(如梭罗所说)。"我们沿着河岸仍然继续步行——在阵阵骤雨和漫漫雾气中靠拐杖摸索着行进……我们因听见尚未看到的瀑布的响声而欢欣鼓舞——我们嗅着松树和脚下湿润的泥土发出的芳香——我们看见蟾蜍和迷途的青蛙,还有花彩般悬垂在云杉树枝上的苔藓,树丛中悄然掠过的画眉,以及那条在这多雨的季节像信念一样依然坚固的道路——"

在这段河上游历的描写中,其他人也成了抒发惠特曼式的既博大又强烈情感的对象。在一个周日,一位善解人意的水闸看守违背规定,让兄弟两人进入了米德尔塞克斯水闸。在另外一座水闸处,梭罗对一位"肌肉发达的新罕布什尔人"羡慕不已,"他靠在自己的撑杆上——光着头,穿着简朴的衬衫和裤子——仿佛是一尊未经雕凿的阿波罗。"梭罗觉得,那船工富有节奏的撑船动作表现了他庄重的性格,他感受到那"缓慢、无法抗拒的动作"仿佛就是他自己的力量。看到那些前来参加康科德镇牛展的粗俗的乡下男孩,使梭罗心中充满了对"这些大地之子"的热爱,他们是大地赠予的比最好的种牛更好的褒奖。印第安人的传说使他向往着在瓦瓦坦和皮货商人亨利那个时候曾经有过的那种友谊。那个印第安人在梦见了他们之间的友情之后,便钻进亨利的帐篷里,从此以后收留了他。

"9月4日星期三"这一章集中了许多关于友情的大段叙述,这表明了梭罗对于个人友爱的强烈向往。朋友相爱是人生的唯一所值,是宇宙光芒四射的中心。"没有爱的生活犹如焦炭和灰烬。"在那次游历中的约翰·梭罗,既是兄弟,又是同伴,在书中始终以"我们"出现,没有名字,也不加描述,他只是这样一位朋友,是"肉中肉、骨中骨"。怀念完美的友情结合,渴望理想的朋友,这两种情感在文中水乳交融。这位理想的朋友不会用其善心诚意给你带来侮辱,只有毫无保留地给你信任和完完全全的理解,可这样的朋友尚未出现。"从某种意义上讲,我们的整个人生都致力于在我们所崇敬的人群中寻找这样一位朋友,一位最能领会友情的朋友。"他必须敬重我们,博施寡求。"不要让他以为他用行为就能取悦于我,或者甚至以为他对我的善待早已足矣。"

最末一句中的那种迫切的语气表现了一种可怕的孤寂感。梭罗写道:他听人说这地方是有人居住的,但河岸上却不曾见过人的足迹。"我孤身行走于天地之间/四周渺无人烟。/我看不到任何造物的踪迹/举目空寂一片。"他无法忍耐被遗弃、被忽略的感受。"用我吧,我有我的用处,就像那些在我跟前祈求着任我所用的伞菌、天仙子、大丽花和紫罗兰,在您看来,只要我有丝毫用处的话。"撞击我的心灵吧!"勇敢地撞击我的头、心脏或任何致命之处,只要你能命中……放心吧,这木料干燥、坚韧,经得起人们的粗手粗脚。"在自然中,我寻觅着那位与自然相融的朋友:"谁带上那自然的面具,/他就是我寻找的知己。"

《漂游康科德河和梅里马克河》一稿中还包罗了许多内容:有梭罗悉心编撰的一段回顾美国印第安人生活和早期殖民时期往事的地方史;有对印度教经文中的至理名言的沉思;有把梅里马克河岸同意大利的奥斯蒂亚、把康科德镇的牛展同酒神狂欢相提并论的用典,所有这些内容在1849年梭罗最终出版的那部大大扩充的游记中将更加意味深长。不过,第一稿中流露出的那种渴望可以使我们领略到使他才思迸发的那种力量,因为在感知中所注入的柔情可以把表现变为一种爱的行为。

到1845年秋,梭罗的日记里充满了对新生活的愉快的描述,写他如何为自己栽种的豆苗锄草,如何学习和写作。那年秋天,他似乎完成了《漂游康科德河和梅里马克河》,然后又开始了另外一个项目。在对自己的书稿进行了深思熟虑的内省之后,他采用了外向的、"客观的"、令人耳目一新的风格。1845年12月,托马斯·卡莱尔的一本《奥利弗·克伦威尔的书信与演讲》(*Oliver Cromwell's Letters and Speeches*)(连同评论和"注释")来到了康科德镇。于是,梭罗着手为镇上的听众准备一篇讲稿,打算对卡莱尔的作品进行长篇评论,分析他卓越超群的文风。梭罗于1846年2月4日在演讲厅的那场演说感人至深。他希望将讲稿出版,收取稿费,于是要求他的朋友贺拉斯·格利雷帮他找家杂志。格利雷终于说服了他的朋友、费城的乔治·R. 格拉哈姆收下稿件,安排出版。但是,格拉哈姆却对此事磨磨蹭蹭(而且对支付稿费更是磨磨蹭蹭)。直至1847年3月和4月,《论托马斯·卡莱尔及其作品》(*Thomas Carlyle and His Works*)一文才终于分成两部分在《格拉哈姆杂志》

516

上面世。爱默生赶紧把两期杂志寄给了卡莱尔。读完评论后,卡莱尔满意地告诉一位朋友:"我收到了来自美国的评论。"

卡莱尔也许无法找到比梭罗更慷慨激昂的崇拜者了。该篇文章给人这样一种感受,好像梭罗对卡莱尔的热爱使自己成了出类拔萃之辈,他写道:"只有在关键时刻,在人生最敏感、最易于接受的阶段有幸读到这些作品的人,才能对其做出完整的阐述。"传统的文人反感卡莱尔的矫饰,惧怕他的激烈言辞。"面对那些著作,没有哪位老者不感到如坠云里雾中。"可对于年轻人,卡莱尔那放浪无拘的言辞却像4月的冰雪消融。"他打破了坚冰,流水像春天的奔流一般滔滔涌来。"他的文章"带着不断重复的谈话的那种节奏,有力、自然、生动、抑扬顿挫,像炮火和枪弹一样噼啪有声,一样威力十足"。犹如一支勇往直前的军队,他踏碎了"那些毫无生气、尚未成形的肤浅的观点、诚实和虚伪的思维方式",把它们踩进了尘土中。他的幽默"丰富、深沉、变化无穷,与全世界的幽默天才息息相通"。甚至连他的咒骂也令人振奋。即使他不及至高无上的智慧,即使他的脾性令人生厌,但至少他具备一种最伟大的功绩:"卡莱尔并没有强迫我们去思考,我们思考得早已足矣。可他迫使我们去行动。"

不久,一件意料之外的事件帮助梭罗实现了以行动取代思想的愿望。1846年7月末的一天,当梭罗来到镇上,准备取回送去修补的鞋子时,他被康科德的警官山姆·斯特普尔以拒付人头税为罪名抓了起来。自1842年至1845年,山姆·斯特普尔担任当地的税收官,根据合同,他可以从收取的每一美元税款中提成1.5美分。这种人头税(每年不到1.5美元)是向每一位年龄在20岁以上的男性居民征收的,可是拒不纳税的现象相当普遍,成了州政府积年累月的问题,像康科德这样的社区尤其严重,因为他们似乎很不情愿将逃税之人投进监狱。

不过,斯特普尔早已表示,他是愿意关押逃税者的。布朗森·阿尔科特于1842年停止纳税,宣称他拒绝支持压迫民众的国家机器。第一年没人来打扰他,可是1843年1月17日,斯特普尔手持逮捕令来到他家门前,把他抓进康科德监狱。不幸的是,监狱看守却不见踪影。在斯特普尔跑去寻找监狱看守时,阿尔科特则平静地在监狱外面等待着。与此同时,一位名叫塞缪尔·霍尔的法官朋友为阿尔科特缴纳了税金和罚款。这次事件发生之后不久,在写给当时正在纽约演讲的爱默生的一封信中,梭罗兴致勃勃地描述了这一虎头蛇尾的壮举。梭罗声称他和查尔斯·莱恩正在策划乘阿尔科特"被监禁"的时候去"搅扰一下政府",可惜阿尔科特被释放了,他们的热情也落了空,"看来政府依旧安然如故。"这次事件中有一个细节尤其使梭罗感到有趣。斯特普尔习惯于抓那些身无分文的赖账者,可阿尔科特拒绝纳税的动机却令他吃惊。就像他所说,眼前的这个人仅仅是"为了信念"而甘愿坐牢。

在公开发表的《论与国家政府的对抗》(1849年)一文中,梭罗写道,他有"六七年"都没有纳税了。如果此话确切无误,梭罗显然也和阿尔科特一样,在拒绝缴纳税金。在1844年或1845年,斯特普尔对他俩没有采取什么行动。任何捣蛋者给税官造成的损失每年无非只有1.5美分,因此有时候他宁愿让违法者逍遥法外好几年。但是,到了1846年,斯特普尔已明确表示要征收前些年滞纳未交的税金。那年4月或5月,他警告阿尔科特,如果不缴纳税金,他就要拍卖他的土地,并且发出逮捕梭罗的命令。50年后,斯特普尔告诉一位来访者,他把梭罗同其他犯人囚禁在一块后,刚回到家,脱掉靴子,立刻便有人传话给他,说有一位头蒙面纱的女人出现在监狱门口,手里拿着一个装有"梭罗先生税金"的信封。可他嫌麻烦,不愿把刚刚关进去的犯人放掉,于是他等到第二天早上才释放了梭罗。他回忆道:"当我释放他时,(他)疯狂得像魔鬼。"梭罗的愤怒是可以理解的,让一位女性亲戚蒙羞为他缴纳税金,这与他壮烈献身的初衷相去甚远。

更糟糕的是,在这件事情上,爱默生无论对阿尔科特还是对梭罗都不同情。他把梭罗效仿阿尔科特的表现描述成"偷鸡摸狗、见不得人、格调低下"。前两个用词似乎有些奇怪,因为梭罗对于自己拒付税金的理由一直是直言不讳的,而且毫无怨言地接受了对自己的监禁。最后一个用词意义倒是较为明确,表示了爱默生气愤的真正原因。对于加里森和其他反对蓄奴制度的"烈士们"那咄咄逼人的自我主义,他始终避而远之,这些人把自己看做受难者的榜样。可他们很庸俗,他们在自我标榜,他们不是我们的同类。绅士可以受难,但并不为人头税这等琐碎小事,也不会迫使一位太太用头巾遮掩着自己去镇上监狱赎人。很早以前,爱默生好不容易才忍受住了阿尔科特那神圣的愚蠢之举,可看到梭罗也沉溺于同样的举动使他气愤不已。

发现自己的导师原来是如此循规蹈矩,这也许令梭罗很痛苦。但无论他如何痛心,爱默生的抨击还是迫使他出来为自己辩护,而这个辩解竟成了美国政治思想著作的经典之一。在1848年的1月和2月(当时爱默生正在英国),梭罗在康科德演讲厅作了一个题为《论个人对于政府的权利与义务》(*The Rights and Duties of the Individual in Relation to Government*)的演说。第二年,这篇讲稿又以《论与国家政府的对抗》为题在伊丽莎白·皮博迪短命的刊物《美学评论》(*Aesthetic Papers*)上公开发表。在这篇文章中,梭罗提出,如果一个人的良知告诉他,投合政府的意志在道义上是错误的,那他不仅有权而且常常有义务去对抗这个凌驾于他头上的政府。这种反抗既不是偷鸡摸狗,也不是格调低下,而是"正派"一词的本义。梭罗在文章开篇时问道:"依顺于美国当今这个政府将会是什么后果?我的回答是:与之为伍,奇耻大辱。"

在废奴运动领导人温德尔·菲利普斯的身上,梭罗找到了他衷心钦佩的那种行为的榜样。菲利普斯在康科德演讲厅就蓄奴制问题作了三次演讲,最后一次是在 1845 年 3 月 11 日。3 月 28 日,梭罗在加里森的废奴运动报纸《解放者》上发表了一篇题为《康科德演讲厅前的温德尔·菲利普斯》(*Wendell Phillips Before Concord Lyceum*)的文章,盛赞他最后的那次演讲。菲利普斯是波士顿的一位贵族,他跟随加里森的"即刻废奴"运动,并同他一样,坚持个人必须认识到自己对蓄奴制的野蛮暴行也负有责任,必须同任何容忍和怂恿蓄奴制的政府一刀两断。根据梭罗的观点,菲利普斯演讲的目的是要说明政府和教会应当如何对待德克萨斯州和蓄奴制,"另一方面,个人又应当如何对待教会和政府。"

菲利普斯乐意公然蔑视宪法,乐意说"我比他们(开国元勋)更为明智",他拒绝把他的人生目的局限在某个单一的目标上,这些都令梭罗感到钦佩。正如菲利普斯所说,他并非为废奴所生,而是为了声张正义。以"斗士般的沉着"和天生的演讲才能,他把"道德原则与正直人格"合而为一。他坚持认为个人必须当机立断与政府断绝关系,这赢得了梭罗的赞赏。"至少他不必为蓄奴制、为美国的独立、为教会的虚伪和迷信、为政府的懦弱和自私、为一切的麻木和心甘情愿的愚昧承担责任。"菲利普斯是红十字骑士,"是如今真正的教会和政府最引人注目的勇士之一"。在评论的结尾,梭罗讥讽地问道,可否有任何异教徒斗士愿意在竞技场上向他挑战?

即刻与邪恶的教会和政府一刀两断,菲利普斯的这一例证是梭罗在《论与国家政府的对抗》一文中表达的主要观点。"当然,一个人的责任不一定是致力于根除任何邪恶,甚至包括罪大恶极的邪恶;他也许会有其他事情要做;但至少他的责任是洗手不干,既不再去想它,也不给它实际的支持。"一些废奴主义者正在请愿,要求政府解散联邦,"干吗不让联邦自行解散,不让他们断绝与政府的联盟,让他们拒绝把自己的份额交进政府的金库?"正如卡莱尔所说,无休无止的思考没有用处,我们已思考足矣。行动的时间到了。"滥觞于信念的行动、正确的认识和行为,会改变事物及其关系,从本质上,它是革命的,不完全等同于任何过去的事物。它不仅分裂了政府和教会,也分裂了家庭,甚至还分裂了个人,把他内心的邪恶与神圣区分开来。"

这个世俗的转变是梭罗在康科德监狱度过的那个荒唐之夜的结果。在一段穿插的故事里,他心平气和、不无幽默地讲述了这段经历,讲述犯人们如何懒洋洋地倚在门道旁,直到狱卒告诉他们晚上关门的时间到了;讲述他发现自己同一位友善的同伴关在一间粉刷了的牢房里,听他口述这间牢房的历史;讲述盛有早餐的面包和巧克力的长方形马口铁盘子从门底下推进来;讲述他的室友如何在离开牢房去干每日早晨必做的割草活计时向他道别,祝愿他午饭前就被释放(事实也确实如此)。

然而,一夜身陷囹圄,梭罗的顿悟绝非是滑稽、有趣的感受。警察肆意威胁他的邻居阿尔科特并逮捕梭罗,这个举动足以解释马萨诸塞州为什么能支持一场它认为是非正义的战争、一种它发现是令人憎恶的蓄奴制度。站在牢狱那扇深陷的铁窗前,梭罗获得了一个新的视角去审视他的村镇。"我就身在其中,可我以前从没有看清它的制度。"对于镇上的居民,他也有了新的看法,他第一次看清了他们的作为和目的。"我更加认清了自己生活环境的状态"——马萨诸塞州政府的状态和人们的心态。

梭罗突然领悟到,残暴势力是沆瀣一气的,因此,对它的反抗便由个人良知的一项权力变成了公民的一种责任。在哈佛,梭罗研究过英国哲学家威廉·培利(William Paley, 1743—1805)的《道德与政治的哲学》(*Moral and Political Philosophy*)。该书以一章的篇幅阐释了"服从于国家政权的责任",而如今,梭罗也用一章的篇幅来阐释反抗国家政权的责任。"如果一个自称是自由之庇荫的国家有六分之一的人口是奴隶,如果整个国家被一支外国军队野蛮征服和蹂躏,被军法统治,那我认为,诚实的人们反抗和革命的时代已经迫在眉睫。"如果这个国家成了蓄奴和侵犯墨西哥的一台机器,那么你必须让你的生命成为"反向摩擦力"来阻止它的运转。一旦你被迫成为"残暴他人的帮手,那就得砸碎这个法律"。

除了公民愿意以和平的方式抗拒不公的法律外,一个政权——尤其是民主政权——是无法靠自身的力量阻止它通过不公正的法律的。因此,当政权犯错时反抗政权,那等于是在挽救它。"要么把所有义士关进牢狱,要么放弃战争和蓄奴制,如果政权面临这两种选择,那它将毫不犹豫地做出决定。"由此可见,个人潜藏着无比强大的政治力量。梭罗指出:"少数趋同于多数,就会变得软弱无能。然而,一旦少数依靠自身的全部力量凝成一块时,那将无法抵御。"如同与上帝讨价还价企图拯救所多玛城的亚伯拉罕一样,梭罗声称:"如果有1000个或100个或10个甚至只有一个可以被我称做正义之士的人"宁愿把自己关进乡村牢狱也不肯与政权强加于他头上的蓄奴制度同流合污,"那这将是美国蓄奴制度的末日"。

超验主义始终难以跨越信念与行动之间的鸿沟,其主要原因是它惯于把行动视做丢脸面的事情,视做一种把纯洁的思想强加于堕落和妥协的世界的企图，这种做法有辱人格、令人沮丧。从加里森和菲利普斯这类人的身上，梭罗学到，如果你纯粹从信念出发，不再效忠于堕落的世界，那么不久这个世界会找上门来。你会发现自己像拿破仑一样精神十足地参与这个世界，并对它产生作用，却不必放弃自己的正直。

1846 年，在康科德监狱关押了一夜之后大约一月左右，梭罗离开了他在湖边的那座小屋，与一位堂兄和其他两人一道，在缅因州的森林里进行了为期两周的旅行。他们沿着本诺布斯科特河逆流而上，来到北特温湖，然后步行来到卡塔顶山脚。这座山海拔 5268 英尺，是缅因州最高的山峰。山上乱石裸露、突兀，看上去像一排"蓝色的屏障"，宛如远古世界的一条边界。临近傍晚，在同伴们搭建帐篷时，梭罗决定独自穿过无径的荒野去勘探一下这座山峰。他跋涉得非常艰难，这使他不时想起《失乐园》中描写的撒旦爬越混沌宇宙的旅途。只不过在这里，唯一的一群天使是灰暗无声的岩石，一边"在落日的余晖里坚毅地反思，"一边一声不吭地注视着梭罗。

第二天，他的同伴也和他一道去登山。那景象真可谓雄浑、磅礴，使他想起绑缚普罗米修斯的那块巨石。"目击者身上的某个部分，甚至是极其重要的部分，似乎在他登高时从他那松垮的肋骨间漏了出去。他比你所能想象的更加孤寂无伴。"这次经历是令人惊愕的，甚至对梭罗来说也如此。他认识到，自己过去一直把自然想象成人类的栖息之地。如今，当他从被雷电烧成光秃、荒芜的山坡上走下去时，他发现自然"虽然美妙，却又野蛮、令人敬畏……这就是我们所听说的那个世界，那个由混沌和漫漫长夜孕育出的世界"。

与巍然的物质世界的这场邂逅引发了一段有关可怕的自觉意识的描述，这时梭罗突然意识到，在卡塔顶岩石的纯粹物质与构成他肉体的同样是超凡的物质之间，存在着一种联系。"我敬畏自己的身体，敬畏这将我束缚的物质。"我们每一个人都是普罗米修斯，都被束缚在这岩石之上。还有什么东西比物质更奇怪、或更神秘？"何谓神秘？——想想我们在自然中的生活——每日都看到物质、接触物质——岩石、树木、拂面而来的风！"每一种我们视为当然的东西——"坚实的土地！实实在在的大地！还有人之常识！"——都同卡塔顶超凡的景象一样神秘。"接触吧！接触吧！我们是谁？我们在哪里？"我们视为当然的事物恰恰是我们应当质询的问题。

梭罗很快把他在卡塔顶之旅记下的笔记写成了后来准备公开发表的一百页的文稿。贺拉斯·格利雷帮着他把《卡塔顶：缅因森林》（*Ktaadn*：*The Maine Woods*）分五次于 1848 年 7 月至 11 月间发表在《联邦文学与艺术杂志》（*Union Magazine of Literature and Art*）上。但是，《卡塔顶：缅因森林》仅仅

8 各奔前程

是梭罗的许多项目之一。第二年,他将开始撰写《论与国家政府的对抗》,并且着手写作《瓦尔登湖》的第一稿。他还要完成现在被他称做《康科德河和梅里马克河一周记》一书的第二稿,把两周的旅程压缩成一周,给这"7 天"加上大段大段关于各类题材的杂感漫谈。早些时候,他曾在康科德演讲厅发表了一篇题为《本人的故事》(History of Myself)的讲演,以满足邻居们对他在瓦尔登湖边生活的好奇心。同时,他还看到自己评论卡莱尔的文章已经付梓,而且满意地得知自己的评论得到了大师本人的赞许。

梭罗离开瓦尔登湖边的小屋,(应莉迪安之邀)回到爱默生家,在爱默生还在英国期间帮他照看家务。这个时候,他能够感觉到自己在生活和写作上的实验已经取得令人欣羡的成功。住在自己用双手建造的房子里,暂时无须担忧生计,他已经证实自己具备才思敏捷、文如春华的能力。可是,爱默生至此仍没能成功地让一位出版商对《康科德河和梅里马克河一周记》产生兴趣。1847 年 11 月 14 日,梭罗写信给正在英国的爱默生时,爱默生不得不回信说该书已被更多的出版商拒绝。"世界是一头挤不出奶的母牛——生活真不容易。"他懊丧地说,"唉,等被水掺得如此淡而无味之后我们才能得到!"

522

面对这样的打击,梭罗的反应是再一次地扩展他的著作。他在《周日》那章中加上了针对"基督教寓言"所进行的学术议论,并且公开表示他更倾向于希腊神话,而非基督教神话(该书出版后,这一立场引起了评论者的愤怒)。他还扩充了专门讨论友情的《周三》一章。同时,他又对《瓦尔登湖》做了两次修改。1849 年初,他把两本书稿交给波士顿的蒂克纳出版社,可他懊恼地发现,他们更感兴趣的是《瓦尔登湖》而非《康科德河和梅里马克河一周记》。最后,爱默生的出版商詹姆斯·门罗答应出版该书,但要梭罗保证,万一销售不好,他得支付所有的出版费用。1849 年 5 月 30 日,该书得以出版。

很明显,《康科德河和梅里马克河一周记》的面世加剧了梭罗与爱默生之间的危机。尽管爱默生对该书的某些章节提出过批评,但他一直鼓励梭罗大胆地将其出版。《一周记》出版半年后的一天,梭罗在笔记本上抱怨,由于爱默生同他"疏远"了,他现在很乐意用"带毒的箭"对他进行"致命打击",在他们两人还是好朋友时,梭罗一直把这句批评隐瞒在心里。他愤懑地指出,该书出版之前,爱默生只对书中精彩部分加以赞扬,可现在他却指出其中所有瑕疵,并因此责备梭罗。两位朋友之间的这一"分歧"也使爱默生感到受了伤害。在另外一段笔记中,梭罗抱怨说爱默生骂他"冷酷无情、缺乏真诚",致使伤口更难愈合。"我悉心呵护着我们的友谊之花,可有一天我的朋友竟把它视做杂草。"它怎能经受如此打击,只得"从此萎蔫、凋谢"。

517

读到最后一句，谁人不感到疾首痛心？在梭罗早期的日记中，有许多关于爱默生的段落表达了非常强烈的渴念和崇敬，使人产生某种预感：写下这些段落的年轻人似乎正面临着可怕的不幸。1849年夏，梭罗比以往更显得易受伤害。他的姐姐海伦在与肺结核长时间的抗争之后病逝了。他刚刚出版了一本书，（如果该书不成功）他将一连几年深陷于债务之中。四年来，他一直快速地写作，但得到的认可很少，除了应邀作过几次演讲、一些杂志接受过几篇文章之外，他很难有机会表露自己的才能。诚然，爱默生曾经称赞《卡塔顶：缅因森林》是最近十年值得收藏的为数不多的小册子，可比起《康科德河和梅里马克河一周记》，《卡塔顶：缅因森林》又算得了什么？

此时的爱默生正处在声誉的巅峰，他刚从英国回来，在那儿受到了恭维和景仰。他已出版了两本文集，而且正准备出版第三部文集《代表人物》；他还出版了一本诗集，并且正在收集和修改他的早期作品，准备由波士顿的一位出版商出版，正是这位出版商拒绝印刷梭罗的《康科德河和梅里马克河一周记》，除非他做出负担成本的保证。（爱默生的《论自然》、《演说与讲座》[*Addresses and Lectures*] 于1849年9月7日出版。）但所有这些对梭罗来说都无济于事。他在日记里抱怨说爱默生追名逐利、神气十足。也许此话不假，但即使爱默生始终保持谦卑、练达的模样，也很难解释如此悬殊的命运竟不会引起他们之间的不和。

与此同时，梭罗用了十年时间写就的书结果却遭到厄运（至少从销售的角度来看）。虽然有几位评论者称赞书中的一些章节，但他们发现该书把叙述、沉思和学术专论混为一谈的写法令人费解。詹姆斯·拉赛尔·罗威尔在一篇评论中抱怨说，他不愿意应邀去参加一次河边聚会，结果却是去听人说教。爱默生曾把该书寄给卡莱尔。尽管他带在身边走遍了整个爱尔兰，可连他也很难通读下去。在1849年8月28日的一封信中，卡莱尔直截了当地写道："请如实告诉他。"他告诉妻子说这本书"非常稀奇古怪，不过并非全无价值"。

《康科德河和梅里马克河一周记》最后一稿的问题并不是因为修改而失去了原有的魅力，或添加的材料索然无味，而仅仅是因为书稿的叙述结构总是唤起读者对行动和高潮的期待，可每一次都因冗长的沉思式的段落而大失所望。该书读第二遍要比第一遍更容易些，但在梭罗的早期读者中，几乎很少有人愿意尝试第二遍，甚至第一遍都很难完成。

阿尔科特的《与孩子们谈福音书》最后没有装订就作为废纸卖给了旅行箱制造商。梭罗免遭了这样的羞辱，仅仅是因为他签约承担了出版费用（他花了四年时间才偿清了290美元的债务），拥有了该书的版权。1853年，出版商问梭罗如何处理他那些没有卖掉的书时，他让人把书运到康科德来。在日记里，他写道："如今，我的书房里有近九百册书，七百多册是我自己写的。作家整日目睹自己的劳动成果岂不更好？我的作品堆在房间的一边，足有一人高，那是我的全部杰作。"

挫折并没有使梭罗停止写作。1849年秋，他和埃勒利·钱宁一道去科德角旅行。他们原计划乘蒸汽船从波士顿到普罗文斯敦，可一场风暴把船困在了普罗文斯敦。波士顿街上散发的传单公布了发生在科哈塞特海边的一场可怕的海难。他们决定乘火车往南到科哈塞特，然后再到科德角西面一角。从那里，他们可以乘马车沿海角的南翼旅行，然后再徒步走到普罗文斯敦。在科哈塞特，他们看见两天前死于那场海难的爱尔兰移民血肉模糊的尸体还在不断地被冲上岸来。人群川流不息地涌向海滩，或是去争睹这一惨状，或是去认领尸体，用人车运走。海浪还在摔打着遇难船残存的大块木板，把它们摔成碎片，这表明自然的力量是多么的肆虐、野蛮。"我发现没有什么物质能承受海浪的威力，在这种情形下，铁块变成碎片，铁制的船壳撞击在岩石上，就像蛋壳一样不堪一击。"可是，就在这悲惨景象的旁边，两个当地居民一老一少正在收割海草作为肥料，似乎并没有什么特别的事情发生过似的。

风暴、海洋的淫威与当地居民的淡然态度，这一对照贯穿在梭罗此后对这次旅行的整个描述之中，表现了一种他以前从未如此充分展示的坚韧的新英格兰精神。1850年1月23日和30日，梭罗在康科德演讲厅根据自己科德角之行的笔记作了两场演讲。他描述当地居民的古怪性情，讲述他们生长不良的苹果树林和光秃秃的城镇，加上在谈到记载他们牧师所作所为的陈年史书时信手拈来的幽默，所有这些都使听众兴趣盎然。不过，大海本身和它孕育的世界，海洋和草的声音和景象——珩鸟和海鸥、海藻和瘦草、水母和蛤蜊、猛撞的浪头和退去的白沫——所有这一切才是梭罗为了出版正潜心写作的那些章节的真正主题。当他站在"陆地的背面"，站在海角的北翼面向大西洋的那一面时，他突然意识到自己已经到了这个大陆的边缘，美洲在此终止了。"在我们和欧洲之间，只有那凶猛的大洋。"

1850年，在这片凶猛的大洋彼岸，玛格里特·富勒在经历了一场探索和发现的旅程之后，正准备返回美国。这次旅行使她比其他任何超验主义者更加远离了她的马萨诸塞根基。她离开波士顿和坎布里奇，到了纽约，后来又到了欧洲，这段时期事件迭起，以至于任何编年史家都可能忘记亨利·詹姆斯在谈到重新构建某人的过去时所说的话："再现人们的生活是没有意义的，除非我们再现他们的观念，再现他们的成长、变化和变化的不同阶段——因为他们自己的生活正是依靠这些东西才有了意义。"在她人生的最后8年中，富勒由一位绝对的文化改革者变成了一位外国记者。作为前者，她曾经构想出被一位学者称做"精英思想、反正统文化、改变信仰的"一类人，却又发现像废奴主义者这样的实际改革者令人反感。作为后者，她亲身经历的欧洲革命和动荡使她坚信，某种形式的民主社会主义才是走出似乎困扰大多数国家的剥削和反叛怪圈的唯一途径。

富勒的作品反映了她思想的变化。的确，写作活动常常促使这些变化发生。比如，在撰写《论十九世纪的女性》（*Woman in the Nineteenth Century*）一书时，为更多地了解妇女的生活，富勒阅读了被监禁的妓女写的日记，这进而使她重新全面思考贞洁与经济特权的关系。这种体验与思考的结合是超验主义者的一种理想，曾经也是唯一理教的理想，但是富勒将其发挥到了令她最早的导师威廉·埃勒利·钱宁吃惊的极限：为纽约的一家报纸报道监狱和疯人院的情况；亲临巴黎向一切传统的蔑视者乔治·桑表示敬意；成为流亡英国和法国的著名革命者的朋友；投身罗马的革命；爱上了一位意大利情人，而且还生了一个孩子。

富勒成熟的速度似乎总是很快，爱默生对此做了解释。甚至当她生活在波士顿和坎布里奇时，她生活的许多方面也许足以能够帮助人们预见到她离开之后突然迸发的活力。参加过她举办的著名"恳谈会"的大多数人证实了富勒"个人引力"的那种力量和她谈吐中解放思想的威力。这些在上午举办的讨论会的目的是要通过迫使妇女梳理她们的思想，使她们在一种相互同情和友爱的气氛中走出自我、面向公众：

> 她对于我意味着什么？也许我能用回答她的一句话来最好地表达。一天，当她和我单独在一起时……她说："你认为生活很富有吗？"我回答："是的，自从我认识了你之后。"这就是许多年轻的心灵对她的答复，这里包含着她神奇的影响。（《埃德娜·道·切尼回忆录》，1902年）

同样意味深长的是，在她后期的发展中，她以率真的态度对待自己开放的性生活。关于人类欲望，大多数男性的超验主义者总是谨小慎微、故作多情，或者拒之于千里之外，甚至在他们的日记里也如此。富勒却坦率得惊人。在1842年的一则日记片段中，她回想起自己看到的雷卡米耶夫人美丽的雕像。"我常常想起她与斯塔尔夫人之间的亲密关系。"富勒写道，"的确，一个女人也许会爱上另一个女人，一个男人也许会爱上另一个男人。"她补充说，这种爱情"受制于支配异性爱情的同一法则，只不过它纯粹是理智的、精神的……它的法则就是追求实现精神的完美,这种追求促使一个灵魂到另一个灵魂中寻找自身所缺。"苏格拉底对亚西比德的爱,斯塔尔夫人对雷卡米耶夫人的爱,如同她自己对新奥尔良美女安娜·巴克·沃德的爱一样,在她看来完全是"自然的"。

回想起自己对安娜·沃德的激情,富勒沉思道:

> 我想,我曾一度带着自己所能承受的强烈的激情爱着安娜——她的脸庞总是在我眼前浮现,她的声音在我耳边回响,所有如诗如画的思想环绕着那心爱的形象。这爱是一把钥匙,为我打开了自己仍然拥有的许多宝藏。

当安娜的丈夫塞缪尔·格雷·沃德(富勒也曾经爱过他)出差在外时,富勒便占据了他在安娜床上的位置,不过,当她意识到自己当初与安娜拥抱时所感受的那种"奇妙、神秘的激情"退化成了"一段苍白无力的风流韵事"时,她感到"极度的痛苦"。她以放荡不羁的勇气剖析了自己的感受。"如今,我不再带着激情去爱她,因为我已耗尽了她的思想,她不再激发我的幻想。对我来说,她不再代表美,而只是一件美的物体。"

这里,尽管富勒在借用18世纪小说中描绘浪荡生活的语言,但她明确表示了自己为何难以在新英格兰住下去的原因,尽管《日暮》的收益足以维持她的生计。在一个压抑的文化氛围中,她的志趣常常受到挫折,连去剧院观看奥地利舞蹈家范妮·埃尔斯勒的表演也被视做大胆举动(富勒是与爱默生一道去的,对于这种臭名远扬的事情,爱默生似乎感到得意洋洋)。妇女很容易受到富勒的感染;伊丽莎白·皮博迪曾说过,假如富勒是位男士,参加"恳谈会"的任何一位优秀女子都会嫁给她。可面对这位贫穷、聪颖、雄心勃勃、易于激动和脸色严峻的女子,在她周围的波士顿和坎布里奇的男士们只能把她当做一位知己的女友或女先知来看待。

富勒竭力想帮助他们,尽管她乐意接受这个知己的角色,但最终这却成了她痛苦的根源,而且另一世界的女神形象从未真正适合过这样一位像悲剧的女主角那样激情满怀、像浪漫文学的男主角那样渴望体验的人物。在1841年写给 W. H. 钱宁的一封著名的信中,她把自己描绘成一座火山;她能感到"在撒克逊人的躯壳下面激荡着意大利人的热情"。她补充道:"如果所有这些再在这里闷燃片刻,我将化为灰烬。如果我无法迸发出才思或英勇气概,那我就得死去。"(富勒1841年2月19日致钱宁)她一如既往地在文学所提供的想象世界中去寻求慰藉。1842年,当丁尼生新的两卷本诗集出版后,她的印象是庄重肃穆"却又赏心悦目,不同于他早期作品的那种甜言蜜语和悦耳动听的韵律"!丁尼生的其中一个主题是关于尤利西斯的最后一段征途,这也一直是她珍爱的题材——"和我一样,他的主题是《奥德赛》中的尤利西斯,是关于他智慧的传奇,而非《伊里亚特》里的凡夫俗子。"(富勒1842年8月致 W. H. 钱宁〔?〕①)

不过,阅读探索者的事迹是一回事,成为探索者又是另外一回事。虽然在1842年至1843年的冬天,富勒继续从事她的文学创作,为《日晷》撰写书评,发表"恳谈会"的另一个系列演讲(这一次的主题是关于教育),并且为《日晷》1843年7月那一期准备她的宣言《伟大的诉讼》,但她开始渴望有一次旅行的机会。当她的老朋友、记者詹姆斯·弗里曼·克拉克邀她同他和他的妹妹萨拉一道去西部旅行的时候,富勒欣然接受了邀请。同以往一样,她得依靠朋友的慷慨相助来使这次旅行成为可能:克拉克出资一部分。他陪同两位女性到尼亚加拉瀑布,他们在那儿住了一周,然后又到布法罗,从那儿他们搭乘蒸汽船到芝加哥。萨拉的另一位兄弟威廉在芝加哥接待了他们,并用敞篷马车带着他们游了一趟伊利诺斯草原。回到芝加哥后,他们又到了密尔沃基和附近的地区。富勒好奇地想了解奥托瓦部落(Ottowa)和奇佩瓦部落(Chippewa)每年是如何集会接受美国政府一年一度的付款的,于是她接着又访问了位于海峡当中、把密歇根湖和休伦湖隔开的麦基诺岛。她在那里独自待了九天,观看那些在她的旅店前面的海滩上扎营的印第安人,同他们交往。接下来,她回到芝加哥,与萨拉一道返回布法罗,并游览了纽约,最后于1843年9月回到波士顿。

一方面由于爱默生的敦促,富勒开始考虑把旅行时记下的日记和书信写成被她称做"小册子"的东西,不过,她提醒爱默生对此不要期待过高。"我不忍心老是让你这样失望。"(富勒1843年11月12日致爱默生)她失望地发现,自己的素材似乎太少太少;旅行的疲惫经常使她不能完全记录下自己的印象。记忆帮了忙,但她仍想办法查阅关于这个地区的资料——游记、印第安人的传说和他们生活的记录——来使她的描述更丰富、准确。她争取到了这个项目,并且赢得了使用哈佛神学院图书馆的权利(作为第一位享受这一权利的妇女)。写作进展缓慢,富勒利用游记作家的自由,在书中穿插了许多速写和故事——包括玛丽安娜的自传和一个被称做"女先知普雷沃斯特"的德国神视者的故事。她于1844年5月完成了该书。爱默生帮她找了一位出版

---

① 原文为"Fuller to W. H. channing〔?〕, August 1842",也许是对此话是否出自致钱宁的信存疑。——译注

商。6月，《夏日湖边》面世了。在她一生中，这是她第一次被暴露在她所惧怕的世界面前，面对"那些坐在正厅后座的虎视眈眈、讥讽嘲弄的批评家和广大的公众"。（富勒1844年5月9日致爱默生）

尽管有人批评该书的结构散漫芜杂，穿插的一些故事和诗歌明显与主题没有关系，但总的来说，对富勒作品的反应是友善的。富勒自己也并没有声称该书在形式上有多连贯，她更关心的似乎是如何把自己鲜活的印象传达给早已被描述壮丽西部的陈词滥调弄得厌倦了的公众。在这一点上，她肯定成功了。游记以尼亚加拉瀑布开篇，但富勒小心翼翼地回避了任何描述那震耳欲聋的瀑布的欲望。相反，她告诉读者与它相伴的八天使她感到如何压抑。"面对这般景象，我的精神过于振奋，使我无法连续承受此景此声的压力，因为在这里，谁也逃不脱永恒的造物所施加的重压。"最后，那声音在富勒的心中唤起莫名其妙的恐惧，使她神经质地转过头去，时刻提心吊胆，害怕"赤裸裸的野人高举战斧在我背后偷袭"。一天，当她坐在平顶岩石上以便更好地欣赏这壮观的景象时，她看见一位男士走上前去，第一次观看瀑布，"他走近瀑布，看了一会儿，带着一种仿佛在思考如何更好地让它为己所用的神态，朝着瀑布啐了一口唾沫。"

在她的西部之行中，北美大陆的宏伟壮丽与正在逐渐开拓它的人们庸俗的占有欲望之间的反差一直使她感到不安。她喜爱西部的许多东西，她承认自己很乐意躲避波士顿的"小知识分子以及言不由衷和毫无生气的理论"。不过，如果波士顿充斥着思想而没有生气，那么在她看来，西部似乎处处勃发生机却又缺乏思想。那里的人们对于他们周围的美妙景象似乎视而不见，只是关心他们能从地下挖出多少财富。（富勒1843年8月17日致爱默生）

对于深受人类贪婪欲望之害的两种人，富勒自然很有感触。那些陪伴着丈夫来到西部的妇女们很难应付边疆生活强加在她们身上的艰辛劳作和孤独环境，她们甚至连打猎、钓鱼这类属于男子的消遣都没有，而是整日被束缚在家庭始终不懈的劳役中。来自北欧的妇女——德国人、斯堪的那维亚人和荷兰人——习惯了繁重的农活，总的来说比来自美国东部的妇女要好一些，但她们同样会因丈夫的疾病或身亡而落入无依无靠的境地。

更为悲惨的是富勒在旅途中看到的各个印第安部落的境况——他们被人从自己祖先的土地上赶走，在酩酊中丧失人格，最后被白人侮辱，遭到他们的厌恶，白人对待被他们伤害的人，表现出的就是这样的反感。最糟糕的是印第安妇女的命运，她们在重压下弯着腰，步履古怪、笨拙。"她们眼神里那柔和、野性却又忧伤的表情"使富勒想起她曾经读到过的对巴拉圭部落的描写，那个部落的女人只要有可能便把自己的女婴杀死，目的是免除她们人生的痛苦和疲惫。不过，富勒遇见的印第安妇女并没有因为她们的命运而变得粗俗无礼，相反，她为她们的彬彬有礼和自然清秀而吃惊。"她们常常围着我，仔细观看我向她们展示的小玩意儿，但她们从不挤得太近，相反，她们总是责备孩子，把他们赶开。她们从我手里拿起任何东西，总是小心翼翼地拿着，然后封好或折好，带着那种贵妇人具有的一丝不苟的神态归还给我。"

正如奥立斯蒂斯·布朗森在1844年对《夏日湖边》的评论中所说，这些描写使该书成了一部忧伤的作品。不过，该书也有纯粹描写快乐的段落，描写富勒在草原上尽享"地平线那无边无际的"景象的快乐。开始，看不见高山和深谷使她感到烦恼不安，可不久她学会了享受这一览无遗的莽原带来的激情。

> 我常常爬上我们住的房子屋顶，待上几个小时，不需要看到任何景象，只有主宰苍穹的月亮，或倾洒在湖面上的星光，直到散居在脚下的人们的所有灯光全部熄灭，感到离天堂更近，大地上只有这可爱的、肃静的领受；没有高耸的山峰，没有浓密的树荫，只有沐浴在星光中的平原和湖水。

在阳光明媚的日子里，他们驱车沿密歇根湖畔游览。在蓝蓝的天空、金色和深红色的鲜花的刺激下，富勒感到了一种身临"仙境的兴奋"，在与同伴游览多姿多彩的风景时，这种感觉经常产生。甚至连仅仅是为了贸易而建起的粗俗不堪的芝加哥也让她迷恋，被她视做巨人的筏门，西部的产品从这里流向东海岸，新的移民潮又经这儿从东部涌向西部。

《夏日湖边》没有给富勒带来什么收入，但至少也没有让她陷入债务，出版商愿意承担出版费用。该书赢得了《纽约论坛》编辑贺拉斯·格利雷的赞赏。书中的言论和感想使他看到了"非美国式的成熟的文化，以及在她未经修饰的丰饶中表现出的与自然的契合和乐趣"。格利雷（作为布鲁克农场的常客）早已对富勒心怀崇敬，她给他留下的印象是"美国最有教养的女人"。1844年4月，在《夏日湖边》出版前夕，富勒访问了纽约，她与格利雷交谈时，也许讨论了把她在1843年《日晷》上的文章《伟大的诉讼》扩展成书的可能。格利雷的妻子曾在波士顿地区住过很长一段时间，而且成了富勒的崇拜者和"恳谈会"的参与者。在她的催促下，格利雷邀请富勒来纽约与他们同住，并且作为《纽约论坛》的撰稿者。

这个邀请预示着可以离开新英格兰和一条比教书更富刺激的谋生途径，但这一步却是一个过激的举动，因为波士顿人把纽约蔑视为粗劣、庸俗、充满邪恶的地方；而且报纸记者即使对男人来说也不是一个体面的职业。整个夏天，富勒都在彷徨，难下决心，甚至在她修改和扩展《伟大的诉讼》一文时也是如此。家庭的麻烦在继续困扰着她，而且爱默生也完全不赞同。

不过，到了9月，富勒接受了格利雷提出的为《纽约论坛》工作的邀请，与她的朋友卡罗琳·斯特吉斯一道离开波士顿，来到纽约的菲什基尔度了一个长假。她继续撰写自己的那本如今被称做《论十九世纪的女性》的著作，试图加深自己对各社会阶层的妇女所遭受的不公正待遇的理解。年轻、活泼的英国妇女乔治安娜·布鲁斯曾经在布鲁克农场居住过一段时间，如今她在新新监狱关押女犯人的牢房担任助理看管，她正企图对野蛮、充满暴力的监狱进行改革。她鼓励女犯人（大多数因为卖淫被关押）写日记，1844年夏，她给富勒送去了一些日记。这些实际的例证强烈地吸引着她。"再没有比你所目睹的事实更能有助于我了，因为这些女人用她们的堕落最有力地表明，目前普遍存在着对性的渴望。"（富勒1844年8月15日致布鲁斯）

萨提拉和伊莉莎这两个黑人妇女的日记似乎尤其富有感染力。虽然萨提拉在人格上受到侮辱，但她努力保持着自己理想中的形象，这使富勒深受感动。伊莉莎诉说了她"强烈本能的产生和发展"，富勒称其"如吉尔·布拉斯一样清白明净、充满活力"。在她看来，很少有白人女性能像她那样勇气十足、无拘无束地袒露心声。关于性的讨论在白人妇女当中依然含糊不清、羞于启齿，但富勒深信这些黑人妇女所表达的情感即使在最富有的宅院闺房中也能引起共鸣。

这个想法促使富勒提出了另一个问题。布鲁斯曾经告诉她，在新新监狱里，很少有女人在乎贞操。这使富勒感到好奇。"她们是否认为贞操真正存在，或仅仅视其为生存条件的一种附属，就像拥有漂亮衣服一样？"（富勒1844年10月20日致布鲁斯）事实上，布鲁斯的确也就这个问题询问了犯人们。她们告诉她，无论她们的性体验是出于心甘情愿还是迫于强暴，她们丝毫没有"被毁"的感觉。甚至连一位在妓院被迫卖淫的妇女也说，只要灵魂尚在追求，身体尚能运转，她就以为"被毁"一词滑稽可笑。（布鲁斯认为"被毁"一词无非是"人类的、男性的一种定论，男人使用它是想进一步满足他粗俗下流的本能"。）

秋天，富勒和她的同伴卡罗琳·斯特吉斯和朋友W.H.钱宁一道访问了新新监狱。钱宁为男犯人做了周日的布道，富勒则获准同一些女犯人交谈。她发现她们端庄稳重、毫不掩饰。"一切都同我在波士顿举办的恳谈会一样。"（富勒1844年10月20日或28日致伊丽莎白·霍尔）她告诉她们自己在写一本有关妇女的著作，想听听她们的经历。她们坦诚地回答了她的问题，不过一些人要求和她私下交谈，这样可以把不愿公诸于众的事情说出来。为了帮助布鲁斯改善监狱里令人生厌的图书室（当时那里大部分都是宗教册子），富勒向她在波士顿的妇女朋友们求助，要求她们寄些好书来。她答应犯人们她会回来，而且遵守了许诺，回到监狱度过了1844年的圣诞节。

1844年11月中旬，富勒兴奋地宣布，此时她已完成了"永远不会受到透彻评论的小册子"。这本书反映了她越来越深的同情心。（富勒1844年11月17日致爱默生）这一次，她过去常常遇到的那种把思想诉诸纸墨时的挫折感被酣畅淋漓的感觉所取代。她向钱宁描述了自己是怎样完成此书的：

> 即使到了最后一天，才思仍从我手下滔滔流出。在这样一个景色最壮丽、精神最振奋的早晨，我散完步后便坐下来提笔写作，直到晚上9点才划上最后一笔。然后，我感到一阵由衷的喜悦，仿佛我把自己实实在在的大部分生命都倾注在了书中，我想倘若我就此离去，我的脚印也会留在地球之上。（富勒1844年11月17日致W. H. 钱宁）

1845年春，格利雷和麦克尔拉斯的公司出版了《论十九世纪的女性》。一周之内，图书全部卖给了书商。洋洋得意的富勒向她兄弟报告，她从销售中将挣得85美元。这本书的确既是富勒真实生活的表达，也为她挣得了声誉。有评论说《论十九世纪的女性》不仅是对唯一理教自我教化信念的全面总结，而且还囊括了社会改革的方案。同时，该书还是富勒针对斯宾诺莎在《神学政治学论》（*Tractatus Politicus*）的某些段落中的蛮横推理所做出的系统问答。富勒把这些段落附在了她的书后。在这些段落中，斯宾诺莎讨论了男尊女卑是否可以归因于自然（这样，不让妇女参政则是公正的）或归因于习俗（那么，这种排除是不公正的）。他发现所有地方的妇女都没有与男性分享权力，而是受制于男性，于是斯宾诺莎断定女性天生低于男性，因此必须从属于他们。他补充说因为男人对女人的爱"除了性欲和冲动外，很少出于其他原因，更多的是对形体美的追求，而非精神品性的崇敬"，更因为形体美将引起男人的嫉妒，因此让妇女参与政府将有损于安宁与和睦。

富勒仔细研究了整个西方文学和神话经典，以证明斯宾诺莎的逻辑是错误的，证明他关于性别关系的观点是庸俗和有害的——不仅对妇女的幸福有害，而且也有损于男人的幸福。如果妇女被培养成轻浮、无助、羸弱和多愁善感之辈，那么男人们将看不起她们；如果她们长大后对性生活全然不知，那男人们面临的将是选择妻子还是选择妓女的问题；前者的性生活绝对超越不出充满怨恨的屈从，而后者的积极主动则仅仅意味着那是交易使然。格利

8 各奔前程

雷说他从未见过像玛格里特·富勒这样善于诱导他人袒露内心秘密的能手。刚刚与她相识的人突然会情不自禁地向富有同情心的她倾诉自己的人生故事。对她来说，从波士顿"受人尊敬的"妇女那里听到的悲惨遭遇似乎表达着与回响在她耳边的新新监狱犯人们的诅咒相同的愤怒，"因为社会搏动着同样一颗巨大的心。"（富勒1844年8月15日致布鲁斯）

与其说《论十九世纪的女性》是一本表达抗议的书，倒不如说是一本充满期望的书，一位学者所言极是，那是"千年王国"的期望。在《论超灵》一文中，爱默生曾经教导富勒如何摒弃一切基于历史的论点（如斯宾诺莎的观点）。"我们把历史放弃给了反对者，不过我们仍抱有希望，他必须阐述这一希望。"妇女从未参政，这不等于就证明她们将没有希望参政，因为美国本身的存在就是对"人民"一无所知、不能支配自己这一思想的强烈挑战。

此外，即使是男人们创造的艺术和文学，也证实了女性在男性的心目中始终占据着比政治宣传所说的更为高尚、更受尊重的地位。正如富勒所指出的，"没有一个时代完全看不到不同性别在功能、义务和希望上的平等。"即使在妇女地位低下的社会里，如古代希腊，文学中仍旧包含了许多对女性勇气和高贵的描述——如"卡桑德拉、伊芙琴尼亚、安提戈涅和马卡里亚"。世界各地的神话中不乏闪耀着神秘之光、叱咤风云的女神。在该书的另一篇附录里，富勒摘引了阿普列乌斯（Apuleius）的《变形记》（*Metamorphoses*）（后改名为《金驴》[*The Golden Ass*]）中的一长段，描写的是女神伊希斯从海上生起，出现在英雄的梦中，她头戴王冠，上面顶着一个像月亮一样闪闪发亮的圆球，王冠周围缠绕着毒蛇，点缀着谷穗。

富勒努力塑造如一位学者所说的女性原型，以此为妇女提供想象中的模式，其目的是希望帮助妇女讨回被基督教文化剥夺了的力量感。你愿意成为一位威力无穷甚至令人害怕的女神吗，就像伊希斯、得墨忒耳、密涅瓦、阿耳特弥斯和西布莉一样？或者当一名温顺可欺的基督徒妻子——成为"对所有男人都有用的苦工，成为人人好求、无人尊重的玛撒"？

怀着同样的激情，富勒敦促妇女们回归自我，破除仰赖他人的习惯，从自己内心深处去寻求力量。作为更加自立的标志，她甚至愿意为被称做"老处女"的那群人的增加而喝彩（她居然把此话写进书里公开出版，再没有别的证据更能说明她的勇气了）。惟有回归自我，妇女才有希望受到应得的尊敬，带着这种尊敬，尚未堕落的亚当称呼尚未堕落的夏娃："上帝与人类之女，完美无瑕的夏娃。"在这样一种只有不朽灵魂才拥有的关系中，需要的是完美无瑕的女人。"两个人相互爱着的是他们相互帮助展露的各自未来的美。"

对于富勒来说，撰写《论十九世纪的女性》的时期是她一生中最自信不疑的时期。1844年春,在波士顿作"恳谈会"的最后一次演讲时,她自豪地回顾了自己与各式各样才智出众的妇女相处六年的"高尚关系",并且得出甚至连自己都吃惊的结论:生活似乎还是有价值的。在那年夏天写给爱默生的信里,她一改在他俩的交往中始终存在的那种不满情绪,认识到自己所要求的是他力所不及的。但是,她的告别几乎是一记耳光:"啊,再见吧,希腊圣贤,可你不是我的俄底普斯。"(富勒1844年7月13日致爱默生)如今,完成了《论十九世纪的女性》,她感到了自己的全部力量:"我的生命如日中天,万物早已不在晨露里闪耀,也尚未因傍晚的阴暗变得暗淡。一切都尽收眼底,一览无遗。"不过,这种现实的态度与希望是并行不悖的。"灵魂总是告诫我们大家,像信念一样珍惜你最好的希望,在行动时信守这些希望,这将会成为实现希望的有效、积极的途径。"

这种自信和顺应现实的态度使富勒很难耐心地读完她为《纽约论坛》评论的第一本著作——爱默生的《论文集》(第二卷)。头一个夏天,她曾经读过该书部分章节的手稿。那个时候,她还在为自己寄给爱默生的"拙作"(可能是《夏日湖边》中再版的几个章节)同他那"精雕细凿成恢弘、精美的成果"之间的差别而感到羞惭。(富勒1844年7月13日致爱默生)可是,到了12月份,经历了在波士顿和新新监狱的体验、完成了《论十九世纪的女性》一书以后,她发现自己很难再读完爱默生的著作。像《论经验》一类论文所描述的那种令人麻木的虚幻,那种强调自我孤立、怀疑改革可能性的论调,使她气恼不已。在那封感谢爱默生寄书给她的信中,她能对他说的最好听的话是:"从表达上看,该书似乎远比第一本更充实、更热烈、更包罗万象。"(富勒1844年11月17日致爱默生)

富勒于1844年12月7日发表在《纽约论坛》上的书评既是她对爱默生虔诚、尊敬的表示,又是向他宣布独立的宣言。富勒把爱默生尊崇为无可争议的真诚之士,他只信奉一个上帝,即真理之神。她对爱默生这位演说家做了一个生动的描绘,并且评论说那些激励着新英格兰年轻一代的演讲"似乎不是演讲,而是一首首或许点缀着抒情诗的严肃的教诲诗和神统史诗",它们的演讲者使人想起了古希腊的诗人和立法者——"那些教导自己的同辈如何耕种、如何规避邪恶品行、如何歌颂诸神、如何观察自然变化的伟人"。接着,她这样高度地赞扬爱默生:"历史将把他作为一国之父,把他的名字铭刻千古,因为他是一位为了国家的利益而与国家抗辩的人。"

然而,富勒同时也对爱默生在所有的文章中缺乏连贯而感到失望。尽管第二卷论文集在这方面比第一卷强,"但是没有一篇文章的主题是鲜明的,能给读者产生那种雄伟江河或繁茂枝叶恢弘协调的效果。"更糟糕的是,爱默生缺乏情感，缺乏"从人出生的那一刻起自由奔腾的热血"所赋予人体的那种热情。他的理想境界纯净、神圣，却使他像巨人安泰一样，脱离了给予他力量的大地。"我们真希望斗争或许会将他扔回大地母亲的怀抱，看看他会不会带着新增的力量重新站立起来。"

在纽约居住的20个月的时间里，富勒为《纽约论坛》撰写了几乎250多篇专栏文章。任何人读到其中的精彩之作时，也许会得出这样的结论：这座城市具有某种特殊的魔力，因为富勒一踏上这片大地，就仿佛获得了新的力量。在写给塞缪尔·格雷·沃德（Samuel Gray Ward）的信中，她说自己喜欢这份新的工作："这项工作非常重要，而且让我接触到了自己从来没有涉足过的大千世界的方方面面。"她从未感到自己这些新的责任有什么压力，而是希望自己的笔成为"充满活力和荡涤心灵的工具"（富勒1844年12月29日致沃德）。W. H. 钱宁常常作为她的护送者陪着她往来于纽约的贫民窟和社会公共机构。富勒向他表示出更大的自信："我觉得某种新的、美好的东西正在萌芽、成长。"（富勒1844年12月29日致钱宁）

富勒的文风所受到的影响是显而易见的。正如一位学者所指出的，签订了每周写三篇专栏文章的合同使她不得不快速地写作，并且解除了那种每次写作就以为非得气势磅礴得令人僵化的感觉。此外，变幻不定、千姿百态的纽约生活一直深深吸引着她。她留恋波士顿吗？不，她告诉一位朋友："我发现，较之狭隘和冷淡，我并不那么憎恨邪恶和无耻。"（富勒1845年2月25日致萨拉·肖）最值得庆幸的是，她摆脱了《日晷》以及波士顿和坎布里奇文学社团的那种排外的小圈子气氛。富勒很快就意识到，自己的专栏文章被5万读者阅读是一件令人振奋的事情。更值得高兴的是，这些读者都是无名之辈。在她1846年所写的收入她论文集的一篇论美国文学的长篇论文中，富勒解释了为报刊写作的主要好处："我们所面对的读者，不是那些迫使我们记住他们的局限和偏见的邻居，而是我们感到应当而且相信将会表现人性的理想的体现。我们的读者是美国，而不是美国人。"

关于妇女应该写什么样的文章这个问题，富勒在波士顿和坎布里奇的朋友所抱的偏见对她产生了逆反的影响。她曾试图做到玄妙深奥，或依靠直觉的感应，但结果却是写出来的文章要么华而不实，要么令人腻烦。只有在她翻译的爱克曼的《歌德谈话录》的"前言"中，她才表现出在《纽约论坛》上的文章中所展示的那种直截了当的文风。在这些文章中，她保持了一个使命感——即把欧洲的文学与文化引向美国——以及一种认识，即在这个国家，她才是更有资格完成这一使命的人。

富勒很快便投身进她的这项新工作。格利雷让她自由地评论任何她认为有意义的作品（他唯一抱怨的就是她写得还不够快）。她乐意去挽救那些在她看来不该被人遗忘的作家，像查尔斯·布罗克顿·布朗（Charles Brockden Brown）这位一度被她称做"在触及事物精髓方面最富天赋和手段的"小说家。1846年布朗的小说《维兰德》（*Wieland*，1798）和《奥蒙德》（*Ormond*，1799）再次印刷出版，这给了她一个机会来评论一位公众几乎一直无法读懂的作家，尽管说"在思想的品味上"他远远超过目前各家书店里畅销小说的作家。富勒评论说，布朗特别的天赋在于表现了"一个孤独的头脑能够拥有的独立自主的力量"。（很自然，富勒赞赏布朗把女性人物作为他的几部作品的叙述者的做法。他把"高尚的、富有思维的头脑"放在女性的身上，这使他成了"一个更为美好的时代的先知"。）

如果说布朗很不公正地被人忽略了，那么像亨利·华兹华斯·朗费罗这样一位诗人却被称赞、渲染得与他的天才或成就完全不符了。1845年，富勒为朗费罗的《诗集》所写的众所周知、损名败誉的评论表明，在追求了一年的批评的真谛之后，富勒变得多么的无畏、无情。在1845年12月的这篇评论美国最流行诗人的文章中，她一开始便做了一些区分。在真正诗歌的创作者和在韵律的垃圾堆里痛苦的磨牙者之间，还有一个"中档阶层"，由那些不具备诗歌的独创力却拥有审美力和感受力的人们组成，在精神王国中，这些人的作用只是帮助他人开发这种能力。朗费罗就是这样一种"中档诗人"，"拥有修养而来的审美力、雅致却不深沉的情感、少许且不丰富的诗歌想象力"。至今，他献给我们的诗作的花束中包括了"各个地方的花朵，可就是没有天然而生的野花"。富勒确信，朗费罗自己肯定知道他在诗歌王国里的地位。可是他的崇拜者们称颂他为天才，使他的诗歌篡夺了佳作的位置，这样做无助于开发他的诗的审美力——那才是他对自己的本土文化唯一真正的贡献。

对富勒来说，审美的问题是不可能与道德的问题截然分开的。发表在《纽约论坛》上的一些最有趣的文章就是以极其生动的笔触讨论道德问题的作品。1845年出版的由卡莱尔主编（并评注）的奥利弗·克伦威尔的演讲和书信给了她机会。她评论道：卡莱尔从一位精神自由的崇尚者沦落成野蛮、贵族统治的赞赏者。虽然她称赞了卡莱尔的编辑成就，但她拒绝赞赏克伦威尔在爱尔兰的大屠杀，认为克伦威尔的宗教演说令人厌恶：

> 老克（克伦威尔）有一个又大又红的鼻子、一副铁石心肠、一个长长的脑袋和含糊其辞的技巧。没有谁怀疑过他的伟力和意志力，我们仍然保持他那公认的印象……不过，透过卡莱尔先生的镜子去看他，我们

不会对他有所赞赏，除非他提出与实际不同的其他证据。而且他破坏了我们的成见和感知，对此，我们感到气愤。

从某些方面讲，在富勒的评论中，最深奥、最难懂的文章是那些讨论在她离开后依然困扰着新英格兰的激烈的宗教论争。1845年1月26日，在波士顿信徒会教堂内，西奥多·帕克借詹姆斯·弗里曼·克拉克的讲坛发表了一篇题为《至善之美德》(*The Excellence of True Goodness*) 的布道——这次交换讲坛引起轩然大波，导致了克拉克教堂的15位教民的叛离。这次布道的讲稿被印成册子，发行一个月以后，富勒在《纽约论坛》上对其进行了评论。她没有花多少篇幅讨论讲稿本身。帕克在布道中回避争议，因此讲稿里面没有包含他倡导的稀奇古怪的信条。不过，富勒大书特书的对象是波士顿牧师协会里的那些争议和该协会想把帕克逼出波士顿的企图。富勒嘲笑那些自诩为"自由基督徒"却又试图否定新教神圣信念、否定独立的判断权利的人。他们的失败是这个国家新教更大失败的一部分，"经历了这么多年的政治宽容，这里几乎依然没有、更少实践过精神上的宽容。"

唯一理教的教徒们曾许诺要克制自己以避免迫害他人，只要钱宁教士依然健在，他们就有一位领导人，他"坚信真理的力量充满生机，他敢于相信经自己证实具有相同特权的人，即使他们在使用这些特权时采取了不同的方式"。可是，他的追随者却缺少他拥有的道德勇气。他们害怕的不单是帕克本人，他们更害怕其他派别对帕克的评论，"他们缺乏曾经赋予他们躯体以鲜活灵魂的那些信念"来超越自己的畏惧。富勒承认，牧师或许可以不与持异议者交换讲坛，虽然她认为这种做法是不明智的，因为这样会导致思想僵化。但是她认为，企图胁迫克拉克和萨金特取消与帕克交换讲坛绝对是卑鄙可耻的做法。她对波士顿牧师们的策划的失败感到欣喜。被拒在教堂门外的帕克转向了演讲厅，教徒们随之而去。"羊群跑出羊栏寻找那匹狼去了。"

当然，富勒也写了许许多多比她最好的文章逊色的评论，她会恶语伤人，也免不了为自己姐夫不足挂齿的诗文吹捧一番（也许更多的是出于绝望，而不是愤世嫉俗，因为钱宁在谋生方面和布朗森·阿尔科特一样显得无能为力）。不过，托马斯·温特沃思·希金森这样评论她在《纽约论坛》上的文章："在那个充满争论、让人记忆犹新的时代里……她以完美无损的尊严和勇气支配着美国最有权威的评论杂志。"

由于这个时期富勒的个人生活并不安宁，这使得她的多产更加引人注目。1845年早些时候，她遇见了一位德国犹太商人，名叫詹姆斯·纳森（James Nathan）。一番调情后她很快堕入情网（至少对她来说）。她向纳森倾注书信

○ 超验主义

和爱情，他们一起散步、听音乐会、共同读书、相互留言。有一段时间，富勒处在极度的幸福之中。可是不久，危机出现了。（由于纳森的信件没有保存下来，回顾这段历史只能单靠富勒的书信了）。富勒显然是从一位开寄食宿舍的女人口中听说纳森在那里与一个年轻女子相会的。她因此质问他。他几乎做了一次忏悔，告诉她自己的良心正受到折磨，自己的精神崩溃了，并且还告诉她那个年轻女子是他试图帮助的"受伤害的人"。

出于天真和无奈，富勒接受了纳森的解释，甚至还告诉他，她觉得他的行为"值得尊敬，而且很崇高"。她坦白，如果用传统的规矩来衡量，她自己也有过会遭到社会谴责的举动。（富勒1845年4月6日致纳森）富勒也许指的是她对安娜·巴克·沃德乖违传统的情爱，但可惜的是，纳森却把这坦白理解成是邀请他做出更加明确的姿态。他似乎问过她是否"希望"把他俩目前的关系更推进一步。开始，"希望"一词使她以为他要提出求婚。当他告诉她绝不可能娶她时，富勒既感到震惊，又觉得受到侮辱。最让她感到痛心的是，她觉得这屈辱是她自作自受。他们勉强平息了争吵，到1845年晚春，他俩似乎又恢复了原来的那种关系。不过，很明显，纳森感到迷惑，他俩这种充满激情却缺乏常有回报的关系使他越来越感到无聊。他筹划着返回欧洲，可是他告诉富勒，他只是去国外旅行一段时间。

6月底，纳森带着富勒送给他的告别礼物——一本雪莱诗集——离开了。在他离开之前，她把他写的所有信件全还给了他，并且提出把她的要回来。可无论她如何苦恼，在他离开美国之后如何多次写信要他归还，他还是拒绝了。纳森保留这些信件，也许是想确保富勒能继续为他所用。他也许希望用这些书信挣笔钱，要么向富勒本人索要，要么卖给对她的生活感兴趣的人（他的后裔最后以110美元的价格卖掉了这些信件），或者仅仅是为了炫耀自己曾经是这位著名美国女人钟爱过的对象。

当然，纳森因拒绝归还富勒的书信而赢得的不朽名声却并非不朽。如果说在这些信件中，富勒所表露的甘愿委身于他的心曲使她感到羞耻，那么他的精明和自私则让人觉得反感。不过，保存下来的这一半书信至少说明了富勒为什么会爱上他。也许他是个凡夫俗子，但那是她的凡夫俗子（或至少她以为如此）。他似乎响应了她的欲望，给了她从性生活的外围进入其核心的机会，哪怕仅仅是在想象之中。富勒向他倾注慷慨、爱慕和宽厚，就如同清教教义中神圣的上帝向不配得到天恩的有罪之人倾洒恩典一样（正如佩里·米勒所说），难怪纳森逃之夭夭了。

纳森离开纽约之后，富勒离开格利雷在龟湾的住处，搬进了城里，开始参加其他文人的聚会和社交活动。她继续为《纽约论坛》撰稿，并且开始把

她在《日晷》和《纽约论坛》上发表的文章结集成书（《论文学与艺术》[Papers on Literature and Art]）。她还为该书写了一篇有关美国文学的颇有创见的长篇论文。可是，她仍然无法安宁，急于寻求改变。她在纽约结识了一对富有的夫妇、贵格派教徒和慈善家马库斯·斯普林和丽贝卡·斯普林。当他们有意请她陪伴他们一道去欧洲，一方面为丽贝卡做伴，同时担任他们儿子的家教时，她接受了邀请。她与格利雷达成协议，继续为《纽约论坛》撰稿。她从国外每寄回一篇专栏文章，格利雷付给她10美元。离开前，她回到坎布里奇，向家人告别，从爱默生那里得到一封写给卡莱尔的引荐信。

1846年8月1日，富勒和斯普林夫妇一道，在纽约登上蒸汽船"坎布里亚号"，用了10天零16小时的时间便横跨大西洋，抵达利物浦，创下了新的记录。参观了利物浦和曼彻斯特这两座肮脏不堪的工业城市之后，他们步行到了曼彻斯特，然后又出发去湖区游览。在那儿，他们多次拜访了哈里叶特·马蒂诺，并且还看望了华兹华斯。后来，他们来到苏格兰的卡莱尔城，这地方因为苏格兰玛丽女王而富有了传奇色彩。接着，他们又到了爱丁堡（这时，富勒吃惊地收到詹姆斯·纳森的一封信，信中说他即将与汉堡的一位女子结婚）。接下来的两周是在苏格兰高地度过的。此间，富勒和同伴在下山的时候迷路走散了，只好独自一人在本洛蒙德度过了一个恐怖的夜晚。等富勒从惊吓中缓过神来后，他们又南下到了格拉斯哥。这座城市要说有什么区别的话，就是它的贫民窟要比他们在利物浦和曼彻斯特看到的更加肮脏、凄惨。

回到英国，一行人参观了约克大教堂、沃尔特·司各特的故居和沃里克城堡，顺便还游览了伯明翰、谢菲尔德和纽卡斯尔（他们在那儿还下了矿井），最后抵达伦敦。在伦敦逗留的几个星期里，富勒见到了伦敦文学界的许多人。她《论十九世纪的女性》和新出版的论文集使她名声鹊起，她因此被邀请到了许多地方。但是，有两个人对她的影响最大：卡莱尔——她惊奇地发现自己喜欢上了他——和卡莱尔的密友朱塞佩·马志尼（Giuseppe Mazzini, 1805—1872）。这位意大利共和运动的领导人虽然流亡国外，但仍继续试图通过自己的著述来激励民众推翻暴君统治，在统一的意大利建立一个共和政权。

1846年11月，富勒与斯普林夫妇一道离开伦敦，来到巴黎。在这里，她跑到法国下议院去听吵吵嚷嚷的辩论，去剧院看戏，并且试图走进索邦演讲厅（Sorbonne）去听关于天文学的报告，却被告知即使大厅是空的，女人也不得入内。她总是为自己蹩脚的法语而感到沮丧，但她仍然设法与艺术家和文人聚会，包括乔治·桑、弗雷德里克·肖邦和流亡的波兰诗人亚当·密茨凯维奇（Mickiewicz Adam, 1798—1855）。密茨凯维奇崇拜爱默生，因此很快便

540

成了富勒最亲密的朋友之一。

2月末,他们离开巴黎去意大利,途经列昂和阿维尼翁(在此,富勒参观了意大利诗人彼特拉克的情人劳拉的墓地)。在马赛,他们登上蒸汽船前往热那亚,接着他们周游了整个意大利,包括里窝纳、比萨、那不勒斯,最后是罗马。他们在罗马的科索大街上住了下来,然后游览了意大利北部,包括佛罗伦萨、波洛尼亚和威尼斯。一场疾病迫使富勒在威尼斯住了下来,她只好同斯普林夫妇分手,他们决定取道德国返回美国。等她恢复健康以后,她独自一人又游览了维琴察、维罗纳、布雷西亚和米兰(在那里,她遇见了意大利小说家、《约婚夫妇》的作者亚历山德罗·孟佐尼)。不久,她又去了一趟瑞士,然后回到意大利,与一位新伙伴维斯孔特侯爵夫人在科莫湖住了两周。这位夫人同情意大利统一事业,在国外流亡了26年,最近才返回家乡。

1847年10月中旬,富勒回到罗马。上一次与斯普林夫妇一道来此处时,在复活节的一周前游览圣彼得教堂的时候,她与他们走散了。一位穿着时髦、彬彬有礼的意大利青年看她模样焦急,便上来帮助她。在没法找到她的同伴也无法找到马车的情况下,他一路陪着她走回她的住所。他自称是菲利波·奥索利侯爵的儿子,名叫乔瓦尼·安杰洛·奥索利。他父亲在教皇的宫廷里担任要职。

富勒在罗马逗留的剩余时间使他俩增进了相互了解。当他还是孩子时,母亲去世了,父亲又多病。因为他在家中排行最小,因此他的兄长们对他充满敌意。他很悲伤,感到孤独。富勒的热情和同情感染了他。当时,奥索利并非是仅有的一位令富勒心动的男子。她曾大胆地写了一封信给美国画家托马斯·希克斯,邀请他来拜访她,因为她正因缺少情投意合的伴侣而感到苦闷(希克斯很有礼貌地回绝了她,不过,他仍然保持着与她的友情,后来还为她画了像)。然而,奥索利对富勒锲而不舍。当她同斯普林夫妇一起离开罗马时,他预言她会回到他身边的。

富勒没有把奥索利的事情告诉她在波士顿的朋友,只是在给密茨凯维奇的信中流露出自己的彷徨,后者在回信中给了她一些直言忠告。在1847年8月3日的一封信中,密茨凯维奇说他担心耽于浪漫的妄想会耗尽她的想象力,并提醒她不要忘了他在巴黎曾对她说过的话:"我得让你明白,你不应当把你的生活局限于书本和梦想。你以男子汉的气概和率直为妇女的自由呼吁,你也应该去实现、去行动,就像你所写的那样。"后来,他又提醒她:"文学并非整个人生。"(密茨凯维奇1847年9月16日致富勒)显然,这句忠告她是听得进去的,因为10月中旬她便回到罗马,搬进了科索大街的一间窄小的公寓,把奥索利当做情人留在了身边。

8 各奔前程

有一段时期,她感到非常幸福。可1848年初,当发现自己怀孕之后,她陷入了极度的绝望之中。奥索利若要娶一位新教徒为妻,必须得到教皇的特许,而这又必须征得他家人的同意,可他的家人很难认可他同一位贫穷、比他年长十岁而且还同情共和制的美国女人结婚。富勒几乎是一贫如洗,奥索利也好不了多少。为了生存,她被迫继续为《纽约论坛》撰写稿件,可是她知道,一旦有丝毫关于她现在处境的信息泄露到纽约,即使是思想开通的格利雷也会取缔她为报社撰稿的资格。

使她的处境更为艰难的是,当她第二次回到罗马时,这座城市正经历着激烈的政治变革。教皇庇护四世1846年开始执政后,进行了一系列的改革,赢得了人们的好感。1847年5月,富勒目睹了在科索大街上的一次火炬游行,欢庆教皇答应建立代表议会。在接下来的一年中,继续深入的改革准备把教皇国的权力从神职人员手中转移给世俗阶层。1848年2月,教皇公布了成文宪法,准许在教皇国内建立世俗政权。可惜他的改革没有机会得以实施,整个欧洲便突然爆发了更为激进的革命。在西西里,人们揭竿而起,反对可恨的国王斐迪南二世;那不勒斯发生了暴乱;巴黎民众迫使路易·菲利普国王下台;米兰人起来反对奥地利人,把他们赶出了城市;威尼斯人也赶跑了奥地利人,自行宣布共和,帕尔默城和摩德纳城紧随其后。这似乎是一个充满希望和欢乐的时代。但是,对于这场他无法控制的公众革命,教皇变得越来越畏葸不前。

5月底,富勒无法继续隐瞒自己怀孕的真相,只得跑到乡下,一直住到1845年9月5日她的儿子降生。奥索利留在罗马,他是国民卫队的成员。他经常写信给她,并且设法在孩子出生的时候告假来陪她。由于富勒必须住在罗马为《纽约论坛》撰写报道,但儿子又无法不为人所知,他们只好把孩子留给里埃提村的一位保姆,然后回到罗马。此时,他们发现政治形势相当紧张。教皇任命的首相罗西伯爵在准备召开议会时被人暗杀,一群乱民强迫教皇同意组建一个民主的内阁。1848年11月24日,教皇身穿普通教士的服饰,在他的支持者的帮助下溜出皇宫,逃到那不勒斯王国的加埃塔去了。

教皇的出逃为罗马共和国的诞生开辟了道路。1849年2月9日,立法会议宣布建立共和。可是,这个新生的共和国面对着许多敌对的势力。奥地利人重又占领了北方城市;斐迪南国王镇压了南方的起义;流亡的教皇请求欧洲列强帮他恢复皇权;法兰西共和国的新总统路易·拿破仑派出以乌迪诺将军为首的法国军队围攻罗马。在这期间,奥索利参加了国民卫队的战斗;富勒被委派负责管理一家医院,专门照顾伤员。4月24日的第一次进攻被意大利爱国者加里波第率领的军团打退了,可是紧接着,罗马城遭到了狂轰滥炸,

⊙超验主义

法国人依靠数量上的绝对优势打垮了罗马人的防卫,迫使他们举手投降。1849年7月4日,法军进驻罗马。城市失陷后,富勒和奥索利终于能够回到里埃提,结果发现他们的儿子由于营养不良而病情危急。由于当局对以往的共和党人采取了严厉的镇压措施,回到罗马是相当危险的。等孩子康复后,他们三人只好去佛罗伦萨。

从富勒1846年抵达利物浦到1849年罗马共和国崩溃的这段人生经历,哪怕是最简单的描述听起来也会充满令人难以置信的传奇色彩,就像她年轻时代待在父亲枯燥无味、无利可图的农场上时所幻想的那样。英国的贫民窟、薄雾掩隐的苏格兰高山、煤矿、伦敦的文人墨客、情绪激动的流亡革命者、乔治·桑、肖邦、意大利贵族、爱情、初为人母、政治革命、胜利、围城、抵抗、战败,虽然富勒仅仅只是亲眼见过这些事情,那也足以使她成为富于想象和成就的重要作家。富勒的人生对于她那一代人的影响,从她的一位波士顿朋友在她死后所作的评论中可以略见一斑。她说富勒拥有"19世纪最成功的女人的生活"。回想起富勒一生所经历的那些痛苦和厄运,这句话似乎有点奇怪,除非你想想她一生的荣辱给她身后的女性所留下的是什么样的希望。

富勒根据她的经历为《纽约论坛》写了37篇长篇报道(最近出版的现代版本共计280多页),这些是超验主义者所写的所有著述中最引人入胜、精彩绝伦、意义深远的文章。前12篇报道涉及她去意大利之前的经历,余下的25篇是有关意大利的。虽然前12篇表面上看属于游记类作品,但浏览一遍就会发现它们不同于《夏日湖边》。较早一本作品里鲜明的主体色彩被一种叙述所取代,叙述者的个体意识虽然强烈,但不是关注的焦点,而是一面透过它能清楚观察事件的镜子。富勒在纽约为《纽约论坛》撰稿的体验教会了她如何为读者而非自己写作。这一体验赋予她的报道以节奏感和急迫感。此外,她需要格利雷10美元的稿费,这使她即使在绝望或抑郁的时候也继续写作。

这种职业性的写作表明,富勒以睿智和好奇心报道了她所观察到的任何领域:格拉斯哥的贫民窟和豪华小酒店;伦敦贫民的"肮脏、痛苦和凶狠";在沃尔特·司各特的家乡,船民们在美丽的卡特里湖上唱歌;年老的华兹华斯富有感情地重复着他妹妹多萝西写的诗句,邀请富勒欣赏他视为珍品的长排蜀葵;还有杰里米·边泌的骨架,穿着他活着的时候穿的衣服,戴了一张蜡制面具,友善地坐在他的好友索斯伍德·史密斯博士的书房里。

富勒的观察写得尽管精彩,但却没有她的人物短文好。最好的要数她对卡莱尔的描写。富勒想见卡莱尔,就像她想见到其他人一样,但是她来英国时并没有想到会喜欢上他。她曾经抱怨说,自从《宪章运动》一书之后,他的著作可以归结为一句话:"万物皆糟糕。你们全是傻瓜和伪君子,否则,你们会使其变好。"（富勒 1843 年 6 月 1 日致 R. W. 爱默生）不过，她在英国和苏格兰所接触到的社会环境使她更能理解他的愤懑。现在，她简直为他的谈话所折服。

她写道："虽然适应了他作品中的那种无垠的智慧和丰富的情感，他的谈话依然充满惊奇和耀眼的光辉，让人几乎无法正视。"但是，她还是承认："他不是在交谈，而是在慷慨激昂地演说。"卡莱尔的确很傲慢、盛气凌人，"带着古老的斯堪的纳维亚征服者的那种豪迈傲气"。但富勒发现自己还是喜欢他。他的谈话仿佛是歌声，或是诗歌。"他向你倾诉的是一种讽刺诗歌、英雄诗歌和批评诗歌，带着惯常的节拍，常常以奇特的表述开篇，然后在诗歌完结时以此作为叠句。"他像荒漠一般孤寂，随时准备嘲笑所有企图消除他所悲叹的邪恶的努力。在富勒看来，他是一位匠心独运的大师，因此产生了最令人心旷神怡的魅力。

富勒到了法国后，我们发现她对社会问题有了更广泛的感受和越来越复杂的思考。但是，她从意大利发回的报道显示，她把报道这种体裁改变成为另外一种完全不同的形式。随着她与意大利革命运动的关系由同情的旁观发展成积极的参与，随着意大利各地革命的初次成功，接着几乎又同样迅速地失败，她开始在自己的描写中加进政治的评论，表现了她在掌握信息、了解人物和把握重要事实方面令人钦佩的能力。

这方面的报道是最难进行概述的，因为那些描写军队的调遣、那些有关公爵或小国国王们可能的动机的推测很难加以概括或引用。不过，这些报道给人总的印象是嘲讽和绝不妥协的立场，而那些阐述革命的目标和历史大方向的文章则表达了激昂的义愤和绝对的道德观念。

意大利的遭遇使富勒感受到美国令人惊讶的好运。就在她看着罗马人企图摈弃千百年的腐朽、野蛮、贫穷和愚昧，在狼群的包围中——北面有暴君统治的奥地利，南面是穷凶极恶的斐迪南国王，西面法国人虎视眈眈——宣布建立他们的共和国时，美国因为它的诞生之地而显得更加幸运。初创的美利坚共和国有巨大的海洋在一边作为屏障，另一边是荒漠，有华盛顿和亚当斯这样的领导，没有教士的影响，更幸运的是，它既没有贵族，也没有无知的农夫。它设法赶走了英国人，但没有成为另一强权的牺牲品，而不幸的罗马共和国甚至还没有正式宣布它的独立就已经受到来自各方面的威胁。

令富勒气愤的是，她的祖国竟然远远偏离了它在创立时所倡导的理想——拒绝对"蓄奴制恶瘤"采取行动，像奥地利人占领意大利那样对待墨西哥，容忍日益加剧的贫富差异，在新世界里，这个差异已经开始再次滋生旧世界的一切罪恶和苦难。她越来越明确地认识到，财富的集中和政治的压迫是联系在一起的，这使她期待着一场比"变革"还要激进的"革命"。在富勒看来，就连流亡了17年才回到罗马的马志尼也不够激进了。他的目标仅仅是"政治上的解放"，而不是更大规模的社会和经济的解放，傅立叶的空想社会主义也只是一个粗略的预言而已。

富勒在她的报道中讲述了一个悲剧的故事，它就像悲剧一样打动着读者的心。她让我们读到罗马独立后的欢庆场面，看到敌对的政治风云从四面八方聚拢起来，抱着一线希望期待着法国人会以他们自己的革命精神同情他们而不是帮助暴君来镇压他们，认识到法军乌迪诺将军的许诺原来是一派谎言，眼看罗马古城的艺术和美丽毁于狂轰滥炸，看到那些肢断臂残的漂亮年轻人被送到富勒的医院接受治疗，看见加里波第的军队在法军入城前的撤退，带着愤怒和蔑视看着法国军队在1849年7月4日（一个残酷的讽刺）这天进入罗马，通过她的这些描写，她试图让我们感到我们正在体验这些事件。读完最后一篇报道，我们感到了一种悲剧所唤起和宣泄的怜悯和恐惧。

然而，这些报道并不像《夏日湖边》那样充满着忧伤的情调。富勒坚信历史进程有其最终的方向，即使在炮轰罗马共和国最后崩溃的那些苦难的日子里，这一信念也一直支撑着她。她满怀信心地预言，反动的时代不会长久，下一个世纪整个欧洲将由民主的政权来统治。陈腐的势力也许会暂时获胜，但是它们的王权或者将被推翻、或者将自行瓦解，人民将最终赢得他们被剥夺了如此长久的权利。

在佛罗伦萨（罗马失陷后，她同奥索利和他们的儿子安热利诺到了那里），富勒描写自己如何振作精神和希望："我在乡下长时间地散步，我凝望着美丽的自然，试图以此来增强我的信念，相信醉心于创造世间万物的万能之神是不会让他那些最高尚、最富于热情、最有抱负和最可爱的人们徒劳地生活和死去。"由于突然有机会捎带信件，她中断了这篇报道（倒数第二篇），但是，她使用了这样一段呼吁另一个鼓动革命、推翻王权的神灵的反叛之词来结束这篇报道："啊，明亮之星，晨曦之子，不要从你的战车上倒下，向人类宣告那企盼已久、苦苦哀求、为之流血、忍饥挨饿的和平与友善的时日最终来临了。"

富勒不想回美国。她知道自己面临的将是更吓人的"社会查究"，在佛罗伦萨，她的朋友们接受（或似乎接受）了她在安热利诺出生前与奥索利的秘密婚姻。然而，她没有多少选择。她唯一可以上市的商品就是她在为《纽约论坛》写新闻报道的同时一直在写的意大利革命史。由于买不起蒸汽船票，一家人只好预订了商船"伊丽莎白号"船票，准备从里窝那出发，船长叫塞思·黑斯蒂,是个令人放心的新英格兰名字。

他们于1850年5月17日启程。可是,离开里窝那不久,船长黑斯蒂染上了天花,等到商船驶到直布罗陀附近时,他便死了。(安热利诺也得了同样的疾病,可他顽强地挺了过来。)大副接替了船长位置,好不容易于7月18日把船开到了新泽西附近的海域。他告诉大家第二天有望抵达纽约。那天夜里卷起了飓风。急于抵达港口的大副继续把船朝他认为的港口入口处驶去。可是,飓风却把"伊丽莎白号"吹向北面和东面。凌晨4点,在离火岛几百码的地方,商船触到沙洲。又一个浪头使船横撞在沙洲上,船上运载的意大利大理石(其中还包括了在佛罗伦萨的一位美国雕塑家制作的约翰·卡尔霍恩的一尊塑像)撞破了底舱。

清晨,看得见海滩上的人影了,只有几百码的距离,但是风暴肆虐,岸上的人无法派出救生船或朝商船投掷救援绳索。在风眼越过商船的时候,几个水手和一些旅客乘此短暂的平静抓起木板,跳到海里,试图游上海滩。富勒拒绝这样做,除非她、奥索利还有他们的孩子能够全部得救。下午3点左右,船上的乘务员抓住安热利诺,企图游到岸上。几分钟之后,他们的尸体被冲上岸来。涨潮激起了更大的波涛,开始是奥索利,接着是富勒,被波浪从遇难船的甲板上卷走了,人们再没有看到他们的尸体。

三天以后,爱默生听到富勒遇难的消息。他派梭罗赶往失事地点,希望至少能找到她随身携带的那本记录意大利革命的手稿。可是,等梭罗赶到长岛时,距海难发生已经五天过去了,这期间大群大群捡破烂的人在海滩上寻找"伊丽莎白号"的货物,把整个海滩捡得一干二净;他没有发现手稿。

547

9 反奴岁月

在意大利，玛格里特·富勒发现被卷入历史进程是何等滋味——任何个人都无法左右、无法拒绝参与这个进程，只能无助地观察事件的结局。1850年的春天和冬天，发生在美国国会的事件将给其他超验主义者带来相同的体验。根据1848年签订的《瓜达卢佩绅士协定》，墨西哥把西部的一大块土地割让给了美国。可问题马上出现了：在新的领土上是否允许蓄奴制度存在？墨西哥早已废除了蓄奴制，但来自美国南部各州的殖民者却坚决要求恢复它，这并不是因为他们认为蓄奴制有可能在此发扬光大，他们是担心由于墨西哥的土地割让，他们将被新的自由州所包围，从而影响迄今他们在参议院所保持的权力平衡。

两年前，当国会在辩论是否可能从墨西哥购买土地时，一位来自宾夕法尼亚州名叫戴维·威尔莫特（David Wilmot）的民主党新议员语惊四座，给购买土地的议案提出了一条修正案，提出"在上述领土的任何地方，不应有蓄奴制度和非自愿的劳役存在"，并把这作为从墨西哥购买土地的"一个明确、基本的条件"。这个著名的《威尔莫特限制条款》虽然没有被采纳，但在它的压力下，国会很快便一分为二——不是以政党之分（辉格党和民主党），而是以区域之分（北方和南方）——联邦的前途似乎危如累卵。

1848年，在是否扩大蓄奴制的势力范围这个问题上，命运仿佛再一次倾向了南方。民主党总统候选人路易斯·卡斯许诺要坚持蓄奴制，辉格党候选人扎查利·泰勒本人就是拥有较多奴隶的蓄奴者。可是，当泰勒获胜后，他选择了一位反对蓄奴制的北方人作为他的主要顾问，并且寻求使新购领土成为自由州的途径。这很快使他的南方支持者大失所望。在国会是否拥有权力帮助准州决定取舍蓄奴制这个问题上，两派陷入了僵局。泰勒鼓励加利福尼亚向国会申请作为一个州加入联邦。由于1848年的"淘金热"，这个地区人口猛增,亟待一个核心政府。国会可以在谁拥有权力决定准州是否实行蓄奴制的问题上争论不休,但假如它愿意的话,没有谁能拒绝它自立宪法和禁止蓄奴制的权力。1849年秋,加利福尼亚召开了一次会议,制定了宪法,然后作为自由州申请加入联邦。

南方人被泰勒的做法激怒了,并决心阻止加利福尼亚加入联邦。年轻的南方激进分子呼吁在1850年夏天在田纳西州的纳什维尔召开会议,讨论脱离联邦。泰勒毫不退让。他坚持加利福尼亚有权加入联邦,并且发誓要捍卫联邦,反对任何危及它的人。当初辉格党之所以选举他这样一位战争英雄,是因为他们认为,他的知名度有助于他赢得1848年的竞选,事实也确实如此。可在政治上,他缺乏经验,与两个政党在国会中的领导人关系不多。由于南方脱离联邦的呼声越来越强烈,亨利·克莱这位来自肯塔基的资深辉格党参议员想方设法设计出一揽子妥协的提案以避免分裂,一方面排解南方的恐惧,消除对蓄奴制的威胁,另一方面又对自由州做出重大让步,包括准许加利福尼亚加入联邦,以平息自由州的愤怒。

大多数历史学家都认为,克莱提出的八项提案里包含的实际利益更偏向北方,而不是南方。但是,有一项后来被称作《1850年妥协法案》的提案是向南方的公然让步。自从1793年起,美国就有一条法律规定,从一个州逃往另一州的逃亡奴隶必须被送还给原有主人。但是,北方很少实施这条法律。事实上,北方的一些州甚至还颁布法律,禁止本州警察协助抓获或归还逃亡奴隶。现在,克莱提出了一条新的《追捕逃亡奴隶法》,这个法律将赋予联邦而非各州权力,管理抓获逃亡奴隶并把他们送回原主的行动。

克莱争取马萨诸塞州的辉格党参议员丹尼尔·韦伯斯特支持他的提案。后者曾经反对过墨西哥战争,也支持过《威尔莫特限制条款》,但他和克莱一样,害怕联邦解体,认为克莱的提案提供了一个挽救联邦不至于分裂的机会。1850年3月7日,韦伯斯特在参议院发表了他最有名的一篇演讲《宪法与联邦》(*Constitution and Union*),支持克莱的妥协提案,包括臭名昭著的《追捕逃亡奴隶法》。他提出,为了保住联邦,牺牲某些区域的利益是尤其值得的。在北方,他遭到废奴运动领导人的严厉抨击,称他争取和解的演说是一种背叛(惠蒂埃写了一首著名诗歌,把韦伯斯特描绘成堕落的天使)。但在波士顿的商界和职业阶层中,许多人却称赞他是维护联邦的勇士。3月末,他们向他递交了一封有近千名有名望的市民签名的赞扬信。

就在韦伯斯特3月7日发表演说的四天之后,泰勒最亲近的顾问找到了反扑的机会。威廉·亨利·西沃德(William Henry Seward, 1801—1872)一直是纽约州的州长,如今又是代表该州的参议员。他是一位坚

549

⊙超验主义

定的废奴主义者,在就任州长期间,他设法通过了一系列法律,禁止本州警察协助抓获逃亡奴隶,并且为被抓获的逃亡奴隶争取到陪审的权利。3月11日,西沃德在参议院发表演说,以宪法和道德为依据,反驳了克莱的妥协案。这次演说之所以家喻户晓,是因为演讲中的第二个论据。西沃德认为,造世主确立的道德法律是高于宪法的大法,而且在文明世界的任何角落,道德法律正在努力根除而不是助长蓄奴制度。虽然韦伯斯特对这次"道德大法"的演说大加嘲讽,但在北方,这篇讲稿却广为传播,不久发行量就超过了几十万册。

1850年的春天和夏天,克莱和韦伯斯特没有使国会通过妥协案。可是,7月4日,泰勒总统突然患胃肠炎,五天后便去世了。排除了劲敌后,反对克莱妥协案的南方人设法击败了该法案中的大部分条款,到7月31日,妥协案似乎已呜呼哀哉,克莱也似乎败下阵来。可是,来自伊利诺斯州的议员史蒂芬·A. 道格拉斯意识到通过审慎的撮合有可能挽救妥协案,而且他觉得新任总统米勒德·菲尔莫尔(Millard Fillmore)是愿意签署通过这一法案的。道格拉斯成功了。9月17日,在他的促使下,这个法案得以通过,里面包括了克莱曾设法通过的大部分条款,包括两个最有争议的提案:允许加利福尼亚作为自由州加入联邦;逃亡奴隶无论逃到哪里,都必须抓获送还原主。

在爱默生看来,这场争论似乎一开始便是使毁灭和死亡成为诱惑的"邪恶时代"的又一症候。他原来心目中的英雄丹尼尔·韦伯斯特居然支持那个肮脏无耻的妥协案,真是糟糕透顶,尽管这时的爱默生对韦伯斯特为了利己而牺牲原则的做法已渐渐习以为常了。在一篇以《D. 韦伯斯特》为条目的日记中,他忧郁地写道:"似乎现在国会里的人已经没了主见。任何观点、任何意图似乎都能左右他们。"另一方面,波士顿商界的精英们争着向韦伯斯特表示支持的举动也遭到他的一阵嘲讽。"我想,在波士顿发生的所有事件中,没有哪一件能比800人签名致信韦伯斯特更加令人痛心。这是围攻波士顿最壮观的一天,是幼稚、愚蠢、小题大做的一天。"此外,韦伯斯特对西沃德的讥讽是不可饶恕的罪过。"最近,在我们的政治中,我察觉到的最糟糕的症候就是有人企图嘲笑西沃德提出的比宪法更高的大法,而且韦伯斯特也在其中。我看到有人对西沃德不屑一顾,蔑称他为'西沃德大法官'。"在1850年发表的《论蒙田》一文中,爱默生曾经提出,道德法律是人类唯一的引导他们在相互冲突利益的海洋中航行的指南针。韦伯斯特对于道德法律的讥讽危及了爱默生眼里的人类一个至高无上的原则,因此,他把这讥讽称做"无神论"——在关于神迹的争论中有人曾经常用这个词骂他,可他自己以前几乎从未用过这个词。

550

《追捕逃亡奴隶法》最后于1850年9月18日正式生效,但是,废奴主义者表示了他们与之对抗的决心。10月,他们在波士顿法纳尔大厅举行了一次集会,表达了对这一法律的愤慨。西奥多·帕克和温德尔·菲利普斯在会上发表了演说。一时间,这个新颁布的奴隶法仿佛将像原先类似的法律一样,会因为受到抵制而成为一纸空文。1850年秋,波士顿警戒会的两名成员得知有两个逃亡奴隶——爱伦和威廉·克拉夫特——受到几位佐治亚人的威胁。这个警戒会的目的是保护波士顿黑人居民免遭蓄奴者的绑架,并且还为逃亡的奴隶提供帮助。帕克登门探望了这几位佐治亚人,试图说明他们自身在波士顿也不安全。接着,在简易的旅舍里,他为克拉夫特夫妻主持了婚礼仪式,然后把他们送往英国,委托詹姆斯·马蒂诺保护。

接下来的事件差点酿成大祸。1851年2月18日,在波士顿一家咖啡店工作的黑人招待弗雷德·威尔金斯(绰号"沙得拉")被当成逃亡奴隶抓了起来,关押在联邦法院大楼里。这时,警戒会里的一位黑人成员和大约20来个伙伴冲进法院大楼,把沙得拉裹挟而去。他们先把他藏在康科德,然后往北途经佛蒙特送往加拿大。表面上看,解救沙得拉的行动又是一个胜利,但马萨诸塞州最高法院首席法官莱缪埃尔·肖明显要实施法令的意志使那些公开声称(就像西奥多·帕克一年前所做的那样)世上没有任何权威能够迫使波士顿人保留蓄奴制度的人们感到震惊。

最后,大祸终于降临了。1851年4月3日,一个名叫托马斯·西姆斯的17岁黑人男孩在波士顿被捕,关在联邦法院大楼。这一次,为了遏止任何救援的企图,大楼由重兵把守。西姆斯的律师据理力争试图说服肖法官(也是赫尔曼·麦尔维尔的岳父)释放西姆斯,但毫无结果。次日凌晨4点,300名士兵押送着西姆斯穿过冷眼嗤笑的人群。他们对着士兵大叫"可耻",但无法阻止他们朝码头走去。在那儿,西姆斯被推上轮船运往佐治亚州。似乎是为了让马萨诸塞人的脸丢得更彻底,在莱克星顿和康科德战役的周年纪念日那天,西姆斯的主人在萨凡纳当众鞭打了西姆斯。

1851年4月,爱默生向米德尔塞克斯废奴协会(Middlesex Anti-slavery Society)发出了一封信,正式公开宣布他反对《追捕逃亡奴隶法》的立场。他为自己不能亲自前去参加会议表示歉意(他正在外地巡回演讲),但他公开了自己反对议会通过那条"可憎的法规"的决心。他要求每一个人保护逃亡奴隶免受其主人的迫害。这封信写于3月中旬,语气沉着、坚定,但并非怒气冲冲。虽然在其他州逃亡奴隶被抓获,并被送还他们的主人,但爱默生以为,鉴于马萨诸塞州对自由事业矢志不移,它将继续把奴隶主两手空空地赶出它的州界。遗憾的是,米德尔塞克斯年会召开的那一天同时也是托马斯·

西姆斯在波士顿被捕的那一天。

引渡西姆斯一事使爱默生的义愤从克制发展成怒不可遏。编撰他的日记的学者指出，他在1851年的日记中有86页手稿是专写韦伯斯特和《追捕逃亡奴隶法》的，以及两者给曾是美国自由的诞生地马萨诸塞州带来的耻辱。"波士顿，我们大家曾为它著名的精神和品质而感到自豪……波士顿，在我们大家曾经读过的亚当斯的日记中，它是多么赫赫有名；波士顿，由于这位新罕布什尔人的个人影响，必须在这尘埃中低下它骄傲的头颅，这使我们的羞辱无法弥补。"

现在，爱默生充分认识到被约翰·杰伊·查普曼称做"废奴主义病症"的症结所在，他觉得应当采取某些具体的个人行动。1851年4月26日，当康科德镇上的居民请他就《追捕逃亡奴隶法》发表演说时，他接受了邀请。5月3日，他作了抨击这一法案的系列演讲的第一讲。这篇演说以他曾在日记中写下的评论为基础，成了他一生中言辞最为激烈的演说之一。在演讲中，他反复强调的主题是这条法案给国家带来的灾难和那些允许这条法案在这个国家存在的公民们的怯弱。城市和国家都"陷入了一种提心吊胆的惶恐之中"。报刊杂志被吓得噤若寒蝉，"每一位打开报纸的人无不为新的奇耻大辱而感到厌恶。"正如爱默生指出的，具有讽刺意味的是，所有这些维护财产的努力却导致了财产价值的丧失。"财产本身，包括我们拥有的房屋和土地，已经丧失了它们最好的价值，人类将看着自己的后代思忖：'我做了些什么使得你们在耻辱中开始人生？'"

不过，人们从最近的可耻行为中获益匪浅。"这场危机像深夜的烨烨震电，具有照亮一切的力量，它使事实大白于天下。"一切关于博爱的表白和自由的颂扬其实全是虚伪之词。那位可怜的黑人小伙子藏在南方沼泽地时，曾听到过波士顿的赫赫名声，可当他来到这个城市，却发现"波士顿这座著名的城市是他主人的猎狗"，发现他"冒着被枪杀、被活活烧死、被扔进大海、被饿死或被关在木箱子里闷死的危险，从奴隶主手里逃出来"，结果却被马萨诸塞人追捕，送回他逃出的那间狗笼里去。

但是，爱默生认为，与这个法律所招致的更为严重的怀疑相比，马萨诸塞州的荣誉丧失算不了什么。他突然变得伤感起来，罗列出《追捕逃亡奴隶法》给他带来的信念的丧失。首先，他认为这条法律的通过会立刻引起"一切明辨是非的人们"反对。但是，如果马萨诸塞州至此没有站出来反对这条法律，那么韦伯斯特也并没有成功地利用妥协来平息有关蓄奴制的争论。"韦伯斯特先生告诉我们，他的议案可了结一切争论……可现在争论了结了吗？他最终的折中办法损害了基础。议会大厦像帐篷一样被震得摇摇欲坠。"

事实上，这条法律"对于全体人民来说成了一所大学。它使每一张餐桌变成了辩论的俱乐部，使每一位公民都成了自然法则的学生。"

这所大学教授的是什么课程，首先，《追捕逃亡奴隶法》必须加以抵制。"必须将它废止，从法令全书中把它删除，但是，如果它依然存在，那就必须加以抵制。"至于蓄奴制度这个更大的问题，爱默生只是认为必须把蓄奴制限制在本州之外，然后，自由州应当帮助蓄奴州和平地结束蓄奴制——如果可能的话，像英国人买下西印度群岛种植主的奴隶一样，通过购买奴隶来实现。"还有什么能比这笔出资更有价值、更富激情？……即使成千上万也不算昂贵。"想到马萨诸塞州将领导这场"从这个世界上永远根除山一般的不幸和悲哀"的运动，爱默生的精神为之焕发，他的演讲以希望的口气结束："我们定能使一个小州伟大，只要我们能使它的每一个人真诚、笃实。"

与蓄奴制的斗争正在取代传统的党派斗争。鉴于这一现象，有人邀请爱默生重复他在康科德的讲话，作为替约翰·戈勒姆·帕尔弗里（John Gorham Palfrey）进行宣传的政治演讲。帕尔弗里自哈佛《神学院讲话》以来一直担任哈佛神学院院长，如今正代表自由州竞选国会议员。爱默生接受了邀请，于1851年春天在不同的地方重复发表了他关于《追捕逃亡奴隶法》的演讲。5月末，在坎布里奇，哈佛神学院学生向他喝倒彩、吹口哨，高声为韦伯斯特和爱德华·艾弗里特欢呼。爱默生沉着镇静，仍然一字一句地继续他的演讲，直至喧嚣声渐渐退去。虽然帕尔弗里竞选失败了，但爱默生发现，面对公众公开挑战法律使他感到刺激。在写给西奥多·帕克的一封信中，爱默生感谢他寄来的一本印刷成册的抨击蓄奴制的斋戒日布道（《人类的主要罪孽》[The Chief Sins of the People]），提到他已经读过五篇类似的文章，然后写到："这可以为本州开脱一半的罪孽，因为正是在这个罪恶的地方和时刻，少数人依然如此尽情、令人钦佩地表示着抗议"。（爱默生1851年4月18日致帕克）

第二年夏天，当丹尼尔·韦伯斯特争取1852年辉格党总统提名的最后努力惨遭失败后，爱默生关于道德法律绝对正确的观点得到了证明，这个证明掺杂着苦涩和欣喜。韦伯斯特曾经认为遵守法律是"基督徒的责任"，他曾敦促狱吏们抓获逃亡奴隶，以叛国罪控告他们的解救者，他曾同意引渡西姆斯。如今，韦伯斯特似乎没有从支持《追捕逃亡奴隶法》中得到什么好处。通过这条法律并没有终止北方关于蓄奴制问题的争论，也没有赢得他自己政党中南方代表的支持。在1852年6月的巴尔的摩大会上，韦伯斯特从294张选票中仅获得21票，其余票数被米勒德·菲尔莫尔和温菲尔德·司各特将军（Winfield Scott）（在第53次选举中，他最后赢得了提名）夺走。爱默生在总结韦伯斯特曾经辉煌的一生的悲惨结局时说："为了取悦于南方，他背叛了北方,却被双方都抛弃了。"

韦伯斯特被辉格党遗弃后没有支撑多久便于 1852 年 10 月去世。为了悼念他,爱默生在日记里称赞了这位曾经被他视做英雄的人物。但是,对于死者的尊重并没有妨碍爱默生诅咒韦伯斯特给这片土地带来的罪恶的法律。1854 年,为纪念韦伯斯特 3 月 7 日演讲发表 4 周年,爱默生在纽约应邀发表讲话。他向听众仔细陈述了韦伯斯特早先作为一位伟大演说家的理由——他的风度、他的举止、他那简明睿智的辞令,以及他人格的力量,这些都使他个人的愤慨与他所为之奋斗的事业联系了起来。然而,在做出决定的时候,韦伯斯特却完全站在蓄奴制一边,发表了这篇危害国家的演说。从逻辑或修辞的角度,这篇演说的好与坏不是问题。"无人怀疑丹尼尔·韦伯斯特能够发表优秀的演说。无人怀疑南方也有值得一提的好的和貌似合理的东西。但是,这不是一个巧妙设计的问题,不是一个演绎推理的问题,而是立场的问题。他为什么采取了那种立场?"

不久,选择立场将成为每一个人必须思考的问题。1851 年引渡西姆斯之后,几年内马萨诸塞州没有发生逃亡奴隶的事件。由西姆斯事件引发的强烈公愤渐渐地烟消云散,或以更为保守的政治形式得以释放。可是,1854 年 5 月 25 日星期四这一天,一位名叫安东尼·彭斯(Anthony Bums)的弗吉尼亚逃亡奴隶在波士顿被捕,在这之前他在一家商店里干活。同以前的沙得拉和西姆斯一样,彭斯被关进波士顿联邦法院大楼,星期六上午接受审判。废奴激进分子策划星期五晚上在法纳尔大厅举行抗议集会。波士顿警戒会成员在星期五上午也召开了会议,企图提出营救方案。

可是,警戒会的这群人是一帮桀骜不驯的个人主义者,完全没有接受过革命行动的训练,他们在策划改革时习惯于自作主张、自行其是。托马斯·温特华斯·希金森(Thomas Wentworth Higginson, 1823—1911),这位即将被艾米莉·狄金森视为导师、即将成为联邦军队黑人第一兵团上校的唯一理教牧师,回想起警戒会当时的情形时说:"一帮乌合之众,每一个人大谈自己的计划或道理,甚至还穿插大段的轶事或长篇大论,而此时此刻需要的是当机立断和精诚团结。"星期五上午,在法纳尔大厅的会议与以往一样乱七八糟,希金森感到营救彭斯没有希望。这次会议之后,守卫彭斯的美国狱吏肯定对乱民冲击法院大楼有所戒备。接着,一位名叫马丁·斯托厄尔的警戒会成员提出了这样一个出人意料的方案:

难道不可以在审判的高潮给它来个突然袭击?让大家都准备好,把精选出来的人分散在法院大楼和广场附近,然后派一名声音洪亮的喊话人站在法纳尔大厅的廊台上高呼，说一群黑人开始攻打法院大楼了，事先告诉一位演讲者，让他立刻抓住这一时机，把整个会场搅乱，让人们一窝蜂地冲进法院广场，大家随时跟随领头各就各位，把奴隶营救出来。

希金森准备了一箱斧子用来攻打法院大楼。他还参与选拔了一小批白人和黑人作为领头。可是，这次行动没有成功。参加法纳尔大厅集会的人群比警戒会预料的要多得多，挤满了大小走廊、各个楼层、楼梯，以至于被选出的喊话者无法挤进廊台呼喊事先准备好的信号。希金森在法院大楼前等着暴动的人群到来，可没有踪影。这时，就在希金森打算放弃营救计划时，斯托厄尔来到跟前，悄声说他和其他一些人把一根木头横梁抬到了法院大楼的西面，可以用它把法院大门撞开。

早在西姆斯事件发生的时候，希金森曾在他的日记中提到"要在头脑中培养起革命的态度"是何等的困难。"发现自己与现存的体制格格不入……看到法律和秩序、警察和军队站在邪恶的一边，发现当一位好公民成了有罪，当一位坏公民成为义务，这实在使人莫名其妙。因此，在这紧急关头，要冷静、明智并且英勇地行动，需要时间来做好准备。"如今，三年之后，他发现自己正带领着一帮咆哮的人群，面朝着一位体格强健的黑人，用一根木梁企图砸开波士顿法院大楼的大门。

门终于被撞开了一个口子，可以让一个人通过。那个黑人跳了进去，希金森紧随其后。一直在门后试图把门顶住的七八个警察开始用警棍凶狠地殴打他们。大楼里面，一个监狱副手倒在地上死了——要么是被与希金森一起的那个黑人用刀捅死的，要么是被外面咆哮的人群中射来的枪弹打死的。两人渐渐地被逼回到门口，他们发现后援已经退到了法院大楼台阶的最底层。尽管希望渺茫，但希金森依然坚守在门口，期盼增援的人上来。正在此时，阿莫斯·布朗森·阿尔科特从下面的人群里站了出来。"他独自一人登上台阶，转向我，指着前面平静地说：'我们为什么不进去？'"希金森焦急地回答说其余的人不肯援助他们。"他一句话没说，而是镇静地走上台阶——他本人和他那根熟悉的手杖。他在台阶的顶端停了下来，众目睽睽之下，里里外外都看得见他。一支左轮手枪在楼里响起；但没有击中任何人。发现自己孤立无援后，他转身开始撤退，但没有慌慌张张地迈下台阶。"

在希金森看来，阿尔科特此时的镇静可以同柏拉图或毕达哥拉斯相媲美。但是，如果说阿尔科特对绝对精神的信念代表了废奴运动的推动力，那么杀害监狱副手的举动则更明确地预示了即将来临的风暴。"从堪萨斯内战、约翰·布朗的武装起义到解放宣言，在这个国家所经历的一系列事件中，杀害

○超验主义

巴彻尔德开创了暴力之先河。就像萨姆特堡的枪击事件一样,它证明战争确实已经开始了。"

鉴于骚乱的严重性,联邦政府派出了军队——两个连的炮兵和两个连的海军陆战队,于6月2日押解彭斯乘船返回南方。受欺凌和被侮辱的感受似乎到了无以复加的地步。面对捕奴者,马萨诸塞州的黑人居民束手无策,那些试图保护或搭救逃亡奴隶的白人居民发现自己正受到他们自己的政府的侵害,仿佛他们是亡国奴一般。当马萨诸塞州的居民得知,他们痛恨的《堪萨斯—内布拉斯加法案》在彭斯被捕的第二天在国会最后得以通过时,他们的屈辱感更加刻骨铭心。由参议员史蒂芬·A. 道格拉斯在1月提出的这条法案把密苏里以西的土地向蓄奴者开放,从而废止了1820年通过的《密苏里妥协法案》(Missouri Compromise),这个妥协案规定,在路易斯安那购置地36°30′以北的地区禁止实行蓄奴制。《堪萨斯—内布拉斯加法案》破坏了被北方一直视为神圣不可侵犯的协议,正如马萨诸塞州参议员查力斯·萨姆纳写给爱默生的信中所说,它引起了人们的恐惧,害怕如果蓄奴制暴政与国民政府串通一气,"新的冒犯将接踵而至。"(萨姆纳1854年6月12日致爱默生)

1854年,当国庆到来之际,按照惯例举行的庆典活动似乎成了一个讽刺。爱默生的女儿爱伦回忆说,她母亲丽迪安

> 认为我们的国家完全丧失了任何正义感,听说国庆那天将有一些庆祝活动,看到国旗升起来了,她问父亲可否在我们家的大门口挂上一块罩布。父亲笑了笑,同意了。她弄来一大堆黑色的麻纱,醒目地挂在我们家的前门和门柱上。

亨利·梭罗也在弗雷明汉的一次废奴集会上以不同寻常的方式来庆祝国庆。他在集会上宣读了一篇题为《马萨诸塞州的蓄奴制度》的讲稿的一部分。加里森也在弗雷明汉的集会上发表了演说,他还把梭罗的讲稿全文刊登在7月21日的《解放者》报上。8月2日,格利雷又将该文重新在《纽约论坛》上刊出,8月12日的《全国废奴旗帜》也刊登了该文的部分段落。

《马萨诸塞州的蓄奴制度》一文直接取材于梭罗在彭斯事件期间所写的日记。不过,梭罗还参考了三年前引渡托马斯·西姆斯时写的日记。这两个事件所导致的"道德人动荡"并没有激起马萨诸塞州当选官员的丝毫反对,他们驯服地任凭南方种植主将他们变成捕奴者。"该州的所有军队都在为这个叫萨特尔先生的弗吉尼亚蓄奴者服务,都在帮他捕捉被他称做自己财产的人;

可是,该州却不派一兵一卒去搭救遭到绑架的马萨诸塞州公民!"(与在这之前审判西姆斯一样)审判彭斯实际上是在审判马萨诸塞州。"每次她迟疑不决、不给这人以自由,——每次他迟疑不决,不去赎罪,那她就被证明有罪。"

一个奴隶向谁去寻求帮助?向法庭?可法庭把他视为财产。向马萨诸塞州州长?可最糟糕的是,在这场危机中无人来关心他或注意到他的消失。"法律不会给予人民自由,只有人民才有责任使其成为自由的法律,人民热爱法律和秩序,他们遵守法律,而政府却在破坏它。"接着,他又说:"谁认识了真理,谁从更高的权威而非世上的最高法官那里接受了使命,谁就能认识法律,谁就发现自己成了法官的法官。"

危及马萨诸塞州的并不是《堪萨斯—内布拉斯加法案》,而是它自身的"蓄奴倾向和奴性"。那些以为政府存在的目的在于保护财产的人们应当记住,在一个丧失了自身自由的州里,生命的价值被贬低了。梭罗说:"在过去的一个月中,我感到蒙受了一个巨大的、无可名状的损失。当时我不知道是什么使我苦恼。最终我意识到自己丧失的是一个国家。"

尽管1854年的这篇演说从早些时间发表的《论与国家政府的对抗》中借用了许多观点和形象化的描写,但这种集体的丧失感使《马萨诸塞州的蓄奴制度》与《论与国家政府的对抗》形成了鲜明的差异。如今,虽然梭罗声称他的思想"危及政权,而且不由自主地在密谋反叛它",但他的反抗已不再是个体的行为。他在集会上而不是在乡村的演讲厅里演讲,他把自己的讲稿交给报纸,而不是交给那个刚开办了一期、仅有50个订阅者的美学杂志。《论与国家政府的对抗》中故意做作的那种对公众生活的漠然态度不见了,如今,梭罗像公民面对公民一样发表着演讲,而且还带着一种紧迫感。"我们已经耗尽了我们继承的所有自由。如果想挽救我们的生命,我们就得为之而战。"

尽管这个时候似乎黑云压顶,但也有一丝希望。经历了近四个月的政治斗争,查尔斯·萨姆纳被马萨诸塞州议会推选为参议员。虽然他缺少韦伯斯特的才华和影响,但自《追捕逃亡奴隶法》通过以来,他一直是坚定的反对者,几次企图废除它(没有成功)。1854年,他把自己的愤怒转向《堪萨斯—内布拉斯加法案》。作为参议院中仅有的三位自由州的代表之一,要阻止法案的通过,他无能为力,但他可以长篇累牍对其加以抨击,他的演说很快电传回了他所在的那个州。

萨姆纳得到了更多人的同情,超出了六个月前任何人所能做出的预料,甚至包括保守的辉格党。对大多数人来说,《堪萨斯—内布拉斯加法案》似乎违背了1850年韦伯斯特说服他们接受的协议。更糟糕的是,这个法案会向蓄奴者开放邻近自由州以北的土地——北方的人们认为,按照1820年《密苏里妥协法案》的条款，这片土地已永久地被确定为自由之邦。1854 年 5 月 24 日，参议院召开会议最后通过《堪萨斯—内布拉斯加法案》，萨姆纳站起来，抨击这个法案是国会通过的最糟的法案。不过，他同时又称赞它是最好的——因为它"宣告以往与蓄奴制度的一切妥协统统无效，并且使今后任何妥协都成为不可能。这样，它使自由制度与蓄奴制度变得针锋相对，你死我活。谁还怀疑这个结果？"萨姆纳的讲话是在解救安东尼·彭斯的努力失败后一天传到波士顿的，这使他的这些话更有分量。

由《堪萨斯—内布拉斯加法案》激起的义愤使两个政党乱了阵营。许多人背弃了民主党，因为这个法案是民主党的立法，辉格党遭受了同样的结局，因为党内的纷争使得他们力量薄弱无法阻止法案的通过。在整个国家，新的政党纷纷出现，希望从不满的民主党人和辉格党人中争取归附者。在马萨诸塞州，获益最大的并非是人们期待的自由土地党，而是反对移民和反天主教、被公众称做"一无所知党"的组织，这个政党是针对 19 世纪 40 年代末到 50 年代大批移民的涌入而建立的。在 1854 年 11 月的选举中，马萨诸塞州"一无所知党"获得了 63% 的选票；选民们为州议会选出了一名辉格党人、一名民主党人和 377 名"一无所知党人"。长期由辉格党一统议会的局面被打破了，进步人士称这是值得庆祝的。但是，这个局面是被一伙像"一无所知党"这样的乌合之众打破的，这未免太令人沮丧。老牌辉格党人鲁弗斯·乔特在选举之后说道："历史的波涛还没有掀起过比这更低俗、可憎、污浊的波浪。"

爱默生倾向于同样的观点，不过他认为，两个传统的政党这样很不光彩地被赶下政坛可以被看做是"莫大一场游戏"，一个操之过急的疯狂玩笑。1855 年 1 月 26 日，他在波士顿发表演讲，题为《美国的蓄奴制度》（*American Slavery*）（这篇讲稿在后来的几个月中重复演讲了七次）。在这篇新的讲稿中，爱默生试图对近五年来道德和政治上的动荡做出某种解释。许多观点都是熟悉的。爱默生极为蔑视北方的那些诣谀南方的当选官员——"他们含垢忍辱，看不到那些打着国家利益的幌子欺骗他们的横行霸道者的傲慢，所有这些都是因为在他们自己的头脑中没有辉煌耀眼的法律存在。"他声称自己抱有一个熟悉的信念，"完美、健全的宇宙"能够"最终摆脱一切罪恶"，就像蛇一样在抽搐中脱去它的外皮，而且他仍然相信"那些拥有勇敢的心灵和伟大的思想的个人，他能从他们身上发现唯一可信的道德准绳"。的确，"这是对邪恶政府的一个补救，是为仁人志士提供的一片天地。"

不过，在这篇演讲中还有一种新的口气，试图从尽可能长远的角度来审视蓄奴制问题。爱默生声称，"虽然我坚持独立的原则和个人的灵感，但我并没有削弱而是强化了社会行动。"事实上，社会不仅仅是他曾在《论自信》中所蔑称的合股公司。如今，他认为国家是一个现实，"上帝保证由人类、人种和民族组成的社会群体具有公共的目的，在人类历史上产生一定作用。"美国的作用是什么？"我们政府的理论是自由。"自由不是客观事实和个人观点，而是"人类思想无法抗拒的渐进和发展"。

鉴于这个道理，只要法律出现了矛盾，每一个美国人都有理由来决定赞成自由。如果法律不公正，我们必将心甘情愿地"把茶叶倒进海里，追捕捕奴者，——在原则面前废除法律。"的确，"上帝也会插手这些事件，肯定会将我们所凿就的毛坯加以最终完善"，而且"我们的意志和忠顺是他的手段之一"。在这个集体的努力当中，甚至连那些并不适合政治斗争的文人学者也能发挥作用。美国的灾难在于它的"具有巨大能量的工业"缺乏"一个伟人的富有想象的灵魂，一个广阔无垠的全球思想"。这就导致了它在政治上轻浮，在体制上残酷，在文化上肤浅。在这众说纷纭的喧嚣声中，惟有文人学者才能唤回他的同胞们早已抛弃的理想，因为"上帝通过想象来指教人类"。

这个信念从一开始就激励着超验主义者。在围绕神迹展开激烈论争的日子里，当新英格兰公众的话题一度集中在唯一理教派内部的争论上时，超验主义者曾经作为"运动的激进团体"，它的成员满怀由革命热情产生的信心。但是，19世纪40年代的困境使他们左右为难。假如像奥立斯蒂斯·布朗森那样提出激进的社会改革方案，他们会被愤怒的呼声骂做反动和专制。假如像乔治·里普利那样试图从理论直接进入社会实践，他们会对自然的匮乏、人类的冥顽和市场的野蛮法则感到悲哀。假如像西奥多·帕克一样留在教会里努力去改革它，他们会发现面对顽抗的保守势力的坚冰，再热情的火焰也无可奈何。

像爱默生和梭罗那样，拒绝参与任何运动，坚持个人的自我完整和真实，使他们两人免遭这种理想破灭之苦。不过，这种做法也有它自己的代价：自我责备、感到无能，有时还感到虚幻，觉得断然拒绝与虚假同流合污，这很容易被人看做是孱弱或任性。甚至连爱默生也从未真正理解梭罗在康科德监狱待上一夜或搬到瓦尔登湖旁小屋居住的意义何在，而梭罗却鄙视爱默生的那种世故。靠着这样的圆滑，他既能在书房里写出激进的讲稿和书籍，又能在他的康科德宅邸享受舒适的生活。

但是，19世纪50年代早期的政治屈辱，无论多么丢脸，都使爱默生和梭罗坚信他们坚持个人正直高于一切的做法是正确的——只有个人的正直才能抵御政府的愚行或法律的不道德。任何民主政府的健康依赖于个体公民的德行，因为当政府腐朽堕落时，唯有公民端正的操行才能恢复遭受损失或遗弃的东西。爱默生在《美国的蓄奴制度》中谈到："当集体履行不了它的职责时，个人便可取而代之。"1846年，爱默生没有理解梭罗为什么要只身一人抗议墨西哥战争。1855年，经历了西姆斯和彭斯事件之后，经历了《堪萨斯—内布拉斯加法案》之后，爱默生懂得"我们要尤其感激那些英勇和忠实的人们，他们在邪恶势力猖獗的地方和日子里，用言语和行动，为他们自己和他们的同胞抗命。"这些人完全不是怪僻之人，而是"民族的天才和未来"。

爱默生认为《美国的蓄奴制度》写得不错，因此写信给自己的老友威廉·亨利·阜尼斯说他愿意在费城宣讲这篇文章。"这一次我有一篇很好的讲稿——我看很好，或者说'值得人们思考'。"（爱默生1855年1月26日致阜尼斯）可是，就连这样一点自信也慢慢地消失了。虽然这篇讲稿爱默生讲了七次，但当阜尼斯请他下一个秋天再讲时，他拒绝继续写这样的文章。"我相信自己所写的废奴文章在这个国家是最差的，只比蓄奴制度本身好一点。这个冬天我最好什么也不写。"（爱默生1855年10月1日致阜尼斯）

然而，许多事件却使爱默生无法隐退。1856年，在堪萨斯爆发了公开的战斗，一方是密苏里的"边界恶棍"，决心要把这块新的领土建成蓄奴州，另一方是来自自由州的移民，他们想保持这个地方的自由。新英格兰人筹集资金，向移民们提供援助和武器。战斗既令人沮丧又意义重大。1856年秋，阜尼斯写给爱默生的一封信明确地表示出这种矛盾的情绪。阜尼斯这样哀叹美国当时的政局："天下汹汹，国家陷入了何等混乱的局面。"不过，他又说："这场斗争气势磅礴，这是世界之战。欧洲的复兴在此一举。看到上帝和人类的事业正在抗击情欲、私利、人的意志，这是何等的伟大、辉煌！"（阜尼斯1856年10月18日致爱默生）

1856年5月19日，参议员查尔斯·萨姆纳在参议院发表了一篇冗长的演讲，抨击那些踩躏堪萨斯的"边界恶棍"和支持他们的蓄奴势力。《祸及堪萨斯》中尽是些庸俗不堪的辱骂，有些是矛头指向来自南卡罗莱纳州的资深参议员、德高望重的安德鲁·P.巴特勒以及他所代表的那个州。萨姆纳第二天才结束了演讲。他讲话时，巴特勒不在参议院，但是他的一位年轻表弟、南卡罗莱纳州的众议员普雷斯顿·布鲁克斯来到参议院，听到这篇演讲后勃然大怒。他决心要为自己的亲属和家乡雪耻，等待机会给萨姆纳一顿棍棒。5月22日机会终于来了。当他看到萨姆纳在参议院休会期间独自一人坐在桌旁给印刷成册的《祸及堪萨斯》（足足有112页）贴邮票时，布鲁克斯动手用手杖在他的头上狠狠敲打。萨姆纳从参议院笨重的大桌子底下爬出来试图逃命，这期间他共挨了大约三十来棍。鲜血淋漓的萨姆纳最终从桌子底下爬起来，身体拖着桌子跟跄了几步，接着又倒在了地上。布鲁克斯仍然雨点般地猛击萨姆纳，直到其他两个议员把他拖开为止。

很快，布鲁克斯成了暴躁的南方人心目中的英雄（他的选民们投票要奖给他一根金头拐杖，弗吉尼亚大学的学生们集资准备还要给他做一根）。在北方，查尔斯·萨姆纳同样很快也成了受难英雄，成千上万份《祸及堪萨斯》四处散发。在马萨诸塞州，愤怒的情绪分外高涨，尤其是因为就在萨姆纳遭到殴打的消息传来后，堪萨斯的自由镇劳伦斯镇遭到奴隶势力突然袭击的消息也传到这里。在北方的各个大小城镇，抗议的集会不仅谴责了边界的凶杀，而且还声讨了布鲁克斯对一位毫无防卫的人的卑鄙袭击。

爱默生在1856年5月26日举行的康科德集会上发表了讲话。这篇题为《谈萨姆纳先生被殴打事件》（*The Assault upon Mr. Sumner*）的讲稿开篇便承认，他在《美国的蓄奴制度》一文的结尾所表达的和解的希望被最近这些丑恶的事件粉碎了。妥协的时代结束了。"我不知道一个文明的社会何以能同一个野蛮的社会组成一个国家。我认为我们要么必须废除蓄奴制，要么废除自由。"萨姆纳之所以受到爱默生的钟爱，不仅是因为他的行动，而且还因为在他第一次竞选参议员的数月中拒绝去拉选票。后来，尽管他的那些废奴主义朋友软缠硬磨，但他仍然拒绝在没有做好准备之前匆匆忙忙就蓄奴制问题发表演说。如果说一开始他在参议院里还有些踯躅不前的话，那现在他的表现出乎意料，"每一位自由的朋友都把他认做自由的朋友。"

堪萨斯州也引起爱默生的关注。他参加了在康科德召开的"堪萨斯援助协会"的会议，并且在1856年9月10日发表了《论堪萨斯事务》（*Speech on Affairs in Kansas*）。演说的开头听起来像是在宣传。爱默生写道："屠夫们的嚎叫与被追捕的妻子和儿童的惨叫声交织在一起。"不过，他很快撇开了这些陈词滥调，转而思考历史似乎正在给予的独一无二的教训：

> 我不知道还有什么能同过去20年这个国家的政治一样黑暗。这个政治越来越明显地聚合成一个核心，一个巨大的罪恶之源，而且越来越显而易见、臭名昭彰，一切宣传、权力和政策都源出于它——这个政治表明，站在言行不一的位置上败坏法律，把好人始终置于不利地位，其结果是灾难性的——这个罪恶一直存在，一直遮遮掩掩，还被赋予动听的名字：我们这些自由的立法者们，作为罪恶的同谋，一直被枉法者所控制。

这个罪恶势力不仅禁锢了国家，而且还侵害了语言。如果说智者透过陈词滥调，把词汇同事物紧密结合起来，那么，邪恶之徒则把单纯的词语同它们的所指割裂开来，用委婉动听的辞藻粉饰残酷。"在普遍盛行的假话中，语言已经失去了它的意义。代议政体实际上不具有代议性……把古巴和中美洲拖进奴隶市场被说成是扩展自由的领域。"爱默生冷静、明确地恢复了"无政府"这个被滥用了的词的原意。他说:"我高兴地看到,对于分裂和无政府的恐惧正在消失。马萨诸塞州在那个英勇的时代就没有政府,就处于无政府状态。每一个人独立自主,充当他自己的州长;从科德角半岛到呼萨克山,没有人破坏和平。"真正的危险不在于社会契约过于脆弱,而在于它们过分坚强:"众多的财产、巨大的利润、家族的关系、盘根错节的政党,给这片土地布下了天罗地网,大大增加了战争的危险。"假如自由的捍卫者不赶紧坚定立场,他们将发现自己会像1848年求助美国的流亡者一样,被迫"卷起自己的衣物去寻找别的自由的地方"。

当爱默生发表《论堪萨斯事务》时,他不知道这个州最近发生的事将再一次把他卷进政治活动,这一次不是站在受害者的一边,而是站在挑战者的一边。1856年5月24日夜晚,看到那些支持蓄奴制的劫掠者骚扰像劳伦斯这样的自由城镇,听到查尔斯·萨姆纳在参议院遭到袭击的消息,一位名叫约翰·布朗的堪萨斯移民怒火满腔。他带领一支名叫"波塔瓦托米长枪队"的自由州志愿民兵队伍的七位成员,袭击了与蓄奴势力有关的人员(其中一位是本地立法机构的成员)。布朗和他的手下横冲直闯,所到之处开枪杀死或用大刀砍死手无寸铁的人们。在一间屋子里,他们杀死了一位父亲和他的两个儿子;在另一个地方,他们当着一位女人的面砍死了她的丈夫。在重新集合之前,他们一共杀了五个人。

关于这一恐怖的行为,(正在堪萨斯州指导自由州移民组织的)托马斯·温特华斯·希金森声称,在自由州的人当中,他还没听到什么人对此事的结果有何异议,都认为这有益于"立刻遏制密苏里人的武装进犯"。但事实上,堪萨斯的许多主张自由的居民对布朗的举动感到震惊,这个举动促使过去混乱零星的冲突变成了全面规模的内战。

来自堪萨斯的确切消息很难传开。1857年初,当布朗来到东部,筹措资金准备在堪萨斯继续反对蓄奴势力的时候,听他演说的超验主义者要么对"波塔瓦托米大屠杀"一无所知,要么相信了废奴传媒对此事件的报道,这些报道试图把这场屠杀归罪于蓄奴势力自身。在新英格兰同情者的眼中,布朗仿佛是瓦尔特·司各特笔下神圣盟约的成员,这位热情洋溢、军人举止的人有望结束北方这几年在解救彭斯的失败中、在萨姆纳被殴打的事件中、在中西部和西南部蓄奴势力的扩张中所遭受的威胁。1857年2月,布朗来到康科德,在市政大厅发表演讲,介绍堪萨斯的战争并寻求援助。他和梭罗一家共进午餐,并且见到了爱默生。爱默生邀请他第二天晚上在家留宿,后来又在日记中对布朗的演讲表示了赞赏。

在接下来的两年中,布朗一会儿在东部筹措资金,一会儿又在堪萨斯和密苏里打仗。他的那帮人杀死了一个奴隶主,解放了 11 个奴隶。但是,他的计划越来越宏伟。他告诉"秘密六人团"(包括帕克和希金森在内的北方同情者的一个组织),他计划把武装人员派往弗吉尼亚州,在山上建立供奴隶避难的营地或居住地。奴隶能够在那里自由地生活,或通过地下通道转移到加拿大。对于公众,布朗继续呼吁他们为反对堪萨斯的蓄奴制度提供经费援助。爱默生拿出了 50 美元,梭罗捐献的要少一些。

1859 年 10 月 16 日夜,布朗在弗吉尼亚州的哈珀渡口占领了联邦军火库。听到这一消息,甚至连"秘密六人团"的成员也感到震惊。(就像他的起诉人后来所说的)如果他希望发起一场奴隶暴动,用军火库的武器把奴隶武装起来,那他的做法很古怪:他挑选了一处不可能防守的目标,只带了 18 个人去攻打(没带给养),而且也没有设法把自己的出现或意图告诉他计划解救的奴隶。虽然布朗他们占领军火库达 36 个小时,但由罗伯特·E. 李上校指挥的一支美国海军陆战队轻而易举地把它夺了回来,击毙了布朗的 10 个人,并且把他打伤。不少人怀疑布朗疯了,但在他被捕后立即开始的长达一周的审讯中,他看上去头脑清醒、泰然自若。的确,他在被判死刑后关押在监狱的那段时间所表现的镇定,甚至让弗吉尼亚州长怀斯也感到难忘,他说布朗"冷静镇定、不屈不挠"。

布朗于 11 月 1 日被判处绞刑。行刑日期定在 12 月 2 日。在临近行刑的前几个星期,爱默生和梭罗都称赞了他的英雄气概,公开呼吁免除他的死刑。但是,北方的许多人为布朗自杀式的举动感到震惊,为他可能发起的奴隶暴动感到害怕。也许是针对这样的反应,梭罗于 10 月 30 日(宣判的前一天)宣称,他将在康科德发表《为约翰·布朗队长请愿》(*A Plea for Captain John Brown*)的演讲,并且亲自敲响镇上的大钟。11 月 1 日,他在波士顿的特拉蒙特教堂(临时代替弗雷德里克·道格拉斯)重复了这篇演讲,11 月 3 日又在伍斯特讲了一遍。11 月 8 日,爱默生在波士顿音乐大厅向西奥多·帕克的听众发表了一篇题为《论勇气》(*Courage*)的讲话,就像他在 1838 年的《论英雄主义》的演讲中赞扬爱利亚·拉福吉尔那样对布朗大加赞赏。(帕克自己因为肺结核病越来越重,不得不在 1859 年 2 月哈珀斯费里事件发生之前离开波士顿到欧洲疗养去了。)11 月 18 日,在波士顿特拉蒙特教堂的一次为约翰·布朗家属筹资的集会上,爱默生发表了演说。12 月 2 日行刑那天,梭罗在康科德帮助组织了一个悼念仪式,会上他朗读了自己从大众图书中选来的赞颂英雄主义的段落,爱默生朗读了布朗发表的最后一次演讲。在波士顿,詹姆

○超验主义

斯·弗里曼·克拉克向他的基督会教友宣读了为布朗的葬礼准备的布道词。1860年1月6日,爱默生在萨莱姆又发表了一篇新的演讲,题为《约翰·布朗》。最后,梭罗写了一篇题为《约翰·布朗的最后日子》(The Last Days of John Brown)的文章,准备7月4日在纽约北厄尔巴举行的纪念约翰·布朗大会上宣读。布朗就埋葬在这里,他的妻子也住在这里。

戴维·弗里德里希·施特劳斯认为,关于耶稣替世人赎罪的福音是神话。反对这一假设的观点则认为,从耶稣去世到福音的问世,其间没有足够的时间能让想象的神话来美化历史。在超验主义者的这些关于约翰·布朗的演说中,将历史变为神话早在他尚在人间的时候就开始了。布朗不仅仅是一位英雄,他还是一个"光明天使"——像清教徒一样圣洁,像莱克星顿和康科德的捍卫者一样英勇,像克伦威尔一样强悍有力,像司各特笔下的人物一样浪漫传奇,像救世主一样自我献身,用他的苦难和死亡再一次救赎人类。

布朗的行动使北方人摆脱了十年来的屈辱。对于来自南方的每一次打击、每一声讥笑、每一次侮辱,北方人除了每周抗议一次然后委曲求全外,别无他法。"马萨诸塞州的政治是懦弱的政治。"爱默生说,"我们需要勇往直前、独断独行的意志。"梭罗的话更加直截了当:"我们所希望的,不是充当愚昧、胆小的奴隶,自称读懂了历史和圣经,实则在亵渎我们的每一幢住房、每一天呼吸。"

事实上,崇拜布朗的人越来越多地在他的身上看到了自己的特征,这是布朗成为救世主的最好的佐证。在梭罗的眼里,布朗是一位完美无瑕的战士,坚韧、自立、清心寡欲。他能在沼泽地带生活,能学会印第安人的本领。他极端蔑视富人们奢华的餐桌,藐视那些自以为用言辞就能赢得胜利的武士。在爱默生看来,布朗是位勇士,他的人格能转而使敌人崇拜他,他的光芒能使万物生辉,哪怕是在最耻辱的场合,把绞架变得同十字架一样荣耀、辉煌。爱默生和梭罗都赞赏布朗的英勇气概和实际行动所激发的威力。爱默生在《论勇气》中说:"让我们坦率地讲,培养意志是我们生活的目标。"布朗是意志的体现,他勇敢地挑战不可能之事,在其面前绝不退缩。这样的勇气令人精神振奋,使万物焕然一新。爱默生说道:"除了那些老之将至、行将就木的政客们外(连复活的号角也吹不醒他们的心灵),人人都感到了清新的气息。"梭罗也说,那些曾想自杀的人现在改变了主意。在这些演讲中,布朗最后成了超验主义理性的典型。爱默生认为,他"坦诚率真",是一个"不带个人私心的纯粹的理想主义者"。在梭罗看来,他"其实是一位超验主义者"。他"自身便是纯粹的精神,他的剑就是纯粹的精神"。甚至那场短暂的胜利也给这精神增添了光辉。"他的生命如流星一般,在我们生活的黑暗中一闪而过。"

对于北方人来说，19世纪50年代在屈辱中开始，在羞耻中继续，在复仇的欲望中结束。约翰·布朗使这个欲望变成了意识，得到了体现。可是，这个时期还出版了爱默生的《英国人的特性》(English Traits)和《生活的准则》(The Conduct of Life)、梭罗的《在加拿大的新英格兰人》(A Yankee in Canada)和《瓦尔登湖》以及他的《科德角》(Cape Cod)和《缅因森林》(The Maine Woods)的部分章节，同时，梭罗将自己的日记扩展成融观察和表现为一体的鸿篇巨制，里面包括了他的一些上好佳作。尽管晦暝的政治形势有时候使这些文章陷入愤世嫉俗或虚无主义的情绪中，但是，这个时代的危机使超验主义者感到了自己全新的权威，这种信念给这些道德哲学家们的补偿要比失望多得多。19世纪40年代，超验主义者经常觉得自己仿佛置身于人类活动的主流之外，或者公然宣称、或者悲哀地表明他们离群索居的愿望。就连这个时代造就的最有名的政论文章《论与国家政府的对抗》也充满了退隐的意象。梭罗宣称要退出他能找到的一切组织，甚至包括自己根本就没有加入过的组织，这也许就是该文的中心话题。

可是如今，超验主义者被拖出书房或林中小屋，抗议引渡逃亡奴隶，抗议发生在堪萨斯的战争，抗议殴打萨姆纳和处死布朗。此时，这些人发现，在一个因物质繁荣和道德沦丧而变得堕落的社会里，他们原来的福音——道德法律的举足轻重、大自然的纯真无邪、直觉的核心地位——又重新变得必不可少。如果上帝通过想象传达他的意志，那么艺术家就是他的预言者。他们不是抄写员，他们的话语带着权威。

1860年前的10年中爱默生出版的两本著作体现了这种转变，这两本著作是《英国人的特性》和《生活的准则》。两本书涉及的是人们熟悉的题材——自立的必要性、欲望与局限的冲突、个人的自私以及在一个失去了传统宗教的世界中作为中流砥柱的道德情操的必要。可是，爱默生在写这两本著作时，还感到有必要加上在他游历中时间和体验带给他的不可避免的变化。他从进行着眼花缭乱的改革实验的新英格兰，来到为成就了帝国而志得意满的英国，又来到因革命而动荡不安的法国，然而最终回到自己因向蓄奴制度妥协而蒙受耻辱和蔑视的家乡。

假如爱默生再年轻一点，他也许会起来号召人们推翻一切社会制度。但是，当19世纪60年代开始的时候，他已年满46岁了，（如他所说）已经"远比地道的激进分子更加成熟"，而且他越是功成名就，就越加尊重这些社会制度。不过，这种尊重并非强烈得致使他只对社会现实仅仅有所反应——

他对《追捕逃亡奴隶法》当即表示出的反感证实了他在年轻时代所尊崇的道德完美的原则依然是他尊崇的唯一神明。的确，政府的失职使联邦的每一份财产都失去了价值，因此，审慎和理想主义最终会实现同样的目的。

《生活的准则》直到1860年才出版。不过，这本书是爱默生在1850年那个动荡冬天最早的系列演讲的基础上写成的。本书开宗明义，自称是行为的向导，以此作为"我如何生活"这个问题的答复。本书的几个章节——《论财富》（Wealth）、《论修养》（Culture）、《论行为》（Behavior）、《论美》（Beauty）和《附带的考虑》（Considerations by the Way）——向那些急于修养却又不知从何做起的人们提出忠告，这些人生活在一个只有最原始的文明概念、缺乏任何修养观念的国度里。爱默生拒绝放弃自己对补偿原则的信念。不过，现在这个原则的影响远远超越了个人生活的局限。因此他强调，对贸易的狂热追求使美国陷入了铁路交错、工厂林立的境地，而且他还指出自私的资本主义为人类创造的财富要比产生的弗罗伦斯·南丁格尔这样的慈善人士更多。"这种热衷于投机冒险的精神促使少数人疯狂地攫取世界的财富。"不过，他同时还指出，从长远看，暂时的利益实际上是虚假的，正如在拿破仑战争期间，美国商人对欧洲国家高抬物价，创造了一片耀眼的繁荣，其结果无非是给美国的海岸招引来成千上万需要喂养、需要教育的欧洲贫民。

比行为更高的一个层次便是宗教。然而，《论崇拜》（Worship）一文所论及的并非是宗教本身，而是19世纪人们面临正统基督教的崩溃所遇到的困境。爱默生认为，"严肃的传统信念荡然无存"，留下整整一代"先生和女士们为寻找信仰而四处奔波"。在发表了《神学院讲话》近13年之后，爱默生惊奇而懊恼地发现，他放在嘴上准备吹塌耶利哥城的号角毫无用处；耶利哥城将自行崩塌。"曾经包容了正义和邪恶根源的教会……如今已消亡殆尽，只剩下墙上的一点石灰水了。"在法国，一本刊物仅以简单的一句"上帝的问题缺乏现实性"的解释否定了一篇题为《上帝》（Dieu）的文章，这比施特劳斯的任何论点更具破坏力。

不过，崇拜并不是宗教，而且宗教也不会因为传统崇拜形式的消失而灭亡。如果1850年的道德危机有所结果，那就是"如今道德的概念再一次像清新的晨露一般从原始的美和力量的源泉中涌出"。将来总有一天，曾经造就了传统崇拜形式的精神将同时造就新的形式，因为道德观念是所有宗教的精髓，是"人类思维的基础"。同时，个人只需要关注他自己的行为。"灵魂是不会被成批成堆被拯救的。"

自然和大脑渗透着法则，这有助于个人改变自己的行为。"在我们的内心，那是灵感；在外部自然，我们看到了它的威力。"像《论力量》（Power）

和《论命运》(Fate)(原来系列中的最后一次演讲稿,后来在正式出版的书中作为开篇)这样的文章查考了法则在思想和自然中的行为。《论命运》表明,尽管严酷的必然像大山压顶一样压抑着我们的希望,但在感知和思维之中,它能转化成力量——即命运的反面。爱默生在《论命运》中写道:"思想分解了物质的世界,把大脑带进了一个万物皆可创造的境界。"文章开篇罗列了一连串的自然灾害——地震、流行病、野兽、海啸,紧随其后的深刻见解又使它们失去了威力。我们所谓的命运归根结底是"一个代表尚未经过思想熔炼的事实的名字,是表示一些尚未明确的原因的名字"。看到自然界中无处不有、无法避免的因果纠缠,男人和女人们不再是法则的无能为力的罹难者,而是它们力量的共同拥有者。"思想把人从奴役中解放出来。"现在,"我们犹如立法者;我们代表自然;我们预卜未来。"

《论命运》最早是在1851年12月发表的,紧接在爱默生抨击《追捕逃亡奴隶法》的第一次演讲之后。一些听起来很像是选自这篇演讲的句子,也出现在《论勇气》的几张零散的手稿中,这篇演说是爱默生紧接在布朗袭击哈珀斯费里之后发表的:"这个数字向你表明,整个世界都是由命运或环境或严酷的化学法则所支配……思想靠一个更高的真理去抵抗并把握自然。"如果说《论命运》一文肇始于同蓄奴制的斗争,那么,爱默生将其作为他于1860年11月出版的文集的开篇之作就不足为怪了。在《生活的准则》中,他用1857年第一次发表在《大西洋月刊》上的一篇文章《论幻觉》(Illusions)作为替代。作为《论命运》的衬托,《论幻觉》并没有把命运融化成思想,而是揭示出一切物质一开始均为幻觉。"生命犹如笑气一样甜蜜。"这篇文章发表在杂志上时,结尾用的是一则波斯箴言:"做傻瓜也得做美德的傻瓜,而非邪恶的傻瓜",因为愚蠢是不可避免的。爱默生给该书加了一段东方寓言,重新回到他所特别关心的主题——在上帝面前灵魂是暴露无遗的。年轻的凡人走进神殿,在那里他看到众神在向他招呼,但他立刻又被"幻觉的雪暴"所分心。他感到迷惑、感到苦恼。可是不一会儿,云开雾散,"在他周围众神依然端坐在神位上,——他们依然和他单独在一起。"

《英国人的特性》(1856)是爱默生根据他两次英国之行——第一次是在1833年,第二次在1847年到1848年——写成的。读到这本书时,我们进入了另一个完全不同的由感官支配的世界。该书深刻却又带着赞赏的口吻描述了一个国家和民族,从外表看,它与爱默生的国家和民族迥然不同,以至于有时难以相信它们之间会有附属关系。不过,这两个国家也因为很多的相同之处而成为一体,这使爱默生暗自为对方令他相形见绌的伟大感到高兴——因为英国今天这般,美国有朝一日也会如此。

○ 超验主义

《英国人的特性》的开篇记述了爱默生在欧洲的游历。当时，他是一位刚担任牧师职位的乡气十足的年轻人，天真地期望在旧世界中找到那些令他狂喜不已的书中天才的具体体现。他受到每一个人的礼遇，但却失望地发现他见到的都是普通的人们，而非想象中的巨人：兰多热情却平庸；柯勒律治年迈多病，对唯一理教大加责难；华兹华斯因"固守真理"而值得尊敬，但却局限在"自己思想的禁锢之中"。唯有在克雷根帕托克跟他滔滔不绝地谈天说地而且开怀大笑的卡莱尔，才是他要寻找的理想中的人物。

到1847年，爱默生已经不再是那个只专注精神、看不见其他任何事物的超越世俗的年轻牧师了。他对这片土地的第一眼观察显示了他全新而且敏锐地关注细节的能力。"在一片灰色的天空下，田野经过耕耙、平整，看上去好像是用笔而不是犁修饰过一样。"生活的精细和人为的创造使他着迷；在他的描写中，"人为的"这个词不断出现。英国人征服和修整了这些地处寒冷的北方海洋、指望不大的岛屿，那是不是因为这个民族具有特殊的活力或者是不是这恶劣的气候和冥顽不育的土地迫使生活在这些岛屿上的野蛮的古代斯堪的纳维亚人变得恭顺、文明，"荒芜的山地砂石和狂暴的气候把每一个冒险者都变成了劳动者。"无论历史如何演变，种族和环境的相互作用造就了这样一个民族：壮实如牛、红润健康、英勇无畏、热爱真理、固执己见、平凡无奇、热衷推理、坚守自由但更坚守财产、淡于交际、在私人生活中充满情感、容忍离奇的行为却不容忍离奇的思想。在这批胸怀宽阔、充满自信的盎格鲁—撒克逊人和他们那些谨慎、单薄、恭顺的美国兄弟之间，差异之大以至于整本书中都暗含着幽默，尽管爱默生并没有经常明确地比较两者。

对于一生都在反对顺从大流的人来说，英国简直是个天堂。"人们要求你有自己的见解。"爱默生评论道，并且补充说："人人各行其是，并不参照旁人，仅仅依照自己的便利，犹如在威斯康星的孤独的开拓者。"甚至连英国式的懒散迟钝也受到了褒扬。"一个可取的愚蠢遮掩并且保护了他们的感知，就像老鹰眼睛的眼睑一样。"

当然，这些美德的代价是顽固不化的缺陷和弱点。英国人被冷漠局限在自己的阳伞之下。他们的大学死气沉沉；教会成了玩偶，教会的福音宣扬的是"汝将凭趣味得以拯救"。1848年的英国教会并不是迫害人的教会，也不是给人信仰的教会。它"不是审问人的宗教法庭，甚至连问都不问"。激发17世纪的神学家、建筑师和神圣诗人的那种精神已经荡然无存，剩下的唯有对财富的膜拜。虽然英国是世界上最富有、最强大的国家，但爱默生怀疑它已经到达了巅峰。他情不自禁地想到，从长远讲，美国将以其无穷的自然资源赢得竞争；有朝一日，英国将为它的后嗣的强大而感到自豪。

在巨石阵周围，丛生着金凤花、春白菊、荨麻和野生百里香。这地方是诞生不列颠民族的历史和宗教机构的"原始的卵"。同卡莱尔一道漫步其间，爱默生想到了他即将回归的大陆。"在那片尚未开垦的恢宏的大陆上，在高高的阿勒格尼牧场上，在海阔天空的平原上，伟大的母亲依然沉睡、低吟、躲躲藏藏，很久以前她便被赶出了修剪一新、过分修饰的英国的花园。"

1856年，当这段话被公诸于世时，他的最主要的信徒已经实践了近五年的前所未有的文学创作，把这片荒芜的"尚未开垦的大陆"作为创作的主题之一。在梭罗的崇拜者看来，爱默生没有承认梭罗这些年来的成就，这似乎是难以原谅的；而且他吹捧埃勒利·钱宁的诗歌而忽视《瓦尔登湖》的做法肯定也很难得到宽恕，即使考虑到爱默生从英国回来之后，两人的关系已出现了深深的裂痕。

当然，由于梭罗本人的原因，自己劳动的重要性也难为世人所估量，因为在这十年中他所从事的主要作品——巨著《日记》（Journal）——直到他去世还不为世人所知，而且另外两部作品——《在加拿大的新英格兰人》和《科德角》——作为系列连载尚未在杂志上全部刊出，就被梭罗撤回，以抗议编辑篡改他的文字。至于《瓦尔登湖》，书中许多地方激烈地抨击了爱默生所选择的生活（关于这一点，两人自19世纪40年代以来在私下的交谈和文章中一直争论不休），因此，爱默生对该书的文学价值保持缄默也许根本不足为怪。

每周一篇布道词以及后来养家糊口的经济压力为爱默生训练出了一种持续终身的文学创作节奏。首先是每天必写的日记、思考和写作；然后从日记中挑选出段落组成巡回演讲的讲稿；最后把这些讲稿修订成书，与书商谈判，然后出版。爱默生并不特别精明，在他女儿回忆母亲的书中，看得出家里的经济有时候是何等的捉襟见肘。可是，他坚持不懈地写作，艰难地维持着全家的生计，尽管他经常抱怨枯燥乏味，但家庭的需求使他不能搁笔。

梭罗一开始更难以找到一种有规律的创作节奏。他把自己的第一本手稿再三修改，然后（按照爱默生的意见）完全自费冒险出版。这一做法使出版商不会积极地去宣传或销售，因为出版成本已经收回了。1850年，梭罗面临着这样的事实：他的第一本书没有读者，而且他还负了一身的债务，直到1853年才偿清；他为了挣钱被迫去干丈量土地的事，去干零活，去自家的铅笔厂干活；在文学界他一无地位、二无声誉，仅仅是爱默生的模仿者和演讲厅里的替补演讲者。不过，面对所有这些失败，他的反应不是放弃他的文学使命，而是以重新勃发的热情弘扬这一使命。

在梭罗的文学生涯中，最先经历变化的是他（也许是依照爱默生的建议）

开始于 1837 年的日记。研究日记的学生注意到了梭罗的日记写作经历了几个明显的阶段。一开始，他的日记贮存的是他从其他地方抄写来的段落；后来越来越像爱默生的日记，带着个人的沉思和或多或少的诚恳的口吻，这种口气有时候也用在出版的书中。但是，在 1850 年 5 月，梭罗开始越来越频繁地写日记，到第二年 6 月，他已养成了写作的习惯，直到去世前 6 个月才终止。他把在每天散步时的思绪整理成字字珠玑的日记，反复不断地尝试把自然表象转化成既有鲜明的形象又如数学般精确的语言的技艺。这些段落有的出现在梭罗这十年所写的书籍和讲稿中。不过，这些日记数量之大（共 200 万字左右，大多数写于梭罗生命的最后十年），表明它们的意义远不止是可以立刻上市的材料。

许多原因促使梭罗开始实验他的这种新的日记形式：其一，他读了华兹华斯新近出版的《序曲》。这首长诗以英诗中少见的精确笔触记录了思想与自然现象之间的关系；其二，他需要找到一项文学题材能使他不断地锤炼他的表达技艺；其三，他需要详述自己似乎不断消失的体验；其四，他甚至还需要在美国越来越肮脏的政治中找到某种明智和健康的源泉。无论是哪一种原因，到 1851 年，梭罗已经具备了条件，创作像《序曲》这样的作品。"我觉得自己专为某种文学创作做好了准备，但还不知写什么才好。"（1851 年 9 月 7 日）梭罗逐渐意识到，日记或许可以以本来的形式出版，他不必为了编撰文章而四处搜刮材料。他在 1852 年早期写道："我还不知道这样用日记的形式记录下来的思想也能出版，而且比把相关的思想拼凑成不同文章更加有效。如今，它们更接近生活，而且读者也觉得并非生硬、牵强。"（1852 年 1 月 27 日）到 1852 年的 7 月，他已经把日记定义为"一本将记录你的一切欢乐——你的狂喜的书"。（1852 年 7 月 13 日）

在梭罗的日记中，自然界及其四季的变化成了他自始至终观察、追踪和记录的对象。爱默生试图通过解释自然现象来揭示匿于其中的人性的意义。与他不同的是，梭罗并不探究自然界中的人性的意义。事实上，除了观察和描写那种不属于他自己的美和秩序外，他尽可能地抹去自我。这个愿望并没有妨碍他去接近更具人性的其他事物。梭罗依然热切地想在自己的时空中找到读者，依然急于看到自己的作品付印成书。但是，（正如他在《瓦尔登湖》中所自嘲的那样），对他来说，这"发行量并不太大的日记"成了他力量和信心的秘密源泉，它使所有的写作变得轻松自如。这日记既是持续不断的练笔，又是一种爱的举动、一种权威的来源，还是一种为流芳后世所做出的秘密的努力。

对梭罗来说，这个十年的前半时期是他的创作高峰期。除了日记和废奴讲稿外,他的作品还包括讲稿《漫步,或荒野》(Walking, or the Wild)和《缺少原则的生活》(Life without Principle)、《科德角》的四个章节、《在加拿大的新英格兰人》的全五章、《缅因森林》最长的一章以及《瓦尔登湖》手稿的第四、第五、第六和最末一章。在所有这些作品中,只有《瓦尔登湖》是在他有生之年全文出版的。(我们所熟悉的著作《缅因森林》、《在加拿大的新英格兰人》和《科德角》都是在梭罗去世后才发表的。)梭罗很乐意接受贺拉斯·格利雷的帮助,把他的作品发表在刊物上,这表明梭罗并没有要隐姓埋名的想法。不过,当他的文章可能被篡改时,他执意要将其收回,这表明他不愿让编辑来决定他该说什么,不该说什么。

《在加拿大的新英格兰人》是梭罗可以出版的第一部游记。该书以1850年秋他和埃勒利·钱宁在游历蒙特利尔和魁北克的经历为基础写成,描述了他们从佛蒙特乘火车到加拿大,然后从蒙特利尔乘船到魁北克后又返回的历程。这次旅行买的是有效期只有十天的特殊旅游票,因此梭罗对加拿大法语区的了解简略得滑稽可笑。另外,他那刚刚入门的法语水平几乎使他无法听懂大多数居民的谈话,更不用说深入探究他们的思想了。可是,加拿大法语区的封建社会(表面上属于大英帝国,实际上是天主教农业社会)与他刚刚离开的美国式的民主之间存在着非常明显的差异,这促使他对许多问题进行了思考。圣劳伦斯河的河谷以其蔚为奇观的壮美使他啧啧赞叹(尤其是从可以鸟瞰魁北克城的城堡上眺望),一想到那边不远的疆土仍无任何欧洲人居住,他便感到心中荡起一阵"无法抗拒的波涛"。

过河抵达蒙特利尔后,梭罗游览的第一个景点是北美最大的教堂——圣母教堂(有1万个座位)。那昏暗、孤寂、巨大的空间给他留下了很好的印象;它仿佛是"城市当中的一个硕大的洞穴",里面的圣坛和蜡烛宛如钟乳石一般纯洁剔透。假如可以把教士排除在宗教之外,梭罗承认他也许会"在星期一"走进这样的教堂——不过幸运的是,他不必如此,因为康科德的树林可以作为一座"更加辉煌、更加神圣的"教堂。

离开圣母教堂,梭罗来到马尔斯大街。他在那里看到了英国士兵的操练,整齐的队伍仿佛"一条巨大的百脚虫",强烈地吸引着他,同时又使他感到沮丧,因为这样的协调合作只能服务于"一个并不完美、专横残暴的政府"。假如自由人能够携起手来,一心一意,他们的和谐一致本身便是"当今政府无法实现的真正目的和成功"。

不过,最终使梭罗感到激动的不是蒙特利尔的任何景观,而是岛上的一个叫"颤杨岬"的地方。这地方之所以叫此地名,是因为这里曾经生长过颤杨。

> 这个名称蕴涵了世上所有的诗情画意。……我所祈求的无非是一个美好的名称。对我来说，一个事物的名称也许比事物本身更重要。人们认识了微不足道的自然事物，并且把自己的生命同它联系在一起，这似乎是无比美好的事情。整个世界都在重复着这样一个朦胧的事实：这里曾经生长过颤杨，接下来的推论便是，人们曾到此地来观赏过它们。

当梭罗离开蒙特利尔到达魁北克时，他对法语名称甚至法语的语音语调中所包含的诗意更加着迷。每一个村庄都以圣徒的名字命名，这使他"陶醉在诗一般的感受之中"，使他梦想到法国的普罗旺斯和行吟诗人。他渴望要是英语中能多"几个流音和元音"，它的使用者也许会"立刻找到他们的理想"。我们的"草原"一词应感谢法国的探险者，并且"他们的 rivière（河流）比我们的 river（河流）更加迤逦曲折、婉转悠扬"。

美丽的劳伦斯河和它那些瀑布叠出的支流，还有被晚秋的鲜花簇拥的魁北克城和它那钢铁一般耀眼的天空，都令梭罗赞叹不已。从加拿大的历史中，他读到法国人如何对待印第安人，如何尊重他们的主权，视其为邻居和盟友，而不像傲慢无理的英国人。可是，法裔加拿大人目前的贫困以及他们所遭受的教会和英国军队的双重压迫，使梭罗怀念自己的国家。在那里，"对一个不理解你的政府来说，撒手不管你是它最理所当然的责任。"

英国政府派兵把守一个和平国家里的一堵墙，而且因为天冷，每一小时（甚至间隔更短）就换一次岗。在梭罗看来，这种毫无意义的残酷行为代表了各地军队的愚行。"一堵墙真是件麻烦的事！我原以为墙是用来保卫人的，而不是人去保卫它。当然，如果没有墙，那就无须任何哨兵。"最让人羡慕的是那个哨兵养的猫，他看见它从墙上的洞眼走过，"优雅地摆着尾巴，仿佛它的道路是欢快之路，充满和平和宁静"。在途经佛蒙特的返程路上，他看到一座平常的白色农舍，其兴旺和富足充分证实了这个国家的健康。（至少对"幸运的白人"而言），这个国家所给予的最大的恩赐是它既不支持也不保护他们。

在梭罗描写加拿大之行的手稿中，有几个章节成了他 1851 年和 1852 年用于演说的讲稿；1852 年，他把这些章节寄给贺拉斯·格利雷，后者问他是否用这"荒音野趣"来换取稿费。格利雷试投的多数刊物均以文章太长为由回绝了，不过，梭罗却成功地让自己的一位老友乔治·威廉·科蒂斯（曾在布鲁克农场寄宿的一位英俊的学生）接受了这篇文章，准备发表在新编刊物《普特南杂志》（*Putnam's Magazine*）上。1853 年 1 月，以《远行加拿大》（*An Excursion to Canada*）为题的章节用不具名的形式被刊登在杂志上。但是，当文章发表到第三期（也就是 3 月）时，梭罗发现科蒂斯不与他商量就随意修改他的"异端邪说"，于是，他中断了出版，收回了手稿。（尽管如此，科蒂斯仍然把三篇文章的稿费共75美元支付给他。）1866年，全书五章以《在加拿大的新英格兰人》为题连同梭罗鼓吹废奴和改革的文章一起公开出版了。

科蒂斯为《普特南杂志》所接受的另一本稿件在发表了几期之后，同样也被中途停了下来，不过，这一次停刊的决定似乎是科蒂斯自己做出的。在梭罗寄出1852年所写的有关加拿大之行的稿子时，他同时还寄出了根据1849年至1850年科德角半岛之行而写的一些讲稿。虽然在1853年，他从《普特南杂志》抽回了这两本稿件，但他仍然同科蒂斯保持着良好的关系，因此，在1855年4月，他们又商量出版描写科德角半岛之行的稿件。文章在1855年6月的那一期里第一次刊出。但到了8月，科蒂斯感到厌倦了，因为他和梭罗就有争议的段落如何措辞争吵不休，尤其因为文章似乎引起了科德角半岛当地人的愤慨。梭罗要求退回他的稿件，在他病倒之前，他一直抽空进行修改，但再也没有试图发表它。直到1865年，《科德角》才最后面世。

在《科德角》的首页，梭罗告诉我们他去了三趟科德角半岛。但书中的叙述更多的是依照他（在1849年）最早的那次游历。当时，他和埃勒利·钱宁沿着科德角半岛铁路一直到了尽头，抵达半岛顶端的桑威奇镇。从那里出发，他们先乘坐驿车，然后步行，沿着"马萨诸塞州荒芜、弯曲的海湾"，来到半岛尽头的普罗文斯敦。这座半岛是由沙滩、晒干了的鳕鱼和矮小的植物组成的奇妙的世界，这里的苹果树看似花盆里的草木，矮小得可以一跃而过，仿佛这些都是来自有关小矮人或侏儒的神话。在梭罗的书中，半岛上的许多居民个个都稀奇古怪，比如瑙塞特族（Nauset）女人，铁一般的嘴巴看上去好像能把木板钉咬成两半，或是威尔弗里特（Wellfleet）采牡蛎的老者——他脾气很坏，抱怨自己是"一个可怜的不中用的东西"，可他那些一直追溯到邦克山战斗的往事却让两个旅行者听得入迷。在他16岁那年，那场战斗的大炮轰鸣声曾经从海湾那边传来。他们和他同住了一夜，第二天一早，老人邀请他们吃了一顿科德角人的早餐：鳗鱼、酪乳饼、冷面包、炸面圈和茶。

半岛上居民的房屋和花园同样很奇特。八角形的风车固定在大车轮子上，可以转动以适应不断变化的风向，许多大桶盛着海水，晒干后制成盐：菜园里，蔬菜在沙土里茂密地生长，丰收的人们不仅用量玉米的蒲式耳来收获粮食，而且还用大桶来装螃蟹，后院挂满晒干了的鳕鱼。海沙无处不在，疯狂地在万物的表面留下密密麻麻的斑点，一位牧师说要是他想看清屋外的景象，就不得不每周换一次窗玻璃。就连那些在沙滩上遍地生长的草的名字——Psamma Arenaria——也是用希腊文中的"沙"与拉丁文中的"沙的"形容词组合而成的，成了"沙中之沙"。

○ 超验主义

虽然这里没有梭罗在康科德所喜爱、在加拿大所观赏到的树林和溪流，但岬角的这片沙滩上仍有一片片令人惊讶的美景：橡树灌木、宾州杨梅、海滨李和野蔷薇中长满了欧洲忍冬。"蔷薇花盛开之时，沙滩上这片片草丛盛开出五彩缤纷的花朵，空气中飘溢着宾州杨梅的芳香，任何一座意大利或其他人工培育的玫瑰园都无法与之比拟。那简直就是一个极乐世界，是沙漠绿洲的具体体现。"就在普罗文斯敦城外，他们看到一片灌木丛，这里秋天的色彩如此鲜艳夺目，俨然一块块铺在白色沙滩上的绚丽的花毯。

当然，在科德角半岛，美丽与恐怖的真正源泉是大海本身。在尚未来到半岛之前，他们已经看到了它的凶猛残暴。当听到发生在科哈塞特的可怕的沉船事件之后，他们决定取道经那地方去半岛。抵达科哈塞特时，他们看见那艘名叫"圣约翰号"、满载爱尔兰移民的双桅横帆船被风暴野蛮地撞沉在礁石上。那场暴风雨掀起的波涛依然凶猛地冲击着海岸。145 人死于这场海难，尸体摆在沙滩上，以便让人认领后收殓进棺材。当有人揭开一具尸体的裹尸布时，梭罗看见一个女孩"乌青、浮肿、血肉模糊的尸体"上全是无血的伤口，那双失去光彩的眼睛呆滞地瞪着。在第一章"海难"的结尾，梭罗发现人类并非是大海淫威唯一的牺牲品。他看到好大一片水泊被矮矮的一段沙滩隔开，有人告诉他一场暴风雨把海水掀进湖里，鱼也跟着游了进来。可如今，渐渐干涸的湖水把鱼困在湖里，成批成批地死去。

大海掀沉船只，掀倒灯塔，侵蚀科德角的海滩。它使行走在半岛沙滩上的粗心的人们陷入困境，被海水淹死；它用自己的退浪把最强壮的游泳者拖进大海，喂给鲨鱼。在第九章"大海与沙漠"中，梭罗把海滩——"这个荒蛮、腥臭、根本不讨人喜欢的地方"——看做是一个巨大的停尸场，人和动物的尸体在那里腐烂发臭，汹涌的潮水把新鲜的泥沙塞进一具具尸体的下面。"这就是赤裸裸的自然——残酷而真切，不通人情，一点一点地蚕食着悬崖峻峭的海岸。那里浪花飞溅，海鸥在空中盘旋。"

不过，大海也拥有无法形容的美丽和仁厚，在阳光下，海水闪闪发光，波涛轻轻地摇荡着柔软的水母，滋养着奇形怪状的海草——有昆布、海藻、围裙昆布、鞋底草、带木——"这些都是海神尼普顿（Neptune）或变幻无常的普罗透斯（Proteus）为装点自己的战车而创造出的饰物。"的确，当梭罗站在半岛东面海岸的悬崖上第一次看到大西洋，然后当他走下海滩时，波涛"像尼普顿的千军万马冲向海岸，白色的马鬃在背后飘扬"。

他凝望着从海面上升起的曙光，仿佛那光来自大海的怀抱。在半岛的另一边，他看到日落海湾的景色，这使他想起了荷马："太阳明亮的火炬沉入汪洋。"《科德角》引用了许多希腊名句，这不仅是因为风暴和日出自然使梭罗想起荷马,而且还因为希腊词汇易于表现像"万顷波涛轰鸣、撞击"这一类的事物。大海依然是疯狂的、野性十足,因此充满了活力。在一个寒冷的晴天,大西洋的波涛撞击着高高的海岸。从这个景象,梭罗看到了一种原始的力量,它威胁着停泊在普罗文斯敦的纵帆船,就像它曾经威胁过希腊英雄奥德赛(Odysseus)和埃涅阿斯(Aeneas)的船队一样。在美国的这片海岸边,从捕鲭渔民和灯塔看守人每天自然流露出的勇气中,梭罗发现了古代人的品质。

梭罗认为,在美洲大陆荒蛮的大地上,英雄时代依然存在。这一观点给了他启发,写出了自19世纪50年代早期以来他所创作的最欢快的游记——《漫步,或荒野》。在这篇梭罗去世后以《漫步》(*Walking*)为题发表的讲稿中,他描述了自己(在纵观密西西比河全景时)所产生的顿悟,"这本身就是英雄的时代,尽管我们对此一无所知。"古代的野性和活力并没有消失;午后的漫步将把梭罗带进孤寂的树林和原始的沼泽地。"我走进一片沼泽,像是走进一块圣地,一座神圣的殿堂。"

并非每一位漫步者都能踏上返璞归真的旅途。那些为了锻炼身体而散步半小时的职员和商店老板,那些带着自己的忧思走进树林的心事重重的思想家,都不是真正的漫步者,都不曾知道接触了这荒野的自然将产生何等的"快乐"。"假如你想锻炼,那就去寻找生活的源泉。"假如你想加入声誉卓著的古代信步者的行列,那就得舍弃父母之情、手足之情和妻儿之情。"我们应当踏上最短的征程,或者带着不朽的冒险精神,不再返回——准备着把我们浸泡在香料中的那颗心作为仅有的遗物带回我们荒芜的国度",因为"每一次散步都是一次远征,我们心目中的那位彼得隐士在鼓励着我们勇往直前,从异教徒的手中夺回这块圣地"。

梭罗说,他每天至少要用四个小时散步,寻找那些鲜有人迹的地方。"外界越是枯燥乏味,我的精神绝对越加高涨。"沼泽令他陶醉,要是让他在上等的花园和迪斯默尔沼泽之间做出选择,他始终会选择后者。对于书和人,他看中的也同样是那种生意盎然和无拘无束的活力。"文学中,只有野性和疏狂才能吸引我们。枯燥无非是循规蹈矩的又一代名词。"我们喜爱圣经和神话中那些"尚未教化的、倜傥不羁的思想",正如对于正人君子和情人,我们偏好的是他们的"可怕野性",而不是温文尔雅的修养。正如耕种土地会耗尽土地的肥力一样,这种修养也将导致相同的结果。新英格兰人不是在抱怨树林里的鸽子一年比一年少吗?"因此,对于每一位正在成长的人来说,他们的思想似乎也是一年少于一年,因为我们头脑中的那片树林荒芜了,——树木被卖去作为全无必要的欲望的燃料,或送去木材厂,——几乎没有留下一根枝条供思想栖息。"

578　　雄鸡的鸣叫提醒我们去改善现时、赞美现时。"哪里有它，哪里就不会有《追捕逃亡奴隶法》。"如果说雄鸡的啼叫提醒我们，自从最后一次听到主的教诲之后，我们不知背叛了他多少次，那么，雄鸡毫无哀伤的叫声在我们的心中唤起了一股"清晨真诚的喜悦"，使我们想起大自然所具有的纯真。在11月一个寒冷的日子里，地平线上的太阳冲破云层，将一抹纯洁、明亮的阳光涂在一片空旷的草地上，使这地方看起来仿佛就是极乐世界，"我们背后的阳光好像是一位温柔的牧人，傍晚时分把我们赶着回家。"《漫步》是梭罗在他生命最后的几个月里修改并寄给詹姆斯·菲尔兹的四篇文章之一。作为《大西洋月刊》的编辑，菲力·兹曾向他约过稿。《漫步》于1862年出版。

　　但是，梭罗这些年的主要工作是修改和出版描写他在瓦尔登湖畔生活的那本长篇大作。早在1847年9月离开湖边小屋之前，他也许就已经完成了该书的头一稿。这本取名为《瓦尔登湖，或林中生活》（Walden, or Life in the Woods）（梭罗后来删掉了副标题）的著作自第一稿完成以来，经历了七次修改，篇幅增加了一倍，结构和语气也作了根本的改变。该书于1854年8月9日由波士顿的蒂克纳与菲尔兹出版社出版。由于每次修改梭罗使用的是不同的纸张，因此，从梭罗留下的那堆1200多页的手稿中，现代学者几乎能够找出最早一稿的全部手稿，追溯这本著作的产生过程和变化。

　　《瓦尔登湖》的创作过程几乎和这部作品本身一样引人注目。在超验主义者当中，很少有人喜欢修改自己的文稿：他们喜爱的形式——日记、讲稿、杂文和布道——强调自发，原谅草率。就连爱默生的讲稿，尽管很多都根据日记作了润饰和更改，但通常都是很快定型，然后至此为止，即使他要等到几年以后才正式发表也是这样。在超验主义者所写的文学著作当中，没有哪一部作品经历过梭罗对自己的原始手稿所做的那种大段大段的删除、调整、扩展和重组。

　　《瓦尔登湖》的第一稿似乎是梭罗为回答康科德居民的问题而写的。他们感到好奇，想知道他为什么住在湖边，是如何独自一人生活的。他开始写作的时候大约是在那里住下的第二个冬天，1846年的岁末。那时，他写的稿子许多地方很像玛丽安娜·德怀特在布鲁克农场写就的书信或约翰·科德曼撰写的回忆录：抒情诗一般充满着惊奇和发现，充满着喜悦之情。在最后出版的《瓦尔登湖》中，有许多讥讽的段落在这个时候早已写成了，比如，他把

579　康科德的普通居民比做那些"用千奇百怪的方式"悔过的新英格兰的上层人士；他还提出最悲惨的奴隶是那些奴役自己的人。但是，（正如布鲁克农场的那些用怜悯的眼光看待外界文明人的农夫们一样，）梭罗似乎更乐于去改变而

非指责他们，而且他还留意把自己也包括在他所哀叹的瑕疵和恶习之中。在责备康科德居民读书草率时，他同时也提到自己把柏拉图的《对话录》摆在书架上，不去读它，而且他还强调了这一点："这里描写的是我自己的情况。"在1848年完成的第二稿的标题页上，梭罗把这一章称做"致我的镇民"，这里似乎既表达了责备，又包含着喜爱。

甚至在他离开瓦尔登湖畔的小屋之前，梭罗就已经着手就自己在那里的生活发表讲演了，并且早在1849年他就开始商量《瓦尔登湖》的出版事宜，尽管当时这本书还只是一篇没分章节的很长的文章。蒂克纳出版社（后来的蒂克纳与菲尔兹出版社）表示愿意投资出版《瓦尔登湖》，但拒绝了梭罗的第一本书《康科德河和梅里马克河一周记》。虽然他热切地希望出版东西，但他还是拒绝先出版他写的第二本书。

《康科德河和梅里马克河一周记》的失败以及由此而引起的债务使梭罗感到心灰意冷。与此同时，其他挫折也在考验他的信念。他与爱默生的关系变得非常紧张；他不得不像从前那样干丈量土地这类工作来维持生计，这工作总使他隐隐约约感到丢脸。那些为了利益而甘愿牺牲原则的土地拥有者要求梭罗在丈量他们的地产时给他们尽量多的土地，从国家政治这个高度，这导致了《1850年妥协法案》和西姆斯、彭斯事件这类丑恶的社会现实。

这些年里也有希望的迹象。梭罗决心把日记作为自己主要的文学创作形式，这意味着他既可以培养严谨的行文风格，又具有取之不尽的新鲜材料。他在加拿大和科德角的旅行向他展示了需要用他全部表现能力才能表达的完全不同的文化、行为和风景；他在康科德附近的远足向他表明，只需一个下午的步行，他便能投身于荒野的怀抱。

1852年，当梭罗再次全力以赴投入《瓦尔登湖》手稿的修改时，他有了新的信心和紧迫感。格利雷把他手稿的两部分介绍给了《萨廷杂志》(Sartain's Magazine)。这份杂志于1852年7月发表了这两篇文章（不过，按照梭罗一贯的运气，这个刊物还没来得及支付他的稿酬就倒闭了）。到1853年，梭罗着手尝试一种新的组织文章的方法。他把手稿分成若干个章节，补充了"冬季"一章中的材料，完成了在最初的手稿里所表达的以一年四季为线索的设想。又经过了几次修改，梭罗把手稿最后抄写了一遍，交给如今名叫"蒂克纳与菲力兹出版社"的詹姆斯·菲尔兹。1854年3月16日，梭罗同他签订了合同。1854年3月底，梭罗已经开始修改首批校样稿的一部分。他大约在5月份就完成了校对，就在同一个月里，逃亡奴隶安东尼·彭斯被抓获并且送回奴隶庄园。对于这一事件，梭罗在日记中写下了许多义愤填膺的段落，这些段落成了他在7月4日发表的演讲《马萨诸塞州的蓄奴制度》的核心。《瓦尔登湖》是在一个多月以后，也就是 8 月 9 日出版的。

梭罗最后修改《瓦尔登湖》校样稿的时候，还穿插了自《论与国家政府的对抗》到约翰·布朗的讲演这期间他所作的最为重要的政治演说，这是很有意义的。尽管彭斯事件发生较晚，没能影响《瓦尔登湖》，但容忍引渡彭斯的态度在这个文化的氛围中早见端倪。因此，追溯个人愚行与社会堕落之间的关系便成了《瓦尔登湖》的主旨之一，也是该书屡屡表露的愤慨的根源。当然，这样的愤怒情绪并没有使梭罗忘掉生活在瓦尔登湖边的那种单纯的幸福感和从 19 世纪 50 年代的日记中获得的准确观察自然的美感。相反，这种情绪敦促我们朝着我们应该去的方向前进，给我们指出我们因愚昧而抛弃的福地，提醒我们只需提出请求我们仍能获得天堂，而且还对它所描述的世界提出质问：大自然为什么要作为良药去疗治患病的大脑？如果我们只是渴求现实，那么我们渴求的现实又是什么？

《瓦尔登湖》的开篇一章"论经济"（Economy）开宗明义，说明该书将满足梭罗的邻居们对他的湖畔生活所抱的好奇心。但是，在没有谈及自己的生活之前，梭罗请求邻居们思考一下他们的境况——在追求被他们愚蠢地视做"必需品"的生活中无休无止痛苦地折磨自己。他们在一个错误中劳作，这个错误的代价是高昂的。"民众在无言的绝望中生活。"

概观而论，真正的"生活必需品"为数不多，而且低廉易得：食物、住处、衣物和燃料。最简单的食物，廉价但结实的衣服，用不到 30 美元（大学里一年的房租还不到）就能建成的小屋，从别人阁楼里成堆的东西中找到的几件家具，一年六周的劳动——梭罗认为成功的生活就是精力充沛地去劳动锻炼，在悠闲中进行沉思，与大自然保持接触。梭罗既不同于有些"圣人"，他们的"圣歌荡漾着悦耳的音乐，却在诅咒上帝，并且永远得忍受他"，也不同于那些在自己耕种的土地上被奴役的悲惨的农夫们，他的目标是抛开沮丧，尽情享受生活。

在第二章"我在哪里生活，为什么而生活"（Where l lived, and What I Lived For）中，梭罗转向了外界，转向了瓦尔登湖。夜晚，湖水渐渐卸去包裹着它的那层薄雾，变成了一座荡漾着光彩和倒影的"人间天堂"。在这样的环境里，每日清晨都是一次"欢快的邀请"，请求他让自己的生活像大自然一样简朴、清纯。这种回归自然的请求还有它英勇豪迈的一面。在一个中心段落里，梭罗明确了自己为何要去瓦尔登湖的理由。"我之所以去那里，是因为我想要怀着目的去生活，我想明确生活最基本的事实，我想看看自己是否能学到自然的教诲，是否在我生命终结的时候发现我的生活并非徒劳无获。"有目的的生活，唯一关键的圣诫是"简朴、再简朴"。与其一日三餐，不如只吃

9 反奴岁月

一餐;与其给桌上的装饰物掸灰,不如把它们统统扔出窗外。

不过,简朴的人并不一定就得在贫困中生活。只要他愿意去阅读,古典文学不乏丰富的内容,世界的经典充满着智慧。在"阅读"(Reading)一章中,梭罗讥讽了那些浪漫作品的读者和图书出租店的老板,他们读书是为了逃避而非寻求启迪。他们的整个人生都禁锢在幼稚的母语中,他们从不去接受祖先语言即古代的古典语言的严格训练。与爱默生不同,梭罗更倾向书写的语言,而非口述的语言,更喜好拉丁语和希腊语,而非本族语。不过,他仍然珍爱家乡的演讲大厅,希望看到它像旧世界的贵族曾经所做的那样,成为学识和艺术的庇护所。"集体行为所遵守的是我们社会的精神。"他提醒自己的同胞们他们是如何的富有。"新英格兰有能力把全世界所有的智者雇来担当它的教师。"

在古典语言的背后,还存在着另外一种语言,"它让世间万物不加任何修饰地表达自己,唯有它才是最丰富、最标准的。"在"天籁"(Sounds)一章中,梭罗尽他所能把这一语言林林总总的形式记录了下来——有野鸽子的鸣叫、火车头的汽笛声、老鹰的尖叫、远处传来的星期日的嗡嗡钟声、牛群的哞哞声、猫头鹰发出的黏糊糊的咯咯声和牛蛙浸泡在水里的哇哇声,听起来活像喝醉了的市政议员在昏暗的冥河上唱起的断断续续的歌声。

以这种方式在大自然中生活使人的整个身心变成了"一种感觉",梭罗尽情地领受着快乐。在下一章"孤独"(Solitude)中,梭罗以傲岸的、无动于衷的态度回答了人家的问题,他们怀疑他何以能独自一人生活,尤其是在雨夜和雪夜中。"我为何应当感到孤独?我们的星球不是就在繁星浩瀚的银河中吗?"而且,分离我们的难道真的是空间?"我发现腿再勤快也不能让两人的头脑更加接近。"然而,在"走访"(Visitors)一章中,梭罗说他和大多数人一样,也喜欢社交,他接待来客的地方要么是自己的小屋,要么是那些清新典雅的后院房间——他小屋背后的那片松树林。主要的来客中有一位是法裔加拿大伐木工人,这个自然之子的谦逊和满足似乎是大自然的赐予,他那些新颖的、闪光的思想因为很少得以表达而更显珍贵。除了那些无可救药的病人和讨厌之徒外,不论是男孩、女孩——来树林采集果子的孩子们,不论是周日清晨身穿干净衬衫的散步者,还是偶尔出现的逃亡奴隶,都会在这里受到欢迎,都会感到他们的造访就这样在不知不觉中很快结束。

客人们走后,梭罗又回到自己的劳动中——写他的著作,锄他的豆苗。这两件事情有很多相同的地方。在"豆地"(The Bean-Field)一章中,他描述了让这片黄土地以产豆而非长草的形式表现自己的"赫尔克里斯式的小小伟绩","让大地长豆而非长草"。他光着脚丫在一排排7英里长的豆苗行里来

582

571

○超验主义

回走着,"用枯死的野草填满土沟",他所从事的这项活动既豪迈崇高,又富有哲学思辨:"我决心去认识豆子。"不过,这个积极的态度会把人引入歧途。在"豆地"中,梭罗描写的最幸福的时刻并不是把过去的表象挖掘出来成为现实,而是从自我意识中解脱出来,对主观与客观的分离提出质疑。他一边听着自己的锄头碰在石头上发出的叮当响声,听见夜鹰疾飞的声音和尖叫,一边收获着"现成的、无法估量的收成。那收获不再是我种的豆子,也不是种豆子的我。如果我还能记起的话,我带着既同情又自豪的心情想起我那些到城里观赏神剧的熟人们"。

有时候,瓦尔登树林会听到另外一种声音,教练为墨西哥战争训练新兵的"隐隐约约的叮当声"。这声音是从康科德传来的。每隔几天,梭罗都要去一趟这遥远的文明之地,听听新闻,走访朋友,或买一袋食物。"村庄"(The Village)一章的开头以十分幽默的语气描述了那些饶舌者,这些人使梭罗想起那群坐在自家洞口的草原犬鼠。梭罗承认,自己发现偶尔听些流言蜚语也会像听到树叶沙沙声和蛙鸣声一样令人感到心旷神怡,就像在顺势疗法中偶尔用点药物一样,只要用量不多便无妨。夜晚,他为自己创造了一次次历险的经历,从某家的客厅或演讲厅一路摸索着回到坐落在漆黑一片的林中小屋,这使他重新领略到"大自然的恢弘和陌生"。

不过,这个村庄也是他因为拒绝向一个把人当做牲口买卖的国家缴纳赋税而被逮捕的地方。他并不是要和这个国家作对。"我到湖边生活是为了其他的目的。可是,无论一个人走到哪里,人们总是用他们肮脏的社会机构去烦扰他。"自从被释放之后,他又过上了平静的生活,他的小屋从不上锁,向所有愿意进去休息的陌生人敞开。假如所有人都这样简朴地生活,抢劫将不复存在,畏惧也没有必要。"除了那些代表政府的人之外,没人来打扰我。"

村庄和它的社会机构代表着肮脏;湖泊代表着率真和纯洁。在"湖泊"(The Ponds)一章中,梭罗描绘了瓦尔登湖——湖水如"水晶般清纯",肉眼就能看到25或30英尺深的湖底,用平滑浑圆的白色石头垒起的堤坝把"玻璃般绿蓝的"涟漪围在中央,堤坝陡直,直插在湖底的泥沙里。这湖没有明显的进口和出口,湖水很深,清澈得宛如井水,即使在夏日也保持清凉。"它像熔化了的玻璃,刚刚冷却但还没凝固,里面少量的疵点就像玻璃中的瑕点一样真切美丽。"湖面荡起的阵阵涟漪、条条优美的水浪反映了昆虫或鱼类的一举一动,让人整日呆看、无心他顾。坐船来到湖面,人们会看到周围树林和天空更美的景色。瓦尔登湖周围地区和它旁边的湖泊——名字难听的富林特湖,湖水很浅,湖水荡起泥沙;面积很小的鹅湖;康科德河上一块宽阔的名叫费尔黑文的水域；远一点的与瓦尔登湖一样明净的白湖——这些湖泊水域组成了梭罗自己的"湖区"，瓦尔登湖和白湖是这湖区的最主要的明珠，比人类历史上最大的科依诺尔钻石更加珍贵，而且更值得庆幸的是，它们"永远属于我们和我们的子孙"。

或许梭罗曾经这样希望过。但是，瓦尔登湖的纯洁不仅被梭罗自己，而且也被"魔鬼般的铁马（指早期的火车头）""玷污了"，这铁马糟蹋了瓦尔登湖沿岸的树林，给树林留下一座座爱尔兰工人猪圈般的住所。在"贝克农场"（Baker Farm）一章中，梭罗讲述了他有一次造访这类棚屋的感受。这是一个名叫约翰·费尔德的工人的家，他用锄头在旁边的一片草地上挖水凼。梭罗告诉我们，他原想帮助这个倒霉的移民安排生计，但那肮脏的棚屋，那个坐在父亲膝盖上"像老不死的先知西比尔那样满脸皱纹、长着锥形脑袋的婴孩"和那"长着一副油腻的圆脸、袒胸露乳的"费尔德太太，还有那些四处乱跑、啄他鞋帮的小鸡，所有这些都使他无法忍受，使本来应当滑稽幽默的事情变得不再令人愉快。当梭罗坐下来，教那些移民如何省去像肉、茶和奶酪这类奢侈品以节省开支的时候，他听上去好像一本正经，仿佛是在屈尊俯就，而并非是在友善地提供帮助。幸运的是，比起梭罗，费尔德一家似乎更能容忍自己的客人。

接下来的一章"更高法则"（Higher Laws）表明，梭罗对那个爱尔兰移民的厌恶或许部分产生于他内心深处对待身体本身以及他与物质的关系的矛盾态度。虽然在这一章的开头，梭罗声称自己既尊崇一种追求更高精神生活的天性，也尊崇一种趋于"原始、旺盛和粗野生活"的本能，但随着文章的发展，原始主义很快让位于禁欲主义。吃喝成了兽行，令人厌恶；醉酒使民众和民族萎靡不振。"生殖能力"使人变得放荡不洁——除非我们始终保持禁欲，只有这样"我们才能精力充沛，才能充满灵感"。缺乏贞操，我们就像希腊罗马神话中好色的农牧之神和森林之神，与禽兽为伍，"我们的生活反而成了我们的耻辱"。

正如一些学者指出的那样，梭罗也许受了像西尔维斯特·格拉哈姆（Sylvester Graham）和威廉·阿尔科特（William Alcott）这类"改革者"的著作的影响。这些人曾经倡导过一种严厉的素食主义，警告过性活动的恶果，尤其是对肺痨病人；"更高法则"表现出对东方经典的推崇，但也许它还表明，在超验主义的表层下面露出的是古老的清教的顽石。总之，在这一章里，作者很不自在地一方面接受自然，包括激发它的各种欲望，而另一方面又坚决地否定这些欲望，倡导一种永远与之对抗的精神。

令人欣慰的是，文章从"贝克农场"居高临下和"更高法则"疾言厉色

◎超验主义

的语气,重又回到下一章"动物邻居"(Brute Neighbors)所表达的对自然的温情。梭罗愉快地让一只野鼠顺着他的衣袖爬下来,吃他手指上的干酪。吃完之后,那野鼠像苍蝇一样用爪子擦洗着自己的脸。年幼的鹌鸡眼睛里流露出"特别成熟却又天真的表情",他说这既表现了"幼稚的纯真",又显示了"从经验中提炼出的智慧"。两队蚂蚁,一队红色的小个头和一队黑色的大个头正在厮打着,它们的凶残和一往无前的勇气令人看得入迷。但是,最使人着迷的是那孤独的潜鸟。一天傍晚,当梭罗在湖面上划着船试图靠近它时,它逗趣似的一头扎进深水。梭罗一直在猜它会从哪里冒出来,不料听到潜鸟在他背后发出恶魔般的嘲笑声——仿佛它是唯一一位比他更不甘示弱的讽刺作家。

梭罗是在1845年7月4日住进瓦尔登湖畔小屋的,《瓦尔登湖》一半的篇幅写的时间似乎是夏天和初秋。但读到"温暖的屋子"(House-Warming)这章时,他再一次提到日历。当时正值10月,日渐下降的气温迫使他用灰泥堵上木板墙上的缝隙,并且修缮好了烟囱。此时的湖面结了一层透明的、黑乎乎的坚冰。他可以四肢舒展地趴在冰面上观赏湖底,仿佛是透过一层玻璃。每天晚上,大群大群的加拿大野鹅从北面飞来,朝墨西哥飞去,"在黑暗中发出笨重而缓慢的声音和翅膀飞舞的嗖嗖声。"梭罗蹲进自己的小屋,研究各种适合做燃料的木头,带着慈祥的目光凝视着自己的那堆木柴。

虽然独自一人身处冬日狂暴的风雪中,不过还有梭罗在"旧时的居民和冬日来访者"(Former Inhabitants and Winter Visitors)一章中唤起的过去康科德镇上居民的身影陪伴他左右——如奴隶卡托·英格拉哈姆(Cato Ingraham),他精心种下的胡桃树在他死后依然活着;还有热情好客的芬达(Fenda),这个长得又圆又黑的人还会算命;还有卖朗姆酒的混血儿;健谈的爱尔兰上校,他的脸像抹了胭脂似的泛红,永远都洋溢着激动和兴奋,他因在滑铁卢战役打过仗而颇有名气。如今,这些人全都死了,他们的房子陷进土里,长满野草,水井也被石头封住了口。不过,梭罗并不感到孤独,因为来访的诗人(埃勒利·钱宁)会让他的小屋充满笑声,性情恬静的哲学家(布朗森·阿尔科特)会海阔天空地同他漫谈,帮着他搭建"地上没有基础的"空中楼阁。

"冬日里的动物"(Winter Animals)带着爱怜的口吻描写了在极其寒冷的冬日与梭罗相依为伴的那些动物——野兔、鹌鸡、红松鼠、狐狸、贼头贼脑的松鸡和那些山雀,它们发出"微弱的、断断续续的叫声,像草丛中叮当作响的冰柱的声音"。下一章"冬日湖畔"(The Pond in Winter)一开始描写梭罗每天早晨提着斧子和水桶,踩过湖上齐脚深的积雪,来到湖面破冰取水的经历,文章中间还穿插有他对生活在湖里的那只美丽非凡的金色和翠绿色的狗鱼的赞美,然后又记录了他如何在冰面上凿洞,如何用鱼线和石头测量水深,看看这湖是不是像当地人所迷信的那样深不可测。湖水的确相当深,最深处有102英尺,但并不是深不见底。梭罗还在本章中画了一张地图,记录下自己测量的结果。不过,对于自己戳穿的迷信,梭罗还是笔下留情。"对于相信无限空间确实存在的人们来说,有些湖泊被认为是深邃无底的。"

在"冬日湖畔"的结尾,梭罗描写了1月里采冰的场面,上百个爱尔兰人在美国监工的带领下,在冰上挖沟凿洞,取走冰块。他们用这些冰块砌成一座巨大的蓝色堡垒,或像是北欧神话中主神奥丁接待英灵的瓦尔哈拉殿堂(Valhalla),最后用干草和木板盖起来。这些巨大的翡翠般的瓦尔登冰块将被运到哪里?这个问题使梭罗带着一种新的目光来审视贸易。也许"查尔斯顿和新奥尔良或者马德拉斯和邦巴还有加尔各答的那些大汗淋漓的居民们"将喝到从这些冰块融化而来的水。由于梭罗习惯于把自己的才智融入"印度教经典《福者之歌》(*Bhagvat Geeta*)所表现的那种天体演化般恢弘的哲学思想中",因此,在他的想象中,他很乐意把瓦尔登湖的水和恒河的圣水交融在一起,让纯洁最终回归纯洁。

虽说冬天的瓦尔登湖充满了生气,但"春天"(Spring)一章中记录的仍然是对万物复苏的欣喜。首先,湖面上的坚冰爆发出噼啪、轰然的响声,接着像蜂巢一般冒着泡沫,然后(在3月末或4月初的日子里)在暖雨中融化。解冻的沙粒夹杂着在修建铁路时挖出的一条深沟里的泥土,像熔浆一样汇合成条条纵横交错、朝下流去的溪流,形状看上去仿佛树叶藤蔓、肠子、粪便,这景象使梭罗产生了一种奇怪的感觉,似乎自己正站在那创造世界的造物主的实验室门前。冰雪消融之后露出的枯萎野草"使人想起一种无可名状的脆弱和娇嫩"。光秃秃的原野上,微微弱弱传来鸟儿银铃般的啭鸣声。河谷和树林沐浴在"一片阳光之中,那光如此纯洁、明亮,都能唤醒沉睡的死者",那优雅的飞鹰轻盈地往上攀升,轻柔得如微波细浪,接着又带着奇怪的咯咯声俯冲下来,一遍又一遍地重复着同样的动作。"就这样,当人们在越长越高的草丛中漫步的时候,时光流入了夏季。"

《瓦尔登湖》的第一稿描写了整整一年的经历,到此就结束了。不过,最后一稿增加了一段"结语"(Conclusion),梭罗在这里试图想说明的不仅是他在瓦尔登湖畔生活了两年的意义,而且还有在后来七年的生活中这段经历所产生的影响。"通过实践,我至少认识到这样一个道理:如果一个人充满自信地朝着自己的梦想奋斗,努力去实现他所想象的生活,他定将取得在平常的日子里难以预料的成功。"在瓦尔登湖边的生活教会了他这些,在令人沮丧的、漫长的七年里写作《瓦尔登湖》则教给了他其他真理:"认准目标,抱定决心，你能半夜醒来，心满意足地思考你的作品，——你会毫无羞愧地去唤醒缪斯女神。"难道谁还能限制可能的新生？谁还会说年轻的希望纯属虚妄？"黎明到来之时，那仅仅是一天的开始。太阳仅仅是一颗黎明之星。"

当然，《瓦尔登湖》一书所蕴涵的值得了解的内容是无法概述的。它涌流着智慧、新英格兰人的幽默、渊博的学识、愤怒的谩骂、循循的善诱、缜密的哲理、准确的观察、抒情的赞颂、向往、过于自信的傲慢、令人消气的坦率和事不关己的好奇。梭罗曾经说过，他的最高目标不是认识事物而是感应灵性，而《瓦尔登湖》所表达的正是如何感应灵性。

1854年的春天和夏天，在最后写完《瓦尔登湖》和《马萨诸塞州的蓄奴制度》期间，梭罗感到精神振奋。可7月12日他过了生日后不久，梭罗似乎陷入了一阵烦躁之中，夏天的酷热和干旱使这种感觉更加糟糕。如今他已经37岁了。他辛辛苦苦写了七年的第二本书即将出版，但这使他感到一种失落，感到人生失去了目标。他应当在关键时刻有所进步，可怎样去实现这一愿望？8月末打谷者连枷的声音使他怀疑，自己的生活是不是和农夫一样过得明智、有意义。如果说日记一直是他在过去的四年中辛勤耕耘的土地，那么如今他该从中收获段落，加以推敲，并筛选、磨砺成可以上市的成品。"早在8月，演讲者就必须开始他的收获，这样他才能把自己优质的面粉供给他冬天的顾客。"

（早在8月2日，梭罗就从出版商那里收到了《瓦尔登湖》的样本。）他开始考虑冬季的演讲，并且幻想着《瓦尔登湖》的出版也许会给他带来接踵而至的演讲邀请，这种想法是很自然的。爱默生在自己的书籍出版之前，就已经在新英格兰和纽约四处讲演，而他的那些名著更使他涉足的地方越来越广。1850年《代表人物》出版以后，爱默生发现各地的人们都邀请他。同年，他甚至到了肯塔基和密歇根；1851年，他北上纽约、缅因，最后到了蒙特利尔（他在那里深受欢迎）；1852年至1853年间，他开始了一生中路程最远的讲演旅程，南下俄亥俄，一直到了圣路易斯，然后又沿着河流北上来到伊利诺斯州的奥尔顿，从那里乘坐火车到达斯普林菲尔德。在爱默生看来，伊利诺斯州仿佛是一片"巨大的泥塘"，烂泥之深，使车轮陷进去后无法拔出。身体壮实的伊利诺斯人只要感到厌倦就起身离开他的演讲会场，刚开始时，爱默生对此感到非常窘迫。不过，他靠讲演挣了一大笔钱，而且通过接触西部粗犷的活力，他学到了许多东西，这在康科德是几乎不可能的。在去斯普林菲尔德的火车上，一位伊利诺斯的参议员和众议员把他邀请到行李车厢，与他们一道分享白兰地、牛舌和苏打饼干。

19世纪50年代早期，爱默生的演讲旅行都是些磨炼意志的壮举，他被迫忍受的旅行和住宿条件是如此的原始，以至于像梭罗这样坚忍不拔的人也视之为令人钦佩的历险。1854年秋，梭罗开始准备一组可以沿途宣讲的讲稿，希望能组合成一个系列，于1854年的12月到1855年的1月往西一边讲演，一边旅游。他演讲的行囊还不怎么饱满，这些年来，他把大部分的时间用于写作《瓦尔登湖》和游记《在加拿大的新英格兰人》、《科德角》。他有一篇题为《漫步，或荒野》的讲稿，可以一分为二，再用日记中的新的段落把这两部分充实成两篇新的历时一小时的演讲稿。他还有一篇题为《猎麋》（*Moosehunting*）的稿子，讲述的是他在1853年第二次去缅因州的经历（这篇讲稿最后成了《缅因森林》一书的一部分）。另外，他还有许许多多最近从日记中收集而来的片段，这些段落所涉及的主题在《瓦尔登湖》中基本上没有提到：梦魇、黑暗、月亮。

9月中旬，哈佛的一位名叫马斯顿·沃森（Marston Watson）的老朋友写信邀请梭罗去普利茅斯为一个"民间的集会——或者说是一个社会组织——或者几乎就是一个'缝纫小组'"发表演讲，梭罗答应了，尽管他担心自己会步爱默生的后尘从此开始冬日演讲的生涯。他意识到，自己是多么地喜爱那种默默无闻和清贫的生活，体验一年不同的季节，"仿佛除了体验它们，除了从它们那里接受一切为我所用的营养外，我没有什么别的事可做"。他认为，如果公众对他期待过多，"就像现在他们可能做的那样"，那么他那无忧无虑的欢乐将会消失。一开始，《瓦尔登湖》的销售势头很好。当沃森再次写信问他愿不愿意作一两次讲演时，梭罗回答说他决定只讲一次。"那是我本人的一点感受，最多也只敢在一次演讲中向你们谈谈。"

他把1854年10月8日在普利茅斯的这次演讲叫做《月光》（*Moonlight*）（计划中的系列演讲的前言），虽然这篇讲稿的段落散见于两篇后来发表的文章当中，可原稿已经不复存在了。梭罗去世后，他的出版商詹姆斯·菲尔兹出版了他的一卷论文和讲稿集，题为《郊游》（*Excursions*, 1863）。显然，菲尔兹需要材料补充这一卷本最后一章《聚会》（gathering）的部分缺漏；有人（也许是梭罗的妹妹索菲亚，因为她保存着梭罗的手稿）从演讲的手稿中选出了一些篇章，组合成一篇题为"夜晚与月光"（Night and Moonlight）的简短章节，作为《郊游》的最后一章。剩下的一些演讲手稿和在演讲中未曾用过的手抄日记最终落到一个名叫霍顿·米夫林的编辑手里，他只是誊写了一遍，然后以一本题为《月亮》（*The Moon*, 1927）的小书形式出版。

从这堆杂乱无章的手稿中，要想确定《月光》这篇演说的段落顺序是不可能的。不过尽管文章结构混乱，但主旨倒是不难辨认的。梭罗赞颂月光下看到的或感受到的奇异和美丽的景色。"这里听不到鸟儿的歌唱,只有飞过此地的布谷鸟从喉头发出的断断续续的叫声,青蛙的呱呱声,还有蟋蟀越来越深沉的梦幻般的嘈杂声。"在这奇异的世界里,阴影要比投下这些阴影的实物更加醒目。"岩石上哪怕是最小的凹穴也显得格外幽暗、深邃;树林中蕨类植物看上去如热带森林一样繁茂、高大。在香蕨木和槐蓝属植物蔓生的林间小道上,露水浸湿了你的身体。……树林浓密、黑魆魆的。大自然在酣然沉睡。"白昼那独断专横的视觉,在这阴暗的景色中让位于听觉和嗅觉。"原野上,森林里,每一种植物都散发着自己的气味,包括草地上的石竹和路边的艾菊,还有开始吐穗的玉米发出的奇特的干燥气息。"

夜晚是神秘的,犹如中非尼罗河的源泉。我们为何不去探索?"谁知道在那里将会发现什么样的丰饶和美丽?"在露水浓重的雾气中,蕴含着某种"原始的创造力",表现了一种"无限的繁殖力。我似乎更接近万物之本源"。月光下,田野里的麦梗筑起一座无法穿越的"法郎吉"。"大地并没有徒劳无功,它正结出自己的果实。看,万物生长得如此茂盛!如此成熟!我发现确有像克瑞斯(Ceres)这样的谷物和耕作女神。"

主宰一切的是月亮女神塞勒涅(Selene),她钟情于青年牧羊人恩底弥翁(Endymion),也钟情于聆听她"神秘教诲"的每一位男子。普照大地的太阳冷淡、超然,然而月亮却是"为我而充满着暗示的神圣的造物"。仰望忽而被云层遮住、忽而又洋洋得意再露出面孔的月亮,这成了一场月神征服、情人仰慕的游戏。"旅行者是孤独的,要是没有他的同情,孤独的月亮何以能以胜利者的姿态,接二连三地征服了森林、湖泊和山峦上的团团云雾?"

《月光》表达的是情欲和感官的愉悦,是对繁殖力的迷恋、对女神的崇拜、对原始的追求,这种原始不是源自印第安人或法裔加拿大人伐木工,而是来自中非和黑色的尼罗河,它是梭罗为应答他刚刚完成的黎明之歌而写就的一首夜晚赞歌。在普利茅斯,他向一群对他颇为欣赏的听众作了演讲,包括布朗森·阿尔科特,然后花了几天时间帮着沃森丈量他的庄园,此后,梭罗回到坎布里奇,继续准备他的"计划中的系列演讲",《月光》就是这一系列的引言。

10月18日,梭罗收到了一封来自罗得岛的不同类型的邀请,问他是否愿意参与计划在11月开始的系列"改革演讲"。梭罗接受了邀请,但是除了两篇修改和扩展了的讲稿外,他没有多少时间准备新的讲稿。这两篇讲稿是他计划从原来的《漫步,或荒野》的稿子中提炼出来打算在费城出版的稿件。但是,在浏览日记的时候,他突然找到了一个段落,可以作为他答应在普罗维登斯发表的讲演的核心。这篇日期定为1851年9月7日的文章所论及的主题就是梭罗所有作品中所涉及的主题——生命的艺术。"生命是否记录下了难以忘怀的记忆?"有谁论述过生命而非生活的艺术?在我们的周围,尽是些教导我们如何节省时间的书籍,但那些都不是我们所想要的。"我并不想知道如何去节省时间,而是想知道如何去度过时间,用什么方式去实现富有,不至于虚度时光。"

1855年12月6日,梭罗按计划在普罗维登斯的铁路大厅发表了题为《益处何在?》(What Shall It Profit?)的演讲。在这之前,他一直紧张地准备着这篇稿子,从日记中摘引段落打好草稿,然后扩展、修改、剔除、替换一些段落,把剔除的部分仔细地加以整理,保存好。这篇讲稿是梭罗在演讲时最常讲的一篇,于1859年到1860年再次做了修改,取名《论虚度的生命》(Life Misspent)。1862年春,在梭罗最后病重期间,他对这篇讲稿又做了最后一次修改,当时,蒂克纳和菲尔兹出版社提出要在《大西洋月刊》上发表他的文章,梭罗答应把自己最新的演讲稿《秋色斑斓》(Autumnal Tints)寄给他们,并承诺接着寄出他想称做《更高法则》的文章。蒂克纳和菲尔兹出版社不同意这个题目,(正如梭罗的编辑解释的)可能是因为这个题目使人想起围绕《追捕逃亡奴隶法》所展开的持续了十年的争论;梭罗同意更换题目,但他说他再也想不出比《缺少原则的生活》更好的标题了。这个题目便成了如今公开发表的题目。

这样出乎寻常地改动题目,其本身便很有意义,它说明了文章所表达的复杂的情感。《论虚度的生命》和《缺少原则的生活》用不同的言辞表达了梭罗对大多数邻居的怜悯或蔑视,因为他们忙于使自己和国家丢脸、羞耻的事务;玩耍阴谋,跑到加利福尼亚去淘金,(甚至更让人厌恶的是)跑到巴拿马的达里安地峡去劫墓,在众议院庄严地制订法律规范奴隶贸易和烟草贸易,冒着生命危险从海上运回成吨的石头、杜松果和苦味的杏仁(梭罗去海边寻找玛格里特·富勒的尸体时,发现海浪把这些东西冲上海滩)。那些一生从事这种"生意"的人们被说成是"勤奋、不辞辛劳";那些由于热爱树林而在其中散步的人被称做游手好闲。商店里很难买到一本空白的本子来记录自己的思想,为了赚钱,大多数本子都印有格子。针对这种平庸自私的智慧,梭罗提出了自己的智慧。这是贫穷的理查德向甘愿清贫的理查德们提出的箴言。"耗去自己生命的大部分去过这样的生活,世上没有什么错误比这更加不可救药。"

至此,《缺少原则的生活》是《瓦尔登湖》中"论经济"一章所包含的思想的又一种更愤怒的表示。但是,很明显,这个讲稿原来的标题《益处何在?》引自《马可福音》,这说明梭罗的心里除了他所讥讽的贪婪的居民外,

○超验主义

还有另外一类听众。耶稣刚刚第一次向他的信徒预言了自己的受难与复活；吃惊的彼得责备他不该说这种话。耶稣转过来对着彼得，责备他说："撒旦，退我后边去吧！因为你不体贴上帝的意思，只体贴人的意思。"（《马可福音》8 章 33 节）几个月后，当他召集众人在一起时，耶稣提出了这样一个著名的问题："人就是赚得全世界，丧失了自己的灵魂，又有什么益处呢？"（《马可福音》8 章 36 节）

我们知道，在梭罗写作原来的这篇讲稿时，他心里想着的就是《圣经》中的这两段文字，因为在谈到贪婪和"淘金热"的时候，他用第一个典故开了一个玩笑。"撒旦在他的一次举扬圣饼的仪式上，向人类展示了加利福尼亚王国。人们没有喊道'撒旦，退我后边去'，而是高呼'前头开路'，魔鬼只好竭尽全力最先到达那里。"在《缺少原则的生活》最后的手稿中，他删去了这段话，因为到了 1862 年，"淘金热"已经不再是什么新闻了。不过，另外一种诱惑依然存在。"值得注意的是，在所有的传道士当中，道德的教导者数量很少。预言家们被雇来为人的行为开脱、辩解。这个时代德高望重的老者，先知先觉的人物，带着优雅回味往事的微笑，以一种介乎热望和退缩的态度告诉我，对于一些事情不要过分敏感"，——这些事情就是每一个人为了生活不得不做出的妥协，就是这世界的法则。梭罗愤怒地回绝了所有这些劝告。"人宁可马上饿死，也不能在获取面包的过程中丧失自己的纯真。"

在这段文章中，读者不难看到爱默生的形象，他的《生活的准则》系列演讲包括了《论力量》和《论财富》，而且他的《英国人的特性》（当时正准备出版）赞颂了不列颠民族的力量、财富、贵族气派、风度，甚至自满。在一段满是称颂《伦敦时报》的段落中，爱默生对属于英国的所有东西推崇备至，声称该报抑制住了人们对 1848 年的法兰西共和国的同情，并使宪章派的反叛计划落了空。梭罗用了一句意味深长的双关语驳斥了爱默生的称颂："莫要读时报，读读永恒。"为了表面而忽略核心（似乎像爱默生如今的所作所为），梭罗认为这是对天才的背叛，对真理的背叛。"难道世上还有什么无益于生命的智慧存在？"

1855 年 2 月 14 日梭罗在康科德演讲厅发表《益处何在？》的演讲时，爱默生正在北部纽约地区进行巡回演讲。他至少是认同梭罗提出的这个问题的。他与梭罗的分歧不是在于对问题的诊断——认为感性世界与灵魂世界的割离已经到了不可救药的地步——而是解决问题的办法，即对待感性的世界，行动要审慎；对待精神的世界，要依赖自发或本能。梭罗则坚持把感官和灵魂在自己生活的每一个行为中统一起来，不论是在丈量土地时，还是在写作时。

将自己的日记变成讲稿，梭罗希望把传授真理的天职和业余爱好结合起来，可这种努力失败了。来自中西部和加拿大的邀请少得可怜，以至于所得的收入还不够支付他的旅行费用。甚至在新英格兰，人们对《益处何在？》的反响也只是困惑和不信（除了在南塔基特，那里的居民性格坚强，喜欢他那好斗的福音）。在普罗维登斯第一次演讲时，梭罗相信他没有能得到"听众的关注"。他得出的结论是，演讲就和强行填肥鸭子一样——而且即便这样，鸭子仍拒绝长肥。为那些不愿听他演讲的听众写讲稿，他浪费了整整一个冬天：他顾不上写自己的日记，成天忙于写稿，直到他感到自己仿佛成了工厂里的纺锤。他的结论是自己不如去写书。

1855年以后，梭罗并没有放弃演讲，但他放弃了靠演讲谋生的打算。1855年春天，他的疾病使他感到一阵阵衰弱，这表明无论如何他几乎是没有希望像爱默生那样在一半是荒野的土地上承受艰苦的冬日旅行，尽管爱默生比他年长14岁。他开始把原来的手稿寄出去发表。但是，他那种使听众感到如芒刺一般的率直，对于出版商来说同样是难以接受的，比如，《科德角》刚在《普特南杂志》6月那期上开始刊登，8月便中断了，因为梭罗拒绝考虑删除编辑认为是冒犯他人的内容。

梭罗继续写他的日记，他带着更单纯的科学的兴趣观察事物，如植物是怎样从种子开始生长的，一些树丛是怎样为别类幼苗而非同类幼苗提供更利于生长的条件这样一个矛盾的事实。1856年，他来到纽约，看望了阿尔科特和格利雷，然后乘坐渡船跨过东河，去看望爱默生又一个新的热衷对象——沃尔特·惠特曼。惠特曼拥有许多神话人物的雕像（如酒神巴克斯、大力神赫尔克里斯和森林之神萨梯），但他与自己兄弟同住的那间卧室却穷酸得令人伤感。不过，尽管如此，那时的惠特曼正诗情激荡。爱默生曾热情地赞扬了《草叶集》第一版，虽然它的销售数量远不如《康科德河和梅里马克河一周记》。惠特曼接着又出版了第二版，并且坚信他的诗集不久将有很大的需求。会面时，两人都相互戒备着对方，可是，不久梭罗便开始在康科德向他人展示自己手中的那本《草叶集》；惠特曼后来说，他钦佩梭罗所表现出的容忍异己的宽宏大量。

1857年，梭罗最后一次去缅因州。1846年，他曾经和几个朋友一道去过那里一次，并且攀登了卡塔顶山，他最先在一次演讲中，后来又在一篇题为《卡塔顶山》的文章中描述了这次艰苦的远足。1848年，那篇文章在约翰·萨廷（John Sartain）的《联邦文学与艺术杂志》上发表。1853年，梭罗第二次同他表弟和他们的印第安向导、伐木工乔·艾特翁一道到了缅因州的麋头湖和切桑库克湖。他的表弟想去那儿猎麋。旅行回来后，梭罗为康科德听众准备了一篇描述他这次旅行经过的演讲稿，在以后的几年里，这篇称做《猎

○超验主义

麋》的讲稿重复演讲了好几次。1858 年,他给詹姆斯·拉塞尔·罗威尔寄去了一篇以这次演讲稿为基础写成的文章,如今称做《切桑库克湖》(Chesuncook)。这位《大西洋月刊》的编辑曾要求梭罗就他的缅因之行写点什么。1858 年 6 月,文章开始分期连载,可因为即将发生的争吵而中断了。梭罗不愿意编辑乱改他的文章,但罗威尔不顾梭罗的坚持删去了一个句子。当他发现 6 月那一期的文章被删去了那个句子之后,梭罗勃然大怒,立刻写了一封信寄给罗威尔,语气忿恨、出言不逊,罗威尔绝不会就此原谅他。(1865 年,罗威尔在《北美评论》发表了一篇回顾梭罗一生的文章,毫不留情地报了这个仇。同爱默生为查尔登街协会所写的简短论文一样,在描写一个很难甄别自信和疯狂的时代时,这篇文章著名的开篇成了最好的喜剧式的段落。)

　　1857 年,梭罗乘坐独木舟沿着佩诺布斯科特河逆流来到西布兰奇,然后又经陆路走到东布兰奇的源头,从那里沿着激流和瀑布密布的河道开始了激动人心的返程旅行。这次旅行为另外一篇文章提供了素材,这篇最终题为《阿勒卡西与东布兰奇》(The Allegash and East Branch)的文章是三篇关于缅因旅行的文章中最长的一篇。《阿勒卡西与东布兰奇》在梭罗生前没有发表,直到他去世前,他仍然继续写作这篇文章。(梭罗去世时,埃勒利·钱宁在他身边。他说梭罗最后说的能听得清的话是"麋"和"印第安人"。) 1864 年,这三篇文章加上"附录",以《缅因森林》为书名正式出版。"附录"包括缅因州的植物、鸟和动物的目录;两组阿贝纳基族语的词汇表;以及如何为旅行探险准备行装的建议。

　　《卡塔顶山》记录的是梭罗的一次惊人的发现:山顶上光秃秃的岩石令人恐惧,因为它们让我们想起宇宙的实体性,想起它那陌生的"物质性",或者固体性,这是一切最平常的物质所共有的属性,是我们自己的躯体所共有的属性,在人的整个一生中,我们就像被缚的普罗米修斯那样被束缚在自己的肉体上。《缅因森林》剩下的两章仔细考察了生命的其他形式——麋、松树、印第安人,(它)他们虽然不那么险恶,但仍然怪异、神秘。

　　最后一章对梭罗来说是最重要的。在《切桑库克湖》中他坦白说,他之所以决定雇佣一个印第安人做向导,"主要是因为我也许有机会观察他的生活"。乔·艾特翁是一个 24 岁的佩诺布斯科特印第安人,是一个酋长的儿子,长着一张宽大的脸,皮肤呈红色,个头矮小结实,像伐木工一样身穿红色法兰绒衬衫,头戴黑色科苏特帽。乔赶着马车(带上独木舟)从班戈出发,来到西北 60 英里远的麋头湖:梭罗和他的表弟坐上一辆敞篷马车跟在后面。他们乘坐蒸汽船来到麋头湖——那是一片"景象荒蛮的水域,点缀着几座荒芜、矮小的岛屿",湖水比汪洋还要狂暴。在湖的顶头,他们必须从船上卸下独木舟和行装，穿过森林，把这些东西搬运到佩诺布斯科特河边，而伐木工们在"搬运"时，却在森林里弄出一条有好几杆宽的笔直的通道，云杉和冷杉"挤在通道的两旁欢迎我们"，成堆的野花在盛开。

当他们来到佩诺布斯科特时，这种与大自然的欢快的关系突然终止了，梭罗的表弟打算在这里猎麋。梭罗承认，跟在狩猎队伍后面他感到一种内疚，但他告诉自己，他想凑近看看北美麋是什么模样，想看看印第安人是如何宰杀北美麋的。他跟随其中只是作为"狩猎者的记录者或牧师"，而不是猎人。

不过，与其他记录者和牧师一样，他发现面对即将发生的屠杀，自己的那种无动于衷的态度消失殆尽。当他们最后在佩诺布斯科特河的一条支流上碰见一对北美麋时，梭罗发现自己看到的并不是猎人所想象的那头威严的公麋，而是一头母麋和它的幼麋，它们正从桤木林中朝他们窥视。"它们使我想起惊恐的兔子，伸着长长的耳朵，带着一半是好奇、一半是恐惧的神情。"他的表弟朝母麋开了火，然后又朝幼麋开了枪；两只动物仓皇逃去，在覆盖着潮湿苔藓的林中的地上没有踩出任何声响。半个小时以后，他们在上游发现那头母麋死在一条浅水沟里，身体依然带着温度。梭罗抓住母麋的耳朵，帮着乔把它拖上岸；他仔细地丈量了母麋的身长，而且注意到了它那"奇怪和笨重"的身体与"纤巧、柔软的蹄子"之间的差异。

接着，剥皮开始了。当他看到可怕的血淋淋的尸体从麋皮下面出现的时候，看到暖暖的奶液从割开的乳房流淌出来的时候，他原来想欣赏土著人刀艺的那种乐趣消失了。虽然他的表弟自豪地把那粒射中北美麋的子弹保存下来，准备留给他的子孙看，但梭罗却感到"这个下午的悲剧以及我在其中的角色"破坏了他这次无邪、愉快的旅游，招惹来大自然严厉的目光。

难道除了屠杀，人类就没有更好地利用动物的办法？除了锯成木板，难道就没有更好地利用松树的办法？"一棵被砍倒的松树将不再是棵松树，就像人死去后尸体不再是人一样。"为什么很少有人来到树林，来看看松树是如何"生长、耸立，向着阳光伸出它那常青的手臂，来看看它的完美和成功"？我们所遵循的"更高法则"要求我们要像尊重北美麋和人类一样尊重松树。"它和我一样不朽，也许在天堂还是这样高大，还是这样屹立在我的身旁。"（罗威尔发现最后这句话离经叛道，所以把它给删掉了。）

从佩诺布斯科特河到切桑库克湖，然后返回班戈，在剩下的这段旅途中，梭罗不仅为迄今几乎尚未被人玷污的荒野而赞叹，而且还欣赏艾特翁和其他印第安人交谈时阿贝纳基语的那种"纯粹、天然、原始的美国的声音"，这声音开始时令他吃惊，可最后使他确信"印第安人不是历史学家和诗人创造出来的"。他在《切桑库克湖》一文中加进了很多印第安词语，而且不断地缠着

⊙超验主义

乔，要他翻译（如用"kecunnilessu"表示山雀；"skuscumonsuck"表示翠鸟）。这些生动的土语词汇同梭罗自己在辨认事物时习惯使用的混乱的林奈氏双名法形成了鲜明的对比（"Parus atricapillus"表示山雀；"Alcedo alcyon"表示翠鸟）。

虽然梭罗崇拜森林，但他并不愿意在那里生活。他承认，旅行结束后回到马萨诸塞州那"平坦且依然多样的景色"时，他觉得获得了解脱，这里比荒芜、原始的缅因州更适宜于诗人。但对他来说，缅因州的荒野作为"我们文明的源泉、背景和原材料"，似乎是有价值的。如果王公贵族们拥有他们的公园，自由的人们为什么不能拥有"国家保留地"，那里熊和美洲豹自由地游荡，树木不受伐木者锯子的威胁？难道我们非得要"像恶棍那样，把它们统统找出来，非要在我们自己的国土上从事偷猎行为"？

《缅因森林》的最后一章记录了梭罗于1857年6月同他在康科德的老友埃德·霍尔（Ed Hoar）一道的最后一次缅因州之行。他们朝老镇的佩诺布斯科特村庄行进，从班戈出发沿着佩诺布斯科特河逆流而上，希望能找一个印第安人担当向导。他们找到的第一个人是名叫乔·波利斯的印第安人，他很富裕（他的两层房子看上去和新英格兰村庄里的房子一样整洁），而且是部落贵族的成员。他们问他是否知道有谁愿意担任向导，带领他们按照计划前往麋头湖，然后跨过佩诺布斯科特河的东面支流再返回。他"带着印第安人对待白人的那种奇特的冷漠和孤高的态度"回答说，他自己也想去猎几头北美麋。

梭罗被波利斯的孤高强烈地吸引住了，他佩服他拒绝沉溺于"白人恭维和取巧的传统"。别人试图与他交谈，波利斯对此不予理睬，要么咕哝几声作为应答；即使他回答问题，声音也是"含糊不清"。一天早晨，有人揶揄地问他："你绷不绷麋皮，波利斯先生？"对于这个愚蠢的问题，波利斯恼怒地回答："你干吗问我这个问题？要是我绷了皮，难道你看不出来？你这样说话也许没错，但不是印第安人的方式。"不过，在别的时候，波利斯喜欢详细地讲述他的部落的历史和在战斗中的功绩。一天的事情完成之后，他开始展示"法国人的友好情绪，可没等到他尽兴，我们都酣然入睡了"。

波利斯和任何一位野外旅行者一样，坚忍不拔，熟悉森林生活。他毫无抱怨地忍受着飞蝇蚊虫的叮咬，而白人却在夜晚把自己裹在布毯里，用驱蚊香水抹遍周身。不过，他的一些态度让梭罗吃惊。波利斯曾代表他的部落去过缅因州首府奥古斯塔，去过一次华盛顿（在那儿，丹尼尔·韦伯斯特对他态度粗鲁）。他喜欢波士顿、纽约和费城，而且也愿意住在这些城市里——尽管他知道也许自己是纽约"最穷的猎人"。他特别喜欢吃糖，喜欢向梭罗挑战比赛搬运东西或划船,如果他赢了,他便承认:"嘿,有时我就是喜欢玩。"旅行快要结束,当他告诉梭罗说梭罗的船划得"和其他人一样棒"时,他也许心里知道,这话使梭罗感到非常自豪。

如梭罗前两次旅行所记述得的那样,这里的景色美丽如初。一天清晨,他们沿着一个湖泊向前划去。"这是一个明亮的早晨,清幽、安谧,湖水宛如明镜一般平滑,只有我们划船时荡起的涟漪。透过海绿色的晨雾可以看见四周黑黝黝的山峦,可用来制作独木舟的桦树与湖周围的树木混杂在一起,白色的树干格外醒目。"梭罗听到画眉鸟的叫声,接着是几只潜鸟的笑声,那声音在他们驶过的湖湾里回荡,被放大成了异乎寻常的回音。

从《马塞诸塞州博物学》开始,梭罗出色的才能之一就是用简洁畅达的散文表现自然,使读者和被表现的景色仿佛融为一体。他的游记尽是些这样的段落,《瓦尔登湖》的许多章节用的纯粹就是这种散文风格。但是,在所有这些段落中,虚构者的自我意识与表现所包含的彻底的自我回避之间存在着矛盾。讲话者必须告诉我们读者,他外出漫步,他乘船游历,他旅行到了缅因州、加拿大或科德角,他修建了一间小屋,住在湖边。在日记中,这样的提醒没有必要,梭罗发现写日记更令人愉快,这也许是其中的理由之一。他可以既作为纯粹的热情参与者,又作为纯粹的捉笔巧匠,来记录他的所见所闻,而不必把他的语言引入局限于经验自我的狭隘空间。

19世纪50年代早期,当日记发展成为他一生中主要的文学创作事业的时候,梭罗产生过挫折感,因为他不能把自己的日记不加整理就这样原封原样地呈现给读者。随着时间的流逝,他构想出更加极端的创作方式——让大自然自己来表现自己。他的做法之一就是把树木植物枯荣的节奏与一年四季的和谐一致作为组织篇章的原则。另一种做法就是跟踪树木植物奇异、繁茂、随意的生长繁衍方式。

经过年复一年的现象观察和耐心积累,梭罗的日记已经能够为这两种创作手法提供素材了。19世纪50年代后期,梭罗开始如饥似渴地阅读各种各样的博物学和自然科学书籍,这表明了他的一种方法和立场。这两个项目到梭罗去世时也没有完成,但两大包手稿(《野果》[Wild Fruits]和《播撒种子》[The Dispersion of Seeds])几乎足足有一千页之多。在这一大堆手稿中,一部分包括他已经发表或显然准备想发表的演讲稿。这些讲稿和关于约翰·布朗的系列演讲稿一样,是他一生中最后的作品。

《秋色斑斓》是这个准备发表的讨论博物学的系列讲演的第一篇讲稿。看得出,梭罗于1857年就开始准备这篇稿子,但到了1859年才在伍斯特、康科德和林恩第一次发表。在文章的一开始,梭罗承认,他曾真的梦想过要写一本关于树叶的书,书中的语言将是多余的。他将从"树木、灌木和草本植物"的每一片叶子开始,描写它们最鲜艳的色彩,描写它们从绿到黄的变化,然后在书中"用颜料准确地复制它们的色彩"。假如他能"保存树叶,使它们不褪色,那将更好"。

不过,这种孩子般的 10 月的"纪念品"仅仅只是纪念品而已——而且梭罗拥有的也只是树叶唯一的一件复制品。语言的描述与被描述的事物之间是有距离的,但是,从另一方面来说,这种描述很容易变成陈腔滥调。此外,在描述的过程中,梭罗还发现一片树叶的色彩无论多么鲜艳醒目,如果缺少使它美丽的环境,那将毫无意义。最早变红的树叶(如红枫叶)像一丛燃烧的灌木一样在森林中更加惹人注目,使绿色变得更绿。此外,盛开在落叶树木(如大红栎)中的最后一朵红玫瑰靠着它周围的常绿植物才更显得鲜艳夺目。

但是,《秋色斑斓》不单纯是一组静物的描绘,梭罗想要表达的是四季更迭所激发起的热情。当时日进入 8 月下旬时,紫色的草丛生长茂盛、浓密,美洲商陆也变红了,枝杈高耸"像盛满紫色美酒的酒桶",瘠薄、无人问津的土地上,行路人为带芒的矮草突然呈现的卓姿倩影而惊讶不已。在落叶的树木当中,聚集着五彩缤纷的色彩,这里有红色的枫树、榆树、糖槭,还有大红栎,它们的叶子形状整齐,叠在一起,就像是叠成一堆的废旧罐头皮一样。

树叶这样一年一度地枯萎,其意义何在?当然,树叶的凋落意味着死亡和自我牺牲:"它们教会我们如何去死。"但是,树上依然未落的树叶还昭示人们不同的意义。"所有这些难道没有向我们表明,人的精神将和大自然一样生机盎然,将旗帜鲜明地表现自我?难道它们没有向我们表明,平淡无奇的生活程式可以被类似的欣喜和狂欢的人生所中断?"树木对于乡村是必不可少的,就犹如市镇不能没有时钟一样。榆树"连绵几英里,伸过我们的头顶和屋顶,形成巨大的黄色天篷或阳伞,把村庄连成紧凑的一片"。没有树木的村庄深受"忧郁、迷信"的困扰,它们不久便成了"偏执的教徒和无度的酗酒者的"乐园。

梭罗此时在半开玩笑。他越来越感到保护莽原的紧迫性,需要保护的不仅是像缅因森林这样真正的莽原,而且还包括那些曾经包围着每座乡镇,但如今却像五针松林那样正在迅速消失的面积不大的荒野。人们把荒野和森林用栅栏围起来,为了利益而砍伐、洗劫,使它们逐渐消失,与之一同消失的还有人与自然之间建立单纯、健康关系的最后可能。在《野果》一文的另一部分,梭罗尖锐地指出,人们很少关心自然,而乐意为了蝇头小利而放弃自己享受自然美的权利,接着他补充道:"正因为一些人不关心这些事情,这就解释了为什么我们必须团结起来，捍卫一切美好事物不被少数破坏者所侵害。"既然人们能捐资给哈佛神学院，为什么他们不能向康科德镇捐献一片森林或一片黑果木林？一座城镇的真正财富是它的美和它营造的健康氛围。

美本身便是一种自我超越，这是《秋色斑斓》一文最后蕴涵的教喻。在密尔顿笔下，拉斐尔告诫亚当物质何以能升华为精神，梭罗笔下的大红栎也传达着相同的意义。"它们越长越高，越来越宏伟……最后，它们所含的泥土成分越来越少，四处伸展的树冠拥有了天穹的力量。"柔软的树叶表面泛着亮光，它们随着日光翩翩起舞，"你很难区分跳动的是树叶还是日光"。

《秋色斑斓》是梭罗后期有关博物学的最富魅力的文章，也是他最著名的文章之一。爱伦·爱默生告诉她的姐姐，当梭罗在康科德发表演讲时，"会场里常常不由自主地爆发出笑声，人们为梭罗鼓掌。"（爱伦·爱默生 1859 年 3 月 2 日致伊迪斯·爱默生）在《野果》手稿中，还有一篇讲稿也很有名。在《野苹果》（*Wild Apples*）一文里，（这篇稿子于 1860 年 2 月 8 日第一次在康科德演讲厅演说，六天后又在新贝德福再次演讲）梭罗赞美了长期生长在新英格兰土地上的另一种植物——野苹果树。"几乎所有的野苹果都很好看。它们看上去节节疤疤、粗陋不堪，布满铁锈色，但并不难看。"美国所有的野苹果树都源自欧洲，可是这些树很早便生长在这地方，似乎已经是土生土长了——那些带刺的、粗陋的、正在长大的果实"呈灰色，上面有深红色的斑纹，像母牛身上的条纹一样，有些苹果长着无数细细的血红色线条，从果子的肚脐一直延伸到另一头，像穿越麦秆色大地上的条条经线"。

野苹果的味道是酸涩的，只有在 10 月的天气里轻松愉快地散完步后才能体会到它们的可口。不过，梭罗喜欢"缪斯女神这自然果实的味道，鲜美可口、令人振奋"，他哀叹到，经过嫁接后的各种苹果吃起来淡而无味，味道既不浓郁，也不悠长，可它们却在逐渐取代野生的苹果。禁酒改革者已竭尽全力想要根除野生苹果；梭罗提到一位果园主人因为害怕人们用苹果酿成苹果酒，结果把自己茂盛丰产的果树给砍了。嫁接苹果的人们"在自己房子旁边用篱笆围起的空地里摘苹果"。贪婪和伪善都使野生苹果树在劫难逃。梭罗借用《圣经·约珥书》（1 章 5～7 节，12 节）先知约珥的话来结束他的演说。（事实证明，在这块遍地都是主张禁酒的男男女女的国度里，这一段结束语是非常合适的。）

　　酒醉的人哪，要清醒哭泣；好酒的人哪，都要为甜酒哀号，因为从你们的口中断绝了。有一队蝗虫，又强盛，又无计其数，侵犯我的土地；它们的牙齿如狮子的牙齿。……它们毁坏我的葡萄树，剥了我无花果树的皮。……葡萄树枯干；无花果树衰残。石榴树、棕树、苹果树，连田野一切的树木都已枯干；众人的喜乐尽都消灭。"

如此抨击贪婪者和伪善者，在康科德是很容易找到共鸣的；据演讲厅的记载，演讲结束时，会场上响起"热烈、持续的掌声"。阿尔科特在日记中写到，他带着"兴趣和快乐一直"听完了演讲。就像在《秋色斑斓》中一样，梭罗不仅准确地描写了人们所熟悉的景象，主张无论如何要保护它的一些野性，而且还融这些描述和关心于幽默之中。1860 年 9 月 20 日，梭罗在康科德市政大厅对米德尔塞克斯农业协会的成员发表了题为《森林的延续》（*The Succession of Forest Trees*）的演讲。梭罗最后的这次演讲更加明确地表明，他关心保护自然，决意要理解确保自然生生不息的秘诀。

19 世纪 50 年代中期，一位邻居曾谈到，哪里砍伐了松树，哪里就会长出橡树来，反之亦然。这话给梭罗留下了很深的印象。当地人以为，（甚至一些自然学家也持同样观点）橡树是"自生"的。但梭罗认为，树只能从树种开始。他开始研究各种树木、灌木和植物繁衍的不同方式——种子散落在风中，漂流在水上，粘在路过的动物身上或被它们吃掉，靠鸟传播，被松鼠掩埋。这项研究促使他开始写作关于博物学的第二个未完成的长篇大论《播撒种子》，《森林的延续》就是其中的一部分。

梭罗解释，当橡树林生长在松树林旁边时，每年松鼠和其他动物把橡树果实搬进松树林里。一些树种会扎下根来，长成幼苗，通常一年后便死了。但一旦松树林突然遭到砍伐，过去的橡树幼苗接触到日光和空气，似乎突然便长成大树。（根据英国种树人的发现）松树是橡树最好的保姆，生长在松树林里的橡树幼苗要比单独生长更加生机盎然，但是若想让橡树长大成树，则必须砍掉松树。然而，贪婪的美国农夫没有意识到松树林是滋养橡树的地方。他砍倒松树，犁好地，准备种一两季黑麦，然后再把这地变成林地。当然，他也断送了将要长成大树的健壮的橡树幼苗；之后他还纳闷，为什么他的林地会这样荒芜贫瘠？他抱怨这地方"不宜栽种松树"。

要成功地培育自然，我们必须采取它已经完善了的途径。"假如宇宙是一个政府，在它的专利局里，管理者们广播种子，其热心并不亚于华盛顿的任何官员，它们的行动要更加恢弘、规范。"这些行动正是这篇更长的手稿《播撒种子》所要记录的。在这篇文章中，梭罗思考了从加利福尼亚森林的高大的红杉到矮蓟各种不同树木、灌木和植物的种子的播撒方式，矮蓟那形状丑陋的头状花序将"一堆层层叠叠、又薄又小的嫩叶"藏在下面，把"细巧的、毛茸茸的伞状子粒包裹起来，——就像摇晃着王子的用绸缎织成的摇篮"。处处可见种子在大量浪费，或受到无限关爱，无限放任。纤细、易折的柳树飘落下来的花絮，在池塘水面上形成厚厚一层白色的浮沫；花絮里细小的褐色子粒随波逐流，停泊在新的淤泥中，开始新的生命。含羞草的种皮炸开，像枪弹一样射出它们的种子。马利筋那"小小的长方形"荚果里包藏着大约200多颗梨子形状的小子粒，这些子粒像鱼鳞一样层层叠叠地挤在一起，经风一吹，撒落到山丘和低谷。"就在马利筋满怀信心等待自己的子实成熟时，谁还会相信丹尼尔和米勒的预言，以为这个夏天便是世界的末日？"

1860年的整个秋天和冬天，梭罗继续他的植物研究，通过观察树轮来研究树木的生长形式。12月3日的一次外出观察之后，一场严重的感冒使他病倒了，这也许是几天前他从布朗森·阿尔科特那里染上的。他强迫自己如约赴沃特伯里向那里的听众宣讲他的《秋色斑斓》，但他的感冒——如今已经发展成支气管炎——使他的声音单调乏味，那个晚上的演讲没有成功。事实上，那是他一生中最后的一次演讲。回到康科德后，他筋疲力尽，病情加重。1849年夺去姐姐的生命、十年以后又夺去父亲生命的肺结核病，如今也久久地缠着他，使他慢慢地衰弱下来，即使是1861年春明尼苏达的那趟旅行也无济于事了。

他尽其所能没有搁笔，自己不能动手写，就让妹妹索菲亚做他的听写员。当詹姆斯·菲尔兹接任了《大西洋月刊》的编辑工作以后，便向梭罗约稿，后者便着手整理《秋色斑斓》、《野苹果》、《缺少原则的生活》和《漫步》等作品，以备付梓。梭罗还劝说菲尔兹从他那里把剩下的《康科德河和梅里马克河一周记》买走。梭罗和前来看望他的朋友低声交谈，包括阿尔科特、爱默生、钱宁、山姆·斯特普尔（曾经关押过他的康科德狱吏，现在是爱默生的邻居）。镇上人们的亲切关怀使梭罗深为感动，但他反驳了那些传统的宗教人士对他的灵魂问题提出的诘问。当一位老友问他如何看待基督时，他回答说，对他而言，一场暴风雪比基督更富意义，当一位大婶要他和上帝言归于好时，他回敬说自己从来就没有与上帝吵过架。

梭罗于1862年5月6日清晨去世，终年44岁。尽管大家都知道梭罗生前反感正统的基督教，但爱默生坚持葬礼在第一教区教堂里举行。阿尔科特负责安排悼念仪式，包括埃勒利·钱宁写的一篇颂词，爱默生发表的演讲，以及由阿尔科特朗读梭罗的一些作品选段。路易莎·梅·阿尔科特告诉一位朋友，她认为爱默生的演讲"本身是很好的，但不适合当时的时间和场合"。她觉得最合时宜的是由她父亲朗读的梭罗的那些"睿智和虔诚的思想"，或者是那支走向安葬着梭罗父亲和兄弟的教堂墓地的送葬队伍。"那天，天气晴朗、美好，春光明媚，四处一片宁静。六位和梭罗一同长大的同乡抬着他的棺材走在前头，我们跟在鲜花飘落的棺材后面，大自然似乎换上她最慈祥、温情的容颜来欢迎自己忠实、可爱的儿子长眠于她的怀抱之中。"（路易莎·梅·阿尔科特1862年5月11日致索菲亚·福德）

在路易莎看来，爱默生的演讲中不合时宜的是他的直言不讳。这篇演讲稿经过修改和扩展后，发表在1862年8月的那期《大西洋月刊》上，其口气则更加直截了当。十年前使爱默生和梭罗两人存在分歧的那种愤怒情绪已经平息了——两人在爱默生买下的划艇上度过长长的下午；梭罗在后来自己的博物学的演讲中充满深情地穿插引用了爱默生的许多作品；爱默生还请梭罗丈量他的土地，帮他在瓦尔登湖畔种植松树。但尽管如此，当他翻开自己从前关于梭罗的日记时，爱默生重又回想起他们之间的那段不快的经历：

> 他具有一种绝不屈服的好斗性格，始终是果敢、能干的，很少有温柔的一面，仿佛不与人对立他就感觉不到自己的存在。他需要有谬误来供他揭穿，有过失来供他嘲弄。……听到任何建议之后，好像他的第一本能就是反驳，对于我们常见的思想的局限，他是如此的不耐烦。

这样的好斗性情意味着"没有任何伴侣能和这样一位如此纯真坦率的人保持平等、亲切的关系"。

这篇保存下来的手稿表明，对于梭罗，爱默生依然带着矛盾的感情。在他的第一次草稿中，有许多段落选自他的日记，记录梭罗的好斗或自负，同时也有许多赞扬他的勇气、正直和纯洁心灵的段落。爱默生送去印刷的稿子经过了删节和修改，尽管批评的语气不那么尖锐了，但批评依然存在。这篇文章的效果是爱恨掺和、喜怒交加、爱始恨终。按照爱默生的观点，梭罗是一位不仅具备悟性和道德而且还拥有实践技能的超验主义者。即便他没能指挥一支军队，至少他也能为之架设桥梁。不过，梭罗并没有"为美国架设"桥梁，而是满足于充当"一片黑果树林的队长"。

爱默生因为梭罗似乎缺少雄心壮志而感到失望，这是一个老话题了。但当他审视1862年联邦的景况时，他感到了一种更加刻骨铭心的失望。联邦的军队由于缺乏准备、指挥不当，在战场上节节败退、蒙受耻辱；联邦的总统亚伯拉罕·林肯对于解放奴隶下不了决心。1862年1月，爱默生来到华盛顿，向史密森协会（Smithsonian Association）发表了一篇题为《美国的文明》（American Civilization）的演讲。他向所有可能在听他演讲的林肯政府的官员发出这番呼吁："你们容忍的邪恶已经如此惊人地膨胀，可是你们却满足于回避它的攻击，你们仿佛是着了魔似的，始终不去采取行动。"如今，爱默生称之为最亲密朋友的人走了,而且联邦似乎依然没有一丝能证实它存在的价值的举动。

不久,爱默生的《论梭罗》一文在《大西洋月刊》发表后一月左右,林肯总统颁布了《解放黑人奴隶宣言预备案》(Preliminary Emancipation Proclamation),宣布1863年1月1日奴隶将获得解放。几天后,爱默生在波士顿的一次废奴运动的集会上发表演说。《解放黑人奴隶宣言》充分、形象地表明,瘟疫被祛除,羞辱得到了补偿。"荡净了这有损国家声誉的污渍,除去了这压在国民心灵上的重负,从此,我们将毫不畏惧地向人类展示我们的面容。我们将不再是伪善、虚伪之徒,我们曾经设计的社会制度将得以实现。""幸福属于年轻的一代,因为他们看到邪恶已从地球上荡净。幸福属于垂老的人们,因为在告别人世之前他们看到自然得到了净化。"

19世纪末,带着只有幸运者才有的惊奇,那些幸存的超验主义者回顾了他们所参与的运动。他们出生在一个充满纯真希望的时代,在无拘无束的实验的年代里长大、成熟,他们规避新英格兰人僵化的习惯,可正是这种僵化使他们没有陷入困扰大多数浪漫主义者的那种极端。他们的思想自由驰骋(如爱默生所说),因为他们坚信必有回归。虽然他们生活在一个蒙羞的时代和国度,虽然每一年都要遭受新的羞耻,但他们从没有丧失对道德法则最终胜利的信念;虽然历史常常使理想主义者的希望破灭,但这一次,历史证明了他们的正确。30年前他们最先想象的革新虽然并没有像他们所希冀的那样,在和谐和欢乐中如愿已尝,但改革毕竟发生了,而且还证明了他们始终坚持的信念——宇宙是可以信赖的。正如爱默生在《论自然》中曾经写道的:"每一段时间、每一件事物都在教喻我们,因为每一种形式都充满着智慧。智慧如血液注入我们的躯体;如痛楚扭曲着我们的身躯;如欢乐流入我们的心田;在枯燥、忧郁的时日,或在愉快的劳动之中,它呵护着我们;只有在很长一段时间之后,我们才去猜测它的精髓。"

叙述形式

乔纳森·艾阿克

1 民族叙事文学的确立

在美国至今仍为人所知的19世纪中叶作家中，大多数都是以散文体叙事，如库珀、坡、霍桑、梅尔维尔以及斯托。除了这些更为著名的作家之外，本章还将介绍其他一些作家。因为衡量文学的标准一直在变，一些从未或者近期内还不曾在美国文学史上受到重视的作家现在也显现出了重要性，例如历史学家乔治·班克罗夫特和弗朗西斯·帕克曼以及废奴主义者弗雷德里克·道格拉斯。正如迈克尔·贝尔在本书中所描述的，从19世纪20年代一直到19世纪60年代末，出版业逐渐发展，但同时矛盾纷呈，而美国散文叙事作品便在这样的背景下创作发行的。美国这一时期在美洲大陆和海外实行扩张，种族斗争、政治纷争不断。在此形势下，散文叙事文学兴起并做出响应，进而推动了这一形势的发展。艾里克·桑德奎斯特在本卷的其他章节详细地描述了这一复杂过程。但是，再放到文化背景中，叙事文学不应只被看做是其他机构或组织的产物，它自成一体，也有其自身的历史和结构，不受其他机构或组织左右。本章要做的工作是，借助文学分析而不是社会或经济分析中的基本术语，勾画出美国散文叙事文学相对独立的历史。因为在这一时期散文体叙事文学的作家尝试着给文学下了一个至今仍颇有影响的定义。

19世纪中叶，美国散文体叙事文学史上的重大事件便是，在1850年前后出现了一些重要的作品，如《红字》和《白鲸》。在20世纪末的许多读者看来，这些作品仍然属于"文学作品"。然而当时其他一些颇有价值的散文体叙事作品却使现在的读者颇伤脑筋，因为无法将那些作品明确归类。理解这一现象，需要承认，"体裁"要有个确认，即存在给不同作品种类下定义的问题。在下面关于叙述形式的讨论中，第四章论述这种新出现的文学叙事体裁；第一至第三章探讨与文学叙事体裁同时兴起和发展的早期文学类型。与之相参照，便可以理解文学叙事作品的特点。第五章勾勒了文学叙事作品在其崭露头角阶段的状况。尽管文学叙事作品在反映20世纪末当时的文学观点占主导地位，但是现在受到好评的这些作品在当时并没有立即确立自己的地位。而在南北战争这一严峻的国家危机当中，文学叙事这一体裁恰恰几乎消亡了。

在18世纪后期，"文学"意味着文化范畴内所有有价值的写作，包括我们今天所谓的"非小说"，如历史、游记、哲学和科学作品。可是到了20世纪后期，最广为人们所接受的"文学"指的是小说，但这种小说又不属于任何市场上流行的体裁（如科幻小说、西部小说、犯罪小说、浪漫小说等等）。在美国，文学概念发生这一变化的主要领域是19世纪中叶的散文叙事文学。由于文学概念的变化，现在看来文学里所反映的文化与民族文化相去甚远，直如风马牛。带有这样历史局限的观念，人们在理解与民族文化有不同渊源的文学作品的意义时，往往会有困难。

在文学叙事作品出现之前占主导地位的是我称之为"民族叙事文学"的叙述文体。这种叙述文体甚至在文学叙事作品出现后依旧繁荣发展。民族叙事作品从今天美国作为独立的合众国的立场出发，回顾了这个民族的殖民渊源，展望了美国将作为世界典范的未来。这段至今在美国仍颇有分量的历史，是在安德鲁·杰克逊总统执政（1828—1836）前后开始得以栩栩如生地见诸文学。小说和历史作品同样淋漓尽致地反映了这段历史，特别是在詹姆斯·费尼莫尔·库珀始于19世纪20年代的小说作品和乔治·班克罗夫特始于19世纪30年代的历史作品中。当这段历史刚见诸笔端的时候，民族文化还没有充分产生影响。民族叙事文学是美利坚民族形成过程的一个组成部分，不单单是对既成事实的反映。而且，因为有了民族叙事文学做基础，其他主要叙述文体才得以脱颖而出。

在民族叙事文学所开辟的想象空间之中兴起了两种比较小但却很重要的叙述文学，它们成了民族叙事作品的竞争对手。首先，在19世纪30年代出现了我称之为"地方叙述"（localnarrative）的叙事文学。这类作品或是在所涉及的地理范围或是在所描述的人类经验的规模上都更加有限。地方叙述作品仿效华盛顿·欧文的纽约速写，其中包括佐治亚、阿拉巴马、密西西比和田纳西州所谓"西南幽默作家"的作品；纳撒尼尔·霍桑的东北部故事；以及埃德加·爱伦·坡开始将城市界定为美国新场景的作品。在19世纪40年代，我称之为"个人叙事文学"的叙事文学成为主流。这些作品不表现民族的集体性，而是将一个第一人称叙述者独自突现在前场。但是，与清教传统和20世纪的观念截然不同的是，这个"我"不去探索精神和心理方面内在的内容，而是一位相当外向的报道者，讲述着主流文化边缘的消息。这种叙事文学的作者有的是旅行者，如赫尔曼·梅尔维尔、理查德·亨利·达纳（《航海两年》）以及弗朗西斯·帕克曼（《俄勒冈小道》），还有逃跑的奴隶，如弗雷德里克·道格拉斯。

1850 年，文学叙事作品是与一场围绕蓄奴还是废奴的政治危机同时产生的。奴隶制危机关系到国家的生死存亡，也产生了旨在平息争议的折中思潮。这时，梅尔维尔和霍桑开始强调他们自己和坡的早期作品中的某些要素，从而使自己的作品有别于民族叙事作品。霍桑的作品《红字》中的前言"海关"反映了这种逐渐疏远民族事务的倾向。民族叙事作品、地方叙述以及个人叙事文学针对或者反映的是日常公众生活所关注的问题。而《红字》中的文学形式却与前两类截然不同，转而拓展一片自由想象的空间。不管是坡的夸张也好，梅尔维尔的比喻也好，霍桑的讽刺也好，文学叙事作品所描绘的不仅不同于日常生活的世界，而且似乎超越了并且间接地批判了日常生活的世界。然而，这些作品内容专业而深奥，表达曲折且晦涩，只有有限的精英读者才能解读其批判意义。通过写作来建构"另外一个世界"本来可以是件光荣的事业，而操持这一事业的作家本人却往往感觉那是一种沉闷烦冗、孤独不堪的劳役。这些"纯文学"作者被重新定义为"艺术家"的时刻也就标志着叙事文学与大众读者之间的关系出现了危机。因为人们认为这种艺术家作品的主要价值产生于作品与作者本人不为外人所知的某种关系。

美国文学叙事作品中所出现的这种变化不是独一无二的。18 世纪后半叶以来，英国和德国的浪漫主义作家便不遗余力地促使人们重新理解技巧纯熟的作品在文化中应有的地位。诸如"创新"、"天才"和"想象"等术语将文学的概念界定为独立于公众社会，而不是与其相互联系，而"心理"和"发展"等观念则给界定了新的关注空间和新的文学技法。因此，在分析 19 世纪中叶美国散文体叙事文学的时候，有必要一并讨论大西洋彼岸的作家，无论作为来源还是作为例证，他们都具有重要的意义。其中意义尤为突出的是诗人兼评论家威廉·华兹华斯（William Wordsworth）和塞缪尔·泰勒·柯勒律治。因为他们在理论和实践两个方面都确立了创作的新模式。因为新，所以思想上是民主的，但是却造成了读者把握和欣赏上的困难，这似乎是个悖论。

詹姆斯·费尼莫尔·库珀

在美国，乔治·班克罗夫特和詹姆斯·费尼莫尔·库珀笔下民族叙事文学所蕴藏的威力至今仍能为人们感觉到。民族叙事文学仍在通过非文学的媒体流传不衰。班克罗夫特对美国的看法仍常见于政治教育和辩论的话语中。

○叙述形式

库珀笔下的美国形象仍在电影电视等大众文化形式中流行。班克罗夫特所讲述的美国是公众群体通过自治而得以确立自由的国度。这样的群体越来越大，从清教徒圣会到革命者的市政会，再到各州聚合，结成联邦。库珀的故事是以班克罗夫特的一种模式为基础的。然而从一开始，库珀故事的读者们就发现他描写群体不如描写独行侠那么感人；描写移民点不如描写荒野那么感人；描写政府行为不如描写远离法律的生活感人。他笔下最有震撼力的人物是独来独往的林间猎人纳蒂·班波。班克罗夫特和库珀的作品都很畅销，很受欢迎，而且两人都毫不隐讳自己在政治上站在"人民"的一边。20世纪最为充分地将班克罗夫特和库珀的模式综合为一种叙述框架的是好莱坞的西部作品。这些作品一般总是突出描写一位独来独往的男性人物，这个人物促进了文明，造福了人民——即使他自己不能在他所拯救的镇子里居住。

库珀的作品令现代的读者感到困惑，因为他作品的技巧不是现实主义的，但是作品内容却是实实在在、有所指称的。他的作品详尽准确地虚构了一个世界，与具体国家问题保持一定距离。今天的读者对这样的作品更加熟悉，赞誉有加。然而库珀是第一个被美国内外毫无异议地称为真正"美国"作品的作者。而且，库珀不仅具有历史上的重要意义，他的作品在思想和技巧方面仍为美国文化界所关注。

尽管库珀写的是民族叙事作品，但是要理解他需要对国际环境有所了解。在这一点上，美国文学史与美国经济史相像。理解美国经济的历史同样需要了解国际环境因素，尽管这看上去自相矛盾。在库珀的时代，美国人乐于相信美国经济依靠的是自给自足的农业。而事实上美国经济与出口生产和商船运输关系十分密切，国际经济体系成了其国内经济增长的主要动力。库珀作品的国际意义从他第一部成功的小说开始便显而易见。（关于库珀生涯的详尽描述，见第一卷中吉尔摩的文章和本卷中贝尔的文章。）1821年《间谍》出版之后，库珀便一直被或褒或贬地称做"美国的司各特"（即苏格兰小说家沃尔特·司各特爵士），在这一点上，历史与文学史之间出现了差异。尽管可以将美国放置到世界历史之中，像乔治·班克罗夫特那样，仅借此表明美国是怎样超越了历史，但是却没有人断言库珀是世界文学史高峰的代表，只不过说他与诸如司各特等作家之间存在着重大差异。

确认库珀区别于司各特而具有美国特征的过程是以确认两人之间的相同之处为基础的，相同之处赋予这种比较以意义。从《威弗利》（1814）开始，司各特写了一系列历史传奇小说，故事的时间从不太久远的过去（《威弗利》的副标题是"60年前的故事"）一直到中世纪。司各特的祖国已经与英格兰合并一个多世纪了，作为苏格兰的作家，司各特将描写的重点放在苏格兰与英格兰接壤的地区,历史上曾是多冲突地区。显然这一地区正是库珀《间谍》里革命派和保皇派之间"中立地区"的原型。而且,尽管库珀的皮袜子小说里经常出现的被印第安俘虏的模式源于美国殖民时期的俘虏故事,但是这种模式与司各特小说中消极人物的不幸遭遇也有类同。这样的消极人物在作者的刻意安排下,往往与历史进程相背而动,尽管充满威胁,但最终还是被击败了。

库珀和司各特对文明进程的文化历史意义有着广泛一致的见解。这些见解源于苏格兰启蒙运动时期的理论家。在司各特的作品里,高地家族的浪漫主义激情(如《罗伯·罗伊》[*Rob Roy*],1817)或者宗教极端反对派志在改变政体的狂热(如《旧道德》[*Old Morality*],1816)必须屈服于更加乏味但却更加进步、更为有益的生活方式。这一特点与低地苏格兰人、苏格兰和英格兰的联盟以及主流教会的胜利不无关系。所以,在库珀的作品中,最高尚的印第安人物的特点,甚至纳蒂·班波本人的特点,终将屈从于文明的常规。在两位作家的作品里,充满荣耀但遭贬损的"蛮荒"人物占据小说大量篇幅,然而平庸却正面表现的人物却拥有未来,正如通过婚姻得以延续生命的人物。

库珀和司各特都思考而且参与了他们的时代和民族的重大问题。然而,在他们至今仍享有盛誉的作品里,他们仅仅间接地思考自己时代的问题,并将这些问题投射到过去的事件中,并以可以安然驾御的情节加以表现。例如,19世纪20年代的美国人所担忧的社会分化问题可在《间谍》的情节里得到解决。赋予书名的人物先是以乔装成小贩的形象出现,为价格而吵吵嚷嚷,挑逗人们消费。然而这个人物实际上却对国家利益至关重要。他是哈珀(实为华盛顿将军)的心腹间谍,这个人物纵贯小说,是一切都会变好的希望的象征。小说所描述的国家的诞生不仅是军事斗争的产物,而且也是婚姻的产物;看一看亲英的沃顿家两个女儿的不同命运吧。大女儿萨拉遭到了英军虚伪贵族求爱者的背叛;而妹妹弗朗西斯却与社会地位不太高的美国革命军官联姻。

同样,在库珀的《拓荒者》(1823)里,泰普尔法官的女儿伊丽莎白与奥利弗·爱德华成亲,爱德华是纳蒂·班波和印第安人约翰(Indian John)的好友,婚姻提供了消除社会差异的一条途径。婚姻将显然对立的两个人联结了起来——社会地位高的与社会地位低的,过着定居生活的与穿林过涧的漂泊者——不过,随着神秘情节的展开,婚姻也将刚成为美国人的泰普尔一家与反对独立派爱芬海姆一家联结了起来。爱芬海姆一家在精神上是印第安人的养子,是泰普尔所占土地的第一批白人地主。在这部小说里,反对独立者与革命者、白人与红种人、社会地位高的人与社会地位低的人象征性地融为了一体。

当然不是所有的人都融合得如此完美。醉鬼印第安人约翰——他的人民出让了自己的土地——被火烧死,纳蒂·班波——他对森林了如指掌,是爱芬海姆取得成功的保障——走入了蛮荒。跟《间谍》相反,《拓荒者》与司各特的作品存在着重要的差异。在《艾凡赫》(*Ivanhoe*, 1819)里,司各特回到了中世纪,讲述了英国民族形成的故事,诺曼国王理查德与撒克逊人艾凡赫被联系到了一起;与此同时,罪恶的诺曼国王死掉了。司各特的寓言和《间谍》在展开故事时都将对立面的人物(诺曼人或者反对独立的人)融合到团结、进步、民族的统一体当中(尽管对立面的领袖人物一定会死掉)。与此相反,《拓荒者》的情节展开采用的却是排除法。在《拓荒者》中,库珀没有将印第安人和丛林居民描写为未来的组成部分,尽管他们在随后的皮袜子小说中占据中心地位。在《最后的莫希干人》(1826)中,印第安人被排除在外的情节得到了详细表现,而且被合理化了。因此,"好的"印第安人,即莫希干人,已经日薄西山,所剩无几。他们"最后的"的希望——昂卡斯悲惨地死去,好首领泰纳蒙德(Tanemund)年迈得古里古怪。只有部分"坏的"印第安人得以幸存,但他们必须予以消灭,如同他们的首领玛古阿一样。玛古阿富有英雄气概,充满激情,但却是个恶棍。

《拓荒者》通过丰富的想象将两种生活方式对立起来,一种是残存的纳蒂·班波式丛林生活,另一种是泰普尔法官式新兴的、现已占主导地位的定居生活。在《最后的莫希干人》中,这种对立更加抽象。未受文明熏染、英勇的好印第安人代表"自然",与以英国人为代表的"文明"形成对垒。邓肯·海沃德少校与梦露上校的女儿爱丽丝结合,文明取得了胜利。昂卡斯死了,梦露的另一个女儿克拉也死去了。昂卡斯本可以与克拉结合(克拉是个混血儿,具有西印度群岛人的血统,因此不适合做白人的妻子)。这样一来,"自然"的一派被打败了。然而,英国白人与印第安红种人争夺北美的斗争并非小说中显然易见的冲突。相反,小说中自然的印第安人和文明的英国人联合一道与他们的对立面进行斗争。法国文明衰落了,违背自然情感的法国人便腐化而堕落,日益脆弱(他们的伟大领袖蒙卡尔姆阻止不了印第安人屠杀英国俘虏)。与法国人结盟的是故事里的坏印第安人——野蛮的明哥(Mingo)人。小说中的坏蛋是与白人生活在一起的明哥人首领玛古阿。在他的身上集中了非文明和非自然、野蛮和腐朽的极点。小说的主人公是纳蒂·班波,他是"品种纯良"的白人,没有一点印第安血统。但他却既具备"自然的"印第安人的技能,又善使文明的武器——长步枪。

在《最后的莫希干人》里,还有一个幽灵般闪现的理想人物。与她金发纤弱的姐姐相反，克拉·梦露是位具有男人精神的女子。她既有母亲作为非洲人所秉承的自然力，又具备她父亲所属民族的文明，因此如果她与昂卡斯联姻，在小说所想象的这一对理想男女的结合中，北美的三大种族将得以融合。但是这种想象受到了遏制，仅限于祈愿的层次，却与事实相悖。在这一关于建国时期的民族叙事作品中，美国被看做男人统治的纯种白人的国家，而不是民族融合、文化多元、男女平等的国家。而且在《拓荒者》中可以看出，从最后结局来看，纳蒂本人也不是胜利者。具有历史讽刺意味的是，《最后的莫希干人》的诸方人物都不是真正的英雄，真正的英雄恰是库珀作品的美国读者——他们才是英国人、法国人和印第安人曾为之争斗的美洲大陆的真正主人。

在《大草原》（*The Prairie*，1827）里，"好"印第安人和"坏"印第安人再一次对立起来，情节的处理技巧与《最后的莫希干人》相似。但是库珀在《大草原》里所关注的问题却大有不同。《最后的莫希干人》回溯了在《拓荒者》里正在消亡的丛林生活；而《大草原》在时间上向前推移，探讨的是法律问题。在《拓荒者》里这种问题表现为纳蒂与泰普尔法官制订的狩猎法规之间的冲突。在《最后的莫希干人》里是自然与文明相冲突，而在《大草原》里则变为文明与自由相冲突。在《大草原》里，没有自由被想象为定居地——小说全然未反映定居地的生活，但是隐含在小说的参照系和读者的参照系之中。文明缺乏被设想为一种无法无天状态，或者是权力的独断专行，或者是权威的缺乏。

这种冲突通过白人人物之间的关系进行了详尽的描述；印第安人的作用仅在于为表现白人之间的各种对立冲突提供铺垫。伊斯梅尔·布什（Ishmael Bush）是非法占地者的首领，在他身上既有无政府主义的缺点，又有定居地的短处，他是小说里的坏蛋。尽管纳蒂·班波在这部小说中是个理想化的人物，但是他的价值却是被放置到一个严格限定的背景下表现的，如果说他最充分地体现了自由的好处，那么他也像布什一样与无政府主义的危害有缘。与纳蒂相对，处在另一个极端的是养蜂人保罗·胡佛（Paul Hover）。在小说一开始，保罗便与文明联系在一起，这是因为蜜蜂是从欧洲引进的，一般认为蜜蜂仅在定居地附近生活，因此蜜蜂预示待开发的边地，移民定居地在这里蚕食着荒野。到小说的结尾，保罗打算放弃养蜂，定居下来。最能将两种相互冲突的正面价值——自由和文明——理想地结合起来的是在小说中的年轻的士兵邓肯·米德尔顿（Duncan Middleton）。邓肯·米德尔顿的中名是昂卡斯，因为他是《最后的莫希干人》中邓肯少校的后代。然而这种家族联系，以及米德尔顿对多娜·英尼兹·德赛特维罗斯（Doña lnez de Certevallos）的

○叙述形式

跨文化爱情，仅使米德尔顿与自由的价值有了一种抽象的联系，读者感觉不出他所代表的价值是一种理想组合。库珀想通过米德尔顿在他的思想和政治贡献之外再一展其想象的风采，但却未能成功。

这方面的败笔表露出一个重要的历史特征。库珀小说的虚构成分是一种把握问题的策略，也就是说，是一种想象技巧，用来解决他和他的读者生活中的复杂问题。但是这种把握并非完全有效：神话并未全然脱离现实。库珀从未发掘出足以实现他的预期目标的形式技巧。评论者注意到，或者抱怨道，他的作品实际上并不具备亚里士多德意义上的缜密情节，能使事件之间衔接得天衣无缝。不过在他作品的结尾，事件由初始状态发生了变化。在这个意义上，他的作品当然还是具备情节的。只是在描写这样的变化的时候，他采用了武断的手法，使读者注意到作者写作时意愿在起作用，而非事件本身的必然发展。

再者，关于库珀所写的作品是什么种类或体裁的问题已经十分明了了。他写的是历史小说。但是这种体裁的基本规则却还未完全确定。这种体裁更像喜剧，还是更像悲剧？《最后的莫希干人》从书名开始，便给人以挽歌的感觉，然而全书33章中有13章有取自莎士比亚喜剧的开篇引言，其中有5段引自《仲夏夜之梦》。一位评论者抱怨说，读者想象不到克拉和昂卡斯会死去，书中一直给人以相反的信号，似乎两人会幸福地结合。这位评论者用酷似查尔斯·兰姆（Charles Lamb）一篇著名文章的笔调抱怨道：库珀的这部小说像拿胡姆·泰特（Nahum Tate）改写的《李尔王》一样令读者不安。拿胡姆·泰特的《李尔王》让李尔和考狄利娅活了下来，将悲剧变成了喜剧。换言之，在这位读者看来，故事自身的连续性所带来的审美快感比民族问题更为重要。民族叙事文学无法改变美国的历史，让最为英雄的印第安人和最有激情的黑白混血儿按照另一条新线索发展。然而这位评论者认为传奇小说的发展逻辑应当与民族叙事作品大相径庭。因此，值得注意的是这样一些分歧，即要求"纯文学"成为一个独立的领域，仅对其自身想象的连贯性负责，而不拘泥于与时代、与生活相吻合。

如果说库珀对材料的总体把握甚至受到敬慕他的读者的批评和质疑（将他的作品与《李尔王》相比较难说不是一种赞美），人们对他采用地方语言的细节也不乏异议。马克·吐温于1895年写的一篇关于库珀文学作品纰漏的文章对这样的异议有清楚的表述。不过去体会一下库珀在这方面所做的努力还是值得的，尽管那只是尝试，还算不上杰作。库珀笔下人物所用的语言风格芜杂，特点迥异，人物心理不完整可信，但在进行创作时，库珀试图剖解复杂的社会问题。

纳蒂·班波没受过教育，在文化上有其局限性。他的语言往往反映出他的这些社会局限。在另一方面，他体现的生活方式与阅读他的故事的读者的生活方式极为不同。库珀觉得这种生活方式十分吸引人，也希望读者能理解其中的价值。因此，库珀有时让纳蒂使用他通常不会用的丽辞长句。由此引出的问题从英国浪漫主义时期便为人们所熟知。在库珀开始写作大约20年前，华兹华斯在他的《抒情歌谣集》（*Lyrical Ballads*）的前言里就强调过：未受过教育的人过着一种接近自然的生活，当他们被一种情感所感动时，能够用比喻说出非常生动的语言。显然库珀与华兹华斯的观点相同。正如库珀遭到批评，人们也责备华兹华斯的人物与语言不相符合。

马克·吐温对库珀的批评与人们对华兹华斯的责备一脉相承。然而库珀对待其印第安人物和纳蒂要比马克·吐温对待他自己笔下的历史边缘意义的人物要认真得多。尽管马克·吐温标榜其《哈克贝利·费恩》（*Huckleberry Finn*, 1884）准确地捕捉了地方方言，但是他用来准确记录方言的人物当中没有一个能与哈克（Huck）和吉姆（Jim）的价值相抗衡。读者对马克·吐温小说中两种具有历史进步意义力量的赞誉从未改变：一个男孩，冲破局限，本能地承认种族平等；一个黑奴，为自由而斗争。换言之，马克·吐温找到了一种写活"正面"人物的技巧，这些人物在结构上与库珀的海沃德少校和米德尔顿具有同等的作用。

马克·吐温的这一成就具有重要的美学意义，也被认为对民主观念具有推广作用，然而在唤起读者对进步人物全面同情的同时，马克·吐温却将历史的失败者从读者的审视中清扫干净。马克·吐温与库珀不同，而是像班克罗夫特那样认为在"平民"人物身上存在着进步的因素。即使如此，他的作品仍如库珀的作品，表现了社会的等级价值观念。

库珀作品与马克·吐温作品的差异犹如库珀和帕克曼作品之间的差异。帕克曼称库珀的几部小说对他的一生影响很深，以至于他说："有时候我难以分清哪些是小说的情节，哪些是我自身经历的回忆。"而且他在撰写法、英和印第安人在美国荒野的历史宏著时目的就是要把《最后的莫希干人》中仅仅提到的事实充实成血肉丰满的历史现实。不过帕克曼的视野与文字极其连贯，因此他所写的比库珀的作品更有局限性。在他对库珀的生涯进行总的回顾的时候，他全然拒绝接受昂卡斯，却认为玛古阿才真实反映了所有印第安人的基本特点，而且他在自己的历史作品中对这一判断的正确性加以强调。库珀的小说世界和他那个时代的现实世界大致相当，包容了一定的人性，而小说和历史著作的新的现实技巧标准不能确保所写出的作品得以包容更多人性的因素。

○叙述形式

有人试图将"文学"圈划成一片独立的天地,库珀对此表示异议。这一点可以从坡对《怀恩多特》的评论中看出来。在坡看来,库珀赢得读者靠的是现实世界的魅力:丛林生活的魅力、海洋生活的魅力。坡认为,与此相反,"天才的作家"应当避开这种"俗套的"主题。坡将小说分为"两大类"。一类是"通俗的、广为流传的"。读者读的时候感到"喻悦",但却没有"敬佩"之情,最为重要的是,读者不会想到"作者"。另一类不甚通俗,"每个段落"都给我们带来愉悦,这愉悦"来自于理解并欣赏文中所用的技巧、所流露出的天才"。这时,读者不仅会回味"作品",而且也会去咀嚼"作者"。第一类的风靡一时与第二类可以赢得的"名声"形成对照:如果通俗作品"会偶尔活着",但其"作者通常会死去";而对天才作品来说,"即使作品死去,作者会活下来。"坡将查尔斯·布罗克顿·布朗和霍桑列为天才作家,而将库珀列为通俗作者。然而,历史却表明库珀也是一位天才作家,因为他的作品已差不多都死去了,但是这些作品却是现在通俗小说和电影的基础,这些小说和电影使美国边疆在世界的文化想象中占有一席之地;赫尔曼·梅尔维尔和约瑟夫·康拉德(Joseph Conrad)之类的作家则将他的海洋小说当做范本。因此,"作者会活下来",而库珀所提出的发人深思的问题也极具挑战性。

不仅如此,库珀获得成功的方法很奇特。与他同时代但比他年轻的法国作家奥诺德·巴尔扎克(Honoré de Balzac, 1799—1850)想寻找一种能敏锐感受都市生活的文风,他从库珀描写荒野的作品里找到了灵感。巴尔扎克从一开始就接受了库珀的影响。1829 年,巴尔扎克发表了他的鸿篇巨制《人间喜剧》(Human Comedy)的第一部小说。《人间喜剧》是关于在布里特尼(Brittany)发生的法国革命的历史小说。巴尔扎克仿照《最后的莫希干人》,将其命名为《最后的乔乌安人》(The Last Chouan)。几年之后,在他第一本关于巴黎的杰作《高老头》(Old Goriot, 1834)里,巴尔扎克笔下最富生命力的人物沃特林(Vautrin)声称,巴黎"像新世界的丛林,在那里,二十个野蛮人的部落……为生存而斗争"。在 19 世纪 40 年代,《交际花的荣耀和苦难》(Splendors and Miseries of Courtesans)一书描写了一位被"无形的敌人"困扰的人物,他在寻找被诱拐的女人。小说叙述者说道:

> 交战中的部落互出绝招,恐怖诗章传遍美国丛林深处。库珀在他的作品里充分地利用了这些恐怖诗章。巴黎生活的细枝末节也染上了恐怖诗章。过路人、商店、公共马车、站在窗前的人……所有这一切都带有一种不祥的魅力,而在库珀的小说里,一个树洞,一个河狸窝,一块岩

1 民族叙事文学的确立

石，一张水牛皮，一支静止的孤舟，甚至横浮在水面的一段树枝，都能寻见这种魅力。

库珀所描写的荒野"恐怖诗章"丰富了都市现实主义作品的创作源泉。是历史小说唤起人们对这个问题的密切关注，因为历史小说这种形式宣称：在过去，十分平凡的人也曾参与意义重大的事件——创造世界历史。七年战争期间，纳蒂·班波的"鹰眼"在纽约的荒野里施展威力，并且通过帮助英国战胜法国最终使美国战胜英国成为可能。同样是这样的"鹰眼"，也为巴尔扎克小说中的当代历史提供了证据。在他的小说里，生活中最微不足道甚至被社会所唾弃的成分也能发挥其作用，因而值得注意。巴尔扎克在政治上是保皇主义者，然而作为小说家，他从库珀那里学会了怎样去做个民主派。

阿列克斯·德·托克维尔

与美国民主发生联系最有名的不是巴尔扎克，而是阿列克斯·德·托克维尔（1805—1859）。1831年托克维尔与古斯塔夫，德·博蒙特（Gustave de Beaumont，1802—1866）一起来到了美国。这两位朝气蓬勃、思想开放的贵族受司法部的委派，到美国来研究该国家的刑罚制度。美国的刑罚制度有所创新，有利于道德改造，颇受国际重视。两人在到达纽约后将近一年的时间里遍游美国，北面远到波士顿（甚至到了加拿大），西面远到烟火还不旺的威斯康星（Wisconsin）地面，南面远到新奥尔良（New Orleans）。他们写的题为《美国的监狱制度及其在法国的运用》（On the Penitentiary System in the United States and Its Application in France）的报告很快便在美国翻译发表了（1833）。

他们的报告对典型的美国改良者做了简短而精彩的分析。这段分析似乎预先描画了后来出现在霍桑《福谷传奇》（1852）中的霍灵斯沃思（Hollingsworth）。在这类改良者看来，监狱"成了他们毕生为之劳碌的对象。慈善事业成了他们的一种职业；他们对监管制度爱得执著，成了偏执狂。在他们看来，监管制度是消除社会所有罪恶的良药"。"偏执狂"未作翻译，仍为法文，因为当时"monomania"一词尚未完全进入英语。"偏执狂"这个概念对于理解坡和霍桑作品中的许多人物，特别是对于理解梅尔维尔《白鲸》中的亚哈船长意义重大，但这个概念仅是在埃塞克·雷（Isaac Ray）发表《论精神错乱中的法医学》（Treatise on the Medical Jurisprudence of Insanity，1838）之后才开始在美国广泛地使用开来。即使在给政府的报告中，托克维尔和博蒙特也表明他们接触到了美国人当时所面临的新的重大问题。博蒙特写了一部题为《玛丽》（*Marie*）的小说，反映蓄奴问题，该小说于1835年在法国出版。托克维尔则独立写出了更为宏大的著作《美国的民主》（第一卷于1835年出版；第二卷于1840年出版）。这部著作从亨利·里夫（Henry Reeve）于1838年翻译成英文到现在，一直是美国人借以认识自我的重要参考。尽管托克维尔是法国人，但是他的著作却成了美国民族叙事文学的组成部分。

　　《美国的民主》第二卷里有一章专论"美国人的诗歌源泉"。在这一章里，托克维尔抓住了一个两重性特点，这个特点也有助于界定前面讨论过的库珀作品中的视点。托克维尔认为，美国所有的公民根本上是平等的，这就意味着人们不可能从某些伟大的个人那里得到诗的灵感。相反，是"民族本身"唤醒人们的想象。尽管欧洲人"大谈美国的荒野"，托克维尔了解到："美国人自己却从来想不到荒野。"美国人"直到森林倒在斧头下的时候才意识到他们的周围存在着浩茫的森林"。

　　托克维尔的这番分析有助于澄清以下问题：库珀笔下的纳蒂·班波是回顾一个时代的创造。在那个时代移民者的"斧子"已经夷平了大片森林，以致人们开始感觉到荒野消失的历史损失。在《拓荒者》里，纳蒂预见性地痛悼这一损失；但是，小说的最后一句话让人感觉纳蒂不是孤独的痛悼者，而是托克维尔所说的"民族本身"的一员。纳蒂离开众人，进入边地。于是，"他朝着落日的方向走了很远，——是那一帮开拓者中走得最远的。开拓者们为民族挺进整个大陆开拓道路"。托克维尔发现，恰是"他们自身的辉煌形象"一直存在于美国人的心中。"美国的每一个人，不管是从事宏图大业还是处理琐碎小事，总会想到这种形象。"托克维尔用酷似库珀的语言记录了美国人的这种形象："美国人阔步前进，目光纵横四野，沼泽为之干涸，江河为其改道，荒地人丁日多，自然逐渐驯服。"

　　托克维尔著作的主要目的旨在理解他称之为"民主革命"这一世界范围的进程。这个革命发端于美国，因此美国拥有欧洲和世界其他地方未来发展可以借鉴的经验。在使用"平等"观念作为其分析的关键概念时，托克维尔自觉地秉承了民主的精神。他认为，民主精神倾向于抽象和概括，而不倾向于具体的往往是个人化的特殊性。而后者是贵族社会的特征。在下文中我们可以看出，托克维尔对美国民主制度的命运的抽象构想与乔治·班克罗夫特在他撰写美国历史时的抽象概括十分相似，遥相呼应。

　　大部分托克维尔与班克罗夫特的相同观点都已被美国人认同为自己的看法了，尽管这些观点经不住编史学的严格检验。托克维尔在《美国的民主》第一卷的引言中说，"平等原则的逐渐形成……是神的意志"，因为"它具有普遍性、持久性，总是能避开人类的阻挠；所有的人、所有的事都为这种原则的发展做出贡献"。因此，在研究美国民主和平等的过程中，托克维尔感到一种对"那场不可抗拒的革命"力量的"宗教般的敬畏"。美国在历史上作用独特，因为从一开始，美洲便体现了那条不可逆转地要改变世界的原则："17世纪在美国沿岸殖民的移民将民主的原则从欧洲旧大陆与其抗衡的诸原则分离了出来，仅将民主的原则移植到了新大陆。"

托克维尔的民族叙事始于新英格兰，渐次谈及美国所有的其他地方："新英格兰的原则起初传到附近的几个州；渐次传及较远的州；最终，也许我可以这样说，这些原则传遍整个联邦。现在这些原则的影响超出了联邦的疆界，遍布整个美洲世界。"在一位将美国政治话语从约翰·温斯罗普（John Winthrop）的《基督博爱典范》（*Model of Christian Charity*, 1630）到罗纳德·里根（Ronald Reagan）连结起来的圣经式的人物身上，托克维尔感到这种文明是"山顶上闪亮的灯塔"。托克维尔强调美国平等的民主结构得以形成的有机原则。他指出：这种结构不是按贵族的组织原则由一个中央权威自上而下地形成的。相反，"在美国……郡县形成于乡镇之后，州府形成于郡县之后，而联邦是在州府之后形成的。"因此，就原则而言，国家整体与国家的地方组成成分之间不会出现紧张关系，因为没有地方，也就没有国家。

托克维尔关于民主的抽象观念带有神话的色彩。他的著作因有实证的细节而颇具可信性，然而这些细节却消融在一种民族叙事作品里。印第安人被用片言抹杀了：他们只是"占据"着这片土地，但却并不"拥有"它。尽管托克维尔知道弗吉尼亚是在新英格兰之前被殖民的，但是他在给美国"民族特点"下定义的时候并没有考虑起初便有许多移民定居点这一事实。因此他一方面强调新英格兰在历史上的优先地位，一方面又论说国家要和谐同步发展，却不承认在二者之间存有矛盾。在他的笔下似乎只有一个"美国人的发祥地"，从而确保这个民族持续地向好的方面发展："他们的先辈们将环境和智力平等的观念引入了这个国家。在那里，民主的共和制自然而然地兴盛起来。"据此，托克维尔声称"从第一个在这片海滩登陆的清教徒身上可以看到他所体现的美国命运，正如人类的始祖可以昭示整个人类一样"。

然而，托克维尔有时也会承认：新英格兰神话的叙事文学中的平等解释不了美国的全部。这片土地，不但有自由，还有奴隶制。奴隶制的基础是对美国构成威胁的粗暴的不平等："如果美国会爆发大革命的话，那一定是由于美国土地上存在黑色人种的缘故；也就是说，美国发展的原动力将不是条件的平等，而是条件的不平等。"托克维尔在美国城市化进程中看到另一个破坏稳定、引起不公的潜在因素。在他著作第一卷的一个特别的脚注里，托克维尔警告说,"某些美国城市"人口猛增,鱼龙混杂,对"新世界民主共和国的未来安全"构成"真正的威胁"。他想象着美国将需要建立"独立于城市居民的"的一支国家武装力量,以便"遏止其过度膨胀"。托克维尔不仅对美国民主的长处与成就分析入微,而且对其存在的问题也能鞭辟入里,这使他的作品成为写于那个时期的美国民族叙事作品的一种类型,而且现在仍然拥有读者。

乔治·班克罗夫特

作为同时从事写作并参与政治权力的例子,乔治·班克罗夫特十分让人感兴趣。他和托克维尔一样,受法国政府的委任来到美国,回国后又在政治上发挥了重要作用。出使美国从政和写作民族叙事作品二者都使他得以参与塑造美国的历史。班克罗夫特生于 1800 年,是马萨诸塞州伍斯特(Worcester)镇一个牧师的儿子,于 1817 年毕业于哈佛大学。在大学期间,他勤奋好学,能力很强,颇得老师青睐。像在他之前的学者乔治·蒂克纳和在他之后的诗人亨利·华兹华斯·朗费罗一样,班克罗夫特被派到德国,他希望通过在德国学习能胜任哈佛大学的领导职务。然而通过在哥廷根和柏林学习,以及后来在法国旅行,他显然不适合在哈佛大学工作,哈佛大学也不适合他。回国不到一年,他离开剑桥,与人合伙在马萨诸塞州的诺斯艾普顿(Northampton)办起了一所实验性的实行进步教育法的学校。从 1823 年到 1831 年,这所学校办得非常成功。在这期间,班克罗夫特发表了些诗歌、翻译了一些德国作品还发表了一些关于近期德国文学和思想的文章。在这一点上,班克罗夫特的情形与比他年长的同代人司各特·托马斯·卡莱尔(Scot Thomas Carlyle)在成为职业历史学家和社会评论家之前很相像。

班克罗夫特的个人姻亲关系表明他是个保守的新英格兰人,而且可能是个联邦主义者。他与马萨诸塞州斯普林菲尔德的德怀特家族联姻,这个家族在银行业和中西部土地投机方面颇具声名;他的内弟"诚实的约翰"戴维斯当了该州的辉格党州长。然而,班克罗夫特本人发展方向却与他们有所不同。他所接受的德国教育使他接触到了哲学、神学以及引发当时新英格兰超验主义运动的历史学知识;他在政治舞台抛头露面的初期表现出了对当时深受欢迎的杰克逊政治倾向的支持。到 19 世纪 30 年代初期,班克罗夫特逐渐放弃教书职业,开始从事他在学术和政治方面的主要活动。他拟订出了《美国历史》的写作计划,并陆续完成了十卷,随着独立战争的结束,这部巨著最终在 1874 年完成了。他对杰克逊民主党一生忠诚不渝。他对"民主派"(当时民主党被称为"the Democracy")的贡献和对历史著述的热忱似乎相辅相成，相依为命。

班克罗夫特的《历史》第一卷于1834年问世，引起普遍好评，销量可观。第一卷讲述了从哥伦布发现新大陆到英国内战和复辟时期（1660）的美国历史。第二卷（1837）讲述了英国光荣革命以及这次革命直接带来的殖民后果（1689）。民主党在当时的马萨诸塞州几乎总是处在反对党的位置上。1838年，民主党获得了州选举的胜利。班克罗夫特搬迁到了波士顿，当上了波士顿港的关税征收官，这是本州一个重要的具有任命权的职位。他以马萨诸塞州民主党领导人的身份，任命纳撒尼尔·霍桑为波士顿海关的计量员。这是霍桑一生所获得三个恩赐任命职位的第一个。班克罗夫特的政治活动并没有阻止他完成《历史》的第三卷（1840），将美国历史写到18世纪中叶。

在随后的十年间，政治活动占去他越来越多的时间。1844年，他竞选马萨诸塞州州长败北。同一年，他在全国人民大会上支持提名詹姆斯·K. 波尔克为总统候选人，对波尔克当选总统起了决定性的作用。波尔克当选总统后，作为报答，给了他一个内阁职务。在担任海军部长期间，班克罗夫特帮助建立起了美国海军学院。在墨西哥战争期间，他实质上负责陆军部。这对他来说是件非常难做的工作，因为从辉格党右派到超验主义者左派，整个新英格兰舆论界无不坚决反对这场战争。他赢得了联邦政府任命权限内的最高褒奖，到圣詹姆斯宫（英国宫廷）担任大使。从1846年到1849年在伦敦期间，他利用职位之便，接触到了英国和法国关于革命时期的文献，这些文献还从来没有人研究过。当他回国写美国历史的时候便具有无与伦比的权威性，这种权威一方面来自他的职位，另一方面来自他的研究。从1852年到濒临南北战争的1860年，《历史》的四至八卷问世了，终于叙述到了真正属于美国历史的1776年7月4日，而在这之前他已洋洋洒洒写了4000多页了。

在南北战争的危机中，班克罗夫特站在联邦一方，给林肯出谋划策，甚至在林肯去世后起草了安德鲁·约翰逊（Andrew Johnson）给国会的第一道咨文。尽管他仍认为自己是民主党人，但是他应邀于1866年在国会隆重的林肯悼念会上致辞。同年，《历史》第九卷出版。后来他被任命为驻德大使，从1867年工作到1874年。在这些年里——期间爆发了普法战争，班克罗夫特不仅与奥托·冯·俾斯麦（Otto Von Bismark）等德国军政领导人接触频繁，而且与这里的资深历史学家们关系密切。德国当时被公认为走在世界前列的历史研究中心。1874年，他从柏林回到美国，出版了《历史》的最后一卷。班克罗夫特卒于1891年，是华盛顿特区政治、外交、文化生活中颇受敬仰的人物。他对《历史》进行了两次修订。第一次他将十卷本的《历史》缩成六卷

叙述形式

本,修订成建国一百周年的 1876 年版本;第二次修订是在 1882 年,增加了《联邦宪法制订史》(*History of the Formation of the Federal Constitution*);最后他将这两次修订的结果汇入了 1886 年版"作者定稿"的六卷本。

在班克罗夫特写作《历史》的 40 多年间,美国的历史发生了许多变化,而他仍不必修订自己的语气或观点。这是他写作成功的一个明证。19 世纪 70 年代和 80 年代的修订改动了某些过时的修辞辞藻,尽管如此,在初版的十卷本中,我们只需读读第九卷(1866)前言中最后一句的最后措辞便可了解作者对南北战争的看法:"我毕恭毕敬地将我写的国家史摆上圣坛,献给自由和联邦。"早在第二卷的结尾,班克罗夫特便宣称,迄今写完的两卷便"表明我们之所以能够成为自由民族的原因",随后的数卷将表明"我们之所以成为团结的民族的原因"。换言之,北方在南北战争中所维护的主要价值观念已在班克罗夫特笔下有了明确的措辞。

班克罗夫特没把自己看成创造者。他认为自己的工作与古时候的吟游诗人很相像。他不过想说出自己的人民早已知晓、相信而且交口传颂的事情,但却使之具备一定的形式和规模,从而可以尽可能地囊括更多的史实,比任何一个个人或任何一种口头传说所能了解和包含的内容都多;从而使这个民族以及他们的知识和他们的传说得以源远流长。然而这种民族塑造的叙事形式是新文学。将美国人尚未成形的思想赋予形式并表达出来,班克罗夫特所建构的恰是词源学意义上的"意识形态"。而且由于这种表达不是以分析的形式,而是用连贯的叙述文本,所以他创造了美国"神话"。这里的"神话"和亚里士多德在《诗艺》中用这个词时的意义相同。班克罗夫特作品中的乐观主义和民族主义使他的民族神话读来感觉不真实并具有危险色彩,他对于种族的划分使意识形态看来不过是错误的意识,对这些,20 世纪的读者可能都会注意到。

然而将班克罗夫特的中心地位一笔勾销是不可能的。将班克罗夫特与同他时代的另一个政治人物进行比较可以加深对这个问题的认识,这便是纳撒尼尔·霍桑的朋友约翰·L. 奥沙利文(1813—1895)。1837 年,奥沙利文创办并编辑《民主评论》杂志,并与班克罗夫特结成了密切的盟友。在《民主评论》里,早在 1845 年就出现了这样的观点:美国的"命定扩张说"就是扩张并统治整个北美大陆,这个观点与发动墨西哥战争的动机珠联璧合,而班克罗夫特在墨西哥战争中的作用举足轻重。然而几年后,奥沙利文便因策谋为美国征服古巴的冒险计划而臭名远扬了。南北战争期间,他长期居住在国外,争取英国承认并支持南部邦联。

早在《民主评论》第一期的头条社论里,奥沙利文立场的局限性便显而

1 民族叙事文学的确立

易见了。在这篇社论里,奥沙利文分析了刚出现不久的关于南卡罗莱纳州拒绝执行联邦法律的分歧,声称问题的症结在于"多数人和少数人的相关权利"。奥沙利文论点的主旨表明:在当时美国政治话语中,"少数人"成了南方的代码,而不是像今天这样,代表受歧视的少数种族或少数民族。奥沙利文全身心致力于社会改革,这种社会改革将托克维尔感召到了美国。1841年,奥沙利文写了一篇著名的报道,要求纽约州废除极刑。然而在一篇题为《民主》的1840年的典型文章里,奥沙利文写到政治理论和美国实践中的"人权问题",却只字未提美国奴隶制的事实。

在另一方面,班克罗夫特对人权的看法却毫不含糊,他将政治热忱视做自己的立场。1845年,他的履历不得不由一位南方议员审核修改以便使他获得内阁成员的提名。南北战争之后,温德尔·菲利普斯竟认为班克罗夫特"修改了著作的章节",以便在蓄奴问题上讨价还价。不管怎么说,班克罗夫特是反对当时的种族主义的。与赞同人类多起源理论——这些理论声称可以通过科学的方法表明非白色人种不完全是人类——的人不同,班克罗夫特坚持认为:"所有的人都是人。如果对(西南非洲的)霍顿都人(Hottentot)多了解一些,我们就不会那么蔑视他们了。"班克罗夫特与奥沙利文不同,认为南方在卷入废除联邦法律争端时为自己的辩护"不顾后果地污辱了北方的自由劳动力"。在班克罗夫特看来,南方的主张不能反映美国民主所关注的基本问题。相反,这些论点"对自由起破坏作用",并且会导致"叛国和分裂"。

然而,如果班克罗夫特能与自己最亲密的政治伙伴如此不同,那么对立党派从他的著作里找不出什么可以反对的东西也就成为必然。威廉·K. 普雷斯科特因在《墨西哥征服史》(1843)中对科尔特斯战胜阿兹特克人的描述而为今人所知。他基本上不问政治,十分保守,是富有的波士顿辉格组织中的成员。现在看来,班克罗夫特"本可能"希望加入这个组织。普雷斯科特反对吞并德克萨斯,也反对班克罗夫特所支持的墨西哥战争。然而,从普雷斯科特1841年发表在非常传统的《北美评论》上关于班克罗夫特《历史》第三卷的一篇评论可以看出,不同派别的成员之间实际上还是有很多相同观点的。这一点也解释了班克罗夫特以及大多数其他北方民主党成员为什么会在南北战争期间与共和党一道站在联邦的一边。

普雷斯科特在他的评论中使用的是他自己进步的、民主的语言。现代的读者也许会将其错认为班克罗夫特"杰克逊式的"善辩文风。像班克罗夫特一样,普雷斯科特从美国历史中看到以关注"人类天然权利"为基础的"自由的进步"。普雷斯科特将这进步与19世纪40年代欧洲民主斗争所关注的"光明与黑暗的斗争"联系起来。普雷斯科特像班克罗夫特和托克维尔一样,

○叙述形式

认为美国的自由是上帝的安排。就在"光荣改良"使人们确信合适的、新教的原则将在美国移民中占主导地位之后，美洲被发现并殖民了。在普雷斯科特看来，这一事实不是偶然：这不仅是"幸运"，而是"上帝的安排"。

普雷斯科特认为，美国刚刚独立，还不到全面修史的时候，只适合写"地方叙述、个人传记和政治论述"等等。但是既然这个国家已经拥有了一些自己的历史，便已经到了写民族叙事作品的时候了。这种民族叙事文学可以这样看：自治的"倾向"将殖民史与现代联邦史"联系"起来，而且提供了叙述殖民史的"真实视点"。普雷斯科特认为，研究美洲殖民时期的历史学家的一个重要任务便是找到某种"一致性"的原则。普雷斯科特在自己的著作里，通过聚焦于人物传记找到了一致性，他的《费迪南德和伊莎贝拉的统治史》（1838）以及他在《墨西哥征服史》突出描写科尔特斯都表现出这一点。而班克罗夫特著作的规模无论在地理上还是在时间上，跨度太大，无法用一个人物或者用一系列传记来贯穿全书。为了能"在众多的小州之中"突出表现"激发兴趣的中心点"，"在他的叙述当中"找到"活泼生动的原则"，班克罗夫特需要讲述的是"自由的历史"。他的著作是思想的历史、制度的历史，是原则的历史，而不是记叙个人的历史，尽管这部著作总是贯以"人民"的名义来展开的。这种抽象概括在托克维尔那里是与民主相联系的。

在叙事结构上，班克罗夫特修史时依靠的是两条原则：超前叙述和后补叙述。二者之间有很大的张力。超前叙述不只是个时间错误，而且是一种预言性修辞格，将某事摆到它应该发生的时间之前。通过超前叙述，班克罗夫特的美国历史始于17世纪，将业已存在、几乎永恒的这片土地本身与后来才出现的政治实体融为一体。第一卷里，在第一章"早期航行，法国移民点"和关于西班牙人的第二章之后，第三章的标题竟是"英国占领美国"。在《独立宣言》还未出现的几个世纪之前，"美国"便存在于班克罗夫特的著作里了。然而既然美国已经存在了，还写这段历史有什么意义呢？班克罗夫特总是处于这样一个境地：他得不断地讲述一种业已存在的事物是怎样随着时间的推移自我成形、自我完善的。在写这一过程的时候，他以某个个人的生活为模型，其手法往往是有机的、天衣无缝的。他像托克维尔一样宣称，美国初期的历史"含有我们传统的萌芽"；"一个民族的成熟是其年轻时期的延续"。

用光作比喻是班克罗夫特运用的同样重要的手法。17世纪弗吉尼亚目睹了"美国立法自由的幸福的黎明"。在达尔文之前，人们不明白变化是怎么一回事，因而表示发展的比喻也含混不清。用光来比喻变化就要明确些。没人会怀疑光明在黎明时分出现，白昼随之而来，但光却在一天中发生变化，非常适合用做历史的比喻。于是自由之光从一开始便出现了:"移民们登上岸的时候,他们的制度已经完备。美国立刻具备了民主的自由和独立的基督教信仰。"然而中午比黎明更加辉煌:高潮还有待出现。正如班克罗夫特在《历史》第一卷的前三章按照由低潮到高潮的次序叙述了法国、西班牙和英国的历史,在这一卷中,新英格兰的历史占了全书(共十章)最后的三章,然而从页数来看却几乎占了全书的一半;从《历史》的整个结构来看,前三卷讲到18世纪中叶,而讲述随后30年的历史却需要七卷的篇幅。

而且也许中午尚未到来。保守的托利党盯着过去,辉格党抓住现在,而民主却统治着未来。民主是"进步和改革的党"——是将要来到的最好的党。在第一卷中间,班克罗夫特归纳了他的主题:

> 人们的思想从宗教专制的桎梏中解放出来的直接结果便是人们开始探究人民自治政府的实质以及公众自由的原则,而这一切在新发现的大陆荒野深处孕育生长,在短短的两个世纪里融入从拉布拉多到智利每个新生政府的血脉,在俄勒冈州和利比里亚建立了前哨站,而且……分化了从葡萄牙海岸到沙皇皇宫……所有欧洲古老的政府。

班克罗夫特的叙述结构和他的历史分析都是以辩证的步骤展开。他的历史是依据取代的原则讲述的。在某一时期是进步的制度到了后来就不再如此。不变的原则和流变的思想之间的这种张力导致了相当的复杂性。例如,在17世纪后期(第三卷),

> 观念上的一场革命来临了。改革奉《圣经》为真理,恰如天主教会以传统为真理;对《圣经》奴性十足的理解导致了对《圣经》的偶像化盲目崇拜。但是真正的宗教绝不给人以束缚;随着这种改革的精神——一种尚未完善的思想自由——进一步发展,人们便召唤理性来解释往昔的文献,将因历史因袭而变成神圣不可更改的谬误与意义深远的真理区别开来。

科学精神的高涨将会改变宗教,使加尔文教派的形式因此变得过时。班克罗夫特认为萨莱姆巫术审判源于牧师们为挽回失去的权力在政治上的倒行逆施。

加尔文教派对马萨诸塞州的自由做出过贡献,因此颇得班克罗夫特青睐。既然即使是这样的教派也需要超越,那么这个教派所从属的大的宗教运动也应当予以超越:"新教教义不符合人性;其名称意味着一个党派力争推翻过去

◉叙述形式

的某些压迫，但是一旦斗争取得成功，这一派别便会放弃革新的原则。现在（七年战争期间）是它最后一次作为一种政治因素在国家斗争的舞台上亮相"（第四卷）。然而后来证明，这场新教斗争的"最后一战"却是"一系列伟大的革命战争的前奏，这些战争为人类世界确立了人民的权力"。美国革命标明了一个时刻的到来，在这个时刻，"自由的思想……第一次……具体到了一个民族和一个地区，在那里，人们以发自内心的信念高呼自由的口号，无比热情地捍卫自由的思想，这样的热情迄今为止只有在宗教战争中找得到"（第七卷）。在权力圈子里，也会出现同样的转化和逆转。到 18 世纪，"庞大的欧洲殖民体系业已将世界联合起来"（第三卷）。这一联合的世界形成了一个舞台，使美国争取自由的斗争能得到最广泛的响应，并确保美国的斗争能在精神上和在地域上都能有一个美好的未来。到第五卷出版的时候（1852 年），住在纽约的班克罗夫特自己看到，美国自由贸易的原则十分有效地在自由的精神下将世界统一了起来，所以尽管纽约民族混杂、文化多元、语言各异，却成了"可以代表整个欧洲的城市"。

　　班克罗夫特的民族叙事作品认为美国拥有改造世界并使世界更美好的原则，因此美国包容全世界。这种美国观在他作品中表达得淋漓尽致，而且也在他写作的年代里也得到贯彻：在民族扩张过程中，美国挺进到太平洋岸边并大有进入中美洲和加勒比海的趋势。这样的民族叙事作品出现在 19 世纪 20 年代和 30 年代，与此同时，也出现了安德鲁·杰克逊强有力的政府。但是这民族叙事文学尚未取代一切，还有侧重点不同的地方叙述作品的发展余地。美国各个地区之间实际存在着许多差异，这意味着某个人笔下的美国历史不是美国唯一的历史。

614

2 地方叙事文学

华盛顿·欧文

　　华盛顿·欧文在《见闻札记》(1819)里为随后的几十年确立了界定美国地方叙述作品的标准。这种标准就是作品要短小精悍，拥有地区性内容。欧文作品的基本写作模式如同当时英国期刊和那几十年间的美国期刊里的作品，是速写和故事。顾名思义，速写像一张图画。在一篇速写里，没有什么事情发生，仅有叙述者运用词句向读者展示他认为有趣的东西。而在故事里则真会有事情发生，而且往往是颇有分量的事情。速写突出第一人称叙述者，比如"克雷恩"这个人物；与此相反，故事采用第三人称叙述，或者改由另外一个人物叙述。欧文的叙述方法与英国期刊的写作传统相似，大部分内容与沃尔特·司各特长篇小说中丰富多彩的地区题材相像。从效果来看，一篇速写是从叙述的上下文中抽出的一个描述性章节。同样，在19世纪30年代和40年代，正当乔治·班克罗夫特和詹姆斯·费尼莫尔·库珀继续他们的写作时，民族叙事已被仿效欧文的期刊作者化整为零，写入地方场景里了。

　　欧文的《见闻札记》中最著名的故事反映了地方和整个民族关系中存在的问题。"瑞普·凡·温克尔"让瑞普长梦不醒，众目睽睽之下一笔略过了美国建国期间的大事件，而且这个故事本身被说成是由狄德里希·尼克尔包克尔讲述的，这个人是欧文虚构的荷兰殖民时期的纽约古文物历史学家。而且叙述者称，故事源于"民间传说"，不是抄自书本或记载——如班克罗夫特的民族史等材料——而是搜集于久居一地的男男女女。"睡谷的传说"表现出建国初期（像库珀的《拓荒者》，故事发生在18世纪90年代）地方居民对北方闯入者的愤怒。用来恐吓埃克勃特·克莱恩的鬼怪传说里的鬼是死去了的德国军官，因此，就故事的整体结构来看，两个地区——荷兰人的纽约和北方佬的康涅狄格——之间的冲突也反映了旧的、安谧的殖民地生活方式与刚刚建国后不讲体面你争我夺但却拙笨蹩脚的新生活方式的抗争。克莱恩教书、唱圣歌，而且是个既有野心又能干的人，他成了一类美国人的不朽代表，正如他的对手布罗姆·波尼斯。波尼斯赛马、斗鸡，既是个幽默大师又是镇上的大力士，"不是打架斗殴，便是嬉戏逗闹。"欧文后来转而写作民族层面上的作品，从哥伦布的生平写到约翰·雅各布·阿斯特的毛皮王国发展史又写到华盛顿的生平。然而即使在欧文写作转向很久之后，这两类人物仍经常以不同的形象出现在许多不同的场景里。（关于欧文创作生涯的全面情况，参见第一卷中吉尔摩的文章以及本卷中贝尔的文章。）

西南部幽默作品

从 19 世纪 30 年代开始，一群作者模仿欧文创作以地方生活为基础的速写和故事。他们所写的地区不是欧文所写的久有人居的纽约地区，也不是霍桑笔下的新英格兰。相反，他们写的是从佐治亚到田纳西、阿拉巴马、密西西比和阿肯色等州的南部边疆，这里刚刚有人定居，在当时被称为"西南部"。通常情况下，他们的作品先是出现在他们居住所在地的地方报纸上，但不久便刊登到地区性的报刊上，如圣路易的《晨号》（*Reveille*）、新奥尔良的《琐事》（*Picayune*）和纽约的杂志《时代精神》。《时代精神》成了西南部幽默作品的旗舰。这些等级复杂的报刊反映出西南部幽默从地方、地区和全国的不同层次介入了文化生活。

《时代精神》创刊于 1831 年，读者对象是全国的赛马爱好者，而对赛马有兴趣的最大的读者群是南方的种植者。生于佛蒙特的编辑威廉·波特是这样定义其杂志宗旨的："旨在提高大众社会中一小部分成员的眼界和兴趣⋯⋯我们的读者是拥有地位、财富和智慧的绅士——是社会的科林斯式支柱。""科林斯式"支柱意味着由财富支撑的骄奢华丽，与"科林斯式"这个词的英国俚语用法相同，皮尔斯·爱根（Pierce Egan）在《伦敦生活》（*Life in London*，1824）中描写年轻的杰里和他的朋友"科林斯式的汤姆"（后来变形为猫和老鼠，"汤姆和杰里"一直是 20 世纪美国动画片中的一对喜剧人物。）时用这个词来描写富足的、业余爱好体育的上流社会风流公子。人们认为波特的杂志包含鲜明的美国题材，但是他的杂志源于（并保持着）与英国文化想象的联系，在它所描述的美国偏远处所的休闲活动的魅力背后是一种都市的模式。1837年的金融恐慌破坏了赛马的金融基础，此后，《时代精神》的侧重点不再是草原的赛马消息。波特主要用两方面文章来填满杂志的页面：他从所有南部和西南部的报纸中搜寻用于重印的文稿；邀约杂志的读者投稿。这些撰稿者的绅士地位从下面事实中可见一斑：波特从不付给他们稿酬，但他却在1856年声称他的杂志有4万本的发行量。

一般为《时代精神》创作速写和故事的作者是在文化方面颇有权威的人：白人，男性，从事文化素质要求很高的职业，如新闻和法律，而且在政治领域也很活跃。比如波特的一位自称为"追火鸡者"的撰稿人是连当两任密西西比州长（1838—1842）的詹姆斯·麦克纳特（James Mcnutt）。麦克纳特看好硬性货币，主张节欲戒酒，然而他的故事却侧重描写像"强基"（Chunkey）一样的丛林猎人，他们喜欢的是易于获取的贷款和高度的烈性酒。

就社会和政治上的保守主义而言，这些作者与辉格党一般是站在同一立场上的。西南"派"作品的兴起恰逢辉格党人在许多地区聚集力量反对安德鲁·杰克逊政府。杰克逊自己是来自田纳西州的蓄奴者，但是作为总统，他的国家观念很激进、带有专制色彩，曾是民主党人的南方人也觉得他有过之而无不及。当南卡罗莱纳州宣布它有权废除联邦在1828年和1832年制定的税法时，杰克逊威胁动用联邦军队来维护中央政治权威。但是杰克逊却没有使用联邦经济权力来推行深受许多西部人欢迎的公路和运河"内部改良措施"。此外，杰克逊也不讨北方人的喜欢，这既是由于他随和民主的作风，也由于他对美国中央银行的攻击。

于是，从1832年到1834年间，辉格党的力量形成了，北方与丹尼尔·韦伯斯特联合，西部与亨利·克莱联合，南方与约翰·卡尔霍恩联合。这时不仅出现了废除联邦法律的危机，而且也发生了一系列重要事件，这些事件通过改变南方蓄奴制的状况改变了国家的面貌。棉花价格大涨掀起了到西南边疆定居的浪潮，使南方原有的奴隶身价骤增。与此同时，在1831年，奈特·特纳在弗吉尼亚州的南汉普敦（Southampton）发动了全国最大的一次奴隶起义，威廉·劳埃德·加里森开始出版《解放者》，反对蓄奴的斗争进入了一个新的高潮时期。（关于这些事件的详细叙述，见本卷桑德奎斯特的文章。）

辉格党反对杰克逊的斗争立刻导致了地方叙事文学的产生，这些作品试图从杰克逊自己的地盘上寻找灵感。《戴维·克罗克特的生活故事》（1834），还有关于戴维·克罗克特或假称由克罗克特写的有关作品，都表明辉格党人试图挖掘一位来自田纳西丛林的雄心勃勃的政客的勇气和诙谐，这位政客与杰克逊分裂了，但却仍然活在广大美国人民的记忆中。甚至在他1836年去世后，不少年鉴仍在编造有关他的故事。在后来的岁月里，关于克罗克特的叙事文学不再是地方作品了。20世纪50年代，沃尔特·迪斯尼将有关内容编进了广泛传播的电视、电影和歌曲作品，这些内容从此汇入了民族叙事的范畴，不再是美国某一部分或者某一党派的作品，而是成了整个美国的作品。

这些西南部作者的作品被称做"幽默"，但是这个词包含多种意义和做法。例如，在边疆地区，盛行一种颇有规模的夸大表达自己的口头文学，旅行者将这些口头文学沿着俄亥俄河和密西西比河传回到文明地区。早在1808年，人们在密西西比的纳齐兹（Natchez）听到两个行船人在争吵："其中一位说道，'我是个大汉，我是匹马，我以一当十。上帝作证，我打得过肯塔基所有的人。'另一位回敬道：'我是条鳄鱼，半人半马。上帝作证，我打得过密西西比河上所有的人。'"两人口角几句后便打作一团。这一整套做法被认为"幽默"的主要意义在于它描绘了比作者和假想读者地位低下的人们的怪异之举。早在亚里士多德时期，人们便认为悲剧和喜剧之间的区别不在于结局是喜是悲，而在于所描写的人物的身份地位，这身份地位在原则上是道德的，而在实际上是社会的。

远到基督教，近到浪漫主义运动和民主政治运动，文化上的诸多发展使这一观点面临新的挑战，而且到20世纪，这一观点被总体上改变了。尽管如此，这种观点仍然颇具影响，特别是对在文化上持保守态度的西南部作者。尽管他们着眼于描写社会地位低下的人们的生活，而且注意细节和常用怪诞的手法，这些西南部作者的作品成为后来被称为现实主义和地方色彩作品的先声，但是就总体而言，这些作品缺乏后来的现实主义和地方色彩作品所赋予人物的严肃的道德意义。尽管如此，在过去的50年间，这些作品的意义越来越重要，这是因为现代的读者认识到西南部的"幽默"是颇享盛名的作家们从事创作的重要源泉，这些作家包括赫尔曼·梅尔维尔、马克·吐温和威廉·福克纳。这些作家确实赋予其人物严肃的道德意义，然而，如同那些幽默作者，他们也往往逗笑，时常超出现实写真的规范。

首先写作西南部幽默文学作品的是奥古斯塔斯·鲍德温·隆斯特里特（Augustus Baldwin Longstreet，1790—1870）。隆斯特里特生于佐治亚州的奥古斯塔市，在南卡罗莱纳大学和耶鲁大学接受的教育。毕业后他回到佐治亚州从事律师工作。隆斯特里特的一生几乎浓缩了当时社会上的所有职业：他数次被选入佐治亚州众议院，做过州高级法院的法官（1822），1829年他获得了理公会派的牧师证书；从1834年到1836年，他编辑奥古斯塔市的杂志《州权利的哨兵》（*State Rights' Sentinel*）；此后他担任过学院院长和大学校长，当过南方的辩护者（例如，他写过《使徒基督教与蓄奴制的联系》[*The Connections of Apostolical Christianity with Slavery*] [1845]）。1833年，隆斯特里特开始在米勒德格维尔（Milledgeville）镇的《南方记录者》（*The Southern Recorder*）里发表速写和故事，随后在自己的报纸上继续发表这样的作品。最后，他自己将这些作品结成文集，（匿名）在奥古斯塔加以发表，书名为《共和国建国后五十年的佐治亚风光、人物和事件：一名土生土长佐治亚人的记录》（*Georgia Scenes, Characters, Incidents, & c. in the First Half Century of the Republic: By a Native Georgian*, 1835）。这本《佐治亚风光》获得了很大的成功，而且很受欢迎，经久不衰。坡在《南方文学信使》中对此大加赞扬，隆斯特里特自己称不出梅森－迪克森（Mason-Dixon）线以北便销出去数千册。1840年，纽约的哈珀兄弟出版社出版并在全国范围内发行了隆斯特里特的文集，到1897年，这本文集共出了11版。

隆斯特里特的文集里包括如下作品：《圣贤对话》（*A Sage Conversation*），说的是叙述者旁听到几位老妇人在夜间断断续续的聊天，并试图拼凑成一件性丑闻；《射击比赛》（*The Shooting-Match*），书中叙述者碰到上霍格西天（Upper Hogthief）的一帮"牛仔"，凭运气赢得了奖金；《跑马场》（*The Turf*），写的是"男女老少、白人黑人，大家都赌"一场马赛，然而结果所谓500美元的奖金只有48美元，外加几张白条；《拖笨鹅》（*The Gander-Pulling*）；《开除》（*The Turn-Out*），说的是学生造反、反对校长的故事；《斗争》（*The Fight*）说的是矮子乡下人兰西·斯尼弗尔（Ransy Sniffle）将两个相貌漂亮的朋友骗得不择手段地相互毁伤；此外还有《换马记》（*The Horse-Swap*）等。这些作品说的都是肮脏不堪、未受过教育的人的故事，叙述者彬彬有礼的绅士口气与鲜活辛辣的俗语方言形成对照，而且后者时常取代前者。这些颇受现代读者喜爱的俗语方言反映了隆斯特里特所密切关注的社会阶层和生活方式。他自己在道德上不仅体面，而且"天天向上"。他的目的在于记录某种生活方式中的古怪特点，而他会高兴地说这些古怪正在消失。在这一点上和其他方面，与其说他像库珀，还不如说他像吐温。

在这本文集的第一篇速写《佐治亚风光》里，作者首先告诫读者：作品里所描述的县已不复具有"发生这些故事时的特征"。然而，早在1809年，林肯县的"黑暗角落"因其"道德黑暗"而著名。隆斯特里特接着写道："自那时以后……不管我怎样努力将（除所有的幽默外）庄重严肃与滑稽愚蠢融为一体，即使是出于不无高尚的对照目的，也可以从这个县里找到从邪恶和愚昧向道德和神圣转变的不可胜数的有趣例子。"

以道德的和文化历史的姿态做这番道貌岸然的表述时，隆斯特里特是真诚的，但是为了使自己的叙述充满活力，他必须背离这种道学士的腔调。因为在否认自己要"将庄重严肃和滑稽愚蠢融为一体"之后，隆斯特里特马上

○叙述形式

采用了他所听到的与严肃叙述口气相反的腔调，还看不到人，但却从对面传来"大吵大嚷，不虔不敬，沸沸扬扬"的声音："你行，你行吗？""呔，行，我办得到！呸！嘿，留着你的精神，赶快溜号吧！"接下来相互不服地争吵几句，便要大打一架了。叙述者继续听着他们的吵闹声。直到打架进入高潮，他才走到现场："我看见上面的人（另一个人没看到）用两只拇指狠劲地往下戳，与此同时我听到了遭受最痛苦的折磨后的惨叫声，'住手！我的眼珠给抠出来了！'"叙述者"给吓坏了，呆立在那里，动弹不得"。不过他发现这只是一个十几岁的孩子在"模仿县城里发生的一场斗殴，这个孩子一个人在模仿所有人的声音"。

这个例子具有通常受人欢迎的幽默色彩。幽默的关键在于叙述者的叙述和读者对耸人听闻的可怕事件的期待。作者让这位操方言的人物反唇相讥："人不犯我，我不犯人。没人惹我，也不曾有人惹过我，我只是试试自己有多能打。"个中的喜剧色彩来自于不同语气的混合，也来自于这样的事实：因为读者明知这场致残的殴斗只是模仿表演，所以很轻松。不管怎样，这个男孩子没有被赋予可与叙述者比权量力的道德权威。他仍属于野蛮文化，在这种文化里，孩子们玩抠眼珠的游戏。这篇速写结尾的意象所证实的是野蛮中未加控制的可怕力量："我走到他爬起来的地方，只见那里有他用拇指戳出来的两个坑，在松软的泥土里，这两个坑之间宽与两眼相当，深约没了拇指球；四周的泥土碎裂，仿佛两只牡鹿在那里打斗过。"

在使西南部幽默创作成为流行全国的文学形式的过程中，也许没有比托马斯·邦格斯·索普（1815—1875）更重要的作者了。索普是在马萨诸塞州出生，在纽约长大的。1837年，他到了路易斯安那州，在那里住了很长时间，直到1854年。1839年，他发表了第一篇速写《一位在路易斯安那的纽约人笔下的养蜂人汤姆·欧文》（*Tom Owen, the Bee Hunter, By a New Yorker in Louisiana*）。这篇速写被一家地方报纸退稿了，后来发表在《时代精神》里，颇受读者欢迎。一篇由欧文式的叙述者叙述的故事在今天没有多大的魅力，然而，这篇作品在鲁弗斯·格里斯沃德的《美国散义作家》（*The Prose Writers of America*, 1847）里被重印，并且与《佐治亚风光》一道，作为唯一的一篇西南部幽默作品被收进戴克金克兄弟编的巨著《美国文学百科》（*Cyclopedia of American Literature*, 1855）。1841年，《时代精神》发表了索普的另一篇重要作品《阿肯色州的大熊》，这篇作品的题目成了他第一部西南幽默作品集的书名。《〈阿肯色州的大熊〉和其他速写，南方和西南部的人物和事件》（*The Big Bear of Arkansas and Other Sketches, Illustrative of Characters and Incidents in the South and South-West*）这本文集是由费城的凯里和李出版社于1845年出版的（由《时代精神》的波特编辑），出版后引发了不小的西南部幽默作品出版热。在这一成功之后，索普陪同扎查利·泰勒参加墨西哥战争去了，他从战场发回来的报道不仅是新闻的来源，而且也是关于这场战争的早期历史著作的原材料。索普长期参加辉格党的政治活动，最后受挫而终。1854年他回到纽约，在南北战争中为联邦效力，是为数不多站在联邦一边的西南部幽默作家之一。

索普的《大熊》写的是猎人与熊的遭遇，地方细节丰富，令人信服，但在创造一种非同寻常的叙述者口气时却转而带上了神秘和神话的色彩。这种叙述模式显然影响了威廉·福克纳的《熊》(1942)，在从《白鲸》到欧内斯特·海明威的许多作品以至诺曼·米勒（Norman Mailer）的《为什么我们在越南？》(Why Are We in Vietnam, 1967) 都回响着这种模式的声音。如同在隆斯特里特的作品中一样，速写的叙述者首先建立一个框架，方言的声音出现在这一框架里。不过在这里，方言的声音被允许占据作品的大部分篇幅，而且与隆斯特里特的作品不同，在建立框架的过程中没有道德层面的考虑。操方言的人物本人就是"阿肯色的大熊"，故事就是以他命名的。他并没出现在自己家乡的土地上，而是在密西西比河的汽轮上。他本人代表的是他的家乡，而场景却代表"联邦的每一个州"：

> 在这里可以看到富有的南方庄园主、来自新英格兰卖锡器的小贩——北方的商人和南方的赛马骑手——一位受人尊敬的主教和一个不顾一切的赌徒——土地投机商和诚实的农夫……密执安人、伊利诺斯人、印第安纳人、俄亥俄人和肯塔基人与具有半马半鳄鱼特征的"老密西西比地区"人混杂在一起，摩肩接踵，熙熙攘攘。

在这样一条船上，叙述者表现得像一位绅士。他坐在那里，置身于"鱼龙混杂"的人群中，"带着批评的态度"读着一本书。这时"大熊"来了，所有的人都中止了自己正在做的事。尽管举止粗鲁，但是"大熊"很快就把大家迷住了。"大熊"对这些假斯文的猎人解释说，在阿肯色州，动物不是"猎物"。在阿肯色，主要的"猎物"①是扑克，但是如果你去猎取的话，"那也是肉。"他提到一只重达40磅的野火鸡，有"二十多个人的声音"惊讶地叫了起来，这时，他说道："真的，陌生人，那是不是个大家伙②？"索普笔

---

① "猎物"的外文 Game 也有"游戏"之意。——译注
② "大家伙"的外文 Whopper 也有"弥天大谎"之意。——译注

下的"大熊"不乏幽默地在玩弄对话者，既在宣扬家乡猎物之巨大，同时也承认自己的叙述本身也可能是个弥天大谎。他的阿肯色是"充满神奇造化的州"，那里的狗熊"吃的是土地自然生长的东西"，一样四季都肥实实的。"大熊"长篇大论地吹了一通阿肯色的特色之后便详细地讲述了一次具体的狩猎。这次狩猎非同一般，而一般的狩猎"可以用两句话讲完———一只熊被惊动了，随即被打死了"。（克罗克特《自传》里有一个短小的章节，描写一个猎季他打死 105 只熊的事迹。）

这位猎人发现了一只熊的足迹，他从未见过或者听说过这么大的熊：这只熊似乎在嘲弄他，不断地袭扰他养的猪。这位猎人终于怒不可遏了，尽管他觉得角色好像反串了，那只熊似乎在追猎他。在追猎的过程中，"大熊"瞥见了那只熊，被它的美丽打动了，"像兄弟一样爱上了它"；尽管如此，他依然追猎，历经磨难，结果却令人沮丧，一无所获。到后来，他的自尊心受到了挑战，便又做了一次尝试。令他吃惊的是，早晨他还没来得及出发，那只熊却出现了："它像一团黑色的雾一般出现了，看上去十分庞大，它……冲破篱笆走了进来，仿佛一棵倒下的大树挂破蛛网。"猎人还没来得及杀这只熊，它就死掉了，因为这只熊"是不可猎取的，寿数尽时便死去"。索普写的这只"神奇造化熊"后来成为这类作品中的精彩创作之一，成了西南部幽默作者嵌入民族传统中的一个主要偶像。

《阿肯色州的大熊》获得了成功，开创了大量出版此类作品的势头，约翰·琼斯·胡伯（Johnson Jones Hooper）（1815—1862）马上乘上了这个势头。胡伯出生在北卡罗莱纳州，直到 1835 年他一直在阿拉巴马他哥哥的律师事务所学习法律。1842 年，他成了《东阿拉巴马人》（*East Alabamian*）的编辑，在这份刊物上他发表了第一篇速写《在阿拉巴马进行人口普查》（*Taking the Census in Alabama*）。胡伯的主题也侧重于地方与国家之间的矛盾。他作为联邦政府的雇员，干的工作为地方居民所惧怕、所痛恨，因而比较危险。恰是以这样的身份，胡伯接触到普通居民，他们怪异的举止成了他幽默的材料。他的这篇速写引起了轰动，波特在《时代精神》里刊印了这篇作品。在波特的鼓励下，胡伯写出了一本使他成名的书。

1845 年，凯里出版社出版了胡伯的《前塔拉普萨义勇军上尉西蒙·苏格斯历险记和在阿拉巴马进行人口普查及其他阿拉巴马速写作品》（*Some Adventures of Captain Simon Suggs, Late of the Tallapoosa Volunteers; Together with "Taking the Census" and Other Alabama Sketches*），在随后的十年间，这本书共出了 11 版。尽管苏格斯的故事仅占这本书的一部分，但它是胡伯的重要贡献。一直到胡伯去世，人们一直用他塑造的人物名字称呼他。胡伯对此既沮丧又难堪，但却不得不忍受。《西蒙·苏格斯历险记》（*Some Adventures of Simon Suggs*）是献给波特的，是为竞选以讽刺手法写的传记。一位似乎昏头昏脑的叙述者讲其主人公的言行举止，讲述的方法令读者对主人公捉弄的对象感到好笑，而且使读者感到自己高高地居于主人公和叙述者之上。这种模式令人想起亨利·菲尔丁在《乔纳森·瓦尔德》（*Jonathan Wild*，1743）中对罗伯特·沃尔普尔爵士政治"壮举"的讽刺，其中的叙述腔调常常与威廉·迈克皮斯·萨克雷在《凯瑟琳》（*Catherine*，1839）和《巴里·林登》（*Barry Lyndon*，1844）中所用的腔调相像。具有讽刺意义的是，这种腔调是犯罪文学作品时髦笔调的代表。苏格斯遵循他自己的座右铭："在新国家里应当打一枪换一个地方"，骗完他父亲之后，便转而从事土地投机，赌牌，后来又当了一支民兵队伍——"塔拉普萨义勇军"的既腐败又不称职的首领。

《西蒙·苏格斯历险记》中最令人难忘的一章大概要算"上尉出席营地会议"，相似的描写出现在马克·吐温《哈克贝利·费恩历险记》的"国王变成牧师"一节里。苏格斯缺钱花了，便出席了一次复兴布道会。人们认为他是个臭名远扬的有罪主人，开导了他半天，他表面装做洗心革面，于是他被允许向这群人募捐，并带着钱离开了会场。当苏格斯用醍醐灌顶的"良言"对在场所有的人讲述他所谓被宽容的"体验"的时候，胡伯转而扫视全场的人群，描写他们的反应，并特写了一位多布斯太太：

> "上帝啊！他不要说得太感人啊！"一位穿黑绸的老妇人喊叫道——"约翰·多布斯到哪儿去了？你这个呆家伙！"她冲着广场另一边的一位黑妇人嚷道——"你要是不能在一分钟内找到你的主人约翰，并且让他到这儿听这个人的体会的话，回家我就撩起你的衣服抽上一百五十鞭子，我的婆娘！——瞧我会不会这样干！上帝！"——她又回到上尉的故事上来了——"真是宝贵的经验！"

要想完全欣赏这段叙述中的乐趣，读者得明白胡伯的观点：他认为奋兴布道会本身就是一件坏事情，狂热的宗教不仅使人堕落，而且甚至是危险的：它在道德上是危险的，这是因为它滋长虚伪；它对社会是危险的，因为它在狂热中将白人和黑人搅在一起；它在政治上是危险的，因为它本身就是煽动术，而且会导致政治整体意义上的邪恶。在美国，时至今日，宗教复活仍是民族生活中的一个重要组成部分，除了现在政治左派普遍认为胡伯的看法源于右翼，大家几乎存在同样的疑虑。

即使是看起来最纯粹最活泼地反映地方色彩的西南部幽默作品也与19世

○叙述形式

纪 30 年代到 50 年代的政治具有明显的关系。约瑟夫·G. 鲍德温在《阿拉巴马和密西西比的喧嚣时代》(1853) 里将这一关系明白无误地反映了出来。鲍德温（1815—1864）出生在弗古尼亚的中南多尔山谷的一个来自康涅狄格的家庭。这家人后来迁到南方来开纺织厂；十岁的时候，他到了密西西比州，学做律师，那里当时这方面的竞争要小些。1837 年，他搬到了阿拉巴马，成了那里辉格党的积极分子，在州立法机构工作，竞选众议员未成。他的书出版以后，他离开阿拉巴马到了加利福尼亚。鲍德温开始在《南方文学信使》上发表速写作品——与西南部幽默相比，《南方文学信使》是一份更为温和保守的杂志——并将这些作品以及后来的新作收编进《喧嚣时代》，在纽约出版并在六个月里重印了六次。

书名中的"喧嚣时代"指的是"从 1835 年的恩赐年到 1837 年的丰足年份：那是一段黄金岁月，当时小纸钞是唯一流行的货币；钞票'像维拉姆布罗萨（Vallambrosa）秋天的落叶那么厚'"。其中引自密尔顿《失乐园》中的词句和神话典故表明鲍德温是西南部幽默作者中最具文学功底的。同时，对其题材的忠实又要求他使用"小纸钞（Shinplaster）"。这个词是美语独有的，指的是非法银行发行的小面额纸币——是支持杰克逊与美国银行斗争的人争取简易信贷的成果。作为辉格党成员，鲍德温为民主党的简易信贷写了一篇意在讽刺的赞美辞，但是由于作品中略带对自己青春岁月的怀旧，他的笔调比胡伯更为平稳。这本书的幽默主要是因为鲍德温在叙事中极尽曲折变化之能事而并非因他大量引用所描写人物的方言俗语。不过有一篇作品例外，在这篇作品里，故事人物被赋予了多样的口气。

鲍德温笔下的阿拉巴马律师"塞缪尔·黑尔先生"言辞讽刺"犀利"，"他将讽刺对象的羽毛拔得精光，就像一位准备大量饭菜的饭店厨师，在一群人要肉吃的吵嚷声中，三把两把便将鸡毛拔光。"然而山姆仅在一个令人震惊、时间错位的场景得以展示其语言才华。一位"固执己见"的北方佬女教师搬来镇上，人们说服山姆去鼓动她离开这个镇子。他所做的就是用怪诞的夸大表达出人们当时关于南方生活的堕落和奴隶制种种最坏的想象。女教师逃离了镇子，不慎遗留下了一封写给"哈里叶特·斯——"的信，是关于南方蓄奴制的："如果我不曾在一本畅销小说，或者是一本小说集里读到蓄奴制的（细节情况）的话，我就不会再思考蓄奴制的问题。在我读到的那部作品里，在描写奴隶所有者的时候，女性的纤细不足，而男性的不公正有余。"鲍德温在他对 19 世纪 30 年代的回忆中插入了人们对哈里叶特·比彻·斯托的小说作品《汤姆叔叔的小屋》的反应。

鲍德温借山姆之口似乎要表明关于南方可怕情形的传说只不过是用来吓唬

北方佬的大话而已,而最伟大的西南部幽默作家乔治·华盛顿·哈利斯笔下的南方却是以怪诞的暴力为特质的。这一点反映在他塑造的一位名叫"苏特"的人物中,"苏特(Sut)"与"南方(South)"相近,用以暗指南方。哈利斯(1815—1869)出生在匹兹堡附近的一个地方,大部分时间居住在田纳西州东部,在那里,他干过不少行当,其中大部分与当时的新技术有关:他曾当过几年汽轮领航员;在一家金属加工厂工作过,并开了一家这样的工厂;他经营过锯木厂和铜矿;也曾涉足过铁路行业。从19世纪40年代,他间或给《时代精神》投稿。但是他的主要作品是在19世纪50年代问世的,几乎全部发表在田纳西州的报刊上,其中包括纳什维尔市火药味很浓的民主党刊物《联邦》。随着内战接近,哈利斯投了几篇相当辛辣的政治讽刺作品,例如一组嘲讽亚伯拉罕·林肯到华盛顿就职的作品,又如一组作品表现出对北方的刻骨仇恨,甚至希望乘"五月花"号到美洲的移民被印第安人屠杀一光。尽管如此,在内战之后,哈利斯唯一的一本书《苏特·拉文古德:一位天生傻瓜编造的故事》(*Sut Lovingood: Yarns Spun by a "Nat'ral Born Durn'd Fool"*, 1867)恰是在纽约出版的——这证明了北方在这场纷争中获得何等彻底的胜利,也证明了北方人认定即使像苏特的南方那样激烈而顽固守旧,于北方也无甚大碍。

苏特的故事几乎都是由一位和蔼可亲的叙述者解说的,我们只知道这位叙述者叫乔治。苏特古怪、地道的乡音土话就是在这样的开场白之后被引入的,但是一经引入,苏特的声音便变成主要的声音。而且哈利斯在突出其人物语言怪异时比其他西南部作家走得都要远些。他将苏特说的话都仔细地用语音来表现,一来转达人物说话的原味,二来告诉读者正在读的这个人物是文盲。哈利斯自己是位严格意义上的长老教会员,但是他仍能让苏特在道德方面独立于作者,正如他在语言上能够独立于自己的叙述者一样。胡伯的叙述者时常打断苏格斯的话语来归纳或者指出其中的隐喻,而苏特的语言几乎从不中断,如果苏特被打断了,那是为了使他有机会厉声驳斥对话者。一次,苏特偏离正题询问道:

"究竟为什么砖块可以摆得严丝合缝?而石块却无论怎样都不能。"

"因为砖块大小一个样。"一个眼上长瘤子的人冒冒失失地说道。

"说的混账话,你这个傻瓜!收割机倒大小一个样,你把两台摆得严丝合缝给我看看。等你长出角来再回答这样复杂的问题也不迟。"

用收割机这样一种重工业产品来打比方是与苏特的世界十分相宜的。不论是在荒林深处或者在穷乡僻壤,现代技术都会传播到那里——正如美国边疆故事里有操步枪的勇士，而《阿肯色州的大熊》的场景是一艘汽轮。

有时，对苏特活动的环境描写之精细甚至胜过某些描写低层生活的西南部幽默作品。星期天早晨，一首牧歌激动得苏特"坐到篱笆上，用一把巴洛小刀刮我腿上的绒毛"。更为引人注目的是作品对社会生活细节的描绘。苏特充沛的情感中包括恐惧和羞耻。故事反映了使社会低层的人们产生这种情感的社会不平等和等级制度。在这个等级制度中的人物包括一位敲竹杠骗钱的乡绅，这位乡绅与教堂关系很深，因此在苏特看来，他"专门设计一种……干预所有人所有事情的机器"。另一个这样的人物是警长，童年时，这位警长使苏特第一次感到真正的恐惧。从那以后，警长便是他计划报复的对象之一："'警长！'他低声叫道，声音尖厉颤抖，在我听来好像一只圆乎乎、毛绒绒、小豆儿眼的母鸡发现'老鹰'正向它带有条纹的后背扑来时发出的尖叫。"牧师是第三等级的人物。教区牧师约翰·布伦（John Bullen）向她父母告状说他们的女儿吻了苏特，作为报复，苏特搞了一次令他痛苦丢脸的恶作剧。

苏特写实的环境和情感转入怪诞的戏谑通常需要有一定的铺垫，随后，似乎是自动的突然爆发，转入慌乱的、毁灭性的噪音和运动。一次，苏特自己谈到他的"恐怖制造机"。总体而言，他在寻求某种一触即运作的仪器，而他可以"站在远离危险的地方，观望这一切发生"，或者"只是扯一下绳索，我所要造成的所有恐惧便熊熊燃烧起来，令人痛苦，令人烦恼"。苏特的一些谋划富有机械的灵感，与机器相关的比喻往往带有结果的描述，这一切使得哈利斯的作品似乎可以用做19世纪30年代和40年代的动画片脚本："我看见你的腿负载着三百磅重的身体走呵走的。尽管你的两条腿很长，交替前进，但更换得却很快，就像两个各自向相反的方向旋转车轮上的辐条。"

同样如同动画片，在苏特的故事里，速度、纷杂和强烈动作制造出极大的混乱："腌肉坛子、干菜罐子、醋瓶子、豆子袋、菜捆、饮料瓶、鸡蛋篮子，一挥而就——全都搅成了一团，不值得一一例数了，只值一个半美元。"内容不值一提，但是行文富于节奏。这个句子是以一挥而就的动作为中心支撑点的，在这之前和之后词数几乎相等，各分为前半句八个较短短语和后半句三个几乎同样长度的较长短语。尽管用的都是常用词汇，重音紧凑，哈利斯还是用形式修辞学的复杂句型结构将这些材料组织了起来："马铃薯、卷心菜、肉、肉汤、豆子、水果布丁、还有运送用的车子；牛奶、盘子、馅饼、布丁——那么多的菜肴，让你一个星期也想不出来——全在那里，混在一起、捣得粉碎，好像被粉碎机搅过似的。"从开头的主语（"马铃薯"）到开始出现谓语（"全在那里"），中间差不多隔了两行。十几个单个的词分由两个相互呼应的修饰语（"运送用的"和"一个星期也想不出来"）断开。哈利斯使用直接重复的结构也同样精彩："街道一片白，到处是牛奶和鸡蛋皮；街道一片红，到处是草莓；街道一片黑，到处是黑莓；街道一片绿，到处是运菜的车。"

胡伯不愿被认同为自己塑造的到处乱窜的坏蛋苏格斯，而哈利斯则不同，许多人都以他笔下滋事生非的粗人称呼他，尽管他为温文尔雅的叙述者取名为"乔治"似乎表明他别有用心。尽管哈利斯采取的是民主党的立场，但他信奉辉格党的政治神话逻辑：民主党就是民众，民众就要闹事。班克罗夫特的民族主题说的是民众具有自治的能力，美国人有能力在没有政府干预和等级压制的情况下建立秩序。哈利斯的作品显然毫无遗憾地在较小的范围内表现了一种具有破坏性的诗歌艺术：民众的力量会给像他这样的人——一个有技能、获得相当多不受侵犯的空间和宁静的人——带来什么样的损失。在苏特目睹的一场骚乱中，一位醉醺醺、爱说大话的白人用脚踢一个黑人小孩。立刻这个黑人男孩被非人化为一块飞起的石头："嗖的一声它飞走了，四肢伸展，像只跳跃中的松鼠，一头撞进了钟表店的橱窗，撞断了窗框，玻璃四溅、透镜表、赛瑟表、汤匙、洋娃娃的脑袋、泥筒子、钓鱼线，哗啦一声，四处乱飞。"修表匠坐在里面，"一只眼上戴着一个黑色瘤子样的东西，正拿着镊子盯着一只老表"，随后，"他便趴下了，背上飞来了一个吓坏了的泥灰色的小黑孩，骑到了他的脖子上，小铜齿轮滚落一地，落在地上的大小手表像响尾蛇一样四处作响。"东田纳西没有蓄奴的，在苏特的天地里几乎没有非裔美国人的空间，然而这个场面反映出一些南方人对一种社会制度的敌意。这些人认为是这种社会制度决定了这一地区在技术和经济上的落后地位。哈利斯笔下的"黑鬼"形象，陷在他制造的这种混乱中，并且骑到了匠人的脖子上，造成了这位受害黑人当受责备的场面。始作俑的那一脚不予计较，这就让人感觉这位奴隶应当对造成的破坏负责，这似乎预示着南北战争中的情形。

纳撒尼尔·霍桑

1830年，在奥古斯塔斯·隆斯特里特开始匿名在米勒德格维尔的《南方记录者》里发表描写早期佐治亚风情作品的几年前，纳撒尼尔·霍桑（1804—1864）就在萨莱姆的《日报》（*Gazette*）上匿名发表了五篇人物速写和早期马萨诸塞州的故事。其题材包括"哈钦森太太"（Hutchinson），哈钦森太太是一位17世纪30年代唯信仰主义者的领袖，霍桑后来将海斯特·普莱恩（Hester Prynne）与她相比。《三山山谷》（*The Hollow of Three Hills*）讲

○叙述形式

述耻辱和隐私遭侵犯的故事——这成了霍桑个人为之着迷的主题。也许在霍桑于 1825 年离开鲍登学院之前,霍桑便构思并写了计划中的《本土故事七则》(Seven Tales of My Native Land)一书的大部分。霍桑出道时的身份也具有浓重的地方色彩,在这一点上他比西南部作者一点也不逊色。不过,尽管霍桑居住在这个国家文化更为发达的地方,比起西南部作家来,他在通往发表作品的路上遇到的困难要大得多。出版社对他拟写的《本土故事七则》的反应令他十分沮丧,很难说他保留了已经写成部分,尽管发表在《日报》上的作品可能是以《故事七则》为材料来源的。

从学院毕业后,霍桑回到他的故乡萨莱姆市与他寡居的母亲和两个姐妹一起生活,他开始在萨莱姆市图书馆博览群书。大约在十几年间,他一直闭门写作。到 1829 年,他有了一个写作新书的计划,书名叫《边城故事》(Provincial Tales),并把这一计划提交给波士顿的出版商,这位出版商不敢冒险出他的书,但愿意将其中几篇发表在每年的赠阅图书《心意》里。在 1831 年的《心意》里,霍桑不署名发表了一篇速写作品《居高临下》(Sights from a Steeple)。在此后的六七年间,他的一些速写和故事都是以"《居高临下》的作者"的名义发表的。这篇速写之所以令人难忘是因为其中的一种幻想:"最诱人的生活方式是幻化成精灵的保罗·普莱(Paul Pry)的生活方式,在男人和女人的头顶上盘旋,没人看得见,目睹他们的行为,探究他们的心灵。"这种无人察觉的观察恰是 19 世纪文化的关键特征,是确定现实小说叙述者的身份的基础;这一点的重要程度不亚于正在兴起的社会科学的作用;它包含了在社会福利改革(监狱、贫民院)和工业组合方面的实践。通过这样一个敏感观察者的人物,甚至在一些没有明显社会内容的作品当中,霍桑也表现了他那个时代的特点。

在 1832 年的《心意》里,霍桑发表几篇《边城故事》中的作品。还不到 30 岁,霍桑就已经写出了一些使他享有声誉的作品。《文质彬彬的男孩》(The Gentle Boy)像《居高临下》一样,成了他后来不署名发表作品的代署名;《罗杰·梅尔文的葬礼》(Roger Malvin's Burial)和《我的亲戚莫利纽克斯少校》(My Kinsman, Major Molineux)("《居高临下》的作者著"),这两篇作品是自从第二次世界大战以来在选集和关于霍桑的评论文章里出现频率最高的。在直到 1838 年的这些年间,霍桑又在《心意》里发表了 20 多篇故事和速写,其中包括《莫利山上的五月柱》(The May-Pole of Merry Mount)("《文质彬彬的男孩》的作者著")和《牧师的黑面纱》(The Minister's Black Veil)("《居高临下》的作者著"),这两篇都发表在 1836 年。

在将《边城故事》的作品兜售给《心意》的同时,霍桑酝酿了写另一部有地方性人物作品的计划,书名叫《说书人》(*The Story-Teller*)。拟写的这本书是一部框架式的叙事文学,这一框架使故事的叙述者戏剧化,并将各个故事用穿过新英格兰到尼亚加拉的旅行所遇到的历史和地理线索串起来。霍桑的这一计划又破产了,只有其中的片断发表在期刊上。1834年,《新英格兰杂志》发表了《说书人》中的两个部分,在随后的一年中,大约又有15篇霍桑的作品发表在杂志上,其中包括《威克菲尔德》(*Wakefield*)和《年轻的古德曼·布朗》。到1837年发表了差不多有50篇作品;然而在1851年,他在为《重讲一遍的故事》第二版写的前言里称,在当时他仍是"美国文学界最不知名的人物"。

对于写作西南部故事和速写的那些绅士来说,不出名不算什么,而霍桑却对此深感不安。前者甚或将不出名作为追求的目标,以便不被人将他们与他们所描写的下层阶级联系到一起。而霍桑的情况则很不同。尽管霍桑在19世纪20年代通过刻苦研读地方叙述,得知他父方的祖先中在殖民时期颇有几位著名人物,但是他自己的家庭,尤其是在他父亲过早去世之后,在经济上依靠别人。霍桑很不愿意读大学,不想"让罗伯特叔叔再养活自己四年"。在从学院写给他母亲的一封信里,他说不愿从事律师、医生和牧师的职业,接下来他叫道:"哎!过去我没有职业,也不算穷,足以活着了。"笔锋一转,他问母亲:"你认为我当个作家怎么样,靠我的笔来养活自己?"从这一封信的情感逻辑来看,霍桑认为写作这个职业不完全是个职业。它能使他获得更大的自由,但在经济上,笔却没有多少"养活"的能力。

霍桑在1836年离开萨莱姆到了波士顿,去当《美国实用有趣知识杂志》(*American Magazine of Useful and Entertaining Knowledge*)的编辑。尽管答应给他500美元的工资,但是在出版商破产前的六个月工作期间,他只得到了不足20美元。随后,他和妹妹玛丽亚·路易莎一起受雇编写《皮特·帕里地理通用历史》(*Peter Parley's Universal History, on the Basis of Geography*)。他们编写的书卖了上百万册,而他们只得了一百美元。到1837年,霍桑的经济状况恶化,因为他们家族往返波士顿和萨莱姆的公共马车生意马上要被两市之间修建的第一条铁路给毁了。现在霍桑有必要"为生计而涂纸弄墨",成为一位"职业涂鸦人"。这种紧迫要求迫使他不得不又编写了四部儿童历史读物:《祖父的椅子》(*Grandfather's Chair*)、《历史著名人物》(*Famous Old People*)、《自由树》(*Liberty Tree*)(这三部都写成于1841年)和《给儿童写的传记故事》(*Biographical Stories for Children*)(1842)。

要想靠写作过上体面的日子,霍桑必须为自己赢得名声。获得著名作家的身份是他辛勤卖身写作的全部目的;这样一来,霍桑梦想成为的"作家"

○叙述形式

和他实际成为的涂鸦作者相去千里。霍桑的作品不仅不署霍桑的名,而且往往署别的什么名字。这种做法很合《心意》出版商的心意,因为他不想让人知道1837年的这份刊物中的八篇故事全部出自一位作者之手,当然这种做法对霍桑不利。霍桑的朋友霍拉旭·布里奇说:"这样在不同的旗下作战,你在四处浪费自己的精力。"读者很喜欢霍桑的作品,但他们并不知道作者的名字。因此,布里奇要求霍桑"将你的名字写到书的封面上"。在布里奇暗地资助下,《重讲一遍的故事》1837年问世了。这本书收集了霍桑到那时为止发表的19篇作品。书开始销售得不错,卖出去六七百册。但是,1837年的金融恐慌和随后而来的经济萧条使销售冷了下来,出版商破产了。尽管如此,正如霍桑在1851年的再版前言里所说:这本书帮他"开始了与世界的沟通"。

从这时起,霍桑开始了非常世俗的生涯:他像西南部的业余作者一样,没有把写作当做主要工作。自《重讲一遍的故事》发表后的20年间,霍桑主要用于写作的时间尚不足一半:在1838年,他写成了十几篇作品,后来这些作品成了《重讲一遍的故事》(1842)第二卷的组成部分;结婚后他便与妻子索菲在康科德的"古宅"居住了三年半,在这期间他写出了《古宅青苔》(1846);从1849年中期到1852年底的这段时间里,他写出了几部长篇小说:(《红字》[1850],《七个尖角阁的房子》[1851],《福谷传奇》[1852]),还有几篇后来收入《雪影》的故事,此外还有几本为儿童写的书(《历史和传记故事》[*True Stories from History and Biography*, 1851],《奇妙的书》[*A Wonder-Book*, 1852],和《堂格伍德故事集》[1853],还有富兰克林·皮尔斯竞选用的传记。皮尔斯是他大学时的老朋友,1853年当选美国总统。(关于霍桑的罗曼司作品,见第四章。)

写作之外的时间主要用于从政了。从19世纪30年代中期到19世纪50年代末,每次民主党总统上任,霍桑便会得到恩惠任命:1839年到1841年,他在波士顿海关任职;1846年到1849年,在萨莱姆海关任职;1853年到1857年,在英国利物浦和曼彻斯特任领事。此外,霍桑还在1841年到布鲁克的乌托邦农庄进行了另外一种政治实验。1857年,霍桑任领事期满卸任时,他仅出版了另外一本小说《玉石雕像》(1860)和一本反思英国的散文集《我们的旧宅》(1863)。他的日记和他在1864年去世之前写的大量作品(在第五章中有论述)直到他的家人发现这些手稿还是源源不断的财源之后,才得以发表。身为著名的作者,霍桑入土后仍能赚钱。

霍桑一旦将自己的名字落到封面上,一个不同寻常的树名立声的过程便成为可能。亨利·华兹华斯·朗费罗是他大学时的朋友,他在美国最有分量的文化刊物《北美评论》上发表了《重讲一遍的故事》的书评。朗费罗对书中故事和速写的叙述"视角"进行了界定——也就是说，他开始从纷杂断续的作品中理出一个丰富复杂但却统一的人物形象。与此同时，霍桑未来妻子索菲亚·皮博迪的姐姐伊丽莎白·皮博迪利用她的关系引起了乔治·班克罗夫特对霍桑的注意。班克罗夫特不仅为霍桑安排了恩惠职位，而且使霍桑与一家重要的期刊约翰·奥沙利文的《民主评论》取得了联系。从这份刊物的第一期开始，霍桑便在上面发表作品，从1837年到1845年底，他在这份刊物上发表了20多篇作品，差不多是他这一时期发表作品数量的一半。

尽管霍桑的作品已发表在全国性的刊物上，但他在文化界的影响尚有待增长。最积极倡导美国应该有与英国和其他外国作品迥然不同的民族文学的当数纽约的艾弗特·戴克金克。1841年他在他的新期刊《大角星》的第一期里发表了一篇对霍桑作品大加赞扬的文章。戴克金克从霍桑刚开始有点名声时便对霍桑十分钦佩。1838年，他同一位朋友曾到萨莱姆拜访过霍桑：霍桑后来回忆说，这是他成为"文学界人士"以来第一次受人注意。在《大角星》的这篇文章里，戴克金克评论霍桑的作品风格时用的是浪漫主义者用来表述文学的典型术语。霍桑是"哈姆雷特"，他的"意识"和"想象"无所不包，然而他的"意志"却是滞后的。霍桑被看成是这样一个人物，他的内心世界是价值的主要所在；对他来说，行动如果说不是不可能的话，便是非常次要的。

几年之后，戴克金克又写一篇评论霍桑的文章，这一次是发表在《民主评论》（*Democratic Review*）上，戴克金克与这份期刊也建立了联系。当时詹姆斯·K. 波尔克已经被选为总统，霍桑在谋求恩赐职位。奥沙利文在扮演天使。他在给霍桑的信中写道："出于更有利于举荐你的目的，我请戴克金克在四月号的《民主评论》上写一篇评论你的文章……希望你能同意当一次拍照的模特。我想将你塑造成名人，从而提高你在波尔克心目中的地位。"戴克金克在这篇文章里将霍桑的道德热忱与李尔王相提并论——这种比较给戴克金克的门生赫尔曼·梅尔维尔留下了深刻的印象，1850年，他为戴克金克和他弟弟乔治编辑的《文学世界》写了篇题为《霍桑和他的〈古宅青苔〉》的文章，文章对此有所体现。事实上戴克金克本人在美国丛书图书馆出版《古宅青苔》时起了关键作用，他当时正在为威利和普特南编辑这套丛书。

西南部的作家是辉格党派的；而霍桑同库珀和班克罗夫特一样是民主党人。不过霍桑不像其他民主党作者那样写通俗作品，也不曾追随辉格党的幽默作家用方言写作。从一开始，给霍桑以最大支持的是那些有志于在美国发展一种不同寻常、有很高审美价值的"纯文学"的人：朗费罗、戴克金克、坡。1842年，也就是在对库珀的通俗作品提出批评的前一年，坡赞扬霍桑有

⊙叙述形式

"创造性"、有"天才"、"见解独到"——这些都是新浪漫主义美学的主要词汇,这些特征使得霍桑的作品荣列"艺术最神圣的领地"。在霍桑的整个创作生涯,他都被赞誉为底蕴深厚的文体家,像欧文一样,他避免与查尔斯·兰姆的浪漫主义怪异文风同流合污,而遵循约瑟夫·爱迪生的 18 世纪传统文风。尽管如此,他的作品仍被认为艰涩难懂。

霍桑是位马萨诸塞州的地方作家,不是因为他采用北方佬的方言,而是因为他写活了往昔的殖民岁月。这不仅是个题材选取的问题。其中也有采用更宽宏的写作策略的因素,这种策略在新英格兰的影响大于美国的其他任何地方。众所周知,霍桑喜欢使用寓言,他的寓言可追溯到早期清教徒的活动,也借鉴了英国的埃德蒙·斯宾塞和约翰·班扬。这样的寓言在《天国铁路》(*The Celestial Railroad*)有直接的反映。按照这种手法,年轻的古德曼·布朗的妻子便被命名为"信仰"(Faith),而身穿"红色紧身衣"、善于诱惑的年轻女人没有帮助罗宾去找亲人莫利纽克斯,而是将他邀请到自己的房间,可以看出,这个女人的原型是《启示录》中的红衣女人,即清教徒反天主教宣传中的"巴比伦娼妇"。在写作《古宅》(*Old Manse*)期间,他的作品自始至终存在着寓言色彩,对故事的场景倒不是特别挑剔。霍桑的抽象倾向反映出了他那些信奉超验主义的邻居们的喜好。《胎记》中的阿尔莫(Aylmer)从他妻子胎斑中看到了人类外表不完美的象征,而《拉帕西尼的女儿》中的人物借用了但丁寓言作品《神曲》中比阿特丽斯(Beatrice)的名字。

不过,即使霍桑采用了与其新英格兰的先驱不无关系的文学模式,他还是与他们的观点保持了一定的距离。快乐山的五月柱被摧毁了,这表明清教徒的"沉郁"战胜了美国文化生活中的"欢快",但是霍桑笔下的清教徒对鞭刑柱情有独钟,从对清教徒的描写中看不出霍桑对清教徒统治有所留恋。即使霍桑使用寓言的本意是建设性的,其针砭时弊的意义也是很明显的。而且,通常人们将寓言区分为一般寓言和深奥寓言。深奥寓言不免牵强,作者在使用这种寓言的时候有意识地使之艰涩,以便获得比一般寓言更加"深邃"、社会意义更加模糊的内涵。例如,《罗杰·梅尔文的葬礼》开头和结尾都发生在一大块花岗岩石前;离此不远是一株橡树,与整个场景甚不协调,而在结尾部分,这株橡树莫明其妙地枯萎了。故事中对这些场景因素的强调令人不由不思考其含义。这株无疾而终的橡树会不会是在影射著名的康涅狄格州的大橡树,而那块大岩石则隐喻普利茅斯巨石呢?如果是这样的话,故事反映美国爱国主义神话的蕴意深远了许多,不过,人们无从确认作者实际上有此动机。

一位当代评论者指出《年轻的古德曼·布朗》具有缺陷,他认为作品"叙述晦涩",以至于"十个聪明的读者中有九个"看不出作品中所包含的

"寓意"。这部作品是"一种解释，而它本身需要加以解释"，是篇"需要拐杖支撑的寓言"。如同班克罗夫特一样，霍桑认为清教徒是当时仍然流行的生活方式和理解生活的祖先，但是他同时也承认19世纪民主的政治基础与17世纪的宗教基础存在着根本上的不同。

霍桑的作品之所以难读还由于另外一种风格特征，即他常常省略——上下文交待不足。《文质彬彬的男孩》是霍桑除了《拉帕西尼的女儿》之外篇幅最长的短篇小说，其中部分篇幅是对家庭价值观念的详细论述。而这种论述，尽管在霍桑的速写里——和书信里——时常出现，在霍桑其他的短篇小说中是占不了多大篇幅的。这种家庭价值观念或许是隐含在他的其他短篇小说里的，但霍桑在这些作品中对这样的介绍性信息至多进行了暗示，这就使这些作品具有多种理解的可能性，而不再重视小说中家庭生活描写的现代读者尤其容易做出多种不同的解释。霍桑省却的往往是一种判断，而这种判断恰恰是读者借以确认哪种解释是正确的依据——如果说他写作的目标是得出正确结论，而非创造漂浮不定的悬念的话。

霍桑的短篇小说虽然意义不确定，但却给人一种情感的冲击。在这种意义上，这些小说可以进入坡致力界定的文学美学殿堂。同样，情感作用大相径庭的故事却具有相似的主题，这表明霍桑更想远距离地观察不同的可能性，而不是进行严肃的道德教育，也不是要执迷于心理的探索。例如，《威克菲尔德》和《年轻的古德曼·布朗》均以人物离家出行为故事情节。这个人物出门时一脚门里一脚门外，有所耽搁，而回家后——在人群中与妻子聚而不欢——情况变得越发糟糕。威克菲尔德在这期间情感几无变化，故事叙述的腔调十分外露，具有讽刺意味。与此相反，布朗却在一夜之间变化甚大，故事的感情内化而深沉了。

像坡的作品一样，霍桑1850年前的作品均为短篇——这又是一种省略的选择，因为在长篇作品中作者的价值取向通常得以充分确定，而在短小的反传统作品中则不易确定。直到今天，短篇小说通常分为两类：十分符合常规的（不论是科幻小说、犯罪小说、西部小说，还是《纽约人杂志》式的），另一类则是极端革新的。班克罗夫特叙述详尽，结构清晰，不断给读者提供向导，他的叙述模式显然与他的民主党倾向相一致。与此相反，霍桑将民族叙事化整为零，分成地方单元，可以仔细摹写。这些地方单元并不全都具备既定的重要意义，这一技巧与他对民主党的忠诚相左。如果他反对当选的清教徒的傲慢，那么他又如何能够成为世俗文化精英的一员呢？

在政治上，霍桑与辉格派幽默作者不同，而与班克罗夫特一脉相承，其基本标志在于他认真严肃地描写各种日常生活场景中没有特殊社会地位的人物。西南部最好的作品也炫耀社会敌意,这一点在乔治·哈利斯的作品中表现尤其明显。霍桑的最佳作品同样传达着政治内涵。这些短篇故事不仅道德色彩阴郁,而且这种阴郁的腔调不为社会的最上层所独有。在霍桑和班克罗夫特从事写作的同时,拉尔夫·沃尔多·爱默生在《论美国学者》里强调"熟悉的东西,低级的东西……小木桶里的饭食;小锅里的牛奶;街头民歌"所包含的价值。为了证明这一点,爱默生赞扬了诸如华兹华斯等浪漫主义"天才"作者。当然,现代的读者更乐于欣赏华兹华斯的《廷特恩寺》(*Tintem Abbey*)中的"个人顶峰"、赞颂永恒的颂诗,特别是他的《序言》。要欣赏华兹华斯在《迈克尔》(*Michael*)等作品中更为激进的民主观念,需要读者采取当时的视角。《迈克尔》呈现的是爱默生所赞赏不已的"穷人的文学"和"家庭生活的意义"。而就霍桑而言,他以文化和社会地位稳固的第一人称叙述者写出的速写远不如他以第三人称写的故事更引人注意。后者写的是班克罗夫特以及霍桑自己偶尔在政治文章中所称的"人民"的故事。

在《文质彬彬的男孩》中,清教徒和贵格派程度相当但却相互对立的宗教狂热举动在描写西蒙·苏格斯的胡伯之类作者手里会成为喜剧的乏味材料,然而霍桑却不乏虔敬地对这些举动进行了描写,尽管他自己并没有而且也并不要求读者与其中的任何一方认同。不仅现代读者这样认为,戴克金克和梅尔维尔也认为《年轻的古德曼·布朗》代表了霍桑成就的顶峰。戴克金克和梅尔维尔将这篇作品比做《李尔王》,尽管布朗是个不折不扣的平民。以同样的方式,西南部作品所讽刺的当时流行的群众政治活动在《我的亲戚莫利纽克斯少校》中变成了一种带有幽默色彩但最终却令人心痛的经历。霍桑在《罗杰·梅尔文的葬礼》中处理与印第安人战斗和边疆题材时,然而却丝毫也没有《戴维·克罗克特的生活故事》之类作品中的大话连篇和得意洋洋。霍桑的故事开始的时候,与印第安人的战斗已经结束了,印第安人——至少在数年间——不在故事的视野内。情节回到边疆的场景只是为了描写一幕开拓者自家人之间梦游般的残杀。

西南部作者在描写普通生活的时候,由于外化的喜剧处理并缺乏对后果的关注,使叙述的事件流于肤浅。霍桑却与此相反,他通过内化的心理描写和对人物最终景遇的执著关注,将所描写的事件浓缩为情感。因此,与库珀和班克罗夫特相像,霍桑也承认日常生活的尊严。而这种日常生活是发生在森林和移民点里的,而不是发生在宫廷和首都。但是霍桑与库珀和班克罗夫特又有所不同,他并不到日常生活当中去发现活生生的理想人物,在他的作品里,既没有像库珀的"皮袜子"那样的英雄个人,也没有像班克罗夫特的美国历史中所常见的政治群体。

霍桑许多极为动人的小说经常出现一种情况：一个孤独人物和一个群体。罗宾·莫利纽克斯在寻找亲戚过程中所遇到所有的人都与惩罚少校的计谋有关。而直到结尾处惩罚人群出现，罗宾才明白了这一点。年轻的古德曼·布朗偷偷摸摸地离开家去参加树林中的集会，却发现萨莱姆所有名声好和名声差的人都在那里。威克菲尔德从他的家中出来，在伦敦的人群中躲藏了20年。如果说人群没有被描写成暴徒，他们也没有被奉为人民意志的化身。人群强大有力，令人生畏，无论是作为布朗不愿与之同流合污的邪恶群体，还是作为清教徒的卫道士。"五月先生"与"五月夫人"在五月柱被砍倒后不得不面对这样的卫道士。

在19世纪30年代的美国，人群、暴徒和骚乱成了极为引人注目的问题。霍桑草创"地方轶事"的时候，他在小说里已有了他笔下最为激烈的群众闹事，但还没有当做公众问题。然而从1834年到1837年末，聚众闹事的次数急剧增加，人们通过新闻报道了解到这一情况，并对其意义非常担忧。激起骚乱的最主要因素是废奴主义，而反对废奴骚乱的参加者往往是颇有声望的人士，即"有财产和地位的绅士"。霍桑认为清教徒民众是美国政治基础这种思考与当时大众媒介中的争议形成了清醒对应。

反对废奴的骚乱者往往有意识地模仿美国革命时期的群众运动。费城在1835年，辛辛那提在1836年，都出现了刻意模仿"波士顿茶会"的聚众骚乱事件。"波士顿茶会"虽为非法，但却是正义的行动。在19世纪30年代，许多美国人对废奴主义的唯一理解就是英国人图谋反对美国人的生活方式。因此，1837年，在伊利诺斯州的奥尔顿爆发了针对主张废奴的编辑爱利亚·拉福吉尔有预谋的骚乱，骚乱的高峰是将拉福吉尔谋杀了。此后，马萨诸塞州的总检察官在法纳尔大厅向大批听众声称：骚乱者是在追随塞缪尔·亚当斯、查尔斯·华伦和詹姆斯·奥蒂斯。这一背景情况可以解释为什么霍桑似乎乐于忘记《我的亲戚莫利纽克斯少校》的存在，在《雪影》（1851）出版之前，他没有重印这篇作品。他甚至一度不赞成戴克金克将《年轻的古德曼·布朗》收入《古宅青苔》的建议，尽管最终他让步了。关于民众骚乱的小说一时成了人们的兴趣焦点。人们对革命前民众骚乱的态度从历史的角度来看曾经是适宜的、复杂的和清醒的，现在难免转变为对废奴运动或反废奴运动的公开支持——而霍桑对二者都不支持。

个人强烈的主观性与人群相对立是当时具有典型意义的形势，而这种形势与霍桑的个人境遇在某些方面具有重要而且明显的相似之处。年轻的古德曼·布朗的境遇可以说明这种相似。这篇故事所表现的是，作为马萨诸塞移民第三代中的一员，如果坚持清教徒宗教信仰的话，会出现什么样的情况。

正是这种信仰导致了对巫师的迫害。班克罗夫特似乎有意表明，牧师开展迫害运动，借以渡过政治和思想上艰难的时期，霍桑与其相反，他在清教徒群体典型成员"比你圣洁"的心理定式中找到了问题的症结。与费丝（Faith）①结婚的年轻人"布朗"似乎被作为一类人中的典型人物。但是结果表明他能够相信（他并不确定，他也不必确定）——即使是强装英勇的"能够"，由于这种相信使他极为痛苦和震惊，——除了他自己以外，所有其他人都在私下与魔鬼沆瀣一气。在小说最后一段中，由于产生了这样的怀疑，布朗注定要有一个惨淡的结局，这就将布朗变成一个行为古怪的人。他不再是一个普通人的典型，而是成了被孤立的个体。

霍桑的艺术的主要方法是高度的个体化，就这个意义而言，也可以说是疏远化。流行的历史著作将库顿·马赛（Cooton Mather）说成是巫术丑行的始作俑者。而霍桑与此相反，他将批判的重点放在没有超凡本领的人物身上。马赛大概应对发起公众运动负有责任；而布朗却不见得有此责任。所以说，霍桑侧重于表现历史事件的心理基础，而这使读者更难以想象他所描写的事件如何得以发生；细致分析单个人物的技巧将人物从群体中剥离了。霍桑惧怕以往新英格兰清教徒加尔文派教义和现行超验主义唯心哲学对人的孤立力量，然而正如他自己作为作者的处境一样，他的写作模式似乎坚持某种孤立的做法，这与他描写日常公众生活的初衷相冲突。霍桑的作品重现了杰克逊主义思想中的矛盾：既赞颂普通的人，又承诺每一位在美国出生的白人新教徒都有机会使自己成为比其余的人更好、更特别的人，不再是普通的人。

埃德加·爱伦·坡

与霍桑和西南部幽默作家不同，埃德加·爱伦·坡没有长期在一个地区居住的经历，他的作品也不以地方叙述、地方传说和风俗为材料。然而人们关于他的生活和声誉的争议都证明在他的作品中长期缺乏民族文化。坡致力于使自己的艺术形成一个独立的世界，一个超出地方性甚至超出民族性的世界，但是他直到去世之后才成功。在世时，坡的问题反映了美国文化生活的零碎状况。詹姆斯·拉塞尔·罗威尔在1845年赞扬坡的一篇评论中写道：

---

① 费丝为短篇小说《年轻的古德曼·布朗》中女主人公的名字，英文原文是"Faith"，意为"信仰"，在此一语双关。——译注

2 地方叙事文学

> 美国文学的状况是不规则的，没有中心。……美国文学分成许多体系，每个体系环绕着几个太阳运行，从其他体系上只能看到淡白色的银河。我们的首都城市与伦敦和巴黎不同，它不是一个伟大的心脏。……波士顿、纽约、费城，各自都有自己的文学，相互之间的差异比德国不同的方言文学都明显。

651

坡的一生是由五个城市组成的故事：波士顿、里士满、巴尔的摩、费城和纽约。他1809年出生在波士顿，但却是在弗吉尼亚的里士满长大的（除却在伦敦度过的五年），到了1826年，他进了新建的弗吉尼亚大学。后来他因赌博欠债而离开了这所大学，用假名参了军，在波士顿服役。在此期间他自费出版了他写的第一本书《帖木儿及其他诗歌》（*Tamerlane and Other Poems*, 1827），作者署名为"一位波士顿人"。在寻找进西点军校机会期间，他住在巴尔的摩并在那里出版了第二本诗集《艾尔、帖木儿及其他小诗》（*Al Aaraaf, Tamerlane and Other Minor Poems*, 1829）。他在西点军校待了不长的时间，便到纽约逗留一段时间，出版了《诗集：第二版》（*Poems：Second Edition*, 1831），随后便回到了巴尔的摩。从1831年一直到1834年底，坡试图在期刊文章写作领域为自己赢得一席之地。他给费城的《星期日信使》（*Sunday Courier*）和巴尔的摩的《星期六访客》（*Saturday Visitor*）举办的故事创作比赛投稿，结果他的《瓶中手稿》于1833年获奖并得以出版。

1835年，经巴尔的摩的文学家约翰·彭德尔顿·肯尼迪推荐，坡开始为前一年在里士满创刊的《南方文学信使》撰稿。他在这个期刊发表的第一篇故事为《贝蕾妮丝》，不久他就去了里士满，担任《南方文学信使》的编辑助理和主要评论人。在随后的一年半中，坡在《南方文学信使》中发表了80多篇评论文章，引人注目的是他很早就肯定了查尔斯·狄更斯的作品和隆斯特里特的《佐治亚风光》，同时，他在文章中倡导效法塞缪尔·泰勒·柯勒律治和珀茜·柏茜·雪莱（Percy Byshe Shelley）。当时美国人对这两位诗人还感到很陌生。他扩大了刊物的发行量，但却因在评论许多当代美国作品时善抡"狼牙大棒"而臭名昭著。例如，在评论莫里斯·迈特逊（Morris Mattson）的《保罗·阿尔里克：或一个狂热者的历险故事》（*Paul Ulric：or the Adventures of an Enthusiast*, 1835）时，他是这样开头的：

> [两个月之前]，当我们说诺曼·莱斯莉的作品是世界上最愚蠢的书的时候，自然还不曾读到保罗·阿尔里克的作品。……就其本身而言，这本书愚蠢之极，不值得浪费篇幅去做评论。然而它却是我们日常文学

⊙ 叙述形式

食粮的一部分——是哈珀出版的美国作品——是威胁我们国家洪水猛兽般荒诞无稽作品的一个类别，因此我们应当毫不犹豫不遗余力地向人们揭露这 443 页愚昧和空洞无物的夸夸其谈。

与此同时，坡自己将大约 16 篇故事结集，故事以由一组滑稽人物组成的《对开本俱乐部》（The Folio Club）为框架，每人轮流讲述一篇故事。他将这本文集送给了出版《保罗·阿尔里克》的哈珀出版社。哈珀出版社在退稿信中说了不少美国出版界的情况。这位出版商指出了一系列问题：先前杂志连篇累牍地发表这样的故事；公众普遍对故事集有反感（读者喜欢"一本书或数卷书"讲的全是"前后关联的单个故事"）；这种故事的特征，"过于学究气和神秘""只有为数很少的人才能理解和赞赏。"坡作为南方人想在纽约出版作品所遇到的挫折，与霍桑在新英格兰试图出版他第一批作品时的情形一样。不过，坡立即着手按照哈珀出版社的建议进行创作。1837 年早些时候，他离开了里士满和《信使》杂志，在纽约居住下来，在这里，他写完了有一定事实依据的中篇海洋小说《亚瑟·戈登·皮姆的故事》（参见第三章）。哈珀出版社出版了他的作品，但坡是作为编辑署名的，而非书的作者。到这时，也就是 1838 年 7 月，他在纽约似乎没有发展余地了，便迁到了费城。

从 1838 年到 1844 年初，坡一直住在费城。在这里，他在李与布朗查德出版社出版了他的两卷本作品集《荒诞怪异故事集》（1839），这个文集收进了他所有已在期刊发表过的 25 篇故事。对于这个文集里的许多故事，即使坡的最热情的崇拜者也不以为然，其中包括《威廉·威尔逊》和《厄舍古屋的倒塌》，这两篇都重印自《绅士杂志》。从 1839 年起，坡负责这份杂志的编辑工作。1840 年，《格拉哈姆杂志》与《绅士杂志》合并，坡继续为这份杂志效力，同年 12 月发表了《人群中的人》（The Man of the Crowd）；1841 年 4 月，他成了这份杂志的编辑。坡在他的《莫格路谋杀案》发明了侦探小说。他写了许多有力度的评论，其中包括关于霍桑的《重讲一遍的故事》的著名的那篇。因此《格拉哈姆杂志》的销量猛增。可是与杂志老板的矛盾最终导致坡于 1842 年辞职。1843 年，坡的《金甲虫》（Gold Bug）为他赢得了现金奖，这篇故事广为转载，他的名声大振，一位出版商竟然出版了小册子系列，重印《埃德加·爱伦·坡的散文故事》（The Prose Romances of Edgar A. Poe）——但是只出版了一期。

到 1840 年时，坡在《南方文学信使》和《绅士杂志》与老板和编辑的不和就已使他打算开办由自己说了算的杂志——《佩恩杂志》（Penn Magazine）。当他在《格拉哈姆杂志》再度受挫后，他重新考虑创办期刊的计划，这一次拟命名为《铁笔》（*The Stylus*），因为原拟的刊名"不免地方味太浓了"。坡设想，如果他办的期刊"在封面设计……印刷格式、纸张和装订方面"胜过美国出版的任何杂志，他就会拥有大部分知识界的名流读者。当时所谓"廉价文学"需要以既有价值而且价格昂贵的东西加以正名。坡坚持认为，如果要给一种杂志打上"前无古人"的"个性"烙印，他需要对杂志拥有"所有权"，一种"不仅是编辑的……权力"。于是，他进一步强调了精神和经济之间的联系。一种杂志要办好，这种杂志必须是他个人的财产，没有所有者与编辑之间的分歧；思想的整体性不需要劳动分工（按照这一逻辑，坡将不得不写作所有的杂志内容）。有了这样的基础，坡可以在订购者的支持下，将作品领入"文学的共和国"，"坚持将全世界作为作者唯一的读者"，既不屈从于读者的奇谈，也不屈从于老板的怪论，而是遵循"一种自我完备的批评；以纯粹的艺术规则指导创作"。

这一计划未能实现，坡于1844年来到纽约的时候，再度陷入地方纠纷。他成了《夜晚的镜子》（*Evening Mirror*）杂志的一名撰稿人，为杂志写作文学现状的评论文章。他也在民族主义机关刊物《民主评论》上发表了一系列题为《旁注》（*Marginalia*）的思辨文章。艾弗特·戴克金克像招募霍桑一样，将坡引纳为威利和普特南出版社"美国著作图书馆"的成员。在说明他为什么要重新出版坡曾发表在期刊上的作品时，戴克金克（不完全准确地）解释说，这些作品"迄今散落在我国——主要是南方——的报纸和杂志里，鲜为北部和东部的读者所知晓"。《故事集》（*Tales*）于1845年出版了，销量不错，因此出版商敢于在数月后继而出版《乌鸦和其他诗集》（*The Raven and Other Poems*）。终于，在1845年7月，他有了一份自己说了算的报纸《百老汇期刊》，然而除了发表大部分经修改的早期诗歌和故事之外，他并没有多少新作。几个月后，他便放弃了这个项目。1846年，他在《古迪女士书刊》上发表了一系列关于《纽约文学界》的文章。1848年，他重新为《南方文学信使》写评论，同时出版了《我找到了：一首散文诗》（*Eureka：A Prose Poem*），是一些天体演化和审美相结合的沉思。坡在他生命的最后一年重理其文学生涯的乱麻。仍然住在纽约的时候，坡为波士顿的周刊《我们联邦的旗帜》（*Flag of Our Union*）撰稿，并仍然希望能实现他创办《铁笔》的计划。为了给这个项目募捐，他旅行到里士满，中途与朋友在费城逗留。在弗吉尼亚度过一个愉快的晚夏之后，他又继续北行，但却于1849年10月死在巴尔的摩，死因不明，去世之前昏迷不醒。

在坡之后继任《格拉哈姆杂志》编辑的鲁弗斯·格里斯沃德成了他作品的代理人。格里斯沃德写了不少关于坡的生平传记，这些作品将坡逐出了值

 ○叙述形式

得尊敬的文学范畴，多亏现代学者恢复了事实真相。尽管格里斯沃德的作品引起许多认识坡的人的不满，但还是写出了他回忆坡时的感情：

> 他愤愤或者孤独地走在街头，嘴唇蠕动，模糊不清地诅咒着，有时仰面向天情感奔涌地祈祷着（从来不是为自己而祈祷，因为他觉得，或者声称他觉得，自己的命运早已遭到诅咒），为的只是当时把他当做偶像崇拜的人；有时他向内注视自己被痛苦啃噬的内心，一脸阴霾，他会只身在最猛烈的暴风雨中行走；整整一夜，他衣衫湿透，猛力地在风雨中挥动着拳头，似乎在与幽灵对话。

这位身居城市的贵族式、拜伦式英雄的继承人，粗卑高雅集于一身，独行于狂暴的风雨中，这一形象为沙尔·波德莱尔定义"遭诅咒的诗人"提供了帮助。波德莱尔是比坡年轻些的同时代法国人，坡死后，成了坡的崇拜者。通过波德莱尔的译介，坡对欧洲文学产生了很大的影响。在美国文化领域之内，坡成为一种常见现象的早期范例。戴克金克是这样描述这一现象的："受忽视、受谩骂最甚的作者往往是最好的作者。"这一现象在产生狄更斯、麦考利和丁尼生的英国不是很明显，但对于坡、霍桑和惠特曼的美国却是不可辩驳的事实。

坡的作品给当时和之后的读者出了不少难题，其中最主要的是笔调的问题。如何理解他的作品永远都难以确定。关于 1845 年版《故事集》有一篇匿名评论文章，这篇文章的大部分内容是坡自己写的。文章赞扬坡"不折不扣……严肃认真的"风格，但是严肃认真的风格并不一定源于作者"对自己所言深信不疑"：相反，这种风格产生于使"高级天才"得以制造他所希望出现的效果的"仿真的能力"，这种假认真严肃的风格是叙述者自己的错觉，还是作者企图使读者产生错觉，抑或是有关各方都参与的一种游戏？读者在为西南部幽默发笑的时候是很自信的，霍桑复杂的讽刺也仅是突出了他的思想的深邃，然而坡的作品却使读者全然不知当如何反应。他是认真严肃的吗？读者应当采取严肃的态度吗？问题的关键在于体裁。他的作品属于哪种体裁？

早在 1835 年，坡在一封写给《南方文学信使》的信中就谈到了这个问题。当时他刚在这份杂志上发表了《贝蕾妮丝》。在这段故事里，一位性情古怪的叙述者向读者解释为什么他对堂妹贝蕾妮丝的牙齿着迷，他认为那些牙齿具有精神价值："她的牙齿都是思想"（这是一种新柏拉图式的比喻，在英国 17 世纪玄学诗歌中有所运用，如约翰·多恩著名的诗句"她的身体在思考"）。坡的故事叙述者以在堂妹死后占有她的牙齿的欲望为轴线，这也许只

是将想象的事物化为物质形态的喜剧。故事叙述者从被埋葬的贝蕾妮丝嘴里将牙拔了出来；可是贝蕾妮丝原本是被活埋的，这就将怪诞转变成了折磨。

坡的编辑抱怨说，这段故事"太恐怖了"，坡回复道，他写这篇故事是因为跟一位朋友打了赌，这位朋友说，如果"严肃地"处理"如此怪异的题材"，就不可能写出"有影响的"作品。针对纯艺术的要求，坡继续阐述道，"所有杂志的历史"都表明，这种故事恰是杂志成功的基础。随后他对这种故事定义道："将滑稽的提高为怪诞的；将可怕的染上恐怖的色彩；将机智的夸大为可笑的；将独特的变成奇怪神秘的。"坡否认这种夸张的处理是"趣味低下"的结果，原因是这些远非"浅显"的故事，实际恰是读者"喜闻乐见"的作品。要写出这样的故事也并非易事：不仅需要"见解独到"，而且"写作时颇费脑筋"。尽管坡引用英国杂志、柯勒律治的作品以及托马斯·德昆西的《一个英国瘾君子的忏悔》（*Confessions of an English Opium-Eater*，1822）来作为自己的例证，但是人们认为他所提出的审美原则属于德国浪漫主义（在第四章有详细讨论），因此，在《荒诞怪异故事集》的前言里，他觉得有必要说明"恐怖不是源于德国，而是源于心灵"。这些浪漫主义论点认为高级和低级、严肃和滑稽的传统体裁区分已不再适用，而通过混合这些等级类别或者笔调，则能取得最强烈、最适宜的现代效果。

许多当代的评论家认为坡不是浪漫主义者。在他们看来，坡的作品属于全然不同的类别。他们将坡比做律师，律师在美国被公认为是特点分明、地位重要的人物。爱德蒙德·伯克（Edmund Burke）告诫英国应与殖民地进行妥协，阿列克斯·德·托克维尔对美国的民主进行了研究，他们两人都强调指出，律师赋予美国文化以特有的声音。律师问案时的腔调是职业化的，对有关的人和事不带个人感情色彩；自然和习俗的因素均服从于分析的力量。律师公允正式、冷酷奸诈，尽管有时往往有所创新、故作神秘。因此，人们批评坡讳避具有熟悉情感和舒适的"家常性"。（《黑猫》中"最疯狂然而最家常的叙述"显然不算。）不少读者认为法律职业是坡作品中如此鲜明的假作认真态度的文化源泉。律师技巧与自我发展有不解之缘，这使坡获得他所寻求的知名度，而霍桑却一直为自己的默默无闻而担忧。

律师是美国职业人士的第一种光辉楷模，而坡则致力于发展另外两种楷模，这两种楷模或可兼容，或不兼容：即职业作者和"艺术家"。他曾为《贝蕾妮丝》辩护，称之为技艺高超的杂志作品，直到1844年，他称自己"从根本上说是杂志作者"。而在另一方面，当坡与戴克金克讨论将哪些作品编入1845年版的故事集时，他表达了一种愿望，即选取"能代表我不同时期思想的"作品。他称，尽管他是在许多年间、为不同的场合写作的这些作品，但是他"心目中总有个写书的统一计划",每一篇作品都是"整体的一部分"。出于这样的原因,坡总是在寻求最大可能的"多样性和变化性",不仅在"题材"和"思想"方面,而且也在"笔调"方面。他的故事是"各式各样的",这些种类的价值有所不同,然而"每一篇故事都是这一种类的上品"。坡似乎认为,与"文坛"的概念相比,戴克金克的《美国书库》(*Library of American Books*)片面性太强。不过,仍然存在着一种矛盾。在宣称自己的作品中存在统一性之后,坡接下来解释说,这种统一性仅是在技巧的层面实现的。职业模式战胜了艺术所承诺的统一性,地方因素战胜了广阔的世界。坡似乎比其他作家要诚实些,他们声称文学能够实现克服现代生活社会经济障碍的统一性。

坡的创作生涯是以现代美国生活的一个主要事实为基础的:城市的发展。纽约、费城和巴尔的摩是这个国家的三个最大城市,从1820年到1860年,这三个城市的人口增加了六倍。在1810年和1820年,美国只有百分之六的人口居住在城市,而到了1860年,差不多有百分之二十的人口在城市居住。在19世纪40年代,城市人口增长了超过百分之九十,其增长速度比全国人口增长快三倍。当时的城市与其说是工业中心,还不如说是商业中心,与其说是生产基地,还不如说是交换和转运的场所。由于城市的经济作用从单纯居住作用中分离了出来,男女"领域"的分野成了有目共睹的社会、经济、文化生活的事实,办公室劳动在这一期间大量增加。在霍桑的小说中,男性科学领域和女性精神领域在《胎记》之类的作品里有直接的反映。然而在坡的作品当中,这些社会变化的表现有所移置和转换。在这方面,坡的作品可与英国浪漫主义的重要倾向联系到一起。

1800年,当威廉·华兹华斯为《抒情歌谣集》写作前言的时候,英国已经开始经历社会转变,这种社会转变后来传到了美国。在阐述其诗歌实验的社会意义时,华兹华斯着重指出:"有许许多多不为前代所知的原因正在形成一种合力",改变着人们的思想。作为部分原因,他提到了法国革命唤起的民主热情和"城市人口的累增"。与乡村因季节而异的劳动相反,"工作单一"导致都市居民"渴望发生非同寻常的事件",因此,当时的大众新闻便"及时提供"这样的消息。因此,华兹华斯是逆着他的时代而写作的;他的诗歌以乡村为背景,依靠的是对自己伦敦生活体验的分析和摒弃。华兹华斯希冀用自己的作品来反对哥特式小说和新闻媒体所带来的形形色色"俗陋、粗暴的刺激"。

坡与华兹华斯相反,他与新闻的力量结为一体。他成功地采用了几种愚弄人的新情节(其中引人注目的是关于1844年乘气球飞越大西洋的故事),

他的小说借鉴华兹华斯认为低级的哥特式小说特征。华兹华斯写的是使体验稳定和谐的诗情回忆；而坡具有特点的第一人称叙述者则是骚乱和激动的中心。不过评论者更多地注意到坡作品中的冷漠笔调，而对其中的情感因素着墨不多。一位评论者认为《厄舍古屋的倒塌》像"一座琢磨细腻的雕像，看上去很漂亮，但却没有不朽的灵魂"。另一位评论者则称这部作品缺乏"任何感情或同情的联想"。读者感觉，坡的作品是来自律师办公室的文件，而非在家庭中写出来的（尽管他是在写"家庭"）。读者们将坡的作品放在阳刚"范畴"，而将华兹华斯致力创造的纤细感情归类于"阴柔"、多情善感的作品。

坡狡黠详细的散文作品，致力于改变读者对诸如凶杀、活埋和腐烂等有轰动效应话题的感觉，旨在唤起强烈的情感。他解释道，《厄舍古屋的倒塌》的效果来源于"这样一种发现：长期以来，人们一直将痛苦的呻唤当做漠然的笑声"。这种观点与报界对城市社会的揭露如出一辙：穷人在挨饿，他们不是快乐的废物。华兹华斯在乡村中找到了城市的对立面，他那多愁善感的诗篇不写街市情景，转而描写家庭温馨，而坡却恰好相反。他将城市经验成分变形为别处艺术世界中想象的非现实。然而他认真严肃的描写反映出对细节的完美把握，以致他的评论者时常将他比做丹尼尔·笛福（Daniel Defoe），而不将他与浪漫主义作家划等号。

显然，坡是《人群中的人》中所描写的伦敦的城市作家。《人群中的人》完全可以与狄更斯描写伦敦、果戈理描写圣彼德堡的作品相媲美，而后两位作家的作品也写于 19 世纪 30 年代。坡在《莫格路谋杀案》和《被窃的信》（*The Purloined Letter*）中想象的巴黎给城市犯罪文学所下的定义比巴尔扎克在《交际花的荣耀和苦难》中的还要明确。即使在场景不是城市的作品里，城市生活方式也很突出。尽管《厄舍古屋的倒塌》的场景在偏僻的乡间，但是这部作品却反映出对自然和精神特征起决定作用的"环境"。同样一种对环境的关注成了巴尔扎克描写巴黎最具特色、最为感人的大部分作品的结构原则，例如在《高老头》的开头他借用沃奎厄养老金（Pension Vauquer）来赋予小说以意义。

无论是在美国还是在国外，新的生活条件产生新的经验形式。城市人群的压力、家庭与工作的剥离都有助于形成强烈的个人内心意识，并且使人们感到有必要对自己的个性进行定义和保持。公众所共有的环境产生了一种新的隐私形式，并提供了交流隐私的新媒介——通过个人的速写作品来交流"自我"隐私，或者通过新闻和小说来交流自己所掌握的他人隐私。坡确立了一种典型的写作形式。一位经受过巨大心灵创伤的人物坦陈事件，他的第一人称叙述对细枝末节的精确描述堪与笛福媲美，然而在感情上却具有浪漫色

658

彩的陌生感。冷冷地分析这种感情色彩也是作品的内容之一。这种现实与浪漫的组合就是现代人形成过程的一个重要时刻。

通过与华兹华斯进行比较可以清楚地看出这一点。《序言》是到了1850年才出版的,因此坡无从知道。在《序言》里,华兹华斯谈到"时刻",这些时刻是在时间长河中耸立的纪念碑,当我们的心情"抑郁"时,可以"恢复我们的心情"。这样的时刻之所以有威力是因为它们揭示了这样一条真理:"心灵是主宰——而对外部的感觉/只是其唯命是从的奴仆。"华兹华斯童年时曾经验过这样的时刻。他在山间迷了路,忽然,他看见

>   一池赤裸的碧水躺在山脚下
>   山顶上是一座灯塔,而更近一些
>   一位少女头顶水罐
>   似乎拖着艰难的步履,
>   逆风而行。

这一"寻常的景象"给人以"幻觉的疲惫",这种感觉是通过有变化的词句重复加以表达的。而这种表达方式成了这种场景在诗人记忆中和后来人生中有变化复现的结构。于是,在接下来的诗行中,第一行中的"一池赤裸的碧水"重新与诗中不同的景物组合:"荒芜的原野与一池赤裸的碧水"、"一池赤裸的碧水与阴郁的峭岩"。

《厄舍古屋的倒塌》是围绕着自身身份和心灵恢复能力来展开的。不过坡不像华兹华斯那样充满希望。罗德里克·厄舍(Roderick Usher)觉得祖先留下来的住房形成了一种"氛围",这种"氛围"有一种"注定其家族命运"的"可怕影响"。叙述者在这里看到的只有"无须评述"的疯狂;不仅故事的结尾证实了罗德里克的感觉——曼德琳和罗德里克双双亡故时,整个住宅坍塌了——而且叙述者本人也在开篇段落中表达了与罗德里克相同的感觉。当他第一次看到这所房子时,心中充满"难以忍受的阴郁",产生了一种"疲惫"感,"任何想象的刺激都难于将这种疲惫感变成某种情感的升华。"(德国浪漫主义理论认为,升华恰恰源于心灵驾驭自然的能力。)这种"彻头彻尾的抑郁"却唤不起于疲惫中令华兹华斯感慨万端的"幻觉",这是因为,尽管分析不出具体原因,"将简朴自然的东西组合到一起……便会产生影响我们心境的力量。"叙述者目睹"苍凉的墙壁……窗口像空洞的眼眶……几簇滥长的杂草……几支腐朽得白花花的树干",他试图强行"重新组合……细节",从而把握自己的心境。然而,当他向湖面看去,湖面"杂草、惨不忍睹的树桩、

2 地方叙事文学

空眼眶似的窗户那变形的倒影"更使他心寒。这篇故事中有变化的重复结构表明景物的作用,以及对城市支离破碎的意识。华兹华斯置身其外,对城市生活进行抨击,而坡写作时身在其中。

以社会和历史意义上不同的自我观点来对坡的作品做出判断,并不比以南北战争之后占统治地位、而今仍在美国占主导地位的标准来衡量坡那个时代美国政治文化生活结构更富有意义。尽管库珀和班克罗夫特创立了民族叙事叙述模式,联邦还未曾统一为一个国家。从 1830 年到 1850 年期间,派系和地方差异增大的速度至少与由于新的交流和交通手段普及而消除差异的速度持平。只有在南北战争之后,南方才能真正被称为受压抑的南方,而南方之所以要退出联邦并引发南北战争与建国的狂热举动有着必然的联系。坡心分五座城市,既与民族文化无共同之处,也与"文学共和国"无染:他是情感工程师,他的技巧既不是他所追求的"纯粹艺术",也不属于现代读者作为评判标准的"文学"。

3 个人叙事文学

　　地方叙述叙事文学以某一地点为特征；而个人叙事文学缘起于并依赖于移位（位置变化）：太平洋上的航行，横跨大陆前往边疆的旅行，奴隶逃跑，甚至也包括梭罗式的在康科德小范围内的移位。这种移位是物理的，但却也表明了这类作品的基本修辞模式：其内涵和对读者的感召力靠的是描写叙述者所了解和读到的世界与其亲历的世界之间的差别。从词源学来看，"叙述"源于拉丁语，而这个拉丁语词与形容词"知道（gnarus）"关系密切。在这种叙述模式中，叙述与个人的人生洞见的关系要比我们所探讨的其他叙述模式明显得多。在古典雄辩术的语汇里，"叙述"就是简明地陈述有关事实。这种对于简明和外在性的强调反映了这类叙事文学的特征。这样的叙事文学是不太注意个人尤其是人际间感情的细微变化的，这一点与人们对一般小说的期望不同。

　　这类个人叙事文学讲述的是处于民族生活边缘的活动，与其说与乔纳森·爱德华兹式的始于1740年的讲述内心宗教经验的"个人叙事文学"相仿，还不如说与叙述被俘经历的作品相似，后者源自玛丽·罗兰森关于与印第安人一道生活的叙述（1682）。地位稍高些的白人作者的个人叙事文学则具备典型的沦落——回归的循环图式：某种沦落，有时甚至蒙受耻辱，然后返回到普通的文明生活；而对于以奴隶为叙述者的作品，通常的模式是上升，最终获得自由。作为一种叙述类型，个人叙事文学在当时和后来的魅力在于它记录了某种远古的生活方式，这种对远古的回归不是通过时间回溯，而是通过空间变换来实现的。叙述者像读者一样，也是现代世界的一分子，通过这样的叙述者的视角，与"另外的"的世界相联系，并在融合它的同时对其加以改造。因此，个人叙事文学可以将地域和各种经验殖民化，并进而使其融入民族叙事叙述文学。

《航海两年》

小理查德·亨利·达纳（Richard Henry Dana）著的《航海两年》（Two Years Before The Mast）于 1840 年由哈珀兄弟出版社出版。此书出版后的前两年为出版商赚了大约一万美元（每册 45 美分）。达纳生于马萨诸塞州剑桥镇的一个颇有声望的家庭（他父亲曾创办过一份重要的季刊《北美评论》）。不过到了他在哈佛大学读书的时候，家庭经济拮据，1834 年，他因患眼疾辍学，便决定出去工作，以减缓家庭经济压力。他做了普通水手，这一选择有非常的意义。他在一艘从加利福尼亚往波士顿运送牛皮的船上做工，这艘船为繁荣马萨诸塞州皮鞋业做出了贡献。达纳的旅行及其作品多与他在加利福尼亚陆地上办理皮革业务和装牛皮上船有关。1848 年，加利福尼亚成为美国的一个州；1849 年，加利福尼亚因淘金热成为世界关注的中心。此时，达纳的作品是能够提供有关加州信息为数不多的著作之一，因此他的作品再度走红。到了 20 世纪之交，达纳的叙事文学成为一个已往时代——汽轮取代帆船之前——的经典之作。他的文笔简洁明了，以致眼科医生用他作品的段落做视力表。

达纳撰文反对当时占主导地位的航海小说，这类小说是以拜伦勋爵和詹姆斯·费尼莫尔·库珀的海洋罗曼司为样板的。他声称，航海的"日常生活"根本就"没有什么罗曼司"，而是"平凡、实实在在的艰辛劳作"。然而，达纳也关注浪漫主义——威廉·华兹华斯式的，而非拜伦式的——所关注的一个重要问题：即试图通过将书面语言与口头语言和人们简朴的日常生活衔接，从而使之净化。达纳力图"如实地"呈现"普通"水手的视角，即使这意味着要使用人们认为是"粗俗"的语言：例如，"拼命去干，努力去活，努力去死，而且去下地狱，也照样不会省劲儿。"另一位水手的话同样植根于工作的节奏，但却更加富有诗意："绕过合恩角、好望角，在回家的航程中你能看到的第一片陆地便是北极星。"达纳认为水手们"艰辛"的生活使他们丧失了情感："一种过分看重的阳刚之气是航海人的特征。"甚至"同情"一位生病的船友也会显得"金兰气"，因此水手之间的关系是"残忍的"："不管你如何感觉，你必须对航海时发生的一切一笑了之"——尤其是与死亡擦肩而过的时候。这样一来，航海生活便成了"冷冰冰的例行琐事"。

这种例行琐事首先是体力的，而非道德或心理的。达纳用了数页纸的篇幅来描写"一天工作"的琐碎，从而强调说明整个航程都是"诸种工作千篇一律的重复",其中不仅包括艰苦的力气活、摆弄风帆的技术细节、无休无止的清扫以及帆船保养的木工活,而且还包括用"旧废料"在船上不停地制作各种作用不同的装置。等到了加利福尼亚,这些例行琐事会从头另来。达纳讲述了"一张牛皮的全部历史",自从阉牛身上剥下来至运到波士顿。到1840年,许多工作越来越专门化。工厂劳力的发展引起了人们的注意。但更多的人却为农场加入国家市场体系这一进程所驱动,这一进程鼓励农民种植特殊作物并出售以购买必需品,而不是去从事自给自足的农作物生产和家庭制作。在这种情况下,水手就显得有趣,因为水手工作仍要求他们是多面手。船头的船楼"看上去像水手——万事通的车间"。甚至水手唱的歌也与工作过程密不可分。几个新水手入伙,他们的新歌便会"风靡一时",因为老歌"连续唱上六个星期就老掉牙了","及时地补充新歌"能使手中的活儿提前几天干完。

水手的工作丰富多样,水手们随着号子的节拍劳作,而不是跟着机械的节奏工作。水手的工作尽管很吃力,但仍然显得充实。不过他们的工作也被新出现的"纪律和秩序"模式所影响。于是,早晨起床穿衣只能用"三分半钟",其他的工作也同样有严格的规定。在历史上,监狱和工厂是密切相联的,在19世纪,人的组织措施往往先在监狱试点后再用来管理工人。船上的工作使这一过程达到登峰造极的地步:"没有哪家州立监狱的囚犯如此刻板地工作,受到如此严格的监视。干活的时候连话也不许说。"

船上各级长官迫使水手一丝不苟地例行工作。在长官当中,船长是"至高无上的上帝",是权威之源。船上的等级森严反映了水手们对陆地上阶级划分的看法:"见到不动手干活、身着长衫打领结的人,水手们便会称他为富人。"按照人们想象中的美国平等观念,人们难以区分富人和更富的人,但是贫与富的分野鲜明。船长有权实施体罚,而且不给人以上诉的权利。达纳书中有一组给人以深刻印象的文字详细地描述了一位无助的船员受鞭挞的情景,后来一位最受尊敬的水手,因为对施鞭刑的理由提出质疑,又被鞭挞。达纳无比惊讶地看到"一个人……一个与我同吃同住数月之久的人,一个差不多像我兄弟一样熟悉的人……一个人——人类的一员,他是按上帝的样子创造出来的——被捆起来用鞭子抽,好像畜生一样"。被鞭挞的人因为捍卫自己做人的尊严,更激发了船长鞭挞他的决心:

"我不是黑奴。"山姆说道。

"那么我就让你成为黑奴。"船长说道。……"把他抓起来!把他捆成张开翅膀的鹰!我要让你们大家都明白谁是船上的主人!"

3 个人叙事文学

船长最终威胁所有的人道："我要看看谁敢对我说他不是奴隶。"（"谁不是奴隶？"《白鲸》中的伊斯梅尔发问道。只是他更有形而上的意思。）达纳后来潜心钻研海事法，尤其关注水手的权益。1848 年他成为第一个具有他那样社会背景而与"自由土地"党站到同一立场上的人。

海上生活着力表现生活在美国的意义，但却未能最好地表现。达纳的叙事文学证实了美国允许强权存在，这种强权政治令人们在日常生活中备感沮丧，唯有采用伪政治的方法才能缓解沮丧的情感。终于获准上岸休假了，达纳"永远都忘不了那种重返自己生活……欣喜若狂的感受，尽管只有一天，自己说了算"。从小受到爱国主义的教育，但是仅是在此刻，达纳"才有生以来第一次可以实实在在地说"，感受到了"我常听人用的一个说法——自由的甜蜜"。他与一个一起休假的船友谈论起"过去的时光，那时我们生活在朋友中间，在美国，无拘无束；也谈到我们能否回到那样的时光"。然而，他在书中并未意识到，恰是美国的法律才赋予船长以强权，允许蓄奴制度存在。在他的书中，"美国"是自由缺乏的反义词，而实际上，恰是美国使得自由缺乏的状况合法化。达纳感到他失去了美国，而这个失去的美国中最令他怀念的是他可以坐在家中阅读《波士顿每日公告报》："有什么能像报纸一样，既能让你游历他乡，又使你拥有在家的舒适和安全感？"这一段话令读者对平庸的家庭生活顿感亲切，任何改变家庭生活现状的要求随之烟消云散。

达纳也认同水手的工作伦理，这种伦理使水手变得让人惋惜地残酷。在书中，从头至尾他都在申明一种观点："将北方佬新创造的'流浪汉'这个词（这是《牛津英语词典》最早的引句）用于西班牙裔美国人再合适不过了。"对于加利福尼亚，他是这样思虑的："在一个野心勃勃的民族手中，这个国家会是个什么样子！"不过他也担心，这种西班牙文化模式甚至会毁掉将在美国出生的"美国人（称出生在美国的人）和英国人"的后代。达纳自己始终保持"绅士子弟"、"富人之后"的自我意识，他承认自己永远都不会真正成为"水手的一员"。

达纳社会地位的暧昧对他的著作起了一些关键性影响。一位船员突然离去，达纳失去了了解这位船员身世的机会，在思考这个问题的时候，达纳写道：

> 要想通过对比了解真实情况，我们必须从高处走下来，离开阳关大道去探寻羊肠小道和生活的下层；到陋室、船楼，走进流浪在国外的同胞的生活，亲眼目睹灾难、艰辛和罪恶给我们的同类所造成的一切。

649

这种深入下层、为磨炼心志而忍受屈辱的做法与美国的民主理想形成强烈共鸣，但是这种做法只是以提高"认识"能力为目标的。达纳的书中不曾提出贫富尊卑应相互密切接触或实现大团结的建议。在这一点上，达纳的著作没能明确提出可以补充英国查尔斯·狄更斯的社会探索小说的观点。狄更斯号召作者利用想象的力量飞临城市上空，"掀开屋顶"，向读者揭示他们就在身边但却浑然不知的邪恶和贫穷。他坚信，看到这样的情景，人们便会"像同源的生物一样……为了一个共同的目标，将世界改造得更美好"！达纳曾经真正置身于水手当中；然而，狄更斯在作品中采取的立场更具行动主义色彩。

在一段纲领性不强的文字里，达纳认为，要想全面看清或者理解一个人的场面，需要拉开一段距离，同时，他还认为，即使一位绅士与一位普通水手都在现场，这位绅士所看到的情景未必能与水手相同。这段文字是以对浪漫主义的自负进行讽刺的语调开头的："尽管人们都说满帆的航船美不胜收，但却很少有人真正看到过满帆的航船。"对于那些只是在近岸处看到帆船的人，"船是在进港或者出港，只挂起了常用的帆，也许只是两三片辅助帆，而这就是人们常说的满帆的船。"只有远离岸边，"风儿柔和、平稳，几乎但却又不是正从船后吹来，轻风徐徐而有规律，让人放心"，只有在这样的时候，船才会挂满风帆。只有在这时，"她才是世界上移动物体中最辉煌的"。即使是水手，也极少能看到这样的景象："这样的景象，很少有人……有幸目睹。"这番话表面看来自相矛盾，但是其中的道理是"正如你可以超然物外远看它，但是你从船本身的甲板上是看不到这艘船的全貌的。"但是一天夜里，达纳奉命爬到了鼓满风的第二斜桅的顶端回过头看的时候，他意识到自己离船有了足够的距离，可以"像看另一艘船一样欣赏自己的船"，眼前是"一座风帆的金字塔，远远地伸出船体外缘，而且在朦胧的夜色中，似乎高耸入云"。柔和平稳的微风一刻不停地鼓满风帆，"风帆纹丝不动，即使是大理石雕塑出来的也不过如此。"

达纳全神贯注地欣赏着这一景象，全然忘了还有另外一个人同他一起爬了过来——"一位饱经风霜的军舰的船员"，这个人也在回头望着这一景象。达纳用这个人的议论结束了这段描写。这个人的议论也颇有诗意，令人尊敬，但却与达纳的观点大相径庭：一方面是绅士的审美思索；一方面是劳动者的评价："这些风帆干活多么幽静呵！"

《弗雷德里克·道格拉斯的人生叙谈》

达纳对水手工作的残酷面进行了认真的揭露。他的作品在写成几十年后便被当做怀旧之作了：帆船和西班牙的加利福尼亚一样，随着航海的机械化和加利福尼亚的美国化,一去不复返了。《美国奴隶弗雷德里克·道格拉斯自己撰著的人生叙谈》(*Narrative of the Life of Frederick Douglass, An American Slave, Writen by Himself*) 的遭遇也同样令人感到吃惊。借助道格拉斯作为废奴主义运动发言人的威望,这本书首次在波士顿由反蓄奴办公室出版 (1845) 的时候产生了巨大的影响,五年内,销售了 3 万多本。道格拉斯在《我的奴役和我的自由》(1855)(见第五章)中修订并扩充了自己生活的故事,詹姆斯·麦休·史密斯在引言里称赞道格拉斯为"具有代表性的美国人——是他的国人的典范"。在南北战争期间,他为林肯总统出谋划策,在写作《弗雷德里克·道格拉斯的生活和时代》(最后版本,1892) 之前,他出任过许多重要的公职。然而在第一版《剑桥美国文学史》(*Cambridge History of American Literature*)(1917) 中,道格拉斯只占了半句话的地位。而《美国文学史》(1948) 对道格拉斯只字未提。20 世纪 60 年代的黑人民权运动以来,道格拉斯恢复了在美国人意识中的地位,许多人重读他的作品,尤其是《人生叙谈》,读者之多超过最初出版时期。

道格拉斯的作品和生涯像同他一样的逃跑奴隶和废奴工作者的作品和生涯一样,对"美国"的自由和平等提出了深刻的质疑。所罗门·诺索普是纽约州北部的自由黑人,他被绑架、被麻醉,度过了《为奴十二年》(*Twelve Years a Slave*, 1853)。他是在华盛顿特区关押黑奴的地方被卖掉的。从那里他第一次瞥见了国会山。威廉·威尔斯·布朗的《人生叙谈》(1847) 则突出描写了具有讽刺意味的一幕:恐惧的奴隶逃出美国这个"皮鞭、锁链、和《圣经》的国度",用一首奴隶歌曲的词来说,逃往"维多利亚的辖地",即英国统治下的加拿大。在那里,他们可以获得自由,而且没有被抓获引渡之虞。同样是那颗北极星,在达纳笔下的水手们看来,那是美国和温暖的家,而对奴隶来说,则是指引他们逃出美国的灯塔。北极星被道格拉斯用来命名自己的一份废奴主义报纸。这份报纸是在纽约州的罗切斯特出版发行的。当时他已赎回了自由,已经不再担心会被抓住,重做奴隶。目睹鞭刑的痛苦经历——在达纳看来是他出海的高潮,标志他离开白人自由的最远点,而对道格拉斯来说,则是"沾满血迹的大门",通过这扇大门他走进了"奴隶制的地狱"。道格拉斯回忆说,他对世界的第一印象便是姑姑受鞭刑时的尖叫。

今天,人们认为道格拉斯的《人生叙谈》具有丰富的文化价值,但它离我们通常说的"文学"有一段距离。即使作为文学边缘类型的自传,这部作品也有其不相符的地方,因为道格拉斯笔下最有价值的经历不是自传所要求的自身经历,而是实现社会团结的一些时刻。大约在 16 岁的时候,道格拉斯暗自开办了一个周日学校，在那里他教自己的奴隶同伴认字：

> 回顾那些星期天，我心中的快乐无法形容。对于我的心灵来说，那是些辉煌的日子。教那些亲爱的奴隶伙伴认字是我感到最甜蜜的工作。我们相互热爱……他们上周日学校的每时每刻都可能被抓走，挨上39皮鞭。他们到这里来是因为他们想学习……我教他们是因为能做些改善我的民族状况的事给我的心灵带来莫大的愉快。……我们的心连在一起。我对他们的爱比我所体验到的都强烈。

道格拉斯最强烈的爱即是如此——在《人生叙谈》里，他也提到自己的婚姻——产生于集体的抵抗行动。这一点我们可以从他是从被剥夺权利的处境中挣脱出来的这一事实加以理解。作为奴隶，他的个人身份受到无知的局限。像他所认识的其他奴隶一样，他对自己的时代"没有准确的认识"，了解之少，"与马相差无几"。关于奴隶生活的文字足以描写这个集体的大同小异的特征："下种季节、收获季节、采樱桃季节。""我无从了解"父亲的身份，大家都说是个白人。尽管他知道母亲的名字，"我却从未看清楚过她，与她见面，一生中也只有四五次。"道格拉斯"记不起曾经在白天见到过母亲"，因为她来看他的时候，总是在干完白天的活计之后，从远在12英里开外的种植园步行前来。

然而，如果说道格拉斯未能写出自传应当叙述的通常意义的个人身份，相反写出了具有深刻意义的团体联系，他却还是离开了奴隶伙伴，向北逃向了自由。不过，是那些奴隶主们"用棍棒和石头"捣毁了那个周日学校的团体，他们宁可看到奴隶们在星期天"打拳酗酒"，也不愿让奴隶们认字来"阅读上帝的意志"。后来，道格拉斯的主人将他带到了巴尔的摩的造船厂，让他冒着生命的危险在白人种族主义分子堆里干活，而不是与其他的奴隶在一起。每次将他从自己的团体里撕裂出来都使他更加接近自由。即使如此，道格拉斯的出逃对于通常的"文学"标准是一种挑战。道格拉斯不满足于精神方面的因素，而是要寻求物质方面的满足。对他来说，内心自由是不够的；他必须真正在这个世界上获得自由，身体上的自由。

在道格拉斯的叙述里，通过长期与试图摧毁奴隶精神的人进行身体的抵抗和斗争，"奴隶变成了人"。道格拉斯在这一斗争中获得了成功，这在他看来是"从蓄奴制的坟墓里获得了升入天堂的光荣复活"。这种信念是基于这样一种论证：任何想对他施鞭刑的白人"必须先把他杀死"。这种"自由"以死亡做赌注，因此具有存在主义的色彩；但是从"复活"的意义来看也带有基督教色彩。有了这样的自由对任何一部20世纪以第一人称叙述的作品来说就已足够了，而道格拉斯却执意要逃往北方。然而既已逃亡，道格拉斯却又拒绝叙述具体的逃亡过程，因而破坏了作者与读者之间正常的联系。从文学角度来看这毫无道理，尽管从实际情况考虑，他这样做理由充足：别的奴隶很有可能再次利用他的逃跑路线，对此加以叙述，就会将逃跑的奴隶置于危险的境地。在《我的奴役和我的自由》中，道格拉斯着重批评了奴隶逃逸作品中对逃跑方法的详细描述。然而道格拉斯也在更为地域性的层面上违背了文学性的要求。在寓意作品中读到一个工头名叫塞维尔（意为"严厉"）、另一位开枪将倔强的奴隶脑袋打开花的工头叫做戈尔（意为"流血"），这并不奇怪；但是历史文献却表明这些都是真人的名字。

　　道格拉斯的《人生叙谈》在"文学性"方面的最后一个问题是其语言。道格拉斯没有对经历进行富有个性的叙述，而是使用了十分普通的语言。他的祖母为奴隶主操劳数十载，到头来却一个人死在小棚屋内，无人管顾。在借用祖母的经历进行谴责的时候，道格拉斯引用了一段约翰·格林里夫·惠蒂尔的废奴主义诗篇。他没有用自己的话进行表达，而是借用一个北方佬的话。又如，当他置身白人种族主义者中间在切萨皮克海湾边上做工的时候，曾有过令他感慨万端的时刻：他看到帆船逸然驶去，驶向自由，便将这一情状与自己的处境进行比较：

　　　　我心灵深处的怨愤会油然而生，以我粗鲁的方式向过往的船只呼吁："你们收锚起航，获得了自由；而我却被锁链牢牢地拴紧，我是一个奴隶！……你们是自由的天使，满世界振翅翱翔；而我却铁镣加身！我能自由该多好呵！……啊！浩浩浊浪翻涌在你我之间。"

　　这是矫揉的、传统的修辞手法，所谓的"呼语法"，非常对称，充满感叹和陈词滥调。在为《人生叙谈》写的前言里，废奴主义领袖威廉·劳埃德·加里森将上述段落挑出来，赞赏不已，称这是全书最"动人"的一段，"无比高尚"，给人以不可抗拒的力量："浓缩了亚历山大时期的思想和情感。"若按20世纪美国的文学标准来看，这种古董书卷气不再为人称羡，不过加里森发现了道格拉斯的"亚历山大"味，却是颇有见地。道格拉斯曾经学习过讲演术的传统形式。他大约12岁的时候，"找到了一本书名为《哥伦比亚演说家》(*The Columbian Orator*) 的书"，这本书最初是在1797年由马萨诸塞州的卡莱伯·宾厄姆（Caleb Bingham）出版的，像后来的《韦伯斯特拼写读本》(*Webster's Speller*) 和麦克古富雷（McGuffey）的《选读》(*Eclectic Readers*)，不可避免地成为教育的必读课本。

《哥伦比亚演说家》是美国教育的读本，道格拉斯从中找到了反对蓄奴的论点，以及英藉爱尔兰作家理查德·布林斯雷·谢里登（Richard Brinsley Sheridan）所谓解放（天主教徒）的论点。阅读完这部作品，"自由的银号角永远地唤醒了我的心灵"。于是，这个奴隶开始用美国 7 月 4 日建国演说的语言来写作和讲话。当时，这种演说风格已成平庸，只能起到巩固美国政治观念和价值观念的作用，却不能起指导作用。然而，甚至在这层意义上，道格拉斯的作品也不能说是具有文学性，因为他的作品具有确定的实用目的，意在解释他是怎样成为如此能干的废奴主义发言人的——一边要确认自己作为奴隶的真实经历，一边要解释为什么他不像一般奴隶那样讲话。

道格拉斯与他其他写作叙述奴隶逃跑作品的同代作家一样，其目标与其说是要发掘蓄奴时期的语言和经历，还不如说是要将其铲除掉。在他的叙述中几乎没有一句奴隶的直接引语；只有描写他在造船厂做帮工时有方言出现，那是白人工人召唤他的混杂声音。在这部叙事文学的前半部，道格拉斯回忆了奴隶们"疯狂的歌声"，他仅引述了其中的合唱部分："我要离开，去那大房农场院／哦，是的！哦，是的！哦！"他解释说：这些歌词，"在许多人听来是毫无意义的黑话。"但是在奴隶们听来却"含义丰富"。道格拉斯认为，"只要听一下这歌声，就会使人深刻地了解奴隶的心境，其作用比阅读有关内容的大部头哲学书还强。"不过，他承认道，"当时，我身为奴隶，却没能理解这些粗鲁、表面无连贯意义的歌词的深刻含义"，因为他自己"身在其中"。虽然这些歌曲的情感力量一直能将他感动得热泪盈眶，但是只有当他获得自由从而产生距离感之后，他才能掌握其真谛。为了避免北方人误解，因此他必须强调指出：恰如"一个被扔在荒岛上的人唱歌"一样，奴隶唱歌不是出于满足。不过，尽管作者就歌词的意义长篇大论，却不曾将这些歌词写于纸上。道格拉斯的目标是要营救那些被抛弃的人，而不是要让他们被流放时的作品永存于世。

然而，从一个重要的方面来看，道格拉斯的《人生叙谈》像其他任何作品一样只有自觉意义的"文学性"，因为它的主线讲的是他何以写这样一部作品的故事，也就是说，道格拉斯是怎样获得了知识和道德的力量，从而使他有能力以废奴主义代言人的身份写出这部作品，进而合情合理地介绍自己的生平。引导道格拉斯一生的"新的、特别的意识"发端于他听到主人要女主人不要再教弗雷德里克认字的一刻，他的主人不让教弗雷德里克认字的理由是知识只能使奴隶不听话。通过主人的这一警告，道格拉斯弄懂了"一个……最令人费解的难题——也就是说，白人奴役黑人的能力所在"，他因此决心要获得这种能力。他曾经将女主人教认字当做"慈善援助",现在由于男主人的"恶意反对",他愈发珍视这种"援助"。他成了男主人的对头。密尔顿《失乐园》中的撒旦曾宣称,"邪恶,你恰是我的福气,"道格拉斯如法炮制,他认为在男主人看来"是十恶不赦的东西"可能正是他的"福气"。

在后来的学习中,道格拉斯发明了一些手段,诱使白人小孩教他写字,最终,他用小少爷们用过扔掉的抄字本学会了写字。结果,当他能写作的时候,他的笔法与主人托马斯相当(更早些时候,他学会了像小少爷丹尼尔一样讲话,他在《人生与时代》里对此有所叙述)。《哥伦比亚演说家》的作用已经提到过,但是白人文化主体对弗雷德里克·道格拉斯的思想形成产生了另外一种特殊的影响。在马里兰出生的时候,他被叫做弗雷德里克·柏雷(其中柏雷是他母亲的姓),逃跑的时候,他用了约翰逊的化名,以免被人认出,但他发现叫约翰逊的人太多,难以分清,他需要有个新名字。他的一位朋友当时正在读沃尔特·司各特写的富有诗意的传奇小说《大湖夫人》(*The Lady of the Lake*),建议他用道格拉斯(从盖尔语词源来看,道格拉斯有"黑色"的含义)。可以说,道格拉斯的叙事文学说的是获取白人文化的力量来反对这种文化,学习美国关于自由的论点,从而将自由的含义展延至美国定义的界限之外。

在其他的叙事文学中,同样的两面性也是奴隶经验的许多特征。基督教义曾被广泛地用来教化奴隶:奴隶为主子效劳是上帝的旨意。同时基督教也被奴隶用来当做抵抗活动的工具,例如道格拉斯的周日学校。白人社会为扩大其权力范围而采用了一些技术和官僚手段,从而促进了信息和商品的交流,恰是在这一基础上,奴隶经济得到了发展,也恰恰是这样的局面,为奴隶提供了逃跑的机会。所罗门·诺索普沦为奴隶,在路易斯安那州的棉花种植园里劳作了数年之后,他终于找到了纸和笔,并找到了一位可以信赖的白人替他寄信给家乡的人。国家邮政部门履行了职责,朋友们来到南方将他解救出来。据道格拉斯在《人生与时代》里透露,他本人就是通过连接巴尔的摩和费城刚开通不久的铁路逃跑的。火车站上熙熙攘攘的人群使他得以乘上火车而不为人注意;一份借来的水手身份证明使他的旅行畅通无阻;而火车的速度意味着当人们发现他没从造船厂回到住处的时候,他早就找到了自由。

《俄勒冈小道》

理查德·亨利·达纳从陆地到海洋和弗雷德里克·道格拉斯从南方到北方的移位都没反映出美国历史在19世纪40年代的主要变化方向。到1845年,

○叙述形式

约翰·奥沙利文已在《民主评论》上宣称：美国"显而易见"的命运便是要扩张至整个大陆，同年，德克萨斯并入美国。1846年，墨西哥战争开始了，战争使美国获得了今日美国的西南部。也是在1846年，美国与大不列颠就俄勒冈领土问题上的纷争也解决了，今日美国的西北边界得以确定。与此同时，加利福尼亚的"熊旗"（Bear Flag）起义爆发，加利福尼亚最终于1850年成为美国一个州。到了1840年，已有人沿着俄勒冈小道横穿大陆向西海岸迁徙；1846年，大约三千移民踏上了向西的征程。

这一形势使弗朗西斯·帕克曼的一系列作品显得很合时宜。这些作品从1847年到1849年陆续发表在纽约上流社会刊物《纽约人杂志》上，题目为《一个波士顿人笔下的俄勒冈小道，或曰夏季出境旅行》（The Oregon Trail. Or a Summer's Journey out of Bounds. By a Bostonian）。1849年，这些作品经过修订和补充，由 G. P. 普特南出版社结集成书出版，书名为《加利福尼亚和俄勒冈小道：草原与洛基山生活写真》（The California and Oregon Trail: Being Sketches of Prairie and Rocky Mountain Life）。当时帕克曼已开始实施其历史著述的宏伟计划，其中包括从《庞蒂亚克的阴谋》（1851）到南北战争时出版的七卷本的《法国和英国在北美》（France and England in North America）等大量著作（见第五章）。但是《俄勒冈小道》并不能直接称为民族叙事文学。帕克曼在这次横穿大陆的移民运动中发现了一种力量，这种力量与当年"从德国丛林"中"驱逐"野蛮人的力量相似。那些野蛮人正是眼下迁徙大军的"祖先"，他们"占领了整个欧洲，并将罗马帝国打得粉碎"。也就是说，他发现了一种主题的现代再版，这一主题曾令他的榜样、史学家爱德华·吉朋感动不已。但是这不是帕克曼要写的题目，即使他曾一度描述过这样一幅生动的场面："移民的马车队沉重而又缓慢地驶过印第安人的营地。在随后的一世纪，这些移民和他们的后代将要把印第安人从地球上扫地出门。"

作为历史研究的一项内容，帕克曼沿着俄勒冈小道作了一次旅行。帕克曼于1823年出生在一个长期居住在波士顿的殷实人家，十来岁的时候，他"迷上了树林"。在哈佛大学学习的时候，他不避艰难，在新英格兰当时尚存的荒野作长途旅行。为了完成他所选择的项目，他后来在纽约州北部、俄亥俄峡谷和大湖地区又进行了这类实地考察。起初他打算撰写《早期法国战争》（The Old French War）（又称七年战争，或者法国—印第安战争）的历史，但是不久他的目标改为探寻这一冲突的根源，开始撰写整个"美国丛林史"（他指的是自欧洲人到达新大陆起的美国史）。帕克曼"每日每夜都憧憬着荒野的景象"。他决心尽量少地借助于书本，尽量多地以"个人经历"为写作基础。1846年他在西部旅行的目的在于获得对"印第安生活内幕"的认识，研究

"印第安人原始时期的行为特征"。

与他的大多数同代人一道,帕克曼认为,通过在大平原地区或者在洛基山脚下对现存的印第安部落进行研究,他在触摸过去的历史,因为这其中包含了文化发展早期而未来仍将存留的人类原始性质。这种性质在"文明"的欧洲和美国白人当中的表现则属于文化发展较后的阶段。因此,尽管他自己身处当代历史的门槛,他所接触的个人和团体,私人的也好,军事的也好,都在1846年的重大事件中以及在美国向西扩张的历史中发挥了关键的作用,但是帕克曼却更乐于关注活着的历史,并不折不挠地为此付出了巨大的艰辛。他在奥加拉拉—苏人的一个居住点生活了数星期,由于有了这样的经历,帕克曼自信他了解"印第安人"——尤其是17和18世纪住在丛林里的印第安人。

帕克曼早就对印第安人着迷了,但是阅读这方面的书籍却令他沮丧。于是他"决心求助于实地观察"。想要实现这一目的,"就得生活在印第安人中间,就好像成为他们的一员。"帕克曼在他的书中反映了成为"他们一员"可望而不可即,这一点与达纳生活在水手中间一样,只是反映的程度更为强烈。不过,帕克曼并不承认这一失败有多少重要意义。他对观察所得知识跟生活"在他们中间"的体验所得知识之间的矛盾不加深究,而这种矛盾达纳在谈到"张满风帆"的船的意象时是注意到的,道格拉斯在思考奴隶歌声含义时也对这个问题感到不安。"在游荡于边远草原的最野蛮的一支游牧部落受到驯化数周之后",帕克曼确信"这些人是彻头彻尾的野蛮人",虽与白人文明接触,其野性却全未因此而有所改变。他们的所作所为都是"由远古"传下来的。帕克曼历经艰辛而获得的知识实则是他所在的文化早已掌握的基本观念。帕克曼本人是历史学家而且也从事历史研究,但是在他找到长期寻觅的活档案的时候,太得意忘形,竟未认真考虑历史给那里带来的改变。例如,在那些苏人生活中不可或缺的马匹是由西班牙人引入美洲的,因此帕克曼所观察到的生活方式乃是文化互动的结果,并非土产原造。

帕克曼称,就本质而言,"文明的白人"与"印第安人"之间毫无"同情的基点":"两者之间横着一条不可逾越的鸿沟"。鉴于期望达成的心灵沟通难以实现,印第安人看起来是如此的"异类",一般人"开始觉得他们是一种惹麻烦、富于危险性的野兽,如有必要,我会开枪打死他们而不会受到良心谴责,正如他们将我打死的感受一样"。(也许这是鲜见的"同情基点"之一。)在帕克曼看来,射杀的行为与内心活动有着特殊的关系。在一篇说明性的文章里,他描述了杀野牛"最简单、最省事"的办法,说到高潮时,他写道:"心到手到,轻触一下扳机,枪声响了,随即,在空白的牛皮上出现了一个小红点儿。"与印第安的弓箭不同,步枪射击像思想活动一样迅捷、不露痕迹:文明的进步就是通过这样的思想活动而实现的。

帕克曼的叙述作品不断重复从观察到反感再到挑衅的图式:"'你太丑了,别活下去了。'我心里想道。瞄准其中最丑的,一连射杀了三头。"这是在杀野牛,但是所用的语言以及所表达的情感却与他对印第安人的态度相差无几。而且,大平原上印第安人的命运与野牛息息相关,"野牛绝迹,[印第安人]也一定会渐渐绝灭。"公野牛非常"难看、十分凶恶","只需看上一眼……所有的同情心都会烟消云散。"这话也许会令虔诚的人们感到惊讶,但是"有过这种经历的"人都心领神会:"让它受到致命伤害是何等的愉悦,看到它仆倒在地心理得到多大满足。"看到一个老印第安人,"面露病容,骨瘦如柴",帕克曼心中想道:

> 他真是个好靶子。一粒步枪子弹,瞄准好,就能把他打倒在地。我心中想,枪杀这个丑陋的老恶棍,看看他死后还能丑到何种地步,并无大碍,全当是杀死了一只长得像他的可恶的秃鹰。

在约翰·济慈的《许珀里翁》(*Hyperion*)里,那些被赶下台的提坦(Titan)认为他们被奥林匹亚众神取代是天经地义,"因为最美的必定最有力量,/这是永恒不变的法则。"在帕克曼的作品里,这种审美观念意味着,说别人丑陋就使自己有权主宰别人的生命。不过,从帕克曼的叙述中可以发现,甚至美的东西也不能幸免于难。一次他将一只羚羊错当做狼,准备射杀时发现弄错了,但他还是开了枪。察看猎物时,他发现"羚羊奄奄一息的眼睛向上望着,像美女的眼睛,黑黑的,富有感情。'幸亏我得赶快走,'我想道,'若有时间再待一会的话,我会很懊悔的。'"这种时刻的效果很典型。帕克曼的悔意仅存在于虚拟的情况中;他总是用确切的词句说出令我们感到不安的情景。不过,帕克曼从不后悔,这是因为他绝对自信:他不会做什么真正的错事。后来,他看到 只"漂亮少女般的"羚羊走近一群野牛。这些野牛因"形如蓄着胡须的海盗"而"显得比以往任何时候都丑陋"。他瞄准了野牛,似乎野牛是专门猎杀羚羊的。所有的怜悯都变成攻击的怒火。

也有一次帕克曼表现得比平时更谦逊一些。他看见一个印第安人,"身处岩石和树丛之间,像塑像一样纹丝不动",眼睛"盯着上方",帕克曼猜想这个人是在与松树交流,松树"在风中摆动……似乎是有生命的"。(帕克曼对自己与印第安人的差异感觉非常强烈,居然忘记了树木确有生命这一事实。)帕克曼"很想看透他内心想些什么",但却发现自己所能做的只是"臆想猜测"而已:"在这片山里,任何一只野兽的巡游、鸟儿的鸣啭或者树叶的响动都会为他指点迷津,警告他前面有危险。"帕克曼进入了另一种文化的一个人所能体会的世界,他竟也"识趣",没有打扰这位印第安人。他离开时,看到了一座山峰,他感到有去攀登那座山峰的冲动。艰难攀登了很长时间,他爬上了"顶峰",坐在"峰顶"上,俯瞰草原"延展到遥远的地平线"。帕克曼难得的一时自我约束导致他采取比印第安人的沉思更过激的行动。在这一场景之中,印第安人举头仰望;帕克曼从他所处的峰顶,居高俯瞰。帕克曼觉得,在那个印第安人眼里,一切都深有意味,而他自己所看到的只是一望无垠的原野,整个景象中没有什么具体的东西具有意义。

在这一渴望扩张、渴望控制以及从观察到反感再到攻击的转化过程中,帕克曼再现了赢取大西部的那种能量。无论他怎样瞧不起横穿大陆的迁徙者,甚至他在波士顿的社会同阶层人士不支持墨西哥战争,他却与那些迁徙者的扩张主义和种族沙文主义同声相应。帕克曼对印第安人的了解使他有能力撰写自己的历史巨著。他的历史著作是以这样的论点为基础的:英国战胜法国后北美的印第安人就已面临灭顶之灾。英国人决心在北美建立定居点,并使北美文明化,而法国只想掠夺荒原的产品,会让印第安人活下去。因此,在帕克曼看来,美国不必对在印第安人身上犯下的罪行感到自责,因为就实际情况而言,印第安人早就已经灭绝了。从洛基山中水潭里鱼儿"同类惨杀"的景象中,帕克曼认识到,尽管"心软的慈善家……会长叹太平盛世一去不复返",然而,"从小鱼到人,生活就是不断的战斗。"

《亚瑟·戈登·皮姆的故事》

接触蛮荒是帕克曼进行旅行的动因。此前大约十年,也就是1838年,埃德加·爱伦·坡出版了《南塔基特岛的亚瑟·戈登·皮姆的故事》,其中对与蛮荒的接触有极出色的描写。为了描写得逼真,坡借鉴了大量关于海难的文献以及南海探险的报告(就在《亚瑟·戈登·皮姆的故事》的前几章开始在《南方文学信使》发表之前,坡著文介绍杰雷米亚·N. 雷诺兹远赴南海的宏伟探险计划)。就表现手法来说,《亚瑟·戈登·皮姆的故事》(*Narrative of Arthur Gordon Pym*)采取的形式与本章所评述的个人叙述程式相同,而且也同属包括丹尼尔·笛福的《鲁滨逊漂流记》(*Robinson Crusoe*, 1719)和乔纳森·斯威夫特(Jonathan Swift)的《格列佛游记》(*Gulliver's Travels*, 1726)在内的小说传统。然而,笛福在改革宗教叙述传统的过程中,帮助确立了塑造小说人物的规则,而斯威夫特日益复杂的讽刺寓意作品显然与他那个时代

○叙述形式

的英国生活密切相关。坡的叙述作品既不为作品人物编织复杂的身世,也没有创造虚拟的世界,给当时的读者以什么教训。坡在模仿个人叙述方式之时,开始建立自己的世界,一个与民族环境分离的写作空间。

《亚瑟·戈登·皮姆的故事》冗长的副标题让读者大概了解作品的内容:

> 包括发生在1827年6月间向南海进发的"格拉姆普斯(Grampus)"号美国双桅船上的一次哗变和甲板上屠杀的细节;以及幸存者夺回船只,又遭遇沉船和可怕的饥饿的描述;他们如何被英国纵帆船"简·盖伊"(Jane Guy)号救起;这艘船在南极的短暂航行;在南纬84度的一群小岛间遭擒,船员遭杀戮;这次可怕的灾难如何使船又进一步向南行驶,以及这段航行中难以置信的历险和发现。

还有更多的内容:皮姆的昏迷以及藏在舱中箱里几被饿死;他还差点儿被他那条发疯的拉布拉多狗活活吃掉;饿得发疯的"幸存者"人吃人;在"野蛮黑人"当中生活,这些黑人的"表面慈善"一度掩盖了他们"最残暴、难言而又嗜血的"本性。

读者跟随皮姆,走出一个灾难,又陷进另一个灾难。但书中既没有一位合理的代言人来充当通常意义上的小说人物,也没有任何有组织的情节。在书的开头,皮姆曾提及他所讲述的故事发生后、本书写作之前又发生了一些事情。可是直到书的末尾,这里所埋下的伏笔也未兑现。这话甚至有误导作用。譬如说,它意味着皮姆与他最初的伙伴——此人在故事中间就被饿死了——曾在多年以后一起谈论过整个历险的过程。皮姆自己也几乎在书的开头就死于非命。在一个暴风雨之夜,皮姆所乘的小舟被一艘大得多的船撞沉,一次兴高采烈的乘船旅行变成一场噩梦。据船员叙述说,"看见一个人的身体固定"在舱底,"尽管好像早就咽气了",人们还是把他救上来了。皮姆解释说:"那具身体就是我的",是被一支突出的销子给"固定"在舱底的,销子"从我脖子后部穿进,从我右耳底下的两根腱肉之间穿了出来。"

皮姆活过来了,他为"沉船、饥饿、死亡和在野蛮人的部落里当俘虏"的幻觉而战栗,他承认这些"幻觉"实际上"成了欲望"。如果这种叙述起的是满足愿望的作用,那么满足这些愿望的责任已从坡移位到了他的作品人物肩上。然而,从这样的语境基础出发,在人物与行为之间也没能建立进一步的相互联系;随后的事件仅仅是罗列、陈述一些相互没有关联的可怖场景与"预感到的恐惧",例如皮姆沿峭壁往下爬的时候突然产生了"掉下去的渴望"。像在坡的短篇地方性叙述作品(在第二章论及)里一样,《亚瑟·戈登·皮姆的故事》记录的或许是城市经历的震撼，只是将源自都市的震撼影像投射到了远在天边的大洋，而城市的经济增长恰是要依赖于大洋。

叙述结束的时候，皮姆和一位同伴从野蛮人那里逃了出来，乘坐独木舟在南极温度渐升的乳状海水里向南漂流，最后，他们

> 陷入了激流，面前是张开大口迎接我们的深渊。但是在我们的前面站出了一个裹着尸布的人影，比一般人要大出许多。那人的皮肤像雪一样洁白。

作者在后记中为这种吊胃口的结尾找到了理由。他解释说皮姆还未及写完书就去世了。就这样，皮姆生命的完结替代了作品的结局。这种断裂的结尾具有亚里士多德称做随意传记的特征，而非对情节的精心裁剪。作为一种修辞性证据，这种结尾表明坡的这部作品说的是真事，而不是小说。据说人们能够在伊利诺斯州找到皮姆的同伴。

后记重新回到前言中提出的问题。从前言看，这部作品似乎是写实笔法的练习。前言一开始，皮姆担心自己写不好，他的叙述也许不能说出"事件本身的真面目"。皮姆记忆欠佳，再加上事件本身"具有奇迹色彩"，结果使他的叙述看上去"只是编造巧妙的小说"。皮姆解释说，当时在《南方文学信使》工作的"坡先生"鼓励他写下去，并要他相信"公众的聪明和常识"，因为叙述当中的任何粗糙之处都只会强化作品的可信性。然而，皮姆仍然"对自己的写作能力没有信心"，犹豫不决，没有马上动笔，直到坡称愿意将他的作品"以小说的形式"在《南方文学信使》上发表。由于这番曲折，皮姆的叙述的前几章就以坡"经过伪装的小说"形式问世。皮姆称，他自己被读者的反应鼓足了干劲，他声称"我所讲述的故事必将证明它们自身具备真实可信性"。终于，他敢于自己将这些故事讲给读者听了，而且是如实道来。

就这样，书的前言和后记赋予了作品以框架。它表明，这部叙述作品不仅可以通过其与美国生活中社会政治因素的关系加以理解，也可以通过其与写作因素的关系加以理解。向南部扩张的旅程导致了白人和黑人之间荒诞不经的相互影响，这种影响不仅表现为人类的冲突，在动物群和场景因素里也有所表现。这种影响与蓄奴制度和人种学有不解之缘，同样也与写作手法密切相关。当坡声称"恐惧不是德国人引起的，而是心灵所致"的时候，他将自己错综复杂、阿拉伯式的作品定义成了结构得当的强刺激物。通过《亚瑟·戈登·皮姆的故事》中杂然纷陈的刺激性场面，坡操纵了个人叙述形式来制造情感，而不是讲述经历。尽管作品反复强调其真实性，但是在评论者

眼中，它无疑是虚构小说。不过尽管如此，在整个19世纪40年代，哈珀兄弟公司仍将皮姆的故事作为游记来进行推销。当时真实性是个人叙述作品的重要标准。1845年，哈珀公司收到了一份水手的叙述作品，讲述他在马克萨斯群岛与食人的野蛮人一起生活了四个月的经历。一个编辑"委员会"认为"这不可能是真实的，因此这部作品没有真正的价值"。于是，《泰比》的手稿被退回了。

赫尔曼·梅尔维尔

尽管伦敦的约翰·默里（John Murray）也怀疑赫尔曼·梅尔维尔写的这个水手故事实则是一位"老练作者"的作品，他还是在他编的非小说"国内和殖民地图书系列"中出版了这部著作——《与马克萨斯群岛峡谷的土著人一起生活四个月的故事，或者，波利尼西亚生活管窥》（Narrative of a Four Months' Residence among the Natives of a Valley of the Marquesas Islands; or, A Peep at Polynesian Life）。后来经华盛顿·欧文推荐，这本书被纽约的威利和普特南出版社选入了"美国著作图书馆"系列，于1846年以作者喜欢的书名《泰比》（默里的原书名作为副标题）出版了。坡只能声称皮姆有个伙伴，能证明其故事的真实，然而梅尔维尔的那个名叫"托比"的伙伴，在读了《泰比》之后却真的出来证明《泰比》的真实性，而且托比的叙述还被收入《泰比》的第二版作为一种补充。但即便有这样的好运气，甚至还有早期的评论家引用的达纳的例子，英国的读者还是难以相信《泰比》确为一位"被抛弃的可怜水手"所写，而非为一位"满腹经纶的文人"所写。

《泰比》的第一章，也是赫尔曼·梅尔维尔借以首次为读者所了解的那些文字，通过"海上六个月"的生活的描写，立即就表现出作者的写作能力。没有新鲜食品，周围尽是咸水，而船上也尽是腌制食品。而普通的中产阶级"房舱水手"甚至会抱怨短暂的跨大西洋航行。梅尔维尔笔下的极端经历将旅游者的消闲享受航行与水手们遭受剥削的劳作相对照。这本书的角度是民主的，而且是非同一般的。在由于水手们劳作而被剥夺感官享受的背景下，浮现出了"古怪的幻象"，都是由马克萨斯群岛的地名想象出来的："裸体美女——食人宴会——可可树林——珊瑚礁——文身的首领……异教仪式和用人做祭品。"这些司空见惯的意象由于押韵和节奏而显得富有生气。每个词组都以重读音节开头，一串词组中间没有连接词，形成了比一般散文更加集中的重音，但却又没有规律性的节奏，因此听来也并不只是像诗歌。同样，"礁石"（Reefs）与"酋长"（Chiefs）押韵也为韵脚不甚规整的"仪式"（Rites

3 个人叙事文学

和"祭祀"(Sacrifices)做了铺垫。

梅尔维尔的开篇描写对群岛作了背景介绍；第一章是以一段生动的个人轶事结束的。这件轶事是他几年后第二次造访马克萨斯群岛时发生的。当时法国已经占领了群岛，法国海军在向一位美国海军准将介绍群岛的国王和王后。王后着迷地看着一位老水兵身上的文身，令法国人十分尴尬，接着

> 这位皇家妇人急于展示自己迷人身体上的象形文字，蓦地向前弯下腰去，过了一会儿，突然转过身来，撩起她的裙子，眼前的景象令法国人吓得向后退了一大步，旋即踉踉跄跄地跑回自己的船上，躲离这一灾难性的惊人场面。

像许多讽刺作品一样，这一段有种族主义和厌女症倾向之嫌的文字目的在于攻击掌权者。莎士比亚式的文字游戏（Catastrophe 的第二音节意为人体难以说出口的部位）反映了评论者总会在梅尔维尔作品中发现的"自由"的风格，这种风格有时会产生好的效果，有时则不然。在这段轶事中，"自由"的风格又向前迈了一步，他剥掉了法国帝国主义前来完成文明化使命的伪装。

从一开始，《泰比》便令人印象深刻，生动形象得令人生疑；然而故事是真实的。赫尔曼·梅尔维尔真的在泰比中间生活过。他来到他们中间的情景恰如书中描述的一样：他跟另一个同伴跳下了船，他们克服难以想象的困难在岛上寻找，结果还是来到本想回避的峡谷，这是因为人们认为泰比是凶残的食人土著，与居住在相邻峡谷里的哈帕人不同。梅尔维尔在那里逗留了仅四个星期，而非他自称的四个月。写作时，他借鉴其他游记和探险著作来补充自己的回忆，不过这部个人叙述的魅力还是基于他的亲身经历。一个水手竟有如此高的文化素养，这使一部分读者感到不可思议，不过实际上理解起来并不难：19世纪的社会大变迁既能使美国人出人头地，也能使他们深陷生活的泥潭。

梅尔维尔出生于1819年，家境富裕，父母的父亲都是革命的英雄。起初，梅尔维尔一家住在纽约，没跟祖父的波士顿家族住在一起；1830年，父亲的生意开始滑坡，他们便迁到了阿尔巴尼，那里是母亲的大本营。1832年，父亲去世，一家的破落已成定局。在随后的十几年间，梅尔维尔四处流浪，做过职员、农民和教师。1839年，他第一次在一艘驶往利物浦的船上当水手。1840年，他在密西西比谷地没找到工作，便于1841年随"阿库斯奈特"号捕鲸船从马萨诸塞的新贝德福德湾出海了。正是从这艘船上，他在马克萨斯群岛弃船而逃。从泰比人那里逃出来之后，他跟一艘澳大利亚捕鲸船签了合同，

679

○叙述形式

但不久船到塔希提岛,他便在类似哗变的气氛下离开了那艘船。另一艘美国捕鲸船将他带到了夏威夷。在那里做了几个月杂工之后,他在美国海军"美国"号上当水手,并随船回了家。

刚回到家,梅尔维尔便着手写作他的旅行故事,这些故事已令他的家人着迷。《泰比》的成功促使他又写了续篇。《欧穆:南海历险的故事》(Omoo: A Narrative of Adventures in the South Seas) 是围绕梅尔维尔在塔希提岛的时光展开的(将事实上的两个星期扩展为两个月)。《欧穆》(在玻利尼西亚语中,"欧穆"意为"漂泊者")巩固了《泰比》为梅尔维尔赢得的荣誉,人们再一次赞扬梅尔维尔生动娴熟的叙述技巧。他的社会身份仍令人生疑。一家英国期刊认为"赫尔曼·梅尔维尔"这个名字显然很像一个"传奇作品中想象人物和谐的、仔细挑选的人名"。而且,梅尔维尔作品的某些东西不仅引起了人们对他社会身份的怀疑,同时也遭到了道德方面的谴责。在《泰比》中,梅尔维尔因对传教士大加议论而引起人们的不满,在美国出第二版的时候,他不得不删去将近30多页。即使如此,他仍不得不在出版《欧穆》的时候换出版商,这一次他成功地说服了哈珀公司。

一家福音派废奴主义期刊抱怨《泰比》"不是为美国人"写的,而是为伦敦那些熟悉"戏剧、歌舞和黄色印刷品"的小圈子写的。一位《欧穆》的评论者发现自己很不喜欢书中"肆无忌惮的胡闹"、"冷漠、嘲弄的机智"以及"全无真诚的感情"。这些不无夸张的反应表明《欧穆》是滑稽作品,而非严肃作品。(它描写的是流浪本身,而非寻觅安身之所的迁移。)但是,重要的是,从中可见,梅尔维尔仍在向传教士的所谓虔诚挑战。在叙述欧洲传来的疾病使塔希提人大批死亡的时候,梅尔维尔引用了岛上居民对传教士的控诉:"谎言,全是谎言!你们说是来拯救我们的;现在看吧,我们在死去。我们不想要什么拯救,让我们活在这个世界上就足够了。"

一位评论者认为《泰比》中存在"天堂式的野蛮"。这表明,从书中令人信服的个人经历叙述中来看,南海地区也许确有一座人间天堂。梅尔维尔与帕克曼和达纳不同,但却与道格拉斯相像,他借用人们所谓美国正常生活以外的经历来向这种正常生活价值观念挑战。不过,梅尔维尔又不能矢志于此。因此《泰比》既令人着迷,又显得前后不一。尽管有其传记基础,它还是像《亚瑟·戈登·皮姆的故事》一样,梅尔维尔替身叙述者"托莫"的身份未能确定。进出泰比居住峡谷的大的叙述循环不仅包含日常生活节奏的小循环,而且也反映了情绪的波动——从喜悦到厌恶。这种波动似乎除了变化本身并无规律可循。

在《泰比》中,梅尔维尔根据自己的阅读经验和南海经历,将一些老生常谈的话题加以改造，通过细腻的修辞处理，使这一切都变得生动鲜活起来。梅尔维尔对泰比人热情好客的悦人表象所掩盖的真实意图心存疑虑，恰如皮姆很担心"野蛮人"的"表面慈善"掩盖着恐怖一样。梅尔维尔经历的每时每刻都充斥着这样一种意识：他身处"一群不折不扣的食人野人"中间。这恰如帕克曼在心中暗自贬低一位"阿波罗"般的苏人勇士一样："不管怎么说，他只不过是个印第安人。"不过，梅尔维尔也认为，用"野蛮人"这个词来称呼岛上的居民是不合适的。因为，如果不受帕克曼对此加以肯定的适者生存伦理的影响，只要回想一下西方文化中"文明的野蛮"，我们就会明白"文明的白人是地球上最凶残的动物"。梅尔维尔发现（在一定程度上他也很喜欢），在这些泰比人身上，一方面没有"文明人处心积虑创造出来用以玷污自己幸福生活的成千上万种惹人气恼的因素"，在另一方面，他们拥有积极意义的"幸福"，这种"幸福"源于一种"无所不在的情感"，让-雅克·卢梭称这种情感为"健康肉体存在的质朴意识"。

梅尔维尔对卢梭有所借鉴，这表明他对泰比生活中与他自身文化中边缘的、受压制的因素相同的方面反应强烈。他对这种差别最生动的反映见于他对泰比人取火方式的描写。泰比人取火是一个历时长、令人精疲力竭、宛如获得性高潮的过程。这一过程与罗马人禁欲主义的矜持（罗马人让维斯太贞女保存神圣的火种）形成反差，也与现代美国划火柴取火的便捷形成对照。这些对比表明了将泰比人与西方简捷或复杂生活模式分隔开的世俗、性欲和经济的相互关系。尽管梅尔维尔对现代美国有所批判和探索，他身上仍打有深深的自身文化烙印，他选择了回归现代文明，克服一定的困难从泰比人那里逃出来。在解释为什么想逃跑的时候，他列举了出现两种命运的担心：被文身或被野人所食。这些关于玻利尼西亚老生常谈的话题表现了人物全然融于异族文化的两种不同形式，这两种形式都使他的身体与牙齿发生关系，或是被人的牙齿噬啃，或是被鲨鱼牙针的齿文身。作者在叙述过程中曾解释过，即使泰比人真有食人的习俗——似乎更文明些的哈帕人（Happar）也有这样的习俗，也不是不分青红皂白什么人都吃，吃人只是一种特殊仪式的一个组成部分。然而，托摩（Tommo）是在担心被吃掉的阴影下逃离的。同样，他的种种担心表明了美国生活以千奇百怪的方式扭曲着生活在其间的人。然而，出于一种未加合理解释的原因，他担心遭文身使他永远无法返回故乡的生活。他忘了有位美国人的文身引得泰比王后要与之试比高下。

《欧穆》出版之后，梅尔维尔结了婚，在曼哈顿安居下来，以写作为业。他的下一部作品《马尔迪》（1849；在第四章有所探讨）试图超越个人经历的叙述，在这一点上，《马尔迪》比坡的《亚瑟·戈登·皮姆的故事》有过

◎叙述形式

之而无不及。然而读者对他这一尝试的反应是灾难性的,他只好又重新写作较为安全的叙事文学作品。在 1849 年的五个月内,梅尔维尔写出了《雷德本:他的第一次航行》(*Redbum: His First Voyage*)和《白外套;或,军舰上的世界》(*White-Jacket; or, The World in a Man-of-War*)。《雷德本》涉及的是梅尔维尔青年时期社会和个人的动荡,家庭破落,生活拮据,作者因此当水手,出航利物浦。尽管作品的副标题"商船小水手关于绅士之子的坦白和回忆"试图解决他的前期作品所引发的可信度之争,在描述这一切的时候,《雷德本》比《泰比》和《欧穆》都更具虚构色彩,而且不加掩饰。

通过叙述一个比自己当年小几岁的"男孩"的经历,梅尔维尔既写出了力度又保持了距离。这是因为,一般而言,少年比成人的感觉更敏锐,但也更不可靠。无论他的感觉多么强烈,你不可全信。梅尔维尔的这种距离感是通过语体正式的第三人称章节标题(如第一章的标题是"威灵伯罗·雷德本对海洋的爱好是怎样产生和发展的")来实现的。作品的话题通过这位男孩的视角加以提出、选择和控制。其效果不像狄更斯的《远大前程》(1861)甚或他的《大卫·科波菲尔》(*David Copperfield*, 1848—1850)那样复杂,但这却是梅尔维尔首次得以直接触及美国生活,特别是贫穷和社会冲突问题。

甚至在雷德本出海之前,他就是以社会的被害者形象出现的。他对那些幸运儿和感觉不如自己敏锐的人充满敌意。离开家乡,乘船沿着哈德逊河去纽约城的一路上,雷德本感到自己格格不入,充满"贫穷的气息"。他被排斥在其他乘客的社交活动之外。当他知道船票涨价而自己的钱又不够时,他大吵大闹,引得"所有的眼睛都盯"在他身上。他感到仅仅愤怒地回视报复的力量不足,便用枪对准一个"盯着他看的人";这下引起了骚动,此后,雷德本在剩下的旅程里,只能站在甲板淋雨,又冷又湿。这一章中以"这就是童年。"结束。这句泄气的话并没有就此了结这个问题。在纽约,贫穷使雷德本显得像该隐:在上船之前,他在一家"破旧的酒馆"里面休息;没有合适的衣服穿,"看上去不像绅士",他担心"在任何一家好一点的酒馆",他也许会被人"赶出去"。

这种敌视社会的态度使梅尔维尔得以在船上展现被达纳定义为自己不"与他们同属"的问题。达纳所描述的水手刻意追求阳刚之气,这就意味着他们不会去特别关照一位刚上船的小伙子。而雷德本自己也是一位"有白皙双手的绅士",这一来使他成了特殊的笑柄。不过,他也并非无缘无故地成了受害者,他对其他水手居高临下的自负态度激怒了他们。他"同情"水手们"沦落天涯的悲惨命运"、极度"无知"和缺乏"正确的宗教观念"。然而,当他试图和水手们分享自己的正确观念的时候,水手们反笑他迂腐。这一章的结尾又起了控制和缓和的作用:"我非常生气,气愤使我感觉不到自己的愚蠢可笑,这种气愤对情绪激愤的人不啻为幸事。"作者并没有否认气愤的存在,但却将这种气愤当做愚拙的孩子气,而没有将其当做参照系的一部分来加以探讨,这种参照系的习俗、期望以及家庭教育使雷德本偏离了他的经济地位给他规定的社会角色。这种偏离使他感到自己是"没有一个朋友和伙伴"的"伊斯梅尔",一种可怕的"对所有船员……的憎恨"慢慢在他的心中滋长。

《雷德本》这出复杂苦涩的社会喜剧在其中一章中达到高潮。在这一章里,雷德本"打算到船长舱里进行一次社交性拜访"。这一章涉及了船长、雷德本和所有船员都缺乏的平等社交的信条。水手们见他为造访船长不遗余力地将自己打扮体面都嘲笑不已。发现自己的手在早晨工作时沾上了褐色的焦油,而且没有社交要求的手套,雷德本"戴上了"母亲给他织的"毛线手闷子"。在读者看来,雷德本也显得像个小丑。由于同伴的拦阻,雷德本没去造访,于是第二天,他试图同船长谈话,结果船长勃然大怒。这引出雷德本长篇思索,其结论是:"我想是的,里格船长,你不是位绅士,这一点你是清楚的!"雷德本想象不出其中的原因:无论船上等级观念如何森严,也不论这种行为是多么无知,多么出格,船长何以对船员表示礼貌的企图如此大发雷霆。愤怒和公正难得如此和谐地融合在一起。这段充满痛楚的毛小子幽默是梅尔维尔被乔治和艾弗特·戴克金克选入《美国文学百科》(Cyclopedia of American Literature,1855)的唯一片段。乔治和艾弗特·戴克金克在19世纪40年代与梅尔维尔过往甚密。

雷德本违反了船上的社会准则,受到了来自上下两方面的困扰。但是他甚至不像堂吉诃德那样,恰好处在社会的中间阶层。他不无势利地认为船长"一定会发现我与那些粗鲁的水手不同,我只不过是命运作弄才与他们为伍的"。如果他放弃与水手们认同,难道船长便有义务与他称兄道弟了吗?不过,要对这些关系进行判断,读者需要学会跳出书中所有人物的观点。也就是说,在培养读者公平评价能力的过程中,这部作品采取了令人混淆的排除法。

雷德本在船上所经历的社会地位错移向社会常规提出了质疑,这种质疑在他登陆之后又有所深化,在利物浦,根据他父亲留给他的地图他找不到他要找的路。这座英国老城面貌大变,似乎并不比纽约历史久远。在英国,雷德本目睹远甚于他自己的贫穷和苦难,作品转而对其他人物重彩浓墨,而不是雷德本本人。雷德本遇上了英俊出众的哈里·伯尔顿(Harry Bolton),哈里赌博输了钱,要出海当水手。哈里的经历与雷德本相呼应,但是描写风格魅力非凡,评论家们称有"情节剧之风"。梅尔维尔描写哈里和雷德本一同在纽约靠岸后选择出海捕鲸,进一步暗示了哈里与雷德本的呼应关系。哈里是个善良的天使,他与"可恶的"水手杰克逊形成反差,杰克逊身患疾病,看上去"遭雷劈过似的,伤痕累累",是亚哈的前身。两人之死是作品结尾的兴趣焦点,雷德本孑然一身,留在极端人物尽除的世界上。

《雷德本》的聚焦相对狭窄,但到了《白外套》,涉及的范围之人雄心勃勃,令人瞠目。《白外套》的副标题是"军舰上的世界"。作品与达纳叙事文学作品之间有明显的联系,实际上,是达纳也曾鼓励梅尔维尔将他的航海经历写出来。达纳家与梅尔维尔的妻子家有亲戚关系,因此两人得以相识。《白外套》仅限于描写船上的生活,在这一点上一丝不苟,甚至船进码头,也绝不涉及岸上的事情。因此,在梅尔维尔的作品中,船上生活和意义与达纳的作品大有不同。在达纳的作品里,桅杆下的生活与自由美国的陆地生活形成对照,而梅尔维尔的作品强调的却是两者的相同之处——有时候寓意精确,有时象征含蓄。不过,梅尔维尔将自己在"美国"号上服役的经历小说化——将故事交由一位半虚构的身穿古怪白上衣的水手叙述,在这一过程中,梅尔维尔将舰名改为"永不沉"号,从而使其作品具有普遍意义。

的确,这艘舰船以及船上的生活不是美国的缩影,而是"世界"的缩影。因此,美国价值观念仍可成为与船上世界相对的新世界。而且"永不沉"号的"世界"是没有女人的男人世界,是工作中的男人世界;在这样的世界里,全然没有家庭生活和女性价值观念的踪迹,似乎家庭和女人完全属于另一个世界。女性价值观念只出现过一次,与达纳的手法有雷同,但也有差异:"德行要想灵验,除非从天而降,就像上帝下凡拯救整个舰上的世界;并为此目的,将水手与罪人混同一处,一视同仁。"与达纳远"观"知整体的追求相反,这里的目标却是全然"混同",与之相伴随的是亲密的苦痛,甚至可能是死亡。

与人道主义愿望恰好相反,《白外套》里的世界是充满搏斗的现代世界。"永不沉"号上的社会秘不可知,而且分化严重。难得见到那些在甲板底下船舱里与"水罐、木桶利缆绳"为伴的人们,"三年航行下来……对你来说,他们还是陌生人。"在船上生活"就像在市场上一样",同样熙熙攘攘,没有隐私可言。在难得的休闲时光,水手们在甲板上自由走动,其状态与"在百老汇"散步相似。像大城市一样,船上也有街道犯罪;一帮"歹徒"得知一位船员将盛有三四块金币的袋子藏在衬衣里面,便伏击他、打倒他,抢走金币。其结果造成了一种怪异的原始共产社会,不断的抢劫使水手们差不多都一样穷。

因此，船上混乱不堪，但却同样秩序井然。在管理上，舰船"如同一座大工厂"："敲钟就餐，也不管你饿不饿，必须吃饭。"通过语言中的数字，工人的手就代表了工人整个人，这种将人编号的做法在19世纪非人性化的工业领域为人熟知，却早在17世纪就是提及和称呼水手的主要方法了。与工厂工人的专业化工作不同，每一位水手都要做许多不同的工作，有时是长期如此，有时事出急需，工作之多，只能靠序号才能熟知其详："白外套有就餐号；船员号，也就是点名用的号；还有他的吊床号；还有分发给他的枪的号。"一个水手一上船就必须将这些号码熟记在心，一旦忘记将会受到严厉的惩罚。这些用来规范战舰秩序的纷繁数字使水手先前积累起来的航海经验化为乌有："几乎对他全没用处了，所有那些环球航行……在比奇海滩（Beachy Head）乘风扬帆，在海特拉斯（Hatteras）沿海收帆避风。他得从头开始：他变得一无所知了；希腊语和希伯莱语帮不了他，因为他要学的这种语言既没有语法也没有词汇"，只有相互之间毫无联系的一连串数字。

这个世界现代化的社会秩序与其老掉牙的政治秩序形成反差。船上的生活是一种"专制体制"，上自船长，下到各级军官："船长的话就是法律；他不张嘴则已，一张嘴就是命令。"他甚至是太阳的"太上皇"，因为当负责中午观测太阳的向船长汇报观测结果时，船长会命令道："就让它这样。"只有此时，钟声才会敲响，"时间才可以是12点。"梅尔维尔祈祷"人类共同的义愤"来反对这样的制度。尽管那些水手有种种缺陷，但却都还拥有这样的义愤。船上的军官称普通水手为"人民"，这个词所蕴含的民主政治含义对梅尔维尔这部作品的整体布局意义重大。

军官控制一切，他们甚至可以下令过狂欢节。船到合恩角，气候严寒，船上也安静下来了。这时节有必要让水手们活跃一下。命令传了下来："所有水手，闹将起来！"一时间，"这里人声鼎沸，那里熙熙攘攘，到处乱作一团。"布鲁菲尔画中混乱场面很快便演出丑陋的一幕。有人打起架来，第二天肇事者被鞭挞，军官们站在一边旁观，一脸居高临下的冷漠。后来，梅尔维尔在观察相似事件的时候说："在所有的侮辱中，主人对奴隶居高临下的一瞬最恶毒和令人愤恨。"跟主人同奴仆的关系一样，"人民"与军官形成两个利益全然不同、"本质上对立的阶级"。军官的荣耀、酬饷和晋升靠的是"屠杀自己的士兵"，"只有踩在被屠杀的士兵头上"，他们才能爬升起来。但是军官阶级却要"强大得多"，可以将自己的意愿强加于人：因此，"独裁"必然会占上风，成为政治规范。

有时候，梅尔维尔在《白外套》对现代社会和过时统治方法的描绘并行不悖，但是在对于鞭刑进行思索的时候，这两者却联系密切。与达纳的商船相比，军舰上的鞭刑更是船上纪律的一个重要特征。梅尔维尔在"美国"号上服役一年多，却被迫目睹了大约163位船友（也就是说大约三分之一的船员）遭受鞭刑。在对鞭刑公正性提出质疑时，梅尔维尔想起了圣保罗关于罗马拥有特殊公民权的主张。一千八百年之后，梅尔维尔质问道："我的同胞们，你们鞭打一个美国人，合法吗?"即使在某些国家的船上，鞭刑"符合那个国家的政治理念"，但是美国不同，因此美国海军不应当将任何一个美国公民"变为奴隶"。就眼下的情形而言，对于一个美国水兵来说，"我们的革命全无用处；对于他，《独立宣言》全是谎言。"

弗雷德里克·道格拉斯最著名的演说之一《七月四日对奴隶意味着什么?》（*What to the Slave is the Fourth of July*）探究了相同的自我矛盾。道格拉斯控诉道：七月四日"比一年中的其他任何一天都更清楚地向奴隶表明，他一直是赤裸裸的不公正和残暴的受害者"。道格拉斯接着指出，谈论这类事实的正确方式不是"立论"，而是"辛辣的讽刺"。梅尔维尔在实现另一种"废奴"目标的过程中，注意到了海军法令和习俗串通一气，使军官"得免于法令的制裁"，而这种法令却使"人民"不寒而栗；水兵会因小过失而受鞭刑，而同样的过失，军官却可免于处罚。他因此质问道："陆地上的人会怎么想，难道纽约州应该通过针对某种罪行的一项法律，定出罚金数额，然后再增加一部分条款，限定处罚仅对工农劳工有效，收入一千美元以上的绅士可免于处罚，难道可以这样做吗?"对船上政治不平等的谴责被搬下来批评现代城市的社会不平等。梅尔维尔的诘问先是引起人们对船上陆地有如此大的反差而愤怒不已：在纽约，法律不考虑社会地位如何。然后梅尔维尔的诘问又引起另一番思索：在陆地上，经济不平等的确对人们与法律的关系有影响。（法律禁止人们在公园凳子上过夜，这条法律对富人和穷人一样有效，可是只有穷人才有可能在公园凳子上过夜。）

梅尔维尔反对鞭刑的主要依据是美国权利平等的政治口号。在白外套看来，这种口号不仅是往昔的传统；而且也是改变未来的力量源泉。即使鞭刑一直被认为是有必要的，这种看法不应当再继续下去："世界已经进入一个新时期，我们应当尊重对未来有益的先例，而不应墨守成规，这正是这一新时期赋予我们的智慧……过去是独裁者的教科书；未来是自由者的《圣经》。"即使在号召美国抛开"先例的羁绊"轻装前进、为众国家之先驱的时候，梅尔维尔还是援引了《圣经》中"出埃及记"的先例。"出埃及记"启发了许多清教徒观念，乔治·班克罗夫特对其加以改造，使之成为民族的模式："我们美国人是上帝特殊的选民——是我们时代的以色列；我们肩负着世界自由的方舟。"正因为"政治的弥赛亚……降临在我们的身上"，美国"民族的自私就是……对世界最大的慈善"。

　　这首颂歌与为墨西哥战争提供理由的天之使命的政治口号如出一辙，墨西哥战争刚刚结束一年。同时这首颂歌也反映了在戴克金克等作家圈中盛行的美国文学民族主义要求。梅尔维尔是这个作家圈的常客。而且，这首颂歌也是导致1850年折中法案的大辩论的前奏。那次大辩论试图减轻对美国未来的悲观自我意识的压力，其基本考虑是担心人权主义的论调会威胁联邦的稳固。当时联邦已被批准为稳定的政权，而非过渡性政权。结果，折中的方案令许多热爱自由价值观、讨厌《追捕逃亡奴隶法》的美国人反感。《追捕逃亡奴隶法》使个人自由服从于民族团结。白外套的狂热抨击本身是非暴力的。这种抨击提供了一种旨在劝说美国克服民族缺陷——任意鞭打自由人——的言语策略，其作者也表明了他对尚武荣耀的蔑视。梅尔维尔让墨西哥战争中嗜血好战美国人所用的语言为温和自由的改革事业服务。但问题在于如何评价这种策略，它是对美好事业有益，还是对道德价值可疑的民族主义有益。

　　梅尔维尔对鞭刑问题的处理并不完全依赖于这种言辞的乌托邦理想，因为作品的高潮出现于虚构的乌托邦昙花一现的时刻。白外套自己也要受鞭刑了。他上船时，没人分给他那些必需的号码，他只是按照在商船当水手的经验行事，结果在一个关键时刻显得不合时宜，因此他必须接受惩罚。他申辩说没人告诉他号码，却毫无用处，因为军官们坚持说肯定有人告诉过他。当白外套准备受刑时，作品聚焦于他的内心活动。他觉得"男子汉的心胸无比宽阔"，无论船长对他做什么他都不会放在心上，而且自己的心灵也不会因此受玷污。即使如此，他还是屈从于一种"渐渐激活所有潜能的本能……这种本能甚至使鞋根下的蠕虫也要翻身一搏"。他想抓住这个时机，"冲到"船长面前"把他头朝下掀到海里去"，尽管那样做，他也会淹死。大自然赋予他"这样的权利，人人都有，生而俱来，不可剥夺，也就是说，可以拼得一死，也让别人丧生"。在这里，人之间的社会关系被强有力地简约，只剩下单纯的个人间冲突这一基本因素了。

　　不过，同样强有力的是阻止白外套实施自杀性报复行为的想象情节。一位水兵下士，和一位最好的水手联手出来为白外套的品质担保，船长放过了白外套。下属冷静的判断和公正感突然引起了船长的敬重，正是这种公正感使他的下属站出来讲话，他们冒着自己也受鞭刑的危险（达纳的作品中有所反映），而且全无私利因素。过时的政治权威和现代理性化的劳动组织纪律统统在对人的尊重中化为乌有。正当这个"世界"行将分崩离析成自相残杀的个体时候，这个世界却获得了社会意义上拯救。这一希望与对美国悲观的预言大相径庭，但却同样实实在在，即使在世界的现状中，这一希望也许更有实现的可能，而且更值得去实现。

《白外套》广受好评，但是有一位评论者却抱怨说，人们对这部作品的评论"仅限于文学角度"。读者赞扬了"其富有感染力和生动的描写、其机智幽默和人物刻画"，似乎这不过又是一本"新的小说"。然而，这位评论者却认为，与其"说教"目的相比，这本书的"文学特征"微不足道。因为这部作品并不是"虚构的罗曼司"，而是以"重大的实际问题"为目标，如《战争条例》（Articles of War）和鞭刑等。然而，这位评论者认为这部作品存在严重的缺陷，因为无论一位文学成功的作者，也无论他如何在"理论、幻想和热情"方面才华横溢，都缺乏必要的"个性、智慧和经验"来探讨重大的问题。批评海军的时候，梅尔维尔重复了鞋匠的故事，说一位鞋匠批评一尊塑像的"脚"很在行，但是再对脚以上的部位进行评论的时候便洋相百出。

这位评论家总结出了一条教训："头脑和身体也都得服从于'劳动分工'。"在总结这一教训的时候，这位评论者帮助完成了一项重要的劳动分工。他是较早使用现代有限意义上的"文学"这个词的人之一，他将这个词的意义局限于故事、罗曼司和长篇小说。梅尔维尔随后的两部作品《白鲸》（1851）和《皮埃尔》（1852）（参见第四、五章）与"文学"类别的关系骤然密切。这些"文学"叙述作品销售困难，迫使梅尔维尔转而给期刊写作连载故事（后来成书出版）：《伊斯雷尔·波特》（1855）和《皮亚萨故事集》（1856）。后来又尝试创作叙事文学作品《骗子》（1857），这部作品未获成功，从此梅尔维尔没再出版散文作品，但是他1891年去世的时候，留下了一篇差不多要写完的长篇故事《比利·巴德》。这篇故事于1924年出版，当时梅尔维尔作为"文学"家的声望又有所复苏。

从文艺复兴时期的悉尼到19世纪早期的雪莱都为"诗"（这个概念包括小说和戏剧）进行过辩护，他们强调诗人有能力纵论他们所处时代最重大的问题。诗人比历史学家和哲学家更能有效地指导政治家的行为。然而，到了19世纪中期，似乎人们形成了一个共识："文学"的魅力和生动性仅限于与政治无关的虚构领域。就像那位鞋匠一样，文学作家在有限的领域里没人对其能力提出质疑，而在此外的领域，他就相形见绌了。

《瓦尔登湖》

同梅尔维尔一样，亨利·戴维·梭罗也不能接受这种将文学与生活割裂开来的做法。两位作者有心在广泛的领域探寻感人的风格力量，精心布局结构，给作品以统一性。从这个意义来说，他们都是文学作家；然而，两人又都以自己的经历为基础进行写作，而且希冀改变读者的经历和行为。没有人比梭罗更具"地方色彩"了，这位康科德人在他出生的小镇范围内进行了最为引人注目的探索。梭罗的目标还在于道出"唯一真正美国"的概念，也就是说，要提供另外一种民族叙事叙述模式。而且，在达纳的《航海两年》和《康科德河和梅里马克河一周记》（1849）两本书名含义之间存在着滑稽的鸿沟。尽管如此，梭罗不管是在第一本书《一周记》还是在《瓦尔登湖，或林中生活》（1854）里，都将个人叙述体裁作为规范，并逐渐背离这一规范。（关于梭罗的全面探讨，见本卷派柯的文章。）

《瓦尔登湖》是以个人叙述的方式开始的。梭罗解释说，言必称"我"的文章仅是在表明"说话者是第一人称"，他称他的目的是对自己的经历进行"简明、诚恳的"叙述。在开头的一章，叙述主要是围绕这样一个朴素的叙述句展开的："1845年3月末，我借了把斧子，进入了瓦尔登湖畔的树林。"第二章也同样："纯属偶然，我第一次住进林中，也就是说，在那里度过白昼和黑夜的时候，恰好是独立日，也就是1845年7月4日，那时我的房子还未盖好，不能抵御冬天的寒冷。"在结尾，梭罗称他所做的一切正如"乘坐世界之舟去航行"：也就是说，像达纳和梅尔维尔一样，梭罗宣称他是在从自己动手的劳动中获取知识并报告这样的劳动，这与社会对温文尔雅作家的普遍期望相悖。他称，如果有人要到西部去，那么他最好到那里做点事（读者可能会想到库珀的纳蒂·班波）。猎人比游客更有理由对森林中所遇到的情况加倍注意。因此，尽管猎人猎杀动物，他却比俗套的人道游客更能道出"真正的人性"，因为梭罗所谓的"人性"即"人的经历的叙述"。

不过，梭罗囿于林间，"离开尘嚣"，他所做的与帕克曼大有不同。人居蛮荒，他也想创造一种与此相适应的写作方式："奢侈！这要看你的标准如何。到另一个纬度寻觅新草场的野牛并不比在挤奶的时候踢翻奶桶、跳出围栏追逐小牛的奶牛更奢侈。"梭罗也希望自己的话语质朴、诙谐、热情奔放："我希望在没有限制的情况下讲话；就像一个大梦初醒的人跟一群大梦初醒的人讲话。"在这一走极端的时刻，梭罗控制住了自己：他重复了19世纪的一个重要的诗歌理论，即华兹华斯关于诗人乃"向人类讲话的人"的概念。像华兹华斯一样，梭罗在直接言语与写作客观要求的矛盾中写作，与此同时，他担心词语"易于挥发的真理"总会逃逸出"表述的容器"。

像"永不沉"号上的白外套一样，梭罗也看到了他所处的世界的现代性。他毫不留情地认为"老的一代不能给年轻一代多少有价值的忠告，他们自己的经验褊狭得很"，而"我认为有价值的经验"恰是老一代缄口不语的内容。铁路的建设规范了美国人的生活，使他们像威廉·泰尔的儿子一样，勇敢而又冷漠地面对死神的金属之箭掠过。为了写这本书,梭罗记日记。他的"记述"像是会计记账,充满买板子、钉子和豆子所花的不起眼的美元数,数字之多宛如白外套需要熟记在心的号码。梭罗解释说,要战胜生活,一定要"在细节上将其击溃"。

在这个世界上,叙述需要思考,费心熬神的阅读比全不费力的倾听更重要。"说出的"和"听到的"语言于"无意识"间便可掌握,然而写作和阅读的语言却源于"成熟和经验",需要"反复推敲"。正式演说、原汁原味方言以及亲密交谈都缺乏这种潜力:"如果我们想相处亲密……不仅要沉默,而且要离得很远,完全听不到各自的讲话声音。"托马斯·卡莱尔在《作为诗人的英雄》(*The Hero as Poet*)一文中赞扬莎士比亚,他称:"言语伟人,沉默更伟大。"在 20 世纪早期,乔伊斯用"沉默、流放和诡诈"来归纳文学的要求。梭罗属于这一传统。

梭罗抱怨现代生活:"这种劳动分工分得多细才是个头儿?其终极目的又是什么?"但是他自己却离不开这样的分工。梭罗不断地寻找内在意义,研究有意识的写作与无意识的言语的对立,这本身就是文学与社会分野的一部分。他劝告人们成为"发现内心新大陆的哥伦布,拓挖新的渠道,不是贸易渠道,而是思想渠道",这只有在与文学有关的世界才有其意义和价值,这样的世界贬低外在行为、崇尚精神因素。这种内心崇尚促使梭罗否定了他通常赞赏的价值观念。相反,他要求道:"我们应当像好奇的乘客一样,不要过多地注意手中的活计,不要像弄麻絮的笨水手那样进行我们的旅行。"随着个人叙事文学作品变为文学叙述作品,眼睛和心灵不再盯着手中的活计。

4 叙述文学

罗曼司、浪漫主义与文学

在《红字》（1850）、《七个尖角阁的房子》（1851）、《福谷传奇》（1852）和《玉石雕像》（1860）等长篇作品里，纳撒尼尔·霍桑以其散文体叙事文学作品奠定了现在所谓的"文学"作品的基础。《红字》的成功激励了霍桑的出版商们，为巩固他的地位，他们再版了他的《重讲一遍的故事》（1851），收集了他刚刚发表的几篇短文和故事以及先前未曾重印的十几篇旧作，结集为《雪影》（*The Snow-Image*）（1851）出版，并约他写了一本童话读物《一本写给孩子们的奇妙的书》（*A Wonder-Book for Girls and Boys*）（1851—1852，随后又于1853年出版了《堂格伍德故事集》[*Tanglewood Tales*]）。霍桑的稿酬第一次足够他养家糊口是在1851年。然而，他小说写作生涯中的长期空白——活跃三年之后，过了七年才有《玉石雕像》问世——说明即使霍桑也未能完全、明确地成为职业作家。他的《富兰克林·皮尔斯传》（1852）是为他的大学同学竞选总统成功而写的，大选成功使他获得了恩惠的肥缺，在利物浦任美国领事（1853—1857）。这个职位使霍桑衣食无忧，于是在利物浦之后，又在法国和意大利待了数年。这些生活事例突出表明，才露尖尖角的叙述文学是何等脆弱。

霍桑与亨利·华兹华斯·朗费罗在大学时相识，后来成为朋友。霍桑和朗费罗一起使美国人开始承认"文学"这一概念。霍桑的最大贡献是将他那个时代的文学观念与后来讨论民族文学时的文学观念结合了起来，而埃德加·爱伦·坡却对形成20世纪文学观念的理论和视角做出更大的贡献。我提到过,有一篇评论梅尔维尔《白外套》的文章,将其"文学"特征与"教谕"特征明确区分开来。坡不遗余力地宣传"文学"一词的这种新义。例如,在题为《纽约文学界》(Literati of New York)的系列文章里,他研究了凯瑟琳·玛丽亚·塞奇维克的作品(塞奇维克的《赫普·莱斯莉》[1827]是霍桑描写殖民时期马萨诸塞小说的先驱),他评论道,"塞奇维克小姐写过好几本书,好几部老式的一般意义上的'长篇小说',出于外在的原因,她的作品能吸引读者的注意,但这种吸引与文学本身无关。"

通过"文学本身",坡在书籍出版本身与其本质的而非"外在的"更高价值之间划了一道界线。作品的更高价值依赖其精神因素,而不是其为人熟悉的外在形式。事实上,这种熟悉的、"老式的一般意义上的"形式是无法令人相信的。文学本身显然应该富于创新,其之所以为文学,恰是因为它与先前的形式不同,而不是因为它与先前的形式相像。但这就必然给新式的作品带来问题。只有具备特殊才赋的人,才能承认这样的作品,才能知道这样的作品不是旧形式的败笔,而是独一无二的创新成就。因此,在评论霍桑第二版《重讲一遍的故事》的一篇重要文章(1842)里,坡强调指出,霍桑便是"在小圈子里备受称羡而不为大众所欣赏的天才的杰出代表"。坡认为(在第一章中论及),尽管霍桑的作品代表了"艺术的最高境界",但正因为如此,他没能像库珀通俗题材的作品那样吸引公众。

我用"文学叙述"来指以霍桑作品为代表的作品,这是因为"文学"和"文学性"是现在仍在使用的词汇,而且还因为这些词汇是在霍桑时代开始获得现在的意义的。然而,当时与此类虚构作品密切相联的术语不是"文学"(尽管坡大力提倡使用这个词),而是"罗曼司"。对于霍桑,情况尤其如此,因为霍桑在他的那些长篇小说的序言里大量使用了这个词。由于他的使用,这个词到了20世纪中期又一度回热,用来表示美国特殊的小说传统。

"罗曼司"这个词既有正面意义,也有负面意义。从负面来看,罗曼司的主要意义是与日常生活相对的。因此在《玉石雕像》的序言中,霍桑解释他之所以选择意大利"为他之罗曼司发生的地点",乃是因为其"如诗如仙之境,对其真实性不必像描写美国那样苛求"。在《福谷传奇》的序言里,他作了大致相同的解释,说他写与布鲁克农场(十年之前他曾置身其中)不无关系的"社会主义农场","目的仅在于设置一个与人们常走的大路离开一点距离的舞台",以避免其作品"遭受""与现实生活中的真人真事进行过于紧密的比较",这里的措词——"苛求"和"遭受"——听来有点防范的意味,而这正是霍桑前言的一个主要特征。与前后一致的理论相比,更为重要的是霍桑企图躲开他的故乡萨莱姆人的敌意——他的乡亲们对他在《红字》和

《七个尖角阁的房子》里指名道姓地中伤本地人士愤恨不已。即使在这些早期作品里,霍桑已在力争与当地保持一定的距离。在题为《海关》的一篇短文作品中,他对《红字》作了介绍,称"罗曼司作者"的用武之地应该是一片"中立地带"。霍桑给《七个尖角阁的房子》划了"一片没有明确主人的土地",他强调,与其说他的罗曼司与家乡"实实在在的土地"有联系,"还不如说与天上的云彩联系更多",以此来寻找安全的空间,躲避"不依不饶的"、"危险的"指责。

"罗曼司"的第二个主要负面含义反映的不是作品与实际生活的区别,而是写作内部的区别。"罗曼司"作为虚构故事有别于"小说"。《七个尖角阁的房子》的副标题为"一部罗曼司",在该书前言的开头,霍桑写道:"一位作者称自己的作品为罗曼司,则自然是希望能在形式和内容两方面都保持某种自由度,如果自称写的是'小说',那么他就不可能会有这种自由度。"小说追求的是"对人的经验的普通或可能过程……的逼真的反映",而罗曼司对情节的选材则更多的是"作者自己的选择和创造"。

霍桑是在对18世纪曾经流行一时、近来更是得到沃尔特·司各特支持的区分标准进行修订,不过不是所有的人都遵守霍桑的区分标准,甚至在趣味和性格上与他有密切联系的读者和作者,也不把他的划分标准当一回事。在关于《红字》的评论中,艾弗特·戴克金克称,《红字》是"心理罗曼司":"即使是胡乱用词的马拉普洛普(Malaprop)太太也不会称之为小说。"但是,爱德温·珀茜·维普尔(Edwin Percy Whipple)在他的评论中却不动声色、不假思索地称这部作品为小说。维普尔是波士顿文学界的重要成员,霍桑出版《红字》之后也加入了这个团体。维普尔与霍桑关系非常密切,经常给霍桑的文学创作提出建议,因此不能说维普尔的说法不算准确。在《七个尖角阁的房子》里,霍桑自己又模糊了"小说"与"罗曼司"的界限。他写道:"一部吉尔·布拉斯(Gil Blas)式的罗曼司,为适合美国社会和习俗而经过一番改造之后,就不再是罗曼司了。"这里的"罗曼司"带有"虚构故事(fiction)"的含义,因为法国作家勒萨日(Alain–René Lesge)的作品《吉尔·布拉斯》(1715)是涉及社会各阶层的流浪汉小说的原型。霍桑的意思是说,这种涉及社会各阶层的人生迁徙,在旧大陆是不可能真正发生的,而在美国却是"我们身边许多人的亲身经历"。美国的社会流动性,使一些人获得"巨大的成功",其成功之巨"大大超过了小说家对其主人公的想象"。美国的现实对小说来说显得太不真实,而对罗曼司来说又显得过于真实,因此霍桑的划分有时被用做辩论时对比的工具。

当"罗曼司"不是被用做对比词汇,而是更具正面意义的时候,其意义范围大致相当。这个词的主要意义与"虚构故事"相差不大。赫尔曼·梅尔维尔写第三部作品《马尔迪》的时候,他想让这部作品与《泰比》和《欧穆》有所不同。在前两部作品中,他没有严格遵守文学真实性的原则(见第三章),而是依赖于其他作者的游记作品来补充自己知识和记忆的不足,不过《泰比》和《欧穆》仍然可以说是非虚构作品。在他写作《马尔迪》并考虑改变写作手法的几个月里,梅尔维尔也改变了阅读方向,买的书已不再以游记为主。他当时读的书有莎士比亚、蒙田的作品和塞缪尔·泰勒·柯勒律治的《文学传记》(1817)。后者是英国浪漫主义最重要的文论作品,而且对"文学"在英国民族文化中的兴起起了关键作用。

1848年冬季,梅尔维尔写信给出版商约翰·默里称,他决定将自己的写作模式"彻头彻尾地"改为"罗曼司",即与他相对真实的早期作品相反的"真正的"罗曼司。他解释说,《马尔迪》"开头像真人真事的叙述",但是随后,"罗曼司和诗的成分"便会"增长"。梅尔维尔希望通过与个人叙述分道扬镳,从而获得更大的"自由度和创造性",写出"新颖独到"的作品。其结果会"更好",会是"根本不同于"《泰比》和《欧穆》的"文学成就"。默里像许多人一样蔑视"虚构故事",但有趣的是,这种蔑视也可以在19世纪50年代的畅销新小说中找到。在苏珊·华纳的《广阔广阔的世界》(1850)中,老师警告女主角爱伦说,"不要读小说",结果女主角只好不无遗憾地将无意中弄来的几期《布莱克伍德杂志》放到一边。爱伦的价值观是中产阶级新教派的,而梅尔维尔则将对虚构故事、罗曼司和文学作品的选择与社会地位的提高相联系。他对默里坚持说,一个读《威弗利》一类小说的"美国人"可以是位"绅士","尽管小说的每个字都受到攻击"。就像坡对"文学本身"的呼吁一样,对罗曼司的呼吁与社会地位连在了一起。

《我发现了》的副标题为"散文诗",坡在这本书的前言里仅对热爱他并理解他的"少数读者"说话。他向这些读者推荐这本书,因为这本书是"美"的,尽管他同时也坚持这部作品的"真实性"。对这些精英读者——他们是他选中的读者,而他又是这些读者挑选出来的作家——他要求他们不要将他的作品当做科学真理,而要将其"仅视做艺术作品","或者说是罗曼司",甚至说是"诗歌"。在《写作的哲学》(*The Philosophy of Composition*)里,坡讨论了他自称用于《乌鸦》的写作原则。他在这篇文章里称,"效果或印象的统一性"是诗歌的目标,在他早些时候写的关于霍桑作品的评论文章里,也曾称这是故事的目标。在《我发现了》里,他将这一目标提到了最高的高度。在这部作品中,坡让读者感受到关于世界的"个人印象"。他指出,从山顶上看,大地的"广度和多样性"给人的印象超过其统一性。只有采取不太现实也不免滑稽的方法,"以脚跟为轴快速旋转",才能"看到全景辉煌的统一性"。坡采用诗的力度与散文的写实追求相结合的形式,以分析性叙述的方式来讲述世界的故事,这种叙述以假设开头,以我们生活的真实为中段,以想象为结尾。

在把这样的作品称做"罗曼司"的时候,坡回忆了1800年前后德国文学理论中对"浪漫性"的争论。当时文学模式混杂,"古典"体裁分崩离析,使现代"浪漫的"文学艺术产品得到了定义。"小说"(novel)(德语为Roman,法语为roman)便是这种新体裁的名称,这一体裁名称结束了体裁之争。小说是现代世界的史诗,只不过其形式不是诗而已。作为散文,小说既可有以脚跟为轴转个天旋地转的荒谬性,又可以有世界奥秘的崇高神秘性。19世纪中叶的美国重视"罗曼司",文学性抬头,这与德国和英国上几代的浪漫主义运动也有其他方面的联系。在德国和英国文化中,我们今天意义上的"文学"的基础,都是通过一种找不到公众身份的强烈意识而建立起来的。法国革命似乎承诺平等人之间可以言论自由,但是这一承诺没有兑现,而在英国,华兹华斯和柯勒律治背离了公众生活。华兹华斯在杰出的宣言诗《序曲》里,要求诗要有史诗的长度和规模,而且只用来讲述"诗人心灵的成长"。没有了能够为大家所接受的政治交流,没有了别人的庇护恩惠,浪漫主义作家只好在与市场的关系中调整自己的作品。他们选择的却是与市场相对立的关系。

华兹华斯和柯勒律治曾矢志为"人民"写作,从而表明其民主的愿望,可是他们在现实中却没有找到与"人民"这个光辉名字相符的读者,找到的只有堕落的"民众"——像第二章中所谈到的急于寻找"粗俗的暴力刺激"的那些人。在《白外套》里,船上有一个人写了几首诗,在关于诗的谈话里,梅尔维尔抓住了这一点。那位诗人指责"民众"一无是处,而同船的人表示异议,说他自己也是民众的一员。诗人说他是"人民"的一员(曾记否,"人民"也用来指称船上的水手),后来两人达成一致意见,民众与人民之间有明显界限,他们要永远"憎恶一边(民众),忠于另一边(人民)"。

莎士比亚是以过去为素材的杰出作家,英国和德国的浪漫主义作家则在莎士比亚的作品中探索他们最关心的问题。哈姆雷特生活在死气沉沉的宫廷里,在强大的压抑下被迫装疯扮傻,自言自语。从哈姆雷特所遭受的政治挫折里,浪漫主义作家找到了一个样板,他们同哈姆雷特一样,也深受内省之苦同时又珍视这种内省。他们也发现莎士比亚还是个不得不与市场体制打交道的作家。在他的十四行诗里——他的十四行诗直到浪漫主义时期才首次被广为欣赏与探讨——莎士比亚既表现出一种孤傲,又表现出对自己社会地位低下而感到的痛苦。在英国,"文学"的理论与一种企图难分难解,这种企图就是将莎士比亚与舞台分离,使他的存在只在书中得到生动的体现。查尔斯·兰姆在《论莎士比亚的悲剧》(On the Tragedies of Shakespeare,1811)一文中认为,这些剧本只有在书斋里才能欣赏,而不是在舞台上。比兰姆晚一代的托马斯·卡莱尔在《论历史上的英雄、英雄崇拜和英雄品性》(On Heroes, Heroworship, and the Heroic in History,1841)里,将莎士比亚看做"英雄诗人"。卡莱尔为莎士比亚屈从于"外界压力"感到悲哀,这种压力迫使莎士比亚将自己的真知灼见冲淡为大众能接受的哗众取宠的笑料,结果只有在"灵光闪现时"才能窥见其伟大之处。梅尔维尔在《霍桑与他的青苔》(Hawthorne and His Mosses,1850)中的论点与卡莱尔如出一辙。梅尔维尔对"理查三世的驼背和麦克白的匕首"等"哗众取宠场面"不以为然。他说,莎士比亚的伟大之处"偶有闪现",通过泰门和李尔王等疯癫人物表现在"对现实本质短暂的探触"之中。戏剧的情节成了迎合观众口味的东西,人物成了剧作伟大与否的试金石,人物通过独白和长篇演说来展现,而不是通过他们的行动和对话为人所知。

18世纪90年代,华兹华斯与法国革命发生了联系——他对法国革命实行的恐怖措施和英国拒不实行民主化的做法感到失望。这种失望促使他写出了新莎士比亚式的剧本《边境居民》(The Borderers)。这个剧本直到1842年才出版,但是柯勒律治于1813年在布里斯托尔所作的关于哈姆雷特的讲座里引用了该剧的台词。该剧中最富真谛的台词是反面角色说的,但这并不削弱其影响:

> 行动是暂时的——迈一步,或打一拳——
> 只是肌肉这般那般地运动。
> 动作做完了,在随后的空虚中
> 我们感觉自己像被出卖了一般。
> 痛苦是永恒、隐晦、黑暗的,
> 而这恰是无限的本质。

人物不再以行动来呈现自我,而是沉默隐晦的一团谜,有待读者来破解。浪漫主义的这种向内心世界的转移为一些最好、最同情霍桑的评论者提供了视角,使他们得以写出分析霍桑作品特征的上乘评论文章。戴克金克(柯勒律治的忠实读者)在将《红字》评论为心理罗曼司的时候引用了上述诗句的一部分;而维普尔在评论《玉石雕像》并回顾总结霍桑的整个创作生涯时则引用了我所引述的所有诗行。

美国跟英国一样，"文学"的出现是与市场相连的。"文学"形成之时，恰是"畅销书"出现之日。《红字》于 1850 年问世，同一年苏珊·华纳的《广阔广阔的世界》创下了销售数量的纪录，两年后，这个纪录被哈里叶特·比彻·斯托的《汤姆叔叔的小屋》打破，但在整个 19 世纪，几乎没有其他书超过《广阔广阔的世界》。霍桑刚刚拥有相当的读者就与他所称的"一群该死的乱涂乱写的娘们"展开了竞争，而后者的读者群要大得多。由于美国非文盲的比例高于欧洲，因此潜在的读者群大于欧洲，又由于铁路的修建改善了运输状况，加上图书出版与销售的组织迈出了新的步伐，读者群成为现实，因此到 1850 年，美国已形成了全国性的图书市场。

1837 年的金融恐慌之后（这次恐慌使霍桑《重讲一遍的故事》滞销，使他的写作生涯受到重创），从 1843 年到 19 世纪 50 年代中期，美国的经济发展非常顺利。詹姆斯·菲力兹是波士顿蒂克纳与菲尔兹出版社的合伙人之一，他数年经营，致力于将新英格兰文学推向全国市场，此时，他的努力开始有了收获。由蒂克纳出版的《红字》开始为《大西洋月刊》（创刊于 1857 年，1859 年由蒂克纳与菲尔兹出版社接手，从 1861 年到 1871 年由菲尔兹编辑，后由威廉·迪恩·豪威尔斯接办）领导文化新潮流奠定了基础，并使波士顿——而不是纽约——在数十年间一直是出版有分量文化著作的中心。这其中的部分因素是读者的不同层次，因此到 1851 年，霍桑出版他那种虚构作品可以谋生，而出版商则靠华纳等人更加通俗的作品赚钱。

1849 年 10 月，也就是《雷德本》出版后不久，梅尔维尔出国谈判《白外套》销售问题之前，给他岳父莱缪埃尔·肖（Lemuel Shaw）（马萨诸塞州最高法院院长）写了一封信，信中所谈到的复杂情况可以用这种市场状况加以说明。信的背景是，《马尔迪》出版于三月即遭到攻击，此后，梅尔维尔用了一个夏天写作《雷德本》和《白外套》。梅尔维尔在信中写道：

> 对于《雷德本》，我估计不会有什么特别的反应，也许人们会将其当做一本尚可容忍的消遣读物；——也许会算做枯燥乏味的作品。——至于另一本书［《白外套》］，则一定会受到一些人的攻击。这两本书不会为我赢得我所期望的声誉，这两本书只不过是我的活计，是我为赚钱而做的——不得已而为之，就像别人去锯木头一样。尽管我感到不得不放弃自己想写的作品；但是在写这两本书的时候，我没有过多地压抑自己——仅就这两本书而言；而是写出了许多自己的真实感受。——对于这样写出来的书，我的"成功"（一般所称）的欲望产生于口袋而不是

⊙叙述形式

心灵。就个人愿望而言,且超脱口袋问题的话,我真诚希望写出那种据说是"失败"的作品。——原谅我的自负。

在这里,文学与经济泾渭分明:只有一种作品是为"钱"而写作的:那是一种"活计"。成功和失败有两种衡量标准,成功和失败这两个词有着完全相反的含义。对于许多处在抉择关头的19世纪作家来说——无论是道格拉斯决定要获得认字的权利,还是梅尔维尔权衡文学追求可能带来的损失,这种两面性都是撒旦的模式:"上帝认为邪恶的,恰是我的良善。"因此,梅尔维尔认为所谓的失败恰是成功。与产生于"口袋"的"欲望"相对的,是源于"心灵"的"真诚希望":一种与社会外在的衣物相对的"个人"内在的本质。梅尔维尔需要钱来养活妻儿,但他的写作却是由成为著名文学家的"自负"所支配的。即使在给岳父肖的信中,梅尔维尔也不曾将他的妻子——也就是肖的女儿和他那八个月大的儿子——也就是肖的外孙作为写作的动因。在这位"就个人愿望而言"的作者看来,亲密的家庭成员只不过是口袋问题,而口袋问题恰恰是他希望"超脱"的东西。作者的行为与市场隐含的要求相反。在这一市场里,一切可以被"当做"、"算做"、"攻击"、"一般所称"或者是"据说",似乎没有人的介入。甚至作者也是"不得已"、"不得不",不敢说自己不是处在完全受"压抑"的状态。

纵观西方志向远大的本国语作品,其作者往往或者靠庇护恩惠而生活,或者另有谋生之道,再不就是拥有养尊处优职位的学界人士。梅尔维尔没有职位,没有另外的谋生之道,也没有人庇护恩赐,开始只是由于存在接受他的作品的市场,他才从事写作的。可是他发现,一旦进入,文学世界便向他展示了一个他无法达到的境界。这个世界以其正面的魅力将他吸引进来,然后便以其负面的作用拖延他,以实验的方式来看他能说多少"自己的真实感受"而仍可以维持生计,也就是要用实验来看他能承受多少失败而不被打垮。

我在描述大西洋两岸的浪漫主义的时候,曾提到英国和德国的公开演说所带来的政治问题。在美国则不应存在这一问题。美国的建国原则不仅使其他地方不能进行的公开演说可以在这里进行,而且似乎还要求有这样的演说。1849年3月,梅尔维尔拿到了一大笔《马尔迪》的预支稿费,他写信给戴克金克说:"我真希望莎士比亚出生得晚些,能迈步在百老汇。"那样的话,他就用不着受伊丽莎白时期那些规定的"钳制"了。梅尔维尔认为,没有人能在写作时"绝对坦白",但即使如此,"有了《独立宣言》,情形就不一样了。"不久,莎士比亚到了百老汇,出现的情形却比梅尔维尔想象得要剧烈得多。

4 叙述文学

　　1849年5月，两位互不服气的演员在纽约同时出演麦克白这个角色：一方是在阿斯特·普雷斯剧院演出的英国悲剧演员威廉·马克雷迪；一方是在百老汇剧院演出的颇受欢迎的美国演员爱德温·弗雷斯特。到阿斯特剧院的是追求时髦的观众，到百老汇剧院的是普通观众，双方之间的气氛非常紧张，加上民族主义竞争心理推波助澜，一群乱民强行中止了马克雷迪的演出。有文化教养的公众（包括梅尔维尔）请求马克雷迪恢复演出，并许诺给他提供保护。数以百计的警察和民兵试图控制示威者，但没能成功，民兵便直接向人群开枪，22人死于非命。阿斯特剧院骚乱令人震惊的结果使人们对《独立宣言》的作用产生了怀疑。从美国建国到19世纪中叶，美国的政治文化发生了变化，从而促进了文学的出现，而其他国家的文学则产生于民主希望所遭受的挫折，但这两种文学却有着惊人的相似之处。

　　到了1850年，美国比库珀开始写作时不仅更具民族性，而且更加派别林立。向太平洋的扩张、墨西哥战争以及以横跨大陆铁路网络的飞速发展为特征的"命定扩张说"使整个民族的力量得到加强，并达到了一个新的水平。但是，关于蓄奴制未来的矛盾日益激化，既增强了派别内部的团结，也增强了派别间的敌意。老的南方与新的西南部地区合为"南方"，不久就组成了邦联，而新英格兰、纽约、宾夕法尼亚和老西北合为"北方"，组成了由新成立的共和党领导的"联邦"。而且，随着新的工业体制在国家经济生活中的地位越来越重要，企业家要求彻底改变美国法律的基础。法律的基础由英国习惯法变为细致繁琐的条文，与之打交道需要更高的专业知识水平。先前只是公开辩论和立法活动中的经济问题，而今进入了法庭，辩论台上也竭力不谈至关重要的政治问题，因为那样做会对神圣的联邦有威胁。

　　政治问题转入两种不同的渠道解决。在法庭上，难于公开辩论或者辩论会带来动荡的问题被作为个案，通过将对立双方分开而非两派参加的程序专案解决。在个人与个人之间，问题可以私下悄无声息地加以解决。爱默生在《论政治》一文中写道，"克服政府权力滥用"的"解药"就是"个性的影响，个体的成长"。在《马尔迪》中，人们发现了一份谜一般的文件，文件谴责一个人的民族主义的演讲术，称这个人将"青年美国"的空洞辞藻置换进了这部虚构的南海故事。这份文件有力地声称，"自由与其说是政治概念，毋宁说是社会概念。"自由的"真正幸福是不能分享的"，而是"一个人个人的获得和拥有"。这种说法与共和党的美国独立革命原则相反，是对托克维尔先前对美国"个人主义"分析的复述。

　　托克维尔认为，"个人主义"是一个表达新事物的新词，它所表达的不仅仅是自私这样一种情感，而且是一种"成熟、冷静的感情，这种感情使群体

683

的每一个成员将自己从其同类的团体中割裂出来"。自私使所有的道德沦丧，而个人主义，至少是在起初，"只侵蚀公共生活的道德"。然而，文学作者，即罗曼司作者的力量带有强烈的个体性。莎士比亚笔下的个人主义者科利奥兰纳斯背弃了故乡罗马的共和自由，要到别处去寻找"另外一个世界"。英国评论家威廉·黑兹利特在回顾这个人物的时候，担心最伟大作品的"力量"可能跟专制政治的"力量"是一回事。这是因为"想象是夸张和排外的能力"，是彻头彻尾的"反平等的原则"。想象的能力使得在希望从事文学生涯的人们当中产生了精英，更为专业化的法律职业也产生了自己的精英，两种精英都反对日常普通的思想、言论和意识。法庭和个性的体系都要求以教育为前提，并在此基础上通过理解和解释的过程使体系得以运作。

到 19 世纪中期，诸如乔治·班克罗夫特等作家所写的民族叙事文学作品似已具有派别性质，因为他们所涉及的问题越来越成为争执的焦点，而他们又不得不突出强调一方面的观点；地方叙事文学作品，如西南部幽默作家的作品，对于担心分裂为敌对文化派别的国家来说，其分裂作用似乎愈发明显；甚至"个人"叙事文学作品——不只是弗雷德里克·道格拉斯的作品——也显得思想意识性太强。在这种情况下"文学"便可乘虚而入，发挥前所未有的作用。"文学"提供一种内化的心理活动，这种心理活动在以前的"个人"叙述中是没有的。就人们当时纷争不已的政治问题而言，"文学叙述"的内容发生在一个"中立地带"，既不是这里也不是那里，既不属于国家也不属于地方。它提出的是永恒的"人的心灵"的问题，而不是要讨论更为短近的更具有争议性的问题。

当时亨利·克莱、约翰·卡尔霍恩和丹尼尔·韦伯斯特等议员因其雄辩的政治演说而享誉全美国，可是演说这种形式已不再像先前那样重要。《1850年妥协法案》差不多让国会讨论了整整一年时间，这项议案即将彻底结束关于蓄奴问题的辩论。克莱、韦伯斯特和卡尔霍恩在演说中强调，政治演说本身就制造问题，就是具有分裂作用的形式，而本来，只要愿意相信美国人民的忠诚，天下即可无事。

韦伯斯特的论点，对于与文学发生联系的人来说最为重要，因为他们跟韦伯斯特一样都是北方人，而克莱是西部的代表，卡尔霍恩则是南方的代表。接受韦伯斯特 1850 年 3 月 7 日那篇著名演说的观点，就意味着选择沉默（与具有分裂危险的辩论相对）；而如果要摒弃韦伯斯特的观点，则很可能意味着要将演说术和政治都当做腐朽的东西加以抛弃，而韦伯斯特正是借助了这类东西，让道德屈从于保全联邦的需要。1847 年，韦伯斯特在南部各州巡回演说，这是他连续角逐总统宝座的一项活动内容。在这些演说中，韦伯斯特已经开始为他的观点奠定基础。对于这一点，他这样解释："我愿看到人民对联邦的忠诚，这种忠诚不是出于政治经济的演绎，也不是出于逻辑的推理，而是一种发自内心的珍贵的情感。"

情感与理性的对立在霍桑的罗曼司里扮演了重要的角色，而在韦伯斯特的政治演说中，则以政治和谐的程式呈现，内心情感则被视为稳定的基础，在这一基础上，可以实现政治上的安宁。在那部典型的旨在贬恶扬善的乔治·华盛顿传记中，帕森·韦姆斯（Parson Weems）认为，"隐私的生活总是真实的生活"。霍桑的罗曼司将隐私当做真实来强调，而公众生活对这样的真实不是嘲讽就是加以掩盖。在《红字》的前言"海关"中，作者写，测量员皮尤遗留下的关于海斯特·普莱恩的材料适合霍桑的想象创作，原因是这些材料"不是官方的，实质上是私人的"。只有当时的女性通俗作家才被后人称为"言情"小说家，然而霍桑的虚构作品也同样诉诸于情感。家庭取代了詹姆斯·费尼莫尔·库珀作品中辽阔的自然，成了维系美国的"自然"道德基础之所在。这是那些女性作家作品的倾向，也是霍桑虚构故事的倾向。尽管霍桑迷恋于描写道德负罪感给人物带来的漫长的痛苦，但他的正面观点却与爱德蒙德·伯克没有不同，这种观点对19世纪中期美国文化的意义越来越重要："人类正常的本能"是可贵的，因为这些本能是"社会保守信条"的组成部分。美国评论家亨利·T. 塔克曼在1856年谈到华盛顿的时候写道："情感是社会伟大的保守信条。"更早的时候，塔克曼曾在一篇关于《红字》的评论中称，霍桑的"心理"作品有助于确立国家的情感。霍桑称这是一篇"非常漂亮"的评论，说他"理解我的意思"，并向他表示感谢。

在强调不假思索的忠诚的重要性时，韦伯斯特已经对美国独立革命做了与伯克观点相同的新的解释。在邦克山纪念碑揭幕仪式（1843）的演说中，韦伯斯特解释说，美国独立革命不是暴力革新，而是此前两世纪美国生活的自然发展。班克罗夫特也认为美国独立革命的出现是自然发展的结果，但是，韦伯斯特在强调情感的时候倾向于否定逻辑、分析和论证对革命的发生提供了根据和动力，而班克罗夫特则不然。

韦伯斯特关于妥协问题的演说发表后的那个星期，《红字》于1850年3月16日问世，其销售好得令人吃惊，没过几个星期就需要再版了。显然，这部作品不可能受到关于妥协问题大辩论的直接影响，但却是写于同样的国家形势之下。1820年《密苏里妥协法案》曾确立一条具体的地理界线，界线以北的联邦地面上不允许蓄奴，《1850年妥协法案》中止了1820年的《密苏里妥协法案》，用一系列可作多种解释的条文取代了清晰、武断、带有数学色彩的规定。霍桑对解释的关注，他那用潜在可能性写成的虚构故事，在当时并非新生事物。早在《重讲一遍的故事》出版的时候,《教会检查员》(*Church Examiner*)上发表的一篇评论文章就将霍桑的故事与更具模仿性的作品相对照,文章称后者"篡夺了真实事实的领地",因此"打乱和扭曲了事实真相的结构",而霍桑的作品是"更高层次虚构故事"的范例,它像"真正的诗","保持了事物的本来面目",但这种保持功能还强化了这些事物,因为它"给这些事物注入了生命的气息"。

当联邦需要呵护而不是动摇和破坏的时候,霍桑经久不衰的创作模式开始与时代的要求适应起来。不过,这种适应的特点恰恰在于人们并没有意识到它的这种适应性。这种创作模式与政治说教不同,它能受人欢迎,但它却以娱乐和变形的方式保留了某些政治方面的因素。蓄奴问题出现了一个长期平稳的时期,这有赖于一条严格分离的原则:蓄奴问题是独一无二的由各州自行决定的问题,而不应由国家进行讨论。但是国家领土的急剧增加,将蓄奴问题驱入了准州,使之成为既是想象中的问题(那里会有奴隶吗?)又是原则性的问题(那里应该有奴隶吗?),而不再是关于事实的问题(事实上那里几乎没有奴隶)。

霍桑给罗曼司作者的想象划出的"中立地带",与想象中的西部有某种特别的关系。在空想家的心目中,奴隶和自由农民正迁居到西部。正如林肯所言,纯粹主义的逻辑是,美国要么全是奴隶,要么一个奴隶也没有。推断的结果通常并不明说,只有加里森式的废奴主义者和越来越多的南方"吃火人"对其作了解释,亦即,如果美国因蓄奴问题而继续分裂的话,就不可能有什么联邦。持"温和"立场的人则试图折中蓄奴(或解放奴隶)的要求和维护联邦的要求。如柯勒律治在《文学传记》中所说的那样,要将对立面折中调和,那是只有想象力才能完成的任务。用想象的方法来解决真实的问题是霍桑在罗曼司中处理19世纪中期政治危机的手段之一。不过,在《海关》中,霍桑解释了他的沮丧,他说"想象"与获取"公众的金钱"不相容。因此,他贬低韦伯斯特议员的演说和班克罗夫特大使的历史著述,以此为基础树立了自己的文学权威,而被他贬低的这两个人的著作,无论从其销售、读者多寡还是读者反映上来看,在前20年间都胜过任何一位作者一辈子写成的虚构故事。对于最伟大的美国文学作品是什么这个问题,在1850年,答案很可能是班克罗夫特的《历史》和韦伯斯特的演说,然而,不到一个世纪,这些作品便被彻底推翻了,不仅仅是因为人们的品味和价值观念发生了变化,而且由于人们对文学的定义有了极端的、彻底的改变。

当时人们认为想象是创造性的基础,是文学新概念的主要特征,这一点在19世纪中期的作家为"罗曼司"争取地位的言论中清晰可见。从虚无中创造，即原创，本来是上帝才有的能力，现在人类也具备了。英语中最早使用的"原"这个字见于神学名词"原罪"，然而亚当或者夏娃对自由的要求现在有了重新的评价。想象通过一种成长发展的过程获得了创造力。霍桑的罗曼司中强调发展问题最明显的当数《七个尖角阁的房子》，在这部作品中，艺术家人物是位摄影家。19世纪40年代，"发展"作为生物变化过程的意义更加突出——1859年，查尔斯·达尔文发表了《物种起源》，我们今天称为进化的概念，当时通常称做"发展假想"——与此同时，人们也开始用这个词指照片的显影过程［英语的"发展（development）"还有"显影"之义，现在仍沿用］。同样在这一时期，英国牧师约翰·亨利·纽曼（John Henry Newman）发表了《论基督教义的发展》（*Essay On the Development of Christian Doctrine*，1845）而且皈依了罗马天主教会。纽曼的著作一般称为《论发展》，这部著作提出了一种发展观点：发展即是真理通过历史逐渐显示出来的过程。

由于这一过程需要时间，作家早期创作生涯必然是有缺陷的。因此坡在评论霍桑作品时解释道：那些最有能力进行评判的人，也就是采用新标准的人，那些"少数人"，他们做出的评判与"大众"是不同的。公众坚持旧的文学批评标准，对作品中所表现的写作技巧进行评判，他们对于作者的评判是以其行为为基础的，亦即"通过他所做的"来评判；而新的标准则强调人物特征，亦即"他所表明的自己所具备的能力"。梅尔维尔在《霍桑与他的青苔》一文中也阐明了这一点。他在这篇文章中也谈到了莎士比亚："伟大思想家的直接产品与那种未经展开（有时也无法展开）然而依稀可辨的伟大之处相比并不显得伟大，与这些伟大之处相比，这些直接产品只是可靠的索引而已。"成就不是标准，标准是潜能，是有待诠释的索引。这种区分有助于理解19世纪中期叙事文学作品中两种"特征"的主要差异。在诸如《广阔广阔的世界》之类最畅销的叙事文学作品中，女主角的特点是由爱她的人说教式的阐述加以体现的，而人们对她的性格做判断的依据是她的行为。霍桑作品中的人物特点却是假定的事实，不必加以塑造，需要的只是加以发现，宛如一种自然事实，作者所做的是探索而不是创造。

想象活动成功的结果，便是通过文学作品创造出独立于日常生活世界的另一个世界。在梅尔维尔的《马尔迪》（1849）里，先是沉船和航海历险的叙述，随后船员们发现了马尔迪群岛，"罗曼司"便由这一章的标题"啊，新世界！"拉开了序幕。欧洲和南海水手将中心地位让给了另外一群人物。一位半仙色彩的国王、一位哲学家、一位历史学家还有一位诗人之间的谈话使得梅尔维尔得以借助这一新世界的描写对自己的世界进行思索和讽刺。这部航海作品不仅叙述了虚构出来的发现，也展示了作者的发现：虚构作品可以是

○ 叙述形式

实现文学雄心大志的高级模式。

在第 169 章，作者对读者说：如果他曾做过"不带航海地图的航行"，那是因为他想寻找一个"新世界"，即"心灵的世界"。梅尔维尔在这一章中所用的语言似乎与约翰·济慈的诗歌相似。在《赛克颂》(Ode to Psyche, 1819) 里，济慈在歌颂一位古典作品虚构人物赛克（即"灵魂"）时描画了同样的内向化蓝图："是的，我要做你的牧师，建起一座圣庙/在我心中的处女地。"

在《马尔迪》虚构的部分里，有一章谈及虚构的马尔迪世界的文学。那里的伟大作家"罗姆巴多"(Lombardo) 似乎在仿效失明的老游吟诗人。据说这位盲诗人曾宣称："我要另建一个世界。"罗姆巴多所仿效的这种榜样与浪漫主义代表人物相同，例如济慈曾称："创造的须创造自己。"罗姆巴多写诗的时候，"越来越进入自己的内心深处"，穿过内心的山重水复，来到柳暗花明的去处，此时，他便可以欢呼："我创造了创造者。"在这里，为了将自己的内心世界转变成富于创造性的美丽世界，作者进行了内心斗争，这一内心斗争奠定了一种基础，从这一基础出发，同样的转变也可以发生在想象的诗歌世界里。

这种任想象驰骋并且逐渐发展的内心世界，是人物形成并为读者认识的依据，这个世界是文学作者和作品人物的特权领地。在莎士比亚的典范杰作里，哈姆雷特拥有"远胜于外在表象的内在价值"。但是，这种原创性也不应与日常生活大相径庭。霍桑在《七个尖角阁的房子》的前言里强调说，罗曼司作者，即使无须受日常生活可能发生的事情的束缚，也仍然不得不遵循"人的心灵真实"。威廉·黑兹利特给"原创性"(originality) 下的定义是"对自然的看法与众不同，却如实地反映自然本身"，也就是说，"原创性"不仅具有"独一无二"的现行意义，而且仍保留词源"本原"(origins) 的意义。"本原"与事物本源之间的联系更为密切——对于霍桑来说，这种本源正是人的心灵。

坡在评论霍桑作品时说，这类作品的效果便是"整体性"。柯勒律治在关于莎士比亚的讲座中使用了这个词，并使之广为流行。在谈到新古典主义戏剧评论中的老概念"统一性"时，柯勒律治建议对其进行改进："与行为一致的说法相比，我更喜欢用'同质'、'符合比例'和'趣味整体性'等更相宜的词语，尽管这些词语学究味浓，而且不太好听。"柯勒律治认为，这些新词语包含了"机械塑造技艺"（一种较低级的成就形式）与"富有灵感的天才创造力"之间的"根本区别"。即使是"蛮荒的自然风景"也会"让我们感到和谐之美"，这是因为"在其每一个组成部分中都有一种特别的能量 ab intra（从内部）得到调节"。这种能量是莎士比亚戏剧的"杰出之处"，使他的戏剧具备独一无二的和谐力。坡在 1836 年评论柯勒律治作品的时候，对其"广博的心胸"赞叹不已，并且建议美国出版柯勒律治的《文学传记》，坡认为美国从这部作品的"心理科学"中可以学到许多东西。

柯勒律治对大自然中和谐、具有相互影响作用的力量敬仰有加，他也发现在莎士比亚的剧作中有这样的力量存在。在《我发现了》一书中，坡将这种力量称为"相互适应性"，并由此提出了一个可与柯勒律治相比的美学观点。柯勒律治称："我们从人类创造性的任何事例中所得到的愉悦，都是与对这种相互性的认识成比例的。"坡的观点与柯勒律治有一大不同：坡并不轻易就认为莎士比亚已达到完全统一的境界；而且坡也反对柯勒律治对单纯机械性技能与天才纯粹有机发展的区分。尽管如此，他接着写道：

> 例如，在虚构文学作品的情节构造中，安排事件所达到的效果，应该是使我们无法确定其中的任何一个事件是否独立于另一个事件还是与另一事件相互依存。当然，在这种意义上，情节的完美实际上或在实践上是不可能实现的——这是因为构造情节的智慧是有限的。

不过，与此相反，"上帝的设计是完美的"。

于是，坡逆转了人神比较的通常方向。他从美学中取了一个词植入宇宙神学："宇宙是上帝设计的。"《我发现了》的目的，就是要分析并叙述这种设计："统一性这条原则足以解释结构、现时现象和无可避免的至少是物质宇宙的毁灭。"那么，这部现代史诗中的"肢体与人的关系"就可这样表达："在第一个事物原始的统一中存在一切事物的间接原因，并存在必然将一切事物毁灭的菌苗。"坡在应用文学批评原理解释宇宙的过程中所依靠的是真与美之间的相互转换。他声称，他借助自己的论点所创建的世界，必然与上帝创造的世界相同，因为假如不然，那么宇宙还不如这种评论的建构完美。

霍桑的罗曼司

尽管作为一个整体，宇宙是何等完美，但就 19 世纪中叶的罗曼司作家来说，很明显，他们的日常生活充满缺陷，支离破碎。在梅尔维尔给莱缪埃尔·肖的信中，或者在霍桑把他在海关死气沉沉的工作与他所寻求的充满生机活力的想象进行对照中，都承认了这种鸿沟的存在。霍桑的这种体验由来已久。早在他获得第一个恩惠职位的时候，也就是班克罗夫特于 1839 年到 1841 年安排他到波士顿海关任职的时候，在给他当时的未婚妻后来成为他妻

○叙述形式

子的索菲亚的信中,着重谈到了他的这种感觉:那就是存在着两个截然不同的世界,其中一个是"社会的"世界,这个世界远比另一个充满家庭温馨、爱和想象的世界要逊色得多。他在工作之余给索菲亚写道:

> 我的"真我"在家里……生活在真正的爱之中;她可以享受一种精神上的生活,精神和智慧兼有。而在我现在的这种生活方式中,我的智慧、我的情感和我的灵魂是没有用武之地的——他们找不到丁点工作,也没东西养活他们;我所做的工作倒不如让机器做可能会更好些。我就是一台机器,周围是数以万计相同的机器——或者说,所有这些商人都是一台大机器的许多齿轮——彼此之间缺乏爱和同情,要是我们像其他复杂机器上的齿轮一样,由木头、黄铜或者生铁造的,可能还要好些。

"家"和"精神上的"这两个概念是作为"商业"的"机械性"的对立面提出来的。尽管此时美国的经济的确正变得更为工业化,但是霍桑所谓的"机械性"更多的是针砭官僚主义和商业化,即中产阶级男性的世界,而对工业方面则批评不多。霍桑的分析术语被广泛采纳,甚至有些术语连前面提到的柯勒律治也没使用过。托马斯·卡莱尔在1829年写的那篇杰出的散文中称他读懂了"时代的征兆",并宣称他所处的时代"不是英雄的时代,不是忠诚的时代,不是哲学的时代,也不是一个道德的时代,而彻头彻尾是一个机械时代……无论从时代这个本义还是引申义来看"。

折磨霍桑的问题也影响了索菲亚。因为在索菲亚闲适的家庭生活中霍桑找到了他没有体验到的那种人生价值,于是他把索菲亚的生活与自己的生活合而为一,以此来弥补自己这方面的缺陷。在另一封信里,他解释说,因为"机器轮子的声音将永不休止地在我的耳畔轰鸣",所以,索菲亚"一定要去聆听鸟啭燕鸣"。然而,这种要求便将索菲亚闲适的生活转变为负有责任的生活了。他吩咐索菲亚:"你的精神必须享受双份的自由,因为你的丈夫注定要做俘虏。"这样一来,索菲亚的"享受"变成了计算和记账过程的一部分,在这一过程中,她的"职责"就是记上"我们共有财产"的"增长数"。这种享受的数量化正是卡莱尔斥为"机械性"的一个组成部分。

在他的散文中,卡莱尔所指的不仅是工业主义表面上的机械性,而且也包括商业组织内部的精神机械性,他(像华兹华斯谴责"粗俗狂暴的刺激"一样)认为,这种精神机械性甚至严重影响了诗歌的创作与欣赏。霍桑后来虽然摆脱了城市和党派恩惠的僵化的机械性生活,参加了布鲁克农场的社会主义实验,但他非但没找到完整的自我,反而发现了另一种矛盾,这一次是真正的自我——敏感的作者——与农活对体力要求之间的矛盾。到大自然中去劳作并不能自然而然地、"有机地"摆脱机械性。

在霍桑看来，他在布鲁克农场的经历是"不真实的"："真正的我从未与这个群体融为一体；在那里工作的不过是一个幽灵而已，凌晨时而听号角吹响，时而挤牛奶，白天在烈日下劳作流汗：锄白薯地、晒干草。"霍桑谈的这种情形正好与《年轻人古德曼·布朗》的世界里的情境相似，在《年轻人古德曼·布朗》的世界里，人们相信魔鬼可以随心所欲地展示他所控制的"幽灵"。原以为农场的劳动是一项崇高的事业，没想到竟是一场恶魔般的经历。霍桑最终半开玩笑地说："那个幽灵不是你的丈夫。"不过科弗代尔在《福谷传奇》中的叙述也基于与共同的集体生活保持同样的距离，这种诗的敏感性与日常行为之间的分裂，更是卡莱尔所谓机械化的一个组成部分。霍桑在布鲁克农场所遇到的问题与他在海关遇到的问题相同。在海关的时候，霍桑在给索菲亚的信中写道：他写的"整个外在生活"的日记是那么"枯燥"、"无味"，假如他要写"同样一天中内心生活的日记"的话，绝对不是这样。两种截然不同的描述冲击了原来人们的观念："没人相信一个人能同时过这样两种不同的生活。"

想象肯定的人的完整性可能纯粹是幻想，是一种假想式补偿，因为刺激想象的真实世界是如此支离破碎。但问题依然存在：在那么多通过彼此之间的差异性而非共性所界定自我身份的角色中的人还是同一个人吗？还是根本就没有一个完整的个人身份，而只不过是角色的一个分离体而已。文学作品中对"人物特征"的寻觅便是解决这一问题的一种尝试。因此，在《七个尖角阁的房子》里，银板照相师霍尔格雷夫这位"艺术家"，在22岁之前先后当过乡村小学校长、乡间商店售货员、乡间报纸的政治版编辑、流动商贩、在工厂工人中行医的牙医、一条商船的临时雇工，曾经是傅立叶主义者，也做过催眠师。尽管霍尔格雷夫变换了这么多角色，而且他对每个角色都"像冒险者一样，满不在乎，爽快地接受了"，然后便"同样满不在乎地扔在了一边"，但霍桑认为，霍尔格雷夫"从未丧失自己的身份"，他自有"他的人生准则"，这个准则跟小说中约束其他人物的准则大不一样。与霍桑所受的那种外部生活与内心世界分离的痛苦迥然不同，霍尔格雷夫代表的是一种纯粹的精神上的胜利，一种内在本质战胜外部表象的胜利。

如果说霍尔格雷夫这个人物跟霍桑相反的话，那么霍桑的亲身经历在《红字》里得到了进一步的强化。在《红字》里，丁梅斯代尔过的是一种"可怕的空虚生活"，这是因为他完全陷入了一种矛盾中，这个矛盾就是一方面他是波士顿教区的精神领袖，担任着"官员"的角色；另一方面，他还有一个难言的苦衷,那就是他得对与海斯特通奸负责。当海斯特的蒙辱丈夫奇灵沃斯(Chillingworth)以医生的身份一面为丁梅斯代尔的身心看病,一面密谋策划旷日持久的可怕报复时,丁梅斯代尔根本不清楚奇灵沃斯跟他还有那么一层关系。他将自己的内心掩藏得如此之深,以至于当他发现自己仍爱着海斯特时,却不知道海斯特可能还爱着他。一个社会群体压制着生活的情感基础,只允许这种感情在法律的"铁框架"内进行交流,而恰是这样的群体对丁梅斯代尔的选举布道却充满极大的热情与渴望。要知道,丁梅斯代尔是在情感复苏后才完成其布道的。但他对美国未来的预言在《海关》却没有体现出来,而霍桑就是在那里开始写这部作品的。又一次——在想象的17世纪与现实的19世纪里一样美国政治把人们的真实情感与公众生活分离开来;韦伯斯特所唤起的用来维系联邦的"情感"必须埋在心底,而不是在公众分歧上火上加油。《红字》遵守了这个章程,将书中的"心理罗曼司"位移到遥远的过去,满足了政治要求,闭口不谈政治。这个脱离现实的、美好的罗曼司世界有助于支撑由烦琐小事构成的支离破碎的世界,它不仅支撑它,它还依赖它。这或许根据上帝的安排来维护联邦,但事实与此相反。

罗曼司与日常生活相互依存,这就决定了《海关》与《红字》之间的关系,也就是,在同一本书中前言中的现代生活的介绍与发生在17世纪的长篇故事之间的关系。因为"红字"不仅是全书的标题,而且也是其中章节的标题,同样,《海关》无处不在,即使它不出现时,也不能否认它的存在。它增添了某些多余的东西,使其后的故事变得复杂化。例如,《海关》中要证明叙述的"真实性",但它用的方法却是大谈"文学的适当性",即求助于某种常规,而非提供真实性的证明。借助《海关》,霍桑将(客观的)红字占为己有,使他的叙述带上了个人色彩。

《海关》中的作者形象与《红字》中的诸人物之间有许多相似之处。故事开头的海斯特和杂记中的霍桑一样,都为想象中的一群清教徒权威所压制而无力反抗。故事中的丁梅斯代尔和杂记中的霍桑一样,被充满激情的内心世界所折磨,因为他们作为"官员"的公众生活完全背离于他们的内心世界。故事中的奇灵沃斯和杂记中的霍桑一样,都具有卓越的分析人物性格的才能。上述及其他的相似之处,使《海关》和《红字》在主题方面具有一致性,使读者认识到《海关》在故事中出现是合情合理的。不过,这些相似之处也削弱了《红字》作为小说的自身的特点,使之成了作者1859年境遇的寓言故事。《海关》结尾时称,作为"被砍头的海关关长"这样一个公众人物——报界是这样称呼霍桑的——只是"比喻意义上的"形象,而作为"真正的人"的霍桑是一位"文学家"。根据这个逻辑推断,海斯特的外部生活——即

4 叙述文学

故事中的生活——也只是比喻性的,其真实生活恰是霍桑的文学生活。

《海关》反复出现这样一种情绪,接近尾声越趋强烈,那就是饱受折磨的沮丧。在政府变更、自己失去了恩赐的工作后,受这种情绪的影响,霍桑希望自己被处死算了。他解释说,这就好比一个打算自杀的人"碰巧被谋杀了"。《红字》的故事便是在这种情绪中开始写的,写结尾时情绪依然如此。故事的结尾,马萨诸塞州的妇女怀着这种沮丧的情绪问海斯特:"为什么他们这么痛苦?有没有良药?"不管是1850年这个孤独的男人,还是17世纪那些无助的女人,都不知道该怎样才能得到幸福。运气好的话,也许会被砍头,或者像海斯特所预见的那样:"天使和使徒会来显灵。"唯一的良药就是寄希望于未来,而且要有耐心。可是,"红字"却为苦难提供了这样一个特别的来源,这就是海斯特过去的行为,以及由此多了个小孩,她自己却失去了孩子的父亲。行为发生在过去,感受留存于现在,希望则寄托于未来。

为了缓解因蓄奴制而导致的联邦分裂的威胁,韦伯斯特等人提出了情感政治这种策略。在这里,《红字》正好与这种情感策略产生了共鸣。政治经过内化,更具个性化。有争议的问题不予谈论,在霍桑从事写作的公众世界里是这样,在他所描写的隐私世界里,也同样如此。在"山姆大叔"之鹰的控制下,海关生活一片空虚,霍桑对此进行的批评是准确无误的。"官僚"政治与一切真实的东西都断绝了关系。

《海关》中有一个重要的隐含主题,那就是坚持认为"红字"中的阴沉气氛部分是由革命欺骗性行为造成的。让我们来研究一下,霍桑政治职务的丧失,等于将他砍了头,于是他便以"政治上的已亡人"的身份从事写作。这个玩笑源于当时流行的夸张说法:将失去恩惠职务比做法国革命的恐怖行为。甚至连富兰克林·皮尔斯这样一个没有语言天赋的人,也在1841年的演说中使用了这个比喻,霍桑在他的《富兰克林·皮尔斯传》中挪用了这个比喻。这个词组之所以具有诙谐性,是因为恩惠职务的变更虽不是革命,但这种职务上的变换(rotation)与革命(revolution)在词源上是相关联的:革命的原则变成了恩惠职务的轮换。不管一个人在位还是下台,在政治上与死无异。霍桑认为,因为在位者"并未加入到人类共同致力的事业中去"。那么就会出现这样一种荒谬的现象,公共职位成了私有财产。在一个无人关心重大事件的国度里,政治要么是追逐好处的腐败行为,要么是一种对联邦国家的默默的热爱,高尚,但却没有激情。

19世纪中叶,政治成了抢占职位和兜售恩惠职务的工具,一些能言善辩、善于思索而又富于热情的知识分子离开了民主党和辉格党的阵营。霍桑在其公然反政治的文学作品《海关》里对"公职"人物的描写,正好反映了他当时卷入重大政治事件时的活动情况。皮尔斯获选之后,他不遗余力地协助皮尔斯委派恩惠职位。在《富兰克林·皮尔斯传》这本书中,霍桑称他的权威就在于他了解"这个人",能读懂皮尔斯的"性格",并能判断他的"动机"。这种对个人性格的关注并非"文学家"所独有的癖好。辉格党人内部也是这样进行竞选的。1852年的大选规定,大党之间不能争论重大问题,只能讨论个人性格问题。只有靠边站的自由土地候选人约翰·黑尔竭力在原则问题上争执不休。1845年,黑尔代表新汉普郡在国会当民主党议员时,他这样写道,由于他反对将蓄奴制扩张至德克萨斯,以皮尔斯为首的民主党主流派拒绝他的重新提名,因此,他被"砍头"了。

19世纪50年代是美国政治史的转折点:辉格党销声匿迹了;自安德鲁·杰克逊以来,一直在国会占多数的民主党,此时也变成派系林立的少数党派了;共和党登上政治舞台,掌权长达三届之久。联邦不久分裂,经过血腥征服后再度建立。这次转变中蓄奴制是焦点,但对仍占统治地位的政党来说,要取消蓄奴制是想都不会去想的。在1850年通过妥协法案和1854年关于《堪萨斯—内布拉斯加法案》争端再起的这段时间里,情况尤其如此。这段近乎瘫痪的平静阶段恰是霍桑全力从事创作之时。

当时两大党派之间达成了共识。《富兰克林·皮尔斯传》中宣称,在民主党和辉格党之间目前没有"重大的原则分歧",双方"为了一个目的团结起来",这就是要"维护我们神圣的联邦"。在19世纪50年代早期,政治上没有一触即发的大事要解决,所以个人性格便成了入选的理由,因为皮尔斯不曾允诺在获选后要做什么大事。霍桑承认蓄奴制是分裂的潜在因素:他不赞成蓄奴制;他只要求一切维持原状。在《富兰克林·皮尔斯传》中,他解释道,蓄奴制是:

> 一种罪恶,但是圣明的上帝并不想让人类插手来消除这一罪恶。只有到一定的时候,罪恶完结了它的使命,这时借助某种人们无法预料但却简单易行的方式,罪恶便会像梦一样消失得无影无踪。

这种逐渐消失的幻想令人想起《红字》里的奇灵沃斯,当丁梅斯代尔摆脱他的控制之后,他便销声匿迹了。不过,这种幻想与《七个尖角阁的房子》里对恶棍杰弗里·品臣的死的描写更为接近,死亡就像"消失的噩梦一样"。在《七个尖角阁的房子》里,要获得拯救,关键在于用仁慈的自然法则来取代充满罪恶的人类行为——尤其是家庭化的自然,即与书中强调的家庭观保持一致的那种自然。房子里的那种令人恐惧的死气沉沉,以及住在房子里的人重复不断的罪行，随着菲比的自然成长，在她从女孩变为女人的一瞬间，全部烟消云散了。

《七个尖角阁的房子》大大改变了亚里士多德的理念方式，其情节的要旨在于抹煞和消除所有的行为。当霍尔格雷夫几乎要重复其祖先的做法，用催眠法占有品臣家的一个女人的时候，他退缩了；相反，他通过爱情的自然过程实现与菲比的结合。同样，表面上看来，杰弗里是被人所杀，但结果证明属于自然死亡，而且30多年前的一次死亡事件使科里夫特蒙冤而锒铛入狱，但实际上也是自然死亡。在这两个事例中，都的确有"一个可怕的事件发生……但却都不是人为的"。我们看到，即使是杰弗里在科里夫特判罪的事件中也不曾故意陷害。雇主与工人、品臣家族与茅勒家族之间积怨已久的阶级矛盾，因为一场合适的婚姻就冰消雪融了。菲比虽为品臣家族的女儿，但她骨子里是一个家庭主妇，而非佣人伺候的贵妇人；而作为是茅勒家族的儿子，霍尔格雷夫却不仅是激进分子，而且也是个企业家。这些人物共同组成了一个国家，在那里，一个小企业既可能损失五美元，也可能赢利一百万——这种社会运动都不是政府干预的结果，而是由上帝亲自规约的。霍桑设想这种罗曼司故事的合乎逻辑的成分同样适合于美国的政治。到了1863年，霍桑在给小姨子伊丽莎白·皮博迪的信中还说，南北战争借助"可怕的震动"所取得的成就，完全可以通过"循序渐进的和平的方式"来实现，索菲亚·霍桑也积极回应她丈夫的主张，在给一位联邦领袖的信中，她认为他的观点是正确的，那就是"上帝的法则"一定会消除蓄奴制，"而无须采取这种可怕的震惊行动"。

行动是无法忍受的，在浪漫主义以探讨人的本性为目的的内向化过程中，性格特点成为作品描写的主要对象，而替代了以前经常描写的行动。这也就是莎士比亚离开舞台转而写作的原因。人物不再是传统的亚里士多德式的人物，动不动就采取行动，也不再像许多伟大小说中的人那样，妙语连珠，而要还其本来面目。霍桑在他的长篇作品中，采用在短篇写作中所形成的技巧，叙述大大地超过对话的篇幅，与此同时，摒弃了大量传统叙述的材料，即行为叙述。从某种意义上说，他的小说在技巧上为以后的古斯塔夫·福楼拜（Gustave Flaubert）和亨利·詹姆斯强调人物性格叙述开了范例。

这种叙述手法的探究的出现是19世纪大变革的结果，在这一世纪，社会科学领域产生了大量有关个人性格的新知识，这一世纪也对个人——无论是士兵还是工人——产生了新的重大的影响。然而，由于叙述作品不是社会科学而是文学，这种作品便特别注意用个人的口吻来再现事实上依赖于客观性的东西。在《红字》里，只有在奇灵沃斯前来引路之后，读者才得以进入丁梅斯代尔"内心"的"深处"。两个人物之间的关系更像后来的心理分析治疗,而与19世纪50年代或者17世纪40年代的行医模式则没有多少共同之处,霍桑成功地描述了这样一种心理状态,既向往完全被人了解,又十分矛盾;既想加强亲密关系,促进治疗,又担心通过分析后,隐私暴露无遗。

这种两极对立在《海关》里显得更为突出。在《海关》里,霍桑渴望通过文学与读者达成"某种真实关系",但在海关的日子里他所发现的人与人的关系就跟地狱几无两样——盖了钢印,用黑墨写的名字"霍桑"像"各种上缴关税的商品"一样传遍了。霍桑这个名字的特征大家都了解了,而且印象很深,可他自己压根就没做什么。不过,就是作为作者,他在期刊上的签名对他的党派来说也是极富价值的。他在民主党控制的《萨莱姆公告报》(*Salem Advertiser*)杂志上写的书评也成了政治资本。霍桑的名字要经过这么复杂的流通程序才能流传开来,因此他所在的党派考虑良久,觉得该给他一条谋生之道,于是,没要他干什么事,便让他成了民主党的一员。

与霍桑自己的矛盾处境一样,他的党派也面临着进退两难的困境。19世纪50年代,民主党希望走向未来,但又担心对现存的东西失去控制。(民主党担忧的是时间性问题,与此正好相反,辉格党担心的却是空间问题,那就是新疆域的扩张会对联邦构成威胁。)这种行动与规范的对立在《富兰克林·皮尔斯传》和《红字》中都反映出来了。在《富兰克林·皮尔斯传》中,这一对立决定了进步和稳定的矛盾,而这一矛盾霍桑在小说中必须加以解决。在《红字》中,从行动描写转向了性格描写,这意味着在霍桑对是什么原因使人物放弃行动的分析中产生了矛盾的条件——如海斯特在树林里引诱丁梅斯代尔的那一幕。海斯特的"智慧和感情的栖息地……是在荒无人迹的地方,在那里,它们可以像印第安野人一样自由徜徉。"与之相反,丁梅斯代尔"从未有过这样的经历,可以让他置约定俗成的法律于不顾",尽管"有那么一次",他曾触犯过一条。霍桑阐述道:"不过这只是感情的过错,与原则无关,甚至也不是故意的。"丁梅斯代尔"居于社会结构的上层……在规矩、原则甚至偏见方面受的制约比谁都多"。因此,"他的秩序框架不可避免地限定了他的行动"。丁梅斯代尔的情感动摇与皮尔斯在政治上见风使舵是基于同样的对立和矛盾:在《富兰克林·皮尔斯传》中,规则与行动的冲突决定了保持稳定和向前发展的矛盾,而在《红字》里,规则与行动的冲突决定了"原则"与"感情"(或 e-motion)之间的矛盾。

原则与感情的相互关系造成了一系列可能性,正是这些可能性赋予了《红字》中的人物以意义,在读者看来,这样的意义通常是通过情节来加以体现的。丁梅斯代尔自己,如前所述,是被界定为一个只有感情而没有原则的人;与他相对立的是清教主义的"铁框架",只有原则,没有感情。既没有感情也没有原则的是奇灵沃斯:他"毫无血性,践踏了圣洁的心灵"——践踏否定了原则,毫无血性否定了感情。不过,有时候书中表明奇灵沃斯具备"黑暗的感情",这使他跟丁梅斯代尔有所相同(因为他们两人都占有过海斯特)。最终,感情与原则完美的结合在理想的海斯特身上体现了。读者可以推知是这个人,但是必定会指责霍桑在书中未能把这个人物写活,因为在书中大半篇幅里,海斯特一直深埋自己的情感,为禁欲原则所左右,使自己成为清教观念之"铁框架"的影子。

与此相反,作者在《富兰克林·皮尔斯传》中毫不犹豫地将皮尔斯设想成一个把未来与稳定相结合的中介性人物。皮尔斯的辉格党对手温菲尔德·司各特将军也拥有稳定的价值观念,但是他的作用已经发挥完了;他不属于未来。蓄奴制否定稳定,它对联邦构成威胁,但是因为蓄奴制的消除是上帝的意志,所以蓄奴的南方拥有两种负面因素的组合:不稳定,没有未来。自由土地派和废奴派争取没有蓄奴制的未来,但正如他们反对的蓄奴制一样,他们也威胁着社会稳定。

在罗曼司和传记中,行动或者非行动是按照相互对立的价值观念结构进行安排的,这些价值观念与 19 世纪 50 年代政治上的僵局密切相关的。大家都知道,海斯特佩戴的红字有多层涵义,这其实与 19 世纪 50 年代出现的根本问题有关,这些问题就是:像《独立宣言》和《宪法》这些美国人生活的纲领性文件,它们到底有何意义?当人们把宪法问题诉诸法庭来裁决时,这些文件就像海斯特佩戴的红字一样难以解释清楚。只需回忆一下,霍桑在书中从未使用"奸妇"、"通奸"等词语,正如《独立宣言》和《宪法》中找不到"蓄奴制"这个词一样。正如有必要对这些文件进行新的解释,有必要发展新的理论来说明这些新解释的正确性,所以,当海斯特所佩戴的红字脱离了其原来的语境,它就获得了新的意义:"大多数人拒绝以其原义来理解这个猩红的 A 字。"海斯特打算永远戴着这个红字,因为只要永远戴着,这个红字就会"变成一种具有另外意义的象征"。红字的涵义自此变得模糊不清了,一方面可以认为"A"代表"angel"(天使),这是温斯罗普死后人家共同的希望。同时也代表丁梅斯代尔独自忍受的皮肉痛苦。珀尔与红字的关系的确认,进一步强调了要了解红字的意义,必须了解它的经历、成长和发展历程。

再回到政治中加以考虑,就会发现这种强调与爱德蒙德·伯克的渐进式保守主义如出一辙,并且使《宪法》免受废奴主义的攻击,正如纽曼试图保护基督教免受新教篡改一样。(这些保卫行动后来竟成为派系之间的争斗活动,这是它的倡导者们所始料不及的。霍桑本人是坚信新教主义在本质上还

○叙述形式

是基督教,而且也有很好的案例证明《宪法》在本质上是反对蓄奴的。)做出这种强调的结果就是既认为这种随意篡改的革新并无必要,也否认还原其原来的意义和目的有任何可取之处。19世纪50年代确立的一种观点就是希望事情有两种解释的可能。《宪法》这份文件在引导美国人民走向美好的未来是切实可行的,因为里面未曾提及蓄奴制;然而在19世纪50年代一塌糊涂的现状下,人们不得不承认《宪法》成了蓄奴制特殊的"保护人"。有了这种双重的心态,再想采取行动是不可能的了,而且,尽管霍桑赋予红色的A字以新的活力时,是用这个体系作为新文化形式的基础,但现有的这种杰克逊和韦伯斯特共有的体系,拒绝讨论时代产生的新问题,所以它变成了死的字母。

　　霍桑知道,他所选择的罗曼司创作是脆弱而不可靠的。柯勒律治在《文学传记》里曾用过一个比喻来表明他和华兹华斯在《抒情歌谣集》所致力创造的效果,霍桑模仿这个比喻,把罗曼司作者特殊的"媒介"作用定义为"在熟悉的房间里的月光",而柯勒律治的比喻强调的是外在的自然,是"月光与暮色在我们熟悉和了解的大地上空弥漫开来"。这样,霍桑将柯勒律治对室外自然的强调移到了室内了。不过,虽然他采用的手法是制造神秘离奇的气氛效果——月光将熟悉的东西变得陌生了——但是,这需要很高的艺术造诣。在《富兰克林·皮尔斯传》中,作者试图把现在与未来联系起来,而且彼此毫无冲突,这一点,我曾论证过。在《七个尖角阁的房子》里,作者也用同样大而精确的字眼给罗曼司的任务下了定义:"试图联结过去和正在飞快消失的现在。"过去挥之不去,现在稍纵即逝,霍桑在道出了一个教训时,却避而不碰强调过头的"道德"标准。道德问题太过惹人注目,就像用一根"铁棒"或者一支"刺穿蝴蝶的铁针",会使故事变得"失去吸引力,不自然,变得僵硬"。因此,在"小说"不断变化的现实和完全静止的"道德"标准之间,罗曼司又再一次充当了和事佬。

　　这些对于霍桑的成就和他所关注问题的比喻有助于解释霍桑长篇小说中的主要矛盾。他关注的是时间的进程:《红字》中海斯特长期性的追悔;《七个尖角阁的房子》中,茅勒的诅咒历经好几个世纪还在发生作用;《福谷传奇》里,老莫迪(Moodie)原先天各一方的女儿们重聚后给她们带来的后果;《玉石雕像》里,多纳特罗(Donatello)的现代意识和现代良知的出现。不过霍桑在写作技巧上也有展现视觉意象的倾向,或者是萦绕不散的气氛和如画般的效果,或者是静止的寓意意象。霍桑对时间的关注强调的是维持原状中透着发展。其效果不是变化(尽管《洗心革面》[Transformation]是英国版《玉石雕像》的书名);而是按照人类心灵的法则,展现本质性的东西。霍桑往往将关键的时刻隐在幕后,而不放在主要的叙述过程中,而叙述本身又令人回味。霍桑乐于展示一个"剧场",在里面人们可以静静地思考,而不是上演一出戏剧,在戏里大家都忙这忙那。

与他的戏剧观点相适应,霍桑长篇叙述中的主要人物,是一位"敏感的旁观者",似乎他是"通灵的保罗·普莱"的后代。有时候,这一角色体现在其中的一个虚构人物上,但更多的时候,这一角色的名字隐讳地表明作者自己的一种成就,作者有意看看读者能否理解其间的联系。"敏感的旁观者"是霍桑的又一连接对立面的手法,霍桑的罗曼司凭借这种手法产生作用。情感,而非生理感觉的"敏感",这一概念源于19世纪早期,首先这样使用这个词的有沃尔特·司各特和华盛顿·欧文。这个词在长期的使用过程中,一直保留着一种含义,那就是它是人类"智慧"或理性特征的对立面。就像身体的力量一样,当一种心理的力量直接作用于人的神经时,它那种强烈的印象能够使人"震惊",环境的这种具有心理作用的特点强烈地感染了"敏感的旁观者",促使他做出反应。这正如始于19世纪40年代的一种用法:它就像"敏感"的照相底片,这种底片进行过相应的"处理",可以反映出像光一样不可触摸的东西。

库珀的郝克耶寻找适当的场地以采取行动;在极端但却很有代表性的例子中,对于他来说,看见就要屠杀,用他的步枪。在班克罗夫特就几个世纪所描绘的历史全景中,视觉的行为可以导致一种判断,分辨出最值得褒奖的人类行为与不甚值得褒奖的行为。在道格拉斯的《人生叙谈》中,看到切萨皮克海湾船只来来往往,加剧了沦为奴隶的痛苦,于是便渴望争取自由;在《俄勒冈小道》中,帕克曼贪婪的目标主宰着印第安人神秘的视野。达纳和梅尔维尔批评全知的视角,赞成采用参与者的视角。与霍桑的"敏感的旁观者"最接近的要数地方杂记和故事的叙述者,他们提供了为读者所接受的标准,这种标准以穷人、弱者、滑稽的人以及外省的"异类"为嘲讽对象,而这一切都是典型的叙述对象。在霍桑的罗曼司里,他使杂记与叙述的人物保持一定的距离,但却使之尽量贴近读者,与此同时,场景的社会层次有所提高,而杂记中聚焦式的视野由于篇幅延展为长篇叙述而得以开阔。

在《红字》里,"敏感的旁观者"出现在至关重要的故事的开头和结尾,目的是引导读者对海斯特做出反应。在描写海斯特首次出场的同一页,叙述者对她和她本人对围观者的影响进行了描述,那时她刚从牢里出来,手里抱着孩子,身上佩戴着红字。那群人本"以为出现在面前的她一定会被灾难的阴云笼罩,黯然神伤",但是他们却"震惊了",因为"她美丽灿烂,不幸和耻辱形成了光环,将她环绕其中"。然而,"在一位敏感的旁观者看来",在这种外表之下,"有一种说不出的痛苦"。敏感的旁观者一下就抓住了内心感受的本质。而那群人尽管惊叹海斯特的美丽和刺绣的灿烂,但在精神上,他们对她仍然抱着敌视的态度。

与开头这种表面光彩照人但内心痛苦的情形相反,在叙述的最后部分,海斯特在众人眼里"非常熟悉",她身穿粗糙的灰色衣服,"使她轮廓模糊,不引人注目"。她的面容像一个"面具",或者说像"死女人的僵硬平静的面容",因为海斯特对她所生活的世界不再有"同情的乞求"。与众人不同,一位"能看透心灵的人"会发现她决心"将长期所遭受的痛苦变为某种胜利",因为她打算同丁梅斯代尔一起出逃。这位"能力非凡的观察者"在"最初看破其内心"之后,继而又"从其面部表情和举止观察相关的变化",终于在她的表情中发现了"先前未发现的"东西。这位敏感的旁观者以爱默生式的补偿行为方式,对隐含在面部表情和语境中相互矛盾的特征做出反应,感受到海斯特勇敢中透着痛苦,卑微中透着胜利的骄傲,正是这一切使得她成为对立因素折中的结果,体现出柯勒律治所归功的想象的力量。

在《七个尖角阁的房子》里,通过让敏感的旁观者对这幢房子本身做出反应,作者也写出了同样的复杂性。在一场漫长的向东吹的风暴中,杰弗里·品臣死在房子里,随后,雨过天晴。为了表现晴天里的房子,霍桑开始借用"任何一位路过房子的人"来做普通旁观者,这个人看到房子的"外表",定会想当然地认为这家以前一定知书达理,幸福祥和。甚至"一位富于想象的人",多看上一眼,"意识到在他所看到的表象之下还有些深层的东西",仍会以为这座房子拥有祖先的"祝福",而非书中所写的诅咒。这座房子有一个特征,"可能会在富有想象的观察者的记忆中扎下根"——一大片被称做"爱利斯花的鲜花","仅在数周之前"看上去还像"野草"。这种吉祥的自然过程表明,或许果真有一种遗产能够使人积极向上,而非书中所描述的那样,心头永远萦绕着难以释怀的罪恶感。

"普通旁观者"看到一位意大利街头风琴手在房子外面演奏,想到的只是房门打开后,会出现"有趣的场面";而"在我们看来",也就是说在"不仅了解这所房子的外表"而且也知道"其内涵"的读者和叙述者看来,这种屋外的无聊打趣与屋内的尸体之间的反差是何等的强烈。然而比"我们"的认识更深刻的是富有想象力的观察,这种观察不仅发现了爱利斯花的美丽,更有甚者,它竟能透过罪恶的历史洞察到书的结尾暗含的乌托邦情结。

《福谷传奇》突出了叙述结构中旁观者的复杂性。与他通常采用的叙述技巧不同,这一次霍桑使用了第一人称叙述的手法。叙述的内容也与霍桑自己的生活非常接近。显而易见,"福谷"是布鲁克农庄的变形,而且叙述者迈克斯·科弗代尔也是位文学家。因此,有的读者乐于挖掘作品中的自传成分,另有一些读者则急于认为书中发生的一目了然的事件反映了科弗代尔扭曲了的思想意识。作品本身似乎也倡导这样的分析，因为作品直到最后表明"迈尔斯·科弗代尔的自白"。科弗代尔的自白揭示了一个秘密，这个秘密使人家重新审视过去发生的一切和他曾讲述的事情，他一直爱着普利希拉——那位神秘的年轻巫女。因为书中有这么几个情节：普利希拉爱上了固执的慈善家霍灵沃斯（Hollingsworth），而霍灵沃斯拒绝了充满激情的女权主义的知识分子塞诺维娅的爱，塞诺维娅因而自杀，科弗代尔心声的流露使先前所发生的事情变得扑朔迷离。这个"自白"也解释了为什么他经常会有尖酸刻薄的腔调，这种腔调有时真让叙述者无法忍受，这是因为科弗代尔试图与失恋的痛苦保持距离，但结果却使得他以后的生活越来越空虚和乏味。

迈尔斯·科弗代尔自己是《福谷传奇》中的主要敏感旁观者。（普利希拉的特殊敏感中缺乏旁观者的距离，因而只是更为复杂的易受伤害性的组成部分。）科弗代尔对自己的角色的描述是前后矛盾的。一次，他因"将别人的内心隐私当做猎物"而自我谴责，因为这种做法使他与极为自私自利的霍灵沃斯几无两样。但是，就在数页之前，科弗代尔注意到，"有时他曾把自己想的那样铁石心肠"，他本应该以此标准来做事的。他的旁观者身份使他与福谷的人若即若离。他常退回到树上的一隅——他的"瞭望台"。这个地方如此偏僻隐秘，他想，这正好"象征了我的个性"。从空中回望，福谷所发生的一切都"显得可笑"。不过，他的旁观者身份也使他与其他人的事情发生着间接的联系。科弗代尔从福谷回到波士顿后，在一家旅馆三楼的后间觅到了一处观察的地方。连日观察"宇宙的背面"，使他认识到"真实都隐藏在表象的背后"，没多久，他便看到了塞诺维娅和普利希拉，她俩正要做出一个关键性的决定。科弗代尔试图干预她们的决定。

科弗代尔回顾了一下自己错综复杂的处境。他想道，塞诺维娅

> 本应对我大加赞赏的，因为我为人聪明，心肠又好，这些品质驱使我（常常有违自己的意愿，而且使自己十分不舒服）去和别人生活在一起。再通过慷慨的同情、细微的直觉记下一些细小的根本没必要记的事情；以上帝分配给我的伙伴的个性各异，把我的人类的高尚精神传达给大众，从而尽力去了解连他们自己都不知道的秘密。

理性和感情相结合，细致入微，探寻隐秘的东西，这样一种自我意象表现出霍桑叙述作品及其读者所要追求的理想。然而在《福谷传奇》中，这一理想存在于一个有缺陷的人物身上，使得这一理想没有很好地得到体现。甚至在

⊙叙述形式

这一段里,出于自我保护和在欲望力量的作用下,科弗代尔的表述显然也有所夸张。

在早期罗曼司里,"敏感的旁观者"也不乏复杂性。在《红字》里,将进入他人隐秘世界的工作做到家的是奇灵沃斯这个人物,他通过建立亲密关系来进行了解,更有直觉和科学做后盾。尽管奇灵沃斯受到严重伤害,痛苦不已,但他仍是个坏蛋。他对丁梅斯代尔所进行的暗中调查充满恶意,但却为传统所认可,在《七个尖角阁的房子》里也有这种行为的影子,尽管描写要粗糙些。在《七个尖角阁的房子》里,杰弗里·品臣刺探"你内心的秘密",威胁要将科里夫特以精神病的名义囚禁起来。尽管霍尔格雷夫是茅勒家族的后裔,而且也与这座房子的恩怨也有些瓜葛,但他只表现为"合适而有特权的旁观者",他的任务是"旁观"和"分析"。当霍尔格雷夫说起"这座老房子似乎是座剧院"时,菲比却黯然神伤,因为"这出戏让演员付出的代价太大,而观众太冷酷无情"。

敏感就是脆弱,而且这种外露不能算是热情。甚至"同情"也会导致"紧张不安",当然是指生理上的,而非精神上的。它不一定传达对他人的关心,但却证明了人是很容易受他人情感的影响。因此,科弗代尔思索道,他的"冷酷倾向介于本能和理性之间,这种倾向使我怀着观察的兴趣强行探究别人的情感和冲动,似乎已使我的心灵在非人性化的路上走得很远了"。他担心自己"拥有改变命运的能力",可以用来帮助朋友,但却"一任他们由命运作弄",权当他们只是"我内心舞台上的人物"。

通过保持距离而对人造成伤害的力量,也就是漠不关心,不负责任,不用自己所了解的情况救人于危难,这种力量与另一种危险的力量有所区别,另一种力量就是被霍桑在《七个尖角阁的房子》里称为一个"先知者"的"那种令人忧伤的洞察一切的"力量。面对如杰弗里般虚伪之徒呈现给外部世界的"高大庄严的人物建构",这位"预知未来者"的能力使"整个结构"都消融在"稀薄的空气中",而最后剩下的是一堆先前隐蔽的罪恶的证据:"隐蔽的角落、上了锁的储藏室……或者人行道底下的致命的阴沟洞,里面埋着正在腐烂的尸体。"这段充满比喻的语言令人想起弗洛伊德潜意识压抑理论中他很喜欢的考古学上的隐喻,在19世纪50年代政治话语中也常常看到将联邦比做大家庭的比喻。霍桑从未表明他意识到了蓄奴制或许是罪恶之源,它给建立在它基础之上的国家结构抹了黑。这似乎是霍桑自己潜意识活动激发出来的一个特例。

霍桑的虚构故事并未对政治秩序提出挑战,但却存在针砭时弊的因素。他喜欢不紧不慢地揭示事情的真相,因为先知者看不到大楼里究竟有什么。

他这种文体手法使有位评论家很是埋怨:"我们想了解的是结果,又不是过程……我们想要得到的是真东西。"图书是可以在市场上销售的商品,因此图书本身就是东西,那么,读者有权力知道里面还有其他东西吗?霍桑不肯满足这样的要求。尽管霍桑自己在市场体制中运作,而且商业机器将他的生命的一半弄得人不人鬼不鬼的,他还是试图在罗曼司里面为自己寻找一块自由空间。霍桑通过突现尚未凝固成"东西"的创造过程,试图将想象与商品区别开来。

在《玉石雕像》里,这些问题得到了深入细致的处理。四个主要人物中,有三个是艺术家,因此,对人生的看法问题以及它与人生的关系成为这部作品中的关键。米里亚姆是个神秘莫测的人物,她在自己的一组图画中展现了"美丽的想象",这种想象富有"力量和变化",能产生"同情心",使她认识到她能够从女人的日常经历中来创造艺术,而这种经历竟那么怪,她竟没有经历过。不过她富于同感的接受能力是与可怕的占有欲联系在一起的。在面对比阿特丽斯·森奇(Beatrice Cenci)(比阿特丽斯曾受她父亲性虐待,出于报复将他置于死地)的著名油画时,米里亚姆慨叹道:"我若能进入她的意识该多好哇!"

希尔达是位年轻的美国人,她不是原创艺术家,而是个临摹家。尽管如此,希尔达运用"深刻同感"使她能够画出"原作大师曾经想象到"但却未能表现出来的东西。别的临摹家"完全从外部……入手","只是复制表面的东西"。他们不考虑那种"难以表述的东西,那种没法估量的东西,那种构成了生命和灵魂的东西,而正是这些东西,才使得一幅画成为不朽之作"。希尔达则相反,她"不是这样的机器"。她靠直觉摸索,按照完全相同的程式,找到"原作画家曾走过的思想发展道路"。

天真的意大利人多纳特罗在敏感程度上与艺术家完全相同,他来自乡村,这就使他与古老文化和自然的活力联系起来。他爱米里亚姆,痛恨迫害她的那个神秘的嘉布遣会修士:当这位修士威胁她的时候,多纳特罗将他扔下了塔尔亚岩石。他向米里亚姆解释说:"我是照你的眼神做的,我用我的眼睛询问过你。"这段关于眼神的对话证明这两个人之间存在真正的爱情,可是这种爱情是在仇恨的怒潮下以及因为仇恨而犯了罪的情形下证明的。如果敏感的旁观者不是艺术家,而是一个没有思想意识的人,绝对是个危险的人物,借助日常社会生活中的那种老调的表达法,霍桑在这场可怕的幻想曲里,描写了那个蔑视人的女人的"杀人一瞥"。希尔达凑巧在事发时来到现场,米里亚姆对多纳特罗使的"眼神",像"一道闪电"深深地嵌入她的记忆,打碎了她在道德上的安宁。这眼神不仅致命,而且传染,假如看见的人深表同情

 ○叙述形式

的话。

最后,《玉石雕像》里所有的行为以及书中人物的命运都在政治监视系统的控制之下,从效果来看,这种监视甚至比艺术家之间、情侣之间交换眼神还有威力。罗马当局的秘密警察控制和掌握着米里亚姆:"表面上她自由自在,无拘无束,但她的一举一动都受到牧师般的统治者严格监视和调查,远远胜过了她最要好的朋友们对她的关心。"艺术家交换眼神是书中对作者富有想象力同感能力的象征,而政府控制却是另外一种象征。它表明作者在塑造形式和创造事件的时候具备全面把握的能力,即使当他试图赋予形式和事件以自然的自发性时也是如此。

在这一过程中,还有另外一种力量在起作用,另外一位强行闯入的旁观者。霍桑在"后记"中解释说,警察的情节是英国印第二版的时候加进去的,原因是评论者抱怨原版本的结尾没提供一个好的结局。霍桑原来寄希望于证明他的做法是正确的,声称叙述本身便是充满疑问、经不起推敲的事情。叙述作品应当具备开头、结尾、原因和转承启合;与此相反,"即使是最平常的实际生活中也充满无法解释的事件,无论是其缘由,还是其趋向。"霍桑并不否定发生事情("事件"),但是这些事件无法解释,因此"所有关于人类行为和历险的叙述——不管我们称其为历史还是罗曼司——都必然是脆弱的手工制品"。读者却并不接受他的这番辩解。他承认,"所有的人"都不满意,因此他做了改动,采用了这种类乎历史的叙述形式,以说明缘由和趋向。不过他声称:"在我自己看来,我还是喜欢原来的版本。"这部罗曼司扮演了一个折中的角色。霍桑本想像艺术家那样,"自由自在,无拘无束",然而他的观念受到强大的读者群的监控,他必须满足他们的要求。霍桑在第二版中把本该是经济因素(他的读者)的责任归结到了政治(秘密警察)的头上,不过在书中的其他地方,他的确关注过艺术创作的经济条件问题。

霍桑解释说,"现今的雕塑家不太染指大理石的实际雕琢过程",因为有意大利工匠,他们能以高超的"机械技艺"用大理石复制任何一件摆在"他们眼前"的东西。假如艺术家只是给他们一个模型,"他不必亲手碰这件作品",到约定的时间,便会看到为他赢得名声的塑像:"他的创造力仅通过一句话便可化成作品。"霍桑对雕塑家不用"动手干单调乏味的雕塑活"就能赚到钱大加讽刺,雕塑家表面上魔力十足,实际上却是毁了他自己,因为他的作品"并非他的创作成果",而是出自那些"人形无名机器"之手。

浪漫主义的艺术理论强调精神因素,强调"创造性",然而这种理论本身却成了另一种矛盾体,令人不由想起霍桑对索菲亚的要求:在他在海关工作的时候,索菲亚应当付出双倍的投入来寻找乐趣。艺术完整性的形象不能完

全掩盖艺术作为一种谋生手段所基于的劳动分工。尽管艺术和乐趣被证明还得依赖于给个人、地方甚至全国都带来了痛苦的经济和政治条件,但文学叙述形式的确立使它们有了自己自主的空间。霍桑的罗曼司竭力提倡把艺术从生活中分离出来,但同时他的作品也表明,这种分离是不可能实现的。即使文学作为相对自主的实践和观念的地位已经确立,但同时它的力量比它自己担心的还要强大,它担负的责任也远比它自己所想的还要大。

《白鲸》

赫尔曼·梅尔维尔将《白鲸》献给纳撒尼尔·霍桑,"以示我对他的天才的钦佩之情",同时他称,在《马尔迪》失败、《雷德本》和《白外套》获得成功之后,他又开始创作文学叙述作品了。这种文学叙述作品的特别优点是它能吸纳万方,博采众长,开头是学究味十足的"词源学"和"摘要",接下来便使作品离开了书房,然后便置身于世界历史,直上溯到创世纪。《白鲸》的基调是个人性叙述,如同梅尔维尔的早期的许多作品,但梅尔维尔这次超越了这个局限。在给英国出版商本特利的信中,梅尔维尔吹嘘"作者自己曾有两年多做渔叉手的经历",但他其实从未做过。像他写作早期作品一样,梅尔维尔在写作《白鲸》的时候,大量借用相关书——关于捕鲸和介绍鲸鱼的书的内容来补充自己经历的不足。

叙述开始,最直接的信号来自地方素描作品。自从1830年,随着塞巴·史密斯的《杰克·唐宁》的发表,关于北方佬的"远东"的幽默与西南幽默一样流行起来了。这些北方佬的一个常见特征就是取一个古怪的《圣经》里的名字。"叫我伊斯梅尔好了",这句话意蕴深远,不过刚开始伊斯梅尔是个叙述者的名字,这位叙述者阴沉严肃但却是滑稽的,常常自我嘲讽。他向读者介绍海边捕鲸人生活中的古怪事。伊斯梅尔灵魂中老有"潮湿、阴雨连绵的十一月"这个特点,这使他跟一群患忧郁症的期刊作者别无两样。《白鲸》的基本模式是模仿索普的《阿肯色州的大熊》。这两部作品都写的是最不可思议的猎手猎杀最莫测高深的动物。但是《白鲸》鸿篇巨制,冲破了原来的那种模式,而且它与两种不同的地方叙述类型都有相同之处,说明这部作品不完全属于这两种类别的任何一种。

国家的叙述形式是当时确立的很大的叙述方式,这种叙述作品往往吸纳不同地点各具特点的叙述作品以表现其国家叙述的规模,就像普雷斯科特暗示过,班克罗夫特就是这么做的。像在他的早期作品《白外套》里一样,梅尔维尔在《白鲸》里抓住了美国当时最流行的话题。人人平等的呼吁有助于解释梅尔维尔为什么将"佩阔德"号捕鲸船上的水手和渔叉手当做悲剧人物来处理,尽管他们只是工人,而非贵族。这部叙述作品向"伟大的民主的上帝"发出祈求,这个上帝使贫儿塞万提斯和罪犯班扬成为文学界不朽巨匠,还将"安德鲁·杰克逊……扶上了比王位还高的位置"!如同班克罗夫特和托克维尔的作品,国家叙述作品会延伸开来而探讨全球问题。伊斯梅尔扮做光荣的捕鲸业的"宣讲人",吹嘘是"捕鲸人首先冲破了西班牙国王制定的有关太平洋南美殖民地的占据心很重的政策"。他解释道:"正是这些捕鲸人促成秘鲁、智利和玻利维亚从旧西班牙的统治下解放出来",从而使"永恒民主的确立"成为可能。

如果没有亚哈这个人物的话,《白鲸》便不是文学叙述作品。"佩阔德"号捕鲸船在许多方面都是美国的象征,亚哈将这艘船引向灾难,中断了国家叙述作品的胜利主题。在这个意义上可以说,亚哈劫持了国家叙述的主题。作为以莎士比亚的人物为样板的悲剧人物,亚哈实现了浪漫主义文学纲领。但是,如果没有伊斯梅尔,亚哈便不会具有如此强烈的悲剧色彩。亚哈带有戏剧风格的话语需要伊斯梅尔这个敏感的旁观者加以叙述铺垫和思索式的解释。这是莎士比亚与霍桑相结合的反映。梅尔维尔与霍桑谋面不久,于1850年8月初写了《霍桑与他的青苔》,在这篇文章里,他首次对这样的结合进行勾画。到了10月,梅尔维尔从纽约搬到了伯克郡(Berkshires),在那里,他可以边写《白鲸》边时常造访霍桑。

据为数不多的文献记载,梅尔维尔在国外待了数月后,于1850年2月回国,当年初便开始写作《白鲸》。到5月,他在给达纳的信中称,他已完成"捕鲸航程"的一半,8月初,与梅尔维尔同在伯克郡的艾弗特·戴克金克往纽约写信称,写作已"基本完成"。然而实际上《白鲸》全部完成是第二年的事。似乎与霍桑谋面的这段经历促使梅尔维尔想达到新的理想高度。他在《霍桑与他的青苔》里面道出了他的理想,随后便决定修改手中的罗曼司,试图实现将莎士比亚的悲剧力量与美国作品相结合的目标。

与霍桑谋面可能促使梅尔维尔产生了雄心壮志,不过早在给达纳的信中,他就谈过他想写"一本稀奇古怪的书"。他发誓不仅要写出捕鲸的"真实过程",而且要富有"诗意"。《真理与诗》是歌德自传的书名,梅尔维尔买了几本浪漫主义文学的重要书籍在出国旅行时读,《真理与诗》便是这些书中的一本。在见到霍桑之前,梅尔维尔似乎一直试图通过读书在想象中建立一个当时美国没有的文学群体。他在英国购的书可以成为重要浪漫作家著作和浪漫作家所推崇的著作的书目。除了歌德自传,他还买了查尔斯·兰姆的作品、托马斯·德昆西的《一个英国瘾君子的忏悔》(1822)、玛丽·雪莱的《弗兰肯斯坦》(1822), 以及文艺复兴时期的剧作 (兰姆曾重点推荐) 等, 他十分兴奋地阅读了劳伦斯·斯泰因的怪异、创新的著作《特里斯特拉姆·山迪》(*Tristram Shandy*, 1760—1767)。此外, 在旅行中, 他与出生在德国的语文学家乔治·奥尔德 (George Alder) 多次展开激烈的讨论, 谈到"形而上学"、"黑格尔、施莱格尔、康德等人"。梅尔维尔称奥尔德的哲学是"柯勒律治式的", 因为一年前他读过刚买到的《文学自传》, 所以他辨别得出来。

通过将莎士比亚的技巧引进小说, 梅尔维尔重复了以前的雄心, 但碰到了歌德《威廉·梅斯特的学徒时光》(*Wilhelm Meister's Apprenticeship*, 1796) 书中出现的同样的问题。这本书是他在写《白鲸》时借的。歌德的小说开了发展小说传统的先河, 发展小说重点描写一个人物的形成过程。借以塑造威廉的情节是围绕着他的宏图大业展开的: 他要将《哈姆雷特》移植到德国舞台。歌德从莎士比亚戏剧中汲取营养, 充分挖掘了小说中的人物形象。莎士比亚戏剧以其中心人物神秘莫测的深度给读者留下深刻印象。在《威廉·梅斯特》中, 歌德提出了一个重要看法, 那就是小说这种体裁与戏剧是截然不同的。在戏剧中, 着重点放在"人物"的"行为"上; 而在小说中, "展示的主要是情感和事件"。戏剧的主人公积极地采取行动, 使结局尽快来临, 而"小说主人公必须遭受磨难", 或者至少要"延迟": 无论采取什么手段, "主人公的情感……必须抑制故事全部展现或过早结束"。这一理论说明歌德为什么会选中《哈姆雷特》, 因为这一理论使《哈姆雷特》显得是小说体的戏剧。而《白鲸》呢, 却是深受戏剧影响的小说。亚哈积极推进故事的发展, 但伊斯梅尔的情感表达和思索却使作品免于过早结束。

弗里德里希·施莱格尔的《关于小说的一封信》(*Letter on the Novel*, 1799) 对歌德的作品进行分析, 却得出了不同的结论。在施莱格尔看来, 戏剧与小说的区别是由作品在社会场景中所处的地位决定的: 戏剧是"要人看的", 小说是"要人读的"。将莎士比亚的戏剧作为对照, 施莱格尔将小说 (德语的小说为 Roman) 定义为"罗曼蒂克的书"。其中的关键词"罗曼司"在前面已经讨论过, 其部分意义取自施莱格尔的定义。施莱格尔认为, 小说的统一性不是从情节中获得的, 而是通过对主题或观念材料的聚焦。这种"高度统一性"允许小说在形式上是一种"混合体", 将"讲故事、唱歌和其他形式"揉在一起。小说拥有一种特权, 施莱格尔在他最著名的文学评论中将这种特权独留给"罗曼蒂克诗歌"(德语为 Romantische Poesie, 也可以翻译为"小说体诗歌"): "杂糅和融合"所有不同的形式, 使之成为独一无二的"诗歌……它具有一种诗歌无可比拟的优势"。

《白鲸》既是是一部将国家、地方性和个人叙述的原型因素辖于一体的文学叙述作品，又是一本"罗曼蒂克作品"，因此也是一部小说。作为小说，它便可能也存在行动在主人公心目中地位的问题。伊斯梅尔为避免自杀便出海当了水手，将自己交给一种严格的生活管束体制，使他不必再为自我调节操心。在全书中，尽管伊斯梅尔参加了许多丰富多彩的活动，但所有这些活动与其说是行为还不如说是一种治疗方法。伊斯梅尔不断地得到治疗和洗礼。魁凯格（Queequeg）治好了他憎恨世人的怪癖；在"桅杆顶头"一章里他被警告不要思虑过多；在"试验品"一章里，他被告知沉溺于忧郁是危险的；在书的结尾，他被"晃下"船来，从船尾落入大海，借着魁凯格的棺材"浮"了起来，他"得救了"。伊斯梅尔扮演的是小说作者的身份，恰是出于此种需要以及作品情节的需要，伊斯梅尔才采取任何行动。但是，这种富有文学创作性的行动有别于其他文化行为，别具魅力。在梅尔维尔的《霍桑与他的青苔》里看得到托马斯·卡莱尔论述莎士比亚的影子。卡莱尔曾在《英雄和英雄崇拜》（Heroes and Hero-Worship）里感叹说，现代作者的"重要性"仅体现在图书市场上。要不然，"他就会成为社会的弃儿，像野蛮的以斯梅拉达一样，四处流浪。"

与伊斯梅尔相反，亚哈被塑造成一个悲剧人物，他追寻白鲸的激情显然是其行动的力量源泉，这使他行动的目标明确，而不是漫无目的。不过他的复仇是一种反动。"我要肢解肢解过我的仇人。"亚哈声称。全书的情节大大地降低了他的行动的地位。就总体结构而言，这本书的情节是对人类无能为力的讽刺：圣乔治前来斩龙，反被龙所杀；甚至没有较量的过程。在渐呈高潮的猎鲸描写中，梅尔维尔在多处突出了这样一种模式，亚哈被描述为猎鲸者中的高手；他仅凭像狗一样一"嗅"就找到了白鲸，而不需要复杂的技术设备，在这之前他不无炫耀地将那些设备统统拆除。追猎开始的时候，亚哈已感觉到了白鲸就在附近，他心急火燎，急于看到白鲸，此时，他"仰面朝天"，冲着白鲸可能出现的地方大喊大叫。这是一种极度兴奋和急切的形象，然而，鱼叉甚至还不曾碰到白鲸的鳞片，白鲸便突然对捕鲸船发起了攻击，将船体衔在嘴里，亚哈本人竭尽全力意欲摆脱白鲸，"平展地跌落海中"。

意欲施事，反成受事，同样的模式也出现在这样的描写中：亚哈起初急于接近白鲸，结果白鲸竟将他的捕鲸船当成玩具玩耍。首先，捕鲸船接近了白鲸，"气喘吁吁的猎人（指亚哈）靠近了他的猎物，猎物似乎浑然不觉，他的整个脊背明晃晃的，清晰可见"。（注意第一个"他的"指的是亚哈，第二个"他的"却转而指鲸鱼了。）但是，鲸鱼在突袭渔船之后，"荡着涟漪离开了他的猎物，这会儿，白鲸正在不远处躺着呢"。同样这个短语，"他的……猎物"，但各自代表的对象已经全变了。亚哈成了鲸鱼的猎物。

梅尔维尔在《白鲸》中的写作手法使情节变得尤其错综复杂，大的体裁层次是如此，特定章节的局部细节也是如此。在"后甲板"一章，亚哈首次出现在水手面前，强迫水手们参加他的复仇行动，随后的几章以其复杂多变的形式，在作品结构范围内着重刻画亚哈的毁灭性的影响。"落日"突出的是莎士比亚的模式。其散文在格律上模仿素体诗的形式，整个章节表现的是亚哈心中所想，可以说是一种独白。这一点突破了个人叙述的框架。伊斯梅尔何以得知亚哈心里在想些什么？随后的两章写的是两名水手——热心的斯达巴克和快活的史达布（Stubb）——的独白，二者相互对立，交映成趣。《午夜，前甲板》是作为一出舞台情景剧来写的，所有的船员都在讲醉话，嬉闹狂欢。这段描写与先前歌德《浮士德》中的"五月节前夜"（Walpurgisnacht）和后来乔伊斯《尤利西斯》中的"不夜城"都有共同之处。这幅混乱的场景结束之后，后面的两章全用来叙述伊斯梅尔的沉思默想，向读者解释白鲸对于亚哈意味着什么，以及"鲸鱼的白色"对伊斯梅尔自己又意味着什么。

接在这些章节之后的便是"航海图"这一章。亚哈正在仔细查阅着一张专业性航海图，这种图是捕鲸人用来判断在什么时候、什么地点可能会发现鲸鱼的。不过这一章表明在亚哈身上存在某种东西难以用理性来解释。亚哈的意志是使其个性裂变的力量，因此人们难以判断是谁或者是什么要素应当为所发生的一切负责任。其中有一个长句，既记录了亚哈的"精神上"的抗争历程，又记录了伊斯梅尔努力去理解正在发生的一切的经过：

> 常常，他被晚上做的梦搅得筋疲力尽，无法入眠，他不得不跳下吊床，这些梦清晰明了地再现了他白天的那些强烈的想法，这些想法着了魔似的纠缠在一起，在他要爆裂的大脑里转个没完没了，以致他的心跳急剧抽动，痛苦不堪；就像有时候，这些精神上的痛楚一下把他的灵魂连根拔起，体内似乎有个大裂口正向他敞开着，火焰和闪电从里面喷射出来，可憎的妖魔示意他跳下去加入他们的行列；当他内心的这个地狱在下面向他张开血盆大嘴时，整艘船都听到了一声狂野的叫声；接着，亚哈怒目圆睁，冲出他的豪华客舱，好像是从着了火的床上逃了出来。

像密尔顿《失乐园》里的撒旦一样，亚哈拥有"内心的地狱"，其内心世界是个破碎的天地。他并未完全掌握自我；他受夜里的"梦魇"的支配，这些梦魇取代了他自己"强烈的想法"。随着伊斯梅尔以施事行为模式进一步解释究竟是什么让亚哈从舱室里冲出来的，人们便愈发看出，亚哈是个更具复杂性的人物。"疯子"亚哈，"执著的猎鲸人"，这位"躺进吊床里的亚哈"

与"那个惊恐地从吊床上逃出来的亚哈不是同一个人"。亚哈已经分裂成了两个部分:主动的"施事者"和被动的"受事者"。

伊斯梅尔解释说,"施事者"是"原则或灵魂"。人在睡眠时,它脱离了"反映人特点的大脑",另外,大脑又"利用它,以它作为其外部载体或施事者"。"施事者"这种工具性的意义与书中描写的动机性的力量是对立的,于是灵魂便可以自由地充当施事者,因为此时的灵魂不是被迫充当施事者。伊斯梅尔进一步把他这种形而上学的幻想式推理衍伸开来:"表面上是亚哈从舱室里冲出来,其实是这个备受折磨的灵魂从他肉体的眼睛里爆了出来,但此时的灵魂只是空洞的外壳。"亚哈不是亚哈,因为这个"东西",尽管仍旧狂乱不止,却只是个"空洞的外壳"。个体进一步被分裂了。自行建立的形体成了"无形的",因为,灵魂要是飞离了,大脑再也没有"客体"可塑造,尽管它有"反映人特点"的思维力量。而且,这个形体没有了意识;它在"梦游了",因为只有在睡眠中,心理裂变才会产生新的成分。亚哈的纯意志如同伊斯梅尔刚刚分析过的那可怕的"鲸鱼的白色",是"一片空白",也像亚哈自己在本章的开头费尽心机试图填补的海区图上的"空白"的区域。

归纳一下伊斯梅尔的分析:当亚哈"像从着火的床上逃出来"的时候,他不是施事者。相反,他的灵魂是施事者,因为它从快要烧焦的大脑里逃出,结果触发了纯意志的无名大火,而身体竭力想逃离这一过程,从而将亚哈的模拟物抛出了船舱。身体作为"外在载体"转移了"受折磨的灵魂";然而,身体不是灵魂的施事者,因为它把意志本身救出了舱外,却没有把意志的意愿救了出来。

施事问题上的这种错综复杂和相互矛盾将浪漫主义时期的哲学中的一个主题引入了文学作品,特别是柯勒律治《文学传记》中的主题。在"鲸鱼的白色"一章里,特别提到了柯勒律治,而且这一章说的是人们需要"想象"。而想象是《文学传记》所谈的主要问题。在这一章里,有两次,鲸鱼的白色被写成了"施事者",一次被称做"基本施事者",在《文学传记》里,这个词被柯勒律治用做"基本想象"的主要概念。第二次,鲸鱼的白色被称做"起强化作用的施事者"。柯勒律治在《文学传记》的脚注里称"起强化作用的"这个词是他杜撰的。这个词出现在《文学传记》论述意志的句子中,在论述想象的段落之后。这个词所出现的那一章强调要建立一种心智的主动性理论,否定被动机械性,这种被动机械性是柯勒律治从 18 世纪心理学理论中发现出来的。柯勒律治之所以批判这种理论,是因为这种理论没给灵魂提供一个"真正分离"的空间。所谓归功于灵魂的效果却是"由独立外在的施事者导致的"。柯勒律治对施事者的异化颇感担忧,那就是,随着灵魂、意志和自我的丧失，人们也会失去应有的身份。

梅尔维尔并不像柯勒律治那样相信灵魂与意志之间的关系。相反，他设计了一种情况——在"航海图"一章里，这种情况得到了极为细致的描述，在他所设计的情况中，灵魂的真实分离性并不像柯勒律治希望的那样百益无害；独立外在的施事要素也得到了相当详细的建构。为了嘲讽18世纪的机械性理论，柯勒律治夸张地列出了一种写作行为的简约模式："即使最细微的一个笔画也是整个宇宙协助写出的，而我，我自己却与写作毫无关系……因为我只不过是动一下肌肉和神经而已。"柯勒律治原本指望他的读者会嘲笑这样的观点，但是亚哈却情感真挚地嚷道："是亚哈，亚哈吗？是我？是上帝？还是别的什么人在举起我的手臂？"

莫比·迪克，那条鲸鱼本身，总在不断地提醒读者：施事不能只局限于人，或是人的控制。《白鲸》探索了施事问题中难以确定的边缘情况。事情发生了，但是如何发生的却仍是个问题。霍桑在《玉石雕像》中声称，发生的事情也许仍能为人们的普通经验所理解，但是其缘由和趋向却不得而知。就时间和地点而言，人们也许能预言这条鲸鱼的出现，但是人们却不知道它来自何方，又要游到哪里去。如果要写一部以鲸鱼为中心，而不是以猎鲸人为中心的书，那会大大超出叙述能力所及，甚至一部只是包含莫比·迪克的叙述作品也表明人的个性不足以说明世界的规律。在《白鲸》中，人的个性既不是目的也不是前提，至多是一种令人困惑的可能性。

在"后甲板"里，有关行为、施事者以及责任者的问题首次得以强调。亚哈在所有"可见客体"的"纸板面具背后"寻找某种主体，"某种未知但却仍能推理的东西"，这种东西可以通过"每一件事——现实的行为，无可置疑的作为"的结果推想出来。这种"难以推知的东西"躲在"鲸鱼"之"墙"的背后，然而在亚哈看来，却在充满恶意地给鲸鱼以力量。亚哈企图找到这种"东西"，而他唯一的途径就是通过鲸鱼。于是，"无论这条白鲸是施事者还是主犯，我要将愤怒发泄到他身上。"亚哈不承认存在亵渎神灵的可能性——尽管斯达巴克曾对此警告过——因为他否认等级的存在："有谁在我之上？"

亚哈的观念反映了梅尔维尔从事写作的美国的两个方面。他的伪乌托邦式的民主承诺——没有谁踞于他之上，他不是在统治自己的船员，相反，在这项工作中，船员们与他"合力同心"——中包含约翰·卡尔霍恩的政治理论成分。卡尔霍恩声称，南部诸州不是由"个人"组成的，而是由"群体"组成的："每一个庄园都是一个小的群体，庄园主便是群体领导人，这个领导人将劳资双方的共同利益集于一身，因此，这个领导人便是劳资双方的共同代表。"这种有机的模式与浪漫主义美学的要旨如出一辙：一切利益都会"变得和谐"。然而，这里的"劳"方指的是奴隶，所以，斯达巴克对亚哈的批评便显得更加深刻："对于所有比他地位高的人，亚哈是个民主派；不过，瞧，他是怎样像主子一样统治比他地位低的人的！"

亚哈有关施事双方是平等的解释——即他乐意将下属即"代理人"当做责任人，以取代"负责人"即主人或所有者——这一点并非他的独创。当时的美国文化为适应1837年经济萧条之后工业大发展的需要正在自我调整，也同样具备了这样的特征。在亚哈身上，与卡尔霍恩政治观念残余并存的是新生的法律观念。这种新观念在1840年前后因铁路案而生，在19世纪后期占据主导地位。亚哈是以多种身份出现的，这些身份并非全是借尸还魂：亚哈也是由现代语言塑造出来的人物。在"落日"一章中，亚哈做了长篇独白，在独白中，他将自己与铁路认同："通往我既定目的的道路是由铁轨铺就的。"这种对提坦式意志的比喻似乎也适合卡尔霍恩式的"主人"，不过，铁路还有另一方面含义。铁路业显然是一种少有人情色彩的职业。在美国的各行各业中，没有另外哪个行业的被雇佣者如此缺乏机会认识自己的雇佣者，甚至见上一面也实属不易。铁路的意象不仅适合亚哈，也适合表现那条鲸鱼。鲸鱼游动很有规律，与"现代铁路上庞大的机车"十分相像。这种非人类的力量抹平了人与人之间的等级，打碎了借以建构主仆之间、负责人与代理人之间关系的替代体系。

为了处理铁路造成的人身伤害，整整一个法律领域——即民事侵权法——逐渐完善起来，后来这些法律也被用来处理工厂的伤害事故。工业发展导致了工业事故，铁路成了重大人身事故的发生地和主要途径。根据不成文法，"负责人或主人"对其代理人、奴隶、仆人或该家族的其他成员以及雇员所导致的一切伤害负责。而根据新的法律，这种"代理规则"不适用。相反，一种被称做"工友规则"的东西规定：如果一名雇工（仆人）因另一名雇工（工友）疏忽而受到伤害不能对其雇主（主人、负责人）进行起诉。这项规定的一个突出作用就是在数十年间公司可以不对其导致的许多深重苦难负责任。（于1842年）起草这方面带决定意义条款的法官就是梅尔维尔的岳父：马萨诸塞州的首席法官莱缪埃尔·肖。

今天的读者仍认为属于美国文学的作品——诸如霍桑、梅尔维尔创作的小说，或称罗曼司——之兴起是与19世纪中期的政治危机密切相关的。关于这场危机，爱默生是这样写的："人们的生活是防御性的，一生都没有行动，没有显眼的行动，也没有自发的行动。"如前所述，《1850年妥协法案》将政治责任定义为规范——维护联邦——而非行动——将自由带给联邦中处于弱势的人们。以何种最理想方式分配新近生产出来的商品，新的义务最应由谁来承担，这些迫在眉睫的问题本应是竞选的重要话题，却被移置到法律制度的领域，而法庭却将经济责任定义为行动——扩大企业——而非规范——维护习惯法的保护作用。

因此，政治是以虚构联邦的身份为中心的，而经济却在消解这种"身份的虚构"（后来奥利弗·温德尔·霍尔姆斯的用语），这种"身份的虚构"将行为者置于从属于主人的地位。个人与个人之间除了在合同面前权利平等之外就没有了别的关系，新法律确立之后，处于这种境地的个人急剧增加。这些个人没有多少行动的余地；他们是定义十分狭窄的"自由行为者"。全国上下普遍认为，在政治领域，人们什么也无须去做，个人的义务就是保持沉默；经济领域所采取的措施被简单地认为事出必然，个人的义务是耐心等待，亦即不采取行动，因为在法律上，人们受到了伤害是无法起诉的。当然，不是所有的人都持这样的态度。反对蓄奴的运动显然就与这样的态度相左。《汤姆叔叔的小屋》像《白鲸》一样，汲取的是国家、地方和个人的素材；而且《汤姆叔叔的小屋》强调的不是政治变革，而是道德的改变。不过，这部作品不属于文学叙述作品，因为它所述写的显然是其读者共有的世界，并没有将行动当做问题来写。尽管颇有争议，但是《汤姆叔叔的小屋》属于国家叙述作品的一种类型（见第五章）。

文学叙述作品所描写的地方没有政治因素，只有稍许经济因素。不过，获得这样的特权是以承认文学即虚构为代价的，也就是说，这类文学作品与国家叙述作品、地方叙述作品或者个人叙述作品不同，不论有公众所熟知的世界，游离于党派政治之外，其目的是希望能找到一种超然的叙述形式。形象地说，文学叙述作品像一只单向传导的二极管，将普通世界的素材汲入自己的文学世界，一去不回头。这就是伊斯梅尔对文学进行的繁琐的文学性插话所要产生的效果。这种文学折中，即作者行为范畴的缩小，在《白鲸》中也可见一斑：亚哈就未能获得个人的行动性。这部小说反映了普遍存在的行动欠缺问题的一种美国形式，因此，亚哈的特点和缺点也恰好反映出《白鲸》的时代特征。

霍桑的罗曼司带有寂静主义的政治色彩，因此不太注意行动的描写，而对"敏感的旁观者"着墨颇多。《白鲸》与之相反，更注意经济因素的变化能力，所以将行动当做一个突出的问题来写。恰恰是当亚哈受到客观经济结构挑战的时候，他的个性得到最鲜明的体现。从亚哈的言语间可见，他将这种客观力量当做逃脱等级制度压迫的大门。在"后甲板"一章里，斯达巴克质问亚哈："你的复仇能给你带来多少桶鱼？……在我们南图科特（Nantucket）市场上，你的复仇换不了几个钱。"亚哈的回答避而不谈"行为者"或

"主人",而是宣称他不受任何力量主宰,甚至也不受市场那只看不见的手的摆布:"甚至我的主人、伙计,做事也不公道。"法律认为,行为者相互之间造成伤害,其"上司"、"主子"、"主人"或者拥有者可以完全不负责任,这就使"仆人"、"行为者"、工人变成了独立的个体,即便他们只不过是"雇工"。亚哈呈现给我们的是这类个体的英雄式幻想——既带怀旧色彩,也带批评色彩。当斯达巴克再一次就经济方面的问题质问亚哈时,斯达巴克提出了拥有者的问题,亚哈运用约翰·洛克的论点回应斯达巴克的挑战:"所有东西的真正主人是掌握这些东西的人。"洛克的这一观点曾经为美国革命提供过论点。许多读者认为,这种对个体的崇尚是《白鲸》的长处之一。

然而,无论是从《白鲸》的整体结构,还是从深思过程段落的语言来看,整部作品是很复杂的,这种复杂性表明,对个性的崇尚难以维持。随着19世纪的向前推移,在公司的数量以史无前例的速度增加时,推崇个性的论调也越来越激烈。亚哈临死前声称:"亚哈永远是亚哈。"不过,在"航海图"这一章,伊斯梅尔思索道:亚哈自己并不知道,是一些复杂的、外部的因素塑造成了"那个表面上的亚哈"。伊斯梅尔还曾这样表述:"以前他曾经是活的行为者,而现在却只是活的工具。"亚哈的个体施事能力不断沦为工具性,无力发挥出来,这是因为内心裂变、鲸鱼的能量、潜在但却不负责任的拥有者阶层,这一切来势凶猛,都非个人行为所能匹敌。

作为一个个体艺术家,作家是孤立的,这种孤立性,远离了地方叙述作品、国家叙述作品甚至个人叙述作品中的集体性内容,这使文学叙述作品创造另外一种世界成为可能。但是,政治的和经济的压力限制了文学叙述作品对行动进行想象的能力,这便是令读者困惑不解的形式冲突的成因。读者并不满足于敏感旁观者的替代解释。从19世纪50年代到南北战争,再至重建时期,政治、经济危机迭起,读者和作者都对文学叙述实验的意义产生了怀疑,国家叙述形式又重新返回到了突出的地位。

5 文学叙述形式的危机与民族叙述文学形式的巩固

1851年的民族叙述文学

　　1850年的《妥协法案》使政治失去了其先前的地位，并且使霍桑和梅尔维尔的文学叙述作品的出现成为可能，然而，在南北战争前的数年间，美国民族叙述作品仍然相当繁荣。1852年到1860年期间，班克罗夫特的《美国历史》第四卷到第七卷问世。1851年，《白鲸》的影响还远不及两部采用民族叙述形式写出的作品，而这两部作品在19世纪为其作者赢得的文学声誉是梅尔维尔所不及的：哈里叶特·比彻·斯托在华盛顿的一份支持废奴的杂志《国家时代》上开始连载《汤姆叔叔的小屋》；而弗朗西斯·帕克曼则出版了《庞蒂亚克的阴谋》(*The History of the Conspiracy of Pontiac*)。如同《白鲸》一样，这两部作品规模都不小：地域横跨整个北美，涵盖了人类生活的诸多方面，包括令人震惊的极端的恐怖。两部作品还反映了从美国殖民时期出现的、由多民族特点而产生的诸多问题，这一点也与《白鲸》相似。这两部作品采用的是民族叙述形式，而不像《白鲸》那样将民族叙述形式置于文学叙述形式的从属地位，这一点可以从两部作品的叙述技巧中一眼看出。在这两部作品中，没有伊斯梅尔之类的虚构中介；相反，两部作品都鼓励读者将叙述者看做是作者，因为作者对每个具有重大民族意义的问题都表明了自己鲜明的立场。

　　梅尔维尔在写给霍桑的一封信中，对霍桑刚送给他的《七个尖角阁的房子》一书进行了评论，令人印象深刻的是，他形象地谈到了被我称为文学叙述形式的自主性问题，而他和霍桑的作品都具备这样的自主性。梅尔维尔认为霍桑抓住了"人性的某个悲剧性阶段",该阶段或许可在"人类不由偏见所左右、完全自主地进行思维的内心深处"发现。这种对"心灵"的"热切"探索揭示出了梅尔维尔所谓的"显而易见的真理":"理解呈现在他们面前的当前事物的绝对状态,但不畏惧它们,尽管这些事物可能给他们带来危险。"这样的人拥有彻底的独立性,"就像俄国或者不列颠帝国",他"宣称自己是天堂、地狱和尘世中各种力量的主宰"。这个坚定、自信的形象令亚哈自惭形秽,他无所畏惧,充满阳刚之气,展示了"霍桑光彩照人的气概":"他说不!像雷鸣般;魔鬼本人也不能让他说不。"直陈真相坚决说不的勇敢者是不会受到"阻碍的",他们仅携带"自我"驰骋人生,而"所有说是的人都在撒谎"。

作为美国民族叙述作品,《汤姆叔叔的小屋》和《庞蒂亚克的阴谋》在梅尔维尔看来势必在根本上互相认同,达成妥协,尽管这两部作品也都在激烈地进行否定。斯托重新定义了民族叙述形式,以反对1850年人们折中的统一观念,即联邦需要人们对蓄奴问题保持沉默。帕克曼则向他所谓的对印第安人理想化问题进行了挑战,对印第安人的理想化是由库珀的民族叙述作品培植起来的。庞蒂亚克和汤姆叔叔都可怕地死去,按梅尔维尔的说法可谓"悲惨",可两部作品都未对"思想"活动进行强调,也不曾过多地着墨于"心灵"。帕克曼对场景、策略和事件都进行了细腻的描绘,斯托十分注意地区方言和感情流露之中的细节;而这一切与梅尔维尔在莎士比亚和霍桑的作品中所发现而且自己也刻意追求的那种独特、内化的深度相比,都显得肤浅庸俗。

《汤姆叔叔的小屋》和《庞蒂亚克的阴谋》除与《白鲸》大相径庭外,他们两者之间也各有不同。恰如威廉·H. 普雷斯科特在评论班克罗夫特的作品时所指出的那样(见第一章),《汤姆叔叔的小屋》和《庞蒂亚克的阴谋》之间的差距也以相同的方式证明了民族叙述形式包容范围很广,因此,无论是霍桑还是梅尔维尔都很难找到一片独立于民族叙述形式的天地。帕克曼和斯托都是新英格兰牧师的后代,不过斯托的父亲莱曼·比彻来自于康涅狄格乡村地区的劳动者家庭,而帕克曼的父亲老弗朗西斯·帕克曼则出生在波士顿的富人家庭。而且,比彻是位激进的正统加尔文派教徒,而老帕克曼则属于首批将唯一理教当做宗教信仰的教徒。他们的后代都背离了父辈的信仰——斯托由对命运天定的惧怕转向博爱的希望,帕克曼则从温和的乐观主义转向了主张进行残酷的斗争。他们选取的故事的地点对帕克曼来说是野营的篝火,而对斯托来说则是家中的炉火。帕克曼对民族叙述作品的精英读者群的形成做出了贡献,这些读者为自己阳刚强悍的力量而深感骄傲。西奥多·罗斯福（Theodore Roosevelt）将自己的著作《西部的胜利》（*The Winning of the West*, 1889—1896）题献给了晚年的帕克曼。斯托的作品则超越了美国，也超越了作为她作品基本读者的广大妇女，因此，伟大的俄国作家列·托尔斯泰（Leo Tolstoy）在《什么是艺术？》（*What is Art*? 1898）中写道，与《李尔王》（*King Lear*）相比，他更喜欢《汤姆叔叔的小屋》，反对一个世纪以来推崇"文学性"的倾向。

帕克曼自青年时期就有撰写历史著作的宏伟计划，《庞蒂亚克的阴谋》就是这个计划的早期成果，而且在这一计划的驱使下，他又接触了自己在《俄勒冈小道》中所描述的印第安人（见第三章）。从西部旅行回来后，帕克曼一病不起，几乎使他在此后长达18年的时间里未做任何事情。不管怎么说，在口授完《俄勒冈小道》之后，他便着手写作历史著作，采用的是几乎失明的普雷斯科特完善的手法。帕克曼坐在黑暗的屋子里，让人将文献大声读给他听，然后不用眼睛，借助格板摸索着书写初稿。帕克曼作品中与自然阻力英勇斗争的主题与他的工作情况不谋而合，而且早年从事激烈的户外活动的经历使他对人们能够从事而他却再也不能从事的户外活动描写得更为栩栩如生。

《庞蒂亚克的阴谋》出版的时候帕克曼还不到30岁，但该作品从开始的文字中已展现出一种权威的语气，这一点可以从他论及大英帝国的北美属地在七年战争（法国和印第安人的战争，1754—1760）中击败法国的意义时略见一斑：

> 征服加拿大是美利坚历史上意义重大的一个事件。它改变了这个大陆的政治面貌，为英属殖民地的独立铺平了道路，将大片内陆土地从军事专制的统治下拯救了出来，并且最终将他们交由秩序井然的民主国家治理。然而，对于在这片土地上生活的红色印第安人来说，其结果却完全是灾难性的。

帕克曼具体谈到了其权威性的几个来源——他研究了档案材料，掌握了印第安人生活的第一手材料，并且亲自到"记录在案的所有主要事件发生地进行考察"。而且，帕克曼将这几卷著作献给了哈佛大学校长贾雷德·斯巴克斯，这表明他不仅与权威研究机构关系密切，而且他还掌握进行美国历史研究的丰富档案和考古资料，因为斯帕克斯对于建立这样的资料基地做出了突出的贡献。

但是，帕克曼著作权威性的最重要来源却只字未提。其实，帕克曼在写开头这段文字时所采用的知识，以及统领后来七卷（写完那个世纪的剩余岁月）的知识，既非源于过去，亦非源于他的个人经历，而是源于对未来的知识。作为构成美国"独立"与"民主"目的论的一部分，他"致力于描写最终走向灭亡的美国丛林和印第安人"。与他的知识形成对照的是，印第安人的"无知"导致了他们面对"种族的灭亡"做出一番"垂死挣扎"，而这一切是"任何人类的力量都无法逆转的"。尽管在帕克曼进行写作的时候，印第安人和丛林都幸存了下来，但是他先知先觉地理解到统治和开化这个大陆是美国的使命。帕克曼从库珀和班克罗夫特那里汲取了灵感（在第一章有所论及），可是发现两者在民族叙述的框架内都不太有力，而他们三人的作品都使用了民族叙述形式。

帕克曼对面临末日的民族和往昔的地貌有一种虔诚的责任心。庞蒂亚克（Pontiac，约1726—1769）是渥太华人（Ottawa）的酋长；他的"阴谋"就是试图在1760年团结起西部边疆所有的印第安部落，协调他们反对英国统治的斗争。这位"勇敢的伟人斗士"率领印第安人抓住可能获胜的最后机会，英勇抵抗。然而，这段"宁死不屈的英雄主义故事"却被"埋没了"。帕克曼力图使之"重见天日"。他不仅仅要恢复这段故事的本来面目，而且还要对其进行加工提高；他所进行的工作不是保守的，而是谋求进步的。帕克曼得知这一历史事件时，有关材料是以蛮荒之地的面貌出现的，"无人耕种，无人开垦。"要想"建造"自己的著作，帕克曼必须"像一位边疆定居者那样……劳作，砍倒大树，烧掉矮树丛，清理出空地，将树干砍成能用的形状"。帕克曼艰难的写作过程重复了定居者的劳作，但这也意味着当他试图让人们了解这些事情的时候，他每写一笔都像斧头在舞动，再现了丛林的末日。这种矛盾来自于帕克曼对自己社会文化立场的理解。作为一位美国白人，他站立在了印第安人的对立面："在印第安人刻板乏味、顽固不化的本质里没有一丝进步的因素。印第安人不会接受改良的建议。"一个白人具有足够的灵活性，可以适应印第安人的生活方式，而印第安人却太单纯了，不会利用库珀所谓白人赠予的"礼物"。

《庞蒂亚克的阴谋》的独特题材使其拥有了无尽力量，而且使人极感兴趣：这一事件具有世界历史意义，发生不久，仍有可能搜集到有关的传说，而且与英国、欧洲的历史题材大相径庭。新大陆更新了历史的题材："在美洲，战争表现出了一种全新而且显著的特征。""在欧洲古老的战场"上，"人们所熟知的暴力和恐怖手段"翻来覆去，"代代相传"，而帕克曼可以不必再去描写那样的战场。帕克曼与比较平和的班克罗夫特不同，但却与库珀的相似之处颇多，他在美洲的暴力和恐怖之中没有找到自由，却发现了某种新鲜的东西在蠕动。美洲的"西部乐园"也"不能摆脱亚当招致的诅咒"：

5 文学叙述形式的危机与民族叙述文学形式的巩固

这里的"莽原"形成了"壮观的角斗场","在原始丛林的阴影里,军队与军队展开角杀"。

在叙述过程中,这种场景,这片"充满善与恶的土地",比任何一个人物出现的次数都多,因为这里的战事遍布整个边疆。此外,文献材料有限,也难以让庞蒂亚克总是处于叙述的中心,扮演其"丛林悲剧的野蛮英雄","丛林乐园里的撒旦"(帕克曼不时给庞蒂亚克的称号)等角色。结构的不一致性还表明作品在价值观念组合上存在不一致。将庞蒂亚克想成撒旦式的诱惑者,一是赋予了莽原以纯洁性,二是强调了印第安人与莽原之间的区别,这种区别在其他时候会被否认。因为这片土地也"不能摆脱亚当招致的诅咒",而印第安人与这片土地浑然一体。在第一章的高潮,帕克曼用较长的篇幅介绍印第安人的生活和特征,他称印第安人与丛林不可分割,是"难以驯化的莽原之子,永远离不开那粗犷的母亲的乳汁"。

738

帕克曼对印第安人一直持有一种文明人、胜利者的蔑视,不过他又一直对印第安人所体现的粗犷着迷。他采用的意象缺乏一致性,往往从一方转到对立的另一方。例如,他说,印第安人顽固不化,是其面临末日的原因之一:"印第安人性格顽强,坚如磐石";然而,印第安人之所以面临灭顶之灾又恰恰是因为他们徒劳而且无知地去反抗"盎格鲁—撒克逊人坚如磐石的力量"。书中写到印第安人杀害了一名教师、九名学生,帕克曼称其为"魔鬼一般凶残,在战争编年史上是绝无仅有的……暴行"。但是不久,读者就发现这种魔鬼一般的凶残并非绝无仅有。一位名叫欧文斯的白人与印第安人生活在一起并与印第安人结婚,后来,他杀死了自己的印第安妻子、自己的孩子,还有几个印第安伙伴,回到了文明世界。他带回来的每一个印第安人头皮都为他赢得了奖金。帕克曼写道:"白人的野蛮暴行登峰造极,甚至使印第安人最残忍的暴行相形见绌。"这仅仅是"许多事例中的一件"。

由于书中写到这类暴行,而且书的主题是印第安人的灭亡,因此,帕克曼所写的历史要比班克罗夫特所写的更具"悲剧性",而且帕克曼蔑视那种"多愁善感的仁慈",一厢情愿地认为故事的结局可能会有所不同或皆大欢喜。帕克曼像班克罗夫特一样,完全依赖于美国命运的叙述模式,不过,帕克曼对这种模式并不满意,不愿用现在或将来的辉煌来淡化过去的暴行。在帕克曼看来,文明化既是美国白人的命运,也是美国印第安人的命运。帕克曼让庞蒂亚克复活了一次,不过在书的结尾,庞蒂亚克再一次被埋葬(在今天密苏里州的圣路易斯市 [St. Louis])。庞蒂亚克1851年这次下葬与1769年他惨遭杀害时的情形大相径庭,在描写这一反差时,作者用不无讽刺的笔调写道:"既没有土丘又没墓碑,埋葬庞蒂亚克的地方没有任何标记。一座城市在这位

○叙述形式

丛林英雄的身上拔地而起,权作他的陵墓;他所深恶痛绝的民族无休止地践踏着他那被人遗忘的坟墓。"

《庞蒂亚克的阴谋》以讽刺的笔调结尾,与此相反,《汤姆叔叔的小屋》则以对未来的展望收笔。庞蒂亚克死后被人遗忘、受人羞辱;在《汤姆叔叔的小屋》的开头,汤姆是在肯塔基州的一间小屋被卖出的,在书的结尾,这间小屋依然存在,犹如纪念堂。卖掉汤姆的奴隶主的儿子是位废奴主义者,他对获得解放的那些认识而且热爱汤姆的黑奴说:"每当你们看到汤姆叔叔的小屋时,就要想一想自由来之不易。"这部虚构的作品最后一章题为"解放者",与威廉·劳德埃·加里森20多年前创建的废奴杂志相呼应。该章节的标题既可指解放众奴隶的主人,又可指以爱心和抗争将主人从蓄奴制度解放出来的奴隶汤姆。汤姆的行动是以解放人们灵魂的基督为楷模的。

作为一种历史理论,基督教往往被认为是封闭性的,因为它在天启里预言时间的终结;而作为帕克曼民族叙述形式基础的社会科学信念则被认为是开放性的,因为文明的发展是没有具体期限的。然而,与《汤姆叔叔的小屋》相比,《庞蒂亚克的阴谋》却更具"封闭性"。帕克曼对于文明与种族之间关系的断言使人类的任何干预都无法改变印第安人的灭亡。从某种意义上来讲,过去总是无法逆转的,但是在帕克曼看来,庞蒂亚克从来就不曾有成功的机会。斯托则面向未来,她认为未来是人们现在进行选择和采取行动的结果。她焕发了基督教内部的激进潜力。

在"结束语"中,斯托的笔触从以完成的小说作品转向了联邦的历史存在。她在结尾警告人们当心"全能上帝发怒",但是她所要传递的信息却是:通过"忏悔、正义和怜悯""来拯救联邦"还为时不晚。如前所述,《汤姆叔叔的小屋》的最后一章是以重复书名结束的。在这一点上,斯托与霍桑有相似之处,在霍桑的《七个尖角阁的房子》中,书名所指的住宅也作为了他这部罗曼司的结束语。然而,斯托并不满足于文学叙述中的审美结局,尽管读者在想起小屋时,也会想起"创造"它并以它命名的作品。最后一章完成了,斯托开始写作补充性的"结束语",来处理霍桑本想在序言中澄清的问题。她说,有很多人写信来询问"这部小说描述的是不是真人真事"。就像帕克曼所写的历史,斯托的小说也主张事实的权威性,而不是想象的权威性。尽管它们差异迥然,但它们都对国家的命运作了陈述。

要在国内赢得更广泛的声誉,斯托首先要解决一个极难处理的措辞问题,因为她是在一个党派杂志上以写作当时最为热烈、最招争议的问题而开始小说创作的,而这一问题在国内舆论界是被严禁谈论的(见第四章)。当《汤姆叔叔的小屋》辑书出版时,它为小说销售创造了新的纪录。尤其值得一提的

5 文学叙述形式的危机与民族叙述文学形式的巩固

是,尽管南方竭力封禁该书,但它仍然在南方广受欢迎。出身于南卡罗莱纳种植园贵族阶层的玛丽·伯莱金·切斯纳特在内战时写了许多精彩感人的日记,这些日记中对奴隶生活的真实描述为《汤姆叔叔的小屋》提供了不少素材。斯托在文化上的大胆举动证明了当时全国舆论界的自由仍然要比既定政党允许的限度要多。斯托的榜样重新激起了自由土地上的废奴冲动,并且为共和党的组建起了有力的促进作用,在那个世纪结束前的时间里正是共和党为民族叙述做出了限定。但是斯托本身采取的是一种坚决反政治的策略。在描述"马萨诸塞州的农夫"、"纽约的市民"、"生活在大平原上的人们"和"南方的绅士和贵夫人们"时,斯托依赖的是她早已与读者建立起的一种基本关系,她的身份不是立法者,甚至也不是选举人,而是"美国的母亲"。由于妇女被排斥在政界之外,所以这使得斯托有可能通过一种非政治的方式来与她们探讨在政治上被禁止的问题。

19世纪时,因性别不同,男性和女性的活动和价值截然不同。男性活跃于政治和经济领域,而女性则主要局限于家庭"领域"——即"人"的价值存在的地方。在斯托的这本书中,有一个题为"看起来参议员仅仅是个男人"(In Which It Appears that a Senator Is but a Man)的章节,这一章最集中体现了全书所有的写作技巧。这个标题可能会出现在讽刺作品中,用来描述一个高谈阔论的政治空想家受贿的场景("男人"这个字眼就暗指人类的弱点),或者甚至是在利用性别优势("男人"就暗指道德脆弱性和男性的社会权威性)。斯托将"参议员"降格到"男人"的地位不仅无损于男性,相反却有益于他们。面对面的、充满关爱的责任感代替了抽象的条文主义。书中,俄亥俄州的参议员虽然参与立法,禁止援助逃亡奴隶,但他仍然帮助伊莉莎和她的孩子出逃。站在政治家的立场上,他批评那些"情感脆弱"的人,指责他们会因为几个可怜的逃亡奴隶而损害国家利益,但"现实中的苦难的魔力"却使他的思想发生了转变,——正如斯托后来指出的那样,肯塔基州的许多南方人自己也受到了影响,也像密西西比州人一样援助逃亡奴隶。

这种使人从政治性到人道性的转变是通过妇女的力量(或称"影响力")来实现的。参议员的妻子本来就富有同情心,当伊莉莎问她:"太太……你有没有失去过孩子?"时,她也被彻底地打动了。与帕克曼描述的荒野不同,死亡在这部小说里建立了过去与现在以及人与人之间联系的纽带。我们也穿越了阶级、种族和性别的界限,"体会到了一种悲痛"。这种"融合"的感人主题和写作技巧将《汤姆叔叔的小屋》与加里森似的废奴主义区别开来。在加里森的眼中,宪法与蓄奴制有着不光彩的妥协。

斯托将政治修正为人性的思想也影响了乔治·哈里斯的故事,他勇于挣

叙述形式

脱枷锁,并敢于武力反抗,身上充满了传统意义上的那种男性气概;而汤姆则带有基督教的消极无为色彩,甚至连他的反抗也带有女性化的脆弱。这两者形成了鲜明的对比。美国人革命性的自由价值观念激励了乔治。他当着南方白人的面把他们的"独立日演讲"抛到一边,因为宣言所主张的价值与他作为一名奴隶的处境格格不入,他抛弃了美国去追求自由。斯托对他的处境进行了一番思考:"自由——多么让人激动的字眼!……其中除了名义(一种华丽的辞藻)之外还有任何东西吗?……对于你们的父辈来说,自由是一个国家得以成为一个国家的权利。对(乔治·哈里斯)来说,这是一个人得以成为一个人的权利。"这里,她将集体的政治权利重新阐释为个人的人权。

作为民族叙述策略的一部分,斯托尤其注意不给新英格兰不太恰当的特权。书中,位于红河边种植园的主人,即那个指使人把汤姆打死的西蒙·莱格利就来自新英格兰。能对斯托的立场提供更有利支持的是佛蒙特州的奥菲利娅小姐,她是圣·克莱尔(汤姆在新奥尔良善良的主人)的侄女。奥菲利娅是个废奴运动的理想主义者,但一开始时她缺乏对人性的理解和热情。对斯托来说,结束蓄奴制唯一需要人们去做的一件事便是:"感受正义"。既非北方人又还没有长大成人的奥菲利娅没多久就做到了这一点。

奥菲利娅小姐在早先与表妹的谈话中并没有应和斯托的观点。那时她宣称:"这太恐怖了!你应该为自己感到羞耻。"她伪善的正直感在早先与别人的交谈中显露了出来。她说她无法想象有哪一个白人(更不用说她自己)去亲吻一个黑人。当她担负起照顾托普希的责任时,她觉得自己对"对黑人的偏见"可以隐藏起来,虽然"她连那个孩子碰她一下都无法忍受"。只有当小艾娃死后,奥菲利娅感觉才获得一些突破,使她有足够的可能去关爱托普希,而她那种对爱的执著也的确让人感到震惊。为了解除托普希的奴隶身份,奥菲利娅首先必须成为她的主人,这样她才能带着她到北方后再解放她。为了了解什么才是真正的废奴主义,而不是像有些开明的新英格兰人那样沾沾自喜于自己的心地善良,奥菲利娅不仅需要同黑人建立个人的、情感上的联系,而且还要熟悉蓄奴制与法律和制度的关系。

奥菲利娅坚持立刻得到解放托普希的文书,"因为现在是办成这件事的唯一时候"。所以,在圣·克莱尔令人震惊地突然死于一场意外事故之后,托普希成了唯一在家族分裂中得以幸免的奴隶,而汤姆则被卖给了莱格利。尽管圣·克莱尔有善良的初衷,但他"对现状深深地厌恶"。他聪敏而又偏激,敏感而又悲观,自满而又多疑,斯托对这个敏感的旁观者批判之余又不乏同情。旁观者这种人物在霍桑的文学叙述中至关重要。圣·克莱尔"不是演员,也不是改革家",但他对内心的挖掘很深刻。在他的自我中,他是个反对现实的人,但他自主的代价便是使自己成为他所在的社会生活中的一名"自然旁观者"。所发生的一切令人恐惧地证明了奥菲利娅的判断:"要让一个有恶意的人不伤害人是不可能的。"

斯托的作品秉承了由来已久的激进感伤主义传统。在《德雷德》(1856)中她对奈特·特纳故事的小说版本做了评论,并指出"在所有专制制度看来",《圣经》中"总是充满了暴力运动"。从基督教诞生之日起,它就宣扬在世间苦难的人们中保持个人情感的价值和精神尊严,这被看做是对统治阶级的挑战。即使是在斯托的故事中,人们遵循耶稣的教诲,使关爱成为脱离政治纷争的一个途径。在斯托以后的年代中,费里德里希·尼采(Friedrich Nietzsche)在写于1887年《道德的系谱》(Genealogy of Morals)一书中对"禁欲理想"作了分析,并追溯了从圣保罗时期开始"奴隶"道德成为一种颠倒的等级秩序的过程,尼采自己不喜欢这个进程。从罗马时代后期到现代的西方史中,"主人"道德被边缘化,演变成了民主的人道主义。从某种意义上来说,弱者战胜了强者。情感并不是唯一的策略,但它发挥了自己的作用。

18世纪出现的情感小说和戏剧是新兴社会阶级对传统统治阶层地位和价值观念的挑战。其中在国际上来说最为成功的是塞缪尔·理查森(Samuel Richardson)写作的书信体小说《克拉丽莎》(Clarissa, 1748),在小说中,一个田产丰厚的贵族拉夫雷斯(Lovelace)强奸了一个富商的女儿克拉丽莎(Clarissa),而前者本来是有可能与后者结为夫妻的。故事的结局对拉夫雷斯来说是灾难性的,但对克拉丽莎而言虽然有些悲惨,但却是一种楷模般的道义上的胜利。斯托在1853年发表了《答辩》一书,为她在《汤姆叔叔的小屋》刻画的黑奴形象作了引证。其中斯托提到了劳伦斯·斯泰因(Laurence Sterne)和查尔·斯·狄更斯这两位在情感作品创作方面的文学前辈,并指出读者能够体会到他们作品的社会意义。斯托认为,狄更斯的作品所取得的效果也就是她竭力要在自己对"平民生活"(就像《汤姆叔叔的小屋》的标题一样)的描述中想取得的效果:"狄更斯的作品在伟大尊贵的胸怀中唤起了对平民的博爱精神。"与此相对应的是,伪善的玛丽·圣·克莱尔要求别人尊重她作为女性和母亲的情感,但她却不认为自己的奴隶也能得到相同的待遇:"黑鬼不可能会有我这样的感情。"

19世纪,先前从情感出发进行争论的团体在实现他们的许多目标后,开始变得不近人情起来。马尔萨斯的人口理论、自由经济以及后来所谓的社会达尔文主义(早就在帕克曼的作品中出现过)都宣称抵制帕克曼提出的"情感博爱主义"。如果说感知看似柔弱的话,可是没有感知却未免太残忍了,而且新的统治阶级也并没有完全抛弃情感。在国内情感遭到了孤立。斯托的策

○ 叙述形式

略是要使这个高尚但却被边缘化的价值观发挥更加有力的作用，从而使包括妇女以及其他所有阶层和种族的"人性"观念焕发光彩。

《汤姆叔叔的小屋》最初是在杂志上连载的，当时它的副标题曾是"被看做一件物品的人"(The Man Who Was a Thing)。该书定稿的副标题中的"平民"一词揭示了此书的情感倾向，同样，这个最初的版本也揭示了斯托分析的系统性。斯托向同胞发出的言辞恳切的呼吁强调，作为一个南方人并不比北方人逊色。奥菲利娅的例子说明，从个人关系上来说，南方白人可以比北方白人更友善地对待黑人。与为个人开脱相反的是对国家的谴责：蓄奴制之所以能得以延续是因为它已成为标志联邦的整个经济、法律和宗教体制的一部分。宗教允许奴隶驯从主人，法律不准奴隶享有权力，而经济又使奴隶的身体商业化，所有这一切都共同使人成为"活的财产"。通过这样一种程序，如果一种体制真的"专制"，就会对社会中不公平的现象听之任之，这时就只有用个人的道德来约束了。现存的体制没有对莱格利这类人的奴隶提供保护；对于一个独立种植园的园主来说，即使是大众舆论也无法企及。虽然莱格利这个恶棍在精神上遭受着折磨，但他却讲出了一套很符合市场规则的话来，这对斯托的创作意图来说非常重要："我不想节省黑鬼。用光，再多买些……让你省不少麻烦，最后奴隶价格会越来越低。"

当汤姆被残酷地殴打时，他已经没有经济价值了，成了一个废物："破损的机器碎片，用烂的一堆棉絮"。蓄奴制度越符合当时理解的最理想的市场规则，它就会变得越发野蛮："当与金钱相比时"，"任何联系、责任和关系"都不再算做什么。这就是"金钱交易关系"的力量。对于这种关系，托马斯·卡莱尔在《过去与现在》(Past and Present, 1843) 中谴责过，卡尔·马克思（Karl Marx）与费里德里希·恩格斯 (Friedrich Engels) 在《共产党宣言》(Communist Manifesto, 1848) 中分析过。《汤姆叔叔的小屋》的前几页中，当汤姆的主人与奴隶贩子谈论卖掉汤姆时，他解释了自己犹豫不决的原因："我不想与自己的任何一只手分离。"这些措辞有力地揭示了人的身体和商品价值之间的对立。作为一名工人，一个人是一个"帮手"，但读者也可以把这个"手"理解为肢体的一部分，这句话就展示了一幅可怕的自残场景。斯托希望通过让人加入基督教来恢复这种感觉。

20世纪的非裔美国人对斯托这种激进的基督教思想反应不一。"汤姆叔叔"已成为称呼一种驯服忠诚或是奴颜婢膝的黑人的贬义词。这个术语首先在1922年被记录下来，由非裔美国劳工运动积极分子 A. 菲利普·伦道夫 (A. Philip Randolph) 使用过。当时他是用这个术语来与"新黑人"进行对比，乔治（George）的世俗解放模式应该说毫无疑问更具吸引力。然而，"汤

5 文学叙述形式的危机与民族叙述文学形式的巩固

姆叔叔"这个术语在当时由于人们的使用而被人人贬低,远远超过了斯托的使用而对其造成的贬损。斯托笔下的汤姆叔叔并不像现在一些所谓的汤姆叔叔那样步履蹒跚,额发下垂,笨拙得像个小丑,或是竭力来阿谀奉承。他一次次地拒绝逃跑,但却总是为了让其他黑人能够脱逃,他的死使他好久以来对莱格利进行的反抗斗争达到了高潮。这就是斯托在《答辩》中对这个人物的阐释,也是这本小说所塑造的形象。斯托的非暴力抵抗设想与她同时代的亨利·戴维·梭罗的想法一致,而且也与 20 世纪的甘地(Gandhi)和小马丁·路德·金(Martin Luther King Jr.)的尝试相呼应。

汤姆叔叔的共鸣

《汤姆叔叔的小屋》为由迈克尔·贝尔所评论的最为畅销的情感小说赢得了读者并确定了相应的惯例。小说出版后的十年中,地域叙述、个人叙述和文学叙述继续繁荣,而该小说也极大地影响了这些叙述形式。例如丽贝卡·哈丁·戴维斯(Rebecca Harding Davis)写作的开创性的地域叙述小说《铁磨坊中的生活》(Life in the Iron Mills,1861);哈里叶特·A. 雅各布写作的有关蓄奴制的主要女性个人叙述小说《女奴生活纪事,自己撰著》(Incidents in the Life of A Slave Girl, Written by Herself,1861);弗雷德里克·道格拉斯在他 1855 年写作的《我的奴役和我的自由》一书的基础上所做的诸多修改;甚至是赫尔曼·梅尔维尔的文学叙述小说《皮埃尔》(1852),这些书中都有斯托作品影响的痕迹。

戴维斯 30 岁时相当成功的处女作《铁磨坊中的生活》于 1861 年 4 月在《大西洋月刊》上出版,当时内战刚刚爆发。故事未具名称的发生地点是以戴维斯的家乡——弗吉尼亚州的威灵郡为原型(现在的西弗吉尼亚州)的。戴维斯将注意力从家乡的蓄奴制转移到了越来越广为人知的劳工奴役上来,就像乔治·费兹修在自己创作的因同情南方而颇招争议的小说《全是食人生番!或,没有主人的奴隶》(1857)中所描述的那样。戴维斯以描写"平民生活"中的社会问题为地域叙述札记注入了新的内容。斯托曾率先描述"平民生活",而这一题材在英国早已有很多人进行关注了。在《玛丽·巴顿》(Mary Barton)中,英国作家伊丽莎白·盖斯凯尔(Elizabeth Gaskell)描述了曼彻斯特的纺织工人,她先于斯托表达了一个中产阶级妇女会对人类灵魂展示出的真挚的基督教式的同情。现存的政治体制根本没有减轻人类苦难的意愿。不论是在对城市产业工人的关注方面,还是在至关重要的作品结构方面,与斯托相比,戴维斯还是与盖斯凯尔更为接近:《马丽·巴顿》和《铁磨坊中的生

745

○ 叙述形式

活》都以一个工人对他的雇主犯罪所引发的司法事件而展开情节的。

一位有抱负的年轻作家写出的作品尤其能说明文学体制中的社会思潮。创建于1857年的《大西洋月刊》自1859年起就由霍桑的出版商詹姆斯·菲尔兹编辑,它连载了斯托的新英格兰历史小说《教长的求爱》(1859)。但当时在月刊上发表作品次数最多的还数奥利弗·温德尔·霍尔姆斯博士——一位医学教授、散文作家、小说家。在既关心艺术又关心社会问题的读者看来,戴维斯的小说既有霍尔姆斯的儒雅,又有霍桑的理智,而且还不乏斯托的真诚。这是个很艰难的任务,而且也很难设想戴维斯竟然没有按照"乔治·艾略特"(玛丽·安·埃文斯[Mary Ann Evans])的模式就完成了这一任务。乔治·艾略特的作品本身就受到过斯托的影响,它们于1858年开始在英国出版。艾略特的小说《弗罗斯河上的磨坊》(*The Mill on the Floss*, 1860)既涉及上层文化,又对被"物欲"扭曲的生活致以同情,且对似曾相识的场景作了许多能引起感官共鸣的细节描述,为叙述的丰富性做出了榜样。与艾略特一样,为了使叙述显得更加成熟,戴维斯将主要情节放在了30年前的过去,虽然说这个情节仍然还有着迫切的重要性,这一点就与斯托和盖斯凯尔截然不同。

《大西洋月刊》的读者比《国家时代》的读者素养更高。戴维斯并不把读者笼统地称做"母亲们"或"农夫们",而是把他们一个个称为"业余心理学家"(霍尔姆斯式的有教养的科学家),或者称为超验主义者、"自我主义者"、"泛神论者"、"阿米尼乌斯派教徒(Arminian)"。尽管圣经文献对戴维斯来说就像对斯托和盖斯凯尔一样重要,但是她的读者还是需要进行大量的深入研究,就像艾略特的读者所要做的一样。戴维斯的小说中有法文和拉丁文短语,也引用了但丁、歌德和其他德国哲学家的著作。她在描写运转中的机器时写道:"发动机在悲泣,在尖叫,一如'痛苦的神灵'。"这句完美的抑扬格五音步诗行具有讽刺意味地暗示了约翰·济慈的一首中世纪艳情罗曼司《圣阿格尼斯节前夜》(*The Eve of St. Agnes*, 1819)中的诗句:"音乐在冥想,就如一位痛苦的神灵。"

叙述者模仿《航海两年》中的理查德·亨利·达纳向对读者发出号召:"我要你们掩饰起自己的厌恶之情,不要在乎干净的衣服会被弄脏,径直跟我下来吧。"但叙述者保持着一段思考的距离,而非积极地扮演"个人"叙述者的角色,或是像斯托一样独树一帜。叙述者对劳动人民的看法在唯美和科学之间来回波动,永远没有像斯托那样充满激情。他们只是一个"镜像",一个"符号",他们仅提供了一个供"阅读"的"表征"。总之,戴维斯要求读者们对作为故事叙述中心的工人—艺术家—罪犯进行"评判":"要公正——不要像人类法律那样只抓住一个孤立的事实,而要像上帝审判天使那样。"而斯托会说:"不要去评判别人,以免别人也来评判你们;"爱才是神圣的使命。《铁磨坊中的生活》里的宗教远没有《玛丽·巴顿》和《汤姆叔叔的小屋》中的宗教那样发挥积极的、潜移默化的作用。和斯托的作品一样,戴维斯的作品中也有一位理想化的信仰贵格教的女性人物,但这个人物要到最后才出现,帮助那位劳动妇女赎清罪过,却以失去心爱的人为代价。故事以上帝的"黎明即将出现"的诺言结尾,但是这个世界似乎毫无改变的可能。在编辑詹姆斯·菲尔兹为该作品命名之前,戴维斯曾建议定名为《超越》(*Beyond*),这与斯托或盖斯凯尔的宗教无处不在的信仰大相径庭。

像宗教一样,艺术也可以提供一种"超越"。戴维斯这部小说的另一个标题是《克沃女人》(*The Korl-Woman*),因为书中的一位工人休·沃尔夫(Hugh Wolfe)曾用一种名为"克沃"(korl)的废料制成塑像。当一群尊贵的客人穿过工厂时,他们看见了这个"裸体的妇女形象,身体因劳作而强壮粗糙,强健的四肢中充满着强烈的渴望",也就是叙述者后来所谓的"极度的需求"。在"绅士"米切尔(Mitchell)和"有艺术感"的休之间出现了一种无法言表的相互理解,但两人都无法对此做出解释。米切尔坚持认为:"改革来源于需求,而不是怜悯",所以它只能来自于被压迫阶级,而不是来自于统治阶级。小说没有直接质疑这种对需求的界定,也没有暗示沃尔夫或许会提供一些米切尔以及小说读者所需要的东西。这种带有讽刺味道的阅读是可能的,却只不过是违背了小说的原意。

当这群人围着雕像进行讨论时,黛博拉(Deborah,"Deb")(一个身体畸形却疯狂地爱着休的工人)偷了米切尔的钱包并把它送给休,以使他获得因贫穷而无法享受的自由。这是休生命中的"危机时刻",而小说断言休在选择接受钱的时候"失去了胜利的机会"。我们可以读到,休"并没有欺骗自己",他承认,"偷窃!这就是偷窃";然而,他却希望此事能带来好运。但是,他却被逮捕并被判19年监禁,最后自杀身亡。推动小说的动力依靠于统治阶级的力量。正是执法体系才使得这部小说成为一个悲剧。米切尔是个纯理论的唯美主义者,在与工厂主交谈时,对后者赞美"美国体系"的言辞反应冷漠,然而,实际上他却拥护那个执法体系,将休告上了法庭。尽管小说对具体的司法审判程序不置一词,但它的结构要求犯罪之后必然是惩罚。

就像米切尔一样,工人艺术家休也置身于毁灭他一生的体系中。在关于"美国体系"的交谈中,"金钱"似乎能够"治愈这个世界的所有病症",这让米切尔非常反感。黛博拉听到谈话后便不由自主地偷了钱包,金钱所激起的"权力意识"也诱使休产生了对"自由"的幻想。艺术似乎可以表达一种对超越的"需求",而对孤立的个人而言,宗教可以实现他的这种需求,可是"美国体系"却根本不会因此而改变。对早于戴维斯十年的斯托来说,若法律维护的是一个不道德的体系,那么小说没有必要去惩罚那些违反这种法律的人。而对生活在 19 世纪 60 年代后期的霍拉旭·阿尔吉来说,黛博拉的偷窃可以给休带来生活的新开端,休可以把钱包归还原主,以此获得米切尔的资助。戴维斯却无法将普遍存在的焦虑或幻想作为解决方案,因此她超前地为这篇有力而复杂的小说设计了一个绝境,这种绝境到世纪后期才为许多严肃而自觉的作家广为采用。

哈里叶特·雅各布在自传体小说《女奴生活纪事》中所叙述的"危机"与戴维斯为休设计的危机截然不同。雅各布的选择涉及的是道义和策略,而不是法律。对她以及同她一起逃亡的奴隶来说,自由的绝对条件就是违反法律,通常也需要联合其他人一起犯罪。法律对奴隶主财产的保护是"强盗制订的规矩,他们的权利我们没有必要去尊重"。她自己与孩子们的长远幸福取决于两个性质截然不同的力量间的斗争:"我的主人有权力和法律保护他们;而我有坚强的毅力:两方势均力敌。"因为她的生活从没有得到过法律的保护,一旦拥有了法律权利,她就格外珍惜。她到英国当保姆时,发现即使是"最穷的"农夫也比"美国境遇最好的奴隶"富裕,这是因为"没有任何法律禁止他们读书写字",而且他们"寒酸的"房舍也"受到法律的保护"。因此,尽管雅各布对用钱来赎买自由的做法深恶痛绝,但她还是承认只有完成了"恰当的法律手续",她和孩子们才会有人身安全。她的小说"并非以通常的方式,即婚姻"收尾,而是"以自由"终章。但在自由来临之前,雅各布必须首先要知道一个消息,虽然这是个好消息,然而,她在听到它时"仿佛被击打了一般":"就这样我终于被卖掉了!"

作为一名母亲,雅各布在写作时希望"唤起北方妇女"去了解南方"两百万"女奴的处境,她们仍然在遭受着痛苦,就像雅各布以前那样。斯托在描述"家长制"下父母对子女关爱的脆弱性时,字里行间充满着同情。雅各布的个人陈述正响应了斯托的看法。雅各布并没有以婚姻作为小说的结尾是因为她自己从没结过婚,她对自己未婚妈妈的社会地位深感羞愧,因此决定以虚构人物琳达·布伦特来展现自己的故事。尽管从传统道德标准上来说,她可能被称为"放荡"女人,可是在她的小说中,家庭成员间的关爱已成为她生活的主要方面。她真实而怪异地描绘出了妇女在家庭生活中,在她自己的一半天地里的完美角色,这是她的小说最令人惊异之处。整整七年,当别人以为她早就出逃追寻自由的时候,她却待在家乡,隐身在祖母玛莎婶婶(Aunt Martha)的小屋阁楼里。这种可怕的禁闭是她获得自由的必要前提。

雅各布的祖母是一个自由的黑人业主,在她的家乡北卡罗莱纳州(North Carolina)的伊甸顿镇(Edenton)德高望重。(虽然伊甸顿这个地名听起来极具象征意义,可它却并没有出现在雅各布的小说中,只是由现代研究者发现的。)在雅各布逃亡中的一个关键时刻,一个终生与她祖母相识的白人妇女主动把她隐藏起来——正如斯托所推测的那样,即使在南方也会表现出妇女间的姐妹之情。雅各布在伊甸顿强烈地感受到了社区的正义感,但同时也体会到了蓄奴制的弱点和弊病。1831年奈特·特纳暴动之后,即使在白人治安联防的恐怖时期,雅各布一家人也深信(而且不无道理)"我们身边的白人家庭会保护我们"。据说老祖母曾"挥舞手枪追赶一个白人绅士,因为他侮辱了她的一个女儿"。雅各布从12岁起就经常遭受她所在家庭主人的性骚扰,这时祖母的正统性道德观念就为她提供了保护。尽管雅各布断然拒绝,尽管主人的妻子对她嫉恨不已,大众舆论阻止了主人举起的皮鞭:"在我生活的小镇上人人都互相熟知,对此我是感到多么高兴啊!如果我生活在一个偏僻的种植园里,或者迷失在一个拥挤城市的茫茫人海中,那我就不会活到今天了。"

"琳达"15岁时医生开始着手为她建造一间"孤独的小屋",使她完全与城镇隔离而无力与医生抗争,这时便引发出了"危机"。用琳达的话说,最糟糕的事情是这个医生因廉价出售他的"受害者"而臭名昭著,甚至连"他正在待哺的孩子"也不放过。这时一个"有教养、有风度"、有同情心的白人绅士注意到了她。虽然琳达认识到他感兴趣的只是性,但她觉得"如果一个人爱你却不会来控制你,那也有种类似自由的感觉,如果他以爱心和依恋赢得了对你的控制,那则另当别论"。正是他的这种依恋使琳达能够提出"好好抚养(他们的)孩子"的要求。"(她的)脑海里整天在想着这些问题",最后,琳达放弃了强奸的想法,而是决定去引诱他,并"轻率地采取了行动"。与戴维斯笔下休步入犯罪时的"飘忽不定的环境"以及休的犯罪(与其说是越轨,不如说是没有采取措施弥补错误)本身不同的是,琳达是自己做出选择而行动的,虽然说做出这种选择是很痛苦的。她请求"善良读者"的怜悯,而且承认,"耻辱的记忆将一直纠缠我到死。"然而,她同时也达到了一种独立的认识:"当我平静地回顾此生发生的一切时,我仍然感到人们不应该用普通人的标准来评价女奴。"

在《我的奴役和我的自由》中,弗雷德里克·道格拉斯也认为应该用不同的标准来评价奴隶的道德。道格拉斯的主人不给他足够的食物,他不得不偷窃来充饥过活。他在1845年叙述中记录了这些显而易见的事实,而在1855年的修订版中,他又添加了数页对这种偷窃行为的道德阐释,他的结论是:"自由社会的道德标准绝不能应用到奴隶社会中。"如果一个奴隶偷了东西,

○ 叙述形式

他只是"拿了属于自己的东西";如果他杀了主人,他是在"效仿革命英雄"。道格拉斯之所以这样认为是因为"自由选择是所有道德责任的精髓",因此如果你奴役一个人,"你就剥夺了他的这种道德责任感"。这一说法并不能合理解释任何读者所发现的道格拉斯自己的选择权利(甚至当他还是一个奴隶的时候),也不能合理解释他赢得的道德声望,不过,作为一种持续斗争的一个组成部分,它却不失为一种强有力的论据。用斯托的话来说,这不是汤姆叔叔式的,而是乔治·哈里斯式的。在《答辩》中,斯托引述了道格拉斯的 1845 年叙述来说明乔治的英雄主义是有现实基础的。

与 1845 年的版本相比,道格拉斯在 1855 年对自己作品的改动使其在几个重要的方面更加接近斯托的世界。在这两个版本之间的十年中,他不再追随加里森的思想,也不再把宪法看做是一种与蓄奴制的妥协,相反,"它从措辞到精神,都是一个反蓄奴制的手段"。因此,他不再寻求解散联邦,而是把自己全身心融入了美国。为 1855 年修订版作序的不再是威廉·劳埃德·加里森和温德尔·菲利普斯,而是一位在苏格兰接受教育的黑人物理学家詹姆斯·麦休·史密斯(James McCune Smith)。史密斯这样描述道格拉斯的这部自传体小说:"从这个观点的最完整意义上来说,是一部美国作品,为美国人而作。"道格拉斯 1855 年版的叙述比 1845 年的有更明确的民族意识,也更加强烈地趋向于基督教。虽然两个版本都严厉批评了美国基督教与蓄奴制狼狈为奸,但道格拉斯却只是在 1855 年的版本中提到了他 13 岁时改信基督教的事。

《我的奴役和我的自由》与《汤姆叔叔的小屋》一样,越来越关注家庭事件。在 1845 年的叙述中,第一章的结尾用五页的篇幅描述了道格拉斯的婶婶伊瑟(Esther)遭受鞭打的情形;而在 1855 年的叙述中,这个情节被放到了第五章,篇幅扩展为 50 页。道格拉斯对早期童年回忆和思考的巨大拓展形成了这两个版本结构上独特而且也是最大的区别。在 1845 年版本中他只是提到一开始他"与祖母住在一起"。而 1855 年他对此有了更详尽、更具感情色彩的描述,这在文学上颇受狄更斯的小说《大卫·科波菲尔》的影响,而在思想上则受到了斯托的影响:

> 那是个陈旧的小屋,楼上有带围栏的地板和床架,楼下的地面就是普通的泥土……在火炉前有个奇怪的小洞,祖母就将甘薯放在下面,以防止它们被冻坏。这就是我的家——我唯一曾拥有过的家,我深深地爱着它,并与它有着千丝万缕的联系。

一个奴隶在幼年时,在还没有经济利用价值时,他可以自由地做"真正的男孩"——那是美国的天然象征。在1845年版本中,婶婶伊瑟被鞭打的事件标志着道格拉斯"进入了地狱般的蓄奴制",而与此形成对比的是,在1855年版本中,当祖母在"老主人"的房子里去世后,与祖母分离的痛苦使他"第一次认识到了蓄奴制的现实"。

就像斯托一样,对1855年版本中的道格拉斯来说,蓄奴制的强大现实就是它对家庭的毁灭,它根本无法实行其"家长式的"自我表现。把孩子从母亲身边夺走是蓄奴制的整体策略的一部分,蓄奴制"将人降低到了畜生的水准"。道格拉斯断言蓄奴制成功地"从奴隶的思想和情感上抹杀了家庭作为一个组织所具有的一切公正和神圣的观念"。他只在第一次被带到老主人的房子时才见到哥哥姐姐们,但他无法理解或是无法感觉自己与他们有什么联系:"我听到了'哥哥'和'姐姐'这些字眼,我知道这些词一定有它们的意义,可是蓄奴制却剥夺了这些词语的真正含义。"在蓄奴制下,道格拉斯那"可怜的妈妈……有很多孩子,但却没有家庭!"在他对蓄奴制的体会中根本没有"家庭的温暖,以及家人的谆谆教导和家人之间的珍贵关爱"。

然而根据他对自己和祖母生活的叙述,这一说法也不是完全正确。在蓄奴制度的压迫所造成的巨大而切实的损害与通过建立联系和关爱而进行反抗时的无穷智慧之间存在着一种矛盾。这对道格拉斯和斯托而言是一个文本上的问题,而对当代非裔美国人来说则是一个活生生的历史问题。道格拉斯指出,蓄奴制通过法律手段禁止奴隶间通婚,"这就像废除家庭一样废除了父亲的概念"。然后他进一步指出:"当家庭的确存在时,他们并不是蓄奴制的产物,而是蓄奴制度的反抗力量。"尽管困难重重,但是这种创造性的反抗作为一个榜样激励着读者去思考,去行动。

《我的奴役和我的自由》同样表达了斯托那样的对情感体验的社会基础和道德教育的整体可能性的强烈关注。道格拉斯期待着当人类的痛苦和尊严面对面相遇时——至少当双方都是男人时——能产生一种转化力量,但他的经历并没有证明这种期望的可能性。道格拉斯改写了自己经历中一段至关重要的插曲,这似乎是直接反映了斯托笔下的俄亥俄州参议员与逃亡奴隶伊莉莎之间的场景。在这次决定性的斗争之前,道格拉斯第一次遭到了驯奴人科维的毒打,于是他跑到主人那里求助。尽管道格拉斯形容可怜,但主人就是拒绝干涉,两个版本中对此都有描述:"我从头到脚,全身都是血。头发里的鲜血和泥土粘成了块。衬衫因为鲜血凝固而变硬。我的腿脚多处被荆棘和蒺藜划得鲜血淋漓。"1855年版本中描述的谈话以斯托的一个假设开始,"当我第一次站在他的面前时,他不可能显得无动于衷。"由"主人"向"人"的突破似乎即将来临:"我清楚地看到他的人性在宣判蓄奴制的罪行,这也使我这类案件有了胜诉的希望。"但后来"人性却在蓄奴制的专政下崩溃了"。当他的主人"开始讲话的时候",他最初的"义愤"平静了下来。他重复着主人阶级惯常的做法,"不久便压制住了自己的情感,变得像铁块一样冷酷无情"。尽管道格拉斯修改了自己的作品,使之像《汤姆叔叔的小屋》一样既具有民族性和国家性又具有情感性,但他还是含蓄地表达了自己与斯托的不同见解。道格拉斯取得了更大的成功,他采用的叙述策略赫尔曼·梅尔维尔也曾尝试过。

《白鲸》出版后不到一年,《皮埃尔:或,含糊莫辨》(*Pierre: or, The Ambiguities*, 1852)出版,它在表现模式、人物刻画和场景设计等方面都与梅尔维尔早期的作品明显不同。《皮埃尔》不算是个人叙述作品,甚至与《马尔迪》或《白鲸》也不尽相同。它是一部第三人称叙事作品,主要探讨了与书同名的年轻人的道德和心理发展过程。《皮埃尔》参考并借鉴了《哈姆雷特》的风格,以歌德的成长小说典范之作《威尔伯尔姆·迈斯特》(*Wilhelm Meister*)所开创的文学叙述模式写成。梅尔维尔的海员经历在他的前六本书中已经被发掘殆尽,与它们不同的是,《皮埃尔》将场景设定在国内而不是国外。小说具有双重的内部特征,因为在它的美国场景之中,故事情节产生并且集中在家庭关系的网络之内。就像《汤姆叔叔的小屋》一样,《皮埃尔》也是以一个显然幸福的家庭开始的,这个家庭后来经历了考验,并陷入苦难。小说聚焦于家庭和熟悉的事物,似乎是想吸引40年代(那时梅尔维尔刚刚开始写作生涯)以来就已确定的广大"女性"读者,但是这部小说却没有使她们满意,也没有引起其他读者的兴趣。

皮埃尔生活在理想化的马萨诸塞州伯克郡的乡下,梅尔维尔在创作《白鲸》时曾搬到那里住过。在描述皮埃尔的生活时,梅尔维从父母双方富裕、高贵的家族中吸取了不少素材。美国已经通过印第安人出让土地和革命英雄主义建立起了国家的框架,但对这些的关注却于皮埃尔对"内心世界发展"的问题而黯然失色。皮埃尔深受"家长制"的影响:他的祖父,"德高望重的老皮埃尔",深受他的"忠实奴隶们"的"热爱",就像《圣经》中"上帝的牧羊人爱戴亚伯拉罕"一样。同《哈姆雷特》和《汤姆叔叔的小屋》一样,《皮埃尔》的故事情节是从父权制的危机开始的。皮埃尔已故的父亲极受尊敬,最后却发现他在结婚前就生了一个名叫伊莎贝拉(Isabel)的女儿。哈姆雷特不苟言笑的英雄形象与克劳迪斯(Claudius)笑容可掬而淫乱放荡的形象在此被突然结合起来。伊莎贝拉由于得不到承认,现在就在附近过着贫困的生活。

皮埃尔必须决定要不要认他的"黑"妹妹，她的手因"寂寞劳作"而变得"粗糙"。在书中，颜色作为一个代码引发了对蓄奴制的叙述，而兄弟姐妹之间的社会差距则令人想到了同年出版的《福谷传奇》，在该书中，塞诺维娅极尽奢华，而她的妹妹普利希拉却靠缝纫度日，双手因劳作而十分粗糙。皮埃尔的疑问主要涉及情感语言方面。他是会变得"自私冷酷"，屈从于"传统生活里沉闷的心灵空虚"，还是会选择"救世主"或"精神"？伊莎贝拉虽然满头卷发，但她绝不是"蛇发女怪"。蛇发女怪会把人变成石头，但伊莎贝拉的面容则能让"白色的大理石变成母亲的乳汁"——把传统意义上男性的冷酷无情变成传统意义上女性的温柔甜美。皮埃尔选择了精神，"因此，在狂热的责任感中，天之子耶稣降生了"。

大体上来说这本书的前三分之一就关注了这些问题。然后，另一种探讨心理的方法开始占据重要地位，并改变了作品的焦点、重心和基调。例如，叙述者曾经承认，因为伊莎贝拉有惊人的美貌，皮埃尔才更加坚定地决定支持她，但叙述者否认有任何"吹毛求疵"的意图。然而后来小说鲜明地区分出哪些是"皮埃尔的"想法，而哪些是叙述者"关于他的"想法。叙述也不再宣称"宽宏大量"，而与现实拉开了距离，变得更有分析力，更有讽刺性。

皮埃尔越细致地关注个人，他就会越感迷惑。当他无意间觉察父亲生活中不为人知的一面时，他想起了但丁的《炼狱》中从蛇到人不断变换的"两个互相吸引的影像"。后来，故事在皮埃尔和伊莎贝拉的会面时达到了高潮，他怀着一种很难说是兄妹之爱的激情亲吻了她："然后，他们变了；他们缠绕在一起，就这样无声地站立着。"兄妹两人像蛇一样缠绕结合在一起的形状使他们与名声不好的父亲等同起来。大约在该书的中间部分，有一本稀奇古怪的推理小册子，但还没怎么读就丢失了，其中为解决这些模糊问题提供了一个方法："正是它们的矛盾使得它们一致起来，"可是这句话的涵义却太模糊了。

皮埃尔和他的父亲一样也隐藏了偷尝禁果的经历。当他正沉浸在对过去所作所为的回忆中时，他母亲在提到隔壁农场一个女孩的私生子时严厉的语气让他害怕，并让他深深地陷入痛苦之中。出于这个原因，也为了维护父亲在母亲心目中的形象，他决定不把他所了解到的有关伊莎贝拉的事实告诉母亲。此外，他的牧师法尔斯格拉夫（Falsgrave）（该名字有所暗示）在这个问题上不谨慎，屈从于社会权威，也没有给他提供道义上的帮助。伊莎贝拉的孩子出生后也不足以取得合法地位。为了使伊莎贝拉在家庭内有平等的地位并能得到尊重，皮埃尔决定娶她为妻。但这样做非但没有提高她的地位，反而毁坏了他自己的社会地位，也毁坏了他母亲以及他的白肤金发的未婚妻的名誉。

《皮埃尔》在情节的第一个曲折中以斯托般激进的情感模式批评了传统的社会秩序。在第二个曲折中叙述者批评皮埃尔的震撼传统的"激情"是"头脑发昏"。若没有家庭、教会或国家体制对行为的引导和支持，只凭情感做事是危险而没有保障的皮埃尔在行动时"没有充分意识到"他行为的后果，他只是凭着从连自己也"无法意识到"的源泉所生发的感觉来指引行动。与弗洛伊德的无意识理论相似，梅尔维尔从两个方面强调了无意识，一个是从动态学的角度——无意识作为一个媒介，构成了事物发展的移置过程，另一个是从地形学的角度——无意识可以被看做空间上的一个区域。哥特式小说中的形象，譬如说坡所偏爱的将未死之人埋葬的题材，可以用心理学理论分析："当一个人昏迷时，别人会误以为他死了，就把他装入棺材中；所以，当痛苦麻木时，它也会被误以为不会再使人继续感受到，于是便被'埋葬'在灵魂中"，但是实际上情感是能够幸存下来的。

在与马基雅弗利（Machiavelli）或拉罗什富科（La Rochefoucauld）相关的世俗心理思维中，对理想主义和自我牺牲所做的彻底分析——在《皮埃尔》中就有这样的例子——是对人类在社会和政治群体生活中原动力所做的思考。这一传统的形成要部分归功于托克维尔对美国的分析。虽然梅尔维尔了解并很看重这些著作，但皮埃尔却对此不予理会，径直扎入孤立的状态。《皮埃尔》一书也只是从地形学的角度提供了一些镜像，而没有有关行为的内容。地形学角度中的无意识里有很多极有意义的镜像，儿童在其中的一个镜像中有所见闻但却无法理解的东西会一直保存在记忆中，直到成人后某个经历才使他领悟到其中的意义。一旦掌握"破译密码的关键"，"他狂喜地解读着记忆中最晦涩、最模糊的内容，并把自己彻底搜寻了个遍，找寻还没被发现的材料来解读"。

无意识的文本化表明文学叙述可能成为矛盾存在于统一中的基础。在小说情节的第三个和最后一个曲折中，皮埃尔不仅成了读者而且还成了作者。他与伊莎贝拉离开了世代居住的塞德尔牧场（Saddle Meadows）到纽约做了一名作家，从而开始了新的生活。大概是由于《白鲸》并未获得好评的原因，梅尔维尔很是痛苦失望，因此他与戴克金克们共同置身的纽约文学界在书中被严厉地指责为"文学上稚嫩的美国"。在第二个情节曲折处，叙述者对皮埃尔的态度已经发生了转变，相应地，该书与读者的关系也发生了转变，它推出了自己的独立宣言："我完全根据自己的喜好写作。"要理解皮埃尔变化中的不同"阶段"，读者不能期望叙述者会安排一个"貌似虔诚的主持人"来引导，而要"用你自己的眼光努力跟上他的变化"。读者也被给予了自由。正

5　文学叙述形式的危机与民族叙述文学形式的巩固

如皮埃尔打破了家庭间的体制联系一样，梅尔维尔在宣称自己对意识悲剧性探索的权威性的同时也打破了当时阅读与写作体制之间的联系。

然而，为了维护自己作家的地位，皮埃尔总与传统唱反调。他所遇到传统的阻力与当时家庭的阻力一样顽强甚至更加具有破坏力，因为他更脆弱而且更贫困。他的出版商们在给他的信中都写道："先生：你是一个骗子。你借口为我们写一篇流行的小说而一直从我们这里支取现金预付款，却在我们的出版社出版了一堆堆充斥着狂妄的胡言乱语的废纸。"梅尔维尔的情况与此有些类似。他把亚哈邪恶的洗礼看做是《白鲸》的"箴言"，但这个箴言"是秘而不宣的"。"金钱毁了我"，他在创作《白鲸》时给霍桑的信中写道："我感到自己最迫切想写的东西遭到了禁止，——这样的东西不赚钱。但我无法以别的方式写作。所以这部小说是七拼八凑的产物。我所有的作品也都拙劣不堪。"当皮埃尔与伊莎贝拉缠绵时，他们像恋人一样纠缠在一起。这也暗示了在《皮埃尔》的最后一部分辛辣的批评家和他的批评对象的结合以及作者和人物的统一。受到蛊惑的作家皮埃尔在创作"明显是作者兼主人公的人物形象"时受到了作者梅尔维尔的同情，虽然说情节最后以谋杀和自杀等荒诞不经的结局告终。

在《皮埃尔》的结尾处，皮埃尔"永恒的自我"——也是19世纪心理学得以建构的基础：人性——被证实是不稳定的，因为没有一个思想或行为"只来源于"一个单一"确定的本体"。这种不稳定性也对文学叙述依赖的"独创性"提出了挑战。"富有创造性的思想"或许可以提供"潜在的无限发展的"美好前景，但当它的表层被剥之后，它的影响也就不复存在了，它最终的主要观点可能会是"虚无且令人震惊"。批评家不大可能对《皮埃尔》的中心思想给出一个令人满意的界定，因为尽管现在这本书的知名度越来越高，但在当时的读者看来，就像现在的读者一样，它是一部失败的作品。它最主要的虚无之处似乎是在相互矛盾的冲动和意图间的相互作用中产生的，而这些冲动和意图在创作过程不同的阶段都发挥着作用。虽然创作过程大部分都没有材料加以证实，但文学叙述的力量能使它依然在这种缺失状态下成形。

皮埃尔看到一幅画之后，矛盾就趋于统一了。画中的人物很像他的父亲，而父亲又对伊莎贝拉出身负有主要责任，但他没有理由相信这就是父亲的画像。它甚至可能也算不上一幅画像，而"纯粹是一部想象出来的作品"。如果这幅画"没有原则"的话，皮埃尔就可能错误地相信了伊莎贝拉的话，如同他以前错误地相信自己具有文学独创性一样，把他们的生活推向了危险的境地。这两个致命的错误为他最后的崩溃埋下了伏笔。然而，颇具讽刺意味是，——这一反讽在本书的文学形式中起着至关重要的作用——由于"原型"在这部作品中意为"模型"，所以它的缺失会对独立的艺术激情力量提供最有力的证明。皮埃尔不仅没有遭受双重的损失，而且还得到了一个重新树立自信心的机会。但他没有能力抓住这个机会，正因为如此，评论界对此书的评论中才没有提及这一点。它也表明梅尔维尔作为此书的作者没有受皮埃尔这个人物的局限，而是从小说灾难的角度建构文学作品的。

当时，无论是从书的销售情况还是从书的评论来看，《皮埃尔》完全是一个灾难。批评家承认相对于早期的作品而言，梅尔维尔当时的写作更接近"坡和霍桑"的风格。他们把《皮埃尔》看做一首建立在"一种新的艺术理论上的散文诗"。但书的结局被评论为"才华的堕落"。与"德国学派"的"粗暴做法"一样，梅尔维尔的文学叙述忽略了"普通的小说读者"。《皮埃尔》中的"超感"令道德之人暴怒，作品本身也成了"彻底的失败"。

文学叙述的绝境

《皮埃尔》所遭受的严重挫折极大地影响了梅尔维尔的创作生涯，因为他需要从写作中获得收入。面对这个失败，梅尔维尔的家人和朋友（包括霍桑）在富兰克林·皮尔斯当选总统后努力为梅尔维尔谋得一个像霍桑那样的官职，但这些努力最终都失败了。梅尔维尔似乎在1853年春天完成了一部新的手稿（这部手稿从未发表过，现在也已轶失），可是哈珀出版社不愿在《皮埃尔》失败后马上出版它。但到了12月初，出版商愿意预付稿酬，请梅尔维尔创作一部关于"猎捕乌龟"的小说。1853年12月10日，一场大火毁掉了哈珀仓库里已装订成册的书和尚未装订的纸张，包括梅尔维尔的早期作品，这些作品若出售的话可以给他带来1000美元的收入。就像梅尔维尔特别需要资金一样，哈珀出版社也感受到了经济困窘的苦恼。他们无法继续这一项目，因此梅尔维尔也没能把书写完。

到1853年底，梅尔维尔为杂志撰稿，开始了他作家生涯的新阶段。从1853年底到1856年，他在国外旅行了八个月，其间在《哈珀新月刊》和《普特南月刊：美国文学、科技与艺术》（*Putnam's Monthly Magazine of American Literature, Science, and Art*）等杂志上发表了14篇短篇小说和见闻札记以及一篇连载小说。《哈珀新月刊》创建于1850年，以再版当时最受欢迎的英国作家作品而一下子赢得了市场。相反，创建于1853年的《普特南月刊》则效仿十年前《普特南美国丛书》，力争把美国作家突现在显著的地位。然而艾弗特·戴克金克早已不再参与普特南的这个美国作家项目了。这个新杂志的

5 文学叙述形式的危机与民族叙述文学形式的巩固

编辑有查尔斯·布里格斯、乔治·威廉·科蒂斯（霍桑的一个朋友）、帕克·歌德温和弗雷德里克·劳·奥姆斯泰德。

这两个杂志都给梅尔维尔每页5美元的最高稿酬。《哈珀新月刊》上刊登了梅尔维尔的七个短篇。《普特南月刊》则分九次连载了他的小说《伊斯雷尔·波特》和其他七个短篇，其中有三篇——《代笔者巴特尔比》、《恩坎特德斯》（The Encantadas）和《本尼托·塞瑞诺》——还在不止一个地方出现。这样，从第一次向杂志投稿到1857年杂志在经济危机时期停刊，梅尔维尔的作品在35期月刊中共出现了21次。《伊斯雷尔·波特》在连载后随即由普特南出书。1856年，普特南的继承者迪克斯和爱德华（Dix and Edwards）作为杂志的主办商，出版了《皮亚萨故事集》，收录了梅尔维尔在杂志上发表的五个短篇。《伊斯雷尔·波特》和《皮亚萨故事集》都收到良好的反响。它即使没有恢复梅尔维尔当初在完成《白外套》后取得的杰出声望，至少抵消了《皮埃尔》出版后给他带来的名誉损失。

梅尔维尔一开始以个人叙述取得了成功，继而在《白鲸》和《皮埃尔》中尝试了文学叙述的手法。此后，他又投入到乡土叙述的创作中。批评家们认为他与华盛顿·欧文、埃德加·爱伦·坡和纳撒尼尔·霍桑等美国乡土叙述的代表作家相颉颃。在创作中，梅尔维尔使用了已获公认的叙述类型：譬如城市人物特写（《巴特尔比》[Bartleby]、《吉米·罗斯》[Jimmy Rose]以及《游手好闲者》[The Fiddler]）；乡村人物特写（《雄鸡喔喔啼》[Cock-A-Doodle-Doodle-Doo!]、《避雷针人》[The Lightning-Rod Man]、《快乐的失败》[The Happy Failure]）；旅行札记（《恩坎特德斯》）；家庭特写（《皮亚萨故事集》、《我和我的烟囱》、《苹果树餐桌》）以及短篇小说（《钟楼》[The Bell-Tower]、《本尼托·塞瑞诺》）。

梅尔维尔也尝试一种新方法以取得对比效果，这种效果经常在其随笔作品中扮演重要角色。有三篇作品就是建立在对英国与美国、富裕与贫穷的双重对比之上写成的。在《穷人的布丁和富人的面包屑》（Poor Man's Pudding and Rich Man's Crumbs）中，作者分别描写了一个被自鸣得意的富人所遗忘的美国乡村贫苦家庭和一群被富人傲慢轻蔑的施舍所激怒的伦敦饥民；美国贫苦家庭在深感自卑的同时又极度自尊，这与伦敦饥民被激起的可怕的力量形成对比。在《两座庙宇》（The Two Temples）中，作者分别描写了纽约一所光怪陆离的教堂和伦敦一座受欢迎的剧院；教堂里荒谬可笑、闹哄哄的气氛与剧院里充满生活气息的热烈气氛形成了鲜明的对比。这篇文章曾被普特南出版社退回，因为他们担心文中的讽刺与挖苦会冒犯纽约市民。在《单身汉的天堂与少女的地狱》（The Paradise of Bachelors and the Tartarus of Maids）中，

○叙述形式

作者对比了伦敦一家律师俱乐部里天堂般的舒适和美国一家山区造纸厂中女工所受的巨大痛苦。

相似的对比手法也成为作品结集出版的原则。组成《皮亚萨故事集》的六篇作品充分展示了梅尔维尔运用多种写作模式和场景的能力。正像霍桑在《古宅青苔》中多少反映了其在康科德老屋的生活一样,《皮亚萨故事集》(先前未出版)是在一个与梅尔维尔的匹兹菲尔德(Pittsfield)家乡相似的环境中展开的。它所描述的乡村家庭生活与随后完成的《代笔者巴特尔比》所描述的城市家庭生活形成鲜明的对比,不过,由后者加强和深化的怜悯之情在前者中早已得到了表现。接下来完成的《本尼托·塞瑞诺》更像是一个故事,而非随笔。场景是几代人之前的海上,着重渲染的是恐惧感,而非同情心。在这则长篇随笔和另一篇洋洋洒洒的《恩坎特德斯》(由十篇关于加拉帕戈斯群岛 [Galapagos Islands] 的随笔串联而成)之间,是该作品集中篇幅最短小最轻松的文章——《避雷针人》,该文的场景又回到了当时的伯克郡乡间。《恩坎特德斯》更像是作者本人的冥想录,而非游记。文中那些荒凉的火山岛如同掉落在"茫茫大海"中的"炉渣",象征着一个"堕落的"世界。这部作品集的最后一篇是《钟楼》,讲述了遥远而古老的事情,场景仿佛是文艺复兴时期的意大利。它探讨了科技与死亡的主题,有些类似霍桑《艾森·布兰德》(Ethan Brand)的味道。

《代笔者巴特尔比》最初在普特南出版社出版时,被加上了一个副标题《华尔街的故事》(A Story of Wall-Street)。故事的叙述者认为,这个故事的部分特殊力量来自于它的场景——在"一座完全被人性化商业机构所亵渎的建筑物"中的"一间孤寂的办公室",这栋办公大楼是一幢没有一间公寓房的纯粹的商务楼。这是美国城市生活一个相对的新发展,它使此前被分成"公共街道"和"私人住宅"的世界有了第三种空间。这种故事叙述者与城市潜在痛苦生活的遭遇是霍桑的《威克菲尔德》(主要涉及私人住宅)以及坡的《人群中的人》(主要涉及公共街道)的一种变体。代笔者巴特尔比以其"孤独感"为感动叙述者的力量,即他所说的一种"绝对孤独感",这就像成为"宇宙弃儿"的威克菲尔德或坡笔下的人物,他们大概因为心怀恐惧而"拒绝独处"。

以上每一个人物都引起故事叙述者的极大兴趣,促使他努力去揭示探求人物的秘密。与霍桑和坡不同的是,梅尔维尔使叙述者也融入了故事之中,让他直接与处于痛苦中的对象交谈,而不是像霍桑作品中的那样只是进行思考,或像坡的作品中那样只是进行观察。这就使梅尔维尔的作品少了一些玄学的味道,而多了一些道德的力量。叙述者会问自己:"我该怎么办?"办公室的下一个承租人在叙述者的要求下搬离了房间后荒谬地带着伪家长式的口气宣称:"你要为你留在这里的人负责。"叙述者对此的回答同样荒谬可笑但却合乎法律:"他对我来说毫无意义——既不是我的亲戚也不是我的徒弟。"叙述者的上述问题就说明,如何在这些情况之中找到人类行为的活动空间便成了一个问题。尽管叙述者在书中的形象是一个"可靠"谨慎的律师,但他还是被巴特尔比所打动。问题是巴特尔比对外物很冷淡。除去许多"宁愿不去做的事情"之外,他对叙述者帮助他的意图不予理睬。他的消极的对抗赋予了斯托的情感结构以新的内涵。冷若冰霜的如果不是那些有钱有势的人,而是那些需要同情的对象——即那些贫寒穷苦的人,事情将会是什么样子呢?这或许是那些无所事事之人的自私自利的幻想,也可能是一种强有力的宣言,认为穷人也拥有禁欲主义的特权。

普特南杂志社位于纽约,它出版的像《巴特尔比》之类的许多书都富有纽约风味,但它的志向却是征服全国市场。《伊斯雷尔·波特:他五十年的流亡生涯》(*Israel Potter: His Fifty Years of Exile*) 开始连载时的副标题就是《独立日故事》(*A Fourth of July Story*)。波特是新英格兰农场的年轻人,他成了一名革命战士并参加过邦克山战斗。后来给本杰明·富兰克林做秘密信使。独立革命后流落伦敦,直到垂暮之年才回到美国。在改编波特的故事时,梅尔维尔使用了不同于他以往所使用的第一人称叙述的技巧。在写《泰比》和《白鲸》的过程中,他大胆地用别人的旅行散记和个人叙述中的材料补充了自己的经历。《伊斯雷尔·波特》就是以一部现存的自述作品为基础,用第三人称的写作手法写成的,显而易见,这部自述作品曾深深地吸引过他。早在1849 年他就买了一幅伦敦的旧地图,"以便在需要时可以端出独立革命时期乞丐的叙述"。

19 世纪的前几十年中大约有两百部有关独立革命的个人叙述作品出版。1824 年,也是波特回到美国的那一年,罗得岛州普罗维登斯市的一个出版商以廉价小册子的形式出版了《伊斯雷尔·R. 波特充满传奇色彩的一生》(*The Life and Remarkable Adventures of Israel R. Potter*)。他出版的书还包括丹尼尔·布恩畅销的个人叙述小说和描述一个逃亡奴隶的《罗伯特——马萨诸塞州隐士的传奇人生》(*Life and Adventures of Robert, the Hermit of Massachusetts*) 之类的个人叙述作品。尽管梅尔维尔声称除了"语法上人称的变化"外,他"差不多重述了一次"波特的叙述,但实际上他做了非常大的变动。大概是因为他与波特同是 8 月 1 日出生并都有在捕鲸船工作的经历,而且梅尔维尔把波特的出生地从罗得岛州移到了伯克郡,当时梅尔维尔就居住在那里。《伊斯雷尔·波特》的前六章在其他方面也与 1824 年叙述的前半部分很吻合。新作的最后四章虽然情节上有很大的省略，但基本上承袭了 1824 年后半部分的风格。

在开首章节和结尾章节之间，梅尔维尔写作了 16 个章节，它们极大地丰富和发展了 1824 年的作品。其中有几章专门叙述了本杰明·富兰克林，还有大约 50 多页描写了独立革命时期的海上英雄约翰·保罗·琼斯（他在最初的版本中没有出现），由此使这部自述作品影响波及全国。伊斯雷尔在琼斯的战舰"好人理查德"（Bonhomme Richard）号上服役，他的历险经历在与英国战舰"塞拉皮斯"（Serapis）号进行海战时达到了高潮。当这两艘船开战时，胜利场面的恐怖血腥成了内战的一个形象："这是一个由两艘船共同组成的合伙参股燃烧公司；然而即使在共同参与公司事务时也是泾渭分明的。这两艘船就像两间房子，中间的界墙上洞开着一扇扇房门。"上述令人震惊的俏皮话将商务活动的语言变成了毁灭，将合作变成了"燃烧"；连接着两个房间的门只会让死亡进来。小说开始时曾向我们表明琼斯刺了文身，就像《白鲸》中的魁凯格一样，文身"只会在十足的野人身上才能看到——深蓝颜色，图案精细，就像迷宫一般神秘玄奥"。

战斗结束后，叙述者就曾问道，文明究竟是"一个难得的事物"还是"一个野蛮的高级阶段"？通过对国家建国时期行为的反思，人们开始质疑帕克曼、班克罗夫特和库珀作品中美国民族叙述赖以存在的基础。自 17 世纪以来，人们一直把美国看做《白外套》中所谓的"我们时代的伊斯雷尔"（Israel of our time），而《伊斯雷尔·波特》中对"伊斯雷尔"流放和彷徨的叙述也颇具象征意义地相互共鸣。因此，梅尔维尔获得特许到波特的故事中为美国找寻"一个模式，一种对应，以及一则预言"。美国可能是"国家意义上的保罗·琼斯"，因为美国像他一样"肆无忌惮、毫无人道、掠夺成性、野心勃勃，文明的外衣下掩藏着一颗野蛮的心"。有一篇评论把这一段的直率与当前美国扩张主义者政治话语的"冠冕堂皇"做了对比，发现了明显的政治规则。

皮尔斯当选总统后，原本应该在《1850 年妥协法案》中获得解决的蓄奴制问题在堪萨斯和内布拉斯加州等地区重新抬头，并迅速升级为游击战争，同时还有决意将加勒比海国家纳入美国蓄奴版图的美国人进行的"策反"行动。1854 年 10 月，皮尔斯政府驻西班牙、法国、英国的大使——驻英大使詹姆斯·布坎南（James Buchanan）后来成为皮尔斯的继任者签署了备忘录，即《奥斯坦德宣言》，宣称古巴是"北美共和国必不可少"的领土，如果美国执意占有古巴而西班牙拒绝出售，那么"以任何法律（不管是人的法律还是神的法律）的名义，我们都有充分的理由把它从西班牙手中夺取过来"。这项"抢劫计划"对"意识上的正直"和"各国的赞同态度"都做了野心勃勃的呼吁，与此形成对照的是，批评者在作品中震惊地发现梅尔维尔的预测"正好切中要题"。《伊斯雷尔·波特》利用自述作品的通俗传统，成功进行了民族叙述，从而成功地赢得了读者并激发他们对当代重要事件进行一番思考。

《本尼托·塞瑞诺》采用了同样的策略。梅尔维尔最初曾想以它命名由普特南出版的那部合集（后来这部合集定名为《皮亚萨故事集》），并把它作为其中最重要的小说。他以阿玛萨·德拉诺船长于 1817 写作的《航海旅行纪事》（*A Narrative of Voyages and Travels*）为蓝本，却没有注明原始材料的来源。德拉诺当时正在一艘离南美海岸不远的一艘西班牙船上，他还不知道，这艘船出了麻烦，实际控制船的不是船长堂·本尼托·塞瑞诺，而是船上的黑人。德拉诺一直认为他们是奴隶，只能做奴隶分内的事，但现在他们却造反并控制了局面；但他最终知道了事实，黑人又被重新抓了起来。甚至梅尔维尔这部作品中独特的技巧，也就是他所说的"叙述的本质"——"在回顾中无序地提供材料的复杂性"——在德拉诺的叙述中也已有先例，它以简要叙述航行日志上的事件开篇，以法庭记录的档案结尾，把德拉诺的第一人称叙述放在中间。梅尔维尔删除了最初的航海日志记录，并把德拉诺回顾时的第一人称转为第三人称，这与德拉诺不完善的理解力和波动的情绪密切相关。通过这种处理，梅尔维尔既赋予了作品一个畅销杂志故事需要的悬念，也给了它文学思考中的讽刺意味。

在把个人叙述转变为故事的过程中，梅尔维尔运用了哥特式小说中的表现手法，将毁灭而成废墟的魔力和道德脆弱导致的危险结合了起来。这艘船就像一座"奇怪的房屋"，或许还"闹鬼"，这种氛围的"影响"制造了一种"强烈的"的印象，一种"废弃城堡中的囚徒"可能感受到的"魔力"。本尼托·塞瑞诺略显高贵的谨慎态度，他突然间的冷酷无情和他激动时咬啮手指的行为使人联想到了坡笔下的罗德里克·厄舍。坡所叙述的故事高潮在这里起到了一种比喻的作用，最终的启示就像一个"大门突然洞开的墓穴"。哥特主义不仅仅是一种装饰。在《本尼托·塞瑞诺》中——在威廉·福克纳 1936 年的作品《押沙龙，押沙龙!》（*Absalom, Absalom!*）中也一样，哥特主义是表现历史悲剧的一种技巧，它表明由过去持续到现在的力量是祖上罪恶的后果。

梅尔维尔将塞瑞诺的船名从"泰奥"换成"圣多明克"，此举响应了他的哥特主义主题，同时也直接触及了一段持续到今日的历史。使用圣徒的名字大大增强了西班牙天主教的哥特主义气氛，而战前的美国人对这种气氛十分陌生，甚至有些畏惧。然而，更为关键的是，这个名字也是一个地名。这个地方起初叫做希斯潘尼奥拉（Hispaniola），是哥伦布曾经登陆的一个加勒

◎叙述形式

比海岛屿,梅尔维尔为这艘船创造了一个船头雕像——"发现新大陆的克里斯托福·哥伦布(Christopher Colon)"。岛上的印第安人被灭绝之后,又运来了第一批从非洲贩卖到新大陆的黑人奴隶。就像班克罗夫特早已注意到的,这是一段具有讽刺意义的历史,在法国大革命期间,这个岛发生了非裔美洲奴隶历史上规模最大、最为重要的起义,从而建立起了一个独立的、由黑人统治的国家海地,它是西半球第二个自由国家。

海地革命立刻对美国产生了影响,因为成千上万的当地奴隶主移民到了美国。这场革命也更为深刻地影响了美国,正如亨利·亚当斯首次承认以及W. E. B. 杜·波伊斯所强调的那样,因为法国一旦不再拥有"安得列斯群岛(Antilles)的明珠",路易斯安那的属地也就没有什么意义了。海地革命之后,拿破仑把路易斯安那卖给了美国,美国领土从而进一步向西扩张。最为重要的是,海地革命引发了一种恐惧:一旦白人对黑奴放松了控制,一些仅仅是幻想的事情就会不可避免地发生。直到1860年总统选举的时候,美国最高法院的大法官罗杰·坦尼(Roger Taney)还心有余悸地写道,恐怕林肯当选总统就会爆发种族战争:"我活了这么多年,可还能记得圣多明哥的恐怖。"坦尼对过去心怀恐惧,这也对他在1857年裁决德雷德·司各特一案时起了一定影响。他在判决黑人不享有美国宪法始终不遗余力地加以保护的权利时,虽然希望能借此平息南方人的不安,但却进一步激化了地区间的敌视态度。

德拉诺同样也对过去心怀恐惧:他害怕自己听来的那些海盗"故事";害怕"'圣多明哥'号会像一座沉睡的火山有朝一日会突然喷发出深藏的能量"。在19世纪文学中,人们在形容革命暴力时,再也没有比火山更为常用的比喻了。火山的比喻对《本尼托·塞瑞诺》一书中的反讽来说至关重要,德拉诺对于自己的处境什么都怕,就是没有害怕他应该害怕的东西。他的种族主义偏见根深蒂固,不仅使他低估了黑人的力量,而且连船的名字都没能让他想起"圣多明哥的恐怖"。继奈特·忒纳的叛乱之后,一系列船上起义(如"阿米斯塔德"号[1839年]和"克里奥尔"号[1841年]等起义)就是大规模黑人抵抗运动的著名例子。弗雷德里克·道格拉斯曾专门写作过小说《英雄奴隶》,描写了麦迪逊·华盛顿的生活——他领导了"克里奥尔"号上黑奴的起义。德拉诺无法想象黑人革命力量的强大,而梅尔维尔小心谨慎,有意不去揭示起义领袖巴博的内心世界,这同样是一个讽刺。道格拉斯也是在塑造了麦迪逊·华盛顿的形象之后,通过一个白人幸存者的回忆来叙述起义的故事的。只有在斯托的《德雷德》(1856)和黑人激进主义者马丁·R. 德莱尼的《布莱克;或,美国小屋》(*Blake: or The Huts of America*,

1859）之中，才出现了由内而外地对大规模奴隶起义的描写。

德拉诺的恐惧弄错了方向，这也许会让人想起普特南杂志过分的谨慎小心。它曾经拒发梅尔维尔的《两座庙宇》一文，理由是害怕"伤害公众的宗教感情"——编辑查尔斯·布里格斯和出版商乔治·帕尔默·普特南分别致信梅尔维尔时就是这么说的。但随着时间的推移，这个杂志变得大胆起来，1856年5月，国会代表中反对蓄奴制最强烈的马萨诸塞州参议员查尔斯·萨姆纳在参议院遭到一名来自南卡罗莱纳州的众议员的袭击，被打得不省人事；同年6月，共和党提名出本党的第一位总统候选人。普特南的新出版商迪克斯和爱德华在1856年杂志的一则广告中说，杂志"不可能总是一团和气"地来开展工作。普特南的编辑一面重新订立了杂志的质量标准（后来英国的伟大小说家威廉·迈克皮斯·萨克雷就说它堪称"世界上最好的杂志"），一面开始对美国政治提出的挑战做出反应。弗雷德里克·劳·奥姆斯泰德和迪克斯及爱德华一起出版颇具争议的游记著作，其中第一本就是《沿海蓄奴各州之旅》（1856年）。杂志的文学编辑、五卷本小型札记的作者乔治·威廉·科蒂斯经历了一次政治上的转变。1856年科蒂斯在魏斯里大学（Wesleyan University）发表演讲《美国学者的政治与时代责任》（*The Duty of the American Scholar to Politics and the Times*）（迪克斯和爱德华将演讲作为小册子出版）之后不久，他主要成了一名政治出版商，仿效"始于文学，终于生命"的"约翰·密尔顿的崇高学者风范"。

1856年，帕克·歌德温将他在《普特南月刊》上发表的文章收录成集，以《政治散文》（*Political Essays*）为题由迪克斯和爱德华出版，并将该书题献给萨姆纳。在《专制的余威》（*The Vestiges of Despotism*, 1854）一文中，歌德温攻击了教会、政党制度、奴隶主利益集团联手扼杀基本辩论制度的行为。他还为自己在一本关注"美国文学、科学与艺术"的杂志上发表的文章的合法性进行辩护，他说："文学是国家意志充分而自由的表达。这种表达不仅仅是纯文学的，不仅仅是艺术的，也不仅仅是科学的；它是所有这些类别的综合表达，还包括政治和宗教。"作家，作为"有教养的人"、"国家的文人"，无论什么时候发觉有必要，都必须就"关于我们人类的利益、情感和希望的每一个话题""自由地表达他们最具智慧的思想"。这样的一本杂志保持住了较为传统的"文学"的意义，抵住了坡、霍桑和梅尔维尔所创作的纯文学专门化的趋势。在这样的一份杂志中，《本尼托·塞瑞诺》或许成了国家意识形成过程中一个新时期的组成部分。

在《骗子的伪装》（*The Confidence-Man: His Masquerade*, 1857）中，梅尔维尔使用了比《伊斯雷尔·波特》和《本尼托·塞瑞诺》中更新的叙事材

○叙述形式

料。"骗子"（The Confidence – Man）这个说法是在1849年创造出来的，用来形容一个名叫威廉·汤普森（William Thompson）的奸诈的纽约政客，他招摇撞骗的拿手本领很能让陌生人信任他。很快，人们就认为这个说法能让人想起美国生活的方方面面。戴克金克的《文学世界》在重印一些描写"年轻的政治骗子"和中年的"商业骗子"的章节时就引发了一番思考："一个国家中能产生出骗子还不是最糟糕的。"梅尔维尔让他描写的景象具备了全国性的特征，因为他将出现在东部城市中的骗子移到了美国中部腹地，并把场景设定在一艘沿密西西比河从圣路易斯顺流南下的汽船上，就像托马斯·邦格斯·索普在《阿肯色州的大熊》中所描写的那样。索普将叙述的重点集中在猎人的故事上，从而使他的小说带上了一种地方色彩，而梅尔维尔则关注着船上各色各样的典型人物。

在梅尔维尔的叙述背后，既有讲述西南部地区怪诞故事的夸夸其谈者，也有像西蒙·苏格斯之类玩弄特殊行骗伎俩的流氓无赖。《骗子》集中描写了一系列赢得别人信任的手段——有针对群体的，也有在一对一的谈话中使用的。使用这些手段的人千差万别：其中有黑人瘸子、服丧的鳏夫、印第安慈善机构的代理人、"布莱克拉皮兹煤炭公司（Black Rapids Coal company）"的官员、用草药治病的医生，还有一个"世界主义者"——这些人物形象都是骗子的面具。当时美国社会流行的"华尔街精神"在这里受到了书中人物提出的各种传统观念的考验——比如"这艘满载愚人的船"，以及"整个世界是一个舞台"。最引人注目的是，在这艘名为"忠诚"的汽船上的第一个场景是：一个又聋又哑的人写出了圣保罗（St. Paul）论述"慈善"的话，包括"慈善相信一切"；最后一章包括了对应不应该信仰"新约外传"进行的讨论（"新约外传"不是《圣经》的正规篇目）。

书中妙趣横生的事件似乎意在使人进行深入深思，但人们又会把这种思考看得多重呢？圣保罗说到慈善的时候满腔热情而且态度坚决，但《骗子》呈现在读者面前的却是一场"慈善游戏"。在一个远远不同于梅尔维尔的美国的地方，上演中世纪神秘剧的街头剧场从仪式制度上提供了将游戏和忠诚融入公众生活的场所。但是，"忠诚"只能顾及那些成为问题的分歧之处。船上的一个人向另一个人抱怨说："你的想法是双关的，就像别人用双关语一样。"该书还探讨了诸如"亲切的厌世者"这样自相矛盾的东西。在这部复杂的讽刺作品中，一个人物喊道："上帝啊！保护我不受讽刺和嘲笑的伤害。"该书反复表明它与自己不相适应，这是文学叙述的一种技艺精湛的表现，它表明文学叙述能够非常边缘，非常即兴。

形形色色的人在获取别人信仰的时候，有时是给对方编造故事，有时又是从对方那儿得到故事。他们的腔调多种多样，引人注目。有时叙述者和人物虽然表现得很亲切文雅，却毫无诚意："虽然商人过去并不十分轻率，但他也不是全无人性，有时也会受到触动。"还有一些人讲话随便，开口就是本地土话："看你，自然啊！我得说，你的首蓿是香甜的，你的蒲公英不会大喊大叫；可是谁的冰雹砸烂了我的窗户？"从结构上说，这本书采用了框架形的叙述模式，故事发生的时间局限在愚人节的日出到午夜——设定在愚人节是有寓意的。梅尔维尔提到了"乔叟的坎特伯雷朝圣历程"，表明了与传统的联系，不过这种联系在早期美国文学中是不太好找的。霍桑和坡分别在《说书人》和《对开本俱乐部》中试图用本地的故事来写书：他们像乔叟那样创造了一个社会背景，用来构建故事的框架，推进故事，并使其复杂化，但是他们却找不到愿意出版作品的出版商。

通过使用深思的视角和复杂的写作技巧，梅尔维尔把他所处时代的美国生活升华为人类种种可能性的典型形象，由此他再次回到文学叙述上来。他在思索小说艺术的三个章节中对自己的手法作了评价。这些章节主要从前后一致、现实主义和独创性方面讨论了人物。19世纪50年代有人开始宣称，一些"心理小说家"（如萨克雷）为他们笔下人物的怪异行为从动机方面进行了肯定的解释。梅尔维尔反对声称科学的"固定原则"的言论，并继续投身于对"人类内心世界"的探索。读者在小说中寻找到的"自然"必定是"令人兴奋"的，而且也是经过"转换"的。小说可能会呈现出"比现实生活还要真实的现实"。小说与宗教有相同的作用："它应该呈现另一个世界，而我们也能感到与这个世界的联系。"作者要想创造出一个"像哈姆雷特、堂吉诃德或是密尔顿的撒旦"那样空前绝后的人物需要具备一种如同"立法者"或"新宗教创始人"一般伟大而罕见的力量。

有一个句子充分说明了梅尔维尔竭力要阐明的作家力量和世界之间的相互影响。真正独创的人物形象就像"一盏旋转的德拉蒙德灯，发出的光线射向自己的周围——它照亮了一切，点亮了一切"。德拉蒙德灯是以19世纪20年代发明它的英国工程师的名字命名的，当时它是最出色的人工照明设备，现在人们都把它叫做聚光灯。19世纪40年代，P. T. 巴能在纽约为他的美利坚博物馆做广告时第一次把聚光灯展现在人们面前，引起了极大轰动（巴能在1855年出版的自传《P. T. 巴能的一生》[*The Life of P. T. Barnum, Written by Himself*, 1855] 中提到过这件事）。这种设备从此就和这个通过招摇撞骗博取名利的人联系在了一起。梅尔维尔使德拉蒙德灯从技术世界和阴暗的商界脱颖而出，并使它成为心理创造中一个最为耀眼的象征。德拉蒙德灯发出的光明就像是"某些思想"接受了富有创意的人物带来的"恰当概念"后

⊙叙述形式

所产生的"效果"一样。这样,艺术创造心理就和最初和最高的创造联系在了一起。它"如同'创世纪'讲到万物起源时一样"。上帝神圣的"要有光"一语不仅在文学天才的智慧闪光中获得共鸣,而且也在广告宣传的光芒中获得再现。在这几章的深思中,梅尔维尔进一步发展了文学叙述理论,但他自己却即将抛弃这种叙述形式,在这一点上他远远超过了坡。

对霍桑和坡来说,不能出版自己的框架叙述作品标志着他们职业作家生涯的开始;对梅尔维尔来说,他的框架叙述作品出版商的失败却标志着他职业生涯的结束。《骗子》由迪克斯和爱德华在1857年4月1日出版,结果不到4月底出版商就破产了。到了9月,接手的公司也告破产,而且出版社的书籍印板也被拍卖掉了。没有人愿意出价购买梅尔维尔的著作;他自己也筹不到钱把自己的作品买下来,最后只好同意人们把书稿当废纸卖掉。他没有从《皮亚萨故事集》和《骗子》中赚到一分钱。《普特南月刊》也被卖掉,后来和另一家杂志合并。不过梅尔维尔还有另外的机会:1857年8月,他应邀为策划中的《大西洋月刊》撰稿。他同意做该杂志的撰稿人,但手头却没有现成东西,也没有任何他所期待的约稿。事实上,他此后再也没有发表过散文。从1857年到1860年,他靠讲课维持收入;内战之后,他终于在纽约海关谋得了一个职位。他在1857年之后写了大量东西,但都是诗歌(见第四卷),直到晚年,那时他才开始写作《比利·巴德》,但是到去世的时候还没有完成(见以后的论述)。

在梅尔维尔的小说生涯结束的那几年里,霍桑在利物浦担任美国领事。他在英国的时候做了大量笔记,指望能在将来用小说创作。这四年中的笔记比他在美国几十年做的笔记还要多。1858年到1860年离开领事职位居留意大利期间他仍然继续做笔记。但从那时起到他1864年去世之前,霍桑只出了两本书:1860年的《玉石雕像》(第四章中曾提到)和1863年的《我们的旧宅》(Our Old Home),后者收录了自1860年起登载在《大西洋月刊》上的有关英国的札记。从1858年起,他还写出了六部罗曼司手稿。现在的编辑把它们收录成两个集子:《美国原告》(American Claimant)手稿(包括《祖先的足迹》[The Ancestral Footstep]、《埃思里奇》[Etherege]、和《格里姆肖》[Grimshawe])和《生命精华》(Elixir of Life)手稿(包括《塞普提谬斯·费尔顿》[Septimius Felton]、《塞普提谬斯·诺顿》[Septimius Norton]和《多里佛罗曼司》[The Dolliver Romance])。《玉石雕像》之后,梅尔维尔没有再写作,霍桑也没有再出书;美国的文学叙述沉寂了20来年,直到亨利·詹姆斯(Henry James)在一种新环境下将它延续下去。与此同时,霍桑的继承人逐步将他去世时留下的手稿公之于世,其中包括《美国笔记选辑》(Passages from the American Note-Books，1868)、《英国笔记选辑》(Passages from the English Note-Books，1870)、《法国、意大利笔记选辑》(Passages from the French and Italian Note-Books，1871)、《塞普提谬斯·费尔顿；或，生命精华》(Septimius Felton; or the Elixir of Life，1872)、《多里佛罗曼司及其他故事》(The Dolliver Romance and Other Pieces，1876)、《格里姆肖医生的秘密》(Dr. Grimshawe's Secret，1883)和《祖先的足迹》(1883)。这七部在霍桑死后面世的作品对保持美国文学叙述的思想很有帮助。

虽然梅尔维尔没有直接参与《普特南月刊》编辑们的政治活动，但他的写作还是成功地与他们保持了一致，一直到1857年的经济危机摧毁了他赖以维生的体制基础。11个州脱离联邦和内战对霍桑的影响则更为直接。他没有转而采取反蓄奴制的战斗立场，甚至对狂热的联邦主义也漠不关心，他觉得周围的热烈情绪和自己毫无干系。他能想到的最好的结果也就是一个独立的新英格兰。霍桑在《略议战争》(1862年《大西洋月刊》)一文中表述了他极度的不快。颇具讽刺意味的是，这篇文章中添加了很多由一个直率的联邦派编辑所写的脚注。霍桑又把《我们的旧宅》这本书题献给富兰克林·皮尔斯，故意向世人卖弄他视友谊重于政治的态度。富兰克林·皮尔斯由于在任期间向南方妥协而声名狼藉，但正是由于他批准霍桑居住英国，才促使《我们的旧宅》一书得以出版。《1850年妥协法案》标志着一种政治上悬而未决的状态，而霍桑在其中表现出的对情节的难以确信可能是出于深思熟虑。但在关于战争的决定性情节中，霍桑对情节的不信任感进一步加强，以至于他再也无法构思出罗曼司的故事。《玉石雕像》中有大量描写段落，它们分散了读者的注意力，而且似乎也通过隐设情节给了作者一些安慰，但该小说的故事却很难使这些段落鲜活起来。霍桑的新作进一步瓦解了他吸引读者的努力。

《美国原告》的写作计划源于1855年笔记中的一段文字记录。这部分内容简述了一个知晓能毁灭家族的家族秘密的英国人移民美国的故事。他一直没有说出这个秘密，直到"最后，这一罗曼司的主人公回到了英国，发现……他仍然掌握着毁灭家族的威力"。主人公最初被称为"弥德尔顿"，他是一个中间人物，孤立于英国和美国之间，但他希望能在两者之间做出某种调和。他寻求"链环"或是"联系"，但任何将他与英国连接的东西都会使他远离美国，而霍桑的这一计划也陷入了这样一种两难的处境之中。虽然比较"敏感"，但弥德尔顿一直过着一种积极的政治生活，不过这一切他已于不久前很"厌恶"地放弃掉了。霍桑一个重大的发明就是让他的主角处在行动中。这样的角色只是一个暂时的旁观者；与霍桑早期罗曼司作品中的主人公不同的是，"弥德尔顿"不是摄影师，不是诗人，也不是雕刻家。霍桑没能将

○ 叙述形式

这一写作计划继续下去。主人公可能的行动被他的敌手(代表着当时拥有英国传统的人)及助手(他在美国童年时期的一些人物)吞没了。但是,即便是同这些人物一起,霍桑还是在僵局中苦苦挣扎。

霍桑在这些未完成的手稿中记录的一些便条中写道,"还是有某种东西想让故事中能有些情节"。失望时,他记道,"故事不能建立在人物内心的负罪感或是隐藏的罪恶感上——这些方法我已经用得太多了。"为了给意大利式的恶棍设计动机,他尝试又抛弃了很多可能的因素:要么让他是个麻风病患者,要么被阉割了,要么安着软木做的假腿,要么扯个点石成金的人,要么有假手,要么装着假鼻子,要么装着玻璃眼睛。说到小说主人公的监护人,霍桑打算把这个老人描写成一位"真正的英雄",不过是个"烈士",以便和"年轻的美国政客"与"那些只顾自己的人"形成对比。这个"血淋淋足迹"的传奇并不是"罪恶的传奇,而是烦恼的传奇",因为老人和他的家人一直在向我们展示"有太多道德感的弱点,在行动时优柔寡断,而且无能为力"。由于"遇事时除了默默承受之外无能为力",老人把哈姆雷特的犹豫不决上升到了汤姆叔叔的高度。霍桑注意到道德感无比"混乱":它肯定会颠覆尘世的一切,这与他个人叙述的初衷相悖。当他需要动机时找不到动机,而在需要柔弱时却找到了力量。这样是没法去写罗曼司的,不过这也的确显示出霍桑本人在努力把握南方分离运动的动力和北方的反应。

在《生命精华》中,他最初的两个版本集中描写了在内战爆发前康科德一个名叫塞普提谬斯的神学院学生。他通过杀死一个英国士兵和寻求永生之法而确立了自己的身份。霍桑承认内战时期人们的兴奋就像是"我们"现在所"知道"的某些东西,因为内战夺去了许多年轻人的生命。不过尽管塞普提谬斯杀死了一个士兵,但他的心态依旧超然。霍桑本意是"尽量避免讨论外部事件",因为"我们的故事是属于内心的"。如同塞普提谬斯头脑之外的任何东西,出现在故事中的"伟大历史事件";只是有助于"发展和展示他内心中的东西"。但是塞普提谬斯也受到了批评,因为他"性格中自负的弱点"致使他相信"战争的结果并不比从垂死的英国人口中获得秘密后自己活跃的思维更重要"。不过,霍桑自己的故事技巧规定了这种自我中心,这就使得在批评塞普提谬斯时很难不去批评罗曼司。

作为一名"罗曼司作家",霍桑把人物的心理同他自己的经历直接联系在了一起。塞普提谬斯对"精华"的失望就是一部罗曼司可以寄于"同情"的一种醒悟。因为在小说世界受到世俗世界撞击时,一部罗曼司中也会有同样的痛苦。在浪漫文学"神奇影响"之外,"破坏、骚乱、不和谐"用本来不会具有的"恰当事件"毁坏了"和谐完美的关系",而这些关系早已建立起

5 文学叙述形式的危机与民族叙述文学形式的巩固

了比日常世界更加"真实的世界"。霍桑不再对他的文学叙述抱有什么信心。通过把人物比做自己,霍桑试图用事实来支撑他的小说,从混乱的世界中寻求稳定。霍桑没能把自己和人物分离开来,甚至连梅尔维尔在《皮埃尔》中所做到的分离他也没有做到,而且他也没能完成自己的作品。

在《多里佛罗曼司》中,霍桑不再试图使用诸如革命战争或是暂时被流放的政客这类极富挑战性的素材。罗曼司产生自简单且如同草图一般的国内背景,不过即便在他为这个删略极多的手稿所做的笔记中,霍桑也在努力构建和激发情节。获得一剂能使老年人渐渐返老还童的魔药之后,霍桑努力想弄清楚为何有些人想通过这一方法"重新闪到过去"。或许,他想"把物质利益都给予世界",想"消除贫穷、奴役和战争"。这个故事的用意或许在于他那试图"打乱自然秩序,毁灭世界经济"的"辛苦"并未见成效。相反,"如果没有他施加的任何外力",这一目标可以通过"人类真实的趋势和发展"而完成。但是,面对内战"痉挛般的行动",霍桑实际上不能再将对罗曼司的信心视做不需外力的进步了。只有外力才能使他的文学叙述成为独立的世界。

结语:战后的民族叙述文学作品

内战打击了霍桑创作的积极性,制约了文学叙述的发展,但它并没有阻止所有新兴叙述的发展。内战中最伟大的文学天才当数马克·吐温。他最初的作品明显把他与地域叙述和个人叙述联系到了一起:例如《卡拉韦拉县驰名的跳蛙》(The Celebrated Jumping Frog of Calaveras County and Other Sketches, 1867)、《傻子出国记》(The Innocents Abroad, 1869)以及《艰难岁月》(Roughing It, 1872),这些书的前言就表明它们"仅仅是个人叙述"。在战争期间,弗朗西斯·帕克曼从近 20 年的低峰期中恢复过来,并重新开始创作他的民族叙述作品。1865 年帕克曼发表《新大陆里的法兰西先驱》(Pioneers of France in the New World),以纪念他在内战中失去的三个亲人。该书经过 23 次再版后于 1885 年进行了修订,又对帕克曼在战争期间未能完成的对佛罗里达州的调查作了叙述。在 19 世纪最后几十年里,直到 1893 年帕克曼去世,他完成了以"北美的法国和英国"为背景的丛书,其中《庞蒂亚克的阴谋》权作了该丛书的预期终章,除此之外丛书还包括:《北美的耶稣会》(The Jesuits in North America, 1867)、《大西部的发现》(The Discovery of the Great West, 1869;1879 年又经过修订和增补取名为《拉萨尔和大西部的发现》[La Salle and the Discovery of the Great West])、《加拿大的旧政权》(The Old Regime in

○叙述形式

Canada, 1874; 1893 年又进行了修订和增补)、《弗朗蒂奈克伯爵和路易十四统治下的法国》(*Count Frontenac and New France under Louis XIV*, 1877)、《蒙卡尔姆和沃尔夫》(*Montcalm and Wolfe*, 1884) 以及《半个世纪的冲突》(*A Half Century of Conflict*, 1892)。

在《法兰西的先驱》第一版的"前言"中,帕克曼开始使用概念性词汇和对立性词汇,而在此后 30 年的创作生涯中他也一直如此。他的作品展露出"美国文明的根源",因为"美洲的法兰西"是从属于美国民族叙述的。是法国"为了文明传播而征服了"美洲的土地,不过完成文明历程的却是美利坚合众国自己。依照帕克曼寓言中的历史原则,他的丛书再现了"封建制、君主制和罗马为征服一个大陆所付出的努力",正如帕克曼在内战期间所写的:"正有数十万把刺刀在向世人昭示,一种受到约束的自由占据了统治地位。"在美国,法国"统领一切"。教皇和国王代表着"中央集权"原则。这种原则剥夺了法国人的独立性,使他们像婴儿般无助,正如野蛮使印第安人停留在孩提时代一样。"稳定增长"的原则可以在新英格兰这个"无头的躯体"中找到。(帕克曼好像没有意识到这种说法有多么怪异。)新英格兰"丰盈富饶",而且给人们以"希望",因为它建立在"自由"的基础上;新法兰西则"一片贫瘠",注定是个"绝望"之地,因为它是"专制主义"的"代表"。

英国的"血和肉"使新英格兰成了"物质财富增长的卓越之地"。相形之下,法国人与印第安人的势利、守旧和野蛮的特征使新法兰西人富于"惊人而显著的个性"。帕克曼上千页的作品中最煞费苦心的努力就是要再现"反差"——严肃的牧师、赤裸的印第安人、精明的商人和"浑身野人盛装"的丛林居民——这种反差使得"整个法属加拿大地区的历史"非常"生动"。因为后来发生的事件使法属时期显得"微不足道",使它仅仅成为"一段小插曲",所以现在必须激发人们将这段历史视做一种以"奇怪而浪漫"的形式升起的"对过去的回忆":"在我们眼前展现出一望无际的景象:一片未开化的大陆;覆盖大片森林的蛮荒之地",其间有"插着羽毛的头盔在闪光"。帕克曼努力用一种"摄影般的清晰和真实"来再现这一切。他采用了科学历史手法中最好的文献式手段来重现这种迷人的美。

一系列英雄人物——例如探险家尚普兰(Champlain)和拉萨尔(La Salle)、耶稣会士马凯特(Marquette)和若格(Jogues)、贵族统治者弗朗蒂奈克(Frontenac)和蒙卡尔姆(Montcalm)——组成了长篇札记的叙述,但提供连贯性的则是土地本身,就像在《庞蒂亚克的阴谋》中那样,帕克曼有时提到最近他游览过自己曾描写的地方。有时候这些地方还保留着原始状态,而有时则很容易接近。一些"观光客"、"运动爱好者"或是"流浪艺术家"可能会在这些印第安人曾非常认真地生活过的地方悠闲地打发一些时光。有些地方已经令人痛心地失去了原始状态。一块巨石上以前曾画着印第安人的宗教画像,很远就能看见,现在,上面却写着"森林之痛"。圣安东尼瀑布群的"伟大自然之美"被新建的明尼阿波利斯城(Minneapolis)"彻底毁掉了"。其他一些原野也被用于文明的发展了。"勤劳勇敢的自耕农"种出的"金黄的麦浪""怪异地取代了"曾作为"水牛牧场"的"海洋般无边无际的绿色大草原"。

在帕克曼晚年的一篇著名文章中,我们能看到科学和自然之美的相互影响,能看到用摄影般的精确描写所展现的寓言效果。在为《安娜女王的战争》(Queen Anne's War)所写的序言中,帕克曼以描写缅因州保存完整的"原始森林"开篇。他写道:"一片满是野生植被的蛮荒之地部分幸存下来,直到今天还在。"森林虽然在"生存斗争"中表现出"巨大的生命力",但是这种生命力却没有使森林区别于其他生命,相反,它只让人们看到了发生在"从人到蘑菇的所有生命形式"中起作用的"相同"进程。对森林场景进行描写的深刻含义远远超出了森林本身:

> 每个夏天,数百万计的幼苗从黑黝黝的土壤里发出嫩芽,土壤里充满了在它们之前早已死亡腐烂的植物。它们相互拥挤着,竭力喘息着,而且自相残杀着,正是由于本身数量庞大拥挤不堪而不断毁灭着。只有零星的几枝,或者更强壮些,或者占据着有利的地势,会在周围枯萎凋零的枝叶中幸存下来。在生长中,它们的枝叶又会相互纠缠在一起,一个季节或者两个季节地重复着相互窒息厮杀的相同过程。森林里遍布孱弱的小树,它们或者已经死亡,或者奄奄一息地向阳光伸展着。树木的长成率不到千分之一,然而幸存下来的就成为森林中数目庞大的主人,在混乱不堪的斗争中拥挤在一起,被挤压得不再对称,而且也被剥夺了正常的生长和发展,据说就像处在民主社会的相同阶层的人们一样。

在这一段中,帕克曼对"自然中无处不在的悲剧"的强烈感受与他进步的民族叙述框架形成了对比。除了段落中"据说"这个反语的限制之外,它描述的自然界悲剧预示着历史进程将被简化为一种标志着印第安生活的"革命"(天文学意义上的革命):在权力关系中"像风一样捉摸不定",但在文化"发展"方面却"一成不变,毫无希望可言"。它不过是"讲述灭绝、同化和放逐的一部沉闷乏味而且毫无意义的历史"。

对美国来说,内战的经历赋予了民族叙述以新的强有力的形式。内战的发生和林肯的殉难般的逝世让国家变得神圣化起来(这里的国家是从主权意义上而不是从"合众国"的意义上来说的),使它拥有了以前只有"联邦"和"人民"才拥有的声望。美国这种崭新的对世俗权力的尊敬使得梅尔维尔的最后一篇散文体小说《比利·巴德》的最终完成成为可能。他把生命的最后几年都花在了它身上,在 1891 年去世前基本上完成了小说的创作。

《比利·巴德》在梅尔维尔的作品中是最具有小说风格的。它并没有直接从梅尔维尔的亲身经历中选取素材,也不是对一个具体文献的重新阐释。故事的场景设置在 1797 年的一艘英国战舰上,主人公比利甚至也不是美国人。对美国作家来说,美国不再独特得让他们在创作时非要涉及美国题材不可了(或者题材明显与美国有关,例如普雷斯科特的《墨西哥征服史》)。帕克曼的历史作品甚至赞颂英国 19 世纪殖民主义的持续扩张,而不是宣称民主必将取代帝国。在法国革命威胁下的英国对美国而言可能是一个合适的对象。内战后,蓄奴制终结了,但社会不平等的其他形式却有增无减,直到农民的人民党主义和工人的联合激情出现才威胁到了当时的既有秩序。

虽然《比利·巴德》是部小说,梅尔维尔在书中却采用了反小说的技巧。《比利·巴德》的副标题是"内心的叙述"(An Inside Narrative),它不断地使用对叙述的回忆录般的展望。读者应该理解,这"绝不是罗曼司",因此,它肯定缺少"纯小说形式上的对称"。梅尔维尔使用了一个在他刚刚开始创作生涯时英语语言中还不存在的短语,即"现实主义",来为自己的创作过程进行辩解。作为对"内心"的叙述,该作品纠正了它对一系列事件进行的新闻式的陈述(这种说明本身就是小说的一部分)。1851 年,一则新闻报道了鲸鱼弄沉一艘航船的事件,这恰好印证了《白鲸》中的描写。梅尔维尔看到这篇报道后非常高兴。但现在他对自觉创新的高层文化——从威廉·华兹华斯《抒情歌谣集》(1800)序言到约瑟夫·康拉德的《间谍》(*The Secret Agent*,1907)这段时期的文化——重新采取了一种新的姿态:以新闻报道的虚假性来定义创作作品的真实性。就像 19 世纪 50 年代的"浪漫文风"一样,"现实主义"成了 19 世纪 80 年代文学叙述的口令。

《比利·巴德》对历史做了独特的重建。它在重要公众事件的"连接点"所确定的区域内对小说的活动范围做了限定。这些事件不仅仅是革命战争,确切地说,还包括 1797 年英国海军内部的兵变,而且更确切地说,是对指挥一艘从舰队派遣出的战舰而做出的限制。它对"内心的叙述"并没有像《塞普提谬斯·费尔顿》中的"内心故事"那样把注意力从历史转移到心理学上来。从 1924 年的第一版到 1962 年的正式版本中,有两段取自手稿的文字作为了作品的前言,两者都提出当时"并不是最聪明的人才能预见到"革命的激情,或者说水手的兵变最终会导致"政治的进步"和"重要的改革",这极大地增加了历史思潮的复杂性。似乎只是因为这些运动遭到最聪明人的抵制，它们才得以成功的；进步是需要反抗力量才能继续进行的。

《比利·巴德》与它历史叙述中复杂的现实主义结合了起来，并通过寓言性的简化手法增强了作品的力量。比利·巴德是一个不知名的地主的孩子，也是一个没有文化但却"诚实而且有些粗鲁的"人，就像是"亚当"。卫兵长官克拉伽特（Claggart）是这艘船上腐败的"警察局长"；他的眼睛有着"毒蛇的魔力"，他与魔鬼无异，编造谎言指控比利叛国。天生不善言辞的比利竭力为自己辩护，但他"只能用拳头来讲话"，结果他将克拉伽特打死。维尔（Vere）船长是一个行动中的英雄，也是一个沉湎于"非传统类"书籍的读者。作为"麻烦缠身的家长"，他必须要找到一个解决方法。对此，他是这样总结的："被上帝的天使打死！而天使也必须要被绞死！"

"环境的魔术"就意味着比利的正直只会被视为谋反。在维尔召集的战地军事法庭上，他在解释这个案件时强调了"与可能削弱决断力的优柔寡断做斗争"的必要性。无论遇到何种痛苦，他都力求避免哈姆雷特那样的犹豫彷徨。霍桑的《美国原告》同样代表那些"做事高效，能塑造世界的人"讲话。但原告在"政治"中的经历使他明白这种高效需要把一种丑陋的"另外某种东西""发育得比良心还要强大"。在回顾他的辩护时，其中的"丑陋和脆弱"让他痛苦。维尔表明权力中也可以有良心，甚至还有道义美德的存在。感到比利·巴德在"我们形式化的人性中"仍然"没有开化"，维尔就像亚伯拉罕在准备拿艾萨克作为祭祀品时而拥抱他那样把比利拥入怀中。

梅尔维尔在《泰比》中把读者描述为"室内的水手"，这带有挑战味道的言辞是站在船员的角度上说的。然而，比利·巴德用"船舱里人们打牌时暖烘烘的气氛"与"彻夜无眠在桥上"孤独而痛苦地引导船只的人的责任形成了对照。比利因自己的行为被维尔判刑，在施行绞刑前他哭喊道："愿上帝保佑维尔船长！"叙述者总结道，相对于法官而言，"被判刑的人所受的苦难要少得多"，因为比利的个人意识就像"儿童"无异，而维尔则是一个老成的大人。

反对蓄奴制维护联邦利益的内战在 19 世纪 50 年代给国家带来了当时还不存在的理想中的道德合法性。莱格利身上并没有令人钦佩之处，同样维尔支持克拉伽特也没有什么值得称道的地方。内战后，"持保守观点的人"不必非要宣扬进步——如库珀《拓荒者》中的泰普尔法官——才能证明自己正确。比利·巴德和汤姆叔叔一样都是无辜的牺牲者。但汤姆这个形象激发出的情感能被读者感受到，而比利所激发的情感只局限在维尔一个人身上。在梅尔维尔战前创作的《本尼托·塞瑞诺》中，巴博这个富有革命精神的奴隶形象

◎叙述形式

对塞瑞诺、德拉诺以及读者来说都是晦涩的。这与维尔在同情比利的情况下仍然将他判刑的道德和才智上的包容性截然不同。维尔身上具有斯托意欲表达的情感,而且他通过自我审判给自己带来痛苦的力量增强了他的权威性。

《比利·巴德》根据读者对维尔的接受程度将力量和原则做了调和。帕克曼对原则的主宰地位已经做了强调。在帕克曼的作品中,力量对原则的压倒性优势只会偶尔产生复杂的潜在能量,但这种不平衡在亨利·亚当斯(Henry Adams)共九册的《美国历史——从托马斯·杰斐逊政府到詹姆斯·麦迪逊政府》(History of the United States During the Administration of Thomas Jefferson and James Madison,1889—1891)一书中成了最大的讽刺。亚当斯寻求一种有思想性、"科学的"而不是看上去很壮观、"戏剧性"的历史。对亚当斯来说,人类或许不再是"英雄",而仅仅是具有说明性的"类型",却不再是他们自身中的"力量源泉"。他将美国叙事文学从预言性转化为分析性。帕克曼作品的结尾章节从七年战争的结束开始直至展望现在的美国:"原本分裂的殖民地变成了美利坚合众国。大西洋沿岸原本不和谐的殖民地成长为一个强壮的民族,他们联合起来,内战的震撼只会使得他们更加团结、更加巩固。"亚当斯回顾美国的历史时将这些殖民地的团结远置于内战之前;他的言下之意就是北方肯定早就众志成城,以使北方拥有击败南方分裂主义的毅力和能力。

帕克曼从托克维尔那里借鉴了"中央集权"这个分析性主题。托克维尔在《美国的民主》中提出,并不是法国大革命把中央集权带进法国政府的(虽然"中央集权"这个词本身就是个革命性的新词),他在《旧政权与法国大革命》(The Old Regime and the French Revolution,1856)中又对这一观点进行了进一步发展。他甚至辩解道,中央集权的过程早在中世纪就开始了,并在路易十四统治时期以空前的速度和复杂性发展起来。帕克曼对中央集权的辩解有助于解释新法兰西的失误之处:"是政府而不是个人在起着主导作用。"内战期间亚当斯将托克维尔的生平和著作视做"我个人宗教的福音书",但他并不是简单地借用托克维尔的观点。他将帕克曼的评价反其道而用之,把中央集权看做一种优势并把托克维尔对旧法兰西的分析应用到新生的美国上来。美国政府的中央集权现象并没有像大多数人理解的那样出现在内战时期,而是出现得还要早些。事实上,中央集权现象早在托马斯·杰斐逊——最坚决反对以严格的组织结构和国家政权为特征的中央集权原则的总统——政府期间就已经出现了。

亚当斯提出了一个颇有讽刺意味的观点,同时还含蓄地批评了为南方分离主义提供的理论基础:"与其说是反对宪法的人违反了宪法,不如说是赞成宪法的人违反了宪法,而且其违反的程度总能标志出联邦权力的不断增长。"

5 文学叙述形式的危机与民族叙述文学形式的巩固

自从1801年杰斐逊做完第一次国情咨文之后,他就没有再试图堵住"欧洲政权进入美国自由城堡的漏洞"。相反,杰斐逊"伸出手去抓住了"他在成为总统前"所公开予以谴责的权力"。在他从拿破仑手中购买了路易斯安那之后,国会就此事的争论不是集中在宪法是否允许这种购买的基本问题上,而是集中在这片土地是该成为殖民地还是该成为一个州或是一个地区。亚当斯对此作了总结:"在国家的历史上,所有的政党第一次一致承认政府有能力实施管理权。"《独立宣言》发表后的第一个十年中,国会中的这一基本争论完全变成了同义重复的无谓琐事,它已没有什么价值,即使它在中世纪被人重新抬出后也没有什么力量了。

中央集权化不仅仅被悄悄地实行,而且也出现在公众舆论中。亚当斯提出宪法中从没有提到"国家"这个词,而只提到了"联邦",他这样做是为了强调美国的集体性;他还进一步指出,联邦只是在1812年英美战争中才成为一个国家(反过来,"国家"可以被用来保持内战时的"联邦")。亚当斯把1807年6月看做是"美利坚民族在历史上第一次感受到……真正的国家情感的"一刻。英国人羞辱了美国的"切萨皮克"(Chesapeake)号护卫舰之后,愤怒如"塞克罗普斯(Cyclops)眼中尤利西斯(Ulysses)手里点着的橄榄枝一样熊熊燃烧起来,全美人民像塞克罗普斯般痛苦地呐喊着,激动地站在岸边疯狂地辱骂他们的敌人,而敌人则远远地躲在船上奚落他们"。美国意识发展中的这一重要阶段有着史诗般的价值。新发现的民族团结精神从塞克罗普斯那只向中间集中的盲眼中展现出来:它力量虽然强大,但人们对它极少领会或是控制。

亚当斯明确了南北战争前政治演讲中"措辞标志"确立的时间。1810年2月,年轻的亨利·克莱代表年轻一代发言,并指出他们将通过"忠实于民族及团结观念"而在"五十年中"无往不胜。这种讲话的关键人物是联邦政府和开国元勋。民族的措辞艺术十分强大,因为它"不属于任何政党"。"无论哪个部门的演说者"都可以"平等地"使用这种艺术。这种新的政治语言的成形是为战争的筹措服务的。尽管这一措辞像开国元勋和联邦政府那样看起来很理想很完美,但他们只是"好战分子"运动的一部分。在克莱和约翰·卡尔霍恩的率领下,好战分子们竭力想要实实在在地结束美国在诸国之中的独特地位,甚至要在同时将大国象征性地加以神化。亚当斯将他们的目标看做是赋予政府"在战争国借口下旧世界的君主特征"。参战之后,"美国在痛楚的意识中慢慢坚信:她必须要承担起人类的共同负担,并且在同一个血淋淋的舞台上用其他种族的武器来战斗"。

亚当斯在国家阶段开始的时候就认定美国丧失了自己的独特性,从单纯

○叙述形式

走向了暴力。《比利·巴德》反映了大约同一时期类似的转变。亚当斯解释说，1800年与1815年的主要不同之处在于："1815年人权意识很少占据公众的思维，还不如棉花的价格。"这一转变不仅是从理想主义向世俗世界的转变，而且是从解放时代向蓄奴制度越来越必不可少时代的转变。梅尔维尔似乎讽刺了这一变化。故事是以一位亚当般"英俊的水手"——比利·巴德开始的，他被迫离开"人权"（Rights of Man）号商船到"贝里波腾特"（Bellipotent）号战舰上为国王服役的故事。

但是许多与亚当斯同时代的人更倾向于将这一转变追溯到内战时期。亨利·詹姆斯在研究霍桑的书中（1879）声称霍桑的同时代人，即"伴随那一世纪长人的人"，"对这个伟大国家的信仰达到了迷信的程度"。他们认为一种"特殊的天佑"保护着美国（这在班克罗夫特的《历史》一书中有所体现），因此他们可以自由享有"单纯而毫无批评的"信仰，而且还可以做"和蔼友好的乐天派"。然而自内战以来，像霍桑一样敏感和严肃的"善良美国人""偷食了知识之树上的禁果"。詹姆斯以经验反对霍桑的天真，但是，正如詹姆斯作品中残留的圣经神话所暗示的那样，亚当斯发现即便是这种知识也还存在于美国历史的天真之中。詹姆斯宣称他比霍桑时代具有乐观幸运主义色彩的民族叙述更了解现实，但是亚当斯却指出塞克罗普斯式的战火和痛苦伪造出了美国民族叙述看似纯真的手法，詹姆斯对此就知之甚少了。詹姆斯宣称当前优秀的美国人不会受到民族叙述诱惑力的影响。亚当斯只有讽刺意味的家族史一定使得詹姆斯的断言成为一个愿望而已，可是亚当斯指明一个开端之后，他的叙述或许也使得一个结尾成为可能。

在第一章中我就指出当今美国的民族叙述与其说是在被誉为尊贵文化的"文学"领域，不如说是在电影、电视和政治演说中获得了认可。亚当斯的《历史》一书或许可以代表这样一个时期，那时美国高层文化将民族叙述作为研究对象，而不是像班克罗夫特和韦伯斯特那样干脆将民族叙述看成是那一文化的实质。亚当斯的《历史》一书问世50年之后，现代主义使得文学叙述获得了在最初几十年的研究（这部专著写成的时期）中从未有过的极高权威和声望。然而，即使在自身的发展时期，文学叙述也难以保持自己的独立领域，以对抗自《汤姆叔叔的小屋》到重建末期（南部重建时期，从1865年至1877年）又一次被突出到民族叙述最前沿的危机。霍桑和梅尔维尔将对个人叙述经验的重视和乡土叙述中敏锐的观察以及复杂的基调调节融入了自己的文学叙述之中；在《红字》和《白鲸》中，他们也使民族叙述服务于他们的创作意图。他们创造出了一种对美利坚来说也是全新的叙述体裁；这个体裁现在已广为人知，而且被作为一个永远具有生命力的遗产而备受珍视。

大事年表

塞洛斯·R. K. 帕泰尔

太平年集

年代	美国文本	美国事件	其他事件与文本
1820	威廉·埃勒利·钱宁（1780—1842），《反对加尔文主义的道德论据》（散文） 詹姆斯·费尼莫尔·库珀（1789—1851），《戒备》（小说） 詹姆斯·W. 伊斯特本（1797—1819），《亚莫伊登：菲立普王的战争传说》（诗歌） 华盛顿·欧文（1783—1859），《见闻札记》（小说和非小说；1819 年首次连载） 摩笛凯·M. 诺亚（1785—1851），《特里伯里之围》（戏剧） 约翰·塞姆斯［亚当·西波恩］（1780—1829），《新佐尼亚：发现之旅》（小说） 本土作家创作的五卷新体散文体小说在美国出版。	《密苏里妥协法案》宣布在路易斯安那购地中购置的土地上北纬36°30′以北地区蓄奴制为违法。 缅因州作为第 23 个州加入联邦。 门罗总统竞选连任。 苏珊·B. 安东尼出生（卒于 1906 年）。	乔治四世加冕成为英国国王。 济慈，《拉米亚和其他诗歌》 马尔萨斯，《政治经济原理》 雪莱，《被缚的普罗米修斯》
1821	约翰·昆西·亚当斯（1767—1848），《重量与度量报告》（非小说） 威廉·卡伦·布莱恩特（1794—1878），《诗集》 威廉·埃勒利·钱宁（1780—1842），《启示宗教之证明》（小册子） 欧文·切斯（?），《捕鲸船爱塞克斯号离奇悲惨遇难记》（非小说） 詹姆斯·费尼莫尔·库珀（1789—1851），《间谍》（小说） 亨利·罗·斯库克拉夫特（1793—1864），《美国西北地区旅行记》（非小说） 《星期六晚报》在费城创办	亨利·克莱使《第二项密苏里妥协法案》生效。 密苏里州作为第 24 个州加入联邦。 安德鲁·杰克逊成为佛罗里达的军事长官。 威廉·比克奈尔绘制了连接独立市、密苏里市、圣菲和新墨西哥的商业通道圣菲小道的地图。 首家公立高中在波士顿成立。 约翰·威尔克斯·布斯的父亲，英国演员尤利西斯·布鲁特斯·布斯在弗吉尼亚州的里士满市首次上演《理查三世》。 美国人口达到 960 万。	墨西哥革命。 约翰·济慈去世（出生于 1795 年）。 康斯塔布尔，"运送干草的马车"（绘画） 黑格尔，《权利哲学》 詹姆斯·密尔，《政治经济要素》 骚塞，《判断之见》

大事年表

年代	美国文本	美国事件	其他事件与文本
1822	华盛顿·欧文(1783—1859),《布雷斯布里奇田庄》(小说和非小说) 詹姆斯·麦亨利(1785—1845),《友谊之乐》(诗歌) 杰迪代亚·莫尔斯(1761—1826),《给军事部长的报告……关于印第安事务》(非小说) 约翰·尼尔(1793—1876),《罗根》(小说) 詹姆斯·柯克·波尔丁(1778—1860),《一位新英格兰人的旧英国札记》(非小说) 凯瑟琳·玛丽亚·塞奇维克(1789—1867),《一个新英格兰故事》(小说) 莉迪亚·斯格尔尼(1791—1865),《美国土人》(诗歌)	美国在利比里亚建立殖民地。 佛罗里达划为地区。 在南卡罗莱纳的查尔斯顿,邓马克·维希策划的奴隶起义被阻止;维希和其他30人被处死。 史蒂芬·F. 奥斯丁在德克萨斯建立第一个盎格鲁-美利坚殖民地。 亨利·阿西里在一份圣路易斯报纸上广告招募"富有进取心的年轻人"去花几年时间开发通往太平洋的通道。	希腊宣布独立;土耳其与希腊开战。 珀西·柏西·雪莱去世(生于1792年)。 马修·阿诺德出生(卒于1888年)。 拜伦,《判断之见》 德昆西,《一个英国鸦片吸食者的自白》 舒伯特,B小调第八交响曲("未完成")
1823	爱德华·波尔德(?),《商人与水手用非洲指南》(非小说) 詹姆斯·费尼莫尔·库珀(1789—1851),《拓荒者》(小说);《十五岁的故事》(故事集);《水手》(小说) 约瑟夫·多德里奇(1769—1826),《罗根:最后的西克拉马斯种人,卡尤加族首长》(戏剧) 约翰·邓恩·亨特(17987—1827),《密西西比河西部几个印第安部落的风俗习惯》(非小说) 爱德温·詹姆斯(1797—1861),《由匹兹堡到落基山脉探险手记》(非小说) 詹姆斯·麦亨利(1785—1845),《荒原——布莱德克的时代》(小说);《森林中的幽灵》(小说) 约翰·尼尔(1793—1876),《勘误表;或,威尔·亚当斯的作品》(小说);《伦德尔夫》(小说);《七十六》(小说)	弗朗西斯·帕克曼出生(卒于1893年)。 门罗总统在国情咨文中提出门罗原则。	墨西哥成为共和国。 约翰·斯图亚特·密尔建立唯一理教学会(1823—1826)。 威廉·威尔伯福斯在英国建立反蓄奴协会。

年代	美国文本	美国事件	其他事件与文本
	詹姆斯·柯克·波尔丁(1778—1860),《科宁斯马克》(小说) 约翰·霍华德·佩恩(1791—1852),《克莱莉——米兰的少女》(音乐剧包含歌曲"家,甜蜜的家") 伊桑·史密斯(1762—1849),《希伯莱人的见解》(非小说) 《纽约镜报》(1823—1860)		
1824	利迪亚·玛丽亚·查尔德(1802—1880),《霍布默克》(小说) 伊莉莎·库辛(1794—?),《萨拉托加》(小说) 爱德华·艾弗里特(1794—1865),《美国文学发展的有利环境》(散文) 约翰·邓恩·亨特(1798?—1827),《遭北美印第安人俘获记》(非小说) 华盛顿·欧文(1783—1859),《旅行者谈》;与约翰·霍华德·佩恩(1791—1852)合作,《查尔斯二世》(戏剧) 伊斯雷尔·R.波特(?),《伊斯雷尔·波特的生活和历险》(非小说) 托马斯·赛(1787—1834),《美洲昆虫学》(非小说,1824—1828) 詹姆斯·E.西弗(1787—1827),《玛丽·杰米逊的生活》(非小说) 凯瑟琳·玛丽亚·塞奇维克(1789—1867),《红杉》(小说) 乔治·塔克尔(1775—1861),《申南多尔山谷》(小说)	德克萨斯被并入墨西哥联邦共利国。 毛皮商及向导詹姆斯·布里杰发现大盐湖。 第一个科技与工程院校建立(现在的伦思雷职业技术学院)。	
1825	威廉·卡伦·布莱恩特(1794—1878),"森林赞美诗";"鲜花之死"(诗歌) 利迪亚·玛丽亚·查尔德(1802—1880),《叛乱者》(小说)	在没有任何候选人赢得人选的情况下,约翰·昆西·亚当斯被众议院选举为美国第六任总统。	葡萄牙承认了巴西的独立。 玻利维亚从秘鲁独立、乌拉圭从巴西独立。

大事年表

年代	美国文本	美国事件	其他事件与文本
	詹姆斯·费尼莫尔·库珀(1789—1851),《莱昂内尔·林肯》(小说) 艾力斯·威廉(1794—1872),《环夏威夷航海日记》(非小说) 尼古拉斯·亨兹(1797—1856),《勒纳佩王泰都斯金德》(小说) 约翰·尼尔(1793—1876),《乔纳森哥哥》(小说) 詹姆斯·柯克·波尔丁(1778—1860),《约翰·布尔在美国》(非小说) 亨利·罗·斯库克拉夫特(1793—1864),《密西西比河谷中部旅行记》(非小说) 约翰·温思罗普(1588—1649),《新英国历史:1630—1649》(非小说,1825—1826) 塞缪·伍德沃兹(1785—1842),《森林玫瑰》(戏剧);《寡妇的儿子》(戏剧) 18卷由本土作家写作的散文体小说在美国出版。	美国唯一理教协会成立。 通过墨西哥法律,德克萨斯向美国打开了殖民的大门。 美国政府采取清除政策,将东部的印第安人迁往密西西比河以西地区。 英国人罗伯特·戴力·欧文在印第安纳州的新哈默尼建立乌托邦社区。	沙皇尼古拉一世镇压了十二月起义。 雅克·路易斯·戴维去世(生于1748年)。 小约翰·施特劳斯出生(卒于1899年)。 柯勒律治,《沉思之助》 皮佩斯,《日记》(死后出版,布雷布鲁克爵士编辑)
1826	伊莱亚斯·鲍迪诺(小)(1804—1839),"给白人的演说"(小册子) 威廉·埃勒利·钱宁(1780—1842),"唯一理教基督教最信奉虔诚"(小册子);"评约翰·密尔顿的性格与写作"(散文) 詹姆斯·费尼莫尔·库珀(1789—1851),《最后的莫希干人》(小说) 提臬内·弗林特(1780—1840),《最近十年回忆录——密西西比河谷的偶尔居住和不断旅行》(游记);《弗朗西斯·伯利安,或墨西哥爱国英雄》(小说)《万宝箱:文学、智慧和情感之花》 华盛顿·欧文(1783—1859)与约翰·霍华德·佩恩(1791—1852),《里奇刘》(戏剧)	美国前往巴拿马国会的使团失败。 在《独立宣言》发表50周年之际,托马斯·杰斐逊和约翰·亚当斯先后相隔数小时去世。	俄国向波斯宣战。 E. B. 勃朗宁,《论意识及其他诗篇》 笛士累利,《维维安·格雷》(1826—1827) 玛莉·雪莱,《最后的人》

784

762

年代	美国文本	美国事件	其他事件与文本
	詹姆斯·肯特(1763—1847),《美国法律评论》(非小说,1826—1830)		
	约翰·兰金(1793—1886),《关于蓄奴制的来信》(非小说)		
	山普逊·里德(1800—1880),《意识的发展》(非小说)		
1827	约翰·詹姆斯·奥杜邦(1785—1851),《美洲鸟类图谱》,取自原始的图画(非小说,对开纸本,1827—1838)	南北在关税的复兴问题上产生分歧。 美国与英国共同占有俄勒冈地区。 塞思罗·韦德开始从事反石匠活动。 第一条旅客铁路线接合(巴尔的摩到俄亥俄)。	秘鲁从哥伦比亚分离出去。 路德威格·范·贝多芬去世(生于1770年)。 威廉·布莱克去世(生于1757年)。 舒伯特,"冬之旅",联篇歌曲。作词威尔姆·穆勒。
	詹姆斯·费尼莫尔·库珀(1789—1851),《大草原》(小说);《红肤流浪者》(小说)		
	乔治·华盛顿·卡斯蒂斯(1781—1851),《波克洪塔斯——弗吉尼亚殖民者》(小说)		
	理查德·亨利爵士·达纳(1787—1879),《诗集》		
	萨拉·约瑟发·黑尔(1788—1879),《诺思伍德;新英格兰故事》(小说)		
	托马斯·麦肯尼(1785—1859),《湖畔纪行》,(游记)		
	埃德加·爱伦·坡(1809—1849),《帖木儿和其他诗歌》		
	凯瑟琳·玛丽亚·塞奇维克(1789—1867),《赫普·莱斯莉》(小说)		
	塔斯卡罗拉[戴维·卡斯西克](?—1840?),《六民族古代史纲》,(非小说)		
	《切诺基凤凰》,双语报纸(1827—1832)		
	《西部月刊评论》(辛辛那提,1827—1830)		

大事年表

年代	美国文本	美国事件	其他事件与文本
1828	约翰·卡尔霍恩（1782—1850），《南卡罗莱纳宣言和抗议》（匿名出版，非小说） 马修·卡利（1760—1839），《给殖民社会的信》（非小说） 詹姆斯·费尼莫尔·库珀（1789—1851），《美国人的观念：一个旅行的单身汉的记述》（非小说） 提莫西·弗林特（1780—1840），《亚瑟·克林宁的生活和历险》（小说）；《西部诸州简明地理和历史》（1832年扩充为《密西西比河谷历史和地理》） 詹姆斯·霍尔（1793—1868），《西部来信》（非小说） 华盛顿·欧文（1783—1859），《克里斯托弗·哥伦布传》；《征服格拉纳达编年史》（1828—1829，以傅雷·安东尼奥·阿格皮达的笔名写成） 约翰·尼尔（1793—1876），《淡黄色染料——一个北美洲的故事》（小说） 查尔斯·塞缪尔·斯图亚特（1795—1870），《居住在桑威奇群岛》（非小说） 戴维·沃克（17857—1830），《向全世界有色公民呼吁……》（小册子） 诺亚·韦伯斯特（1785—1843），《美国英语辞典？》 《女士杂志》（波士顿，1828—1836）	杰克逊—卡尔霍恩派系形成民主党。 国会通过"厌恶关税"。 安德鲁·杰克逊当选第七届总统，为民主党赢得新的胜利。 托马斯·莱斯在肯塔基州的路易斯维尔引进了说唱艺术人物"吉姆·克罗"。	惠灵顿公爵成为英国首相。 自由党在墨西哥起义；文森特·郭里罗成为总统。 弗朗西斯科·约西·德弋雅·卢新兹 弗朗兹·舒伯特完成第九交响曲（"伟大"）之后去世（生于1797年）。

大事年表

年代	美国文本	美国事件	其他事件与文本
1829	**威廉·阿佩斯**（1798—1839），《森林之子，威廉·阿佩斯，森林之子的生活》（自传） **史蒂芬·富勒·奥斯丁**（1793—1836），《建立奥斯丁殖民地》（非小说） **詹姆斯·费尼莫尔·库珀**（1789—1851），《威什顿威什的悲哀》，（小说）；《水妖》（小说） 弗林特，提莫西（1780—1840），（乔治·梅森，一位年轻的蛮族人）（小说） **萨拉·约瑟发·黑尔**（1788—1879），《美国性格札记》（非小说） **乔治·M.霍顿**（1798？—1880）《自由的希望》（诗集） **塞缪尔·凯塔尔**（1800—1855）编辑，《美国诗歌选集——附有批评和传记说明》 **塞缪尔·洛伦佐·纳普**（1783—1838），《美国文学论丛》（非小说） **詹姆斯·马什**（1794—1842），[编辑]《沉思之助》（柯勒律治，美国版） **埃德加·爱伦·坡**（1809—1849），《艾尔·阿拉夫，帖木儿及其他一些小诗》 **查尔斯·西尔斯菲尔德**[卡尔·波斯特尔]（1793—1864），《托基亚——白色的玫瑰》（小说） **约翰·奥古斯塔斯·斯通**（1800—1834），《麦塔莫拉——最后的万帕诺亚格人》（戏剧） **罗伯特·亚历山大·扬**（？），《埃塞俄比亚政府为在广泛自由的基础上保卫黑人的权利而发表的宣言》（非小说）	杰克逊总统组成"厨房内阁"并推行"溺爱体制"。 威廉·卡伦·布莱恩特接管《纽约晚报》并且做编辑（直到他在1878年去世）。	墨西哥废除蓄奴制。 马扎诺·巴列霍率领墨西哥军队镇压圣约瑟教区印第安人起义。 巴尔扎克，《最后的朱安党人》（《人间喜剧》的开头） 卡莱尔，《时代之迹象》 罗西尼，《威廉·退尔》（歌剧）

765

大事年表

年代	美国文本	美国事件	其他事件与文本
1830	罗伯特·蒙哥马利·伯德(1806—1854),《派洛皮塔斯——官员的堕落》(1919年出版;戏剧) 利迪亚·玛丽亚·查尔德(1802—1880),《节俭的主妇》(非小说) 提莫西·弗林特(1780—1840),《肖肖尼山谷》(小说) 纳撒尼尔·霍桑(1804—1864),"哈金森太太"(散文);"三山山谷"(故事) 约翰·尼尔(1793—1876),《创作——一个故事》(小说) 詹姆斯·柯克·波尔丁(1778—1860),《一位退休的普通议员所记载的哥萨姆城编年史》(小说);《西部之狮》(戏剧) 亨利·罗·斯库克拉夫特(1793—1864),《西部的崛起》(诗集) 凯瑟琳·玛丽亚·塞奇维克(1789—1867),《克莱伦斯》(小说) 约瑟夫·史密斯(1805—1844),《摩门经》 约翰·坦纳(1780?—1847),《约翰·坦纳被俘历险记》(爱德温·詹姆斯编辑) 26部本土作家创作的新散文体小说在美国出版。 《古迪女士书刊》(纽约,1830—1839;费城,1840—1898)	杰克逊否决"麦什维尔道路法案"。 韦伯斯特—黑恩争取各州权利。 反梅森党举行第一次全国大会。 约瑟夫·史密斯建立后后圣人耶稣·基督教堂(摩门教)。 艾米莉·狄金森出生(卒于1886年)。	威廉四世加冕成为英国国王。 查理五世被迫放弃法国王位;路易·菲利普成为国王。 卡米尔·毕沙罗出生(卒于1903年)。 德拉克洛瓦,"自由引导人民"(绘画) 赖尔,《地质学原理》(1830—1833) 丁尼生,《诗集,主要为抒情诗》
1831	罗伯特·蒙哥马利·伯德(1806—1854),《角斗士》(1919年出版;戏剧) 利迪亚·玛丽亚·查尔德(1802—1880),《母亲手册》(非小说) 詹姆斯·费尼莫尔·库珀(1789—1851),《亡命徒》(小说) 纳撒尼尔·霍桑(1804—1864),"尖塔上的风景"(故事,匿名出版) 华盛顿·欧文(1783—1859),《哥伦布同伴的航行和发现》(非小说)	杰克逊总统与卡尔霍恩决裂。 佩吉·伊顿事件迫使内阁重组。 奈特·特纳的奴隶起义。 反梅森党召开会议(美国第一个"第三党")。 《切诺基民族与佐治亚地区》美国人口达到	阿列克斯·德·托克维尔和古斯塔夫·德·博蒙特受法国政府委派到美国研究监狱制度。 1826年开始于印度的全国流行霍乱现在扩展到中欧,并于1832年到达苏

年代	美国文本	美国事件	其他事件与文本
	豪·J.凯利（1790—1874），《告所有品行端正且意欲移民前往俄勒冈者书》（小册子） 詹姆斯·马什（1794—1842），《朋友》（柯勒律治） 詹姆斯·俄亥俄·帕蒂斯（1804?—1850?），《亲历记》（非小说，提莫西·弗林特编辑） 詹姆斯·柯克·波尔丁（1778—1860），《荷兰人之家》（小说）；《西部之狮》（戏剧） 埃德加·爱伦·坡（1809—1849），《诗集：第二版》 威廉·史纳令（1804—1848），《北极地区》（非小说） 查尔斯·塞缪尔·斯图亚特（1795—1870），《南海之行》（非小说） 奈特·特纳（1800—1831），《奈特·特纳的自白》（由律师托马斯·格雷执笔记录） 弗朗西斯·魏兰德（1796—1865），《论类推的哲学》（非小说） 约翰·格林里夫·惠蒂埃（1807—1892），《新英格兰散文与诗歌传奇》（非小说） 洛伦佐·德·萨瓦拉（?），《墨西哥革命史》（非小说） 威廉·劳埃德·加里森创建《解放者》（于1865年停刊） 威廉·波特创建《时代精神》（于1861年停刊）	1280万；英国人口达到1390万。	格兰。 查尔斯·达尔文在HMS猎犬号上航行（1831—1836） 雨果，《巴黎圣母院》 普希金，《鲍里斯·弋都诺夫》 司汤达，《红与黑》
1832	安东尼奥·巴雷罗（?），《新墨西哥概况》（非小说） 罗伯特·蒙哥马利·伯德（1806—1854），《奥拉卢撒——印加之子》（1919年出版；戏剧） 福瑞·杰罗尼摩·博斯卡纳（?）《兴奇尼奇》	在反对美利坚第二银行的"战争"开始时期，杰克逊否决了《银行法案》。 南卡莱罗纳州的特别会议宣布新的保护性关税无效。	《改革法案》重新分配了英国议会中的席位。 朱塞佩·马志尼寻求意大利的统一。 约翰·沃尔夫·范·歌德去世；他的《浮士德，第二部》

年代	美国文本	美国事件	其他事件与文本
	詹姆斯·费尼莫尔·库珀（1789—1851），《黑衣教士》（小说） 托马斯·R.迪尤（1802—1846），《废除黑人蓄奴制》，（散文，又扩展为《论1831—1832年弗吉尼亚立法辩论》） 塞缪尔·德雷克（1798—1875），《北美印第安人传记和历史》（非小说） 威廉·敦雷普（1766—1839），《美国戏剧史》（非小说） 西奥多·塞奇维克·费依（1807—1898），《一位恬静男人的梦想和幻觉》（非小说） 提莫西·弗林特（1780—1840），《密西西比河谷历史和地理》（非小说） 威廉·劳埃德·加里森（1805—1879），《对非洲殖民的思考》（非小说） 詹姆斯·霍尔（1793—1868），《西部的传奇》（小说） 纳撒尼尔·霍桑（1804—1864），《罗杰·马尔文的葬礼》、《我的亲戚莫里纳少校》、《温顺的孩子》（故事） 华盛顿·欧文（1783—1859），《阿尔罕伯拉》（小说和非小说） 约翰·彭德尔顿·肯尼迪（1795—1870），《燕子仓》（弗吉尼亚生活札记） 詹姆斯·柯克·波尔丁（1778—1860），《呀！西进！》（小说）	《伍斯特对佐治亚》给予联邦政府管辖印第安地区的权力；杰克逊没有执行。 在伊利诺斯和威斯康星发生黑鹰战争。 杰克逊总统竞选连任。 纽约城出现第一辆马车。 菲利普·弗瑞诺去世（生于1752年）。 路易莎·梅·阿尔科特出生（卒于1888年）。 霍拉旭·阿尔格出生（卒于1899年）。	出版。 爱都亚德·梅尼特出生（卒于1883年）。 沃尔特·司各特爵士去世（生于1771年）。 柏辽兹，"幻想交响曲"（修改版本） 多尼采蒂，《爱情灵药》（歌剧） 哈里叶特·马蒂诺，《政治经济学阐释》（1832—1834） 弗朗西斯·特罗洛普，《美国人的家庭习惯》 伊莉莎白·皮博迪（1804—1894），《历史的关键》（三部分的教科书，1832—1833） 威廉·吉尔摩·西姆斯（1806—1870），《阿塔兰的斯——大海的故事》（诗歌） 本杰明·布希·撒切尔（1809—1840），《印第安人传》（非小说）
1833	威廉·阿佩斯（1798—1839），《印第安人对马萨诸塞州有关马西皮部落的违宪法令的拒绝执行》（非小说）；《佩阔德部落五个印第安基督徒的生活》（非小说） 黑鹰（1767—1838），《自传》（也以《马-卡-泰-米-西-基亚-基亚克的一生》为题出版）	在公众存款问题上杰克逊反对美利坚银行。国会同意慢慢降低关税，但是授权杰克逊在南卡莱罗纳州执行联邦法律。 德克萨斯殖民者在圣菲利普召开大会，投票决	安东尼奥·卢帕兹·德·圣安纳将军成为墨西哥总统。 牛津运动开始（以约翰科布尔的布道"论民族背叛"开始）。 约翰斯·布拉姆出

年代	美国文本	美国事件	其他事件与文本
	伊莱亚斯·鲍迪诺(小)(1804—1839),《可怜的萨拉——印第安妇女》(小说) 利迪亚·玛丽亚·查尔德(1802—1880),《支持非裔美国人阶层的请求》(非小说) 詹姆斯·费尼莫尔·库珀(1789—1851),《剑子手》(小说) 爱德蒙德·范宁(1769—1841),《南方诸海旅行记》(非小说) 提莫西·弗林特(1780—1840),《肯塔基首位殖民者丹尼尔·布莱恩传记》(也以《丹尼尔·布莱恩回忆录》为题出版);《西部印第安战争》(非小说) 詹姆斯·霍尔(1793—1868),《哈珀的头颅——一个肯塔基的传说》(小说) 玛丽·奥斯丁·霍莉(1784—1846),《德克萨斯:观察、历史、地理及描述》(非小说) 艾莉莎·列斯里(1787—1858),《铅笔札记集——性格和行为概要》(小说,1833,1835,1837) 亨利·沃兹沃斯·朗费罗(1807—1882),《奥特勒—摩尔》(旅游札记) 詹姆斯·马什(1794—1842),[翻译]《希伯来诗歌的精神》(赫尔德) 约翰·尼尔(1793—1876),《新英格兰人》(小说) W. F. W. 欧文(1774—1857),《探索非洲,阿拉伯和马达加斯加海岸航行纪实》(非小说) 伊莉莎白·皮博迪(1804—1894)《希伯来人;希腊人》(教材) 威廉·吉尔摩·西姆斯(1806—1870),《马丁·费伯:一个刑犯的故事》(小说)	定从墨西哥分离出去。美国废奴协会建立。宗教复兴运动领导人查尔斯·格兰德逊·芬尼建立奥柏林学院;该学院既招收男生也招收女生。	生(卒于1897年)。 卡莱尔,《重新修补的裁缝》(1833—1834) 肖邦,十二练习曲第十部 门德尔松,"意大利"交响曲 普希金,《叶普根尼·奥涅金》

年代	美国文本	美国事件	其他事件与文本
	塞巴·史密斯（1792—1868），《唐宁维尔的杰克·唐宁的生活和写作》（幽默故事）		
	阿列克斯·德·托克维尔（1805—1859）与古斯塔夫·德·博蒙特《论美国的监狱体制及其在法国的运用》（美国译本）		
	约翰·格林里夫·惠蒂埃（1807—1892），《公正和便利》（小册子）		
1834	乔治·班克罗夫特（1800—1891），《美国历史——从发现美洲大陆开始》第一卷（10卷，1834—1874）	首次动用联邦军队解决劳工争端（切萨皮克和俄亥俄运河暴乱）。辉格党取代新共和党成为反杰克逊党。纽约和费城爆发反废奴骚乱。米诺尔印第安人被驱赶出佛罗里达。亚伯拉罕·林肯（25岁）成为伊利诺斯州立法议员。	阿勒克桑·波罗丁出生（卒于1887年）。塞缪尔·泰勒·柯勒律治去世（生于1772年）。埃德加·德格斯出生（卒于1917年）。查尔斯·兰姆去世（生于1775年）。巴尔扎克，《高老头》布尔瓦-李顿，《庞培城的最后日子》
	罗伯特·蒙哥马利·伯德（1806—1854），《波哥达捐客》（出版于1917年，戏剧）；《卡拉瓦——征服骑士》（小说）		
	威廉·亚历山大·卡鲁德斯（1802—1846），《肯塔基人在纽约》（小说）		
	詹姆斯·费尼莫尔·库珀（1789—1851），《给同胞的一封信》（非小说）		
	戴维·克罗克特（1786—1836），《戴维·克罗克特的生活故事》（非小说）		
	卡罗琳·霍华德·吉尔曼（1794—1888），《一位主妇的回忆》（非小说）		
	詹姆斯·霍尔（1793—1868），《西部历史，生活和习惯札记》（非小说）		
	约瑟夫·哈特（1798—1855），《米利亚姆棺柩》（小说）		
	埃尔伯特·派克（1809—1891），《散文札记与诗歌》		
	亨利·罗·斯库克拉夫特（1793—1864），《密西西比河上游探险记》（非小说）		
	威廉·吉尔摩·西姆斯（1806—1870），《盖河——佐治亚的故事》（小说）		
	洛伦佐·德·萨瓦拉（?）《北美合众国之行》（非小说）《南方文学信使》（里士满，弗吉尼亚，1834—1864）		

年代	美国文本	美国事件	其他事件与文本
1835	佚名,《莱昂内尔·格兰比》(小说) 莱曼·比彻(1775—1863),《西部之辩》(非小说) 罗伯特·蒙哥马利·伯德(1806—1854),《异教徒——墨西哥的灭亡》(小说);《鹰谷的老鹰》(小说) 奥立弗·菠洛克滕(?),《在大同城小住》(小说) 威廉·亚历山大·卡鲁德斯(1802—1846),《弗吉尼亚的侠士》(小说) 威廉·埃勒利·钱宁(1780—1842),《蓄奴制》(非小说) 詹姆斯·费尼莫尔·库珀(1789—1851),《莫尼金斯》(小说) 西奥多·塞奇维克·费依(1807—1898),《诺曼·列斯利:当代的故事》(小说) 拉尔夫·R．哥利(1797—1872),《杰休迪·阿什曼的一生》(非小说) 詹姆斯·霍尔(1793—1868),《边疆的故事》(小说) 纳撒尼尔·霍桑(1804—1864),《韦克费尔德》,《年轻的古德曼·布朗》(故事) 亨利·威廉·赫伯特(1807—1858),《弗朗德兄弟传》(小说) 查尔斯·芬诺·霍夫曼(1806—1884),《西部之冬》(非小说) 华盛顿·欧文(1783—1859),《克雷扬杂记》(非小说) 威廉·杰伊(1789—1858),《对美国殖民社会的性格和倾向的调查》(非小说) 约翰·彭德尔顿·肯尼迪(1795—1870),《骑士罗宾逊》(小说) 古斯塔斯·波尔德温·隆斯特里特(1790—1870),《共和国建国后五十年的佐治亚风光、人物和事件》(匿名出版)	刺杀杰克逊总统未遂。第二次米诺尔印第安人战争(1835—1842)。墨西哥与德克萨斯爆发武装战争。美国有1098英里铁路投入使用。塞缪尔·朗霍恩·克莱门斯("马克·吐温")出生(卒于1910年)。	文森佐·伯里尼去世(生于1801年)。卡米尔·圣-萨恩出生(卒于1921年)。安徒生,《童话》(1835—1872)古斯塔夫·德·博蒙维尔,《美国的民主》第一卷(1838年美国译本)

大事年表

年代	美国文本	美国事件	其他事件与文本
	哈维·纽卡姆(1803—1863),《北美印第安人》(非小说)		
	西奥多·帕克(1810—1860),《关于德国神学的报告》(非小说)		
	詹姆斯·柯克·波尔丁(1778—1860),《南方来信》(修订,编辑)		
	伊莉莎白·皮博迪(1804—1894),《对一所学校的记录》(非小说)		
	埃德加·爱伦·坡(1809—1849),《白瑞尼斯》(故事)		
	杰雷米亚·N.雷诺兹(1799?—1858),《美国护卫舰波托马克号之行》(非小说)		
	凯瑟琳·玛丽亚·塞奇维克(1789—1867),《林伍兹一家》(小说);《家》(小说)		
	威廉·吉尔摩·西姆斯(1806—1870),《亚马西:卡罗莱纳传奇》(小说);《党派:革命的故事》(叙说)		
	玛丽亚·斯图亚特(?),《玛丽亚·W.斯图亚特夫人的创作》(非小说)		
	亨利·T.塔克曼(1813—1871),《意大利札记》(非小说)		
	威廉·R.华莱士(1819—1881),《蒂普卡奴战役》(非小说)		
	本土作家写作的54部新散文体小说在美国出版。		
1836	布朗森·阿尔科特(1799—1888),《人类文化的训练和教条》(非小说);《与孩子们谈福音书》(非小说,1836—1837)	阿肯色加入联邦。建立威斯康星地区。杰克逊推行"流通硬币"。	英国宪章运动者要求获得普选权,并且用投票选举。威廉·歌德温去世(生于1756年)。
	威廉·阿佩斯(1798—1839),《菲利普国王颂歌》(非小说)	包围阿拉莫。圣杰辛托战役。	狄更斯,《"博兹"札记》
	查尔斯·鲍尔(?)《美国蓄奴制:黑人查尔斯·鲍尔生活和历险记》(由艾塞克·费谢写作)	山姆·休斯顿当选德克萨斯共和国总统。哈佛大学庆祝200年校庆;"海吉俱乐部"首次	古格尔,《总检查长》詹姆斯·马蒂诺,
	奥立斯蒂斯·布朗森(1803—1876),		

年代	美国文本	美国事件	其他事件与文本
	《基督教、社会与教会的新观点》（非小说）	集会（超验主义者俱乐部）。	《宗教研究原理》
	利迪亚·玛丽亚·查尔德（1802—1880），《菲劳西亚》（小说）	马丁·范布伦当选总统。	
	拉尔夫·沃尔多·爱默生（1803—1882），《论自然》（非小说）		
	理查德·埃蒙斯（1788—?），《特库姆塞——泰晤士战役》（戏剧）		
	约瑟夫·菲尔德（1802—1882），《德州三载记》（非小说）		
	康沃斯·弗朗西斯（1795—1863），《作为纯粹内心信念之基督教》（小册子）		
	弗雷德里克·弗里曼（1799—1883），《亚拉提：为非洲呼吁》（非小说）		
	詹姆士·S.弗伦奇（1807—1886），《埃尔克斯瓦特瓦；或西部预言》（小说）		
	威廉·亨利·阜尼斯（1802—1896），《论四福音书》（非小说）		
	阿尔勃特·加勒廷（1761—1849），《北美印第安种族地图》（非小说）		
	安吉丽娜·格里姆凯（1805—1879），《向南方基督教妇女呼吁》（非小说）		
	纳撒尼尔·霍桑（1804—1864），《默瑞山上的五月柱》，《教长的面纱》（故事）		
	理查德·西尔德里兹（1807—1865），《奴隶——亚奇摩尔回忆录》（小说）		
	华盛顿·欧文（1783—1859），《阿斯特里亚——落基山脉彼侧一家企业的轶事》（非小说）		
	托马斯·麦肯尼（1785—1859），《北美印第安部落史》（1836—1844年出版，与詹姆斯·霍尔合作，非小说）		
	詹姆斯·柯克·波尔丁（1778—1860），《美国的蓄奴制》（非小说）		

大事年表

年代	美国文本	美国事件	其他事件与文本
800	约西亚·普利斯特(1788—1851),《革命的故事》(非小说) 乔治·里普利(1802—1880),《论宗教哲学——向那些希望相信的怀疑论者宣讲》(非小说) 凯瑟琳·玛丽亚·塞奇维克(1789—1867),《贫穷的富人和富有的穷人》(小说) 威廉·吉尔摩·西姆斯(1806—1870),《梅里迁皮:圣迪的传奇》(小说) 纳萨尼尔·比弗里·塔克尔(1784—1851),《乔治·巴尔克比》(小说);《党派领袖:未来的故事》(小说) 琼斯·维利(1813—1880),《有什么理由不再指望产生一部伟大的史诗》(散文) 纳撒尼尔·帕克·威利斯(1806—1867),《历险印象》(非小说)	温斯洛·霍默出生(卒于1910年)。 卡莱尔的《重新修补的裁缝》在波士顿出版。	
801	1837 乔治·班克罗夫特(1800—1891),《美国历史——从发现美洲大陆开始》第二卷(10卷,1834—1874) 凯瑟琳·比彻(1800—1878),《蓄奴制和废奴主义论文》(非小说) 罗伯特·蒙哥马利·伯德(1806—1854),《丛森中的尼克;或,吉尔奈诺塞》(小说) 伊莱亚斯·鲍迪诺(小)(1804—1839),《书信和其他一些有关切诺基事物的文件》(小册子) 拉尔夫·沃尔多·爱默生(1803—1882),《历史哲学》(系列演讲);《关于教育的发言》;《论美国学者》(演讲) 纳撒尼尔·霍桑(1804—1864),《重讲一遍的故事》(小说) 约翰·T. 欧文(1812—1906),《鹰族酋长》(小说) 华盛顿·欧文(1783—1859),《勃尼	马丁·范布伦发表就职演说,成为美国第八任总统。 密歇根加入联邦。 财政恐慌造成银行倒闭,暂停硬币支付。 安吉丽娜和萨拉·格里姆凯作巡回演讲。 威廉·迪恩·豪威尔斯出生(卒于1920年)。	威廉四世:维多利亚加冕成为英国女王。 约翰·康史特布尔去世(生于1776年)。 卡莱尔,《法国人革命》 狄更斯,《匹克威克外传》 哈里叶特·马蒂诺,《美国社会》 詹姆斯·密尔,《容忍的原则》 普希金,《青铜骑士》

年代	美国文本	美国事件	其他事件与文本
	维尔上尉之落基山脉与远西探险记》(非小说) 哈南·芬哈姆·李(1780—1865),《三次生活试验》(小说) 安德鲁斯·诺顿(1786—1853),《福音书真实性之证明》(小册子) 凯瑟琳·玛丽亚·塞奇维克(1789—1867),《活着和允许活着》(小说) 乔治·塔克尔(1775—1861),《托马斯杰斐逊的一生》(非小说) 《女士杂志》被《古迪女士书刊》合并(费城),由萨拉·约瑟发·黑尔编辑,直到1877年。 约翰·L.奥沙利文创建《美利坚杂志与民主评论》(于1859年停刊)。		
1838	爱德华·比彻(1803—1895),《艾尔顿骚乱纪实》[伊利诺斯](非小说) 詹姆斯·费尼莫尔·库珀(1789—1851),《美国的民主党人》(非小说);《归乡之旅》(小说);《库珀镇编年史》(非小说) 本杰明·德雷克(1794—1841),《黑鹰的生活和历险》(非小说) 艾玛·凯瑟琳·恩伯利(1806—1863),《康斯坦斯·拉蒂默——盲姑娘和其他故事》(小说) 拉尔夫·沃尔多·爱默生(1803—1882),《神学院讲话》(演讲) 爱德蒙德·弗拉格(1815—1890),《西部:落基山脉彼端之行》(非小说) 安东尼·甘尼尔(?),《墨西哥和德克萨斯》(非小说) 卡罗琳·吉尔曼(1794—1888),《一位南方主妇的回忆》(非小说) 安吉丽娜·格里姆凯(1805—1879),《致凯瑟琳·比彻的信》(非小说) 萨拉·格里姆凯(1792—1873),《论妇女处境和两性平等的信笺》;《向南方基督教妇女呼吁》(非小说)	建立爱荷华地区。 地下铁路组织开始出现(来帮助逃亡奴隶)。 塞缪尔·摩尔斯介绍自己的电报代码。 地质工程师队成为一个独立的军队分支机构,由约翰·詹姆斯·阿勃特上校指挥。 亨利·亚当斯出生(卒于1918年)。 霍桑接受任命到波士顿海关工作(1839—1841)。	乔治·比才出生(卒于1875年)。 迈克斯·布鲁赫出生(卒于1920年)。 狄更斯,《雾都孤儿》

802

775

大事年表

年代	美国文本	美国事件	其他事件与文本
	威廉·哈珀（1790—1847），《蓄奴制备忘录》（非小说）		
	约翰·彭德尔顿·肯尼迪（1795—1870），《抢碗记》（小说）		
	亚历山大·麦科姆（1782—1841），《庞蒂亚克；或围攻底特律》（戏剧）		
	约翰·L.奥沙利文（1813—1895），《未来的伟大国度》（非小说）		
	罗伯特·戴尔·欧文（1801—1877），《波克红塔斯》（戏剧）		
	埃德加·爱伦·坡（1809—1849），《南塔基特岛的亚瑟·戈登·皮姆的叙述》；《莉盖亚》（小说）		
	威廉·H.普雷斯科特（1796—1859），《费迪南和伊莎贝拉统治史》（非小说）		
	詹姆斯·B.兰塞姆（?），《奥塞拉：米诺尔人的战争故事》（小说）		
	威廉·吉尔摩·西姆斯（1806—1870），《美国的蓄奴制》（小册子）；《理查德·赫迪斯——以血还血》（小说）		
	阿列克斯·德·托克维尔（1805—1859），《美国的民主》，第一卷（美国译本）		
	约翰·格林里夫·惠蒂埃（1807—1892），《詹姆士·威廉斯的叙述》（小说）		
	奥立斯蒂斯·布朗森创建《波士顿季刊评论》（1838—1842）		
1839	查尔斯·弗雷德里克·布里格斯（1804—1877），《哈里·弗朗科历险记：一个大恐慌的故事》（小说）	经济大萧条开始，导致广大范围内的破产，数个州发生违约事件。自由党（废奴主义）成立。查尔斯·古德伊尔偶然制造出橡胶。伊莱亚斯·鲍迪诺（小），约翰·里奇和梅	英国发生宪章暴乱。英国对清朝发动第一次鸦片战争。保罗·塞尚出生（卒于1906年）。摩的斯特·穆索尔斯基出生（卒于1881年）。
	威廉·埃勒利·钱宁（1780—1842），《评蓄奴问题》（非小说）		
	詹姆斯·费尼莫尔·库珀（1789—1851），《美利坚合众国海军史》（非小说）		

年代	美国文本	美国事件	其他事件与文本
	塞缪尔·德雷克(1798—1875),《印第安人的囚徒》(非小说) 拉尔夫·沃尔多·爱默生(1803—1882),《人类生活》(系列演讲) 亚力山德·福布斯(1778—1862),《加利福尼亚》(游记) 卡罗琳·柯克兰(1801—1864),《一个新家——谁会跟着来?——西部生活见闻录》(游记) 赛纳斯·列奥纳德(1809—1857),《皮货商赛纳斯·列奥纳德的历险故事》(非小说) 科尼利厄斯·马修斯(1817—1889),《巨兽;筑堤人传奇》(小说) 乔治·华盛顿·蒙哥马利(1804—1841),《危地马拉行》(游记) 塞缪尔·莫顿(1799—1851),《亚美利加头颅学》(论文) 约翰·罗思罗普·莫特利(1814—1877),《莫顿的希望》(小说) 安德鲁斯·诺顿(1786—1853),《谈不信神的最新形式》(讲座) 埃德加·爱伦·坡(1809—1849),《鬼魂出没的殿堂》(诗歌);《厄舍古屋的倒塌》;《威廉·威尔逊》(故事) 杰雷米亚·N.雷诺兹(1799?—1858),《莫卡·狄克——太平洋的白鲸》(非小说) 摩西·罗珀(?),《摩西·罗珀从美国蓄奴制下的逃亡与历险》(非小说) 亨利·罗·斯库克拉夫特(1793—1864),《阿尔吉克研究》(非小说,1856年修订又以《海华沙的秘密》出版) 安·史蒂芬(1813—1886),《玛瑞斯卡——白种猎人的印第安妻子》斯特兰奇,罗伯特(1796—1854),《欧尼古斯基——切诺基酋长》(小说)	杰·里奇被切诺基族人处死。	阿尔弗列德·西西里出生(卒于1899年)。狄更斯,《尼古拉斯·尼克尔比》 司汤达,《帕儿玛的包房》 萨克雷,《凯瑟琳》

年代	美国文本	美国事件	其他事件与文本
	丹尼尔·皮尔斯·汤普森（1795—1868），《绿色大山里的孩子》（小说） 托马斯·班斯·索普（1815—1875），《汤姆·欧文——猎蜂人》（小说） 约翰·柯克·汤森德（1809—1851），《穿越落基山脉抵达哥伦比亚河之行程笔记》（非小说） 西奥多·德维特·维尔德（1803—1895），《蓄奴制黑幕——千名目击者的证词》（非小说，匿名出版）		
1840	约翰·詹姆斯·奥杜邦（1785—1851），《美洲鸟类图谱——源自美国及其地区内绘制的图画》（非小说，八开本版本，1840—1844） 乔治·班克罗夫特（1800—1891），《美国历史——从发现美洲大陆开始》第三卷（10卷，1834—1874） 威廉·埃勒利·钱宁（1780—1842），《解放》（非小说） 詹姆斯·费尼莫尔·库珀（1789—1851），《探险者》（小说）；《卡斯蒂里亚的梅赛德》（小说） 理查德·亨利·达纳（1815—1882），《航海两年》（非小说） 约翰·弗罗斯特（1800—1859），《美国的印第安战争》（非小说） 卡罗琳·霍华德·吉尔曼（1794—1888），《爱之历程》（小说） 理查德·西尔德里兹（1807—1865），《美国的专制统治——对美国蓄奴体制的本质与后果的调查》（非小说） 查尔斯·芬诺·霍夫曼（1806—1884），《格里斯雷尔——莫霍克人传奇》（小说） 约翰·彭德尔顿·肯尼迪（1795—1870），《集脓曲》（政治讽刺作品） 埃德加·爱伦·坡（1809—1849），	《独立财政法案》确立了联邦的资金存放处。 世界废奴大会拒绝接受来自美国妇女代表。 威廉·亨利·哈里森当选总统；辉格党执政。 美国有2815英里铁路投入使用。 漫画家托马斯·纳斯特出生（卒于1902年）。	维多利亚女王与阿尔伯特王子结婚。 英国吞并新西兰。 塞缪尔·康纳德创建跨大西洋轮船航线。 便士邮政在英国全国各地建立。 卡斯帕·戴维·弗里德里希去世（生于1774年）。 托马斯·哈代出生（卒于1928年）。 克劳德·莫尼特出生（卒于1926年）。 尼古拉·帕各尼去世（生于1782年）。 皮埃尔·奥古斯特·雷诺出生（卒于1919年）。 奥古斯特·雷诺出生（卒于1917年）。 彼得·伊里奇·柴可夫斯基出生（卒于1893年）。 艾米利左拉出生（卒于1902年）。

年代	美国文本	美国事件	其他事件与文本
	《荒诞怪异故事集》;《人群中的人》;《裘力斯·罗德曼手记:对文明人首次穿越北美洲落基山脉之行的记述》(小说) 纳撒尼尔·帕克·威利斯(1806—1867),《美国风光》(非小说);《旅行杂记》(非小说) F. A. 威斯利泽纳斯(1810—1889),《1839年落基山脉之旅》(非小说) 艾弗特·戴克金克在纽约创建《大角星》杂志(1840—1842)。 《日晷》(1840—1844)通过合并《匣子》杂志和《伯顿绅士杂志》而创立了《格拉哈姆杂志》(费城,1840—1858)。 爱默生出版了卡莱尔的《宪章运动》。		达尔文,《猎犬号航行中的动物学》 詹姆斯·马蒂诺,《美国的苦难年代》 托克维尔,《美国的民主》,第二卷(1841年美国译本)
1841	凯瑟琳·比彻(1800—1878),《家庭经济论》(非小说) 乔治·卡特林(1796—1872),《笔记与书简——北美印第安人的风俗、习惯及状况》(非小说) 詹姆斯·费尼莫尔·库珀(1789—1851),《猎鹿人》(小说) 理查德·亨利·达纳(1815—1882),《水手之友》(非小说) 本杰明·德雷克(1794—1841),《特库姆塞的一生》(非小说) 塞缪尔·德雷克(1798—1875),《荒野中的悲剧》(非小说) 拉尔夫·沃尔多·爱默生(1803—1882),《文集,第一辑》;《论当代》(系列);《论超验主义者》(散文) 托马斯·杰斐逊·法恩海姆(1804—1848),《西部大草原之旅》(非小说) 纳撒尼尔·霍桑(1804—1864),《祖父的椅子》;《著名的老人们》;《自由	发表就职演说一个月之后,威廉·亨利·哈里森总统去世;约翰·泰勒成为总统。 废止《独立财政法案》。 合作社区布鲁克农场在马萨诸塞州的西罗克斯伯里建立。 《优先购买法案》。 美国人口达到1700万。	安东·德夫拉克出生(卒于1904年)。 卡莱尔,《论英雄,英雄崇拜以及历史英雄气概》 弗朗西斯·特洛普,《乔纳森·杰斐逊·惠特罗》(虚构性奴隶叙述)

年代	美国文本	美国事件	其他事件与文本
1809	树》(儿童读物) 约瑟夫·霍特·英格拉汉姆(1809—1860),《黑白混血儿——圣迈克尔的日子》(小说) 弗朗西斯·A. 奥姆斯泰德(1819—1844),《捕鲸航行纪事》(非小说) 西奥多·帕克(1810—1860),《论基督教中的短暂与永恒》(非小说) 詹姆斯·W. C. 彭宁顿(?),《有色人种的来源与历史》(儿童读物) 埃德加·爱伦·坡(1809—1849),《落入大漩涡》;《莫格路谋杀案》(故事) 约西亚·普利斯特(1788—1851),《华盛顿在西部印第安人之间的早期冒险》(非小说) 威廉·吉尔摩·西姆斯(1806—1870),《族人——康格利的黑色骑士》(小说;后来又改名为《侦察员》);《忏悔——盲目的心》(小说) 约翰·劳埃德·史蒂芬斯(1805—1852),《中美、恰帕斯和尤卡坦旅游纪事》(非小说)		
1810	桑顿·斯特林福娄(1788—1869),《圣经对蓄奴制之概览》(非小说) 托马斯·班斯·索普(1815—1875),《阿肯色州的大熊》(故事) 阿列克斯·德·托克维尔(1805—1859),《美国的民主》,第二卷(美国译本) 坡成为《格拉哈姆杂志》的编辑。		
1842	威廉·埃勒利·钱宁(1780—1842),《自由州的责任》(非小说) 乔治·H. 科尔顿(1818—1847),《特库姆塞——三十年以来的西部》(诗歌) 詹姆斯·费尼莫尔·库珀(1789—1851),《两位海军上将》(小说);《双帆航行》(小说)	爆发抗议罗德艾兰州宪法的多尔起义。 《韦伯斯特—阿西伯顿条约》确立了美国—加拿大边界。 P. T. 巴奴姆在纽约城开放他的亚美利加博物馆。	《南京条约》(清政府把香港割让给英国)。 狄更斯,《美国笔记》 苏,《巴黎的秘密》(1842—1843)

年代	美国文本	美国事件	其他事件与文本
	纳撒尼尔·霍桑（1804—1864），《重讲一遍的故事》（第二版） 约翰逊·琼斯·胡伯（1815—1862），《在亚拉巴马进行人口普查》（故事） 约翰·彭德尔顿·肯尼迪（1795—1870），《保卫辉格党》（非小说） 卡罗琳·柯克兰（1801—1864），《丛林生活》（非小说） 朗斯福·莱恩(?)，《朗斯福·莱恩的叙述》（非小说） 亨利·沃兹沃斯·朗费罗（1807—1882），《关于蓄奴制的诗歌》 科尼利厄斯·马修斯（1817—1889），《牛皮大王霍普金斯的一生》（小说） 西奥多·帕克（1810—1860），《论宗教事物》（非小说） 埃德加·爱伦·坡（1809—1849），《艾莉奥诺拉》；《红色死亡的假面舞会》；《玛莉·罗杰特的秘密》（故事） 塞维奇·提莫西(?)，《亚马逊共和国》（小说） 安娜·史纳令(?)，《卡宝莎》（小说）；《彼特森女士杂志》（费城，1842—1892）。 爱默生成为《日晷》的编辑。 埃德加·爱伦·坡辞去《格拉哈姆杂志》的编辑职务，由拉法斯·格利斯沃尔德继任。	阿尔伯特·加拉丁建立美国人类学署。 威廉·埃勒利·钱宁去世（生于1780年）。	
1843	约翰·彼得威尔（1819—1900），《加利福尼亚之旅》（非小说） 查尔斯·弗雷德里克·布里格斯（1804—1877），《受诅咒的商人》（小说） 威廉·埃勒利·钱宁（1780—1842），《诗集》 利迪亚·玛丽亚·查尔德（1802—1880），《纽约来信：第一系列》（非小说）	移民通过俄勒冈小道向西前进。 关于可能吞并德克萨斯问题进行争论。 华盛顿·阿尔斯通去世（生于1779年）。 亨利·詹姆斯出生（卒于1916年）。	威廉·华兹华斯被命名为英国桂冠诗人。 爱德华·格利艾格出生（卒于1907年）。 卡莱尔，《过去与现在》 狄更斯，《圣诞颂歌》 约翰·斯图亚特·密尔，《逻辑体系》

大事年表

年代	美国文本	美国事件	其他事件与文本
812	詹姆斯·费尼莫尔·库珀(1789—1851),《怀恩多特》(小说);《耐德·迈尔斯——航海的一生》(小说);《一块袋装手帕的自传》(小说) 约翰·弗莱芒(1813—1890),《密苏里河与落基山脉之间地区探险报告》(非小说) 玛格里特·富勒(1810—1850),《大讼案》(散文) 塞缪尔·古德里奇(1793—1860),《美国印第安名人传》(非小说) 贝亚得·拉什·霍尔(1798—1863),《新生意——西部深处的七年半》(小说,以罗伯特·卡尔顿的笔名写成) 纳撒尼尔·霍桑(1804—1864),《胎记》;《天国铁路》(故事) 埃德加·爱伦·坡(1809—1849),《黑猫》;《金甲虫》;《大坑和钟摆》;《泄密的心脏》(故事);《英国诗歌笔记》(以《诗歌理论基础》为题出版,1848年) 威廉·H.普雷斯科特(1796—1859),《墨西哥征服史》(非小说,三卷) 约翰·劳埃德·史蒂芬斯(1805—1852),《尤卡坦旅游纪事》(非小说)		
813	哈里叶特·比彻·斯托(1811—1896),《五月花——朝圣者后裔的景观和性格札记》(小说) 查尔斯·萨姆纳(1811—1874),《巴巴利各州的白人蓄奴制》(非小说) 威廉·塔潘·汤普森(1812—1882),《琼斯少校的求爱》(小说,扩充版本,1844年) 托马斯·班斯·索普(1815—1875),《神秘的丛林》(札记) 77部本土作家创作的新散文体小说在美国出版。		

782

年代	美国文本	美国事件	其他事件与文本
1844	查尔斯·W.安德鲁斯（1807—1875），《安妮·R.佩吉夫人回忆录》（非小说） 亨利·沃德·比彻（1813—1887），《为年轻人准备的七场讲座》（非小说） 查尔斯·弗雷德里克·布里格斯（1804—1877），《开拓通道——列车生活录》（小说） 詹姆斯·费尼莫尔·库珀（1789—1851），《漂泊与上岸》（小说）；《密尔斯·威灵福特历险记》（小说） 拉尔夫·沃尔多·爱默生（1803—1882），《文集，第二系列》；《英属西印度群岛的解放》（演讲） 托马斯·杰斐逊·法恩海姆（1804—1848），《加利福尼亚生活与探险》（非小说） 玛格里特·富勒（1810—1850），《夏日湖边》（游记） 丹尼尔·里弗斯·古德罗（1814—1902），《对延缓财富积累的原因和南方各州人口增长的研究》（非小说） 摩西·格兰迪（?），《摩西·格兰迪纪事》（非小说） 约西亚·格雷格（1806—1850），《草原贸易——一位圣菲商人的日记》（非小说） 纳撒尼尔·霍桑（1804—1864），《拉帕西尼的女儿》（故事） 威廉·B.霍金森（?），《北非，撒哈拉和苏丹行记》（非小说） 詹姆斯·贾维斯（1818—1888），《桑威奇群岛风光录及中美洲旅行记》（游记） 乔治·威尔金斯·坎道尔（1809—1867），《德克萨斯人的圣菲远征记》（非小说）	吞并德克萨斯。 在俄勒冈边界问题上与英国发生争执。 詹姆斯·波尔克当选总统。 布朗森·阿尔科特在马萨诸塞州的哈佛建立一个互助社区花果园地。 乔治·班克罗夫特成功地参加了马萨诸塞州州长竞选；他成为海军大臣。	杰洛德·曼利·霍普金斯出生（卒于1889年）。 弗里德里希,尼采出生（卒于1900年）。 狄更斯,《马丁·楚兹尔维特》 大仲马,《基督山伯爵》；《三个火枪手》

大事年表

年代	美国文本	美国事件	其他事件与文本
	乔治·里帕德（1822—1854），《贵格城——修道院的修道士》（小说） 塞缪尔·莫顿（1799—1851），《埃及头颅学》（论文） 约西亚·诺特（1804—1873），《白人和黑人种族博物学两讲》（非小说） 埃德加·爱伦·坡（1809—1849），《乌鸦》（诗歌） 卡尔·波斯特尔（1793—1864），《小屋书籍——德克萨斯生活札记》（非小说）；《新世界的生活》（非小说） W. H. 史密斯（1808—1872），《醉鬼——堕落的被拯救者》（戏剧） 威廉·塔潘·汤普森（1812—1882），《琼斯少校的求爱》（小说，扩充版本） 纳萨尼尔·比弗里·塔克尔（1784—1851），《格特鲁德》（小说，系列连载，1844—1845） 102 部本土作家创作的新散文体小说在美国出版。		
1845	奥斯顾·布赖德伯利（1795?—1886），《陆西勒——年轻的易洛魁人》（小说） 霍雷肖·布里奇（1806—1893），《一艘非洲巡洋舰的航海日记》（非小说） 威廉·亚历山大·卡鲁德斯（1802—1846），《带着马蹄铁的骑士》（小说） 利迪亚·玛丽亚·查尔德（1802—1880），《纽约来信：第二系列》（非小说） 詹姆斯·费尼莫尔·库珀（1789—1851），《萨坦斯托——里特尔佩奇手稿》（小说） 詹姆斯·W. 达莱姆（?）《孤星》（小说）	詹姆斯·K. 波尔克发表就职演说成为美国第 11 任总统。 约翰·L. 奥沙利文"命定扩张说"一语来为民族扩张辩护。 德克萨斯和弗里达加入联邦。 约翰·弗莱芒领导"熊旗起义"，最终以为美国夺取北加利福尼亚而达到高潮。 尼克波克棒球俱乐部为棒球制订规则。	爱尔兰发生饥荒。 《反谷物法案》在英国引发骚乱。 约翰·亨利·纽曼皈依天主教。 笛士累利，《女巫》 恩格斯，《英国的无产阶级状况》 理查德·瓦格纳，《唐豪瑟》（歌剧）

年代	美国文本	美国事件	其他事件与文本
	弗里德里克·道格拉斯（1817—1895），《美国奴隶弗雷德里克·道格拉斯的生活故事——他自己写作》（非小说）		
	约翰·弗莱芒(1813—1890)，《1842年对落基山脉以及1843—1844年对北加利福尼亚进行远征探险的报告》（非小说）		
	玛格里特·富勒（1810—1850），《19世纪的妇女》（非小说）		
	兰斯福·黑斯廷斯（1818?—1868），《俄勒冈与加利福尼亚移民指导》（非小说）		
	约翰逊·琼斯·胡伯（1815—1862），《前塔拉普萨义勇军上尉西蒙·苏格斯历险记和在亚拉巴马进行人口普查及其他亚拉巴马短文作品》（小说）		
	约瑟夫·霍特·英格拉汉姆(1809—1860)，《农奴蒙特祖马》（小说）		
	查斯丁·琼斯(?)，《匹敌的酋长》（小说）		
	卡罗琳·柯克兰（1801—1864），《西部空地》（小说）		
	科尼利厄斯·马修斯（1817—1889），《大亚伯和小曼哈顿》（小说）		
	爱德华·马图林（1812—1881），《蒙特祖马：阿兹台克帝国的末代皇帝》（小说）		
	安娜·科拉·默瓦特（1819—1870），《时尚》（戏剧）		
	埃德加·爱伦·坡（1809—1849），《故事集》;《乌鸦和其他诗集》		
	威廉·波特（1809—1858），《阿肯色州的大熊及其他札记——展示南部和西南部的人与事件》（编辑）		
	威廉·吉尔摩·西姆斯（1806—1870），《肯塔基州的第一位猎人》（论述丹尼尔·布莱恩的散文）;		

817

年代	美国文本	美国事件	其他事件与文本
	《美国土人的文学与艺术》《评论斯库克拉夫特》;《对美国文学,历史,小说的见解和评论》(非小说) 威廉·塔潘·汤普森(1812—1882),《潘尼维尔史记》(小说,以《佐治亚风光》为题出版,1858年) 纳萨尼尔·比弗里·塔克尔(1784—1851),《政府科学系列讲座》(非小说) 查尔斯·韦尔克斯(1798—1877),《美国探险远征记》(非小说) 纳撒尼尔·帕克·威利斯(1806—1867),《自由铅笔札记生活》(非小说) 查尔斯·弗雷德里克创立《百老汇期刊》。 158部本土作家创作的新散文体小说在美国出版。		
1846	奥斯顾·布赖德伯利(1795?—1886),《拉罗卡:佩诺布斯科特的绝代佳人》(小说) 利迪亚·玛丽亚·查尔德(1802—1880),《事实与小说》(包括《混血儿》) 詹姆斯·费尼莫尔·库珀(1789—1851),《美国海军著名将领的传记》(非小说);《红肤人——印第安人和印加人:里特尔佩奇手稿的结尾》(小说) 伊莉莎·法恩海姆(1815—1864),《草原上的生活》(非小说) 贝亚得·拉什·霍尔(1798—1863),《为了大众》(小说) 纳撒尼尔·霍桑(1804—1864),《古宅青苔》(小说) 托马斯·詹姆斯(1782—1847),《在印第安人与墨西哥人中的三年》(非小说) 奥维顿·约翰逊(?),《跨越落基山脉之路》(非小说)	爱荷华州加入联邦。与英国签订《俄勒冈条约》,把北纬49度作为美加分界线。 墨西哥战争(1846—1848)。 禁止在从墨西哥取得的领土上实行蓄奴制的《威尔默特限制条款》未获通过。 仅为增加国家税收而采用的《沃尔克关税》完全抛弃了保护性原则。 多纳党(加利福尼亚移民)。 詹姆斯·伦威克建立史密森学会。 乔治·班克罗夫特成为英国宫廷大使(1846—1849)。 霍桑被任命为萨莱姆海关官员。	英国废除《谷物法案》。 柏辽兹,《遭诅咒的浮士德》(戏剧清唱) 李尔,《一派胡言》 梅里美,《卡门》

年代	美国文本	美国事件	其他事件与文本
	查斯丁·琼斯(?),《美丽的伊内兹——格兰德河之恋》(小说) 威廉·麦卡迪(?),《关于1846年战争的民族歌曲、歌谣和其他爱国主义诗歌》 托马斯·麦肯尼(1785—1859),《印第安人的冤情与权利》(非小说);《回忆录》(非小说) 霍尔曼·梅尔维尔(1819—1891),《泰比——波利尼西亚人生活一瞥》(非小说) 詹姆斯·柯克·波尔丁(1778—1860),《旧大陆人》(小说) 阿尔弗列德·罗宾逊(?),《加利福尼亚生活纪实》(非小说) 拉夫斯·B.赛奇(?),《落基山脉景观》(非小说) 韦迪·汤普森(?),《墨西哥往事》(非小说) 托马斯·班斯·索普(1815—1875),《神秘的丛林》(小说);《我国军队在格兰德河》(非小说)		
1847	查尔斯·阿维利尔(?),《墨西哥牧场工人——查坡拉尔的少女》(小说) 海勒姆·宾厄姆牧师(1789—1869),《桑威奇群岛二十一年居住记》(非小说) 查尔斯·弗雷德里克·布里格斯(1804—1877),《汤姆·佩朴的快捷舞步》(小说,两卷,1847—1850) 约翰·布罗海姆(1810—1880),《麦塔莫拉——最后的万帕诺亚格人》(戏剧) 威廉·韦尔斯·布朗(1816—1884),《逃亡奴隶威廉·W.布朗的叙述》(非小说) 威廉·埃勒利·钱宁(1780—1842),《诗集,第二系列》	美军占领墨西哥城;墨西哥总统圣安纳退位。 与墨西哥开始和谈。 布利格姆·扬在犹他州盐湖城开拓一块新殖民地。 弗雷德里克·道格拉斯创办废奴报纸《北方之星》(1851年改名为《弗雷德里克·道格拉斯报》)。	利比里亚宣布成立独立的共和国。 费利克斯·门德尔森去世(生于1809年)。 夏洛特·勃朗蒂,《简爱》 艾米丽·勃朗蒂,《呼啸山庄》 安·勃朗蒂,《阿格尼斯·格雷》 笛士累利,《堂克累德》 玛里艾特,《新森林里的孩子》

年代	美国文本	美国事件	其他事件与文本
	詹姆斯·费尼莫尔·库珀（1789—1851），《火山口》（小说）		
	乔治·科普韦（1818—1869），《卡—格—加—加—伯的生活、历史和出行》		
	戴维·凯纳（?），《迷茫的猎人》（小说）		
	牛顿·科尔特斯（?），《遭追捕的酋长——女牧场主》（小说）		
	拉尔夫·沃尔多·爱默生（1803—1882），《诗集》		
	罗伯特·格利雷（?），《亚瑟·伍德雷——墨西哥战场传奇》（小说）		
	鲁弗斯·威尔莫·格里斯沃德（1815—1857），《美国散文作家》（非小说，编辑）		
	菲茨-格林·哈莱克（1790—1867），《菲茨-格林·哈莱克的诗歌作品》		
	H. R. 霍华德（?），《西部大盗约翰·A. 默雷尔的冒险生涯》（小说）		
	詹姆斯·贾维斯（1818—1888），《夏威夷群岛历史》（非小说）		
	查斯丁·琼斯（?），《志愿者——蒙特利的少女》（小说）		
	乔治·李帕德（1822—1854），《华盛顿和他的将军们》（非小说）；《墨西哥传奇》（小说）		
	亨利·沃兹沃斯·朗费罗（1807—1882），《伊万杰琳——阿卡迪的故事》（诗歌）		
	霍尔曼·梅尔维尔（1819—1891），《奥穆:南海历险的故事》（小说）		
	刘易斯·亨利·摩根（1818—1881），《关于易落魁人的来信》（非小说）		
	乔尔·帕尔莫（1810—1881），《落基山脉旅程漫记》（非小说）		
	西奥多·帕克（1810—1860），《一封关于蓄奴制的书信》（非小说）		

大事年表

年代	美国文本	美国事件	其他事件与文本
	威廉·H. 普雷斯科特（1796—1859），《秘鲁征服史》（非小说） 约翰.S. 罗拔（?），《凯阿姆：白昼——落基山脉的故事》（小说） 乔治·弗雷德里克·拉克斯顿（1820—1848），《墨西哥与落基山脉探险》（非小说） 本杰明·泰勒（1819—1887），《鸿篇断章》（小说） 托马斯·班斯·索普（1815—1875），《我国军队在蒙特利》（非小说） 塞缪尔·扬（?），《复仇者汤姆·汉森》（小说）		
1848	佚名，《奥凯·塔比的生活故事》（非小说） 拉蒙·阿尔卡拉兹（?），《墨西哥与美国战争历史摘要》（非小说,1850年译为《另一种立场》）阿维利尔，查尔斯（?），《间谍船》（小说） 爱默生·贝内特（1822—1905），《凯特·克拉伦敦——荒野招魂》（小说）；《叛逆者》（小说） 奥斯顾·布赖德伯利（1795?—1886），《庞蒂亚克；或奥塔瓦酋长人最后一次战斗》 威廉·韦尔斯·布朗（1816?—1884），《废奴主义的哈珀》（诗集） 艾德温·布莱恩特（1805—1869），《我在加利福尼亚的见闻》（非小说） 丽贝卡·伯兰德（1793—1872），《移民的真实图景》（非小说） 夏洛特·巴恩斯·康尼（?），《森林王子》（戏剧） 詹姆斯·费尼莫尔·库珀（1789—1851），《杰克·泰尔》（小说）；《橡树路口》（小说） 亨利·海兰德·加内特（1815—1882），《对奴隶发表的演说》（演	威斯康星州加入联邦。墨西哥以1500万美元将大片领土割让给美国,其中包括加利福尼亚、新墨西哥以及亚利桑纳和内华达部分地区。 关于妇女权利问题的塞内加瀑布会议。 自由土地党（废奴主义）成立；范布伦竞选总统,得票率为10%。 扎查利·泰勒当选总统。 奥奈达人社区成立（1848—1879）。	丹麦、法国、意大利、德国和匈牙利爆发革命。 狄更斯,《董贝父子》 盖斯凯尔,《玛丽·巴顿》 马克思和恩格斯,《共产党宣言》 约翰·斯图亚特·密尔,《政治经济原理》 萨克雷,《名利场》

年代	美国文本	美国事件	其他事件与文本
	讲);《有色人种过去与现在的状况及其命运》(非小说)		
	哈利·海尔亚德(?),《祖鲁布斯科的酋长——教堂幽灵》(小说)		
	艾莉莎·列斯里(1787—1858),《阿美尼亚——一名年轻女士的沉浮录》(小说)		
	乔治·里帕德(1822—1854),《伊甸草原的贝尔——墨西哥传奇》(小说)		
	詹姆斯·拉塞尔·罗威尔(1819—1891),《诗集,第二系列》;《批评家的寓言》;《彼格卢晚报》(第一系列);《朗法尔爵士的观点》(诗歌)		
	劳利·拉夫(?),《安东尼塔——女走私犯》(小说)		
	埃德加·爱伦·坡(1809—1849),《我找到了:一首散文诗》;《诗歌理论基础》(非小说);《诗歌原理》(非小说,发表于1850年)		
	亨利·辛普森(?),《金矿三周》(旅游札记)		
	埃尔伯特·史密斯(?),《马-卡-泰-米-西-基亚-基亚克——黑鹰与西部景观:一首民族诗歌》		
	威廉·塔潘·汤普森(1812—1882),《琼斯少校游记》(小说)		
	查尔斯·韦伯(1819—1856),《向导老希克斯》(小说)		
	F. A. 威斯利泽纳斯,《对一次墨西哥北部之行的回忆》		
1849	佚名,《爱米利亚·谢伍德——加利福尼亚金矿中的血腥场面》(小说)	扎查利·泰勒宣誓就任美国第12任总统。阿斯特·普雷斯剧院骚乱。加利福尼亚淘金热开始。建立明尼苏达地区。美国内政部成立。	在朱塞佩·马志尼的领导下,罗马宣布成立共和国。弗雷德里克·肖邦去世(生于1810年)。约翰·施特劳斯爵士去世(生于1804年)。
	查尔斯·阿维利尔(?),《基特·卡森:掘金王子》(小说);《加利福尼亚见闻——寻宝者的探险》(小说);《阿兹台克的启示》(小说)		
	爱默生·贝内特(1822—1905),《草		

年代	美国文本	美国事件	其他事件与文本
	原花朵——远西的探险》(小说) 亨利·比伯(1815—?),《亨利·比伯的生活和探险》(非小说) 詹姆斯·费尼莫尔·库珀(1789—1851),《海狮》(小说) 塞思·伊斯门(1808—1875)和玛丽(1818—1890),《达布科他——苏人的生活与传说》(非小说) 塞缪尔·A.艾略特(1780—1883),《约西亚·汉森的一生》(非小说) 何塞·奥古斯丁·德·埃斯库德罗(1801—1862),《新墨西哥省的史学与统计学资料》(非小说) 约翰·彭德尔顿·肯尼迪(1795—1870),《威廉·渥特生平回忆录》(非小说) 霍尔曼·梅尔维尔(1819—1891),《马尔地——一次航海》(小说);《莱德勃恩:他的首次航行》(小说) 约翰·罗思罗普·莫特利(1814—1877),《梅里山脉》(小说) 弗朗西斯·帕克曼(1823—1893),《加利福尼亚与俄勒冈小道——大草原和落基山脉生活札记》(非小说) 詹姆斯·柯克·波尔丁(1778—1860),《清教徒和他的女儿》(小说) 詹姆斯·W.C.彭宁顿(?),《逃亡的铁匠》(个人自述) 乔治·汤普森(?),《城市犯罪——纽约和波士顿的生活》(小说) 亨利·戴维·梭罗(1817—1862),《康科德河和梅里马克河一周记》(非小说);《论与国家政府的对抗》(非小说,1894年以《非暴力不合作》重新出版)。 J.昆恩·索恩顿(1810—1888),《1848年的俄勒冈与加利福尼亚》(非小说) 《新墨西哥人》(双语报纸)报创刊。	加利福尼亚和新墨西哥就蓄奴制进行争论。 埃德加·爱伦·坡去世。	夏洛蒂·勃朗特,《雪莉》 迈考利,《詹姆斯二世即位后的英国历史》(1849—1861) 鲁斯金,《建筑的七盏明灯》

大事年表

年代	美国文本	美国事件	其他事件与文本
1850	詹姆斯·亚贝(?),《加利福尼亚——穿越大平原之旅》(非小说) 亚瑟·阿姆斯特朗(?),《矿区的水手——修道院的少女》(小说) 爱默生·贝内特(1822—1905),《森林玫瑰——一个边疆的故事》(小说) 查尔斯·弗雷德里克·布里格斯(1804—1877),《汤姆·佩朴的快捷舞步》(小说,两卷) 沃尔特·科尔登牧师(1797—1851),《黄金之乡——加利福尼亚居住三载记》(非小说) 詹姆斯·费尼莫尔·库珀(1789—1851),《时间的足迹》(小说) 乔治·科普韦(1818—1869),《奥吉布瓦族传统的历史和特征概述》(非小说);《奥吉布瓦人的征服》(诗集) 拉尔夫·沃尔多·爱默生(1803—1882),《代表性人物》(散文) 范妮·弗利(?),《海上浪漫传奇——王尔德费厄前往加利福尼亚航程之记录》(小说) 刘易斯·加兰德(1829—1887)《瓦图瓦和塔奥斯小径——草原上的旅行和割头皮舞,兼骑骡浏览牧场景色和落基山的营火》(非小说) 奥利弗·吉尔伯特(?),《旅居者特鲁斯的叙述》(非小说) 威廉·J.格雷森(1788—1863),《致总督西布鲁克的信件》(非小说) 纳撒尼尔·霍桑(1804—1864),《红字》(小说) M.C.霍奇(?),《混血儿——征途及其事件》(小说) 吉迪恩·霍利斯特(1817—1881),《霍普山——万帕诺亚王菲利普》(小说)	泰勒总统就任16个月后去世;密拉德·费尔默宣誓就任美国第13任总统。 《1850年妥协法案》;加利福尼亚作为自由州;新墨西哥和犹他作为地区;《追捕逃亡奴隶法》通过。 与英国签订的《克莱顿—布尔沃条约》确保了巴拿马运河工程的中立地位。 在P.T.巴奴姆的安排下,詹妮·林德巡游美国。 美国人口达到2300万(包括320万黑奴)。 玛格里特·富勒去世(生于1810年)	丁尼生成为英国桂冠诗人。 巴尔扎克去世(生于1799年)。 华兹华斯去世(生于1770年)。 狄更斯,《戴维·考坡费尔德》 丁尼生,《悼念》 华兹华斯,《序曲》

827

年代	美国文本	美国事件	其他事件与文本
	E. C. 贾德逊[奈德·邦特林](1822 或 1823—1886),《诺伍德——大草原山的生活》(小说) 列奥纳德·吉浦(1826—1906),《加利福尼亚札记及金矿回忆录》(非小说) 詹姆斯·朗京比尔(1819?—1857),《利比里亚札记》(非小说) 霍尔曼·梅尔维尔(1819—1857),《霍桑和他的青苔》;《白外套——军舰上的世界》(小说) 唐纳德·格兰特·米切尔["依克·马维尔"](1822—1908),《一位单身汉的幻想》(小说) 约翰·H. 罗宾逊(1825—?),《考萨托——布莱克福族的叛逆者》(小说) 罗伦骚·索亚(1820—1891),《途中见闻札记——包括从圣约瑟到加利福尼亚穿越大草原之旅的轶事》(非小说) 贝亚得·泰勒(1825—1878),《黄金之国——帝国之路上的冒险》(小说) 苏珊·伯格特·华纳(1819—1885),《广阔广阔的世界》(小说) 丹尼尔·韦伯斯特(1782—1852),《宪法与联邦》(演说) 《哈普新月刊》在纽约创立。		
1851	伊莉莎·安·贝灵斯(1826—?),《女志愿者》(小说) 亨利·布朗(?),《亨利·"鲍克斯"·布朗故事》(非小说) 约翰·卡尔霍恩(1782—1850),《政府专论》(非小说);《论宪法和美国政府》(非小说) 拉尔夫·沃尔多·爱默生(1803—1882),《追捕逃亡奴隶法》(演讲,第一版)	纳西索·鲁珀兹将军进行远征,要将古巴从西班牙统治下解放出来。 旅居者特鲁斯在俄亥俄州妇女权利大会上讲话。 艾萨克·辛格获缝纫机发明专利。 詹姆斯·费尼莫尔·库珀去世。	路易·拿破仑在法国发动政变。 托马斯·库克在引导下首次从英国到达大陆。 鲁斯金,《威尼斯的石头》(1851—1853) 威尔地,《弄臣》(歌剧)

828

年代	美国文本	美国事件	其他事件与文本
829	威廉·J. 格雷森（1788—1863），《库尔提乌斯的信件》（同情蓄奴制的非小说） 塞缪尔·B. 汉森（?），《汤姆·夸克——屠杀印第安人的人》（小说） 霍桑，纳撒尼尔（1804—1864），《七个尖角阁的房子》（小说）；《雪影和其他重讲一遍的故事》（故事）；《真实的历史与人物传记故事》（儿童读物） 霍尔曼·梅尔维尔（1819—1891），《白鲸》（小说） 刘易斯·亨利·摩根（1818—1881），《霍—德—诺—索—尼或易落魁人的联盟》（非小说） 弗朗西斯·帕克曼（1823—1893），《庞蒂亚克阴谋及征服加拿大后的印第安战争》（非小说） 艾米莉·C. 皮尔森（?），《杰米帕克——一位逃亡奴隶》（小说） 约翰·理查森（1796—1852），《瓦库斯塔——预言》（小说） 亨利·罗·斯库克拉夫特（1793—1864），《美国印第安部落历史、现状与未来的史学和统计学资料汇编》（非小说，于1851—1857年出版） 威廉·肖（?），《黄金之梦及清醒的现实——一个淘金者在加利福尼亚和太平洋群岛的历险》（非小说）		
830	J. S. 谢泼德（?），《穿越大平原到达加利福尼亚旅程之记录和未来移民指南》（非小说） 威廉·吉尔摩·西姆斯（1806—1870），《凯瑟琳·瓦尔顿》（小说） 哈里叶特·比彻·斯托（1811—1896），《汤姆叔叔的小屋》（小说，1851—1852年在《国家时代》上连载） 《纽约时报》创立。		

大事年表

年代	美国文本	美国事件	其他事件与文本
1852	乔治·L.埃肯(1830—1891),《汤姆叔叔的小屋》(戏剧,由斯托的小说改编)	新的邮政规章降低了杂志的邮寄费用,并准许由出版商支付邮资。	法国总统路易·拿破仑称帝,宣布为拿破仑三世。
	乔治·班克罗夫特(1800—1891),《美国历史——从发现美洲大陆开始》第四卷(10卷,1834—1874)	丹尼尔·韦伯斯特去世(生于1782年)。	
	莱曼·比彻(1775—1863),《作品集》(非小说)		
	J. A. 卡内斯(?),《从波士顿到非洲西海岸航海记》(非小说)		
	爱丽丝·卡里(1820—1871),《红花草地》(散文札记)		
	安德鲁斯·查尔德(?),《前往加利福尼亚的陆路交通》(非小说)		
	亚撒·B.克拉克(?),《墨西哥与加利福尼亚之旅》(非小说)		
	罗伯特·克里斯维尔(?),《汤姆叔叔的小屋和白金汉宫》(小说)		
	马丁·德莱尼(1812—1885),《美国有色人种的状况、提高、迁徙和命运》(非小说)		
	弗里德里克·道格拉斯(1917—1895),《七月四日对奴隶来说意味着什么》(演讲)		
	玛丽·H.伊斯曼(1818—1890),《菲立斯阿姨的小屋——南部生活纪实》(小说)		
	伊丽莎白·弗赖斯·埃利特(?),《西部拓荒妇女》(非小说)		
	E. N. 艾略特(?)编辑《亲奴制论证》(选集)		
	威廉·古德尔(?),《蓄奴制和废奴主义》(非小说)		
	萨拉·约瑟发·黑尔(1788—1879),《诺思伍德——南部与北部的生活》		
	贝亚得·拉什·霍尔(1798—1863),《弗兰克·弗里曼的理发店》(小说)		
	纳撒尼尔·霍桑(1804—1864),《福		

831

年代	美国文本	美国事件	其他事件与文本
	谷传奇》（小说）；《神奇的书》；《富兰克林·皮尔斯传》（战役传记） 威廉·凯利（?），《加利福尼亚矿区漫步》（旅游札记） 霍尔曼·梅尔维尔（1819—1891），《皮埃尔》（小说） 查尔斯·彼得森["J. 桑顿·伦道夫"]（1819—1887），《小屋和客厅——奴隶和主人》（小说） 卡洛琳·拉什（?），《南方和北方——蓄奴制和其对比》（小说） 威廉·吉尔摩·西姆斯（1806—1870），《战争和家政》（小说，1854年以《庄园》为名出版） W. L. G. 史密斯（?），《南方的生活——汤姆叔叔的小屋的背后》（小说） E. D. E. N. 骚斯华斯（1819—1899），《克里夫顿的诅咒》（小说） J. 霍华德·斯坦伯利（?），《犹他州人盐湖谷地探险记》（非小说） 安娜·华纳（1824—1915），《美元与美分》（小说）		
1853	约瑟夫.G. 鲍德温（1815—1864），《阿拉巴马和密西西比的喧嚣时代》（札记） 威廉·韦尔斯·布朗（1816?—1884），《克洛特——总统的女儿》（小说） 弗雷德里克·道格拉斯（1817—1895），《英雄奴隶》（故事） 塞思·伊斯门（1808—1875）和玛丽（1818—1890），《印第安人的浪漫生活故事》（非小说）；《美国土著文件夹》（非小说） 约瑟夫·W. 法宾斯（1821—1875），《巴拿马地峡纪实》（游记） 威廉·古德尔（1792—1894），《美国奴隶代码》（非小说）	弗兰克林·皮尔斯宣誓就任美国第14任总统。华盛顿地区成立。 一无所知党和政治本土主义崛起。 与墨西哥进行的加兹登购地完成了美墨现在的疆界。 佩里准将和美国舰队抵达日本的东京湾。 贺罗旭·格林纳格的雕像"援救小组"被树立在国会大厦旁边。 纳撒尼尔·霍桑担任驻利物浦和曼彻斯特领事（1853—1857）。	土耳其和俄国之间爆发克里米亚战争（1853—1856）。 阿诺德，《所拉布和拉斯托》（诗歌） 夏洛特·勃朗蒂，《维莱特》 狄更斯，《荒凉山庄》 盖斯凯尔，《克兰福特》 威尔地，《游吟诗人》和《茶花女》（歌剧） 瓦格纳完成《尼伯龙根的指环》的歌词。

年代	美国文本	美国事件	其他事件与文本
	萨拉·约瑟发·黑尔（1788—1879），《利比里亚——佩顿先生的实验》（小说） 纳撒尼尔·霍桑（1804—1864），《丛林传说》（小说） 马修·莫瑞（1806—1873），《南美洲的亚马逊河与大西洋斜坡》（非小说） 所罗门·诺索普，《为奴十二年》（非小说） 约翰·W.佩古（1786—1861），《弗吉尼亚有小屋的罗宾叔叔和波士顿没有小屋的汤姆》（小说） 乔治·佩森（1824—1893），《金色的梦想与灰色的现实》（小说） 埃米莉·C.皮尔森（?），《表亲弗兰克一家》（小说） 温德尔·菲利普斯（1811—1884），《废奴运动的哲学》（非小说） 爱德蒙德·拉费因（1794—1865），《蓄奴制政治经济》（非小说） 哈里叶特·比彻·斯托（1811—1896），《关于〈汤姆叔叔的小屋〉的答辩》（非小说） 威廉·华伦（1825—1853），《奥古布瓦人的历史》（非小说，出版于1885年） 詹姆斯·M.维特费尔德（?），《美国和其他诗歌》 萨拉·佩森·威利斯["范妮·菲恩"]（1811—1872），《芬离开了芬尼组合》（札记）；《小芬尼·芬的小朋友们》（札记） 《普特南杂志》创立（于1857年停刊）。		

年代	美国文本	美国事件	其他事件与文本
1854	尼黑米亚·亚当斯(?),《南方的蓄奴观》(散文) 提莫西·沙依·亚瑟(1809—1885),《酒吧间的十个晚上》(小说) 戴维·伯利斯尔(?),《美国家庭罗宾逊一家——迷失在西部大沙漠》(小说) 刘易斯·艾米丽亚·纳普·史密斯·克莱普(1819—1906),《雪莉夫人通信录》(1922年收集,在《先驱杂志》出版的札记) 西奥菲勒斯·卡努["西奥多·卡诺特"](?),《西奥多·卡诺特船长——一位非洲奴隶的二十年》(非小说) 约翰·艾斯特·库克(1830—1886),《皮袜和丝》(小说);《弗吉尼亚的喜剧演员》(小说) 玛丽亚·苏珊娜·康明斯(1827—1866),《灯夫》(小说) 阿朗骚·德莱诺(18027—1874),《大平原及金矿散记》(地理研究) 马丁·德莱尼(1812—1885),《美洲大陆有色种族的政治命运》(非小说) 雅各布·布迪威(?),《美洲和非洲的远大未来》(非小说) 乔治·菲茨休(1806—1881),《南方社会学——自由社会的失败》(非小说) 安德鲁·赫尔·佛提(?),《非洲和美国旗帜》(非小说) 约翰·弗罗斯特(?),《西部巾帼英雄》(非小说) 帕克·歌德温(1816—1904),《专制的余威》(非小说) 弗朗西斯·爱伦·沃特金斯·哈珀(1825—1911),《诗集》	一无所知党连获竞选胜利。 辉格党解体;新共和党出现。 《堪萨斯—内布拉斯加法案》废除了《密苏里妥协法案》,重新掀起关于蓄奴制的地区冲突。 关于古巴的《奥斯坦德宣言》。 《神奈川条约》使日本向美国开埠通商。	英法与土耳其结盟,向俄国宣战;巴拉克拉瓦战役;围攻塞瓦斯托普力。 弗罗伦斯·南丁格尔在土耳其护理英国士兵。 教皇庇护四世宣布《纯洁概念》教条。 奥斯卡·王尔德出生(卒于1900年)。 狄更斯,《艰难时世》 丁尼生,《冲锋陷阵的轻骑兵》

835

年代	美国文本	美国事件	其他事件与文本
	亨利·休斯(?),《社会学论述》(非小说)		
	伊莉莎·凯恩(1820—1857),《美国格林纳尔搜寻约翰·富兰克林爵士之探险》(非小说)		
	约西亚·诺特(1804—1873),《人类类型》(与乔治·R.格里顿合作,非小说)		
	西奥多·帕克(1810—1860),《内布拉斯加问题》(演讲)		
	爱德华·T.珀金斯(?),《纳摩图——南海寻矿》(非小说)		
	玛丽·H.派克[朗登](1824—1908),《艾达·梅》(小说)		
	约翰·罗林·里奇["黄鸟"](1827—1867),《乔奎因·缪里特历险记》(小说)		
	威廉·吉尔摩·西姆斯(1806—1870),《庄园》(小说)		
	哈里叶特·比彻·斯托(1811—1896),《异域回忆录》(非小说)		
	亨利·戴维·梭罗(1817—1862),《瓦尔登湖——林中生活》(非小说);《马萨诸塞州的蓄奴制度》(非小说)		
	托马斯·班斯·索普(1815—1875),《蜂箱和猎人》(札记);《主人的房子——南方生活的故事》(小说)		
	梅特·维多利亚·维克多(1831—1886),《摩门教徒的妻子们》(小说)		
	萨拉·佩森·威利斯["范妮·菲恩"](1811—1872),《芬离开了》(札记,第二系列)		
	卡罗琳·李·亨茨(1800—1856),《种植主的北方新娘》(小说)		

大事年表

年代	美国文本	美国事件	其他事件与文本
1855	P. T. 巴奴姆（1810—1891），《P. T. 巴奴姆的一生——自己写作》（非小说） 亨利·沃德·比彻（1813—1887），《星报》（非小说） 约翰·布罗海姆（1810—1880），《坡-卡-洪-塔斯——温柔的野蛮人》（戏剧） 约翰·布朗（1800—1859），《佐治亚的奴隶生活》（非小说） 威廉·韦尔斯·布朗（1816?—1884），《圣多明哥——它的革命与它的爱国者们》（演讲） 戴维·克里斯蒂（?），《棉花是国王》（非小说） 弗里德里克·道格拉斯（1917—1895），《我的束缚和我的自由》（非小说） 艾弗特·奥古斯塔斯·戴克金克（1816—1878）与乔治·朗（1823—1863），编辑《美国文学百科全书》（非小说） 拉尔夫·沃尔多·爱默生（1803—1882），《美国的蓄奴制度》（演讲） 威廉·格里姆斯（?），《逃亡奴隶威廉·格里姆斯的生活》（非小说） 辛顿·罗恩·赫尔普（1829—1909），《黄金土地——现实和小说》（非小说） 华盛顿·欧文（1783—1859），《乔治·华盛顿传》（五卷，1855—1859）；《沃尔夫特的卧室和其他报纸》（非小说） 查尔斯·爱德沃兹·莱斯特（1815—1890），《山姆·休斯顿传记》（非小说） 詹姆斯·林福斯（?），《从利物浦到大盐湖谷地之路》（非小说） 亨利·沃兹沃斯·朗费罗（1807—1882），《海华沙之歌》（诗歌）	关于蓄奴制的"堪萨斯问题"。 威廉·沃克远征尼加拉瓜。 美国首座联邦申诉法院成立。	亚历山大二世继位俄国沙皇。 费迪南·德·拉斯普斯获得法国的让步，开凿苏伊士运河。 夏洛特·勃朗蒂去世（生于1816年）。 查尔斯金斯利，《呀！西进!》 丁尼生，《默德和其他诗歌》 安东尼·特洛普，《牢房》

年代	美国文本	美国事件	其他事件与文本
	霍尔曼·梅尔维尔(1819—1891),《伊斯雷尔·波特——他被驱逐的十五年》(小说) C. G. 帕森斯(?),《纵观蓄奴制——走访种植园主》(游记) 伊丽莎白·罗伊(?),《利安娜姨妈》(小说) 威廉·吉尔摩·西姆斯(1806—1870),《抢劫者》(小说) 贝亚得·泰勒(1825—1878),《1852年的印度、中国和日本之行》(非小说) 查尔斯·W.托马斯(?),《非洲西海岸历险及所见》(非小说) 亨利·戴维·梭罗(1817—1862),《益处何在?》(讲座,1863年修订并以《缺少原则的生活》出版) 玛丽亚·沃德(?),《摩门教徒中女性的生活》(小说) 塞缪尔·林格尔德·沃德(?),《一名逃亡奴隶的自传》(非小说) 沃尔特·惠特曼(1819—1892),《草叶集》(诗歌,第一版;最终版本,1891—1892) 萨拉·佩森·威利斯["范妮·菲恩"](1811—1872),《露丝·豪》(小说)		
1856	詹姆斯·P.贝克沃斯(1798—1867?),《山地人、侦察员、拓荒者以及印第安乌鸦之国的酋长詹姆斯·P.贝克沃斯的生活与历险》(非小说) 爱丽丝·卡里(1820—1871),《结婚,不是交配》(非小说) 约瑟夫·科尔登(?),《科氏穿越西部旅游观光指南》(非小说) 乔治·威廉·库提斯(1824—1892),《美国学者的政治与时代责任》(演讲)	"流血的堪萨斯"(五年的边界战争)。 约翰·布朗在波塔瓦托米河发动袭击。 詹姆斯·布坎南当选总统。 查尔斯·萨姆纳发表演说(《祸及堪萨斯》),随后在参议院遭到普雷斯顿·布鲁克斯的殴打。	巴黎议会;克里米亚战争结束。 西格蒙·弗洛伊德出生(卒于1839年)。 海因里希·海涅去世(生于1797年)。 罗伯特·舒曼去世(生于1810年)。 乔治·萧伯纳出生(卒于1950年)。 托克维尔,《旧政权与法国大革命》

839

大事年表

年代	美国文本	美国事件	其他事件与文本
840	查尔斯·达纳（1819—1897），《世界花园——大西部》（非小说）		
	本杰明·迪尤（1812—1903），《北方人看蓄奴制观》（非小说）		
	拉尔夫·沃尔多·爱默生（1803—1882），《英国人的性格》（非小说）		
	伊莉莎·法思海姆（1815—1864），《加利福尼亚——家事和国事》（非小说）		
	约瑟夫·亚瑟·德·高比纽（1816—1882），《种族道德和智力的多样性》（非小说，美国版本）		
	帕克·歌德温（1816—1904），《政治散文》（非小说）		
	威廉斯·格雷森（1788—1863），《雇佣工和奴隶》（诗歌）		
	弗朗西斯·霍克斯（1798—1866），《对一支美国舰队前往中国海和日本远征的记述》（非小说）		
	伊莉莎·凯恩（1820—1857），《北极探险》（非小说）		
	霍尔曼·梅尔维尔（1819—1891），《皮亚萨故事集》（小说，包括《公证人巴特尔比》，《本尼托，塞瑞诺》和《旅行札记》）		
	约翰·罗思罗普·莫特利（1814—1877），《荷兰共和国的崛起》（非小说）		
	弗雷德里克·罗·奥姆斯泰德（1822—1903），《沿海蓄奴各州之旅》（非小说）		
	乔治·佩森（1824—1893），《新黄金时代》（非小说）		
841	卡尔·波斯特尔（1793—1864），《边疆生活》（非小说）		
	梅恩·瑞德（1818—1883），《混血儿》（小说）		
	亨利·罗·斯库克拉夫特（1793—1864），《海华沙的神话》（非小说）		

802

年代	美国文本	美国事件	其他事件与文本
	威廉·吉尔摩·西姆斯(1806—1870),《木丁术》(小说) E. G. 史圭尼(1821—1888),《尼加拉瓜》(非小说) 哈里叶特·比彻·斯托(1811—1896),《德雷德——大沼泽地的故事》(小说) 桑顿·斯特林福娄(1788—1869),《赞成蓄奴制的圣经和统计观点》(非小说) 约翰·汤普森(?),《逃亡奴隶约翰·汤普森的一生》(非小说) 乔治·塔克尔(1775—1861),《美国历史》(非小说,四卷,1856—1857) 萨拉·佩森·威利斯["范妮·菲恩"](1811—1872),《罗丝·克拉克》(小说) 罗伯特·A. 威尔逊(1812—1872),《墨西哥——它的农民与牧师》(非小说)		
1857	约翰·D. 波斯维奇(?),《加利福尼亚三载记》(非小说) 托马斯·杰斐逊·波恩(1814—1875),《中部非洲——从1849年到1856年在非洲内陆的探险和传教活动》(非小说) 戴维·克里斯蒂(1802—?),《埃塞俄比亚——阴影和光荣》(非小说) 玛丽亚·苏珊娜·康明斯(1827—1866),《梅布尔,沃恩》(小说) 威廉·W. H. 戴维斯(1820—1910),《艾尔·格林古——新墨西哥及其人民》(非小说) 范布伦·邓斯洛(1834—1902),《被承认和被否认的——奴隶孩子》(小说) 乔治·菲茨休(1806—1881),《全是食人生番——没有主人的奴隶们》(非小说)	詹姆斯·布坎南宣誓就任美国第15任总统。 德雷德·司各特决议。 赞成蓄奴制的《莱康普顿宪法》在堪萨斯州获得认可,自由州人民拒绝投票。 金融恐慌。 弗雷德里克·罗·奥姆斯泰德与卡尔维特·韦克斯设计中央公园。	印度爆发大兵变。 铺设跨洋电缆(1866年一整年)。 约瑟夫·康拉德出生(卒于1924年)。 爱德华·爱尔格出生(卒于1934年)。 波德莱尔的《恶之花》出版,波德莱尔由于冒犯了公众道德而遭罚款,之后出版的该书的版本中有6首诗遭禁。 狄更斯,《小杜丽》 福楼拜的《包法利夫人》出版;福楼拜、出版商和印刷商共同被控传播淫秽作品,后宣告无罪。

大事年表

年代	美国文本	美国事件	其他事件与文本
843	马蒂·格里菲斯（？—1906），《一个女奴的自传》（非小说） 辛顿·罗恩·赫尔普（1829—1909），《南方逼近的危机——如何迎战》（非小说） 约西亚·汉森（1789—1883），《事实比小说更离奇——汉森父亲自己的生活故事》（非小说） 詹姆斯·T. 何利（1829—1911），《如海地革命的历史事件所证明的那样，黑人种族具有自治和文明进步的能力》（非小说） 伊莱扎·霍普金斯（？），《埃拉·林肯——西部大草原的生活》（小说） 彼得·雅各布（？），《尊贵的彼得·雅各布斯日志》（非小说） 詹姆斯·贾维斯（1818—1888），《凯厄纳——夏威夷的传统》（小说） 霍尔曼·梅尔维尔（1819—1891），《骗子的伪装》（小说） 弗雷德里克·罗·奥姆斯特泰德（1822—1903），《穿越德克萨斯之行》（非小说） 凯瑟琳·玛丽亚·塞奇维克（1789—1867），《已婚还是单身?》（小说） 奥斯丁·斯图亚特（1794—1860），《二十二年奴隶，四十年自由人》（非小说） 罗亚尔·斯特拉登（？—1875），《被俘的欧特曼姑娘们》（非小说） 弗兰克·J. 韦布（？），《加里一家及其朋友们》（小说） 《大西洋月刊》在波士顿创立。		休斯,《汤姆·布朗的学校生活》 安东尼·特洛普,《巴彻斯特塔》

804

年代	美国文本	美国事件	其他事件与文本
1858	约西亚·汉森（1789—1883），《事实比小说更离奇——汉森父亲自己的生活故事》（非小说） 德维特·C. 彼得斯（？—1876），《基特·卡森的生平及历险》（非小说） E.G. 史圭厄（1821—1888），《中美诸国》（非小说） 威廉·L. 提德保尔（？），《墨西哥新娘——护林员复仇记》（小说）	明尼苏达加入联邦。 林肯——道格拉斯辩论。 林肯的《妻离子散》演讲。 威廉·亨利·西沃德的《无法平息的冲突》演讲。 托马斯·麦肯尼的"印度画廊"成为史密森学会的一部分（大部分毁于1865年大火）。	莫卧儿帝国终结在印度的统治。 罗伯特·欧文去世（生于1771年）。 加克默·普契尼出生（卒于1924年）。 乔治·艾略特，《教区生活场景》 莫里斯，《保卫格韦纳维亚》
1859	迪恩·布希考特（1820—1890），《1/8混血儿》（戏剧） 约翰·艾斯特·库克（1830—1886），《绅士亨利·圣约翰》（小说） 诺亚·戴维斯（1803或1804—？），《诺亚·戴维斯牧师的生活》（非小说） 马丁·德莱尼（1812—1885），《布莱克——美国茅屋》（小说） E. D. E. N. 骚斯华斯（1819—1899），《看不见的手》（小说） 哈里叶特·比彻·斯托（1811—1896），《教长的求爱》（小说） 亨利·戴维·梭罗（1817—1862），《为约翰·布朗队长请愿》（非小说） 乔治·塔克尔（1775—1861），《人民的政治经济》（非小说） 奥古斯塔·埃文斯·威尔森（1835—1909），《布拉》（小说） 哈里叶特·E. 威尔逊（1808—1870），《我们黑鬼——一个自由黑人的生活故事》（小说）	俄勒冈加入联邦。 约翰·布朗袭击哈珀渡口，他的审判及行刑。 康斯托克矿脉（内华达州发现的银矿）。 首次铸造印第安人头像硬币。 华盛顿·欧文去世。 威廉·H. 普雷斯科特去世。	意大利解放战争。 托马斯·德昆西去世（生于1785年）。 麦考利爵士去世（生于1800年）。 阿列克斯·德·托克维尔去世。 达尔文，《物种起源》 狄更斯，《双城记》 乔治·艾略特，《亚当·比德》 马克思，《政治经济学批判》 约翰·斯图亚特·密尔，《论自由》 丁尼生，《国王田园诗》（1859—1885） 萨克雷，《弗吉尼亚人》

年代	美国文本	美国事件	其他事件与文本
1860	威廉·克拉夫特(?)和爱伦(?)，《为自由跑步一千里》(非小说)	民主党查尔斯顿大会陷入僵局，在巴尔的摩以地区界线形成分裂。	弗罗伦斯·南丁格尔在英国建立第一所护理学校。
	玛丽亚·苏珊娜·康明斯(1827—1866)，《艾尔·弗雷迪斯》(小说)	林肯当选总统；就蓄奴和宪法问题在库珀协会发表演说。	安东·契诃夫出生(卒于1904年)。
	D. B. 德伯·詹姆士(?)，《南方非奴隶主对蓄奴制的兴趣》(非小说)	《克里邓顿妥协法案》；	古斯塔夫·马勒出生(卒于1911年)。
	E. N. 艾略特(?)，编辑《棉花是国王和亲奴制论证》(选集)	南卡莱罗纳州脱离联邦。	布尔克哈特，《意大利文艺复兴的文明》
	爱德华·S. 艾力斯(1840—1916)，《塞斯·琼斯——边境俘房》(廉价小说)	坡尼邮政快递(1860—1861)。	柯林斯，《白衣女人》
	拉尔夫·沃尔多·爱默生(1803—1882)，《论生活的行为》(散文集)	美国情报机构建立。	乔治·艾略特，《弗罗斯河上的磨房》
	G. M. 弗兰德夫人(?)，《乌木崇拜》(小说)	西奥多·帕克去世(生于1810年)。	
	威廉·劳埃德·加里森(1805—1879)，《蓄奴诸州的新"恐怖统治"》(选集)		
	威廉·吉尔品(1813—1894)，《黄金地带——北美的谷物、田园和产金地区》(非小说，1873年以《北美人民的使命》为题重新出版)		
	纳撒尼尔·霍桑(1804—1864)，《玉石雕像》(小说)		
	何泽克亚·何思玛(?)，《1/8黑人混血儿阿德拉》《小说》		
	弗雷德里克·罗·奥姆斯泰德(1822—1903)，《偏远乡村记游》(非小说)		
	亨利·罗·斯库克拉夫特夫人(?)，《黑色磨难》(小说)		
	桑顿·斯特林福娄(1788—1869)，《蓄奴制——起源，本质和历史》(非小说)		
	丹尼尔·皮尔斯·汤普森(1795—1868)，《在劫难逃的酋长》(小说)		

年代	美国文本	美国事件	其他事件与文本
	梅特·维多利亚·维克多(1831—1886),《爱丽丝·怀尔德——筏夫的女儿》(廉价小说);《原始丛林里的新娘》(廉价小说) **威廉·沃克**(1824—1860),《尼加拉瓜的战争》(非小说) 第一部比德尔廉价小说出版。		
1861	**尼黑米亚·亚当斯**(?),《黑云》(小说) **蒙库厄·丹尼尔·康威**(1832—1907),《求婚不成的斯通》(小说) **亚历山大·克拉姆尔**(1819—1898),《有色自由人与非洲的关系及其对非洲的责任》(非小说) **丽贝卡·[布莱恩]·哈丁·戴维斯**(1831—1910),《钢铁厂的生活》(小说) **哈里叶特·雅各布[琳达·布伦特]**(1813—1897),《一个女奴的生活——自己记录》(非小说) **彼得·琼斯**(?),《奥吉布瓦族印第安人历史》(非小说) **弗雷德里克·罗·奥姆斯泰德**(1822—1903),《棉花王国》(游记) **爱德华·阿尔弗列德·波兰德**(1831—1872),《聚在南方黑屋里的黑钻石》(非小说) **爱德蒙德·克莱伦斯·斯泰德曼**(1833—1908),《布尔·朗战役》(诗歌) **约翰·H. 范艾弗里**(?),《黑人和黑人蓄奴制》(非小说,1868年以《白人至上和黑人仆从》为题重新出版)	堪萨斯加入联邦。 密西西比、佛罗里达、阿拉巴马、佐治亚、路易斯安那、德克萨斯、弗吉尼亚、阿肯色、田纳西和北卡罗莱纳脱离联邦。 杰斐逊·戴维斯当选为美国南部联邦总统。 萨姆特要塞遭炮击。 第一次布尔·朗战役。 里士满成为南部联邦的首都。 成立科罗拉多、德格塔以及内华达地区。 联邦第一次征收所得税。 马修·布拉德开始拍摄美国内战的战争照片。 美国人口达到3200万。	俄国农奴解放。 伊丽莎白·芭拉特·勃郎宁去世(生于1806年)。 狄更斯,《远大前程》 陀斯妥耶夫斯基,《鬼屋记忆》(1861—1862) 乔治·艾略特,《织工马南》 帕尔格雷夫,《诗歌精华》

847

○大事年表

年代	美国文本	美国事件	其他事件与文本
1862	查尔斯·伯迪特（1815—?），《基特·卡森的一生——伟大的西部猎手和向导》（非小说） 拉尔夫·沃尔多·爱默生（1803—1882），《梭罗》（颂词）;《美国的文明》（演讲）;《解放黑人奴隶宣言》（演讲） 纳撒尼尔·霍桑（1804—1864），《略议战争》（散文） 朱丽亚·沃德·霍（1819—1910），《共和国的战争赞美诗》（诗歌） 哈里叶特·比彻·斯托（1811—1896），《索伦多的阿格尼丝》（小说）;《奥尔岛上的珍珠》（小说） 亨利·戴维·梭罗（1817—1862），《散步》;《秋色斑斓》（非小说）	第二次布尔·朗战役。李将军对北方的进攻在安蒂塔姆受阻。围攻韦克斯堡（1861—1862）。《宅地法》刺激了向西移民。联邦太平洋铁路获准铺设。亨利·戴维·梭罗去世。艾狄斯·沃顿出生（卒于1937年）。	俾斯麦成为普鲁士首相。萨拉·伯恩哈特在巴黎初次登台演出。梅瑞狄斯，《现代爱情》拉斯金，《直到最后一个》斯宾塞，《综合哲学体系》（10卷，1862—1896）安东尼·特洛普，《北美洲》
1863	露易莎·梅·阿尔科特（1832—1888），《医院速写》（非小说） 威廉·韦尔斯·布朗（1816?—1884），《黑人——他的先祖、天赋和成就》（非小说） 约翰·艾斯特·库克（1830—1886），《斯通沃尔·杰克逊的一生》（非小说） 纳撒尼尔·霍桑（1804—1864），《我们的旧宅》（非小说） 约翰·彭德尔顿·肯尼迪（1795—1870），《阿姆布罗斯先生论述叛乱的书信》（非小说） 卡罗琳·索尔（?），《小爱丽丝——殖民地的宠物》（小说） 哈里叶特·比彻·斯托（1811—1896），《代表美国妇女的回答》（非小说） 亨利·戴维·梭罗（1817—1862），《郊游》;《缺少原则的生活》（非小说） 西奥多·温斯罗普（1828—1861），《巴拿马地峡》（游记）	亚利桑那和爱达荷成为美国的地区。西弗吉尼亚加入联邦。《解放黑人奴隶宣言》。林肯的葛的斯堡演说。感恩节被宣布为国家节日。桑塔雅那出生（卒于1952年）。	萨克雷去世（生于1811年）。芬尼·坎伯，《1838年至1839年佐治亚种植园生活记》赖尔，《人类历史久远的地质证据》约翰·斯图亚特·密尔，《唯一理教》

年代	美国文本	美国事件	其他事件与文本
1864	玛丽亚·苏珊娜·康明斯(1827—1866),《痴迷的心》(小说) 查尔斯·弗朗西斯·豪(?),《北极考察——生活在爱斯基摩人中》(非小说) 詹姆士·马尔斯(?),《詹姆士·马尔斯的一生》(非小说) 亨利·戴维·梭罗(1817—1862),《缅因森林》(非小说)	尤利西斯·格兰特被任命为联邦军队司令。 谢尔曼进军海边。 内华达加入联邦。 蒙大拿确立为地区。 "我们相信上帝"首次出现在美国的硬币上。 纳撒尼尔·霍桑去世。	奥地利大公及妻子卡洛特分别成为墨西哥的国王和王后。 理查德·施特劳斯出生(卒于1949年) 陀斯妥耶夫斯基,《地下来信》 凡尔纳,《地心之旅》
1865	弗朗西斯·帕克曼(1823—1893),《新世界里的法兰西先驱》(非小说)	李将军在阿普摩特克斯投降。 林肯总统遭刺杀。 宪法第13条修正案(废除蓄奴制)被通过。 自由人办公署(1865—1869)成立,来帮助获得自由的黑人。 三K党成立。 牲畜饲养场在芝加哥出现。 爱德华·艾弗里特去世(生于1794年)。	珍西贝柳斯出生(卒于1957年)。 阿诺德,《论批评》 卡罗尔,《爱丽丝漫游奇境》 狄更斯,《我们共同的朋友》 史威朋,《阿卡兰忒在卡吕冬》 托尔斯泰,《战争与和平》 瓦格纳,(特里斯坦和伊索尔德)(歌剧)

参考书目

本参考书目精选了为全书撰稿的各位作者所提供的书目。它代表了这些作者认为特别有影响或者有意义的著作。本书目不包括博士论文、文章或者作者个人的研究。我们也未将原始资料收录在这份参考书目中，但是某些选集作为例外选录其中，因为这些材料是学生或者学者们通常并不了解或者无法得到的。

Aaron, Daniel. *The Unwritten War: American Writers and the Civil War*. New York: Oxford University Press, 1973.

Allen, Paula Gunn. *The Sacred Hoop: Recovering the Feminine in American Indian Traditions*. Boston: Beacon, 1986.

Anaya, Rudolfo A., and Francisco Lomeli, eds. *Aztlán: Essays on the Chicano Homeland*. Albuquerque, N. M.: El Norte Publications, 1989.

Anderson, Benedict. *Imagined Communities: Reflections on the Origin and Spread of Nationalism*. London: Verso, 1983.

Anderson, Quentin. *The Imperial Self: An Essay in American Literary and Cultural History*. New York: Knopf, 1971.

Andrews, William L. *To Tell a Free Story: The First Century of Afro-American Autobiography, 1760–1865*. Urbana: University of Illinois Press, 1988.

Arac, Jonathan. *Commissioned Spirits: The Shaping of Social Motion in Dickens, Carlyle, Melville, and Hawthorne*. 1979. New York: Columbia University Press, 1989.

Baker, Houston A., Jr. *Blues, Ideology, and Afro-American Literature: A Vernacular Theory*. Chicago: University of Chicago Press, 1984.

The Journey Back: Issues in Black Literature and Criticism. Chicago: University of Chicago Press, 1980.

ed. *Three American Literatures: Essays in Chicano, Native-American, and Asian-American Literature*. New York: Modern Language Association, 1982.

Banta, Martha. *Imaging American Women: Idea and Ideals in Cultural History*. New York: Columbia University Press, 1987.

Baym, Nina. *Novels, Readers, and Reviewers: Responses to Fiction in Antebellum America*. Ithaca, N. Y.: Cornell University Press, 1984.

Women's Fiction: A Guide to Novels by and About Women. Ithaca, N. Y.: Cornell University Press, 1978.

参考书目

Bell, Michael Davitt. *The Development of American Romance: The Sacrifice of Relation*. Chicago: University of Chicago Press, 1980.
Bender, Thomas. *New York Intellect: A History of Intellectual Life in New York City, from 1750 to the Beginnings of Our Own Time*. New York: Knopf-Random House, 1987.
Bercovitch, Sacvan. *The American Jeremiad*. Madison: University of Wisconsin Press, 1978.
   The Puritan Origins of the American Self. New Haven, Conn.: Yale University Press, 1975.
   The Rites of Assent: Transformations in the Symbolic Construction of America. New York: Routledge, 1993.
   ed. *Reconstructing American Literary History*. Harvard English Studies 13. Cambridge, Mass.: Harvard University Press, 1986.
Bercovitch, Sacvan, and Myra Jehlen, eds. *Ideology and Classic American Literature*. Cambridge University Press, 1986.
Bewley, Marius. *The Eccentric Design: Form in the Classic American Novel*. New York: Columbia University Press, 1959.
Bierhorst, John, ed. *In the Trail of the Wind: American Indian Poems and Ritual Orations*. New York: Farrar, Straus, & Giroux, 1971.
Blassingame, John. *The Slave Community: Plantation Life in the Antebellum South*. Rev. ed. New York: Oxford University Press, 1979.
Botkin, B. A., ed. *Lay My Burden Down: A Folk History of Slavery*. Chicago: University of Chicago Press, 1945.
Brandon, William, ed. *The Magic World: American Indian Songs and Poems*. New York: Morrow, 1971.
Bridgman, Richard. *The Colloquial Style in America*. New York: Oxford University Press, 1966.
Brodhead, Richard. *The School of Hawthorne*. New York: Oxford University Press, 1986.
Brooks, Van Wyck. *The Flowering of New England, 1815–1865*. New York: E. P. Dutton, 1936.
   The Times of Melville and Whitman. New York: Dutton, 1947.
   The World of Washington Irving. New York: Dutton, 1944.
Brown, Gillian. *Domestic Individualism: Imagining Self in Nineteenth-Century America*. Berkeley and Los Angeles: University of California Press, 1990.
Brown, Herbert Ross. *The Sentimental Novel in America, 1789–1860*. Durham, N. C.: Duke University Press, 1940.
Brown, Jerry Wayne. *The Rise of Biblical Criticism in America, 1800–1870: The New England Scholars*. Middletown, Conn.: Wesleyan University Press, 1969.
Buell, Lawrence. *Literary Transcendentalism: Style and Vision in the American Renaissance*. Ithaca, N. Y.: Cornell University Press, 1973.
   New England Literary Culture: From Revolution Through Renaissance. Cambridge University Press, 1986.
Chapman, Abraham, ed. *Literature of the American Indians: Views and Interpretations*. New York: New American Library, 1975.

Charvat, William. *Literary Publishing in America, 1790–1850*. Philadelphia: University of Pennsylvania Press, 1959.

The Profession of Authorship in America, 1790–1850. New York: Columbia University Press, 1992.

Chase, Richard. *The American Novel and Its Tradition*. 1957. Baltimore: Johns Hopkins University Press, 1979.

Chevigny, Bell Gale. *The Woman and the Myth: Margaret Fuller's Life and Writings*. Old Westbury, N. Y.: Feminist Press, 1976.

Cheyfitz, Eric. *The Poetics of Imperialism: Translation and Colonization from the Tempest to Tarzan*. New York: Oxford University Press, 1991.

Clarke, James Freeman. *Autobiography, Diary, and Correspondence*. Edited by Edward Everett Hale. 1891. New York: Negro Universities Press, 1968.

Colacurcio, Michael. *The Province of Piety: Moral History in Hawthorne's Early Tales*. Cambridge, Mass.: Harvard University Press, 1984.

Cott, Nancy. *The Bonds of Womanhood: "Woman's Sphere" in New England, 1780–1835*. New Haven, Conn.: Yale University Press, 1977.

Davis, Charles T., and Henry Louis Gates, Jr., eds. *The Slave's Narrative*. New York: Oxford University Press, 1985.

Diehl, Carl. *Americans and German Scholarship, 1770–1870*. New Haven, Conn.: Yale University Press, 1978.

Douglas, Ann. *The Feminization of American Culture*. New York: Knopf, 1977.

Drinnon, Richard. *Facing West: The Metaphysics of Indian-Hating and Empire Building*. Minneapolis: University of Minnesota Press, 1980.

Dundes, Alan. *Mother Wit from the Laughing Barrel*. Englewood Cliffs, N.J.: Prentice Hall, 1973.

Ellison, Julie. *Delicate Subjects: Romanticism, Gender, and the Ethics of Understanding*. Ithaca, N. Y.: Cornell University Press, 1990.

Epstein, Dena. *Sinful Tunes and Spirituals*. Urbana: University of Illinois Press, 1977.

Feidelson, Charles, Jr. *Symbolism and American Literature*. Chicago: University of Chicago Press, 1953.

Ferguson, Robert. *Law and Letters in American Culture*. Cambridge, Mass.: Harvard University Press, 1984.

Fiedler, Leslie A. *Love and Death in the American Novel*. 1960. Rev. ed. New York: Stein & Day, 1982.

The Return of the Vanishing American. New York: Stein & Day, 1968.

Fisher, Dexter, and Robert B. Stepto. *Afro-American Literature: The Reconstruction of Instruction*. New York: Modern Language Association, 1979.

Fisher, Philip. *Hard Facts: Form and Setting in the American Novel*. New York: Oxford University Press, 1985.

Forgie, George. *Patricide in the House Divided: A Psychological Interpretation of Lincoln and His Age*. New York: Norton, 1979.

Forguson, Lynd. *Common Sense*. London: Routledge, 1989.

Foster, Frances Smith. *Witnessing Slavery: The Development of Antebellum Slave Narratives*. Westport, Conn.: Greenwood, 1979.

Fox-Genovese, Elizabeth. *Within the Plantation Household: Black and White Women of the Old South.* Chapel Hill: University of North Carolina Press, 1988.

Franklin, H. Bruce. *Future Perfect: American Science Fiction of the Nineteenth Century.* New York: Oxford University Press, 1966.

Frederickson, George M. *The Black Image in the White Mind: The Debate on Afro-American Character and Destiny, 1817–1914.* New York: Harper & Row, 1971.

Frei, Hans W. *The Eclipse of Biblical Narrative: A Study in Eighteenth and Nineteenth Century Hermeneutics.* New Haven, Conn.: Yale University Press, 1974.

Fussell, Edwin. *Frontier: American Literature and the American West.* Princeton, N. J.: Princeton University Press, 1965.

Gates, Henry Louis, Jr. *Figures in Black: Words, Signs, and the "Racial Self."* New York: Oxford University Press, 1987.

The Signifying Monkey. New York: Oxford University Press, 1988.

Genovese, Eugene D. *Roll, Jordan, Roll: The World the Slaves Made.* New York: Pantheon, 1974.

Gilbert, Sandra, and Susan Gubar. *The Madwoman in the Attic: The Woman Writer and the Nineteenth-Century Literary Imagination.* New Haven, Conn.: Yale University Press, 1979.

Gilmore, Michael T. *American Romanticism and the Marketplace.* Chicago: University of Chicago Press. 1985.

Goetzmann, William H. *Exploration and Empire: The Explorer and the Scientist in the Winning of the American West.* New York: Vintage, 1966.

Gonzales-Berry, Erlinda, ed. *Pasó por Aquí: Critical Essays on the New Mexican Literary Tradition, 1542–1988.* Albuquerque: University of New Mexico Press, 1989.

Green, Martin. *The Problem of Boston: Some Readings in Cultural History.* New York: Norton, 1966.

Grimsted, David. *Melodrama Unveiled: American Theater and Culture, 1800–1850.* Chicago: University of Chicago Press, 1968.

Grusin, Richard. *Transcendentalist Hermeneutics: Institutional Authority and the Higher Criticism of the Bible.* Durham, N. C.: Duke University Press, 1991.

Guarneri, Carl J. *The Utopian Alternative: Fourierism in Nineteenth-Century America.* Ithaca, N. Y.: Cornell University Press, 1991.

Harding, Brian. *American Literature in Context (1830–1865).* London: Methuen, 1982.

Harding, Vincent. *There Is a River: The Black Struggle for Freedom in America.* New York: Harcourt, Brace, Jovanovich, 1981.

Harris, Neil. *Humbug: The Art of P. T. Barnum.* Boston: Little, Brown, 1973.

Hart, James D. *The Popular Book: A History of America's Literary Taste.* Berkeley and Los Angeles: University of California Press, 1961.

Herbst, Jürgen. *The German Historical School in American Scholarship: A Study in the Transfer of Culture.* Ithaca, N. Y.: Cornell University Press, 1965.

Hoffman, Daniel. *Form and Fable in American Fiction.* New York: Oxford University Press, 1965.

Horsman, Reginald. *Race and Manifest Destiny: The Origins of American Racial Anglo-Saxonism*. Cambridge, Mass.: Harvard University Press, 1981.

Horwitz, Howard. *By the Law of Nature: Form and Value in Nineteenth-Century America*. New York: Oxford University Press, 1991.

Horwitz, Morton J. *The Transformation of American Law, 1780–1860*. Cambridge, Mass.: Harvard University Press, 1977.

Howe, Daniel Walker. *The Unitarian Conscience: Harvard Moral Philosophy, 1805–1861*. 2nd ed. Middletown, Conn.: Wesleyan University Press, 1988.

Hubbell, Jay B. *The South in American Literature, 1607–1900*. Durham, N. C.: Duke University Press, 1954.

Hutchison, William R. *The Transcendentalist Ministers: Church Reform in the New England Renaissance*. New Haven, Conn.: Yale University Press, 1959.

Irwin, John T. *American Hieroglyphics: The Symbol of the Egyptian Hieroglyphics in the American Renaissance*. New Haven, Conn.: Yale University Press, 1980.

Jackson, Bruce, ed. *The Negro and His Folklore in Nineteenth-Century Periodicals*. Austin: University of Texas Press, 1967.

Johannsen, Robert W. *To the Halls of the Montezumas: The Mexican War in the American Imagination*. New York: Oxford University Press, 1985.

Kasson, John F. *Civilizing the Machine: Technology and Republican Values in America, 1776–1900*. New York: Grossman, 1976.

Kelley, Mary. *Private Woman, Public Stage: Literary Domesticity in Nineteenth-Century America*. New York: Oxford University Press, 1984.

Kerber, Linda K. *Federalists in Dissent: Imagery and Ideology in Jeffersonian America*. Ithaca, N. Y.: Cornell University Press, 1970.

Kolodny, Annette. *The Land Before Her: Fantasy and Experience of the American Frontiers, 1630–1860*. Chapel Hill: University of North Carolina Press, 1984.

The Lay of the Land: Metaphor as Experience and History in American Life and Letters. Chapel Hill: University of North Carolina Press, 1975.

Kroeber, Karl, ed. *Traditional Native American Literatures*. Lincoln: University of Nebraska Press, 1981.

Krupat, Arnold. *For Those Who Come After: A Study of Native American Autobiography*. Berkeley and Los Angeles: University of California Press, 1985.

The Voice in the Margin: Native American Literature and the Canon. Berkeley and Los Angeles: University of California Press, 1989.

Lawrence, D. H. *Studies in Classic American Literature*. 1923. Garden City, N. Y.: Doubleday, 1951.

Lehmann-Haupt, Helmut. *The Book in America: A History of the Making, the Selling, and the Collecting of Books in the United States*. New York: Bowker, 1939.

Leverenz, David. *Manhood and the American Renaissance*. Ithaca, N. Y.: Cornell University Press, 1989.

Levin, David. *History as Romantic Art: Bancroft, Prescott, Motley and Parkman*. New York: Harcourt, Brace, & World, 1963.

Levin, Harry. *The Power of Blackness: Hawthorne, Poe, Melville*. New York: Knopf, 1958.

⊙参考书目

Levine, Lawrence W. *Black Culture and Black Consciousness: Afro-American Folk Thought from Slavery to Freedom.* New York: Oxford University Press, 1977.

Lewis, R. W. B. *The American Adam: Innocence, Tragedy, and Tradition in the Nineteenth Century.* Chicago: University of Chicago Press, 1959.

Limon, John. *The Place of Fiction in the Time of Science: A Disciplinary History of American Writing.* Cambridge University Press, 1990.

Lincoln, Kenneth. *Native American Renaissance.* Berkeley and Los Angeles: University of California Press, 1983.

Lovell, John, Jr. *Black Song: The Forge and the Flame.* New York: Macmillan, 1974.

Lynn, Kenneth. *Mark Twain and Southwestern Humor.* 1959. Westport, Conn.: Greenwood, 1972.

Maddox, Lucy. *Removals: Nineteenth-Century American Literature and the Politics of Indian Affairs.* New York: Oxford University Press, 1991.

Martin, Terence. *The Instructed Vision: Scottish Common Sense Philosophy and the Origins of American Fiction.* Bloomington: University of Indiana Press, 1961.

Marx, Leo. *The Machine in the Garden: Technology and the Pastoral Ideal in America.* New York: Oxford University Press, 1964.

Matthiessen, F. O. *American Renaissance: Art and Expression in the Age of Emerson and Whitman.* New York: Oxford University Press, 1941.

McDowell, Deborah, and Arnold Rampersad, eds. *Slavery and the Literary Imagination.* Baltimore: Johns Hopkins University Press, 1989.

McKinsey, Elizabeth R. *The Western Experiment: New England Transcendentalists in the Ohio Valley.* Cambridge, Mass.: Harvard University Press, 1973.

Merk, Frederick. *Manifest Destiny and Mission in American History.* New York: Knopf, 1963.

Michaels, Walter Benn, and Donald Pease, eds. *The American Renaissance Reconsidered.* Baltimore: Johns Hopkins University Press, 1985.

Miller, Perry. *The Life of the Mind in America: From the Revolution to the Civil War.* New York: Harcourt, Brace, 1965.

Nature's Nation. Cambridge, Mass.: Harvard University Press, 1967.

The Raven and the Whale: The War of Words and Wits in the Era of Poe and Melville. New York: Harcourt, Brace, 1956.

Mitchell, Lee Clark. *Witnesses to a Vanishing America: The Nineteenth-Century Response.* Princeton, N. J.: Princeton University Press, 1981.

Moers, Ellen. *Literary Women.* 1977. New York: Oxford University Press, 1985.

Moses, Wilson J. *The Golden Age of Black Nationalism, 1850–1925.* Camden, Conn.: Archon, 1978.

Mott, Frank Luther. *Golden Multitudes: The Story of Best Sellers in the United States.* New York: Macmillan, 1947.

A History of American Magazines, 1741–1850. New York: Appleton, 1930. Republished as Vol. 1 of *A History of American Magazines*, 5 vols., Cambridge, Mass.: Harvard University Press, 1938–68.

Murray, David. *Forked Tongues: Speech, Writing, and Representation in North American Indian Texts.* London: Pinter, 1991.

Myerson, Joel. *The New England Transcendentalists and the "Dial": A History of the*

Magazine and its Contributors. Rutherford, N. J.: Fairleigh Dickinson University Press, 1980.

Nichols, Charles H. *Many Thousands Gone: The Ex-Slaves' Account of Their Bondage and Freedom*. Leiden: Brill, 1963.

Papashvily, Helen. *All the Happy Endings: A Study of the Domestic Novel in America, the Women Who Wrote It, the Women Who Read It, in the Nineteenth Century*. New York: Harper, 1956.

Parrington, Vernon L. *Main Currents in American Thought. Vol. 2, 1800–1860, The Romantic Revolution in America*. New York: Harcourt, Brace, 1927.

Pattee, Fred. *The Feminine Fifties*. New York: Appleton-Century, 1940.

Pearce, Roy Harvey. *Savagism and Civilization*. Baltimore: Johns Hopkins University Press, 1965.

Pease, Donald E. *Visionary Compacts: American Renaissance Writings in Cultural Context*. Madison: University of Wisconsin Press, 1987.

Perry, Lewis. *Radical Abolitionism: Anarchy and the Government of God in Antislavery Thought*. Ithaca, N. Y.: Cornell University Press, 1973.

Pessen, Edward. *Jacksonian America: Society, Personality, and Politics*. 1978. Urbana: University of Illinois Press, 1985.

Porte, Joel. *The Romance in America: Studies in Cooper, Poe, Hawthorne, Melville, and James*. Middletown, Conn.: Wesleyan University Press, 1969.

Potter, David. *The Impending Crisis, 1848–1861*. Edited by Don E. Fehrenbacher. New York: Harper & Row, 1976.

Pryse, Marjorie, and Hortense J. Spillers, eds. *Conjuring: Black Women, Fiction, and Literary Tradition*. Bloomington: Indiana University Press, 1985.

Quinn, Arthur Hobson. *A History of American Drama from the Beginning to the Civil War*. Rev. ed. New York: F. S. Crofts, 1943.

Rawick, George. *From Sundown to Sunup: The Making of the Black Community*. Westport, Conn.: Greenwood, 1972.

Reynolds, David S. *Beneath the American Renaissance: The Subversive Imagination in the Age of Emerson and Melville*. New York: Knopf, 1988.

Reynolds, Larry J. *European Revolutions and the American Literary Renaissance*. New Haven, Conn.: Yale University Press, 1988.

Rogin, Michael Paul. *Fathers and Children: Andrew Jackson and the Subjugation of the American Indian*. New York: Knopf, 1975.

Rourke, Constance. *American Humor: A Study of the National Character*. New York: Harcourt, Brace, 1931.

Rowe, John Carlos. *Through the Custom-House: Nineteenth-Century American Fiction and Modern Theory*. Baltimore: Johns Hopkins University Press, 1982.

Rudolph, Frederick. *Curriculum: A History of the American Undergraduate Course of Study Since 1636*. San Francisco: Jossey-Bass, 1989.

Saldívar, Ramón. *Chicano Narrative: The Dialectics of Difference*. Madison: University of Wisconsin Press, 1990.

Schmitz, Neil. *Of Huck and Alice: Humorous Writing in American Literature*. Minneapolis: University of Minnesota Press, 1983.

Sekora, John, and Darwin T. Turner, eds. *The Art of the Slave Narrative: Original*

  Essays in Criticism and Theory. Macomb: Western Illinois University Press, 1982.

Sheehan, Bernard. *Seeds of Extinction: Jeffersonian Philanthropy and the American Indian.* New York: Norton, 1974.

Simpson, David. *The Politics of American English, 1776–1850.* New York: Oxford University Press, 1986.

Slotkin, Richard. *The Fatal Environment: The Myth of the Frontier in the Age of Industrialization, 1800–1890.* New York: Atheneum, 1985.

  Regeneration through Violence: The Mythology of the American Frontier, 1600–1860. Middletown, Conn.: Wesleyan University Press, 1974.

Smith, Henry Nash. *Democracy and the Novel: Popular Resistance to Classic American Writers.* Oxford: Oxford University Press, 1978.

  Virgin Land: The American West as Symbol and Myth, 1950. Reissued with a new preface, Cambridge, Mass.: Harvard University Press, 1970.

Sollors, Werner. *Beyond Ethnicity: Consent and Descent in American Culture.* New York: Oxford University Press, 1986.

Southern, Eileen. *The Music of Black Americans.* New York: Norton, 1971.

Spencer, Benjamin T. *The Quest for Nationality: An American Literary Campaign.* Syracuse, N. Y.: Syracuse University Press, 1957.

Starling, Marion. *The Slave Narrative: Its Place in American History.* 2nd ed. Boston: G. K. Hall, 1988.

Steele, Jeffrey. *The Representation of the Self in the American Renaissance.* Chapel Hill: University of North Carolina Press, 1987.

Stepto, Robert B. *From Behind the Veil: A Study of Afro-American Narrative.* Urbana: University of Illinois Press, 1979.

Stuckey, Sterling. *Slave Culture: Nationalist Theory and the Foundations of Black America.* New York: Oxford University Press, 1987.

Sundquist, Eric J. *To Wake the Nations: Race in the Making of American Literature.* Cambridge, Mass.: Harvard University Press, 1993.

Swann, Brian, ed. *Smoothing the Ground: Essays on Native American Oral Literature.* Berkeley and Los Angeles: University of California Press, 1983.

Takaki, Ronald T. *Iron Cages: Race and Culture in Nineteenth-Century America.* New York: Oxford University Press, 1979.

Tatum, Charles. *Chicano Literature.* Boston: Twayne, 1982.

Taylor, William R. *Cavalier and Yankee: The Old South and the American National Character.* New York: Doubleday, 1963.

Tebbel, John. *Between Covers: The Rise and Transformation of Book Publishing in America.* New York: Oxford University Press, 1987.

  A History of Book Publishing in the United States: Vol. 1, The Creation of an Industry, 1630–1865. New York: Bowker, 1972.

Thomas, Brook. *Cross-Examinations of Law and Literature: Cooper, Hawthorne, Stowe, and Melville.* New York: Oxford University Press, 1987.

Toll, Robert. *Blacking Up: The Minstrel Show in Nineteenth-Century America.* New York: Oxford University Press, 1974.

Tompkins, Jane. *Sensational Designs: The Cultural Work of American Fiction, 1790–1860.* New York: Oxford University Press, 1985.

Tuveson, Ernest. *Redeemer Nation: The Idea of America's Millennial Role.* Chicago: University of Chicago Press, 1971.

Van DeBurg, William L. *Slavery and Race in American Popular Culture.* Madison: University of Wisconsin Press, 1984.

Wall, Cheryl, ed. *Changing Our Own Words: Essays on Criticism, Theory, and Writing by Black Women.* New Brunswick, N. J.: Rutgers University Press, 1989.

Walters, Ronald G. *The Antislavery Appeal: American Abolitionism after 1830.* Baltimore: Johns Hopkins University Press, 1976.

Washburn, Wilcomb. *The Indian in America.* New York: Harper, 1975.

Weisbuch, Robert. *Atlantic Double-Cross: American Literature and British Influence in the Age of Emerson.* Chicago: University of Chicago Press, 1986.

Wellek, René. *Confrontations: Studies in the Intellectual and Literary Relations between Germany, England, and the United States during the Nineteenth Century.* Princeton, N. J.: Princeton University Press, 1965.

Wells, Ronald Vale. *Three Christian Transcendentalists: James Marsh, Caleb Sprague Henry, Frederic Henry Hedge.* 1943. New York: Octagon Books, 1972.

Welter, Rush. *The Mind of America, 1820–1860.* New York: Columbia University Press, 1975.

Wicke, Jennifer. *Advertising Fictions: Literature, Advertisement, and Social Reading.* New York: Columbia University Press, 1988.

Wilson, Edmund. *Patriotic Gore: Studies in the Literature of the Civil War.* New York: Oxford University Press, 1962.

Winters, Yvor. *Maule's Curse: Seven Studies in the History of American Obscurantism: Hawthorne, Cooper, Melville, Poe, Emerson, Jones Very, Emily Dickinson, Henry James.* Norfolk, Conn.: New Directions, 1938.

Wolf, Bryan Jay. *Romantic Re-Vision: Culture and Consciousness in Nineteenth-Century American Painting and Literature.* Chicago: University of Chicago Press, 1982.

Wright, Conrad. *The Beginnings of Unitarianism in America.* Boston: Beacon, 1957.
The Liberal Christians: Essays on American Unitarian History. Boston: Beacon, 1970.
ed. *American Unitarianism, 1805–1865.* Boston: Massachusetts Historical Society and Northeastern University Press, 1989.

Yates, Norris Wilson. *William S. Porter and the "Spirit of the Times."* Baton Rouge: Louisiana State University Press, 1957.

Ziff, Larzer. *Literary Democracy: The Declaration of Cultural Independence in America.* New York: Viking, 1981.

索 引

A

Abbey, James 詹姆斯·亚贝:《加利福尼亚——穿越大平原之旅》,170
Abert, John James 约翰·詹姆斯·阿勃特,138
abolitionism 废奴主义,38,448;对废奴主义的矛盾情感,294,325;黑人参与废奴运动,240;废奴主义与殖民主义,266—267,271;废奴主义与群氓,650;废奴主义斗争,105—106;废奴主义与《汤姆叔叔的小屋》,114;废奴主义与联邦,705;亦见威廉·劳埃德·加里森;蓄奴制
actors, acting 演员,表演,45—46,48,51
Acushnet 阿库斯奈特号(船名),680
Adams, Henry 亨利·亚当斯,762;《美国历史——从托马斯·杰斐逊政府到詹姆斯·麦迪逊政府》,774—775,777
Adams, John Quincy 约翰·昆西·亚当斯,176,277,287
Adams, Nehemia 尼黑米亚·亚当斯:《黑云》,294;《南方人看蓄奴制》,294
Adams, Samuel 塞缪尔·亚当斯,650
Addison, Joseph 约瑟夫·爱迪生,341,646
Adler, George 乔治·阿德勒,727
adult education movement 成人教育运动,379
advertising 广告,54
Aestbetic Papers 《美学评论》,519
Africa 非洲,266—271,294—295,306—307
African Americans 非裔美国人:非裔美国人自传,300—304;非裔美国人与非洲殖民,266—271,294—295,306—307;非裔美国人文化,315—316;非裔美国人的民间传

---

* 索引中所示页码为《剑桥美国文学史》英文版页码,在中文版中显示为边码。

说,315—316,318;作为被解放的奴隶的非裔美国人,313—314;非裔美国人的幼儿化和恶魔化,247—248;部长,317—318;非裔美国人与异族通婚,242,247,251,269,273,293—294,298;北方人对非裔美国人的态度,303;不被视为公民,300;非裔美国人的口头传说历史,309;哈里斯所描述的非裔美国人形象,641;非裔美国人与种族歧视,247,250—251,268,282;非裔美国人与宗教,316—319;非裔美国人的奴隶叙述作品,240,308—316,323—328;非裔美国人的灵歌,318—322;非裔美国人的典型,112—113,282,288—289,292;亦见蓄奴制

African Colonization Society 非洲殖民社团,306

African Methodist Episcopal Church 非洲卫理公会教会,317

African Repository 《非洲智囊团》,266—267

Agapida, Fray Antonio 弗雷·安东尼奥·阿加皮达,参见华盛顿·欧文

Agassiz, Louis 路易斯·阿加西,251

agency 机构,729—733

agriculture 农业,144,169

Aiken, George L. 乔治·L. 埃肯,50

Aitteon, Joe 乔·艾特翁,593,594,595

Alabama 阿拉巴马,630

Alarid, Jesús María H. 杰苏斯·玛丽亚·H. 艾拉里德:《语言》,168—169

Alaska 阿拉斯加,146

Alcarza, Ramón 拉蒙·阿尔卡拉兹:《墨西哥与美国战争历史摘要》,167—168

Alcott, Abby 阿贝·阿尔科特,478,479

Alcott, Bronson 布朗森·阿尔科特,对阿尔科特的批评,392;阿尔科特与教育,372—374;阿尔科特与爱默生,396,445—446,479—480;阿尔科特在花果园地,477—480;阿尔科特与富勒,444;阿尔科特入狱,517—518;阿尔科特与蓄奴制,556;阿尔科特与梭罗,586,590;阿尔科特与超验主义俱乐部,377,442;《与孩子们谈福音书》,385—391,427,524;《奥菲士格言录》,445—446;《灵魂》,445

Alcott, Louisa May 露易莎·梅·阿尔科特,373,478—479,602

Alcott, William 威廉·阿尔科特,585

Alcott House 阿尔卡特一家,478

Alexander, Archibald 阿基波尔德·亚历山大,333

Alexander, Charles 查尔斯·亚历山大,54

Alger, Horatio 霍拉旭·阿吉,92

allegory,646—647 寓言,712

Allen, Joseph Henry 约瑟夫·亨利·爱伦,336—337

Allen, William Francis 威廉·弗朗西斯·爱伦:《美国奴隶歌曲》,318,322

Allston, Washington 华盛顿·阿尔斯通,447

Alton (Illinois) 奥尔顿(伊利诺斯州),398,650

Alton Observer 《奥尔顿观察家报》,398
Alvarado, Juan Batista 胡安·巴蒂斯塔·阿尔瓦拉多,127
Anazon River 亚利桑那河,151
Amelia Sherwood 《爱米利亚·谢伍德》,172
American and Foreign Anti-Slavery Society 美国和国外反蓄奴制协会,275
American Anti-Slavery Society 美国反蓄奴制协会,240,275,276,287,300
American Colonization Society 美国殖民协会,266,267
American Indians 美洲印第安人,参见美洲土著
American Magazine of Useful and Enteraining Knowledge 《美国实用有趣知识杂志》,643
American Montly Magazine 《美国每月评论》,54
American Museum 美利坚博物馆,49
American Negro Academy 美国黑人学院,271
American Quarterly Review 《美国季度评论》,53
American renaissance 美国文艺复兴,74—76
American Review 《美洲评论》,188
American Revolution 美国革命,161—162,183,704
American Unitarian Association 美国唯一理教协会,427,495—496,498,500
Amory Hall lecture(Thoraeu) 艾默里讲座(梭罗),493—494
Amory Hall Society 艾默里协会,484
Analectis Magazine 《文选杂志》,19
Anderson, Sherwood 舍伍德·安德森,21
Andover Theological Seminary 安德沃神学院,107,335,348—349,353
Andrews, Charles W. 查尔斯·W. 安德鲁:《安尼·阿·佩吉夫人回忆录》,254
Antarctic 南极,148
Anthology Club 文库俱乐部,332
Anthony, Susan B. 苏珊·B. 安东尼,290
Anti-Slave Trade Act(1819 年) 反对奴隶贸易法案(1819 年),266
Anti-Slavery Alpbabet 《废奴主义字母表》,291
Anti-Slavery Examiner 《废奴主义检查员》,275
Anti-Slavery Office 奴隶解放办公室,666
antidomestic literature 反家庭文学,121—122
Apaches 阿帕奇人,201,220
Apess, William 威廉·阿佩斯:《菲利普国王颂歌》,208;《佩阔德部落五个印第安基督徒酌生活》,208;《印第安人对马萨诸塞州有关马西皮部落的违宪法令的拒绝执行》,208;《森林之子》,207—208
Apuleius 阿普列乌斯:《变形记》,533
Arac, Jonathan 乔纳森·艾阿克,6,7

索 引

Arctic   北极,146—147

Arcturus   大角星,57,645

Arizona   亚利桑那州,163

Arkansas   阿肯色州,630

Armijo,Manuel   曼努埃尔·阿米霍,165

Armstrong,Arthur   亚瑟·阿姆斯特朗:《布雷水手》,162

Army Corps of Topographical Engineers   地形学工程师军团,138

Arnold, Matthew   马修·阿诺德,3

Arthur,Timothy Shay   提莫西·沙伊·亚瑟,74;《菲恩离开了范妮组合》(*Fern Leaves from Fanny's Portfolio*),75;《酒吧间的十个晚上》,71—72,75,80

Ashley,William Henry   威廉·亨利·阿西里,137,140

Asia   亚洲,135—136,148—150,173—174

Astor,John Jacob   约翰·雅各布·阿斯特,23,24,136

Astor Place Riot   阿斯特普雷斯骚乱,46,701

Astor Place Theatre(New York)   阿斯特·普雷斯剧院(纽约),46,701

Astruc,Jean   让·阿斯特鲁:《考证揣度》,415

Atkinson,Samuel C.   塞缪尔·C.阿特金森,54

Atlantic Montbly   《大西洋月刊》,120,244,745,766;《大西洋月刊》的文化领袖作用,699;爱默生在《大西洋月刊》刊文,569;《大西洋月刊》的建立,54,78—79;斯托在《大西洋月刊》刊文,103,108—109,118,746;梭罗在《大西洋月刊》刊文,593—594,602

Audubon,John James   约翰·詹姆斯·奥杜邦约:《美洲鸟类图谱》,138

Auroua(Brooklyn)   《曙光报》(布鲁克林),477

Austen,Jane   简·奥斯丁,424

Austin,Stephen   史蒂芬·奥斯丁:《建立奥斯丁殖民地》,154

autobiographical narratives   自传体小说,300—304

Averill,Charles   查尔斯·阿维利尔:《阿兹台克的启示》,159;《小猫·卡森》,142,172;《加利福尼亚生活纪实》,172;《墨西哥牧场工人》,162;《间谍船》,162

Aztecs   阿兹台克,159

Aztlán   阿兹特兰,164

B

Bacon's Rebellion   培根起义,259

Bailey,Frederick   道格拉斯·柏雷,参见弗雷德里克·道格拉斯

Bailey,Gamaliel   格玛利尔·柏雷,106,287

Baldwin,Joseph G.   约瑟夫·G.鲍德温:《阿拉巴马和密西西比的喧嚣时代》,263,637—638

Ball,Charles 查尔斯·鲍尔:《锁链下的50年》,311;《美国蓄奴制》,242,311—312

Ball,George 乔治·鲍尔,311—312

Ballou,Adin 埃丁·巴卢,484

Baltimore 巴尔的摩,15,40,52,652,657

Balzac,Honoré 奥诺·巴尔扎克,34;《人间喜剧》,617;《最后的乔乌安人》,617;《高老头》,617,658;《交际花的荣耀和苦难》,617,658

Bancroft George 乔治·班克罗夫特,160,607;班克罗夫特论美国革命,704;班克罗夫特与霍桑,645,648;班克罗夫特与民族叙述文学,608,610,621—628,702—703;班克罗夫特与帕克曼,737;班克罗夫特与托克维尔,619;班克罗夫特与洞察力,718

Bancroft,George 乔治·班克罗夫特:《联邦宪法制订史》,623;《美国历史》,187,221,621—623,705,735;"在语文学领域,除了沃尔夫还是沃尔夫,还是沃尔夫。"345

Bangor(Maine) 班戈(缅因),496

Baptist church 浸信会教堂,317

Barbès,Armand 阿尔芒·巴尔贝斯,510

Barker,James Nelson 詹姆斯·纳尔逊·巴克:《印第安公主》,217

Barnum,P. T. P. T. 巴能,49;《P. T. 巴能的一生》,766

Barreiro,Antonio 安东尼奥·巴雷罗:《新墨西哥概况》,168

Baudelaire, Charles 沙尔·波德莱尔,655

Bausista de Anza,Juan 胡安·鲍蒂斯塔·德·安萨,153,165

Baym,Nina 尼娜·拜姆:《妇女小说》,76

Bear Flag Revolt 熊旗暴动,157

Beaumont,Gustave de 古斯塔夫·德·博蒙特:《玛丽,或美国的蓄奴制》,286,618

Becknell,William 威廉·贝克纳尔,153

Beckwourth,James,137,141 詹姆斯·贝克沃斯:《生活与探险》,142

Beecher,Catharine 凯瑟琳·比彻,95,104,286—287;《蓄奴制和废奴主义论文》,289;《家庭经济论》,120,291

Beecher, Edward 爱德华·比彻:《奥尔顿暴乱纪实》,276

Beecher,Harriet Esther 哈里叶特·伊瑟·比彻,参见斯托,哈里叶特·比彻

Beecher,Henry Ward 亨利·沃德·比彻,106;《致年轻人的七个讲座》,276;《星星报》,276

Beecher,Lyman 莱曼·比彻,104—105;《西部之辩》,133,275;《作品集》(Works),275—276

Belisle,David 戴维·贝利塞尔:《美国的鲁滨逊一家》,228

Bell, Michael Davitt 迈克尔·达维特·贝尔,5

Benevolent Fraternity of Churches 慈善兄弟教会联合会,498

Benjamin,park 帕克·本杰明,34,54,55,57,63

Bennett,Emerson 爱默生·贝内特,224;《森林玫瑰》,225,236;《凯特·克拉伦敦》,

225；《草原花朵》,225；《叛逆者》,228

Bennett, James G. 詹姆斯·G. 贝内特,146

Bent, George 乔治·本特,203

Bentham, Jeremy 杰里米·边沁,544

Bentley, Richard 理查德·本特利,22,29,30,33,34,36

Benton, Thomas Hart 托马斯·哈德·本顿,135,153,157,158,169

best-sellers 畅销书,79—81,699

Bidd, Henry 亨利·比伯,287；《亨利·比伯的生活与历险故事》,312

Bible 《圣经》,87—88,368

Biddle, Nicholas 尼古拉斯·彼德尔,145；《关于由路易斯和克拉克船长指挥先至密苏里河源头,再穿越落基山脉,沿哥伦比亚河而下直达太平洋的探险实录》,134—135

Bidwell, John 约翰·彼得威尔：《加利福尼亚之旅》,156

Bildungsroman 成长小说,727,752

bilingualism 双语,168—169

Billings, Eliza Ann 伊莉莎·安·贝灵斯：《女志愿者》,162

Bingham, Caleb 卡莱伯·宾厄姆,669

Bingham, Reverend Hiram 海勒姆·宾厄姆神父：《桑威奇群岛二十一年居住记》,149

Brid, Robert Montgomery 罗伯特·蒙哥马利·伯德：《波哥达掮客》,48；《卡拉瓦》,60,159；《角斗士》,48,51,60；《鹰谷的老鹰》,60,236；《异端》,60,159,236；《丛林中的尼克》,60,216,236；《奥拉卢撒——印加之子》,48,159；《派洛皮塔斯》,48

Birney, James G. 詹姆斯·G. 波尼,105—106,287

Bismarck, Otto von 奥托·冯·俾斯麦,622

Black Hawk 黑鹰,129,206,220；《自传》,212；《玛-卡-泰-米-西-基亚-基亚克的一生》,212

Blackwood, William 威廉·布莱克伍德,41

Blackwood's Magazine 《布莱克伍德杂志》,12,41

Blake, Harrison Gray Otis 哈里森·格雷·奥蒂斯·布莱克,413

Blanqui, Louis Auguste 路易·奥古斯特·布朗基,510

Bleecker, Ann E. 安·E. 布利克：《玛丽安·凯特尔的历史》,219

"Bleeding Kansas" "流血的堪萨斯",299

Bold, Edward 爱德华·波尔德：《商人与水手用非洲指南》,268

Bolokitten, Oliver 奥利弗·波洛克登：《在大同城小住》,263

Bonaparte, Napoleon 拿破仑·波拿巴,507—508

Bonner, Robert 罗伯特·伯纳,79,120—121

Bonneville, Benjamin 本杰明·勃尼维尔,140—141

book publishing 图书书版,参见出版商,图书

Book of Mormon 《摩门经》,210

索引

Boone, Daniel 丹尼尔·布恩, 226—227, 233, 234, 259

Borthwick, John D. 约翰·D. 波斯维奇:《加利福尼亚三载记》, 171

Boscana, Fray Geronimo 福瑞·杰罗尼摩·博斯卡纳:《齐宁奇尼奇》, 165

Boston 波士顿, 419—420; 牧师协会, 332—333, 422—423, 537—538; 作为图书出版中心, 14, 77; 作为廉价文学中心, 71; 使徒教堂, 431, 500, 537, 565; 海关, 622, 645, 709; 联邦大街教堂, 426; 与逃亡奴隶, 552, 555—558; 富勒论波士顿, 536; 豪斯·普雷斯教堂, 420, 422; 吕克昂, 504; 在波士顿出版的杂志, 52, 54, 58, 78, 96; 传教士协会, 207; 博物馆, 49; 坡在波士顿, 652; 波士顿德国研究的盛行, 363; 第二教堂, 366—367, 368; 萨福克街教堂, 498; 波士顿的所谓的英国主义, 57; 波士顿茶会, 650; 作为戏剧中心, 44; 唯一理教协会, 450; 警戒会, 551, 555—558

Boston Daily Advertiser 《波士顿每日公告报》, 384, 407, 428, 664

Boston Investigator 《波士顿调查者》, 404, 405, 408

Boston Post 《波士顿邮报》, 446

Boston Quarterly Review 《波士顿季刊评论》, 398—399, 408, 412, 430, 432—436, 439, 441—442, 469

Boston Reformer 《波士顿改革者》, 381, 434

Boston Times 《波士顿时报》, 157

Boucicaule, Dion 迪恩·布希考特, 50;《八分之一黑人混血儿》, 294

Boudinot, Elias 伊莱亚斯·鲍迪诺, 209;《致白种人》, 211;《关于切诺基事务的信件及其他文件》, 211;《可怜的萨拉》, 211;《西部星辰》, 210

Bowdoin College 鲍登学院, 106, 287, 642

Bowdoin Prize 鲍登奖, 400

Bowen, Francis 弗朗西斯·鲍温, 392—393, 424, 435

Bowe, Thomas Jefferson 托马斯·杰斐逊·鲍温:《中非》, 270

Bowery Boys 鲍维利男孩, 46

Bowery Theatre (New York) 鲍维利剧院(纽约), 44, 46, 49

Brackenridge, Hugh Henry 休·亨利·布雷肯里奇, 13, 176

Bradbury, Osgood 奥斯古德·布拉德伯里:《拉鲁卡》, 224;《鲁塞尔》, 224;《庞蒂亚克》, 224

Bradford, George 乔治·布拉德福特, 446—447

Bradford, Sarah H. 萨拉·H. 布拉德福特, 322;《哈里叶特·塔布曼》, 309;《哈里叶特·塔布曼生活纪事》, 309

Brent, Linda 琳达·布伦特, 参见哈里叶特·A. 雅各布

Bridge, Horatio 霍拉旭·布里奇, 644;《一艘非洲巡洋舰的航海日记》, 268

Briggs, Charles F. 查尔斯·F. 布里格斯, 57, 78, 757, 763;《哈里·弗朗科历险记》, 70;《受诅咒的商人》, 70;《汤姆·佩朴的快捷舞步》, 70;《开拓通道》, 70

Brisbane, Albert 阿尔伯特·布里斯班:《人的社会命运》, 462—463, 485—486

827

Britain, Brithish　英国，英国的：演员，44，46；爱默生对英国的论述，570—571；英国的哥特小说，116；英国对美国小说的影响，115；美国杂志中盗版的英国文学，56，78；英国图书在美国的出版，14；季刊评论，357—359；浪漫主义，350，357，615，657，696—698，726—727；英国作为杂志材料的来源，52，53；英国作家，121

British West Indies　英属西印度群岛，286

Broadway Journal(New York)　《百老汇期刊》(纽约)，57，70，654

Broadway Theeatre　百老汇剧院，701

Brontë, Charlotte　夏洛特·勃朗特，115—116，118；《简爱》，86，115

Book Farm Association　布鲁克农场协会，463—468，485—494，501—502，645，694，710

Brooks, Preston　普雷斯顿·布鲁克斯，277，562

Brotber Jonatban　《哥哥乔纳森》，56

Brougham, John　约翰·布罗海姆：《麦塔莫拉》，47—48，218；《波-卡-洪-塔斯》，218

Brown Catherine　凯瑟琳·布朗：《凯瑟琳·布朗——一位信仰基督教的印第安切诺基族人文集》，206

Brown, Charles Brockden　查尔斯·布罗克顿·布朗，13，41，62，616；《奥蒙德》，536；《维兰德》，536

Brown, Henry　亨利·布朗：《亨利·"盒子"·布朗故事》，310

Brown, John　约翰·布朗，307，399，563—566，569，581；《佐治亚州的奴隶生活》，311

Brown, Orlando　奥兰多·布朗，237

Brown, William Wells　威廉·韦尔斯·布朗，287，309，317，320；《反蓄奴制的竖琴》，304；《克洛特》，304；《出逃》，304；《体验；或，怎样给北方人一个挺直的腰杆》，304；《米拉达》，304；《逃亡奴隶威廉·W. 布朗》，313，666

Browen, Sir Thomas　托马斯·布朗爵士，425

Brownso, Orestes　奥立斯蒂斯·布朗森，405；布朗森论布鲁克农场，467—468；布朗森的生涯，381—383，433—442；布朗森论卡莱尔，39—41；布朗森论神学院讲话，411—412，437—438；布朗森论经济状况，395；布朗森与爱默生，408，436—438，469，507；创建《波士顿季刊评论》，398—399；布朗森论新英格兰牧师，430；布朗森与诺顿，408；评论富勒，530

Brownson, Orestes　奥立斯蒂斯·布朗森：作品：《福音拥护者与普救论研究者》，382；《劳动阶级》，432，439，440，441，448；《基督教、社会与教会的新观点》，383—384，427，501

Brownson's Law　布朗森定律，439

Brownson's Quarterly Review　《布朗森季刊评论》，500—502

Bruce, Georgiana　乔治亚娜·布鲁斯，465，531

Bryan, Daniel　丹尼尔·布莱恩：《山的幽思》，215，226

Bryant Edwin　爱德温·布莱恩特：《我在加利福尼亚的见闻》，157

Bryant, William Cullen　威廉·卡伦·布莱恩特，55，57，79，121，129，424，447；《印第安

少女的哀歌》,214;《一个印第安人的故事》,214;《诗歌》,11—14;《大草原》,214

Buchanan, James 詹姆斯·布坎南,761

Buckingham, Joseph T. 约瑟夫·T. 白金汉,54

Buckminster, Joseph Stevens 约瑟夫·斯蒂文斯·伯克明斯特,346

buffaloes 野牛,143,204,205,673—674

Bulwer-Lytton, Edward 艾德华·布威尔-利顿,参见利顿,艾德华 布威尔-

Bunker Hill Monument 邦克山纪念碑,278,704

Bunyan, John 约翰·班扬,646

Burdett, Charles 查尔斯·伯迪特:《小猫卡森的一生》,142

Bureau of American Ethnography 美国人种学社,187,196

Burke, Edmund 爱德蒙德·伯克,656,704,717

Burleigh, Charles Augustus 查尔斯·奥古斯塔斯·伯利,484

Burlend, Rebecca 丽贝卡·伯兰德:《移民的真实图景》,222

burlesque 讽刺模仿,49

Burns, Anthony 安东尼·彭斯,581

Burton's Gentleman's Magazine 《伯顿绅士杂志》,54

Butler, Andrew P. 安德鲁·P. 巴特勒,562

Byron(George Gordon) Lord （乔治·戈登）拜伦勋爵,11,40,103,111,356,662

C

Cabeza de Vaca, Alvar Núñez 阿尔瓦·努内兹·卡贝扎·德·瓦卡,163—164;《故事》,164

Caddo Indians 喀多印第安人,200

Calderón de la Barca, Madame 卡尔德隆·德·拉·巴卡夫人:《墨西哥生活记》,168

Calhoun, John 约翰·卡尔霍恩,136,162,278,282,631,703,732,776;《论宪法和美国政府》,248;《政府专论》,248;《南卡罗莱纳的宣言和抗议》,248

Galifornia 加利福尼亚,127—128,144,150,171—173,548—549,662,664,671;加利福尼亚殖民情况描述,155—157;加利福尼亚的获得,152;作为边疆地区,163;亦见淘金热

Calvinism 加尔文主义,335,342,627

Cambridge Anti-Slavery Society 坎布里奇废奴协会,497

Cambridge History of American Literature 《剑桥美国文学史》(1917年),1,666

Cambridge Platonists 剑桥柏拉图学派,341,342,380

Campbell, Robert 罗伯特·坎贝尔,307

Canada 加拿大,573—575

Canot 西奥多·卡诺特,参加西奥菲勒斯·卡努

Canton(Massachusetts) 坎顿(马萨诸塞州),382
captivity narrative 被俘者叙述,218—226,228,232,661
Carey,Henry 亨利·凯里,28
Carey,Matthew 马修·凯里:《讲述殖民社会的书信》,267
Carey and Lee 凯里和李出版社,29
Caribbean 加勒比,158,283,286,308
Carlton,Robert 罗伯特·卡尔顿,参见贝亚得·拉什·霍尔
Carlyle,Thomas 托马斯·卡莱尔,367,426,437,621;卡莱尔与爱默生,369—370,509,570;卡莱尔与富勒,540,544—545;卡莱尔论机械时代,709;卡莱尔与诺顿,407;卡莱尔与梭罗,513—517,520,524
Carlyle,Thomas 托马斯·卡莱尔,作品:《特色论》,362,364;《宪章运动》,432,438,439;《论历史上的英雄、英雄崇拜和英雄品性》,698,728;《奥利弗·克伦威尔的书信与演讲》,516;《过去与现在》,744;《重新修补的裁缝》,370;《时代之迹象》,364—365;《德国文学现状》,362,363
Carnes,J.A J.A.卡内斯:《从波士顿到非洲西海岸航海记》,268
Carson,Christopher(Kit) 克里斯托弗·(小猫)·卡森,142—143
Carter,Henry 亨利·卡特,79
Caruthers,William Alexander 威廉·亚历山大·卡鲁德斯,263;《弗吉尼亚的骑兵》,60,259;《肯塔基人在纽约》,60,259;《戎马骑士》,60,259
Carver,Jonathan 乔纳森·卡弗:《北美内陆旅行记》,194
Cary,Alice 爱丽丝·卡里:《红花草地》,222;《结婚,不是交配》,222
Casker,*Tbe* 《匣子》,54
Cass,Lewis 路易斯·卡斯,178—179,548
Catherwood,Frederick 弗里德里克·凯瑟伍德,151
Catholic Emancipation 《天主教解放法令》,365,669
Catholicism 天主教,158,162,283,501,762
Catlin,George 乔治·卡特林,138,180,192;《最后一次在落基山脉与安第斯山脉的印第安人中间漫步》,189;《笔记与书简——北美印第安人的风俗、习惯及状况》,189;《奥-基-帕》,188—190
Central America 中美洲,255,256
centralization 中央集权,775—776
Cervantes Saavedra,Miguel de 米盖尔·德·塞万提斯·萨维德拉,164
Chacón,Eusebio 尤西比里奥·查康:《暴风雨之子》,169;《暴风雨之后的平静》,169
Chadwick,John White 约翰·怀特·查德威克,412
Chambers,Robert 罗伯特·钱伯斯:《造物的遗迹》,509
Champollion,Jean-François 让-弗朗索瓦·商博良,358
Channing,E.T. E.T.钱宁:12

830

索引

Channing, Ellery 埃勒利·钱宁,524—525,538,571,573,586,594,602;《诗集》,513
Channing, Walter 沃尔特·钱宁,196—197
Channing, William Ellery 威廉·埃勒利·钱宁,334—337,340—341,349,358—359,374,405,433,447,451,526
Channing, William Ellery 威廉·埃勒利·钱宁:作品:《自由州的责任》,281;《解放》,281;《启示宗教之证明》,385;《反对加尔文主义的道德论据》,335;《约翰·密尔顿其人其文》,336;《论蓄奴制问题》,281;《蓄奴制》,281—282;"钟爱虔诚的唯一理基督教",335—336
Channing, William Henry 威廉·亨利·钱宁,426,431—433,436,503,532,535—536
chants 圣歌,197—198
Chapman, John Jay 约翰·杰伊·查普曼,398,552
character 人物,706,710,714,715,765—766
Charleston 查尔斯顿,44
Charleston City Gazette 《查尔斯顿城市报》,63
Chartism 宪章运动,509—510
Charvat, William 威廉·查瓦特,16;《美国的文学出版》,14
Chase, Owen 欧文·切斯:《捕鲸船爱塞克斯号离奇悲惨遇难记》,148
Chase, Salmon 萨尔门·切斯,287
Chaucer 乔叟,457—458
Chavero, Alfredo 阿尔弗雷多·夏维罗:《墨西哥征服史》,164
Cheesebrough, Caroline 卡罗琳·奇斯泊罗,78
Cheney, Ednah Dow 埃德娜·道·切尼,444
Cherokee Nation v. Georgia 《切诺基族对佐治亚州诀议案》,176
Cherokee Phoenix 《切诺基凤凰》,210—211
Cherokees 切诺基,176—177,198—199,209—210
Chesnut, Mary Boykin 玛丽·伯莱金·切斯纳特,290,741;《日记》,254
Chesnutt, Charles 查尔斯·切斯纳特:《女巫》,315—316
Cheyennes 夏安人,203
Chicanos 奇卡诺人,163—167
Chief Joseph 约瑟夫酋长,175
Child, Andrew 安德鲁·查尔德:《前往加利福尼亚的陆路交通》,170
Child, David Lee 戴维·李·查尔德,38
Child, Lydia Maria 莉迪亚·玛丽亚·查尔德,42—43,301;《支持非裔美国人阶层的请求》,243,290;"黑皮肤的盎格鲁—撒克逊人",290;《事实与小说》,293;《主妇节俭手册》,38;《霍波莫克》,38,223;《少年杂录》,38;《纽约来信》,38;《母亲手册》,38;《全国废奴旗帜》,38;《斐洛塞亚》(*Pilothea*),38;《叛乱者》,38
children 儿童,386—388

831

"children of Adma" "亚当的子孙",135—136

child's Anti-Slavery Book,The 《儿童废奴主义书籍》,291

China 中国,148—149

Choate,Rufus 鲁弗斯·乔特,559

Chopin,Frederic 弗雷德里克·肖邦,541

Chopin,Kate 凯特·肖邦:《觉醒》,102

Christian Examiner 《基督教观察家》,347,359,367—368,375,376,384,392,402,411,415—417,422,425,424,434,442,498

Christian Register 《基督教言论》,419,422

Christian submission 基督教顺从,87—88,90,92,109,118—119

Christianity 基督教:与野蛮蒙昧,165;与征服,208;爱默生与基督教,369,403—404,568;与美国土著居民,215;帕克论基督教,420—422;与蓄奴制,269,750;斯托夫人与基督教,119,740,744—745;亦见神学院讲话(Divinity School Address)

Christy,David 戴维·克里斯蒂:《棉花是国王》(*Cotton is King*),249;《埃塞俄比亚》,269

Christy's Minstrels 克里斯蒂黑人说唱团,49,294

Chubbuck,Emily(Fanny Forrester) 艾米莉·楚布克(范妮·弗雷斯特),74

Church Examiner 《教会检查员》,704

Church of the Disciples(Boston) 使徒教堂(波士顿),431,500,537,565

Cincinnati 辛辛那提,104—105,235,287,650

Civil War 内战,77,622,623,624,770,772,774

Civilization Fund 文明基金,178

Clappe,Louise Amelia Knapp Smith 路易斯·爱米丽亚·纳普·史密斯·克莱普:《雪莉夫人通信录》,172

Clark,Lewis Gaylord 路易斯·盖洛德·克拉克,57,58,69,287;《纽约人》,64

Clarke,Asa B. 亚撒·B.克拉克:《墨西哥与加利福尼亚之旅》,158

Clarke,James Freeman 詹姆斯·弗里曼·克拉克,350—351,363,371—372,374,398,411,416,424—430,443,462,498—501,528,565

Clarke, Sara Jane(Grance Greenwood) 萨拉·简·克拉克(格莱斯·格林伍德),74,528

Clarke William 威廉·克拉克,528

Clay,Henry 克莱,亨利,248,549—550,631,703,776

Clayton,William 威廉·克莱顿:《威廉·克莱顿日记》,170

Clemens,Samuel(Mark Twain) 塞缪尔·克莱门斯(马克·吐温),37,121,615—616,632;《哈克贝利·费恩历险记》,67,615—616,637;《卡拉韦拉县驰名的跳蛙》,770;《傻子出国记》,770;《艰难岁月》,770

Clough,Arthur Hugh 亚瑟·休·克拉夫,509

Clyman, James 詹姆斯·克莱曼, 137
Cobb, Sylvanus, Jr. 小西尔维纳斯·考伯, 74;《莫斯科造枪人》, 79
Códice Ramírez 《科迪斯·拉米雷斯》, 164
Codman, John 约翰·科德曼, 465, 489, 492—493
Cody, Buffalo Bill 布法罗·比尔·科迪, 216, 228
Coffin, Levi 列维·科芬, 309
Coleridge, Samuel Taylor 塞缪尔·泰勒·柯勒律治, 353—361, 367, 369, 609, 652, 697, 707—708;爱默生与柯勒律治, 570;柯勒律治与坡, 656
Coleridge, Samuel Taylor 塞缪尔·泰勒·柯勒律治:作品:《沉思之助》, 341, 353—354, 359, 361, 373;《文学传记》, 353, 359—361, 696, 705, 708, 717, 727, 729—730;《论方法》, 379;《朋友》, 359—360, 379;《诗作》, 359
colonization of Africa 非洲殖民, 266—271, 294—295, 306—307
Colored American 《有色美国人》, 309
Colter, John 约翰·考尔特, 136
Colton, George H. 乔治·H. 科尔顿:《特库姆塞》, 184—185
Colton, Joseph 约瑟夫·科尔登:《科氏穿越西部旅游观光指南》, 170
Colton, Reverend Walter 沃尔特·科尔登神父:《黄金之乡》, 172
Columbian Orator, The 《哥伦比亚演说家》, 669, 670
Comanches 科曼切人, 204
comanches, Los 《科曼切人》, 165
communitarianism 共产社会, 478, 484
Compromise of 1850 1850 年折中法案, 106, 151, 242, 244, 278, 281, 283, 287—288, 299, 549, 688, 703—704, 732—733, 735, 767—768
Concord(Massachusetts) 康科德(马萨诸塞州), 512, 517—518, 552, 564, 579—580, 583, 600—601, 644;吕克昂, 401, 425, 452, 457, 516, 519, 522, 525, 592, 593, 598
Congregationalism 公理会, 332, 335
Conneau, Theophilus 西奥菲勒斯·卡努:《卡诺特船长》, 268—269
Connecticut Wits 康涅狄格才子, 13
Conner, Charlotte Barnes 夏洛特·巴恩斯·康纳:《丛林公主》, 217
conquest, theme of 征服的主题, 214, 215, 232
Conrad, Joseph, 617 约瑟夫·康拉德;《间谍》, 773
Constansó, Miguel 米盖尔·科斯汤索, 165
Constant, Benjamin 本杰明·康斯丁, 434
Constiution, U. S. 美国宪法, 296, 323, 716—717, 750, 775
Conway, Moncure 莫恩修·康威:《自传》, 285;《被拒的石头》, 285
Cooke, John Esten 约翰·埃斯腾·库克, 260;《锤与剑》, 261;《绅士亨利·圣约翰》, 261;《白刃战》, 261;《皮袜和丝》, 261;《费尔法克斯阁下》, 224;《鹰巢传》, 261;《弗

吉尼亚的喜剧演员》,261

Cooke, Philip Pendleton 菲利普·彭德尔顿·库克,261

Cooper, James Fenimore 詹姆斯·费尼莫尔·库珀:传记,25—36;库珀创作的囚禁叙事故事,223;与科普韦 209;尼尔的批评,41;库珀的收入,16—17;对小说的影响,37;库珀创作的边疆英雄,228—232;与哥特小说,116;与历史小说,59;对库珀的模仿,38;库珀的影响,70,72;库珀的国际因素,610—612;与欧文,24—25,32,35,41;库珀进行的名誉侵权诉讼,31;库珀撰写的杂志文章,78;海洋罗曼司,662;与梅尔维尔,25;论美国土著居民,36—37,189,208,224,232,612—615;反对辉格党,30—31,32;与帕克曼,230,616,737;与坡,62,616—617;作为职业作家,25,32—33,36;库珀的笔名,28;库珀的浪漫主义小说,186;与斯哥特,32;库珀的成功,24—25;扩张主义的主题,129;与吐温,615—616

Cooper, James Fenimore 詹姆斯·费尼莫尔·库珀:作品:《密尔斯·威灵福特历险记》,34;《漂泊与上岸》,34;《一块袋装手帕的自传》,34;《亡命徒》,30;《火山口》,35,36;《库珀镇编年史》,31;《猎鹿人》,33—34,228—229;"爱芬海姆系列小说"(Effingham Novels),31—32;《刽子手》,30;《黑衣教士》,30;《美利坚合众国海军史》(The History of the Navy of the United States of America),33,34;《所见之家》,31—32;《归乡之旅》,31—32;《杰克·泰尔》,35;《最后的莫希干人》,17,27,28—29,32,44,194,216—218,221,224,228—231,612—615;《皮袜子故事集》,12,189,226,228—232,611,612;《十三共和国演义》,28—29;《给同胞的一封信》,30;《莱昂内尔·林肯》,28,29;"利特尔贝奇三部曲",34,36;《卡斯蒂里亚的梅赛德》,34;《莫尼金斯》,30;《奈德·米尔斯,或航海生涯》,34;《美国人的观念》,29,358;《橡树路口》,35,232;《探险者》,33—34,228—229;《水手》,28;《先驱》,11,27,28,32,36,43,228—230,612,619,774;《大草原》,27,29,32,137,228—230,613—614;《戒备》,12,26,28;《红海盗》,29;《萨坦斯托》(Satanstoe),《戴镣铐的人》(The Chainbearer),《红皮肤的人》(The Redskins)(三部曲),34,232;《海狮》,35—36;《间谍》,11—14,26—27,29,32,38,610—612;《十五岁的故事》,28—29;《两位海军司令》,34;《水妖》,29;《眼前的路》,35,36;《威什顿威什的悲哀》,29,232;《双帆航行》,17,34;《怀恩多特》,34,36,232,616—617

Cooper, William 威廉·库珀,25—27

Cooper Union speech (Lincoln) 库珀学会演讲(林肯),296,298

Cooperstown (New York) 库珀镇(纽约),25—27,30,31

Copway, George 乔治·科普韦:《科普韦美国印第安人》,209;《卡格葛博的生活、历史和出行》,208—209;《奥吉布瓦人的征服》(The Ojibway Conquest),209;《奥吉布瓦族传统的历史和特征概述》,209

copyright law 版权法律,14,47,57,370

Coronado expedition 科罗拉多探险,164

"correspondence" "通信",378—180

索引

corrido 科利多,165—167

"Corrido de Gregorio Cortez,El" 《格雷高里奥·科特斯之歌》,166—167

"Corrido de Kiansis,El" 《基安西斯之歌》,166

Cortez,Gregorio 格雷高里奥·科特斯,166—167

Cortina,Juan Nepomuceno 胡安·奈珀姆切诺·科尔蒂娜,167

Cousin,Victor 维克多·库辛,383—384,400,407,425

Coyner,David 戴维·凯纳:《迷茫的猎人》,142

Craft,Ellen 爱伦·克拉夫特,309,551;《为了自由跑步一千英里》,310—311

Craft,William 威廉·克拉夫特,551;《为了自由跑步一千英里》,310—311

Cranch,Christopher Peares 克里斯托弗·皮尔斯·克朗奇,449

Crean,Stephen 史蒂芬·克莱恩,102

Crayon,Geoffrey 杰弗里·克雷恩,20;《布雷斯布里奇田庄》(Bracebridge Hall),21

creation myths 创世神话,198—200

Creek Wars 克里克战争(1836),238

crime literature 犯罪文学,637

Criswell,Robert 罗伯特·克里斯维尔:《汤姆叔叔的小屋与白金汉宫》,265

Crockett,David 戴维·克罗克特,227,234;《自传》,636;《戴维·克罗克特的生活故事》,227,632

Cromwell,Oliver 奥利弗·克伦威尔,537

crowds 人群,649—650

Crummell,Alexander 亚历山大·克伦威尔,270—271,306;《非洲的未来》,270;《美国自由黑人与非洲的关系及其对非洲的责任》,270

Cuba 古巴,244,307,308,624

Cudworth,Ralph 拉尔夫·科德沃斯,341

Cuerno Verde 库埃诺·维尔德,165

Cuffee,Paul 保罗·卡非:《非洲塞拉利昂殖民地定居和现状简述》,267

Cult of Domesticity 家庭信仰文化,43,65—67,81—82,92,94—95,102,103,106,114,115

Cult of Thue Womanhood 真正女性崇拜,参见家庭信仰文化

cultural domination 文化统治,158

Cummins David 戴维·康明斯,89

Cummis Maria 玛丽亚·康明斯,88—89,109,115—116,118,119,120

Cummis Maria 玛丽亚·康明斯:作品:《艾尔·弗雷迪斯》,89;《痴迷的心》,89;《灯夫》(The Lamplighter),42,66,80,81,88—95,118,123;《梅布尔·沃恩》,89,222

Cummis,Mehitable Cave 梅希特伯·凯弗·康明斯,89

Curtis,George William 乔治·威廉·科蒂斯,78,575—576,757;《美国学者的政治与时代责任》,763

835

Curtis, Newton 牛顿·科蒂斯:《遭追捕的酋长》,162
Cushing, Eliza 伊莉莎·库欣:《萨拉托加》,223
Cushman, Charlotte 夏洛特·古什曼,44
Cusick, David (Tuscarora) 戴维·卡斯西克:《六民族古代史纲》,206
Custis, George Washington 乔治·华盛顿·卡斯蒂斯:《波卡洪塔斯》,217

D

Daguerre 达盖尔,507
Dallam, James W. 詹姆斯·W. 达莱姆:《孤星》,155
Dana, Charles 查尔斯·达纳:《世界花园》,145,170
Dana, Richard Henry 理查德·亨利·达纳,424,684;《美国人》,12;《水手之友》,156;《航海两年》,152,155—156,609,662—666,746
Dartmouth College 达特茅斯学院,406,436
Darwin, Charles 查尔斯·达尔文:《物种起源》,706
David, Rebecca Harding 丽贝卡·哈丁·戴维斯:《铁磨坊中的生活》,745—748
Davis, Jefferson 杰斐逊·戴维斯,243
Davis, John 约翰·戴维斯,621
Davis, Reverend Noah 诺亚牧师·戴维斯:《诺亚·戴维斯牧师的生活》,317
Davis, William W. H. 威廉·W. H. 戴维斯:《美国佬》,168
De Bow, James D. B. 詹姆斯·D. B. 德伯,249;《南方非蓄奴主存在于蓄奴制中的利益》,253
De Bow's Review 《德伯评论》,152,253,283
De Quincey, Thomas 托马斯·德昆西,509;《一个英国瘾君子的忏悔》,656,726
de Stael, Madame 德斯塔尔夫人,355,526—527;《论德国》,351,353,367,378
de Wette, Wilhelm Martin Leberecht 威尔海姆·马丁·莱伯列希特·德维特:《〈旧约〉导论》,415,423;《西奥多》,416,4
Declaration of Independence 《独立宣言》,183,241—242,716
Defor, Daniel 丹尼尔·笛福,658;《鲁滨逊漂流记》,675—676
DeLancey, Susan Augusta 苏珊·奥古斯塔·德兰西,26
Delano, Alonzo 阿朗骚·德莱诺:《大平原及金矿散记》,171
Delano, Amasa 阿玛萨·德拉诺,282;《航海旅行纪事》,761
Delany, Martin 马丁·德莱尼,158,271;《黑人》,305;《布莱克》,244,304,307—308,763;《美国有色人种的状况、改善、迁徙和命运》,307—308;《美国独立革命中的黑人》,305;《美洲大陆有色种族的政治命运》,307;《圣多明哥》,305—306
democracy 民主,358—359,435,521,617—621,625—626,647
Democratic party 民主党:班克罗夫特对民主党的忠诚,621;布朗森与民主党,398—

399,441,501；库珀与民主党,24,33；霍桑与民主党,646；民主党与蓄奴制,559；弗雷斯特的支持者,46；民主党与"青年美国",64

Democratic Review 《民主评论》,参见《美利坚杂志和民主评论》

Democratic State Convention 民主党全国大会,435

Dennie,Joshph 约瑟夫·丹尼,356—357；《佳作选辑》,52

Denslow,Van Buren 范布伦·邓斯鲁：《被承认和被否认的》,293—294

Department of the Interior 内务部,237

Derby,James 詹姆斯·德比,96

Dew,Thomas R. 托马斯·R.迪尤："废除黑人蓄奴制",246,249；《论1831—1832年弗吉尼亚立法辩论》,246

Dewees,Jacob 雅各·布迪威：《美洲和非洲的远大未来》,269

Dewey,C. C.迪威：《草本开花植物记》,454

Dial, The 《日晷》,419,441—458,478,498,512,528

dialectial procedures,626—627

diaries 日记,137,139,254

Díaz,Fary Juan 福瑞·胡安·迪亚兹,165

Diaz Cortez, Leonor 李奥诺·迪亚兹·科特斯,166

Dickens,Charles 查尔斯·狄更斯,21,100,121,122,652,743；《美国札记》,286；《荒凉山庄》,78；《大卫·科波菲尔》,751；《小多丽》,78

Dickinson,Emily 艾米莉·狄金森,81,279,555

dime novels 廉价小说,42,224,228

diversity 多样性：作为小说主题,5

Divinity School Address(Emerson) 神学院讲话(爱默生),389,402—408,443,481；布朗森论神学院讲话,436—437；围绕神学院讲话的争论,411,418—419,428,429；弗朗西斯论神学院讲话,496；促成《日晷》的建立,442

Dix and Edwards 迪克斯和爱德华,757,763,766

Dodderidge,Joseph 约瑟夫·多德里奇：《罗根》,216—217

domestic fiction 家庭小说,115—120,118—119,122—123

domestic slavery 家庭蓄奴制,113

domesticity 家庭生活,289,647；亦见家庭信仰文化

Doniphan,Alexander 亚历山大·道尼芬,160

Douglas,Ann 安·道格拉斯：《美国文化的女性化》(*The Feminization of American Culture*),76

Douglas,Stephen 史蒂芬·道格拉斯,169,296—297,550,557

Douglass,Frederick 弗雷德里克·道格拉斯,129,240—241,271,287,300,308—312,317,322—328,607,609,666—671

Douglass,Frederick 弗雷德里克·道格拉斯：作品：《英雄奴隶》,324,763；《弗雷德里

克·道格拉斯的生活与时代》(*Life and Times of Frederick Douglass*),327,671;《我的奴役和我的自由》,278,314,323—326,666,668,745,750—752;《弗雷德里克·道格拉斯人生叙谈》,323—324,327,460,666—671,718;《北方之星》(《弗雷德里克·道格拉斯报》),309,326—327;《七月四日对奴隶意味着什么?》,687

Drake, Benjamin 本杰明·德雷克:《黑鹰纪事》,213;《特库姆塞的一生》,185

Drake, Daniel 丹尼尔·德雷克,132—133

Drake, Samuel 塞缪尔·德雷克:《北美印第安人史传》,186—187,219;《印第安人的囚徒》,219;《荒野中的悲剧》,219

drama 戏剧,44—51,214—218

dream symoblism 梦的象征,201—202

Dred Scott v. *Sandford* 《德雷德·司各特对圣福德》,299—300,762

Drew, Benjamin 本杰明·德鲁:《北方人看蓄奴制》,314

Drouillard, George 德罗易拉德,乔治,136

Drummond light 德拉蒙德灯,766

Du Bois, W. E. B. W. E. B. 杜波伊斯,762;《黑人的心灵》,318

Duff, Mary Ann 玛丽·安·杜夫,44

Durán, Frey Diego 福瑞·迭戈·杜兰:《新西班牙之印第安史》,164

Duyckinck, Evert 艾弗特·戴克金克,757,764;编辑《大角星》,57—58,645—646;与霍桑,650,695,699;与梅尔维尔,726;与坡,654,656—657;与"青年美国",70;《美国文学百科》,635,684

Duyckinck 乔治·戴克金克,57—58,646,764

Dwight, Dr. 约翰·德怀特博士,488

Dwight, John Sullivan 约翰·沙利文·德怀特,487,488;《先驱者》,491

Dwight, Marianne 玛丽安娜·德怀特,488—493

Dyer, Oliver 奥利弗·戴尔,96

E

East Alabamian 《东阿拉巴马人》,636

Eastburn, James 詹姆斯·W. 伊斯特本,《亚莫伊登——菲利普王的战争传说》,215,223

Eastman, Mary 玛丽·伊斯曼,193;《菲立斯阿姨的小屋》,265—266

Eastman, Seth 塞思·伊斯曼,192—193;《美国土著文件夹》,193;《达科他》,193;《印第安人的浪漫生活故事》,193

Eckerman, Johann Perter 约翰·彼得·爱克曼:《歌德谈话录》,425,442,536

economic conditions 经济状况,394—395,699—701;亦见 1837 年大恐慌

Edenton (North Carolina) 伊甸顿镇(北卡罗莱纳州),749

Edinburgh Review 《爱丁堡评论》,357,362,370,508

Edson, Clement 克莱蒙特·爱德森,57

education 教育,350—354,372—275,385—391,439

Edwards, Jonathan 乔纳森·爱德华兹,276,365,501,661

Effingham Novels "爱芬海姆系列小说",参见詹姆斯·费尼莫尔·库珀

Egan, Pierce 皮尔斯·爱根:《伦敦生活》,630

Eichhorn, Johann Gottfired 约翰·戈特弗里德·艾希霍恩:《〈旧约〉导论》,345—347

Eldredge, Charles 查尔斯·艾尔德雷奇,96

Eliot, George(Mary Ann Evans) 乔治·艾略特(玛丽·安·埃文斯),511;《弗罗斯河上的磨坊》,746

Eliot, Samuel A. 塞缪尔·A. 艾略特:《约西亚·汉森的生活》,313

Eliza(a prisoner) 伊莉莎(一个囚犯),531

Elizabeth(ship) 伊莉莎白(船名),546—547

Elkswatawa 埃尔克斯瓦特瓦,184—186,227

Ellet, Elizabeth Fries 伊丽莎白·弗赖斯·埃利特:《西部拓荒妇女》,222

Elliot, E. N. E. N. 艾略特:《棉花是国王和亲奴制论述》,249;《亲奴制论证》,249

Elliott, Jesse D. 杰西·D. 爱略特,33

ellipsis 省略,647—648

Ellis, Edward S. 爱德华·S. 埃利斯:《塞斯·琼斯》,224

Ellis, William 威廉·埃利斯:《环夏威夷群岛航行记》,149

Ellsler, Fanny 范妮·埃尔斯勒,527

emancipation 解放,245,246,269,271,273,381,293,295,299

Emancipation Proclamation 《解放黑人奴隶宣言》,293,299

Emancipator 《解放者》,275

Embury, Emma Catherine 爱玛·凯瑟琳·恩伯利,66—67,73;《康斯坦斯·拉蒂默》,66

Emerson, Edward 爱德华·爱默生,355

Emerson, Ellen 爱伦·爱默生,369,557,599

Emerson, Lydia Jackson(Lidian) 丽迪亚·杰克逊·(丽迪安)·爱默生,408,557

Emerson, Mary Moody 玛丽·牧迪·爱默生,365—366

Emerson, Ruth Haskins 露丝·哈斯金斯·爱默生,365

Emerson, Sophia 索菲亚·爱默生,463

Emerson, Waldo 沃尔多·爱默生,366—370,477

Emerson, William 威廉·爱默生,332,365—366

Emerson, Ralph Waldo 拉尔夫·沃尔多·爱默生,7,54,55,345,365—366,374;与孤独英雄的共鸣,399;与阿尔科特,479—480;与卡莱尔,369—370,380;与德斯塔尔,353;自信的教条,399;论经济状况,395—396;在欧洲,495;与弗朗西斯,496;与富

勒,482;论林肯;作为吕克昂演讲者,393—394,403;与墨西哥战争,160;论理性与知性,355,394;论改革,4776—477;与蓄奴制,280—281,550—555,559—564,567;与斯维登堡神学,378—379;与梭罗,476;与超验主义俱乐部,377—378;与唯一理教,402;与威利(Very),403,410—411;论妇女,482

Emerson, Ralph Waldo　拉尔夫·沃尔多·爱默生:作品:《关于教育的发言》,396;《对坎布里奇神学院高年级学生的讲话》(An Address to the Senior Class in Divinity College, Cambridge)(《神学院讲话》),389,402—404,405—408,411,437—438,481,496;《美国的文明》603;《论美国学者》,396—398,436,451,648;《美国的蓄奴制度》,559—562;《论艺术》,468—469;《谈萨姆纳先生被殴打事件》,562—563;《论性格》,481—482;《查顿街大会》,450;《论循环》,434,468,474—475;《论补偿》,468—470;《生活的准则》,566—569,592;《论勇气》,565;《英属西印度群岛的解放》,281;《英国人的特性》,566—567,569—571,592;《文集》(第一卷),370,468—475;《文集》,第二卷,480—485,498,534;《论经验》,481;《论友谊》,468—469;《追捕逃亡奴隶法》,281,552—554,569;《论天赋》,481,483;《论英雄主义》,398,468,470;《论历史》,468—469,470;《论才智》,468—469,474;《约翰·布朗》,565;《论当代》,460,476—477;《论文学》,459;《文学伦理》,436;《圣餐》,367—368;《论博爱》,468,470—471;《为改革者助威》,460;《论行为》,481—482;《论蒙田》,493;《论自然》,146,377—3381,401,424,427,435,481;《论自然》(散文),481;《自然,讲话与演说》(Nature, Address and Lectures),524;《新英格兰改革者》,481,484;《论唯名论者和现实主义者》,481,483;《论超灵》,468—469,473,533;《历史哲学》,393;《诗集》,503;《论诗人》,480—481;《论政治》,481,483,702;《论政治》(讲座),396;《道德哲学之现状》,343;《论审慎》,468—470,474;《代表人物》,74,504—508,524;《论自助》,468—470,471—472,473;《论堪萨斯事务》,563—564;《狮身人面像》,450;《论精神法则》,468—473;《论现状》(State),569;《时代》,450;《超验主义》,450;《论超验主义者》,331,459;《论崇拜》,568;《年轻的美利坚人》,144

emigrant guides　移民指南,144—145,170,171,222

emigration　移民,439

Emmons, E.　E. 埃蒙斯:《四足动物记》,454

Emmons, Richard　理查德·埃蒙斯:《特库姆塞》,216

empire　帝国:帝国意识形态,127;美利坚帝国,135,173

Engels, Friedrich　费里德里希·恩格斯:《共产党宣言》,744

England, English　英格兰,英格兰人,参见不列颠,不列颠人

Enlightenment　启蒙,352

enthusiasm　狂热,338—339

Equiano, Qlaudah　奥劳岱·伊奎诺,310

Erie Canel　伊利运河,15

Escuero, José Agustín de　何塞·奥古斯丁·德·埃斯库德罗:《古老的新墨西哥省的史

学与统计学资料》,168
ethnography 人种学,138,179—180,183—196,206,219
evangelism 福音传道,272
Evening Mirror(New York) 《夜晚的镜子》(纽约),654
Everett,Edward 爱德华·爱弗里特,22,79,121,339,344—348,350,371,375;"美国文学发展的有利环境",132
Everett,James 詹姆斯·爱弗里特:《为基督教而辩》,347
expansionism 扩张主义,127—131;为扩张主义的辩论,133;与加勒比海,308;扩张主义的腐蚀作用,150;与拉丁美洲,150—169;与美洲土著居民,128,130—131,135,175,216;亦见"命定扩张说"
exploration,explorers 探险,探险者,129,137—138,146—148,165

F

Fabens,Joseph W. 约瑟夫·W. 法宾斯:《巴拿马地峡纪实》,150
family issues 家庭问题,750—751
Fanning,Edmund 爱德蒙德·范宁:《南方诸海旅行记》,148
Farnham,Eliza 伊莉莎·法恩海姆:《加利福尼亚——家事和国事》,172—173;《草原上的生活》,172
Farrington,Samuel 法灵顿,塞缪尔,96
Farrington,Sara Willis Eldredge 萨拉·威利斯·艾尔德雷奇·法灵顿,参见萨拉·佩森·威利斯
Faulkner,William 威廉·福克纳,21,321,632;《押沙龙,押沙龙!》,762;"熊",635
Fay,Theodore Sebgwick 西奥多·塞奇维克·费依,53;《一位恬静男人的梦想和幻觉》,69;《诺曼·莱斯莉》,69
Federal Street Church(Boston) 联邦大街教堂(波士顿),426
Federal Street Theater(Boston) 联邦街剧院(波士顿),405
Federal Writers' Project 联邦作家工程,310
Felton,Cornelius 科涅琉斯·费尔敦,396
feminine literary tradition 女性文学传统,36—37,43,120—121
feminism 女权运动,115—116
Fern,Fanny 范妮·菲恩,参见萨拉·佩森·威利斯
Fernham,Thomas Jefferson 托马斯·杰斐逊·法恩海姆:《加利福尼亚生活与探险》,156;《西部大草原之旅》,156
Ferris,Warren 华伦·费里斯,141
Fichte,Johann Gottlieg 约翰·戈特里普·费希特,352,380;《学术观点》,363
fiction 小说,733,765;19 世纪 30 年代至 19 世纪 40 年代的小说,59—72;历史小说,38,

841

40,42,59,72;"男子气概"对"女性气质",43;小说的流行,17—18;宗教小说,59—65

Field,John 约翰·菲尔德,584

Fielding,Henry 亨利·菲尔丁:《乔纳森·瓦尔德》,637;《汤姆·琼斯》,40

Fields,James 詹姆斯·菲尔兹,77,78,109,120,579,581,601—602,699,746,747

Fields,Joseph 约瑟夫·菲尔德:《得州三载记》,155

Fillmore,Millard 米勒德·菲尔莫尔,550,554

Finney,John 约翰·菲尔森:《肯塔基州的发现、定居与现状》,226

Finney,Charles Grandison 查尔斯·格兰迪森·芬尼,276

Fisher,Isaac 埃塞克·费谢,242

Fisk University 菲斯克大学,318

Fitzhugh,George 乔治·费兹修,249;《全是食人生番!》,253—254,745;《南方社会学》,253

Five Civilized Tribes 五个文明部落,177,233

Flag of Our Union(Boston) 《我们联邦的旗帜》(波士顿),654

Flagg,Edmund 爱德蒙德·弗拉格,146;《西部:或,落基山脉彼端之行》,145

Flanders,G. M. G. M. 佛兰德:《乌木崇拜》,265

Flaubert,Gustave 古斯塔夫·福楼拜,714

Flinnt,Timothy 提莫西·弗林特,42—43,56,154,223;《亚瑟·克林宁》,234;《丹尼尔·布恩传记》,39,226;《西部诸州简明地理和历史》,39;《弗朗西斯·伯利安,或墨西哥爱国英雄》,39,161,234;《乔治·梅森——一位年轻的蛮族人》,39,234;《密西西比河谷历史和地理》,39,234;《西部的印第安战争》,39,234;《亚瑟·克林宁的生活和历险》,39,234;《丹尼尔·布恩上校的历险生涯》,226;《追忆往昔十年》,39,234;《肖肖尼山谷》,39,234;《西部月刊评论》,53

flogging 鞭打,686—687

Foley,Fanny 范妮·弗利:《海上浪漫传奇》,172

folklore of 民间传说,315—316,318

Follen,Charles 查尔斯·佛伦,371

Foote,Andrew Hull 安德鲁·赫尔·佛提:《非洲和美国旗帜》,268

Forbes,Alexander 亚历山大·福布斯:《加利福尼亚》,156

Forrest,Edwin 爱德温·弗雷斯特,44,45—47,51,60,701

Forrester,Fanny 范妮·弗雷斯特,参见艾米莉·楚布克

Forrester,Frank 弗兰克·弗雷斯特,参见亨利·威廉·赫伯特

Fort William Henry 威廉·亨利要塞,230

Founding Fathers 开国元勋,241,242,277—279,293,300,776

Fourier,Charles 查尔斯·傅立叶,463,467,485,494

Fourierism 傅立叶主义,545

Fourth of July 七月四日,687

Fowler, Jacob 雅各布·法欧勒:《雅各布·法欧勒日记》,153

Fox, George 乔治·福克斯,369

Francis, Convers 康沃斯·弗朗西斯,414—415,495—498,502,508;《作为纯粹内心信念之基督教》(Christianity as a Purely Internal Principle),376,415

Franco-Prussian War 普法战争,622

Frank leslie's Illustrated Newspaper 《弗兰克·莱斯莉插图报》,78

Franklin, Benjamin 本杰明·富兰克林,203,760

Fraser's 《弗雷泽》,362,370

Frederick Douglass's Papers 《弗雷德里克·道格拉斯报》,309,326—327

Free Enquirer 《自由询问者》,382,434,440

Free Soil Party 自由土地党,252,266,554,558,664,713

Freedom's Journal 《自由报》,309

Freeman, Frederick 弗雷德里克·弗里曼:《亚拉提》,267

Freeman, Mary Wilkins 玛丽·维尔金斯·弗里曼,111

Frémont, John 约翰·弗莱芒,142—143,157,170;《我的回忆录》,157;《报告》(Reports),157

French, James S. 詹姆斯·S. 弗伦奇:《埃尔克斯瓦特瓦;或,西部预言家》(Elkswatawa; or, the Prophet of the West),184—186

French and Indian Wars 法国人与印第安人的战争,175,181,229,672,737

French Revolution 法国大革命,698

Freneau, Philip 菲利普·弗雷诺,13

Friend, The 《朋友》,357

"Friends of Universal Reform" "全面改革之友协会",462

frontier, idea of 边疆的观念,183—184,193—194,206,224—235

frontier fiction 边疆小说,170,222—223

Frost, Barzillai 巴齐莱·弗罗斯特,402,425

Frost, John 约翰·弗罗斯特:《西部巾帼英雄》,219;《美国的印第安战争》,186

Frothingham O. B. 弗罗森汉姆,O. B. ,362,365,376

Fruitlands 花果园地,478—480,502

Fugitive Slave Law 《追捕逃亡奴隶法》,106,278—279,281,287—288,314,497,549,551—554,558,567,591,688

Fuller, Margaret 玛格里特·富勒,390,424—426,439,442—444,453,456,463,482;论美国,545;论卡莱尔,544—546;富勒观念的改变,526—528;富勒的死亡,546—547;与《日晷》,528;与爱默生,482,526,534—535;在欧洲,495,540—546;论哥德,507;与格利雷,530—532;与海吉,497;与朗费罗,536—537;与詹姆斯·纳森,538—539;论美洲土著居民,529—530;在纽约,535—536;论拓荒者,529;论监狱期刊,531—532;论宗教纷争,537—538

843

Fuller, Margaret　玛格里特·富勒,54,371—372;作品:"恳谈会",444,528,534;《伟大的诉讼》,449,528,531;《论文学与艺术》,540;《夏日湖边》,513,528—530;《十九世纪的妇女》,291,526,531—535

Fuller, Timothy　提莫西·富勒,371

Furness, William Henry　威廉·亨利·阜尼斯,561—562;《四福音书论》,385,427

G

G. P. Putnam and Company　G. P. 普特南出版社,671

Gadsden Purchase(1853年)　加兹登购地(1853年),152

Gallatin, Albert　阿尔伯特·加勒廷,187;《北美印第安种族地图》,137

Ganilh, Anthony　安东尼·甘尼尔:《墨西哥和德克萨斯》,155

Garnet, Henry Highland　亨利·海兰德·加内特,271;《告奴隶书》,306;《有色人种过去与现在的状况及其命运》,306

Garrand, Lewis　路易斯·加兰德:《瓦图瓦和塔奥斯小径》,159

Garrison, William Lloyd　威廉·劳埃德·加里森,230—240,266,274—275,280,287,293,484,499,631,667,669,740,750;与爱默生,518;与梭罗,521

Garrison, William Lloyd　威廉·劳埃德·加里森:作品:《全人类解放的天才》(*The Genius of Universal Emancipation*),271;《解放者》,271;《弗雷德里克·道格拉斯的人生叙谈》,460;《蓄奴各州的新"恐怖统治"》,272;《对非洲殖民的思考》,271,272

Gaskell, Elizabeth　伊丽莎白·盖斯凯尔:《马丽·巴顿》,745,747

Gazette(Salem)　《日报》(萨莱姆),642

gender roles　性别角色,113

General Repository and Review　《普通文库与评论》,346

genre　文体:历史传奇作为文体,614;文学叙事作为文体,607—608;妇女与男士小说作为文体,115;亦见文学叙事;地方叙事;民族叙事;个人叙事

Gentleman's Magazine　《绅士杂志》,653

geology　地质学,344

Georgia　佐治亚州,630

Germany, Germans　德国,德国人:德国哥特小说文体,21;与历史批评,416;德国文学,262;与玄学,360,407;德国哲学,352,353,400;浪漫主义,350,656,660,697—698;德国研究,348—349,362—363,371—372,400

Gettysburg Address(Lincoln)　葛底斯堡演说(林肯),297

Gibbon, Edward　爱德华·吉朋,672

Gilbert, Olive　奥里弗·吉尔伯特:《索杰纳·特鲁斯叙谈》,309

Gilbert, Sandra　桑德拉·吉尔伯特:《阁楼里的疯女人》,115,116

Gilman, Caroline Howard　卡罗琳·霍华德·吉尔曼:《爱之历程》,68;《一位主妇的回

忆》,68;《一位新英格兰主妇的回忆》,68;《一位南方主妇的回忆》,68,264;《花季少年》,68;《南方玫瑰》,68

Gilman, Charlotte Perkins　夏洛蒂·帕金斯·吉尔曼:《黄色壁纸》,116

Gilpin, William　威廉·吉尔品:《黄金地带的中心》,173

Glidden, George R.　乔治·R. 格里顿,250,251

"Go Down, Moses"　《去吧,摩西》,321

Gobineau, Joseph Arthur de　约瑟夫·亚瑟·德·高比纽,250

Goder, Louis A.　路易斯·A. 古迪,55

Godey's Lady's Book　《古迪女士书刊》,55,59,68,77,78,79,264,654

Godwin, Parke　帕克·歌德温,78,757;《政治散文》,763—764

Goethe, Johann Wolfgang von　约翰·沃尔夫贡·冯·歌德,363,366,437,448,507;《浮士德》,729;《真理与诗》(*Truth and Poetry*),726;《威廉·梅斯特的学徒时光》,727,752

Gold Rush　淘金热,135,151—152,171—173,591,662

Golden Legend　"金色传奇",171

Goodell, William　威廉·古德尔,《美国奴隶法规》,285;《蓄奴制与废奴主义》,285

Goodloe, Daniel Reeves　丹尼尔·里弗斯·古德罗:《南方诸州财富积累与人口增长迟缓之原因调查》,256

Goodrich, Samuel　塞缪尔·古德里奇,54;《美国印第安名人传》

Gospel Advocate and Impartial Investigator　《福音倡导者和公平的调查者》,434

gothic style　哥特文体,21,115—117,658,761

Gould, A. A.　A. A. 古德:《无脊椎动物记》,454

Gracés, Fray Francisco　福瑞·弗朗西斯科·格莱斯,165

Graham, George R.　乔治·R. 格里顿,54,516—517

Graham, Sylvester　西尔维斯特·格拉哈姆,585

Graham's Magazine　《格拉哈姆杂志》,54—55,59,77,78,517,653,654

Grandy, Moses　摩西·格兰迪:《摩西·格兰迪纪事》,310,312

Gray, Thomas　托马斯·格雷,245

Grayson, William J.　威廉·J. 格雷森:《雇佣工和奴隶》,247—248;《致总督西布鲁克的信件》,248;《库尔提乌斯的信件》,248

Great American Desert　美国大沙漠,154,169

Great Awakening　大觉醒(18世纪40年代),339

Greeley, Horace　贺拉斯·格利雷,56,460,485—487,516,522,530—531,536,557,573,575,580

Greeley, Robert　罗伯特·格利雷:《亚瑟·伍德雷》,162

Greeley and McElrath (corporation)　格利雷和麦克尔拉斯公司,532

Green, Ashbel　阿什巴尔·格林,332

Greenough, Horatio 霍瑞休·格里诺, 447; "营救队", 181

Greenwood, Grace 格莱斯·格林伍德, 参见萨拉·简·克拉克

Gregg, Josiah 约西亚·格雷格:《草原贸易》, 154, 160

Griesback, Johann Jakob 约翰·雅各·格里斯巴赫, 346

Griffiths, Mattie 马蒂·格里菲斯:《一个女奴的自传》, 301

Grimes, William 威廉·格兰姆斯:《逃亡奴隶威廉·格兰姆斯的生活》, 312

Grimké, Angelina 安吉丽娜·格里姆凯, 275, 280, 289—290;《向南方基督教妇女呼吁》, 289;《致凯瑟琳·E. 比彻的书信》, 289

Grimké, Sarah 萨拉·格里姆凯, 275, 280, 289—290;《论妇女处境和两性平等的信笺》, 289

Griswold, Rufus Griswold 鲁弗斯·威尔莫·格里斯沃德, 55, 58, 654—656;《美国散文作家》, 634

Gubar, Susan 苏珊·古巴:《阁楼里的疯女人》, 115, 116

Gurley, Ralph R. 拉尔夫·R. 哥利:《杰休迪·阿什曼传》, 267

H

Haiti 海地, 251, 270, 283, 305, 308, 323, 327—328, 762; 亦见圣多明哥

Hale, Edward Everett 爱德华·艾弗里特·黑尔, 349

Hale, Horatio 霍拉旭·黑尔:《人种学和语言学》, 148

Hale, John P. 约翰·P. 黑尔, 713

Hale, Sarah Josepha 萨拉·约瑟发·黑尔, 55, 65, 79;《利比里亚》, 264;《诺斯伍德》, 39, 264;《美国人的性格》, 39

Hall, Bayard Rush 贝亚得·拉什·霍尔:《弗兰克·弗里曼的理发店》, 294;《新的购进》, 227;《为了大众》, 227

Hall, Charles Francis 查尔斯·弗朗西斯·霍尔:《北极考察》, 147;《生活在爱斯基摩人中》, 147

Hall, James 詹姆斯·霍尔, 105, 185, 189—190, 234—235;《致自由的有色人民的演讲》, 267;《哈珀的头颅》, 235;《西部传奇》, 235;《西部来信》, 235;《西部的历史、生活与习俗》, 235;《边疆传奇》, 235

Halyard, Harry 哈利·黑尔亚德:《祖鲁布斯科的酋长》, 162

Hammond, James Henry 詹姆斯·亨利·哈蒙德, 252

Hampton Institute 汉普顿学院, 318

Hanson, Samuel B. 塞缪尔·B. 汉森:《汤姆·奎克——印第安人杀手》, 236

Harper, Frances Ellen Watkins 弗朗西斯·爱伦·沃特金斯·哈珀, 321;《尤拉·莱罗依》, 303;《摩西:尼罗河的故事》, 304, 317;《诗集》, 303—304

Harper, William 威廉·哈珀, 249;《蓄奴制论集》, 253

Harper and Brothers 哈珀兄弟出版社,678,680,757

Harper's Ferry(Virginia) 哈珀渡口(弗吉尼亚),284,564—566,569

Harper's New Monthly Magazine 《哈珀新月刊》,78,122,757

Harris,George Washington 哈里斯乔治·华盛顿,67,638,648;《苏特·拉文古德故事集》,263,639—641

Harris,J. Dennis J. 丹尼斯·哈里斯,270

Harris,Joel Chandler 乔尔·钱德勒·哈里斯,315

Harris,T. W. T. W. 哈里斯:《昆虫记》,454

Harrison,William Henry 威廉·亨利·哈里森,176,184—185,501

Hart,Joseph 约瑟夫·哈德:《米里亚姆的灵柩》,223

Hartford Female Seminary 哈特福德女子学院,95,104,287

Harvard College 哈佛学院,333,335,339,343,345—346,350—354,362,366,371,396,400,409,435,457,528;监督人会议,333,335

Harvard Corporation 哈佛公司,333

Harvard Divinity School 哈佛神学院,336,359,366,371,384,400,402—405,413,415,495,497—498,553—554

Hastings,Landford 兰斯福·黑斯廷,170;《俄勒冈与加利福尼亚移民指导》,144—145,156

Hady,Seth 塞思·黑斯蒂,547

Hawaii 夏威夷,149—150

Hawes Place Church(Boston) 豪斯·普雷斯教堂(波士顿),420,422

Hawks,Francis 弗朗西斯·霍克斯:《对一支美国舰队前往中国海和日本远征的记述》,149

Hawthorne,Mary Louisa 玛丽亚·路易莎·霍桑,643

Hawthorne,Sophia 索菲亚·霍桑,121,709,714

Hawthorne,Nathaniel 纳撒尼尔·霍桑,37,54,57,608,622,641—651;与布鲁克农场,710;霍桑的生涯,643—645,676;霍桑的儿童图书,693;霍桑的商业成功,120;霍桑小说中的人群,649—650;与民主党,646;与哥特小说,116—117;与欧文,22;与孤立,651;詹姆斯论霍桑,776—777;与文学叙事,609,735;霍桑的地方身份,642;与地方叙事,608,757;与朗费罗,645,646;霍桑的杂志作品,55,67;与梅尔维尔,649,726,735—736;论叙事作品,724;论美国土著居民,649;论尼尔,41;与奥沙利文,57;与坡,62,69,617,646,706,707;与里普利,492;霍桑的罗曼司作品,706—707,708—724;霍桑的札记与故事,642—643;论蓄奴制,713;与斯托夫人,119,740;省略的运用,647—648;敏感旁观者的运用,718—722;与维利,401;与威利斯,95;论妇女作家,65,89,95,121;妇女对霍桑的看法,76;与"青年美国",70—71

Hawthorne,Nathaniel 纳撒尼尔·霍桑:作品:《美国原告》手稿,767,768—769;《祖先的足迹》,767;《给儿童写的传记故事》,644;《福谷传奇》,72,121—122,466—467,

492,618,644,694,710,718,720—721,753;《天国铁路》,646—647;《略议战争》,241,767;《海关》,705,711—713,715;《格里姆肖医生的秘密》,767;《多里佛罗曼司》,767,769—770;《生命精华》手稿,767,769;《历史著名人物》,644;《文质彬彬的男孩》,642,647—649;《祖父的椅子》,644;《三山山谷》,642;《七个尖角阁的房子》,21,72,74,117,121,644,695,706,707,710,714,717—718,719—722,740;《自由树》,644;《富兰克林·皮尔斯传》,244,693,712—713,715—717;《玉石雕像》,69,645,767—768,693—694,699,718,722—724,731;《莫利山上的五月柱》,643;《牧师的黑面纱》,643;《古宅青苔》,70,644,758;"哈钦森太太",642;《我的亲戚莫利纽克斯少校》,642—643,649—650;《我们的旧宅》,645,767;《美国笔记选辑》,767;《英国笔记选辑》,767;《法国、意大利笔记选辑》,767;《皮特·帕里通用历史》,643—644;《边城故事》,642,650;《罗杰·梅尔文的葬礼》,642,647,649;《红字》,18,72,74,77,120,186,607,609,644,693,695,699,703—704,710—712,714—718,719,721,777;《塞昔提谬斯·费尔顿》,767;《本土故事七则》,642;《居高临下》,642;《雪影》,644,650,693;《说书人》(The Storyteller),643,765;《堂格伍德故事集》,644,693;《历史和传记故事》,644;《重讲一遍的故事》,20,37,643—645,653,693—694,699,704;《威克菲尔德》,643,648,759;《一本写给孩子们的奇妙的书》,644,693;《年轻人古德曼·布朗》,117,647—651,710

Hawthorne, Una 尤娜·霍桑,57

Harne, Robert 罗伯特·海恩,248,277

Hazlitt, William 威廉·海兹利特,358—359,433,702,707

Heckewelder, John G. 约翰·G. 赫克韦尔德:《印第安民族的历史、行为与风俗》,186

Hedge, Frederic Henry 弗雷德里克·亨利·海吉,359—361,376—377,419,422,425—426,443,445,495—498,502;《宗教理性》,498

Hedge, Levi 列维·海吉,359

Hedge's Club 海吉俱乐部,377,392

Heetopades of Veeshnoo – Sarma, The (Hindu text),450

Helper, Hinton Rowan 辛顿·罗恩·赫尔普,285;《南方逼近的危机》,256—257;《黄金土地》,256;《黑土地上的黑鬼》,257;《黑人》,257

Hemdon, William Louis 威廉·路易斯·赫恩登:《亚马逊河谷探险》,151

Hemingway, Ernest 欧内斯特·海明威,37,121,635

Hendrik, Hans 汉斯·亨德里克:《自传》,147

Henson, Josiah 约西亚·汉森,287;《比小说更奇特的真实故事》,313

Hentz, Caroline Lee 卡罗琳·李·亨茨,74;《种植园主的北方新娘》(The Planter's Northern Bride),265

Hentz, Nicholas 尼古拉斯·亨茨:《勒纳佩王泰德尤斯金德》,232

Herbert, Henry William 亨利·威廉·赫伯特:《弗朗德兄弟传》,59

heroic figures 英雄人物,215,225—235

Heyne, Christian Gottlob 克里斯蒂安·戈特洛伯·海内,362

Hicks, Thomas 托马斯·希克斯,541

Higginson, Thomas Wentworth 托马斯·温特华斯·希金森,244,318,320,538,555,564—565

Hildreth, Richard 理查德·西尔德里兹:《美国的专制统治》,258;《奴隶》,287—288

Himnaton Yalakit 歆马顿·亚拉奇特,参见约瑟夫酋长

historical criticism 历史批评,344,368

historical fiction 历史小说,12,39,108,261—263

historical romance 历史罗曼司,614—615

historicity 历史性,4

Hitchcock, Alfred 阿尔弗列德·希区考克:《精神病人》,117

Hoar, Ed 埃德·霍尔,596

Hoar, Elizabeth 伊丽莎白·霍尔,511

Hoar, Samuel 塞缪尔·霍尔,518

Hobbes, Thomas 托马斯·霍布斯,342,352

Hodge, M. C. M. C. 霍奇:《梅斯蒂索》,238

Hodgson, William B. 威廉·B. 霍金森:《北非、撒哈拉与苏丹行记》,268

Hoffman, Charles F. 查尔斯·F. 霍夫曼,56,57;《格利雷:莫雷克人传奇》,60,232;《西部之冬》,131

Hoffman, Matilda 玛蒂尔德·霍夫曼,19

Holley, Mary Austin 玛丽·奥斯丁·霍莉,154—155;《德克萨斯》,155

Hollister, Gideon 吉迪恩·霍利斯特:《霍普山》,237

Holly, James T. 詹姆斯·T. 霍利:《海地革命的历史事件中表现出的黑人进行自治与文明进步之能力的辩护》,270

Hollywood westerns 海莱坞西部片,610

Holmes, George Frederick 乔治·弗雷德里克·霍尔姆斯,78,252

Holmes, Oliver Wendell 奥利弗·温德尔·霍尔姆斯,54,55,57,733,746

Home Journal 《家庭杂志》,96

Homer 荷马,345

Homestead Act 《宅地法》(1862年),169

Hone, Philip 菲利浦·霍恩,44

Hooper, Johnson Jones 约翰逊·琼斯·胡伯,67,636—637;《西蒙·苏格斯历险记》,636—637;《在阿拉巴马进行人口普查》,636

Hopkins, Eliza 伊莉莎·霍普金斯:《埃拉·林肯》,222

horse racing 赛马,630—631

Horton, George M. 乔治·M. 霍顿:《自由的希望》,309

Hosmer, Hezekiah 何泽克亚·荷司马:《八分之一黑人混血儿阿德拉》,294

Houghton Mifflin 霍顿·米夫林,589

House of Carey 凯里出版社,14—16,24,34,61,64,68,77

House of Harper 哈珀出版社,14—16,42,63—64,68,77,78,80,105,652

House Divided speech(Lincoln) "分裂的家庭"演讲,297

house 家庭,117

Houston, Sam 山姆·休斯顿,155,157,227

Howard, Cordelia 考蒂利娅·霍华德,50

Howard, G. C. G. C. 霍华德,50

Howard, H. R. H. R. 霍华德:《西部大盗约翰·A. 默雷尔的冒险生涯》(*The Life and Adventures of John A. Murrell, the Great Western Land Pirate*),228

Howe, Julia Ward 朱丽叶·沃德·霍尔:"共和国的战争颂歌",296

Howells, William Dean 威廉·迪恩·豪威尔斯,78,118,699

Hughes, Henry 亨利·休伊斯:《社会学论述》,253

Huidekoper, Anna 安娜·惠德科勃,429

Huidekoper, Harm Jan 哈姆·让·惠德科勃,431—432

human rights 人权,624

Hume, David 大卫·休谟,339—340,352,366—367,382,406;《人类知性研究》,340

humor 幽默,67,632—641,725

Hunt, Wilson Price 威尔逊·普利斯·亨特,136

Hunter, John Dunn 约翰·邓恩·亨特:《密西西比河西部几个印第安部落的风俗习惯》,220;《遭北美印第安人俘获记》,185,220

Hurons 休伦湖,230—231

Hurston, Zora Neal 左拉·尼尔·赫斯顿:《骡子与人》,316

Hutcheson, Francis 弗朗西斯·哈切逊:《美与德思想本源的研究》,342

I

Idealism 唯心主义,373,377,400,401

Ilinois 伊利诺斯,588

Illinois Gazette 《伊利诺斯公报》,235

Illinois Intelligencer 《伊利诺斯情报员》,235

imagination 想象,109—110,722,729,757

immigrants 移民,559

incest 昆虫,94,103

Independent 《独立周刊》,109

Indian Bureau 印第安局,237

Indian Removal 驱逐印第安人,176—180,182—185,196,204,219,221,223,227,228,

233,238;杰克逊与驱逐印第安人,176,190;门罗鼓吹驱逐印第安人,137;驱逐印第安人与蓄奴制,183

Indian Territory 印第安人领地,177

individualism 个人主义,232,282,331,659,702,731,733,734

Ingraham,Cato 卡托·英格拉哈姆,585—586

Ingraham,Joseph 约瑟夫·英格拉哈姆,71,72;《奴隶蒙特祖马》,159;《黑白混血儿》,293

innate ideas 先天观念,343

Interesting Narrative of the Life of Olaudah Equiano... 《奥劳岱·伊奎诺生活趣事,或非洲人古斯塔夫斯·瓦萨》,310

Ireland,Alexander 亚历山大·爱尔兰,508

Irish 爱尔兰人,584

Iroquois 易洛魁人,188,201,207

Irving,Ebenezer 埃比尼泽·欧文,19

Irving,John T. 约翰·T.欧文:《老鹰酋长》,223

Irving,Washington 华盛顿·欧文,16,34,37,46;传记,17—24,34—35;与库珀,24—25,32,35,41;与科普韦,209;遭受尼尔的批评,41;被认为有女人气,41;与霍桑,22;作为历史学家,23;欧文的影响,38,70;与《纽约人杂志》,57;与梅尔维尔,678,726;欧文的地方叙事作品,629—630,757;论美国土著居民,182,186;对小说紧张不安,21;与波尔丁,39—40;与坡,20,22,146;欧文的笔名,20,21;与司各特,19;与敏感性,718;作为短篇小说作家,20;与扩张主义的主题,129;欧文的西部叙事,139—141

Irving,Washington 华盛顿·欧文:作品:《勃尼维尔上尉之落基山脉与远西探险记》,140—141;《阿尔罕伯拉》(*Alhambra*),22;《阿斯特里亚》,23,136,139—141,147;《格拉纳达攻克记》,22,139;《克雷恩杂集》,23,139;《格拉纳达》,150;《哥伦布的生平及航行》,22,139;"睡谷的传说",20,118;《绅士乔纳森·奥尔德斯泰尔通信》,19;《乔治·华盛顿传》(*The Life of George Washington*),23;"瑞普·凡·温克尔",20;《大杂烩》,19;《见闻札记》,11—14,19—20,41,629;《旅客谈》,21—22;《大草原游记》,23,139;《印第安人的性格特征》,182;《哥伦布同伴的航行和发现》,22

Irving,William 威廉·欧文,39

isolation 孤立,651

Italy 意大利,541—543,545

J

Jackson,Andres 安德鲁·杰克逊,33,139,608,628,631—632,713;作为英雄,234;与"命定扩张说",127,177;杰克逊的货币政策,394—395;与美国土著居民,176,190,210,213;第二年度国情咨文,177

851

Jacobs, Harriet A. 哈里叶特·A. 雅各布:《女奴生活札记》,246,301—302, 745,748—750

Jacobs, Peter 彼得·雅各布斯:《彼得·雅各布斯神父日志》,209

Jamaica 牙买加,283

James, Edwin 爱德温·詹姆斯,137;《由匹兹堡到落基山脉探险手记》,136—137;《约翰·坦纳被俘历险记》,220

James, Henry 亨利·詹姆斯,714,767,776—777

James, Thomas 托马斯·詹姆斯:《在印第安人与墨西哥人中的三年》,153

James Monroe and Company 詹姆斯·门罗出版社,377

Jarves, James 詹姆斯·贾维斯:《夏威夷群岛历史》,149;《凯厄纳》,149;《桑威奇群岛风光录及中美洲旅行记》,150

Jay, William 威廉·杰伊:《美国殖民社团的特征与倾向调查》,271

Jefferson, Thomas 托马斯·杰斐逊,176,242,250,259,266,775;《弗吉尼亚州札记》,216,273

Jeffrey, Lord 杰弗里勋爵,508

Jemison, Mary 玛丽·杰米逊,129,221—222

Jesus 耶稣,341,344,348,384,387,403,406,412,415,417—418,421—422

Jewett, John 约翰·P. 杰威特,80,89,107,120

Jewett, Sarah Orne 萨拉·奥恩·朱维特,111

"Jim Crow" "吉姆·克罗",50,51

John Murray of London 伦敦的约翰·默里,678

Johnson, Andrew 安德鲁·约翰逊,622

Johnson, Overton 奥维顿·约翰逊:《跨越落基山脉之路》,145

Johnson, William 威廉·约翰逊,314

Jones, John Paul 约翰·保罗·琼斯,760

Jones, Justin 直斯丁·琼斯:《美丽的伊内兹》,162;《匹敌的酋长》,161;《志愿者》,162

Jones, Peter 彼得·琼斯:《奥吉布瓦族印第安人历史》,209

Jones, William 威廉·A. 琼斯,57

Joyce, James 詹姆斯·乔伊斯:《尤利西斯》,729

Judson, E. C. E. C. 贾德森:《诺伍德》,228

K

Kalevala (Finnish epic) 《凯莱维拉》(芬兰史诗),215

Kane, Elisha 伊莉莎·凯恩:《美国格林纳尔搜寻约翰·富兰克林爵士之探险》(改为《U. S. 格林纳尔搜寻约翰·富兰克林爵士之探险》),147;《北极探险》,147

Kansas 堪萨斯州,563—564

索引

Kansas Aid Society　"堪萨斯援助协会",563
Kansas-Nebraska Act　《堪萨斯—内布拉斯加法案》,288,297,299,557—559
Kant,Immanuel　伊曼努埃尔·康德,352—353,360,363;《纯粹理性批判》,355
Kean,Edmund　爱德蒙德·金恩,46
Kearny,Stephen　史蒂芬·科尔尼,157
Kears,Johnm　约翰·济慈,426,《圣阿格尼斯节前夜》,746;《许珀里翁》,674;《赛克颂》,707
Keckley,Elizabeth　伊丽莎白·凯克利;《幕后》,313;《奥凯·塔比的生活故事》,313
Kelley,Hall J.　豪·J.凯利:"告所有品行端正且意欲移民前往俄勒冈与加利福尼亚者书",144
Kelley,Mary　玛丽·凯莉:《私处的妇女和公众的舞台》,76
Kelley,William　威廉·凯利:《加利福尼亚矿区漫步》,171
Kemble,Fanny　范妮·坎伯尔:《佐治亚种植园生活记》,286
Kemble,Fanny　乔治·威尔金斯·坎道尔:《德克萨斯人的圣菲远征记》,158
Kennedy,John Pendleton　约翰·彭德尔顿·肯尼迪,18,263,652;《辉格党之辩》,260;《马蹄铁罗滨逊》,61,260;《威廉·沃特生平回忆录》,260;《安布鲁斯先生讨论叛乱的信件》,259—260;《集腋曲》,260;《盗碗记》,61—62,260;《燕子粮仓》,61,260
King,Charles Brid　查尔斯·伯德·金,190
King Philip　菲利普国王,237—238
King Philip's War　菲利普国王的战争,232
Kip,Leonard　列奥纳德·吉浦:《加利福尼亚速写及金矿回忆录》,172
Kirkland　卡罗琳·柯克兰,68—69,222—223;《丛林生活》,68;《新的家园——谁愿跟随?》,68,222;《西部空地》,68,223
Kirkland,Joseph　约瑟夫·柯克兰,222
Kneeland,Abner　阿伯纳·尼兰德,404—405,434
Knickerbocker,Diedrich　戴德里奇·尼克伯克,参见华盛顿·欧文
Knickerbocker Magazine　《纽约人杂志》,32,39,56—57,58,69,143,446,671
Knights of the Golden Circle　皇冠骑士,256
Know-Nothings　一无所知,559

L

Ladies's Magazine　《女士杂志》,55
Lafayette,Marquis de　拉斐德侯爵,29,30
Lamb,Charles　查尔斯·兰姆,615,646;《论莎士比亚的悲剧》,698
Landor,Walter Savage　沃尔特·塞维奇·兰多,450,570
Lane,Charles　查尔斯·莱恩,478—480,484,518

Lane, John 约翰·莱恩, 494
Lane, Lunsford 伦斯福德·莱恩:《伦斯福德·莱恩纪事》, 310
Lane Theological Seminary 莱恩神学院, 104, 275
Langstaff, Launcelot 朗斯洛特·兰斯塔夫, 参见华盛顿·欧文
Langtree, S. D. S. D. 朗格特利, 56
language, written 书面语言, 662
Latin American 拉丁美洲, 150—169
Law of Compensation 补偿法律, 428
lawyers 律师, 656
Lea and Blanchard 李与布朗查德出版社, 34, 653
LeClaire, Antoine 安托万(改为安东尼)·勒克莱尔, 212
Lee, Hannah 哈南·李, 66, 73;《艾琳娜·弗尔顿》, 66;《三次生活试验》, 66
Lee, Robert E. 罗伯特·E. 李, 565
Hegare, Hugh Swingon 休·斯维顿·理格尔, 249
Legends of the Thirteen Republics (Cooper) 《十三共和国演义》(库珀), 28—29
Leibniz, Gottfried Wilhelm 戈特弗里德·威尔海姆·莱布尼茨, 352
Lenox (Massachusetts) 雷诺克斯(马萨诸塞州), 89
Leonard, Zenas 赛纳斯·列奥纳德, 141—142, 152;《皮货商赛纳斯·列奥纳德的历险故事》, 141
Lesage, Alain-René 阿兰·兰诺·勒萨日:《吉尔·布拉斯》
Leslie, Eliza 伊莉莎·莱斯莉, 68;《爱米利亚》, 68;"华盛顿·波茨太太", 68;《铅笔速写集》, 68
Lester, Charles Edwards 查尔斯·爱德华兹·莱斯特:《山姆·休斯顿传记》, 155
letters 书信, 424—425
Lewis and Clark expedition 路易斯和克拉克探险, 134, 147
libel suits 名誉侵权诉讼, 31
Liberator, The 《解放者》, 239—240, 289, 519, 557, 631, 740
Liberia 利比里亚, 267—268, 306, 307
Liberty Almanac 《自由日历》, 275
Library of American Books 《美国书库》, 70
Library of American Literature "美国文学书库", 654, 657
Life and Adventures of Robert, the Hermit of Massachusetts 《罗伯特——马萨诸塞州隐士的传奇人生》, 760
Life and Remarkable Adventures of Israel R. Potter, The 《伊斯雷尔·波特充满传奇色彩的一生》, 759—760
Life of James Mars 《詹姆斯·马尔斯的生活》, 314
Lincoln, Abraham 亚伯拉罕·林肯, 103, 106, 257, 279, 293, 603, 622; 与蓄奴制, 295—

300,327

Linforth, James 詹姆斯·林福斯:《从利物浦到大盐湖谷地之路》,171

Lionel Granby 《莱昂内尔·格兰比》,264

Lippard, George 乔治·里帕德:《伊甸草原的贝尔》,162;《墨西哥传奇》,161;《修道院的修道士》,71;《贵格城》(*Quaker City*),35,71—73;《华盛顿和他的将军们》,161—162

Lisa, Manuel 曼纽尔·莉莎,136

Litchfield (Connecticut) 里彻菲尔德(康涅狄格州),110

literary criticism 文学批评,2,436,706

Literary History of the United States 《美国文学史》,666

literary narrative 文学叙事:文学叙事的绝境,756—770;文学叙事的界定,608—609;霍桑的文学叙事作品,693—696,704—706,708—724,735;梅尔维尔与文学叙事,699—701,706—707,725—734;与坡,696—698,707—708;与现实主义,773

literary nationalism 文学民族主义,688

literary professionals 文学职业人士,参见作家

literary societies 文学学会,351

Literary World 《文学世界》,57—58,646

Little Crow 小克罗,205

Littlepage Manuscripts "利特尔贝奇三部曲",参见库珀,詹姆斯·费尼莫尔

local narrative 地方叙事:地方叙事的界定,608;地方叙事的分裂,703;霍桑与地方叙事,641—651;欧文与地方叙事,629—630;梅尔维尔的地方叙事作品;坡与地方叙事,651—660;作为西南幽默的地方叙事,630—641

Locke, John 约翰·洛克,337—339,341—342,350,352,354,368,435;《论奇迹》,337—338;《论人类知性》,337—338,350

Lockhart 约翰·洛克哈特:《沃尔特·司各特爵士传记》,32

Long, Stephen 史蒂芬·朗,136,137,138,153

Longfellow, Henry Wadsworty 亨利·华兹华斯·朗费罗,11—12,20,54—55,57,74,121,179,457,693;与科普韦,209;与霍桑,645,646;朗费罗的杂志作品,78,79;与坡,57

Longfellow, Henry Wadsworth 亨利·华兹华斯·朗费罗:作品:《遥远的地方》,38;《诗集》,280,537;《海华沙之歌》,75,81,191,214,215—216,218

Longstreet, Augustus Baldwin 奥古斯塔斯·鲍德温·隆斯特里特,632—634;《使徒基督教与蓄奴制的联系》,633;《共和国建国后五十年的佐治亚风光、人物和事件:一名土生土长佐治亚人的记录》,67,633,652

Lord's Supper sermons 《圣餐》布道,367—368

Lossing, Benjamin 本杰明·洛辛,160

Lothrop, Amy 阿米·罗斯罗普,参见安娜·华纳

Louisiana Purchase 路易斯安娜购地,176,244

○索 引

Lovejoy,Elijah 爱利亚·拉福吉尔,276,279,398,399,650
Lowell,James Russell 詹姆斯·拉索尔·罗威尔,55,78,468—469,524,593—594,651；《彼格卢晚报》,160,280；"华盛顿附近捉拿逃亡奴隶",280；《先驱》,54
Lowell *Advertiser* 罗威尔《公告报》,405
Luff,Lorry 劳利·拉夫：《安东尼塔——女走私犯》,162
Lugenbeel,James 詹姆斯·朗琴比尔：《利比里亚札记》,267
Luiseno Indians 鲁斯诺印第安人,199—200
Lundy,Benjamin 本杰明·兰迪,271
Lyceum Address(Lincoln) 吕克昂致辞（林肯）,279,296
lyceum movement 讲座运动,379,393,401
Lyell,Charles 查尔斯·赖尔,509
Lytton,Edward Bulwer 艾德华·布威尔·利顿,44,438

M

Macaulay,Thomas 托马斯·麦考利,509
McCarty,William 威廉·麦卡迪：《关于1846年战争的民族歌曲、歌谣和其他爱国主义诗歌》,160
McHenry,James 詹姆斯·麦亨利：《友谊之乐》,38；《林中幽灵》,236；《荒野》,236
McKenney,Thomas 托马斯·麦肯尼,138,179,186,209；《北美印第安部落史》,189,213,235；《回忆录》,190；《湖区纪行》,190；《印第安人的委屈与权利》,190
Macmillan's 《麦克米伦杂志》,103
McNutt,James("Turkey Runner") 詹姆斯·麦克纳特（"追火鸡者"）,631
Macomb,Alexander 亚历山大·麦科姆：《庞蒂亚克》,216
Macready,William Charles 威廉·查尔斯·马克雷迪,46,49,701
magazines 杂志：19世纪20年代至19世纪40年代的杂志,51—59；"女士"杂志,82；杂志的流行,77；作为新小说的来源,67—69；超验主义者杂志,425—459；妇女作为杂志的读者,73
Magoffin,Susan Shelley 苏珊·雪莉·麦格芬：《从圣菲城南下墨西哥》,153—154
Mailer,Norman 诺曼·米勒：《为什么我们在越南？》,636
Maine 缅因州,593—597
Mommoth Weeklies 猛犸周刊,56,59,64
Mandeville,Bernard de 伯纳德·德·曼德维尔：《野兽寓言》(The Fable of the Beast),342
Manibozho the trickster 精灵麦尼博兹霍,194,200
manifest destiny 命定扩张说,207,220,623—624,671；与加勒比海,283；与两极探险,146—147；与墨西哥战争,160—163,688；与美国土著居民,238；由于科学探索而加

856

强,138;与清教主义,129,133,145,161;与蓄奴制,130,163;与妇女,291;亦见扩张主义

manliness 男子气概,430,447

"Many Thousand Gone" "全都没有了",319—320

Marion,Francis 弗朗西斯·玛丽恩,64

Marquesas Islands 马克萨斯群岛,679

Marsh,Herbert 赫伯特·马什,348

Marsh,James 詹姆斯·马什,347,353—354,359,372,375

Martineau,Harriet 哈里叶特·马蒂诺,396,509,540,541,551;《美国的苦难年代》,286;《美国社会》,262,286,390

Martineau,James 詹姆斯·马蒂诺:《宗教研究原理》,384

Marvel,Ik 艾克·马韦尔,参见唐纳德·格兰特·米切尔

Marx,Karl 卡尔·马克思:《共产党宣言》,744

masculine literay tradition 男性文学传统,36—37,43,115,120—121

masculine vs. feminine spheres 男性与女性天地,657,658,741

mass fiction 大众小说,71—72

mass production 大生产,72

Massachusetts 马萨诸塞,55—558,562

Mather, Increase 英克里斯·马瑟,208

Mathews,Cornelius 科涅琉斯·马修斯:《巨兽》,70,182;《大亚伯和小曼哈顿》,70;《牛皮大王霍普金斯的一生》,57,70

Matthiessen,F. O. F. O. 马西森,《美国的文艺复兴》,11,74—76

Mattson,Morris 莫里斯·迈特逊:《保罗·阿尔里克》,652

Maturin,Edward 爱德华·马图林:《蒙特祖马》,159

Maury,Lieutenant Matthew 马修·莫瑞:《南美洲的亚马逊河与大西洋斜坡》,151

May,Samuel 塞缪尔·梅,390,499

Mazzini,Giuseppe 朱塞佩·马志尼,540,545

mechanization 机械化,709—710

Medina,Louisa 路易莎·梅迪纳,236

melodrama 情节剧,86,88—89,111—112

Melville,Herman 赫尔曼·梅尔维尔,25,37,46,57,609,617,632,678—690,699—700;尼尔对梅尔维尔的预料,41;与反家庭文学,122,梅尔维尔的生涯,680—682,756—759,766—767;梅尔维尔的商业成功,120;与库珀,25;与达纳,685;与扩张主义,129,181;作为职业作家的失败,72;与哥特小说,116;与詹姆斯·霍尔,234—235;与霍桑,649,726,735—736;狄更斯对梅尔维尔的影响,122;与欧文,678;梅尔维尔的文学叙事作品,725—734;梅尔维尔的地方叙事作品,757;与杂志,78,757—759;梅尔维尔的罗曼司作品,706;与莎士比亚,51,706,726;与蓄奴制,158,282—284;与斯

托夫人,119;论韦伯斯特,278;与妇女作家,121;妇女队梅尔维尔的态度,76;与青年美国,70—71

Melville, Herman 赫尔曼·梅尔维尔:作品:《苹果树餐桌》,122;《代笔者巴特尔比》,23,122,757—759;《战斗诗篇》,279;《钟楼》,758;《本尼托·塞瑞诺》,244,268,282—284,757—758,761,774;《比利·巴德》,607,689,767,772—774,776;《骗子的伪装》,234—235,689,764—766;《恩坎特德斯》,757—758;《霍桑与他的青苔》,58,646,698,706;《我和我的烟囱》,122;《伊斯雷尔·波特》,78,122,689,757,759—761;《避雷针人》,758;《马尔迪》,72,282,652,682,696,700,702,726,752;《白鲸》,51,58,74,87,93,122,134,143,147,148,181,278,618,635,689,725—735,752,755,777;《与马克萨斯群岛峡谷的土著人一起生活四个月的故事》,678;《南北半球航行记》,282;《欧穆》,72,680,696;《单身汉的天堂与少女的地狱》,758;《皮亚萨故事集》(Piazza Tales),689,757—758,761,766;《皮埃尔》,74,689,745,752—756;《穷人的布丁和富人的面包屑》,758;《雷德本》(Redburn),72,93,122,682—684,700;《两座庙宇》,758;《泰比》,70,72,149,150,234,678—682,696;《白外套》,122,156,682,684—689,693,697—698,700

Merchant's Ledger and Statistical Record 《商家账本与数据记录》,79

Meriwether, David 戴维·梅里韦瑟:《我在山区和平原的生活》,154

metaphysics 玄学,360

Mexican American literature 墨西哥美利坚文学,150,165

Mexican Americans 墨裔美国人,163

Mexican Cession 墨西哥割让领土,548

Mexican Colonization 《墨西哥殖民法案》(1824年),153

Mexican Revolution 墨西哥革命(1821年),135

Mexican War 墨西哥战争,143,280,281;班克罗夫特与墨西哥战争,622,624;与命定扩张说,146,160—163,688;墨西哥战争的新闻报道,635;韦伯斯特反对墨西哥战争,549;墨西哥战争的原因,157—158;墨西哥战争的结果,152;与蓄奴制,288

Mexico, Mexicans 墨西哥,墨西哥人,503,545;墨西哥与美国扩张主义,128,131,153—163;墨西哥文学,163—169;与蓄奴制,243;对墨西哥的旅游记述,150—151

Michaelis, J. D. J. D. 米开利斯:《〈新约〉导论》,348

Mickiewicz, Adam 亚当·密茨凯维奇,541—542

Middlesex Agricultural Society 米德尔塞克斯农业协会,600—601

Middlesex Anti-slavery Society 米德尔塞克斯废奴协会,552

Miller, Elaine 伊莱恩·米勒:《洛杉矶地区墨西哥民间故事》,169

Miller, Perry 佩里·米勒,376

Milton, John 约翰·密尔顿,336,342,763;《不列颠历史》,425;《失乐园》,729

minstrelsy 说唱团,50—51

miracles 奇迹,339—340,384—386,406,412,417—419

Mirror of Liberty 《自由镜》,309

miscegenation 异族通婚:与非裔美国人,242,247,251,269,273,293—294,298,304;与美国土著居民,217—218,224—225,230,232,238

Miss Leslie's Magazine 《莱斯莉小姐杂志》,68

missionaries 传教士,206—208,680

Missionry Society of Connecticut 康涅狄格传教士社,39

Mississippi 密西西比,630

Missouri Compromise 《密苏里妥协法案》(1820 年),557,559,704

Mitchell,Donald Grant(Ik Marvel) 唐纳德·格兰特·米切尔(艾克·马韦尔),74;《一位单身汉的幻想》,80,81

Mohaves 莫哈维人,220

monomanie 偏执狂,618

Monroe,James 詹姆斯·门罗,137,153,176,204

Montaigne 蒙田,506

Montgomery,George Washington 乔治·华盛顿·蒙哥马利:《危地马拉记行》,150

Monthly Anthology 《每月文选》,52,332,346,357,365

Monthly Miscellany 《每月杂论》,422

Moore,Tom 汤姆·摩尔,356

Moredock,Colonel John 约翰·莫尔多克上校,235

Morgan,Jane 简·摩根,参见詹姆斯·费尼莫尔·库珀

Morgan,Lewis Henry 路易斯·亨利·摩根:《古代社会》188;《霍—德—诺—索—尼联盟,或易洛魁人》,188;《论易洛魁人信笺》(*Lettrs on the Iroquois*),188;"蒙提祖马的晚餐",187

Mormons 摩门教徒,170—171

Morris,George Pope 乔治·蒲柏·莫里斯,53,54,64;《镜报》,54

Morse,Jedediah 杰迪戴亚·莫尔斯:《给国防部长的关于印第安人事务的报告》,184

Morton,Samuel 塞缪尔·莫顿:《埃及头颅学》,250;《亚美利加头颅学》,138,250;摩西,415

motherhood 母亲,94—95

Notley,John Lothrop 约翰·罗思洛普·莫特利,59—60,78;《梅里山脉》,60;《莫顿的希望》,60;《荷兰共和国的崛起》,59—60

Nott,Frank Luther 弗兰克·路德·莫特:《美国杂志史:1741—1850》,51

Nott,Lucretia 卢卡利西亚·莫特,275,290

Mount Katahdin 卡塔顶山,513,514,521—522

Mount Vernon Association "弗伦山协会",79

mountain men 山民,141,142,144,154,158

Mowatt,Anna Cora 安娜·科拉·莫瓦特,44;《时尚》,48—49

859

Munroe, James 詹姆斯·门罗, 523
Murieta, Joaquin 乔奎因·缪里埃塔, 172
Murray, John 约翰·默里, 21, 29
Musical World and Times 《音乐世界和时代》, 96
"My Lord, What a Mourning" "我的主啊, 多么伤心", 319
mysticism 神秘主义, 198, 215
myths 神话, 198—205, 215, 226—227, 417—419, 623

N

narrative diversity 叙述多样性, 3—5
Narrative of the Captivity and Sufferings of Mrs. Mary Smith 《玛丽·史密斯夫人被囚落难记》, 220
Narrative of the Capture... of Misses Frances and Almira Hall 《弗朗西斯与阿尔迈拉·霍尔小姐脱险记》, 220
Narrative of the Life and Adventures of Venture... 《非洲土人凡彻的生活与历险》, 310
Narrative of the Massacre... of the Wife and Children of Thomas Baldwin 《托马斯·鲍德温的妻子儿女惨遭野蛮人戕害记》, 220
Nathan, James 詹姆斯·纳森, 538—539
Natick (Massachusetts) 纳迪克(马萨诸塞州), 110
nation, America as 国家, 美利坚作为国家, 3—4
National Anti-Slavery Standard 《全国废奴旗帜》, 275, 321, 557
national culture 民族文化, 608
National Ear 《国家时代》, 80, 103, 106
national indentity 国家身份, 167
national literature 民族文学, 135, 139, 196
national narrative 民族叙事, 725—726; 班克罗夫特与民族叙事, 621—628, 702—703; 库珀的民族叙事作品, 610—617; 民族叙事的界定, 608; 艾弗特·戴金克, 645—646; 内战之后的民族叙事, 770—777; 普雷斯科特与民族叙事, 624—625; 民族叙事的再度出现, 734, 735—745; 托克维尔与民族叙事, 617—621
nationalism 民族主义, 179, 212, 268; 黑人民族主义, 308; 弗雷斯特的民族主义, 46; 与历史小说, 61; 文学民族主义, 40; 与杂志, 52; 威利斯的民族主义, 64; 与青年美国, 69
nationality 民族性, 3—4
Native Americans 美国土著居民: 与拘禁叙事, 218—226, 228, 232; 美国土著居民的圣歌, 197—198; 被比做波利尼西亚岛民, 150; 库珀论美国土著居民, 612—615; 美国土著居民的创世神话, 198—200; 美国土著居民的文化观念, 179; 对美国土著居民的双重态度, 183—184, 187, 194—195, 209, 231; 美国土著居民的梦象征, 201—202; 有关美国土著居民的人种学与历史学作品,138,179—180,183—196,206,219;与扩张主义,128,130—131,135,216;富勒论美国土著居民,529—530;对美国土著居民的憎恨,235—237;霍桑论美国土著居民,649;与边疆的观念,183—184,193—194,224;美国土著居民的语言,187,212;与异族通婚,217—218,224—225,230,232;与传教士,206—208;美国土著居民的神秘主义,198,215;美国土著居民的神话,198—205,215;作为高贵的英雄,215—218;作为怀旧的象征,180—183;美国土著居民的口头文学,198—206;帕克曼论美国土著居民,672—675,736,737—738;有关美国土著居民的诗歌与戏剧,214—218;对美国土著居民的描写,190;与保留地,237;与抵抗文学,175;与罗曼司,193;与蒙昧主义的理论,190,192,208,220,224,237;梭罗论美国土著居民,594;与美国土著居民签订的协约,203—206;美国土著居民的巫师形象,194,200;被认为要灭绝,161,231;被认为是"野蛮自然"的一部分,138,142;美国土著居民的战歌,202—206;与白人的罪行,237;美国土著居民撰著的历史,206—214;美国土著居民的书面文学,196—207;亦见驱逐印第安人;个人与民族的名称(names of individuals and peoples)

nature 自然,378,455,573,576—579,585,597—600

Navajos 纳瓦霍人,202

Naval Academy 海军学院,622

Neal, John 约翰·尼尔,40—43,52;《创作》,41;《尼亚加拉战役》,40;《乔纳森哥哥》,41;《新英格兰人》,41;《勘误表;或,威尔·亚当斯的作品》,40—41;《装酷》,40;《罗根》,40;《奥索》,40;《淡黄色染料》,41,224;《伦道夫》,40《七十六》,41

Necker, Anne-Louise-Germaine, Baroness de Staël 安娜—露易丝—歇尔梅纳·内克,斯塔尔男爵夫人,参见德斯塔尔夫人

Neihardt, John G. 约翰·G. 奈哈特:《黑麋鹿开口》,201

Nera de Castañeda 佩德罗·德·纳杰拉:《希波拉之旅述记》,164

New Eden 新伊甸园,478

New England 新英格兰,78,331—332,339,371,619—620,742

New England Anti-Slavery 新英格兰废奴协会,38

New England Fourierist Society 新英格兰傅立叶协会,487

New England Magazine 《新英格兰杂志》,54,63,643

New England Non-Restistance "新英格兰不抵抗协会",484

New England Puritan 《新英格兰清教徒》,422

New Jerusalem Magazine 《新耶路撒冷杂志》,378

New Mexican 新墨西哥人,165

New Mexico 新墨西哥,152—154,155—157,161,163,164,168

New School 新学派,411,428—429

New Testament 《新约》,291,297,317,344,346,406,417,440

New world 《新世界》,56

New York 纽约,657;作为图书出版中心,14,77;富勒在纽约,535—536;纽约的文学景观,69—70;纽约的杂志出版,56—57,58,69,78,79;坡在纽约,652—653;作为戏剧中心,44,46

New York American 《纽约美国人》,30

New York Herald 《纽约先驱者》,146

New York Ledger 《纽约分类账》,79,120—121

New York Mirror 《纽约镜报》,53,64,69,78

New York Morning Chronicle 《纽约早晨纪事报》,19

New York Review 《纽约评论》,53

New York Tribune 《纽约论坛》,56

Newconb,Charles King 查尔斯·金·纽卡姆:《两个道朗》,451

Newcomb,Harvey 哈维·纽卡姆:《北美印第安人》,186

Newman,John Henry 约翰·亨利·纽曼:《论基督教义的发展》,706

newspaper correspondent 新闻通讯员,160

Nicaragua 尼加拉瓜,151,255

Nidever,George 乔治·尼德华,141

Nielson,Peter 彼得·尼尔森:《赞巴:一位非洲黑人国王的生活与历险》,301

Nietzsche,Friedrich 费里德里希·尼采:《道德的系谱》,743

nonviolence 非暴力,240—241,271

Norris,Frank 弗兰克·诺里斯:《麦克提格》,172

North American Review 《北美评论》,43,52,53,55,178,196,594,625,645,662

North Elba(New York) 北厄尔巴(纽约),565

North Pole 北极,146

North Star 《北极星》,309,323

Northup,Solomon 所罗门·诺索普,285,287,671;《十二年奴隶生涯》,315,666

Northwest 西北,145

Norton,Andrews 安德鲁斯·诺顿,334,336,340,349,375,384—385,387,417—418,421,428,443,497;《谈不敬神的最新形式》,412;《福音书真实性之证明》,408;《文学与宗教的新学派》,407

Nott,Josiah 约西亚·诺特:《白人和黑人种族博物学两讲》,250—251;《人类类型》,250—251

Novalis 诺瓦利斯,363

novels 小说,37—44,727—728,732—733

Noyes,George,Dr. 乔治·诺伊斯博士,415

Nuku Hiva 奴库西瓦,149

nullification controversy 拒绝执行辩论,249,277,624,631

O

Oberlin College　奥伯林学院,276
Oglala Sioux　奥加拉—苏人,672
Ohio Valley　俄亥俄谷地,426
Ojibwas　奥吉布瓦人,194,195,208—209,220
Old Master and John(folk tales)　老主人与约翰(民间故事),316
Old Testmant　《旧约》,317,346,347,375,415
Oldstyle,Jonathan　乔纳森·奥尔德斯泰尔,参见华盛顿·欧文
Olive Branch　《橄榄枝》,96
Olmsted,Francis A.　弗朗西斯·A. 奥姆斯泰德:《发生于一次捕鲸之行中的事》,148
Olmsted,Frederick Law　弗雷德里克·劳·奥姆斯泰德,757;《棉花王国》,285;《乡村游记》,285;《沿海蓄奴各州之旅》,285,763;《德克萨斯州游记》,285
Oñata,Juan　胡安·德·昂纳特,164
Oneida Stone　奥内达石,192
oral history　口头历史,309
oral tradition,Mexican　墨西哥口头传统,166
oratory　雄辩术,701,703—704
Oregon　俄勒冈,139—141,144,147,234,671
Oregon Trail　俄勒冈小道,136,137,672—675
Orozoco y Berra,Manuel　曼努埃尔·奥洛佐科·伊·贝拉:《墨西哥征服史》,164
orphans　孤儿,93
Orvis,John　约翰·奥维斯,492
Osages　奥塞奇人,201
Osceola　奥西奥拉,232—233
Osgood,James R.　詹姆斯·R. 奥斯顾,42,103
Ossoli, Giovanni Angelo　乔瓦尼·安杰洛·奥索利,541—542,543
Ossoli,Margaret Fuller　玛格里特·富勒·奥索利,参见玛格里特·富勒
Ostend Manifesto　《奥斯坦德宣言》,308,761
O'Sullivan,John　约翰·奥沙利文,57,623—624,646,671;《民主评论》,64,133,645;《未来的伟大国度》,133;《纽约早新闻》,133
Otis,James　詹姆斯·奥蒂斯,650
Otto,James　詹姆斯·奥托,190
Owen,Robert Dale　罗伯特·戴尔·欧文,382,404,434,440,467;《波卡洪塔斯》(Pocahontas),217
Owen,W.F.W.　W.F.W. 欧文:《非洲、阿拉伯与马达加斯加海岸航行探险记》,268

P

Packer,Barbara L. 芭芭拉·L.派克,6,8

Page,Ann 安娜·佩奇,478

Page,John W. 约翰·W.佩吉:《弗吉尼亚有小屋的罗宾叔叔与波士顿没有小屋的汤姆叔叔》,265

Page,Thomas Nelson 托马斯·尼尔森·佩吉,258

Paine,Robert Treat 罗伯特·特里特·佩恩,17

Paine,Tom 汤姆·佩恩,497

Paley,William 威廉·培利,382;《道德与政治的哲学》,520

Palfrey,John Gorham 约翰·戈勒姆·帕尔弗里,553

Palmer,Joel 乔尔·帕尔默:《落基山脉旅程漫记》,145

Panic of 1837,699 1837年大恐慌,699;对出版行业的影响,64,77,78,89,644;与爱默生,395;与赛马,631

Paredes,Américo 阿美里科·帕雷德斯,166

Paris 巴黎,540—541,658

Park Theatre(New York) 帕克剧院(纽约),46

Parker,Dorothy 多萝西·帕克,102

Parker,Samuel 塞缪尔·帕克,146

Parker,Theodore 西奥多·帕克,158,278,414—423,428,447,496,537—538,551,554,564—565;《论宗教事物》,422,498—499,513;《论基督教中的短暂与永恒》,420,498;《荷里斯街大会》,450;"论蓄奴制的一封信",284;"内布拉斯加问题",242,284

Parkman,Francis 弗朗西斯·帕克曼,607,770—772;与库珀,231,616,737;强调原理,774;论美国土著居民,208,736,737—738,与扩张主义的主题,129

Parkman,Francis 弗朗西斯·帕克曼:作品:《加利福尼亚与俄勒冈小道》,143,181,204,671—672;《庞蒂亚克的阴谋》,143,178—179,180—181,188,223,236,237,672,735—736,736—739,740,770;《弗朗蒂奈克伯爵和路易十四统治下的法国》,770;《大西部的发现》,770;《法国和英国在北美》,672;《半个世纪的冲突》,770;《北美的耶稣会》,770;《拉萨尔和大西部的发现》,770;《蒙卡尔姆和沃尔夫》,770;《加拿大的旧政权》,770;《俄勒冈小道》,609,671—675,718,737;《新大陆里的法兰西先驱》,770

Parsons,C. G. C. G.帕森:《透视蓄奴制;或,种植主之间的游历》,285

Parton,James 詹姆斯·帕顿,96,97,101

Pattee,Fred Lewis 弗雷德·路易斯·佩狄:《50年代的女性文学》,74—75

Patterson,J. B. J. B.帕特森,212

Pattie,James O. 詹姆斯·O.帕蒂,152;《亲历记》,154

Paulding, James Kirke 詹姆斯·柯克·波尔丁, 19, 35, 41, 42—43, 55, 57;《约翰·布尔和哥哥乔纳森之趣史》, 39;《荷兰人之家》, 39—40, 236;《科宁斯马克》, 39—40, 225;《来自南方的信》, 257;《西部之狮》, 40, 51, 227;《旧大陆人》, 40;《清教徒和他的女儿》, 40;《大杂烩》第二卷, 30;《美国的蓄奴制》, 257;《呀！西进！》, 39, 236, 257

Pawness 波尼人, 198, 204

Payson, George 乔治·佩森,《金色的梦想与灰色的现实》, 172;《新黄金时代》, 172

Peabody, Elizabeth 伊丽莎白·皮博迪, 374, 401, 409—410, 423—425, 444, 527, 645;《一所学校的记述》, 385—386

Peabody, Ephraim 埃弗拉伊姆·皮博迪, 426

Peabody, Sophia 索菲亚·皮博迪, 645

Peale, Titian 泰坦·皮尔:《哺乳动物学与鸟类学》, 148

Pearson, Eliphalet 埃利弗立特·皮尔森, 333—334

Pearson, Emily C. 艾米莉·C. 皮尔森:《表亲弗兰克一家》, 294

Penn Magazine 《佩恩杂志》, 653

Pennington, James W. C. 詹姆斯·W. C. 彭宁顿:《逃亡的铁匠》, 313;《有色人种的来源与历史》, 313—314

Pequots 佩阔德, 207—208

Pérez de Villagrá, Gaspar 加斯帕尔·佩雷兹·德·维拉格拉,《新墨西哥史》, 164

perfectionism 至善论, 274, 275

Perkins, Edward T. 爱德华·T. 帕金斯:《纳摩图；或，南海寻矿》, 149—150

Perking, James 詹姆斯·帕金斯, 431

Perry, Matthew 马修·佩里, 149

personal narrative 个人叙事: 达纳的个人叙事作品, 662—666; 个人叙事的界定, 608—609, 661; 道格拉斯的个人叙事作品, 666—671; 个人叙事的意识形态本质, 703; 梅尔维尔的个人叙事作品, 678—690, 725; 帕克曼的个人叙事作品, 671—675; 坡的个人叙事作品, 675—678; 梭罗的个人叙事作品, 690—692

Petalsharo 彼特莱沙罗, 204—205

Peters, DeWitt C. 德维特·C. 彼得斯:《小猫卡森的生平及历险》, 142

Peterson, Charles (J. Thornton Randolph) 查尔斯·彼得森 (J. 桑顿·伦道夫), 265;《小屋与客厅；或，奴隶与主人》, 265

Peterson's Lady's Magazine 《彼特森女士杂志》, 55, 78

Phalanxes 步兵方阵, 486—488, 491, 494

Phelps, Elizabeth Stuart 伊丽莎白·斯图亚特·菲尔普斯, 78

Phi Beta Kappa Society 大学优等生荣誉学会, 396, 407

Philadelphia 费城, 650, 657; 作为图书出版中心, 14, 77; 费城的杂志出版, 53, 54—55, 58, 77, 79; 坡在费城, 652, 653; 作为戏剧中心, 44, 45

○ 索引

Philanthropist 《慈善家》,105,106,275,434

Phillips,Moses 莫斯·菲利普,78

Phillips,Wendell 温德尔·菲利普斯,287,290,519,551,624,750;《废奴运动的哲学》,284—285

philosophy 哲学,352—354,357,363,382

Picayune(New Orleans) 《琐事》(新奥尔良),630

Pickering,Charles 查尔斯·皮克林:《人的种类》,148

Pierce,Franklin 富兰克林·皮尔斯,72,244,644—645,712—713,767

Pierson,Emily C. 艾米莉·C. 皮尔森:《逃亡奴隶杰米·帕克》,294

Pike,Albert 阿尔伯特·帕克:《散文速写与诗歌》,161

Pike,Mary H.[Langdon] 玛丽·H.帕克:《艾达·梅》,294

Pike,Zebulon 赞布伦·帕克,139,153;《密西西比河源头探索之记述》,134—135

Pilgrim's Progress 《天路历程》,88

Pino,Don Pedro Bautista 堂·佩德罗·鲍蒂斯塔·皮诺:《新墨西哥省概况》,168

Pioneer Magazine 《先驱杂志》,172

pioneers 拓荒者,169—170,222—223,529

Pittsburgh 匹兹堡,235

Pius IX,Pope 教皇庇护四世,542—543

plantations 种植园,257,264—266,285,290

Plato 柏拉图,425,505

playwriting 戏剧写作,45,47—51

Pocahontas 波卡洪塔斯,217—218,224

Poe,Edgar Allan 埃德加·爱伦·坡,22,37,55,608,651—660,693—694;坡的生涯,652—654,657—659;与柯勒律治,656;坡的商业成功,120,与库珀,62,616—617;被比做笛福,658;对坡的批评,656;编辑《民主评论》,57;编辑《南方文学信使》,58,69,260,655;与哥特小说,116—117;与霍桑,62,69,617,706,707;与欧文,20,22,146;与柯克兰,69;与地方叙事,608,757;与朗费罗,57;坡的杂志作品,55,58,67;与尼尔,41;思索美国的未来,146;坡的个人叙事作品,675—678;与风格问题,655—657;论莎士比亚,708;与西姆斯,62;与斯托夫人,119;与威利斯,69;与青年美国,70—71

Poe,Edgar Allan 埃德加·爱伦·坡:作品:《艾尔、帖木儿及其他小诗》,652;《贝蕾妮丝》,652,655—656;《胎记》,657;《黑猫》,656;《我发现了》,146,654,696—697,708;《厄舍古屋的倒塌》,117,658—660;《对开本俱乐部》,652—653,765;《金甲虫》,653;《裘力斯·罗德曼手记》,145—146;《纽约文学界》,654,693;《人群中的人》,653,658,759;《瓶中手稿》,652;《南塔科特的亚瑟·戈登·皮姆的叙述》,146—148,224,234,251,263,653,675—678;《莫格路谋杀案》,263,653,658;《诗集:第二版》,652;《埃德加·爱伦·坡的散文故事》,653;《被窃的信》,658;《乌鸦和其他诗集》,70,654;《塔医生和费则教授的系统》,263;《荒诞怪异故事集》,37—38,

866

653,656,701;《帖木儿及其他诗歌》,652

poetry 诗歌,165—167,309,356—357,375,424,450—451,453,689,766

Polis, Joe 乔·波利斯,596—597

politics 政治,106,158,702,712—714,717,732—733

Polk, James K. 詹姆斯·K. 波尔克,157,162,503,622,646

Pollard, Edward 爱德华·波兰德:《聚在南方黑屋里的黑钻石》,256

Pontiac 庞蒂亚克,216,738—739

popular literature 通俗文学,76

Port Folio 《佳作选辑》,357

Porter, David 戴维·波特:《太平洋巡航记》,149

Porter, William Trotter 威兼·特里特·波特,630,636;《时代精神》,67

Portico (magazine) 《门廊》(杂志),40,52

Portolá, Gaspar de 加斯帕·德·波特拉,165

Postal Act of 1794 1794年《邮政法》,51

postal rates 邮政价格,51,53,78

Postle, Karl 卡尔·波斯特尔:《小木屋的书》,228;《边疆生活》,228;《新世界的生活》,228;《托克埃》,227

Pottawatomie Rifle Company 波塔瓦托米长枪队,564

Preemption Act 《公共土地优先购买法案》(1841年),169

Preliminary Emancipation Proclamation 《解放黑人奴隶宣言预备案》,603

Prescott, William H. 威廉·H. 普雷斯科特,159—160;《墨西哥征服史》,159,624—625,772;《费迪南德和伊莎贝拉的统治史》(*History of the Reign of Gerdinand and Isabella*),625

prices, book 价格,图书,35

Priest Josiah 约西亚·普里斯特:《华盛顿在西部印第安人中间的早期历险》,223;《独立战争纪事》,223

Princeton Review 《普林斯顿评论》,418

Princeton Theological Seminary 普林斯顿神学院,354

Princeton University 普林斯顿大学,418

prison journals 监狱期刊,531—532

prisons 监狱,618

prolepsis 年代错误,625—626

Protesantism 新教主义,296,331,383—384,627,717

pseudonyms 笔名,81—82

psychoanalysis 精神分析,715

publishers, book 图书出版商,13—17,35,56,77—81

Puritanism 清教主义,129,133,145,161,647,649,650,651

867

Putnam, George Palmer 乔治·帕尔默·普特南,23,36,70,77—80,120,122,377,763
Putnam's Monthly Magazine of American Literature, Science, and Art 《普特南月刊：美国文学、科技与艺术》,575,757,759,763,766

Q

Quakers 贵格会教徒,368—369,649
Quarterly 《季刊》,357
Quincy, Josiah 约西亚·昆西,409

R

racism 种族主义,158,167,225,240,247,250—251,268,282
Radcliffe 安·瑞德克里夫,115
Rael, Juan B. 胡安·B. 雷尔:《科罗拉多和新墨西哥地区的西班牙故事》,169
railroads 铁路,732
Randolph A. 菲利普·伦道夫,A. Philip,745
Randolph, J. Thornton J. 桑顿·伦道夫,参见查尔斯·彼得森
Rankin, John 约翰·兰金:《论蓄奴制信笺》,272
Ransom, James B. 詹姆斯·B. 兰塞姆:《奥西奥拉》,232—233
Rawick, George 乔治·拉维克:《美国奴隶》,310
Ray, Issac 埃塞克·雷:《论精神错乱中的法医学》,618
realism 现实主义,118,773
Reason 理性,354—356,361,367,394,404,443,459—460
Récamier, Madam de 雷卡米耶夫人,526
recitation 朗诵,350
Recorder, The 《记录员》,95
Red Bird "红鸟",203
Red Jacket (Sagoyewatha) 红外套(萨戈耶瓦瑟),207
Reed, Ishmael 伊斯梅尔·里德:《逃往加拿大》,292
Reed, Sampson 山普逊·里德:《意识的发展》,357
Reeve, Henry 亨利·里夫,618
Reid, Mayne 梅恩·里德:《黑白混血儿》,294
Reid, Thomas 托马斯·里德,343
religion 宗教,334,370—372,450,474,537—538,568,747;亦见独立教派
Removal Bill 《迁徙法案》(1830年),176
Republican and Herald of Reform 《共和党和改革先驱》,434

Republican party 共和党,297,298,702,713

rescue,theme of 解救的主题,162

reservations,Indian 印第安保留地,237

resistance 抵抗,667

Reveille(St. Louis) 《晨号》(圣路易),630

Revolutions of 1848 1848 年革命,542—543,546

Reynolds,Jeremiah 杰雷米亚·雷诺兹:《莫查·迪克》,147;《美国护卫舰波托马克号之行》,148

Reynolds,J. N. J. N. 雷诺兹,675

Rice,Thomas D. 托马斯·D. 赖斯,49,292

Richardson,John 约翰·理查森:《瓦库斯特》,228

Richardson,Samuel 塞缪尔·理查森:《克拉丽莎》,743

Richmond(Virginia) 里士满(弗吉尼亚),58,652,654

Richter,Jean Paul Friedrich 让·保罗·弗里德里希·里希特尔,362

Ridge,John 约翰·里奇,210

Ridge,John Rollin(Yellow Bird) 约翰·罗林·里奇(黄鸟),172,209—210;《乔奎因·缪里特历险记》,211;《诗集》,211;《自吹自擂》,211

Riley,James 詹姆斯·赖利:《非洲磨难记》,267—268

Ripley,George 乔治·里普利,370,413—414;与布鲁克农场,485,395,463—464;与布朗森,382—383,434,405,441;论霍桑,492;里普利策划的期刊,425—426;辞去教职,462—464;《文学伦理》,406;论奇迹,384—385;与超验主义俱乐部,377;与唯一理教,419

Ripley,George 乔治·里普利,作品:《论宗教哲学》,385,427;《神学家施莱艾尔马赫》,384;《外国标准文学样本》,394,416,425,442—443

Ripley,Sophia Dana 索菲亚·达纳·里普利,492,501—502

Ritch,William G. 威廉·G. 里奇:《阿兹特兰》,164

Robb,John S. 约翰·S. 罗布:《卡艾姆》,224

Robbins,Chandler 钱德勒·罗宾斯,422

Robinson,Alfred 阿尔弗列德·鲁滨逊,156—157;《加利福尼亚生活纪实》,156,165

Robinson,Carbb 克拉布·鲁滨逊,509

Robinson,John 约翰·H. 鲁滨逊:《考萨托》,223

Rochester(New York) 罗切斯特(纽约),667

Roe,Elizabeth 伊丽莎白·罗斯:《利安那姨妈》,294

Rogers,Robert 罗伯特·罗杰:《庞蒂艾克》,216

Roman Republic 罗马共和国,543,545

romance 罗曼司,118,182,193,694—697,705—707,727,732—733

Romanticism 浪漫主义,77,212;英国浪漫主义,357,615,657,696—698,726—727;达纳

与浪漫主义,662;普雷斯科特举例说明的浪漫主义,159;与扩张主义,150;德国浪漫主义,656,660,697—698;浪漫主义历史小说,186;与感伤,86;与蓄奴制,271;与西部,132

Roosevelt, Theodore 西奥多·罗斯福:《西部的胜利》,736
Roper, Moses 摩西·罗珀:《摩西·罗珀从美国蓄奴制下的逃亡与历险》,311
Rose, Ernestine 欧内斯廷·罗斯,484
Ross, Alexander 亚历山大·洛斯,141
Rossi, Count de 罗西伯爵,543
Rousseau, Jean-Jacques 让-雅克·卢梭,511,681
Rowlandson, Mary 玛丽·罗兰森,661
royalties 版税,15—17,47
Ruch, Caroline 卡罗琳·拉什:《南方和北方》,265
Ruffin, Edmund 爱德蒙德·拉费因:《日记》,255;《蓄奴制政治经济》,255
Ruggles, David 戴维·拉格尔斯,309
Russell, Anna 安娜·拉赛尔,487—488,491
Ruxton, George F. 乔治·F. 拉克斯顿:《墨西哥与落基山脉探险》,141,152,158

S

Sage, Rufus B. 拉夫斯·B. 赛奇:《落基山脉景观》,145
Sagoyewatha(Red Jacket) 萨戈耶瓦瑟(红外套),207
sailors 水手,662—666,679,683—688
Saint-Simon 圣保罗,382
Salem(Massachusetts) 萨莱姆(马萨诸塞),401;图书馆(Athenaeum),642;海关,645
Salem Advertiser 《萨莱姆公告报》,715
Salem Observer 萨莱姆《观察家报》,411
San Domingo(Haiti) 圣多明哥(海地),244—245,282,305—306
San Francisco 旧金山,157
Sand, George 乔治·桑德,526,541
Sand Creek(Coloado) 桑德河(科罗拉多),203
Santa Fe Trail 圣菲小道,153,158
Sargent, John T. 约翰·T. 萨金特,498
Sartain, John 约翰·萨廷:《联邦文学与艺术杂志》(*Union Magazine of Literature and Art*),593
Sartian's Magazine 《萨廷杂志》,580
Satira(a prisoner) 萨迪拉(一名囚犯),531
Saturday Evening Post 《星期六晚报》,54

870

Sauks 索克人,212

Savage,Timothy 提莫西·塞维奇:《亚马逊河畔的共和国》(*The Amazonian Republic*),159

savagism 蒙昧主义,131,159,182,190,192,207—209,220,224,227,235,237

Sawyer,Lorenzo 罗伦骚·索亚:《途中见闻札记》,171

Say,Thomas 托马斯·赛:《美洲昆虫学》,138

Schlegel,Friedrich 弗里德里希·施莱格尔:《关于小说的一封信》,727

Schleiermacher,F. D. E. F. D. E. 施莱艾尔马赫:《〈路加福音〉评论》,348

Schoolcraft,Henry Rowe 亨利·罗·斯库克拉夫特,138,179—180,186,188,190—196,202,206;《阿尔吉克研究》,191;《史学与统计学资料》,188,191,219;《海华沙的传说》,191;《美国西北地区旅行记》,191;《密西西比河上游探险记》,191;《易洛魁人笔记》,191;《奥尼奥塔》,191;《西部的崛起》,191;《密西西比河谷中部旅行记》,191;《密苏里铅矿概貌》,191

Schoolcraft,Mrs. Henry Rowe 亨利·罗·斯库克拉夫特夫人,269;《黑色磨难》,266

Scott,Sir Walter 沃尔特·司各特爵士,11,19,32,40,53,72,258,629,695,716,718

Scott,Sir Walter 沃尔特·司各特爵士:作品:《艾凡赫》,612;《大湖夫人》,670;《旧道德》,611;《盗版》,28;《罗伯·罗伊》,611;《威弗利》,12,17,611

Scott,Winfield 温菲尔德·司各特,554

Scottish Common Sense philosophy 苏格兰常识哲学,351,353

Scriptural Interpreter 《圣经阐释》,415,416

Seaborn,Adam 亚当·西波恩:《新佐尼亚:发现之旅》,147

Sealsfield,Charles 查尔斯·西尔斯菲尔德,参见卡尔·波斯特尔

Seathl(Dwamish) 西塞尔(杜瓦密族人),205—206

Seaver,James E. 詹姆斯·E. 西弗:《玛丽·杰米逊的生活》,221

secession 脱离,549

Second Church(Boston) 第二教堂(波士顿),366—367,368

Secret Six 秘密六人团,564

Sedgwick,Catherine 凯瑟琳·塞奇维克,42—44,55,65,66,89,72—73,89,223

Sedgwick,Catherine 凯瑟琳·塞奇维克:作品:《克莱伦斯》,42;《家》,42;《赫普·莱斯莉》,42—43,223,694;《林伍德一家》,42;《活着和让活》,42,222;《已婚还是单身》,42;《一个新英格兰故事》,42—43;《贫穷的富人和富有的穷人》,42;《红杉》,42—43

self-effacement 自我抹杀,84,91,109

self-identity 自我身份,659—660

Seneca Falls convention 塞内加大会(1848 年),275,309—310

sensitive spectator 敏感的旁观者,718—722,742—743

sentimentality 感伤,86,88—89,99,122—123

Sequoyah 塞阔亚,210

Serra,Fray Junípero 福瑞·儒尼佩罗·塞拉,165

Sewall,William 威廉·休厄尔,369

Seward,William Henry 威廉·亨利·西沃德,146,550,551

sex 性别特征,526—527

Shackford,Charles C. 查尔斯·C. 谢克福,420

Shakespeare,William 威廉·莎士比亚,49,698;爱默生论莎士比亚,506—507;与梅尔维尔,51,706,726;莎士比亚的戏剧,44,45;坡论莎士比亚,708;维利论莎士比亚,401—402;《哈姆雷特》,727,752,753;《李尔王》,615,649;《仲夏夜之梦》,615

Shaw,Lemuel 莱缪埃尔·肖,551,552,700,709,732

Shaw,William 威廉·肖:《黄金之梦及清醒的现实》,171

Shelley,Mary 玛丽·雪莱:《弗兰肯斯坦》,726

Shelley,Percy Bysshe 珀茜·柏茜,652

Shepherd,J. S. J. S. 谢泼德:《穿越大平原到达加利福尼亚旅程之记录和未来移民指南》,170

Sheridan,Richard Brinsley 理查德·布林斯雷·谢里登,669

Sigourney,Lydia 莉迪亚·斯格尔尼,55,58,78;《美国土人的性格》,214

Simms,William Gilmore 威廉·吉尔摩·西姆斯,57,59,61—65,72,186,223,263,260,261—263

Simms,William Gilmore 威廉·吉尔摩·西姆斯:作品:《大西岛:大海的故事》,63;《尤陶》,63,261;《肯塔基的第一位猎手》,233;《抢劫者》,63;《盖伊·里弗斯》,63;《凯瑟琳·瓦尔顿》,63—64;《族人》,63;《美国土著居民的文学与艺术》,233;《马丁·费伯》,63;《梅里迁皮》,63;《党派》,63,261;《亲奴制论证》,262;《理查德·赫迪斯》,64;《侦察员》,63;《美国蓄奴制》,262;《剑与拉线棒》,63,262;《美国文学、历史和小说视点和回顾》,64;《南方战争诗篇》,263;《木工术》,63,262—264;《亚马西人》,63,71,233,261

Simpson,Henry 亨利·辛普森:《金矿三周》,171

Sims,Thomas 托马斯·西姆斯,551—552,557

Sing Sing 新新监狱,531—532

sketchen and tales 速写与故事,629,642,725,757—758

slave narratives 奴隶叙事,668,671

slave rebellions 奴隶反抗,763

skave sibgs 奴隶歌曲,669—670

slavery 蓄奴制:与美国革命,241,243,298;蓄奴制论据,248—263;265—266;与儿童,291;与美国宪法,717;蓄奴制的残忍,311—312;蓄奴制的分裂,241—247;蓄奴制对南方作家的影响,62;爱默生论蓄奴制,280—281,550—555,559—564,567;逃离蓄奴制,555—558,668;与扩张主义,548—549,760—761;与家庭分裂,308,326;外国

人对蓄奴制的态度,286;富勒论蓄奴制,545;霍桑论蓄奴制,713;与驱逐印第安人政策,183;林肯与蓄奴制,295—300,327;与文学,279—284;与"命定扩张说",163,243,284;与马萨诸塞州,555—558,562;与梅尔维尔,158,282—284;与墨西哥,158;蓄奴制叙事文学,240,301—302,308—316,323—328;关于蓄奴制的全国争论,103;对蓄奴制的反对,262,272—294,309,631;菲利普斯论蓄奴制,519;与种植园生活,257—259,264—266;与种族优越感,250—251;对蓄奴制的反抗,239,241,244—246,325;与性暴力,301,308;与奴隶贸易,266,268—269;与南方家庭小说,264—266;斯托夫人论蓄奴制,103—104,106—107,111—112,312,325—326,742,744;梭罗论蓄奴制,281,557—558;托克维尔论蓄奴制,620;与《汤姆叔叔的小屋》,111—112,287—289;与联邦,549—550;韦伯斯特论蓄奴制,549—550,553—554;与妇女,264,274,275,289—290,327;亦见废奴主义;殖民;《1850年妥协法案》;解放黑人奴隶;《追捕逃亡奴隶法》

Slaves No More 《不再是奴隶》,267

Smith,Elbert 阿尔伯特·史密斯:《玛-卡-泰-米-西-基亚-基亚克》,213

Smith,Ethan 伊桑·史密斯:《希伯来人的见解》,210

Smith,James McCune 詹姆斯·麦休·史密斯,666,750

Smith,Jedediah 杰迪戴亚·史密斯,137,140,152

Smith, John 约翰·史密斯:《弗吉尼亚通史》,164

Smith,Joseph 约瑟夫·史密斯:《摩门经》,170

Smith, Seba 塞巴·史密斯,725;《唐宁维尔的杰克·唐宁的生活和写作》,67

Smith,Sydney 锡德尼·史密斯,358

Smith, W. H. W. H. 史密斯:《醉鬼;或堕落的被拯救者》,49

Smith,W. L. G. W. L. G. 史密斯:《南方的生活》,265

Smithsonian Institution 史密森协会,190,603

Snelling,Anna 安娜·史纳令:《卡巴奥莎》,223

Snelling,William 威廉·史纳令:《北极地区》,147

Society for Christian Union and Progress 基督徒团结与进步协会,383

Soule,Caroline 卡罗琳·索尔:《小爱丽丝》,222

South Carolina 南卡罗莱纳州,233,624,631

South Pacific 南太平洋,148—150

South Pass 南部通道,137

South Pole 南极,147—148

South seas 南海,681

Southampton(Virginia) 南汉普敦(弗吉尼亚),239

Southern literary culture 南部文学文化,248—257

Southern Literary Gazette 《南方文学报》,63

Southern Literary Messenger 《南方文学信使》,58,61,69,252,260,262,633,638,652—

653,655,675

Southern Recorder(Midgeville) 《南方记录者》(米勒德格维尔),633

southwestern humor 西南部幽默,67,608,630—641,648

Southworth,Mrs. E. D. E. N. E. D. E. N. 骚斯华斯夫人,74,79,80,120;《克里弗顿的诅咒》,82;《隐而不露的手》,82

Sparks,Jared 贾雷德·斯巴克斯,16,737

Speckled Snake "花斑蛇",176—177,187

Spenser,Edmund 埃德蒙·斯宾塞,646

Spiller, Robert E. 罗伯特·E. 史比勒,《美国文学史》,1

Spinoza 斯宾诺莎:《神学政治学论》,532—533

Squier,E. G. E. G. 史圭厄:《尼加拉瓜》,150;《中美诸国》,150

Spirit of the Times 《时代精神》,630—631,634,636,639

spirit world 精神世界,201

spirituals 幽灵,318—322

Spring,Marcus 马库斯·斯普林,540

Spring,Rebecca 丽贝卡·斯普林,540,541

Stansbury,J. Howard J. 霍华德·斯坦伯利:《犹他州大盐湖谷地探险记》,170—171

Stanton,Elizabeth Cady 伊莉莎白·卡迪·斯坦顿,275,290

Staples,Sam 山姆·斯特普尔,517—518,602

star system 明星制度,45,51

State Rights's Sentinel(Augusta) 《州权利的哨兵》(奥古斯塔市),633

states' rights 州权利,248,259,260

Stenhouse,Thomas B. H. 托马斯·B. H. 斯丹豪斯:《落基山脉的圣人》,171

Stephen,Ann 安·史蒂芬斯:《玛拉埃斯卡》,224

Stephens,Ann Sophia 安·索菲亚·史蒂芬斯,74,80

Stephens,John 约翰·史蒂芬斯,159;《中美、恰帕斯和尤卡坦旅游纪事》,151;《尤卡坦旅游纪事》,151

stereotypes 典型,112—113,225,282,288—289,292

Sterne,Laurence 劳伦斯·斯特恩,743;《特里斯特拉姆·山迪》,727

Steward,Austin 奥斯丁·斯图亚特:《二十二年奴隶,四十年自由人》,314

Stewart,Reverend Charles 查尔斯·斯图亚特神父:《居住在桑威奇群岛》,149;《南海之行》,149

Stewart,Dugald 都格尔德·斯图亚特:《人类哲学原理》,343

Stewart,Maria 玛丽亚·斯图亚特,288;《玛丽亚·W. 斯图亚特夫人的作品》,274

Still,William 威廉·斯蒂尔:《地下铁路》,309

Stone,John Augustus 约翰·奥古斯塔斯·斯通:《麦塔莫拉;或,最后一个蝌蚪》,47—48,51,60,218

Stone, William Leete 威廉·里特·斯通:《纽约商业广告》,32

Storer, D. H. D. H. 斯托:《鱼类、爬行动物和鸟类记》,454

Stowe, Calvin Ellis 加尔文·埃里斯·斯托,103,105,106,287

Stowe, Fred 弗瑞德·斯托,107

Stowe, Henry 亨利·斯托,107

Stowe, Harriet, Beecher 哈里叶特·比彻·斯托,102—114;传记,104—111,286—289;与拜伦丑闻,103,111;与基督教,119,740,744—745;斯托的商业成功,120;与坡、霍桑和梅尔维尔的对比,119;与华纳以及康明斯的对比,109,119;强调团体,110;格雷森论斯托,247—248;与霍桑,119,740;斯托的影响,11,745—753;斯托的杂志作品,78;与民族叙事,736;对斯托的反对,264;个人的声誉,103;与政治,82,103;斯托的现实主义,118;斯托使用的联邦的措辞,290;与敏感旁观者,742—743;与奴隶叙事,300—301;与蓄奴制,103—104,106—107,111—112,312,325—326,742,744;斯托对家庭的使用,288;论萨拉·威利斯,95—96

Stowe, Harriet, Beecher 哈里叶特·比彻·斯托:作品:《索伦多的阿格尼丝》,109;《德雷德:大沼泽地的故事》,107—108,292—293,743,763;《关于〈汤姆叔叔的小屋〉的答辩》,107,287,311,315,743,745,750;《为拜伦夫人正名》,103;《五月花》,105;《教长的求爱》,108—109,110,746;《老城乡亲》,110;《奥尔岛上的珍珠》,109—110;《波格奴人》,111;《山姆·罗森的老城炉边趣谈》,111;《异域回忆录》,107;"两个祭坛",279;《汤姆叔叔的小屋》,49—50,72,75—76,80—82,99,101—104,106,111—114,118—120,252,262,276,278,286,290—293,638,699,733,735—736,739—745,747

Stowell, Martin 马丁·斯托厄尔,555—556

Strange, Robert 罗伯特·斯特兰奇:《奥尼古斯基》,233

Stratton, Royal B. 罗亚尔·B. 斯特拉登,《被俘的欧特曼姑娘们》,220

Strauss, David Friedrich 戴维·弗里德里希·施特劳斯,565;《耶稣传》,416—417,420

Stringfellow, Thornton 桑顿·斯特林福娄:《圣经佐证蓄奴制之概览》,249—250;《赞成蓄奴制的圣经和统计观点》,249;《蓄奴制》,249

Stuart, Moses 摩西·斯图亚特,346—347,353,375

Stuart, Robert 罗伯特·斯图亚特,136

Sturgis, Caroline 卡罗琳·斯特吉斯,449,459,482,531,532

Stylus 《铁笔》,653—654

Sublette, William 威廉·萨布莱特,137,144

Suffolk Street Chaple (Boston) 萨福克街教堂(波士顿),498

Sumner, Charles 查尔斯·萨姆纳,263,277,557—559,564,763;《祸及堪萨斯》,562—563;《巴巴利诸州的白人蓄奴制》,268

Sunday Courier (Philadelphia) 《星期日信使》(费城),652

Sundquist, Eric J. 艾利克·J. 桑德奎斯特,5,7

索 引

Supreme Court 最高法院,176—177,210,299—300

Swedenborg,Emanuel 艾马努埃尔·斯维登堡,357,378,505—506

Swift,Jonathan 乔纳森·斯威夫特:《格列佛游记》,675—676

Symmes,John 约翰·塞姆斯,147

Symposium 讨论会,377

T

Tahiti 塔希提,680

Taney,Roger B. 罗杰·比·坦尼,299—300,762

Tanner,John 约翰·坦纳,220—221

Taos Massacre "塔奥斯屠杀"(1847 年),159

Tappan,Arthur 亚瑟·塔潘,275

Tappan,Reverend David 戴维·塔潘牧师,333

Tappan,Lewis 刘易斯·塔潘,275

Taylor,Bayard 贝亚德·泰勒:《黄金之国》,171;《1853 年的印度、中国和日本之行》,149

Taylor,Benjamin 本杰明·泰勒:《鸿篇断章》,158

Taylor,Thomas 托马斯·泰勒,380

Taylor,Zachary 扎查利·泰勒,64,194,550,548—549,635

technology,book manufacturing 图书生产科技,16

Tecumseh 特库姆塞,206

Tejanos,Los 《特迦诺人》,165

Tello,Fray Antonio 福瑞·安东尼奥·特罗:《杂史》,164

Temple School 圣堂学校,385—391,423

Ten Bears 十只熊,204

Tennessee 田纳西,630

Tennyson,Alfred Lord 阿尔弗雷德·丁尼生勋爵,79,510,528

Terry,Rose 罗斯·特雷,78

Texas 德克萨斯,152—155,163

textual authenticity 文本的真实性,205

Tezozomac,Alvarado 阿尔瓦拉多·特佐佐马克:《墨西哥编年史》,164

Thackeray,William Makepeace 威廉·迈克皮斯·萨克雷,763,765;《巴里·林登》,637;《凯瑟琳》,637;《新客》,78;《弗古尼亚人》,78,260

Thatcher,Benjamin B. 本杰明·B. 撒切尔:《印第安人传》,185,186

theological debate 神学争论,332—344,353—354

Thirlwall,Connop 考诺普·瑟尔沃尔,348

Thomas,Charles W.　查尔斯·W. 托马斯：《非洲西海岸历险及见闻》,268

Thomas,James　詹姆斯·托马斯：《自传》,314

Thompson,Daniel Pierce　丹尼尔·皮尔斯·汤普森：《在劫难逃的酋长》,232；《绿色大山里的孩子》,60

Thompson,George　乔治·汤普森：《城市犯罪》,71；《波士顿的维纳斯》,71

Thompson,John　约翰·汤普森：《逃亡奴隶约翰·汤普森》,317

Thompson,Waddy　韦迪·汤普森：《墨西哥往事》,158

Thompson,William Tappan　威廉·塔潘·汤普森,764；《潘尼维尔史记》,67；《琼斯少校求爱》,67；《琼斯少校游记》,67

Thoreau,Henry David　亨利·戴维·梭罗,451,601,745；艾默里大厅演讲,493—494；与布朗森,399；与爱默生,476；与扩张主义,129；梭罗的杂志作品,78；与墨西哥战争,160,281；论美国土著居民,181,186；梭罗的个人叙事作品,690—692；与蓄奴制,280—281

Thoreau,Henry David　亨利·戴维·梭罗：作品：《阿勒卡西与东布兰奇》,594；《奥勒斯·佩尔西乌斯·弗劳西斯》,452—453；《秋色斑斓》,591,598—560,602；《波士顿文学杂记》,456；《科德角》,566—571,573,575—579,588,593；《非暴力不合作》,281；《郊游》,589—590；"更高法则",591；《本人的故事》,522；《荷马、奥西恩和乔叟》,457；《日记》,571；《卡塔顶：缅因森林》,522—523,593；《约翰·布朗的最后日子》,565；《论虚度的生命》,590—591；《缺少原则的生活》,573,591,602；《缅因森林》,566,573,588,594,596—597；《月亮》,589—590；《马萨诸塞州博物学》,454—456；《为约翰·布朗队长请愿》,281,565；《论与国家政府的对抗》,281,513—514,518—520,522,558,581；《论个人对于政府的权利与义务》,519；《马萨诸塞州的蓄奴制》,281,537—538,581；《森林的延续》,600；《瓦尔登湖，或林中生活》,122,144,424,513—514,522—523,566,571,573,579—587,690—692；《漫步沃克塞特》,456；《漫步》,134,573,602；《康科德河和梅里马克河—周记》,452,456,511—516,522—524,580,602,690；《康科德演讲厅前的温德尔·菲利普斯》,519；《益处何在？》,590,592；《野苹果》,602；《野果》,599—600；《冬日漫步》,456；《在加拿大的新英格兰》,566,571,573,588

Thoreau,John　约翰·梭罗,453,512

Thoreau,Sophia　苏菲亚·梭罗,580

Thornton,J. Quinn　J. 昆恩·索恩顿：《1848年的俄勒冈与加利福尼亚》,171

Thorpe,Thomas B.　托马斯·B. 索普：《阿肯色州的大熊》,67,160,635—636,764；《〈阿肯色州的大熊〉和其他速写》,635—636；《蜂箱和猎人》,263；《主人的房子》,265；《神秘的丛林》,160,263；《我国军队在蒙特利》,160；《我国军队在格兰德河》,160；《养蜂人汤姆·欧文》,634—635

Ticknor,George　乔治·蒂克纳,344—345,371,457

Ticknor,William　威廉·D. 蒂克纳,77

877

Ticknor and Company 蒂克纳出版社,580

Ticknor and Fields 蒂克纳和菲尔兹出版社,14,77,78,89,109,120,579—581,591,699

Tidball,William L. 威廉·L. 提德伯尔:《墨西哥新娘》,162

Tilton,J. E. J. E. 提尔顿,89—90

Times(London) 《时代》(伦敦),592

Tocqueville 阿列克斯·德·托克维尔,222,617—621,625,656;《美国的民主》,178,183,286,618,619,775;论蓄奴制,620;《旧政权与法国大革命》,775;《美国的监狱制度》,286,618

Token,*The* 《心意》,54,642,643,644

Tolstor,Leo 列·托尔斯泰:《什么是艺术?》,736

"Tom Shows" "汤姆戏剧",50

Tompkins,Jane 简·汤普金斯:《轰动设计》,76

tone 语气,655—657

totality 完整性,707—708

Touissaint-Louverture 杜桑—卢维杜尔,305

Townsend,John Kirk 约翰·柯克·汤森德,《穿越落基山脉抵达哥伦比亚河之行程手记》,138

Townsend,Robert 罗伯特·汤森德,146

Transcendental Club 超验主义俱乐部,281,376—378,383,399,402,415,426—427,441—443,447,463,495,500

transcendentalism 超验主义:对超验主义的攻击,350;与卡莱尔的渊源,365;超验主义的分裂,495;与文学,424—425;超验主义的杂志,425—459;超验主义的道德哲学,567;来源,331—350;与蓄奴制,280—281

travel narratives 旅游叙事,150—151,156,158,159,170,285—286

treaties 专著,203—206

Treaty of Echota 《埃克特条约》,210

Treaty of Guadalupe Hidalgo 《瓜达卢佩绅士协定》,173—174

Tribune(New York) 《纽约论坛》,485,531,534—535,537—538,540,542—544,557

trickster figure 巫师形象,194,200,315

Trinitaianism 三位一体论,355,361,419,422

Trollope,Frances 弗朗西斯·特洛普:《美国人的生活举止》,286;《乔纳森·杰斐逊·惠特罗》,286

Troy Museum(New York) 特洛伊博物(纽约),50

True Flag 《真正的旗帜》,96

Trumbull,Henry 亨利·特伦布尔:《印第安人战争史》,186

Truth,Sojourner 索杰纳·特鲁斯,304,309—310

Tubman,Harriet 哈里叶特·塔布曼,304,309,322

Tucker, George 乔治·塔克:《美国历史》,259;《弗吉尼亚来信》,259;《托马斯·杰斐逊的一生》,259;《人民的政治经济》,259;《申南多尔山谷》,259

Tucker, Nathaniel Beverly 纳撒尼尔·贝弗利·塔克:《乔治·巴尔克比》,60,261;《格特鲁德》,61;《党派领袖》,60—61,261;《政府科学系列讲座》,260

Tucker, St. George 老乔治·塔克:《蓄奴制论辩》,260

Tuckerman, Henry T. 亨利·T. 塔克曼,704;《意大利札记》,38

Turkey Runner "追火鸡者",参见詹姆斯·麦克纳特

Turner, Frederick Jackson 弗雷德里克·杰克逊·特纳,145

Turner, Nat 奈特·特纳,239,244—246,631,743,763;《自白书》,212,245,293;《悄悄地离开》(歌曲),321

Twain, Mark 马克·吐温,参见塞缪尔·克莱门斯

Twenty-eighth Congregational Society of Boston "波士顿第28区公理会",499

Tyler, Royall 罗耶尔·泰勒,《比照》,50

U

Uncas 昂卡斯,233

Uncle Remus stories 雷姆斯叔叔的故事,315

"Uncle Tom" "汤姆叔叔",744—745

Understanding 知性,354—356,361,367,394,399,404,443,459—460

Union(Nashville) 《联邦》(纳什维尔),639

Union: concern for preservation of 保存联邦的担心,298,703,713,732—733,776

Union Magazine of Literature and Art 《联邦文学与艺术杂志》,522

Unitarianism 唯一理教:331—349;与布朗森,381—382,384;与加尔文教派,342,381;与恳谈会,367;唯一理教内部的矛盾,350;对唯一理教的批评,500,501;爱默生对唯一理教的不满,402;与历史研究,386;与玄学,354;与虔诚,376—377;与蓄奴制,284;与三位一体论,355

United States (ship) 美国号(船名),680,686

United States Exploring Expedition (1838—1842) 美国远征探险(1838年至1842年),147—148

United States Magazine and Democratic Review 《美利坚杂志和民主评论》,78,132,307,467,623—624,646,654,671

University of Vermont 佛蒙特大学,372

urbanization 城市化,620

V

Vallejo, Mariano 马扎诺·巴列霍,127—128;《上加利福尼亚历史和人物的回忆》,127,168

Van Burne, Martin 马丁·范布伦,22,24,40,395

Van Evire John H. 约翰·H. 凡·艾佛里,293;《黑人和黑人蓄奴制》,251—252;《白人至上和黑人仆从》,252

van Herder, Johann Gottfried 约翰·戈特弗里德·冯·赫尔德,347;《希伯来诗歌的精神》,374—375;《文学的精神》,346

Vanderlyn, John 约翰·范德林:《简·麦克雷之死》(Death of Jane McCrea),221

vaudeville 歌舞杂耍,49

Vaughan, John 约翰·沃恩,431—432

Vélez de Escalante, Francisco Silvester 弗朗西斯科·西尔维斯特·瓦莱兹·德·埃斯加朗特,153

Very, Jones 琼斯·威利,400—402,409—411,428;《论史诗》,402

Very Washington 华盛顿·威利,409

Victor, Metta 迈塔·维克多:《爱丽丝·怀尔德:筏夫的女儿》,222;《原始丛林里的新娘》,222;《摩门教徒的妻子们》,171

violence 暴力,219—220;223,230,234,638

Virginia 弗吉尼亚,241,245

Virginia Minsttels 弗吉尼亚说唱团,49

Virginians, The 《弗古尼亚人》,78

Visconti, Marchioness 维斯孔特侯爵夫人,541

Von Kotzebue, August 奥古斯特·冯·考茨比,44

von Schlegel, Friedrich 弗里德里希·冯·施莱格尔:《哲学讲稿》,362

W

Walden Pond 瓦尔登湖,494,513,522,579,580,584

Walker, David 戴维·沃克:《向全世界有色公民呼吁……》,239,273—274,300

Walker, Joseph 约瑟夫·沃克,141

Walker, William 威廉·沃克:《尼加拉瓜的战争》,151,255

Wallace, William R. 威廉·R. 华莱士:《蒂普卡奴战役》,184

Walnut Street Theater (Philadelphia) 沃那特街剧院(波士顿),45

Walpole, Horace 贺拉斯·沃尔浦尔,425

War Hawk movement "好战分子"运动,776

War of 1812 1812年战争,176,135,136,184

war songs,Indian 印第安战歌,202—206

Ward,Maria 玛丽亚·沃德:《摩门教徒中女性的生活》,171

Ward,Samuel Gray 塞缪尔·格雷·沃德,527,535

Ward,Samuel Ringgold 塞缪尔·林戈尔德·沃德:《一名逃亡奴隶的自传》,314

Ware,Henry,Jr. 小亨利·威尔,《神的人性》,407—408

Warner,Anna 安娜·华纳,74,82—83

Warner,Henry 亨利·华纳,82,83,104

Warner,Susan 苏珊·华纳,74,83—84,109,115—116,118—120;华纳的笔名,83—84;《广阔广阔的世界》,42,66,80—88,90,92—95,98,118,120,696,699,706

Warren, Charles 查尔斯·华伦,650

Warren,William 威廉·华伦:《奥吉布瓦人的历史》,206

Washington, Booker T. 布克·T. 华盛顿,327

Washington,George 乔治·华盛顿,23,139,242,612,704

Washington, Madison 麦迪逊·华盛顿,324,763

Watertown(Massachusetts) 沃特敦(马萨诸塞),376

Warson,Marston 马斯顿·沃森,588,589

wealth 财富,334,431—432

Webb,Farnk J. 弗兰克·J. 韦伯:《加里一家和他们的朋友们》,304

Webb,James Warson 詹姆斯·沃森·韦伯:《晨报信使和纽约问讯》,32

Webber,Charles 查尔斯·韦伯:《向导老希克斯》,228

Webster,Daniel 丹尼尔·韦伯斯特,158,243,281,540—550,553—555,596,631,703—705;论蓄奴制,549—550,533—534;《宪法与联邦》,549—550

Weems,Parson 帕森·韦姆斯,703

Weld,Theodore Dwight 西奥多·德怀特·维尔德,289;《美国蓄奴制真相》,276,285,287,311

西部美国人 西部美国人,23,131—133,139—141,156,163,171—173,216,234

West Roxbury(Massachusetts) 西罗克斯伯里(马萨诸塞),416,498

Western Female Institute 西部女子学院,105

Western Messenger 《西方信使》,411,416,426—428,431—433

Western Monthly Review 《西部月刊评论》,39,105,235

Wetherell,Elizabeth 伊丽莎白·维特雷尔,参见苏珊·华纳

Wheeling West Virginia 惠灵(西弗吉尼亚),235,745

Whig party 辉格党,435;与布朗森,441;与青年美国的论战,64;与库珀,30—31,32,33;与1848年选举,549;与1852年选举,713;欧文对辉格党的支持,24;期刊,32;反对安德鲁·杰克逊,30;辉格党喜欢的文学,69;普雷斯科特与辉格党,624;否决韦伯斯特作为候选人,554;与蓄奴制,558—559;西南幽默家与辉格党,631—632,641;马

克雷迪的支持者,46;与联邦,715

Whipple,Edwin Percy 爱德温·珀茜·维普尔,695

White,Thomas W. 托马斯·W. 怀特,58

Whitfild,James M. 詹姆斯·M. 惠特菲尔德:《美国诗歌集》,308

Whitman,Walt 沃尔特·惠特曼,41,76,202,477;《鼓声》,279;《草叶集》(Leaves of Grass),74,80,133,278,593;"自我之歌",279—280;《从波马诺克出发》,129—130;"当最后紫丁香在庭园中绽开的时候",298—299

Whitney,Asa 阿塞·惠特尼,169

Whittier,John Greenleaf 约翰·格林里夫·惠蒂埃,54,55,57,287,550,668;"猎人者",276;伊卡博德,277—278;《正义与私利》,276;《詹姆斯·威廉斯的自述》,276,287;"奴隶船",276;"什么是蓄奴制?",276;"托马斯·卡莱尔与蓄奴制问题",276;"致威廉·劳埃德·加里森"(To William Lloyd Garrison),277

Wilberforce(Canada) 威尔伯福斯(加拿大),314

wilderness 荒野,116,131,139—140,619,737—738,771--772

Wiley,Bell I. 贝尔·埃·威利,267

Wiley,Charles 查尔斯·威利,28

Wiley,John 约翰·威利,77

Wiley and Putanm 威利和普特南出版社,14,70,654,678

Wilkes,Charles 查尔斯·韦尔克斯:《美国探险远征记》,147,148

Wilkins,Fred "Shadrach" 弗雷德·"沙得拉"·威尔金斯,551

Willard,Joseph 约瑟夫·威拉德,333

Williams,Ezekeli 以西结·威廉,142

Williams,James 詹姆斯·威廉斯,301

Willis,Nathaniel Parker 纳撒尼尔·帕克·威利斯,20,53,57,58,64,95,96,97,131—132;《美国风光》,131;《海盗船》,56;《自由铅笔速写生活》,69;《历险印象》,69;《旅行杂记》,69

Willis,Sara Payson(Fanny Fern) 萨拉·佩森·威利斯(范妮·菲恩),74,79,80,95—102,115,118,120;《菲恩离开了》(Fern Leaves),96,101;《菲恩离开了范妮组合》,75,80,96;《小范妮·菲恩的小朋友们》,96;《罗斯·克拉克》,97;《露丝·豪》,36,95,97—102,116,118

Wilmot Proviso 《威尔莫特限制条款》,548,549

Wilson,Alexander 亚历山大·威尔逊:《美洲鸟类学》,138

Wilson,Augusta Evans 奥古斯塔·埃文斯·威尔逊,80;《比拉》,82;《圣艾尔莫》,82

Wilson,Harriet E. 哈里叶特·E. 威尔逊:《我们黑鬼》,302—303

Wilson,Robert A. 罗伯特·A. 威尔逊:《墨西哥——它的农民与牧师》,158

Winnebagos 温内贝戈人,203

Winthrop,Theodore 西奥多·温斯罗普:《巴拿马地峡》,150

Witt 沃特:《英国特务的通信》,260

Wise 怀斯州长,565

Wislezenus, F. A. F. A. 维士尔赛纳斯:《1839年落基山脉之旅》,145;《对一次墨西哥北部之行的回忆》,160

Wolf, Friedrich August 弗利德里希·奥古斯特·沃尔夫:《荷马引论》,344—345

Wome 妇女:狄更斯的崇拜者,121;作为读者,73,76—77,81,121;与布鲁克农场,489;妇女的被囚叙事,221—222;与家庭小说,65—67,115—120,122—123;作为家庭奴隶,114;爱默生对妇女的态度,482;妇女的家庭关系,83—84;与边疆小说,222—223;与哥特小说,115—117;对加利福尼亚的重要性,172—173;妇女创作的具有地方色彩的作品,21;为妇女设计的杂志,53,54,55,82;与命定扩张说,291;作为母亲,94—95,117;作为拓荒者,529;与政治,82,302;妇女的能力,741;妇女的财产权,441;妇女在杂志种发表的作品,67—69,96;妇女的角色,130,749;自我抹杀与顺从,84,91,109,113,118—119;与蓄奴制,327;妇女的天地,43,289,741;妇女的典型,112—113;妇女的象征角色,225;妇女使用的笔名,81—82,83;妇女作家,72—73,76—77,79—80,84,115—120,121,536;亦见家庭信仰文化;个体作家的名字

women's movement 妇女运动,275,289—290

women's suffage 妇女的选举权,327,497

Woodworth, Samuel 塞缪尔·伍德华斯,53;《森林玫瑰》,47

Worcester (Massachusetts) 伍斯特(马萨诸塞),435

Worcester v. Georgia 《伍斯特对佐治亚州州议案》,176

Wordsworth, William 威廉·华兹华斯,356—357,369,509,540,544,570,609,622,648—649,660,709

Wordsworth, William 威廉·华兹华斯:作品:《边境居民》,698—699;《抒情歌谣集》,615,657—658,717,773;《迈克尔》,649;《赞颂永恒的颂诗》"Ode: Intimations of Immortality",649;《序曲》,357,573,649,659,697;《廷特恩寺》,649

workers 工人,745

Workingmen's party 工人阶级政党,382

World Anti-Slavery Convention 世界废奴大会(1840年),275

World's Columbian Exposition 美洲世界博览会(1893年),328

Wright, Fanny 范妮·赖特,497

Wright, Frances 弗朗茜丝·赖特,382,404,434,440

Wright, Henry 亨利·赖特,478

Wright, Lyle H. 莱尔·H. 赖特:《美国小说:从1774年到1850年》,37

Wright, Richard 理查德·赖特:《汤姆叔叔的孩子》,292

writers 作家:与戏剧,44—51;作为职业者,13,17—18,25,32—33,36—37,45;对作家的性质不甚明确,40

Y

Yellow Bird 黄鸟,参见里奇,约翰·罗林
Yellowstone Expedition 黄石探险,136,137,138
Yemassee Indians 亚马西印第安人,233
Young, Brigham 布利格姆·扬,170
Young, John R. 约翰·R. 扬:《1847年犹他开拓者约翰·R. 扬传记》,170
Young, Robert Alexander 罗伯特·亚历山大·扬:《争取大众自由,保卫黑人权利的埃塞俄比亚宣言》,273
Young, Samuel 塞缪尔·扬:《复仇者汤姆·汉森》,236
Young America 青年美国,57—58,64,69,70,261
Young School 青年学校,89
Youngs, Ann Eliza 安·伊莉莎·扬:《第十九个妻子》,171
Youth's Companion 《青年指南》,95

Z

Zaragoza, Ignacio 艾格诺切奥·扎拉格扎,167
Zavala, Lorenzo de 洛伦佐·德·萨瓦拉:《墨西哥革命史诗》,167

北京市版权局著作权合同登记章
图字：01-2006-3245
The Cambridge History of American Literature, Volume 2
Edited by Sacvan Bercovitch
Originally published by the Press Syndicate of the University of Cambridge
Copyright © Cambridge University Press 1995
本书全球简体中文版由剑桥大学出版社授予中央编译出版社独家出版发行。
版权所有，非经书面授权，禁止以任何形式进行摘录、复制或转载。

图书在版编目（CIP）数据

剑桥美国文学史．第二卷／（美）伯科维奇（Bercovitch, S.）主编；
史志康等译．—北京：中央编译出版社，2008.1
ISBN 978-7-80211-568-2

Ⅰ．剑⋯
Ⅱ．①伯⋯②史⋯
Ⅲ．①文学史—美国　②散文—文学史—美国—1820～1865
Ⅳ．I712.09

中国版本图书馆 CIP 数据核字（2007）第 191536 号

剑桥美国文学史．第二卷

出版人：	和　龑
责任编辑：	苗永姝
责任印制：	尹　珀
出版发行：	中央编译出版社
地　　址：	北京西单西斜街 36 号（100032）
电　　话：	（010）66509360　66509353（编辑部）
	（010）66509364（发行部）　（010）66509618（读者服务部）
h t t p：	//www.cctpbook.com
E-mail：	edit@cctpbook.com
经　　销：	全国新华书店
印　　刷：	北京新丰印刷厂
开　　本：	787×1092 毫米　1/16
字　　数：	970 千字
印　　张：	56.75
版　　次：	2008 年 3 月第 1 版第 1 次印刷
定　　价：	128.00 元

本社常年法律顾问：北京建元律师事务所首席顾问律师　鲁哈达
凡有印装质量问题，本社负责调换。电话：010-66509618